OSCAR
DRAGHI

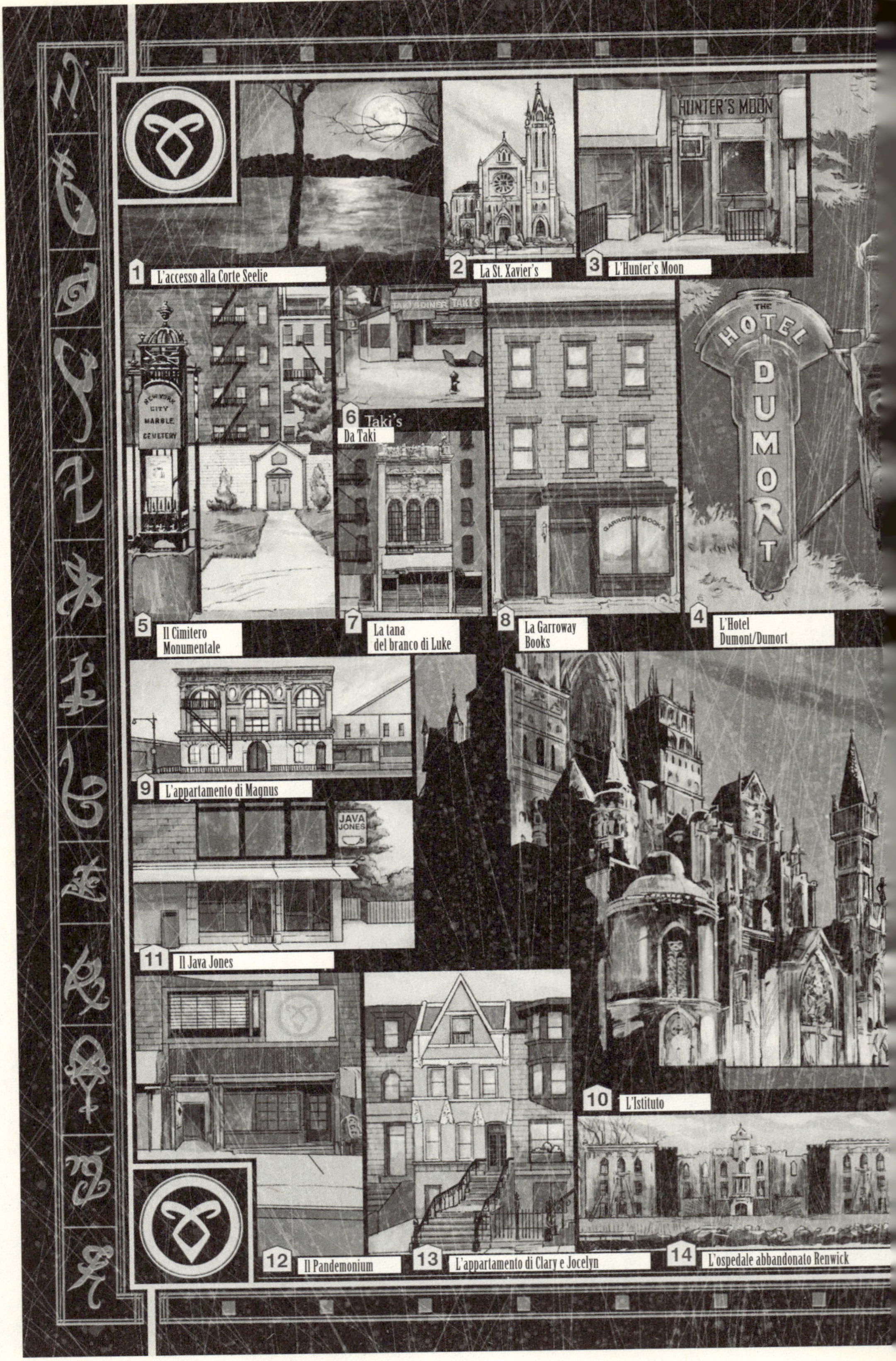
HUNTER'S MOON
TAKI'S DINER
TAKI'S
NEW YORK CITY MARBLE CEMETERY
GARROWAY BOOKS
THE HOTEL DUMORT
JAVA JONES
1 L'accesso alla Corte Seelie
2 La St. Xavier's
3 L'Hunter's Moon
4 L'Hotel Dumont/Dumort
5 Il Cimitero Monumentale
6 Taki's Da Taki
7 La tana del branco di Luke
8 La Garroway Books
9 L'appartamento di Magnus
10 L'Istituto
11 Il Java Jones
12 Il Pandemonium
13 L'appartamento di Clary e Jocelyn
14 L'ospedale abbandonato Renwick

UPPER WEST SIDE
UPPER EAST SIDE
LINCOLN SQUARE
HELL'S KITCHEN
ASTORIA
QUEENS
MIDTOWN
MANHATTAN
CHELSEA
WEST VILLAGE
EAST VILLAGE
GREENPOINT
WILLIAMSBURG
CHINATOWN
FINANCIAL DISTRICT
BUSHWICK
FORT GREENE
COBBLE HILL
BROOKLYN
BEDFORD-STUYVESANT
CARROLL GARDENS
RED HOOK
PROSPECT HEIGHTS
GOWANUS
PARK SLOPE
1
2
3
4
5
6
7
8
9
10
11
12
13
14

Quando Clary entra per la prima volta al Pandemonium Club di New York è convinta di essere una ragazza come tante che va a ballare in un locale alla moda. Ma seguendo un affascinante ragazzo dai capelli blu nel magazzino del locale, vede tre guerrieri coperti di rune tatuate circondarlo e trafiggerlo con una spada di cristallo. Vorrebbe chiamare aiuto, ma non rimane nessun cadavere, nessuna goccia del sangue nero esploso sull'elsa e soprattutto nessuno da accusare, perché quei guerrieri sono creature di un'altra dimensione e solo lei può vederli. Clary non sa ancora che il mondo è popolato da Nascosti, Figli della Notte, Fate e dai Nephilim, implacabili cacciatori di demoni. Gli Shadowhunters. Soprattutto Clary non sa di essere una di loro. Ma lo scoprirà presto. Prima di quanto pensi. E la sua vita ne sarà sconvolta per sempre.

CASSANDRA
CLARE

✦ THE MORTAL INSTRUMENTS ✦

SHADOWHUNTERS

PRIMA TRILOGIA

CITTÀ DI OSSA ✦ CITTÀ DI CENERE
CITTÀ DI VETRO

MONDADORI

Prima edizione in raccolta ottobre 2014.
Published by arrangement with the author, c/o BAROR INTERNATIONAL, INC. Armonk, New York, USA

I edizione Oscar Draghi settembre 2016

ISBN 978-88-04-66552-6

Questo volume è stato stampato
presso ELCOGRAF S.p.A.
Stabilimento - Cles (TN)
Stampato in Italia. Printed in Italy

La traduzione di *The Mortal Instruments. City of Bones* è di Fabio Paracchini; la traduzione di *The Mortal Instruments. City of Ashes* è di Raffaella Belletti; la traduzione di *The Mortal Instruments. City of Glass* è di Maria Cristina Leardini.

librimondadori.it anobii.com

Premessa

Tutte le storie sono vere.

Così recita il credo degli Shadowhunters rivelato da Jace Wayland a Clary Fray nel primo volume della serie "The Mortal Instruments", *Città di ossa*.

Naturalmente, con questa frase Jace vuole dire più di una cosa. Vuole dire che tutto ciò che le hanno sempre fatto credere come non reale, vampiri, licantropi, fate, fantasmi e mostri di tutte le forme, dimensioni e impulsi, in verità esiste e il mondo ne è popolato. Vuole dire che le storie alle quali in cuor nostro crediamo, storie di cui siamo gli eroi e in cui c'è sempre speranza, sono altrettanto vere. Alla fine di *Città di ossa* Clary resta letteralmente sbalordita quando, volando sopra New York, vede sotto di sé tutta la magia e tutti gli incantesimi che prima le erano stati nascosti.

Tutte le storie sono vere.

Quando cominciai a scrivere *Città di ossa*, ero innamorata dei libri con vampiri, fate e stregoni, ma lo ero anche dei racconti mitologici su angeli e demoni. Ero affascinata dal *Paradiso perduto* di John Milton, dall'*Inferno* di Dante e dal *Lucifer* di Mike Carey. Ero incantata dal modo in cui gli esseri umani erano stati capaci di destreggiarsi con le idee del Male e del Bene assoluto, moderati dall'amore e dal libero arbitrio. Volevo creare un mondo ricco di folklore e storie di creature che imperversano nella notte, di quelle che la gente si racconta con timore. Volevo anche inserire figure del mito: angeli così potenti che basta guardarli solo una volta per diventare ciechi, demoni così malvagi che una goccia del loro sangue può trasformare la natura dell'anima umana da buona a malefica. Volevo rendere reale ciò che nel mito e nella storia è stato talmente celato da diventare simbolico. Quando Valentine libera Jace dalla sua prigione nella Città Silente, porta con sé una spada e spiega: «Questa è la spada con cui l'Angelo cacciò Adamo ed Eva dal paradiso terrestre. "E pose a oriente del giardino dell'Eden i cherubini e una spada fiammeggiante rivolta in tutte le direzioni"». In seguito, Simon entra in possesso della spada dell'Arcangelo Michele. Ero allettata dall'idea che questi oggetti dotati di immenso potere e passato fossero concreti, che i nostri eroi potessero usarli e toccarli.

L'esistenza di angeli e demoni nel mondo degli Shadowhunters è il mito primitivo dal quale è derivato ogni altro elemento delle storie. Gli Shadowhunters sono stati creati dal sangue degli angeli. Le fate sono in parte angeli, in parte demoni. Gli stregoni sono la progenie di umani e demoni. I licantropi e i vampiri sono umani colpiti da morbi demoniaci. Volevo dar vita a un universo dove mito e folklore si combinassero, dove ogni storia di magia potesse trovare una spiegazione.

Tutte le storie sono vere.

L'idea degli Shadowhunters in parte prende spunto dalle vicende dei Nephilim nella *Bibbia*. Frutto dell'unione di umani e angeli, erano enormi mostri che devastavano la Terra. Com'è tipico degli scrittori, ho preso ispirazione da quanto mi sembrava affascinante dal mito: angeli che generano figli, una cosa talmente umana! (Naturale, gli Shadowhunters traggono origine solo dal sangue angelico, ma Raziel sembra nutrire un interesse paterno nei loro confronti). Volevo avere nello stesso personaggio qualcosa dell'angelo, simbolo di bontà, ma anche tutte le debolezze insite nella natura umana: fragilità, crudeltà, avidità, egoismo, disperazione. Mi sembrava un modo efficace per conferire alla narrazione una piega che permettesse a ogni lettore di immaginare cosa può significare essere in parte divino con un immenso potere, e contemporaneamente sostenere l'immensa responsabilità che ciò comporta, come ricorda Spiderman.

Tutte le storie sono vere.

Il significato più profondo di questa frase, alla fine, è che le storie rispecchiano il nostro modo di vedere il mondo. La serie "The Mortal Instruments" racconta, più di qualsiasi altra cosa, la storia di Clary, la vita di una ragazza normale che diventa un'eroina. Prima cieca alla magia presente nel mondo che la circonda, finisce non solo per vederla ma arriva a saperla dominare e controllare. Clary è un'artista e una creatrice di rune, il magico linguaggio degli angeli, e nell'usare quel linguaggio dà linfa alla propria storia e al proprio destino. Clary e i suoi amici sono eroi che *fanno* diventare *vere* le proprie storie, come, in fondo, facciamo tutti noi.

THE MORTAL INSTRUMENTS

SHADOWHUNTERS

PRIMA TRILOGIA

A mio nonno

Tra l'attuazione d'una cosa spaventosa
e il primo impulso,
l'intervallo è come un'allucinazione o un sogno
odioso: il genio e gli strumenti mortali
sono in concilio; e lo stato dell'uomo,
come un piccolo regno, subisce allora
una sorta di insurrezione.

WILLIAM SHAKESPEARE, *Giulio Cesare*

Parte prima

LA PERIGLIOSA MIA DISCESA

Io cantai l'eterna Notte e il Caos.
E la celeste Musa mi erudì
nella perigliosa mia discesa e risalita.

JOHN MILTON, *Il Paradiso perduto*

1

Al Pandemonium

— Stai scherzando, vero? — disse il buttafuori incrociando le braccia davanti al petto massiccio. Guardò dall'alto in basso il ragazzo col giubbotto rosso e scosse la testa rasata. — Non puoi portare dentro quella roba.

La cinquantina di ragazzi in coda fuori dal Pandemonium Club si sporsero in avanti per origliare. L'attesa per entrare in quel locale era lunga, soprattutto il sabato, e in coda non succedeva quasi mai niente di interessante. I buttafuori erano tosti e calavano subito in picchiata su chiunque avesse l'aria di voler fare casini. La quindicenne Clary Fray, in coda con Simon, il suo migliore amico, si chinò in avanti come tutti gli altri, sperando in una piccola distrazione.

— Ehi, dai... — Il ragazzo sollevò l'oggetto del contendere sopra la testa. Sembrava un palo di legno con un'estremità appuntita. — Fa parte del mio costume.

Il buttafuori sollevò un sopracciglio. — Che sarebbe?

Il ragazzo sorrise. Aveva un aspetto abbastanza normale, pensò Clary, per essere al Pandemonium. Aveva i capelli blu elettrico che schizzavano su come i tentacoli di un polipo spaventato, ma niente strani tatuaggi sulla faccia né pezzi di ferro infilati nelle orecchie o nelle labbra. — Sono un cacciatore di vampiri. — Si appoggiò al palo, che si piegò come uno stelo d'erba. — È finto, di gomma, vedi?

Gli occhioni del ragazzo erano di un verde troppo intenso, notò Clary: il colore dell'antigelo, o dell'erba a primavera. Lenti a contatto colorate, probabilmente. Il buttafuori scrollò le spalle, improvvisamente annoiato. — Vabbe'. Entra.

Il ragazzo gli scivolò accanto, veloce come un'anguilla. A Clary piacquero la forma delle sue spalle e il modo in cui scuoteva i capelli neri mentre camminava. C'era una parola che avrebbe usato sua madre per descriverlo: disinvolto.

— Ti piace, eh? — chiese Simon con un'aria rassegnata.

Clary gli tirò una gomitata nelle costole, ma non rispose.

Il locale era pieno di fumo fatto con il ghiaccio secco. Le luci colorate si inseguivano sulla pista, trasformandola in un paese incantato di blu, verde acido, rosa shocking e oro.

Il ragazzo col giubbotto rosso accarezzò la lunga lama affilata come un rasoio che teneva tra le mani, con un pigro sorriso che gli danzava sulle labbra. Era stato facile... un po' di magia sulla lama, per farla sembrare inoffensiva. Un po' di magia anche sugli occhi, e nel momento in cui il buttafuori aveva incrociato il suo sguardo, non aveva potuto far altro che lasciarlo entrare. Probabilmente l'avrebbe superato anche senza tutta quella messinscena, ma faceva parte del divertimento... prendere in giro i mondani, fare tutto quanto di fronte a loro, senza nascondersi, scivolare davanti agli sguardi spenti dei loro volti da pecore.

Non che gli umani fossero privi di una loro utilità. Gli occhi verdi del ragazzo passarono in rassegna la pista dove i mondani ballavano, e membra snelle, avvolte in brandelli di seta e di pelle nera, comparivano e scomparivano nelle mutevoli colonne di fumo. Le ragazze agitavano i lunghi capelli, i ragazzi dimenavano i fianchi avvolti nel cuoio e la pelle nuda scintillava di sudore. La vitalità sgorgava fuori da loro, ondate di energia che gli facevano girare la testa come se fosse ubriaco. Gli si arricciarono le labbra. Non sapevano quanto fossero fortunati. Non sapevano cosa significasse condurre una vita priva di slanci in un mondo morto, dove il sole arrancava in cielo come una brace ormai spenta. Le loro vite bruciavano come fiammelle di candele... ed erano altrettanto facili da spegnere.

La sua mano si strinse sulla spada e iniziò ad avviarsi verso la pista, quando una ragazza si staccò dalla massa delle persone che ballavano e si incamminò verso di lui. La fissò. Era bella, per essere un'umana... Capelli lunghi che sembravano inchiostro nero, occhi di carbone. Un abito bianco che toccava il pavimento, come quelli che le donne indossavano quando questo mondo era più giovane. Maniche di pizzo che le si allargavano attorno alle braccia sottili. Al collo una pesante catena d'argento cui era appesa una pietra rosso scuro, grossa come il pugno di un neonato. Gli bastò stringere un po' gli occhi per capire che era vera... vera e preziosa. Mentre lei gli si avvicinava, il ragazzo iniziò a sentire l'acquolina in bocca. L'energia vitale pulsava in quella ragazza come il sangue in una ferita aperta. Lei gli passò davanti, sorrise, lo invitò con lo sguardo. Lui si voltò per seguirla, sentendo già sulle labbra il sapore della sua morte.

Era sempre facile. Riusciva già a sentire il potere di quella vita che evaporava scorrergli nelle vene come fuoco. Gli umani erano così stupidi. Avevano una cosa così preziosa e la trattavano in modo tanto superficiale. Gettavano via le loro vite per denaro, per bustine di polvere, per il sorriso affascinante di uno sconosciuto. La ragazza era uno spettro pallido che arretrava nel fumo colorato. Raggiunse la parete e si voltò. Raccolse la gonna con le mani e la sollevò sorridendogli. Sotto portava stivali alti fino alla coscia.

Le si accostò lentamente, la pelle che gli formicolava per la sua vicinanza. Da vicino non era così perfetta, col mascara sbavato sotto gli occhi e il sudore che le incollava i capelli al collo. Sentiva l'odore della sua mortalità, il dolce sentore della putrefazione. — Beccata — le disse.

Un sorriso accattivante si disegnò sulle labbra della ragazza, poi lei svoltò di lato, e lui vide che si appoggiava a una porta chiusa. INGRESSO VIETATO, diceva una scritta rossa. La ragazza allungò una mano dietro la schiena, prese la maniglia, la girò, sgattaiolò dentro. Lui intravide scatoloni impilati e cavi elettrici aggrovigliati. Un magazzino. Si guardò alle spalle: nessuno in vista. Se era lei a volere un po' di privacy... tanto meglio.

Scivolò nella stanza dietro di lei, senza notare che qualcuno lo stava seguendo.

— Allora — disse Simon. — La musica non è male, no?

Clary non rispose. Stavano ballando – o almeno stavano facendo quello che passava per ballare: vari ondeggiamenti con occasionali affondi verso il pavimento come in cerca di una lente a contatto perduta, in uno spazio libero tra un gruppo di ragazzi strizzati in corsetti di metallo e una coppia di giovani asiatici che si dava da fare appassionatamente mentre le loro extension colorate si intrecciavano come rampicanti. Un ragazzo con un piercing al labbro e uno zainetto a forma di orsacchiotto distribuiva gratis pasticche di herbal ecstasy, i pantaloni da paracadutista che svolazzavano nella brezza generata dalla macchina del vento. Clary non stava prestando troppa attenzione a ciò che aveva attorno: i suoi occhi erano tutti per il tipo coi capelli blu che si era conquistato l'entrata al club a forza di chiacchiere. Il ragazzo si aggirava tra la folla come se fosse alla ricerca di qualcuno. Nel suo modo di muoversi c'era qualcosa che le ricordava...

— Io — proseguì Simon — mi sto davvero divertendo.

La cosa appariva decisamente improbabile. Simon, come sempre, spiccava in mezzo al club come una zucca in un campo di meloni: indossava un paio di jeans e una vecchia maglietta con la scritta MADE IN BROOKLYN. I capelli appena lavati erano castano scuro anziché verdi o rosa e aveva gli occhiali appollaiati sulla punta del naso. Sembrava diretto a un club degli scacchi più che a un appuntamento coi poteri delle tenebre.

— Mmm — disse Clary. Sapeva perfettamente che il Pandemonium lo annoiava e ci andava solo perché piaceva a lei. Non era nemmeno sicura del perché piacesse a *lei*, quel posto: i vestiti, la musica, tutto sembrava un sogno, la vita di qualcun altro, completamente diversa da quella noia che era la sua vita. Ma era troppo timida per rivolgere la parola a qualcuno che non fosse Simon.

Il ragazzo coi capelli blu si stava avvicinando alla pista. Sembrava un po' perso, come se non avesse trovato quello che cercava. Clary si chiese cosa sarebbe successo se fosse andata da lui e si fosse presentata per proporgli un giro turistico del locale. Magari sarebbe rimasto lì a fissarla. O magari era timido anche lui, magari le sarebbe stato grato e gli avrebbe fatto piacere, e avrebbe cercato di non darlo a vedere, come fanno sempre i ragazzi, ma lei lo avrebbe capito lo stesso. Magari...

Il ragazzo coi capelli blu ebbe come uno scatto e divenne improvvisamente attento, come un cane da punta. Clary seguì la linea del suo sguardo e vide la ragazza con l'abito bianco.

Ah, ecco, pensò, cercando di non sentirsi come un palloncino sgonfiato a una festa di compleanno. *Partita chiusa.* Quella tipa era fantastica, il genere di ragazza che Clary avrebbe voluto disegnare, se non fosse stata tanto irritata: alta, sottile come un giunco, con una gran cascata di capelli neri. Anche a quella distanza, Clary poteva vedere il ciondolo rosso che portava al collo. Pulsava sotto la luce della pista da ballo come un cuore disincarnato.

— Direi — continuò Simon — che questa sera il DJ sta facendo un ottimo lavoro, non ti pare?

Clary levò gli occhi al cielo e non rispose. Simon odiava la musica trance. L'attenzione di Clary era tutta per la ragazza con il vestito bianco, che stava indietreggiando verso le scale. Il suo abito chiaro splendeva come un faro tra le luci basse e la nebbia artificiale. Non c'era da stupirsi che il ragazzo coi capelli blu la stesse seguendo, come fosse vittima di un incantesimo, troppo distratto per notare qualsiasi altra cosa avesse attorno... comprese le due sagome scure che gli stavano alle calcagna e lo seguivano a ruota tra la folla.

Clary rallentò il ritmo del proprio ballo e le guardò con attenzione. Riusciva a malapena a intuire se fossero maschi o femmine. Erano maschi. Alti e vestiti di scuro. Non sapeva dire con precisione come si fosse resa conto che stavano seguendo il ragazzo, ma era così. Forse l'avevano insospettita il modo in cui tenevano il suo stesso passo, l'aria circospetta, la grazia furtiva dei movimenti. Un piccolo fiore d'apprensione iniziò a sbocciare nel petto di Clary.

— Ah, volevo dirti — aggiunse Simon — che spesso, ultimamente, mi sono vestito da donna. E che vado a letto con tua mamma... Penso che dovresti saperlo.

La ragazza aveva raggiunto la parete e stava aprendo una porta su cui era scritto INGRESSO VIETATO. Si fece seguire dal ragazzo coi capelli blu ed entrambi sgattaiolarono dall'altro lato della porta. Non era certo la prima volta che Clary assisteva a una scena del genere, una coppia che si infilava in un angolo appartato di un locale per darci dentro. Ma questo rendeva ancora più inquietante il fatto che qualcuno li stesse seguendo.

Clary si sollevò sulla punta dei piedi, nel tentativo di vedere al di là della folla. I due tizi si erano fermati davanti alla porta e stavano parlando fra loro. Uno era biondo, l'altro moro. Il biondo infilò una mano dentro il giubbotto e tirò fuori qualcosa di lungo e affilato che mandò un lampo sotto le luci stroboscopiche. Un coltello.

— Simon! — urlò Clary afferrando il braccio dell'amico.

— Cosa? — Simon sembrava allarmato. — Guarda che non vado davvero a letto con tua madre. Stavo solo cercando di attirare la tua attenzione. Anche se devo ammettere che tua madre è una donna estremamente attraente, per la sua età.

— Li vedi quei tipi? — Clary puntò il dito con foga e quasi colpì una ragazza nera tutta curve che ballava lì accanto. La ragazza le lanciò un'occhiataccia.

— Scusa… scusa! — le disse, poi tornò a voltarsi verso Simon. — Li vedi quei due tizi laggiù? Quelli vicino alla porta?

Simon prima strizzò gli occhi e poi scrollò le spalle. — Non vedo niente.

— Sono in due… stavano seguendo il tizio coi capelli blu…

— Quello che ti piaceva?

— Sì, ma non è questo il punto. Il biondo ha tirato fuori un coltello…

— Sei sicura? — Simon cercò di vedere meglio e scosse il capo. — Io continuo a non vedere nessuno.

— Sono sicura.

Improvvisamente serio, Simon si fece determinato. — Vado a chiamare qualcuno della security. Tu 'sta qui.

Si allontanò di gran carriera, facendosi strada tra la folla a spintoni.

Clary si voltò appena in tempo per vedere il ragazzo biondo che si infilava dentro la porta con la scritta INGRESSO VIETATO, l'amico alle calcagna.

La ragazza si guardò attorno: Simon stava ancora cercando di attraversare la pista da ballo, ma non è che facesse grandi progressi. Ora, anche se avesse urlato, nessuno l'avrebbe sentita, e prima del ritorno di Simon avrebbe potuto esser già successo qualcosa di terribile. Clary si morse forte il labbro inferiore e iniziò a insinuarsi fra la folla.

— Come ti chiami?

Lei si voltò e sorrise. La poca luce che c'era nel magazzino entrava dalle alte finestre sbarrate e impolverate. Il pavimento era pieno di cavi elettrici ammucchiati, rottami di palle stroboscopiche, latte di vernice avanzata.

— Isabelle — disse lei.

— Bel nome. — Lui avanzò, guardando dove metteva i piedi nel caso qualche cavo elettrico fosse ancora collegato. Nella luce fioca, lei sembrava semitrasparente, scolorata, circonfusa di bianco come un angelo. Sarebbe stato bello farla cadere e… — Non ti ho mai visto qui.

— Vuoi sapere se vengo qui spesso? — ridacchiò lei, coprendosi la bocca con una mano. Aveva una specie di braccialetto, sotto il polsino del vestito. Poi, mentre le si avvicinava, il ragazzo vide che non era un braccialetto, ma un disegno a inchiostro tracciato sulla pelle, una matrice di linee vorticose.

E si bloccò. — Tu sei…

Non terminò la frase. La ragazza, muovendosi fulmineamente, lo colpì al petto con la mano aperta. Un colpo che l'avrebbe lasciato a terra senza fiato, se lui fosse stato un essere umano. Il ragazzo arretrò barcollando: ora lei aveva qualcosa in mano, una frusta, che lanciando scintillii dorati schioccò a terra, gli si attorcigliò alle caviglie e lo fece cadere. Il ragazzo si contorceva sul pavimento, la frusta metallica che gli mordeva la pelle. Lei torreggiava davanti a lui, ridendo. Avrebbe dovuto capirlo: nessuna ragazza umana portava un vestito come quello di Isabelle. Lo indossava per coprirsi la pelle. *Tutta* la pelle.

Isabelle strattonò la frusta, stringendo la presa. Il suo sorriso scintillava come acqua velenosa. — È tutto vostro, ragazzi.

Una bassa risata risuonò alle spalle del ragazzo, che si ritrovò delle mani addosso: che lo rimisero in piedi e lo lanciarono contro una delle colonne di cemento, umida contro la sua schiena. Gli torsero le mani all'indietro e gli legarono i polsi con del filo dorato. Mentre si dibatteva, qualcuno uscì da dietro la colonna ed entrò nel suo campo visivo. Era un altro ragazzo, giovane come Isabelle e altrettanto bello. I suoi occhi fulvi scintillavano come schegge d'ambra. — Allora — disse — ce ne sono altri con te?

Il ragazzo coi capelli blu sentiva che la circolazione interrotta dal filo metallico troppo stretto gli stava rendendo insensibili le mani. — Altri cosa?

— Finiscila. — L'altro ragazzo sollevò le braccia e le sue maniche scure scivolarono giù, mostrando le rune tracciate sui polsi, sul dorso delle mani, sui palmi. — Sai cosa sono.

Dietro, dentro il suo cranio, la seconda serie di denti del ragazzo dai capelli blu iniziò a digrignare.

— Uno Shadowhunter, sei un Cacciatore — sibilò il demone.

Il ragazzo fece un sorriso da orecchio a orecchio. — Beccato — disse.

Clary aprì la porta del magazzino ed entrò. Per un istante pensò che non ci fosse nessuno. Le uniche finestre erano in alto ed erano munite di sbarre. Da lì entravano i deboli rumori della strada, il suono di clacson e di freni che stridevano. La stanza odorava di vernice vecchia e uno spesso strato di polvere copriva il pavimento, attraversato da impronte sbavate.

Qui non c'è nessuno, pensò guardandosi attorno sbalordita. Faceva freddo, in quella stanza, nonostante fosse agosto. Il sudore le si ghiacciò sulla schiena. Fece un passo avanti e un piede le si impigliò nei cavi elettrici. Si chinò per liberare la scarpa da ginnastica, e sentì delle voci. La risata di una ragazza, la risposta secca di un ragazzo. E quando si rialzò… li vide.

Era come se fossero sbucati fuori in un batter d'occhio. C'era la ragazza con il lungo vestito bianco e i capelli neri, che le scendevano lungo la schiena come alghe bagnate. Con lei c'erano i due ragazzi, quello alto con i capelli neri come i suoi e quello più basso e biondo, i cui capelli scintillavano come ottoni nella luce fioca che entrava dalle finestre. Era in piedi con le mani in tasca, di fronte al ragazzo coi capelli blu, che era legato a una colonna con una specie di corda di pianoforte, le mani tirate dietro la schiena, le gambe legate all'altezza delle caviglie. Aveva il volto teso per il dolore e la paura.

Con il cuore che le martellava nel petto, Clary si nascose dietro la colonna più vicina e diede un'occhiata furtiva. Vide il biondo camminare avanti e indietro, le braccia incrociate davanti al petto. — Allora? — disse. — Non mi hai ancora detto se qui ci sono altri come te.

Come te? Clary si chiese di cosa stesse parlando. Forse era capitata in mezzo a una guerra tra gang.

— Non so di cosa parli — rispose il ragazzo coi capelli blu. Il suo tono di voce era sfrontato, nonostante il dolore.

— Di altri demoni — disse il ragazzo moro disegnando la parola nell'aria con le dita. — Cittadini dell'Inferno e servi di Satana, secondo la religione. Ma, secondo il Conclave, tutti i tipi di spirito, potere o principio malevolo e maligno che si trovino fuori dalla nostra dimensione originaria...

— Basta così, Jace — lo fermò la ragazza.

— Isabelle ha ragione — disse il ragazzo con la giacca impermeabile. — Qui a nessuno serve una lezione di semantica... e neppure di demonologia.

Sono pazzi, pensò Clary. *Pazzi completi. Demoni? Altre dimensioni? Cosa diavolo sta succedendo qui?*

Jace sollevò la testa e sorrise. C'era qualcosa di feroce in quel gesto, qualcosa che a Clary ricordò i documentari sui leoni: il modo in cui i grandi felini sollevano la testa per annusare l'aria alla ricerca della preda. — Isabelle e Alec pensano che io parli troppo — disse in tono confidenziale. — Anche *tu* pensi che io parli troppo?

Il ragazzo coi capelli blu non rispose. Poi iniziò a muovere la bocca. — Potrei darvi delle informazioni — disse. — So dove si trova Valentine.

Jace guardò Alec, che scrollò le spalle. — Valentine è sotto terra. Questo coso ci sta prendendo in giro.

Isabelle scrollò i capelli. — Uccidilo, Jace — concluse. — Non ci dirà niente.

Jace sollevò la mano, e Clary vide la luce riflettersi sul coltello che impugnava. Era stranamente trasparente, con una lama chiara come cristallo e affilata come una scheggia di vetro.

Il ragazzo legato sussultò. — Valentine è tornato! — protestò strattonando i cavi che gli stringevano le mani dietro la schiena. — Lo sanno tutti i Mondi Infernali... *Io*, lo so... e posso dirvi dove...

All'improvviso gli occhi di ghiaccio di Jace furono invasi dalla rabbia. — Per l'Angelo, ogni volta che catturiamo uno di voi bastardi dite sempre di sapere dove si trova Valentine. Be', lo sappiamo anche noi dove si trova. All'Inferno. E tu... — sollevò il lungo coltello, la lama scintillante come una linea di fuoco — puoi *raggiungerlo*.

Clary non poté resistere oltre. Uscì da dietro la colonna. — Fermi! — urlò. — Non potete farlo...

Jace si voltò di scatto, tanto sorpreso che il coltello gli sfuggì di mano e cadde sul pavimento di cemento. Anche Isabelle e Alec si voltarono, entrambi con un'espressione di stupore dipinta in volto. Il ragazzo coi capelli blu rimase fermo dove si trovava, sbalordito e a bocca aperta pure lui.

Fu Alec a parlare per primo. — Cos'è? — chiese guardando ora Clary ora i suoi compagni, come se loro sapessero cosa stesse succedendo.

— È una ragazza — disse Jace ritrovando il proprio autocontrollo. — Sicuramente ti sarà già capitato di vederne qualcuna, Alec. Tua sorella Isabelle, per esempio. — Fece un passo verso Clary, socchiudendo gli occhi come se non riuscisse a credere fino in fondo a ciò che aveva davanti. — Una mondana — disse come tra sé. — E ci può vedere.

— Certo che vi posso vedere — disse Clary. — Non sono mica cieca.

— Oh, sì che lo sei — disse Jace chinandosi a raccogliere il coltello. — Solo che non lo sai. — Si raddrizzò. — È meglio che tu esca di qui, te lo dico per il tuo bene.

— Non vado da nessuna parte — si rifiutò Clary. — Se me ne vado, voi lo ucciderete. — Indicò il ragazzo coi capelli blu.

— È vero — ammise Jace, rigirandosi il coltello tra le dita. — E a te perché dovrebbe importare se lo uccidiamo o no?

— Perché... — farfugliò Clary. — Perché non si può andare in giro a uccidere le persone.

— Hai ragione — disse Jace. — Non si può andare in giro a uccidere *le persone*. — Poi indicò il ragazzo coi capelli blu, che aveva gli occhi socchiusi. Clary si chiese se fosse svenuto. — Ma quello che vedi non è una persona, ragazzina. Può anche avere l'aspetto di una persona, e parlare come una persona, e magari anche sanguinare come una persona. Ma è un mostro.

— Jace — lo richiamò Isabelle secca. — Basta così.

— Tu sei pazzo — disse Clary arretrando. — Ho chiamato la polizia. Saranno qui da un momento all'altro.

— Sta mentendo — disse Alec, ma sul suo volto si intuiva il dubbio. — Jace, tu...

Non riuscì a finire la frase. In quell'istante il ragazzo coi capelli blu, emise un urlo acuto e ferino, si liberò dalle corde che lo tenevano legato alla colonna e si lanciò contro Jace.

I due caddero a terra e rotolarono avvinghiati. Il ragazzo coi capelli blu lacerava la pelle di Jace con le mani che scintillavano come se le punte delle dita fossero di metallo. Clary arretrò: avrebbe voluto fuggire, ma inciampò in un rotolo di cavi elettrici, cadde all'indietro e rimase a terra senza fiato per la botta. Sentì Isabelle strillare. Rotolò su un fianco e vide il ragazzo coi capelli blu seduto sul petto di Jace. Le punte dei suoi artigli affilati come rasoi luccicavano di sangue.

Isabelle e Alec corsero verso i due contendenti. Isabelle brandiva la sua frusta. Il ragazzo coi capelli blu cercò di colpire il volto di Jace coi suoi artigli, Jace sollevò un braccio per proteggersi, e gli artigli lo dilaniarono, facendo schizzare sangue dappertutto. Il ragazzo coi capelli blu tentò un nuovo affondo... quando la frusta di Isabelle si abbatté sulla sua schiena. Lui emise una specie di ululato e cadde su un fianco.

Veloce come la frusta di Isabelle, Jace rotolò di lato e nelle sue mani comparve di nuovo il coltello. Affondò la lama nel petto del ragazzo coi capelli blu. Un liquido nerastro esplose attorno all'elsa. Il ragazzo inarcò la schiena senza alzarsi dal pavimento. Jace si rimise in piedi con una smorfia. La sua camicia nera in alcuni punti era ancora più nera per il sangue che la infradiciava. Volse lo sguardo sulla figura che si contorceva ai suoi piedi, si abbassò, ed estrasse il coltello dal suo corpo. L'elsa era resa scivolosa da un fluido nero.

Gli occhi del ragazzo coi capelli blu si aprirono di scatto. Erano fissi su Jace e sembravano bruciare. Poi sibilò tra i denti: — Così sia. Il Rinnegato vi prenderà tutti.

Jace parve quasi ringhiare. Gli occhi del ragazzo si rovesciarono all'indietro. Il suo corpo iniziò a tremare e a sussultare mentre si accartocciava, ripiegandosi su se stesso e facendosi sempre più piccolo, finché non scomparve del tutto.

Clary si rimise freneticamente in piedi, scalciando via il cavo elettrico. Iniziò a indietreggiare. Nessuno di loro le stava prestando attenzione... Alec aveva raggiunto Jace e gli stava tenendo il braccio. Gli tirava la manica, forse per dare un'occhiata alle ferite. Clary si voltò per scappare... e si trovò la strada bloccata da Isabelle, con la frusta in mano. La lunga arma dorata era macchiata di fluido nero. Scosse rapidamente la frusta verso Clary e la sua estremità le avvolse il polso. Clary sussultò di dolore e sorpresa.

— Stupida piccola mondana — disse l'altra fra i denti. — Avresti potuto far uccidere Jace.

— È pazzo — disse Clary cercando di liberarsi il polso. La frusta affondò ancora di più nella sua pelle. — Siete tutti pazzi. Cosa credete di essere, dei giustizieri della notte? La polizia...

— La polizia non interviene se non c'è nessun cadavere — disse Jace. Attraversò la stanza ingombra di cavi stringendosi il braccio al petto e si avvicinò a Clary. Alec lo seguì con un'espressione arcigna in volto.

Clary diede uno sguardo al punto in cui era scomparso il ragazzo coi capelli blu e non disse nulla. Non c'era nemmeno una macchia di sangue, nulla che potesse far credere che quel tizio fosse mai esistito.

— Quando muoiono tornano alla loro dimensione originaria — spiegò Jace. — Nel caso te lo stessi chiedendo.

— Jace — sibilò Alec. — Attento a quello che dici.

Jace ritrasse il braccio. Sul volto aveva un macabro schizzo di sangue. A Clary continuava a ricordare un leone, con gli stessi occhi distanti e chiari e la criniera dorata. — Ci può vedere, Alec — disse. — Sa già fin troppo.

— Allora, cosa vuoi che faccia di lei? — chiese Isabelle.

— Lasciala andare — rispose Jace tranquillamente.

Isabelle gli lanciò uno sguardo sorpreso, quasi rabbioso, ma non fece discussioni. La frusta ebbe un fremito e liberò il braccio di Clary. Lei si massaggiò il polso indolenzito e si chiese come diavolo sarebbe uscita da quella situazione.

— Forse dovremmo portarla via con noi — disse Alec. — Scommetto che a Hodge piacerebbe farci due chiacchiere.

— Non esiste che la portiamo all'Istituto — disse Isabelle. — È una mondana.

— Ne sei sicura? — disse Jace sottovoce. Il suo tono pacato faceva più paura del nervosismo di Isabelle o della rabbia di Alec. — Tu hai mai avuto a che fare con i demoni, ragazzina? Te ne sei andata in giro con gli stregoni? Hai parlato con i Figli della Notte? Hai...

— Non chiamarmi *ragazzina* — lo interruppe Clary. — E non ho idea di cosa stia parlando. — *Davvero?* disse una voce nel retrobottega del suo cervello. *Hai visto quel ragazzo scomparire nel nulla. E Jace non è pazzo... Ti piacerebbe che lo fosse, ma non è così.* — Io non credo nei... nei demoni o in qualunque cosa voi...

— Clary? — Era la voce di Simon. La ragazza si voltò di scatto. Il suo amico era sulla porta del magazzino e accanto a lui c'era uno dei buttafuori che facevano gli stampini all'ingresso. — Tutto bene? — Simon guardò la stanza semibuia alle spalle di Clary. — Cosa ci fai qui da sola? — le chiese. — E cosa è successo ai tizi... i tizi con i coltelli?

Clary lo guardò e poi si guardò alle spalle e vide Jace, Isabelle e Alec. Alec aveva ancora la camicia insanguinata e il coltello in mano. Le sorrise e scrollò le spalle come se volesse scusarsi e prenderla in giro allo stesso tempo. Evidentemente non era stupito che né Simon né il buttafuori potessero vederli.

E in qualche modo non lo era nemmeno Clary. Si voltò lentamente verso Simon, intuendo come doveva apparirgli, sola in quel magazzino umido, i piedi avvolti nel groviglio dei cavi elettrici. — Credevo fossero entrati qui — tentò di giustificarsi. — Ma mi sa che mi sono sbagliata. Mi spiace. — Il suo sguardo si spostò da Simon, la cui espressione stava passando dalla preoccupazione all'imbarazzo, al buttafuori, che sembrava infastidito. — Mi spiace davvero, sì.

Sentì Isabelle che ridacchiava alle sue spalle.

— Non ci credo — disse Simon mentre Clary, ferma sul marciapiede, cercava disperatamente di fermare un taxi. Mentre erano nel locale, gli spazzini avevano pulito la Orchard e adesso la strada era nera e lucida di acqua saponata.

— Lo so — rispose lei. — Non ci si può proprio credere che sia così difficile trovare un taxi libero. Dove vanno tutti quanti, a mezzanotte di domenica? — Si voltò verso l'amico e scrollò le spalle. — Dici che potrebbe andarci meglio sulla Houston?

— Non stavo parlando dei taxi — disse Simon. — Parlavo di te. Non ci credo. Non ci credo che quei tizi coi coltelli siano scomparsi nel nulla.

Clary sospirò. — Forse non c'erano, quei tizi con i coltelli. Forse mi sono immaginata tutto.

— Figurati. — Simon alzò la mano sopra la testa, ma il taxi in arrivo gli sfrecciò davanti schizzandolo d'acqua sporca. — Ho visto la faccia che avevi quando sono entrato nel magazzino. Eri completamente fuori, come se avessi visto un fantasma.

Clary pensò a Jace e ai suoi occhi da felino. Si guardò il polso, attorno al quale era disegnato un sottile braccialetto rosso, nel punto in cui si era stretta la frusta di Isabelle. *No, nessun fantasma,* pensò. *Era qualcosa di più strano di un fantasma.*

— È stato semplicemente un errore — disse senza sbilanciarsi troppo. Si chiese perché non gli dicesse la verità. Be', forse perché a quel punto lui avrebbe pensato che fosse impazzita. E in quel che era successo, nel sangue nero che gocciolava dal coltello di Jace, nella sua voce quando gli aveva chiesto: «Hai parlato con i Figli della Notte?» c'era qualcosa che Clary voleva tenere per sé.

— Be', è stato un errore molto imbarazzante — disse Simon. Diede un'occhiata al club alle sue spalle, dove una sottile coda serpeggiava ancora fuori dalla porta e arrivava a metà isolato. — Non credo che ci faranno più entrare, al Pandemonium.

— Cosa te ne frega? Tu lo odi, il Pandemonium. — Clary sollevò ancora la mano, quando vide una sagoma gialla che si avvicinava a tutta velocità nella nebbia. Questa volta il taxi inchiodò in mezzo al loro incrocio e l'autista si attaccò al clacson, come se avesse bisogno di attirare la loro attenzione.

— Finalmente un po' di fortuna. — Simon aprì la portiera del taxi e si infilò sul sedile posteriore ricoperto di plastica. Clary lo seguì, inspirando il familiare odore di taxi newyorkese: fumo stantio di sigarette, pelle e lacca per capelli.
— Brooklyn — disse Simon al taxista. Poi si voltò verso Clary: — Senti, sai che a me puoi dire tutto, vero?

Clary esitò per un istante, e poi annuì. — Certo, Simon. Lo so.

Chiuse la portiera del taxi e l'auto partì nella notte.

2

Segreti e bugie

Il principe oscuro era seduto in sella al suo destriero nero, il mantello di zibellino che gli ricadeva dietro le spalle. Un cerchietto d'oro gli cingeva i riccioli biondi, il suo volto bellissimo era reso gelido dalla furia della battaglia e…

— E il suo braccio sembrava una melanzana — borbottò Clary esasperata. Non era proprio in vena di disegnare. Con un sospiro strappò un altro foglio dal suo blocco, lo appallottolò e lo lanciò contro la parete arancione della sua stanza. Il pavimento era già cosparso di palle di carta, segno che il suo talento creativo non stava dando certo il meglio di sé. Clary desiderò per la milionesima volta di essere un po' più simile a sua madre. Tutto ciò che Jocelyn Fray disegnava, dipingeva o schizzava era bello e, almeno in apparenza, non le costava il minimo sforzo.

Clary si levò le cuffie dalle orecchie interrompendo a metà *Stepping Razor* e si massaggiò le tempie doloranti. Fu solo a quel punto che si accorse del suono deciso e penetrante del telefono che echeggiava nell'appartamento. Gettò il blocco da disegno sul letto, saltò in piedi e corse in salotto, dove l'apparecchio rosso in stile retrò era posto su un tavolino accanto alla porta d'ingresso.

— Parlo con Clarissa Fray? — La voce dall'altra parte del telefono aveva qualcosa di familiare, anche se non riuscì a identificarla subito.

Clary si rigirò nervosamente il filo della cornetta tra le dita. — Sì?

— Ciao, sono uno dei tagliagole col coltello che hai incontrato ieri sera al Pandemonium, hai presente? Ecco, temo di averti fatto una brutta impressione e speravo che tu volessi darmi una possibilità di rimediare…

— SIMON! — sbottò Clary allontanando il ricevitore dall'orecchio mentre il suo amico scoppiava in una fragorosa risata. — Non è affatto divertente!

— Cavoli se è divertente! È solo che tu sei la solita musona.

— Cretino. — Clary sospirò e si appoggiò al muro. — Non rideresti se fossi stato qui questa notte quando sono tornata a casa.

— Perché no?

— Mia mamma. Non era troppo contenta che abbiamo fatto così tardi, ieri. Ha sclerato. C'è stato un bel casino.

— Ma mica era colpa nostra se c'era traffico! — protestò Simon. Era il minore di tre fratelli e aveva un senso dell'ingiustizia familiare decisamente sviluppato.

— Sì, be', lei non la vede così. L'ho delusa, l'ho fatta arrabbiare, l'ho fatta preoccupare, bla bla bla, sono il flagello della sua esistenza — disse Clary ripetendo le parole esatte di sua madre con un pizzico di senso di colpa.

— Quindi sei in castigo? — chiese Simon a volume un po' troppo alto. Clary sentiva il rombo sommesso delle voci dietro di lui: persone che parlavano una sull'altra.

— Ancora non lo so — disse lei. — Questa mattina è uscita con Luke e non sono ancora tornati. Ma tu dove sei? Da Eric?

— Sì. Abbiamo appena finito le prove. — Un piatto risuonò dietro Simon. Clary fece una smorfia. — Eric farà un reading di poesie al Java Jones questa sera — proseguì Simon, facendo riferimento a un locale vicino a casa di Clary dove talvolta suonavano dal vivo, la sera. — Noi del gruppo andiamo tutti a fare il tifo per lui. Vuoi venire?

— Sì, dai. — Clary fece una pausa, strattonando nervosamente il filo. — No, aspetta, no.

— Vi dispiace stare un po' zitti, ragazzi? — urlò Simon tenendo il telefono lontano dalla bocca. Un secondo dopo tornò a rivolgersi a Clary. Aveva un tono di voce preoccupato. — Era un sì o un no?

— Non lo so. — Clary si morse un labbro. — Mia mamma è ancora arrabbiata con me. Non so se voglio farla incavolare ancora di più con un'altra richiesta. Se mi devo mettere nei guai, non voglio che sia per quello schifo di poesie di Eric.

— Ma dai, non sono così male — disse Simon. Eric abitava nella casa accanto alla sua e si conoscevano praticamente da sempre. Non erano amici come lui e Clary, ma avevano messo insieme una band all'inizio del secondo anno di liceo con due suoi amici, Matt e Kirk. Provavano tutti i santi sabati nel garage dei genitori di Eric. — E poi non è un favore — aggiunse Simon. — È una lettura di poesie a cinque isolati da casa tua, non è mica come se ti avessi invitato a un'orgia a Hoboken. Può venire anche tua mamma, se vuole.

— Un'orgia a Hoboken! — urlò qualcuno in sottofondo, probabilmente Eric. Un altro colpo sui piatti. Clary immaginò sua madre che ascoltava le poesie di Eric ed ebbe un brivido.

— Non lo so. Se arrivate qui tutti quanti mi sa che potrebbe sclerare.

— E allora ci vengo da solo. Ti passo a prendere, ci andiamo insieme a piedi, e con gli altri ci vediamo al locale. A tua mamma non dispiacerà. Mi adora.

Clary non poté fare a meno di scoppiare a ridere. — Il che non depone a favore del suo buongusto, se proprio vuoi saperlo.

— No, non voglio saperlo. — Simon rimise giù il telefono tra le urla dei suoi compagni di band.

Clary riappese e si diede un'occhiata attorno. Nel salotto erano disseminate le prove materiali delle tendenze artistiche di sua madre, dai cuscini di velluto cuciti a mano, ammucchiati sul divano rosso scuro, ai dipinti incorniciati alle pareti. Erano soprattutto paesaggi: le strade sinuose di Downtown Manhattan accese da una luce dorata, le scene di Prospect Park in inverno, gli stagni grigi bordati di merletti di ghiaccio bianco.

Sul ripiano del caminetto c'era una cornice con una foto del padre di Clary. Era un uomo dalla carnagione chiara, con un'aria meditabonda. Agli angoli dei suoi occhi si intravedevano delle rughe d'espressione che lasciavano immaginare una personalità allegra. Aveva prestato servizio oltreoceano ed era stato decorato. Jocelyn teneva alcune sue medaglie in una scatoletta accanto al letto. Non che le medaglie fossero servite a qualcosa, quando Jonathan Clark Fray era andato a sbattere in macchina contro un albero alla periferia di Albany ed era morto prima ancora che sua figlia nascesse.

Jocelyn non parlava mai del padre di Clary. La scatola accanto al letto riportava le sue iniziali. All'interno c'erano le sue medaglie e decorazioni militari, una fede nuziale e una ciocca di capelli biondi. A volte Jocelyn tirava fuori la scatola, la apriva e teneva in mano la ciocca con grande delicatezza, dopodiché la rimetteva a posto e la chiudeva di nuovo nella sua scatola.

Il rumore della chiave che girava nella porta d'ingresso riscosse Clary dal suo sogno a occhi aperti. Si gettò sul divano e provò a fingersi immersa nella lettura di uno dei libri che sua madre aveva lasciato impilati sul tavolino. Jocelyn riteneva che la lettura fosse un passatempo sacro e di solito non interrompeva Clary nel mezzo di un libro nemmeno se aveva da rimproverarla.

La porta si aprì con un colpo secco. Era Luke, le braccia colme di quelli che sembravano grossi fogli quadrati di cartone. Quando li mise giù, Clary vide che erano scatoloni appiattiti. Luke si raddrizzò e si voltò verso di lei sorridendo.

— Ciao, zi... Ciao, Luke — disse Clary. Più o meno un anno prima, lui le aveva chiesto di smettere di chiamarlo zio Luke, sostenendo che lo faceva sentire vecchio e che in ogni caso gli faceva venire in mente *La capanna dello zio Tom*. E poi, le aveva ricordato con gentilezza, lui non era veramente suo zio, era solo un ottimo amico di sua madre, che conosceva da una vita. — Dov'è la mamma?

— Sta parcheggiando il furgone — disse lui, raddrizzando la sua figura allampanata con una specie di grugnito. Indossava la sua solita uniforme: vecchi jeans, camicia di flanella e un paio di occhiali dorati tutti storti che poggiavano sghembi sul naso. — Mi ricordi ancora una volta perché questo palazzo non ha l'ascensore?

— Perché è vecchio e ha *personalità* — disse immediatamente Clary. Luke sorrise. — A cosa servono quegli scatoloni?

Il sorriso di Luke scomparve. — Tua madre vuole mettere via un po' di cose — disse evitando il suo sguardo.

— Quali cose? — chiese Clary.

Lui scrollò le spalle. — Roba varia che c'è in giro per la casa. Cose che danno solo fastidio. Lo sai che tua madre non butta via niente. E tu cosa combini? Studi? — Le prese di mano il libro e lesse ad alta voce: — *Il mondo pullula ancora di quelle creature eterogenee respinte da una filosofia più razionalistica. Fate, folletti, fantasmi e demoni vagano ancora...* — Luke abbassò il libro e la guardò da sopra gli occhiali. — Lo leggi per la scuola?

— *Il ramo d'oro*? No, niente scuola per qualche settimana. — Clary riprese il libro. — È della mamma.

— Lo immaginavo.

La ragazza lo rimise sul tavolino. Si sentiva inquieta. — Luke?

— Sì? — Il libro era già dimenticato. Luke stava rovistando nella cassetta degli attrezzi accanto al camino. — Ah, eccolo — disse, tirando fuori un aggeggio di plastica arancione per attaccare lo scotch e guardandolo con grande soddisfazione.

— Tu cosa faresti se avessi visto una cosa che nessun altro poteva vedere?

L'attrezzo cadde dalla mano di Luke e colpì le piastrelle del caminetto. L'uomo si inginocchiò per raccoglierlo, senza guardare Clary. — Vuoi dire se fossi stato l'unico testimone di un crimine o una cosa del genere?

— No. Voglio dire se c'erano delle persone che potevi vedere soltanto tu. E che per tutti gli altri erano invisibili.

Luke esitò, ancora in ginocchio, l'attrezzo per lo scotch stretto in mano.

— Lo so che sembra una cosa folle — abbozzò Clary — Però...

Luke si voltò. I suoi occhi azzurrissimi dietro le lenti si fissarono su di lei con un'espressione di profondo affetto. — Clary, tu sei un'artista, come tua madre. Questo vuol dire che vedi il mondo in modo diverso dalle altre persone. È il tuo dono vedere la bellezza e l'orrore delle cose di tutti i giorni. Non sei pazza per questo... soltanto diversa. E non c'è niente di male a essere diversi.

Clary si strinse le gambe al petto e appoggiò il mento alle ginocchia. Nella sua mente visualizzò il magazzino, la frusta dorata di Isabelle, il ragazzo coi capelli blu che moriva tra le convulsioni e gli occhi fulvi di Jace. *Bellezza e orrore*. Disse: — Se mio papà fosse ancora vivo, pensi che sarebbe stato un artista anche lui?

Luke parve colto di sorpresa da quella domanda. Prima che potesse rispondere, la porta si spalancò e la madre di Clary entrò di gran carriera nella stanza, i tacchi degli scarponcini che ticchettavano sul parquet lucido. Diede a Luke un tintinnante mazzo di chiavi e si voltò a guardare la figlia.

Jocelyn Fray era una donna dal fisico snello e sodo, coi capelli leggermente più scuri e molto più lunghi di quelli di Clary. Al momento erano raccolti in uno chignon infilzato da una matita. Indossava una salopette sporca di vernice, una maglietta color lavanda e degli scarponcini da trekking cosparsi di colori a olio. I suoi occhi blu scintillavano dietro un paio di grandi occhiali da sole vecchio stile.

Tutti dicevano sempre a Clary che assomigliava a sua madre, ma lei quella somiglianza non la vedeva proprio. L'unica cosa simile che avevano era la struttura fisica: erano tutt'e due magre, con il petto poco pronunciato e i fianchi stretti. Clary sapeva di non essere bella come sua madre. Per essere bella dovevi essere alta e flessuosa. Se eri bassa come Clary, che superava di poco il metro e cinquanta, al massimo potevi essere carina. Non bella, e nemmeno affascinante: carina. Se poi ci si mettevano anche i capelli color carota e una faccia piena di lentiggini, lei e sua madre erano simili come una bambola di pezza con i capelli rossi e Barbie.

Jocelyn aveva un modo aggraziato di camminare che faceva voltare la gente per strada. Clary, al contrario, non faceva altro che inciampare dappertutto e la gente si voltava a guardarla soltanto quando finiva dritta distesa per terra.

— Grazie per avere portato su gli scatoloni — disse la madre di Clary a Luke con un sorriso. Ma Luke non rispose al suo sorriso. Lo stomaco di Clary fece una giravolta. Evidentemente stava succedendo qualcosa. — Mi dispiace di averci messo tanto, a trovare un parcheggio... Oggi ci saranno un milione di persone al parco...

— Mamma? — la interruppe Clary. — A cosa servono quegli scatoloni?

Jocelyn si mordicchiò un labbro. Luke lanciò una rapida occhiata in direzione di Clary per invitare silenziosamente Jocelyn a farsi avanti. La donna si spinse una ciocca ribelle di capelli dietro l'orecchio e si sedette sul divano accanto alla figlia. Ora che l'aveva vicina, Clary vide quanto sua madre fosse stanca. Aveva gli occhi cerchiati e le palpebre gonfie per la mancanza di sonno.

— È per ieri sera? — chiese Clary.

— No — disse subito sua madre, poi ebbe un'esitazione. — Forse un po'. Non avresti dovuto fare quello che hai fatto questa notte, lo sai benissimo...

— Mi sono già scusata. Cos'è questa storia? Se mi devi mettere in castigo, fallo e basta.

— Non ho intenzione — si alterò sua madre — di metterti in castigo. — La sua voce era tesa come una corda di violino. Guardò Luke, che scosse il capo.

— Diglielo e basta, Jocelyn — disse lui.

— Vi dispiacerebbe non parlare di me come se non ci fossi? — scattò Clary. — E cos'è che dovresti dirmi?

Jocelyn sospirò. — Andiamo in vacanza.

Il volto di Luke divenne inespressivo come una tela da cui fosse stato cancellato il colore.

Clary scosse il capo. — Tutto qui? Andate in vacanza? — Si lasciò andare contro lo schienale del divano. — Non capisco! Perché la state facendo tanto lunga?

— Forse hai frainteso. — Jocelyn giocherellava nervosamente con la frangia del suo scialle. — Volevo dire che ci andiamo tutti, in vacanza. Tutti e tre... io, te e Luke. Andiamo alla fattoria.

— Ah. — Clary diede un'occhiata a Luke, che aveva le braccia conserte e guardava fuori dalla finestra, la mandibola contratta. La ragazza si chiese cosa lo turbasse. A lui piaceva la vecchia fattoria nell'entroterra... L'aveva comprata e restaurata personalmente dieci anni prima e ci andava ogni volta che poteva. — Per quanto tempo?

— Per il resto dell'estate — disse Jocelyn. — Ho preso degli scatoloni nel caso tu voglia portare dei libri o del materiale per dipingere...

— Per *il resto dell'estate*? — Clary scattò in piedi indignata. — Non posso farlo, mamma. Ho dei programmi... Io e Simon dobbiamo organizzare una festa per l'inizio della scuola e ho gli incontri al laboratorio d'arte e dieci lezioni dalla Tisch fra due settimane...

— Mi dispiace per la Tisch. Ma le altre cose possono essere annullate. Simon capirà, e anche i ragazzi del laboratorio.

Clary sentì l'implacabilità nella voce della madre e capì che stava parlando seriamente. — Ma le ho già pagate, quelle lezioni! Ho risparmiato tutto l'anno! Mi avevi promesso... — Si voltò verso Luke. — Diglielo! Dille che non è giusto!

Luke continuò a guardare fuori dalla finestra, ma un muscolo della sua guancia ebbe un guizzo nervoso. — Lei è tua madre. È una decisione che spetta a lei.

— Non capisco. — Clary tornò a voltarsi verso la madre. — Perché?

— Me ne devo andare, Clary — spiegò Jocelyn. Le tremavano gli angoli della bocca. — Ho bisogno di pace e di silenzio per dipingere. E al momento siamo a corto di soldi.

— E allora vendi un po' delle azioni di papà — replicò Clary arrabbiata. — È quello che fai di solito, no?

Jocelyn si ritrasse. — Non essere ingiusta...

— Senti, se tu vuoi andare, vai, non mi interessa. Io resterò qui senza di te. Posso lavorare. Mi posso trovare un lavoro da Starbucks o qualcosa del genere. Simon mi ha detto che cercano sempre qualcuno. Sono grande abbastanza per badare a me stessa.

— No! — La voce affilata di Jocelyn fece fare un salto a Clary. — Ti ridarò i soldi delle lezioni, Clary. Ma tu vieni con noi. È fuori discussione. Sei troppo giovane per restare qui da sola. Potrebbe succedere qualcosa...

— Ma *cosa*? Cosa potrebbe succedere? — la incalzò Clary.

Vi fu un rumore secco. Clary si voltò e vide con stupore che Luke aveva battuto contro una delle fotografie incorniciate appoggiate al muro. Aveva un'aria decisamente turbata. Riappoggiò la cornice al muro e, quando si risollevò in piedi, le sue labbra erano tese in una linea sottilissima. — Io vado.

Jocelyn si mordicchiò le labbra. — Aspetta... — Lo rincorse nell'ingresso, raggiungendolo nell'istante preciso in cui lui toccava la maniglia della porta. Clary si voltò senza lasciare il divano e riuscì a sentire il sussurro affrettato di sua madre. — ... Bane — disse Jocelyn. — Nelle ultime tre settimane ho continuato a chiamarlo. La sua segreteria telefonica dice che è in Tanzania. Che devo fare?

— Jocelyn... — Luke scosse il capo. — Non puoi continuare ad andare sempre da lui.

— Ma Clary...

— Non è Jonathan — sibilò Luke. — Tu non sei più la stessa, da quando è successo, ma Clary non è Jonathan.

Cosa c'entra mio padre con questa storia? pensò Clary, sbalordita.

— Non posso tenerla chiusa in casa... non accetterà mai una cosa del genere...

— Certo che no! — Luke sembrava davvero arrabbiato. — Non è un cucciolo di cane, è un'adolescente. Quasi un'adulta.

— Se fossimo lontani dalla città...

— Parlale, Jocelyn. — La voce di Luke era ferma. — E sai cosa voglio dire. — Allungò di nuovo una mano verso la maniglia.

La porta si spalancò all'improvviso e Jocelyn lanciò un urletto.

— Gesù! — esclamò Luke.

— Ehm, no, sono soltanto io — disse Simon — anche se mi hanno detto che ci assomigliamo parecchio. — Fece un cenno a Clary. — Sei pronta?

Jocelyn si tolse la mano dalla bocca. — Simon, stavi origliando?

Simon sbatté le palpebre. — No, sono appena arrivato. — Spostò lo sguardo dal volto pallido di Jocelyn a quello furente di Luke. — C'è qualcosa che non va? Volete che me ne vada?

— Non preoccuparti — disse Luke. — Credo che abbiamo finito, qui. — Oltrepassò Simon e scese le scale di gran carriera. Quando sentì la porta del piano terra che sbatteva, Jocelyn ebbe un sobbalzo.

Simon era rimasto sulla porta con un'aria indecisa. — Posso tornare tra un po' — propose. — Davvero, non è un problema.

— Forse sarebbe... — fece per dire Jocelyn, ma Clary si era già alzata in piedi.

— Lascia stare, Simon. Usciamo — disse prendendo la borsa da un gancio accanto alla porta. Se la infilò a tracolla e lanciò un'occhiata alla madre. — Ci vediamo dopo, mamma.

Jocelyn si morse un labbro. — Clary, non pensi che dovremmo parlarne?

— Avremo un sacco di tempo per parlare, quando saremo in *vacanza* — rispose Clary inviperita, ed ebbe la soddisfazione di vedere un'espressione ferita sul volto di sua madre. — Non aspettarmi alzata — aggiunse, dopodiché prese Simon per un braccio e lo trascinò fuori dalla porta.

Il ragazzo oppose un po' di resistenza, guardando con aria di scuse la madre di Clary, come rimpicciolita e abbandonata sulla soglia di casa, le mani intrecciate fra loro. — Arrivederci, signora Fray! — le disse. — Buona serata!

— Oh, stai zitto, Simon — ringhiò Clary, mentre sbatteva la porta alle spalle senza aspettare la risposta di sua madre.

— Ehi, ragazza, guarda che questo braccio mi serve ancora — protestò Simon mentre Clary lo strattonava giù per le scale, le Skechers verdi che pestavano a ogni passo sui gradini di legno. Clary guardò in alto, quasi aspettandosi di vedere sua madre che la guardava dal pianerottolo, ma la porta dell'appartamento restò chiusa.

— Scusa — borbottò, mentre lasciava il polso dell'amico. Si fermò ai piedi delle scale, con la borsa che le batteva contro il fianco.

La casa di Clary, come la maggior parte delle abitazioni di Park Slope, un tempo era stata la residenza di una famiglia ricca. L'eco degli splendori del passato era ancora presente nella scalinata curva, nel pavimento di marmo sbeccato dell'ingresso, nel lucernario. Ora la casa era divisa in due appartamenti separati, e Clary e sua madre condividevano quel palazzo con l'inquilina del piano di sotto, una donna anziana che non usciva quasi mai di casa e forniva consulti esoterici, per quanto le visite dei clienti fossero piuttosto rare. Una placca dorata attaccata alla porta diceva: MADAME DOROTHEA, DIVINATRICE E PROFETESSA.

Dalla porta socchiusa che dava sull'atrio del palazzo usciva un dolce e denso odore d'incenso. Clary sentì anche un basso mormorio.

— Sono contento che le cose le vadano alla grande — disse Simon. — Il settore profetesse è un po' in crisi, di questi tempi.

— Devi per forza fare del sarcasmo su qualsiasi cosa? — scattò Clary.

Simon sgranò gi occhi, evidentemente colto di sorpresa dalla reazione dell'amica. — Credevo ti piacesse la mia vena spiritosa e ironica.

Clary stava per rispondere, quando la porta di Madame Dorothea si spalancò e ne uscì un uomo. Era alto, con una pelle color sciroppo d'acero, occhi verdi e dorati come quelli di un gatto e capelli neri arruffati. Sorrise distrattamente alla ragazza, mostrandole denti bianchi e affilati. Mentre si avviava verso la porta d'ingresso del condominio, Clary vide che aveva i piedi nudi e le unghie ricurve come artigli.

Fu colta da un capogiro ed ebbe la sensazione di essere sul punto di svenire.

Simon la guardò a disagio. — Va tutto bene? Hai l'aria di una che potrebbe cadere a terra da un momento all'altro.

Lei strizzò gli occhi e lo guardò. — Cosa? No, sto bene.

Lui non sembrava intenzionato a lasciar cadere la questione. — Sembra che abbia visto un fantasma.

Clary scosse il capo. Il ricordo di qualcosa che aveva appena visto la sfiorò, ma quando cercò di concentrarsi le sfuggì come acqua tra le mani. — Niente. Mi è sembrato di vedere il gatto di Dorothea, ma mi sa che era soltanto un gioco di luce. — Simon la stava fissando. — È da ieri che non mangio niente — aggiunse Clary sulla difensiva. — Forse ho un calo di zuccheri.

Lui le mise un braccio attorno alle spalle. — Andiamo. Ti offro qualcosa.

— Non ci posso credere che si comporti così — disse Clary per la quarta volta, mentre dava la caccia all'ultimo rimasuglio di guacamole con la punta di un nacho. Erano in un locale messicano del quartiere, un posto piccolissimo che si chiamava Nacho Mama. — Come se non le bastasse mettermi in castigo una settimana sì e una no; adesso mi tocca pure andare in esilio per tutta l'estate.

— Dai, lo sai che tua madre fa così, ogni tanto — disse Simon. — Be', ogni spesso, a dire la verità. — Le sorrise da dietro il suo burrito vegetariano.

— Oh, certo, divertiti pure — lo gelò Clary. — Non sei mica tu che verrai trascinato nel mezzo del nulla per chissà quanto tempo...

— Clary. — Simon interruppe la sua tirata. — Non è colpa mia, sai? E poi non sarà una cosa definitiva.

— E tu come fai a saperlo?

— Be', perché conosco tua madre — rispose Simon dopo una pausa. — Voglio dire, io e te siamo amici da quanto? Dieci anni? Lo so che a volte lei fa così, ma poi ci ripensa.

Clary prese un peperoncino dal piatto e ne mordicchiò distrattamente la punta. — Credi davvero? Di conoscerla, voglio dire. Certe volte mi domando se qualcuno la conosca veramente.

— Non ti seguo.

Clary risucchiò un po' d'aria per raffreddare la bocca in fiamme, prima di rispondergli. — Voglio dire che lei non parla mai di sé. Io non so niente di quando era giovane, della sua famiglia, e so pochissimo anche di come ha incontrato mio padre. Non ho neanche visto le foto del matrimonio. È come se la sua vita fosse iniziata quando sono nata io. È quello che mi dice sempre quando le faccio qualche domanda.

— Wow. — Simon fece una faccia buffa. — Che cosa dolce.

— No, non è una cosa dolce — replicò Clary decisa. — È strana. Ed è strano anche che io non sappia niente dei miei nonni. Voglio dire, so che i genitori di papà non sono stati molto carini con lei, ma erano davvero così pessimi? Che razza di persone dovevano essere per non voler nemmeno conoscere la loro nipote?

— Magari lei li odia. Magari erano violenti o qualcosa del genere — suggerì Simon. — Lei ha quelle cicatrici...

Clary lo fissò. — Che cosa?

Simon inghiottì un boccone di burrito. — Quelle piccole cicatrici sulla schiena e sulle braccia. Guarda che *l'ho vista*, tua madre, in costume da bagno, sai?

— Io non ho notato nessuna cicatrice — disse Clary decisa. — Te le sei immaginate.

Lui la fissò e sembrò che stesse per dire qualcosa, quando il cellulare di Clary, sepolto nella borsa, iniziò a suonare. Clary lo ripescò, guardò i numeri che lampeggiavano sullo schermo e fece una smorfia. — È mia mamma.

— Bastava guardarti in faccia per capirlo. Hai intenzione di parlarle?

— Non ora — disse Clary sentendo la ben nota fitta allo stomaco di senso di colpa mentre il telefono smetteva di suonare e partiva la segreteria. — Non voglio litigare con lei.

— Puoi sempre stare da me — disse Simon. — Per tutto il tempo che vuoi.

— Be', prima vediamo se mia mamma si è calmata un po'. — Clary premette il pulsante della segreteria telefonica sul cellulare. La voce di sua madre era tesa, ma si stava evidentemente sforzando di mostrare un po' di leggerezza: «Piccola, mi dispiace di aver rovinato i piani delle tue vacanze. Vieni a casa e parliamone». Clary riappese prima della fine del messaggio, sentendosi ancora più in colpa e più arrabbiata insieme. — Ne vuole parlare — riferì a Simon.

— E tu vuoi parlare con lei?

— Non lo so. — Clary si strofinò il dorso della mano sugli occhi. — Hai sempre intenzione di andare al reading di poesia?

— Ho promesso di farci un salto.

Clary si alzò in piedi e spinse indietro la sedia. — Allora vengo con te. La chiamerò dopo. — La tracolla della borsa le scivolò giù dal braccio. Simon gliela rimise a posto e le sue dita indugiarono sulla pelle nuda della spalla.

L'aria fuori era densa di un'umidità che increspava i capelli di Clary e appiccicava la maglietta blu di Simon alla schiena. — Come va con la band? — chiese la ragazza. — Ci sono novità? Prima al telefono c'era un casino pazzesco in sottofondo.

Il volto di Simon si illuminò. — Va alla grande — disse. — Matt ha detto che conosce un tizio che potrebbe farci suonare allo Scrap Bar. E poi stiamo ancora discutendo sul nome.

— Ma va? — Clary nascose un sorriso. Il gruppo di Simon non suonava mai un granché. Se ne stavano quasi sempre seduti nel salotto di Simon a litigare sul nome e sul logo della band. A volte Clary si chiedeva se qualcuno di loro sapesse davvero suonare uno strumento. — Cosa c'è sul piatto?

— Siamo indecisi tra Sea Vegetable Conspiracy e Rock Solid Panda.

Clary scosse il capo. — Fanno schifo tutt'e due.

— Eric ha proposto Lawn Chair Crisis.

— Forse Eric farebbe meglio a tornare a dedicarsi ai videogiochi.

— Ma poi ci toccherebbe trovare un altro batterista.

— Ah, allora è questo che fa Eric? Credevo che si limitasse a scroccarvi soldi e ad andarsene in giro per la scuola a dire alle ragazze che suona in una band per fare colpo su di loro.

— Ma no — disse allegro Simon. — Eric ha voltato pagina. Ha una ragazza. Escono insieme da tre mesi.

— Praticamente sposati — commentò Clary, mentre passavano accanto a una coppia che spingeva un passeggino con dentro una bambina coi capelli fissati da mollette gialle di plastica e con in mano una fatina dalle ali color zaffiro e venature dorate. A Clary sembrò di avere visto con la coda dell'occhio le ali della fatina che frullavano. Si voltò di colpo.

— Il che significa — proseguì Simon — che io sono l'ultimo membro della band a non avere una ragazza. È per questo che la gente suona in un gruppo, no? Per le ragazze.

— E io che pensavo fosse per la musica... — Un uomo con un bastone da passeggio le passò davanti, diretto verso Berkeley Street. Clary distolse lo sguardo: temeva che se avesse guardato qualcuno troppo a lungo gli sarebbero spuntate le ali, delle nuove braccia o una lingua biforcuta da serpente. — E a chi interessa se hai o no una ragazza?

— A me, per esempio — disse cupo Simon. — Tra un po' gli unici rimasti senza ragazza saremo io e Wendell, il bidello. E lui puzza di detersivo per pavimenti.

— Almeno sai che lui è ancora disponibile.

Simon la guardò male. — Non è divertente, Fray.

— C'è sempre Sheila "Tanga" Barbarino — suggerì Clary. Al primo anno delle superiori Clary stava seduta dietro di lei, a matematica, e ogni volta che Sheila lasciava cadere la penna – cosa che succedeva spesso – lei poteva godersi lo spettacolo delle sue mutande che svettavano al di sopra dei jeans a vita superbassa.

— È con lei che è uscito Eric in questi tre mesi — disse Simon. — Il consiglio che mi ha dato lui è stato di decidere qual era la ragazza con il corpo più da paura e di chiederle di uscire il primo giorno di scuola.

— Eric è un maiale sessista — sentenziò Clary, accorgendosi di colpo che non voleva affatto sapere quale fosse secondo Simon la ragazza con il corpo più da paura della scuola. — Forse dovreste chiamarvi proprio così: Sexist Pigs.

— Non è male. — Simon sembrò pensarci seriamente. Clary gli fece una smorfia e in quell'istante la borsa ricominciò a vibrare e il cellulare a suonare. — È ancora tua mamma? — chiese lui mentre la ragazza guardava il display.

Clary annuì. Rivide sua madre, piccola e sola, sulla porta del loro appartamento. Il senso di colpa le inondò il petto.

Guardò Simon, che la stava fissando con gli occhi resi più scuri dalla preoccupazione. Il volto di Simon le era così familiare che avrebbe potuto disegnarlo nel sonno. Clary pensò alle settimane solitarie che l'aspettavano senza di lui e rimise il telefono nella borsa. — Andiamo — disse. — O faremo tardi.

3
Shadowhunters

Quando arrivarono al Java Jones, Eric era già sul palco e ondeggiava davanti al microfono con gli occhi chiusi. Per l'occasione si era tinto di rosa le punte dei capelli. Alle sue spalle Matt, con l'aria strafatta, picchiava a intervalli irregolari su un bongo.

— Sarà uno schifo di reading — predisse Clary. Prese Simon per una manica e lo tirò verso la porta. — Se ci muoviamo subito possiamo ancora svignarcela.

Lui scosse il capo con un'aria decisa. — Io sono un uomo di parola — disse tutto impettito. — Tu cerca un tavolino e io vado a prendere da bere. Cosa vuoi?

— Caffè. Nero… come la mia anima.

Simon si diresse verso il bancone borbottando qualcosa fra sé. Clary andò a cercare da sedersi.

Il locale era pieno, per essere un lunedì: la maggior parte dei divani e delle poltrone consunte era occupata da adolescenti che si godevano la loro uscita infrasettimanale. Il profumo del caffè e di sigarette speziate era intenso. Alla fine Clary trovò un divanetto libero in un angolo semibuio in fondo alla sala. L'unica persona nei paraggi era una ragazza bionda con una canottiera arancione tutta presa a trafficare con il suo iPod. *Bene*, pensò Clary. *Eric non riuscirà a trovarci qua dietro, dopo la lettura, così non potrà chiederci com'erano le poesie*.

La bionda si protese sopra il bracciolo della sua poltrona e sfiorò la spalla di Clary. — Scusa. — Lei sollevò lo sguardo sorpresa. — Quello è il tuo ragazzo? — chiese la ragazza indicando qualcuno.

Clary seguì lo sguardo della ragazza, già pronta a rispondere: "No, non lo conosco", quando si accorse che quello che stava indicando era Simon. Era diretto verso di loro e aveva un'espressione concentrata, nel tentativo di non rovesciare due bicchieri di plastica. — Oh, no — disse Clary. — È un mio amico.

La ragazza sorrise. — È carino. Ha la ragazza?

Clary esitò un secondo di troppo prima di rispondere. — No.

La tizia assunse un'espressione sospettosa. — È gay?

Clary poté evitare di rispondere a quest'ultima domanda, perché a quel punto Simon le aveva raggiunte. La ragazza si rimise subito a sedere, mentre Simon appoggiava i bicchieri sul tavolino e si stravaccava accanto a Clary. — Odio quando finiscono le tazze. Questi cosi scottano. — Si soffiò sulle dita e fece una smorfia. Clary cercò di nascondere un sorriso mentre lo guardava. Di solito non le capitava di chiedersi se Simon fosse carino o no. Be', aveva dei begli occhi scuri, e nell'ultimo anno aveva messo su un po' di muscoli. Con il taglio di capelli giusto...

— Mi stai fissando — disse Simon. — Perché mi fissi? Ho qualcosa in faccia?

Glielo dovrei dire, pensò Clary, anche se una parte di lei era stranamente riluttante a farlo. *Sarei una pessima amica se non lo facessi.* — Non guardare subito, ma quella tipa bionda ti trova carino — sussurrò.

Gli occhi di Simon scattarono di lato a cercare la ragazza, che tentava di mostrarsi tutta presa dalla lettura di un manga. — Quella con la canottiera arancione? — Clary annuì. Simon sembrava dubbioso. — E cosa te lo fa pensare?

Diglielo, forza, diglielo. Clary aprì la bocca per rispondere, ma fu interrotta dal sibilo di un amplificatore che andava in feedback. Trasalì e si coprì le orecchie, mentre Eric, sul palco, lottava con il suo microfono.

— Scusate, ragazzi! — urlò. — Allora, io sono Eric Churchill, e quello alle percussioni è il mio amico Matt. La mia prima poesia si chiama *Senza titolo.* — Fece una smorfia come se gli facesse male la pancia e si mise a ondeggiare davanti al microfono. — Venite, mio falso colosso e miei scellerati lombi! Spianate ogni protuberanza con arido zelo!

Simon si insaccò sul divanetto. — Ti prego, non dire a nessuno che lo conosco.

Clary ridacchiò. — Ma chi è che usa la parola "lombi"?

— Eric — disse Simon con aria tetra. — Nelle sue poesie ci sono sempre, i lombi.

— Turgido è il mio tormento! — ululò Eric. — L'agonia enfia di dentro!

— Cacchio! — disse Clary mentre si incassava nel divano accanto a Simon. — Comunque, per quanto riguarda la ragazza che ti trova carino...

— Lascia stare — disse Simon prendendo Clary in contropiede. — C'è una cosa di cui ti volevo parlare.

— Furious Mole non mi sembra un buon nome per la band — lo prevenne Clary.

— Non era questo — disse Simon. — Riguarda la cosa di cui stavamo parlando prima. Il fatto che io non ho una ragazza.

— Ah. — Clary scrollò le spalle. — Be', non saprei. Prova a chiedere di uscire a Jaida Jones — suggerì facendo il nome di una delle ragazze della St Xavier's che le piacevano davvero. — È simpatica e tu le piaci.

— Non voglio uscire con Jaida Jones.

— Perché no? — chiese Clary, trovandosi inaspettatamente a provare una fitta di vago risentimento. — Non ti piacciono le ragazze intelligenti? Vuoi una con un corpo da paura, come dici tu?

— No — disse Simon, che appariva nervoso. — Non voglio chiederle di uscire perché non sarebbe giusto nei suoi confronti.

La sua voce si era ridotta a un sussurro. Clary si chinò verso di lui. Con la coda dell'occhio vide che anche la ragazza bionda si protendeva verso di loro: stava evidentemente origliando. — Perché no?

— Perché mi piace un'altra persona — disse Simon.

— Ah, okay. — Simon sembrava un po' verdastro, come quella volta che si era rotto una caviglia giocando a calcio al parco e aveva dovuto tornare a casa saltellando. Clary si chiese come mai il fatto che gli piacesse qualcuno potesse mettergli addosso un'ansia del genere. — Non sei gay, vero?

Simon si fece ancora più verde. — Se lo fossi mi vestirei meglio.

— E allora chi è questa ragazza? — chiese Clary. Stava per aggiungere che, se si era innamorato di Sheila Barbarino, Eric l'avrebbe preso a calci nel sedere, quando sentì qualcuno tossire alle sue spalle. Era quel genere di colpo di tosse che si fa per camuffare una risata.

Si voltò.

Seduto su un divano verde stinto lì vicino c'era Jace. Indossava gli stessi abiti neri che aveva addosso l'altra volta. Le sue braccia erano nude e coperte di simboli scuri, di strani disegni di schemi e linee. Ai polsi portava grossi bracciali di metallo e da quello di sinistra Clary vide spuntare il manico d'osso di un coltello. La stava guardando con l'angolo della bocca sollevato in una smorfia divertita. Ma il fatto di sentirsi derisa era niente in confronto all'assoluta convinzione che lì, pochi minuti prima, Jace non c'era.

— Cosa c'è? — Simon aveva seguito il suo sguardo, ma dalla sua espressione era evidente che non vedeva Jace.

Io però ti vedo. Pensando a questo, Clary fissò Jace, il quale sollevò una mano affusolata per salutarla. Un anello scintillò tra le sue dita. Il ragazzo si alzò in piedi e si avviò senza alcuna fretta verso la porta. Le labbra di Clary si dischiusero per la sorpresa. Jace se ne stava andando.

Sentì la mano di Simon sul braccio. Stava chiamando il suo nome, le stava chiedendo se c'era qualcosa che non andava. Lei lo sentiva a malapena. — Torno subito — gli disse senza pensarci, dopodiché schizzò giù dal divano, dimenticando quasi di appoggiare il bicchiere del caffè sul tavolino. Corse verso la porta, lasciandosi dietro Simon che la fissava sbalordito.

Clary sfrecciò fuori col terrore che Jace fosse scomparso come un fantasma tra le ombre del vicolo. E invece era lì, appoggiato al muro. Aveva appena tirato fuori dalla tasca qualcosa e stava premendo dei pulsanti. Sollevò lo sguardo stupito quando la porta del locale si chiuse alle spalle della ragazza.

Nella luce del crepuscolo, i capelli di Jace sembravano di rame e d'oro. — Le poesie del tuo amico sono spaventose — disse.

Clary fu colta in contropiede da quell'osservazione. — Cosa?

— Ho detto che le sue poesie sono spaventose. Sembra che si sia mangiato un vocabolario e abbia iniziato a vomitare fuori le parole a caso.

— Non me ne frega niente delle poesie di Eric. — Clary era furente. — Voglio sapere perché mi stai seguendo.

— E chi lo dice che ti sto seguendo?

— Bel comportamento. E stavi pure origliando. Vuoi dirmi che storia è questa o preferisci che chiami la polizia?

— Per dire cosa? — chiese Jace sprezzante. — Che ci sono dei tizi invisibili che ti danno fastidio? Fidati, ragazzina, la polizia non si metterà ad arrestare gente che non riesce nemmeno a vedere.

— Non chiamarmi *ragazzina* — disse lei a denti stretti. — Mi chiamo Clary.

— Lo so — disse Jace. — Bel nome. Come l'erba, la *clary sage*, la *Salvia sclarea*. Una volta si credeva che mangiando i semi di quell'erba si potessero vedere le fate. Lo sapevi?

— Non ho la minima idea di cosa stai dicendo.

— Non sai un granché, vero? — disse Jace. Nei suoi occhi dorati c'era una sorta di indolente disprezzo. — Tu sembri una mondana come tutte le altre, eppure mi vedi. È un bel rompicapo.

— Cos'è una mondana?

— Una mortale. Una persona del mondo degli umani. Una come te.

— Ma anche tu sei umano.

— Sì — disse lui. — Ma non sono come te. — Il suo tono non era quello di chi sta sulla difensiva. Sembrava che non gli importasse che lei gli credesse oppure no.

— Tu ti credi migliore di noi — disse Clary. — Per questo ridevi, vero?

— Stavo ridendo perché le dichiarazioni d'amore mi divertono, soprattutto quando si tratta di amori non corrisposti — disse. — E perché il tuo amico Simon è uno dei mondani più mondani che abbia mai incontrato. E perché Hodge ha detto che puoi essere pericolosa, ma se lo sei non te ne rendi conto.

— *Io* pericolosa? — gli fece eco Clary sbalordita. — Ti ho visto uccidere un tipo, ieri sera. Ti ho visto piantargli un coltello nelle costole e... — *E ho visto lui tagliarti con unghie che sembravano lame di rasoio. Ho visto che sanguinavi, e adesso sembra che non ti sia fatto nemmeno un graffio.*

— Io sarò anche un assassino — disse Jace. — Ma so quello che sono. Tu puoi dire altrettanto?

— Io sono un essere umano qualsiasi, proprio come hai detto tu. Chi è Hodge?

— Il mio tutore. E non mi darei dell'essere umano *qualsiasi* tanto in fretta, se fossi in te. — Si chinò verso di lei. — Fammi vedere la mano destra.

— La mano destra? — ripeté Clary. Lui annuì. — Se ti faccio vedere la mano mi lascerai in pace?

— Certo. — La voce di Jace aveva una sfumatura divertita.

Clary gli tese la mano con un'espressione guardinga. Era pallida nella debole luce che usciva dalle finestre, le nocche punteggiate da una lieve spolverata di lentiggini. In qualche modo si sentì esposta, come se si fosse sollevata la camicetta e gli avesse mostrato il seno nudo. Lui le prese la mano tra le sue e la girò. — Niente. — Sembrava deluso. — Tu non sei mancina, vero?

— No. Perché?

Le lasciò andare la mano con una scrollata di spalle. — La maggior parte degli Shadowhunters vengono marchiati sulla mano destra, o sulla sinistra se sono mancini come me, quando sono ancora molto piccoli. È una runa permanente che dà un'abilità speciale con le armi. — Le mostrò il dorso della mano sinistra, che a lei parve assolutamente normale.

— Non vedo niente — disse.

— Rilassa la mente — le suggerì lui. — Aspetta che arrivi da solo. Come se fossi al mare e aspettassi che qualcuno torni in superficie.

— Tu sei pazzo — disse Clary. Però si rilassò, continuò a fissare la mano di Jace, le righe sottili sulle nocche, le giunture affusolate delle dita...

Le balzò davanti agli occhi all'improvviso, luminoso come un semaforo: un marchio nero simile a un occhio sul dorso della mano. Sbatté le palpebre e il marchio scomparve. — Un tatuaggio?

Lui sorrise divertito e abbassò la mano. — Lo sapevo che ci saresti riuscita. No, non è un tatuaggio... è un marchio. Sono rune che vengono incise a fuoco sulla nostra pelle.

— E ti rendono più bravo con le armi? — Clary trovava difficile crederlo, anche se forse era più facile che credere all'esistenza degli zombi.

— Marchi diversi hanno effetti diversi. Alcuni sono permanenti, ma gli altri di solito scompaiono dopo essere stati usati.

— È per questo che oggi non hai le braccia piene di segni? — chiese Clary. — Neanche se mi concentro?

— Esatto. — Jace sembrava fiero di sé. — Lo sapevo che avevi almeno la Vista. — Sollevò lo sguardo verso il cielo. — È quasi buio. È meglio che andiamo.

— *Andiamo*? Avevi detto che mi avresti lasciata in pace!

— Mentivo — disse Jace senza un'ombra di imbarazzo. — Hodge ha detto che devo portarti con me all'Istituto. Ti vuole parlare.

— E perché mi vorrebbe parlare?

— Perché adesso conosci la verità — disse Jace. — Saranno almeno cent'anni che nessun mondano sa di noi.

— Di *noi*? — gli fece eco Clary. — Vuoi dire di quelli come te? Di quelli che credono nei demoni?

— No, di quelli che li uccidono — precisò Jace. — Siamo Shadowhunters, Cacciatori. O almeno è così che ci chiamiamo fra noi. I Nascosti ci danno nomi molto più sgradevoli.

— Chi sono i Nascosti?

— I Figli della Notte. Stregoni. Esseri magici. Il popolo magico di questa dimensione.

Clary scosse il capo. — Ma certo, come no? E immagino che ci siano anche vampiri, lupi mannari e zombie, vero?

— Naturalmente — la informò Jace con aria distaccata. — Anche se gli zombi si trovano quasi tutti più a sud, dove vivono i sacerdoti vudù.

— E le mummie? Se ne vanno in giro per l'Egitto?

— Non essere ridicola. Nessuno crede alle mummie.

— Ah, no?

— Certo che no — la fulminò Jace impaziente. — Senti, Hodge ti spiegherà tutto quando sarai arrivata all'Istituto.

Clary incrociò le braccia davanti al petto. — E se io non volessi venire?

— È un problema tuo. Ci verrai, volente o nolente.

Clary non credeva alle proprie orecchie. — Stai minacciando di rapirmi?

— Se la vuoi mettere in questi termini... — rispose Jace impassibile — ... sì.

Clary aprì la bocca per protestare, ma fu interrotta da un ronzio stridulo. Il suo telefono stava squillando di nuovo.

— Rispondi, se vuoi — le concesse Jace.

Il telefono tacque. Poi ripartì, forte e insistente. Clary corrugò la fronte: sua madre stava proprio sclerando. Si voltò un po' di lato e iniziò a rovistare nella borsa. Quando trovò il cellulare, era già alla terza chiamata. Se lo portò all'orecchio. — Mamma?

— Oh, Clary. Oh, grazie a Dio! — Un brivido di paura corse lungo la spina dorsale di Clary. Sua madre sembrava in preda al panico. — Ascoltami...

— È tutto a posto, mamma. Sto bene. Torno subito...

— *No!* — La voce di Jocelyn era arrochita dal terrore. — Non tornare a casa! Hai capito cosa ho detto, Clary? Non tornare a casa. Vai da Simon... Vai dritta a casa di Simon e restaci finché io... — Fu interrotta da un rumore di sottofondo, il suono di qualcosa che cadeva, qualcosa che andava in frantumi, qualcosa di pesante che colpiva il pavimento...

— *Mamma!* — urlò Clary nel telefono. — Mamma, stai bene?

Dall'apparecchio uscì un forte ronzio. La voce della madre di Clary riuscì a superare le scariche elettrostatiche: — Promettimi che non tornerai a casa. Vai da Simon e chiama Luke... digli che lui mi ha trovata... — Le sue parole furono coperte da un forte rumore, come di legno che viene fatto a pezzi.

— *Chi* ti ha trovata? Mamma, hai chiamato la polizia? Hai...

Le sue domande concitate furono interrotte da un rumore che Clary non avrebbe mai dimenticato: un suono acuto, strisciante, seguito da un colpo secco. Clary sentì sua madre respirare a fatica prima di parlare con una voce di una calma inquietante: — Ti voglio bene, Clary.

E poi cadde la comunicazione.

— Mamma! — strillò Clary nel telefono. — Mamma, ci sei? — CHIAMATA INTERROTTA, diceva lo schermo del cellulare. Ma perché sua madre le aveva riappeso in faccia a quel modo? A meno che...

— Clary — disse Jace. Era la prima volta che gli sentiva pronunciare il suo nome. — Cosa succede?

Lei lo ignorò. Premette freneticamente il pulsante che componeva il numero di sua madre. Il telefono squillò una volta prima che una voce metallica rispondesse: "In questo momento l'utente potrebbe essere spento o non raggiungibile. Vi preghiamo di riagganciare e..."

Le mani di Clary iniziarono a tremare in modo incontrollabile. Quando cercò di comporre di nuovo il numero, il telefono le scivolò di mano e cadde a terra. Lei si buttò in ginocchio per recuperarlo, ma aveva una lunga crepa, davanti, e non funzionava più. — Maledizione! — Sul punto di piangere, Clary gettò di nuovo il telefono a terra.

— Smettila. — Jace la rimise in piedi stringendole un polso. — Cos'è successo?

— Dammi il tuo cellulare — disse Clary prendendo l'oggetto di metallo nero dalla forma allungata dal taschino della camicia di Jace. — Devo...

— Non è un telefono — disse Jace senza nemmeno accennare a riprenderselo. — È un sensore. E tu non saresti in grado di usarlo.

— Ma devo chiamare la polizia!

— Prima dimmi cosa è successo. — Clary cercò di liberarsi il polso, ma la presa di Jace era incredibilmente forte. — Ti posso aiutare.

La rabbia si impadronì di Clary, come una marea ardente nelle vene. Senza pensarci colpì il volto del ragazzo e vi affondò le unghie. Lui scattò all'indietro, sorpreso. Clary si divincolò e corse verso le luci della 7th Avenue.

Quando raggiunse la strada si voltò, aspettandosi di vedere Jace che la rincorreva. Ma il vicolo alle sue spalle era deserto. Per un istante restò ferma a fissare le ombre. Non si mosse nulla. Girò sui tacchi e corse verso casa.

4
Il Divoratore

La serata si era fatta ancora più afosa e correre era come nuotare dentro una zuppa calda. All'angolo del suo isolato, Clary fu fermata da un semaforo rosso e iniziò a saltellare nervosamente da un piede all'altro mentre il traffico le sfrecciava davanti in un vortice indistinto di fanali. Cercò di chiamare ancora sua madre, ma Jace aveva detto la verità: il suo telefono non era un telefono. O almeno non assomigliava a nessun telefono che Clary avesse mai visto. I pulsanti dell'apparecchio non avevano numeri, ma solo una manciata di quei simboli bizzarri, e non c'era lo schermo.

Avvicinandosi al palazzo dove abitava vide che le finestre del secondo piano erano accese, il che solitamente significava che sua madre era in casa. *Okay*, si disse. *Va tutto bene*. Ma le si strinse lo stomaco nel momento in cui fece il primo passo nell'ingresso. La lampadina si era bruciata e l'atrio era immerso nel buio. Le ombre sembravano piene di movimenti segreti. Rabbrividì e fece per salire le scale.

— E tu dove pensi di andare? — disse una voce.

Clary si voltò di scatto. — Cosa...

Si interruppe. I suoi occhi si erano abituati alla semioscurità e riuscì a distinguere la forma di una grande poltrona che era stata trascinata davanti alla porta chiusa dell'appartamento di Madame Dorothea. La vecchietta vi era poggiata sopra come un cuscino troppo imbottito. Nella penombra Clary riusciva a vedere solo il suo volto incipriato, il ventaglio di pizzo bianco che teneva in mano e il baratro sbadigliante della sua bocca quando iniziò a parlare. — Tua madre — disse Dorothea — ha fatto un bel trambusto lassù. Cosa sta combinando? Sposta i mobili?

— Non credo...

— E la luce delle scale si è bruciata, l'hai notato? — Dorothea batté il ventaglio sul bracciolo della poltrona. — Tua madre non può chiamare il suo fidanzato per fargli cambiare la lampadina?

— Luke non è...

— E il lucernario deve essere lavato. È lurido. Non c'è da stupirsi che sia buio pesto, qua dentro.

Luke NON è il padrone di casa, avrebbe voluto dire Clary, ma non lo fece. Era tipico della sua anziana vicina. Se fosse riuscita a far venire Luke per cambiare la lampadina, gli avrebbe chiesto un centinaio di altre cose... di andare a farle la spesa, di stuccarle la doccia. Una volta gli aveva fatto fare a pezzi un vecchio divano con un'ascia per poterlo portare fuori di casa senza togliere la porta dai cardini.

Clary sospirò. — Glielo dirò.

— Sarà meglio. — Dorothea chiuse il ventaglio di scatto, con un movimento velocissimo del polso.

La sensazione di Clary che ci fosse qualcosa che non andava peggiorò quando raggiunse la porta di casa. Non era chiusa a chiave, era socchiusa, e disegnava un cuneo di luce sul pianerottolo. Sempre più in preda al panico, la ragazza aprì la porta.

Dentro l'appartamento tutte le luci erano accese al massimo della potenza. Il bagliore le ferì gli occhi.

Le chiavi e la borsetta rosa di sua madre erano sulla piccola mensola di ferro battuto accanto alla porta, dove le lasciava sempre. — Mamma? — chiamò Clary. — Mamma, sono tornata.

Nessuna risposta. — Mamma? — Entrò in salotto. Entrambe le finestre erano aperte e tutte le tende di garza bianca si gonfiavano nella brezza come fantasmi irrequieti. Quando il vento calò e le tende si sgonfiarono, Clary vide che i cuscini erano stati strappati dal divano e sparsi per tutta la stanza. Alcuni erano stati sventrati e l'imbottitura di cotone era sparsa sul pavimento. Le librerie erano state ribaltate e il loro contenuto era finito dappertutto. Lo sgabello del pianoforte era rovesciato su un lato, spalancato come una ferita da cui sgorgavano gli adorati spartiti di Jocelyn.

Ma a fare più paura di tutto erano i quadri. Erano stati tutti tagliati via dalla cornice e fatti a brandelli, che poi erano stati sparsi sul pavimento. A fare quello scempio doveva essere stato un coltello... la tela è quasi impossibile da strappare a mani nude. Le cornici vuote sembravano ossa spolpate. Clary sentì un urlo che le nasceva in gola. — *Mami!* — gridò. — Dove sei? Mami!

Non chiamava sua madre "mami" da quando aveva otto anni.

Corse in cucina col cuore che pompava adrenalina. Era deserta, gli sportelli della credenza erano aperti, una bottiglia rotta di tabasco versava il suo liquido rosso sul linoleum. Clary si sentiva le ginocchia come borse d'acqua. Sapeva che avrebbe dovuto uscire di corsa dall'appartamento, cercare un telefono e chiamare la polizia. Ma tutte quelle cose le sembravano distanti... e prima di tutto doveva trovare sua madre, doveva sapere se stava bene. E se fossero entrati in casa dei ladri? E se lei avesse opposto resistenza?

Ma che razza di ladri non porterebbero via un portafogli, il televisore, il lettore DVD e il computer portatile?

Ora si trovava sulla porta della camera da letto di sua madre. Per un istante le sembrò che almeno questa stanza fosse rimasta intonsa. La trapunta a fiori fatta a mano da Jocelyn era ripiegata alla perfezione sopra il piumone. Il volto di Clary sorrideva dal ripiano del comodino: aveva cinque anni e un sorriso sghembo incorniciato da una chioma pel di carota. Un sospiro si levò dal petto di Clary. *Mamma*, urlò dentro di sé, *dove sei?*

Le rispose il silenzio. No, non il silenzio... Un rumore risuonò in tutto l'appartamento, facendole correre un brivido lungo la schiena, come di qualcosa che veniva ribaltato... un oggetto pesante che colpiva il pavimento con un colpo sordo. Il colpo fu seguito da un rumore frusciante, di qualcosa che veniva trascinato... e stava venendo verso la camera da letto. Con lo stomaco contratto per il terrore, Clary si rimise in piedi e si voltò lentamente.

Per un momento pensò che sulla porta non ci fosse nessuno e provò un'ondata di sollievo. Poi guardò più in basso.

Era accucciata sul pavimento. Una creatura lunga, coperta di scaglie, con un grappolo di occhi neri al centro del cranio tondo. Una specie di incrocio tra un coccodrillo, un millepiedi e uno scorpione. Aveva un muso tozzo e piatto e una coda uncinata che serpeggiava minacciosamente da un lato all'altro. Una serie di zampe si raccolsero sotto quell'essere mentre si preparava a scattare.

Un urlo di terrore esplose dalla gola di Clary. Barcollò all'indietro, inciampò, e cadde proprio nell'istante in cui la creatura si lanciava su di lei. La ragazza rotolò di lato e la bestia la mancò di pochissimo. Scivolò sul parquet e i suoi artigli vi scavarono dei solchi profondi. Un ringhio basso le gorgogliava in gola.

Clary si rialzò e si precipitò verso il corridoio, ma la cosa era troppo veloce per lei. Balzò ancora e atterrò sopra la porta, dove restò appesa come un gigantesco ragno maligno, guardandola coi suoi occhi a grappolo. Le sue fauci si aprirono lentamente, mostrando una fila di zanne che stillavano una bava verde. Una lunga lingua nera serpeggiò tra le mandibole, mentre la creatura gorgogliava e sibilava. Clary si rese conto che quei suoni orribili componevano delle parole.

— *Ragazza* — sibilò la bestia. — *Carne. Sangue. Mangiare, oh, mangiare.*

Iniziò a strisciare lungo la parete. Una parte di Clary era ormai al di là del terrore, in una sorta di staticità glaciale. La creatura si alzò sulle zampe e iniziò ad avanzare verso di lei. Arretrando, Clary afferrò una pesante cornice dalla scrivania accanto a lei. Conteneva una foto di lei e sua madre con Luke a Coney Island. Stavano per salire sull'autoscontro. Lanciò la cornice contro il mostro.

La fotografia lo colpì a metà della schiena, rimbalzò via e atterrò sul pavimento producendo un rumore di vetri infranti. La creatura non sembrò nemmeno accorgersene e continuò ad avvicinarsi a Clary passando sopra i cocci di vetro.

— *Ossa, rompere, succhiare il midollo, bere il sangue...*

La schiena di Clary toccò il muro. Non poteva più arretrare. Sentì un tremito contro il proprio fianco e fece un salto. La tasca. Vi affondò la mano e tirò fuori l'oggetto che aveva preso a Jace. *Sensore*, l'aveva chiamato. Stava vibrando come un cellulare con una chiamata in arrivo. Il materiale duro era rovente contro il suo palmo. Chiuse la mano attorno all'apparecchio proprio nell'istante in cui la creatura spiccava il balzo.

L'essere le arrivò addosso e la buttò a terra. La testa e le spalle di Clary sbatterono contro il pavimento. La ragazza cercò di divincolarsi, ma la creatura era troppo pesante. Era sopra di lei, un peso opprimente, viscido, nauseante. — *Mangiare, mangiare* — gemeva. — *Ma Valentine dice che è proibito inghiottire, assaggiare...*

L'alito caldo sul suo volto puzzava di sangue. Clary non riusciva a respirare. Le sembrava che le si dovessero spezzare le costole da un momento all'altro. Il suo braccio era incastrato tra lei e il mostro, con il sensore che le affondava nel palmo. Si contorse, cercando di liberare la mano. — *Lord Valentine non lo saprà mai, non ha parlato di una ragazza. Lord Valentine non si arrabbierà.* — La bocca priva di labbra della creatura si contorse mentre apriva lentamente le mandibole e un'ondata di alito caldo e fetido colpiva il viso di Clary.

Lei riuscì a liberare la mano. Urlò e colpì la bestia: voleva ferirla, accecarla. Aveva quasi dimenticato il sensore. Quando la creatura si lanciò contro la sua faccia con le mandibole spalancate, Clary le infilò il sensore tra i denti sentendo la bava calda e acida della cosa ricoprirle il polso e bruciarle la pelle del volto e la gola. Sentì se stessa urlare, ma come in lontananza.

La creatura balzò indietro con un'aria stupita, il sensore incastrato tra due zanne. Ringhiò, emise una specie di profondo ronzio rabbioso e fece scattare la testa all'indietro. Clary la vide deglutire, vide il movimento della sua gola. *La prossima sono io*, pensò in preda al panico. *La prossima...*

All'improvviso la creatura iniziò a contorcersi. In preda a spasmi incontrollabili, lasciò libera Clary e cadde sulla schiena, con le zampe che mulinavano in aria. Dalla bocca le usciva un fluido nero.

Clary rotolò su un fianco, cercando di riprendere fiato, e iniziò ad allontanarsi dalla creatura. Aveva quasi raggiunto la porta quando sentì qualcosa fischiare nell'aria accanto alla sua testa. Cercò di abbassarsi, ma era troppo tardi. Un oggetto la colpì alla nuca e lei crollò in avanti, svenuta.

La luce, un chiarore blu, bianco e rosso, la feriva attraverso le palpebre. C'era un suono alto e ululante che si alzava di tono come l'urlo di un bambino terrorizzato. Clary ebbe un conato di vomito e aprì gli occhi.

Era distesa sull'erba fredda e umida. Sopra di lei c'era il cielo notturno in cui il bagliore di peltro delle stelle era soffocato dalle luci della città. Jace si inginocchiò accanto a lei. I bracciali d'argento che aveva ai polsi gettarono scintille di luce mentre faceva a brandelli il pezzo di stoffa che aveva in mano. — Non muoverti.

L'ululato rischiava di spaccarle le orecchie. Clary disobbedì e voltò la testa di lato. Fu ricompensata da una fitta lancinante alla schiena. Era distesa sul prato dietro le adorate piante di rose di Jocelyn. Il fogliame nascondeva parzialmente la strada, dove un'auto della polizia con il lampeggiante blu e bianco acceso stava parcheggiando accanto al marciapiede a sirene spiegate. Si era già formato un gruppetto di vicini che guardavano mentre le portiere dell'auto si aprivano e ne uscivano due agenti in uniforme blu.

La polizia. Clary cercò di mettersi a sedere ed ebbe un altro conato. Le dita, in preda agli spasmi, le si conficcarono nella terra umida.

— Ti ho detto di non muoverti — sibilò Jace. — Il Divoratore ti ha colpito alla nuca. Era mezzo morto, per cui non è stata una gran puntura, ma dobbiamo portarti all'Istituto. Stai ferma.

— Quella cosa... il mostro... parlava. — Clary era scossa da tremiti incontrollabili.

— Hai già sentito parlare un demone. — Le mani di Jace erano delicate, mentre le faceva scivolare la striscia di stoffa sotto il collo e la legava. Era spalmata con qualcosa di oleoso, come la pomata che sua madre usava per ammorbidire le mani screpolate dai colori e dall'acquaragia.

— Il demone del Pandemonium... sembrava una persona.

— Era un Eidolon. Un mutante. I Divoratori sono come sono. Non proprio una bellezza, ma sono troppo stupidi per badarci.

— Ha detto che mi avrebbe mangiata...

— Ma non lo ha fatto. Lo hai ucciso. — Jace terminò il nodo e si mise a sedere. Il dolore alla nuca diminuì subito e Clary riuscì a sollevarsi un po'. — È arrivata la polizia. — La sua voce sembrava il gracidio di una rana. — Dovremmo...

— Loro non possono fare niente. Probabilmente qualcuno ti ha sentito gridare e li ha chiamati. Dieci a uno che quelli non sono veri poliziotti. I demoni sono molto bravi a cancellare le loro tracce.

— Mia mamma... — disse Clary facendo uscire a forza le parole dalla sua gola gonfia.

— Al momento hai nelle vene il veleno del Divoratore. Se non vieni con me morirai nel giro di un'ora. — Jace la aiutò ad alzarsi in piedi. Sapeva di terra, sangue e metallo. — Ce la fai a camminare?

— Credo di sì. — Clary diede un'occhiata attraverso le rose fiorite. Vide gli agenti risalire il vialetto. Una di loro, una donna bionda e snella, impugnava una torcia elettrica. Mentre la alzava, Clary vide che la sua mano era priva di carne, una mano scheletrica con le punte delle dita affilate. — La sua mano...

— Te l'ho detto che potevano essere demoni. — Jace rivolse lo sguardo verso il retro della casa. — Dobbiamo andarcene da qui. Si può passare dal vicolo?

Clary scosse il capo. — È chiuso da un muro. Non si può... — Le sue parole furono soffocate da un accesso di tosse. Si portò una mano alla bocca e quando la levò era rossa. Clary gemette: — Jace...

Lui le afferrò il polso e lo girò in modo che la pelle bianca e vulnerabile dell'interno dell'avambraccio fosse illuminata dalla luna. Sotto la sua pelle si distingueva un intrico di vene blu che portavano il sangue avvelenato al cuore e al cervello. Clary sentì che le ginocchia le cedevano. C'era qualcosa nella mano di Jace, qualcosa di affilato, color argento. La ragazza cercò di liberare la mano, ma la presa di lui era troppo forte: sentì un bacio pungente contro la pelle. Quando Jace la lasciò andare, Clary vide un simbolo nero tracciato con l'inchiostro, simile a quelli che coprivano la pelle di Jace, appena sotto la piega del gomito. Il simbolo era formato da una serie di cerchi concentrici sovrapposti.

— A cosa serve?

— Ti nasconderà — disse lui. — Per il momento. — Si infilò nella cintura la cosa che Clary aveva pensato fosse un coltello. Era un cilindretto luminoso e appuntito, grande come un dito. — È il mio stilo — disse Jace.

Clary non chiese cosa fosse. Era troppo occupata a cercare di reggersi in piedi. Il terreno si alzava e si abbassava sotto i suoi piedi. — Jace — disse mentre si accasciava su di lui. Jace la prese al volo, come se fosse abituato a salvare ragazze che svenivano, come se lo facesse tutti i giorni. Forse era proprio così. La prese in braccio e le disse all'orecchio qualcosa che suonava come "Alleanza". Clary voltò la testa all'indietro per guardarlo, ma vide solo le stelle che correvano nel cielo buio sopra di lei. Poi si sentì pesantissima e neanche le braccia di Jace attorno a lei bastarono a impedirle di cadere.

5
Il Conclave e l'Alleanza

— *Pensi che si sveglierà? Ormai sono tre giorni…*

— *Devi darle tempo. Il veleno dei demoni è forte e lei è una mondana. Non ha le rune a darle forza, come noi.*

— *I mondani muoiono come niente, eh?*

— *Isabelle, lo sai che porta sfortuna parlare di morte nella stanza di un malato.*

Tre giorni, pensò Clary come al rallentatore. Tutti i suoi pensieri erano densi e lenti come sangue, come miele. *Mi devo svegliare.*

Ma non ci riusciva.

La trattenevano i sogni, uno dopo l'altro, un fiume di immagini che la trasportavano come una foglia nella corrente. Vide sua madre distesa in un letto d'ospedale, gli occhi simili a lividi sul suo volto bianco. Vide Luke in piedi sopra una pila di ossa. Jace con delle ali bianche da angelo che gli spuntavano dalla schiena, Isabelle seduta nuda con la sua frusta raggomitolata accanto, come una rete di anelli dorati. Simon con delle croci marchiate a fuoco sui palmi delle mani. Angeli che cadevano e bruciavano. Che cadevano dal cielo.

— *Te lo avevo detto che era la stessa ragazza.*

— *Lo so. Che scricciolo, eh? Jace dice che ha ucciso un Divoratore.*

— *Sì. La prima volta che l'ho vista ho pensato che fosse una fata. Però non è abbastanza bella.*

— *Be', con il veleno di un demone nelle vene non è che si dia proprio il meglio di sé. Hodge chiamerà i Fratelli?*

— *Spero di no. Mi danno i brividi. Chi si mutila a quel modo…*

— *Anche noi ci mutiliamo.*

— *Lo so, Alec, ma quando lo facciamo noi non è permanente. E non sempre fa male…*

— *Se sei abbastanza grande. A proposito: dov'è Jace? È stato lui a salvarla, no? Pensavo che si sarebbe interessato almeno un po' alle sue condizioni.*

— Hodge ha detto che non è mai venuto a trovarla, da quando l'ha portata qui. Credo che non gliene freghi niente.

— A volte mi chiedo se lui... Alec! Guarda! Si è mossa!

— Il che immagino voglia dire che è ancora viva. — Un sospiro. — *Vado a dirlo a Hodge.*

Era come se qualcuno le avesse cucito le palpebre. A Clary parve di sentire la pelle che si strappava mentre le apriva lentamente e sbatteva gli occhi per la prima volta da tre giorni a quella parte.

Vide sopra di sé un limpido cielo azzurro con nuvole a pecorelle e angeli paffuti coi polsi ornati da nastri dorati. *Sono morta*? si chiese. *Il paradiso è davvero una cosa così*? Strizzò gli occhi e li riaprì: questa volta si rese conto che quello che stava guardando era un soffitto a volta di legno dipinto con una scena rococò di nuvole e cherubini.

Si mise dolorosamente a sedere. Le faceva male ovunque, ma soprattutto la nuca. Si guardò attorno: si trovava in un letto con lenzuola di lino, in mezzo a una lunga fila di letti simili, con testiere di metallo. Di fianco c'era un piccolo comodino con una brocca bianca e una tazza. Alle finestre c'erano tende di pizzo che schermavano la luce, ma Clary riuscì a sentire in sottofondo gli onnipresenti rumori del traffico newyorkese.

— Così alla fine ti sei svegliata — disse una voce secca. — Hodge sarà contento. Pensavamo tutti che probabilmente saresti morta nel sonno.

Clary sollevò lo sguardo. Isabelle era seduta sul letto vicino, i lunghi capelli corvini pettinati in due grosse trecce che le scendevano sotto la vita. Il suo abito bianco era stato sostituito da un paio di jeans e una canottiera blu aderente, ma il ciondolo rosso le scintillava ancora al collo. I tatuaggi scuri a spirale erano spariti: la sua pelle era immacolata come la superficie di una ciotola di panna.

— Mi dispiace avervi delusi. — La voce di Clary era ruvida come carta vetrata. — Siamo all'Istituto?

Isabelle levò gli occhi al soffitto.

— C'è qualcosa che Jace non ti ha detto?

Clary tossì. — Questo è l'Istituto, giusto?

— Sì. Sei in infermeria, come avrai già capito anche da sola.

Clary si mise a sedere. Un dolore improvviso e lancinante le fece portare le mani allo stomaco. Ebbe un sussulto.

Isabelle la guardò allarmata. — Tutto a posto?

Il dolore si stava attenuando, ma Clary si sentiva un sapore acido in fondo alla gola e aveva la testa stranamente leggera. — Il mio stomaco...

— Ah, già, me n'ero quasi dimenticata. Hodge ha detto di darti questo quando ti fossi svegliata... — Isabelle prese la brocca di ceramica e versò un po' del suo contenuto nella tazza, che poi porse a Clary. Era piena di un liquido torbido e fumante. Profumava di erbe e di qualcos'altro, qualcosa di buono e scuro.

— Non mangi niente da tre o quattro giorni — spiegò Isabelle. — Probabilmente è per questo che hai mal di stomaco.

Clary diede un sorso molto cauto. Era delizioso, saporito e piacevole, con un retrogusto burroso. — Che cos'è?

Isabelle scrollò le spalle. — Una delle pozioni di Hodge. Funzionano sempre. — Saltò giù dal letto arcuando la schiena come una gatta. — A proposito, io sono Isabelle Lightwood. Vivo qui.

— Lo so come ti chiami. Io sono Clary. Clary Fray. È stato Jace a portarmi qui?

Isabelle annuì. — Hodge era furioso, hai sporcato di sangue e di bile tutto il tappeto dell'ingresso. Se lo avesse fatto mentre erano qui i miei genitori, sarebbe stato sicuramente punito. — Si mise a osservare Clary con maggiore attenzione. — Jace ha detto che hai ucciso da sola quel Divoratore.

Un'immagine della mostruosa creatura dal volto contorto e maligno lampeggiò nella mente di Clary, che rabbrividì e strinse un po' più forte la tazza. — Sì, credo di sì.

— Ma tu sei una mondana.

— Niente male, vero? — disse Clary, godendosi l'espressione di malcelato stupore di Isabelle. — Dov'è Jace? È qui?

Isabelle scrollò le spalle. — È da qualche parte — disse. — Devo riferire a tutti che ti sei svegliata, Hodge vorrà parlarti.

— Hodge è il tutore di Jace, giusto?

— Per l'Angelo! Jace si è proprio sciolto la lingua con te, eh? — Scrollò le spalle con l'aria di chi preferisce prenderla con filosofia. — Hodge è il tutore di tutti noi. Lo hanno assunto i miei genitori. — Poi puntò un dito e aggiunse: — Il bagno è da quella parte. Ho appeso dei miei vecchi vestiti al portasalviette, nel caso volessi cambiarti.

Clary fece per prendere un altro sorso dalla tazza e scoprì che era vuota. Non aveva più fame e non si sentiva più la testa leggera, il che era un bel sollievo. Mise giù la tazza e si strinse addosso il lenzuolo. — Cosa è successo ai miei vestiti?

— Erano coperti di sangue e veleno. Jace li ha bruciati.

— Ah, sì? — chiese Clary. — Ma senti, è sempre così scontroso o il suo è un trattamento che riserva ai mondani?

— Oh, è scontroso con tutti — disse Isabelle allegra. — È questo che lo rende così maledettamente sexy, oltre al fatto che ha ucciso più demoni di chiunque altro alla sua età.

Clary la guardò perplessa. — Ma non è tuo fratello...?

Isabelle scoppiò a ridere. — Jace? Mio fratello? Ma no, cosa te lo fa pensare?

— Be', vive qui con te — disse Clary. — O no?

Isabelle annuì. — Be', sì, ma...

— Perché non vive coi suoi genitori?

Per un istante Isabelle parve a disagio. — Perché sono morti.

La bocca di Clary si spalancò per la sorpresa. — Un incidente?

— No. — Isabelle si mise a giocherellare con i capelli e si spinse una ciocca scura dietro l'orecchio sinistro. — Sua madre è morta quando è nato lui. E suo padre è stato ucciso quando Jace aveva undici anni. Davanti ai suoi occhi.

— Oh — disse Clary con un filo di voce. — Sono stati… i demoni?

Isabelle si alzò in piedi. — Senti, vado ad avvertire tutti che ti sei svegliata. Aspettano da tre giorni che tu apra gli occhi. Ah, in bagno trovi anche il sapone — aggiunse. — Ti consiglierei di darti una lavata. Puzzi un po'.

Clary si strinse addosso il lenzuolo e lanciò un'occhiataccia a Isabelle. — Grazie tante.

— Figurati.

Gli abiti di Isabelle le davano un aspetto ridicolo. Clary dovette fare parecchi risvolti ai pantaloni per non inciamparci, e la scollatura profonda della camicetta rossa non faceva che mettere in risalto la sua mancanza di quelli che Eric avrebbe definito "parabordi".

Si lavò nel piccolo bagno, usando una saponetta alla lavanda. Si asciugò con una salvietta bianca che le lasciò i capelli umidi e scompigliati a incorniciarle il viso. Diede un'occhiata al proprio riflesso nello specchio. Aveva un livido viola sullo zigomo sinistro e le sue labbra erano gonfie e secche.

Devo chiamare Luke, pensò. Di certo doveva esserci un telefono, da qualche parte. Forse glielo avrebbero lasciato usare dopo aver parlato con Hodge.

Trovò le sue Skechers ai piedi del letto, con le sue chiavi legate ai lacci. Vi infilò i piedi, prese un bel respiro e uscì alla ricerca di Isabelle.

Il corridoio fuori dall'infermeria era deserto. Clary diede un'occhiata intorno, perplessa. Era il genere di corridoio in cui ci si trova a correre negli incubi, pieno di ombre e infinitamente lungo. Lampade di vetro a forma di rosa pendevano a intervalli regolari dai pannelli di legno alle pareti e l'aria odorava di polvere e cera di candele.

Sentì un suono flebile e delicato in lontananza, come di piccole campane tubolari scosse dal vento. Si incamminò lungo il corridoio facendo scorrere una mano sul muro. La carta da parati in stile vittoriano, stinta dal tempo, aveva assunto tonalità grigio chiaro e bordeaux. Su entrambi i lati del corridoio si notava una serie di porte chiuse.

Il suono verso cui si stava avvicinando si faceva più forte. Ora poteva identificarlo: era un pianoforte, suonato con una discontinua quanto notevole abilità, anche se non riusciva a riconoscere il brano.

Svoltò l'angolo e si trovò di fronte a una porta aperta. Diede un'occhiata all'interno e vide quella che era evidentemente la sala della musica. Da un lato c'era un pianoforte a coda e dall'altro erano disposte alcune file di sedie. Un'arpa coperta occupava il centro della stanza.

Jace era seduto al piano, le mani affusolate che si muovevano velocemente sui tasti. Era a piedi nudi e portava dei jeans e una maglietta grigia. I capelli color bronzo erano arruffati come se si fosse appena svegliato. Guardando i movimenti veloci e sicuri delle sue mani, Clary ricordò la sensazione che aveva provato quando l'aveva sollevata tra le sue braccia, con le stelle che sfrecciavano attorno a lei come una pioggia di brillantini d'argento.

Doveva aver fatto rumore, perché lui si voltò sullo sgabello e strizzò gli occhi nell'ombra. — Alec? — disse. — Sei tu?

— No, non è Alec. Sono io. — Clary entrò nella stanza.

— Clary? — Il piano emise qualche nota dissonante mentre Jace si alzava in piedi. — La nostra bella addormentata. Chi ti ha baciata?

— Nessuno. Mi sono svegliata da sola.

— C'era qualcuno con te?

— Isabelle, ma è andata a chiamare qualcuno… Hodge, credo. Mi ha detto di aspettarla in camera, ma…

— Avrei dovuto avvisarla che tu hai l'abitudine di non fare mai quello che ti dicono. — Jace le diede un'occhiata. — Quelli sono vestiti di Isabelle? Addosso a te sono ridicoli.

— Forse se tu non avessi bruciato i miei…

— Una precauzione indispensabile. — Jace chiuse la ribaltina lucida del pianoforte. — Vieni, ti porto da Hodge.

L'Istituto era enorme, un grande spazio cavernoso che non sembrava costruito in base a un progetto ma scavato nella roccia dall'acqua e dal passare dei secoli. Attraverso porte semichiuse, Clary intravide innumerevoli stanzette identiche, tutte dotate di un letto privo di lenzuola, un comodino e un grande armadio di legno con le ante aperte. Pallidi archi di pietra sostenevano gli alti soffitti, spesso arricchiti da intricati bassorilievi di figure minuscole. Clary notò alcuni motivi ripetuti spesso: angeli e spade, soli e rose.

— Perché qui ci sono così tante stanze da letto? — chiese Clary. — Credevo fosse un istituto di ricerca.

— Questa è l'ala residenziale. Abbiamo l'obbligo di offrire un riparo e un letto a qualsiasi Cacciatore lo chieda. Possiamo ospitare fino a duecento persone.

— Ma la maggior parte delle stanze è vuota.

— La gente va e viene. Nessuno resta a lungo. Di solito ci siamo solo noi: Alec, Isabelle, Max, i loro genitori… io e Hodge.

— Max…?

— Hai conosciuto la fascinosa Isabelle, giusto? Alec è suo fratello maggiore. Max è il più giovane, ma è oltreoceano coi suoi genitori.

— In vacanza?

— Non proprio. — Jace esitò. — Puoi pensare a loro come a… diplomatici stranieri. E questa sarebbe una specie di ambasciata. Al momento sono nel paese d'origine degli Shadowhunters e stanno lavorando a dei negoziati di pace molto delicati. Hanno portato Max con loro perché è troppo giovane per restare qui.

— Il paese d'origine degli Shadowhunters? — Clary si sentiva girare la testa. — Come si chiama?

— Idris.

— Mai sentito.
— Certo che no. — Quell'irritante senso di superiorità era tornato a farsi sentire nella sua voce. — I mondani non ne sanno niente. Ci sono delle protezioni... degli incantesimi di difesa... ai suoi confini. Se tu provassi a entrare a Idris, saresti trasportata istantaneamente da un confine all'altro. E non te ne accorgeresti neppure.
— Quindi non è su nessuna mappa?
— Non su quelle dei mondani. Per quello che ti può servire, puoi considerarlo un piccolo paese tra la Germania e la Francia.
— Ma non c'è niente tra la Germania e la Francia. A parte la Svizzera.
— Appunto — disse Jace. — Idris è a nord della Svizzera.
— Immagino che tu ci sia stato. A Idris, voglio dire.
— Sono cresciuto lì. — La voce di Jace era neutra, ma qualcosa nel suo tono le fece capire che non avrebbe gradito altre domande di quel tipo. — È così per la maggior parte di noi. Naturalmente ci sono Shadowhunters in tutto il mondo. Dobbiamo essere dappertutto, perché i demoni agiscono dappertutto. Ma per uno Shadowhunter Idris è sempre "casa".
— Come la Mecca o Gerusalemme — disse Clary soprappensiero. — Quindi la maggior parte di voi cresce lì e poi, quando diventate grandi...
— Veniamo mandati dove c'è bisogno di noi — tagliò corto Jace. — E poi ci sono quelli come Isabelle e Alec che crescono fuori dal nostro paese per stare insieme ai propri genitori. Con tutte le risorse dell'Istituto, con l'addestramento di Hodge... — Si interruppe. — Ecco la biblioteca.
Avevano raggiunto delle porte di legno ad arco. Un gatto persiano blu con gli occhi gialli era acciambellato lì davanti. Quando si avvicinarono, sollevò la testa e miagolò languido. — Ciao, Church — lo salutò Jace accarezzandogli la schiena con un piede nudo.
— Miao. — Il gatto socchiuse gli occhi.
— Aspetta — disse Clary. — Alec, Isabelle e Max... sono gli unici Shadowhunters della tua età che conosci? Gli unici con cui passi il tempo?
Jace smise di accarezzare il gatto. — Sì.
— Ti sentirai solo.
— Ho tutto quello che mi serve. — Jace aprì la porta.
Dopo una breve esitazione, Clary lo seguì all'interno.

La biblioteca era una sala circolare con il soffitto a cono, come se fosse stata costruita dentro una torre. Le pareti erano tappezzate di libri e gli scaffali erano così alti che a intervalli regolari c'erano delle scalette su rotelle per raggiungere i volumi che non erano a portata di mano. Anche i libri non erano libri qualsiasi, ma tomi rilegati in pelle e velluto, chiusi da solidi lucchetti e cerniere di ottone e argento. Le loro coste erano tempestate di pietre preziose e incise da scritte in caratteri dorati. Avevano un'aria consunta, ed era evidente che quei libri non erano solo antichi, ma anche molto consultati e amati.

Il parquet lucidato era impreziosito da intarsi in vetro, marmo e pietre dure. Questi formavano un disegno che Clary non riusciva bene a decifrare: potevano essere delle costellazioni o anche una mappa del mondo. Intuiva che se fosse salita in cima alla torre e avesse guardato in basso tutto le sarebbe risultato più chiaro.

Al centro della stanza c'era una magnifica scrivania. Era ricavata da un'unica lastra di legno, un grande e massiccio pezzo di rovere che rimandava il tenue barlume degli anni. La lastra poggiava sulle schiene di due angeli intagliati nello stesso legno, le ali dorate e i volti sofferenti, come se il peso che sostenevano stesse spezzando loro la schiena. Dietro la scrivania era seduto un uomo magro coi capelli brizzolati e un lungo naso aquilino.

— Vedo che ti piacciono i libri — disse sorridendo a Clary. — Questo non me lo avevi detto, Jace.

Il ragazzo ridacchiò. Clary sentì che le era arrivato dietro le spalle e quando si girò vide che se ne stava lì con le mani in tasca, sorridendo con quella sua aria terribilmente irritante. — Non abbiamo parlato molto nel corso della nostra breve frequentazione — disse lui. — Temo che abbiamo tralasciato di discutere delle nostre abitudini di lettura.

Clary gli lanciò un'occhiataccia.

— Come ha fatto a capirlo? — chiese all'uomo alla scrivania. — Che mi piacciono i libri, intendo.

— Dall'espressione che avevi quando sei entrata — spiegò lui, alzandosi in piedi. — Chissà perché, ma ho pensato che non fossi io il motivo di tanta ammirazione.

Clary soffocò un sussulto mentre l'uomo si alzava. Per un istante le sembrò che fosse deforme e che avesse la spalla sinistra più alta dell'altra. Quando si avvicinò si rese conto che la gobba era in realtà un uccello appollaiato sulla sua spalla, una creatura lucida e piumata con luccicanti occhi neri.

— Lui è Hugo — disse l'uomo toccando l'uccello. — Hugo è un corvo, e in quanto tale sa molte cose. Io invece sono Hodge Starkweather, insegnante di storia, e in quanto tale non so quasi nulla.

Clary non poté fare a meno di sorridere mentre gli stringeva la mano. — Clary Fray.

— Sono onorato di fare la tua conoscenza — disse lui. — Come lo sarei di fare la conoscenza di chiunque sia in grado di uccidere un Divoratore a mani nude.

— Non l'ho ucciso a mani nude — disse Clary imbarazzata. Le dava una sensazione strana essere lodata per avere ucciso qualcosa. — È stato il... quel coso di Jace... non ricordo come si chiama, ma...

— Il mio sensore — intervenne Jace. — Gliel'ha ficcato in gola. Le rune devono averlo soffocato. Credo che me ne serva uno nuovo — aggiunse, quasi ci avesse pensato solo in quel momento. — Avrei dovuto dirlo prima.

— Ce ne sono alcuni nell'armeria — disse Hodge. Quando sorrise a Clary, un migliaio di minuscole rughe si irradiarono dai suoi occhi, simili alle crepe di un dipinto antico. — Sei stata brillante. Come ti è venuto in mente di usare il sensore come arma?

Prima che potesse rispondere, una risata tagliente risuonò nella stanza. Clary era stata così colpita dai libri e distratta da Hodge che non aveva notato Alec stravaccato su un'enorme poltrona rossa accanto al caminetto spento. — Non posso credere che tu ti sia bevuto questa storia — disse.

All'inizio Clary non capì cosa stesse dicendo. Era troppo impegnata a fissarlo. Come molti figli unici, era affascinata dalla somiglianza tra fratelli, e ora, nella piena luce del giorno, aveva notato quanto Alec fosse simile a sua sorella. Avevano gli stessi capelli corvini, le stesse sopracciglia sottili che si sollevavano agli angoli, la stessa carnagione pallida. Ma se Isabelle era tutta arroganza, Alec se ne stava insaccato in quella poltrona quasi sperando che nessuno si accorgesse di lui. Aveva ciglia lunghe e scure uguali a quelle di Isabelle, ma anziché neri come i suoi, sfoggiava occhi di un blu scuro simile a quello di certe bottiglie. E guardava Clary con un'ostilità pura e concentrata come acido.

— Non capisco cosa vuoi dire, Alec. — Hodge sollevò un sopracciglio grigio. Clary si chiese quanti anni avesse: era senza età, nonostante i capelli grigi e l'azzurro scolorito degli occhi. Indossava un abito di tweed grigio perfettamente stirato, con la punta triangolare di un fazzoletto che spuntava dal taschino. Avrebbe avuto l'aspetto di un affabile docente universitario se non fosse stato per la grossa cicatrice che gli attraversava il lato destro del volto. Clary si chiese in che modo se la fosse fatta. — Pensi che non sia stata lei a uccidere quel demone?

— Certo che non è stata lei. Guardala, è una mondana, Hodge, e per di più una ragazzina. Non esiste proprio che sia riuscita a far fuori un Divoratore.

— Non sono una ragazzina — lo interruppe Clary. — Ho sedici anni... be', li avrò domenica.

— La stessa età di Isabelle — disse Hodge. — Isabelle ti sembra una bambina?

— Isabelle viene da una delle più grandi dinastie di Shadowhunter della storia — ribatté Alec. — Questa ragazza invece viene dal New Jersey.

— Sono di Brooklyn — lo corresse Clary furente. — E con questo? Ho appena ucciso un demone a casa mia e tu mi vieni a rompere le scatole solo perché non sono una ragazza ricca e viziata come te e tua sorella?

Alec era sbalordito. — Cos'hai detto?

— Sono felice che questa conversazione sia iniziata sotto i migliori auspici. — Sembrava che Jace faticasse a trattenere le risate. — La ragazza non ha torto, Alec. C'è un sacco di attività demoniaca, nei sobborghi. Dobbiamo sempre prestare molta attenzione ai demoni pendolari...

— Non è divertente, Jace — lo interruppe Alec alzandosi rabbioso. — Hai intenzione di permettere che quella se ne stia lì a insultarmi?

— Sì — rispose Jace molto tranquillamente. — Ti farà bene... Cerca di considerarla una prova di resistenza.

— Saremo anche *parabatai* — disse secco Alec — ma la tua sfrontatezza sta mettendo a dura prova la mia pazienza.

La voce di Jace si fece gelida. — E la tua cocciutaggine sta mettendo a dura prova la mia. Quando l'ho trovata era a terra in una pozza di sangue con un demone praticamente addosso. Se non l'ha ucciso lei, chi è stato?

— I Divoratori sono stupidi. Forse si è colpito da solo il collo con il suo stesso pungiglione. Non sarebbe la prima volta...

— Mi stai dicendo che si è suicidato?

Alec strinse le labbra. — Non è giusto che lei sia qui. I mondani non sono ammessi all'Istituto, Jace, e ci sono ottime ragioni, per questo. Se qualcuno lo venisse a sapere, verremmo denunciati al Conclave. L'unica ragione per cui Hodge ti ha permesso di portarla qui è perché tu hai detto che ha ucciso quel demone.

— Non è del tutto vero — disse Hodge. — La Legge ci consente di offrire rifugio ai mondani in determinate circostanze. Un Divoratore ha attaccato la madre di Clary... e lei poteva benissimo essere la prossima.

Attaccato. Clary si chiese se non fosse un eufemismo per *ucciso.* Il corvo sulla spalla di Hodge gracchiò piano.

— I Divoratori sono macchine da guerra — replicò Alec. — Agiscono al comando di stregoni o di potenti signori dei demoni. Che interesse potrebbe nutrire uno stregone o un signore dei demoni verso una qualsiasi famiglia di mondani? — Quando guardò Clary, i suoi occhi scintillavano di disprezzo. — Qualche suggerimento?

Clary disse: — Deve essere stato un errore.

— I demoni non fanno quel genere di errori. Se hanno attaccato tua madre, deve esserci stata una ragione. Se lei fosse stata innocente...

— In che senso *innocente*? — La voce di Clary era ferma.

Alec parve colto alla sprovvista. — Io...

— Quello che intende dire — intervenne Hodge — è che è del tutto insolito che un demone potente, un demone che potrebbe avere ai propri ordini parecchi demoni inferiori, si interessi agli affari degli esseri umani. Nessun mondano può evocare un demone – non ne avrebbe il potere – ma ci sono stati dei pazzi disperati che hanno trovato una strega o uno stregone che lo facesse per loro.

— Mia madre non conosce nessuno stregone. Non crede neanche alla magia. — A Clary venne in mente una cosa. — Madame Dorothea! Vive al piano di sotto... lei è una strega. Forse i demoni stavano cercando lei e hanno attaccato mia mamma per sbaglio...

Le sopracciglia di Hodge si sollevarono tanto da raggiungergli quasi l'attaccatura dei capelli. — Una strega vive al piano sotto casa tua?

— È una copertura... una falsa strega — disse Jace. — Ho già indagato. Uno stregone non avrebbe alcun motivo di interessarsi a lei, a meno che non abbia una passione per le sfere di cristallo tarocche.

— E così ci ritroviamo al punto di partenza. — Hodge allungò una mano per accarezzare l'uccello che portava appollaiato sulla spalla. — Direi che è giunto il momento di fare rapporto al Conclave.

— No! — obiettò Jace. — Non possiamo...

— Tenere segreta la presenza di Clary qui aveva senso finché non sapevamo se si sarebbe ripresa — disse Hodge. — Ma adesso sta bene, ed è la prima mondana a varcare la porta dell'Istituto da più di un secolo. Conosci le regole sulle conoscenze dei mondani a proposito degli Shadowhunters, Jace. Il Conclave deve essere informato.

— Assolutamente — concordò Alec. — Potrei mandare un messaggio a mio padre...

— Non è una mondana — disse Jace a voce bassa.

Hodge assunse un'espressione sbalordita. Alec, interrotto a metà frase, quasi si strozzò per lo stupore. Nel silenzio improvviso, Clary riuscì a sentire il fruscio delle ali di Hugo. — Sì che lo sono — disse.

— No — replicò Jace. — Non lo sei. — Si voltò verso Hodge, e Clary vide il lieve movimento della sua gola quando deglutì. Trovò stranamente rassicurante il nervosismo di Jace. — La notte scorsa... c'erano dei demoni Du'sien vestiti da poliziotti. Dovevamo evitarli. Clary era troppo debole per correre e non c'era tempo per nascondersi... sarebbe morta. Così ho usato il mio stilo... e le ho messo una runa *mendelin* all'interno del braccio. Ho pensato...

— *Sei pazzo?* — Hodge picchiò la mano sul ripiano della scrivania con tanta violenza che Clary pensò che il legno potesse rompersi. — Lo sai cosa dice la Legge sul fatto di marchiare i mondani! Tu... tu più di chiunque altro dovresti saperlo!

— Ma ha funzionato — disse Jace. — Clary... fa' vedere il braccio.

Con un'occhiata sconcertata verso Jace, la ragazza allungò il braccio nudo. Ricordava di averlo guardato, quella sera nel vicolo, pensando a quanto apparisse vulnerabile. Ora, appena sotto la piega del gomito, vide tre cerchi sovrapposti appena accennati, linee bianche come il ricordo di una cicatrice scomparsa col passare degli anni.

— Vedete, è quasi andato — disse Jace. — E non le ha fatto alcun male.

— Non è questo il punto. — Hodge riusciva a stento a trattenere la rabbia. — Avresti potuto trasformarla in una Dimenticata.

Due macchie rosse si stamparono sulle guance di Alec. — Non ci posso credere, Jace. Solo i Cacciatori possono ricevere i Marchi dell'Alleanza... Un mondano morirebbe...

— Quindi lei non è una mondana, lo capisci o no? Il che spiega anche perché ci poteva vedere. Deve avere sangue del Conclave nelle vene.

Clary abbassò il braccio. All'improvviso ebbe freddo. — Ma non è così. Non è possibile.

— Deve esserlo — disse Jace senza guardarla. — Se non fosse così, il marchio che ti ho fatto sul braccio...

— Basta così, Jace — lo azzittì Hodge. Era evidentemente turbato. — Non è necessario spaventarla ancora di più.

— Ma ho ragione, no? — Jace era arrossito. — E questo spiega anche quello che è successo a sua madre. Se era una Shadowhunter in esilio, poteva avere dei nemici negli Inferi.

— Mia madre non è mai stata una Shadowhunter!

— Allora tuo padre — la incalzò Jace. — Cosa mi dici di lui?

Clary rispose al suo sguardo con un'occhiataccia. — È morto. Prima che io nascessi.

Jace fece una smorfia quasi impercettibile. Fu Alec a rispondere. — È possibile — disse incerto. — Se suo padre era uno Shadowhunter e sua madre una mondana, be', sappiamo tutti che è contro la Legge sposare un mondano. Forse erano latitanti.

— Mia madre me lo avrebbe detto — disse Clary, ma le venne in mente che in casa c'era solo una foto di suo padre e che sua madre non parlava mai di lui, e capì che non poteva essere certa di nulla.

— Non necessariamente — disse Jace. — Abbiamo tutti dei segreti.

— Luke — aggiunse Clary. — Il nostro amico. Lui lo saprebbe. — Al pensiero di Luke, Clary fu colta da un lampo di senso di colpa e di orrore. — Sono passati tre giorni... deve essere impazzito per la preoccupazione. Posso chiamarlo? C'è un telefono qui? — Si voltò verso Jace. — Per favore.

Jace esitò, poi guardò Hodge, che annuì e si scostò dalla scrivania. Alle sue spalle c'era un mappamondo di ottone molto diverso dagli altri mappamondi che Clary aveva visto in passato: c'era qualcosa di strano nella forma dei paesi e dei continenti. Accanto c'era un telefono nero dall'aria antiquata, con una rotella d'argento per comporre i numeri. Clary si portò il ricevitore all'orecchio e il familiare segnale acustico la rinfrancò come acqua fresca.

Luke rispose al terzo squillo. — Pronto?

— Luke! — Clary si accasciò sulla scrivania. — Sono io, Clary.

— Clary. — La ragazza sentì il sollievo nella sua voce, insieme a qualcos'altro che non riuscì a identificare con precisione. — Stai bene?

— Sì — disse lei. — Scusa se non ti ho chiamato prima. Luke, mia mamma...

— Lo so. È stata qui la polizia.

— Allora non l'hai sentita. — Ogni speranza residua che sua madre fosse scappata e si fosse nascosta da qualche parve svanì all'improvviso. Se fosse andata così avrebbe certamente contattato Luke. — Cosa ha detto la polizia?

— Solo che è scomparsa. — Clary pensò alla poliziotta con la mano scheletrica ed ebbe un brivido. — Dove sei?

— In città — rispose Clary. — Non so esattamente dove. Con degli amici. Ho perso il portafogli, però. Se hai dei contanti potrei prendere un taxi e farmi portare da te...

— No — la interruppe lui.

Il telefono le scivolò tra le mani sudate. Lo riprese al volo. — Cosa?

— No — ripeté lui. — È troppo pericoloso. Non puoi venire qui.

— Potremmo chiamare...

— Ascoltami. — La voce di Luke era dura. — In qualsiasi guaio si sia cacciata tua madre, la cosa non mi riguarda. È meglio che resti dove sei.

— Ma io non voglio restare qui. — Clary si accorse di avere assunto un tono piagnucoloso, come quello di una bambina. — Non conosco queste persone. Tu...

— Io *non sono* tuo padre, Clary. Te l'ho già detto.

Gli occhi della ragazza si riempirono di lacrime. — Mi dispiace. È solo che...

— Non chiamarmi più — disse lui. E riappese.

Clary restò immobile a fissare il telefono col segnale di occupato che le ronzava nell'orecchio come una grossa vespa. Compose di nuovo il numero di Luke e attese. Questa volta partì la segreteria telefonica. Clary sbatté il ricevitore al suo posto con le mani che tremavano.

Jace era appoggiato al bracciolo della poltrona di Alec e la osservava. — Mi sembra di capire che non fosse molto contento di sentirti...

A Clary pareva che il cuore le si fosse ridotto alle dimensioni di una noce, una minuscola pietra dura in mezzo al petto. *Non piangerò. Non davanti a queste persone.*

— Penso che farò una chiacchierata con Clary — disse Hodge. — Da solo — aggiunse in tono fermo, vedendo l'espressione di Jace.

Alec si alzò in piedi. — Va bene. Pensaci tu.

— Non è giusto — obiettò Jace. — Sono stato io a trovarla. Sono stato io a salvarle la vita! Tu preferisci che io resti qui, vero? — chiese a Clary.

Lei distolse lo sguardo, sapendo che se avesse aperto la bocca sarebbe scoppiata a piangere. Sentì Alec ridere sommessamente.

— Non tutti ti vogliono sempre attorno, sai, Jace? — lo stuzzicò.

— Non essere ridicolo — gli rispose Jace, ma sembrava deluso. — Va bene. Noi andiamo in armeria.

La porta si chiuse dietro di loro con un piccolo scatto. A Clary pungevano gli occhi, come sempre quando cercava di trattenere a lungo le lacrime. Hodge le si parò davanti, una macchia grigia indistinta. — Siediti — le disse. — Qui, sul divano.

Lei affondò grata tra i cuscini morbidi. Aveva le guance bagnate. Sollevò una mano per asciugarsi le lacrime. — Di solito non piango molto — si ritrovò a dire. — Non è niente. Adesso mi passa.

— La maggior parte delle persone non piange quando è sconvolta o quando è spaventata, ma piuttosto quando è frustrata. La tua frustrazione è comprensibile. Hai passato dei momenti decisamente difficili.

— *Difficili?* — Clary si asciugò gli occhi nell'orlo della camicia di Isabelle. — Può dirlo forte.

Hodge tirò fuori la sedia da sotto la scrivania e la portò in un punto adatto per stare di fronte alla ragazza. I suoi occhi, notò solo ora Clary, erano grigi come i suoi capelli e la sua giacca di tweed, ma in loro c'era qualcosa di gentile. — Posso offrirti qualcosa? — le chiese. — Qualcosa da bere? Un tè?

— Non voglio un tè. — Clary trattenne a stento la rabbia. — Voglio trovare mia madre. E poi voglio scoprire chi l'ha portata via e voglio ucciderlo.

— Purtroppo — disse Hodge — al momento abbiamo esaurito la nostra scorta di vendetta-dolce-vendetta, per cui dovrai accontentarti del tè.

Clary lasciò cadere l'orlo della camicia, che adesso era pieno di macchie umide. — Cosa dovrei fare, allora?

— Potresti iniziare a raccontarmi quello che è successo — disse Hodge rovistandosi in tasca. Estrasse un fazzoletto stirato e inamidato, che porse alla ragazza. Clary lo prese con silenzioso stupore. Non aveva mai conosciuto qualcuno che se ne andasse in giro con un fazzoletto di stoffa in tasca. — Quel demone che hai visto nel tuo appartamento... Avevi mai visto prima un essere del genere? Avevi idea che esistessero creature come quella?

Clary scosse il capo, poi fece una pausa. — Ne ho visto un altro, prima, ma non avevo capito cosa fosse. La prima volta che ho visto Jace...

— Giusto, ma certo, che sciocco a scordarlo. — Hodge annuì. — Al Pandemonium. Quella è stata la prima volta?

— Sì.

— E tua madre non te ne ha mai parlato... non ti ha mai raccontato di un altro mondo che la maggior parte delle persone non possono vedere? Ti sembrava particolarmente interessata ai miti, alle favole, alle leggende...

— No. Odiava tutta quella roba. Non le piacevano neppure i film della Disney. Non le piaceva che leggessi i manga. Diceva che sono infantili.

Hodge si grattò la testa. I suoi capelli non si mossero. — Decisamente interessante — mormorò.

— Ma figurati — disse Clary. — Mia madre non era interessante. Era la persona più normale del mondo.

— La gente normale di solito non si ritrova dei demoni che le assediano la casa — osservò Hodge con una certa gentilezza.

— Non può essere stato un errore?

— Se fosse stato un errore — continuò Hodge — e tu fossi una ragazza qualsiasi, non avresti visto il demone che ti ha attaccato... E se anche lo avessi visto, la tua mente lo avrebbe trasformato in qualcosa di totalmente diverso. Un cane feroce, magari addirittura un altro essere umano. Il fatto che tu l'abbia visto, che ti abbia parlato...

— Come fai a sapere che mi ha parlato?

— Jace mi ha riferito che tu gliel'hai detto.

— Sibilava. — Clary ebbe un brivido a quel ricordo. — E diceva che mi voleva mangiare, ma non penso che volesse farlo davvero.

— I Divoratori di solito sono sotto il controllo di un demone più forte — spiegò Hodge. — Non sono molto intelligenti e da soli non sanno combinare granché. — Inclinò la testa da un lato. — Ha detto cosa stava cercando il suo padrone?

Clary ci pensò sopra un po'. — Ha detto qualcosa su un certo Valentine, ma...

Hodge scattò in piedi così all'improvviso che Hugo, fino a quel momento comodamente appollaiato sulla sua spalla, si lanciò in aria con un verso irritato. — *Valentine?*

— Sì — disse Clary sbalordita. — Ho pensato di avere sentito male. Valentine non sembra proprio un nome da demone...

— Valentine non è un demone. — La voce di Hodge era ferma, ma Clary notò un leggero tremito nelle sue mani. Hugo, che era tornato a posarsi sulla sua spalla, arruffò le penne inquieto.

— Lo conosci?

— Sì. Valentine è... *era*... un Cacciatore.

— Un Cacciatore? Perché dici *era*?

— Perché è morto — disse Hodge in tono neutro. — È morto da quindici anni.

Clary sprofondò di nuovo tra i cuscini del divano. Le pulsava la testa. Forse avrebbe dovuto accettarlo, quel tè. — Non potrebbe trattarsi di qualcun altro? Qualcuno con lo stesso nome?

La risata di Hodge fu un latrato privo di allegria. — No. Ma potrebbe essere qualcuno che usa il suo nome per mandare un messaggio. — Si alzò e si avvicinò alla scrivania, le mani unite dietro la schiena. — E questo sarebbe il momento giusto per farlo.

— Perché?

— A causa degli Accordi.

— I negoziati di pace? Jace mi ha detto qualcosa in proposito. Pace con chi?

— I Nascosti — mormorò Hodge. Sollevò lo sguardo su Clary. La sua bocca era una linea sottile. — Scusami — aggiunse poi. — Per te deve essere tutto piuttosto sconcertante.

— Direi proprio di sì.

Hodge si appoggiò alla scrivania e iniziò ad accarezzare distrattamente le penne di Hugo. — I Nascosti sono coloro che abitano insieme a noi nel Mondo Invisibile. La pace tra di noi è sempre stata estremamente instabile.

— Sono tipo i vampiri, i lupi mannari e...

— Il Popolo Fatato — disse Hodge. — Le fate. E i figli di Lilith, essendo mezzi demoni, sono stregoni.

— E voi Shadowhunters cosa siete?

— A volte ci chiamano *Nephilim* o Cacciatori — disse Hodge. — Nella Bibbia erano il frutto dell'unione di angeli ed esseri umani. Secondo la leggenda, gli Shadowhunters furono creati più di mille anni fa, quando gli umani stavano per essere distrutti dalle invasioni di demoni provenienti da altri mondi. Uno stregone evocò l'Angelo Raziel, che mescolò in una ciotola un po' del proprio sangue con del sangue umano e lo diede da bere agli uomini. Coloro che bevvero il sangue dell'Angelo divennero Cacciatori, e così i loro figli e i figli dei loro figli. La ciotola da allora fu conosciuta come la Coppa Mortale. Anche se forse la leggenda non è del tutto vera, la verità è che nel corso degli anni, quando le fila degli Shadowhunters si assottigliavano, era possibile crearne di nuovi usando la Coppa.

— *Era* possibile?

— La Coppa è andata perduta — disse Hodge. — È stata distrutta da Valentine, poco prima che morisse. Ha appiccato un grande incendio ed è bruciato coi suoi genitori, sua moglie e suo figlio. La terra lì è diventata nera. Nessuno costruirà più nulla, in quel punto. Dicono che sia un posto maledetto.

— È così?

— Può essere. Il Conclave ogni tanto pronuncia delle maledizioni come punizione per chi ha infranto la Legge. Valentine ha infranto la Legge più importante di tutte: ha preso le armi contro altri Shadowhunters e li ha massacrati. Lui e il suo gruppo, il Cerchio, uccisero decine di loro simili, oltre a centinaia di Nascosti, durante gli ultimi Accordi. Li sorpresero con la guardia abbassata.

— Perché si era messo contro gli altri Cacciatori?

— Non approvava gli Accordi. Odiava i Nascosti e riteneva che andassero uccisi in massa per mantenere questo mondo puro per gli esseri umani. Sebbene non siano demoni né invasori, lui riteneva che avessero una natura demoniaca, e per lui era sufficiente. Il Conclave non era d'accordo, i suoi membri pensavano che l'aiuto dei Nascosti fosse necessario se volevamo cacciare via i demoni una volta per tutte. E, in effetti, come si fa a dire che il Popolo Fatato non appartiene a questo mondo dal momento che si trova qui da prima di noi?

— Gli Accordi furono firmati?

— Sì, furono firmati. Quando i Nascosti videro che il Conclave si opponeva a Valentine e al suo Cerchio per difenderli, si resero conto che gli Shadowhunters non erano loro nemici. Paradossalmente, fu proprio Valentine che, con la sua insurrezione, rese possibili gli Accordi. — Si risedette. — Mi scuso per la lezione di storia non richiesta. Valentine era questo: un agitatore, un visionario, un uomo di grande fascino e carisma personale. E un assassino. E ora qualcuno sta evocando il suo nome...

— Ma chi? — chiese Clary. — E cosa c'entra mia madre con questa storia?

Hodge si alzò di nuovo. — Non lo so. Ma farò quello che posso per scoprirlo. Manderò dei messaggi al Conclave e anche ai Fratelli Silenti. Potrebbero voler parlare con te.

Clary non chiese chi fossero i Fratelli Silenti. Era stanca di fare domande le cui risposte la confondevano ancora di più. Si alzò in piedi. — C'è una qualche possibilità che io possa tornarmene a casa?

Hodge parve preoccupato. — No, io... direi che non sarebbe prudente.

— Ci sono delle cose che mi servono, a casa. Anche se resto qui. Vestiti...

— Puoi comprare dei vestiti nuovi. Ti prestiamo noi i soldi che ti servono.

— Ti prego — disse Clary. — Devo vedere se... Devo vedere cosa è rimasto.

Hodge esitò, poi le rivolse un breve cenno del capo. — Se Jace è d'accordo, potete andare insieme. — Si voltò verso la scrivania e si mise a rovistare tra le carte. Dopo un po' guardò da sopra la spalla come se si fosse reso conto solo allora che Clary era ancora lì. — Ti aspetta in armeria.

— Non so dov'è.

Hodge fece un sorriso scaltro. — Ti ci porterà Church.

Clary guardò in direzione della porta, dove il gattone persiano se ne stava quietamente acciambellato. Quando lei gli giunse vicino, il felino si alzò, la pelliccia che fremeva come la superficie di uno stagno. Con un miagolio imperioso la condusse lungo il corridoio. Quando si voltò, Clary vide Hodge intento a scribacchiare su un foglio. Probabilmente stava preparando il messaggio per il misterioso Conclave. Non sembravano persone troppo simpatiche, i membri del Conclave, pensò Clary. E si chiese cosa avrebbero risposto.

L'inchiostro rosso sembrava sangue sulla carta bianca. Hodge Starkweather corrugò la fronte mentre arrotolava la lettera in modo attento e meticoloso fino a ottenere una specie di tubetto, dopodiché chiamò Hugo con un fischio. L'uccello gracchiò un poco e gli si posò sul polso. Hodge ebbe un sussulto. Anni prima, durante la Rivolta, era stato ferito alla spalla, e anche un peso lieve come quello di Hugo – o un cambio di stagione, una variazione dell'umidità, un movimento brusco del braccio – risvegliavano vecchie fitte e ricordi di sofferenze che avrebbe preferito dimenticare.

C'erano però alcuni ricordi che non scolorivano mai. Quando chiudeva gli occhi, dietro le sue palpebre esplodevano e si dissolvevano delle immagini: sangue e cadaveri, terra smossa, un podio bianco macchiato di rosso. Le urla dei morenti. I prati verdi e dolci di Idris e il suo infinito cielo blu trafitto dalle torri della Città di Vetro. Il dolore della perdita gli crebbe dentro come una marea; Hodge strinse il pugno e Hugo sbatté le ali e gli beccò rabbiosamente le dita. Hodge aprì la mano insanguinata e liberò l'uccello, che gli girò in cerchio sopra la testa, uscì dal lucernario e scomparve.

Hodge si scrollò di dosso i brutti presentimenti e prese un altro foglio senza notare le gocce rosse che macchiavano la carta mentre scriveva.

6
I Dimenticati

L'armeria corrispondeva esattamente a quello che ci si aspetterebbe da un posto chiamato "l'armeria". Alle pareti di metallo spazzolato era appesa ogni sorta di spada, daga, picca, alabarda, baionetta, frusta, mazza, uncino e arco. Faretre di cuoio piene di frecce pendevano dai ganci, e c'erano anche pile di stivali, schinieri e protezioni per le braccia e i polsi. La sala odorava di metallo e cuoio e lucido per acciaio.

Alec e Jace, non più a piedi nudi, sedevano a una lunga tavola al centro della stanza, le teste chine su un oggetto posato davanti a loro. Jace levò lo sguardo, mentre la porta si chiudeva alle spalle di Clary. — Dov'è Hodge? — chiese.

— Sta scrivendo ai Fratelli Silenti.

Alec represse un brivido. — Ah.

Clary si avvicinò lentamente al tavolo, consapevole di avere addosso lo sguardo di Alec. — Cosa fate?

— Diamo gli ultimi ritocchi a queste. — Jace si spostò di lato, in modo che lei potesse vedere il piano del tavolo: c'erano tre bacchette sottili d'argento scintillante. Non sembravano affilate né particolarmente pericolose. — Sanvi, Sansanvi e Semangelaf. Sono spade angeliche.

— Non sembrano spade. Come le avete fatte? Con la magia?

Alec assunse un'espressione indignata, come se Clary gli avesse chiesto di indossare un tutù ed eseguire un perfetto *en pointe*. — La cosa buffa dei mondani — disse Jace senza rivolgersi a nessuno in particolare — è come siano ossessionati dalla magia, considerato che non sanno nemmeno cosa voglia dire, questa parola.

— Io so cosa vuol dire — ribatté Clary.

— No, non lo sai. *Credi* di saperlo. La magia è una forza oscura ed elementare, non c'entra niente con bacchette luccicanti, sfere di cristallo e pesci rossi parlanti.

— Io non ho mai nominato dei pesci rossi parlanti.

Jace tagliò corto con un movimento della mano. — Non basta prendere un'anguilla elettrica e dire che è una paperella di gomma perché diventi davvero una paperella di gomma, ti pare? E tanto peggio per chi decide di farsi il bagno con quella paperella.

— Stai dicendo sciocchezze — commentò Clary.

— Niente affatto — disse Jace con un'espressione altezzosa.

— E invece sì — ribatté abbastanza inaspettatamente Alec. — Senti, noi non facciamo nessuna magia, va bene? — aggiunse senza guardare Clary. — È tutto quello che ti serve sapere al riguardo.

Clary avrebbe voluto rispondergli per le rime, ma si trattenne. Dal momento che Alec non aveva una grande simpatia per lei, non aveva senso peggiorare la situazione. Si rivolse a Jace. — Hodge ha detto che posso andare a casa.

Jace lasciò quasi cadere la spada angelica che aveva in mano. — Cosa ha detto?

— Per dare un'occhiata alle cose di mia madre — aggiunse lei. — Se tu vieni con me.

— Jace — sospirò Alec, ma Jace lo ignorò.

— Se vuoi veramente dimostrare che mia mamma o mio papà erano Shadowhunters, dovremmo cercare fra le cose di mia madre. O almeno tra quello che è rimasto.

— Dentro la tana del coniglio — disse Jace con un sorriso. — Ottima idea. Se partiamo subito, avremo altre tre o quattro ore di luce.

— Vuoi che venga con voi? — chiese Alec, mentre Clary e Jace si avvicinavano alla porta. Clary lo guardò. Lui si stava alzando dalla poltrona, lo sguardo pieno d'aspettativa.

— No. — Jace non si voltò. — Va bene così. Io e Clary ce la possiamo cavare da soli.

Lo sguardo che Alec lanciò a Clary era corrosivo come un bicchiere di acido. La ragazza fu ben contenta quando la porta si chiuse alle sue spalle.

Jace le fece strada lungo il corridoio. Clary dovette trotterellare per tener dietro alle sue falcate. — Hai le chiavi di casa tua?

Clary si guardò le scarpe. — Sì.

— Bene. Riusciremmo a entrare comunque, ma avremmo più probabilità di far scattare qualche incantesimo difensivo.

— Se lo dici tu. — Si fermarono davanti a una grata di metallo nero, alla fine del corridoio. Quando Jace premette un pulsante accanto alla grata Clary si rese conto che era un ascensore, che iniziò a salire scricchiolando e gemendo. — Jace?

— Sì?

— Come facevi a sapere che ho del sangue di Shadowhunter nelle vene? C'è un modo per esserne sicuri?

L'ascensore arrivò con un ultimo brontolio. Jace aprì la grata. L'interno, tutto metallo nero e decorazioni dorate, ricordò a Clary una gabbia per uccelli. — Ci ho provato — ammise lui chiudendosi la porta alle spalle. — Mi sembrava la spiegazione più plausibile.

— *Ci hai provato*? Dovevi esserne abbastanza sicuro, considerato che avresti potuto uccidermi.

Lui premette un pulsante sulla parete e l'ascensore si mise in azione con un sobbalzo e un grugnito vibrante che Clary si sentì nelle ossa dei piedi.

— Ero sicuro al novanta per cento.

— Capisco — disse Clary.

C'era qualcosa di strano nella sua voce, perché Jace si voltò a guardarla. Clary lo colpì al volto con uno schiaffo che lo fece sobbalzare. Lui si portò una mano alla guancia, più per la sorpresa che per il dolore. — Perché diavolo l'hai fatto?

— Per l'altro dieci per cento — disse lei, dopodiché trascorsero il resto della discesa fino al piano terra senza dire una parola.

Sul treno per Brooklyn Jace restò chiuso in un silenzio rabbioso. Clary gli rimase vicina lo stesso: si sentiva un po' in colpa, soprattutto quando guardava il segno che il suo schiaffo gli aveva lasciato sulla guancia.

Il silenzio però non le dispiaceva: le dava la possibilità di pensare. Continuava a ripercorrere nella propria mente la conversazione con Luke. Le faceva male pensarci, come quando si mastica qualcosa con un dente cariato, ma non riusciva a smettere di farlo.

Un po' più in giù, nella stessa carrozza, due ragazzine sedute su un sedile arancione ridacchiavano tra loro. Era il genere di ragazze che a Clary non era mai piaciuto, alla St Xavier's, tutte infradito di plastica rosa e abbronzature artificiali. Clary si chiese per un momento se stessero ridendo di lei, poi si rese conto che stavano guardando Jace.

Ripensò alla ragazza del bar, quella che continuava a fissare Simon. Le ragazze hanno sempre quell'espressione, quando pensano che un tizio sia carino. Con tutto quel che era successo, si era quasi dimenticata che Jace era davvero carino. Non aveva i tratti delicati da cammeo di Alec, ma il suo viso era più interessante. Alla luce del giorno, i suoi occhi avevano il colore dello sciroppo d'acero e... la fissavano. Jace sollevò un sopracciglio. — Posso fare qualcosa per te?

Clary si trasformò immediatamente in una traditrice del proprio stesso sesso: — Quelle ragazze laggiù ti stanno fissando.

Jace assunse un'espressione vagamente gratificata.

— Ma certo — gongolò. — Sono incredibilmente attraente, io.

— Non hai mai sentito dire che la qualità più attraente in una persona è la modestia?

— Vale solo per le persone brutte — rispose Jace. — Forse un giorno gli ultimi saranno i primi, ma per ora sono i vanitosi a divertirsi di più. — Strizzò l'occhio alle ragazze, che ridacchiarono e si nascosero dietro i capelli.

Clary sospirò. — Com'è che ti possono vedere?

— Gli incantesimi sono una rottura di scatole. A volte li lasciamo perdere.

La faccenda delle ragazze sul treno sembrava averlo messo di umore un po' migliore. Quando uscirono dalla stazione e iniziarono a risalire la collina che portava verso la casa di Clary, trasse di tasca una spada angelica e iniziò a rigirarsela tra le dita, canticchiando tra sé.

— Devi proprio farlo? — chiese Clary. — Mi dà fastidio.

Jace si mise a canticchiare più forte. Era una specie di via di mezzo tra *Tanti auguri a te* e una marcetta militare.

— Scusami per lo schiaffo — aggiunse poi.

Lui smise di canticchiare. — Sei stata fortunata a fare una cosa del genere con me e non con Alec. Lui avrebbe reagito.

— Direi che non aspetta altro — commentò Clary tirando un calcio a una lattina vuota. — Che termine ha usato Alec per voi due? Para-qualcosa...

— *Parabatai* — precisò Jace. — La parola indica due guerrieri che combattono in coppia... Siamo più che fratelli. Alec non è soltanto il mio migliore amico. Mio padre e suo padre erano parabatai, da giovani. Suo padre era il mio padrino... è per questo che vivo con loro. Sono la mia famiglia adottiva.

— Ma di cognome non ti chiami Lightwood.

— No — disse Jace, e Clary stava per chiedergli come si chiamasse, ma ormai erano arrivati a casa sua, e il suo cuore aveva iniziato a battere tanto forte che era convinta lo si potesse sentire per un raggio di chilometri. Le ronzavano le orecchie, e i palmi delle sue mani erano madidi di sudore. Si fermò davanti alla siepe vicino al garage e sollevò lentamente lo sguardo, aspettandosi di vedere i nastri gialli della polizia che bloccavano la porta d'ingresso, vetri rotti sparsi per tutto il prato, la casa ridotta in macerie.

Invece non c'era alcun segno di distruzione. Immersa nella luce gradevole del pomeriggio, l'arenaria della casa sembrava brillare. Le api ronzavano pigre attorno alle piante di rose, sotto le finestre di Madame Dorothea.

— Sembra tutto identico a prima — disse Clary.

— All'esterno. — Jace infilò una mano nella tasca dei jeans e tirò fuori uno di quegli aggeggi di metallo e plastica che lei aveva scambiato per un cellulare.

— Adesso me lo spieghi che cos'è quel coso?

— Il sensore rileva le frequenze, come una radio, solo che queste sono frequenze demoniache.

— Onde corte infernali?

— Una cosa del genere. — Jace sollevò il sensore di fronte a sé, mentre si avvicinavano alla casa. Sulle scale emise un lieve ticchettio, che smise subito. Jace corrugò la fronte. — Sta rilevando tracce di attività, ma potrebbe essere una scia delle presenze dell'altra notte. Sono troppo deboli perché ci siano qui dei demoni, in questo momento.

Clary sospirò e si accorse solo allora di avere trattenuto il fiato. — Bene. — Si chinò per recuperare le chiavi. Quando si rialzò, vide i graffi sul portone d'ingresso. L'ultima volta probabilmente non li aveva visti perché era troppo buio. Sembravano segni di artigli, lunghi e paralleli, incisi in profondità nel legno. Sentì il sangue defluirle dal volto.

Jace le toccò un braccio. — Entro prima io — disse. Clary avrebbe voluto dirgli che non aveva bisogno di nascondersi dietro di lui, ma le parole non le uscirono. Sentiva ancora il sapore del terrore che aveva provato quando aveva visto il Divoratore, aspro e ferroso come quello di una vecchia moneta.

Jace spinse la porta e invitò Clary a seguirla, facendole un cenno con la mano che stringeva il sensore. Una volta giunti nell'atrio, Clary strizzò gli occhi per abituarsi alla semioscurità. La lampadina del soffitto era bruciata, il lucernario era chiuso e le ombre si allargavano pesanti sul pavimento sbeccato. La porta di Madame Dorothea era chiusa. Sotto di essa non si intravedeva alcuna luce. Clary si chiese preoccupata cosa fosse successo.

Jace sollevò una mano e la fece scorrere lungo la ringhiera della scala. Quando la ritrasse era bagnata di una sostanza rosso scuro. — Sangue.

— Magari è mio. — La voce di Clary suonava metallica. — Dell'altra sera.

— A quest'ora sarebbe secco — disse Jace. — Vieni.

Iniziò a risalire le scale con Clary alle calcagna. Il pianerottolo era buio e la ragazza dovette trafficare parecchio con le chiavi prima di riuscire a infilare quella giusta nella serratura. Jace era chino su di lei e la osservava impaziente. — Non fiatarmi sul collo — sibilò lei con le mani che tremavano. E finalmente riuscì a far girare la chiave nella toppa.

Jace la tirò indietro. — Vado prima io.

Clary esitò, poi si fece da parte e lo lasciò passare. Aveva le mani appiccicose, e non era per il caldo. In effetti l'appartamento era fresco, quasi freddo: dalla porta d'ingresso uscì una folata d'aria gelida che le punse la pelle. Sentì che le venivano i brividi mentre seguiva Jace lungo il breve corridoio che portava in salotto.

Era vuoto. Totalmente, spaventosamente vuoto, come la prima volta che erano entrati in quella stanza: le pareti erano nude, i mobili erano scomparsi, e persino le tende erano state strappate via dalle finestre. Solo dei riquadri di colore più chiaro sulle pareti indicavano i punti in cui stavano appesi i quadri di sua madre. Come in un sogno, Clary si voltò verso la cucina. Jace la seguì con gli occhi socchiusi.

Anche la cucina era vuota, erano scomparsi il frigorifero, le sedie, il tavolo. I pensili erano aperti, e gli scaffali deserti le ricordavano una filastrocca di quando era piccola. Si schiarì la gola. — Cosa se ne fanno i demoni del nostro forno a microonde? — chiese.

Jace scosse il capo, la bocca che si ripiegava agli angoli. — Non lo so, ma non sento presenze demoniache. Direi che se ne sono andati da un pezzo.

Clary si guardò attorno ancora una volta. Qualcuno aveva pulito anche le macchie di tabasco, notò distrattamente.

— Sei soddisfatta? — chiese Jace. — Non c'è più niente, qui.

— Voglio vedere la mia stanza.

Lui la guardò come per dirle qualcosa, ma ci ripensò. — Se non puoi farne a meno — disse facendosi scivolare in tasca la spada angelica.

La luce in corridoio era saltata, ma Clary non ne aveva bisogno per orientarsi in casa sua. Con Jace alle calcagna trovò la porta della sua camera da letto e allungò una mano verso la maniglia. Era fredda, tanto fredda da far quasi male, come toccare un ghiacciolo a mani nude. Vide Jace che le scoccava una rapida occhiata, ma Clary stava già girando la maniglia, o almeno ci stava provando. Si mosse lentamente, come se fosse incollata, come se dall'altra parte fosse avvolta in qualcosa di gelatinoso e sciropposo...

La porta esplose verso l'esterno e la fece schizzare via. Clary volò attraverso il corridoio, andò a sbattere contro la parete e rotolò a terra. Mentre si rimetteva in ginocchio, sentiva nelle orecchie un ronzio sordo.

Jace, appiattito contro il muro, si stava rovistando in tasca, il volto una maschera di sorpresa. Sopra di lui incombeva un uomo enorme, come il gigante di una favola. Era largo come una quercia e in una mano mastodontica e bianca come quella di un cadavere stringeva una grande ascia. La sua pelle grigiastra era coperta di stracci luridi e laceri e i suoi capelli erano una specie di groviglio impastato di terra. Puzzava di sudore putrido e carne marcia. Clary fu contenta di non poterne vedere il volto: la schiena era già più che sufficiente.

Jace aveva in mano la spada angelica. La sollevò e urlò: — Sansanvi!

Una lama scattò fuori dalla bacchetta. Clary pensò a quei vecchi film in cui c'erano bastoni da passeggio con una lama nascosta dentro. Ma non aveva mai visto una spada del genere, prima d'allora: trasparente come vetro, con l'elsa luccicante, incredibilmente affilata, e lunga quasi come l'avambraccio di Jace. Il ragazzo tirò una sciabolata e colpì il braccio del gigante, che arretrò con un urlo.

Jace si voltò di scatto e corse verso Clary. La prese per un braccio, la sollevò in piedi e la spinse davanti a sé lungo il corridoio. Clary sentiva quella cosa che li inseguiva: i suoi passi sembravano prodotti da blocchi di piombo gettati sul pavimento, ma erano anche veloci.

Schizzarono nell'ingresso e poi sul pianerottolo. Jace si voltò a chiudere la porta. Clary sentì il *clic* della serratura automatica e tirò un sospiro di sollievo. La porta tremò sui cardini quando un colpo tremendo la investì da dentro l'appartamento. Clary arretrò verso le scale. Jace la guardò. Aveva gli occhi illuminati da un'esaltazione folle. — Scendi di sotto! Esci da...

Un altro colpo, più forte del primo. Questa volta i cardini cedettero e la porta volò via: avrebbe colpito Jace se questi non si fosse mosso tanto velocemente che Clary riuscì a malapena a vederlo. All'improvviso era sulle scale, la spada che gli ardeva in mano come una stella caduta. Clary si rese conto di essersi rannicchiata in un angolo del pianerottolo, incapace di muoversi. Vide Jace che la guardava e le urlava qualcosa, ma non riuscì a sentirlo per il ruggito della creatura gigantesca che era schizzata fuori dalla porta sfondata e si dirigeva dritta verso di lui. La ragazza si appiattì contro la parete mentre l'essere le passava davanti lasciandosi dietro un'ondata di calore e fetore... E la sua ascia stava volando, sibilando sopra di lei e fendendo l'aria, per colpire la testa di Jace. Lui si abbassò e la lama andò a conficcarsi nella ringhiera.

Jace rise. Quella risata parve far infuriare la creatura, che abbandonò l'ascia e si lanciò verso di lui con gli enormi pugni sollevati. Jace fece ruotare la spada angelica, compiendo un arco perfetto e affondando la lama fino all'elsa nella spalla del gigante. Per un istante quello restò fermo, barcollando leggermente. Poi si tuffò in avanti, le mani tese e pronte ad afferrare l'avversario. Jace si spostò di lato velocemente, ma non abbastanza: l'enorme mano lo afferrò, mentre il gigante cadeva a terra, trascinandolo con sé. Jace lanciò un urlo, poi ci fu una serie di colpi sordi, e infine… il silenzio.

Clary si rialzò in piedi e corse verso il piano di sotto. Jace era disteso ai piedi delle scale, il braccio piegato sotto di sé in una posizione innaturale. Il gigante era caduto sopra le sue gambe, con l'elsa della spada di Jace che gli usciva dalla schiena. Non era morto, ma si muoveva appena, e dalla sua bocca usciva una schiuma sanguinolenta. Ora Clary poteva vederlo in faccia: il suo volto era bianchissimo, simile a carta, attraversato da una ragnatela nera di cicatrici orribili che ne nascondevano quasi completamente i tratti. Le sue orbite erano pozzi rossi e suppuranti. Lottando contro i conati di vomito, Clary scese le scale, passò sopra il gigante che si contorceva e si inginocchiò accanto a Jace.

Era immobile. Gli appoggiò una mano sulla spalla e sentì che aveva la camicia intrisa di sangue. Era suo o del gigante? — Jace?

Il ragazzo aprì gli occhi. — È morto?

— Quasi — disse Clary tetra.

— Diavolo. — Fece una smorfia. — Le mie gambe…

— Stai fermo. — Clary girò attorno alla sua testa, gli mise le mani sotto le braccia e tirò. Jace grugnì per il dolore e le sue gambe scivolarono da sotto la carcassa tremante della creatura. Clary lo lasciò andare e lui si rimise faticosamente in piedi, il braccio stretto al petto. Clary si alzò. — Come va il braccio?

— Rotto — tagliò corto lui. — Mi puoi infilare una mano in tasca?

Clary esitò un po' e poi annuì. — Quale?

— Quella interna della giacca. A destra. Prendi una spada angelica e dammela. — Restò immobile, mentre lei gli infilava nervosamente le dita nella tasca. Era così vicina che riusciva a sentire il suo odore: sapeva di sudore, di sapone e di ragazzo. Il suo alito le faceva il solletico alla nuca. Le dita di Clary si chiusero su una bacchetta. La tirò fuori senza guardarlo.

— Grazie — disse Jace. Sfiorò lievemente la bacchetta con le dita prima di evocarla: — Sanvi! — Come prima, la bacchetta si trasformò in una spada dall'aria estremamente pericolosa, il cui bagliore illuminò il volto di Jace. — Non guardare — disse lui avvicinandosi al corpo pieno di cicatrici. Sollevò la lama sopra la testa e la abbassò di scatto. Il sangue zampillò dalla gola del gigante e schizzò sugli stivali di Jace. Clary restò a fissare la scena a bocca spalancata, senza riuscire a distogliere lo sguardo.

Si aspettava quasi che il gigante svanisse, accartocciandosi su se stesso come il ragazzo del Pandemonium. Invece non accadde. L'aria era satura dell'odore del sangue, pesante e ferroso. Jace emise un suono basso dalla gola. Era pallido, ma Clary non avrebbe saputo dire se fosse per il dolore o per il disgusto. — Ti avevo detto di non guardare.

— Credevo che sarebbe scomparso — disse lei. — Avevi detto che... tornavano alla loro dimensione.

— Ho detto che è quello che succede quando muore un demone. — Con una smorfia si scosse dalle spalle la giacca, lasciando scoperta la parte superiore del braccio sinistro. — Ma questo non era un demone. — Con la mano destra estrasse qualcosa dalla cintura. Era il cilindretto lucido che aveva usato per incidere i cerchi concentrici sulla pelle di Clary. Guardandolo, la ragazza si sentì bruciare l'avambraccio.

Jace vide che lo stava fissando e si produsse nel fantasma di un sorriso. — Questo è uno stilo. — Lo avvicinò a un marchio che aveva appena sotto la spalla, una strana forma simile a una stella. Due punte della stella erano più lunghe delle altre, e non erano collegate. — E questo — proseguì Jace — è quello che succede quando uno Shadowhunter si ferisce.

Con la punta dello stilo tracciò una linea che collegava i due bracci della stella e chiuse la runa. Quando abbassò la mano, il marchio scintillava come fosse inciso con inchiostro fosforescente. Mentre Clary lo osservava, affondò nella pelle come un oggetto pesante nell'acqua. Si lasciò dietro un *memento* spettrale: una cicatrice pallida e sottile, quasi invisibile.

Un'immagine sorse nella mente di Clary. La schiena di sua madre, nei punti lasciati scoperti dal costume da bagno: le scapole e la curva della spina dorsale, cosparse di piccoli segni bianchi. Era come qualcosa visto in sogno... Ora la schiena di sua madre non aveva quell'aspetto, lo sapeva. Però quell'immagine continuò a tormentarla.

Jace sospirò, e la tensione del dolore lasciò il suo volto. Mosse il braccio, prima lentamente e poi più tranquillamente. Lo sollevò e lo riabbassò, strinse il pugno. Evidentemente non era più rotto.

— È fantastico! — esclamò Clary. — Come...?

— Era un *iratze*. Una runa di Guarigione — spiegò Jace. — Finendo la runa con lo stilo, la si attiva. — Si infilò lo stilo nella cintura e si rimise la giacca. Con la punta dello stivale pungolò il cadavere del gigante. — Dovremo fare rapporto a Hodge — disse. — Che andrà fuori di testa — aggiunse come se quell'idea lo riempisse di soddisfazione. Jace, pensò Clary, era il genere di persona a cui piaceva che *succedesse qualcosa*, anche se quel qualcosa era poco piacevole.

— Perché andrà fuori di testa? — chiese Clary. — Ma se quel coso non è un demone... È per questo che il sensore non lo ha rilevato, giusto?

Jace annuì. — Vedi le cicatrici che ha in faccia?

— Sì.

— Sono state fatte con uno stilo. Come questo — aggiunse sfiorando il cilindretto appuntito che portava alla cintura. — Volevi sapere cosa succede quando fai un Marchio a qualcuno che non ha sangue di Shadowhunters. Un Marchio solo ti brucia. Ma se te ne fanno molti, e anche potenti, e se li incidono nella pelle di un essere umano qualsiasi, che non ha neppure una goccia di sangue Shadowhunters, ecco, il risultato è questo. — Indicò il cadavere con il mento.

— Le rune sono terribilmente dolorose. I marchiati impazziscono, il dolore li fa uscire di senno. Diventano assassini feroci e folli. Non dormono e non mangiano di propria iniziativa e di solito muoiono presto. Le rune hanno un grande potere e possono essere usate per fare il bene... come anche per fare il male. I Dimenticati sono dalla parte del male.

Clary lo guardò sconvolta. — Ma perché qualcuno si farebbe una cosa del genere?

— Non sono loro a farsela. Viene fatta contro la loro volontà. Da uno stregone, magari, o da un qualche Nascosto degenerato. I Dimenticati restano fedeli a colui che li ha marchiati, e sono assassini spietati. Obbediscono a semplici comandi. È come avere... un esercito di schiavi. — Passò sopra la testa del Dimenticato e si voltò a guardare Clary. — Io torno di sopra.

— Ma non c'è niente.

— Potrebbero esserci altri Dimenticati — disse lui, quasi sperasse che ci fossero. — È meglio che tu aspetti qui. — Si avviò su per le scale.

— Se fossi in te, non lo farei — disse una voce stridula e familiare. — Ce ne sono altri, nel posto da cui è venuto questo qui.

Jace, che era quasi giunto in cima alle scale, si voltò di scatto. Clary fece altrettanto, anche se aveva già capito chi aveva parlato. Quel timbro rauco era inconfondibile.

— Madame Dorothea? — sussurrò.

La vecchia inclinò regalmente il capo. Era in piedi sulla soglia del suo appartamento, con indosso quella che sembrava una tenda di seta grezza viola. Catenelle d'oro le luccicavano ai polsi e intorno al collo. I lunghi capelli da tasso le sfuggivano dalla crocchia che portava in cima alla testa.

Jace la stava ancora fissando. — Ma...

— Altri *cosa*? — disse Clary.

— Altri Dimenticati — rispose Dorothea con una baldanza che a Clary non sembrò affatto adatta alle circostanze. La vecchia guardò in giro per l'ingresso. — Avete fatto un bel caos, eh? E di sicuro non avete neanche pensato a dare una ripulita. Tipico.

— Ma lei è una mondana — disse finalmente Jace.

— Che spirito d'osservazione! — commentò Dorothea con gli occhi che luccicavano. — Il Conclave ha fatto proprio un bel lavoro, con te.

Lo stupore stava svanendo dal volto di Jace, sostituito da una rabbia crescente. — Lei sa del Conclave? Lei sapeva di loro e sapeva che c'erano dei Dimenticati in questa casa e non ha avvisato il Conclave? Anche la sola esistenza di un Dimenticato è un crimine contro l'Alleanza...

— Né il Conclave né l'Alleanza hanno mai fatto qualcosa per me — replicò Madame Dorothea con gli occhi che lampeggiavano di rabbia. — Io non gli devo un bel niente. — Per un istante il suo pietroso accento newyorkese scomparve, sostituito da qualcos'altro, un accento più profondo, che Clary non riconobbe.

— Jace, smettila — disse Clary. Si rivolse a Madame Dorothea. — Se sa del Conclave e dei Dimenticati, forse lei sa anche cosa è successo a mia madre?

Dorothea scosse il capo, facendo ondeggiare gli orecchini. Sul suo volto comparve qualcosa di simile alla compassione. — Il consiglio che ti do — disse — è di dimenticare tua madre. È andata.

Il pavimento sembrò vacillare sotto i piedi di Clary. — Vuole dire che è morta?

— No. — Dorothea pronunciò quella parola quasi con riluttanza. — Sono sicura che è ancora viva. Per ora.

— Allora la devo trovare — disse Clary. Il mondo aveva smesso di vacillare; Jace era in piedi alle sue spalle, una mano sul suo gomito, come per abbracciarla, ma lei se ne accorse appena. — Ha capito? Devo trovarla prima che...

Madame Dorothea sollevò una mano. — Non voglio aver niente a che vedere con gli affari degli Shadowhunters.

Clary insistette. — Ma lei conosceva mia madre. Era la sua vicina...

— Questa è un'indagine ufficiale del Conclave — la interruppe Jace. — Posso sempre tornare coi Fratelli Silenti.

— Oh, per il... — Le labbra di Dorothea si contrassero in una smorfia. Guardò la porta, poi Jace e Clary. — Direi che a questo punto potreste anche entrare — concluse. — Vi dirò quello che posso. — Si avviò verso la porta, ma si fermò sulla soglia. — Se riferirai a qualcuno che ti ho aiutato, Cacciatore, domani ti sveglierai con dei serpenti al posto dei capelli e con un paio di braccia in più.

— Non sarebbero male due braccia in più — rispose Jace. — Potrebbero tornare utili in combattimento.

— Ma non se ti escono dal... — Dorothea fece una pausa e sorrise al ragazzo, non senza una certa malizia. — ... collo.

— Accidenti — disse Jace.

— Puoi ben dirlo, Jace Wayland — disse Dorothea. Dopodiché entrò in casa a passo di marcia, con la tenda viola che le svolazzava attorno come una bandiera al vento.

Clary guardò Jace. — Wayland?

— È il mio cognome. — Jace sembrava scosso. — E non posso dire che mi faccia piacere che lei lo sappia.

Clary diede un'occhiata all'appartamento di Dorothea. Le luci erano accese e un forte odore di incenso stava già invadendo l'atrio, mescolandosi in modo tutt'altro che piacevole al fetore di sangue. — Credo che dovremmo comunque provare a parlare con lei. Cosa abbiamo da perdere?

— Quando avrai passato un po' più di tempo nel nostro mondo — disse Jace — non mi farai più domande del genere.

7
La Porta Pentadimensionale

L'appartamento di Madame Dorothea aveva più o meno la stessa struttura di quello di Clary, anche se la donna aveva fatto un uso molto diverso degli spazi. L'ingresso era un trionfo di incensi, tende di perline e poster astrologici. Uno riproduceva le costellazioni dello zodiaco, un altro una guida ai simboli magici cinesi, un terzo mostrava una mano con le dita allargate e ogni linea del palmo accuratamente etichettata. Sopra la mano c'era la scritta IN MANIBUS FORTUNA. Scaffali stretti carichi di libri impilati correvano lungo la parete accanto alla porta.

Una delle tende di perline tintinnò e ne spuntò la testa di Madame Dorothea. — Ti interessa la chiromanzia o sei solo una ficcanaso? — chiese notando lo sguardo di Clary.

— Nessuno dei due — rispose la ragazza. — Lei sa davvero predire il futuro?

— Mia madre aveva un grande talento. Poteva vedere il futuro di un uomo sulla sua mano o nelle foglie di tè sul fondo di una tazza. Mi ha insegnato qualche trucchetto. — Spostò lo sguardo su Jace. — E a proposito di tè, giovanotto, ne vuoi un po'?

— Cosa? — chiese Jace con un'espressione confusa.

— Un tè. Trovo che sia utile a calmare lo stomaco e concentrare la mente. Magnifica bevanda, il tè.

— Io lo berrei, un tè — disse Clary, rendendosi conto di quanto tempo era passato dall'ultima volta in cui aveva mangiato o bevuto qualcosa. Si sentiva come se dal momento in cui si era svegliata stesse andando avanti solo grazie all'adrenalina.

Jace cedette. — Va bene. Basta che non sia Earl Grey — aggiunse arricciando il naso sottile. — Odio il bergamotto.

Madame Dorothea ridacchiò e scomparve al di là della tenda di perline, che ondeggiò delicatamente alle sue spalle.

Clary guardò Jace sollevando un sopracciglio. — Tu odi il bergamotto?

Jace si era avvicinato alla libreria e ne stava esaminando il contenuto. — Ti crea qualche problema?

— Probabilmente tu sei l'unico ragazzo della mia età che io abbia mai incontrato a sapere cos'è il bergamotto, per non parlare del fatto che sta dentro l'Earl Grey.

— Sì, be' — disse Jace con uno sguardo sdegnoso. — Io non sono come tutti gli altri. E poi — aggiunse prendendo un libro dallo scaffale — all'Istituto seguiamo lezioni sull'erboristeria di base e sull'uso medicinale delle piante. È obbligatorio.

— Credevo che tutte le vostre lezioni fossero roba del tipo Elementi di Sterminio o Decapitazione Comparata.

Jace voltò una pagina. — Molto divertente, Fray.

Clary, che stava studiando il poster di chiromanzia, si voltò di scatto verso di lui. — Non chiamarmi così.

Lui sollevò lo sguardo sorpreso. — Perché no? È il tuo cognome, no?

L'immagine di Simon le si manifestò nella mente. L'ultima volta che l'aveva visto, la stava guardando scappare fuori dal Java Jones. Tornò a voltarsi verso il poster socchiudendo gli occhi. — Perché no.

— Capisco — disse Jace, e dal suo tono di voce Clary seppe che capiva veramente, capiva più di quanto lei avrebbe voluto. Lo sentì rimettere a posto il libro sullo scaffale. — Questa deve essere la roba che tiene qui per impressionare i mondani creduloni — osservò con un tono disgustato. — Non c'è un libro serio che sia uno, qui.

— Solo perché non riguarda il tipo di magia che fai tu... — iniziò Clary piccata.

Lui la zittì con uno scatto di rabbia. — *Io non faccio nessuna magia* — disse. — Ficcatelo in testa: gli esseri umani non fanno magie. È parte di ciò che ci rende umani. Le streghe e gli stregoni possono usare la magia solo perché hanno sangue demoniaco.

Clary impiegò un momento a elaborare queste informazioni. — Ma io ti ho visto sfruttare la magia. Utilizzi armi incantate...

— Io uso strumenti magici — precisò Jace con aria competente. — E anche per fare questo devo seguire un addestramento molto rigoroso. E ho anche le rune tatuate sulla pelle per proteggermi. Se tu provassi a usare una delle spade angeliche, per esempio, probabilmente ti brucerebbe la pelle, e forse ti ucciderebbe.

— E se invece io avessi i tatuaggi? — chiese Clary. — Potrei usarle?

— No — disse Jace bruscamente. — I Marchi sono solo una parte. Ci sono le prove, le ordalie, i livelli di addestramento... Guarda, scordatelo proprio, va bene? Sta' alla larga dalle mie spade. Anzi, non toccare nessuna delle mie armi senza il mio permesso.

— Uffa, ecco che se ne va a monte il mio piano per venderle tutte su eBay — borbottò Clary.

— Venderle *dove*?

Clary gli fece un sorriso innocente. — Un luogo mitico con un grande potere magico.

Jace parve confuso, poi scrollò le spalle. — La maggior parte dei miti è vera, almeno in parte.

— Sto iniziando a farmene un'idea.

La tenda di perline tintinnò di nuovo e ricomparve la testa di Madame Dorothea. — Il tè è servito — annunciò. — E non statevene lì impalati, venite nel salone dei ricevimenti.

— In questa casa c'è un salone dei ricevimenti? — chiese Clary.

— Ma certo — disse Dorothea. — Dove intratterrei gli ospiti, altrimenti?

— Lascerò il cilindro al maggiordomo — disse Jace.

Madame Dorothea gli scoccò un'occhiataccia. — Se fossi divertente la metà di quello che credi, ragazzo mio, saresti il doppio più divertente di quello che sei. — E scomparve di nuovo dietro la tenda con un'esclamazione di disappunto che fu quasi soffocata dal fruscio delle perline.

Jace aggrottò la fronte. — Non sono del tutto sicuro di cosa intendesse dire.

— Io invece non potrei essere più d'accordo — disse Clary. Dopodiché attraversò di slancio la tenda di perline, prima che il ragazzo potesse rispondere.

Il salone dei ricevimenti era così poco illuminato che gli occhi di Clary ci misero un po' ad abituarsi. Una luce fioca orlava le tende di velluto nero che coprivano completamente la parete di sinistra. Uccelli e pipistrelli impagliati, con perline scure e luccicanti al posto degli occhi, pendevano dal soffitto attaccati a fili sottili. Il pavimento era coperto di tappeti persiani sfilacciati da cui si sollevavano nuvolette di polvere. Una serie di paffute poltrone rosa era disposta attorno a un tavolino occupato da un mazzo di tarocchi legato con un nastro rosa e da una sfera di cristallo su un piedistallo dorato. Al centro del tavolino era posato un servizio da tè d'argento: un bel vassoio di tramezzini, una teiera blu da cui usciva un filo sottile di vapore e due tazze sistemate accuratamente sui loro piattini di fronte a due poltrone.

— Cavoli — disse Clary sottovoce. — Che bello! — Si accomodò su una delle poltrone. Era proprio piacevole sedersi.

Dorothea sorrise, gli occhi illuminati da un lampo di divertita astuzia. — Ecco il vostro tè — disse mentre sollevava la teiera. — Latte? Zucchero?

Clary guardò di sottecchi Jace, che si era seduto accanto a lei e stava esaminando da vicino il vassoio dei tramezzini.

— Zucchero — disse la ragazza.

Jace scrollò le spalle e prese un tramezzino dal vassoio. Clary lo osservò dubbiosa mentre dava un morso al sandwich. Jace scrollò di nuovo le spalle. — Cetriolo — disse in risposta allo sguardo della ragazza.

— Io sono dell'idea che i tramezzini al cetriolo siano perfetti con il tè, non trovate? — chiese Madame Dorothea.

— Io odio i cetrioli — disse Jace mentre passava il resto del tramezzino a Clary. Lei lo assaggiò: era condito con la quantità perfetta di pepe e maionese. Il suo stomaco rumoreggiò, grato del primo cibo che gli arrivava dopo il burrito che aveva mangiato con Simon.

— Cetrioli e bergamotto — disse Clary. — C'è qualcos'altro che odi di cui dovrei essere a conoscenza?

Jace guardò Dorothea da sopra il bordo della sua tazza di tè. — I bugiardi.

La vecchia mise giù la teiera senza scomporsi. — Puoi darmi della bugiarda, se vuoi. È vero, non sono una strega. Ma mia madre lo era.

A Jace andò di traverso il tè. — È impossibile.

— Perché sarebbe impossibile? — chiese Clary incuriosita. Prese un sorso di tè. Era amaro e aveva un forte retrogusto torboso.

Jace sospirò. — Perché le streghe sono mezze umane e mezze demoni. Tutte le streghe e gli stregoni sono mezzosangue. Ed essendo mezzosangue, non possono avere figli. Sono sterili.

— Come i muli — disse Clary soprappensiero, ricordando qualcosa che aveva studiato in biologia. — I muli sono incroci sterili.

— La tua conoscenza del mondo animale è stupefacente — ironizzò Jace. — Tutti i Nascosti sono in parte demoni, ma solo streghe e stregoni sono figli di demoni. È per questo che i loro poteri sono i più forti.

— I vampiri e i lupi mannari... sono anche loro in parte demoni? E anche le fate?

— I vampiri e i lupi mannari sono il frutto di malattie che i demoni hanno portato dalle loro dimensioni. La maggior parte delle malattie demoniache è mortale per gli umani, ma in alcuni casi inducono strani cambiamenti nelle persone infettate, senza ucciderle. E le fate...

— Le fate sono angeli caduti — intervenne Dorothea. — Esiliati dal Paradiso per il loro orgoglio.

— Questo è quello che dice la leggenda — commentò Jace. — Si dice anche che siano il frutto dell'unione di demoni e angeli, cosa che mi è sempre sembrata più probabile. Il bene e il male che si mescolano. Le fate sono belle come teoricamente dovrebbero essere gli angeli, ma in loro ci sono anche molta malizia e crudeltà. E la maggior parte di loro evita la luce del giorno...

— Perché il diavolo non ha alcun potere — disse Dorothea sottovoce, come se recitasse una vecchia filastrocca — se non nelle tenebre.

Jace le lanciò un'occhiataccia. Clary disse: — Teoricamente? Vuoi dire che gli angeli non...

— Basta con gli angeli — tagliò corto Dorothea assumendo improvvisamente un tono molto più pratico. — È vero che le streghe non possono avere figli. Mia madre mi adottò perché voleva che ci fosse qualcuno che, dopo la sua morte, badasse a questo posto. Io non ho bisogno di usare la magia: devo solo fare la guardia.

— Fare la guardia a cosa? — chiese Clary.

— Già, a cosa? — La vecchia strizzò un occhio e fece per prendere un tramezzino dal vassoio, ma si accorse che era vuoto. Clary aveva mangiato tutto. Dorothea ridacchiò. — Fa piacere vedere una signorina che ci dà dentro col cibo. Ai miei tempi le ragazze erano creature robuste e ben piantate, non degli scheletri ambulanti come al giorno d'oggi.

— Grazie — disse Clary. Pensò alle braccia snelle e alla vita sottile di Isabelle e si sentì improvvisamente enorme. Mise giù la tazzina del tè facendola tintinnare.

Madame Dorothea si chinò immediatamente sulla tazza e vi guardò dentro con grande attenzione. Tra le sopracciglia disegnate a matita le comparve una ruga.

— Cosa c'è? — domandò Clary nervosa. — Ho rotto la tazza?

— Sta leggendo le tue foglie di tè — disse Jace. Aveva assunto un tono annoiato, ma si chinò lo stesso in avanti insieme a Clary, mentre Dorothea aggrottava la fronte e rigirava la tazzina tra le dita grassocce.

— Brutte notizie? — chiese Clary.

— Né brutte né belle. È tutto confuso. — Dorothea guardò Jace. — Dammi la tua tazza — ordinò.

Jace sembrò offeso. — Ma non ho ancora finito il…

La vecchia gli strappò di mano la tazza e gettò il tè avanzato nella teiera. Sollevò le sopracciglia e guardò il fondo della tazza. — Nel tuo futuro vedo violenza, vedo molto sangue versato da te e da altri. Ti innamorerai della persona sbagliata. E hai un nemico.

— Uno solo? È una buona notizia. — Jace si rilassò sulla poltroncina, mentre Dorothea metteva giù la sua tazza e riprendeva quella di Clary. Scosse il capo.

— Qui non c'è niente che io possa leggere. Le immagini sono confuse, prive di senso. — Alzò gli occhi verso Clary. — Hai un blocco mentale?

— Un cosa? — rispose Clary perplessa.

— Una specie di incantesimo per tenere nascosto un ricordo, o per bloccare la tua Vista.

Clary scosse il capo. — No. Certo che no.

Jace si chinò in avanti, improvvisamente all'erta. — Non essere precipitosa. In effetti Clary dice che non ricorda nemmeno di avere avuto la Vista, prima di questa settimana. Forse…

— Forse ho soltanto uno sviluppo ritardato — sbottò Clary. — E non fare quella faccia, sai cosa voglio dire!

Jace assunse un'espressione ferita. — Non stavo facendo nessuna faccia.

— E invece sì.

— Forse — ammise Jace. — Ma questo non vuol dire che io abbia torto. C'è qualcosa che blocca i tuoi ricordi, ne sono quasi sicuro.

— Va bene, allora proviamo qualcos'altro. — Dorothea mise giù la tazza e prese i tarocchi. Aprì le carte a ventaglio e le porse a Clary. — Fai passare la mano sopra queste carte finché non ne tocchi una che ti sembra calda o fredda o che resti attaccata alle dita. Poi prendila e fammela vedere.

Clary obbedì. Fece scorrere le dita sopra le carte. Erano fresche e lisce, ma nessuna le parve particolarmente calda o fredda e nessuna le restò attaccata. Alla fine ne scelse una a caso e la tirò fuori dal mazzo.

— L'asso di coppe — disse Dorothea. Sembrava stupita. — La carta dell'amore.

Clary la voltò per guardarla. Era pesante: l'immagine era dipinta con veri colori a tempera. Mostrava una mano che reggeva una coppa di fronte a un sole radioso dipinto in oro. Anche la coppa era d'oro, con dei piccoli soli incisi sopra, ed era tempestata di rubini. Lo stile del dipinto era familiare a Clary quanto il suo respiro. — È una buona carta, giusto?

— Non necessariamente. Le cose peggiori gli uomini le fanno proprio in nome dell'amore — disse Madame Dorothea con gli occhi che scintillavano. — Però è una carta potente. Cosa significa per te?

— Che l'ha dipinta mia madre — disse Clary lasciando cadere la carta sul tavolo. — È stata lei, vero?

Dorothea annuì e le comparve in volto un'espressione compiaciuta. — Ha dipinto tutto il mazzo. Un regalo per me. Un gesto gentile, da parte sua.

— Questo è quello che dice lei. — Jace si alzò in piedi, gli occhi gelidi. — Quanto conosceva la madre di Clary?

La ragazza sollevò il capo per guardarlo. — Jace, non devi...

Dorothea si accomodò meglio sulla poltroncina, le carte aperte a ventaglio davanti al petto imponente. — Jocelyn sapeva cos'ero io e io sapevo cos'era lei. Non ne parlavamo molto. A volte mi faceva dei favori, per esempio dipingermi questo mazzo di carte, e io in cambio le raccontavo qualche pettegolezzo sul Mondo Invisibile. Mi aveva chiesto di tenere le orecchie aperte riguardo un certo nome, e io lo facevo.

L'espressione di Jace era imperscrutabile. — Quale nome?

— Valentine.

Clary drizzò di scatto la testa. Jace sembrava imperturbabile. — E quando dice di sapere cos'era Jocelyn, cosa vuol dire? Cos'era?

— Jocelyn era quello che era — disse Dorothea. — Ma in passato era come te, una Cacciatrice. Un membro del Conclave.

— No — sussurrò Clary.

Dorothea le rivolse uno sguardo triste, quasi gentile. — È così. È venuta a vivere in questa casa proprio perché...

— Perché questo è un Rifugio — la interruppe Jace. — È così, vero? Sua madre era una Guardiana, vero? Ha creato questo spazio protetto... il posto ideale in cui rifugiarti se sei un Nascosto in fuga. È questo che fa, nasconde qui dei criminali, giusto?

— Siete *voi* a chiamarli così — disse Dorothea. — Ti ricordi il motto dell'Alleanza?

— *Dura lex sed lex* — rispose automaticamente Jace. — La Legge è dura, ma è la Legge.

— Certe volte la Legge è troppo dura. Io so che il Conclave mi avrebbe portato via da mia madre, se avesse potuto. Vuoi che permetta loro di fare la stessa cosa a qualcun altro?

— Quindi lei sarebbe una benefattrice. — Jace arricciò le labbra. — E magari si aspetta pure di farmi bere che i Nascosti non la paghino profumatamente per il privilegio di usare il suo Rifugio.

Dorothea esibì un sorriso tanto largo da lasciar intravedere l'oro dei suoi molari. — Non possiamo vivere tutti di sola bellezza, come te.

Jace non sembrò colpito dal complimento. — Dovrei dire di lei al Conclave...
— Non puoi! — Clary scattò in piedi. — Hai promesso.
— Io non ho promesso niente. — Jace assunse un'aria ribelle. Si avvicinò al muro e scostò bruscamente una delle tende di velluto. — Mi vuol dire cos'è questa?
— È una porta, Jace — disse Clary. E in effetti era proprio una porta, stranamente posta nella parete fra le due finestre a bovindo. Non poteva certo portare da nessuna parte, perché altrimenti sarebbe stata visibile dall'esterno della casa. Sembrava fatta di un qualche metallo lucido, più morbido dell'ottone ma pesante come il ferro. La maniglia era a forma di occhio.
— Zitta. — Jace era furente. — È un Portale, vero?
— È una Porta Pentadimensionale — precisò Dorothea, rimettendo il mazzo dei tarocchi sul tavolo. — Le varie dimensioni non sono fatte solo di linee rette — aggiunse in risposta allo sguardo interrogativo di Clary. — Ci sono avvallamenti e pieghe e angoli e fessure dappertutto. È un po' difficile da spiegare, se non hai mai studiato Teoria Dimensionale, ma in sostanza questa porta ti può condurre ovunque tu voglia. È...
— Un'uscita di sicurezza — concluse Jace. — È per questo che tua madre ha deciso di vivere qui. Poteva sempre scappare all'ultimo momento.
— Ma allora perché non... — Clary si interruppe in preda all'orrore. — Per me. Non voleva andarsene senza di me, quella sera. Così è rimasta.
Jace scosse il capo. — Non puoi prenderti la colpa...
Gli occhi di Clary si riempirono di lacrime. La ragazza superò Jace e si avvicinò alla porta. — Voglio vedere dove sarebbe andata — disse allungando una mano. — Voglio vedere dove sarebbe fuggita...
— Clary, no! — Jace cercò di prenderla, ma le dita di Clary si erano già chiuse attorno alla maniglia. Il pomello girò rapidamente sotto la sua mano e la porta si spalancò come se lei l'avesse spinta. Dorothea si alzò in piedi con un urlo, ma era troppo tardi. Prima ancora che potesse terminare la frase, Clary si ritrovò sbalzata in avanti, nello spazio vuoto.

8
L'arma preferita

Era troppo sbalordita per urlare. La cosa peggiore era la sensazione di cadere: il cuore le volò in gola e lo stomaco si trasformò in acqua. Allungò le mani nel tentativo di afferrarsi a qualcosa, qualsiasi cosa potesse rallentare la sua caduta.

Strinse le mani intorno ad alcuni rami. Le foglie si strapparono e lei cadde pesantemente a terra su un fianco e sulle spalle. Rotolò su se stessa. Respirava ancora. Stava per mettersi a sedere, quando qualcuno le atterrò sopra.

La forza dell'impatto la fece cadere all'indietro. Una fronte andò a sbattere contro la sua, le sue ginocchia cozzarono contro quelle di qualcun altro. In un intrico di braccia e gambe, Clary sputacchiò una ciocca di capelli (non suoi) e cercò di liberarsi dal peso che sembrava stesse per spiaccicarla come un cartone animato.

— Ahi — le disse Jace all'orecchio con tono indignato. — Mi hai tirato una gomitata.

— Be', tu mi sei atterrato sopra.

Jace si sollevò sulle braccia e la guardò tranquillamente. Clary vide il cielo blu sopra la testa del ragazzo, un pezzo di ramo e l'angolo di una casa di legno grigia. — Be', non mi hai lasciato molta scelta, ti pare? — chiese lui. — Non dopo che hai deciso di saltare allegramente dentro un Portale come se stessi prendendo al volo la metropolitana. Sei fortunata che non ci abbia portati in una qualche dimensione demoniaca con un'atmosfera a base di cianuro.

— Non eri obbligato a seguirmi.

— Sì, invece — disse lui. — Sei troppo inesperta per cavartela da sola in una situazione ostile.

— Che carino! Può essere che ti perdoni.

— Perdonarmi? Per cosa?

— Per avermi detto di stare zitta.

Jace serrò gli occhi. — Io non ho… be', sì, l'ho fatto, però tu stavi…

— Lascia perdere. — Il braccio di Clary, incastrato sotto la schiena, stava iniziando a farle male. Rotolò di lato per liberarlo e vide l'erba marrone di un prato morto, un recinto di catenelle di ferro e un altro pezzo della casa di legno grigia, che ora le risultò dolorosamente familiare.

Si bloccò. — So dove siamo.

Jace smise di farfugliare. — Cosa?

— Questa è la casa di Luke. — Si mise a sedere, facendo scivolare Jace di lato. Il ragazzo si alzò con un movimento aggraziato e le porse una mano. Clary la ignorò e si sollevò scrollando il braccio informicolato.

Erano di fronte alla casetta grigia, annidata tra altre abitazioni che costellavano il fronte del porto di Williamsburg. Una brezza decisa soffiava dall'East River, facendo ondeggiare l'insegna appesa sopra l'ingresso. Clary guardò Jace leggere ad alta voce queste parole: GARROWAY BOOKS. BELLI, USATI, NUOVI E FUORI CATALOGO. CHIUSO IL SABATO. Il ragazzo guardò la porta buia, la maniglia chiusa da un pesante lucchetto. La posta di alcuni giorni era posata sullo zerbino, intonsa. Jace guardò Clary. — Vive in una libreria?

— Vive nel retro del negozio. — Clary si guardò attorno nella strada deserta: da un lato c'era un'arcata del Williamsburg Bridge, dall'altra uno zuccherificio abbandonato. Al di là del fiume, che si muoveva lentissimo, il sole stava tramontando dietro i grattacieli della parte sud di Manhattan, profilandoli d'oro. — Jace, come siamo arrivati qui?

— Grazie al Portale — disse lui mentre esaminava il lucchetto. — Ti conduce in qualsiasi posto tu stia pensando.

— Ma io non stavo pensando a questo posto — obiettò Clary. — Non stavo pensando a nessun posto.

— Non può essere. — Jace lasciò cadere l'argomento, che sembrava non interessargli. — Dunque, visto che siamo qui...

— Sì?

— Cosa vuoi fare?

— Andarmene, direi — disse Clary amareggiata. — Luke mi ha detto di non venire qui.

Jace scosse il capo. — E tu lo accetti e basta?

Clary strinse le spalle. Nonostante il tepore della giornata che volgeva al termine, aveva freddo. — Ho la possibilità di scegliere?

— Abbiamo sempre la possibilità di scegliere — disse Jace. — Se fossi in te, avrei parecchie curiosità su Luke, al momento. Hai le chiavi di casa?

Clary scosse il capo. — No, ma a volte lascia aperta la porta sul retro. — Indicò un vicoletto tra la casa di Luke e quella accanto. C'erano dei bidoni della spazzatura sistemati in perfetto ordine accanto a pile di giornali ripiegati e bottiglie vuote. Almeno Luke era ancora un buon cittadino rispettabile.

Jace scese le scale due gradini alla volta e atterrò accanto a lei con un lieve scricchiolio di ghiaia. — Sei sicura che non sia a casa?

Clary guardò il marciapiede deserto. — Be', il suo furgone non c'è, il negozio è chiuso e le luci sono spente... Direi proprio di sì.

— Allora fai strada.

Il vicoletto tra le due case terminava davanti a un'alta recinzione di rete metallica che circondava il giardino di Luke, dove le sole piante che se la passavano bene erano le erbacce che erano spuntate tra le lastre di porfido e le avevano riempite di crepe. La base della recinzione era coperta di cespugli dall'aria selvatica. Il cancelletto era chiuso con una catena.

— Scavalchiamo — disse Jace infilando la punta del piede in un buco della rete. Iniziò ad arrampicarsi. La rete faceva così rumore che Clary si guardò in giro nervosa, ma non c'erano luci accese nelle case dei vicini. Jace raggiunse la cima della rete e saltò giù dall'altro lato, atterrando nei cespugli con l'accompagnamento di un orribile guaito.

Per un istante Clary pensò che fosse atterrato su un gatto randagio. Sentì Jace urlare dalla sorpresa mentre cadeva sulla schiena. Un'ombra scura ai suoi piedi schizzò fuori dai rovi e sfrecciò attraverso il cortile, tenendosi rasoterra. Jace balzò in piedi e partì all'inseguimento dell'ombra con un'espressione tutt'altro che rassicurante.

Clary iniziò ad arrampicarsi. Mentre faceva passare la gamba sopra la recinzione, i jeans di Isabelle si impigliarono in un filo della rete metallica e il fianco dei pantaloni si strappò. Clary saltò a terra con le scarpe da ginnastica che scalpicciarono sulla terra morbida, proprio nell'istante in cui Jace lanciava un urlo di trionfo.

— Preso! — Clary si voltò e lo vide seduto sopra l'intruso steso a terra con le braccia sollevate sopra la testa. Jace gli stringeva un polso. — Forza, fatti guardare in faccia.

— Mollami subito, cretino presuntuoso — ringhiò l'intruso dando uno spintone a Jace. Riuscì a mettersi a sedere, gli occhiali mezzi rotti di traverso sul naso.

Clary restò di sasso. — *Simon*?

— Oddio — disse Jace con un'aria rassegnata. — E io che speravo di avere catturato qualcuno di interessante.

— Ma cosa ci facevi nascosto nel giardino di Luke? — chiese Clary togliendo delle foglie secche dai capelli di Simon. Il ragazzo sopportava controvoglia le sue attenzioni. Quando lei si era immaginata il suo incontro con Simon, alla fine di tutta quella storia, lui aveva un umore decisamente migliore. — È questa la parte che proprio non capisco.

— Va bene, adesso basta, Fray, me li sistemo da solo, i capelli — disse Simon allontanandosi di scatto dalla sua mano. Erano seduti sui gradini del portichetto posteriore. Jace era seduto sulla balaustra e stava fingendo con grande impegno di ignorarli limandosi le unghie con lo stilo. Clary si chiese se il Conclave avrebbe approvato.

— Voglio dire, Luke lo sapeva che eri lì? — chiese lei.

— Certo che no — disse Simon stizzito. — Non gliel'ho chiesto, ma sono certo che abbia delle politiche abbastanza restrittive sulla gente nascosta in giardino.

— Tu non sei *gente*, ti conosce. — Avrebbe voluto allungare di nuovo una mano e accarezzargli una guancia, che sanguinava ancora un po' nel punto in cui un ramo l'aveva graffiato. — Ma la cosa più importante è che tu stia bene.

— Che *io* stia bene? — Simon scoppiò a ridere, ma non c'era niente di allegro nella sua risata. — Clary, hai la più vaga idea di quello che ho passato in questi ultimi due giorni? L'ultima volta che ti ho vista stavi correndo via come una pazza dal Java Jones e poi sei... scomparsa. Non rispondevi al cellulare... poi il tuo numero di casa risultava scollegato... poi Luke mi ha detto che eri andata a stare da alcuni parenti nell'interno, quando io so perfettamente che non hai nessun parente. Pensavo di aver fatto qualcosa che ti aveva fatto incavolare...

— Ma cosa potevi aver fatto? — Clary fece per prendergli una mano, ma lui la ritrasse senza guardarla.

— Non lo so — disse lui. — Qualcosa.

Jace, ancora occupato con lo stilo, ridacchiò sotto i baffi.

— Tu sei il mio migliore amico — disse Clary. — Non ero arrabbiata con te.

— Sì, be', però evidentemente non ti sei preoccupata di chiamarmi e dirmi che ti stavi dando da fare con un fighetto biondo tinto che probabilmente hai incontrato al Pandemonium — rispose acido Simon. — Mentre io ho passato tre giorni a chiedermi se non fossi *morta*.

— Non mi stavo dando da fare con nessuno — disse Clary, contenta che il buio nascondesse il rossore che le era spuntato in volto.

— E io sono biondo naturale — precisò Jace. — Tanto per la cronaca.

— E allora cos'hai fatto in questi tre giorni? — chiese Simon con uno sguardo sospettoso. — Hai veramente una prozia che si chiama Matilda e ha preso un virus africano e aveva bisogno di assistenza?

— Luke ti ha detto veramente una cosa del genere?

— No, ha detto solo che tu e tua mamma eravate andate a trovare una parente ammalata e che probabilmente il tuo cellulare in campagna non prendeva. Naturalmente io non gli ho creduto. Dopo che mi ha cacciato via, ho fatto il giro della casa e ho guardato dalle finestre del retro. Ho visto che preparava una borsa di stoffa verde, come se dovesse andare via per il weekend. È stato a quel punto che ho deciso di restare da queste parti e tenere gli occhi aperti.

— Perché? Solo perché stava preparando una borsa?

— La stava riempiendo di armi — disse Simon mentre si puliva il sangue dalla guancia con la manica della maglietta. — Coltelli, un paio di pugnali, anche una spada. La cosa strana è che alcune di quelle armi erano luminose. — Guardò Clary, poi Jace e poi di nuovo Clary. Il tono della sua voce era affilato come una lama di Luke. — E adesso mi dirai che mi sono immaginato tutto, vero?

— No — fece Clary. — Non ti dirò niente del genere. — Guardò Jace. Le ultime luci del tramonto accendevano scintille dorate nei suoi occhi. — Ho intenzione di raccontargli la verità — gli disse.

— Lo so.

— Cercherai di fermarmi?

Jace guardò lo stilo che aveva in mano. — Io sono vincolato dal giuramento all'Alleanza — disse lui. — Tu no.

Clary si voltò verso Simon e prese un respiro profondo. — Va bene — cominciò. — Ecco quello che devi sapere.

Il sole era scomparso all'orizzonte e il portichetto era al buio, quando Clary smise di parlare. Simon aveva ascoltato il suo lungo racconto con un'espressione quasi impassibile e aveva fatto solo una piccola smorfia quando era arrivata alla parte del Divoratore. Lei passò oltre senza troppi dettagli, tutt'altro che ansiosa di rivivere quella notte. Quando ebbe finito di parlare, si schiarì la voce: all'improvviso moriva dalla voglia di bere un bicchiere d'acqua. — Allora — disse. — Domande?

Simon alzò la mano. — Oh, certo. E anche parecchie.

Clary sospirò. — Okay, spara.

Simon indicò Jace. — Quindi lui è un... come hai detto che si chiamano quelli come lui?

— È un Cacciatore — disse Clary.

— Un cacciatore di demoni — aggiunse Jace con la sua solita impazienza. — Uccido i demoni. Non è così complicato, no?

Simon tornò a guardare Clary. — È tutto vero? — Aveva gli occhi socchiusi, come se si aspettasse di sentirsi rispondere che era tutta una bugia e che in realtà Jace era uno psicopatico pericoloso scappato dal manicomio con cui lei aveva deciso di fare amicizia a scopi umanitari.

— È tutto vero.

Lo sguardo di Simon era concentratissimo. — Ed esistono anche i vampiri? I lupi mannari, gli stregoni e tutta quella roba?

Clary si mordicchiò il labbro inferiore. — Così mi dicono.

— E voi uccidete anche loro? — chiese Simon a Jace, che si era rimesso in tasca lo stilo e stava cercando qualche difetto nelle sue unghie impeccabili.

— Solo quando fanno i monelli.

Per un istante Simon se ne restò seduto a fissarsi i piedi. Clary si chiese se non avesse sbagliato a gettargli addosso tutto quel fardello di informazioni. Fra tutti quelli che conosceva, Simon era quello con la mentalità più pratica: avrebbe potuto odiare il fatto di venire a sapere una cosa del genere, per la quale non esistevano spiegazioni logiche. Si chinò in avanti, ansiosa, mentre Simon sollevava il capo. — Che figata! — disse lui.

Jace parve stupito quanto Clary. — *Che figata?*

Simon annuì con tanto entusiasmo che i riccioli scuri gli saltellarono sulla fronte. — Ma certo! È come Dungeons & Dragons, però *vero*!

Jace guardò Simon come se fosse un esemplare di una qualche bizzarra specie di insetti. — È come *cosa*?

— È un gioco di ruolo — spiegò Clary. Si sentiva vagamente imbarazzata. — Un gioco dove si fa finta di essere stregoni o elfi e si ammazzano i mostri e roba del genere.

Jace era sbalordito.

Simon sorrise. — Non hai mai sentito parlare di Dungeons & Dragons?

— Be', ho sentito parlare dei draghi. Ma sono quasi completamente estinti.

Simon sembrò deluso. — Non hai mai ucciso un drago?

— Probabilmente non ha neanche mai incontrato un elfo femmina alta un metro e ottanta con un bikini di pelliccia — disse Clary infastidita. — Piantala, Simon.

— I veri elfi sono alti una ventina di centimetri — precisò Jace. — E mordono.

— Ma i vampiri sono fighi, vero? — insisté Simon. — Voglio dire, le vampire sono sexy, o no?

Clary temette per un istante che Jace potesse saltare addosso a Simon e prenderlo a pugni. Invece sembrò pensare un po' alla sua domanda. — Qualcuna forse sì.

— Che figata! — ripeté Simon. Clary decise che li preferiva quando litigavano.

Jace scese dalla balaustra. — Allora, vogliamo perquisire la casa?

Simon scattò in piedi. — Pronto! Cosa stiamo cercando?

— Stiamo? — disse Jace. — Non ricordo di averti invitato.

— *Jace* — sbottò Clary.

L'angolo sinistro della bocca del ragazzo si sollevò leggermente. — Stavo scherzando. — Si fece da parte per lasciarle via libera. — Diamoci da fare.

Clary cercò la maniglia a tentoni, al buio. La porta si aprì facendo accendere la luce del portichetto, che illuminò l'ingresso. La porta che dava sulla libreria era chiusa. Clary provò la maniglia. — È chiusa a chiave.

— Con il vostro permesso, mondani — disse Jace spostando delicatamente Clary. Prese lo stilo e lo avvicinò alla porta. Simon lo guardò con un certo risentimento. Clary pensò che non sarebbero bastate delle vampire sexy per far sì che Jace gli piacesse.

— È un bel tipo, eh? — borbottò Simon. — Come fai a sopportarlo?

— Mi ha salvato la vita.

Simon la guardò. — Come...

La porta si aprì con un *clic*. — *Et voilà* — disse Jace, infilandosi lo stilo in tasca. Il marchio sull'uscio, appena più in alto della testa di Jace, scomparve mentre gli passavano sotto. La porta dava su un ripostiglio con le pareti scrostate. C'erano scatoloni impilati dappertutto, con su scritto a pennarello ciò che contenevano: NARRATIVA, POESIA, CUCINA, STORIA LOCALE, STORIE D'AMORE.

— L'appartamento è da questa parte. — Clary si diresse verso la porta che aveva indicato, all'estremità opposta della stanza.

Jace la afferrò per un braccio. — Aspetta.

Lei gli rivolse uno sguardo nervoso. — Qualcosa che non va?

— Non lo so. — Jace si avvicinò lentamente a due pile di scatoloni e fece un fischio. — Clary, è meglio che tu venga a vedere una cosa.

Lei si guardò attorno. L'unica luce era quella del portico che entrava dalla finestra. — È buio...

Si accese una luce che riempì la stanza di un bagliore brillante. Simon si voltò sbattendo le palpebre. — Cavoli!

Jace ridacchiò. Era in piedi su uno scatolone sigillato, la mano sollevata. Nel suo palmo brillava qualcosa e la luce filtrava attraverso le dita chiuse a coppa. — Stregaluce — spiegò.

Simon borbottò qualcosa. Clary si fece strada attraverso gli scatoloni per avvicinarsi a Jace. Il ragazzo era dietro una pila malferma di romanzi gialli e la stregaluce gli inondava il volto di un bagliore inquietante. — Guarda qui — disse indicando un punto più in alto sulla parete. All'inizio Clary pensò che si riferisse a quella che sembrava una coppia di candelabri ornamentali. Quando i suoi occhi si abituarono al bagliore, si rese conto che si trattava di cerchi di metallo attaccati a corte catene, le cui estremità affondavano nella parete. — Sono...

— Ceppi — disse Simon mentre si avvicinava tra gli scatoloni. — È roba da giochetti sadomaso...

— Zitto. — Clary gli lanciò un'occhiataccia. — È di Luke che stiamo parlando.

Jace fece scorrere una mano lungo l'interno di uno dei cerchi. — Niente giochetti — disse. — Questo è sangue. E guardate qui. — Indicò la parete attorno al punto in cui erano attaccate le catene: l'intonaco era rigonfio. — Qualcuno ha provato a strappare queste cose dal muro. E ci ha dato dentro, direi.

Il cuore di Clary iniziò a martellarle il petto. — Pensi che Luke stia bene?

Jace abbassò la stregaluce. — Penso che faremmo bene a cercare di scoprirlo.

La porta dell'appartamento non era chiusa a chiave e conduceva al salotto di Luke. Nonostante le centinaia di libri che c'erano in negozio, anche l'appartamento ne era pieno. Gli scaffali arrivavano fino al soffitto, con i volumi parcheggiati in doppia fila. Si trattava perlopiù di libri di poesia e narrativa, tra cui parecchi romanzi fantasy e gialli. Clary ricordò di avere letto tutte le infinite pagine della *Saga di Prydain* in quella stanza, acciambellata davanti alla finestra mentre il sole calava sull'East River.

— Credo non sia lontano — disse Simon dalla porta del cucinino. — La macchina del caffè è accesa.

Clary guardò nella cucina. C'era una pila di piatti da lavare nel lavandino. Le giacche di Luke erano appese in ordine dentro l'armadio a muro. Avanzò nel corridoio e aprì la porta della piccola camera da letto. Sembrava identica a come era sempre stata, il letto sfatto con la sua coperta grigia e i cuscini bassi, il ripiano della scrivania coperto di monetine. Clary si voltò. Una parte di lei era stata sicura, assolutamente sicura, che entrando avrebbero trovato l'appartamento distrutto e Luke legato, o ferito, o peggio ancora. Ora non sapeva cosa pensare.

Attraversò l'anticamera e si diresse verso la stanza degli ospiti, dove aveva dormito tante volte quando sua madre era fuori città per lavoro. In quelle occasioni restavano alzati fino a tardi a guardare vecchi film dell'orrore sulla tremolante televisione in bianco e nero di Luke. Clary in quella stanza teneva persino uno zaino pieno di abiti di ricambio per non dover portare avanti e indietro da casa le sue cose.

Si inginocchiò e tirò fuori lo zaino da sotto il letto afferrandolo per la maniglia verde oliva. Era coperto di spille, che le aveva regalato perlopiù Simon: DAMIGELLA OTAKU, ANCORA UN LIVELLO E POI SMETTO... All'interno c'erano degli abiti piegati, un po' di biancheria, uno spazzolino da denti e anche un flacone di shampoo. *Grazie a Dio*, pensò Clary mentre chiudeva la porta della camera da letto con un calcio. Si cambiò velocemente: si strappò via i vestiti di Isabelle – troppo grandi e ora anche macchiati di erba e sudati – e infilò un paio dei suoi pantaloni di velluto consunti e ormai sottili come carta velina e una canottiera blu con una scritta a caratteri cinesi. Gettò i vestiti di Isabelle nello zaino, lo chiuse e uscì dalla stanza con quel peso familiare che le rimbalzava sulle scapole. Era bello avere di nuovo qualcosa di suo.

Adocchiò Jace nello studio tappezzato di libri. Stava esaminando una borsa di stoffa verde aperta sulla scrivania. Come aveva detto Simon, era piena di armi: coltelli coi loro foderi, una frusta arrotolata e una cosa che assomigliava a un disco di metallo affilato come un rasoio.

— È un *chakram* — disse Jace toccandolo con circospezione. — Un'arma dei Sikh. Te lo fai girare intorno all'indice e poi lo lanci. Sono rari e difficili da usare. Strano che Luke ne avesse uno — aggiunse, sollevando lo sguardo mentre Clary entrava nella stanza. — Era l'arma preferita di Hodge, ai suoi tempi. O almeno così mi ha detto.

— Luke è un collezionista. Oggetti d'arte e cose del genere — disse Clary indicando lo scaffale dietro la scrivania, su cui erano allineati degli idoli indiani e russi, compresa la sua preferita, una statuetta della dea indiana della distruzione, Kali, che brandiva una spada e una testa mozzata mentre danzava con il capo reclinato all'indietro e gli occhi semichiusi. Accanto alla scrivania c'era un antico paravento cinese di palissandro intagliato. — Cose belle.

Jace spostò il *chakram* con una certa cautela. Una manciata di vestiti uscì dalla borsa di Luke come se ce li avesse infilati solo all'ultimo momento. — Credo che questa sia tua.

Tirò fuori un oggetto rettangolare nascosto tra i vestiti: era una foto con una cornice di legno e una lunga crepa verticale. La crepa disegnava una ragnatela di rughe sui volti sorridenti di Clary, Luke e Jocelyn. — Certo che è mia! — disse Clary prendendogli di mano la fotografia.

— È rotta — osservò Jace.

— Lo so. Sono stata io... quando l'ho tirata al Divoratore. — Guardò Jace, e vide che gli si stava affacciando un'idea alla mente. — Questo vuol dire che Luke è andato all'appartamento *dopo* l'attacco. Forse oggi...

— Deve essere stato lui l'ultimo a passare dal Portale — disse Jace. — È per questo che ci ha portati qui. Tu non stavi pensando a niente, così il Portale ci ha spedito nell'ultimo posto in cui era stato lui.

— Dorothea avrebbe anche potuto dircelo — commentò Clary furente.

— Probabilmente l'ha pagata per stare zitta. Oppure lei si fida di lui più che di noi. Il che vuol dire che lui potrebbe non essere...

— Ragazzi! — Era Simon, che entrò nello studio in preda al panico. — Gente in arrivo.

Clary lasciò cadere la foto. — È Luke?

Simon guardò verso il corridoio e annuì. — Sì. Ma non è solo... Ci sono due uomini con lui.

— Uomini? — Jace attraversò la stanza a grandi falcate, guardò al di là della porta e sputò un'imprecazione. — Stregoni.

Clary lo fissò a bocca aperta. — Stregoni? Ma...

Jace scosse il capo e si allontanò dalla porta. — C'è un'altra uscita? Una porta sul retro?

Ora toccò a Clary scuotere il capo. Il rumore di passi nell'ingresso le scatenò delle fitte di terrore nel petto. — No, c'è solo la porta da cui siamo entrati.

Jace si guardò intorno disperatamente. I suoi occhi si fermarono sul paravento di palissandro. — Andate là dietro — disse. — *Subito.*

Clary ripose la fotografia crepata sulla scrivania e si infilò dietro il paravento, tirandosi dietro Simon. Jace li seguì con lo stilo in mano. Aveva appena fatto in tempo a nascondersi, quando si sentì la porta aprirsi e il rumore di qualcuno che entrava nello studio di Luke. E poi delle voci, perfettamente udibili. Tre uomini. Clary guardò nervosamente Simon, che era pallidissimo, e poi Jace, che aveva sollevato lo stilo e lo muoveva lentamente disegnando una specie di quadrato sul retro del paravento. Sotto gli occhi di Clary il riquadro divenne trasparente come una lastra di vetro. Sentì Simon emettere un fischio appena percepibile. Jace scosse il capo. — *Loro non ci possono vedere, ma noi possiamo vedere loro* — mosse le labbra senza emettere alcun suono.

Mordendosi nervosamente le labbra, Clary si avvicinò al bordo del riquadro e guardò, sentendosi il respiro di Simon sulla nuca. Vedeva perfettamente la stanza: gli scaffali di libri, la scrivania con la borsa di stoffa verde... e Luke, in piedi accanto alla porta, con un'aria stravolta e un po' curvo, gli occhiali spinti sopra la testa. Era strano sapere che non poteva vederla. La finestra creata da Jace era come i vetri delle salette da interrogatorio in una centrale di polizia: a senso unico.

Luke si voltò e guardò fuori dalla porta. — Prego, date pure un'occhiata in giro — disse con un tono carico di sarcasmo. — È gentile da parte vostra mostrare tanto interesse.

Una risatina giunse dall'angolo dello studio. Con un movimento impaziente del polso, Jace toccò il bordo della "finestra", che si aprì un po' di più, mostrando una parte più ampia della stanza. C'erano due uomini con Luke, entrambi con lunghi mantelli rossastri dai cappucci abbassati. Uno era magro, con degli eleganti baffi grigi da dandy e una barba a punta. Quando sorrideva, mostrava denti di un bianco accecante. L'altro era grande e grosso, massiccio come un lottatore, con capelli rossi a spazzola. La sua pelle era viola scuro e appariva lucida sugli zigomi, come se fosse stata tirata troppo.

— Sono stregoni? — sussurrò Clary.

Jace non rispose. Era diventato rigido come una sbarra di ferro. *Ha paura che cerchi di parlare con Luke*, pensò Clary. Avrebbe voluto rassicurarlo. C'era qualcosa in quei due uomini, nei loro pesanti mantelli del colore del sangue venoso, che faceva terribilmente paura.

— Considerala una visita amichevole, Graymark — disse l'uomo coi baffi grigi. Il suo sorriso mise in mostra denti tanto appuntiti che sembravano essere stati limati.

— In te non c'è niente di amichevole, Pangborn. — Luke si sedette sul bordo della scrivania, in modo che gli uomini non vedessero la borsa di stoffa e il suo contenuto. Ora che era più vicino, Clary vide che aveva il volto e le mani pieni di lividi e le dita escoriate e insanguinate. Un lungo taglio sul collo scompariva sotto la camicia. *Cosa diavolo gli è successo*?

— Blackwell, non toccarla... ha un valore inestimabile — disse Luke secco. Il colosso dai capelli rossi, che aveva afferrato la statua della dea Kali, la accarezzò con le sue grosse dita. — Carina.

— Ah — disse Pangborn prendendo la statuetta al suo compagno. — Colei che fu creata per combattere un demone che non poteva essere ucciso né dagli dei né dagli uomini. «Oh, Kali, madre mia beata! Incantatrice dell'onnipotente Shiva! Nella tua delirante gioia tu danzi battendo le mani. Tu sei il Motore di tutto ciò che si muove, e noi non siamo che i tuoi indifesi balocchi.»

— Interessante — disse Luke. — Non sapevo che fossi uno studioso di miti indiani.

— Tutti i miti sono veri — recitò Pangborn, e Clary sentì un piccolo brivido risalirle la schiena. — O te lo sei dimenticato?

— Io non dimentico nulla — disse Luke. Per quanto sembrasse rilassato, Clary vedeva la tensione nella postura delle sue spalle e della sua bocca. — Immagino vi abbia mandati Valentine!

— Sì — disse Pangborn. — Ha pensato che magari avevi cambiato idea.

— Non c'è niente su cui potrei cambiare idea. Vi ho già detto che non so nulla. A proposito: complimenti per i mantelli.

— Grazie — disse Blackwell con un ghigno astuto. — Li abbiamo presi a un paio di stregoni morti.

— Sono i mantelli ufficiali degli Accordi, vero? — chiese Luke. — Sono dei tempi della Rivolta?

Pangborn ridacchiò. — Bottino di guerra. — Poi accarezzò l'orlo del mantello. — Ti ricordi la Rivolta, Lucian? — sussurrò. — Quello sì che fu un giorno grandioso e terribile. Ti ricordi quando ci addestrammo insieme per la battaglia?

Luke fece una smorfia. — Il passato è passato. Non so cosa dirvi, signori. Non posso aiutarvi. Non so nulla.

— *Nulla* è una parola così generica, così vaga — disse Pangborn con un'espressione melanconica. — Una persona che possiede così tanti libri deve sapere almeno *qualcosa*.

— Se volete sapere dove trovare un usignolo a primavera, potrei consigliarvi il manuale che fa per voi. Ma se volete sapere dov'è scomparsa la Coppa Mortale...

— *Scomparsa* potrebbe non essere la parola giusta — mormorò mellifluo Pangborn. — Sarebbe meglio dire *nascosta*. Nascosta da Jocelyn, per la precisione.

— Può essere. Quindi non vi ha ancora detto dove si trova?

— Non ha ancora ripreso conoscenza — disse Pangborn graffiando l'aria con una mano dalle lunghe dita. — Valentine è deluso. Desiderava tanto rivederla...

— Sono certo che la cosa non era affatto reciproca — mormorò Luke.

Pangborn ridacchiò. — Geloso, Graymark? Forse non provi più per lei quello che provavi un tempo...

Le dita di Clary iniziarono a tremare così forte che dovette intrecciare le mani per farle stare ferme. *Jocelyn*? Non era possibile che stessero parlando di sua madre!

— Non ho mai provato nulla di particolare per lei — disse Luke. — Due Cacciatori esiliati dai loro simili, era un motivo sufficiente per stare vicini. Ma non interferirò nei piani di Valentine per lei, se è questo che lo preoccupa.

— Non direi che sia preoccupato — precisò Pangborn. — Più che altro curioso. Ci chiedevamo tutti se fossi ancora vivo. Se fossi ancora umano.

Luke sollevò un sopracciglio. — E...?

— Sembri abbastanza in forma — ammise Pangborn con una certa riluttanza. Rimise la statuetta di Kali sullo scaffale. — C'è anche una figlia, vero?

Luke parve colto di sorpresa. — Cosa?

— Non fare il finto tonto — ringhiò Blackwell. — Sappiamo che quella puttana ha avuto una figlia. Hanno trovato delle foto nell'appartamento...

— Pensavo che voleste sapere se *io* avevo una figlia — lo interruppe tranquillamente Luke. — Sì, Jocelyn ha avuto una figlia. Clarissa. Immagino sia scappata. Valentine vi ha mandati a cercarla?

— No — disse Pangborn. — Ma ha incaricato qualcun altro.

— Potremmo perquisire questo posto — aggiunse Blackwell.

— Non ve lo consiglio — disse Luke mentre scendeva dalla scrivania. Nel suo sguardo c'era una sorta di fredda minaccia, anche se la sua espressione non era cambiata. — Cosa vi fa pensare che sia ancora viva? Credevo che Valentine avesse mandato un Divoratore a controllare la casa. Con una buona dose del suo veleno, la maggior parte dei mondani finirebbe in cenere senza lasciare traccia.

— Un Divoratore è morto — gli riferì Pangborn. — La cosa ha insospettito Valentine.

— Tutto insospettisce Valentine — disse Luke. — Lo avrà ucciso Jocelyn. Di certo ne sarebbe stata in grado.

— Può essere — grugnì Blackwell.

Luke scrollò le spalle. — Senti, io non ho idea di dove sia la ragazza, ma per quello che vale credo che sia morta. In caso contrario, a questo punto si sarebbe già fatta sentire. E comunque non è un gran pericolo. Ha quindici anni, non ha mai sentito parlare di Valentine e non crede ai demoni.

Pangborn ridacchiò. — Ragazza fortunata.

— Non più — disse Luke.

Blackwell sollevò un sopracciglio. — Sembri arrabbiato, Lucian.

— Non sono arrabbiato, sono esasperato. Non ho intenzione di interferire nei piani di Valentine, lo volete capire? Non sono un idiota.

— Davvero? — disse Blackwell. — Mi fa piacere vedere che nel corso degli anni hai sviluppato un salutare rispetto per la tua pelle, Lucian. Non sei sempre stato così pragmatico.

— Lo sai, vero — aggiunse Pangborn in tono amichevole — che siamo disposti a scambiare Jocelyn con la Coppa? Consegna garantita a domicilio. Hai la parola di Valentine.

— Lo so — disse Luke. — Ma non mi interessa. Non so dove sia la vostra preziosa Coppa e non voglio avere a che fare con i vostri intrighi politici. Odio Valentine, però lo rispetto. Ho sempre saputo che un giorno sarebbe tornato e che volendo potrebbe spazzare via qualsiasi avversario. Non ho intenzione di trovarmi in mezzo, quando succederà. È un mostro... una macchina assassina.

— Senti chi parla — ringhiò Blackwell.

— Suppongo che questi siano i tuoi preparativi per levarti di torno — disse Pangborn puntando un lungo dito sulla borsa di stoffa seminascosta sulla scrivania. — Lasci la città, Lucian?

Luke annuì lentamente. — Vado in campagna. Preferisco tenere un profilo basso, per un po'.

— Potremmo fermarti — lo minacciò Blackwell. — Costringerti a restare.

Luke sorrise e il suo volto si trasformò. All'improvviso non era più il secchione attempato e gentile che aveva spinto Clary sull'altalena del parco e le aveva insegnato ad andare in triciclo. Ora c'era qualcosa di ferino nei suoi occhi, qualcosa di malvagio e freddo. — Provateci.

Pangborn diede un'occhiata a Blackwell, che scosse il capo una volta, lentamente. Pangborn tornò a voltarsi verso Luke. — Avvisaci, se ti torna all'improvviso la memoria.

Luke stava ancora sorridendo. — Sarete i primi che chiamerò.

Pangborn annuì lentamente. — Togliamo il disturbo. Che l'Angelo ti protegga, Lucian.

— L'Angelo non protegge quelli come me — disse Luke. Prese la borsa di stoffa dalla scrivania e diede un colpetto con le nocche al ripiano di legno. — Vogliamo andare, signori?

I due sollevarono i cappucci a coprire i loro volti e uscirono dalla stanza. Luke si fermò un istante sulla soglia, si guardò attorno come se avesse l'impressione di aver dimenticato qualcosa, poi uscì.

Clary restò dov'era, immobile, ad ascoltare la porta d'ingresso che si chiudeva e poi un tintinnio lontano di chiavi e catenella, mentre Luke chiudeva il lucchetto. Continuava a rivedere l'espressione sul volto di Luke quando diceva di non essere interessato a ciò che sarebbe successo a sua madre.

Sentì una mano sulla spalla. — Clary? — Era Simon, la voce esitante, gentile. — Stai bene?

La ragazza scosse il capo senza parlare. Si sentiva tutt'altro che bene, anzi, si sentiva come se non dovesse mai più star bene.

— Non va affatto bene. — Era Jace, la voce tagliente e fredda come una scheggia di ghiaccio. Afferrò il paravento e lo spostò con un colpo secco. — Almeno adesso sappiamo chi ha mandato un demone a cercare tua madre. Quegli uomini pensano che lei abbia la Coppa Mortale.

Clary sentì che le labbra le si serravano in una linea sottile. — Ma è assolutamente ridicolo. E impossibile.

— Forse — disse Jace appoggiandosi alla scrivania di Luke. — Intanto però dobbiamo uscire di qui prima che torni Lucian e ci consegni agli uomini di Valentine. Ammesso che lo siano veramente.

— Luke non lo farebbe mai — disse Clary cercando di trattenere le lacrime. — Non lo farebbe mai. Forse è troppo vigliacco per aiutare mia madre, forse sta scappando via, ma non direbbe loro che sono ancora viva. Finora mi ha sempre protetto.

Jace la fissava con occhi opachi come vetri affumicati. — Avevi mai visto quei due uomini prima?

— No. — Clary scosse il capo. — Mai.

— Lucian sembrava conoscerli. Sembravano amici.

— Non direi proprio amici — precisò Simon. — Direi che stavano tenendo a freno la loro ostilità.

— Però non l'hanno ucciso — ribatté Jace. — Quindi pensano che sappia più di quanto dice.

— Forse — disse Clary. — O forse non se la sentono di uccidere un altro Shadowhunter.

Jace scoppiò a ridere, producendo un suono aspro e quasi malevolo che fece rizzare i peli delle braccia di Clary. — Ne dubito.

Lei lo fissò. — Come fai a essere così sicuro? Li conosci?

Quando Jace rispose, nella sua voce non c'era più traccia di quella risata. — Se li conosco? — le fece eco. — Puoi dirlo forte. Sono gli uomini che hanno ucciso mio padre.

9
Il Circolo

Clary fece un passo avanti per toccare il braccio di Jace, dire qualcosa, qualsiasi cosa... Ma cosa si può dire a qualcuno che ha appena visto l'assassino di suo padre? L'esitazione della ragazza non cambiò le cose. Jace si scostò da lei come se il tocco delle sue mani potesse bruciarlo. — Ce ne dobbiamo andare — decise uscendo a passo di marcia dallo studio per entrare in salotto. Clary e Simon gli corsero dietro. — Non sappiamo quando tornerà tuo zio.

— Non è veramente mio zio — sussurrò Clary a voce così bassa che nessuno riuscì a sentirla.

Uscirono dalla porta sul retro e Jace usò lo stilo per chiudere a chiave. La strada era immersa nel silenzio. La luna incombeva sulla città come un ciondolo, gettando riflessi perlacei sulle acque dell'East River. Il ronzio distante delle auto che passavano sul Williamsburg Bridge riempiva l'aria umida di un suono che ricordava un battere d'ali. Simon chiese: — Qualcuno mi vuole dire dove stiamo andando?

— Alla fermata della metropolitana — rispose Jace tranquillamente.

— Mi prendi in giro? — disse Simon sbattendo le palpebre. — I cacciatori di demoni prendono la metro?

— Si fa prima che in auto.

— Pensavo a qualcosa di più figo, tipo un furgone con scritto MORTE AI DEMONI sulla fiancata o...

Jace non si preoccupò nemmeno di interromperlo. Clary lo guardò con la coda dell'occhio. A volte, quando era davvero furiosa per qualcosa o quando era di cattivo umore, Jocelyn assumeva un atteggiamento che Clary chiamava "spaventocalma". Era una calma che le faceva venire in mente lo splendore ingannevole del ghiaccio poco prima che si spezzi sotto il tuo peso. In quel momento Jace era spaventocalmo. Il suo volto era privo d'espressione, ma c'era qualcosa che bruciava nei suoi occhi color bronzo.

— Simon — disse Clary. — Basta.

Simon le lanciò un'occhiata che voleva dire qualcosa del tipo "Ma tu da che parte stai?" che Clary ignorò. Stava tenendo d'occhio Jace, che svoltò in Kent Avenue. Le luci del ponte alle loro spalle circondavano i capelli di Jace con una sorta di improbabile aureola. Clary si chiese se fosse giusto essere in qualche modo contenta che gli uomini che avevano preso sua madre fossero gli stessi che avevano ucciso il padre di Jace, tanti anni prima. Comunque, almeno per il momento, lui l'avrebbe aiutata a trovare Jocelyn, che lo volesse o no. Almeno per il momento, non l'avrebbe abbandonata.

— Tu vivi *qui*? — Simon si immobilizzò a guardare la vecchia cattedrale con le sue finestre rotte e le porte sigillate col nastro giallo della polizia. — Ma è una chiesa.

Jace infilò una mano nel colletto della camicia e prese una chiave d'ottone appesa a una catenella. Era il genere di chiave che si potrebbe usare per aprire un vecchio baule in una soffitta. Clary lo guardò incuriosita: non aveva chiuso a chiave la porta quando avevano lasciato l'Istituto, si era limitato a sbatterla. — È utile abitare su terreni consacrati.

— Lo immagino, ma, senza offesa, questo posto è un cesso — disse Simon guardando perplesso l'inferriata ricurva che circondava l'antico edificio e l'immondizia accumulata accanto ai gradini.

Clary lasciò che la sua mente si rilassasse. Immaginò di prendere uno degli stracci imbevuti di trementina di sua madre e passarlo sulla vista che le si apriva davanti, pulendo via l'incantesimo come se fosse uno strato di vernice.

Ed eccola: la visione reale che brillava dietro quella fasulla come una luce attraverso un vetro scuro. Vide i pinnacoli svettanti della cattedrale, il bagliore spento delle finestre istoriate, la targa d'ottone fissata alla parete di pietra accanto al portone, il nome dell'Istituto inciso su di essa. Trattenne quella visione per un istante prima di lasciarla andare con un sospiro.

— È un incantesimo, Simon — disse. — Questo posto non è davvero così.

— Be', già che c'erano non potevano dargli un'aria più decente?

Jace infilò la chiave nella serratura guardando Simon da sopra una spalla. — Non credo che tu ti renda conto dell'onore che ti sto facendo — gli ricordò. — Sei il secondo mondano che mette piede dentro l'Istituto.

— Probabilmente è la puzza a tenere gli altri a distanza.

— Ignoralo — disse Clary a Jace mentre tirava una gomitata tra le costole a Simon. — Dice sempre quello che gli passa per la testa. Niente filtri.

— I filtri vanno bene per le sigarette e per le macchinette del caffè — borbottò Simon mentre entravano. — Due cose che non mi dispiacerebbe avere in questo momento, tra l'altro.

Clary pensava a quanto avrebbe voluto anche lei una tazza di caffè mentre salivano una scala a chiocciola di pietra. Ogni gradino era ornato da un simbolo in bassorilievo. Clary stava iniziando a imparare a riconoscerne alcuni che le stuzzicavano la mente, così come a volte qualche parola straniera sentita di sfuggita le stuzzicava l'udito con l'idea che, concentrandosi, avrebbe potuto comprenderne il significato.

Raggiunsero l'ascensore e salirono in silenzio. Clary stava ancora pensando al caffè, alle enormi tazze di caffellatte che sua madre preparava la mattina. A volte Luke portava dei sacchetti di dolcetti che comprava alla panetteria Golden Carriage di Chinatown. Quando pensò a Luke, il suo stomaco si strinse in un nodo e il suo appetito svanì all'improvviso.

L'ascensore si fermò con un sibilo e si ritrovarono nell'anticamera con le pareti a pannelli di legno che Clary ricordava. Jace si scrollò il giubbotto di dosso, lo gettò sullo schienale di una sedia e fischiò a denti stretti. Qualche secondo dopo comparve furtivo Church, gli occhi gialli che scintillavano come torce nell'aria polverosa. — Church — salutò Jace inginocchiandosi ad accarezzare la testa grigia del gatto. — Dov'è Alec, Church? Dov'è Hodge?

Church inarcò la schiena e miagolò. Jace arricciò il naso, cosa che in altre circostanze Clary avrebbe potuto trovare carina. — Sono in biblioteca? — Si alzò in piedi e Church si diede una scrollata, trotterellò un po' lungo il corridoio e si guardò alle spalle. Jace seguì il gatto come se fosse la cosa più naturale del mondo, indicando con un cenno della mano a Clary e Simon di seguirlo.

— Non mi piacciono i gatti — dichiarò Simon con le spalle che sbattevano contro quelle di Clary mentre avanzavano nell'angusto corridoio.

— Conoscendo Church — disse Jace — è improbabile anche che tu piaccia a lui.

Stavano attraversando uno dei corridoi ai cui lati c'erano le stanze da letto. Simon assunse un'espressione interrogativa. — Quante persone vivono qui, esattamente?

— È un Istituto — rispose Clary. — Un posto dove gli Shadowhunters possono stare quando si trovano in città. Un misto tra un rifugio e un laboratorio di ricerca.

— Credevo che fosse una chiesa.

— È *dentro* una chiesa.

— Adesso sì che è tutto chiaro. — Clary percepiva il nervosismo di Simon sotto quel suo tono irriverente. Anziché zittirlo, allungò una mano, prese quella di lui e intrecciò le sue dita gelide a quelle dell'amico. La mano di Simon era umidiccia, ma le restituì la stretta con gratitudine.

— Lo so che è strano — sussurrò lei — ma devi solo accettarlo. Fidati di me.

Gli occhi scuri di Simon erano seri. — Di te mi fido. È di *lui* che non mi fido. — Lanciò un'occhiata a Jace, che camminava qualche passo davanti a loro e sembrava stesse conversando con il gatto. Clary si chiese di cosa parlassero. Di politica? Di teatro? Del prezzo del tonno?

— Be', fai uno sforzo — disse. — Al momento lui è la mia migliore possibilità per ritrovare mia mamma.

Simon ebbe un piccolo brivido. — Questo posto ha qualcosa che non va — bisbigliò.

Clary ripensò a come si era sentita quella mattina. Le era sembrato che tutto le fosse al tempo stesso estraneo e familiare. Per Simon evidentemente non c'era traccia di quella familiarità, solo una sensazione di estraneità ostile. — Non sei obbligato a restare con me — disse lei, nonostante avesse litigato con Jace sul treno perché Simon potesse rimanere, affermando che, dopo aver passato tre giorni a sorvegliare Luke, forse sapeva qualcosa che avrebbe potuto tornare utile anche a loro, una volta analizzata per bene la situazione.

— Sì, invece — ribatté Simon. Lasciò la mano di Clary mentre si infilavano in una porta che li condusse in una cucina.

Era una stanza enorme e, a differenza del resto dell'Istituto, modernissima, con banconi d'acciaio e vetrinette con file di stoviglie. Accanto a una cucina di ferro rossa c'era Isabelle con un mestolo in mano, i capelli neri raccolti sopra la testa. La pentola fumava e c'erano ingredienti sparsi dappertutto: pomodori, aglio e cipolle a fettine, mazzetti di erbe, cumuli di formaggio grattugiato, noccioline sgusciate, una manciata di olive e un pesce intero che fissava il soffitto con sguardo vitreo.

— Sto preparando la zuppa — disse Isabelle ondeggiando il mestolo in direzione di Jace. — Avete fame? — Poi guardò alle spalle del ragazzo e vide che insieme a Clary c'era anche Simon. — Oddio — disse secca. — Hai portato qui un altro mondano? Hodge ti ucciderà.

Simon si schiarì la voce. — Io sono Simon.

Isabelle lo ignorò. — JACE WAYLAND — disse. — Giustificati!

Jace scoccò un'occhiataccia al gatto. — Ti avevo detto di portarmi da Alec! Giuda traditore!

Church si gettò sulla schiena e iniziò a fare le fusa soddisfatto.

— Non dare la colpa a Church — disse Isabelle. — Non è colpa sua se Hodge ti ucciderà. — Immerse di nuovo il mestolo nella pentola. Clary si chiese che sapore potesse avere una zuppa di noccioline, pesce, olive e pomodoro.

— Non potevo fare altrimenti — spiegò Jace. — Isabelle... oggi ho visto due degli uomini che hanno ucciso mio padre.

Le spalle della ragazza si irrigidirono, ma quando si voltò sembrava più arrabbiata che sorpresa. — Immagino che lui non sia uno di loro, vero? — chiese indicando Simon con il mestolo.

Con grande sorpresa di Clary, Simon non ribatté. Era troppo impegnato a fissare Isabelle, rapito e a bocca aperta. *Naturalmente*, pensò Clary, provando una fitta acuta di irritazione. Isabelle era esattamente il tipo di Simon: alta, affascinante e bellissima. A dire la verità, probabilmente era il tipo di chiunque. Clary smise di interrogarsi sulla zuppa di noccioline, pesce, olive e pomodoro e si chiese cosa sarebbe successo se avesse rovesciato in testa a Isabelle il contenuto della pentola.

— Ovviamente no — disse Jace. — Pensi che se lo fosse sarebbe ancora vivo?

Isabelle rivolse un'occhiata indifferente a Simon. — Immagino di no — disse lasciando cadere distrattamente un pezzo di pesce sul pavimento. Church gli balzò addosso in un istante.

— Non c'è da meravigliarsi che ci abbia portati qui — disse Jace disgustato. — Non ci posso credere che tu gli stia dando dell'altro pesce. È decisamente una botte.

— Non è una botte. E poi voi non mangiate mai niente. Ho avuto questa ricetta da un folletto acquatico al Chelsea Market, ha detto che è deliziosa...

— Se tu sapessi cucinare, forse io mangerei — borbottò Jace.

Isabelle si bloccò, soppesando minacciosamente il mestolo. — Cosa hai detto?

— Ho detto che mi andrò a cercare qualcosa da mettere sotto i denti.

— Ah, ecco. — Isabelle tornò a dedicarsi alla zuppa. Simon continuava a fissarla. Clary, inspiegabilmente furiosa, gettò a terra la sua borsa di stoffa e seguì Jace verso il frigo.

— Non posso credere che tu riesca a pensare a mangiare — sibilò.

— E cosa dovrei fare, sennò? — chiese Jace con una calma irritante spalancando lo sportello del frigorifero. L'interno era pieno di cartoni di latte scaduti da diverse settimane e contenitori di plastica con delle etichette scritte in inchiostro rosso: HODGE. NON TOCCARE.

— Wow! È come un compagno di stanza pazzo! — osservò Clary divertita.

— Chi, Hodge? È solo che gli piace che tutto sia al proprio posto. — Jace prese uno dei contenitori dal frigorifero e lo aprì. — Mmm... spaghetti.

— Non rovinarti l'appetito — urlò Isabelle.

— È esattamente quello che intendo fare — disse Jace chiudendo il frigorifero con un calcio e prendendo una forchetta da un cassetto. Poi guardò Clary: — Ne vuoi un po'?

Lei scosse il capo.

— Per forza — disse lui con la bocca piena. — Ti sei mangiata tutti quei tramezzini...

— Non erano così tanti. — Clary guardò Simon, che era riuscito ad avviare una conversazione con Isabelle. — Adesso possiamo andare a cercare Hodge?

— Sembra proprio che tu abbia una gran voglia di uscire di qui.

— Non vuoi raccontargli quello che abbiamo visto?

— Non ho ancora deciso. — Jace mise giù il contenitore e si leccò distrattamente il sugo dalle nocche. — Ma se proprio vuoi andare...

— Sì — lo incalzò Clary.

— Bene. — Adesso era veramente calmo, pensò, non spaventocalmo come prima, persino più contenuto di quanto avrebbe dovuto essere. Clary si chiese quante volte lasciasse che barlumi del suo vero sé facessero capolino dalla sua facciata dura e lucida come la lacca delle scatole giapponesi che sua madre collezionava.

— Dove andate? — Simon sollevò lo sguardo su di loro mentre raggiungevano la porta. Qualche ciocca di capelli scuri gli cadde davanti agli occhi, dandogli un'aria imbambolata, pensò Clary poco gentilmente, come se qualcuno gli avesse tirato una bastonata alla nuca.

— A cercare Hodge — disse Clary. — Gli devo raccontare quello che è successo da Luke.

Isabelle la guardò. — Hai intenzione di dirgli che hai visto quegli uomini, Jace? Quelli che...

— Non lo so — la interruppe lui. — Quindi per ora tientelo per te.

Isabelle scrollò le spalle. — Va bene. Hai intenzione di tornare? Vuoi un po' di zuppa?

— No — disse Jace.

— Pensi che Hodge ne voglia un po'?

— Nessuno vuole la tua zuppa.

— Io la voglio, la tua zuppa — disse Simon.

— No che non la vuoi — disse Jace. — Vuoi soltanto andare a letto con Isabelle.

Simon rimase di stucco. — Non è vero!

— Grazie tante — borbottò Isabelle guardando la pentola, ma stava ridacchiando.

— Oh, sì che è vero — disse Jace. — Dai, chiediglielo, così lei può dirti di no e noi possiamo continuare a farci i fatti nostri mentre tu ti crogioli nell'umiliazione. — Schioccò le dita. — Muoviti, mondano, abbiamo del lavoro da fare.

Simon distolse lo sguardo, rosso d'imbarazzo. Clary, che un istante prima avrebbe malvagiamente goduto di quella scenetta, sentì un impeto di rabbia nei confronti di Jace. — Lascialo stare — scattò. — Non c'è bisogno che tu faccia il sadico solo perché non è uno di voi.

— Uno di *noi* — disse Jace, ma lo sguardo tagliente se n'era andato dai suoi occhi. — Io vado a cercare Hodge… tu puoi venire o restare, fai come vuoi. — La porta della cucina si chiuse alle sue spalle, lasciando Clary sola con Simon e Isabelle.

Isabelle versò un po' di zuppa in una ciotola e la spinse sul bancone verso Simon, senza guardarlo. Ma Clary era sicura che stava ancora sorridendo. La zuppa era verde scuro e c'erano delle cose marrone che galleggiavano in superficie.

— Io vado con Jace — disse Clary. — Simon…?

— Crdcrstrquì — borbottò il ragazzo guardandosi i piedi.

— Cosa?

— Credo che resterò qui. — Simon si parcheggiò su uno sgabello. — Ho fame.

— Va bene. — Clary sentì una stretta in gola, come se avesse inghiottito qualcosa di molto caldo o molto freddo. Uscì dalla cucina a passo di marcia, mentre Church le sgattaiolò attorno ai piedi come un'ombra grigia e vaporosa.

In corridoio Jace stava rigirandosi tra le dita una spada angelica. Quando vide Clary la infilò in tasca. — Carino da parte tua lasciare soli i due piccioncini.

Clary gli fece una smorfia. — Ma perché devi sempre essere così idiota?

— Idiota, io? — Jace la guardò come se stesse per scoppiare a ridere.

— Quello che hai detto a Simon…

— Stavo solo cercando di risparmiargli qualche sofferenza. Isabelle gli strapperà via il cuore e poi ci camminerà sopra con i tacchi a spillo. Fa sempre così coi ragazzi.

— Ha fatto così anche con te? — chiese Clary, ma Jace si limitò a scuotere il capo per poi rivolgersi a Church.

— Da Hodge — disse. — E questa volta che sia davvero Hodge. Se ci porti da qualche altra parte ti trasformo in una racchetta da tennis.

Il gatto sbuffò e si incamminò lungo il corridoio. Clary, rimasta dietro a Jace, notò la sua stanchezza e il suo stress dalla postura delle spalle. Si chiese se quella tensione lo abbandonasse mai. — Jace.

Lui la guardò. — Cosa?

— Scusa se sono scattata.

Lui ridacchiò. — Quale delle tante volte?

— Anche tu però scatti con me, sai?

— Lo so — ammise lui sorprendendola. — In te c'è qualcosa di così...

— Irritante?

Lui rise ancora. — Spiazzante.

Clary avrebbe voluto chiedergli se fosse un complimento o un insulto, ma non lo fece. Aveva troppa paura che lui la prendesse in giro. Cercò qualcos'altro da dire. — È sempre Isabelle a cucinare per voi? — chiese.

— No, grazie a Dio. Perlopiù ci sono i Lightwood, ed è Maryse, la madre di Isabelle, che cucina. È una cuoca fantastica. — Assunse uno sguardo sognante simile a quello di Simon mentre guardava Isabelle.

— E com'è che non ha insegnato a cucinare a Isabelle? — Stavano attraversando la sala della musica, dove quella mattina Clary aveva trovato Jace che suonava il pianoforte. Gli angoli erano stati conquistati dalle ombre.

— Perché — disse Jace lentamente — è solo da poco tempo che le donne possono diventare Cacciatrici come gli uomini. Voglio dire, ci sono sempre state donne nel Conclave. Studiavano le rune, creavano le armi, insegnavano le Arti Mortali. Ma pochissime erano guerriere, solo quelle che avevano abilità eccezionali. Dovevano lottare per essere addestrate. Maryse fa parte della prima generazione di donne del Conclave che sono state addestrate, e credo che non abbia mai insegnato a Isabelle a cucinare per timore che, se l'avesse fatto, Isabelle sarebbe stata relegata per sempre in cucina.

— E sarebbe successo? — chiese Clary curiosa. Pensò a Isabelle al Pandemonium, a quanto era sicura di sé e all'abilità con cui usava la sua frusta.

Jace sorrise. — No di certo. Isabelle è uno dei migliori Cacciatori che io abbia mai conosciuto.

— È più brava di Alec?

Church, che stava avanzando silenziosamente davanti a loro, si bloccò all'improvviso e miagolò verso una scala a chiocciola di ferro che si insinuava nella semioscurità sopra di loro. — Ah, è nella serra — disse Jace. Clary impiegò un istante a rendersi conto che stava parlando con il gatto. — Non c'è da stupirsi.

— La serra? — chiese Clary.

Jace salì sul primo gradino. — A Hodge piace andarsene lassù. Coltiva piante medicinali, cose che ci possono servire. La maggior parte di esse cresce solo a Idris. Credo che gli ricordino casa sua.

Clary lo seguì. I suoi passi risuonavano sui gradini di ferro, quelli di Jace no. — È più bravo di Isabelle? — chiese di nuovo. — Alec, intendo.

Jace si fermò a guardarla, chinandosi dal gradino su cui si trovava come se stesse cadendo. Lei ricordò il sogno che aveva fatto: angeli che cadevano e bruciavano. — Più bravo? — le fece eco Jace. — A uccidere i demoni? No, direi di no. Non ne ha mai ucciso uno.

— Davvero?

— Non so perché. Forse perché si preoccupa sempre di proteggere me e Izzy. — Erano arrivati in cima alle scale. Li accolse una porta doppia decorata con bassorilievi di foglie e piante rampicanti. Jace la aprì con una spallata.

L'odore la colpì nell'istante in cui oltrepassò la soglia: un odore verde, pungente, odore di cose che vivono e crescono, di terra e radici che si allungano. Si era aspettata qualcosa di più piccolo, qualcosa come la piccola serra dietro la St Xavier's dove gli studenti di biologia sezionavano i baccelli dei piselli e roba del genere. Questa invece era un'enorme sala dalle pareti di vetro fiancheggiata da alberi i cui rami carichi di foglie davano all'aria un respiro fresco e verde. C'erano cespugli pieni di bacche rosse, viola e nere, e alberelli da cui pendevano bizzarri frutti che non aveva mai visto.

Clary sospirò. — Profuma di... — *Primavera,* pensò. *Prima che arrivi il caldo a bruciare le foglie e a far appassire i petali dei fiori.*

— Casa — disse Jace. — Almeno per me. — Spostò di lato un grosso ramo frondoso e abbassò la testa per passarvi sotto. Clary lo seguì.

La serra, agli occhi non abituati di Clary, non corrispondeva ad alcuno schema particolare, ma ovunque guardasse c'era un'esplosione di colori: fiori violacei che si riversavano dal fianco di una siepe verdissima, un rampicante in cui erano incastonati boccioli arancione simili a gioielli. Alla fine, emersero in uno spazio aperto dove una bassa panchina di granito poggiava contro il tronco di una specie di salice piangente con foglie dalle sfumature argentee. In una vasca di pietra scintillava dell'acqua. Hodge era seduto sulla panchina, col suo corvo appollaiato sulla spalla. Stava fissando l'acqua con aria pensosa, ma quando si avvicinarono sollevò lo sguardo. Clary seguì la direzione dei suoi occhi e vide il tetto di vetro della serra che brillava sopra di loro come la superficie di un lago alla rovescia.

— Hai l'aria di uno che sta aspettando qualcosa — osservò Jace staccando una foglia da un ramo vicino e rigirandosela tra le dita. Per una persona tanto controllata, aveva un sacco di tic nervosi. Ma forse era solo perché gli piaceva essere sempre in movimento.

— Ero perso nei miei pensieri. — Hodge si alzò in piedi e allungò un braccio verso Hugo. Il sorriso svanì dal suo volto quando guardò bene i due ragazzi. — Cosa è successo? Sembrate...

— Siamo stati attaccati — tagliò corto Jace. — Un Dimenticato.

— Dei guerrieri Dimenticati? Qui?

— *Un* guerriero — disse Jace. — Ne abbiamo visto solamente uno.

— Ma Dorothea ha detto che ce n'erano degli altri — aggiunse Clary.

— Dorothea? — Hodge sollevò una mano. — Sarà meglio che mi raccontiate tutto dall'inizio.

— Va bene. — Jace rivolse uno sguardo ammonitore a Clary, interrompendola prima che iniziasse a parlare. Poi si lanciò nel resoconto degli eventi di quel pomeriggio, tralasciando un solo dettaglio: il fatto che gli uomini che avevano visto nell'appartamento di Luke erano gli stessi che sette anni prima avevano ucciso suo padre. — Lo zio di Clary... o chiunque sia... si fa chiamare Luke Garroway — concluse Jace. — Ma quei due uomini che dicevano di essere emissari di Valentine lo chiamavano Lucian Graymark.

— E i loro nomi erano...

— Pangborn — disse Jace — e Blackwell.

Hodge era impallidito. La cicatrice che gli attraversava la guancia risaltava come un filo rosso sulla pelle ingrigita. — È come temevo — disse quasi tra sé. — Il Circolo sta risorgendo.

Clary si voltò verso Jace, che però sembrava perplesso quanto lei. — Il Circolo? — chiese il ragazzo.

Hodge scosse il capo come per liberarsi il cervello dalle ragnatele. — Venite con me — disse. — È tempo che vi mostri una cosa.

Le lampade a gas della biblioteca erano accese e le lucide superfici dei mobili di tek scintillavano come gioielli. I volti severi e rigati dalle ombre degli angeli di legno che sorreggevano l'enorme scrivania sembravano ancora più addolorati. Clary si sedette sul divano rosso e si strinse le gambe al petto. Jace si appoggiò irrequieto al bracciolo del divano, accanto a lei. — Hodge, se ti serve aiuto per cercare...

— No. — Hodge emerse da dietro la scrivania spazzandosi via un po' di polvere dalle ginocchia dei pantaloni. — L'ho trovato.

Aveva in mano un grosso libro rilegato in pelle marrone. Lo sfogliò con dita ansiose, socchiudendo gli occhi come un gufo dietro gli occhiali e borbottando: — Dove... dove... ah, eccolo! — Si schiarì la voce, prima di iniziare a leggere: Giuro incondizionata obbedienza al Circolo e ai suoi principi... Sarò pronto a rischiare la vita in qualsiasi momento perché il Circolo preservi la purezza del sangue di Idris e per il mondo mortale della cui sicurezza ci facciamo carico.

Jace fece una smorfia. — Che cos'è?

— Questo, vent'anni fa, era il giuramento di fedeltà del Circolo di Raziel — disse Hodge. Sembrava stranamente stanco.

— È inquietante — disse Clary. — Ricorda un'organizzazione nazista o roba del genere.

Hodge mise giù il libro. Pareva addolorato e gravato da un peso come gli angeli di legno sotto la scrivania. — Era un gruppo — disse lentamente — di Shadowhunters guidati da Valentine che perseguiva l'eliminazione di tutti i Nascosti e la restaurazione di un mondo più "puro". Il loro piano era aspettare che i Nascosti arrivassero a Idris per firmare gli Accordi. Devono essere firmati ogni quindici anni affinché la loro magia conservi la propria potenza — aggiunse a beneficio di Clary. — Progettarono di massacrarli tutti mentre erano disarmati e indifesi. Questo atto terribile, pensavano, avrebbe scatenato una guerra tra gli umani e i Nascosti... una guerra che avevano intenzione di vincere.

— È la Rivolta — disse Jace riconoscendo nella storia di Hodge un evento che gli era già familiare. — Lo sapevo già. L'unica cosa che non sapevo era che Valentine e i suoi seguaci avessero un nome.

— È un nome che non viene pronunciato spesso, oggigiorno — spiegò Hodge. — La loro esistenza è ancora una fonte di imbarazzo per il Conclave. La maggior parte dei documenti che li riguardano è stata distrutta.

— Allora come mai tu hai una copia di quel giuramento? — chiese Jace.

Hodge esitò. Fu solo un istante, ma Clary se ne accorse e sentì un piccolo e inspiegabile brivido di apprensione risalirle la schiena. — Perché — disse infine Hodge — ho contribuito a scriverlo.

Jace lo guardò. — Tu facevi parte del Circolo?

— Sì. Molti di noi ne facevano parte. — Hodge guardava dritto davanti a sé. — Anche la madre di Clary.

Clary balzò indietro come se l'avesse schiaffeggiata. — *Cosa*?

— Ho detto…

— Lo so cos'hai detto! Mia madre non avrebbe mai fatto parte di una cosa del genere. Una specie… una specie di gruppo di fanatici.

— Non era… — cominciò Jace, ma Hodge lo interruppe.

— Dubito — disse lentamente, come se quelle parole gli provocassero dolore — che avesse molta scelta.

Clary lo guardò. — Di cosa stai parlando? Perché non aveva molta scelta?

— Perché — disse Hodge — era la moglie di Valentine.

Parte seconda

LO SCENDER È COSA AGEVOLE

Lo scender ne l'Averno è cosa agevole
ché notte e dì ne sta l'entrata aperta;
ma tornar poscia a riveder le stelle,
qui la fatica e qui l'opra consiste.

VIRGILIO, *Eneide*

10
La Città di Ossa

Ci fu un momento di sbalordito silenzio prima che Jace e Clary si mettessero a parlare contemporaneamente.

— Valentine aveva una moglie? Era *sposato*? Pensavo…

— È impossibile! Mia madre non avrebbe mai… lei è stata sposata solo con mio padre! Non aveva un ex marito!

Hodge sollevò le mani, come se fosse esausto. — Figlioli miei…

— Non sono la sua *figliola*. — Clary voltò le spalle alla scrivania. — E non voglio sentire altro.

— Clary — disse Hodge. La gentilezza nella sua voce era una ferita aperta. Clary si girò lentamente e lo guardò. Era strano che coi suoi capelli grigi e il suo volto segnato apparisse molto più vecchio di sua madre. Eppure erano stati giovani insieme, erano entrati insieme nel Circolo, avevano conosciuto insieme Valentine. — Mia madre non avrebbe… — iniziò a dire la ragazza, ma poi si interruppe. Non era più sicura di conoscere Jocelyn. Sua madre era diventata un'estranea per lei, una bugiarda, una donna che nascondeva dei segreti. *Che cosa* non avrebbe fatto?

— Tua madre lasciò il Circolo — continuò Hodge. Non si avvicinò a Clary, ma la guardò con l'attenta immobilità di un uccello. — Quando capimmo quanto fossero diventate estremiste le idee di Valentine, e cosa era pronto a fare, molti di noi lasciarono il Circolo. Lucian fu il primo. Per Valentine fu un duro colpo. Erano molto vicini. — Hodge scosse il capo. — Poi fu la volta di Michael Wayland. Tuo padre, Jace.

Jace sollevò un sopracciglio, ma non disse nulla.

— Ci fu anche chi gli restò fedele. Pangborn, Blackwell, i Lightwood…

— I Lightwood? Vuoi dire Robert e Maryse? — Jace sembrava sconvolto. — E tu? Quando te ne sei andato?

— Non l'ho fatto — disse Hodge con un filo di voce. — E nemmeno loro… Avevamo paura, troppa paura di ciò che lui avrebbe potuto fare. Dopo la Rivolta, i lealisti come Blackwell e Pangborn fuggirono. Noi restammo e cooperammo con il Conclave. Facemmo dei nomi. Li aiutammo a rintracciare quelli che erano scappati. E per questo furono clementi con noi.

— Clementi? — Lo sguardo di Jace fu veloce, ma Hodge lo vide.

— Stai pensando alla maledizione che mi tiene legato a questo posto, vero? — disse. — Hai sempre dato per scontato che fosse un incantesimo lanciato per vendetta da un demone o da uno stregone. Ma non è così. La maledizione che mi tiene qui è stata lanciata dal Conclave.

— Per il fatto che facevi parte del Circolo? — chiese Jace. Il suo volto era una maschera di stupore.

— No, per non esserne uscito prima della Rivolta.

— Ma i Lightwood non sono stati puniti — disse Clary. — Perché no? Avevano fatto la stessa cosa che hai fatto tu.

— Nel loro caso c'erano delle attenuanti. Erano sposati, avevano un figlio. E comunque non vivono in questo avamposto lontano da Idris per loro scelta. Siamo stati esiliati qui tutti e tre. Tutti e quattro, dovrei dire. Alec era molto piccolo, quando abbiamo lasciato la Città di Vetro. Loro possono tornare a Idris solo per questioni ufficiali e solo per brevi periodi. Io non posso tornare. Non rivedrò mai più la Città di Vetro.

Jace lo guardava basito. Era come se lo vedesse per la prima volta. — *Dura lex, sed lex* — disse.

— Te l'ho insegnato io — mormorò Hodge con una nota di amaro divertimento nella voce. — E ora usi le mie lezioni contro di me. E giustamente. — Sembrò volersi abbandonare sulla poltrona lì vicina, ma restò in piedi, in una posizione rigida che conservava qualcosa del soldato che era stato un tempo, pensò Clary.

— Perché non me l'hai detto prima? — chiese la ragazza. — Che mia madre era sposata con Valentine, voglio dire. Conoscevi il suo nome…

— Io la conoscevo come Jocelyn Fairchild, non come Jocelyn Fray — rispose Hodge. — E tu hai tanto insistito a dire che non era a conoscenza del Mondo Invisibile da convincermi che non potesse essere la Jocelyn che conoscevo… e forse non volevo crederlo. Nessuno potrebbe volere il ritorno di Valentine. — Scosse di nuovo il capo. — Quando questa mattina ho mandato un messaggio ai Fratelli della Città di Ossa non avevo idea di quali notizie avremmo avuto per loro — disse. — Quando il Conclave scoprirà che Valentine è tornato e sta cercando la Coppa, scoppierà il caos. Spero solo che questo non vada a discapito degli Accordi.

— Scommetto che Valentine ne sarebbe contento — osservò Jace. — Ma perché vuole così tanto la Coppa?

Il volto di Hodge era grigio. — Non è ovvio? — disse. — Per potersi creare un esercito.

Jace parve sbalordito. — Ma non…

— La cena è pronta! — Era Isabelle, in piedi sulla porta della biblioteca. Aveva ancora il mestolo in mano. I suoi capelli erano sciolti e le ricadevano sulle spalle. — Scusate l'interruzione — aggiunse, come se ci avesse pensato solo in quel momento.

— Oddio — disse Jace. — L'ora del giudizio è arrivata.

Hodge parve allarmato. — Io... io... ho fatto una colazione molto abbondante — balbettò. — Voglio dire... un pranzo... un pranzo molto abbondante. Non ho molta fame...

— Ho buttato via la zuppa — disse paziente Isabelle. — E ho ordinato da mangiare al ristorante cinese.

Jace si staccò dalla scrivania e si stiracchiò. — Fantastico. Sto morendo di fame.

— Forse potrei cercare di mangiare qualcosina... — ammise Hodge imbarazzato.

— Siete due pessimi bugiardi — disse Isabelle. — Sentite, lo so che non vi piace come cucino...

— E allora smetti di farlo — le consigliò Jace. — Hai ordinato il maiale *mu shu*? Lo sai che vado matto per il maiale *mu shu*...

Isabelle levò gli occhi al cielo. — Sì. È in cucina.

— Grande. — Jace le passò accanto scompigliandole amorevolmente i capelli. Hodge lo seguì, fermandosi solo per sfiorare solidale una spalla di Isabelle, poi scomparve con un buffo cenno di scusa del capo. Clary si chiese come qualche minuto prima avesse potuto vedere in lui l'ombra del suo vecchio io guerriero.

Isabelle seguì Jace e Hodge con lo sguardo, rigirandosi il mestolo tra le dita pallide e coperte di cicatrici. — Lo è davvero? — chiese Clary.

Isabelle non la guardò neppure. — Chi è davvero cosa?

— Jace. È davvero un pessimo bugiardo?

Isabelle si voltò verso Clary e la guardò coi suoi grandi occhi scuri e inaspettatamente seri. — Non è affatto un bugiardo. Non sulle cose che contano. Preferisce dirti una verità orribile che mentirti. — Fece una pausa, e poi aggiunse sottovoce. — È per questo che di solito è meglio non chiedergli niente se non sei sicura di poter sopportare la risposta.

La cucina era calda e piena di luce e dell'odore agrodolce del cibo cinese. Quel profumo ricordava a Clary casa sua: si sedette ad ammirare il suo piatto luccicante di spaghetti di soia, giocherellò un po' con la forchetta e cercò di non guardare Simon, che stava fissando Isabelle con un'espressione più cotta di un'anatra alla pechinese.

— Be', secondo me è una cosa romantica — disse Isabelle mentre succhiava perline dolci di tapioca con un'enorme cannuccia rosa.

— Che cosa? — chiese Simon, improvvisamente attento.

— Tutta quella faccenda della madre di Clary che era sposata con Valentine — disse Isabelle. Jace e Hodge le avevano raccontato tutto, anche se Clary notò che avevano tralasciato la parte sul ruolo dei Lightwood nel Circolo e sulle maledizioni del Conclave. — Così adesso è tornato dal mondo dei morti ed è venuto a cercarla. Forse vuole rimettersi con lei.

— Ho qualche dubbio che voglia rimettersi con lei dopo avere mandato un Divoratore a casa sua — disse Alec, che si era presentato quando la cena era ormai in tavola. Nessuno gli aveva chiesto dove fosse stato e lui non aveva detto nulla. Sedette accanto a Jace e di fronte a Clary, evitando di guardarla negli occhi.

— In effetti non sarebbe una grande mossa — concordò Jace. — Meglio prima i fiori, poi una lettera di scuse e soltanto *dopo* le orde di demoni assetati di sangue.

— Magari glieli ha mandati, i fiori — disse Isabelle — per quello che ne sappiamo.

— Isabelle — la richiamò paziente Hodge. — Stiamo parlando dell'uomo che ha portato su Idris una distruzione mai vista prima, che ha messo gli Shadowhunters contro i Nascosti e ha inondato di sangue le strade della Città di Vetro.

— Be', i cattivi sono sempre dei gran fighi, no?

Simon cercò di assumere uno sguardo minaccioso, ma rinunciò quando si accorse che Clary lo stava guardando. — Ma perché Valentine vuole così tanto questa Coppa? E perché pensa che ce l'abbia la mamma di Clary? — chiese.

— Tu hai detto che la vuole per crearsi un esercito — disse Clary rivolta a Hodge. — Vuoi dire che potrebbe usare la Coppa per creare altri Cacciatori?

— Sì.

— Così Valentine, con quella Coppa, potrebbe prendere un tizio qualsiasi e farlo diventare uno Shadowhunter? — Simon si protese in avanti. — Funzionerebbe anche con me?

Hodge gli rivolse una lunga occhiata. — Forse sì — disse. — Ma probabilmente tu sei troppo grande. La Coppa funziona con i bambini. Su un adulto non avrebbe alcun effetto, oppure lo ucciderebbe.

— Un esercito di bambini — mormorò Isabelle con un filo di voce.

— Solo per qualche anno — disse Jace. — I bambini crescono in fretta. Non ci metterebbero molto a diventare veri e propri guerrieri.

— Io non capisco — disse Simon. — Trasformare un branco di ragazzini in guerrieri. Ho sentito cose peggiori. Non vedo tutta questa necessità di tenere la Coppa lontana da lui.

— Valentine userebbe senza alcun dubbio questo esercito per lanciare un attacco contro il Conclave — rispose secco Hodge. — E la ragione per cui pochissimi umani vengono scelti per essere trasformati in Nephilim è che quasi nessuno sopravvive alla trasformazione. Ci vogliono una forza e una resistenza eccezionali. Prima di poter essere trasformati, devono passare attraverso numerose prove... Ma Valentine non perderebbe certo tempo in prove. Userebbe la Coppa su tutti i bambini e con i sopravvissuti creerebbe il suo esercito.

Alec stava guardando Hodge con lo stesso orrore che provava anche Clary. — Come fai a sapere cosa farebbe?

— Perché — disse Hodge — quando faceva parte del Circolo il piano era proprio questo. Diceva che era l'unico modo per costruirsi la potenza bellica necessaria per difendere il nostro mondo.

— Ma questo è infanticidio! — esplose Isabelle, che era diventata un po' verde. — Si sta parlando di uccidere dei bambini.

— Diceva che avevamo reso il mondo più sicuro per gli umani per mille anni — disse Hodge. — E che era giunto il momento di ripagarci con il loro sacrificio.

— Dei *bambini*? — chiese Jace con le guance arrossate. — Questo va contro tutto ciò che dovremmo difendere. Proteggere i deboli, salvaguardare l'umanità...

Hodge allontanò il proprio piatto. — Valentine era pazzo. Geniale, ma pazzo. L'unica cosa che gli importava era di uccidere i demoni e i Nascosti. Purificare il mondo. Lui avrebbe sacrificato il proprio figlio per la causa e non capiva come qualcun altro non intendesse farlo.

— Aveva un figlio? — chiese Alec.

— Parlavo per ipotesi — disse Hodge tirando fuori di tasca il fazzoletto. Lo usò per asciugarsi la fronte e lo rimise nel taschino. Clary notò che gli tremava leggermente la mano. — Quando la sua terra bruciò e la sua casa fu distrutta, si pensò che si fosse dato fuoco insieme alla Coppa piuttosto che arrendersi al Conclave. Tra le ceneri vennero trovate le sue ossa insieme a quelle di sua moglie.

— Ma mia madre è sopravvissuta — disse Clary. — Non è morta in quell'incendio.

— E neanche Valentine, a quanto pare — disse Hodge. — Il Conclave non sarà contento di essere stato preso in giro. E soprattutto vorrà mettere le mani sulla Coppa. E, cosa ancor più importante, vorrà assicurarsi che non lo faccia Valentine.

— Direi che la prima cosa da fare sia trovare la madre di Clary — suggerì Jace. — Trovare lei e la Coppa prima di Valentine.

A Clary pareva una buona idea, ma dall'espressione di Hodge sembrava che Jace avesse proposto di fare il giocoliere con delle palle di nitroglicerina. — Assolutamente no.

— E allora cosa faremo?

— Niente — disse Hodge. — È meglio lasciare questa faccenda a Shadowhunters abili ed esperti.

— Io *sono* abile — disse Jace. — E anche esperto.

Il tono di Hodge si fece deciso, simile a quello che avrebbe usato un padre. — Lo so, Jace, ma sei ancora un bambino, o quasi.

Jace guardò Hodge con gli occhi socchiusi. Le sue lunghe ciglia gli disegnavano delle ombre sugli zigomi. In un altro avrebbe potuto sembrare uno sguardo timido, quasi di scuse, ma sul volto di Jace risultava piuttosto minaccioso. — Io non sono un bambino.

— Hodge ha ragione — disse Alec. Stava guardando Jace, e Clary pensò che probabilmente era uno dei pochi al mondo a guardare Jace non come se avesse paura di lui, ma come se avesse paura *per* lui. — Valentine è pericoloso. Lo so che sei un buon Cacciatore. Probabilmente sei il migliore fra quelli della nostra età. Ma Valentine è uno dei migliori che ci siano mai stati. C'è voluta una grande battaglia per sconfiggerlo.

— E non ci sono neanche riusciti fino in fondo — aggiunse Isabelle mentre esaminava una forcina per capelli. — A quanto pare.

— Ma noi siamo qui — protestò Jace. — Siamo qui e grazie agli Accordi non c'è nessun altro. Se non facciamo qualcosa...

— *Faremo* qualcosa — concluse Hodge. — Manderò un messaggio al Conclave questa sera stessa. Possono far arrivare qui dei Nephilim già domani. Se ne occuperanno loro. Voi avete fatto più che abbastanza.

Jace si arrese, ma i suoi occhi scintillavano ancora. — Non mi piace.

— Non ti deve piacere — disse Alec. — Devi solo stare zitto e non fare stupidaggini.

— E mia madre? — chiese Clary. — Non può aspettare che si presentino i rappresentanti del Conclave. È prigioniera di Valentine, lo hanno detto Pangborn e Blackwell, e lui potrebbe... — Non ce la fece a pronunciare la parola "torturarla", ma sapeva che non era stata l'unica a pensarla. All'improvviso nessuno attorno a quel tavolo riusciva a guardarla negli occhi.

A parte Simon. — Farle del male — disse, terminando la frase. — Però hanno anche detto che non aveva ripreso conoscenza e che Valentine non ne era contento. Sembra aspettare che lei si svegli.

— Se fossi in lei non lo farei — mormorò Isabelle.

— Ma potrebbe succedere in qualsiasi momento — disse Clary ignorando Isabelle. — Credevo che il Conclave avesse il compito di proteggere le persone. Non dovrebbero esserci qui dei Cacciatori, adesso? Non dovrebbero essere già alla sua ricerca?

— Sarebbe più facile — scattò Alec — se avessimo almeno una vaga idea di dove cercare.

— Ma ce l'abbiamo — disse Jace.

— Ah, sì? — Clary lo guardò, allarmata e impaziente.

— È qui. — Jace si chinò in avanti e toccò con le dita la tempia di Clary in modo tanto delicato che la ragazza arrossì. — Tutto quello che ci serve sapere è chiuso dentro la tua testa, sotto questi bei riccioli rossi.

Clary sollevò una mano per toccarsi i capelli. — Non penso...

— E allora cosa pensi di fare? — lo aggredì Simon. — Aprirle la testa a colpi di spada?

Gli occhi di Jace scintillarono, ma parlò con un tono molto calmo. — Niente affatto. I Fratelli Silenti possono aiutarci a recuperare i suoi ricordi.

— Ma tu *odi* i Fratelli Silenti — protestò Isabelle.

— Non li odio — replicò Jace candido. — Ho paura di loro. Non è la stessa cosa.

— Sbaglio o avevi detto che sono dei bibliotecari? — disse Clary.

— E infatti lo sono.

Simon fischiò. — Devono far pagare delle multe belle salate per le consegne in ritardo.

— I Fratelli Silenti sono archivisti, ma non sono soltanto questo — intervenne Hodge, che sembrava aver quasi esaurito la pazienza. — Per rafforzare le loro menti, hanno scelto di prendere su di sé le rune più potenti mai create. Il potere di quelle rune è tale che, usandole... — Si interruppe, e Clary sentì nella propria testa la voce di Alec che diceva: «si mutilano». — Be', distorcono la loro forma fisica. Non sono guerrieri come gli altri Shadowhunters. I loro poteri risiedono nella mente, non nel corpo.

— Possono leggere il pensiero? — chiese Clary sottovoce.

— Tra le altre cose. Sono tra i cacciatori di demoni più temuti.

— Non mi sembrano così pericolosi — disse Simon. — Io preferirei avere qualcuno che mi pasticcia dentro la testa piuttosto che uno che me la vuole tagliare via.

— Allora sei ancora più idiota di quello che sembri — disse Jace guardandolo con disprezzo.

— Jace ha ragione — disse Isabelle. — Non sul fatto di essere idiota — aggiunse velocemente quando Simon si voltò a guardarla. — Ma i Fratelli Silenti fanno venire davvero i brividi.

La mano di Hodge stringeva il ripiano del tavolo. — Sono molto potenti. Camminano nelle tenebre e non parlano, ma possono aprire la mente di un uomo come tu faresti con una noce… e poi possono lasciarlo a urlare da solo al buio, se è quello che vogliono.

Clary guardò Jace sconvolta. — E tu vorresti mettermi nelle loro mani?

— Io voglio solo aiutarti. — Jace si protese sopra il tavolo, tanto vicino che Clary poteva vedere le schegge di ambra scura nei suoi occhi chiari. — Forse non possiamo andare a cercare tua madre — disse sottovoce. — Forse lo farà il Conclave. Ma quello che hai nella testa appartiene a te. Qualcuno ti ha nascosto dei segreti, là dentro, segreti che tu non puoi vedere. Non vuoi sapere la verità sulla tua vita?

— Non voglio qualcun altro nella mia mente — disse lei senza troppa convinzione. Sapeva che Jace aveva ragione, ma l'idea di affidarsi a degli esseri che anche gli Shadowhunters ritenevano spaventosi le faceva gelare il sangue.

— Io verrò con te — disse Jace. — Resterò con te mentre lo fanno.

— Basta così. — Simon si alzò dal tavolo, rosso di rabbia. — Lasciala stare.

Alec guardò Simon come se si fosse accorto di lui solo in quel momento, mentre si levava un ciuffo di capelli neri dalla fronte e sbatteva le palpebre. — Che ci fai ancora qui, mondano?

Simon lo ignorò. — Ti ho detto di lasciarla stare.

Jace gli rivolse un'occhiata lenta e dolcemente velenosa. — Alec ha ragione. L'Istituto è tenuto a dare rifugio agli Shadowhunters, non ai loro amici mondani. Soprattutto quando hanno smesso da un pezzo di essere i benvenuti.

Isabelle si alzò e prese Simon per un braccio. — Lo accompagno fuori. — Per un istante sembrò che il ragazzo volesse resisterle, ma poi incrociò lo sguardo di Clary, che scosse appena il capo. Simon si arrese. Col mento sollevato, permise a Isabelle di scortarlo fuori dalla stanza.

Clary si alzò. — Sono stanca — annunciò. — Voglio andare a dormire.

Jace disse: — Ma non hai praticamente mangiato…

Lei scostò la mano che il ragazzo le aveva avvicinato.

— Non ho fame.

In corridoio faceva più fresco che in cucina. Clary si appoggiò al muro e sollevò leggermente la camicia, che si stava incollando al sudore freddo del suo petto. Più in là, lungo il corridoio, vide le sagome di Isabelle e Simon che venivano inghiottite dalle ombre. Li osservò allontanarsi in silenzio, con una sensazione sempre più strana e inquietante alla bocca dello stomaco. Da quando in qua Simon era diventato una responsabilità di Isabelle anziché sua? Se c'era una cosa che stava imparando da tutta quella faccenda era quanto fosse facile perdere tutto ciò che pensavi sarebbe stato tuo per sempre.

La stanza era color oro e bianca, con pareti alte che luccicavano come smalto e un soffitto distante, chiaro e scintillante come un diamante. Clary indossava un abito di velluto verde e aveva in mano un ventaglio dorato. I suoi capelli, stretti in un nodo da cui sfuggivano alcuni riccioli, le facevano sentire la testa stranamente pesante ogni volta che si voltava per guardarsi alle spalle.

— Vedi qualcuno più interessante di me? — chiese Simon. Nel sogno era un ballerino incredibilmente bravo. La guidava attraverso la folla come se fosse una foglia portata dalla corrente di un fiume. Era tutto vestito di nero, come uno Shadowhunter, il che dava risalto ai suoi colori naturali: i capelli scuri, la pelle leggermente ambrata, i denti bianchi. Era bello, pensò Clary stupita.

— Non c'è nessuno più interessante di te — disse. — È solo questo posto. Non ho mai visto niente del genere. — Si voltò di nuovo, mentre passavano davanti a una fontana di champagne: era un enorme piatto d'argento, la cui parte centrale era occupata da una sirena con una giara che versava il vino frizzante lungo la sua schiena nuda. La gente si riempiva i bicchieri da quel piatto, ridendo e chiacchierando. La sirena voltò il capo al passaggio di Clary e sorrise, mettendo in mostra denti bianchi affilati come quelli di un vampiro.

— Benvenuta nella Città di Vetro — disse una voce che non era quella di Simon. Clary scoprì che Simon era scomparso e ora stava danzando con Jace. Era vestito di bianco, la sua camicia era di cotone leggero e Clary poteva vedere i Marchi neri attraverso la stoffa sottile. Aveva al collo una catenella di bronzo e i suoi capelli e i suoi occhi sembravano più dorati che mai. Clary pensò a quanto le sarebbe piaciuto dipingere un suo ritratto con la vernice dorata che si vede a volte nelle icone russe.

— Dov'è Simon? — chiese mentre facevano un altro giro attorno alla fontana di champagne. Clary vide Isabelle insieme ad Alec, tutti e due vestiti di blu reale. Si tenevano per mano come Hansel e Gretel nella foresta.

— Questo è un posto per i vivi — disse Jace. Le sue mani erano fresche contro le sue e Clary era consapevole del loro tocco come non era mai stata con Simon.

Strinse gli occhi e chiese a Jace: — Cosa vuoi dire?

Lui le si avvicinò. Clary sentì le sue labbra contro le proprie orecchie. Non erano affatto fredde. — Svegliati, Clary — le sussurrò. — Svegliati. Svegliati.

Clary balzò a sedere sul letto ansimando, i capelli incollati al collo dal sudore freddo. I suoi polsi erano stretti in una presa salda: cercò di liberarsi prima ancora di rendersi conto di chi la stesse tenendo. — Jace?

— Sì. — Il ragazzo era seduto sul bordo del letto – come era finita in quel letto? – con un'aria arruffata e semiaddormentata.

— Lasciami.

— Scusa. — Le sue dita scivolarono via dai polsi di lei. — Hai cercato di colpirmi quando ti ho chiamata.

— Mi sa che sono un po' nervosa... — Clary si guardò attorno. Era in una piccola camera da letto con mobili di legno scuro. Dalla qualità della luce fioca che entrava dalla finestra semichiusa immaginò che fosse l'alba, o poco dopo. La sua borsa di stoffa era a terra vicino a una parete. — Come sono arrivata qui? Non ricordo...

— Ti ho trovata addormentata sul pavimento del corridoio. — Jace sembrava divertito. — Hodge mi ha aiutato a metterti a letto. Abbiamo pensato che saresti stata più comoda in una stanza degli ospiti che in infermeria.

— Cavoli. Non mi ricordo niente. — Si passò le mani tra i capelli, levandosi dei ciuffi rossi dagli occhi. — Ma che ore sono?

— Più o meno le cinque.

— Del mattino? — chiese con un'occhiataccia. — Spero che tu abbia una buona ragione per avermi svegliata.

— Perché, stavi facendo un bel sogno?

Clary sentiva ancora la musica nelle orecchie, sentiva ancora gli orecchini pesanti contro le guance. — Non ricordo.

Jace si alzò. — Uno dei Fratelli Silenti è qui per vederti. Hodge mi ha mandato a svegliarti. In realtà si era offerto di farlo di persona, ma visto che sono le cinque ho pensato che sarebbe stato un risveglio migliore se tu avessi avuto qualcosa di bello da guardare.

— Ovvero te?

— E chi se no?

— Non ho mai detto che ero d'accordo — scattò lei. — Con questa faccenda dei Fratelli Silenti, voglio dire.

— Vuoi trovare tua madre o no?

Lei lo fissò.

— Devi solo incontrare Fratello Geremia. Tutto qui. Potrebbe anche piacerti. Ha un grande senso dell'umorismo, per essere uno che non dice mai niente.

Clary si prese la testa tra le mani. — Esci. Mi devo cambiare.

— Se proprio insisti... — Si avviò lentamente verso la porta. — Ti aspetto in corridoio.

Clary saltò fuori dal letto non appena la porta si chiuse alle spalle di Jace. Nonostante fosse l'alba, il caldo umido stava già iniziando ad addensarsi nella stanza. Chiuse la finestra e andò in bagno a lavarsi la faccia e sciacquarsi la bocca, che sapeva di carta vecchia.

Cinque minuti dopo stava infilando i piedi nelle sue scarpe da ginnastica verdi. Poi si mise un paio di jeans tagliati e una T-shirt nera. Se solo le sue gambe sottili e lentigginose fossero state un po' più simili a quelle flessuose di Isabelle... Ma non poteva farci nulla. Si raccolse i capelli a coda di cavallo e raggiunse Jace in corridoio.

Church era con lui e continuava a miagolare e a girare in tondo.

— Cos'ha il gatto? — chiese Clary.

— I Fratelli Silenti lo rendono nervoso.

— A quanto pare rendono nervosi tutti.

Jace sorrise. Church miagolò, quando si avviarono lungo il corridoio, ma non li seguì. Almeno le spesse pareti di pietra della cattedrale avevano trattenuto un po' del freddo notturno: i corridoi erano bui e freschi.

Quando arrivarono in biblioteca, la porta era chiusa. Jace bussò una volta. Ci fu un momento di silenzio, prima che Clary sentisse la voce di Hodge: — Avanti.

Le lampade della biblioteca erano spente. La stanza era illuminata solo dal bagliore lattiginoso che filtrava attraverso le finestre del soffitto a volta. Hodge era seduto dietro la sua enorme scrivania, coi capelli sale e pepe resi argentei dalla luce dell'alba. Per un istante Clary pensò che ci fosse solo lui nella stanza, che Jace le avesse fatto uno scherzo. Poi vide una figura uscire dal buio e si rese conto che quella che aveva creduto un'ombra più scura delle altre era un uomo. Un uomo alto con un mantello pesante che lo copriva completamente dal collo ai piedi. Il cappuccio del mantello era alzato a nascondergli il volto. Il mantello aveva il colore della pergamena e i complessi disegni lungo l'orlo e le maniche sembravano tracciati con sangue secco. I peli delle braccia e della nuca di Clary si rizzarono in modo quasi doloroso.

— Questo — disse Hodge — è Fratello Geremia della Città Silente.

L'uomo si avvicinò. Il mantello pesante si muoveva con lui e Clary capì cosa c'era di strano in quel personaggio: mentre camminava non produceva alcun suono, nemmeno un lievissimo scalpiccio. Anche il suo mantello, che avrebbe dovuto frusciare, era silenzioso. Si chiese se non fosse un fantasma... Ma no, pensò, mentre l'uomo si fermava di fronte a loro. C'era uno strano odore dolciastro attorno a lui, come di incenso e sangue, l'odore di qualcosa di vivo.

— E questa, Geremia — continuò Hodge alzandosi in piedi — è la ragazza di cui ti ho scritto, Clarissa Fray.

Il volto incappucciato si girò lentamente verso di lei. Clary sentì freddo alla punta delle dita. — *Ciao.*

— Avevi ragione tu, Jace — disse Hodge. — Ieri sera ho mandato una lettera al Conclave sulla Coppa, ma i ricordi di Clary sono soltanto suoi. Solo lei può decidere cosa fare di ciò che c'è dentro la sua testa.

Clary non disse nulla. Dorothea aveva detto che nella sua mente c'era un blocco che nascondeva qualcosa. Ovviamente lei voleva sapere di cosa si trattava. Ma la figura spettrale del Fratello Silente era così... be'... così *silente*. Il silenzio sembrava fluire da lui, simile a una corrente scura e densa come inchiostro. Le gelava le ossa.

Il volto di Fratello Geremia era ancora girato verso di lei, ma sotto il cappuccio non si vedeva altro che oscurità. — *È la figlia di Jocelyn*?

Clary ebbe un sussulto e fece un passo indietro. Quelle parole erano echeggiate dentro la sua testa, come se le avesse pensate lei... solo che non era così.

— Sì — disse Hodge. — Ma suo padre era un mondano.

— *Non ha importanza* — disse Geremia. — *Il sangue del Conclave è dominante.*

— Perché hai chiamato mia madre per nome? — chiese Clary cercando invano qualche segno di un volto sotto quel cappuccio. — La conoscevi?

— I Fratelli tengono traccia di tutti i membri del Conclave — spiegò Hodge — con grande zelo...

— Non così tanto — disse Jace — visto che non sapevano neppure se fosse ancora viva.

— *È probabile che per scomparire sia stata aiutata da uno stregone. Di solito per gli Shadowhunters non è così facile sfuggire al Conclave.* — Non c'era alcuna emozione nella voce di Geremia, non sembrava approvare né disapprovare le azioni di Jocelyn.

— C'è una cosa che non capisco — disse Clary. — Perché Valentine pensa che mia mamma abbia la Coppa Mortale? Se si è data tanto da fare per scomparire, come dite voi, perché se la sarebbe portata dietro?

— Per impedire che se ne impadronisse lui — disse Hodge. — Lei sa più di chiunque altro cosa succederebbe se Valentine mettesse le mani sulla Coppa. Credo che non si sia fidata di lasciarla al Conclave. Non dopo che Valentine gliel'aveva già sottratta una volta.

— Sarà... — Clary era decisamente perplessa. Tutta quella faccenda le sembrava improbabile. Provò a immaginare sua madre che fuggiva nelle tenebre con una grande coppa d'oro nascosta sotto la salopette, e non ci riuscì.

— Jocelyn ha abbandonato il marito prima della fine — disse Hodge. — Ed è probabile che abbia fatto in modo di evitare che la Coppa finisse nelle sue mani. Anche il Conclave avrebbe pensato che ce l'avesse lei, se avesse saputo che era ancora viva.

— Mi sembra — disse Clary con un tono pungente — che tutti quelli che il Conclave pensa siano morti non lo siano mai per davvero. Forse dovreste assumere un bravo medico legale.

— Mio padre è morto — disse Jace con lo stesso tono. — E non ho bisogno che me lo dica un medico legale.

Clary si voltò verso di lui, esasperata. — Scusami, non intendevo...

— *Basta così* — la interruppe Fratello Geremia. — *C'è una verità da apprendere, ora, se avrai la pazienza di ascoltarla.*

Con un gesto veloce sollevò le mani e si scostò il cappuccio dal volto. Clary si scordò immediatamente di Jace e dovette lottare contro l'impulso di urlare. La testa dell'archivista era calva, liscia e bianca come un uovo, con due cavità buie dove un tempo c'erano gli occhi. Le sue labbra erano attraversate da un intreccio di linee scure che assomigliavano a punti di sutura. Ora Clary comprese cosa intendeva Alec quando aveva parlato di mutilazioni.

— *I Fratelli della Città Silente non mentono* — disse Geremia. — *Se vuoi la verità da me, la avrai, ma ti chiederò di fare lo stesso con me.*

Clary sollevò il mento. — Nemmeno io sono una bugiarda.

— *La mente non può mentire.* — Geremia le si avvicinò. — *E io voglio i tuoi ricordi.*

L'odore di sangue e inchiostro era soffocante. Clary sentì un'ondata di panico. — Aspetta…

— Clary. — Era Hodge. Il suo tono di voce era molto gentile. — È molto probabile che ci siano dei ricordi che hai sepolto o represso, ricordi risalenti a quando eri troppo giovane per averne memoria in modo consapevole. Ma Fratello Geremia li può raggiungere. Potrebbero esserci di grande aiuto.

Lei non disse nulla e si mordicchiò l'interno del labbro. Detestava l'idea che qualcuno le potesse frugare nella testa e toccare ricordi tanto privati e nascosti che neppure lei li conosceva.

— Clary non deve fare niente che non voglia fare — disse all'improvviso Jace. — Vero?

Clary intervenne prima che Hodge potesse replicare. — Va bene. Lo farò.

Fratello Geremia annuì e le si avvicinò in modo così silenzioso che le diede i brividi. — Farà male? — sussurrò la ragazza.

Lui non rispose, ma le sue mani bianche affusolate si sollevarono a toccarle il volto. La pelle delle dita era sottile come pergamena e coperta di rune. Clary poteva percepire il loro potere, che vibrava come elettricità statica a pungerle la pelle. Chiuse gli occhi, non prima di aver colto un'espressione ansiosa sul volto di Hodge.

Un vortice di colori si scatenò dietro le sue palpebre chiuse. Sentì una specie di pressione, come se qualcosa le tirasse la testa, le mani e i piedi. Strinse i pugni e cercò di opporsi a quel peso, a quell'oscurità. Si sentiva come se venisse spinta contro qualcosa di duro e inamovibile, come se venisse schiacciata molto lentamente. Ebbe un sussulto, e all'improvviso sentì freddo, come in una giornata d'inverno. In un lampo vide una strada gelata, edifici grigi che incombevano su di lei, un'esplosione di bianco che le pungeva gelidamente il volto…

— Basta così. — La voce di Jace lacerò la coltre di gelo invernale e la neve scomparve in una spruzzata di scintille bianche. Clary spalancò gli occhi.

Lentamente la biblioteca tornò a fuoco: le pareti costellate di libri, la luce fioca che filtrava dall'esterno, i volti ansiosi di Hodge e Jace. Fratello Geremia era immobile come un idolo scolpito nell'avorio e decorato con inchiostro rosso. Clary sentì all'improvviso un dolore acuto alle mani, abbassò lo sguardo e vide che aveva delle lineette rosse nella pelle dei palmi, dove aveva affondato le unghie.

— Jace — disse Hodge con riprovazione.

— Guarda le sue mani. — Jace indicò Clary, che chiuse le dita per coprire i palmi feriti.

Hodge le appoggiò una mano sulla spalla. — Tutto bene?

La ragazza annuì lentamente. Quel peso terribile era scomparso, ma sentiva ancora il sudore che le inzuppava i capelli e scendeva sotto la camicia, lungo la schiena.

— *C'è un blocco nella tua mente* — disse Fratello Geremia. — *I tuoi ricordi non possono essere raggiunti.*

— Un blocco? — gli fece eco Jace. — Vuoi dire che ha represso i suoi ricordi?

— *No. Voglio dire che sono stati bloccati con un incantesimo. Io non posso entrare. Dovrà venire alla Città di Ossa e comparire di fronte alla Fratellanza.*

— Un incantesimo? — disse Clary incredula. — E chi mi avrebbe fatto un incantesimo?

Nessuno le rispose. Jace guardò il suo tutore. Era sorprendentemente pallido, pensò Clary, considerando che era stata un'idea sua. — Hodge, Clary non è costretta ad andare se...

— Va bene. — Clary prese un respiro profondo. Le facevano male i palmi e aveva una gran voglia di stendersi al buio a riposare. — Ci andrò. Voglio sapere la verità. Voglio sapere cos'ho nella testa.

Jace annuì brevemente. — Allora verrò con te.

Lasciare l'Istituto fu come entrare in una sacca di stoffa calda e bagnata. L'umidità opprimeva la città trasformando l'aria in una zuppa tetra.

— Non capisco perché non partiamo insieme a Fratello Geremia — borbottò Clary. Erano fermi all'angolo fuori dall'Istituto. Le strade erano deserte, tranne un camion dell'immondizia che caracollava giù per l'isolato. — Cos'è, si vergogna di farsi vedere in giro con degli Shadowhunters?

— I Fratelli *sono* Shadowhunters — precisò Jace. In qualche modo riusciva a conservare la sua aria da figo anche con quel caldo, il che fece venire a Clary la voglia di tirargli un pugno.

— Immagino sia andato a prendere la sua auto, vero? — chiese sarcastica.

Jace sorrise. — Qualcosa del genere.

Clary scosse il capo. — Sai, mi sentirei molto meglio se Hodge fosse con noi.

— Non ti basto io come guardia del corpo?

— Non è di una guardia del corpo che ho bisogno adesso, ma di qualcuno che mi aiuti a pensare. — Si portò una mano alla bocca come se si fosse ricordata qualcosa all'improvviso. — Oh... Simon!

— No, sono Jace. — Il ragazzo finse di spazientirsi. — Simon è quello sfigato con la faccia da furetto, i capelli orrendi e un gusto per l'abbigliamento davvero imbarazzante.

— Piantala — rispose Clary, ma era stata una reazione automatica più che sentita. — Volevo chiamarlo, prima di andare a dormire, per vedere se era arrivato a casa sano e salvo.

Jace alzò gli occhi al cielo come se potesse aprirsi e svelargli i segreti dell'universo. — Con tutto quel che sta succedendo tu ti preoccupi di Faccia da Furetto?

— Non chiamarlo così. Non assomiglia a un furetto.

— Forse hai ragione — disse Jace. — Mi è capitato di vedere dei furetti che non erano male. Lui sembra più un topo.

— Non...

— Probabilmente è a casa sdraiato in una pozzanghera di bava. Aspetta solo che Isabelle si stanchi di lui, e allora tu dovrai raccogliere i suoi pezzi con il cucchiaino.

— Ed è probabile che succeda? — chiese Clary.

Jace ci pensò sopra un momento. — Sì — disse.

Clary si chiese se Isabelle non fosse più sensibile di quanto credesse Jace. Forse avrebbe capito che tipo fantastico era Simon, quanto era divertente, intelligente, affettuoso. Forse avrebbero iniziato a uscire insieme. L'idea la riempì di un imprecisato orrore.

Persa nei suoi pensieri, ci mise un po' a rendersi conto che Jace le stava dicendo qualcosa. Quando lo guardò, vide un sorriso sarcastico dipinto sul suo volto. — Cosa c'è? — gli chiese sgarbata.

— Vorrei che la smettessi di cercare disperatamente di attirare la mia attenzione in questo modo — disse lui. — Sta diventando imbarazzante.

— Il sarcasmo è l'ultimo rifugio di chi ha finito tutte le altre idee — rispose lei.

— Non posso farci niente. Uso il sarcasmo per nascondere il mio dolore interiore.

— Il tuo dolore tra poco diventerà esteriore se non sali sul marciapiede. Stai cercando di farti investire da un taxi?

— Non essere ridicola — disse lui. — Lo sanno tutti che è impossibile trovare un taxi a quest'ora nell'Upper East Side.

Come in risposta a quella frase, un'auto nera, coi vetri oscurati, si avvicinò al marciapiede e si fermò davanti a Jace col motore che faceva le fusa. Era lunga, stretta e bassa come una limousine, e i finestrini erano curvati verso l'esterno in modo curioso.

Jace rivolse a Clary un'occhiata di traverso: nel suo sguardo c'era divertimento, ma anche una certa urgenza. Clary si voltò di nuovo verso l'auto e lasciò che il suo sguardo si rilassasse, affinché la forza di ciò che era reale trapassasse il velo dell'incantesimo.

Ora l'auto sembrava la carrozza di Cenerentola, ma anziché essere dorata, rosa e blu come un uovo di Pasqua, era nera come velluto, i finestrini schermati. Le ruote erano nere, gli interni in pelle nera. Sul sedile di metallo nero del conducente era seduto Fratello Geremia, che stringeva delle briglie nelle mani inguantate. Il suo volto era nascosto dal cappuccio del mantello. All'estremità opposta delle briglie c'erano due cavalli neri come il petrolio che sbuffavano e scalpitavano.

— Entra — disse Jace. Dato che Clary se ne stava immobile a bocca aperta, le prese un braccio e la sospinse delicatamente attraverso la portiera aperta, salendo dietro di lei. La carrozza iniziò a muoversi prima che Jace avesse chiuso lo sportello dietro di sé. Poi ricadde sul sedile morbido e lucido e guardò Clary. — Una carrozza personale per la Città di Ossa non è una cosa da snobbare.

— Non la stavo snobbando. Ero solo sorpresa. Non mi aspettavo... Voglio dire... Pensavo fosse un'auto.

— Rilassati — disse Jace — e goditi questo profumo di carrozza nuova.

Clary levò gli occhi al cielo e si voltò per guardare fuori dal finestrino. Si aspettava che una carrozza trainata da cavalli non se la potesse cavare tanto bene nel traffico di Manhattan, invece stava procedendo tranquillamente verso Downtown, silenziosa in mezzo al ringhiare di taxi, autobus e SUV che soffocava il viale. Di fronte a loro, un taxi cambiò corsia, tagliando la strada alla carrozza e bloccandole il passo. Clary si irrigidì, preoccupata per i cavalli... ma poi la carrozza fece un balzo e loro saltarono leggerissimi sopra il taxi. Clary soffocò un sussulto. La carrozza, anziché restare a terra, seguì i cavalli, veleggiando lieve e silenziosa sopra il tettuccio del taxi per ridiscendere dall'altro lato. Clary si guardò alle spalle mentre toccavano di nuovo terra: il tassista stava fumando, guardava dritto davanti a sé, ed evidentemente non aveva notato nulla di strano. — Ho sempre pensato che i tassisti non prestassero molta attenzione al traffico, ma questo è grottesco — farfugliò.

— Solo perché adesso puoi vedere al di là degli incantesimi... — Jace lasciò che la fine della frase restasse sospesa nell'aria.

— Riesco a farlo solo quando mi concentro — disse lei. — Ma mi fa un po' male la testa.

— Scommetto che è per il tuo blocco mentale. Se ne occuperanno i Fratelli.

— E poi?

— E poi tutto apparirà com'è: infinito — disse Jace con un sorriso amaro.

— Questa l'hai copiata da William Blake.

Il sorriso di Jace si addolcì un po'. — Non pensavo che l'avresti riconosciuta. Non hai l'aria di una che legge molta poesia.

— «Se le porte della percezione fossero ripulite, tutto apparirebbe all'uomo come realmente è: infinito» — recitò Clary. — Questi versi li conoscono tutti, grazie ai Doors.

Jace le rivolse uno sguardo inespressivo.

— I Doors. Erano un gruppo rock — spiegò Clary.

— Se lo dici tu.

— Immagino tu non abbia molto tempo per ascoltare musica — disse Clary pensando a Simon, per cui la musica era tutta la vita. — Con il tuo lavoro e il resto...

Lui alzò le spalle. — Soltanto qualche lamento di dannati di tanto in tanto.

Clary si girò di scatto a guardarlo per capire se scherzasse, ma l'espressione di Jace era impenetrabile. — Ieri però all'Istituto stavi suonando il piano...

La carrozza fece un altro salto. Clary si afferrò al bordo del sedile e guardò fuori: stavano passando sopra a un autobus. Da quel punto vedeva i piani superiori dei vecchi palazzi che costeggiavano il viale, decorati con elaborati doccioni e bassorilievi.

— Stavo solo strimpellando — disse Jace senza guardarla. — Mio padre ha voluto che imparassi a suonare uno strumento.

— Doveva essere uno severo, tuo padre.

Il tono di Jace si fece secco. — Per niente. Mi viziava. Mi ha insegnato di tutto: uso delle armi, demonologia, scienze arcane, lingue antiche. Mi dava tutto quello che volevo. Cavalli, armi, libri, anche un falco da caccia.

Ma le armi e i libri non sono esattamente quello che la maggior parte dei bambini vuole per Natale, pensò Clary mentre la carrozza toccava di nuovo l'asfalto. — Perché non hai detto a Hodge che conoscevi gli uomini che erano con Luke? — gli chiese. — E che erano gli assassini di tuo padre?

Jace si guardò le mani. Erano affusolate e agili, le mani di un artista, non di un guerriero. L'anello che lei aveva già notato in precedenza lampeggiò al suo dito. Aveva sempre pensato che ci fosse qualcosa di femminile in un ragazzo che porta un anello, ma non era così. Quello era massiccio e dall'aspetto pesante, di un argento scuro, come brunito, con delle stelle incise tutt'attorno a una lettera, la W. — Perché se lo avessi fatto — rispose Jace — ora saprebbe che voglio uccidere Valentine. E non mi permetterebbe mai di provarci.

— Vuoi dire che vuoi ucciderlo per vendicarti?

— Per fare giustizia — la corresse Jace. — Non ho mai saputo chi avesse ucciso mio padre. Ora lo so. È la mia occasione di pareggiare i conti.

Clary non capiva come uccidere una persona potesse pareggiare la morte di un'altra, ma sentì che dirlo non sarebbe servito a nulla. — Però tu sapevi chi l'ha ucciso — disse invece. — Sono stati quegli uomini. Hai detto che...

Jace non la stava guardando, così Clary lasciò che la sua voce sfumasse. Stavano attraversando Astor Place, evitando per un soffio un tram viola della New York University. I pedoni di passaggio sembravano schiacciati al suolo dall'umidità come insetti infilzati in una bacheca. Gruppi di senzatetto se ne stavano attorno al basamento di una grande statua di ottone, reggendo i cartelli di cartone con le loro richieste di elemosina. Clary vide una ragazza all'incirca della sua età con la testa completamente rasata, appoggiata a un ragazzo dalla pelle scura, i capelli da rasta e la faccia adorna di decine di piercing. Il ragazzo si voltò al passaggio della carrozza, come se potesse vederla, e Clary colse un luccichio nel suo sguardo. Uno dei suoi occhi era spento, come se non avesse la pupilla.

— Avevo dieci anni — disse Jace. Clary si voltò a guardarlo. Era privo di espressione. Quando parlava di suo padre sembrava che il colore gli fuggisse via dal volto. — Vivevamo in una tenuta in campagna. Mio padre diceva sempre che era più sicuro starsene lontani dalla gente. Li sentii arrivare nel vialetto e andai a dirglielo. Lui mi disse di nascondermi e io mi nascosi. Sotto le scale. Vidi quegli uomini entrare. Con loro c'erano altri. Non uomini. Guerrieri Dimenticati. Sconfissero mio padre e gli tagliarono la gola. Il sangue schizzò sul muro alle sue spalle. Disegnò una specie di ventaglio. Ricordo che pensai proprio così.

Clary ci mise un istante a capire che aveva finito di parlare, e un altro istante a trovare la voce. — Mi dispiace, Jace.

Gli occhi del ragazzo brillavano nel buio. — Non capisco perché i mondani si scusino sempre per cose delle quali non hanno colpa.

— Non mi sto scusando. È solo un modo per... per esserti vicina. Per dire che mi dispiace che tu sia infelice.

— Non sono infelice — disse lui. — Solo le persone che non hanno uno scopo sono infelici. Io ce l'ho.

— Vuoi dire uccidere demoni o vendicare la morte di tuo padre? — chiese Clary.

— Entrambe le cose.

— Pensi che tuo padre vorrebbe davvero che tu uccidessi quei due? Per vendetta? Sono esseri umani, non demoni.

— Uno Shadowhunter che uccide uno dei suoi fratelli è peggio di un demone e deve essere abbattuto come si fa coi demoni — disse Jace. Sembrava stesse citando un manuale a memoria.

— Ma i demoni sono tutti cattivi? — chiese lei. — Voglio dire, se non tutti i vampiri sono cattivi, e nemmeno tutti i lupi mannari, forse...

Jace si voltò verso di lei con un'espressione esasperata. — Non è affatto la stessa cosa. I vampiri, i lupi mannari e gli stregoni sono in parte umani. Sono di questo mondo, ci sono nati. Vi appartengono. I demoni invece arrivano da altri mondi. Sono parassiti interdimensionali. Arrivano in un mondo e lo consumano. Non sanno costruire, solo distruggere... Non sanno creare, solo usare. Prosciugano un posto fino a ridurlo in cenere, e quando è morto passano a quello successivo. È la vita, quello che vogliono... non solo la tua o la mia, ma tutta la vita di questo mondo, i suoi fiumi, le sue città, i suoi oceani, tutto. E l'unica cosa che si frappone tra loro e la distruzione di tutto questo... — indicò il finestrino della carrozza, muovendo la mano come a indicare tutto ciò che la città conteneva, dai grattacieli del centro agli ingorghi stradali in Houston Street — ... sono i Nephilim.

— Oh — disse Clary. Non sembrava esserci molto altro da aggiungere. — Quanti mondi esistono?

— Non lo sa nessuno. Centinaia? Milioni, forse.

— E sono tutti... mondi morti? Consumati? — Clary sentì una stretta allo stomaco, anche se forse era solamente l'effetto del salto che la carrozza stava compiendo sopra una Mini viola. — È così triste...

— Non ho detto questo. — La luce arancione scuro della foschia cittadina entrava dal finestrino, mettendo in evidenza il suo profilo affilato. — Probabilmente ci sono altri mondi vivi come il nostro, però solo i demoni possono viaggiare tra i mondi, forse perché sono in parte incorporei, anche se nessuno sa esattamente come. Molti stregoni ci hanno provato, ma non ha mai funzionato. Niente che appartenga alla Terra può superare le barriere tra i mondi. Se potessimo farlo — aggiunse — potremmo tentare di bloccare l'arrivo dei demoni, invece nessuno c'è mai riuscito. In effetti ora arrivano sempre più demoni. In passato c'erano solamente piccole invasioni e contenerle non era difficile. Ma all'incirca da quando sono nato io, i demoni che oltrepassano i confini della Terra sono sempre più numerosi. Il Conclave deve continuare a mandare Shadowhunters ovunque, e spesso non ritornano.

— Ma se aveste la Coppa Mortale potreste crearne degli altri, giusto? Altri cacciatori di demoni? — chiese incerta Clary.

— Certo — disse Jace. — Però ormai sono diversi anni che non l'abbiamo più, e molti di noi muoiono giovani. Così i nostri ranghi continuano ad assottigliarsi.

— Ma voi non... ehm... — Clary cercò la parola giusta. — ... non vi riproducete?

Jace scoppiò a ridere, proprio mentre la carrozza svoltava bruscamente a sinistra. Il ragazzo riuscì ad afferrarsi al sedile, ma Clary fu sbalzata contro di lui. Jace la afferrò. Le sue mani la tenevano con delicatezza e decisione al tempo stesso. Prima di ritrarsi, lei sentì la pressione fredda del suo anello come una scheggia di ghiaccio sulla pelle sudata. — Certo — disse Jace. — Ci piace un sacco riprodurci. È una delle nostre attività preferite.

Clary si allontanò da lui con il volto in fiamme. — Sono contenta per voi — borbottò, voltandosi a guardare fuori dal finestrino. Stavano passando sotto un massiccio ponte di ferro battuto.

— Eccoci — annunciò Jace, mentre il fruscio regolare delle ruote sull'asfalto cedeva il passo ai sobbalzi dell'acciottolato. Clary intravide delle parole scritte sull'arco sotto il quale stavano passando: CIMITERO MONUMENTALE DI NEW YORK.

— Ehi, non ci sono cimiteri, a New York — osservò. Stavano percorrendo un vicolo stretto fra due alte pareti di pietra. — Hanno smesso di seppellire la gente qui un secolo fa perché non c'era più spazio.

— La Città di Ossa si trova qui da molto più tempo. — La carrozza si fermò all'improvviso. Clary fece un salto, quando Jace allungò una mano, ma vide che si stava solo sporgendo per aprire lo sportello dal suo lato. Il braccio di Jace era muscoloso e coperto da peli dorati leggeri come polline.

— Non si può scegliere, vero? — gli chiese all'improvviso. — Se essere uno Shadowhunter, intendo. Non si può rifiutare?

— No — disse lui. Lo sportello si aprì, lasciando entrare una folata d'aria afosa. La carrozza si era fermata su un grande prato quadrato, circondato da pareti di marmo coperte di muschio. — Comunque, se potessi scegliere, sceglierei questo.

— Perché? — domandò Clary.

Lui inarcò un sopracciglio, il che rese particolarmente invidiosa la ragazza. Aveva sempre desiderato di saperlo fare. — Perché — disse Jace — è la cosa che mi riesce meglio.

Saltò giù dalla carrozza. Clary si spostò sul bordo del sedile e fece ciondolare fuori le gambe. Era un bel salto, fino all'acciottolato. Saltò. L'impatto le fece un po' male ai piedi, ma non cadde. Si voltò trionfante e vide che Jace la guardava. — Ti avrei aiutata io a scendere — le disse.

Lei socchiuse gli occhi. — Non c'è problema. Non era necessario.

Lui si guardò alle spalle. Fratello Geremia stava scendendo dal sedile del conducente in un vortice silenzioso di stoffa cupa. Non proiettava alcuna ombra sull'erba cotta dal sole. Jace abbassò la mano mentre l'archivista si avvicinava.

— *Venite* — disse Fratello Geremia. Si allontanò come scivolando dalla carrozza e dalle luci confortanti della 2nd Avenue alle sue spalle, per dirigersi verso il centro oscuro del giardino. Era evidente che si aspettava che lo seguissero.

L'erba era secca e scricchiolava sotto i loro piedi, i muri di marmo lisci e perlacei al chiaro di luna. C'erano delle date e dei nomi incisi nella pietra: PHELPS, ELLSWORTH, HALL. Clary impiegò un istante a capire che erano lapidi. Un brivido le corse lungo la schiena. Dov'erano i corpi? Dentro le pareti, sepolti in piedi, come se fossero stati murati vivi?

Dimenticò di guardare dove stava mettendo i piedi. Quando andò a sbattere contro qualcosa di inequivocabilmente vivo, lanciò un urlo.

Era Jace. — Non strillare a quel modo. Sveglierai i morti.

Lei gli fece una smorfia. — Perché ci siamo fermati?

Jace indicò Fratello Geremia, che si era bloccato davanti a una statua appena più alta di lui, la base coperta di muschio. Era un angelo. Il marmo era così liscio da sembrare trasparente. Il volto dell'angelo era insieme feroce, bellissimo e triste. Nelle sue lunghe mani bianche, stringeva una coppa con il bordo tempestato di gioielli. Qualcosa, in quella statua, solleticava la memoria di Clary con inquietante familiarità. C'era una data incisa sul basamento, 1234, e attorno le parole: NEPHILIM: FACILIS DESCENSUS AVERNI. — Quella sarebbe la Coppa Mortale? — chiese Clary.

Jace annuì. — E quello è il motto dei Nephilim... degli Shadowhunters.

— Cosa vuol dire?

Il sorriso di Jace fu un lampo bianco nell'oscurità. — Significa "Shadowhunters: strafighi in nero dal 1234".

— Jace...

— *Significa* — disse Geremia — *"La discesa all'Inferno è facile"*.

— Carino — disse Clary. La sua pelle fu percorsa da un brivido, nonostante il caldo.

— È uno scherzetto dei Fratelli, quella scritta — aggiunse Jace. — Vedrai.

Clary guardò Fratello Geremia. Aveva estratto uno stilo lievemente luminoso da una tasca interna della tunica, e con la punta disegnò una runa sulla base della statua. La bocca dell'angelo di pietra si spalancò all'improvviso in un urlo silenzioso e questa volta Clary emise un grido soffocato di raccapriccio. Fece un passo indietro, mentre una nera cavità si apriva nella terra erbosa ai piedi di Geremia. Sembrava una tomba scoperchiata.

Clary si avvicinò lentamente al bordo e sbirciò dentro. Alcuni gradini di granito scendevano nella fossa, i bordi consunti dagli anni. A intervalli regolari c'erano delle torce che mandavano luci color verde e blu ghiaccio. Il fondo delle scale si perdeva nell'oscurità.

Jace iniziò a scendere con la tranquillità di chi trova una situazione familiare, anche se non del tutto gradevole. Non aveva ancora raggiunto la prima torcia quando si voltò e sollevò lo sguardo su Clary. — Vieni — disse impaziente.

La ragazza aveva appena messo piede sul primo gradino quando si sentì stringere il braccio in una morsa gelida. Alzò lo sguardo sbalordita. Fratello Geremia la teneva per un polso, le sue dita bianche e fredde che le affondavano nella pelle. Clary vide il bagliore ossuto del suo volto devastato oltre l'orlo del cappuccio.

— *Non temere* — disse la voce di Geremia dentro la testa della ragazza. — *Ci vuol molto più di un urlo umano per svegliare questi morti.*

Quando le lasciò il braccio, Clary si affrettò giù per i gradini all'inseguimento di Jace, col cuore che le martellava nel petto. Lui la stava aspettando ai piedi delle scale. Aveva preso una delle torce dal suo anello e la teneva all'altezza degli occhi. Quel fuoco dava una sfumatura verde alla sua pelle e offuscava il colore dei suoi occhi. — Tutto bene?

Clary annuì. Non osava parlare. Le scale terminavano in una sorta di pianerottolo: davanti a loro si allungava un tunnel, lungo e nero, venato dalle radici ricurve degli alberi. Una fioca luce bluastra era visibile in fondo. — È così... buio — disse Clary con un filo di voce.

— Vuoi che ti tenga la mano?

Clary si portò entrambe le mani dietro la schiena, come una bambina. — Piantala di guardarmi dall'alto in basso.

— Be', sarebbe difficile fare il contrario. Sei un tale tappo... — Jace guardò al di là di Clary. Dalla torcia piovevano scintille a ogni suo movimento. — Non c'è bisogno di fare cerimonie, Fratello Geremia — disse. — Vai avanti tu. Noi ti seguiamo.

Clary fece un salto e si guardò alle spalle: non era ancora abituata ai movimenti felpati dell'archivista. Fratello Geremia si spostò senza produrre alcun suono dal punto in cui si era fermato, dietro di lei, e si incamminò lungo il tunnel. Dopo un istante Clary lo seguì, spostando con uno schiaffo la mano tesa di Jace.

La prima visione che Clary ebbe della Città Silente fu quella di file e file di alti archi di marmo che si perdevano in lontananza come i filari ordinati di un frutteto spogliato dal freddo invernale. Il marmo, duro e lucido, era di un colore avorio cinereo, e a tratti vi erano incastonate sottili strisce di onice, diaspro e giada. Mentre si allontanavano dal tunnel per addentrarsi in quella foresta d'archi, Clary notò che il pavimento era coperto dalle stesse rune che decoravano la pelle di Jace, con linee, vortici e spirali.

Quando passarono sotto il primo arco, la ragazza vide qualcosa di grosso e bianco che incombeva sulla sinistra, come un iceberg a prua del *Titanic*. Era un blocco di pietra bianca, liscio e squadrato, con una specie di porta incassata nella parete frontale. Le ricordava una casetta da gioco per i bambini, alta poco meno di lei.

— È un mausoleo — disse Jace illuminandolo con la torcia. Clary notò che sulla porta, chiusa da chiavistelli di ferro, era incisa una runa. — Una tomba. Noi seppelliamo qui i nostri morti.

— Tutti i vostri morti? — chiese lei, che avrebbe voluto domandargli se anche suo padre fosse sepolto lì. Ma Jace si era già allontanato. Clary lo rincorse: non voleva restare sola con Fratello Geremia in quel posto spaventoso. — Credevo avessi detto che era una biblioteca.

— *Vi sono molti livelli nella Città Silente* — intervenne Geremia alle sue spalle. — *E non tutti i morti vengono sepolti qui. Abbiamo un altro ossario a Idris, naturalmente, molto più grande di questo. Ma su questo livello ci sono i mausolei e i crematori.*

— I crematori?

— Chi muore in battaglia viene cremato e le sue ceneri vengono usate per costruire gli archi di marmo che vedi qui. Il sangue e le ossa degli Shadowhunters sono una potente difesa contro il male. Anche da morti, i membri del Conclave servono la causa.

Che condanna, pensò Clary, colpita da un'improvvisa tristezza. *Combattere tutta la vita e poi dover continuare a farlo anche da morti.* Con la coda dell'occhio vide i mausolei bianchi che sorgevano su due lati, in file ordinate, con le porte chiuse dall'esterno. Ora capiva perché la chiamavano Città Silente: i suoi unici abitanti erano i Fratelli Silenti e i morti ai quali i Fratelli facevano la guardia.

I tre raggiunsero un'altra scala che scendeva nel crepuscolo: Jace protese la torcia davanti a sé, disegnando delle ombre sulle pareti. — Ora scenderemo al secondo livello, dove si trovano gli Archivi e le Sale del Consiglio — disse come per rassicurarla.

— E dove vivono i Fratelli? — chiese Clary, un po' per educazione e un po' per curiosità. — Dove dormono?

— Dormire?

Quella parola fluttuò nell'aria in mezzo a loro. Jace rise piano e la fiamma della sua torcia tremò. — Dovevi proprio chiederlo, eh? — disse.

Ai piedi delle scale c'era un altro tunnel, che alla fine si allargava in un padiglione quadrato i cui angoli erano segnati da alte guglie di osso intagliato. Alcune torce bruciavano dentro anelli di onice lungo i lati del quadrato e l'aria odorava di cenere e fumo. Al centro del padiglione c'era un lungo tavolo di basalto nero venato di bianco. Al tavolo sedevano in fila alcuni Fratelli Silenti, tutti avvolti e incappucciati nella stessa stoffa color pergamena di Geremia.

Geremia non perse tempo. — *Siamo arrivati. Clarissa, presentati al Consiglio.*

Clary guardò Jace, che però stava sbattendo le palpebre, confuso. Evidentemente Fratello Geremia aveva parlato solo dentro la sua testa. Clary guardò il tavolo e la lunga fila di figure silenziose avvolte nei loro pesanti mantelli. Il pavimento del padiglione era composto da una scacchiera di riquadri color oro scuro e di un rosso ancora più fosco. Esattamente di fronte al tavolo c'era un quadrato più grande degli altri, in marmo nero, sul quale erano incise a sbalzo delle stelle d'argento.

Clary si mise al centro del quadrato nero come se si trovasse di fronte a un plotone d'esecuzione. Sollevò il capo. — Va bene — disse. — E adesso?

I Fratelli produssero un suono, un suono che fece sollevare i peli della nuca e delle braccia di Clary. Era una via di mezzo tra un sospiro e un grugnito. All'unisono, sollevarono le mani e abbassarono i cappucci, esponendo i volti devastati e le orbite vuote.

Anche se aveva già visto il volto scoperto di Fratello Geremia, lo stomaco di Clary si chiuse di colpo. Era come guardare una fila di scheletri che prendevano vita, come in una di quelle xilografie medievali in cui i morti camminano, parlano e danzano sopra cataste di corpi vivi. Le bocche cucite dei Fratelli sembravano sogghignare.

— *Il Consiglio ti dà il benvenuto, Clarissa Fray* — sentì, e quella dentro la sua testa non era una voce silenziosa, ma una dozzina di voci, alcune basse e roche, altre più levigate e monotone, ma tutte autoritarie e insistenti nel forzare le fragili barriere della sua mente.

— Fermatevi — disse Clary. E con suo grande stupore la sua voce risuonò ferma e forte. Il vociare nella sua testa si interruppe all'improvviso, come un disco che avesse smesso di girare. — Potete entrare nella mia testa — disse. — Ma solo quando sarò pronta.

— *Sei tu che hai chiesto il nostro aiuto. Non abbiamo chiesto noi il tuo.*

— Be', scommetto che però anche voi volete sapere cosa c'è nella mia mente — replicò Clary.

Il Fratello seduto al centro del tavolo si portò un dito bianco e affusolato sotto il mento. — *È un rompicapo interessante, in effetti* — ammise, e la voce nella testa di Clary suonò aspra e indifferente. — *Ma non ci sarà alcun bisogno di usare la forza, se non opporrai resistenza.*

Clary strinse i denti. Avrebbe voluto resistere, strapparsi via quelle voci invadenti dalla testa. Restare lì e permettere una simile violazione della sua essenza più intima e personale...

Ma era decisamente probabile che questo fosse già successo, si disse. Quello che ora la aspettava era semplicemente fare luce su un crimine del passato, il furto della sua memoria. Se avesse funzionato, ciò che le era stato sottratto sarebbe tornato al suo posto. Chiuse gli occhi.

— Procedete — disse.

Il primo contatto fu un sussurro nella sua testa, delicato come il movimento di una foglia che cade. — *Dichiara il tuo nome alla Fratellanza.*

— Clarissa Fray.

Alla prima voce se ne unirono altre. — *Chi sei?*

— Sono Clary. Mia madre è Jocelyn Fray. Vivo all'807 di Berkeley Place, a Brooklyn. Ho sedici anni. Il nome di mio padre era...

La sua mente parve scattare come un elastico e Clary iniziò a turbinare silenziosamente in un vortice di immagini proiettate all'interno delle sue palpebre chiuse. Sua madre camminava velocemente insieme a lei lungo una strada buia tra cumuli di neve sporca. Un cielo basso, grigio e plumbeo, file di alberi spogli e neri. Un rettangolo vuoto scavato nella terra. Una bara vi veniva calata. *Cenere alla cenere.* Jocelyn avvolta nella sua trapunta patchwork, lacrime che le rigavano le guance, chiuse velocemente una scatola e la infilò sotto il cuscino quando Clary entrò nella stanza. Clary vide le iniziali sulla scatola: J.C.

Le immagini accelerarono, come le pagine di uno di quei libri i cui disegni sembrano muoversi, quando li sfogli. Clary era in piedi, in cima a una rampa di scale, e guardava lungo uno stretto corridoio, e c'era di nuovo Luke, la borsa di stoffa verde ai suoi piedi. Jocelyn era di fronte a lui e scuoteva il capo: — Perché adesso, Lucian? Pensavo fossi morto... — Clary sbatté le palpebre. Luke sembrava diverso, quasi un estraneo, con la barba, i capelli lunghi e arruffati... E poi dei rami le bloccarono la vista, ed era di nuovo al parco, e fate verdi, piccole come stuzzicadenti, ronzavano attorno ai fiori rossi. Affascinata, allungò una mano per afferrarne una e sua madre la prese in braccio con un urlo di terrore. Poi era di nuovo inverno nella strada nera e stavano camminando in fretta, strette sotto l'ombrello, con Jocelyn che un po' spingeva e un po' tirava Clary, tra i cumuli di neve che incombevano su di loro. Una porta di granito uscì da tutto quel biancore. C'era una dicitura incisa sopra la porta. IL MAGNIFICO. Poi si ritrovò in un ingresso che odorava di ferro e neve mezza sciolta. Le sue dita erano intorpidite dal freddo. Una mano sotto il suo mento le fece sollevare lo sguardo. Vide una fila di parole scarabocchiate lungo la parete. Due parole le balzarono addosso, come incidendosi a fuoco nei suoi occhi: MAGNUS BANE.

Un dolore improvviso le trafisse il braccio destro. Urlò, mentre le immagini si allontanavano e lei cadeva in avanti, infrangendo la superficie della coscienza come un tuffatore che spezza un'onda. Qualcosa di freddo le premeva contro una guancia. Aprì gli occhi e vide delle stelle argentate. Sbatté un paio di volte le palpebre prima di rendersi conto di essere sul pavimento di marmo, le ginocchia strette al petto. Quando si mosse, un dolore bruciante le attraversò il braccio.

Si mise a sedere con grande cautela. Il gomito sinistro aveva un taglio che sanguinava. Doveva esserci atterrata sopra quando era caduta. C'era del sangue, sulla camicia. Si guardò attorno, disorientata, e vide Jace che la fissava, immobile e bianchissimo attorno alla bocca.

Magnus Bane. Quelle parole significano qualcosa, ma cosa? Prima che potesse dare voce a quella domanda, il più alto dei Fratelli la interruppe. Ora che era dentro la sua testa, Clary lo riconobbe, era Fratello Geremia.

— *Il tuo blocco mentale è più resistente di quanto credessimo* — disse. — *Può essere dissolto senza recare danni solo da chi lo ha eretto. Se lo facessimo noi, ti uccideremmo.*

Clary si alzò in piedi barcollando e stringendosi al petto il braccio ferito. — Ma io non so chi sia stato. Se lo sapessi, non sarei venuta qui.

— *La risposta a questa domanda è intessuta col filo dei tuoi pensieri* — disse Fratello Geremia. — *L'hai vista scritta nella tua visione.*

— Magnus Bane? Ma... non è neanche un nome!

— *Lo è quanto basta.* — Fratello Geremia si alzò in piedi. Gli altri Fratelli si alzarono con lui, come fosse stato un segnale. Chinarono la testa verso Jace in segno di silenzioso saluto, si allontanarono in fila indiana in mezzo alle colonne e scomparvero. Solo Fratello Geremia restò con loro e guardò impassibile Jace che correva da Clary.

— Il braccio ti fa male? Fammi vedere — le disse prendendole il polso.

— Ahi! È a posto. Non fare così, che è peggio. — Clary cercò di liberarsi il braccio.

— Hai sporcato di sangue le Stelle Parlanti — disse lui. Clary vide che aveva ragione: sul marmo bianco e argenteo c'era una macchia del suo sangue. — Scommetto che da qualche parte c'è una Legge contro questa cosa. — Le girò il braccio con più delicatezza di quanto Clary l'avrebbe creduto capace. Si strinse il labbro inferiore tra i denti e fischiò: lei abbassò lo sguardo e vide che uno strato di sangue le copriva l'avambraccio, dal gomito al polso. Il braccio pulsava, era rigido e faceva male.

— Questa è la parte in cui tu ti strappi la maglietta e mi fasci la ferita? — scherzò lei con un filo di voce. Odiava la vista del sangue, soprattutto del proprio.

— Se tutto quello che volevi era che mi togliessi i vestiti, bastava chiedere. — Si infilò una mano in tasca e tirò fuori lo stilo. — Sarebbe stato molto meno doloroso.

Ricordando la sensazione pungente che aveva provato quando lo stilo le aveva toccato la mano, si irrigidì, ma tutto ciò che sentì quando lo strumento si illuminò debolmente sopra la sua ferita fu un leggero calore. — Ecco — disse Jace rialzandosi. Clary piegò il braccio sbalordita: il sangue c'era ancora, ma la ferita era scomparsa insieme al dolore e alla rigidità. — E la prossima volta che decidi di farti male per attirare la mia attenzione, ricordati che basta qualche parolina dolce, per fare miracoli.

Clary si ritrovò a sorridere suo malgrado. — Lo terrò a mente — disse, e mentre si voltava aggiunse: — E grazie.

Lui si infilò lo stilo nella tasca posteriore dei pantaloni senza guardarla, ma Clary pensò di aver visto un certo compiacimento nella postura delle sue spalle. — Fratello Geremia — disse il ragazzo strofinandosi le mani. — Non hai ancora detto nulla. Avrai di sicuro qualche considerazione da proporci, vero? Qualche idea su chi possa essere Magnus Bane?

— *Ho l'incarico di scortarvi fuori dalla Città Silente, nient'altro* — rispose l'archivista. Clary si chiese se l'avesse immaginato o se nel tono della sua "voce" non ci fosse davvero una sfumatura di risentimento.

— Possiamo andarcene anche da soli — propose speranzoso Jace. — Sono sicuro di ricordare la strada...

— *Le meraviglie della Città Silente non sono per gli occhi dei non iniziati* — scattò Geremia. Dopodiché voltò loro la schiena con una muta sferzata del suo mantello. — *Da questa parte.*

Quando emersero allo scoperto, Clary respirò profondamente la densa aria del mattino, godendosi lo smog, lo sporco e l'umanità della città. Jace si guardò attorno pensieroso. — Sta per piovere — disse.

Aveva ragione, pensò Clary guardando il cielo grigio ferro. — Prendiamo una carrozza per tornare all'Istituto?

Jace guardò prima Fratello Geremia, immobile come una statua, poi la carrozza che stazionava come un'ombra nera sotto l'arco che dava sulla strada. E infine sorrise.

— Non ci penso proprio — disse. — Io le odio, quelle carrozze. Prendiamo un taxi.

11
Magnus Bane

Jace si chinò in avanti e picchiò la mano contro il divisorio di plexiglas che li separava dal tassista. — Giri a sinistra! A sinistra! Ho detto di prendere la Broadway, razza di imbecille!

Il tassista reagì sterzando tanto bruscamente che Clary venne sbalzata contro il suo compagno di viaggio e lanciò un urletto rabbioso. — Perché prendiamo la Broadway?

— Sto morendo di fame — disse Jace. — E a casa ci sono solo gli avanzi del takeaway cinese. — Tirò fuori di tasca il cellulare e premette un tasto. — Alec! Sveglia! — urlò. Clary sentì un brusio irritato all'altro capo della linea. — Vediamoci da Taki. Colazione. Sì, hai sentito bene. Colazione.

Interruppe la chiamata e si ficcò il telefono in tasca mentre il taxi accostava al marciapiede. Jace diede al tassista una manciata di banconote e spinse Clary fuori dall'auto. Quando atterrò accanto a lei si stiracchiò come un gatto e allargò le braccia. — Benvenuta nel migliore ristorante di New York.

Il posto non sembrava un granché: un edificio di mattoni che si abbassava al centro come un soufflé sgonfio. Un'insegna al neon malconcia, storta e sfarfallante annunciava il nome del ristorante. Due uomini con giacche lunghe e cappelli abbassati sugli occhi erano stravaccati davanti all'ingresso. Niente finestre.

— Sembra una prigione — fu il commento di Clary.

Lui le puntò un dito addosso. — Ma in prigione potresti ordinare degli spaghetti alla fra' Diavolo da leccarsi le dita? Non credo proprio.

— Non voglio gli spaghetti. Voglio sapere cos'è un Magnus Bane.

— Non è una cosa — disse Jace. — È un nome.

— E tu sai chi è questo Magnus?

— No — ammise Jace. — E non so nemmeno se sia un uomo o una donna. Ma…

— Ehi! — Era Alec. Aveva l'aria di essere appena caduto dal letto e di essersi infilato i jeans sopra al pigiama. I capelli spettinati sparavano da tutte le parti. Si affrettò verso di loro con gli occhi puntati su Jace e ignorando Clary come sempre. — Izzy sta arrivando — disse. — Si porta dietro il mondano.

— Simon? Da dove è uscito? — chiese Jace.

— Si è presentato stamattina presto. Non riusciva a stare lontano da Izzy. Patetico. — Alec sembrava divertito. Clary avrebbe voluto tirargli un calcio. — Allora, entriamo o no? Sto morendo di fame.

— Anch'io — disse Jace. — Non mi dispiacerebbe farmi un po' di code di topo fritte.

— Un po' di cosa? — chiese Clary, certa di avere sentito male.

Jace le fece un sorriso. — Tranquilla — disse. — È un ristorante normalissimo.

Vennero fermati all'ingresso da uno dei due tizi stravaccati. Mentre si alzava in piedi, Clary intravide il suo volto sotto il cappello. Aveva la pelle rosso scuro e le mani squadrate terminavano con lunghe unghie tra il nero e il blu. Clary si irrigidì, ma Jace e Alec non sembravano preoccupati. Dissero qualcosa all'uomo, che annuì e si scostò per lasciarli passare.

— Jace — sibilò Clary mentre la porta si chiudeva alle loro spalle. — Chi era quello?

— Vuoi dire Clancy? — chiese Jace guardandosi in giro nel ristorante ben illuminato. L'interno era gradevole, nonostante l'assenza di finestre. C'erano degli accoglienti séparé di legno, tutti dotati di cuscini dai colori vivaci. Delle stoviglie spaiate erano allineate lungo il bancone, dietro il quale c'era una ragazza bionda con un grembiule rosa e bianco da cameriera che stava dando il resto a un tizio corpulento con una camicia di flanella. La ragazza vide Jace, lo salutò con la mano e gli fece segno di sedersi dove preferiva. — Clancy tiene fuori le persone indesiderabili — disse Jace mentre dirigeva Clary verso uno dei séparé.

— È un demone! — sibilò Clary. Diversi clienti si girarono a guardarla: un ragazzo coi dreadlock blu e una bellissima ragazza indiana con lunghi capelli neri e ali dorate leggere come carta velina aggrottarono le sopracciglia. Clary era contenta che il ristorante fosse quasi vuoto.

— No — disse Jace infilandosi nel séparé. Clary fece per sedersi accanto a lui, ma Alec aveva già occupato il posto. Lei si sistemò sulla panca di fronte, stando attenta a non urtare nulla con il braccio ancora un po' rigido nonostante le cure di Jace. Si sentiva svuotata, come se i Fratelli Silenti le fossero entrati dentro e l'avessero scavata, lasciandola leggera e confusa. — È un ifrit — spiegò Jace. — Stregoni privi di magia, mezzi demoni che non possono fare incantesimi.

— Poveri mezzosangue — aggiunse Alec prendendo il menu. Lo prese anche Clary, e restò a bocca aperta. Locuste e miele erano indicati come specialità della casa, come anche piatti di carne cruda, pesci crudi interi e una cosa chiamata sandwich di pipistrello fritto. La pagina delle bevande era dedicata a diversi tipi di sangue alla spina: con notevole sollievo di Clary, si trattava di vari tipi di sangue animale, anziché di A, 0 o B negativo. — Chi mangia pesci crudi interi? — chiese ad alta voce.

— I kelpie — disse Alec. — I selkie. E ogni tanto anche i nixie.

— Non ordinare i piatti delle fate — disse Jace guardandola da dietro il menu. — Tendono a mandare fuori di testa gli umani. Un minuto prima ti stai ingozzando di prugne fatesche e un minuto dopo ti ritrovi a correre nudo lungo Madison Avenue con delle corna di legno che ti spuntano dalla testa. Non — aggiunse immediatamente — che questo sia mai successo a me.

Alec scoppiò a ridere. — Ti ricordi... — iniziò, e si lanciò in una storia che conteneva così tanti nomi di cose e creature misteriose che Clary non cercò nemmeno di seguirla. Ne approfittò per osservare Alec mentre parlava con Jace. C'era in lui un'energia cinetica quasi febbrile che non aveva prima. Era qualcosa in Jace ad attivarla, ad accendere quella scintilla. Se avesse dovuto disegnarli insieme, pensò, avrebbe fatto Jace un po' sfocato e Alec ben distinto, tutto piani e angoli netti.

Mentre Alec parlava, Jace guardava in basso, sorridendo leggermente e tamburellando con le dita sul suo bicchiere d'acqua. Clary sentiva che stava pensando a qualcos'altro. Provò un improvviso lampo di solidarietà nei confronti di Alec. Non doveva essere facile voler bene a Jace. Stavo ridendo perché le dichiarazioni d'amore mi divertono, soprattutto quando si tratta di amori non corrisposti.

Jace sollevò lo sguardo al passaggio della cameriera. — Credi che prima o poi ci arriverà un po' di caffè? — disse ad alta voce interrompendo Alec a metà di una frase.

Alec si spense, come se avesse finito le energie. — Io...

Clary intervenne velocemente. — Per chi è tutta quella carne cruda? — chiese indicando la terza pagina del suo menu.

— Lupi mannari — disse Jace. — Anche se una bistecca al sangue ogni tanto non dispiace neanche a me. — Allungò una mano sopra al tavolo e voltò il menu di Clary. — I piatti umani sono dietro.

Clary studiò quella sezione perfettamente normale del menu con un senso di sbalordimento. Era troppo per lei. — In questo posto servono i sorbetti?!

— Hanno un sorbetto di albicocca e prugna con miele millefiori che è semplicemente divino — le consigliò Isabelle, che era comparsa con Simon al suo fianco. — Stringiti un po' — disse tutta allegra a Clary, che si spostò così vicina al muro da sentire i mattoni freddi contro il braccio. Simon si sedette accanto a Isabelle e offrì a Clary un sorriso un po' imbarazzato che lei non gli restituì. — Dovresti provarlo.

Clary non capì se Isabelle stesse parlando con lei o con Simon, perciò non disse nulla. I capelli di Isabelle, profumati di vaniglia, le facevano il solletico alla guancia, e cercò di non starnutire. Odiava il profumo alla vaniglia. Non aveva mai capito perché certe ragazze sentissero il bisogno di profumare come un budino.

— Allora, com'è andata alla Città di Ossa? — chiese Isabelle mentre apriva il menu.

— È stato fantastico — disse Jace. — Un'orgia continua.

— Avete scoperto cosa c'è nella testa di Clary?

— Abbiamo un nome — disse Jace. — Magnus...

— Zitto! — lo interruppe Alec dando un colpetto a Jace con il menu.

Jace sembrò offeso. — Ehi! — Si massaggiò il braccio. — Qual è il problema?

— Questo posto è pieno di Nascosti, lo sai benissimo. Dovresti cercare di tenere segreti i dettagli della nostra indagine.

— *Indagine*? — Isabelle scoppiò a ridere. — Cosa siamo adesso? Detective? Dobbiamo inventarci anche un nome in codice?

— Ottima idea — approvò Jace. — Io sarò Hotschaft von Hugenstein.

Alec risputò nel bicchiere l'acqua che stava per bere. In quel momento la cameriera arrivò a prendere le ordinazioni. Da vicino era una bella ragazza bionda, ma i suoi occhi completamente blu, senza bianco né pupilla, erano inquietanti. Sorrise mostrando i suoi piccoli denti affilati. — Sapete già cosa ordinare?

Jace sorrise. — Il solito — disse, e la cameriera gli rispose con un altro sorriso tutto miele.

— Anch'io — disse Alec, che però rimase serio. Isabelle ordinò un sorbetto alla frutta. Simon chiese un caffè, e Clary, dopo un momento di esitazione, prese un caffè con dei pancake al cocco e miele. La cameriera le fece l'occhiolino e schizzò via.

— È anche lei un'ifrit? — chiese Clary guardandola mentre si allontanava.

— Kaelie? No. Credo sia una mezza fata — disse Jace.

— Ha gli occhi da nixie — commentò Isabelle soprappensiero.

— Non sapete esattamente cosa sia? — chiese Simon.

Jace scosse il capo. — Io rispetto la sua privacy. — Diede una gomitata ad Alec. — Ehi, fammi uscire un momento.

Alec fece una smorfia e si spostò. Clary guardò Jace che si avvicinava a Kaelie, appoggiata contro il bancone a parlare con il cuoco attraverso il passavivande. Tutto ciò che Clary riusciva a vedere del cuoco era un capo chino col suo cappello bianco. Da due buchi ai lati, però, spuntavano un paio di orecchie a punta pelose.

Kaelie si voltò e sorrise a Jace, che le mise un braccio attorno alle spalle. Lei si rannicchiò tra le sue braccia. Clary si chiese se fosse questo che Jace intendeva a proposito del rispetto della privacy.

Isabelle levò gli occhi al soffitto. — Non dovrebbe stuzzicare il personale a quel modo.

Alec la guardò. — Credi che faccia sul serio? Che lei gli piaccia davvero, voglio dire?

Isabelle scrollò le spalle. — È una Nascosta — disse, come se bastasse quello a spiegare tutto.

— Non capisco — disse Clary.

Isabelle la guardò distrattamente. — Cosa non capisci?

— Questa faccenda dei Nascosti. Non gli date la caccia, perché non sono esattamente dei demoni, però non sono neanche esattamente esseri umani. I vampiri uccidono, bevono il sangue...

— Solo i vampiri criminali bevono sangue umano da persone vive — intervenne Alec. — E quelli li possiamo uccidere.

— E i lupi mannari cosa sono? Dei teneri cuccioloni troppo cresciuti?

— Uccidono i demoni — rispose Isabelle. — Pertanto, se non danno fastidio a noi, noi non diamo fastidio a loro.

Come lasciar vivere i ragni perché mangiano le zanzare, pensò Clary. — Quindi va bene lasciarli vivere, va bene se vi servono da mangiare, va bene flirtare con loro... Ma *loro* non vanno abbastanza bene, giusto? Voglio dire, non vanno bene come le persone.

Isabelle e Alec la guardarono come se parlasse in aramaico. — Sono diversi dalle persone — disse infine Alec.

— Meglio dei mondani? — chiese Simon.

— No — disse sicura Isabelle. — Un mondano si può trasformare in uno Shadowhunter. Voglio dire, noi discendiamo dai mondani. Ma non si può trasformare un Nascosto in un membro del Conclave. Non sono in grado di sopportare le rune.

— Quindi sono deboli? — chiese Clary.

— Non direi questo — intervenne Jace mentre si rimetteva a sedere accanto ad Alec. Aveva i capelli scompigliati e un segno di rossetto su una guancia. — Almeno non i djinn, gli ifrit e chiunque altro sia all'ascolto. — Sorrise a Kaelie, comparsa per servire le loro ordinazioni. Clary guardò con spirito critico i propri pancake. Avevano un aspetto fantastico: dorati e innaffiati di miele. Mise in bocca il primo boccone, mentre Kaelie si allontanava ondeggiando sui tacchi a spillo.

Erano deliziosi.

— Te lo avevo detto che questo è il migliore ristorante di Manhattan — disse Jace mentre mangiava le patatine con le mani.

Clary guardò Simon, che stava mescolando il caffè a testa bassa.

— Mmm — concordò Alec con la bocca piena.

— Giusto — disse Jace. Guardò Clary. — Non è una cosa a senso unico — continuò. — A noi non piacciono sempre i Nascosti, ma nemmeno noi piacciamo sempre a loro. Qualche secolo di Accordi non può cancellare mille anni di ostilità.

— Temo che lei non sappia cosa siano gli Accordi, Jace — disse Isabelle mentre si dava da fare con il suo sorbetto.

— Sì, invece — replicò Clary.

— Io no — disse Simon.

— No, ma a nessuno interessa quello che sai tu. — Jace esaminò una patatina prima di morderla. — Al momento giusto e nel posto giusto non mi dispiace la compagnia di alcuni Nascosti — disse. — Ma diciamo che non veniamo invitati alle stesse feste.

— Aspettate un attimo. — Isabelle si raddrizzò di colpo sulla panca. — Come hai detto che era quel nome? — chiese voltandosi verso Jace. — Quello nella testa di Clary?

— Non l'ho detto — disse Jace. — O almeno non ho finito di dirlo. Comunque era Magnus Bane. — Rivolse un sorriso canzonatorio ad Alec. — Magnus come in "deretanus dolor magnus".

Senza staccare le labbra dalla tazza del caffè, Alec bofonchiò qualcosa che rimava con "bronzo". Clary ridacchiò sotto i baffi.

— Non può essere, però sono quasi sicura che... — Isabelle si mise a rovistare nella borsa e tirò fuori un foglio di carta blu ripiegato. — Guardate questo — disse tenendolo tra le dita.

Alec allungò una mano, prese il foglio, lo guardò con una scrollata di spalle e lo diede a Jace. — È un invito a una festa. Da qualche parte a Brooklyn — sbuffò. — E io odio Brooklyn.

— Non fare lo snob — disse Jace. Poi ebbe uno scatto, proprio come Isabelle poco prima. — Dove lo hai preso, Izzy?

Lei agitò una mano a mezz'aria. — Da quel kelpie al Pandemonium. Mi ha detto che sarebbe stata una festa pazzesca. Ne aveva una pila intera, di questi.

— Che cos'è? — chiese Clary impaziente. — Avete intenzione di farlo vedere anche a noi o no?

Jace lo girò in modo che potessero leggerlo tutti. Era stampato su una carta sottile, simile a pergamena, con una scrittura leggera, elegante, sinuosa. Annunciava un raduno presso la umile dimora dello stregone Magnus il Magnifico e prometteva ai partecipanti "un'estatica serata di piacere al di là dei vostri sogni più sfrenati".

— Magnus — disse Simon. — Magnus come Magnus Bane?

— Non credo che ci siano molti stregoni di nome Magnus, in questa zona degli Stati Uniti — gli fece notare Jace.

Alec socchiuse gli occhi. — Questo significa che dobbiamo andare a una festa?

— Non *dobbiamo* fare un bel niente — disse Jace, che stava leggendo le parti scritte in piccolo dell'invito. — Ma secondo quello che si dice, Magnus è il Sommo Stregone di Brooklyn. — Guardò Clary. — Per quanto mi riguarda sono abbastanza curioso di scoprire cosa ci faccia il nome del Sommo Stregone di Brooklyn nella tua testa. Tu no?

La festa non sarebbe iniziata prima di mezzanotte, così, alla prospettiva di aspettare per diverse ore, Jace e Alec sparirono nell'armeria, mentre Isabelle e Simon annunciarono che sarebbero andati a fare una passeggiata a Central Park, così lei avrebbe potuto mostrargli i circoli delle fate. Simon chiese a Clary se volesse andare con loro. Reprimendo una rabbia assassina, Clary disse che era troppo stanca.

Non era esattamente una bugia: si sentiva effettivamente esausta e il suo corpo era ancora indebolito dai postumi del veleno e della levataccia. Si sdraiò sul suo letto all'Istituto, scalciò via le scarpe e cercò di dormire, ma il sonno non voleva saperne di arrivare. La caffeina frizzava nelle sue vene come acqua gassata e la sua mente era piena di immagini frenetiche e terrificanti. Continuava a vedere il volto di sua madre che la guardava dall'alto, la sua espressione spaventata. Continuava a vedere le Stelle Parlanti, a sentire nella propria mente le voci dei Fratelli Silenti. Perché c'era un blocco nella sua testa? Chi poteva avercelo messo? E a che scopo? Quali ricordi poteva aver perso? Quali esperienze aveva dimenticato? O forse tutto ciò che credeva di conservare nella memoria era solo una bugia?

Si mise a sedere, incapace di tollerare oltre quei pensieri. Uscì in corridoio a piedi nudi e si diresse verso la biblioteca. Forse Hodge avrebbe potuto aiutarla, ammesso che si trovasse lì.

Ma la biblioteca era deserta. La luce del pomeriggio entrava attraverso le tende aperte, disegnando righe scure sul pavimento. Sulla scrivania giaceva il libro che Hodge aveva letto prima, la copertina di pelle consunta che luccicava leggermente. E accanto a esso Hugo dormiva sul suo trespolo, il becco infilato sotto un'ala.

Mia madre conosceva quel libro, pensò Clary. *Lo ha toccato, lo ha letto*. Il desiderio di tenere in mano qualcosa che aveva fatto parte della vita di sua madre fu come un colpo alla bocca dello stomaco. Attraversò velocemente la stanza e posò le mani sul libro. Era tiepido, la pelle riscaldata dal sole. Sollevò la copertina. Un foglio piegato in due scivolò fuori dalle pagine e fluttuò sul pavimento, fra i suoi piedi. Si chinò per raccoglierlo e lo aprì.

Era la fotografia di un gruppo di persone giovani, più o meno come Clary. Capì che era stata scattata almeno vent'anni prima, non grazie agli abiti – che, come la maggior parte degli indumenti indossati dai Cacciatori, erano neri e semplici – ma perché riconobbe immediatamente sua madre: Jocelyn, che avrà avuto non più di diciassette o diciott'anni, con i capelli che le arrivavano a metà schiena, il volto un po' più rotondo e il mento e la bocca meno definiti. *È identica a me*, pensò Clary confusa.

Jocelyn stava abbracciando un ragazzo che Clary non riconobbe. Fu un piccolo shock. Non aveva mai pensato a sua madre con un uomo che non fosse suo padre. Jocelyn non usciva mai con nessuno e non sembrava affatto interessata all'altro sesso. Non era come la maggior parte delle madri single, che passavano al setaccio i consigli di classe alla ricerca di maschi appetibili, o come la mamma di Simon, che non faceva altro che controllare la propria scheda su un sito di annunci personali. Quel ragazzo era bello, coi capelli tanto chiari da sembrare bianchi e gli occhi neri.

— È Valentine — disse una voce accanto a lei. — Quando aveva diciassette anni.

Clary fece un salto e lasciò quasi cadere la foto. Hugo gracchiò infastidito e si risistemò sul suo trespolo, con le penne arruffate.

— Scusami — disse Clary rimettendo la foto sulla scrivania e arretrando velocemente. — Non avevo intenzione di sbirciare tra le tue cose.

— Non c'è problema. — Hodge toccò la foto con la mano piena di cicatrici e rovinata dal tempo, uno strano contrasto col candore immacolato dei suoi polsini. — In fondo è un pezzo del tuo passato.

Clary si riavvicinò alla scrivania, come se la foto esercitasse un'attrazione magnetica su di lei. Il ragazzo coi capelli bianchi della foto stava sorridendo a Jocelyn, con gli occhi un po' socchiusi come fanno i ragazzi verso qualcuno che li attrae parecchio. Clary pensò che nessuno l'aveva mai guardata a quel modo.

Valentine, con i suoi tratti freddi e delicati, aveva un aspetto del tutto diverso da suo padre, il volto aperto e i capelli rosso fuoco che lei aveva ereditato. — Valentine mi sembra... carino.

— Non lo definirei *carino* — disse Hodge con un sorriso amaro. — Ma era affascinante e intelligente, e molto persuasivo. Riconosci qualcun altro?

Clary guardò di nuovo la foto. Alle spalle di Valentine, sulla sinistra, c'era un ragazzo magro con una zazzera marrone. Aveva le spalle larghe e la posa sgraziata di chi non ha ancora finito di crescere. — Quello sei tu?

Hodge annuì. — E...

Clary dovette guardare due volte la foto prima di identificare un altro volto noto, tanto giovane da essere quasi irriconoscibile. Alla fine furono gli occhiali a tradirlo, e gli occhi che ci stavano dietro, azzurri come il mare. — Luke — disse.

— Lucian. E qui... — Hodge si chinò sulla foto e indicò una coppia di ragazzi dall'aria elegante, entrambi coi capelli scuri, lei più alta di lui di una mezza testa. I tratti della ragazza erano affilati e rapaci, quasi crudeli. — I Lightwood. E questo... — Indicò un bel ragazzo abbronzato, coi capelli scuri e ricci e la mascella squadrata. — ... è Michael Wayland.

— Non assomiglia per niente a Jace — notò Clary.

— Lui ha preso tutto da sua madre.

— Ma questa è una foto di classe? — chiese Clary.

— Non esattamente. È una fotografia del Circolo, scattata nell'anno in cui fu fondato. È per questo che Valentine, il capo, è davanti agli altri, e Luke è alla sua destra: era il comandante in seconda di Valentine.

Clary distolse lo sguardo. — Non riesco ancora a capire perché mia madre sia entrata in un'organizzazione del genere.

— Tu devi capire...

— Continui a ripeterlo — disse Clary piccata. — Non vedo cosa ci sia da capire. Tu dimmi la verità e io deciderò cosa pensarne.

L'angolo della bocca di Hodge ebbe uno spasmo. — Come vuoi. — Fece una pausa per allungare una mano e accarezzare Hugo, che zampettava impettito lungo il bordo della scrivania. — Gli Accordi non hanno mai avuto il sostegno di tutto il Conclave. Soprattutto le famiglie più venerabili rimpiangevano i vecchi tempi in cui i Nascosti venivano uccisi. Non solo per odio, ma anche perché li faceva sentire più sicuri: è più facile affrontare una minaccia come una massa, un gruppo, e non come individui da valutare uno per uno... E la maggior parte di noi conosceva qualcuno che era stato ferito o ucciso da un Nascosto. Sai, non c'è nulla — aggiunse — che regga il confronto con l'assolutismo morale dei giovani. È facile, quando sei un ragazzino, credere nel bene e nel male, nella luce e nel buio. Valentine non perse mai queste caratteristiche: né il suo idealismo distruttivo né il suo appassionato disprezzo per qualsiasi cosa considerasse "non umana".

— Però amava mia madre — disse Clary.

— Sì — rispose Hodge. — Amava tua madre. E amava Idris...

— Cosa c'era di così speciale a Idris? — chiese Clary, sentendo l'irritazione nella propria voce.

— Era... — iniziò Hodge, ma poi si corresse. — È la patria dei Nephilim, il luogo dove possono essere se stessi, dove non c'è bisogno di nascondersi né di fare incantesimi. Il luogo benedetto dall'Angelo. E non puoi dire di aver visto una città finché non hai visto Alicante dalle torri di vetro. È più bella di quanto tu possa immaginare. — C'era un dolore vivo nella sua voce.

Clary pensò all'improvviso al suo sogno. — C'erano mai dei... balli, ad Alicante?

Hodge sbatté le palpebre come se si fosse appena svegliato da un sogno. — Tutte le settimane. Io non partecipavo mai, ma tua madre sì. E anche Valentine. — Ridacchiò piano. — Io ero più un secchione. Passavo le mie giornate nella biblioteca di Alicante. I libri che vedi qui possono darti un'idea dei tesori conservati in quella biblioteca. Speravo che un giorno sarei potuto entrare nella Fratellanza, ma dopo quello che ho fatto naturalmente non mi avrebbero più accettato.

— Mi dispiace — disse Clary a disagio. Aveva la mente ancora piena del ricordo del suo sogno. *C'era una fontana con la statua di una sirena nel posto in cui si ballava? Valentine si vestiva di bianco, in modo che mia madre potesse vedere i Marchi sulla sua pelle anche attraverso la camicia?*

— Posso tenerla? — chiese indicando la fotografia.

Sul volto di Hodge passò un lampo di esitazione. — Preferirei che non la facessi vedere a Jace — disse. — Ha già abbastanza cose con cui fare i conti, senza che spuntino fuori anche delle foto di suo padre.

— Certo. — Clary si strinse la foto al petto. — Grazie.

— Di nulla. — La guardò con aria interrogativa. — Sei venuta in biblioteca per vedere me o per qualche altro motivo?

— Mi chiedevo se avessi notizie dal Conclave. Sulla Coppa e... su mia mamma.

— Sì. Questa mattina ho ricevuto una breve risposta da Idris.

— Hanno mandato qualcuno? Shadowhunters? — Clary sentì l'impazienza nella propria voce.

— Sì.

— E perché non sono qui? — chiese Clary domandandosi perché le risposte di Hodge fossero così asciutte.

— Si teme che l'Istituto sia tenuto d'occhio da Valentine. Quindi, meno si sa e meglio è. — Vide lo sguardo deluso della ragazza e sospirò. — Mi dispiace, ma non posso dirti altro, Clarissa. Temo che il Conclave non si fidi di me. Mi hanno detto pochissimo. Vorrei poterti aiutare.

Nella tristezza della sua voce c'era qualcosa che rendeva Clary riluttante a cercare di estorcergli altre informazioni. — Una cosa ci sarebbe — gli disse. — Non riesco a dormire. Continuo a pensare troppo. Non c'è un modo...

— Ah, la mente inquieta. — La sua voce era piena di solidarietà. — Sì, posso darti qualcosa per questo. Aspetta qui.

La pozione che Hodge le offrì aveva un buon odore di ginepro e foglie fresche. Clary continuò ad aprire l'ampolla e annusarla mentre camminava lungo il corridoio. Purtroppo era ancora aperta quando entrò in camera sua e trovò Jace steso sul letto che guardava il suo album da disegno. Con un urletto di sorpresa Clary lasciò cadere l'ampolla, che rimbalzò sul pavimento versando il proprio contenuto verdino sul parquet.

— Oh, cavoli — disse Jace mettendosi a sedere e abbandonando l'album da disegno. — Spero che non fosse niente di importante.

— Era una pozione per dormire — spiegò lei arrabbiata, sfiorando l'ampolla con la punta di una scarpa da ginnastica. — E adesso è andata.

— Se solo fosse qui Simon. Probabilmente riuscirebbe a farti addormentare dalla noia.

Clary non era dell'umore giusto per difendere Simon. Si sedette sul letto e prese l'album. — Di solito non faccio vedere a nessuno le mie cose.

— Perché no? — Jace aveva un'aria arruffata, come se si fosse appena svegliato. — Non sei niente male come disegnatrice. A tratti sei davvero notevole.

— Be', perché... è come un diario. Solo che io non penso per parole, penso per immagini, così è tutto fatto di disegni. Comunque è una cosa privata.

Si domandò se sembrasse pazza e sospettò che fosse proprio così.

Jace assunse un'espressione ferita. — Un diario senza neanche un mio ritratto? Dove sono le torride fantasie romantiche? Le immagini da romanzo rosa? I...

— Ma tutte le ragazze che incontri si innamorano di te? — chiese Clary.

La domanda sembrò sgonfiarlo, come uno spillo con un palloncino. — Non è *amore* — disse dopo una breve pausa. — O almeno...

— Potresti provare a non fare sempre il fascinoso — disse Clary. — Sarebbe un bel sollievo per tutti.

Lui si guardò le mani. Erano già come quelle di Hodge, punteggiate di minuscole cicatrici bianche, anche se la pelle era giovane e priva di rughe.

— Se sei davvero stanca posso metterti a letto io — disse lui con un tono quasi gentile. — Ti racconto la storia della buonanotte.

Clary lo guardò. — Dici sul serio?

— Io dico sempre sul serio.

La ragazza si chiese se la stanchezza non li avesse fatti andare un po' fuori di testa tutti e due. Ma Jace non sembrava stanco. Sembrava triste. Clary appoggiò l'album da disegno sul comodino e si stese, posando la testa di lato sul cuscino. — Va bene.

— Chiudi gli occhi.

Lei li chiuse. Vedeva gli spettri della luce della lampada riflessi contro l'interno delle palpebre, come piccole esplosioni di stelle.

— C'era una volta un bambino — cominciò Jace.

Clary lo interruppe subito. — Un bambino Shadowhunter?

— Certo. — Per un istante la sua voce fu colorata da un'ironia nera che svanì subito dopo. — Quando il bambino compì sei anni suo padre gli regalò un falco da addestrare, perché i falchi sono rapaci, uccelli assassini, gli disse suo padre, i Cacciatori del cielo. Al falco quel bambino non piaceva, e al bambino non piaceva il falco. Il suo becco affilato lo rendeva nervoso e i suoi occhi acuti sembravano sempre osservarlo. Quando gli si avvicinava, il falco lo colpiva con il becco o con gli artigli. Per settimane i suoi polsi e le sue mani furono costantemente coperti di sangue. Il bambino non lo sapeva, ma suo padre aveva scelto un falco che aveva vissuto libero per più di un anno ed era quindi quasi impossibile da addomesticare. Ma il bambino ci provò, perché suo padre gli aveva detto di insegnare al falco a obbedire, e lui voleva compiacerlo.

«Stava sempre con il falco, e lo teneva sveglio parlandogli e anche suonandogli della musica, perché gli avevano detto che un uccello stanco era più facile da addomesticare. Imparò tutto sull'equipaggiamento da falconiere: i geti, il cappuccio, i ganci, il guinzaglio che legava il falco al suo polso. Avrebbe dovuto tenere il falco sempre incappucciato, ma decise di non farlo: provò a sedersi dove l'uccello lo poteva vedere mentre gli accarezzava le ali, per fare in modo che si fidasse di lui. Lo nutriva con le proprie mani: all'inizio il falco non mangiava, poi iniziò a mangiare tanto selvaggiamente che il suo becco tagliava la pelle del palmo del bambino. Ma il bambino era felice dei suoi progressi e voleva che l'uccello imparasse a conoscerlo, anche se doveva versare il proprio sangue perché questo succedesse.

«Il bambino iniziò ad apprezzare la bellezza del falco, a vedere che le sue ali erano fatte per volare veloce, che era forte e agile, feroce e delicato. Quando si tuffava in picchiata, si muoveva come la luce. Quando imparò a girare in cerchio e a posarsi sul suo polso, il bambino quasi urlò per la gioia. A volte l'uccello gli saltava sulla spalla e gli infilava il becco in mezzo ai capelli. Il bambino sapeva che il suo falcone lo amava e quando fu certo che non era solo addomesticato, ma *perfettamente* addomesticato, andò da suo padre e gli mostrò ciò che aveva fatto, aspettandosi che fosse fiero di lui.

«Suo padre invece prese in mano il falco, che ora era addomesticato e fiducioso, e gli spezzò il collo. "Ti avevo detto di insegnargli a obbedire", disse suo padre gettando a terra il corpo senza vita del falco. "Tu invece gli hai insegnato ad amarti. I falchi non devono essere cuccioli affettuosi: sono animali feroci e selvaggi, aggressivi e crudeli. Questo uccello non è stato addestrato, è stato rovinato."

«Più tardi, quando suo padre lo lasciò solo, il bambino pianse sul cadavere del suo animale, finché il padre non mandò un servitore a prendere il corpo dell'uccello per seppellirlo. Il bambino non pianse mai più e non dimenticò mai ciò che aveva imparato: che amare significava distruggere e che essere amati significava essere distrutti.»

Clary, che era rimasta immobile, quasi senza respirare, si voltò sulla schiena e aprì gli occhi. — È una storia terribile — disse indignata.

Jace si era portato le gambe al petto. — Davvero? — chiese pensoso.

— Il padre del bambino era una persona orribile. È una storia di violenza psicologica. Avrei dovuto saperlo che le storie della buonanotte degli Shadowhunters non possono che essere così. Qualsiasi cosa ti faccia fare degli incubi terrificanti...

— A volte i Marchi possono farti fare degli incubi terrificanti — la interruppe Jace. — Se te li fanno quando sei troppo giovane. — La guardò con un'espressione concentrata. La luce del tardo pomeriggio entrava attraverso le tende e dava un carattere contrastato al volto del ragazzo. *Chiaroscuro*, pensò Clary. *L'arte delle luci e delle ombre.* — È una bella storia, se ci pensi — aggiunse Jace. — Il padre del bambino sta solo cercando di renderlo più forte. Più inflessibile.

— Ma bisogna imparare a piegarsi un po' — obiettò Clary sbadigliando. Nonostante il contenuto della storia, il ritmo della voce di Jace le aveva fatto venire sonno. — Se non vuoi spezzarti.

— No, se sei abbastanza forte — disse sicuro Jace. Allungò una mano, e lei sentì che le carezzava una guancia e si accorse di avere gli occhi chiusi. La stanchezza le rendeva liquide le ossa: si sentiva come se potesse scorrere via e svanire. Mentre si addormentava, risentì l'eco di alcune parole nella propria mente. *Mi dava tutto quello che volevo. Cavalli, armi, libri, anche un falco da caccia.*

— Jace — cercò di dire. Ma il sonno l'aveva ormai ghermita tra i suoi artigli: la trascinò giù, e fu il silenzio.

Clary venne svegliata da una voce incalzante. — Sveglia!

Aprì lentamente gli occhi. Se li sentiva collosi, appiccicati. Qualcosa le faceva il solletico alla faccia. Erano capelli. Scattò a sedere e colpì con la testa qualcosa di duro.

— Ahi! Mi hai dato una testata! — Era una voce femminile.

Isabelle.

Accese la luce accanto al letto e guardò Clary risentita, massaggiandosi il cranio. Sembrava brillare alla luce dell'abat-jour: indossava una lunga gonna argentata e un top di strass e aveva le unghie smaltate come monete scintillanti. Tra i capelli neri erano intrecciate ciocche di filo d'argento. Sembrava una dea lunare. Clary la odiava.

— Be', nessuno ti ha detto di chinarti su di me a quel modo. Mi hai spaventata a morte. — Anche Clary si massaggiò la testa. C'era un punto che le faceva male appena più in alto del sopracciglio. — E comunque cosa vuoi?

Isabelle indicò il cielo buio. — È quasi mezzanotte. Dobbiamo andare alla festa e tu non ti sei ancora vestita.

— Pensavo di venire così — disse Clary indicando i jeans e la maglietta. — È un problema?

— Se è un problema? — Isabelle sembrava sul punto di svenire. — Ma certo che è un problema! Nessun Nascosto si vestirebbe mai così. E poi è una festa. Ti farai notare come una zucca in un campo di meloni se ti presenterai così... ehm... sportiva.

— Non sapevo che ci si dovesse mettere eleganti — disse Clary. — Non ho nessun vestito da festa, qui.

— Te lo presterò io.

— Oh, no! — Clary pensò alla maglietta e ai jeans troppo grandi. — Voglio dire, non voglio approfittare, davvero...

Il sorriso di Isabelle scintillava come le sue unghie. — Insisto.

— Preferirei mettere i miei vestiti — protestò Clary, contorcendosi a disagio mentre Isabelle la tirava su dal letto e la piazzava davanti allo specchio a figura intera della sua camera.

— Be', non puoi — tagliò corto la Cacciatrice. — Sembri una bambina di otto anni, anzi, peggio ancora, sembri una mondana.

— Io *sono* una mondana — borbottò Clary.

— Ma nessuno deve saperlo — spiegò Isabelle paziente. — Per questo ti devi travestire.

Clary serrò la mandibola con un'espressione ribelle. — I tuoi vestiti non mi vanno bene.

— Vediamo.

Clary osservò Isabelle nello specchio mentre setacciava il suo guardaroba. Nella stanza sembrava fosse esplosa una lampada stroboscopica. Le pareti erano nere e sopra di esse scintillavano vortici di vernice dorata. C'erano abiti sparsi ovunque: sul letto nero sfatto, appesi agli schienali delle sedie, mezzi dentro e mezzi fuori dal guardaroba e dall'alto armadio appoggiato al muro. Il tavolino da toilette, il cui specchio era orlato di pelliccia rosa decorata di lustrini, era coperto di glitter, paillettes e vasetti di fard e fondotinta.

— Bella stanza — disse Clary pensando con rimpianto alle pareti arancioni di casa sua.

— Grazie. L'ho dipinta io. — Isabelle emerse dall'armadio con in mano qualcosa di nero e aderente. Lo lanciò a Clary. — Mettiti questo.

Clary sollevò il vestito e gli diede un'occhiata. — Ma è microscopico!

— È stretch — disse Isabelle. — E adesso infilatelo.

Clary si ritirò di corsa nel piccolo bagno dipinto di blu elettrico. Si infilò il vestito da sopra la testa: era attillato, con delle spalline minuscole. Cercando di non respirare troppo a fondo, tornò in camera, dove Isabelle si era seduta sul letto e stava mettendo degli anelli agli alluci dei piedi, infilati in un paio di sandali. — Sei fortunata ad avere il petto così piatto — disse Isabelle. — Io non potrei mai mettermi quel vestito senza reggiseno.

Clary fece una smorfia. — È troppo corto.

— Non è corto. Va bene — disse Isabelle mentre cercava qualcosa sotto il letto. Tirò fuori un paio di anfibi. — Ecco, puoi metterti questi. Ti faranno sembrare più alta.

— Giusto, perché oltre a essere piatta sono anche nana, vero? — Clary si tirò verso il basso l'orlo del vestito, che arrivava appena a coprirle l'inizio delle cosce. Portava di rado le gonne, per non parlare delle mini, per cui vedere tutta quella pelle scoperta era parecchio imbarazzante. — Se è corto su di me, su di te cosa dev'essere? — chiese a Isabelle.

Isabelle sorrise. — Su di me è una maglietta.

Clary si lasciò cadere sul letto e si infilò gli anfibi. Erano un po' larghi sulle caviglie, ma non le ballavano. Li allacciò fino in cima e si alzò per guardarsi allo specchio. Doveva ammettere che l'abbinamento del vestito corto nero con gli stivali alti non era niente male. L'unica cosa che rovinava l'insieme erano...

— I tuoi capelli — disse Isabelle. — Le trecce sono un disastro. Se avessi i capelli del tuo colore, io... be'... — Indicò imperiosamente il tavolino da toilette. Clary si sedette e chiuse gli occhi, mentre Isabelle le disfaceva le trecce – non troppo delicatamente – e la spazzolava, poi le ficcava tra i capelli quelle che a Clary sembrarono delle mollette. Riaprì gli occhi proprio mentre un piumino da cipria le colpiva la faccia, rilasciando una densa nube di glitter. Clary tossì e guardò Isabelle con aria accusatoria.

La ragazza scoppiò a ridere. — Non guardare me. Guarda te stessa, piuttosto.

Quando si girò verso lo specchio, Clary vide che Isabelle le aveva raccolto i capelli in un elegante chignon sopra la testa, tenuto fermo da spilloni luccicanti. Clary ripensò improvvisamente al suo sogno, al peso dei capelli sulla testa mentre ballava con Simon... e iniziò ad agitarsi.

— Aspetta ad alzarti — disse Isabelle. — Non abbiamo finito. — Prese l'eyeliner. — Apri gli occhi.

Clary spalancò gli occhi, il che peraltro le impedì di piangere. — Isabelle, posso chiederti una cosa?

— Certo — rispose lei, brandendo l'eyeliner con aria esperta.

— Alec è gay?

Il polso di Isabelle ebbe uno spasmo e l'eyeliner tracciò una lunga riga nera dall'angolo dell'occhio di Clary fino all'attaccatura dei capelli. — Oh, maledizione — disse Isabelle mettendo giù il pennellino.

— Non c'è problema — iniziò a dire Clary portandosi una mano all'occhio.

— Sì, invece. — Isabelle sembrava sull'orlo delle lacrime mentre rovistava tra le pile di roba accumulata sul suo tavolino da toilette. Alla fine trovò un batuffolo di cotone che porse a Clary. — Tieni. Usa questo. — Si sedette sul bordo del letto con un tintinnio di cavigliere e guardò Clary attraverso una tendina di capelli. — Come l'hai capito? — chiese alla fine.

— Io...

— Non devi assolutamente dirlo a nessuno — le ordinò Isabelle sgranando gli occhi.

Clary iniziò a sfregare la riga nera, che sbavò. — Neanche a Jace?

— Soprattutto a Jace! — Il tono di Isabelle era quasi isterico. — Ti prego. Senti, mi dispiace se sono stata scortese con te. Non era niente di personale. Qualsiasi cosa vuoi che faccia...

— Non lo dirò a Jace. — Clary sentì la rigidità nella propria voce. — Non lo farò. Solo non pensavo che fosse tutta questa gran cosa.

— Lo sarebbe per i miei genitori — disse Isabelle sottovoce. — Lo diserederebbero e lo butterebbero fuori dal Conclave...

— Cosa? Uno Shadowhunter non può essere gay?

— Non ci sono regole ufficiali in proposito. Ma alla gente non piace. Voglio dire, con quelli della mia età non è un grosso problema… credo — aggiunse insicura, e Clary ricordò quanto poche persone della sua età avesse conosciuto Isabelle. — Ma quelli della generazione precedente non la pensano così. Se capita, non devi parlarne.

— Ah — mormorò Clary. Era sconcertata e avrebbe voluto non aver mai tirato in ballo quella faccenda.

— Io voglio bene a mio fratello — disse Isabelle. — Darei qualsiasi cosa per lui. Ma non c'è niente che io possa fare.

— Almeno lui ha te — disse Clary un po' goffamente, e pensò per un istante a Jace, convinto che l'amore fosse una cosa che ti distrugge. — Credi davvero che per Jace… sarebbe un problema?

— Non lo so — disse Isabelle con un tono che indicava chiaramente che ne aveva avuto abbastanza di quell'argomento. — Ma non è una scelta che spetta a me.

— Immagino di no — disse Clary. Si chinò sullo specchio e usò il cotone che Isabelle le aveva dato per eliminare l'eyeliner in eccesso. Quando si rimise a sedere, lasciò quasi cadere il cotone che teneva in mano. Cosa le aveva fatto Isabelle? I suoi zigomi sembravano scolpiti, gli occhi ben definiti, misteriosi, di un verde luminoso.

— Sembro mia mamma — disse sorpresa.

Isabelle sollevò un sopracciglio. — Dici? È un trucco troppo serio? Magari con un po' di glitter…

— Basta glitter — la fermò subito Clary. — Va benissimo. Mi piace.

— Ottimo. — Isabelle saltò giù dal letto con le cavigliere che tintinnavano. — Andiamo.

— Devo passare in camera mia a prendere una cosa — disse Clary mentre si alzava in piedi. — E poi… non mi servono delle armi? E a voi?

— Ne ho più che a sufficienza. — Isabelle sorrise e mosse i piedi in modo da far tintinnare ancora le cavigliere. — Queste, per esempio. Quella di sinistra è d'oro, che per i demoni è un veleno, e quella di destra è di ferro benedetto, nel caso incontriamo qualche vampiro o qualche fata poco amichevole. Le fate odiano il ferro. E poi sulle cavigliere sono incise le rune della Forza, per cui posso tirare dei calci da paura.

— Caccia ai demoni e moda — disse Clary. — Non ho mai pensato che potessero andare d'accordo.

Isabelle scoppiò a ridere. — Non puoi immaginare quanto!

I ragazzi le stavano aspettando nell'ingresso. Isabelle aveva avuto ragione: erano tutti vestiti di nero, anche Simon, che aveva addosso un paio di pantaloni neri un po' troppo grandi e la maglietta girata al contrario per nascondere il logo della band. Se ne stava un po' in disparte, a disagio, mentre Jace e Alec erano appoggiati al muro con un'aria annoiata. Simon sollevò lo sguardo quando Isabelle entrò nell'atrio, la frusta d'oro avvolta attorno al polso, le cavigliere che tintinnavano come campanelle. Clary si aspettava che restasse a bocca aperta, Isabelle era davvero fantastica. Ma gli occhi di Simon la oltrepassarono per fermarsi su Clary, dove restarono con un'espressione sbalordita. — Cos'è quella cosa? — chiese. — Quella che hai addosso, voglio dire.

Clary si diede un'occhiata. Aveva messo una giacca leggera per sentirsi meno nuda e aveva preso anche lo zainetto. Lo aveva messo a tracolla su una spalla, il peso familiare che le rimbalzava sulle scapole. Ma Simon non stava guardando lo zainetto: stava guardando le sue gambe come se non le avesse mai viste prima. — È un vestito, Simon — disse Clary. — Lo so che non mi vesto spesso così, però dai...

— È corto — disse lui confuso. Anche mezzo agghindato da cacciatore di demoni, pensò Clary, Simon aveva l'aria del bravo ragazzo che ti viene a prendere a casa ed è educato coi tuoi genitori e fa le coccole al tuo cane.

Jace, invece, sembrava il tipo di ragazzo che viene a casa tua e le dà fuoco. — Mi piace quel vestito — disse scollandosi dal muro. Il suo sguardo la percorse tutta, pigro come la carezza di un gatto. — Anche se gli ci vorrebbe qualcosina in più.

— Adesso sei anche un esperto di moda? — La voce le uscì un po' incerta: Jace era vicinissimo, così vicino che sentiva il calore del suo corpo e l'odore vagamente bruciato dei Marchi che si era appena fatto.

Jace estrasse qualcosa da dentro la giacca e glielo porse. Era un pugnale lungo e sottile in un fodero di cuoio. Nell'elsa del pugnale era incastonata una pietra rossa tagliata a forma di rosa.

Clary scosse il capo. — Non saprei nemmeno come usarlo...

Lui glielo mise in mano e le strinse le dita attorno all'elsa. — Imparerai. — E poi, a voce più bassa: — Ce l'hai nel sangue.

Clary ritrasse lentamente la mano. — Va bene.

— Potrei darti una giarrettiera in cui infilarlo — propose Isabelle. — Ne ho a tonnellate.

— Assolutamente no! — si lasciò scappare Simon.

Clary gli lanciò un'occhiata irritata. — Grazie, ma non sono proprio il tipo da giarrettiera — disse con evidente sollievo di Simon. Dopodiché fece scivolare il pugnale nella tasca esterna dello zainetto.

Quando risollevò lo sguardo, trovò Jace che la guardava con gli occhi socchiusi: — Un'ultima cosa. — Allungò una mano e le tolse i fermagli scintillanti dai capelli, che le ricaddero in grossi boccoli attorno al collo. La sensazione dei capelli che le solleticavano la pelle era insolita e stranamente piacevole.

— Molto meglio — disse Jace, e Clary pensò che questa volta forse anche la sua voce era un po' incerta.

— Vogliamo andare o avete intenzione di restare qui tutta la notte? — sbottò Alec. Clary sollevò gli occhi e si accorse che c'erano tre volti girati verso di loro: Alec sembrava irritato, Isabelle intrigata e Simon pallido come una statua.

— Certo che andiamo — disse Jace, e le voltò le spalle senza rivolgerle un altro sguardo.

12

La festa dei morti

Le indicazioni stradali sull'invito li portarono in una zona industriale semiabbandonata di Brooklyn, dove le strade erano costeggiate da fabbriche e magazzini. Alcuni, notò Clary, erano stati convertiti in loft e in gallerie d'arte, ma c'era ancora qualcosa di inquietante nelle loro forme imponenti e squadrate, in cui si aprivano pochissime finestre coperte da inferriate.

A partire dalla fermata della metropolitana, si orientarono con il sensore di Isabelle, che aveva un navigatore integrato. Simon, che adorava i gadget elettronici, ne era affascinato... o almeno fingeva che fosse il sensore ad affascinarlo. Clary, nella speranza di evitarli, si attardò mentre attraversavano un parco malridotto, l'erba non curata e bruciata dal caldo estivo. Alla sua destra le guglie di una chiesa scintillavano grigie e nere contro il cielo privo di stelle.

— Non restare indietro — le disse all'orecchio una voce irritata. Era Jace, che aveva rallentato il passo per starle accanto. — Non voglio continuare a guardarmi alle spalle per essere sicuro che non ti succeda nulla.

— E allora non farlo.

— L'ultima volta che ti ho lasciata sola sei stata attaccata da un demone — le ricordò lui.

— Be', mi dispiacerebbe davvero interrompere la tua passeggiata serale con un evento fuori luogo come la mia morte.

Jace la guardò meglio. — C'è un confine sottile tra il sarcasmo e l'ostilità pura e semplice, e direi che tu lo hai superato. Cosa c'è?

Clary si morse le labbra prima di rispondere. — Questa mattina dei tizi inquietanti mi hanno scavato nel cervello. Adesso lo farà anche un altro tizio inquietante. E se non mi dovesse piacere, quello che scoprirà?

— Cosa ti fa pensare che non ti piacerà?

Clary si allontanò i capelli dalle pelle sudata. — Ti odio quando rispondi a una domanda con un'altra domanda.

— No, non è vero. Mi trovi affascinante. E comunque non preferiresti conoscere la verità?

— No. Voglio dire, forse. Non lo so. — Sospirò. — E tu?

— È questa la strada! — urlò Isabelle, che era quasi mezzo isolato più avanti. Si trovavano in uno stretto viale fiancheggiato da vecchi magazzini, anche se ormai la maggior parte mostrava i segni della trasformazione in unità residenziali: fioriere alle finestre, tende di pizzo che ondeggiavano nell'afa notturna, bidoni della spazzatura numerati sui marciapiedi.

Clary socchiuse gli occhi, ma non sapeva dire se questa strada fosse quella che aveva visto alla Città di Ossa: nella sua visione era coperta di neve.

Sentì le dita di Jace sfiorarle le spalle. — Assolutamente. Sempre — le sussurrò.

Lei lo guardò senza capire. — Cosa?

— La verità — disse. — Io...

— Jace! — Era Alec. Era poco distante, e Clary si chiese perché avesse parlato così forte.

Jace si voltò, staccando la mano dalla schiena di Clary. — Sì?

— Pensi che siamo nel posto giusto? — Alec stava indicando qualcosa che Clary non poteva vedere perché era nascosto dietro una grossa auto nera.

— Cos'è quello? — Jace raggiunse Alec, e Clary lo sentì ridere. Quando passò dall'altro lato dell'auto, la ragazza vide ciò che stavano guardando: diverse moto snelle e cromate col telaio nero ribassato. Attorno a esse serpeggiavano vari tubi dall'aria unta, viscosi come vene. C'era qualcosa di stranamente organico in quelle moto, come nelle biocreature di un dipinto di Giger.

— Vampiri — disse Jace.

— A me sembrano moto — disse Simon quando li raggiunse con Isabelle, che vedendole inarcò un sopracciglio.

— E infatti lo sono, ma sono state modificate per funzionare con motori demoniaci — spiegò. — Le usano i vampiri... Con queste di notte possono andarsene in giro a tutta birra. L'Alleanza non è del tutto favorevole, ma...

— Ho sentito dire che alcune di queste moto possono volare — disse Alec affascinato. Sembrava Simon davanti a un nuovo videogame. — O diventare invisibili nel giro di un secondo. O andare sott'acqua...

Jace era saltato giù dal marciapiede e stava girando attorno alle moto per esaminarle. Allungò una mano e la passò sul telaio affusolato di una di esse. C'erano delle parole dipinte in argento sulla fiancata: NOX INVICTUS. — Notte vittoriosa — tradusse.

Alec lo guardava con un'espressione strana. — Cosa stai facendo?

A Clary sembrò di vedere Jace che si infilava una mano sotto la giacca. — Niente.

— Be', sbrigati — disse Isabelle. — Non mi sono vestita così per vederti perdere tempo con un branco di moto.

— Sono belle da guardare — disse Jace tornando sul marciapiede. — Lo devi ammettere.

— Anch'io, se è per questo — disse Isabelle, che non sembrava disposta ad ammettere un bel niente. — E adesso andiamo.

Jace stava guardando Clary. — Questo edificio — disse indicando il magazzino di mattoni rossi — è quello giusto?

Clary sospirò. — Penso di sì — disse insicura. — Sembrano tutti uguali.

— C'è solo un modo per scoprirlo — disse Isabelle salendo decisa gli scalini d'entrata. Gli altri la seguirono, ammassandosi nell'ingresso angusto e maleodorante. Una lampadina appesa a un filo illuminava una grande porta di metallo e una serie di campanelli sulla parete di sinistra. Solo su uno c'era un nome: BANE.

Isabelle suonò. Non accadde nulla. Suonò di nuovo. Stava per farlo una terza volta, quando Alec le prese il polso. — Non fare la maleducata.

Lei gli lanciò un'occhiataccia: — Alec...

La porta si aprì. Un uomo magro comparve sulla soglia e li osservò con curiosità. Fu Isabelle a riprendersi per prima dalla sorpresa e a sfoggiare un sorriso scintillante. — Magnus? Magnus Bane?

— In persona. — L'uomo che bloccava l'entrata era alto e sottile come una canna e i suoi capelli erano una corona di fitte guglie nere. Dal taglio degli occhi dall'espressione pigra e dalla tonalità della pelle uniformemente brunita, Clary dedusse che fosse in parte asiatico. Portava un paio di jeans e una camicia nera coperta da dozzine di fibbie in metallo.

Gli occhi erano circondati da una mascherina da procione disegnata con una matita glitter color carbone, le labbra erano dipinte di blu scuro. Si fece passare una mano inanellata tra gli spuntoni di capelli e guardò pensieroso i nuovi arrivati. — Figli dei Nephilim — disse. — Dunque, dunque. Non ricordo di avervi invitati.

Isabelle tirò fuori l'invito e lo sventolò come una bandiera bianca. — Ho un invito. E loro — e indicò il resto del gruppo con un ampio movimento del braccio — sono con me.

Magnus le strappò l'invito di mano e lo guardò con evidente disgusto. — Dovevo essere ubriaco — disse. — Vabbe'. — Spalancò la porta. — Entrate. E cercate di non uccidere nessuno dei miei ospiti.

Jace si avvicinò alla porta e guardò Magnus dritto negli occhi. — Nemmeno se rovesciano un bicchiere sulle mie scarpe di pelle nuove?

— No. — La mano di Magnus si mosse tanto velocemente da essere poco più di un lampo sfocato e strappò lo stilo dalla mano di Jace. Clary non si era nemmeno accorta che fosse lì. Jace assunse un'aria vagamente imbarazzata. — E quanto a questo — disse Magnus facendolo scivolare in una tasca dei jeans di Jace — tienilo nei pantaloni, Nephilim.

Magnus sorrise e si avviò su per le scale, lasciando un Jace dall'aria sorpresa a tenere aperta la porta. — Andiamo — disse il ragazzo con un gesto della mano. — Prima che qualcuno pensi che è la mia festa.

Gli passarono davanti ridacchiando nervosamente. Solo Isabelle si fermò e scosse il capo. — Cerca di non farlo incavolare, per favore, se vuoi che ci aiuti.

Jace sembrava annoiato. — So quello che faccio.

— Lo spero. — Isabelle gli passò davanti in un turbine di stoffa.

L'appartamento di Magnus era in cima a una lunga rampa di scale traballanti. Simon allungò il passo per raggiungere Clary, che si stava pentendo di avere appoggiato la mano alla balaustra. Era sporca di un liquido appiccicoso che mandava una debole luce verde e malsana.

— Bleah — disse Simon, e le offrì un angolo della sua maglietta per pulirsi la mano. Clary lo fece. — Va tutto bene? Sembri... distratta.

— È solo che ha un'aria familiare. Magnus, voglio dire.

— Dici che va anche lui alla St Xavier's?

— Molto divertente. — Clary lo guardò male.

— Hai ragione. È troppo vecchio per essere uno studente. Mi sa che l'ho avuto come prof di chimica l'anno scorso.

Clary scoppiò a ridere. Isabelle le fu immediatamente accanto. — Mi sto perdendo qualcosa di divertente, Simon?

Simon ebbe l'accortezza di assumere un'espressione imbarazzata, ma non disse nulla. Clary borbottò: — No, non ti stai perdendo niente. — E lasciò che la distanziassero. Gli anfibi con le suole spesse cominciavano a farle male ai piedi. Quando arrivò in cima alle scale ormai zoppicava, ma si dimenticò il dolore non appena superò la porta dell'appartamento di Magnus.

Il loft era enorme e con pochissimi mobili . Le finestre a tutta altezza erano coperte da una spessa pellicola di polvere e vernice che teneva fuori quasi tutta la luce esterna. Grossi pilastri di metallo attorno ai quali erano avvolti cavi di lampadine colorate sorreggevano un caliginoso soffitto ad arco. Le porte erano state strappate dai cardini e poggiate sopra i bidoni dell'immondizia per farne un bancone improvvisato a un'estremità della sala. Una donna dalla pelle lilla con un bustino metallico serviva da bere dentro alti bicchieri di vetro dai colori sgargianti, che tingevano il liquido contenuto: rosso sangue, blu cianotico, verde veleno. Anche per gli standard di una barista di New York, la donna lavorava con un'efficienza e una velocità affascinanti, aiutata dal fatto che aveva un altro paio di lunghe e aggraziate braccia oltre alle classiche due. A Clary fece venire in mente la statua della dea indiana di Luke.

Il resto degli invitati era altrettanto bizzarro. Un bel ragazzo coi capelli umidi verdi e neri sorrise a Clary da sopra un vassoio che sembrava contenere pesce crudo. I suoi denti erano affilati e serrati come quelli di uno squalo. Accanto a lui c'era una ragazza con lunghi capelli biondo cenere intrecciati con dei fiori. Sotto la gonna del suo miniabito verde, i piedi avevano degli zoccoli da capra. Giovani donne, così pallide che Clary si chiese se avessero del fondotinta da teatro, sorseggiavano un liquido scarlatto troppo denso per essere semplice vino. Il centro della stanza era affollato di corpi che danzavano al ritmo martellante che rimbalzava tra le pareti, anche se Clary non vedeva da nessuna parte una band che suonava.

— Ti piace la festa?

Si voltò e vide Magnus appoggiato a uno dei pilastri. I suoi occhi brillavano al buio. Clary si guardò intorno e vide che Jace e gli altri si erano allontanati, inghiottiti dalla folla.

Cercò di sorridere. — Cosa si festeggia?

— Il compleanno del mio gatto.

— Oh. — Clary si guardò attorno. — E dov'è?

Magnus si staccò dal pilastro con aria solenne. — Non lo so. È scappato.

Clary non fu costretta a replicare grazie alla ricomparsa di Jace e Alec. Alec aveva un'aria imbronciata, come al solito. Jace portava attorno al collo una fila di piccoli fiori luminosi e sembrava compiaciuto di sé. — Dove sono Simon e Isabelle? — chiese Clary.

— In pista. — Li indicò. Clary riusciva a malapena a vederli ai confini del quadrato ingombro di corpi. Simon stava facendo quello che faceva di solito anziché ballare, ovvero rimbalzare su e giù sulla punta dei piedi, come un pesce fuor d'acqua. Isabelle gli girava attorno flessuosa e sinuosa come un serpente, passandogli le dita sul petto. Lo guardava come se stesse pensando di portarlo in un angolo a fare sesso. Clary si strinse tra le braccia e i suoi braccialetti tintinnarono. *Se si mettono a ballare ancora un po' più vicini non avranno bisogno di andare in un angolo*, pensò.

— Senti — disse Jace voltandosi verso Magnus. — Noi dobbiamo assolutamente parlare con...

— MAGNUS BANE! — Quella voce profonda e tonante apparteneva a un uomo sulla trentina sorprendentemente basso. Aveva una muscolatura compatta, con la testa calva perfettamente rasata e il pizzetto a punta. Puntò un dito tremante contro Magnus, il volto chiaro arrossato dalla rabbia. — Qualcuno mi ha messo dell'acqua santa nel serbatoio della moto. È rovinata. Distrutta. Tutti i tubi si sono sciolti.

— Sciolti? — mormorò Magnus. — Che cosa terribile!

— Voglio sapere chi è stato. — L'uomo scoprì i denti mostrando dei canini lunghi e appuntiti. Clary li fissò affascinata. Non assomigliavano per niente a come si era immaginata le zanne dei vampiri: erano sottili e acuminati come spilli. — Avevi giurato che questa notte qui non ci sarebbero stati uomini-lupo, Bane.

— Io non ho invitato nessun Figlio della Luna — disse Magnus esaminandosi le unghie coperte di strass. — È colpa della vostra stupida faida. Se qualcuno di loro ha deciso di sabotare la tua moto, non era un mio ospite, quindi... — offrì al vampiro un sorriso seducente — ... non è una mia responsabilità.

Il vampiro ruggì di rabbia e puntò un dito contro Magnus. — Stai cercando di dirmi che...

L'indice scintillante di Magnus si mosse leggermente, così poco che Clary quasi pensò che fosse rimasto fermo.

Il vampiro si strozzò a metà ruggito e si portò le mani alla gola. Mosse la bocca, ma non ne uscì alcun suono.

— Non sei più il benvenuto — disse pigramente Magnus spalancando gli occhi. Clary notò che le sue pupille erano verticali, come quelle di un gatto. — E adesso vattene. — Distese le dita e il vampiro si voltò come se qualcuno lo avesse afferrato per le spalle e lo avesse girato, dopodiché fendette deciso la folla diretto verso la porta.

Jace fischiò piano.

— Notevole.

— Vuoi dire quella piccola crisi d'asma? — Magnus levò gli occhi al soffitto. — Lo so. Cosa è successo *davvero* a quella moto?

Alec emise un suono strozzato. Dopo un istante Clary si rese conto che era una risata. Avrebbe dovuto farlo più spesso, pensò. — Gli abbiamo messo dell'acqua santa nel serbatoio — disse.

— *Alec* — lo rimproverò Jace.

— Lo immaginavo — fece Magnus con un'espressione divertita. — Siete un branco di piccoli bastardi vendicativi, eh? Sapete che le loro moto vanno a energia demoniaca. Non credo che riuscirà più a ripararla.

— Una sanguisuga con un bel ferro in meno — commentò Jace. — Ho il cuore spezzato.

— Ho sentito dire che alcuni di loro riescono a far volare le moto — buttò lì Alec, che per una volta sembrava aver perso il proprio aplomb. Stava quasi sorridendo.

— È solo una vecchia favola — disse Magnus con gli occhi da gatto che scintillavano. — Allora è per questo che vi siete infiltrati alla mia festa? Solo per mandare allo sfasciacarrozze la moto di qualche succhiasangue?

— No. — Jace era di nuovo serio. — Dobbiamo parlarti. Preferibilmente in privato.

Magnus sollevò un sopracciglio. *Cavoli*, pensò Clary, *eccone un altro*. — Sono nei guai con il Conclave?

— No — disse Jace.

— *Probabilmente* no — aggiunse Alec. — Ahi! — esclamò lanciando un'occhiataccia a Jace, che gli aveva tirato un calcio negli stinchi.

— No — ripeté Jace. — Possiamo parlare sotto il sigillo dell'Alleanza. Se ci aiuti, tutto ciò che ci dirai sarà confidenziale.

— E se non vi aiuto cosa succede?

Jace spalancò le braccia. I tatuaggi delle rune sui suoi palmi si stagliarono neri e ben delineati. — Forse niente. Forse una visita dalla Città Silente.

La voce di Magnus era miele versato sopra schegge di ghiaccio. — Mi lasci una bella scelta, giovane Shadowhunter.

— Non è affatto una scelta — disse Jace.

— Già — riconobbe lo stregone. — È esattamente quello che intendevo.

La camera da letto di Magnus era un sabba di colori: lenzuola e copriletto giallo canarino che drappeggiavano un materasso steso a terra, un tavolino da toilette blu elettrico con più confezioni di cosmetici di quello di Isabelle, tende di velluto arcobaleno che nascondevano le finestre a tutta altezza e uno spesso tappeto di lana sul pavimento.

— Bel posto — disse Jace spostando una tenda. — Direi che si guadagna bene a fare il Sommo Stregone di Brooklyn.

— Abbastanza — ammise Magnus. — I fringe benefit però non sono granché. Nessuna copertura dentistica. — Si chiuse la porta alle spalle e vi si appoggiò contro. Quando incrociò le braccia, la sua maglietta si sollevò mostrando un po' del suo stomaco piatto e ambrato. Non c'era traccia di ombelico. — Allora — disse. — Cosa passa per le vostre piccole menti deviate?

— Non si tratta di loro — intervenne Clary prima che Jace potesse rispondere. — Sono io che ti volevo parlare.

Magnus le puntò addosso i suoi occhi inumani. — Tu non sei una di loro — disse. — Non fai parte del Conclave. Ma puoi vedere il Mondo Invisibile.

— Mia madre era un membro del Conclave. — Era la prima volta che Clary lo diceva ad alta voce ed era consapevole del fatto che era vero. — Ma non me l'ha mai detto. Lo ha tenuto segreto. Non so perché.

— Chiediglielo.

— Non posso. È... — Clary esitò. — È scomparsa.

— E tuo padre?

— È morto prima che io nascessi.

Magnus si produsse in un sospiro irritato. — Come disse Oscar Wilde: «Perdere un genitore è una tragedia. Perderli entrambi rischia di sembrare distrazione».

Clary sentì Jace emettere un piccolo sibilo, come se avesse risucchiato dell'aria tra i denti. — Non ho perso mia madre — rispose. — Mi è stata portata via. Da Valentine.

— Non conosco nessun Valentine — dichiarò Magnus, ma i suoi occhi sfarfallarono come due fiammelle tremolanti di candele e Clary capì che stava mentendo. — Mi dispiace per le tue tragiche vicende personali, però non vedo come questo possa avere a che fare con me. Se tu mi dicessi...

— Non può dirtelo, perché non se lo ricorda — lo interruppe Jace, secco. — Qualcuno le ha cancellato i ricordi. Così siamo andati alla Città Silente per vedere cosa potevano estrarre i Fratelli dalla sua testa. Hanno ottenuto due parole. Credo tu possa indovinare quali.

Ci fu un breve silenzio. Alla fine Magnus lasciò che l'angolo della bocca si sollevasse un poco. Il suo era un sorriso amaro. — La mia firma. Quando l'ho fatto sapevo che era un'idiozia. Un atto di vanità...

— Tu hai *firmato* la mia mente? — disse Clary incredula.

Magnus sollevò una mano e tracciò in aria il profilo infuocato di alcune lettere. Quando riabbassò la mano queste rimasero lì, roventi e dorate, facendo risplendere di luce riflessa i contorti dipinti dei suoi occhi e della sua bocca. MAGNUS BANE.

— Ero fiero del lavoro che avevo fatto su di te — disse lentamente guardando Clary. — Così pulito. Così perfetto. Avresti dimenticato quello che vedevi, anche *mentre* lo vedevi. Nessuna immagine di pixie o folletti o bestioline dalle lunghe zampe sarebbe rimasta a turbare il tuo irreprensibile sonno mortale. Era così che voleva.

La voce di Clary era resa più affilata dalla tensione. — Di chi stai parlando?

Magnus sospirò e al tocco del suo fiato le lettere di fuoco si ridussero in cenere luccicante. Alla fine parlò, e anche se Clary non fu sorpresa dalla risposta, anche se sapeva esattamente cosa lui avrebbe detto, quelle parole per lei furono un tremendo colpo al cuore.

— Di tua madre — disse Magnus.

13
La persistenza della memoria

— È stata mia madre a farmi questo? — chiese Clary, ma il suo sdegno e il suo stupore non convinsero nemmeno lei. Si guardò attorno e vide la pietà negli occhi di Jace e di Alec… Anche Alec lo aveva immaginato ed era dispiaciuto per lei. — Perché?

— Non lo so. — Magnus allargò le lunghe mani bianche. — Nel mio lavoro non si fanno domande. Io faccio ciò per cui mi pagano.

— Entro i limiti dell'Alleanza — gli ricordò Jace con una voce morbida come la pelliccia di un gatto.

Magnus inclinò il capo. — Entro i limiti dell'Alleanza, certo.

— E il Conclave non è contrario a questo… a questo stupro mentale? — chiese Clary amareggiata. Nessuno le rispose e la ragazza si abbandonò sul bordo del letto di Magnus. — È successo una volta sola? C'era qualcosa di specifico che lei voleva farmi dimenticare? Sai che cos'era?

Magnus si mise a camminare a grandi passi verso la finestra, poi si voltò. — Non credo che tu capisca. La prima volta che ti vidi dovevi avere più o meno due anni. Stavo guardando fuori da questa finestra… — Picchiettò sul vetro, scatenando una piccola tempesta di polvere e schegge di tempera. — … e la vidi che camminava spedita giù per la strada, con in braccio una cosa avvolta in una coperta. Mi sorprese vedere che si era fermata davanti alla mia porta. Aveva un'aria così ordinaria, così giovane.

La luce della luna tinse d'argento il profilo aquilino di Magnus. — Quando raggiunse la mia porta scostò la coperta. Dentro c'eri tu. Ti mise per terra e tu iniziasti ad andartene in giro, ad afferrare ogni cosa, a tirare la coda al mio gatto… Eri una cosetta parecchio vivace. Quando il gatto ti graffiò urlasti come una sirena, così chiesi a tua madre se non avessi davvero un po' di sangue di sirena. Lei non rise. — Magnus fece una pausa. Ora lo guardavano tutti con grande attenzione, Alec compreso. — Mi disse che era una Cacciatrice. Non poteva mentire: i Marchi dell'Alleanza si vedono anche quando sono sbiaditi dal tempo, sono come cicatrici argentate appena percepibili sulla pelle. I suoi si vedevano ogni volta che si muoveva. — Si massaggiò il glitter intorno agli occhi. — Disse che sperava che tu fossi nata con l'Occhio Interiore cieco... Ad alcuni Shadowhunters bisogna insegnare a vedere il Mondo Invisibile. Ma quel pomeriggio ti aveva sorpresa a stuzzicare una pixie che era rimasta intrappolata in una siepe. Aveva scoperto che avevi la Vista. Così mi chiese se era possibile levartela. Accecarti.

Clary emise un piccolo suono, un sospiro addolorato, ma Magnus proseguì implacabile.

— Le dissi che azzoppare quella parte della tua mente ti avrebbe lasciata danneggiata, probabilmente addirittura pazza. Non pianse. Non era il genere di donna che si mette a frignare per un nonnulla, tua madre. Mi chiese se c'era un altro modo e io le dissi che avrei potuto farti dimenticare le parti del Mondo Invisibile che riuscivi a vedere, anche nel momento in cui le vedevi. L'unica controindicazione era che avrebbe dovuto venire da me ogni due anni per rinnovare l'incantesimo.

— E lo fece? — chiese Clary.

Magnus annuì. — Dopo quella volta ti ho visto ogni due anni... ti ho visto crescere. Sei l'unica bambina che abbia mai guardato crescere in quel modo, sai? Quando fai il mio lavoro non è che sei proprio il benvenuto, dove ci sono bambini umani.

— Così quando siamo entrati hai riconosciuto Clary — disse Jace.

— Certo. — Magnus sembrava esasperato. — Ed è stato uno shock. Ma tu cosa avresti fatto? Non mi conosceva. Non avrebbe dovuto conoscermi mai. Anche solo il fatto che si trovasse qui significava che l'incantesimo aveva iniziato a dissolversi... E infatti l'ultima visita avrebbe dovuto avvenire circa un mese fa. Quando sono tornato dalla Tanzania sono venuto a casa tua, ma Jocelyn mi ha detto che avevate litigato e tu eri scappata via. Mi disse che mi avrebbe chiamato quando tu fossi tornata da lei, ma — Magnus si produsse in un'elegante scrollata di spalle — non lo ha mai fatto.

La pelle di Clary venne sferzata da una doccia fredda di ricordi. Si ricordò di quando era sul marciapiede caldo accanto a Simon cercando di riportare alla mente qualcosa che sembrava sfuggirle... «Hai visto qualcosa? Sembri distratta.» «No, niente. Era solo il gatto di Dorothea».

Ma Dorothea non aveva un gatto. — Tu eri lì, quel giorno — disse Clary. — Ti ho visto uscire dall'appartamento di Dorothea. Mi ricordo i tuoi occhi.

Magnus sembrava sul punto di fare le fusa. — Sono un tipo memorabile, è vero — si vantò. Poi scosse il capo. — Ma tu non dovresti ricordartelo. Appena ti ho visto, ho eretto un incantesimo duro come un muro. Avresti dovuto sbatterci il muso contro... psichicamente parlando.

Se vai a sbattere il muso contro un muro psichico ti ritrovi dei lividi psichici o un naso rotto psichico? si chiese Clary. — Se mi levi di dosso quell'incantesimo — disse poi — sarò in grado di ricordare tutte le cose che ho dimenticato? Tutta la mia vita? Tutta la memoria che mi hai rubato?

— Non posso farlo. — Magnus sembrava a disagio.

— Cosa? — chiese Jace furente. — Perché no? Il Conclave ti impone di…

Magnus lo guardò gelido. — Non mi piace che mi si dica cosa fare, piccolo Shadowhunter…

Clary vide quanto a Jace non piacesse essere chiamato "piccolo", ma Alec parlò prima che potesse rispondere. La sua voce era morbida, ragionevole. — Non sai come invertirlo? — chiese. — L'incantesimo, dico.

Magnus sospirò. — Dissolvere un incantesimo è molto più difficile che crearlo. La complessità di questo, la cura che ho messo nel tesserlo… Se facessi anche solo il minimo errore nel disfarlo, la mente di Clary potrebbe restare danneggiata per sempre. E poi — aggiunse — ha già iniziato a svanire. Gli effetti si dissolveranno da soli con il passare del tempo.

Clary lo guardò. — E a quel punto riavrò tutti i miei ricordi? Tutto quello che è stato portato via dalla mia testa?

— Non lo so. Potrebbero tornare tutti insieme, oppure un po' alla volta. Oppure potresti non ricordare mai quello che hai dimenticato nel corso degli anni. Ciò che mi chiese di fare tua madre è stata una cosa unica, per quanto mi riguarda. Non ho idea di cosa succederà.

— Ma io non voglio aspettare. — Clary si strinse forte le mani in grembo, le dita così strettamente intrecciate che le punte divennero bianche. — Per tutta la vita ho sentito che qualcosa non andava in me. Qualcosa che mancava, qualcosa di danneggiato. Adesso so…

— Io non ti ho *danneggiata*. — Questa volta era stato Magnus a interromperla, le labbra ritratte rabbiosamente a mostrare denti bianchi e affilati. — Ogni adolescente del cavolo a questo mondo sente quello che sentivi tu: si sente rotto, fuori posto, diverso, come un principe nato per sbaglio in una famiglia di contadini. La differenza è che nel tuo caso è vero. Tu *sei* diversa. Forse non migliore… ma diversa. Ed essere diversi non è una passeggiata. Vuoi sapere com'è quando i tuoi genitori sono delle brave persone che vanno in chiesa e tu nasci con addosso il Marchio del Diavolo? — Si indicò gli occhi con le dita contratte. — Quando tuo padre rabbrividisce solo a vederti e tua madre si impicca nel fienile, impazzita alla vista di suo figlio? Quando avevo dieci anni mio padre cercò di affogarmi in un torrente. Io lo colpii con tutta la forza della mia mente. Lo carbonizzai dove si trovava. Alla fine andai a rifugiarmi dai sacerdoti della chiesa. Mi nascosero. Dicono che la compassione è un cibo amaro, ma è sempre meglio dell'odio. Quando scoprii cos'ero in realtà, un essere solo per metà umano, mi odiai. E qualsiasi cosa è meglio di questo.

Quando Magnus finì di parlare calò un silenzio assoluto. Con grande sorpresa di Clary, fu Alec a romperlo. — Non è stata colpa tua — disse. — Non si può decidere come nascere.

L'espressione di Magnus era impenetrabile. — L'ho superato. Ma credo tu abbia capito cosa volevo dire. Essere diversi non è necessariamente un bene, Clarissa. Tua madre stava cercando di proteggerti. Non fargliene una colpa.

Le mani di Clary si rilassarono un po'. — Non mi importa se sono diversa — disse. — Voglio solo essere quello che sono.

Magnus imprecò in una lingua che Clary non conosceva. Assomigliava allo scoppiettio di un fuoco. — Va bene. Ascolta. Io non posso disfare ciò che ho fatto, ma posso darti qualcos'altro. Un pezzo di ciò che sarebbe stato tuo se tu fossi stata cresciuta come una vera figlia dei Nephilim. — Attraversò la stanza di gran passo, raggiunse la libreria ed estrasse un pesante volume rilegato di velluto verde mezzo marcio. Sfogliò le pagine spargendo in giro polvere e pezzi di stoffa annerita. I fogli erano sottili, di una pergamena quasi trasparente, e su ognuno era tracciata una runa nera.

Le sopracciglia di Jace si alzarono. — È una copia del *Libro Grigio*?

Magnus non rispose e continuò a sfogliare le pagine.

— Ce l'ha anche Hodge — osservò Alec. — Me l'ha fatto vedere una volta.

— Ma non è grigio — non poté fare a meno di far notare Clary. — È verde.

— Se prendere le cose alla lettera fosse una malattia mortale, tu saresti morta da piccola — disse Jace spazzando via la polvere dal davanzale della finestra e guardandolo come se stesse decidendo se era abbastanza pulito per sedercisi sopra. — "Grigio" è una deformazione dell'antica parola "Grimorio", che indica una conoscenza magica e nascosta. Nel Grimorio sono copiate tutte le rune che l'Angelo Raziel scrisse nel *Libro dell'Alleanza* originale. Non ne esistono molte copie perché ognuna di esse deve essere creata in modo speciale. Alcune rune sono così potenti che brucerebbero la carta normale.

Alec sembrava colpito. — Io non sapevo tutte queste cose sul Libro.

Jace si sedette sul davanzale con un salto e fece ciondolare le gambe. — Non tutti dormono durante le ore di storia.

— Io non...

— Sì che lo fai, e sbavi anche sul banco.

— Zitti — disse Magnus, ma lo disse con un tono abbastanza bonario. Infilò un dito tra due pagine del libro, si avvicinò a Clary e glielo depose piano in grembo. — Ora, quando aprirò il libro, voglio che tu studi bene la pagina. Guardala finché non senti qualcosa cambiare dentro la tua mente.

— Farà male? — chiese nervosa Clary.

— La conoscenza fa sempre male — rispose lui. Si alzò in piedi e lasciò che il libro le si aprisse in grembo. Clary guardò la pagina bianca e la runa nera che vi si stagliava sopra come una macchia di sangue sulla neve. Assomigliava a una spirale con le ali, ma poi Clary piegò la testa di lato, e allora le sembrò un bastone attorno al quale erano avvolti dei rampicanti. Gli angoli mutevoli del disegno le solleticavano la mente come piume che sfiorano la pelle sensibile. Sentì il brivido di una reazione che la spingeva a chiudere gli occhi, ma li tenne aperti finché non le fecero male e la sua vista si annebbiò. Stava per batterli quando sentì un *clic* dentro la testa, come una chiave che apre una serratura.

La runa sulla pagina parve mettersi a fuoco con uno scatto e Clary pensò senza volerlo: *Ricorda*. Se la runa fosse stata una parola, sarebbe stata proprio quella, ma in essa c'era più significato che in qualsiasi parola la ragazza riuscisse a immaginare. Era il primo ricordo infantile della luce che passa fra le sbarre di una culla, il ricordo del profumo della pioggia e delle strade della città, il dolore di una perdita mai dimenticata, la fitta di un'umiliazione ricordata e la crudele smemoratezza della vecchiaia, quando i ricordi più antichi si stagliano con inquietante precisione e gli eventi più vicini si perdono per strada.

Con un piccolo sospiro Clary voltò pagina e poi ancora, lasciando che immagini e sensazioni scorressero in lei. *Tristezza. Pensiero. Protezione. Grazia*... E poi urlò d'indispettita sorpresa quando Magnus le strappò il libro dal grembo.

— Basta così — decise lo Stregone rimettendo il volume sul suo scaffale. Si pulì le mani dalla polvere sui pantaloni colorati, lasciandovi delle strisce grigie. — Se leggessi tutte le rune in una volta sola, ti verrebbe un gran mal di testa.

— Ma...

— La maggior parte dei giovani Shadowhunter impara una runa alla volta — spiegò Jace. — Il *Libro Grigio* contiene rune che non conosco nemmeno io.

— Da non credere... — disse Magnus sottovoce.

Jace lo ignorò. — Magnus ti ha mostrato la runa della Comprensione e del Ricordo. Serve ad aprire la mente per leggere e riconoscere gli altri Marchi.

— E può anche innescare l'attivazione di ricordi dormienti — aggiunse Magnus. — Ti possono tornare più velocemente di quanto accadrebbe senza la runa. È il massimo che posso fare per te.

Clary abbassò lo sguardo. — Però continuo a non ricordare niente della Coppa Mortale.

— È di questo che si tratta allora? — Magnus sembrava sinceramente sbalordito. — State cercando la Coppa dell'Angelo? Senti, io sono stato in mezzo ai tuoi ricordi e non c'era niente che riguardasse gli Strumenti Mortali.

— Strumenti Mortali? — gli fece eco Clary. — Io pensavo...

— L'Angelo diede tre oggetti ai primi Shadowhunters. Una coppa, una spada e uno specchio. La Spada ce l'hanno i Fratelli Silenti, la Coppa e lo Specchio si trovavano a Idris, almeno finché non è arrivato Valentine.

— Nessuno sa dove si trovi lo Specchio — disse Alec. — Non lo sa nessuno da secoli.

— A noi interessa la Coppa — disse Jace. — Valentine la sta cercando.

— E voi volete prenderla prima di lui? — chiese Magnus sollevando un sopracciglio.

— Mi sembrava avessi detto che non sapevi chi è Valentine — fece notare Clary.

— Ho mentito — ammise candidamente Magnus. — Io non faccio parte del Popolo Fatato, sai? Non sono costretto a dire la verità. E solo un idiota si metterebbe tra Valentine e la sua vendetta.

— È questo che pensi stia cercando? Vendetta? — chiese Jace.

— Direi di sì. Ha subito una tremenda sconfitta e non sembrava proprio... anzi, non sembra proprio... il tipo di uomo che sa perdere con eleganza.

Alec guardò Magnus.

— Tu eri presente alla Rivolta?

Gli occhi di Magnus si strinsero sui suoi, blu e verdi.

— Sì. E ho ucciso parecchi dei vostri.

— Parecchi membri del Circolo — lo corresse subito Jace. — Non dei nostri...

— Se continuerete a rinnegare quanto c'è di brutto in ciò che fate — disse Magnus senza staccare gli occhi da Alec — non imparerete mai dai vostri errori.

Alec si mise a cincischiare il copriletto con una mano e arrossì violentemente. — Non sembri sorpreso di sentire che Valentine è ancora vivo — disse evitando lo sguardo di Magnus.

Lo stregone allargò le braccia. — Voi sì?

Jace aprì la bocca e poi la richiuse. Sembrava confuso. Alla fine disse: — Quindi non ci aiuterai a trovare la Coppa Mortale?

— Non lo farei nemmeno se potessi — disse Magnus. — E comunque si dà il caso che io non possa. Non ho idea di dove si trovi e non mi interessa. Solo un idiota, come ho già detto...

Alec si mise a sedere più dritto. — Ma senza la Coppa non possiamo...

— Creare altri Shadowhunters, lo so — lo interruppe Magnus. — Forse non tutti lo considerano un disastro come voi. Se dovessi scegliere tra il Conclave e Valentine — aggiunse — sceglierei il Conclave. Almeno non ha giurato di eliminare quelli come me. Ma il Conclave non ha fatto niente per meritarsi la mia lealtà assoluta. Per cui questa volta me ne starò a guardare. E adesso, se qui abbiamo finito, vorrei tornare alla festa prima che i miei ospiti inizino a mangiarsi tra loro.

Jace, che continuava a serrare e riaprire le mani, sembrava sul punto di insultare Magnus, ma Alec si alzò in piedi e gli mise una mano sulla spalla. Nella semioscurità Clary non vide bene, però ebbe l'impressione che Alec stringesse abbastanza forte. — Dici sul serio? — chiese il ragazzo.

Magnus lo guardò con aria divertita. — Non sarebbe la prima volta.

Jace sussurrò qualcosa ad Alec, che lo lasciò andare. Il ragazzo si avvicinò a Clary. — Stai bene? — le chiese sottovoce.

— Credo di sì. Non mi sento diversa...

Magnus, in piedi accanto alla porta, schioccò le dita con un gesto impaziente. — Sbrigatevi, ragazzini. L'unica persona che ha il permesso di fare ciccipucci nella mia camera da letto è il vostro splendido ospite Magnus Bane.

— Fare ciccipucci? — ripeté Clary, che non aveva mai sentito quell'espressione.

— Splendido? — ripeté Jace per fare l'attaccabrighe.

Magnus ringhiò qualcosa che suonava come: — Fuori.

Uscirono dalla stanza e Magnus restò indietro per chiudere a chiave la porta. L'atmosfera della festa a Clary parve cambiata. Forse era solo la sua visione lievemente alterata, ma tutto sembrava più chiaro e i contorni erano più cristallini e definiti. Guardò un gruppo di musicisti salire sul piccolo palco al centro della sala. Indossavano abiti sgargianti, color oro, viola e verde, e le loro voci alte erano nitide e affilate.

— Io odio le band di fate — borbottò Magnus, mentre i musicisti eseguivano un'altra canzone inquietante, la cui melodia era delicata e trasparente come il cristallo. — Non fanno altro che suonare ballate strappalacrime.

Jace scoppiò a ridere mentre si guardava attorno. — Dov'è Isabelle?

Un'ondata di senso di colpa assalì Clary. Si era scordata di Simon. Si voltò per cercare le ben note spalle ossute e la zazzera di capelli scuri. — Non lo vedo. Non *li* vedo, volevo dire.

— Eccola. — Alec aveva individuato la sorella e le fece segno di avvicinarsi con un'espressione sollevata. — Vieni qui, Iz. E stai attenta al *puka*.

— Stai attenta al puka? — ripeté Jace guardando un tizio magro con la pelle marrone e un gilet a disegni cashmere verde che stava fissando Isabelle.

— Prima, quando gli sono passato davanti, mi ha dato un pizzicotto — disse rigido Alec. — In una zona estremamente personale.

— Be', mi sa che se è interessato alle tue zone estremamente personali, probabilmente non lo è a quelle di tua sorella.

— Non necessariamente — disse Magnus. — Il Piccolo Popolo non va tanto per il sottile.

Jace fece una smorfia allo stregone. — Sei ancora qui?

Isabelle li raggiunse prima che Magnus potesse rispondere: aveva il volto di un rosa più intenso, con delle macchioline rosse e l'alito che sapeva d'alcol. — Jace! Alec! Dove siete stati? Vi ho cercati dappertutto...

— Dov'è Simon? — la interruppe Clary.

Isabelle barcollò. — È un ratto — disse sottovoce.

— Ti ha fatto qualcosa? — Alec era tutto preoccupazione fraterna. — Ti ha toccata? Se ha provato a...

— No, Alec — disse Isabelle irritata. — Voglio dire che è un ratto. *Letteralmente.*

— È ubriaca — disse Jace iniziando a voltarsi disgustato.

— No — si indignò Isabelle. — Be', forse un pochino, ma non è questo il punto. Il punto è che Simon ha bevuto uno di quei cocktail blu... Io gli ho detto di non farlo, ma non ha voluto ascoltarmi... E si è trasformato in un topo.

— Un *topo*? — ripeté Clary incredula. — Non vorrai dire...

— Voglio proprio dire un topo — ripeté Isabelle. — Piccolo. Grigio. Coda lunga.

— Al Conclave non piacerà — disse Alec. — Sono abbastanza sicuro che trasformare i mondani in topi sia contro la Legge.

— Tecnicamente non è stata lei a trasformarlo in un topo — puntualizzò Jace. — Il peggio di cui possa essere accusata è negligenza.

— Ma chi se ne frega della vostra stupida Legge! — urlò Clary afferrando Isabelle per un polso. — Il mio migliore amico è un topo!

— Ahi! — Isabelle cercò di liberarsi il polso. — Lasciami andare!

— Solo dopo che mi hai detto dov'è. — Clary non aveva mai desiderato prendere a pugni qualcuno come voleva fare con Isabelle in quel momento. — Non ci posso credere che tu lo abbia abbandonato... Sarà terrorizzato.

— Se non lo hanno calpestato — sottolineò Jace con scarso tatto.

— Non sono stata io a lasciarlo lì… è corso sotto il bancone — protestò Isabelle indicando la zona bar. — Mollami! Mi stai rovinando il braccialetto.

— Stronza — disse Clary furente, lasciando andare il polso di Isabelle, che assunse un'espressione sbalordita. Clary non aspettò la sua reazione, ma si lanciò di corsa verso il bancone. Si buttò in ginocchio e sbirciò nello spazio buio sotto il bar. In quella semioscurità muffosa le sembrò di intravedere un paio di occhietti luccicanti.

— Simon? — disse con la voce strozzata. — Sei tu?

Simon-il-topo si fece un po' più vicino, coi baffi che tremavano. Clary distinse il contorno delle sue piccole orecchie tondeggianti appiattite contro la testa e la punta affilata del naso. Cercò di reprimere un senso di repulsione… non le erano mai piaciuti i topi, con i loro denti squadrati e pronti a mordere. Avrebbe preferito che Simon fosse stato trasformato in un criceto.

— Sono io, Clary — disse lentamente. — Stai bene?

Jace e gli altri la raggiunsero. Adesso Isabelle sembrava più infastidita che preoccupata. — È là sotto? — chiese Jace curioso.

Clary, ancora carponi, annuì. — Ssh. Lo farete scappare. — Infilò le dita con molta cautela sotto il bancone e le mosse piano. — Dai, vieni fuori, Simon. Diremo a Magnus di annullare l'incantesimo. Andrà tutto bene.

Si sentì uno squittio e il nasino rosa del topo spuntò da sotto il bancone. Con un'esclamazione di sollievo Clary lo prese in mano. — Simon! Hai capito quello che ho detto?!

Il topo, accucciato nel palmo della sua mano, emise uno squittio depresso. Clary se lo strinse al petto, felicissima. — Oh, povero piccolo — cantilenò, quasi come se fosse un vero animaletto domestico. — Povero Simon, andrà tutto bene, te lo prometto…

— Io non sarei tanto dispiaciuto per lui — disse Jace. — Probabilmente non è mai stato abbracciato così da una ragazza in tutta la sua vita.

— Piantala! — Clary lo guardò furente, ma allentò la presa sul topo. L'animaletto aveva i baffi che tremavano, ma la ragazza non avrebbe saputo dire se per la rabbia, l'agitazione o il terrore. — Chiamate Magnus — disse secca. — Dobbiamo ritrasformarlo.

— Non c'è fretta. — Jace stava ridacchiando, il bastardo. Allungò una mano verso Simon, come se volesse coccolarlo. — È carino così. Guarda che bel nasino rosa.

Simon scoprì i lunghi denti gialli e fece per morderlo. Jace ritrasse la mano. — Izzy, vai a cercare il nostro splendido ospite.

— Perché io? — protestò Isabelle.

— Perché è colpa tua se il mondano è diventato un topo, imbecille — disse, e Clary fu colpita da quanto raramente, a eccezione di Isabelle, pronunciassero il vero nome di Simon. — E non possiamo lasciarlo qui.

— Saresti più che felice di lasciarlo qui, se non fosse per lei — disse Isabelle riuscendo a iniettare in quell'unica sillaba una quantità di veleno sufficiente a uccidere un elefante. Se ne andò con passo deciso, la gonna che le svolazzava sui fianchi.

— Non ci posso credere che ti abbia lasciato bere quella roba blu — disse Clary a Simon-il-topo. — Adesso avrai imparato cosa succede a fare gli stupidi.

Simon squittì nervosamente. Clary sentì qualcuno ridacchiare, e quando sollevò lo sguardo vide Magnus che si chinava su di lei. Isabelle era alle sue spalle, l'espressione furiosa. — *Rattus norvegicus* — disse Magnus guardando Simon. — Un comune topo grigio, niente di esotico.

— Non mi interessa che tipo di topo è — sbottò Clary. — Voglio che tu lo faccia tornare normale.

Magnus si grattò la testa pensieroso, sollevando una nuvoletta di glitter. — Non serve — disse.

— È quello che ho detto anch'io. — Jace sembrava contento.

— NON SERVE? — urlò Clary tanto forte che Simon nascose la testolina sotto il suo pollice. — COME FAI A DIRE CHE NON SERVE?!

— Perché tornerà normale da solo nel giro di poche ore — rispose Magnus. — L'effetto dei cocktail è temporaneo. Non ha senso fargli un incantesimo di trasformazione: servirebbe solo a traumatizzarlo. Troppa magia è difficile da reggere per i mondani, il loro sistema non ci è abituato.

— Non credo che il suo sistema sia abituato a essere un topo — fece notare Clary. — Tu sei uno stregone, non puoi semplicemente annullare l'incantesimo?

Magnus ci pensò un po' sopra. — No.

— Vuoi dire che non *vuoi* farlo.

— Non gratis, cara. E tu non ti puoi permettere i miei servigi.

— Non posso nemmeno portarmi dietro un topo in metropolitana — si lamentò Clary. — Potrei farlo cadere, oppure mi arresterebbero per avere portato degli animali infestanti sui mezzi pubblici. — Simon emise uno stridio offeso. — Non che tu sia veramente infestante, certo.

Una ragazza che urlava accanto alla porta era stata raggiunta da sei o sette altre persone. Il suono di voci arrabbiate si levò sopra il brusio della festa e le note della musica. Magnus levò gli occhi al soffitto. — Vogliate scusarmi — disse infilandosi fra la folla, che gli si chiuse subito dietro.

Isabelle sospirò barcollando sui sandali. — È stato proprio d'aiuto...

— Be' — disse Alec — potresti sempre infilartelo nello zainetto.

Clary gli lanciò un'occhiataccia, ma non riuscì a trovare nulla di sbagliato in quell'idea. E comunque non aveva tasche in cui metterlo: il vestito di Isabelle era troppo aderente perché potesse avere delle tasche. Clary trovava sorprendente anche solo il fatto che Isabelle potesse starci dentro.

Si scrollò lo zainetto dalle spalle e trovò un nascondiglio per il topino che era stato Simon, annidato tra la sua felpa arrotolata e l'album da disegno. Il topo si acciambellò sopra il portafogli con un'espressione risentita. — Mi dispiace — disse Clary.

— Piantala — fece Jace. — Non capisco proprio perché voi mondani continuiate a prendervi la responsabilità di cose che non sono colpa vostra. Non sei stata tu a costringere questo idiota a bersi quel cocktail.

— Se non fosse per me, lui non sarebbe nemmeno qui — disse piano Clary.

— Non sopravvalutarti. Lui è venuto per Isabelle.

Clary chiuse lo zainetto con uno strattone rabbioso e si alzò in piedi. — Andiamo via. Questo posto mi ha stufato.

Il gruppo di persone urlanti sulla porta era composto da altri vampiri, facilmente riconoscibili dalla pelle pallida e dai capelli corvini. *Se li devono tingere*, pensò Clary. *Non può essere che siano tutti mori naturali, e poi alcuni hanno le sopracciglia bionde.* Si stavano lamentando rumorosamente del fatto che qualcuno aveva danneggiato le loro moto e che alcuni loro amici erano scomparsi nel nulla. — Probabilmente si sono ubriacati e sono svenuti da qualche parte — disse Magnus agitando annoiato un lungo dito bianco. — So benissimo come voialtri tendete a trasformarvi in pipistrelli o in mucchietti di polvere quando avete ingollato qualche Bloody Mary di troppo.

— È un cocktail di vodka e sangue — spiegò Jace all'orecchio di Clary.

La pressione del suo respiro la fece rabbrividire. — Sì, l'avevo immaginato, grazie.

— Non possiamo andarcene in giro a raccogliere tutta la polvere che c'è qui intorno nella speranza che domani mattina si trasformi in Gregor — disse una ragazza con la bocca imbronciata e le sopracciglia disegnate.

— Gregor non corre alcun rischio, non passo quasi mai la scopa qua dentro — la tranquillizzò Magnus. — Domani sarò lieto di rispedire a casa tutti i dispersi... in un'auto con i vetri oscurati, naturalmente.

— E le nostre moto? — chiese un ragazzo magro con la crescita bionda sotto una pessima tintura. Dal lobo sinistro gli pendeva un orecchino a forma di paletto. — Ci vorranno ore per aggiustarle.

— Avete tempo fino all'alba — disse Magnus, che stava evidentemente perdendo la pazienza. — Vi consiglierei di iniziare a darvi da fare. — E poi, a voce più alta: — Va bene, basta così! La festa è finita! Tutti fuori! — Agitò le braccia spargendo in giro nuvolette di glitter.

La band smise di suonare con un forte pizzicato all'unisono. Un brusio di lamentele si alzò dagli invitati, che però si avviarono obbedienti verso la porta. Nessuno si fermò a ringraziare Magnus per la festa.

— Andiamo. — Jace spinse Clary verso l'uscita. C'era un sacco di gente. Clary si tenne lo zainetto davanti al petto, proteggendolo con le mani. Qualcuno la spintonò e lei urlò e si spostò di lato, andando quasi a sbattere contro Jace. Una mano le sfiorò lo zainetto. Clary sollevò lo sguardo e vide il vampiro coi capelli argentati e l'orecchino a forma di paletto che le sorrideva. — Ehi, carina — le disse. — Cos'hai nella borsa?

— Acqua santa — disse Jace comparendo accanto a Clary come se fosse stato un genio biondo, sarcastico e dal pessimo carattere evocato lì per lì. — Perché, hai sete?

— Oooh, un Cacciatore — disse il vampiro. — Che paura! — Strizzò l'occhio e tornò a confondersi nella folla.

— I vampiri sono delle tali primedonne — sospirò Magnus sulla porta. — Non so proprio perché mi ostino a dare queste feste.

— Per il tuo gatto — gli ricordò Clary.

Magnus si rianimò. — È vero. Il presidente Miao merita tutti i miei sforzi. — Guardò la ragazza e il gruppetto di Shadowhunter alle sue spalle. — Ve ne andate?

Jace annuì. — Non vorremmo abusare della tua ospitalità.

— Ma quale ospitalità? — disse Magnus. — Vorrei poter dire che è stato un piacere, però non è così. Non che non siate tutti dei tipi carini. E per quanto riguarda te... — strizzò un occhio glitterato ad Alec, che reagì con un'espressione sbalordita — ... chiamami quando vuoi.

Alec arrossì e balbettò qualcosa, e probabilmente sarebbe andato avanti così tutta la notte se Jace non lo avesse preso per un gomito e trascinato verso la porta. Isabelle li seguì. Clary stava per fare lo stesso quando qualcosa le sfiorò un braccio: era Magnus. — Ho un messaggio per te — le disse. — Da parte di tua madre.

Clary restò tanto sbalordita che lasciò quasi cadere lo zainetto. — Da mia madre? Vuoi dire che ti ha chiesto di dirmi qualcosa?

— Non esattamente — disse Magnus. Per una volta i suoi occhi felini, attraversati dalle pupille verticali come brecce in un muro verde e dorato, erano seri. — Però la conoscevo, in un modo diverso da come la conoscevi tu. Ha fatto quello che ha fatto per tenerti fuori da un mondo che odiava. Tutta la sua esistenza, la sua fuga, la latitanza... le sue bugie, come le chiami tu... avevano lo scopo di tenerti al sicuro. Non sprecare tutti i suoi sacrifici rischiando la vita. Lei non lo vorrebbe.

— Non vorrebbe che la salvassi?

— Non se questo vuol dire metterti in pericolo.

— Ma io sono l'unica persona a cui importa di ciò che le accadrà...

— No — disse Magnus.

Clary strizzò gli occhi. — Non capisco. C'è... Magnus, se sai qualcosa...

Lo stregone la interruppe con brutale determinazione. — E c'è un'ultima cosa. — I suoi occhi si spostarono velocemente verso la porta, dove Jace la stava aspettando in mezzo ad Alec e Isabelle. — Non dimenticare che quando tua madre fuggì dal Mondo Invisibile, non era dai mostri che si stava nascondendo. E nemmeno dagli stregoni, dai licantropi, dal Piccolo Popolo o dai demoni. Stava fuggendo da *loro*. Dai Cacciatori.

Loro. I Cacciatori. La stavano aspettando fuori dal magazzino. Jace aveva le mani in tasca e se ne stava appoggiato alla balaustra della scala a guardare i vampiri che si aggiravano attorno alle loro moto imprecando. Aveva un lievissimo sorriso sul volto. Alec e Isabelle erano un po' più lontani. Lei si stava asciugando gli occhi e Clary sentì un'ondata di rabbia irrazionale: Isabelle conosceva appena Simon, questo non era il *suo* disastro. Era Clary che aveva il diritto di fare storie, non quella Cacciatrice.

Quando Clary uscì dal magazzino, Jace si staccò dalla balaustra e s'incamminò di fianco a lei senza parlare. Sembrava perso nei suoi pensieri. Isabelle e Alec, che camminavano spediti davanti a loro, stavano discutendo di qualcosa. Clary accelerò un po' il passo, allungando il collo per sentirli.

— Non è colpa tua — stava dicendo Alec. Mostrava una certa cautela in quello che diceva, come se si fosse già trovato in quella situazione con sua sorella. Clary si chiese quanti nuovi spasimanti le fosse capitato di trasformare in topi. — Però questo dovrebbe insegnarti a non andare tanto spesso alle feste dei Nascosti — aggiunse. — Sono sempre una fonte di guai.

Isabelle tirò su forte con il naso. — Se gli fosse successo qualcosa io... io non so cosa avrei fatto.

— Probabilmente la stessa cosa che stavi facendo prima — disse Alec con un'aria annoiata. — Non puoi certo dire di conoscerlo da una vita...

— Questo non vuol dire che io non...

— Cosa? Che non lo ami? — sbottò Alec alzando la voce. — Bisogna conoscere una persona per amarla... è questo l'amore.

— Ma non è solo questo. — Isabelle sembrava triste. — Tu ti sei divertito alla festa, Alec?

— No.

— Ho pensato che magari Magnus ti piaceva. È carino, vero?

— Carino? — Alec la guardò come se fosse pazza. — I gattini sono carini, Izzy. Gli stregoni sono... — Esitò. — Un'altra cosa — terminò tenendosi sul vago.

— Pensavo che potesse succedere qualcosa. — Isabelle sembrava di nuovo triste. Il suo ombretto scintillava come lacrime mentre guardava il fratello. — Che poteste fare amicizia.

— Ce li ho già degli amici — disse Alec guardandosi alle spalle e cercando con gli occhi, quasi involontariamente, Jace.

Ma Jace aveva gli occhi bassi, era perso nei suoi pensieri e non se ne accorse.

— Hai bisogno di amici diversi — disse Isabelle con una voce tanto tenue che Clary la sentì appena. Si sorprese a provare un senso di solidarietà nei suoi confronti. Evidentemente voleva bene a suo fratello: qualcosa nel modo in cui gli parlava le ricordò la propria voce quando si rivolgeva a Simon.

D'istinto allungò una mano per aprire lo zaino e dare un'occhiata all'interno... e aggrottò le sopracciglia. Era aperto. Tornò con la memoria alla fine della festa: aveva sollevato lo zaino e chiuso la cerniera. Ne era certa. Spalancò la borsa con il cuore che batteva a tutto spiano.

Le tornò in mente la volta in cui le avevano rubato il portafogli in metropolitana. Ricordò come avesse aperto la borsa e, non vedendo il portafogli, le si fosse prosciugata la bocca per la sorpresa. *L'ho fatto cadere? L'ho perso?* E poi si era resa conto di una cosa: *È andato.* In quel momento si sentiva come quella volta, solo mille volte peggio. Con la bocca asciutta come un deserto, Clary rovistò nello zainetto, buttando in giro i vestiti e l'album da disegno, con le unghie che raccoglievano lo sporco sul fondo. Niente.

Si fermò. Jace si stava attardando poco più avanti e sembrava impaziente. Alec e Isabelle erano già a un isolato di distanza. — Cosa c'è che non va? — chiese Jace, e Clary capì che stava per aggiungere qualche commento sarcastico, ma probabilmente vide in tempo l'espressione della ragazza, perché aggiunse solamente: — Clary?

— È sparito — sussurrò lei. — Simon. Era nel mio zainetto...

— Si è arrampicato fuori?

Non era una domanda irragionevole, ma Clary, esausta e in preda al panico, reagì irragionevolmente. — Certo che no! — urlò. — Cosa credi, che non veda l'ora di farsi schiacciare da una macchina, ammazzare da un gatto o...

— Clary...

— Stai zitto! — strillò lei mulinandogli contro lo zainetto. — Sei stato tu a dire che non era il caso di farlo tornare normale...

Lui afferrò al volo lo zainetto, glielo prese di mano e lo esaminò. — La cerniera è stata strappata — disse. — Dall'esterno. Qualcuno ha aperto la borsa con la forza.

Clary, confusa, scosse il capo e sussurrò: — Io non...

— Lo so. — La voce di Jace era gentile. Si mise le mani a coppa attorno alla bocca. — Alec! Isabelle! Andate avanti! Vi raggiungiamo.

Le due figure, ormai distanti, si fermarono: Alec esitò, ma sua sorella lo prese per un braccio e lo spinse con decisione verso la fermata della metropolitana. Clary sentì qualcosa premerle contro la schiena: era la mano di Jace che la faceva girare delicatamente. Lei si lasciò guidare, inciampando nelle crepe del marciapiede. La mano di Jace sulla sua schiena era ferma e solida, ma la sentiva appena.

— Perché hai... — sussurrò.

— Perché ho che cosa?

— Perché li hai fatti andar via? Alec e Isabelle?

Jace non rispose. Erano di nuovo nell'ingresso della casa di Magnus. Quello spazio angusto era invaso dalla puzza stagnante di alcol e dall'indefinibile odore dolciastro che Clary era arrivata ad associare ai Nascosti. Jace allontanò la mano dalla schiena di Clary e suonò il citofono di Magnus.

— Jace — disse lei.

Lui la guardò, gli occhi come due monete ossidate. — Cosa?

Clary cercò le parole. — Pensi che stia bene?

— Simon? — Era la prima volta che ne pronunciava il nome. Jace ebbe un'esitazione e Clary ripensò alle parole di Isabelle: «Non fargli una domanda a meno che tu non sappia di poter reggere la risposta». Jace non disse nulla e suonò ancora il campanello, questa volta un po' più a lungo.

Magnus rispose, la voce che rimbombava nel piccolo ingresso: — CHI OSA DISTURBARE IL MIO RIPOSO?

Jace sembrava quasi nervoso. — Jace Wayland. Ti ricordi? Sono del Conclave.

— Oh, sì. — Magnus pareva ringalluzzito. — Sei quello con gli occhi azzurri?

— Parla di Alec — suggerì Clary.

— No. I miei occhi vengono solitamente definiti dorati — disse al citofono. — E luminosi, tanto per la cronaca.

— Ah, sei quell'altro. — Magnus sembrava deluso. Se non fosse stata tanto sconvolta, Clary sarebbe scoppiata a ridere. — Sarà meglio che tu salga.

Lo stregone andò ad aprire la porta con addosso un kimono di seta con il disegno di un drago, un turbante dorato e un'espressione di fastidio appena contenuto.

— Stavo dormendo — disse stizzito.

Jace sembrava sul punto di dire qualcosa di maleducato, probabilmente a proposito del turbante, così Clary lo prevenne. — Ci dispiace disturbarti... — iniziò.

Qualcosa di piccolo e bianco spuntò da dietro le caviglie dello stregone. Aveva delle strisce grigie a zigzag e orecchie rosa impennacchiate che lo facevano assomigliare più a un grosso topo che a un piccolo gatto.

— Il presidente Miao? — tentò Clary.

Magnus annuì. — È tornato.

Jace guardò con un certo disgusto il gatto. — Ma quello non è un gatto — osservò. — È grande come un criceto.

— Sarò tanto gentile da dimenticare quello che hai appena detto — disse Magnus spingendo il presidente Miao verso la scala alle sue spalle.

— E io dimenticherò la tua delusione nel vedere me invece di Alec. La maggior parte delle persone tende ad avere la reazione opposta.

— Me ne rendo conto perfettamente — ammise Magnus. — Ma c'è qualcosa nel tuo amico. Non è come voi.

— È più gentile — disse Jace. — E non è pronto per i tuoi giochetti. Stagli alla larga.

Magnus lo guardò con gli occhi socchiusi. — È un ordine ufficiale del Conclave?

— Più che altro un consiglio.

— Non sarà per questo che siete venuti?

— No.

— Allora sarà meglio che mi diciate di cosa si tratta prima che debba tirarvelo fuori con un incantesimo della Verità.

— Usare la magia su un membro del Conclave è proibito dall'Alleanza — cantilenò Jace.

Magnus puntò un dito su Clary. — Ma lei non è un membro del Conclave.

— Non ce n'è bisogno — tagliò corto Clary, mostrandogli lo zaino strappato. — È Simon. È scomparso.

— Ah — disse Magnus con delicatezza. — Sarebbe a dire?

— Scomparso — ripeté Jace. — Andato. Sparito. Assente. Svanito.

— Magari si è nascosto sotto qualcosa — suggerì Magnus. — Non deve essere facile abituarsi a essere un topo, soprattutto per uno già così idiota.

— Simon non è un idiota — protestò rabbiosa Clary.

— È vero — concordò Jace. — È solo che sembra idiota. In effetti è discretamente intelligente. — Il suo tono era leggero, ma le sue spalle erano tese mentre si voltava verso Magnus. — Mentre stavamo uscendo, uno dei tuoi ospiti è andato a sbattere contro Clary. Credo le abbia aperto lo zainetto e abbia preso il topo. Simon, voglio dire.

Magnus lo guardò. — E...?

— E devo scoprire chi era — disse Jace in tono fermo. — Immagino tu lo sappia. In fondo sei il Sommo Stregone di Brooklyn, no? Suppongo che a casa tua non succedano molte cose di cui tu resti all'oscuro.

Magnus si stava ispezionando un'unghia glitterata. — Non ti sbagli.

— Diccelo, per favore — scattò Clary. La mano di Jace si strinse attorno al suo polso. Clary sapeva che lui voleva che stesse zitta, ma era impossibile. — Ti prego.

Magnus abbassò la mano con un sospiro. — Va bene. Ho visto uno dei vampiri motociclisti della tana di Uptown che se ne andava con un topo grigio in mano. Sinceramente ho pensato che fosse uno dei loro. A volte i Figli della Notte si trasformano in topi o in pipistrelli, quando si ubriacano.

A Clary tremavano le mani. — E tu pensi che fosse Simon?

Magnus ebbe una specie di tic nervoso. — Tiro a indovinare, ma mi sembra probabile.

— C'è un'altra cosa. — Jace parlava con una certa calma, ma adesso era all'erta, come nell'appartamento prima di trovare il Dimenticato. — Dov'è la tana?

— Che cosa?

— La tana dei vampiri. È lì che sono andati, no?

— Immagino di sì. — Magnus aveva l'aria di chi avrebbe preferito trovarsi da qualche altra parte.

— Ho bisogno che tu mi dica dove si trova.

Magnus scosse il capo pieno di gel. — Non ho intenzione di inimicarmi i Figli della Notte per un mondano che non conosco neppure.

— Aspetta — lo interruppe Clary. — Cosa possono volere da Simon? Credevo non avessero il permesso di fare del male agli umani...

— Vuoi che provi a indovinare? — disse Magnus con una certa gentilezza. — Hanno pensato fosse un animale addomesticato e che sarebbe stato divertente uccidere la bestiolina di uno Shadowhunter. Voi non gli piacete molto, qualsiasi cosa dicano gli Accordi... E nell'Alleanza non si dice niente riguardo all'uccisione di animali.

— Lo uccideranno? — chiese Clary con gli occhi sbarrati.

— Non necessariamente — si affrettò a dire Magnus. — Forse hanno pensato che fosse uno dei loro.

— E in quel caso cosa gli succederebbe?

— Be', al sorgere del sole riprenderà la forma umana e loro lo uccideranno comunque. Però questo potrebbe darvi qualche ora in più.

— Allora ci devi aiutare — disse Clary allo stregone. — O Simon morirà.

Magnus la guardò per bene con un'espressione di realistica solidarietà. — Tutti muoiono, cara. È meglio che ti ci abitui.

Fece per chiudere la porta, ma Jace vi infilò un piede per impedirglielo. Magnus sospirò. — Cosa c'è ancora?

— Non ci hai detto dov'è la tana — disse Jace.

— E non ho intenzione di farlo. Vi ho detto...

Fu Clary a interromperlo, passando davanti a Jace e mettendosi faccia a faccia con lo stregone. — Tu hai preso la mia infanzia — disse. — I miei ricordi. Non puoi fare almeno questa cosa per me?

Magnus socchiuse i suoi scintillanti occhi da gatto. Da qualche parte, in lontananza, il presidente Miao stava strillando. Lo stregone abbassò lentamente la testa e la picchiò una volta, nemmeno troppo piano, contro il muro. — Il vecchio Hotel Dumont — disse. — Uptown.

— So dov'è. — Jace sembrava soddisfatto.

— Quanto è lontano? Dobbiamo andarci subito. Hai un Portale? — chiese Clary rivolgendosi a Magnus.

— No. — Lo stregone era infastidito. — I Portali sono abbastanza difficili da costruire e comportano notevoli rischi per i loro proprietari. Se non sono ben protetti ne possono uscire creature decisamente spiacevoli. Gli unici che conosco a New York sono quello a casa di Dorothea e uno da Renwick, ma sono tutti e due troppo lontani perché valga la pena andarci, sempre ammesso che i loro proprietari accettino di farveli usare, cosa che probabilmente non farebbero. Tutto chiaro? E adesso sparite. — Magnus si mise a fissare il piede di Jace, che bloccava ancora la porta. Jace non si mosse.

— Ancora una cosa — disse. — C'è un luogo consacrato da queste parti?

— Ottima idea. Se avete intenzione di attaccare da soli una tana di vampiri, sarà meglio che prima preghiate i vostri dei.

— Ci servono armi — tagliò corto Jace. — Oltre a quelle che abbiamo addosso.

— C'è una chiesa cattolica in Diamond Street. Vi va bene?

Jace annuì e fece un passo indietro. — Andr...

La porta gli si chiuse in faccia. Clary ansimava come se stesse correndo e restò a fissarla finché Jace non la prese per un braccio e la trascinò giù per gli scalini, verso la notte.

14
L'Hotel Dumort

Di notte la chiesa di Diamond Street aveva un aspetto lugubre. Le sue finestre gotiche ad arco riflettevano la luce della luna come specchi d'argento. L'edificio era circondato da una balaustra di ferro battuto dipinta di nero opaco. Clary provò ad aprire il cancello principale, ma era chiuso con un lucchetto massiccio.

— È chiuso a chiave — disse guardando Jace.

Il ragazzo brandì il suo stilo. — Ci penso io.

Clary lo guardò trafficare con il lucchetto, osservò la curva asciutta della sua schiena, i rigonfiamenti dei muscoli sotto le maniche corte della maglietta. La luce della luna gli schiariva i capelli, conferendo loro una tonalità più argentata che dorata.

Il lucchetto cadde a terra con un rumore secco, ridotto a un ammasso contorto di metallo. Jace sembrava soddisfatto di sé. — Come al solito — disse. — Sono incredibilmente bravo in queste cose.

Clary provò un improvviso senso di fastidio. — Quando la parte autocelebrativa della serata sarà finita...

— La parte autocelebrativa della serata non finisce mai.

— ... magari potremo tornare a salvare il mio migliore amico dalla morte per dissanguamento?

— Dissanguamento — ripeté Jace colpito. — Che parolona...

— E tu sei un gran...

— Ehi — la interruppe lui. — Non si dicono parolacce in chiesa.

— Non siamo ancora in chiesa — borbottò Clary seguendolo lungo il viottolo che conduceva all'ingresso. L'arco di pietra sopra le porte era magnificamente scolpito e sulla sua sommità era posto un angelo che guardava verso il basso. Guglie puntutissime si stagliavano nere contro il cielo notturno e Clary si rese conto che quella era la chiesa che aveva intravisto qualche ora prima da McCarren Park. Si morse un labbro. — Forzare la porta di una chiesa non mi sembra il massimo della legalità.

Il profilo di Jace era sereno alla luce della luna. — Infatti non lo faremo — disse infilandosi in tasca lo stilo. Appoggiò una mano scura e affusolata, segnata ovunque da delicate cicatrici bianche che creavano una specie di velo di pizzo, contro il legno della porta, poco sopra la serratura. — In nome del Conclave — disse — io chiedo di avere accesso a questo luogo sacro. In nome della Battaglia-che-non-ha-mai-fine, io chiedo di poter usare le tue armi. E in nome dell'Angelo Raziel, chiedo la tua benedizione sulla mia missione contro le tenebre.

Clary lo fissò. Jace non si mosse, nemmeno quando la brezza notturna gli soffiò i capelli negli occhi. Sbatté le palpebre, e Clary stava per dire qualcosa, quando la porta si aprì con un *clic* e un cigolio dei cardini. Si spalancò dolcemente di fronte a loro, aprendosi su uno spazio deserto, fresco e buio, illuminato da punti di fuoco.

Jace fece un passo indietro. — Dopo di te.

Quando Clary entrò nella chiesa, fu avvolta da un'ondata di aria fresca e dall'odore di pietra e cera di candele. Le file poco illuminate di panche arrivavano fino all'altare, e contro la parete opposta una montagna di candele splendeva come un letto di lucciole. Clary si rese conto che, a parte l'Istituto, che in effetti non contava, non era mai stata in una chiesa prima d'allora. Ne aveva visto l'interno in qualche fotografia, e nei film e nei cartoni animati giapponesi alla televisione, dove comparivano spesso. Una scena di uno dei suoi anime preferiti si svolgeva in una chiesa con un mostruoso prete-vampiro. Dentro una chiesa, in teoria, avresti dovuto sentirti al sicuro, ma per lei non era così. Delle strane forme sembravano spiarla dalle ombre. Ebbe un brivido.

— Le pareti di pietra tengono fuori il caldo — disse Jace, che se n'era accorto.

— Non è per quello — disse lei. — Sai, non ero mai stata in chiesa.

— Sei stata all'Istituto. E al Pandemonium.

— Voglio dire in una vera chiesa. Per la messa e roba del genere.

— Be', questa è la navata, dove ci sono i banchi, e dove si siede la gente durante le funzioni. — Si spostarono in avanti e le loro voci echeggiarono contro le pareti di pietra. — Questa è l'abside. E questo è l'altare, dove il prete celebra l'Eucarestia. — Si inginocchiò di fronte all'altare e, per un momento, Clary pensò che stesse pregando. L'altare di granito scuro era alto e coperto da un drappo rosso. Alle sue spalle c'era una specie di paravento dorato su cui erano incise figure di santi e martiri, tutti con un disco d'oro dietro la testa a rappresentare l'aureola.

— Jace — sussurrò. — Cosa stai facendo?

Il ragazzo aveva appoggiato le mani sul pavimento di pietra e le muoveva rapidamente avanti e indietro, come se stesse cercando qualcosa, con le dita che sollevavano la polvere. — Cerco delle armi.

— Qui? — Clary era sbalordita.

— Di solito sono nascoste vicino all'altare. Per i casi di emergenza.

— Cos'è, una specie di accordo che avete con la Chiesa cattolica?

— Non solo. I demoni sono sulla Terra da quando ci siamo noi. Sono in tutto il mondo, in forme diverse... i *daemon* greci, i *deva* persiani, gli *asura* hindi, gli *oni* giapponesi. La maggior parte delle religioni tengono conto sia della loro esistenza sia della lotta contro di essi. Gli Shadowhunters non si schierano con nessuna religione in particolare e, in cambio, loro ci forniscono assistenza. Avrei potuto andare anche in una sinagoga ebraica, in un tempio scintoista o in... Ah, eccola. — Spazzò via un po' di polvere e Clary gli si inginocchiò accanto. Incisa in una delle pietre ottagonali davanti all'altare c'era una runa. Clary la riconobbe quasi con la stessa facilità con cui avrebbe letto una parola in inglese. Era la runa che significava Cacciatore.

Jace prese il suo stilo e toccò la pietra. Con un cigolio, essa si spostò, rivelando un anfratto buio. Lì dentro c'era una lunga scatola di legno. Jace sollevò il coperchio e guardò soddisfatto gli oggetti perfettamente allineati all'interno della scatola.

— Cosa sono queste cose? — chiese Clary.

— Boccette di acqua santa, pugnali benedetti, lame d'acciaio e d'argento — rispose Jace impilando le armi sul pavimento accanto a sé. — Filo d'acciaio per i demoni... Al momento non ci serve a molto, ma fa sempre comodo averne un po' di riserva... proiettili d'argento, incantesimi di protezione, crocifissi, stelle di Davide...

— Gesù! — disse Clary.

— No, lui non credo ci starebbe, dentro una scatola.

— JACE!

— Cosa?

— Non lo so, non mi sembra giusto fare battute del genere in chiesa.

Jace alzò le spalle. — Io non sono credente.

Clary lo guardò stupita. — No?

Il ragazzo scosse il capo. I capelli d'argento gli ricaddero davanti al volto, ma non li spostò, mentre esaminava una fiala con un liquido trasparente. Le dita di Clary prudevano per il desiderio di farlo. — Pensavi fossi religioso? — le chiese lui.

— Be'... — Clary esitò un po'. — Se esistono i demoni, allora deve esserci...

— Deve esserci cosa? — Jace si infilò la boccetta in tasca. — Ah, vuoi dire che se c'è questo... — e indicò il pavimento — ... deve esserci anche questo. — Indicò il soffitto.

— Mi sembra una deduzione sensata, no?

Jace abbassò la mano e raccolse una spada, di cui esaminò l'elsa. — Ti dirò una cosa. Sono dieci anni che uccido demoni. Devo averne rispediti più o meno cinquecento nella dimensione infernale da cui erano arrivati. E in tutto questo tempo – in tutto questo tempo – non ho mai visto un angelo. E non ho mai sentito nessuno che ne avesse visto uno.

— Ma è stato un angelo a creare gli Shadowhunter — disse Clary. — È quello che ha detto Hodge.

— Una bella storia, vero?

— Io credevo che voi foste i guerrieri prescelti da Dio — disse Clary.

Jace la guardò con gli occhi semichiusi, come un gatto. — Mio padre credeva in Dio — disse. — Io no.

— Per niente? — Clary non sapeva bene perché gli stesse dando il tormento... Lei, da parte sua, non si era mai chiesta se credesse in Dio o negli angeli eccetera, e se gliel'avessero chiesto avrebbe risposto che non ci credeva. Ma in Jace c'era qualcosa che la spingeva ad attaccarlo, a rompere il suo guscio di cinismo e a fargli ammettere che credeva in qualcosa, che sentiva qualcosa, che gli importava di qualcosa.

— Mettiamola così — disse il ragazzo mentre si infilava un paio di pugnali nella cintura. La luce fioca dei lampioni e del traffico che filtrava attraverso le finestre colorate gettava riquadri multicolori sul suo volto. — Mio padre credeva in un Dio giusto. *Deus vult* era il suo motto: "Dio lo vuole". Era il motto dei Crociati, e i Crociati andarono in battaglia e furono massacrati, proprio come mio padre. E quando l'ho visto morto in una pozza del suo sangue ho capito che non avevo smesso di credere in Dio. Avevo solo smesso di credere che gliene importasse qualcosa di noi. Dio forse esiste, Clary, o forse no, ma non credo che abbia importanza. In ogni caso ce la dobbiamo cavare da soli.

Erano gli unici passeggeri della carrozza diretta verso Uptown. Clary sedeva in silenzio con le ginocchia sotto il mento e pensava a Simon. Ogni tanto Jace la guardava come se volesse dire qualcosa, ma poi sprofondava anche lui in un insolito silenzio.

Quando uscirono dalla metropolitana, le strade erano deserte, l'aria pesante e metallica, i negozietti latinoamericani, le lavanderie automatiche e le agenzie finanziarie silenziose dietro le loro serrande. Dopo un'ora di ricerche, trovarono finalmente l'albergo in una laterale della 116th. Ci erano passati davanti due volte, pensando che fosse uno dei tanti condomini abbandonati di quella zona, ma poi Clary vide l'insegna. Si era staccata da un lato e penzolava mezzo nascosta dietro un albero rinsecchito. Avrebbe dovuto recitare HOTEL DUMONT, ma qualcuno aveva dipinto una R al posto della N.

— Hotel Dumort — disse Jace quando Clary gliela indicò. — Divertente.

Clary aveva studiato francese solo per due anni, però le bastò per capire il gioco di parole. — *Du mort* — disse. — Della morte.

Jace annuì. Era di nuovo all'erta, come un gatto che vede un topo strisciare dietro un divano.

— Be', non può essere questo, l'albergo — disse Clary. — Le finestre sono sbarrate e la porta è murata e… oh… — Si interruppe quando vide lo sguardo di Jace. — Giusto. Vampiri. Ma come fanno a entrare?

— Volano — spiegò Jace indicando i piani più alti dell'edificio. In passato era evidentemente stato un bell'albergo di lusso. La facciata di pietra era decorata elegantemente con fregi e fiordalisi, scuri ed erosi da anni di esposizione all'aria inquinata e alle piogge acide di New York.

— Noi però non voliamo — fece notare Clary.

— No — concordò Jace — non voliamo. Facciamo una piccola effrazione. — Attraversò la strada per avvicinarsi all'hotel.

— Volare suonava più divertente — disse Clary affrettando il passo per raggiungerlo.

— Al momento qualsiasi cosa suonerebbe più divertente. — Clary si chiese se dicesse sul serio. In lui c'era una sorta di eccitazione, di attesa della caccia che non glielo faceva sembrare affatto scontento della situazione. «Ha ucciso più demoni di chiunque altro alla sua età.» Non potevi uccidere tutti quei demoni se non ti piaceva combattere.

Si era alzato un vento caldo che muoveva le foglie degli alberi rachitici davanti all'hotel e trascinava la spazzatura raccolta nei canaletti di scolo e sui marciapiedi facendola volteggiare sulla strada piena di crepe. Quella zona era stranamente deserta, pensò Clary. Di solito a Manhattan c'era sempre qualcuno per strada, anche alle quattro del mattino. Diversi lampioni erano spenti, mentre quello più vicino all'albergo gettava un fioco bagliore giallo sul vialetto che portava a quella che un tempo era la porta d'ingresso.

— Stai lontana dalla luce. — Jace la tirò verso di sé per una manica del giubbotto. — Potrebbero fare la guardia dalle finestre. E non guardare in su — aggiunse, ma era troppo tardi. Clary aveva già sollevato gli occhi verso le finestre rotte dei piani superiori. Per un istante pensò di avervi visto un accenno di movimento, un lampo bianco che avrebbe potuto essere un volto o una mano che apriva una tenda pesante...

— Vieni — disse Jace, e la trascinò a fondersi nelle ombre proiettate dai muri dell'albergo. Clary sentì i nervi tesi del Cacciatore nella spina dorsale, nel pulsare dei polsi, nel martellare del sangue nelle orecchie. Il flebile ronzio delle auto sembrava lontanissimo e l'unico suono che contasse era quello delle sue scarpe che scricchiolavano sull'asfalto cosparso d'immondizia. Avrebbe voluto essere capace di camminare senza produrre alcun rumore, come uno Shadowhunter. Forse un giorno avrebbe chiesto a Jace di insegnarglielo.

Sgattaiolarono oltre l'angolo dell'albergo, in un vicolo che probabilmente in passato veniva usato per la consegna delle merci. Era stretto e stipato di immondizia: scatoloni marci, bottiglie vuote, pezzi di plastica, oggetti sparsi che a Clary parvero dapprima stuzzicadenti, ma che più da vicino sembravano...

— Ossa — disse Jace inespressivo. — Ossa di cani e gatti. Non avvicinarti troppo: guardare la spazzatura dei vampiri di solito non è un bello spettacolo.

Clary cercò di trattenere la nausea. — Va bene — disse. — Almeno sappiamo che siamo nel posto giusto. — E fu ricompensata dal lampo di rispetto che comparve brevemente nello sguardo di Jace.

— Oh, ci puoi scommettere che siamo nel posto giusto — disse lui. — Adesso dobbiamo solo capire come fare a entrare.

In quel punto un tempo c'erano state delle finestre, che ora erano murate. Non c'erano porte né tracce di uscite di sicurezza.

— Quando questo era un albergo — rifletté a voce alta Jace — le consegne dovevano arrivare qui. Voglio dire, non potevano far passare i fornitori dalla porta principale e non ci sono altri posti per parcheggiare un furgone. Per cui ci deve essere un modo per entrare...

Clary pensò ai negozietti e alle *bodegas* dalle parti di casa sua, a Brooklyn. Li vedeva ricevere le consegne, la mattina presto, mentre andava a scuola. Aveva visto i proprietari del negozio di alimentari coreano aprire gli sportelli di metallo sul marciapede di fronte all'ingresso, per portare in cantina gli scatoloni di tovaglioli di carta e cibo per gatti. — Scommetto che c'è una botola nel terreno. Probabilmente sepolta sotto questa spazzatura.

Jace annuì immediatamente. — È quello che stavo pensando anche io — sussurrò. — Mi sa che ci toccherà spostare queste schifezze. Possiamo iniziare con il cassonetto. — Lo indicò con un'espressione decisamente poco entusiasta.

— Preferiresti affrontare un'orda di demoni affamati, vero? — gli chiese Clary.

— Almeno non sarebbero pieni di vermi. Be' — aggiunse dopo averci pensato sopra — non tutti almeno. Una volta ho incontrato un demone nelle fogne sotto la Gran Central...

— Lascia perdere. — Clary sollevò una mano per fermarlo. — Non sono dell'umore giusto.

— Dev'essere la prima volta che una ragazza mi dice una cosa del genere — la prese in giro Jace.

— Stammi vicino e non sarà l'ultima.

Jace sorrise con un angolo della bocca. — Questo non è certo il momento giusto per le scaramucce. Abbiamo dell'immondizia da spostare. — Si avvicinò al cassonetto e lo prese da un lato. — Tu prendilo dall'altra parte. Lo ribaltiamo.

— Così faremmo troppo rumore — ribatté Clary mentre prendeva posto dall'altro lato.

Era un cassonetto standard della nettezza urbana, verde scuro e pieno di macchie indefinibili. Puzzava ancora più di quanto puzzino normalmente i cassonetti, puzzava di spazzatura e di qualcos'altro, qualcosa di denso e dolce che le invase la gola e le fece venire un conato di vomito. — Dovremmo spingerlo.

— Senti un po'... — iniziò a dire Jace, quando una voce parlò all'improvviso dalle ombre alle loro spalle distruggendo la loro precaria tranquillità.

— Siete proprio convinti di volerlo fare? — chiese la voce.

Clary si immobilizzò, fissando le ombre all'imboccatura del vicolo.

Per un terribile istante si chiese se non si fosse immaginata quella voce, ma anche Jace si era bloccato con un'espressione sbalordita. Era raro che qualcosa lo stupisse e ancora più raro che qualcuno riuscisse ad avvicinarsi a lui senza farsi sentire. Jace si allontanò dal cassonetto, la mano che scivolava verso la cintura, la voce calma. — C'è qualcuno laggiù?

— *Dios mio.* — La voce era maschile e aveva un tono divertito e un liquido accento spagnolo. — Voi non siete di questo quartiere, vero?

Fece un passo avanti, uscendo dalle ombre più buie. Il suo contorno si definì lentamente: un ragazzo, non molto più vecchio di Jace e di circa quindici centimetri più basso. Aveva un'ossatura esile, grandi occhi scuri e la pelle color miele che sembrava uscita da un dipinto di Diego Rivera. Indossava un paio di calzoni neri, camicia bianca con il colletto aperto e una catena d'oro al collo che scintillò un po' mentre si avvicinava alla luce.

— Direi di no — disse cauto Jace.

— Non dovreste essere qui. — Il ragazzo si fece scorrere una mano tra i folti riccioli neri che gli ricadevano sulla fronte. — Questo posto è pericoloso.

Vuol dire che è un brutto quartiere. Clary ebbe quasi l'impulso di scoppiare a ridere, anche se la situazione non era affatto divertente. — Lo sappiamo — disse. — È solo che ci siamo un po' persi, tutto qui.

Il ragazzo indicò il cassonetto. — Cosa stavate facendo?

Non sono molto brava a inventare balle al volo, pensò Clary, dopodiché guardò Jace che invece se la sarebbe cavata benissimo, o almeno così sperava.

Jace la deluse immediatamente. — Stavamo cercando di entrare nell'hotel. Pensavamo che ci potesse essere una botola di servizio, dietro il cassonetto.

Gli occhi del ragazzo si spalancarono increduli. — *Puta madre*... e perché dovreste fare una cosa del genere?

Jace scrollò le spalle. — Per scherzo, sai, tanto per divertirci un po'.

— Tu non capisci. Questo posto è infestato, è maledetto. Malocchio. — Scosse vigorosamente il capo e disse alcune cose in spagnolo. Clary ebbe il sospetto che avessero a che fare con la stupidità dei ragazzini bianchi viziati e con la loro in particolare. — Venite con me. Vi accompagno alla metropolitana.

— Lo sappiamo, dov'è la metropolitana — disse Jace tranquillamente.

Il ragazzo sfoggiò una risata morbida e vibrante. — *Claro* che lo sapete, ma se vi ci porto io, nessuno vi darà fastidio. E voi non siete in cerca di guai, vero?

— Dipende — disse Jace muovendosi in modo che la sua giacca si aprisse leggermente per mostrare il luccichio delle armi che portava alla cintura. — Quanto ti pagano per tenere la gente lontana dall'albergo?

Il ragazzo si guardò alle spalle, e i nervi di Clary si tesero mentre immaginava l'imbocco del vicolo che si riempiva di figure scure coi volti bianchi e le bocche rosse, e l'improvviso bagliore delle zanne, come quando il metallo fa scintille sfregando contro l'asfalto. Quando tornò a guardare Jace, la bocca del ragazzo era una linea sottile: — Quanto mi pagherebbe chi, *chico*?

— I vampiri. Quanto ti pagano? O c'è qualcos'altro? Ti hanno detto che ti faranno diventare come loro, ti hanno offerto la vita eterna, nessun dolore, niente malattie eccetera? Perché guarda che non ne vale la pena. La vita diventa una noia quando non vedi mai la luce del sole, *chico* — disse Jace.

Il ragazzo era privo d'espressione. — Mi chiamo Raphael, non *chico*.

— Però sai di cosa stiamo parlando. Tu sai dei vampiri? — chiese Clary.

Raphael si voltò di lato e sputò. Quando tornò a guardarli, i suoi occhi erano pieni di faville d'odio. — *Los vampiros*, sì, quegli animali succhiasangue. Ancora prima che l'hotel venisse murato giravano delle storie... risate a notte fonda, piccoli animali che scomparivano, rumori di risucchi... — Si fermò e scosse il capo. — Tutti in questo quartiere sanno che è meglio stare alla larga, ma cosa possiamo fare? Non si può chiamare la *policia* per dire che il tuo problema sono i vampiri.

— Li hai mai visti? — chiese Jace. — O conosci qualcuno che li ha visti?

Raphael parlò lentamente. — C'erano dei ragazzi, una volta, un gruppo di amici. Pensavano di avere avuto una buona idea: entrare nell'albergo e uccidere i mostri. Hanno preso delle pistole e dei coltelli, tutti benedetti da un prete. Non sono mai usciti. Mia zia, qualche tempo dopo, ha trovato i loro vestiti di fronte a casa.

— Di fronte a casa di tua zia? — chiese Jace.

— Sì. Uno dei ragazzi era mio fratello — rispose secco Raphael. — Così adesso sapete perché a volte vengo qui in piena notte, mentre torno dalla casa di mia zia, e perché vi ho detto di andarvene. Se entrate là dentro, non uscirete più.

— C'è un mio amico, dentro — disse Clary. — Siamo venuti a prenderlo.

— Ah, allora forse non riuscirò a convincervi ad andarvene.

— No — disse Jace. — Ma non preoccuparti. Non ci succederà quello che è successo ai tuoi amici. — Sfilò dalla cintura una delle spade angeliche e la sollevò. La luce fioca che emanava dalla lama gli illuminò gli zigomi, mettendo in ombra gli occhi. — Ho già ucciso un sacco di vampiri. Il loro cuore non batte, ma possono morire lo stesso.

Raphael inspirò di colpo e disse qualcosa in spagnolo a voce troppo bassa e veloce perché Clary potesse capire. Avanzò verso di loro, quasi inciampando in una pila di confezioni di plastica accartocciate. — Io so cosa siete… ho sentito parlare di quelli come voi dal vecchio prete della chiesa di Santa Cecilia. Siete *los Cazadores*. Credevo che fosse solo una storia.

— Tutte le storie sono vere — disse Clary a voce tanto bassa che Raphael parve non sentirla. Il ragazzo stava guardando Jace, i pugni stretti, le spalle irrigidite dalla tensione.

— Voglio venire con voi — disse.

Jace scosse il capo. — No. Assolutamente no.

— Posso farvi vedere come entrare — propose Raphael.

Jace esitò. La tentazione sul suo volto era evidente. — Non possiamo portarti con noi.

— Va bene. — Il ragazzo gli si affiancò e scalciò via un mucchio di spazzatura impilata contro un muro. Sotto la spazzatura c'era una grata di ferro, le sbarre sottili coperte da uno strato di ruggine. Si inginocchiò, afferrò le sbarre e spostò la grata. — Mio fratello e i suoi amici sono entrati da qui. Porta giù nelle cantine, credo. — Sollevò lo sguardo, mentre Jace e Clary lo raggiungevano. Clary respirava appena: l'odore della spazzatura era fortissimo e anche al buio si vedevano le sagome frenetiche degli scarafaggi che si spostavano tra i cumuli di avanzi.

Un sorriso sottile si era formato agli angoli della bocca di Jace. Aveva ancora in mano la spada angelica. La stregaluce che si diffondeva dalla spada dava al suo volto un carattere spettrale e le ricordò quando Simon si metteva la torcia elettrica sotto il mento per raccontarle le storie dell'orrore, quando avevano entrambi undici anni. — Grazie — disse Jace a Raphael. — Andrà benissimo.

Il volto dell'altro ragazzo era pallido. — Andate là dentro e fate per il vostro amico quello che io non ho potuto fare per mio fratello.

Jace si infilò nella cintura la spada angelica e diede un'occhiata a Clary. — Seguimi — le disse prima di infilarsi nell'apertura con una mossa felina. Clary trattenne il respiro in attesa di sentire un urlo di dolore o di stupore, ma udì solo un rumore sordo di piedi che atterravano su qualcosa di solido. — Tutto bene — la incoraggiò Jace. — Salta giù, ti prendo io.

Clary guardò Raphael. — Grazie.

Lui non disse nulla e si limitò a porgerle la mano. Clary la usò per tenersi in equilibrio mentre si metteva in posizione. Le dita del ragazzo erano fredde. La lasciò andare e Clary cadde attraverso l'apertura. Fu questione di un secondo, poi Jace la prese al volo, l'abito che le risaliva sulle cosce e la mano del giovane Shadowhunter che le accarezzava le gambe mentre lei gli scivolava tra le braccia.

Jace la rimise giù quasi immediatamente. — Tutto bene?

Clary si abbassò il vestito, felice che lui non potesse vederla, al buio. Le sue calze a rete avevano una grossa smagliatura. — Sì.

Jace estrasse la spada angelica, che emetteva una luce fioca, e la sollevò per cercare di capire dove si trovassero. Erano in uno spazio dal soffitto basso con il pavimento di cemento pieno di crepe. Riquadri di terra polverosa indicavano i punti in cui il cemento si era rotto, e Clary vide che dei rampicanti neri avevano già cominciato a risalire le pareti. Un vano privo di porta si apriva su un'altra stanza.

Un forte colpo sordo la fece sobbalzare. Quando si voltò vide Raphael che atterrava con le ginocchia piegate, a pochi centimetri da lei. Li aveva seguiti attraverso la grata. Il ragazzo si rialzò e rivolse loro un sorriso folle: — *Hola!*

Jace, con la stregaluce in una mano e la spada angelica nell'altra, lo guardò furente. — Ti avevo detto...

— E io ti ho sentito. — Rapahel liquidò la frase di Jace con un movimento della mano. — Cosa pensi di fare? Non posso uscire da dove siamo entrati e non puoi lasciarmi qui da solo per farmi trovare dai morti... vero?

— Non è detto — disse Jace, ma il suo tono non era troppo minaccioso. Aveva un'aria stanca, notò Clary con un certo stupore, e le ombre sotto i suoi occhi erano più pronunciate.

Raphael indicò la strada. — Dobbiamo andare da quella parte, verso le scale. Loro stanno ai piani più alti dell'albergo. Vedrete. — Superò Jace e oltrepassò il vano della porta. Jace lo guardò scuotendo il capo.

— Sto decisamente iniziando a detestare i mondani — commentò.

Il piano più basso dell'albergo era un dedalo di corridoi che si aprivano su magazzini vuoti, su una lavanderia deserta – con pile di asciugamani di lino ammuffiti ammucchiati dentro cesti di vimini marci – e su una cucina spettrale, i cui banchi di acciaio inossidabile affondavano nell'ombra. Quasi tutte le scale che portavano al piano di sopra erano scomparse: non marcite, ma abbattute deliberatamente, ridotte a mucchi di legna da ardere impilati alle pareti, con attaccati pezzi di tappeti persiani un tempo preziosi e ora ridotti a infiorescenze di muffa pelosa.

Le scale mancanti sconcertarono Clary. Cosa avevano i vampiri contro le scale? Alla fine ne trovarono una integra, nascosta dietro la lavanderia. Probabilmente le cameriere la usavano per trasportare la biancheria su e giù dai piani, prima dell'introduzione degli ascensori. I gradini erano ricoperti di polvere, come uno strato di neve grigia e asciutta che fece tossire Clary.

— Ssh — sibilò Raphael. — Ti sentiranno. Siamo vicini al posto dove dormono.

— Come fai a saperlo? — gli sussurrò lei scocciata. Quel tipo non avrebbe dovuto nemmeno essere lì, cosa gli dava il diritto di darle lezioni su cosa fare e cosa non fare?

— Lo sento. — L'angolo dell'occhio di Raphael ebbe uno spasmo e Clary capì che era spaventato quanto lei. — Tu no?

La ragazza scosse il capo. Non sentiva niente, a parte uno strano freddo: dopo il caldo soffocante all'esterno, il fresco dentro l'albergo era notevole.

In cima alle scale c'era una porta con la parola HALL appena leggibile sotto la polvere accumulata negli anni. Quando Jace la aprì, schizzò ruggine dappertutto. Clary si strinse le braccia al petto...

Ma la hall era vuota. Erano in un grande ingresso con la moquette marcia e sollevata a mostrare il parquet scheggiato sottostante. Un tempo l'elemento centrale della sala era stata la grande scalinata dalle curve aggraziate, affiancata da corrimano dorati e con una ricca passatoia rossa e dorata. Ora restavano solo i gradini più alti, che portavano verso il buio. La scala, infatti, finiva a mezz'aria, appena sopra le loro teste. Era una visione surreale che sembrava uscire da uno di quei quadri di Dalì o di Magritte che a Jocelyn piacevano tanto. Questo, pensò Clary, si sarebbe intitolato *La scala per il nulla*.

La sua voce suonò secca e polverosa come quell'ambiente. — Cos'hanno i vampiri contro le scale?

— Niente — disse Jace. — Solo che non hanno bisogno di usarle.

— È un modo di mostrare che questo posto è loro. — Gli occhi di Raphael erano luminosi. Sembrava eccitato. Jace lo guardò di traverso.

— Hai mai visto un vampiro, Raphael? — chiese.

Lui lo guardò con un'espressione quasi assente. — So che aspetto hanno. Sono più pallidi e più magri degli esseri umani, ma molto forti. Camminano come gatti e scattano con l'agilità dei serpenti. Sono belli e terribili. Come questo albergo.

— Tu lo trovi bello? — chiese Clary sorpresa.

— Puoi vedere com'era anni fa. È come una donna anziana che in passato è stata bella, ma ormai il tempo le ha portato via la bellezza. Immagina questa scala com'era un tempo, con le lampade a gas accese come lucciole nel buio, e le terrazze piene di persone. Non com'è adesso, così... — Si interruppe, alla ricerca della parola giusta.

— Monco? — suggerì secco Jace.

Raphael sembrò quasi spaventato, come se Jace lo avesse risvegliato da un sogno a occhi aperti. Fece un risolino incerto e si voltò.

Clary si rivolse a Jace. — Dove sono? I vampiri, voglio dire.

— Di sopra, probabilmente. A loro piace stare in alto quando dormono, come ai pipistrelli. Ed è quasi giorno.

Come burattini attaccati a dei fili, Clary e Raphael guardarono contemporaneamente in alto. Sopra di loro non c'era nulla, a parte il soffitto affrescato, crepato e a tratti annerito come se vi fosse scoppiato un incendio. Un arco alla loro sinistra dava su uno spazio buio: le colonne malconce sui due lati erano coperte di bassorilievi con foglie e fiori. Mentre Raphael abbassava lo sguardo, una cicatrice alla base della sua gola, bianchissima contro la pelle scura, lampeggiò come se le facesse l'occhiolino. Clary si chiese come se la fosse fatta.

— Credo che dovremmo tornare alla scala di servizio — sussurrò la ragazza. — Qui mi sento troppo esposta, e poi non c'è modo di salire.

Jace annuì. — Lo sai, vero, che quando ci arriveremo dovrai chiamare Simon e sperare che ti senta? Non c'è altro modo di trovarlo.

Clary si chiese se le si vedeva in faccia la paura che provava. — Io...

Le sue parole furono interrotte da un urlo agghiacciante. Clary si voltò di scatto.

Raphael. Era scomparso, nemmeno un'impronta nella polvere a indicare da che parte fosse andato... o fosse stato trascinato. Istintivamente Clary allungò una mano verso Jace, ma lui si stava già muovendo, correva verso l'arco che si apriva nella parete opposta e verso le ombre dietro di esso. Clary non riusciva a vederlo, ma seguì la stregaluce che aveva in mano, come un viaggiatore guidato attraverso una palude da un inaffidabile fuoco fatuo.

Dietro l'arco c'era quella che un tempo doveva essere stata una grandiosa sala da ballo. Il pavimento in rovina era di marmo bianco, ma ora era così distrutto da sembrare un tratto di iceberg alla deriva. Lungo le pareti correvano terrazze curve con balaustre velate di ruggine, e a intervalli regolari c'erano specchi con le cornici dorate, tutti sormontati da una testa di cupido anch'essa dorata. L'aria stagnante era attraversata da ragnatele che ricordavano antichi veli nuziali.

Raphael era in piedi al centro della sala, le braccia lungo i fianchi. Clary corse da lui, con Jace che la seguiva più piano. — Stai bene? — chiese la ragazza senza fiato.

Il ragazzo annuì lentamente. — Mi era sembrato di vedere qualcosa che si muoveva nell'ombra. Non era niente.

— È tutto a posto — disse Clary, senza riuscire a convincere nemmeno se stessa. C'era qualcosa nell'espressione di Jace...

— Abbiamo deciso di tornare alle scale di servizio — disse Jace. — Non c'è niente su questo piano.

Raphael annuì. — Ottima idea.

Si diresse verso la porta senza guardare se qualcuno li seguiva. Aveva fatto solo qualche passo, quando Jace chiamò il suo nome. — Raphael?

Lui si voltò, gli occhi spalancati come a chiedere cosa stesse succedendo, e Jace lanciò il suo pugnale.

I riflessi di Raphael furono veloci, ma non abbastanza. La lama colpì il bersaglio e la forza dell'impatto lo gettò a terra. I piedi gli si sollevarono dal pavimento e lui cadde pesantemente sul marmo crepato. Nella penombra della stregaluce il suo sangue sembrava nero.

— *Jace*! — sibilò Clary incredula e scioccata. Aveva detto che odiava i mondani, ma non avrebbe mai...

Mentre si voltava per andare a soccorrere Raphael, Jace la gettò brutalmente da una parte, si lanciò sul ragazzo a terra e afferrò il pugnale che gli spuntava dal petto.

Ma Raphael fu più veloce. Prese il coltello e urlò quando la sua mano entrò in contatto con l'elsa a forma di croce. L'arma cadde sul pavimento di marmo, la lama sporca di nero. Jace aveva una mano chiusa sulla stoffa della camicia di Raphael e la Sanvi nell'altra. La spada brillava di una luce tanto intensa che Clary riuscì a distinguere i colori dell'ambiente: il blu elettrico stinto della carta da parati, gli intarsi dorati del pavimento di marmo, la macchia rossa che si allargava sul petto di Raphael.

Ma Raphael stava ridendo. — Hai sbagliato mira — disse con un ghigno che gli scoprì per la prima volta un paio di incisivi bianchi e appuntiti. — Hai mancato il cuore.

Jace strinse la presa. — Ti sei mosso all'ultimo momento — disse. — Decisamente maleducato.

Raphael fece una smorfia e sputò rosso. Clary indietreggiò guardandolo con orrore man mano che comprendeva.

— Quando lo hai capito? — chiese Raphael. Il suo accento era scomparso, le sue parole erano diventate più precise.

— Ci ho pensato nel vicolo — disse Jace. — Ma immaginavo che ci avresti fatti entrare nell'albergo, prima di attaccarci. Una volta entrati non saremmo più stati protetti dall'Alleanza. Bella mossa. Quando non l'hai fatto ho pensato che forse mi ero sbagliato. Poi ho visto la cicatrice sulla gola. — Si rilassò un po', senza spostare la lama dalla gola di Raphael. — Quando ho visto quella catenella ho pensato che era una di quelle a cui si appendono le croci. Ed era così, vero? C'era una croce appesa alla catenella, quando sei uscito per andare dalla tua famiglia. In fondo è domenica sera, e cos'è la cicatrice di una piccola bruciatura per quelli come te che guariscono così in fretta?

Raphael scoppiò a ridere. — Tutto qui? La mia cicatrice?

— Quando sei uscito dalla hall, i tuoi piedi non hanno lasciato tracce nella polvere. A quel punto non ho più avuto dubbi.

— Non è stato tuo fratello a entrare qui alla ricerca dei mostri, vero? — disse Clary. — Eri tu.

— Siete tutt'e due molto intelligenti — sogghignò Raphael. — Ma non abbastanza. Guardate su — disse sollevando una mano per indicare il soffitto.

Jace allontanò quella mano senza spostare lo sguardo da Raphael. — Clary. Cosa vedi?

La ragazza sollevò lentamente la testa con il terrore che le stringeva la bocca dello stomaco.

Devi immaginare questa scala com'era un tempo, con le lampade a gas accese come lucciole nel buio e le terrazze piene di persone. E adesso erano piene di persone, file su file di vampiri con i loro volti bianchi e morti, le loro bocche rosse spalancate, che li guardavano sbalorditi.

La bocca di Clary era così asciutta che fece fatica a farne uscire delle parole. — Sono qui. Sono tutti qui, Jace.

Jace stava ancora guardando Raphael. — Li hai chiamati tu, vero?

Raphael stava ancora sorridendo. Il sangue aveva smesso di scorrere dalla ferita al petto. — Ha importanza? Sono in troppi anche per te, Wayland.

Jace non disse nulla. Sebbene non si fosse mosso, aveva il respiro accelerato, e Clary sentiva quasi la forza del suo desiderio di uccidere il ragazzo vampiro, di infilargli il pugnale nel cuore e cancellare per sempre quel sorriso dal suo volto. — Jace — gli disse. — Non ucciderlo.

— Perché no?

— Forse possiamo usarlo come ostaggio.

Gli occhi di Jace si spalancarono. — Come ostaggio?

Clary li vide stagliarsi sulla porta ad arco, ancora più numerosi, silenziosi come i Fratelli della Città di Ossa. Ma i Fratelli non avevano la pelle così bianca e incolore e nemmeno mani ripiegate a formare degli artigli...

Clary si leccò le labbra secche. — So quello che dico. Fallo alzare in piedi, Jace.

Lui la guardò, poi scrollò le spalle. — Come vuoi.

Raphael scattò: — Non è divertente.

— È proprio per questo che nessuno sta ridendo. — Jace si alzò, trascinando con sé Raphael e puntandogli il coltello tra le scapole. — Ti posso bucare il cuore anche passando dalla schiena — minacciò. — Se fossi in te non mi muoverei.

Clary si voltò e si rivolse alle figure scure che si stavano avvicinando. Sollevò una mano. — Fermatevi lì — disse — o infilerà quella lama nel cuore di Raphael.

La folla fu percorsa da una specie di mormorio che avrebbe potuto essere sia un sussurro sia una risata. — Fermi! — ripeté Clary, e questa volta Jace fece qualcosa che lei non vide ma che fece lanciare a Raphael un urlo di dolore stupito.

Uno dei vampiri alzò una mano per fermare i propri compagni. Clary lo riconobbe come il ragazzo magro e biondo con l'orecchino che aveva visto alla festa di Magnus. — Non sta scherzando — disse. — Sono Shadowhunters.

Una vampira si fece strada attraverso la folla per piazzarglisi accanto: era una bella ragazza asiatica coi capelli blu e una gonna argentata. Clary si chiese se ci fossero vampiri brutti, o magari grassi. Forse la gente brutta non veniva vampirizzata. — Questi Shadowhunters sono entrati nel nostro territorio — disse. — Non sono più protetti dall'Alleanza. Io dico di ucciderli... loro hanno ucciso molti dei nostri.

— Chi di voi è il Signore di questo posto? — chiese Jace con voce inespressiva. — Che si faccia avanti.

La ragazza scoprì i denti appuntiti. — Non usare il tuo linguaggio da Conclave con noi, Cacciatore. Entrando qui hai infranto la tua preziosa Alleanza. La Legge non ti proteggerà.

— Basta così, Lily — disse secco il ragazzo biondo. — La nostra Signora non è qui. È a Idris.

— Qualcuno deve avere il comando al suo posto — osservò Jace.

Scese il silenzio. I vampiri sulle terrazze si sporgevano dalle balaustre per ascoltare meglio. Alla fine il vampiro biondo capitolò: — È Raphael che ha il comando.

Lily, la ragazza coi capelli blu, emise un sibilo di disapprovazione. — Jacob...

— Vi propongo uno scambio — disse velocemente Clary interrompendo la sfuriata di Lily e la risposta di Jacob. — Ormai avrete capito di avere portato a casa dalla festa qualcuno di troppo, ieri sera. È il mio amico Simon.

Jacob sollevò un sopracciglio. — Sei amica di un vampiro?

— Non è un vampiro. E nemmeno uno Shadowhunter — aggiunse, vedendo che Lily socchiudeva gli occhi pallidi. — È solo un ragazzo qualsiasi. Un mondano.

— Non abbiamo portato a casa nessun ragazzo umano dalla festa di Magnus. Sarebbe stata una violazione dell'Alleanza — disse Jacob.

— Era stato trasformato in un topo. Un piccolo topo grigio — spiegò Clary. — Qualcuno potrebbe avere pensato che fosse un animale domestico o...

La sua voce si spense. La stavano guardando come se fosse pazza. Una gelida disperazione le penetrò nelle ossa.

— Fammi capire — chiese Lily. — Ci stai proponendo di scambiare la vita di Raphael con quella di un topo?

Clary guardò Jace con un'espressione disperata. Il ragazzo le rivolse uno sguardo che voleva dire: "L'idea è stata tua e adesso te la devi cavare da sola."

— Sì — disse tornando a voltarsi verso i vampiri. — È questo lo scambio che vi proponiamo.

I vampiri la fissarono per un po', i volti bianchi quasi privi d'espressione. In un altro contesto Clary avrebbe detto che sembravano confusi.

Sentiva la presenza di Jace dietro di sé, sentiva il suo respiro teso. Le nocche di Jace erano bianche nel punto in cui stringeva la spalla di Raphael. Clary si chiese se facesse male. Si chiese se Jace si stesse scervellando nel tentativo di capire perché le avesse permesso di trascinarli in quel posto. Si chiese se non stesse iniziando a odiarla.

— È questo il topo di cui parli?

Clary sbatté gli occhi. Un altro vampiro, un ragazzo nero e magro coi dreadlock, si era fatto strada fino alla prima fila. Teneva qualcosa tra le mani, qualcosa di grigio che squittiva piano. — Simon? — sussurrò Clary.

Il topo squittì più forte e iniziò ad agitarsi nella morsa delle mani del ragazzo. Il vampiro guardò il roditore prigioniero con un'espressione disgustata. — Accidenti, credevo fosse Zeke, anche se non capivo perché si comportasse così. — Scosse il capo e i suoi dreadlock frustarono l'aria. — Io dico che può prenderselo, amico. Mi ha già morso cinque volte.

Clary allungò una mano per prendere Simon, ma Lily le si piazzò di fronte prima che potesse fare un altro passo verso l'amico. — Aspetta — disse la vampira. — Come facciamo a sapere che dopo aver preso il topo non ucciderete Raphael?

— Vi diamo la nostra parola — rispose subito Clary, aspettandosi che i vampiri scoppiassero a ridere.

Non rise nessuno. Raphael imprecò qualcosa sottovoce in spagnolo. Lily guardò Jace con un'espressione incuriosita.

— Clary. — C'era una vena di esasperazione nella voce del giovane Shadowhunter. — È davvero un...

— Niente giuramento, niente scambio — disse subito Lily approfittando del suo tono incerto. — Lee, non mollare il topo.

Il ragazzo coi dreadlock strinse la presa su Simon, che gli affondò i denti nella mano. — Ahi! — esclamò Lee. — Che male!

Clary colse l'opportunità per sussurrare a Jace: — Giura e basta! Cosa ti costa?

— Per noi un giuramento non è come per voi mondani — sbottò lui rabbioso. — Un giuramento mi vincola per sempre.

— Ah, sì? E cosa succederebbe se lo infrangessi?

— Io non lo infrangerei mai, è questo il punto...

— Lily ha ragione — disse Jacob. — Devi giurare. Giura che non farai del male a Raphael. Nemmeno dopo che vi avremo dato il topo.

— Non farò male a Raphael — disse immediatamente Clary. — In nessun caso.

Lily le rivolse un sorriso tollerante. — Non è di te che ci preoccupiamo. — Lanciò uno sguardo indagatore a Jace, che teneva Raphael tanto stretto da avere le nocche bianche. Una chiazza di sudore scuriva il tessuto della sua maglietta appena sotto le scapole.

— Va bene. Lo giuro — disse.

— Pronuncia il giuramento — ribatté Lily. — Giura sull'Angelo. Dillo tutto.

Jace scosse il capo. — Prima tu.

Le sue parole caddero nel silenzio come pietre, generando un'increspatura di mormorii tra i vampiri. Jacob sembrava preoccupato, Lily furiosa. — Non ci sperare, Cacciatore.

— Noi abbiamo il vostro capo. — La punta del pugnale di Jace affondò un poco nella gola di Raphael. — E voi cos'avete? Un topo.

Simon, prigioniero tra le mani di Lee, squittì furiosamente. Clary avrebbe voluto cercare di prenderselo, ma si trattenne. — Jace...

Lily guardò Raphael. — Signore?

Raphael aveva la testa bassa e i riccioli scuri gli nascondevano il volto. Il colletto della sua camicia era macchiato di sangue, che sgocciolava lungo la pelle nuda marrone. — Un topo abbastanza importante — disse — se siete venuti fino a qui per lui. Sarai tu, Cacciatore, a giurare per primo.

La presa di Jace si serrò su di lui. Clary vide i suoi muscoli contrarsi sotto la pelle, le dita farsi ancora più bianche, come gli angoli della sua bocca, mentre lottava contro la propria rabbia. — Il topo è un mondano — disse. — Se lo uccidete sarete soggetti alla Legge...

— È nel nostro territorio. Gli intrusi non sono protetti dall'Allenza, lo sai benissimo...

— Ma lo avete portato voi qui! — intervenne Clary furente. — Non è un intruso.

— Questi sono dettagli — disse Raphael sorridendole nonostante il pugnale puntato alla gola. — E poi credi che non sentiamo le voci che girano, le notizie che scorrono nel Mondo Invisibile come il sangue scorre nelle vene? Valentine è tornato. Presto non esisteranno più né gli Accordi né l'Alleanza.

La testa di Jace si alzò di scatto. — Dove lo hai sentito?

Raphael fece una smorfia sdegnosa. — Lo sa tutto il Mondo Invisibile. Una settimana fa ha pagato uno stregone per evocare un branco di Divoratori. Ha inviato i suoi Dimenticati alla ricerca della Coppa Mortale. Quando la troverà non ci sarà più falsa pace tra noi, solo guerra. Nessuna Legge mi impedirà di strapparti il cuore in mezzo alla strada, Shadowhunter...

Clary non riuscì più a resistere. Si tuffò verso Simon spostando Lily con una spallata e strappò il topo dalle mani di Lee. Simon le si arrampicò su per il braccio avvinghiandosi alla manica con dei movimenti frenetici delle zampette.

— Va tutto bene — gli sussurrò la ragazza. — Va tutto bene. — Ma sapeva che non era così. Si voltò per tornare dov'era prima e sentì delle mani che le afferravano la giacca e la trattenevano. Cercò di divincolarsi, ma i suoi sforzi per liberarsi dalle mani che la stringevano, le mani di Lily, affusolate e ossute e con le unghie nere, erano ostacolati dalla paura di far cadere Simon, appeso alla sua camicia con le unghie e con i denti. — Mollami! — urlò mentre tirava un calcio alla ragazza vampira. Il suo anfibio colpì il bersaglio con forza e Lily urlò per il dolore e la rabbia, dopodiché fece saettare una mano e colpì la guancia di Clary con tanta forza da farle scattare la testa all'indietro.

Clary barcollò e fu lì lì per cadere. Sentì Jace urlare il suo nome e quando si voltò vide che aveva lasciato andare Raphael e stava correndo da lei, mentre si infilava una mano in tasca. Clary cercò di andare verso di lui, ma Jacob la afferrò per le spalle, affondandole le dita nella pelle.

Clary urlò... e il suono del suo urlo si perse in un altro, molto più forte, quando Jace tirò fuori una delle boccette di vetro dalla giacca e scagliò il contenuto verso di lei. Clary sentì qualcosa di bagnato e freddo colpirle il volto e sentì Jacob alle sue spalle urlare quando l'acqua toccò la sua pelle. Dalle sue dita si levò del fumo e lasciò andare Clary con un ululato ferino. Lily schizzò verso di lui, urlando il suo nome, e in quel pandemonio Clary sentì che qualcuno le afferrava un polso e cercò di liberarsi.

— Smettila, idiota, sono io — le ansimò Jace all'orecchio.

— Oh! — Clary si rilassò per un istante, ma tornò a irrigidirsi quando vide un profilo familiare avvicinarsi alle spalle di Jace. Lanciò un urlo e Jace si chinò e si voltò proprio mentre Raphael gli saltava addosso con i denti scoperti, veloce come un gatto. Le sue zanne presero la maglietta di Jace vicino alla spalla e strapparono il tessuto. Jace barcollò. Raphael gli restò avvinghiato come un ragno, i denti che scattavano verso la gola del Cacciatore. Le mani di Clary corsero alla cintura, alla ricerca del pugnale che le aveva dato Jace...

Una piccola figura grigia sfrecciò sul pavimento, schizzò tra i piedi di Clary e si lanciò contro Raphael.

Il vampiro urlò. Simon era appeso al suo avambraccio, i denti acuminati affondati nella carne. Raphael lasciò andare Jace e si gettò all'indietro schizzando sangue ovunque, mentre un fiume di oscenità in spagnolo si riversava dalla sua bocca.

Jace restò a guardarlo a bocca aperta. — Figlio di…

Raphael ritrovò l'equilibrio, si strappò il topo dal braccio e lo lanciò sul pavimento di marmo. Simon lanciò uno squittio di dolore e poi schizzò verso Clary. La ragazza si chinò e lo raccolse, tenendoselo al petto il più stretto possibile senza fargli male. Sentiva il suo piccolo cuore che martellava contro le sue dita.

— Simon — sussurrò. — Simon…

— Non c'è tempo. Tienilo bene. — Jace l'aveva presa per il braccio destro e la stava stringendo tanto da farle male. Nell'altra mano impugnava una spada angelica luccicante. — Muoviti.

Iniziò ora a trascinarla ora a spingerla verso la periferia del gruppo di vampiri, che si ritraevano dalla luce della spada angelica soffiando come gatti furiosi.

— Piantatela di starvene lì impalati, idioti! — Era Raphael, il braccio attraversato da un rivolo di sangue, le labbra ritratte sopra gli incisivi appuntiti. Guardò la massa formicolante dei vampiri che si agitava confusa. — Prendete gli intrusi — urlò. — Uccideteli tutti… compreso il topo!

I vampiri iniziarono ad avvicinarsi a Jace e Clary, alcuni camminando, altri fluttuando, altri calando dalle terrazze come pipistrelli neri. Jace accelerò il passo: si staccarono dalla folla e arretrarono verso la parete opposta. Clary si dimenò e si voltò parzialmente a guardarlo. — Non dovremmo metterci schiena contro schiena o qualcosa del genere?

— Cosa? Perché?

— Non lo so. Nei film fanno così quando si trovano in questo tipo di… situazione.

Lo sentì tremare. Era spaventato? No, stava ridendo. — Tu… — sospirò Jace. — Tu sei la più…

— La più cosa? — chiese Clary indignata. Stavano ancora arretrando, facendo attenzione a evitare i pezzi di mobili rotti e le schegge di marmo che coprivano il pavimento. Jace teneva la spada angelica alta sopra le loro teste. Clary notò come i vampiri girassero attorno ai bordi del cerchio di luce proiettato dalla spada. Si chiese per quanto tempo li avrebbe potuti tenere a bada.

— Niente — disse Jace. — Questa non è una situazione, va bene? Quella parola teniamola per quando le cose si metteranno veramente male.

— Veramente male? Adesso non ti sembra che vadano veramente male? Cosa vuoi, che una testata nucleare…

Si interruppe per lanciare un urlo quando Lily sfidò la luce e si lanciò contro Jace, i denti scoperti in un ringhio rovente. Jace prese la seconda lama dalla cintura e la vibrò in aria. Lily cadde a terra strillando: un grosso taglio le sfrigolava lungo il braccio. Mentre si rimetteva in piedi barcollando, gli altri vampiri si fecero avanti per circondarla. Erano tantissimi, pensò Clary, così tanti…

Portò la mano alla cintura e le sue dita si chiusero sull'elsa del pugnale. Era freddo e alieno contro la sua pelle. Non sapeva usare un pugnale. Non aveva mai tirato un pugno a nessuno, figuriamoci una coltellata. Non era nemmeno andata a scuola il giorno in cui avevano spiegato come difendersi da rapinatori e stupratori usando oggetti quotidiani tipo le chiavi della macchina o le matite. Sguainò il pugnale e lo sollevò. Le tremava la mano.

La finestra implose in una doccia di vetri rotti. Clary si sentì urlare e vide i vampiri, a meno di un braccio di distanza da lei e Jace, voltarsi in preda allo stupore, e lo shock mescolarsi al terrore sui loro volti. Perché dalle finestre rotte stavano entrando decine di figure snelle, a quattro zampe, pancia a terra, mentre raggi di luna e frammenti di vetro si rifrangevano sulla loro pelliccia. I loro occhi erano fiamme blu e dalle loro gole usciva un ringhio basso e composito che ricordava il tramestio torbido di una cascata.

Lupi.

— Ecco — disse Jace. — Questa sì che è una situazione.

15

Abbandonati

I lupi si prepararono a saltare, acquattati e ringhianti, e i vampiri, colti di sorpresa, arretrarono. Solo Raphael tenne la posizione. Si stringeva ancora il braccio ferito, la camicia un pasticcio di sangue e polvere. — *Niños de la Luna* — sibilò. Anche Clary, il cui spagnolo era quasi inesistente, capì ciò che aveva detto. I Figli della Luna… i lupi mannari. — Pensavo si odiassero — sussurrò a Jace. — I vampiri e i licantropi, dico.

— E infatti è così. Non vanno mai nelle tane degli altri. Mai. L'Alleanza lo vieta. — Sembrava quasi indignato. — Deve essere successo qualcosa. E non è una buona notizia. Proprio per niente.

— Be', come potrebbe andare peggio di prima?

— Può — disse Jace. — Perché stiamo per trovarci nel bel mezzo di una guerra.

— Come osate entrare nella nostra tana? — urlò Raphael. Aveva il volto violaceo dalla rabbia. — Se è la morte che volete, vi daremo la morte!

Il lupo più grosso, un mostro grigio chiazzato, con denti che sembravano quelli di uno squalo, emise un colpo di tosse ansimante, quasi canino. Mentre avanzava, tra un passo e l'altro, cambiava forma, come se un'onda lo stesse percorrendo e deformando. Ora era un uomo alto e muscoloso con lunghi capelli che pendevano a ciocche grigie simili a corde. Portava dei jeans e un pesante giubbotto di pelle e c'era qualcosa che ricordava un lupo nei tratti del suo volto asciutto e segnato. — Non siamo venuti per combattere — disse. — Siamo venuti per la ragazza.

Raphael riuscì a sembrare al tempo stesso furioso e sbalordito. — Per chi?

— Per la ragazza umana. — Il licantropo allungò un braccio rigido e lo puntò su Clary.

La ragazza era troppo scioccata per muoversi. Simon, che le si stava agitando tra le mani, si immobilizzò. Alle spalle di Clary, Jace borbottò tra sé qualcosa che suonò decisamente blasfemo. — Non mi avevi detto di conoscere dei licantropi. — Clary percepì la leggera titubanza sotto il suo tono inespressivo: era sorpreso quanto lei.

— Infatti non ne conosco — disse.

— Non è una buona notizia.

— Lo hai già detto prima.

— Mi è sembrato che valesse la pena di ripeterlo.

— Direi di no. — Clary si strinse a lui. — Jace. Mi stanno guardando tutti.

Tutti gli sguardi erano rivolti verso di lei. Perlopiù erano sguardi esterrefatti. Raphael aveva gli occhi socchiusi. Si voltò lentamente verso il licantropo. — Non puoi averla. È entrata nel nostro territorio, per cui è nostra.

Il licantropo scoppiò a ridere. — Sono proprio contento che tu lo abbia detto — esclamò, dopodiché si lanciò in avanti. A mezz'aria il suo corpo si deformò e tornò a essere un lupo con la pelliccia luccicante, le zanne spalancate, pronto a sbranare. Atterrò sul petto di Raphael e i due caddero a terra in un groviglio ringhiante. Dopo uno scambio di ululati rabbiosi, i vampiri si lanciarono contro i licantropi, che li affrontarono a testa bassa al centro della sala da ballo.

Il rumore che si levò era qualcosa che Clary non aveva mai sentito prima. Se i dipinti dell'*Inferno* di Bosch avessero avuto una colonna sonora, sarebbe stata quella.

Jace fischiò. — Raphael sta avendo proprio una serataccia, eh?

— E allora? — Clary non provava alcuna solidarietà per il vampiro. — Noi cosa facciamo?

Jace si guardò attorno. Erano inchiodati in un angolo dalla massa ribollente di corpi: per il momento li stavano ignorando, ma la cosa non sarebbe durata a lungo. Prima che Clary potesse dar voce a questi pensieri, Simon si liberò all'improvviso dalla sua presa e balzò sul pavimento. — Simon! — urlò mentre il topo correva verso l'angolo dove erano impilate delle tende di velluto ammuffite. — Simon, fermati!

Le sopracciglia di Jace disegnarono dei picchi interrogativi. — Cosa sta... — Afferrò Clary per un braccio e la tirò verso di sé con uno strattone. — Clary, non seguirlo. Sta scappando. È quello che fanno i topi.

Lei gli sparò uno sguardo furioso. — Non è un topo. È Simon. E ha morso Raphael per te, cretino di un ingrato. — Si liberò il braccio e si lanciò dietro a Simon, che era accucciato tra le pieghe delle tende, dove squittiva nervosamente e agitava le zampette verso di loro. Capendo finalmente ciò che Simon stava cercando di dirle, Clary scostò le tende. Erano viscide e ammuffite, ma dietro c'era...

— Una porta — sussurrò. — Genio di un topo!

Simon squittì modestamente, mentre Clary lo prendeva in mano. Jace era alle sue spalle. — Una porta, eh? Be', si apre?

Clary afferrò la maniglia e la girò, delusa. — È chiusa a chiave. Oppure incastrata.

Jace si lanciò contro la porta, che non cedette. Imprecò. — La mia spalla non sarà più la stessa. Spero proprio che vorrai farmi da infermiera finché non sarà guarita.

— Tu pensa solo ad aprire quella porta, ti dispiace?

Lui guardò alle spalle della ragazza con gli occhi spalancati. — Clary...

Lei si voltò. Un enorme lupo si era allontanato dalla mischia e stava correndo verso di lei, le orecchie appiattite contro la testa affusolata. Era enorme, a chiazze grigie e nere, con una lunga lingua rossa penzolante. Clary urlò. Jace si lanciò di nuovo contro la porta, con un'altra imprecazione. La ragazza allungò una mano verso la cintura, prese il pugnale e lo lanciò.

Non aveva mai lanciato un'arma, non aveva mai neppure pensato di farlo. La cosa più vicina alle armi che avesse fatto prima di quella settimana era stata disegnarle, per cui fu più stupita di chiunque altro quando il pugnale prese il volo, tremolante ma preciso, e aprì un lungo squarcio nel fianco del licantropo.

Il lupo urlò e rallentò, però tre suoi compagni stavano già correndo verso di loro. Uno si fermò accanto al lupo ferito, ma gli altri due si lanciarono all'attacco. Clary urlò ancora, mentre Jace si scagliava una terza volta contro la porta, che cedette con un'esplosione di ruggine e legno. — Il tre è il numero perfetto — ansimò Jace tenendosi la spalla. Si chinò nello spazio buio che si apriva al di là della porta rotta e si voltò ad allungare una mano impaziente. — Clary, sbrigati.

La ragazza sussultò, schizzò dietro di lui e chiuse la porta con un colpo secco proprio nel momento in cui due corpi massicci vi sbattevano contro. Cercò il chiavistello, ma era scomparso, caduto a pezzi quando Jace aveva sfondato la porta.

— Abbassati — ordinò lui, e mentre Clary gli obbediva lo stilo le sibilò sopra la testa, incidendo linee scure nel legno ammuffito della porta. Clary allungò il collo per vedere di cosa si trattasse: una curva simile a una falce, tre linee parallele, una stella radiante. *Resistere contro il nemico.*

— Ho perso il pugnale — confessò la ragazza. — Mi dispiace.

— Succede. — Jace infilò in tasca lo stilo. Clary sentì dei colpi quando i lupi si lanciarono ripetutamente contro la porta, che però resistette. — La runa li fermerà, ma non per molto. È meglio che ci sbrighiamo.

Clary guardò in su. Erano in un corridoio umido e una scala stretta saliva nell'oscurità. I gradini erano di legno, la balaustra coperta di polvere. Simon tirò fuori il naso dal taschino della sua giacca, gli occhietti neri che scintillavano nella semioscurità. — Va bene — disse facendo cenno a Jace. — Vai prima tu.

Jace sembrò sul punto di sorridere, ma era troppo stanco per farlo. — Sai quanto mi piaccia essere il primo. Ma andiamoci piano — aggiunse. — Non sono sicuro che queste scale riescano a reggere il nostro peso.

Non ne era sicura nemmeno Clary. I gradini scricchiolavano e gemevano sotto i loro passi, come una vecchia che si lamenta dei propri malanni. La ragazza strinse la balaustra e alcuni frammenti di legno si staccarono e le rimasero in mano, facendole lanciare uno strillo e un risolino esausto. Jace le prese la mano. — Tranquilla.

Simon emise un suono che, per un topo, si avvicinava abbastanza a una specie di sbuffata. Jace sembrò non sentirlo. Stavano salendo le scale con tutta la velocità che potevano raggiungere su quel legno marcio. La rampa si innalzava a spirale attraverso l'edificio. Superarono un pianerottolo dopo l'altro, tutti privi di porte. Avevano raggiunto la quarta svolta identica a quelle precedenti, quando un'esplosione attutita fece tremare le scale e una nuvola di polvere si levò nell'aria.

— Hanno superato la porta — disse Jace, per nulla soddisfatto. — Maledizione... pensavo avrebbe retto un po' di più.

— È il momento di mettersi a correre?

— Direi proprio di sì — rispose Jace, e si lanciarono su per le scale, che stridettero e si lamentarono sotto il loro peso mentre i chiodi saltavano via come colpi di mitragliatrice. Erano al quinto pianerottolo e Clary sentì il leggero tramestio delle zampe dei lupi sui gradini più bassi. O forse era solo la sua immaginazione. Sapeva che non c'era nessun alito caldo a sfiorarle il collo, ma i ringhi e gli ululati sempre più forti e vicini erano reali e terrificanti.

Il sesto pianerottolo si parò loro davanti come un iceberg che spuntava dalle acque scure del mare e loro vi si arrampicarono sopra. Clary aveva il fiato corto che le segava dolorosamente i polmoni, ma quando vide la porta riuscì a lanciare un gridolino di felicità. Era di acciaio pesante, rinforzata con chiodi e tenuta aperta da un mattone. Ebbe a malapena il tempo di chiedersi il perché, prima che Jace la spalancasse con un calcio, la spingesse al di là di essa e, dopo averla seguita, se la richiudesse alle spalle. Clary sentì un *clic* definitivo quando la porta si chiuse dietro di loro. *Grazie a Dio*, pensò.

E poi si voltò.

Il cielo notturno si apriva sopra di lei, cosparso di stelle simili a una manciata di diamanti. Non era nero, ma di un blu scuro e pulito, il colore dell'alba imminente. Erano su un tetto piatto e nudo, con dei comignoli di mattoni. Una vecchia cisterna dell'acqua, nera e abbandonata, si ergeva su una piattaforma sollevata a un'estremità. Un pesante telone cerato nascondeva una grossa pila di qualcosa, probabilmente immondizia, all'estremità opposta. — Dev'essere da qui che entrano ed escono — disse Jace guardando la porta. Clary ora lo vedeva meglio in quella luce fioca, i segni della stanchezza come piccoli tagli attorno agli occhi. Il sangue sulla sua camicia, perlopiù di Raphael, era nero. — Volano quassù ed entrano ed escono dalla porta. Non che questo ci serva granché.

— Magari c'è una scala antincendio — azzardò Clary. Si avvicinarono insieme, con cautela, al bordo del tetto. A Clary non era mai piaciuta l'altezza: l'idea di un volo verticale di dieci piani fino alla strada le rivoltò lo stomaco. E altrettanto fece la vista della scala antincendio, un ammasso contorto e inservibile di metallo ancora avvinghiato a un lato della facciata dell'hotel. — Forse no — disse. Diede un'occhiata alla porta alle loro spalle. Si apriva in una piccola struttura squadrata al centro del tetto. Stava vibrando e la maniglia si muoveva a scatti. Avrebbe retto ancora qualche minuto, forse meno.

Jace si premette il dorso delle mani contro gli occhi. L'aria plumbea li opprimeva, facendo il solletico alla nuca di Clary. La ragazza vide il sudore sgocciolare lungo il collo di Jace. Desiderò che piovesse, per quanto fosse futile in quel momento. La pioggia avrebbe fatto esplodere quella bolla di calore così come una puntura di spillo sgonfia un palloncino.

Jace stava mormorando qualcosa tra sé: — Pensa, Wayland, pensa...

Qualcosa iniziò a prendere forma nella mente di Clary. Una runa danzò all'interno delle sue palpebre: due triangoli rivolti verso il basso uniti da una sbarra... una runa che rappresentava un paio di ali...

— Giusto — sospirò Jace, lasciando cadere le mani, e per un inquietante momento Clary si chiese se le avesse letto nel pensiero. Jace sembrava esaltato e i suoi occhi dorati erano luminosissimi. — Non posso credere di non averci pensato prima. — Corse verso l'estremità opposta del tetto, poi si fermò un istante a guardare Clary, ancora immobile e confusa, i pensieri pieni di forme luccicanti. — Muoviti, Clary.

Lei lo seguì, allontanando dalla propria mente ogni pensiero sulle rune. Jace aveva raggiunto il telone cerato e lo stava tirando per un angolo. Il telone si spostò rivelando non immondizia, ma cromature scintillanti, pelli borchiate e vernice metallizzata. — Delle moto?

Jace raggiunse la più vicina, un'enorme Harley rosso scuro con delle fiamme dorate sul serbatoio e sui parafanghi. Balzò in sella e guardò Clary da dietro la spalla. — Sali.

Clary gli lanciò un'occhiata incredula. — Ma sei scemo? Lo sai come si guida una di queste? E le chiavi? Ce le hai le chiavi?

— Non mi servono le chiavi — spiegò lui con infinita pazienza. — Funziona a energia demoniaca. Hai intenzione di salire o vuoi prenderne una tutta per te?

Clary salì dietro di lui. In una qualche parte del suo cervello una vocina le stava urlando che era una pessima idea.

— Va bene — disse Jace. — Adesso abbracciami forte. — Lei lo fece, e sentì i muscoli duri dell'addome del ragazzo contrarsi mentre si piegava in avanti e infilava la punta dello stilo nell'avviamento. Con grande stupore di Clary, la moto prese subito vita. Simon, dentro la sua tasca, squittì forte.

— Va tutto bene — disse lei con tutta la calma che riuscì a mettere insieme. — Jace! — urlò poi per superare il rombo del motore. — Cosa stai facendo?

Lui le urlò qualcosa che suonava più o meno: — Sto tirando un po' l'aria.

Clary socchiuse gli occhi. — Be', sbrigati! La porta...

Come a un suo comando, la porta si spalancò con un rumore secco, strappata dai cardini. I lupi mannari si riversarono nel vano e iniziarono ad attraversare di corsa il tetto per raggiungerli. Sopra di essi volavano i vampiri, sibilando, strillando e riempiendo l'aria di urla da predatori.

Clary sentì il braccio di Jace scattare all'indietro e la moto balzare in avanti, dopodiché si ritrovò lo stomaco più o meno schiacciato sulla spina dorsale. Si strinse convulsamente alla cintura di Jace mentre sfrecciavano in avanti, le gomme che fischiavano sul pavimento di cemento, i lupi che si buttavano di lato al loro passaggio. Clary sentì Jace urlare qualcosa, ma le sue parole furono strappate via dal frastuono delle ruote, del vento e del motore. Il bordo del tetto si avvicinava velocissimo e Clary avrebbe voluto chiudere gli occhi, ma qualcosa glieli tenne ben aperti mentre la moto balzava oltre il parapetto e precipitava come un sacco verso il terreno, dieci piani più sotto.

Se aveva urlato, più tardi non lo ricordava più. Era stato come la sua prima discesa su un ottovolante, quando il binario scompare e tu ti senti sbalzato nello spazio, le mani che si agitano inutilmente per aria e lo stomaco incastrato all'altezza delle orecchie. Quando la moto si rimise in posizione orizzontale con un rombo e uno scatto, Clary non ne fu quasi sorpresa. Anziché cadere in picchiata, adesso stavano salendo verso il cielo cosparso di diamanti.

Clary si guardò alle spalle e vide due uomini in piedi sul tetto dell'hotel, circondati da un branco di lupi. Uno si teneva un fianco. Distolse lo sguardo... sperava proprio di non doverlo rivedere più, quell'albergo.

Jace stava lanciando grandi urla di piacere e sollievo. Clary si protese in avanti, le braccia strette a lui. — Mia mamma mi ha sempre detto che se fossi andata in moto con un ragazzo mi avrebbe uccisa — urlò per coprire il rombo assordante del motore e il rumore del vento che le frustava le orecchie.

Non udì la sua risata, ma sentì il suo corpo tremare. — Non lo avrebbe detto se avesse conosciuto me — le rispose Jace facendo sfoggio di grande sicurezza. — Sono un ottimo guidatore.

A Clary venne all'improvviso in mente qualcosa. — Pensavo che avessi detto che solo alcune moto dei vampiri potessero volare.

Jace virò sopra un semaforo che stava passando dal rosso al verde. Più sotto Clary sentiva i clacson delle auto, le sirene delle ambulanze e gli autobus che arrancavano verso le loro fermate, ma non osava guardare. — E infatti è così — disse Jace.

— Come facevi a sapere che questa era una di quelle?

— Non lo sapevo! — urlò lui allegramente, dopodiché fece impennare la moto quasi in verticale, a mezz'aria. Clary lanciò un urlo selvaggio e gli afferrò di nuovo la cintura.

— Dovresti guardare giù! — le urlò Jace. — È fantastico!

La curiosità sconfisse il terrore e le vertigini: Clary deglutì a fatica e guardò in basso.

Erano più in alto di quanto credesse, e per un istante la terra ondeggiò sotto di lei, un paesaggio confuso di luci e ombre. Stavano volando verso est, allontanandosi dal parco, verso l'autostrada che serpeggiava lungo la sponda destra della città.

Le mani di Clary erano quasi insensibili e sentiva una forte pressione al petto. Era bello, doveva ammetterlo: la città che si stendeva sotto di lei come una foresta torreggiante di acciaio e vetro, lo smorzato luccichio grigio dell'East River che si insinuava tra Manhattan e gli altri quartieri come la cicatrice lasciata in ricordo da un duello. Il vento era fresco tra i suoi capelli, sulle gambe nude e sulle braccia, delizioso dopo tanti giorni di caldo appiccicoso. Ma Clary non aveva mai volato, nemmeno in aereo, e il grande spazio vuoto tra lei e il terreno la terrorizzava. Non riusciva a impedirsi di strizzare gli occhi fino quasi a chiuderli, mentre sfrecciavano al di là del fiume. Subito dopo il Queensboro Bridge, Jace virò a sud, verso la parte più bassa dell'isola. Il cielo si stava illuminando appena e in lontananza Clary vedeva l'arco scintillante del ponte di Brooklyn e, ancora più in là, la Statua della Libertà, una massa confusa all'orizzonte.

— Tutto bene? — urlò Jace.

Clary non disse nulla, si limitò a stringerlo più forte. Jace virò e fece rotta verso il ponte. Clary vedeva le stelle al di là dei cavi di sospensione. Un treno del mattino stava avanzando rumorosamente sul ponte. Era la linea Q con il suo carico di pendolari semiaddormentati. La ragazza pensò a quanto spesso aveva preso quel treno. Un'ondata di vertigine la assalì, e chiuse gli occhi boccheggiando per la nausea.

— Clary? — urlò Jace. — Clary, stai bene?

Lei scosse il capo senza aprire gli occhi, con la sola compagnia del martellare del suo cuore nel buio e nel vento battente. Qualcosa di affilato le grattò il petto. Lo ignorò finché non accadde di nuovo, questa volta con più insistenza. Socchiuse un occhio e vide che era Simon, con la testa che spuntava dalla tasca, che le tirava la camicia con una zampetta frenetica. — Va tutto bene, Simon — si sforzò di dire senza guardare in basso. — Sto bene. È stato solo il ponte...

Simon la grattò di nuovo e poi indicò con la zampetta il fronte del porto di Brooklyn che si alzava sulla loro sinistra. Clary, nonostante il capogiro e la nausea, guardò e vide, sopra i contorni dei magazzini e delle fabbriche, una scheggia di alba appena visibile, come il bordo di una moneta dorata. — Sì, è molto carino — disse Clary chiudendo di nuovo gli occhi. — Una bella alba.

Jace si irrigidì all'improvviso come se gli avessero sparato. — L'alba? — urlò, dopodiché virò bruscamente a destra. Gli occhi di Clary si spalancarono, mentre scendevano in picchiata verso l'acqua, che aveva iniziato a scintillare, blu per l'alba imminente.

Clary si avvicinò a Jace quanto le era possibile senza stritolare Simon. — Cosa c'è che non va nell'alba?

— Te l'ho detto! Questa moto va a energia demoniaca! E Simon... — Impennò la moto in modo che fossero paralleli all'acqua, con le ruote che sollevavano un po' di schiuma. L'acqua del fiume schizzò sul volto di Clary. — Appena il sole sarà sorto...

La moto iniziò a scoppiettare. Jace imprecò e diede un'accelerata. La moto balzò in avanti e poi si ingolfò, sobbalzando sotto di loro come un cavallo recalcitrante. Jace stava ancora imprecando quando il sole fece capolino sopra le banchine fatiscenti di Brooklyn, illuminando il mondo con devastante chiarezza. Clary poté vedere ogni sasso, ogni ciottolo sotto di loro, mentre abbandonavano il fiume e arrancavano al di sopra dell'argine. Sotto di loro c'era l'autostrada, già ingombra del traffico del primo mattino. La mancarono di poco, e le ruote della moto sfiorarono il tetto di un camion in corsa. Davanti a loro adesso c'era il parcheggio disseminato di rifiuti di un enorme supermercato. — Tieniti forte! — urlò Jace mentre la moto sobbalzava e scoppiettava sotto di loro. — Tieniti, Clary, e non lasciare...

Il vento gli strappò le parole di bocca, mentre la moto si inclinava in avanti e toccava l'asfalto del parcheggio con la ruota anteriore. La Harley schizzò in avanti barcollando furiosamente e si esibì in una lunga sgommata, rimbalzando e sbattendo contro il terreno irregolare e facendo saltare avanti e indietro la testa di Clary a una velocità terrificante. L'aria puzzava di gomma bruciata. Ma la moto stava rallentando, stava per fermarsi... e poi andò a sbattere contro una barriera di cemento del parcheggio con tanta forza che Clary venne sollevata per aria e scagliata di lato, la mano strappata dalla cintura di Jace. Ebbe appena il tempo di stringersi a formare una specie di palla protettiva, con le braccia avvolte attorno al corpo, pregando che Simon non venisse schiacciato, quando picchiò sul terreno.

Il colpo fu duro e un dolore lancinante partì dal gomito per risalirle tutto il braccio. Qualcosa le andò a sbattere contro la faccia, e Clary iniziò a tossire mentre si girava sulla schiena. Portò la mano alla tasca della giacca. Era vuota. Cercò di chiamare Simon, ma era rimasta senza fiato. Mentre cercava di respirare emise una specie di sibilo. Il suo volto era bagnato e c'era qualcosa di liquido che le scorreva sul collo.

È sangue? Aprì gli occhi, ancora confusa. Le sembrava che tutta la sua faccia fosse un unico, grande livido, mentre le braccia le facevano male e le pungevano come carne viva. Si era messa su un fianco ed era sdraiata per metà dentro e per metà fuori da una pozzanghera di acqua sudicia. Il sole era sorto del tutto e Clary vide i resti della moto trasformarsi in un mucchietto di cenere quando i raggi la colpirono.

Jace si stava rimettendo in piedi, dolorante. Iniziò a correre verso di lei, ma quando le fu più vicino rallentò. Il suo volto, sotto la massa dei riccioli dorati sporchi di sudore, polvere e sangue, era bianco come uno straccio. La manica della sua giacca si era staccata e lungo il suo braccio sinistro c'era una lunga escoriazione sanguinolenta. Clary si chiese perché la stesse guardando a quel modo. Le si era staccata una gamba o qualcosa del genere?

Fece per alzarsi e sentì una mano che le toccava la spalla. — Clary?

— Simon!

Il suo amico era in ginocchio accanto a lei e sbatteva le palpebre come se nemmeno lui riuscisse a credere a quello che era successo. I suoi abiti erano stropicciati e luridi e aveva perso gli occhiali, ma per il resto sembrava stesse bene. Senza gli occhiali aveva un'aria più giovane, più indifesa e un po' confusa. Allungò una mano per toccare il volto di Clary, che si ritrasse di scatto. — Ahi!

— Stai bene? Hai un aspetto fantastico — disse con una voce strana. — La cosa più bella che abbia mai visto...

— È perché non hai gli occhiali — gli fece notare lei con un filo di voce, ma se si era aspettata una risposta arguta, non la ottenne: Simon le buttò le braccia al collo e la strinse forte. I suoi vestiti puzzavano di sangue e sudore e polvere e il suo cuore batteva a tutto spiano e le stava schiacciando i lividi, ma era comunque un sollievo sentire il suo abbraccio e sapere, sapere per certo, che stava bene.

— Clary — disse con una voce roca. — Pensavo… Pensavo che tu…

— Che non sarei tornata a prenderti? Ma certo che sì — disse lei. — Certo che sì. Lo abbracciò anche lei. Tutto in lui era familiare, dal tessuto consumato della sua maglietta alla spigolosità delle sue clavicole. Simon pronunciò il suo nome e lei lo accarezzò rassicurante. Quando si guardò alle spalle per un istante, Clary vide Jace che si voltava dall'altra parte, come se la luce dell'alba gli ferisse gli occhi.

16
Angeli caduti

Hodge era arrabbiatissimo. Era fermo nell'ingresso, con Alec e Isabelle alle spalle, quando Clary e i ragazzi entrarono zoppicando, sporchi e coperti di sangue, e si era immediatamente lanciato in una ramanzina di cui la madre di Clary sarebbe stata fiera. Non tralasciò la parte in cui gli avevano mentito sul posto in cui sarebbero andati – cosa di cui, a quanto pareva, Jace era responsabile – o il proposito di non fidarsi mai più di Jace, e infine aggiunse anche qualche orpello su faccende tipo le infrazioni di Jace alla Legge, il fatto che sarebbe stato buttato fuori dal Conclave e che aveva coperto di vergogna il nome antico e rispettato dei Wayland. Verso la fine del suo monologo puntò uno sguardo minaccioso su Jace: — Hai messo a rischio altre persone con la tua sciocca ostinazione. E questa volta non te la caverai con una scrollata di spalle!

— Non era mia intenzione — rispose Jace. — E anche volendo non potrei. Ho la spalla lussata.

— Se solo pensassi che il dolore fisico fosse davvero un deterrente per te… — disse Hodge furente. — E invece passerai i prossimi giorni in infermeria con Alec e Isabelle che si daranno da fare attorno a te. Probabilmente ti piacerà anche.

Hodge aveva ragione per due terzi: Jace e Simon finirono entrambi in infermeria, ma quando qualche ora dopo Clary, che nel frattempo si era data una ripulita, andò a trovarli, solo Isabelle si stava dando da fare attorno a loro due. Hodge aveva medicato il livido sul braccio di Clary e venti minuti di doccia avevano tolto la maggior parte dell'asfalto che le si era attaccato addosso, ma si sentiva ancora tutta dolorante.

Alec, seduto sul davanzale con un'espressione tempestosa, fece una smorfia quando la porta si chiuse alle spalle della ragazza. — Ah. Sei tu.

Clary lo ignorò. — Hodge ha detto che sta arrivando e spera che voi due riuscirete a resistere all'abbraccio della grande mietitrice finché non sarà qui — riferì a Simon e Jace sorridendo beata. — O qualcosa del genere.

— Preferirei che si sbrigasse — disse Jace di pessimo umore. Era seduto sul letto con la schiena appoggiata a due morbidi cuscini bianchi, con ancora addosso i suoi vestiti luridi.

— Perché? Fa male? — chiese Clary.

— No. Ho una soglia del dolore piuttosto alta. Però mi annoio facilmente. — Le rivolse uno sguardo allusivo. — Ti ricordi quando eravamo all'hotel e mi hai promesso che se fossimo sopravvissuti ti saresti vestita da infermiera e mi avresti lavato con una spugna?

— Temo che tu abbia sentito male — disse Clary. — È stato Simon a promettertelo.

Jace guardò involontariamente Simon, che gli fece un grande sorriso. — Appena sarò di nuovo in piedi, tesoruccio — gli disse.

— Lo sapevo che avremmo dovuto farti restare topo — disse Jace.

Clary scoppiò a ridere e si voltò verso Simon, che sembrava decisamente a disagio circondato da decine di cuscini e con le gambe sotto le coperte. Isabelle fece un passo indietro, innervosita, quando Clary si avvicinò e si sedette sul bordo del letto di Simon.

— Come stai?

— Come se qualcuno mi avesse fatto un massaggio con una grattugia — disse lui, cambiando posizione con una smorfia di dolore. — Mi sono rotto un osso di un piede. Era così gonfio che Isabelle ha dovuto tagliarmi la scarpa.

— Sono felice che si sia presa cura di te. — Clary lasciò che una piccola quantità di acido si insinuasse nella sua voce.

Simon si piegò in avanti senza distogliere lo sguardo dagli occhi di Clary. — Dobbiamo parlare.

Clary annuì, un po' riluttante. — Vado in camera mia. Vieni a trovarmi dopo che Hodge ti avrà rimesso a posto, va bene?

— Certo. — Con grande sorpresa di Clary, Simon si sporse in avanti e le baciò una guancia. Fu un bacio leggerissimo, un veloce incontro di labbra e pelle, ma quando si ritrasse Clary sapeva di essere arrossita. Probabilmente, pensò alzandosi, era per il modo in cui gli altri li stavano fissando.

In corridoio si toccò la guancia, confusa. Un bacetto sulla guancia non voleva dire granché, ma era così strano per Simon. Forse stava cercando di dire qualcosa a Isabelle? I maschi, pensò Clary, erano un tale casino. E Jace, con la sua scenetta del principe ferito... Se n'era andata prima che lui iniziasse a lamentarsi per la scarsa qualità del tessuto delle lenzuola.

— Clary!

Si voltò stupita. Alec stava correndo verso di lei. Quando la raggiunse si fermò. — Ti devo parlare — le disse.

— Di cosa?

Alec esitò. Con la sua pelle chiara e gli occhi azzurri era bello quanto la sorella, ma a differenza di lei faceva tutto il possibile per non farlo notare, con le sue felpe consumate e i capelli tagliati a casaccio. Non sembrava stare bene con se stesso. — Penso che te ne dovresti andare. A casa — disse.

Clary sapeva di non piacergli, ma fu comunque uno schiaffo. — Alec, l'ultima volta che sono stata a casa mia era infestata di Dimenticati. E di Divoratori. Con le zanne. Nessuno vorrebbe tornare a casa più di me, ma...

— Mi era sembrato di sentirti dire che hai uno zio. Non puoi andare da lui? — Nella sua voce c'era una vena di disperazione.

— No. E poi Hodge vuole che resti qui — tagliò corto la ragazza.

— Non può — replicò Alec. — Voglio dire, non dopo quello che hai fatto...

— Quello che ho fatto?

Alec deglutì. — Hai quasi ucciso Jace.

— Ho quasi... ma di cosa stai parlando?

— Correre dietro al tuo amico in quel modo... Lo sai in che razza di pericolo lo hai messo? Lo sai...

— Stai parlando di Jace? — lo interruppe Clary. — Per tua informazione, è stata una sua idea. È stato lui a chiedere a Magnus dov'era la tana. È stato lui ad andare alla chiesa a prendere le armi. Se non fossi andata con lui, lo avrebbe fatto lo stesso.

— Non capisci — disse Alec. — Tu non lo *conosci*. Io lo conosco. Pensa di dover salvare il mondo e sarebbe pronto a uccidersi per farlo. A volte ho l'impressione che voglia morire, ma questo non vuol dire che tu lo debba incoraggiare a farlo.

— Ma cosa dici? — disse Clary. — Jace è uno Shadowhunter. Questo è ciò che fate voi: salvate la gente, uccidete i demoni, vi mettete in pericolo. Cosa c'era di diverso, stanotte?

Alec perse il controllo. — *Che mi ha lasciato indietro*! — urlò. — Di solito ci sono io con lui, a coprirlo, a guardargli le spalle, a fare in modo che sia al sicuro. Ma tu... tu sei un peso morto, sei una mondana... — Sputò fuori quella parola come se fosse un'oscenità.

— No — disse Clary per la prima volta. — Non lo sono. Sono una Nephilim... proprio come te.

Le labbra di Alec si sollevarono in un sorriso amaro. — Può essere — disse. — Ma senza addestramento né niente non servi a molto, non ti pare? Tua madre ti ha cresciuta tra i mondani, e tu appartieni al loro mondo. Non sei una di noi, e fai comportare Jace come se... come se non fosse uno di noi. Gli fai dimenticare i suoi doveri nei confronti del Conclave, gli fai infrangere la Legge...

— Ho una notizia fresca di stampa per te — sbottò Clary. — Io non *faccio fare* un bel niente a Jace. Jace fa quello che vuole. Dovresti saperlo.

Alec la guardò come se lei fosse un tipo particolarmente disgustoso di demone mai visto prima. — Voi mondani siete così egoisti, vero? Non hai idea di quello che ha fatto per te, dei rischi personali che si è assunto? Non sto parlando solo della sua sicurezza... Avrebbe potuto perdere tutto. Ha già perso il padre e la madre, vuoi fargli perdere anche la famiglia che gli resta?

Clary indietreggiò un po'. La rabbia crebbe dentro di lei come un'ondata nera... rabbia contro Alec, perché in parte aveva ragione, e rabbia contro tutto e tutti: contro la strada ghiacciata di Boston che le aveva portato via suo padre prima ancora che lei nascesse, contro Simon per essersi quasi fatto uccidere, contro Jace perché faceva il martire e non gliene fregava niente di vivere o di morire. Contro Luke per aver fatto finta di volerle bene quando invece era tutta una bugia. E contro sua madre per non essere la noiosa, normale madre qualunque che le aveva sempre fatto credere di essere, ma una persona totalmente diversa, una persona eroica e spettacolare e coraggiosa che Clary non conosceva affatto. Una persona che non era lì, in quel momento, quando Clary ne aveva disperatamente bisogno.

— Parli proprio tu di egoismo — sibilò con tanta cattiveria da farlo arretrare. — Non te ne frega niente di nessuno al mondo, tranne che di te stesso, Alec Lightwood. Non c'è da stupirsi se hai sempre avuto troppa paura anche per uccidere un solo demone.

Alec era sconvolto. — Chi te lo ha detto?

— Jace.

Il ragazzo sembrava aver ricevuto uno schiaffo. — Non lo farebbe mai. Non direbbe mai una cosa del genere.

— E invece l'ha detta. — Clary capì quanto gli stava facendo male, e ne fu felice. Tanto per cambiare, sarebbe toccato a qualcun altro soffrire. — Puoi blaterare quanto ti pare di onore e onestà e di come i mondani non abbiano né l'uno né l'altra, ma se tu fossi onesto, ammetteresti che stai facendo tutta questa scena solo perché sei innamorato di lui... e non ha niente a che fare con...

Alec si mosse con una velocità incredibile. Un rumore secco risuonò nella testa di Clary. L'aveva spinta verso il muro tanto forte da mandarla a sbattere la nuca contro i pannelli del rivestimento di legno. La faccia di Alec era a pochi centimetri dalla sua, gli occhi enormi e neri. — Non dire mai — sussurrò, la bocca ridotta a una sottile linea bianca — *mai* una cosa del genere a Jace o ti uccido, giuro sull'Angelo che ti uccido.

Il dolore alle braccia, dove Alec la stringeva, era fortissimo. Clary sussultò contro la propria volontà. Alec sbatté le palpebre come se si stesse svegliando da un sogno... e la lasciò andare, staccando le mani da lei come se il contatto con la sua pelle lo stesse bruciando. Senza dire un'altra parola, si voltò e corse via, verso l'infermeria. Barcollava come un ubriaco.

Clary si massaggiò le braccia indolenzite e restò immobile a guardarlo, sbalordita da ciò che aveva fatto. *Ottimo lavoro, Clary. Adesso sì che sei riuscita a farti odiare per davvero.*

Clary avrebbe dovuto crollare appena toccato il letto, invece con sua grande sorpresa scoprì di non riuscire a dormire. Allora tirò fuori l'album dallo zainetto, se lo appoggiò sulle ginocchia e cominciò a disegnare. All'inizio erano degli scarabocchi casuali: un particolare della facciata in rovina dell'albergo dei vampiri, un doccione zannuto con gli occhi sporgenti. Una strada deserta, un unico lampione che gettava un cerchio giallo di luce, una figura in ombra al limite di questo cerchio. Disegnò Raphael con la camicia bianca insanguinata e la cicatrice della croce sul petto. Poi disegnò Jace in piedi sul tetto, intento a guardare quel baratro di dieci piani. Non era spaventato, era come se il precipizio lo stesse sfidando, come se non ci fosse uno spazio vuoto che non potesse riempire con la fiducia nella propria invincibilità. Come nel suo sogno, Clary lo disegnò con ali che formavano un arco dietro le sue spalle, come quelle della statua dell'angelo nella Città di Ossa.

Alla fine cercò di disegnare sua madre. Aveva detto a Jace che non si sentiva diversa dopo avere letto il *Libro Grigio*, e tutto sommato era vero. Ora però, mentre cercava di visualizzare il volto di sua madre, si rese conto che una cosa diversa c'era: i suoi ricordi di Jocelyn. Ora vedeva le cicatrici di sua madre, i minuscoli segni bianchi che le coprivano la schiena e le spalle come fosse stata sotto una nevicata.

Le faceva male sapere che il modo in cui aveva sempre visto sua madre, per tutta la sua vita, era stata una menzogna. Infilò l'album sotto il cuscino, gli occhi che bruciavano.

Sentì bussare alla porta... Dei colpi morbidi, esitanti. Si strofinò velocemente gli occhi. — Avanti.

Era Simon. Non si era davvero resa conto fino a quel momento di come fosse ridotto. Non aveva fatto la doccia e i suoi vestiti erano strappati e sporchi, i capelli tutti aggrovigliati. Esitò un po' sulla porta, stranamente formale.

Clary si spostò un poco per lasciargli spazio sul bordo del letto. Non c'era niente di strano a stare seduta su un letto con Simon: avevano dormito l'uno a casa dell'altra per anni, avevano costruito tende e fortini con le lenzuola quando erano piccoli, e quando erano diventati più grandi erano rimasti alzati fino a tardi a leggere fumetti.

— Hai ritrovato gli occhiali — disse. Una lente era crepata.

— Li avevo in tasca. Se la sono cavata meglio di quanto pensassi. Dovrò scrivere una lettera di ringraziamento alla LensCrafters. — Le si sedette accanto con una certa cautela.

Clary gli sfiorò la spalla. — Hodge ti ha rimesso a posto?

Simon annuì. — Sì, mi sento ancora come se mi avesse investito un treno, ma non ho niente di rotto... non più, almeno. — Si voltò a guardarla. I suoi occhi dietro le lenti erano gli stessi che lei ricordava: scuri e seri, incorniciati dal genere di ciglia delle quali a un ragazzo non importa nulla ma per le quali una ragazza ucciderebbe. — Clary... il fatto che tu sia venuta lì per me... che abbia rischiato tutto...

— Lascia stare. — Clary alzò una mano imbarazzata. — Tu avresti fatto lo stesso per me.

— Certo — disse lui senza arroganza né pretenziosità — ma ho sempre pensato che le cose non stessero così, tra noi... Sai...

Clary si voltò per rivolgergli uno sguardo perplesso. — In che senso?

— Voglio dire — disse Simon, come se fosse sorpreso di dover spiegare qualcosa che gli pareva ovvio — che sono stato sempre io quello che aveva bisogno di te, e non il contrario.

— Questo non è per niente vero. — Clary era sbalordita.

— E invece sì — disse Simon con la stessa calma snervante. — Tu non mi hai mai dato l'impressione di avere davvero bisogno di qualcuno, Clary. Sei sempre stata così... trattenuta. Tutto ciò che ti serviva erano le tue matite e i tuoi mondi immaginari. Mi è capitato un sacco di volte di ripetere le cose sei o sette volte, prima che tu rispondessi... eri sempre così distante... E poi ti voltavi verso di me e mi facevi uno dei tuoi sorrisi buffi, e io capivo che ti eri completamente dimenticata di me... Ma questa cosa non mi ha mai fatto arrabbiare. Metà della tua attenzione è meglio di tutta quella di chiunque altro.

Clary provò a prendergli la mano, ma gli raggiunse il polso. Sentiva le pulsazioni sotto la sua pelle. — Io ho amato solo tre persone in vita mia — gli disse. — Mia mamma, Luke e te. E ho perso tutti, a parte te. Non pensare nemmeno di non essere importante per me... non pensarci nemmeno.

— Mia mamma dice che bastano tre persone su cui fare affidamento per sentirsi realizzati — disse Simon. Il suo tono era leggero, ma a metà della parola "realizzati" gli si incrinò la voce. — Dice che tu sei sufficientemente realizzata.

Clary gli rivolse un sorriso furbo. — Tua mamma ha altre perle di saggezza in serbo su di me?

— Sì. — Simon rispose al suo sorriso con uno altrettanto ironico. — Ma non ho alcuna intenzione di rivelartele.

— Non è giusto!

— Chi ha mai detto che il mondo è giusto?

Alla fine si sdraiarono a letto come facevano quando erano bambini, spalla a spalla, le gambe di Clary sopra quelle di Simon. La punta delle sue dita arrivava appena sotto il ginocchio di lui. Stesi sulla schiena, parlarono fissando il soffitto, un'abitudine che era rimasta loro da quando il soffitto della stanza di Clary era coperto di stelle fosforescenti adesive. Se Jace profumava di sapone e limone, Simon puzzava come uno che si era rotolato nel parcheggio di un supermercato, ma a Clary non dava fastidio.

— La cosa strana — disse Simon avvolgendosi attorno a un dito una ciocca dei capelli di Clary — è che stavo scherzando con Isabelle sui vampiri subito prima che succedesse tutto. Cercavo di farla ridere un po', no? «Cos'è che fa sclerare i vampiri ebrei? Stelle di David d'argento? Fegato tritato? Assegni da diciotto dollari?»

Clary scoppiò a ridere.

Simon parve gratificato. — Lei non ha riso.

Clary pensò a una serie di cose che avrebbe voluto dire, ma non le disse. — Non sono sicura che questo sia il genere di umorismo che fa per Isabelle.

Simon le lanciò un'occhiata di traverso. — Va a letto con Jace?

Il gridolino di sorpresa di Clary si trasformò in un colpo di tosse, dopodiché lanciò un'occhiataccia all'amico. — Ma no! Sono praticamente parenti. Non lo farebbero mai. — S'interruppe un attimo. — O almeno credo.

Simon scrollò le spalle. — Non che me ne freghi qualcosa — disse deciso.

— Certo, come no.

— Neanche un po'! — Si voltò di lato. — Sai, all'inizio pensavo che Isabelle fosse… non so… fantastica. Eccitante. Diversa. Poi alla festa ho capito che in realtà è pazza.

Clary lo guardò con gli occhi socchiusi. — È stata lei a dirti di bere quel cocktail blu?

Lui scosse il capo. — Quella è stata un'idea mia. Ti ho visto mentre ti allontanavi insieme a Jace e Alec e… non lo so… avevi un aspetto così diverso dal solito. Sembravi proprio un'altra. Non ho potuto fare a meno di pensare che fossi già cambiata e che io sarei rimasto fuori dal tuo nuovo mondo. Volevo fare qualcosa per entrare almeno un po' a farne parte. Così, quando si è avvicinato quel piccoletto verde con il vassoio dei cocktail…

Clary sbuffò. — Sei un idiota.

— Non ho mai sostenuto il contrario.

— Scusa. È stato orribile?

— Essere un topo? No. All'inizio ero disorientato. All'improvviso arrivavo alle caviglie di tutti quanti. Ho pensato di avere bevuto una pozione rimpicciolente, ma non riuscivo a capire come mai avessi tutta quella voglia di masticare le carte dei chewing-gum.

Clary ridacchiò. — No… volevo dire… all'albergo dei vampiri… è stato orribile?

Qualcosa tremolò negli occhi di Simon, che distolse subito lo sguardo. — No. A dire la verità non è che ricordi un granché, tra la festa e l'atterraggio nel parcheggio.

— Probabilmente è meglio così.

Simon fece per dire qualcosa, ma fu bloccato da uno sbadiglio. La luce nella stanza era svanita lentamente. Districandosi da Simon e dalle lenzuola, Clary si alzò e aprì le tende della finestra. All'esterno la città era immersa nel bagliore rossastro del tramonto. Il tetto argentato del Chrysler Building, a cinquanta isolati di distanza, brillava come un attizzatoio lasciato troppo a lungo sul fuoco. — Il sole sta tramontando. Forse dovremmo cercare qualcosa da mangiare.

Non ricevette alcuna risposta. Clary si voltò e vide che Simon era scivolato nel sonno, le mani intrecciate sotto la testa, le gambe spalancate. La ragazza sospirò, si avvicinò al letto, gli tolse gli occhiali e li appoggiò sul comodino. Non si contavano le volte che Simon si era addormentato con addosso gli occhiali ed era stato svegliato dal rumore delle lenti che si rompevano.

E adesso dove vado a dormire? Non che le creasse problemi dividere il letto con Simon, ma non le aveva lasciato molto spazio. Prese in considerazione la possibilità di spostarlo un po', ma aveva un'aria così serafica. E poi lei non aveva sonno. Stava per prendere l'album da disegno sotto il cuscino, quando qualcuno bussò alla porta.

Attraversò la stanza a piedi nudi e girò la maniglia cercando di non fare rumore. Era Jace. Ripulito, in jeans e maglietta grigia, i capelli lavati a formare un'aureola umida e dorata. I lividi sul volto stavano già passando dal viola al grigio chiaro. Aveva le mani dietro la schiena.

— Dormivi? — chiese. Non c'era nemmeno un'ombra di scuse nella sua voce, solo curiosità.

— No. — Clary uscì in corridoio chiudendosi la porta alle spalle. — Perché lo pensavi?

Lui diede un'occhiata al pigiama azzurrino di lei. — Per nessun motivo in particolare.

— Ho passato quasi tutta la giornata a letto — disse Clary, il che era tecnicamente vero. Vedendolo, il suo livello di agitazione era schizzato in su almeno del mille per cento, ma non trovò alcun motivo per comunicarglielo. — E tu? Non sei esausto?

Jace scosse il capo. — I cacciatori di demoni sono come il servizio postale, non dormono mai. «Né neve né pioggia né caldo né tenebre possono fermare questi...»

— Saresti in guai grossi, se le tenebre potessero fermarti — fece notare lei.

Jace sogghignò. A differenza dei suoi capelli, i suoi denti non erano perfetti. Un incisivo superiore era leggermente sbeccato, e la cosa gli dava un'aria ancora più carina.

Clary si strinse le braccia al petto. In corridoio faceva freddo e sentì la pelle d'oca che le si stava formando sulle braccia. — Cosa ci fai qui?

— *Qui* nel senso di "in camera mia" o *qui* nel senso della grande domanda esistenziale riguardo a qual è il nostro scopo in questo mondo? Se mi stai chiedendo se è tutto una grande casualità cosmica o se la vita ha un senso morale superiore, be', sono secoli che l'uomo cerca di dare una risposta a questa domanda. Voglio dire, il mero riduzionismo ontologico è chiaramente un'argomentazione fallace, ma...

— Io torno a letto. — Clary fece per girare la maniglia.

Jace si infilò agilmente tra lei e la porta. — Sono qui — disse — perché Hodge mi ha detto che è il tuo compleanno.

Clary sospirò esasperata. — Non fino a domani.

— Non c'è motivo per evitare di festeggiare subito.

Lei lo guardò. — Stai evitando Alec e Isabelle.

Jace annuì. — Vogliono tutt'e due decidere cosa devo e non devo fare.

— Per lo stesso motivo?

— Non saprei. — Guardò su e giù per il corridoio. — E anche Hodge. Tutti vogliono parlarmi. A parte te. Scommetto che tu non vuoi parlare con me.

— No — disse Clary. — Voglio mangiare. Sto morendo di fame.

Jace fece uscire una mano da dietro la schiena. Reggeva un sacchetto di carta un po' stropicciato. — Ho soffiato un po' di cibo dalla cucina mentre Isabelle non guardava.

Clary sorrise. — Un picnic? È un po' tardi per Central Park, non ti pare? È pieno di...

Jace mosse una mano. — Fate. Lo so.

— Stavo per dire "rapinatori" — obiettò Clary. — Anche se non invidio un rapinatore che dovesse decidere di prendersela con te.

— Questo è un atteggiamento saggio per il quale non posso che lodarti — si pavoneggiò Jace. — Ma non stavo pensando a Central Park. Cosa ne diresti della serra?

— Adesso? Di sera? Non è… buio?

Jace sorrise come se avesse un segreto. — Vieni. Ti faccio vedere.

17
Il fiore di mezzanotte

Il sole era tramontato del tutto quando raggiunsero la porta d'accesso al tetto. Nella semioscurità, le grandi stanze mezzo vuote davanti alle quali passarono erano deserte come scenografie teatrali, e i mobili coperti da lenzuola bianche uscivano dalle tenebre come iceberg nella nebbia.

Quando Jace aprì la porta della serra, l'odore colpì Clary, morbido come il soffice colpo di zampa di un gatto: l'odore ricco e scuro di terra e quello più forte e saponoso dei fiori notturni – gli occhi di bue, le maurandie, le belle di notte – e altri ancora che non riconobbe, come un fiore giallo a forma di stella i cui petali erano ornati da un polline dorato.

Attraverso le pareti di vetro, vide le luci fredde di Manhattan che bruciavano di un verde ghiaccio e di un azzurro zaffiro.

— Cavoli! — Si voltò lentamente per godersi la vista. — È bellissimo qui di sera.

Jace sorrise. — Ed è tutto per noi. Alec e Isabelle detestano questo posto. Hanno delle allergie.

Clary ebbe un brivido, anche se non faceva affatto freddo. — Che fiori sono questi?

Jace scrollò le spalle e si sedette con una certa cautela accanto a un cespuglio verde lucido, punteggiato da numerosissimi boccioli. — Non ne ho idea. Credi che stia attento durante le lezioni di botanica? Non ho intenzione di fare l'archivista. Non mi serve sapere quella roba.

— Ti serve soltanto saper uccidere?

Jace la guardò e sorrise. Poteva sembrare un angelo biondo di un quadro di Rembrandt se non fosse stato per quella bocca demoniaca. — Infatti. — Prese dal sacchetto qualcosa avvolto in un tovagliolo e lo offrì a Clary. — E poi — aggiunse — so fare dei panini al formaggio fantastici. Provane uno.

Clary sorrise con riluttanza e si sedette di fronte a Jace. Il pavimento di pietra della serra era freddo contro le sue gambe nude, ma era una sensazione piacevole, dopo tutti quei giorni di calura implacabile. Jace tirò fuori dal sacchetto

alcune mele, una tavoletta di cioccolato alla frutta secca e una bottiglia d'acqua.
— Niente male, come bottino — disse lei ammirata. Jace fece la ruota.

Il panino al formaggio era tiepido e un po' molliccio, però aveva un buon sapore. Da una delle innumerevoli tasche interne della sua giacca, Jace produsse un coltello con il manico d'osso che sembrava in grado di sventrare un grizzly. Si mise al lavoro sulle mele, dividendole in ottavi perfetti. — Be', non è una torta di compleanno — disse porgendole una fetta — ma spero sia meglio di niente.

— Quello che mi aspettavo era proprio una bella fetta di niente, quindi grazie. — Diede un morso alla mela: era un po' acerba e fresca.

— Tutti quanti dovrebbero ricevere qualcosa per il loro compleanno. — Jace stava sbucciando la seconda mela, togliendo la buccia in lunghe strisce ricurve. — I compleanni dovrebbero essere giorni speciali. Il mio era l'unico giorno in cui mio padre diceva che potevo fare o avere qualsiasi cosa volessi.

— Qualsiasi cosa? — Clary scoppiò a ridere. — E tu che qualsiasi cosa volevi?

— Be', quando ho compiuto cinque anni ho voluto fare il bagno negli spaghetti.

— Ma lui non te lo ha lasciato fare, giusto?

— No, è proprio questo il bello, me lo ha permesso. Ha detto che non era una cosa costosa, e perché non avrei dovuto farlo, se era quello che volevo? Disse alla servitù di riempire la vasca da bagno di acqua bollente e pasta, e quando si intiepidì... — scrollò le spalle — ci feci il bagno.

La servitù? pensò Clary. Ma ad alta voce disse soltanto: — E come è stato?

— Scivoloso.

— Ci credo. — Cercò di immaginarsi Jace da bambino che ridacchiava tutto allegro, con gli spaghetti che gli arrivavano alle orecchie. Non ci riuscì. Sicuramente Jace non ridacchiava tutto allegro nemmeno a cinque anni. — Cos'altro hai chiesto?

— Soprattutto armi — disse lui. — Il che certamente non ti stupirà. Libri. Leggo molto per conto mio.

— Tipo libri di scuola?

Jace scosse il capo. — No, quelli mio padre ce li aveva. Mi faceva lui da insegnante di storia occulta, demonologia, alchimia e arti marziali. La lettura era un hobby... lo facevo per divertimento.

— Quindi non andavi a scuola?

— No — disse Jace. Aveva iniziato a parlare più lentamente, come se si stessero avvicinando a un argomento di cui non voleva discutere.

— Ma i tuoi amici...

— Non avevo amici — disse. — A parte mio padre. Lui era tutto ciò di cui avevo bisogno.

Clary lo fissò. — Neanche un amico?

Lui resse il suo sguardo. — Quando vidi Alec — disse — avevo dieci anni ed è stata la prima volta che ho incontrato un altro bambino della mia età. La prima volta che ho avuto un amico.

Clary abbassò lo sguardo. E nella sua mente prese forma un'immagine decisamente sgradita: pensò ad Alec, a come l'aveva guardata. "Lui non direbbe mai una cosa del genere, non Jace."

— Non sentirti dispiaciuta per me — disse Jace, come se avesse indovinato i suoi pensieri, anche se non era per lui che era dispiaciuta. — Mi ha dato la migliore istruzione e il migliore addestramento possibili. Mi ha portato in tutto il mondo. Londra. San Pietroburgo. L'Egitto. Ci piaceva molto viaggiare. — I suoi occhi si erano fatti più scuri. — Non sono stato da nessuna parte da quando è morto. Soltanto a New York.

— Sei fortunato — disse Clary, felice di poter cambiare argomento. — Io non sono mai uscita da questo Stato in vita mia. Mia mamma non mi ha nemmeno lasciato andare in gita scolastica a Washington, anche se adesso forse ho capito il perché — aggiunse infine.

— Aveva paura che tu sclerassi? Che iniziassi a vedere demoni dentro la Casa Bianca?

Clary mordicchiò un pezzo di cioccolato. — Ci sono dei demoni dentro la Casa Bianca?

— Stavo scherzando — disse Jace. — Almeno credo. — Scrollò le spalle con filosofia. — Sono certo che qualcuno me lo avrebbe detto.

Clary era dubbiosa. — Probabilmente voleva che non mi allontanassi troppo da lei. Mia mamma, voglio dire. Dopo la morte di mio padre, lei è cambiata molto. — Una frase di Luke echeggiò nella sua testa. «Non sei più stata la stessa dopo quello che è successo a Jonathan. Ma Clary non è Jonathan.»

Jace alzò un sopracciglio. — Ti ricordi di tuo padre?

Clary scosse il capo. — No, è morto prima che nascessi.

— Sei fortunata — disse lui. — Così non ti manca.

Detta da chiunque altro sarebbe stata una cosa spaventosa, ma per una volta nella voce di Jace non c'era traccia di amarezza, solo il dolore per l'assenza di suo padre. — È una cosa che passa? — gli chiese. — Il fatto che ti manchi, voglio dire.

Lui la guardò di traverso, ma non rispose. — Stai pensando a tua madre?

No. Non avrebbe pensato in quel modo a sua madre. — In realtà pensavo a Luke.

— Non che quello sia veramente il suo nome. — Jace diede un morso pensieroso alla mela e disse: — Ho pensato parecchio a lui. C'è qualcosa che non mi torna, nel suo comportamento...

— È un vigliacco. — La voce di Clary era amareggiata. — Lo hai sentito. Non si metterà contro Valentine. Nemmeno per mia madre.

— È proprio questo che... — Un riverbero sonoro lo interruppe. Da qualche parte stava suonando una campana. — Mezzanotte — disse rimettendosi in tasca il coltello. Si alzò in piedi e le porse le mani per aiutarla a sollevarsi. Le sue dita erano un po' appiccicose di succo di mela. — E adesso guarda.

Il suo sguardo era fisso sul cespuglio verde accanto al quale erano stati seduti, coi suoi numerosi boccioli luccicanti. Clary fece per chiedergli cosa avrebbe dovuto guardare, ma lui sollevò una mano per zittirla. Aveva gli occhi lucidi. — Aspetta.

Le foglie del cespuglio erano immobili. All'improvviso uno dei boccioli chiusi iniziò a vibrare e tremare. Si gonfiò fino a raddoppiare le proprie dimensioni e poi si aprì. Fu come guardare la ripresa accelerata dello sbocciare di un fiore: i delicati sepali verdi che si aprivano verso l'esterno, liberando i petali chiusi al loro interno. I petali erano cosparsi di polline dorato e leggero come talco.

— Oh! — disse Clary, e quando sollevò lo sguardo vide che Jace la stava guardando. — Sbocciano tutte le notti?

— A mezzanotte — disse lui. — Buon compleanno, Clarissa Fray.

Clary si sentiva stranamente commossa. — Grazie.

— Ho una cosa per te — disse Jace. Rovistò in tasca e ne trasse fuori qualcosa che le mise in mano. Era una pietra grigia, leggermente irregolare, in alcuni punti consumata fino a essere liscia.

— Uh — disse Clary rigirandosela tra le dita. — Sai, quando la maggior parte delle ragazze dice che vorrebbe una grossa pietra, non intende proprio, letteralmente, una grossa pietra.

— Molto divertente, mia sarcastica amica. Non è una pietra qualsiasi. Tutti gli Shadowhunters hanno una pietra runica di stregaluce.

— Oh. — Clary la guardò con rinnovato interesse, chiudendola tra le dita come aveva visto fare a Jace nella cantina. Non ne era certa, ma le parve di vedere una piccola luce che faceva capolino fra le dita.

— Ti illuminerà — disse Jace — in tutti i luoghi oscuri di questo e di altri mondi.

Clary se la fece scivolare in tasca. — Be', grazie. È stato carino da parte tua farmi un regalo. — Le sembrava che la tensione tra di loro la schiacciasse come aria umida. — Decisamente meglio di un bagno negli spaghetti.

— Se racconti a qualcuno questa cosa degli spaghetti, forse sarò costretto a ucciderti — la minacciò lui assumendo un'aria tenebrosa.

— Be', quando io avevo cinque anni volevo che mia madre mi facesse girare dentro l'asciugatrice insieme ai vestiti — gli rivelò Clary. — La differenza è che lei non me lo ha lasciato fare.

— Probabilmente perché girare dentro un'asciugatrice può essere fatale — fece notare Jace — mentre la pasta risulta raramente letale. A meno che non l'abbia cucinata Isabelle.

Il fiore di mezzanotte stava già perdendo i petali, che veleggiavano verso terra scintillando come schegge di luce stellare. — Quando avevo dodici anni volevo un tatuaggio — disse Clary. — E mia mamma non mi ha permesso di fare nemmeno quello.

Jace non rise. — La maggior parte degli Shadowhunters riceve il primo Marchio a dodici anni. Dovevi avercelo nel sangue.

— Forse. Anche se dubito che molti Shadowhunters si facciano tatuare Donatello delle *Tartarughe Ninja* sulla spalla sinistra.

Jace parve sbalordito. — Tu volevi una tartaruga sulla spalla?

— Volevo coprire la cicatrice dell'antivaiolosa. — Spostò un po' di lato la spallina della canottiera, mostrando il segno bianco a forma di stella che aveva in cima al braccio. — Visto?

Lui distolse lo sguardo. — Si sta facendo tardi — disse. — Dovremmo scendere.

Clary si risollevò la spallina, imbarazzata. *Come se lui potesse avere voglia di vedere la mia cicatrice dell'antivaiolosa...*

Le parole successive le uscirono dalla bocca senza che volesse. — Tu e Isabelle siete mai... usciti insieme?

Stavolta fu lui a guardarla stupito. La luce della luna stemperava il colore dei suoi occhi. Ora erano più d'argento che d'oro. — Isabelle? — chiese con un tono inespressivo.

— Pensavo... -- Si sentiva ancora più imbarazzata. — Simon era curioso di saperlo.

— Forse dovrebbe chiederlo a Isabelle.

— Non sono sicura che voglia farlo — disse Clary. — Comunque lascia stare. Non sono affari miei.

Jace sorrise nervosamente. — La risposta è no. Voglio dire, possono esserci stati dei momenti in cui l'uno o l'altra hanno considerato la cosa, ma lei per me è quasi una sorella. Sarebbe strano.

— Vuoi dire che tu e Isabelle non avete mai...

— Mai — disse Jace con lo stesso sorrisetto nervoso.

— Lei mi odia — osservò Clary.

— No, non ti odia — la stupì lui. — È solo che la rendi nervosa perché è sempre stata l'unica ragazza in un gruppo di maschi adoranti e adesso non lo è più.

— Ma è così bella... — Clary era davvero stupita.

— Anche tu — disse Jace. — E in un modo molto diverso da lei, e lei non può fare a meno di notarlo. Ha sempre desiderato essere minuta e delicata, sai? Detesta il fatto di essere più alta della maggior parte dei ragazzi.

Clary non disse nulla, perché non aveva niente da dire. *Bella*. Lui aveva detto che era bella. Nessuno glielo aveva mai detto prima, a parte sua madre, che però non contava. Le madri pensano che sei bella per contratto. Fissò Jace.

— Probabilmente dovremmo scendere di sotto — ripeté il ragazzo. Clary era sicura che fissandolo lo metteva a disagio, ma non riusciva proprio a smettere.

— Va bene — disse alla fine. Con suo grande sollievo, la sua voce sembrava normale. E fu un sollievo ancora maggiore distogliere lo sguardo da lui e voltarsi. La luna, che ora si trovava proprio sopra di loro, illuminava tutto quasi a giorno. Tra un passo e l'altro, Clary vide una scintilla bianca sprigionarsi da qualcosa sul pavimento. Era il coltello che Jace aveva usato per tagliare le mele. Clary scattò velocemente indietro per evitare di calpestarlo e le sue spalle andarono a sbattere contro quelle di lui... Jace allungò una mano per sorreggerla proprio mentre lei si voltava per scusarsi e in qualche modo Clary si ritrovò nel cerchio delle sue braccia, e lui la baciò.

All'inizio fu quasi come se non avesse voluto farlo: la sua bocca era rigida contro quella di lei. Poi le mise tutte e due le braccia attorno e la tirò contro di sé.

Le labbra si ammorbidirono. Clary sentì il battito rapido del suo cuore, assaggiò la dolcezza delle mele ancora nella sua bocca. Infilò le mani nei capelli di Jace come aveva desiderato fare dalla prima volta che lo aveva visto. Li arricciò attorno alle dita, serici e sottili. Il suo cuore martellava e si sentiva un rombo nelle orecchie, come un battito d'ali...

Jace si staccò da lei con un'esclamazione soffocata, anche se non smise di tenerla abbracciata. — Non farti prendere dal panico, ma abbiamo degli spettatori.

Clary voltò il capo. Appollaiato su un ramo lì vicino c'era Hugo che li guardava fisso coi suoi luminosi occhietti neri. Ma allora il suono che aveva sentito era veramente quello di un paio d'ali, e non della sua folle passione. Che delusione!

— Se l'uccello è qui, Hodge non può essere lontano — disse Jace sottovoce. — Dobbiamo andare.

— Ti spia? — sussurrò Clary. — Hodge, voglio dire.

— No... È solo che gli piace venire quassù a pensare. Peccato... Eravamo impegnati in una conversazione davvero brillante. — Rise sommessamente.

Ridiscesero le scale seguendo la strada da cui erano saliti, ma a Clary parve un tragitto del tutto diverso. Jace le teneva la mano e le dava minuscole scosse elettriche che le attraversavano le vene partendo da tutti i punti in cui lui la sfiorava: le dita, il polso, il palmo. La mente di Clary ronzava di domande, ma aveva troppa paura che se le avesse poste avrebbe rovinato l'atmosfera. Jace aveva detto "peccato", per cui Clary supponeva che la loro serata fosse finita, perlomeno per quanto riguardava i baci.

Raggiunsero la porta della sua camera da letto. Clary si appoggiò al muro accanto allo stipite, guardandolo. — Grazie per il picnic di compleanno — disse. Si stupì di constatare che la sua voce suonava perfettamente normale.

Jace sembrava riluttante a lasciarle la mano. — Vai a dormire?

Vuole solo essere educato, si disse lei. Ma si trattava di Jace. Jace non era mai educato. Decise di rispondere alla domanda con una domanda. — Tu non hai sonno?

— Non sono mai stato più sveglio — disse lui a voce bassa.

Si chinò per baciarla, prendendole il volto con la mano libera. Le loro labbra si toccarono, prima leggermente e poi con più forza. Fu proprio in quell'istante che Simon spalancò la porta della camera da letto e uscì in corridoio.

Aveva gli occhi semichiusi e i capelli scompigliati ed era senza occhiali, ma li vide perfettamente. — Cosa diavolo...? — chiese a voce tanto alta che Clary si staccò da Jace con un salto, come se le sue mani l'avessero bruciata.

— Simon! Cosa... voglio dire... Pensavo che stessi...

— Dormendo? Infatti — disse lui. Le guance gli erano diventate rossissime, come succedeva sempre quando era imbarazzato o arrabbiato. — Poi mi sono svegliato e tu non c'eri, così ho pensato...

A Clary non venne in mente niente da dire. Perché non aveva pensato che avrebbe potuto succedere una cosa del genere? Perché non aveva proposto a Jace di andare in camera da lui? La risposta era semplice quanto orribile: si era completamente dimenticata di Simon.

— Mi dispiace — disse a bassa voce senza sapere bene a chi lo stesse dicendo. Con la coda dell'occhio le sembrò che Jace le stesse lanciando uno sguardo di pura rabbia, ma quando lo guardò sembrava lo stesso di sempre: tranquillo, sicuro di sé, un po' annoiato.

— In futuro, Clarissa — disse — potrebbe essere saggio far presente che c'è già un uomo nel tuo letto, per evitare queste situazioni incresciose.

— Lo hai invitato a letto? — chiese Simon, che sembrava scosso.

— Che cosa ridicola, vero? — disse Jace. — Non ci saremmo stati tutti e tre.

— Non l'ho invitato a letto — scattò Clary. — Ci stavamo solo baciando.

— Solo baciando? — Jace la prese in giro adottando un tono falsamente ferito. — Come fai in fretta a liquidare il nostro amore...

— Jace...

Clary vide la malevolenza negli occhi di lui e si interruppe. Non serviva a nulla. Si sentì improvvisamente un peso allo stomaco. — Simon, è tardi — disse con un'aria stanca. — Mi dispiace di averti svegliato.

— Anche a me. — Simon rientrò in camera di gran carriera, sbattendosi la porta alle spalle.

Il sorriso di Jace era stucchevole come la melassa. — Prego, seguilo pure. Accarezzagli la testa e digli che è ancora il tuo amichetto superspeciale. Non è quello che vorresti fare?

— Smettila — disse Clary. — Smettila di fare così.

Il sorriso di Jace si allargò. — Così come?

— Se sei arrabbiato, dillo e basta. Non fare come se niente ti potesse mai toccare. È come se non provassi mai nulla.

— Forse avresti dovuto pensarci prima di baciarmi.

Clary lo guardò incredula. — Io ho baciato te?

Jace la guardò con una scintillante malizia. — Non preoccuparti — le disse. — Non è stato troppo memorabile nemmeno per me.

Clary lo guardò allontanarsi sentendo allo stesso tempo il bisogno di scoppiare a piangere e di corrergli dietro per tirargli un calcio negli stinchi. Sapendo che entrambe le cose gli avrebbero fatto solo piacere, non fece né l'una né l'altra, ma tornò mesta in camera sua.

Simon era in piedi al centro della stanza, con un'aria persa. Si era rimesso gli occhiali. Clary risentì nella propria testa la voce di Jace: «Cos'hai intenzione di fare? Accarezzargli la testa e dirgli che è ancora il tuo amichetto superspeciale?»

Clary fece un passo verso di lui, ma si fermò quando vide cosa aveva in mano. Il suo album, aperto sul disegno che stava facendo, quello in cui Jace aveva le ali da angelo. — Bel disegno — disse. — Tutte quelle lezioni con la Tisch stanno dando i loro frutti.

Normalmente Clary gli avrebbe detto che aveva fatto male a guardare il suo album, ma non era il momento giusto. — Simon, senti...

— Riconosco che tornare in camera tua a mettere il broncio non è stata una gran mossa — la interruppe mentre buttava l'album sul letto. — Ma dovevo prendere la mia roba.

— Dove vai? — chiese lei.

— A casa. Sono rimasto qui già troppo. I mondani come me non dovrebbero stare in un posto come questo.

Clary sospirò. — Senti, mi dispiace, va bene? Non avevo intenzione di baciarlo, è successo e basta. Lo so che Jace non ti piace.

— No — disse Simon, sempre più impettito. — La coca sgasata non mi piace. Le orrende canzoni delle boy-band non mi piacciono. Non mi piace restare imbottigliato nel traffico. Non mi piacciono i compiti di matematica. Jace lo odio. È chiara la differenza?

— Ti ha salvato la vita — gli fece notare Clary, anche se sapeva di barare: in fondo Jace aveva partecipato a quella missione solo perché temeva di finire nei guai se lei si fosse fatta ammazzare.

— Dettagli — disse Simon noncurante. — È un cretino. Pensavo che tu fossi meglio.

Clary perse la pazienza. — Oh, adesso vieni a farmi la predica proprio tu? — scattò. — Sei tu quello che aveva intenzione di invitare a uscire la ragazza "con il corpo più da paura" della scuola — disse mimando il tono di voce pigro di Eric. La bocca di Simon si tese per la rabbia. — E anche se Jace ogni tanto è un po' uno stronzo? Tu non sei mio fratello e neanche mio padre e non ti deve piacere per forza. A me le tue ragazze non sono mai piaciute, ma almeno ho avuto la decenza di tenermelo per me.

— Questa — disse Simon tra i denti — è un'altra faccenda.

— Ah, sì? E perché?

— Perché ho visto come lo guardi! — urlò lui. — E io non ho mai guardato così nessuna di quelle ragazze! Era solo una cosa da fare, per me, un modo per tenermi occupato finché...

— Finché cosa? — Clary si rendeva conto che si stava comportando in modo orribile, che tutta quella situazione era orribile. Non avevano mai litigato prima per qualcosa di più serio di chi aveva mangiato l'ultimo biscotto della scatola nel loro fortino. Ma non riusciva a smettere. — Finché non fosse arrivata Isabelle? Non posso credere che tu mi stia facendo la predica su Jace quando hai fatto la figura del cretino sbavando dietro a lei! — Clary stava ormai urlando.

— Stavo cercando di ingelosirti! — gridò Simon. Aveva le mani strette a pugno lungo i fianchi. — Sei così stupida, Clary, sei così stupida! Ma non capisci proprio niente?

Lei lo fissò sbalordita. Cosa diavolo voleva dire? — Stavi cercando di ingelosirmi? E perché avresti dovuto fare una cosa del genere?

Capì subito che era la cosa peggiore che potesse chiedergli.

— Perché — rispose lui con tanta amarezza da scioccarla — sono dieci anni che sono innamorato di te e mi sembrava che fosse ora di scoprire se anche tu provavi lo stesso per me. E direi che la risposta è no.

Era come se le avesse tirato un calcio allo stomaco. Clary non riusciva a parlare. L'aria le era stata risucchiata fuori dai polmoni. Lo fissò cercando di mettere insieme una risposta, una qualsiasi.

Simon la bloccò in malo modo. — Lascia perdere. Non c'è niente che tu possa dire. — Clary lo guardò avvicinarsi alla porta come se fosse stata paralizzata: non riusciva a muovere un muscolo per trattenerlo, per quanto desiderasse farlo. Cosa avrebbe potuto dirgli? Anche io ti amo? Ma non era vero. Oppure sì?

Simon si fermò sulla porta, una mano sulla maniglia, e si voltò verso di lei. I suoi occhi, dietro gli occhiali, ora sembravano più stanchi che arrabbiati. — Vuoi sapere qual era l'altra cosa che mia mamma diceva su di te?

Clary scosse il capo.

Lui sembrò non accorgersene. — Diceva che mi avresti spezzato il cuore — disse, e poi uscì dalla stanza. La porta si chiuse dietro di lui con un *clic* deciso e Clary restò sola.

Quella sì, pensò con un sarcasmo che apparteneva più a Jace che a lei, era una battuta fulminante per un'uscita di scena.

Dopo che Simon se ne fu andato, Clary sprofondò nel letto e raccolse l'album. Se lo strinse al petto: non aveva voglia di disegnare, aveva solo bisogno di sentire e annusare qualcosa di familiare: inchiostro, carta, gesso.

Pensò di rincorrere Simon, per cercare di raggiungerlo. Ma cosa gli avrebbe detto? Cosa gli poteva dire? «Sei così stupida, Clary, sei così stupida!» le aveva detto lui. «Ma non capisci proprio niente?»

Pensò a centinaia di cose che Simon aveva detto o fatto, alle battute che Eric e altri avevano fatto su di loro, alle conversazioni interrotte quando lei entrava in una stanza. Jace lo aveva capito dall'inizio. «Stavo ridendo perché le dichiarazioni d'amore mi divertono, soprattutto quando si tratta di amori non corrisposti.» Lei non si era fermata a chiedersi di cosa stesse parlando, ma ora lo sapeva. Per quello che poteva servirle...

Aveva detto a Simon che in vita sua aveva amato solo tre persone: sua madre, Luke e lui. Si chiese se fosse veramente possibile perdere nello spazio di una settimana tutte le persone che amavi. Si chiese se fosse il genere di cosa a cui si riusciva a sopravvivere. Eppure per quei brevi istanti nella serra con Jace aveva dimenticato sua madre. Aveva dimenticato Luke. Aveva dimenticato Simon. Ed era stata felice. Quella era la cosa peggiore: era stata felice.

"Forse questa cosa..." pensò "... il fatto di perdere Simon... forse è la mia punizione per l'egoismo di essere felice, anche solo per un momento, mentre mia madre è ancora chissà dove." Ma in ogni caso non c'era stato niente di reale. Jace poteva anche essere bravissimo a baciare, ma non le importava nulla di lei, lo aveva detto molto chiaramente.

Clary si abbassò l'album da disegno in grembo. Simon aveva ragione: quello di Jace era un bel ritratto. Aveva colto la linea dura della sua bocca, gli occhi incoerentemente vulnerabili. Le ali sembravano così reali che Clary pensò che se vi avesse passato sopra le dita sarebbero state morbide. Lasciò che la sua mano vagasse sopra la pagina, che la sua mente viaggiasse...

E poi ritrasse la mano all'improvviso. Le sue dita non avevano trovato carta, ma morbide piume. I suoi occhi corsero alle rune che aveva scarabocchiato nell'angolo della pagina. Erano luccicanti come quelle disegnate da Jace con il suo stilo.

Il cuore di Clary aveva iniziato a battere con un ritmo rapido e regolare. Se una runa poteva portare in vita un disegno, allora forse...

Senza togliere gli occhi dal foglio, cercò le sue matite. Senza fiato, prese una pagina intonsa e si mise a disegnare in fretta la prima cosa che le venne in mente. Era la tazza da caffè appoggiata sul comodino accanto al suo letto. Attingendo ai suoi ricordi del corso di natura morta, la disegnò in ogni dettaglio: il bordo sbeccato, la crepa nella maniglia. Quando ebbe finito era il massimo della precisione che lei fosse in grado di ottenere. Guidata da un istinto che non comprendeva bene, allungò una mano verso la tazza e la appoggiò sopra la carta. Poi, facendo molta attenzione, iniziò a tracciare le rune accanto a essa.

18

La Coppa Mortale

Jace era steso sul suo letto e fingeva di dormire – anche se nessuno era lì ad assistere alla sua recita – quando i colpi alla porta divennero insopportabili. Si alzò in piedi con una smorfia. Per quanto nella serra avesse dato mostra di stare bene, gli faceva ancora male tutto il corpo per i traumi della notte precedente.

Sapeva chi era ancora prima di aprire. Magari Simon era riuscito a farsi trasformare di nuovo in un topo. E questa volta, per quanto riguardava Jace Wayland, quell'imbecille poteva anche restare un topo per sempre.

Clary stringeva in mano il suo album da disegno e i capelli rossi le sfuggivano dalle trecce. Jace si appoggiò allo stipite della porta ignorando la botta di adrenalina prodotta dalla vista di lei. Si chiese perché, e non era la prima volta. Isabelle usava la sua bellezza allo stesso modo della sua frusta, ma Clary non sapeva nemmeno di essere bella. Forse era proprio quella la ragione.

Poteva pensare a un solo motivo per cui lei si trovava lì, anche se dopo quello che le aveva detto non aveva molto senso. Le parole sono armi, glielo aveva insegnato suo padre, e in quel momento aveva voluto ferirla più di quanto avesse mai desiderato fare con qualsiasi altra ragazza. In effetti non era sicuro di aver mai voluto ferire un'altra ragazza. Di solito si limitava prima a volerle e poi a volere che lo lasciassero in pace.

— Non mi dire — sbuffò, pronunciando le parole nel modo più fastidioso possibile. — Simon si è trasformato in un ocelot e tu vuoi che io risolva la situazione prima che Isabelle ne faccia una stola. Be', dovrai aspettare fino a domani. Sono fuori servizio. — Si indicò: indossava un pigiama blu con un buco in una manica. — Guarda. Sono in pigiama.

Clary sembrò non averlo neppure sentito. — Jace — disse. — È importante.

— Davvero? — disse indicando l'album da disegno. — Hai un'emergenza artistica? Ti serve un modello che posi nudo? Be', non sono dell'umore. Potresti chiedere a Hodge — aggiunse, come se gli fosse appena venuto in mente. — Mi hanno detto che farebbe qualsiasi cosa per…

— JACE — lo interruppe Clary urlando. — STAI ZITTO UN SECONDO E ASCOLTA!

Jace strabuzzò gli occhi.

Clary prese un bel respiro e lo guardò. Un bisogno poco familiare sorse dentro Jace, quello di abbracciarla e dirle che andava tutto bene. Non lo fece. In base alla sua esperienza, raramente andava tutto bene. — Jace — disse lei a voce così bassa che lui dovette chinarsi in avanti per sentirla. — Credo di sapere dove mia madre ha nascosto la Coppa Mortale. È dentro un quadro.

— Cosa? — Jace la stava ancora fissando come se gli avesse detto che aveva trovato uno dei Fratelli Silenti che faceva le capriole nudo in corridoio. — Vuoi dire che è nascosta *dietro* un quadro? Tutti i quadri a casa tua sono stati strappati via dalle cornici.

— Lo so. — Clary diede uno sguardo alla sua camera, dietro di lui. Non sembrava ci fosse qualcun altro, con suo grande sollievo. — Senti, posso entrare? Voglio farti vedere una cosa.

Jace si scostò pigramente dalla porta.

— Se proprio devi.

Clary si sedette sul letto e appoggiò l'album sulle ginocchia. I vestiti che Jace aveva addosso prima erano gettati sopra le coperte, ma il resto della stanza era ordinato come la cella di un monaco. Non c'erano quadri alle pareti, né poster né foto di amici o parenti. Le lenzuola erano bianche e perfettamente tese sul letto. Non era esattamente la tipica camera da letto di un ragazzo. — Ecco — disse Clary sfogliando l'album finché non ebbe trovato il disegno della tazza da caffè. — Guarda questo.

Jace le si sedette accanto dopo avere spostato una maglietta sporca. — È una tazza.

L'irritazione nella voce di Clary era evidente. — Lo so che è una tazza.

— Non vedo l'ora che tu disegni qualcosa di davvero complicato, tipo il ponte di Brooklyn o un'aragosta. Probabilmente mi manderai un telegramma musicato.

Clary lo ignorò. — Guarda. È questo che volevo farti vedere. — Passò la mano sopra al disegno e poi, con un movimento rapidissimo, la infilò dentro la carta. Quando la estrasse un istante dopo, c'era una tazza da caffè che le dondolava tra le dita.

Aveva immaginato che Jace sarebbe balzato su dal letto sbalordito e avrebbe urlato senza fiato qualcosa del tipo: — Santi numi! — Non successe. Soprattutto, sospettò Clary, perché Jace aveva visto cose molto più strane in vita sua e perché nessuno usava più l'esclamazione "Santi numi".

Però sgranò gli occhi dalla sorpresa. — Sei stata tu? — le chiese.

Clary annuì.

— Quando?

— Adesso, nella mia stanza, dopo… dopo che Simon se n'è andato.

Lo sguardo di lui si fece più affilato, ma non fece alcun commento. — Hai usato le rune? Quali?

Clary scosse il capo indicando la pagina che ora era bianca. — Non lo so. Mi sono venute in mente da sole e io le ho disegnate esattamente come le vedevo.

— Erano rune che hai visto nel *Libro Grigio*?

— Non lo so. — Stava scuotendo ancora la testa. — Non te lo so dire.

— E nessuno ti ha mai insegnato a fare questa cosa? Tua madre, per esempio?

— No. Te l'ho già detto, mia madre mi ha sempre ripetuto che non esiste la magia…

— Scommetto che te lo ha insegnato — la interruppe Jace — e poi te lo ha fatto dimenticare. Magnus ha detto che i tuoi ricordi torneranno un po' alla volta.

— Forse.

— Naturalmente. — Jace si alzò in piedi e iniziò a camminare avanti e indietro. — Probabilmente la Legge non consente di usare le rune senza licenza. Ma adesso non importa. Pensi che tua madre abbia messo la Coppa dentro un quadro? Come hai fatto tu con la tazza?

Clary annuì. — Ma non in uno di quelli che avevamo a casa.

— E dove, allora? In una galleria? In un murale? Potrebbe essere ovunque…

— Non è esattamente un quadro — disse Clary. — È una carta.

Jace si zittì e si voltò verso di lei.

— Ti ricordi quando ti ho detto che avevo riconosciuto quel mazzo di tarocchi da Madame Dorothea?

Il ragazzo annuì.

— Era perché l'aveva dipinto mia madre per lei. E ricordi quando ho disegnato l'Asso di Coppe? Più tardi, quando ho visto la statua dell'Angelo, la Coppa mi è sembrata familiare. Era perché l'avevo già vista, sull'Asso. Mia madre ha dipinto la Coppa Mortale nel mazzo di tarocchi di Madame Dorothea.

Jace la stava seguendo. — Perché sapeva che sarebbe stata al sicuro con una Guardiana e nello stesso tempo avrebbe potuto darla a Dorothea senza dirle veramente cosa fosse e perché dovesse tenerla nascosta.

— E, a parte il perché, non doveva neppure dirle di tenerla nascosta. Dorothea non esce mai, non la darebbe mai via…

— E tua madre era in una posizione perfetta per tenere sott'occhio sia Dorothea sia la carta. — Jace sembrava abbastanza colpito. — Una mossa niente male.

— Direi di no. — Clary cercò di controllare il tremito della sua voce. — Vorrei non fosse stata così brava a nasconderla.

— Cosa vuoi dire?

— Voglio dire che se l'avessero trovata, forse non avrebbero portato via mia mamma. Se tutto ciò che volevano era la Coppa…

— L'avrebbero uccisa, Clary — la interruppe Jace con una specie di intensità monocorde. Clary sapeva che stava dicendo la verità. — Sono gli stessi uomini che hanno ucciso mio padre. L'unico motivo per cui tua madre è ancora viva è che non riescono a trovare la Coppa. Devi essere contenta che l'abbia nascosta tanto bene.

— Non capisco proprio cosa abbia a che fare questa cosa con noi — disse Alec guardando confuso attraverso un ciuffo dei suoi capelli. Jace aveva svegliato gli altri abitanti dell'Istituto all'alba e li aveva trascinati in biblioteca per – come aveva detto lui – "ideare una strategia". Alec era ancora in pigiama, Isabelle in accappatoio rosa. Hodge, con addosso il suo solito abito di tweed, stava bevendo un caffè da una tazza sbeccata di ceramica blu. Solo Jace, con lo sguardo acceso tra i lividi in via di guarigione, sembrava ben sveglio. — Pensavo che ormai la ricerca della Coppa fosse nelle mani del Conclave.

— È meglio se ce ne occupiamo noi — rispose Jace impaziente. — Io e Hodge ne abbiamo già discusso e abbiamo deciso così.

— Bene. — Isabelle si infilò dietro l'orecchio una treccina legata con un nastro rosa. — Io ci sto.

— Be', io no — disse Alec. — Ci sono degli agenti del Conclave in questa città in cerca della Coppa. Passiamo l'informazione a loro e lasciamo che vadano a prendersela.

— Non è così semplice — disse Jace.

— E invece sì. — Alec si drizzò a sedere con un'espressione furente. — Questo non c'entra niente con noi, c'entra solo con la tua... la tua dipendenza dal pericolo.

Jace scosse il capo, palesemente esasperato. — Non capisco perché tu ti opponga tanto a questa cosa.

Perché non vuole che tu ti faccia male, pensò Clary, stupita dalla totale incapacità di Jace di capire cosa stesse succedendo ad Alec. Ma in fondo anche a lei era capitata la stessa cosa con Simon. Chi era quindi per parlare? — Senti, Dorothea... la proprietaria del Rifugio... non si fida del Conclave. Anzi, lo odia. Però si fida di noi — disse Jace.

— Si fida di *me* — aggiunse Clary. — Non so se si fida di te. Non so nemmeno se le piaci.

Jace la ignorò. — Dai, Alec, sarà divertente. E pensa alla gloria se riporteremo la Coppa Mortale a Idris! I nostri nomi non saranno mai dimenticati.

— Non mi interessa la gloria — disse Alec senza smettere di guardare Jace. — Mi interessa non fare niente di stupido.

— In questo caso però Jace ha ragione — intervenne Hodge. — Se il Conclave dovesse andare al Rifugio, sarebbe un disastro. Dorothea fuggirebbe con la Coppa e probabilmente non verrebbe mai più ritrovata. No, Jocelyn voleva che una sola persona fosse in grado di ritrovare la Coppa, e questa persona è Clary.

— E allora che ci vada da sola — disse Alec.

Anche Isabelle ebbe un sussulto nell'udire quella frase. Jace, che era piegato in avanti con le mani appoggiate alla scrivania, si raddrizzò e guardò Alec con aria noncurante. Solo Jace, pensò Clary, poteva assumere un'aria noncurante con addosso dei pantaloni del pigiama e una vecchia maglietta, ma lui ci riusciva con un puro esercizio di volontà.

— Se hai paura di qualche Dimenticato, resta a casa, mi raccomando — sussurrò.

Alec sbiancò. — Io non ho paura.

— Bene — disse Jace. — Allora non c'è problema, giusto? — Si guardò attorno. — Ci stiamo tutti?

Alec borbottò un sì e Isabelle annuì vigorosamente. — Certo. Sembra divertente.

— Non so se sarà divertente — disse Clary. — Però ovviamente io ci sto.

— Clary — intervenne subito Hodge. — Se sei preoccupata per i pericoli che potresti correre, non devi andare per forza. Possiamo avvisare il Conclave…

— No — disse Clary, stupendo se stessa. — Mia mamma voleva che la trovassi io. Non Valentine e nemmeno loro. — «Non era dai mostri che si nascondeva» le aveva detto Magnus. — Se davvero ha passato tutta la sua vita a cercare di tenere Valentine lontano da quella cosa, questo è il meno che io possa fare.

Hodge le sorrise. — Credo sapesse che l'avresti detto.

— E comunque non preoccuparti — disse Isabelle. — Andrà tutto bene. Possiamo gestire tranquillamente un paio di Dimenticati. Sono pazzi, ma non sono molto intelligenti.

— E sono molto più facili da affrontare rispetto ai demoni — disse Jace. — Meno problematici. Ah, ci servirà un'auto — aggiunse. — Preferibilmente bella grossa.

— Perché? — chiese Isabelle. — Non abbiamo mai avuto bisogno di un'auto finora.

— Finora non abbiamo mai dovuto preoccuparci di trasportare un oggetto di valore inestimabile. Non voglio portarmi dietro la Coppa sulla linea L della metropolitana — spiegò Jace.

— Ci sono i taxi — suggerì Isabelle. — E i furgoni a noleggio.

Jace scosse il capo. — Voglio un ambiente che possiamo controllare. Non voglio avere a che fare con tassisti o autonoleggi mondani per una faccenda così importante.

— Tu non hai la patente e la macchina? — chiese Alec a Clary, guardandola con malcelato disgusto. — Credevo che tutti i mondani le avessero.

— Non se hanno sedici anni — rispose scontrosa Clary. — Dovrei prendere la patente l'anno prossimo, ma per ora niente.

— Sei proprio una palla al piede.

— Almeno i miei amici sanno guidare — sbottò lei. — Simon ha la patente.

Si pentì immediatamente di averlo detto.

— Ah, davvero? — disse Jace con un'espressione pericolosamente meditabonda.

— Però non ha la macchina — aggiunse subito Clary.

— Quindi usa quella dei suoi genitori? — chiese Jace.

Clary sospirò e si appoggiò alla scrivania. — No. Di solito usa il furgone di Eric. Per i concerti eccetera. A volte Eric glielo presta, tipo se deve uscire con una.

Jace sbuffò. — Va a prendere le ragazze con un furgone? Non c'è da meravigliarsi che abbia tanto successo con le signore.

— È soltanto un'auto — disse Clary. — Tu sei arrabbiato perché Simon ha qualcosa che tu non hai.

— Ha molte cose che io non ho — disse Jace. — Tipo la miopia, una postura penosa e un'incredibile mancanza di coordinazione.

— Lo sai — disse Clary — che secondo molti psicologi l'ostilità è in realtà attrazione sessuale sublimata?

— Ah! — disse Jace tutto allegro. — Questo potrebbe spiegare perché mi capita così spesso di incontrare delle persone che mi detestano.

— Io non ti detesto — disse subito Alec.

— È perché noi abbiamo un rapporto fraterno — rispose Jace avvicinandosi alla scrivania. Prese il telefono rosso e lo passò a Clary. — Chiama.

— Chiama chi? — chiese lei cercando di guadagnare un po' di tempo. — Eric? Non mi presterebbe mai il suo furgone.

— Simon — disse Jace. — Chiama Simon e chiedigli se ci porta in auto a casa tua.

Clary fece un ultimo tentativo. — Non conoscete nessuno Shadowhunter adulto che abbia la macchina?

— A New York? — Il sogghigno di Jace scomparve. — Senti, qualsiasi Shadowhunter adulto ci farebbe consegnare la Coppa al Conclave nel momento stesso in cui dovessimo metterci sopra le mani. È questo che vuoi?

I loro occhi si incrociarono per un istante. In quelli di lui c'era un'espressione di sfida, e anche qualcos'altro, come se la stesse provocando perché spiegasse la propria esitazione. Clary gli strappò il telefono di mano con una smorfia.

Non dovette pensare prima di comporre il numero. Il numero di Simon le era familiare quanto il proprio. Si preparò a parlare con sua madre o con una delle sue sorelle, invece fu lui a rispondere al secondo squillo. — Pronto?

— Simon?

Silenzio.

Jace la stava guardando. Clary chiuse gli occhi e cercò di fare finta che lui non fosse lì.

— Sono io. Clary.

— Lo so chi sei. — Simon sembrava infastidito. — Stavo dormendo.

— Lo so. È presto. Scusa. — Si rigirò il filo del telefono attorno alle dita. — Ti devo chiedere un favore.

Ci fu un altro lungo silenzio prima che lui scoppiasse in una risata amara. — Stai scherzando, vero?

— No — disse lei. — Sappiamo dov'è la Coppa Mortale e siamo pronti ad andare a prenderla. L'unica cosa che ci manca è un'auto.

Simon rise un'altra volta. — Scusa, mi stai dicendo che i tuoi amici ammazzademoni hanno bisogno che mia mamma li accompagni in macchina al loro prossimo appuntamento con le forze delle tenebre?

— In realtà pensavo che potresti chiedere a Eric di prestarti il furgone.

— Clary, se pensi che io…

— Se prendiamo la Coppa Mortale avrò una possibilità di riavere mia mamma. È l'unico motivo per cui Valentine non l'ha ancora uccisa né liberata.

Simon emise un lungo e rumoroso sospiro. — Credi che sarà così facile fare uno scambio? Clary, non lo so…

— Non lo so neanche io. So solo che è una possibilità.

— Questa cosa è potente, giusto? Nei giochi di ruolo di solito è meglio lasciar stare gli oggetti potenti finché non sai cosa fanno.

— Io non voglio farci nulla. Voglio solo usarla per riavere mia mamma.

— Questo non ha senso, Clary.

— Questo non è un gioco di ruolo, Simon! — disse quasi urlando. — Non è un giochetto in cui la cosa peggiore che possa capitare è fare un tiro sfortunato con i dadi. È di mia mamma che stiamo parlando, e Valentine forse la sta torturando e potrebbe ucciderla. Io devo fare qualsiasi cosa per liberarla... proprio come ho fatto con te.

Pausa. — Forse hai ragione... Non lo so, questo non è il mio mondo. Senti, dove dobbiamo andare di preciso? Così posso dirlo a Eric.

— Non portarlo! — disse subito Clary.

— Lo so — rispose lui con un tono esasperatamente paziente. — Non sono un idiota.

— Andiamo a casa mia. È lì.

Ci fu un breve silenzio, questa volta causato dallo stupore. — A casa tua? Pensavo che casa tua fosse piena di zombi.

— Guerrieri Dimenticati — lo corresse lei. — Non sono zombi. E comunque se ne possono occupare Jace e gli altri mentre io prendo la Coppa.

— Perché devi essere tu a prenderla? — Simon sembrava preoccupato.

— Perché sono l'unica che può farlo — disse Clary. — Vieni a prenderci all'angolo appena puoi.

Simon borbottò qualcosa che lei non sentì e poi, più forte: — Va bene.

Clary riaprì gli occhi. Il mondo le nuotava davanti in una foschia di lacrime. — Grazie, Simon — disse. — Sei un...

Ma lui aveva riattaccato.

— Stavo pensando — disse Hodge — che i dilemmi del potere sono sorprendentemente coerenti.

Clary lo guardò di traverso. — In che senso?

La ragazza era seduta sotto la finestra della biblioteca, Hodge sulla sua sedia, con Hugo sul bracciolo. I resti della colazione – marmellata, briciole di pane tostato e macchie di burro – tenevano compagnia a una pila di piatti sul tavolino che nessuno sembrava intenzionato a sgomberare. Dopo la colazione si erano separati per prepararsi, e Clary era stata la prima a tornare. Non c'era da stupirsene, considerando che tutto ciò che aveva dovuto fare era stato infilarsi i jeans e una maglietta e darsi una spazzolata ai capelli, mentre tutti gli altri avevano dovuto armarsi pesantemente.

— Stavo pensando al tuo Simon — disse Hodge — e ad Alec e Jace, tra gli altri.

Clary guardò fuori dalla finestra. Stava piovendo ancora, grosse gocce che picchiettavano contro i vetri. Il cielo era di un grigio impenetrabile. — Cosa c'entrano?

— Dove c'è un sentimento non ricambiato — disse Hodge — c'è uno squilibrio di potere. È uno squilibrio facile da sfruttare, ma non è saggio farlo. Dove c'è amore, spesso c'è anche odio. Possono esistere fianco a fianco.

— Simon non mi odia.

— Ma potrebbe arrivare a farlo, se sentisse che lo stai usando. — Hodge sollevò una mano. — Lo so che non ne hai intenzione e che in alcuni casi il fine giustifica i mezzi, ma questa situazione me ne ha fatta ricordare un'altra. Hai ancora la fotografia che ti ho dato?

Clary scosse il capo. — Non qui. È in camera mia. Posso andare a...

— Non è necessario. — Hodge accarezzò le penne di ebano di Hugo. — Quando era giovane, tua madre aveva un migliore amico, proprio come adesso tu hai Simon. Erano vicini come fratello e sorella. In effetti molti pensavano che lo fossero. Quando crebbero, tutti coloro che li conoscevano capirono che lui era innamorato di lei, ma lei non se ne accorse mai. Per lei era sempre e solo un amico.

Clary stava fissando Hodge. — Stai parlando di Luke?

— Sì — disse Hodge. — Lucian ha sempre pensato che lui e Jocelyn si sarebbero messi insieme. Quando lei incontrò Valentine e se ne innamorò, lui non riuscì a sopportarlo. Dopo che si furono sposati, abbandonò il Circolo e sparì... lasciando credere a tutti noi che fosse morto.

Clary ricordò con dolorosa chiarezza l'arrivo di Luke a casa loro, fradicio di pioggia e con la sua borsa verde ai piedi, e la voce incredula di sua madre: «Pensavo che fossi morto».

Clary aveva sempre liquidato quella frase come una battuta rivolta a una persona che sua madre non vedeva da molto tempo, ma Jocelyn intendeva esattamente quello che aveva detto. Vedere Luke in quel modo, come il fantasma di un marinaio annegato che sorgeva dalle acque tenebrose, dovette essere uno shock bellissimo e terribile insieme. Clary cercò di immaginare come si sarebbe sentita se Simon fosse morto... Era impensabile, sarebbe stato come se le avessero strappato una gamba... E poi la gioia che avrebbe provato se fosse tornato. La stessa gioia che doveva avere riempito il cuore di sua madre quando aveva visto Luke.

— Lui non ha mai detto... non ha mai nemmeno accennato a niente del genere — disse Clary. — In tutti questi anni, avrebbe potuto chiederle...

— Sapeva quale sarebbe stata la risposta — disse Hodge guardando al di là della ragazza, verso il lucernario bagnato dalla pioggia. — Lucian non è mai stato il genere di uomo che si fa false illusioni. No, si accontentava di starle vicino... pensando che forse, nel corso del tempo, i sentimenti di Jocelyn potessero cambiare.

— Ma se l'amava, perché ha detto a quegli uomini che non gli importava di quello che le sarebbe successo? Perché non ha voluto che gli dicessero dov'era?

— Come ho già detto, dove c'è amore c'è anche odio — spiegò Hodge. — Tanti anni fa lei gli fece molto male. Gli voltò le spalle. Eppure lui da allora ha sempre giocato a fare il suo cagnolino da compagnia senza mai lamentarsi, senza mai fare accuse, senza mai metterla di fronte ai propri sentimenti. Forse un giorno ha visto una possibilità di cambiare le carte in tavola. Di farla soffrire come aveva sofferto lui.

— Luke non farebbe mai una cosa del genere. — Ma Clary ripensò al tono gelido con cui le aveva detto di stare lontana da lui, di non chiamarlo mai più. Rivide il suo sguardo duro, quando aveva affrontato gli uomini di Valentine. Quello non era il Luke che lei conosceva, il Luke con cui era cresciuta. Quel Luke non avrebbe mai voluto punire sua madre per non averlo amato abbastanza o nel modo giusto. — Ma lei lo amava — disse Clary senza rendersi conto di parlare ad alta voce. — Solo che non era lo stesso tipo di amore che provava lui. Non è sufficiente?

— Forse lui pensava di no. — Hodge si mise a rovistare sulla scrivania. — E poi è tutta una congettura. Puoi benissimo pensare che sia infondata.

— Cosa succederà dopo che avremo preso la Coppa? — chiese lei. — Come contatteremo Valentine per fargli sapere che ce l'abbiamo noi?

— Ci penserà Hugo a trovarlo.

La pioggia picchiava contro le finestre. Clary ebbe un brivido. — Vado a prendere un giubbotto — disse mentre si alzava in piedi.

Trovò una felpa con il cappuccio verde e rosa in fondo al suo zainetto. Quando la tirò fuori, sentì qualcosa che si accartocciava. Era la fotografia del Circolo, con sua madre e Valentine. La guardò a lungo, prima di rimetterla dentro lo zainetto.

Quando tornò in biblioteca, gli altri erano già tutti lì: Hodge seduto meditabondo sulla sua sedia con Hugo sulla spalla, Jace tutto in nero, Isabelle con i suoi stivali scalciademoni e la frusta dorata, e Alec con una faretra a tracolla e un bracciale di cuoio a coprire il braccio destro dal polso al gomito. A parte Hodge, erano tutti tatuati con Marchi appena fatti, ogni centimetro di pelle nuda coperto da intricati disegni. Jace aveva la manica sinistra arrotolata, il mento contro la spalla, e stava facendo una smorfia mentre si disegnava un Marchio ottagonale sulla parte più alta del braccio.

Alec lo guardò. — Stai facendo un casino — disse. — Ci penso io.

— Sono mancino — si giustificò Jace, ma parlò con un tono tranquillo e gli porse il proprio stilo. Alec parve sollevato nel prenderlo, come se fino a quel momento non fosse stato sicuro che Jace l'avesse perdonato per il suo comportamento di poco prima. — È un *iratze* di base — disse Jace mentre Alec chinava il capo sul suo braccio tracciando attentamente le linee della runa di Guarigione. Jace fece una smorfia mentre lo stilo scivolava sopra la sua pelle, gli occhi semichiusi e il pugno serrato finché i muscoli del braccio sinistro non si gonfiarono. — Per l'Angelo, Alec...

— Sto cercando di fare attenzione — disse Alec. Lasciò andare il braccio di Jace e fece un passo indietro per ammirare la propria opera. — Ecco.

Jace aprì il pugno e abbassò il braccio. — Grazie. — A quel punto percepì la presenza di Clary e la guardò con gli occhi socchiusi. — Clary.

— Sembrate pronti — disse lei, mentre Alec, improvvisamente arrossito, si allontanava da Jace e si metteva a trafficare con le sue frecce.

— Lo siamo — disse Jace. — Hai ancora quel pugnale che ti ho dato?

— No. L'ho perso al Dumort, ricordi?

— Giusto. — Jace la guardò compiaciuto. — Ci hai quasi ucciso un licantropo, con quel pugnale, vero?

Isabelle, in piedi davanti alla finestra, levò gli occhi al soffitto. — Mi ero dimenticata come ti fanno perdere la testa le ragazze che ammazzano i mostri, Jace.

— Mi piace chiunque ammazzi i mostri — disse lui. — Soprattutto me stesso.

Clary guardò ansiosa l'orologio sulla scrivania. — Dovremmo scendere. Simon sarà qui da un momento all'altro.

Hodge si alzò in piedi. Sembrava molto stanco, pensò Clary, come se non dormisse da giorni.

— Possa l'Angelo vegliare su di voi — disse, e Hugo si alzò dalla sua spalla e prese il volo gracchiando forte, proprio nell'istante in cui la campana batteva le dodici.

Piovigginava quando Simon accostò con il furgone e suonò due volte il clacson. Il cuore di Clary fece un salto: una parte di lei temeva che non si sarebbe presentato.

Jace guardò la strada attraverso la pioggia. Si erano riparati sotto una delle cornici in pietra accanto al portone della cattedrale. — Quello è il furgone? Sembra una banana mezza marcia.

Era innegabile: Eric aveva dipinto il furgone di un giallo fosforescente su cui spiccavano delle chiazze di ruggine simili alle macchie scure delle banane troppo mature. Simon suonò ancora il clacson. Clary lo vide, una forma confusa attraverso il finestrino bagnato. Sospirò, e tirò su il cappuccio per coprirsi i capelli. — Andiamo.

Guadarono le pozzanghere d'acqua lurida che si erano formate sull'asfalto. A ogni passo Isabelle vi immergeva i suoi enormi stivali con grande soddisfazione. Simon lasciò il motore in folle e scivolò sul retro per aprire la portiera, rivelando dei sedili con la tappezzeria mezza marcia. Delle molle dall'aria pericolosa spuntavano fra i buchi dei cuscini. Isabelle arricciò il naso. — È sicuro sedersi?

— Più sicuro che farsi legare al tetto — disse Simon tranquillamente — ovvero l'altra possibilità che avete. — Salutò Jace e Alec con un cenno del capo, ignorando completamente Clary. — Ehi.

— Ehi — disse Jace sollevando la borsa di stoffa tintinnante che conteneva le armi. — Questa dove la posso mettere?

Simon gli indicò il retro, dove i ragazzi di solito tenevano gli strumenti musicali, mentre Alec e Isabelle si arrampicavano dentro il furgone e si appollaiavano sui sedili. — Copilota! — annunciò Clary mentre Jace si avvicinava alla portiera.

Alec toccò l'arco che portava a tracolla. — Cosa?

— Intende dire che vuole sedersi davanti — disse Jace allontanandosi i capelli bagnati dagli occhi.

— Bell'arco — disse Simon con un cenno del capo rivolto ad Alec.

Alec socchiuse gli occhi, la pioggia che gli cadeva dalle ciglia. — Sei un esperto di tiro con l'arco? — chiese in un tono che lasciava intendere tutti i suoi dubbi.

— Ho fatto tiro con l'arco in colonia — disse Simon. — Sei anni di fila.

La risposta a questa frase furono tre sguardi inespressivi e un sorriso complice di Clary, che Simon ignorò guardando il cielo sempre più plumbeo. — Dovremmo andare, prima che ricominci a piovere a dirotto.

Il sedile anteriore era coperto di pacchetti di biscotti e briciole di patatine. Clary spazzò via quello che poteva. Simon fece partire il furgone prima che avesse terminato, facendola finire contro il sedile. — Ahi! — esclamò.

— Scusa — disse Simon senza guardarla.

Clary sentiva gli altri parlare sottovoce tra loro. Probabilmente discutevano di strategie di battaglia e del modo migliore per decapitare un demone senza ritrovarsi gli stivali nuovi pieni di fluidi corporei. Anche se non c'era nulla a separare il sedile anteriore dal resto del furgone, Clary sentì il silenzio imbarazzato tra lei e Simon, come se fossero soli.

— Cos'è questa faccenda dell'"ehi"? — chiese mentre Simon faceva entrare il furgone sulla FDR Parkway, la superstrada che correva lungo l'East River.

— Quale faccenda dell'"ehi"? — rispose lui tagliando la strada a un SUV il cui guidatore, un tizio elegante con il cellulare in mano, fece un gestaccio attraverso i finestrini oscurati.

— La faccenda dell'"ehi" che fate sempre voi maschi. Tipo quando hai visto Jace e Alec, tu hai detto "ehi" e loro hanno risposto "ehi". Cosa c'è che non va in un normalissimo "ciao"?

A Clary parve di vedere un muscolo che guizzava nella guancia di Simon. — "Ciao" è da femminucce — la informò lui. — I veri uomini sono secchi. Laconici.

— Per cui più sei uomo e meno dici?

— Già — annuì Simon. Clary vedeva la nebbia che si abbassava sull'East River, avvolgendo il fronte del porto in una foschia grigia che aveva qualcosa di solido. L'acqua era come acciaio sbattuto dal vento fino ad assumere la consistenza della panna montata. — È per questo che quando i tipi più strafighi si incontrano nei film non dicono niente, fanno solo un cenno con la testa che vuol dire: "Io sono uno strafigo e riconosco che anche tu sei uno strafigo." Ma non dicono niente perché sono Wolverine e Magneto, e dare spiegazioni gli rovinerebbe il personaggio.

— Non ho la minima idea di quello che stai dicendo. — Era una voce da dietro. Quella di Jace.

— Bene — disse Clary, e fu ricompensata dal più piccolo sorriso che Simon potesse fare mentre svoltava a sinistra sul Manhattan Bridge, verso Brooklyn. Verso casa.

Quando raggiunsero la casa di Clary, aveva finalmente smesso di piovere. I raggi del sole stavano dissolvendo quanto restava della foschia e le pozzanghere si stavano asciugando sui marciapiedi. Jace, Alec e Isabelle dissero a Simon e Clary di aspettare accanto al furgone mentre loro andavano a controllare, come disse Jace, i «livelli di attività demoniaca».

Simon guardò i tre Shadowhunters incamminarsi lungo il vialetto fiancheggiato da piante di rose. — Livelli di attività demoniaca? Hanno uno strumento che misura se i demoni nella casa stanno facendo ginnastica aerobica?

— No — disse Clary abbassando il cappuccio fradicio per godersi la sensazione del sole sui capelli. — Il sensore dice quanto sono potenti i demoni... se ce ne sono.

Simon parve colpito. — Decisamente utile.

Clary si voltò verso di lui. — Simon, a proposito di ieri sera...

Lui sollevò una mano. — Non siamo costretti a parlarne. Anzi, preferirei non farlo.

— Lasciami dire solo una cosa. — Clary parlò sottovoce. — Lo so che quando hai detto che eri innamorato di me, quello che ho risposto non è quello che avresti voluto sentire.

— Vero. Ho sempre sperato che quando alla fine avessi detto "ti amo" a una ragazza lei avrebbe risposto "lo so", come Leila ad Han nel *Ritorno dello Jedi*.

— Ma è troppo una cosa da sfigato! — esclamò Clary, incapace di trattenersi.

Lui le lanciò un'occhiataccia.

— Scusa — disse lei. — Guarda, Simon, io...

— No — disse lui. — Guarda tu, Clary. Guardami e prova a vedermi per davvero. Riesci a farlo?

Lei lo guardò. Guardò i suoi occhi scuri, con venature più chiare alle estremità dell'iride, guardò le sopracciglia leggermente irregolari, le lunghe ciglia, i capelli scuri e il sorriso esitante e le mani aggraziate da musicista. Tutto questo faceva parte di Simon, e Simon faceva parte di lei. Se avesse detto la verità, avrebbe detto davvero di non avere mai saputo che era innamorato di lei? O solo di non sapere come avrebbe reagito a questa cosa?

Sospirò. — Vedere al di là degli incantesimi è facile. Sono le persone che sono difficili.

— Tutti vediamo quello che vogliamo vedere — osservò lui tranquillamente.

— Jace no — disse Clary suo malgrado, pensando ai suoi occhi chiari e impassibili.

— Lui più di chiunque altro.

Clary corrugò la fronte. — Tu cosa ne...

— Tutto a posto — li interruppe la voce di Jace. Clary si voltò di scatto. — Abbiamo controllato ogni angolo della casa... Niente. Attività bassa. Probabilmente solo Dimenticati, che potrebbero anche non darci fastidio se non saliamo al piano di sopra.

— E se dovessero farlo — disse Isabelle con un sorriso sfavillante quanto la sua frusta — saremo pronti a riceverli.

Alec tirò fuori dal retro del furgone la pesante borsa di tela e la lasciò cadere sul marciapiede. — Pronti — annunciò. — Andiamo a spaccare la faccia a qualche demone!

Jace lo guardò con un'espressione strana. — Tutto a posto?

— Sì. — Alec stava trafficando con l'apertura del bracciale, che si era slacciato.

Jace fece per aiutarlo. — Aspetta, ti aiuto io...

Alec si scostò di colpo come se l'amico lo avesse punto con qualcosa. — Faccio da solo.

Sul volto di Jace passò un'espressione di ferita sorpresa. Clary si sentì salire in gola un senso di colpa acido come bile.

Jace non disse un'altra parola mentre si allacciava le armi, facendosi scivolare diverse spade angeliche nelle polsiere. Alec, senza guardarlo, mise giù l'arco e le frecce per sostituirli con una picca di legno lucido con due lame scintillanti che scattarono fuori a un lieve tocco delle sue dita. — Questa andrà meglio.

Isabelle guardò preoccupata suo fratello. — Ma l'arco...

Alec la interruppe. — So quello che faccio, Isabelle.

L'arco restò abbandonato sul sedile posteriore, scintillando alla luce del sole. Simon disse: — Un arco del genere deve costare parecchio. — Ritrasse la mano mentre delle giovani donne ridenti passarono lì accanto dirette verso il parco spingendo i passeggini. Non si accorsero della presenza dei tre adolescenti armati fino ai denti accucciati accanto al furgone giallo. — Com'è che io vi posso vedere? — chiese Simon. — Cosa è successo al vostro incantesimo di invisibilità?

— Tu ci puoi vedere — spiegò Jace — perché ora conosci la verità di ciò che stai guardando.

— Già — disse Simon. — Mi sa che è proprio così.

Protestò un po' quando gli dissero di restare nel furgone, ma Jace gli spiegò l'importanza di avere un veicolo pronto per la fuga. — La luce del sole è fatale per i demoni, ma non fa niente ai Dimenticati. E se ci inseguissero? E se ci rimuovessero il furgone?

L'ultima cosa di Simon che Clary vide mentre si voltava per salutarlo dal portico furono le sue lunghe gambe appoggiate al cruscotto mentre passava in rassegna la collezione di CD di Eric. Clary tirò un sospiro di sollievo. Almeno Simon era al sicuro.

L'odore la colpì nel momento in cui attraversarono la porta d'ingresso. Era un odore quasi indescrivibile, come di uova marce e carne andata a male e alghe che imputridiscono su una spiaggia calda. Isabelle arricciò il naso e Alec divenne verde. Jace invece sembrava stesse inalando un profumo delizioso. — I demoni sono stati qui — annunciò con gelido piacere. — E anche di recente.

Clary lo guardò ansiosa. — Ma non sono più...

— No. — Scosse il capo. — Li avremmo rilevati. Però... — Mosse di scatto il mento verso la porta di Dorothea, dalla quale non filtrava nemmeno un filo di luce — lei potrebbe dover rispondere a qualche domanda se il Conclave venisse a sapere che riceve dei demoni.

— Credo che il Conclave non sarà molto contento di tutta questa faccenda — disse Isabelle. — E magari, alla fine, lei ne uscirà meglio di noi.

— Se riusciremo a mettere le mani sulla Coppa, non avranno niente da ridire. — Alec si stava guardando in giro, gli occhi azzurri che esaminavano l'ingresso, la scala curva che portava al piano di sopra, le macchie sulle pareti. — Soprattutto se già che ci siamo massacriamo un po' di Dimenticati.

Jace scosse il capo. — Sono al piano di sopra. Credo che, se non entriamo nell'appartamento di Clary, non ci daranno fastidio.

Isabelle si soffiò via dalla faccia una ciocca di capelli e fece una smorfia a Clary. — Cosa stai aspettando?

Clary guardò senza volerlo Jace, che le rivolse un sorriso di traverso. Vai, dicevano i suoi occhi.

La ragazza attraversò l'ingresso e si avvicinò cauta alla porta di Dorothea. Con il lucernario oscurato dalla polvere e la lampadina dell'ingresso ancora bruciata, l'unica fonte di illuminazione era la stregaluce di Jace. L'aria era calda e stantia e le ombre sembravano sollevarsi davanti a lei come piante che per magia crescessero a velocità supersonica in una foresta da incubo. Allungò una mano per bussare alla porta, prima piano e poi con più forza.

La porta si aprì riversando un'onda di luce dorata nell'ingresso. Dorothea era lì, massiccia, familiare e imponente, nei suoi drappeggi verdi e arancioni. Quel giorno portava un turbante giallo fosforescente ornato da un canarino impagliato e un nastrino con un disegno a zigzag. Due orecchini pendenti ondeggiavano sotto la sua chioma rossa, e i suoi grandi piedi erano nudi. Clary ne fu stupita: prima d'allora non aveva mai visto Dorothea a piedi nudi, senza le pantofole di stoffa stinta.

Aveva le unghie dei piedi dipinte di un rosa pallido e molto elegante.

— Clary! — esclamò travolgendo la ragazza con un abbraccio. Per un istante lei cercò di opporre resistenza, avvolta in un mare di profumo, velluto e frange. Quando alla fine si liberò, sentì delle risatine alle sue spalle. Sperò che Dorothea non li avesse sentiti: non voleva ferire i suoi sentimenti. — Santo cielo — disse la strega scuotendo il capo finché i suoi orecchini non suonarono come campane tibetane durante un temporale. — L'ultima volta che ti ho vista stavi scomparendo nel mio Portale. Dove sei finita?

— Williamsburg — disse lei mentre riprendeva fiato.

Le sopracciglia di Dorothea schizzarono verso l'alto. — E poi dicono che a Brooklyn i trasporti pubblici non sono efficienti. — Spalancò la porta e fece cenno ai ragazzi di entrare.

L'appartamento non sembrava cambiato dall'ultima volta che Clary l'aveva visto: c'erano gli stessi tarocchi e la stessa sfera di cristallo sul tavolo. Le dita della ragazza avrebbero voluto correre ad afferrare le carte per vedere cosa fosse nascosto dietro la loro superficie dipinta.

Dorothea affondò tutta felice in una poltrona e puntò sugli Shadowhunters uno sguardo luccicante quanto quello del canarino impagliato che aveva sul turbante. Alcune candele profumate bruciavano all'altra estremità del tavolo, il che non serviva molto a coprire l'odore sgradevole che pervadeva ogni centimetro della casa. — Immagino che non abbiate ancora trovato tua madre — disse a Clary.

La ragazza scosse il capo. — No. Ma so chi l'ha rapita.

Gli occhi di Dorothea passarono da Clary ad Alec e Isabelle, che stavano esaminando la Mano del Fato alla parete. Jace era appoggiato tranquillamente al bracciolo di una poltrona, tutto compreso nel suo ruolo di guardia del corpo. Dopo essersi assicurata che nessuno dei suoi beni fosse sul punto di essere distrutto, Dorothea tornò a guardare Clary. — È stato...?

— Valentine — le confermò la ragazza. — Sì.

Dorothea sospirò. — Lo temevo. — Si appoggiò meglio ai cuscini della poltrona. — Sai cosa vuole da lei?

— So che sono stati sposati...

La strega emise una specie di grugnito. — Un amore sbagliato. Il peggiore.

Jace si produsse in un piccolo rumore quasi impercettibile, una risatina. Le orecchie di Dorothea si drizzarono come quelle di un gatto. — Cosa c'è di così divertente, ragazzo?

— E tu cosa ne sai? — chiese lui. — Dell'*amore*, dico.

Dorothea incrociò le morbide mani bianche davanti a sé. — Più di quanto tu pensi — rispose. — Non ti avevo letto le foglie del tè, Cacciatore? Ti sei già innamorato della persona sbagliata?

Jace disse: — Purtroppo, Signora del Rifugio, il mio unico vero amore resto io stesso.

Dorothea scoppiò in una risata: — Almeno non ti devi preoccupare di essere respinto, Jace Wayland.

— Non necessariamente. A volte mi dico di no, tanto per non farmi perdere interesse.

Dorothea rise di nuovo rumorosamente. Clary la interruppe. — Probabilmente si sta chiedendo perché siamo qui, Madame Dorothea.

La donna si massaggiò gli occhi con le mani. — Ti prego di chiamarmi con il titolo che mi spetta. Puoi chiamarmi Signora. E pensavo che foste venuti per il piacere della mia compagnia — aggiunse. — Mi sbagliavo?

— Non ho tempo per il piacere della compagnia di nessuno. Devo aiutare mia madre, e per farlo mi serve qualcosa.

— E sarebbe?

— È una cosa chiamata Coppa Mortale — disse Clary. — Valentine pensava che l'avesse mia madre. È per questo che l'ha rapita.

Dorothea parve sinceramente sbalordita. — La Coppa dell'Angelo? — disse con la voce venata di incredulità. — La Coppa di Raziel, in cui l'Angelo mescolò il sangue degli angeli e quello dei demoni e diede questo composto da bere a un uomo e creò il primo Shadowhunter?

— Proprio quella — disse Jace con un tono un po' aspro.

— E perché diavolo dovrebbe avercela lei? — chiese Dorothea. — Proprio Jocelyn? — Il suo volto si illuminò prima che Clary potesse parlare. — Perché non era affatto Jocelyn Fray, naturalmente — disse. — Era Jocelyn Fairchild, sua moglie, che tutti credevano morta. Aveva preso la Coppa ed era fuggita, non è così? — Qualcosa lampeggiò nello sguardo della chiromante, ma poi lei abbassò le palpebre tanto velocemente che Clary pensò di averlo solo immaginato. — Così — proseguì Dorothea — adesso sapete cosa fare? Ovunque l'abbia nascosta, non sarà facile trovarla... se pure volete trovarla. Valentine potrebbe fare delle cose terribili se mettesse le mani sulla Coppa.

— Voglio che sia ritrovata — disse Clary. — Noi vogliamo...

Jace la interruppe. — Noi sappiamo dov'è. Adesso si tratta solo di recuperarla.

Dorothea spalancò gli occhi. — Be', e dove sarebbe?

— Qui — disse Jace in un tono tanto compiaciuto che Isabelle e Alec si distrassero dalla loro perlustrazione della libreria per vedere cosa succedeva.

— Qui? Vuoi dire che l'avete con voi?

— Non proprio, cara signora — fece Jace. Clary vide che si stava godendo quella situazione in modo davvero sconcertante. — Voglio dire che ce l'ha lei.

La bocca di Dorothea si richiuse di colpo. — Non è divertente — disse con un tono tanto secco da far temere a Clary che tutto potesse andare nel peggiore dei modi. Perché Jace doveva sempre sfidare tutti quanti?

— Ce l'ha davvero lei — intervenne subito la ragazza. — Ma non...

Dorothea si alzò dalla poltrona in tutta la sua spettacolare altezza e li guardò dall'alto in basso. — Vi sbagliate — disse gelida. — Sia a immaginare che io abbia la Coppa sia a osare venire qui a darmi della bugiarda.

La mano di Alec corse alla sua picca. — Oh, cavoli — sussurrò.

Clary scosse il capo sconcertata. — No — disse velocemente. — Non le sto dando della bugiarda, glielo assicuro. Sto dicendo che la Coppa è qui, ma lei non lo ha mai saputo.

Madame Dorothea la fissò. I suoi occhi, seminascosti tra le pieghe del suo volto, erano duri come biglie. — Spiegati.

— Sto dicendo che mia madre l'ha nascosta qui — disse Clary. — Anni fa. A lei non l'ha mai detto perché non voleva coinvolgerla.

— Così gliel'ha data travestita da regalo — spiegò Jace.

Dorothea lo guardò senza capire.

Non ricorda? si chiese Clary. — Il mazzo dei tarocchi — disse. — Le carte che ha dipinto per lei.

Lo sguardo della strega si spostò sulle carte, posate sul loro contenitore di seta, sopra il tavolo. — Le carte? — Mentre i suoi occhi si facevano più grandi, Clary si avvicinò al tavolo e raccolse il mazzo. Le carte erano fresche al tatto, quasi scivolose. Ora, a differenza dell'altra volta, attraverso la punta delle dita sentiva pulsare il potere delle rune dipinte sul retro. Trovò l'Asso di Coppe senza guardare il mazzo e lo tirò fuori, rimettendo le altre carte sul tavolo.

— Eccola — disse.

Tutti la stavano fissando in attesa, perfettamente immobili. Girò lentamente la carta e guardò di nuovo l'opera di sua madre: la snella mano dipinta con le dita avvolte attorno al gambo dorato della Coppa Mortale.

— Jace — disse. — Dammi il tuo stilo.

Lui glielo mise in mano, caldo e pulsante. Clary voltò la carta e ripassò le rune disegnate sul dorso aggiungendo una curva qui e una linea là finché non ebbero assunto un senso totalmente diverso. Quando voltò di nuovo la carta, l'immagine era leggermente differente: le dita avevano allentato la presa sul gambo della Coppa e la mano sembrava quasi porgergliela, come se dicesse: "Forza, prendila".

Benché il rettangolo dipinto non fosse più grande della sua mano, Clary si trovò a entrarci dentro come se fosse stato un grande spazio vuoto. La sua mano si strinse attorno alla base della Coppa, le dita si chiusero su di essa, e mentre ritraeva la mano, le sembrò di avere sentito un piccolissimo sospiro prima che la carta, ora vuota e bianca, si trasformasse in cenere, che le volò via tra le dita per spargersi sulla moquette.

19

Il Demone degli Abissi

Clary non sapeva bene cosa si aspettava… esclamazioni di tripudio, magari una salva di applausi. E invece ci fu il silenzio, spezzato solo quando Jace disse: — Però, pensavo fosse più grande.

Clary guardò la Coppa che aveva in mano. Era grande come un qualsiasi bicchiere da vino, solo molto più pesante. Pulsava di potere, come il sangue nelle vene di un essere vivente. — Va benissimo così — disse indignata.

— Oh, sì, è grande abbastanza — disse lui con un tono paternalistico — ma in qualche modo mi aspettavo qualcosa… sai… — Fece un gesto con le mani a indicare più o meno le dimensioni di un gatto.

— È la Coppa Mortale, Jace, non la Tazza del Cesso Mortale — disse Isabelle. — Abbiamo finito qui? Possiamo andare?

Dorothea aveva la testa piegata da un lato. I suoi occhi erano luccicanti e attenti. — Ma è rotta! — esclamò. — Come è successo?

— Rotta? — Clary guardò la Coppa sconcertata. A lei sembrava a posto.

— Dammela — disse la strega. — Ti faccio vedere. — E fece un passo verso Clary tendendo le lunghe mani dalle unghie rosse. Clary, senza sapere il perché, si ritrasse. All'improvviso Jace si mise tra loro, la mano accanto alla spada che teneva alla cintura.

— Senza offesa — disse tranquillamente — ma nessuno tocca la Coppa Mortale, a parte noi.

Dorothea lo guardò per un istante con una strana assenza di espressione. — Cerchiamo di non farci prendere dalla fretta — disse. — Valentine non sarebbe contento se dovesse accadere qualcosa alla Coppa.

— Valentine? — Fu Alec a parlare, allarmato. — Ma…

Con un lieve *snick* la spada di Jace lasciò il proprio fodero. La sua punta si parcheggiò appena sotto il mento di Dorothea. Lo sguardo di Jace era tranquillo. — Non so cosa stia succedendo — disse. — Ma noi ce ne andiamo.

Gli occhi della vecchia scintillarono. — Ma certo, mio piccolo Cacciatore — disse arretrando verso la parete coperta dalla tenda. — Vuoi usare il Portale?

La punta della spada tentennò mentre Jace la guardava confuso. Poi Clary vide la sua mascella irrigidirsi. — Non lo tocchi...

Dorothea ridacchiò. — Benissimo — disse per niente preoccupata, e con la velocità di un lampo strappò via le tende appese al muro, che caddero con un morbido fruscio. Il Portale dietro di esse era aperto.

Clary sentì Alec restare senza fiato alle sue spalle. — E quello cos'è? — La ragazza colse solo uno scorcio di ciò che si vedeva attraverso la Porta: nuvole rosse e turbinanti, attraversate da lampi neri, una forma scura e terrificante che avanzava a grande velocità verso di loro. Jace urlò all'improvviso di buttarsi a terra, si gettò sul pavimento e trascinò Clary con sé. Stesa sulla moquette a pancia in giù, la ragazza sollevò la testa e vide quella cosa scura colpire Madame Dorothea, che urlò e alzò le braccia di scatto. Anziché abbatterla, la cosa nera la avvolse come un sudario mentre la sua oscurità la pervadeva e la imbeveva come inchiostro che si spande su un foglio di carta. La schiena di Dorothea si ingobbì mostruosamente e tutto il suo profilo si allungò mentre saliva sempre più in alto e la sua grande massa si stirava e si deformava. Un tintinnio acuto di oggetti che colpivano il pavimento indusse Clary a guardare in basso: erano i braccialetti di Dorothea, contorti e spezzati. Sparse tra i gioielli c'erano quelle che sembravano piccole pietre bianche. Clary impiegò un momento per rendersi conto che erano denti.

Accanto a lei Jace sussurrò qualcosa. Le sembrò un'esclamazione di incredulità. Alec, lì vicino, disse con una voce strozzata: — Ma avevi detto che non c'era molta attività demoniaca... Avevi detto che i livelli erano bassi!

— *Erano* bassi — sibilò Jace.

— La tua idea di basso è molto diversa dalla mia, allora! — urlò Alec, mentre la cosa che era stata Dorothea ululava e si contorceva. Sembrava si stesse espandendo, piena di gobbe e bitorzoli e grottescamente deformata.

Clary distolse lo sguardo, mentre Jace si alzava e se la trascinava dietro. Isabelle e Alec si misero in piedi barcollando e afferrandosi alle loro armi. La mano di Isabelle che teneva la frusta tremava leggermente.

— Muoviti! — Jace spinse Clary verso la porta dell'appartamento. Quando provò a guardarsi alle spalle, la ragazza vide solo un grigiore denso e vorticante, come di nuvole temporalesche, con una forma scura al centro...

Schizzarono fuori nell'atrio, Isabelle in testa. La ragazza corse verso il portone, provò ad aprirlo e si voltò con un'espressione sconvolta. — È bloccato.

Jace imprecò e rovistò nella giacca. — Dove diavolo è il mio stilo?

— Ce l'ho io — disse Clary mentre glielo porgeva. Jace fece per prenderlo, quando un rumore come di tuono esplose nella stanza. Il pavimento si sollevò sotto i loro piedi. Clary barcollò e stava per cadere, ma riuscì ad aggrapparsi alla balaustra. Quando sollevò lo sguardo vide, nella parete che separava l'atrio dall'appartamento di Dorothea, un buco dai bordi frastagliati contornato da macerie di legno e plastica. E attraverso il buco stava strisciando... quasi colando... qualcosa.

— Alec! — urlò Jace. Alec era di fronte al buco, con il volto bianco e un'espressione di puro orrore. Jace imprecò e corse a prenderlo per poi trascinarlo indietro proprio mentre la cosa colante si liberava dal muro e raggiungeva l'ingresso.

Clary dimenticò di respirare. La carne della creatura era livida, simile al colore delle escoriazioni. Dalla sua pelle sgocciolante fuoriuscivano delle ossa... non ossa bianche e vive, ma ossa che sembravano essere state sotto terra mille anni, nere e crepate e luride. Le sue dita erano ridotte al loro scheletro, le braccia scarne punteggiate da vesciche nere suppuranti attraverso le quali si vedevano altre ossa gialle. Il volto era un teschio, il naso e gli occhi delle cavità. Le dita artigliate strisciavano sul pavimento. Attorno ai polsi e alle spalle erano avviluppati pezzi di stoffa colorata: era tutto ciò che restava delle sciarpe di seta e del turbante di Madame Dorothea. Il mostro era alto quasi tre metri.

Guardò i quattro adolescenti con le sue orbite vuote. — *Datemi la Coppa Mortale* — disse con una voce che ricordava la spazzatura soffiata dal vento lungo una strada deserta. — *Datemela e vi lascerò vivere.*

Clary, in preda al panico, guardò i suoi compagni. Isabelle dava l'impressione che la vista di quella cosa l'avesse colpita come un pugno allo stomaco. Alec era immobile. Fu Jace, come sempre, a parlare. — Che cosa sei? — chiese con voce ferma, anche se Clary non l'aveva mai visto così turbato.

La cosa inclinò il capo. — *Io sono Abbadon. Io sono il Demone degli Abissi. Miei sono gli spazi deserti tra i mondi. Miei sono il vento e l'ululante tenebra. Io sono differente da quelle cose miagolanti che voi chiamate demoni quanto un'aquila è diversa da una mosca. Non potete sperare di sconfiggermi. Datemi la Coppa o morirete.*

La frusta di Isabelle tremò. — È un Demone Superiore — disse rivolgendosi ai ragazzi. — Jace, se noi...

— E Dorothea? — La voce di Clary uscì tremula dalla bocca prima che lei potesse impedirsi di parlare. — Cosa le è successo?

Gli occhi vuoti del demone si voltarono per guardarla. — *Lei era solo un vettore. Ha aperto il Portale e io ho preso possesso di lei. La sua morte è stata veloce.* — Il suo sguardo passò alla Coppa che Clary aveva in mano. — *La vostra non lo sarà.*

Iniziò a muoversi verso di lei. Jace gli bloccò la strada con la spada luminosa in una mano e quella angelica nell'altra. Alec lo guardò con un'espressione sconvolta dall'orrore.

— Per l'Angelo — disse Jace guardando il demone da capo a piedi. — Sapevo che i Demoni Superiori erano brutti, ma nessuno mi aveva mai parlato della puzza.

Abbadon aprì la bocca e sibilò. Dentro le fauci c'erano due file di denti irregolari e affilati come cocci di vetro. — *Tu osi...*

— Ma in realtà — proseguì Jace — non posso dare a te la colpa del tuo aspetto. La colpa è di tua madre, del troll e del barista...

Il demone gli balzò addosso. Jace fece scattare le sue lame in fuori e verso l'alto a una velocità spaventosa. Affondarono entrambe nella parte più carnosa del demone, il suo addome. Il mostro ululò e colpì il ragazzo, gettandolo da parte come un gatto potrebbe fare con un topo. Jace rotolò su un fianco e si rimise in piedi, ma Clary vide dal modo in cui si teneva il braccio che si era fatto male. Era pallidissimo.

Poi Isabelle ne ebbe abbastanza. Sfrecciò in avanti e attaccò il demone con un colpo di frusta. Colpì la sua pelle grigia e vi disegnò una scudisciata rossa da cui sgorgò sangue. Abbadon la ignorò e si mosse verso Jace. Lo aveva fatto infuriare e ora il demone era deciso a ucciderlo.

Con la mano ferita, Jace estrasse una seconda spada angelica. Sussurrò qualcosa alla spada e questa si fece luminosa. La sollevò mentre il demone gli si piazzava davanti: Jace sembrava un bambino incredibilmente piccolo davanti al mostro. E sorrideva, anche quando il demone cercò di afferrarlo e Isabelle con un urlo lo colpì di nuovo con la frusta, schizzando una sventagliata di sangue sul pavimento...

Il demone attaccò e la sua mano simile a un rasoio si abbatté su Jace. Il ragazzo barcollò all'indietro, ma restò illeso. Qualcosa si era lanciato tra lui e il demone, un'ombra nera e snella con una spada luminosa in mano. Alec. Il demone urlò: la picca di Alec gli aveva trapassato la pelle. Con un ringhio colpì di nuovo e i suoi artigli d'osso inflissero ad Alec un colpo terribile che lo sollevò per aria e lo scagliò contro la parete opposta. Il ragazzo si abbatté contro il muro con un orribile scricchiolio e scivolò a terra come se fosse stato disossato.

Isabelle urlò il nome del fratello. Lui non si mosse. La ragazza abbassò la frusta e iniziò a correre verso di lui. Il demone si voltò e le tirò un colpo che la gettò a terra. Isabelle cercò di rimettersi in piedi, sputando sangue. Abbadon la atterrò di nuovo, e questa volta la giovane Cacciatrice restò immobile.

Il demone avanzò verso Clary.

Jace era immobile. Fissava il corpo accartocciato di Alec come se fosse stato prigioniero di un incubo. Clary urlò quando Abbadon le si avvicinò. Prese ad arretrare su per le scale, inciampando nei gradini sconnessi. Lo stilo le bruciava contro la pelle. Se solo avesse avuto un'arma... qualsiasi cosa...

Isabelle era riuscita a mettersi a sedere. Si gettò i capelli insanguinati all'indietro e urlò qualcosa a Jace. Clary sentì Isabelle che gridava il suo nome e vide Jace sbattere le palpebre come se fosse stato svegliato da uno schiaffo, voltarsi verso di lei e iniziare a correre. Il demone ora era tanto vicino che Clary poteva vedere le vesciche nere sulla sua pelle, con delle cose che strisciavano al loro interno. Il mostro allungò gli artigli verso di lei...

Ma Jace la raggiunse in quel momento e colpì la mano di Abbadon. Poi lanciò contro il mostro la spada angelica, che gli si piantò nel petto, accanto alle altre due. Il demone ringhiò come se quelle lame fossero un semplice fastidio. — *Nephilim* — sibilò — *proverò piacere a ucciderti, a sentire scricchiolare le tue ossa come hanno fatto quelle del tuo amico...*

Jace saltò la balaustra e si lanciò contro Abbadon. La forza del salto gettò il demone all'indietro: il mostro barcollò, con Jace aggrappato alla schiena. Il ragazzo strappò una spada angelica dal petto del demone facendone zampillare liquidi organici e poi infilò più e più volte la lama nella schiena del mostro, le cui spalle si coprirono di fluido nero...

Abbadon ringhiò e indietreggiò verso il muro. Jace dovette saltare giù per non essere schiacciato, riuscendo ad atterrare con una certa leggerezza e a sollevare di nuovo la lama... Ma Abbadon era troppo veloce per lui: la sua mano compì un arco e sbatté Jace contro le scale. Il ragazzo cadde a terra, un cerchio di artigli attorno alla gola.

— *BASTA!* — urlò il demone.

Isabelle, vedendo il pericolo, si bloccò. Quegli artigli erano lunghi più di venti centimetri e affilati come coltelli. — *Di' loro di darmi la Coppa* — sibilò il demone con gli artigli a pochissima distanza dalla gola di Jace. — *Di' loro di darmela e io li lascerò vivere...*

Jace deglutì. — Clary...

Ma Clary non seppe mai cosa avrebbe fatto, perché in quell'istante si spalancò la porta d'ingresso. Per un istante tutto ciò che vide fu la luce. Poi, strizzando gli occhi per oscurare i riflessi del sole, vide qualcuno in piedi sulla porta aperta. *Simon*. Aveva dimenticato che era là fuori, aveva quasi dimenticato che esistesse.

Lui la vide accucciata sulle scale e il suo sguardo si spostò da lei ad Abbadon a Jace. Portò una mano dietro le spalle. Clary si accorse che Simon impugnava l'arco di Alec e aveva la faretra a tracolla sulla schiena. Il ragazzo tirò fuori una freccia, la appoggiò alla corda e sollevò l'arco con un'aria esperta, come se l'avesse già fatto centinaia di volte prima d'allora.

La freccia partì. Produsse un ronzio basso, come quello di un enorme calabrone, mentre passava alta sopra la testa di Abbadon, proseguiva verso il soffitto e...

E rompeva il vetro del lucernario. Frammenti neri caddero come pioggia e attraverso il pannello rotto si riversò nell'atrio un'ondata di luce solare, grandi strisce dorate che allagarono lo spazio.

Abbadon urlò e indietreggiò barcollando, proteggendosi la testa deforme con le mani. Jace si portò una mano alla gola, fissando incredulo il demone che cadeva a terra ululando. Clary si aspettava quasi di vederlo prendere fuoco, mentre invece iniziò a ripiegarsi su se stesso, come aveva fatto il demone Du'sien quando era morto. Le sue gambe si contrassero verso il torso, il cranio si piegò come carta in fiamme e nel giro di un minuto il demone era scomparso completamente, lasciandosi dietro solo qualche piastrella bruciacchiata.

Simon abbassò l'arco. Stava sbattendo le palpebre dietro gli occhiali, la bocca socchiusa. Sembrava sbalordito quanto Clary.

Jace era steso sulle scale nel punto in cui l'aveva lanciato il demone. Stava cercando di mettersi a sedere, quando Clary scivolò in giù di qualche gradino e cadde in ginocchio accanto a lui. — Jace...

— Sto bene. — Si alzò a sedere asciugandosi del sangue dalla bocca. Con suo grande sollievo, Clary vide che i tagli alla gola sanguinavano molto ma erano poco profondi.

Jace tossì e sputò rosso. — Alec...

— Il tuo stilo — lo interruppe lei mentre glielo porgeva. — Prendilo e sistemati.

Lui la guardò. La luce del sole che si riversava dal lucernario infranto le colpiva il volto. Jace sembrò sforzarsi molto per impedirsi di dirle qualcosa. — Sto bene — ripeté poi, spingendola da parte non troppo delicatamente. Si alzò in piedi, barcollò e fu lì lì per cadere... la prima cosa un po' goffa che gli avesse mai visto fare. — Alec!

Clary infilò lo stilo in tasca e si alzò. Isabelle aveva strisciato fin dove si trovava suo fratello. Gli teneva la testa in grembo e gli accarezzava i capelli. Il petto di Alec si alzava e si abbassava... Lentamente, ma respirava. Simon, appoggiato alla parete a guardarli, sembrava totalmente prosciugato. Clary gli prese una mano mentre gli passava davanti. — Grazie — sussurrò. — È stato incredibile.

— Non ringraziare me — disse lui. — Ringrazia il corso di tiro con l'arco della colonia estiva.

— Simon, io non...

— Clary! — Era Jace che la chiamava. — Portami il mio stilo.

Simon la lasciò andare con riluttanza. Clary andò a inginocchiarsi accanto agli Shadowhunters, la Coppa Mortale che le batteva pesante contro il fianco. Il volto di Alec era bianco e tempestato di goccioline di sangue. Strinse il polso di Jace, lasciandovi delle macchie di sangue. — L'ho... — iniziò a dire, poi parve vedere Clary per la prima volta. Nel suo sguardo c'era qualcosa che lei non si aspettava: un senso di trionfo. — L'ho ucciso?

Jace fece una smorfia riluttante. — Tu...

— Sì — disse Clary. — È morto.

Alec la guardò e scoppiò a ridere. Il sangue gli gorgogliò in bocca. Jace si liberò il polso e con le dita toccò i lati del volto di Alec. — No. Stai fermo. Non muoverti.

Alec chiuse gli occhi. — Fai quello che devi — sussurrò.

Isabelle porse il suo stilo a Jace. — Tieni.

Lui annuì e avvicinò la punta dello stilo alla maglietta di Alec. La stoffa si separò come se l'avesse tagliata con un coltello. Isabelle lo guardò irrequieta mentre apriva la maglietta, scoprendo il petto nudo del fratello. La sua pelle era bianchissima, segnata qua e là da vecchie cicatrici traslucide. C'erano anche altre ferite, comprese delle mezzelune più scure, segni di artigli, rosse e suppuranti. Jace, la mandibola rigida, avvicinò lo stilo alla pelle di Alec, muovendolo avanti e indietro con la scioltezza data da una lunga pratica. Ma c'era qualcosa che non andava. Ogni volta che disegnava un Marchio di Guarigione, questo scompariva subito come se fosse stato tracciato sull'acqua.

Jace gettò da parte lo stilo. — Maledizione...

Isabelle sembrava sull'orlo di una crisi isterica. — Cosa c'è?

— Lo ha morso — disse Jace. — Ha del veleno di demone in circolo. I Marchi non funzionano. — Toccò di nuovo il volto di Alec, delicatamente. — Alec. Riesci a sentirmi?

Il ragazzo non si mosse. Le ombre sotto i suoi occhi erano di un blu livido. Se non fosse stato perché lo vedeva respirare, Clary avrebbe pensato che fosse già morto.

Isabelle chinò il capo, i capelli che ricadevano davanti al suo volto e a quello di Alec. Lo abbracciò. Era la prima volta che Clary si sentiva dispiaciuta per lei. — Forse — sussurrò — potremmo...

— Portarlo all'ospedale — disse Simon, in piedi sopra di loro con l'arco ancora in mano. — Vi aiuto a trasportarlo fino al furgone. Sulla 7th Avenue c'è l'ospedale metodista...

— Niente ospedali — disse Isabelle. — Dobbiamo portarlo all'Istituto.

— Ma...

— In ospedale non saprebbero come curarlo — spiegò rapido Jace. — È stato morso da un Demone Superiore. Nessun dottore mondano saprebbe guarire quelle ferite.

— È già successo — disse Isabelle.

Simon annuì. — Va bene. Portiamolo al furgone.

Isabelle stese sul sedile posteriore una coperta sporca presa dal baule e vi fecero sdraiare sopra Alec, la testa sul grembo della sorella. Jace si accucciò sul fondo dell'auto accanto all'amico. La sua maglietta era scurita dal sangue lungo le maniche e sul petto, sangue demoniaco e sangue umano. Quando Jace guardò Simon, Clary vide che tutto l'oro sembrava essere stato rubato dai suoi occhi e sostituito da qualcosa che non vi aveva mai visto prima: il panico.

— Vai veloce, mondano — disse. — Corri come se avessi l'Inferno alle calcagna.

Simon partì.

Schizzarono giù per Flatbush e salirono a razzo sul ponte, tenendo il passo della linea Q della metropolitana che ruggiva sopra l'acqua blu. Il sole abbagliava gli occhi di Clary, sollevando scintille roventi dal fiume. La ragazza si attaccò al sedile quando Simon affrontò la rampa di discesa del ponte a ottanta chilometri all'ora.

Clary pensò alle cose orribili che aveva detto ad Alec, al modo in cui lui si era lanciato contro Abbadon, allo sguardo di trionfo sul suo volto. Quando voltò la testa, vide Jace inginocchiato accanto al suo amico mentre il sangue colava attraverso la coperta. Clary pensò al bambino con il suo falco morto. *Amare vuol dire distruggere*. Jace sarebbe morto se avesse saputo perché Alec aveva fatto ciò che aveva fatto.

Clary tornò a voltarsi. Aveva un groppo in gola. Vide nello specchietto retrovisore Isabelle che avvolgeva la coperta attorno alla gola di Alec. La ragazza sollevò lo sguardo e incontrò quello di Clary. — Quanto manca?

— Una decina di minuti. Simon sta andando il più in fretta possibile.

— Lo so — disse Isabelle. — Simon... quello che hai fatto... è stato incredibile. Ti sei mosso così in fretta. Non pensavo che a un mondano potesse venire in mente un'idea del genere.

Simon non sembrò particolarmente colpito dal fatto che gli giungessero delle lodi tanto inattese. Aveva gli occhi fissi sulla strada. — Vuoi dire di avere tirato al lucernario? Ci ho pensato dopo che eravate entrati. Stavo pensando al lucernario e al fatto che avevate detto che i demoni non possono stare alla luce diretta del sole. Quindi ci ho messo un po' a mettermi in azione. Ma non sentirti in difetto — aggiunse. — Quel lucernario se non sai che c'è non lo vedi nemmeno.

Io sapevo che c'era, pensò Clary. *Avrei dovuto pensarci anch'io. Anche se non avevo l'arco e le frecce come Simon, avrei potuto lanciargli contro qualcosa o dire a Jace di farlo.* Si sentì stupida, inutile e lenta, come se avesse la testa piena di bambagia. La verità era che aveva avuto paura. Troppa paura per pensare. Un'ondata di senso di colpa le esplose dietro le palpebre come un piccolo sole.

Fu Jace a parlare. — Ben fatto — disse.

Gli occhi di Simon si socchiusero. — Allora, se non vi dispiace dirmelo... Quella cosa, quel demone... da dove è arrivato?

— Era Madame Dorothea — disse Clary. — Cioè, almeno in un certo senso, ecco.

— Non è mai stata una fotomodella, ma non mi ricordavo che avesse quell'aspetto.

— Credo fosse posseduta — disse Clary lentamente, cercando di mettere insieme i pezzi nella propria testa. — Voleva che le dessi la Coppa. Poi ha aperto il Portale...

— È stata una mossa intelligente — disse Jace. — Il demone l'ha posseduta e poi ha nascosto la maggior parte della propria forma eterea poco fuori dal Portale, dove il sensore non poteva rilevarlo. Così siamo entrati aspettandoci di dover affrontare qualche Dimenticato e invece ci siamo trovati di fronte un Demone Superiore. Abbadon... uno degli Antichi. Il Signore dei Caduti.

— Be', pare proprio che i Caduti dovranno imparare a cavarsela senza di lui — disse Simon mentre affrontava una curva.

— Non è morto — disse Isabelle. — Credo che nessuno abbia mai ucciso un Demone Superiore. Li devi uccidere nella loro forma fisica ed eterea perché muoiano. Noi l'abbiamo solo fatto scappare.

— Ah — disse Simon deluso. — E Madame Dorothea? Starà bene adesso che...

Si interruppe perché Alec aveva iniziato a soffocare, il respiro che produceva uno strano rumore nel petto. Jace imprecò sottovoce. — Perché non siamo ancora arrivati?

— Ci siamo. È solo che non voglio andare a sbattere contro un muro. — Mentre Simon accostava con cautela all'angolo, Clary vide che la porta dell'Istituto era aperta e Hodge era in piedi sotto l'arco. Il furgone si fermò e Jace saltò fuori, si infilò sul sedile posteriore e sollevò Alec come se pesasse quanto un bambino. Isabelle lo seguì lungo il marciapiede con in mano la picca insanguinata del fratello. La porta dell'Istituto si chiuse alle loro spalle.

Clary guardò Simon esausta. — Mi dispiace. Non so come farai a spiegare a Eric tutto quel sangue.

— Chi se ne frega di Eric — disse lui senza convinzione. — Tu stai bene?

— Neanche un graffio. Si sono feriti tutti tranne me.

— È il loro lavoro, Clary — disse lui gentilmente. — Combattere i demoni... è quello che fanno loro. Non è quello che fai tu.

— E io cosa faccio, Simon? — chiese lei cercando una risposta sul volto del ragazzo. — Cosa faccio io?

— Be'... hai recuperato la Coppa — disse lui. — O no?

Lei annuì e aprì la giacca per fargli vedere la Coppa che spuntava dalla tasca interna. L'utilità delle tasche interne, pensò, era qualcosa che aveva imparato da Jace. — Sì — annuì.

Simon sembrò sollevato. — Avevo quasi paura a chiederlo — disse. — Ma lo speravo. È una buona cosa, vero?

— Sì — ripeté Clary. Pensò a sua madre, e la mano le si strinse attorno alla Coppa. — È una buona cosa.

Church la aspettava in cima alle scale miagolando come una sirena da nebbia. La accompagnò in infermeria. Le doppie porte erano aperte e attraverso di esse Clary vide la figura immobile di Alec su uno dei letti bianchi. Hodge era chino su di lui. Isabelle, accanto a Hodge, reggeva un vassoio d'argento.

Jace non era con loro. Non era con loro perché era fuori dall'infermeria, appoggiato al muro, le mani insanguinate sui fianchi. Quando Clary gli si fermò di fronte, le sue palpebre si aprirono di colpo e Clary notò che le pupille erano dilatate, tutto l'oro affogato nel nero.

— Come sta? — gli chiese con tutta la delicatezza possibile.

— Ha perso molto sangue. E il morso del demone gli ha messo in circolo un veleno, e dato che era un Demone Superiore, Hodge non è sicuro che gli antidoti che usa di solito funzioneranno.

Clary gli toccò un braccio. — Jace...

Lui si ritrasse. — No.

Lei trattenne il fiato. — Non avrei mai voluto che succedesse qualcosa ad Alec. Mi dispiace.

Lui la guardò come se la vedesse lì per la prima volta. — Non è colpa tua. È colpa mia.

— Tua? Jace, no...

— E invece sì — disse lui con una voce fragile come una scheggia di ghiaccio. — *Mea culpa. Mea maxima culpa*.

— Cosa vuol dire?

— Mia colpa — rispose. — Mia grandissima colpa. — Le spostò una ciocca di capelli dalla fronte con aria assente, come se non si accorgesse neppure di farlo. — Fa parte della liturgia della messa in latino.

— Pensavo che non credessi nella religione.

— Forse non credo nel peccato — disse. — Ma mi sento in colpa lo stesso. Noi Shadowhunters viviamo in base a un codice e quel codice non è flessibile. Onore, colpa, pena sono tutte cose reali per noi, e non hanno nulla a che vedere con la religione, ma solo con *chi siamo*. Questo è quello che sono, Clary — disse disperatamente. — Sono un membro del Conclave. È nel mio sangue e nelle mie ossa. E allora dimmi, se sei così sicura che non è stata colpa mia, perché il primo pensiero che ho avuto quando ho visto Abbadon non è stato per i miei compagni ma per te? — Sollevò l'altra mano e si nascose il volto tra i palmi. — Sapevo... sapevo... Alec si stava comportando in modo strano. Sapevo che c'era qualcosa che non andava. Ma riuscivo a pensare soltanto a te...

Chinò il capo in avanti e le loro fronti si toccarono. Clary sentì il suo alito incresparle le ciglia. Chiuse gli occhi e lasciò che la sua vicinanza la inondasse come una marea delirante. — Se muore, sarà come se lo avessi ucciso io — disse lui. — Ho lasciato morire mio padre e ora ho ucciso l'unico fratello che abbia mai avuto.

— Non è vero — sussurrò Clary.

— Sì. — Erano abbastanza vicini per baciarsi. — Clary — continuò Jace. Lei non aveva mai sentito pronunciare il suo nome con un tale misto di amore e angoscia. — Cosa mi sta succedendo?

Dietro di loro qualcuno si schiarì la voce. Clary aprì gli occhi. Hodge era sulla porta dell'infermeria, l'abito macchiato da chiazze di ruggine. — Ho fatto il possibile. Adesso è sedato, non soffre, però... — Scosse il capo. — Devo contattare i Fratelli Silenti. Questo va al di là delle mie capacità.

Jace si staccò lentamente da Clary. — Quanto ci metteranno ad arrivare qui?

— Non lo so. — Hodge si avviò lungo il corridoio scuotendo il capo. — Manderò subito Hugo, però i Fratelli si spostano come e quando vogliono.

— Ma per questo... — Anche Jace doveva affrettarsi per tenere dietro alle lunghe falcate di Hodge. Clary era rimasta indietro e dovette tendere le orecchie per sentire ciò che stava dicendo. — Potrebbe morire.

— Potrebbe, sì — si limitò a dire Hodge.

La biblioteca era buia e odorava di pioggia: una delle finestre era stata lasciata aperta e una pozza d'acqua si era formata sotto le tende. Hugo emise uno stridio e saltellò sul suo posatoio mentre Hodge gli si avvicinava velocemente, fermandosi solo per accendere la lampada sulla scrivania. — È un peccato — disse Hodge prendendo un foglio di carta e una penna stilografica — che non abbiate recuperato la Coppa. Credo che darebbe qualche conforto ad Alec e certamente alla sua...

— Ma io *l'ho* recuperata, la Coppa — lo interruppe Clary sbalordita. — Non glielo hai detto, Jace?

Jace sbatté le palpebre, ma Clary non avrebbe saputo dire se fosse per la sorpresa o per la luce improvvisa. — Non c'è stato tempo... Stavo portando di sopra Alec...

Hodge si era bloccato, la penna immobile tra le sue dita. — Avete la Coppa?

— Sì. — Clary aprì la giacca e la estrasse dalla tasca interna: era ancora fredda, come se il contatto col suo corpo non potesse riscaldare il metallo. I rubini le ammiccarono come tanti occhi rossi. — Eccola.

La penna scivolò dalla mano di Hodge e cadde a terra. Clary si chiese se si fosse rovinato il pennino, ma il modo in cui Hodge la guardava bandì subito quel pensiero dalla sua mente. La luce della lampada, diretta verso l'alto, non giovava al suo volto scavato e mostrava ogni centimetro delle sue rughe di severità e preoccupazione e disperazione. — Quella è la Coppa dell'Angelo?

— Sì — disse Jace. — Era...

— Adesso non importa — disse Hodge. Appoggiò la carta sulla scrivania, si avvicinò a Jace e gli strinse le spalle. — Jace Wayland, sai cos'hai fatto?

Jace sollevò lo sguardo su Hodge, sorpreso. Clary notò il contrasto tra il volto devastato dell'uomo e quello perfetto del ragazzo. Le ciocche chiare che ricadevano sugli occhi di Jace lo facevano sembrare ancora più giovane. — Non capisco — disse.

Il respiro di Hodge sibilò tra i suoi denti. — Gli assomigli tantissimo.

— A chi? — disse Jace confuso; evidentemente non aveva mai sentito Hodge parlare così prima di allora.

— A tuo padre — disse Hodge mentre sollevava lo sguardo sul punto in cui Hugo volteggiava con le ali nere che spostavano l'aria umida.

Hodge socchiuse gli occhi. — Hugin — disse, e con uno stridio ultraterreno l'uccello allargò gli artigli e si tuffò in picchiata verso il volto di Clary.

Clary sentì l'urlo di Jace e poi il mondo divenne tutto un turbinio di penne e artigli e un becco che colpiva a destra e a manca. Un dolore acuto le trafisse una guancia e lei strillò, sollevando d'istinto le mani a coprirsi il volto.

Sentì che la Coppa Mortale le veniva strappata via di mano. — No! — urlò afferrandola. Un dolore terribile le assalì il braccio. Le gambe le cedettero all'improvviso. Scivolò e cadde a terra, picchiando forte le ginocchia contro il duro pavimento. Degli artigli le graffiarono la fronte.

— Basta così, Hugo — disse Hodge tranquillamente.

L'uccello si allontanò obbediente da Clary. La ragazza si pulì via il sangue dagli occhi singhiozzando. Si sentiva la faccia a pezzi.

Hodge non si era mosso: era in piedi, immobile, con in mano la Coppa Mortale. Hugo gli volteggiava sopra in ampi giri agitati, gracchiando piano. E Jace... Jace era a terra ai piedi di Hodge, perfettamente immobile, come se si fosse addormentato all'improvviso.

Ogni altro pensiero lasciò la mente di Clary. — Jace! — Parlare le faceva male: il dolore alla guancia era fortissimo e sentiva in bocca il sapore del sangue. Jace non si mosse.

— Non è ferito — disse Hodge. Clary si rimise in piedi con l'intenzione di lanciarsi contro Hodge... e rimbalzò indietro quando colpì qualcosa di invisibile ma duro e forte come vetro. Furente, tirò un pugno contro l'aria.

— Hodge! — urlò. Tirò un calcio, rompendosi quasi un piede contro il muro invisibile. — Non essere stupido. Quando il Conclave scoprirà quello che hai fatto...

— A quel punto me ne sarò già andato — disse inginocchiandosi accanto a Jace.

— Ma... — Fu attraversata da uno shock, un'illuminazione dolorosamente elettrica. — Non hai mai mandato un messaggio al Conclave, vero? È per questo che ti sei comportato in modo tanto strano quando ti ho fatto delle domande in proposito. Volevi la Coppa per te.

— No — disse Hodge. — Non per me.

La gola di Clary era asciutta come la sabbia. — Lavori per Valentine — sussurrò.

— Non lavoro per Valentine — disse Hodge. Sollevò una mano di Jace e prese qualcosa. Era l'anello inciso che Jace portava sempre. Hodge se lo infilò al dito. — Ma sono un uomo di Valentine, è vero.

Con un movimento agile si fece girare l'anello tre volte intorno al dito. Per un istante non accadde nulla. Poi Clary sentì il rumore di una porta che si apriva e si voltò d'istinto per vedere chi stava entrando in biblioteca. Quando si girò di nuovo verso Hodge, vide che l'aria accanto a lui stava brillando, come la superficie di un lago vista da lontano. Il muro d'aria scintillante si aprì come una tenda argentata e un uomo alto comparve accanto a Hodge, quasi si fosse materializzato dal nulla.

— Starkweather — disse l'uomo. L'aria alle sue spalle scintillava ancora. — Hai la Coppa?

Hodge sollevò la Coppa tra le mani, ma non disse nulla. Sembrava paralizzato, ed era impossibile dire se fosse per la paura o lo stupore. A Clary era sempre sembrato alto, eppure adesso appariva piccolo e ingobbito. — Mio Signore Valentine — disse infine. — Non ti aspettavo così presto.

Valentine. Assomigliava poco al bel ragazzo della fotografia, anche se i suoi occhi erano ancora neri. Il suo volto non era come lei se lo era aspettato. Era il volto trattenuto, chiuso e spirituale di un prete con gli occhi tristi. Dai polsini neri del suo abito di sartoria spuntavano le cicatrici bianche che raccontavano di anni passati a usare lo stilo. — Ti avevo detto che sarei venuto da te attraverso un Portale — disse. La sua voce era risonante. — Non mi credevi?

— Sì. È solo che... pensavo che avresti mandato Pangborn o Blackwell, non che saresti venuto di persona.

— Pensavi che li avrei mandati a prendere la Coppa? Non sono un idiota. Conosco le sue tentazioni. — Valentine allungò una mano e Clary vide sul suo dito un anello identico a quello di Jace. — Dammela.

Ma Hodge la strinse a sé. — Voglio prima quello che mi avevi promesso.

— Prima? Non ti fidi di me, Starkweather? — Valentine sorrise, e nel suo sorriso non c'era traccia di divertimento. — Farò come hai chiesto. Un patto è un patto. Anche se devo dire che il tuo messaggio mi ha sbalordito. Non immaginavo certo che ti sarebbe dispiaciuta una vita di contemplazione appartata, per così dire. Non sei mai stato portato per i campi di battaglia.

— Tu non sai cosa vuol dire — disse Hodge con un sospiro che sembrava un sibilo — avere sempre paura...

— È vero, non lo so. — La voce di Valentine era triste come i suoi occhi, quasi provasse pietà per Hodge... Ma in essi c'era anche avversione, una traccia di disprezzo. — Se non avevi intenzione di darmi la Coppa, non avresti dovuto chiamarmi. Sei stato tu a contattarmi, e non viceversa.

Hodge fece una smorfia. — Non è facile tradire ciò in cui credi... le persone che si fidano di te...

— Stai parlando dei Lightwood o dei loro figli?

— Di entrambi — disse Hodge.

— Ah, i Lightwood. — Valentine allungò un braccio e accarezzò con una mano il mappamondo di ottone appoggiato sulla scrivania, le lunghe dita che tracciavano i confini di continenti e mari. — La tua punizione avrebbe dovuto toccare a loro. Se non avessero avuto tutte quelle conoscenze altolocate nel Conclave sarebbero stati maledetti insieme a te. E invece sono liberi di andare e venire, di camminare alla luce del sole come chiunque altro. Sono liberi di tornare a *casa*. — Aveva pronunciato la parola "casa" con tutta la sua carica di significati. Il suo dito smise di muoversi lungo la superficie del mappamondo. Clary era certa che stesse toccando il punto in cui si trovava Idris.

Gli occhi di Hodge ebbero un lampo. — Hanno fatto quello che avrebbe fatto chiunque.

— Tu non l'avresti fatto. Io non l'avrei fatto. Lasciar soffrire un amico al mio posto? E certamente deve averti amareggiato, Starkweather, sapere che hanno lasciato con tanta leggerezza che questo fato toccasse a te...

Hodge scrollò le spalle. — Ma non è colpa dei ragazzi. Loro non hanno fatto niente...

— Non ho mai saputo che ti piacessero tanto i bambini, Hodge — disse Valentine, come se quell'idea lo divertisse.

Hodge sembrava respirare a fatica. — Jace...

— Non parlare di Jace. — Per la prima volta Valentine sembrava arrabbiato. Guardò la figura immobile sul pavimento. — Sta sanguinando — osservò. — Perché?

Hodge si strinse la Coppa al cuore. Le sue nocche erano bianche. — Non è sangue suo. È svenuto, ma non è ferito.

Valentine sollevò la testa con un sorriso affabile. — Mi stavo chiedendo cosa penserà di te quando si sveglierà. Il tradimento non è mai una bella cosa, ma tradire un ragazzo... è come un doppio tradimento, non pensi?

— Non gli farai del male — sussurrò Hodge. — Hai giurato di non fargli del male.

— Non l'ho mai giurato — disse Valentine. — E adesso... — Si allontanò dalla scrivania e si avvicinò a Hodge, che si ritrasse come un animaletto in trappola. I suoi occhi incontrarono quelli di Clary alle spalle di Valentine. La ragazza vide la sua infelicità. — E cosa faresti se ti dicessi che ho deciso di fargli del male? Combatteresti contro di me? Non mi daresti la Coppa? Anche se riuscissi a uccidermi, il Conclave non ritirerebbe mai la sua maledizione. Cosa saresti disposto a dare pur di non avere più paura? Cosa daresti per tornare di nuovo a casa?

Clary distolse lo sguardo. Non sopportava più la vista del volto di Hodge. Con voce strozzata, questi disse: — Dimmi che non gli farai del male e io te la darò...

— No — disse Valentine con un tono ancora più morbido. — Me la darai in ogni caso. — E allungò una mano.

Hodge chiuse gli occhi. Per un istante il suo volto fu quello di uno degli angeli sotto la scrivania, addolorato e grave, e schiacciato da un peso terribile. Poi imprecò tra i denti e porse la Coppa a Valentine.

Clary urlò. Si lanciò contro il muro invisibile e vi rimbalzò contro. Urlò a Hodge di non farlo, che lui era migliore di così, che era migliore di Valentine. Hodge non la guardò, ma la mano che stringeva la Coppa tremò come una foglia al vento.

— Grazie — disse Valentine. Prese la Coppa e la guardò soprappensiero. — Temo che tu abbia sbeccato il bordo.

Hodge non disse nulla. Il suo volto era grigio. Valentine si chinò a raccogliere Jace. Mentre lo sollevava senza alcuno sforzo, Clary vide la sua giacca impeccabile tendersi sulle braccia e sulla schiena e si rese conto che era un uomo molto più massiccio di quanto non sembrasse a prima vista, con un torso come il tronco di una quercia. Jace, privo di sensi tra le sue braccia, sembrava un bambino piccolo.

— Sarà presto insieme a suo padre — disse Valentine guardando il volto bianco di Jace. — Nel posto che gli spetta.

Hodge fece una smorfia. Valentine gli diede le spalle e si incamminò verso il sipario d'aria luccicante da cui era entrato. Doveva essersi lasciato il Portale aperto alle spalle, pensò Clary. Guardarlo era come guardare il sole riflettersi sulla superficie di uno specchio.

Hodge allungò una mano implorante. — Aspetta! — urlò. — E quello che mi avevi promesso? Avevi giurato di porre fine alla mia maledizione…

— È vero — disse Valentine. Si fermò per un istante, guardando fisso in faccia Hodge, che arretrò con un sussulto, la mano che correva al petto come se qualcosa l'avesse colpito al cuore. Un fluido nero colò fuori dalle sue dita e sgocciolò sul pavimento. Hodge sollevò il volto pieno di cicatrici su Valentine. — È finita? — chiese. — La maledizione… è scomparsa?

— Sì — disse Valentine. — E ti auguro che la libertà che ti sei comprato possa darti la felicità. — E con quelle parole oltrepassò il sipario di aria scintillante. Per un istante sembrò scintillare anche il suo corpo, come se fosse sotto un getto d'acqua. Poi scomparve, e con lui scomparve anche Jace.

20

Nel vicolo dei topi

Hodge restò a guardarlo ansimando, i pugni che si aprivano e si chiudevano lungo i fianchi. La sua mano sinistra era ricoperta dal fluido scuro che gli era uscito dal petto. L'espressione sul suo volto era un misto di esultanza e disprezzo per se stesso.

— Hodge! — Clary picchiò la mano sul muro invisibile che li separava. Il dolore le attraversò tutto il braccio, ma non era nulla in confronto a quello che provava nel petto. A Clary sembrava che il cuore stesse per aprirle in due il torace. *Jace, Jace, Jace*... Quella parola le echeggiava nella mente e avrebbe voluto urlarla con tutto il fiato che aveva in gola, ma si trattenne. — Hodge, fammi uscire!

Lui si voltò e scosse il capo. — Non posso — disse usando il fazzoletto perfettamente piegato per strofinarsi la mano sporca. Sembrava sinceramente dispiaciuto. — Cercheresti soltanto di uccidermi.

— Non lo farò — disse lei. — Lo prometto.

— Ma tu non sei stata cresciuta come una Cacciatrice — disse Hodge — e le tue promesse non significano nulla. — L'orlo del suo fazzoletto fumava, come se lo avesse intinto nell'acido, e la sua mano non era meno nera di prima. Hodge fece una smorfia e abbandonò il tentativo di pulizia.

— Ma non l'hai sentito? — disse lei disperata. — Ucciderà Jace.

— Non ha detto questo. — Hodge era tornato alla scrivania e stava aprendo un cassetto. Prese un foglio di carta. Tirò fuori una penna dal taschino e la picchiettò contro il bordo della scrivania per far scorrere l'inchiostro. Clary lo guardò sbalordita. Si stava mettendo a scrivere una lettera?

— Hodge — disse cercando di non perdere il controllo. — Valentine ha detto che Jace sarebbe stato presto insieme a suo padre. Il padre di Jace è morto. Cos'altro poteva voler dire, secondo te?

Hodge non sollevò lo sguardo dal foglio su cui stava scrivendo. — È complicato. Non capiresti.

— Ho capito abbastanza. — Le sembrava che l'amarezza che provava avrebbe potuto bruciarle la lingua. — Ho capito che Jace si fidava di te e tu lo hai consegnato a un uomo che odiava suo padre e probabilmente odia anche lui, solo perché sei troppo vigliacco per convivere con una maledizione che ti sei meritato.

Lo sguardo di Hodge scattò su di lei. — È questo che pensi?

— È quello che so.

L'uomo mise giù la penna e scosse il capo. Sembrava stanco e vecchissimo, molto più vecchio di Valentine, anche se avevano la stessa età. — Tu conosci solo alcune parti di questa storia, Clary. Ed è molto meglio così. — Ripiegò il foglio in un quadrato e lo gettò nel fuoco, che mandò una fiammata di un vivace verde acido.

— Cosa stai facendo? — chiese Clary.

— Mando un messaggio. — Hodge voltò le spalle al fuoco. Era vicino a lei, li separava solo il muro invisibile. Clary premette le dita contro di esso e desiderò poterle piantare negli occhi di Hodge, anche se erano così tristi, tristi quanto quelli di Valentine erano rabbiosi. — Tu possiedi l'assolutismo morale dei giovani, che non ammette eccezioni. Non capisci, Clary, che a modo mio sto cercando di essere una brava persona?

Clary scosse il capo. — Non è così che funziona. Le buone azioni non cancellano quelle pessime. Ma... — si morse un labbro — ... se mi dicessi dov'è Valentine...

— No — sussurrò Hodge. — Si dice che i Nephilim siano i figli degli uomini e degli angeli. Tutto ciò che ci ha lasciato questa discendenza dagli angeli è una maggiore altezza da cui precipitare quando cadiamo. — Toccò con la punta delle dita la superficie invisibile della parete. — Tu non sei stata cresciuta come una di noi. Non fai parte di questa vita di cicatrici e morte. Puoi ancora andartene. Lascia l'Istituto, Clary. Vattene il prima possibile e non tornare più indietro.

Lei scosse il capo. — Non posso — disse. — Non posso farlo.

— E allora ti faccio le mie condoglianze — disse Hodge mentre usciva dalla stanza.

La porta si chiuse alle sue spalle lasciando Clary nel silenzio. C'erano solo il suo respiro affannoso, il ticchettio della pioggia e il rumore delle sue dita contro la barriera trasparente e impenetrabile che la separava dalla porta. Fece esattamente ciò che si era proposta di non fare: si lanciò più e più volte contro la barriera, finché non fu esausta e dolorante. Poi si lasciò cadere a terra e cercò di non piangere.

Da qualche parte, dall'altro lato della barriera, Alec stava morendo, mentre Isabelle aspettava che Hodge lo salvasse. Da qualche parte, al di là di quella stanza, Jace veniva risvegliato bruscamente da Valentine. Da qualche parte, le possibilità di sopravvivenza di sua madre stavano svanendo un minuto dopo l'altro, un secondo dopo l'altro. E lei era intrappolata lì, inutile e indifesa.

Ma poi si mise a sedere di scatto quando ricordò all'improvviso il momento a casa di Madame Dorothea in cui Jace le aveva messo in mano lo stilo. Glielo aveva ridato? Trattenendo il fiato tastò la tasca sinistra della giacca: era vuota. La sua mano si spostò lentamente nella tasca destra, dove le sue dita sudaticce raccolsero qualche cartaccia per poi trovare qualcosa di duro, liscio e stondato: lo stilo.

Balzò in piedi con il cuore che batteva a mille e cercò con la mano sinistra il muro invisibile. Quando lo trovò si fece coraggio e avvicinò la punta dello stilo con l'altra mano finché non toccò quell'aria solida e liscia. Le si stava già formando un'immagine nella mente, come un pesce che viene a galla nell'acqua torbida, il disegno delle sue squame sempre più chiaro a mano a mano che si avvicina alla superficie. Iniziò – prima lentamente, poi con più decisione – a muovere lo stilo sulla parete, lasciando delle linee bianco cenere a fluttuare nell'aria davanti a lei.

Dopo un po' sentì di avere finito di tracciare le rune e abbassò la mano, col fiato corto. Per un istante tutto restò immobile e silenzioso, e le parole rimasero a mezz'aria come luci al neon, bruciandole gli occhi. Poi si sentì un suono fortissimo, come di una grande vetrata che andava in pezzi, come se si trovasse sotto una cascata di vetri e ascoltasse le schegge rompersi tutt'attorno a lei. La runa che aveva disegnato divenne nera e si disperse come polvere: il pavimento tremò sotto i suoi piedi e poi fu tutto finito, e lei seppe, senza alcun dubbio, di essere libera.

Con lo stilo ancora in mano corse alla finestra e aprì le tende. Si stava avvicinando il crepuscolo e le strade erano inondate di un bagliore rosso-violaceo. Per fortuna erano anche quasi deserte, e Clary vide perfettamente Hodge che attraversava un incrocio. Sembrava uno spaventapasseri, con il suo soprabito nero e il suo cappello malandato.

Schizzò fuori dalla biblioteca e giù per le scale, fermandosi solo per rimettere lo stilo nella tasca della giacca. Infilò di corsa il portone e raggiunse la strada. Le persone che portavano a spasso i cani nell'umidità della sera si scostavano bruscamente quando passava loro accanto a tutta velocità, lungo la passeggiata che costeggiava l'East River. Mentre svoltava l'angolo, Clary si intravide nella vetrata oscurata di un palazzo. Aveva i capelli sudati e incollati alla fronte e il volto incrostato di sangue secco.

Raggiunse l'incrocio dove aveva visto Hodge. Per un momento pensò di averlo perso. Sfrecciò tra la calca, vicino all'entrata della metropolitana, spostando la gente a spallate e usando ginocchia e gomiti come armi improprie. Sudata e ammaccata, si liberò dalla folla appena in tempo per intravedere un abito di tweed che scompariva dietro l'angolo di un vicoletto di servizio tra due edifici. Clary si diede un'occhiata: la sua maglietta, che era stata rosa, era inzuppata di sudore e macchiata di sangue.

Girò attorno a un cassonetto e raggiunse l'angusta entrata del vicolo. Ogni volta che respirava le bruciava il fondo della gola. Anche se per le strade era il tramonto, in quel vicolo era buio come fosse già notte. Vide a malapena Hodge all'estremità opposta, che terminava sul retro di un fast food pieno di immondizie: sacchi di cibo, vassoi di carta sporchi e posate di plastica che scricchiolarono sgradevolmente sotto le scarpe di Hodge quando si voltò. A Clary venne in mente una poesia che avevano letto a lezione di inglese: *Eccoci nel vicolo dei topi, dove i morti hanno lasciato le loro ossa.*

— Mi hai seguito — disse lui. — Non avresti dovuto farlo.

— Se vuoi che ti lasci stare, basta che mi dica dove si trova Valentine.

— Non posso farlo. Saprebbe che te l'ho detto io e la mia libertà sarebbe breve come la mia vita.

— Lo sarà comunque quando il Conclave scoprirà che hai dato la Coppa Mortale a Valentine — gli fece notare Clary. — Dopo averci convinti con l'inganno a trovarla. E dopo quello che hai fatto a Jace...

Lui la interruppe con una breve risata. — Ho più paura di Valentine che del Conclave, e tu faresti lo stesso, se fossi saggia — disse. — Alla fine avrebbe trovato comunque la Coppa, con o senza il mio aiuto.

— E non ti interessa il fatto che la userà per uccidere dei bambini?

Uno spasmo attraversò il volto di Hodge mentre faceva un passo avanti, e Clary vide qualcosa che gli luccicava in mano. — Tutto questo ha davvero tanta importanza, per te?

— Te l'ho già detto — rispose lei. — Non posso semplicemente andarmene via.

— È un peccato — disse Hodge. Lei lo vide sollevare un braccio, e ricordò all'improvviso quando Jace aveva detto che l'arma preferita di Hodge era il *chakram*, la lama rotante. Si chinò ancora prima di vedere il cerchio luccicante di metallo volare ruotando verso la sua testa: la superò con un ronzio, passando a pochi centimetri dal suo volto, e si conficcò nella scala antincendio di metallo alla sua sinistra.

Clary si rimise in piedi. Hodge la fissava. Teneva in mano un secondo dischetto di metallo. — Puoi ancora scappare — disse.

Lei alzò istintivamente le mani, anche se la logica le diceva che il *chakram* gliele avrebbe semplicemente fatte a fette. — Hodge...

Qualcosa le sfrecciò davanti, qualcosa di grosso, grigio-nero e vivo. Sentì Hodge urlare in preda all'orrore. Arretrando gattoni, Clary vide la cosa più chiaramente mentre si piazzava tra lei e Hodge. Era un lupo lungo quasi due metri, con una pelliccia corvina attraversata da un'unica striscia grigia.

Hodge, il disco di metallo stretto in mano, era bianco come uno straccio. — Tu! — sussurrò, e Clary si rese conto con una sorta di distaccato stupore che stava parlando con il lupo. — Valentine mi aveva detto che eri scappato...

Le labbra del lupo si ritrassero dai denti, e Clary vide la lingua rossa dell'animale. Nei suoi occhi c'era odio, mentre guardava Hodge, un odio puro e del tutto umano.

— Sei venuto per me o per la ragazza? — chiese Hodge. Il sudore gli scendeva lungo le tempie, ma la sua mano era ferma.

Il lupo gli si avvicinò emettendo un basso ringhio di gola.

— Sei ancora in tempo — disse Hodge. — Valentine ti riprenderebbe...

Il lupo ululò e spiccò il salto. Hodge urlò ancora. Ci fu un lampo d'argento e si udì un rumore rivoltante quando il *chakram* si piantò nel fianco del lupo. L'animale arretrò sulle zampe posteriori e balzò addosso a Hodge. Clary vide il bordo del disco che spuntava dalla sua pelliccia insieme a un fiotto di sangue.

Hodge lanciò un altro urlo mentre cadeva a terra e le zanne del lupo si chiudevano sulla sua spalla. Una sventagliata di sangue sporcò il muro di cemento dietro di lui. Il lupo sollevò la testa dal corpo esanime dell'uomo e rivolse il suo sguardo grigio e ferino verso Clary, coi denti che sgocciolavano sangue.

Clary non urlò. Non aveva abbastanza aria nei polmoni per emettere un qualsiasi suono. Si rimise goffamente in piedi e corse, corse verso l'imboccatura del vicolo e le familiari luci al neon della strada, corse verso la sicurezza del mondo reale. Sentì il lupo che ringhiava dietro di lei, sentì il suo fiato caldo sulle gambe nude. Fece un ultimo sforzo e si lanciò verso la strada...

Le mascelle del lupo si chiusero sulla sua gamba e la strattonarono all'indietro. Poco prima che la sua testa colpisse l'asfalto e lei sprofondasse nell'oscurità, Clary scoprì che in fondo ai polmoni aveva abbastanza aria per urlare.

Fu svegliata dallo sgocciolio dell'acqua. Clary aprì molto lentamente gli occhi. Non c'era molto da vedere. Era stesa su una branda piazzata in una stanzetta dalle pareti sporche. C'era un tavolo dall'aria poco stabile accostato a un muro e, sopra, un candeliere d'ottone da quattro soldi con una grossa candela rossa da cui proveniva l'unica luce della stanza. Il soffitto era pieno di crepe e di chiazze d'umidità, che penetrava tra le fessure della pietra. Clary provò la vaga sensazione che a quella stanza mancasse qualcosa, ma quel pensiero fu sopraffatto dal forte odore di cane bagnato.

Scattò immediatamente a sedere e subito desiderò di non averlo fatto. Un dolore rovente le trafisse la testa come uno spillone, seguito da un'ondata di nausea. Se avesse avuto qualcosa nello stomaco, avrebbe vomitato.

Sopra la branda era appeso uno specchio, che penzolava da un chiodo infilato tra due pietre. Gli diede un'occhiata e restò sbalordita. Non c'era da stupirsi se le faceva male la faccia: aveva dei lunghi graffi paralleli che correvano dall'angolo dell'occhio destro al bordo della bocca. La guancia destra era incrostata di sangue, come anche il collo e il davanti della camicia e della giacca. In preda a un improvviso attacco di panico, portò una mano alla tasca e si rilassò. Lo stilo c'era ancora.

Fu a quel punto che capì cosa c'era di strano in quella stanza. Una parete era fatta di sbarre: pesanti sbarre di ferro che andavano dal pavimento al soffitto. Era in una cella.

Si alzò in piedi barcollando, con l'adrenalina che le correva nelle vene. Ebbe un capogiro e si aggrappò al tavolo per non cadere. *Non devo svenire*, si disse. E poi sentì dei passi.

Qualcuno stava arrivando dal corridoio che conduceva alla cella. Erano passi distanti, ma si avvicinavano in fretta. Clary arretrò contro il tavolo e portò la mano alla cintura per cercare lo stilo.

Vide un uomo. Reggeva in mano una lampada. La luce era più intensa di quella della candela: le fece battere le palpebre e trasformò il nuovo arrivato in un'ombra in controluce. Vide una figura alta, con le spalle squadrate e i capelli ispidi: fu solo quando aprì la porta della cella ed entrò che Clary capì chi era.

Il pugnale le scivolò di mano. Cadde sul pavimento con la punta verso il basso e si incastrò in quella posizione, vibrando un po'. — Luke?

Lui annuì senza parlare. Sembrava lo stesso di sempre: jeans consumati, camicia sportiva e scarponi da lavoro, gli stessi capelli tagliati come veniva, gli stessi occhiali abbassati sulla punta del naso. Le cicatrici che, l'ultima volta che l'aveva visto, aveva notato ai lati della sua gola, ora erano strisce di pelle lucida in via di guarigione.

Fu troppo per Clary. La stanchezza, la mancanza di sonno e di cibo, il terrore e la perdita di sangue la assalirono come un'ondata di piena. Sentì che le ginocchia le cedevano e iniziò a scivolare verso il pavimento.

Luke attraversò la stanza in un lampo: si mosse tanto velocemente che riuscì a prendere Clary al volo prima che toccasse terra e la sollevò come faceva quand'era piccola. La rimise sulla branda e fece un passo indietro, lo sguardo ansioso. — Clary? — disse allungando una mano verso di lei. — Tutto bene?

Lei si ritrasse e sollevò le mani per allontanarlo. — Non toccarmi.

Un'espressione profondamente addolorata attraversò il volto dell'uomo, che si passò una mano sulla fronte con un gesto esausto. — Immagino di essermelo meritato.

— Sì, infatti.

Lo sguardo di Luke era turbato. — Non mi aspetto che tu ti fidi di me...

— Bene, perché non mi fido per niente di te.

— Clary... — Luke iniziò a camminare avanti e indietro per la cella. — Quello che ho fatto... non mi aspetto che tu lo capisca. Di sicuro pensi che ti abbia abbandonato...

— Tu mi *hai* abbandonato — disse lei. — Mi hai detto di non chiamarti mai più. Non mi hai mai voluto bene. Non hai mai voluto bene a mia mamma. Hai mentito su tutto.

— Non su tutto — disse lui.

— Allora ti chiami veramente Luke Garroway?

Le spalle di Luke si abbassarono un po'. — No — disse, poi ebbe un piccolo sobbalzo e guardò in basso. Una chiazza rosso scuro si stava allargando sulla sua camicia. Luke imprecò.

Clary si mise a sedere. — Ma quello è sangue? — chiese, dimenticando per un istante di essere arrabbiata con lui.

— Sì — disse l'uomo, stringendosi un fianco con le mani. — Quando ti ho sollevato mi si dev'essere riaperta la ferita.

— Quale ferita? — non poté fare a meno di chiedere Clary.

— I dischi di Hodge sono affilati, anche se le sue braccia non sono più quelle di una volta. Credo che potrebbe avermi rotto una costola.

— Hodge? — disse Clary. — Ma quando...?

Lui la guardò senza dire nulla e lei ricordò all'improvviso il lupo nel vicolo, tutto nero, a parte quell'unica striscia grigia sul fianco, e ricordò il disco che lo aveva colpito e capì.

— Tu sei un licantropo?

Luke allontanò la mano dalla camicia: le sue dita erano sporche di sangue. — Già — disse laconico. Si avvicinò alla parete e le diede qualche leggero colpetto: uno, due, tre. Poi si voltò verso di lei: — Sono un licantropo.

— Hai ucciso Hodge — disse lei.

— No. — Luke scosse il capo. — Gli ho fatto parecchio male, credo, ma quando sono tornato a cercare il suo corpo, non c'era più. Deve essersi trascinato via.

— Gli hai morso la gola — disse Clary. — L'ho visto.

— Sì. Anche se varrebbe la pena menzionare il fatto che in quel momento stava cercando di ucciderti. Ha fatto del male a qualcun altro?

Clary si morse un labbro. Sentì il sapore del sangue, ma era sangue vecchio, di quando era stata attaccata da Hugo. — Jace — sussurrò. — Hodge lo ha fatto svenire e lo ha consegnato a… Valentine.

— A Valentine? — disse Luke con un'espressione sbalordita. — Sapevo che Hodge ha dato a Valentine la Coppa Mortale, ma non avevo capito…

— Come facevi a saperlo? — iniziò a dire Clary, ma poi ricordò. — Mi hai sentita parlare con Hodge nel vicolo prima di saltargli addosso.

— Gli sono saltato addosso, come dici tu, perché stava per staccarti la testa — disse Luke, poi si voltò a guardare la porta della cella che si apriva di nuovo. Entrò un tizio alto, seguito da una donna tanto minuta e delicata da sembrare una bambina. Indossavano entrambi abiti semplici e informali: jeans e camicie di cotone, e avevano tutti e due gli stessi capelli arruffati, anche se quelli della donna erano biondi e quelli dell'uomo grigi e neri come il manto di un tasso. Entrambi avevano lo stesso aspetto insieme giovane e vecchio, senza nemmeno una ruga ma con gli occhi stanchi. — Clary — disse Luke — ti presento il mio secondo e il mio terzo, Gretel e Alaric.

Alaric chinò la testa massiccia verso la ragazza. — Ci siamo già incontrati.

Clary lo guardò allarmata. — Davvero?

— All'Hotel Dumort — disse lui. — Mi hai piantato un pugnale nelle costole.

Clary arretrò contro il muro. — Io… ehm… mi dispiace.

— No, perché? — disse lui. — È stato un ottimo lancio. — Infilò una mano nel taschino e prese il pugnale di Jace, con il suo occhio rosso. Glielo porse. — Credo che questo sia tuo.

Clary lo fissò. — Ma…

— Non preoccuparti — la rassicurò lui. — Ho pulito la lama.

Lei lo prese senza dire nulla. Luke ridacchiava sotto i baffi. — Col senno di poi, forse l'intervento al Dumort non è stato progettato come avrebbe dovuto. Avevo messo un gruppo dei miei lupi a vegliare su di te, con l'ordine di seguirti se sembravi in pericolo. Quando sei entrata al Dumort…

— Io e Jace avremmo potuto cavarcela da soli. — Clary si infilò il pugnale nella cintura.

Gretel le rivolse un sorriso paziente. — È per questo che ci ha chiamati, signore?

— No — disse Luke. Si toccò il fianco. — La mia ferita si è aperta e Clary ha alcune ferite che avrebbero bisogno di cure. Se non vi dispiace andare a prendere quello che serve...

Gretel annuì. — Torno subito con il kit di pronto soccorso — disse, e uscì dalla cella, con Alaric che la seguiva come un'ombra troppo cresciuta.

— Ti ha chiamato "signore" — disse Clary non appena la porta della cella si fu chiusa alle loro spalle. — E cosa vuol dire che sono il tuo secondo e il tuo terzo? Secondo e terzo cosa?

— Secondo e terzo ufficiale — disse lentamente Luke. — Io sono il comandante di questo branco di lupi. È per questo che Gretel mi ha chiamato "signore". Credimi, c'è voluto parecchio lavoro per farle perdere l'abitudine di chiamarmi "padrone".

— Potrebbe andarti peggio — disse Clary. — Potrebbe chiamarti Lupo de Lupis.

— Come quello dei cartoni animati? — Luke le sorrise, ma lei non fece altrettanto. — Immagino che il fatto che tu faccia delle battute non voglia dire che mi hai perdonato.

— Nemmeno per idea. — Prese il cuscino della branda, se lo mise dietro la schiena e vi si appoggiò contro. — Mia mamma lo sapeva?

— Cosa?

— Che sei un lupo mannaro.

— Sì. Lo sa da quando è successo.

— E naturalmente nessuno dei due ha mai pensato di dirmelo, vero?

— Io avrei voluto farlo — rispose semplicemente Luke. — Ma tua madre non voleva assolutamente che tu sapessi nulla degli Shadowhunters o del Mondo Invisibile. E non avrei potuto spiegarti che sono un licantropo, perché tutto rientra in un grande disegno che tua madre non voleva che tu vedessi. Non so cosa tu abbia scoperto...

— Parecchio — disse Clary. — So che mia mamma era una Cacciatrice. So che era sposata con Valentine e che gli ha rubato la Coppa Mortale e poi si è nascosta. So che dopo avermi messa al mondo mi portava ogni anno da Magnus Bane per farmi togliere la Vista. So che quando Valentine ha provato a farti dire dove fosse la Coppa in cambio della vita di mia mamma, tu gli hai detto che non te ne importava nulla.

Luke aveva lo sguardo fisso sulla parete. — Non sapevo dove fosse la Coppa — disse. — Jocelyn non me l'ha mai detto.

— Avresti potuto provare a trattare...

— Valentine non tratta. Non lo ha mai fatto. Se non è in una posizione di vantaggio, non inizia nemmeno a giocare. È determinatissimo e del tutto privo di compassione, e anche se un tempo forse amava tua madre, non esiterebbe a ucciderla. No, non potevo trattare con Valentine.

— E allora hai semplicemente deciso di abbandonarla? — chiese Clary furente. — Sei il comandante di un branco di lupi mannari e hai deciso che lei non aveva bisogno del tuo aiuto? Sai, era già brutto quando pensavo che tu fossi un Cacciatore e le avessi voltato le spalle per uno di quegli stupidi voti da Shadowhunter o qualcosa del genere, ma adesso so che sei soltanto un viscido Nascosto a cui non importa neppure il fatto che in tutti questi anni lei ti abbia trattato come un amico… come un suo pari… ed è così che la ripaghi!

— Ma sentila — disse Luke tranquillamente. — Parla già come una Lightwood.

Clary socchiuse gli occhi. — Non parlare di Alec e Isabelle come se li conoscessi.

— Parlavo dei loro genitori — disse Luke. — Che conoscevo molto bene, quando eravamo tutti quanti Shadowhunters.

Clary sentì che le labbra le si dischiudevano per la sorpresa. — So che eravate tutti nel Circolo… Ma come hai fatto a non fargli scoprire che sei un licantropo? Non lo sapevano?

— No — disse Luke. — Perché io non sono nato così. Lo sono diventato. E a quanto ho capito, se voglio convincerti ad ascoltare quello che ho da dire, dovrò raccontarti la mia storia sin dall'inizio. È una lunga storia, ma credo che abbiamo abbastanza tempo.

Parte terza

LA DISCESA RECLAMA

La discesa reclama
come reclamò l'ascesa.
W.C. WILLIAMS, *La discesa*

21

Il racconto del licantropo

La verità è che conosco tua madre dal giorno in cui è nata. Siamo cresciuti a Idris. È un posto magnifico e mi è sempre dispiaciuto tantissimo che tu non l'abbia mai visto: adoreresti i suoi pini lucidi d'inverno, la terra scura e i fiumi cristallini. C'è una piccola rete di paesi e una sola città, Alicante, dove si riunisce il Conclave. La chiamano la Città di Vetro: le sue torri sono fatte della stessa sostanza antidemoni dei nostri stilo e alla luce del sole scintillano come fossero di cristallo.

Quando io e Jocelyn fummo grandi abbastanza, venimmo mandati a scuola ad Alicante. Fu lì che conobbi Valentine.

Aveva un anno più di me ed era decisamente il ragazzo più popolare della scuola. Era bello, intelligente, ricco, coscienzioso, un guerriero eccezionale. Io non ero niente, né ricco né brillante, provenivo da una qualsiasi famiglia di campagna e dovevo darmi da fare per restare a galla con gli studi. Jocelyn era una Cacciatrice nata, io no. Non sopportavo nemmeno il più leggero dei Marchi e non riuscivo a imparare neanche le tecniche più semplici. A volte pensavo di scappare via, di tornarmene a casa coperto di vergogna… addirittura di diventare un mondano. Ero distrutto.

Fu Valentine a salvarmi. Venne nella mia stanza… io credevo che non sapesse neppure il mio nome. Si offrì di addestrarmi. Disse che sapeva che facevo fatica, ma che vedeva in me il seme di un grande Shadowhunter. E sotto la sua tutela migliorai. Passai gli esami, presi il mio primo Marchio, uccisi il mio primo demone.

Lo adoravo. Dio, se lo adoravo! Pensavo che il sole sorgesse e tramontasse solo per Valentine Morgenstern. Lo seguivo come un cagnolino. Lui sembrava gentile… *era* gentile. Io non ero l'unico sbandato che aveva salvato, naturalmente. Ce n'erano degli altri. Hodge Starkweather, che andava d'accordo più coi libri che con le persone. Maryse Trueblood, il cui fratello aveva sposato una mondana… Robert Lightwood, che aveva il terrore dei Marchi. Valentine li aveva presi tutti sotto la sua ala. E loro lo amavano, come me.

Era pieno di passione già allora. Era ossessionato dall'idea che a ogni generazione ci fossero sempre meno Cacciatori, che fossimo una specie in via d'estinzione. Era sicuro che se il Conclave avesse usato di più la Coppa di Raziel si sarebbero potuti creare più Shadowhunters. Per gli insegnanti questa idea era un sacrilegio... Non tutti possono decidere chi può o no diventare uno Shadowhunter. «Ma allora» chiedeva Valentine «perché non trasformare tutti gli uomini in Cacciatori? Perché non donare a tutti la capacità di vedere il Mondo Invisibile? Perché tenere questo potere egoisticamente solo per noi?»

Gli insegnanti non sapevano cosa rispondere e Valentine era tanto affascinante quando poneva questa domanda – tanto onesto e serio – che raramente si arrabbiavano con lui. Per quanto riguardava gli studenti, molti lo ritenevano un rivoluzionario. Il nostro gruppo fondò il Circolo con l'intento dichiarato di trovare la Coppa dell'Angelo e salvare gli Shadowhunters dall'estinzione. Naturalmente, avendo diciassette anni, le nostre attività consistevano soprattutto nell'andarcene in giro di notte per le campagne e ubriacarci. Ma eravamo sicuri che alla fine avremmo fatto qualcosa di significativo, anche se non sapevamo bene cosa né come.

Poi giunse la notte in cui il padre di Valentine fu ucciso in un'incursione di routine in un accampamento di lupi mannari. Quando Valentine tornò a scuola dopo il funerale, portava i Marchi rossi del lutto. Ma era diverso anche in altre cose. Ora la sua gentilezza si alternava a lampi di rabbia che rasentavano la crudeltà. Io diedi la colpa di questo nuovo comportamento al dolore per la perdita del padre e cercai di compiacerlo ancora più di prima. Non rispondevo mai alla sua rabbia con altra rabbia. Avevo soltanto l'orribile sensazione di averlo deluso.

L'unica persona che riusciva a sedare i suoi accessi di rabbia era tua madre. Lei si era sempre tenuta un po' in disparte dal nostro gruppo e a volte ci prendeva in giro chiamandoci il "fan club di Valentine". Questa cosa cambiò con la morte di suo padre. Il dolore di Valentine risvegliò l'empatia di tua madre. E si innamorarono.

Anche io lo amavo: era il mio migliore amico ed ero felice di vedere Jocelyn con lui. Quando terminammo la scuola, si sposarono e andarono a vivere nella tenuta della famiglia di lei. Anche io tornai a casa, ma il Circolo non smise di esistere. Era nato come una specie di avventura scolastica, ma era cresciuto sia per dimensioni sia per potere, e Valentine era cresciuto con esso. Il Circolo chiedeva ancora a gran voce l'uso della Coppa Mortale, ma dopo la morte di suo padre, Valentine era diventato un fervido sostenitore della guerra contro i Nascosti, e non solo quelli che infrangevano gli Accordi. Questo mondo era per gli umani, diceva, non per i mezzi demoni. Non ci si poteva fidare dei demoni.

Io non approvavo la nuova direzione presa dal Circolo, ma gli restai fedele, in parte perché non tolleravo il pensiero di deludere Valentine, in parte perché me lo chiese Jocelyn. Lei sperava che io potessi portare un po' di moderazione all'interno del Circolo, però era impossibile. Non c'era modo di moderare Valentine, e Robert e Maryse – che ora si erano sposati – erano ancora peggio. Solo Michael

Wayland era incerto, come me, ma nonostante la nostra riluttanza restavamo fedeli al gruppo. Eravamo instancabili nel dare la caccia ai Nascosti, cercando quelli che avevano commesso anche la più piccola delle infrazioni. Valentine uccise una creatura che non aveva infranto gli Accordi, e fece anche altre cose... Io lo vidi personalmente legare delle monete d'argento sugli occhi di una bambina licantropo e poi farle diventare incandescenti per farsi dire dove fosse suo fratello... lo vidi... Ma perdonami, non è necessario che tu senta queste cose.

Ciò che accadde in seguito fu che Jocelyn scoprì di essere incinta. Il giorno in cui me lo disse mi confessò anche che ormai aveva paura di suo marito. Il suo comportamento era diventato strano, arbitrario. Spariva nelle loro cantine per notti intere. A volte lei sentiva delle urla attraverso le pareti...

Andai da lui. Valentine scoppiò a ridere, liquidando le paure di Jocelyn come i vaneggiamenti di una donna alla sua prima gravidanza. Mi invitò ad andare a caccia con lui quella notte. Stavamo ancora cercando di ripulire la tana dei licantropi che avevano ucciso suo padre anni prima. Noi due eravamo *parabatai*, una coppia perfetta di Shadowhunter, guerrieri pronti a morire l'uno per l'altro. Così, quando quella notte Valentine mi disse che mi avrebbe guardato le spalle, gli credetti. Non vidi il lupo finché non mi fu addosso. Ricordo i suoi denti che affondavano nella mia spalla e poi nient'altro. Quando mi svegliai ero sdraiato in casa di Valentine, la spalla fasciata, e Jocelyn era lì con me.

Non tutti i morsi di lupo mannaro portano alla licantropia. Io guarii dalla ferita e passai le settimane successive nel tormento dell'attesa. Stavo aspettando la luna piena. Il Conclave mi avrebbe chiuso in una cella di osservazione, se l'avesse saputo. Ma Valentine e Jocelyn non dissero nulla. Tre settimane dopo, la luna era piena e io iniziai a cambiare. Il primo Cambiamento è sempre il più difficile. Ricordo lo smarrimento dell'agonia, il buio, il risveglio ore più tardi in un prato a chilometri di distanza dalla città, nudo e coperto di sangue, il corpo a brandelli di qualche piccolo animale selvatico ai miei piedi.

Tornai alla tenuta e loro mi vennero incontro sulla porta. Jocelyn mi abbracciò in lacrime, ma Valentine la allontanò da me. Mi gettò una coperta per coprirmi. Io restai lì immobile, insanguinato e tremante. Riuscivo a malapena a pensare, e sentivo ancora in bocca il sapore della carne cruda. Non so cosa mi aspettassi, ma avrei dovuto immaginarlo.

Valentine mi trascinò giù per le scale e poi tra gli alberi. Mi disse che avrebbe dovuto uccidermi, però vedendomi in sembianze umane non riuscì a farlo. Mi diede un pugnale che era appartenuto a suo padre... Era d'argento, e quando lo toccai mi bruciò. Disse che avrei dovuto fare una cosa pulita e onorevole e mettere fine alla mia vita. Baciò la lama quando me la porse e poi tornò in casa e sbarrò la porta.

Io mi vestii e corsi per tutta la notte, a tratti in forma d'uomo e a tratti di lupo, finché non superai il confine. Corsi in mezzo all'accampamento dei licantropi brandendo il mio pugnale e chiesi di incontrare in duello il lupo che mi aveva morso e mi aveva trasformato in uno di loro. Quelli risero e mi indicarono il capobranco, che si alzò ad affrontarmi con le mani e i denti ancora insanguinati per la caccia.

Non sono mai stato un granché nelle mischie. La mia arma era la balestra. Avevo una mira e una vista ottime. Era Valentine quello bravo nel combattimento corpo a corpo. Ma volevo solo morire e portare con me la creatura che mi aveva rovinato. Credo di aver pensato che, se avessi vendicato me stesso e ucciso i lupi che avevano assassinato suo padre, Valentine avrebbe pianto la mia morte. A mano a mano che lottavamo, ora come uomini ora come lupi, il mio avversario iniziò a stancarsi, invece la mia rabbia non diminuiva. E mentre il sole iniziava a tramontare un'altra volta affondai il pugnale nel collo del licantropo, che morì inondandomi del suo sangue.

Mi aspettavo che il branco mi saltasse addosso e mi facesse a pezzi. Invece si inginocchiarono ai miei piedi e mi mostrarono la gola in segno di sottomissione. I lupi hanno una legge: chiunque uccida il capobranco prende il suo posto. Io ero venuto alla casa dei lupi e anziché trovare la morte e la vendetta avevo trovato una nuova vita.

Mi lasciai alle spalle la mia vecchia identità e quasi dimenticai cosa volesse dire essere uno Shadowhunter. Ma non dimenticai Jocelyn. Il pensiero di lei non mi abbandonava mai. Avevo paura per lei, in compagnia di Valentine, però sapevo che se mi fossi avvicinato alla loro tenuta il Circolo mi avrebbe dato la caccia e mi avrebbe ucciso.

Alla fine fu lei a venire da me. Stavo dormendo all'accampamento, quando il mio secondo venne a dirmi che c'era una giovane Nephilim voleva vedermi. Capii immediatamente di chi si trattava. Mentre correvo a incontrarla, vidi la disapprovazione nello sguardo del mio secondo. Sapevano tutti che ero stato uno Shadowhunter, naturalmente, ma era considerato un segreto di cui vergognarsi e del quale non si faceva mai parola. Valentine l'avrebbe trovato davvero divertente.

Lei mi stava aspettando appena fuori dall'accampamento. Non era più incinta e sembrava provata e pallida. Suo figlio era nato, mi disse. Un maschio. Lo aveva chiamato Jonathan Christopher. Quando mi vide scoppiò a piangere. Era furiosa, perché non le avevo fatto sapere che ero ancora vivo. Valentine aveva detto al Circolo che mi ero tolto la vita, ma lei non gli aveva creduto. Sapeva che non avrei mai fatto una cosa del genere. Pensai che la sua fiducia in me fosse malriposta, ma ero tanto felice di rivederla che non la contraddissi.

Le chiesi come avesse fatto a trovarmi. Lei rispose che ad Alicante si parlava di un licantropo che un tempo era stato uno Shadowhunter. Anche Valentine aveva sentito quelle voci e lei era venuta a mettermi in guardia. E infatti poco dopo arrivò anche lui, ma io mi nascosi come sanno fare i lupi mannari, e lui se ne andò senza spargimenti di sangue.

Dopo quella volta, iniziai a incontrare Jocelyn in segreto. Era l'anno degli Accordi, e tutto il Mondo Invisibile non parlava che di questo e dei probabili progetti di Valentine per mandarli a monte. Mi giunse voce che aveva parlato con veemenza al Conclave contro gli Accordi, ma senza alcun successo. Così il Circolo elaborò un nuovo piano segreto. Noi allora non lo sapevamo, però l'obiettivo finale era la guerra. Il Circolo si era alleato con i demoni – i peggiori nemici dei Cacciatori – per procurarsi le armi da introdurre di nascosto nella Sala dell'Angelo, dove sarebbero stati firmati gli Accordi. E da un demone Valentine aveva recuperato anche la Coppa Mortale. Al suo posto aveva lasciato una copia: sarebbero passati mesi prima che il Conclave si accorgesse che la Coppa era scomparsa, e a quel punto sarebbe stato troppo tardi.

Jocelyn cercò di scoprire cosa avesse intenzione di fare Valentine con la Coppa, ma non ci riuscì. Scoprì però che il Circolo progettava di attaccare i Nascosti disarmati e massacrarli tutti nella Sala. Dopo un macello tanto brutale, gli Accordi sarebbero saltati.

Incredibilmente, e nonostante il caos, quelli furono giorni felici. Io e Jocelyn mandammo di nascosto dei messaggi alle fate, agli stregoni e persino ai più antichi nemici dei licantropi, i vampiri, per avvisarli dei piani di Valentine e chiedere loro di essere pronti a dare battaglia. Lavorammo insieme, licantropo e Nephilim.

Il giorno degli Accordi, io guardai da un punto nascosto Jocelyn e Valentine che lasciavano la loro tenuta. Ricordo come lei si chinò, avvolta in uno scialle dorato e rosso, a baciare la testa biondissima di suo figlio. Ricordo come il sole illuminava i capelli di Jocelyn. Ricordo il suo sorriso.

Andarono ad Alicante in carrozza. Io li seguii a quattro zampe e il mio branco corse con me. La grande Sala dell'Angelo era affollata: c'erano il Conclave al gran completo e numerosissimi Nascosti. Quando vennero presentati gli Accordi per la firma, Valentine si alzò in piedi e il Circolo si alzò con lui, liberandosi dei mantelli per sollevare le armi. Mentre nella Sala esplodeva il caos, Jocelyn si precipitò alle grandi porte e le spalancò.

Il mio branco fu il primo a raggiungere la porta. Irrompemmo nella Sala lacerando la notte con i nostri ululati, seguiti dai cavalieri delle fate con armi di vetro e spine ritorte. Dopo di loro entrarono i Figli della Notte con le zanne scoperte e gli stregoni armati di ferro e fuoco. Mentre la folla in preda al panico lasciava la Sala, noi ci lanciammo sui membri del Circolo.

La Sala dell'Angelo non aveva mai visto un tale spargimento di sangue. Cercammo di non fare del male agli Shadowhunters che non appartenevano al Circolo: Jocelyn li contrassegnò a uno a uno con un incantesimo da stregoni. Ma molti morirono, e temo che la colpa di alcune di queste morti sia stata nostra. Sta di fatto che in seguito ci incolparono di molte di esse. Per quanto riguarda il Circolo, i suoi membri erano molto più numerosi di quanto avessimo immaginato e lottarono valorosamente contro i Nascosti. Io fendetti la folla alla ricerca di Valentine. Il mio unico pensiero era lui. Volevo essere io a ucciderlo. Alla fine lo trovai accanto alla grande statua dell'Angelo, mentre uccideva un cavaliere delle fate con un colpo del suo pugnale insanguinato. Quando mi vide, sorrise, feroce e ferino. — Un lupo mannaro che combatte con spada e pugnale — disse — è innaturale come un cane che mangia con forchetta e coltello.

— Conosci la spada, conosci il pugnale — replicai io — e sai chi sono. Se ti devi rivolgere a me, usa il mio nome.

— Non conosco il nome dei mezzosangue — disse Valentine. — Una volta avevo un amico, un uomo d'onore che sarebbe morto piuttosto di permettere che il suo sangue venisse inquinato. Ora ho di fronte un mostro senza nome con il suo volto. — Sollevò la sua arma. — Avrei dovuto ucciderti quando era il momento — urlò mentre si lanciava contro di me.

Parai il colpo e combattemmo su e giù per il palco, mentre la battaglia ci infuriava attorno e i membri del Circolo cadevano a uno a uno. Vidi i Lightwood gettare le armi e scappare, mentre Hodge se l'era data a gambe già da un pezzo. E vidi Jocelyn che correva su per le scale, verso di me, il volto trasformato in una maschera di terrore. — Valentine, fermati! — urlò. — È Luke, il tuo amico, il tuo fratello di sangue…

Valentine la afferrò con un ringhio e se la strinse al petto portandole il coltello alla gola. Io arretrai. Se non avessi avuto i riflessi di un animale, più veloci di quelli di un uomo, sarebbe morta in quel momento. Lasciai cadere la spada. Non volevo rischiare che le facesse del male. Lui lo capì. — L'hai sempre voluta — sibilò. — E adesso voi due avete complottato insieme per tradirmi. Vi pentirete di quello che avete fatto finché avrete vita. — Finché non lo disse Valentine, non avevo capito che cosa provavo per lei. Lui lo aveva capito prima di me.

Valentine strappò il ciondolo dalla gola di Jocelyn e me lo lanciò. La catenella d'argento mi bruciò come una frusta. Urlai e arretrai e in quel momento lui svanì in mezzo alla mischia, trascinando con sé Jocelyn. Lo seguii, ustionato e sanguinante, ma era troppo veloce, si faceva strada a colpi di spada attraverso la folla e passava sopra ai cadaveri.

Uscii barcollando alla luce della luna. La Sala stava bruciando e il cielo era illuminato dalle fiamme. Potevo vedere tutto, dai prati verdi della capitale al fiume scuro, e la strada lungo gli argini dove tutti stavano fuggendo nella notte. Alla fine trovai Jocelyn sulla riva del fiume. Valentine era scomparso e lei era terrorizzata per quello che sarebbe potuto succedere a Jonathan e voleva a tutti i costi tornare a casa. Trovammo un cavallo e lei partì al galoppo. Presi forma di lupo e mi lanciai all'inseguimento.

I lupi sono veloci, ma un cavallo riposato lo è di più. Restai indietro e lei arrivò alla tenuta prima di me.

Mentre mi avvicinavo alla casa, capii che c'era qualcosa di terribilmente sbagliato. Anche lì l'odore del fuoco appesantiva l'aria e c'era qualcos'altro che gli si sovrapponeva, qualcosa di denso e dolce: il fetore della magia demoniaca. Ripresi forma umana, mentre zoppicavo per il lungo viale d'ingresso, bianco alla luce della luna, come un fiume d'argento che portava… a delle rovine. La casa padronale era stata ridotta in cenere, strati su strati di leggerissima polvere bianca dispersa sui prati dalla brezza notturna. Solo le fondamenta erano ancora visibili, come ossa bruciate: qui una finestra, là un comignolo inclinato… ma la sostanza della casa, i mattoni e la malta, i libri inestimabili e gli antichi arazzi tramandati da generazioni di Shadowhunters, erano cenere che volava sotto la luna.

Valentine aveva distrutto la casa con il fuoco demoniaco. Deve essere andata così. Nessun fuoco di questo mondo è tanto caldo e si lascia dietro di sé così poco.

Io avanzai tra le rovine ancora fumanti. Trovai Jocelyn inginocchiata su quelli che forse erano stati i gradini dell'ingresso. Erano anneriti dal fuoco. E... c'erano delle ossa. Ossa carbonizzate, indubbiamente umane, con dei brandelli di stoffa qua e là e pezzi di gioielli che il fuoco non aveva reclamato. Dei fili rossi e dorati erano ancora attaccati alle ossa della madre di Jocelyn, e il calore aveva fuso il pugnale della donna alla sua mano scheletrita. In mezzo a un'altra pila di ossa, scintillava l'amuleto d'argento di Valentine, con lo stemma del Circolo ancora incandescente... E in mezzo ai suoi resti, sparse come se fossero state troppo fragili per restare attaccate, c'erano le ossa di un bambino, un bambino piccolo...

«Vi pentirete di quello che avete fatto», aveva detto Valentine. E mentre mi inginocchiavo accanto a Jocelyn sulle pietre bruciate del pavimento, seppi che aveva ragione. Me ne pentii, e da quel giorno me ne sono sempre pentito.

Tornammo in città quella notte, tra i fuochi ancora accesi e la folla urlante, e poi ci allontanammo nel buio delle campagne. Passò una settimana prima che Jocelyn tornasse a parlare. La portai fuori da Idris. Volammo a Parigi. Non avevamo soldi, ma lei rifiutò di andare all'Istituto di quella città a chiedere aiuto. Non voleva più avere a che fare con i Cacciatori, mi disse, e nemmeno con il Mondo Invisibile.

Ci sedemmo nella minuscola stanza d'albergo che avevamo preso in affitto e cercai di farla ragionare, ma non servì a nulla. Era ostinata. Almeno mi disse il perché: portava dentro di sé un altro bambino e lo sapeva da settimane. Si sarebbe costruita una nuova vita per sé e il suo piccolo e in futuro non voleva più sentir parlare né di Conclave né di Alleanza. Mi mostrò l'amuleto che aveva preso dalle ossa di Valentine: lo vendette al mercato delle pulci di Clignancourt e con quei soldi comprò un biglietto aereo. Non volle rivelarmi dove era diretta. Più lontano da Idris fosse riuscita ad andare, mi disse, meglio sarebbe stato.

Sapevo che lasciarsi alle spalle la sua vecchia vita per lei voleva dire lasciarsi alle spalle anche me, e cercai di convincerla a non farlo, ma non servì. Sapevo che se non fosse stato per il figlio che portava in grembo si sarebbe tolta la vita, e dato che saperla in mezzo ai mondani era sempre meglio che saperla morta, alla fine accettai controvoglia il suo piano. E fu così che la salutai all'aeroporto di Orly. Eravamo come bambini sbalorditi, circondati da tutto quell'acciaio e quel vetro. Gli aeroplani che sibilavano sopra le nostre teste come demoni alati mi fecero rabbrividire mentre mi chinavo a baciarle una guancia.

Dopo che se ne fu andata, io tornai al mio branco, ma non trovai più pace. C'era già un vuoto doloroso dentro di me, e mi svegliavo sempre con il suo nome sulle labbra: Jocelyn, Jocelyn. Non ero più il capobranco che ero stato, e lo sapevo benissimo. Ero giusto ed equo, ma distante. Tra i lupi non riuscivo a trovare né amici né una compagna. Ero troppo umano... troppo Shadowhunter...

per trovare pace tra i licantropi. Cacciavo, ma la caccia non mi dava soddisfazione, e quando alla fine giunse il momento di firmare gli Accordi, andai in città per farlo, pensando forse che nella capitale, dove non ero conosciuto, avrei potuto trovare requie.

Nella Sala dell'Angelo, ripulita dal sangue, gli Shadowhunters e i quattro rami dei semiumani si sedettero di nuovo insieme per firmare i documenti che avrebbero portato tra noi la pace. Mi sbalordì trovare lì i Lightwood, che sembravano altrettanto stupiti di vedermi ancora vivo. Mi dissero che loro, insieme a Hodge Starkweather e Michael Wayland, erano gli unici membri del Circolo a essere sfuggiti alla morte quella notte nella Sala. Michael, distrutto dal dolore per la perdita della moglie, si era rifugiato nella sua tenuta di campagna insieme al figlio. Il Conclave aveva punito gli altri tre con l'esilio: sarebbero partiti per New York, dove avrebbero gestito l'Istituto. I Lightwood, che avevano delle conoscenze tra le famiglie più in vista del Conclave, se la cavarono con una sentenza decisamente più mite di quella di Hodge. Su di lui venne scagliata una maledizione: sarebbe andato con loro, ma se mai avesse lasciato la terra consacrata dell'Istituto sarebbe stato immediatamente abbattuto. Si era molto dedicato agli studi, dissero, e sarebbe stato un buon tutore per i loro figli.

— È una fortuna per lui che Valentine sia morto — dissi a Lightwood, ricordando come Hodge fosse fuggito dalla Sala non appena erano iniziati i combattimenti. — La sua vendetta sarebbe stata molto più severa della giustizia del Conclave.

Vidi la mano di Robert Lightwood tremare mentre firmava gli Accordi. — Sì — disse senza convinzione. — Forse siamo stati tutti fortunati.

Poi ricordai le ultime parole che mi aveva detto Jocelyn nella spaventosa sala d'aspetto dell'aeroporto parigino: «Valentine non è morto». Mi alzai dalla sedia, uscii dalla Sala e scesi al fiume, dove l'avevo incontrata la notte della Rivolta. Guardando scorrere le acque scure, capii che non avrei mai potuto trovare pace nella mia patria: dovevo stare con lei o da nessun'altra parte. Decisi che l'avrei cercata.

Il mio viaggio verso New York fu molto lento. Lasciai il mio branco, nominando un altro al mio posto: credo fossero sollevati di vedermi partire, anche se finsero di essere dispiaciuti e mi caricarono di regali d'addio. Viaggiai come viaggiano i lupi senza un branco: da solo, di notte, per strade secondarie e viottoli di campagna. Tornai a Parigi, ma non vi trovai alcun indizio, poi a Londra. Da Londra presi una nave per Boston e passai una settimana a barcollare per i ponti, nauseato e in preda ai deliri. I lupi non si adattano bene ai viaggi per mare.

Restai per un po' nelle città, poi sulle Montagne Bianche del gelido Nord. Viaggiai molto, ma mi ritrovai sempre più spesso a pensare a New York e agli Shadowhunters esiliati in quella città. Anche Jocelyn, in un certo senso, era in esilio. Alla fine arrivai a New York con solo una borsa di tela e senza la minima idea di dove cercare tua madre. Per me sarebbe stato facile trovare un branco a cui unirmi, ma resistetti alla tentazione. Come avevo fatto in altre città, diffusi nel Mondo Invisibile la notizia che cercavo qualsiasi segno di Jocelyn, ma non trovai nulla, come se fosse semplicemente scomparsa tra i mondani senza lasciare traccia. Iniziai a disperare.

Alla fine la trovai per caso. Stavo vagando per le strade di SoHo. In Broome Street un dipinto appeso nella vetrina di una galleria d'arte catturò la mia attenzione.

Era lo studio di un paesaggio che riconobbi immediatamente: la vista dalle finestre della magione di Valentine, i prati verdi che scendevano fino alla linea di alberi che nascondeva la strada retrostante. Riconobbi il suo stile, la sua pennellata, tutto quanto. Bussai alla porta della galleria, ma era chiusa. Tornai a guardare il dipinto e vidi la firma. Era la prima volta che vedevo il suo nuovo nome: Jocelyn Fray.

La trovai quella sera stessa in un appartamento senza ascensore al quinto piano nel quartiere degli artisti, il West Village. Salii quelle scale tetre e semibuie con il cuore in gola e bussai alla sua porta. Mi aprì una bambina con le trecce rosso scuro e uno sguardo indagatore. E poi, dietro di lei, vidi Jocelyn che veniva verso di me, le mani sporche di pittura e il volto identico a come era quando eravamo bambini.

Il resto lo sai.

22

Le rovine di Renwick

Per un lungo momento dopo che Luke ebbe terminato di parlare, nella stanza regnò il silenzio. Gli unici suoni erano il lieve sgocciolio dell'acqua lungo le pareti piastrellate e lo scoppiettio del fuoco nel camino. Alla fine Luke disse: — Di' qualcosa, Clary.

— E cosa vuoi che dica?

L'uomo sospirò. — Magari che adesso capisci?

Clary sentiva il sangue che le pulsava nelle orecchie. Si sentiva come se la sua vita fosse stata costruita su una lastra di ghiaccio sottile come un foglio di carta e ora quel ghiaccio cominciasse a creparsi, minacciando di farla sprofondare nel buio gelido sotto di lei. Nell'acqua scura, pensò, dove tutti i segreti di sua madre galleggiavano nella corrente, i relitti mai dimenticati di una vita naufragata.

Sollevò lo sguardo su Luke. Sembrava vacillante, indistinto, come se lo vedesse attraverso uno strato d'acqua. — Mio padre — disse. — La fotografia che la mamma ha sempre tenuto sul camino…

— Quello non era tuo padre — disse Luke.

— È mai esistito, almeno? — Clary alzò la voce. — È mai esistito un John Clark Fray o mia mamma si è inventata anche lui? Perché io ho visto la foto… le sue medaglie dell'esercito…

— John Clark Fray è esistito. Ma non era tuo padre. Era il figlio di due vicini di tua madre quando vivevate nel West Village. Morì durante delle manovre militari in Medio Oriente, però lei non l'ha mai conosciuto. Aveva la sua foto perché i vicini le avevano commissionato un suo ritratto in uniforme. Diede loro il ritratto, ma si tenne la foto e finse che quell'uomo fosse tuo padre. Penso che le sembrasse più facile così… in fondo, se ti avesse detto che era scappato o scomparso, avresti voluto cercarlo. Un uomo morto, invece…

— Non verrà mai a contraddire le tue bugie — terminò la frase Clary, amareggiata. — Non ha pensato che fosse sbagliato farmi credere per tutti quegli anni che mio padre era morto, quando il mio vero padre…

Luke non disse nulla e lasciò che fosse lei a trovare la fine di quella frase, che fosse lei a pensare da sola quel pensiero impensabile.

— È Valentine. — Le tremò la voce. — È questo che mi stai dicendo, vero? Che Valentine era... è... mio padre?

Luke annuì, le dita intrecciate l'unico segno della tensione che provava. — Sì.

— Oh, mio Dio. — Clary balzò in piedi. Non riusciva più a stare ferma. Si avvicinò a grandi passi alle sbarre della cella. — Non è possibile. Non è proprio possibile.

— Clary, per favore, non agitarti...

— Non agitarti? Mi stai dicendo che mio padre è un Signore del Male e vuoi che non mi agiti?

— Non era malvagio, all'inizio — disse Luke come se volesse giustificarlo.

— Oh, scusa se non sono d'accordo, sai? Io penso che fosse chiaramente malvagio. Tutta quella roba che andava in giro a dire sul mantenere pura la razza umana e sull'importanza di un sangue non corrotto... Era come uno di quei nazisti invasati. E voi due ci siete cascati in pieno.

— Non ero io a parlare di "viscidi Nascosti", pochi minuti fa — disse Luke a bassa voce. — O di come non ci si possa fidare di loro.

— Non è la stessa cosa! — Clary sentiva di essere sul punto di scoppiare a piangere. — Avevo un fratello — proseguì appena trovò la calma sufficiente per riprendere a parlare. — E dei nonni. Sono morti?

Luke annuì guardandosi le grandi mani posate in grembo. — Sono morti.

— Jonathan — disse lei con un filo di voce — sarebbe stato più grande di me di un anno, giusto?

Luke non rispose.

— Ho sempre voluto un fratello.

— Non torturarti — disse Luke con un'espressione triste. — Lo capisci perché tua madre non ti ha mai detto nulla, vero? A cosa ti sarebbe servito sapere cosa avevi perso ancora prima di nascere?

— Quella scatola — disse Clary con la mente che funzionava a velocità folle. — Quella con su scritto J.C. Jonathan Christopher. Era su quella scatola che stava piangendo, su quella ciocca di capelli... Era di mio fratello, non di mio padre.

— Sì.

— E quando hai detto «Clary non è John»... parlavi di mio fratello. Mia mamma era iperprotettiva con me perché le era già morto un figlio.

Prima che Luke potesse rispondere, la porta della cella si aprì ed entrò Gretel. Il kit del pronto soccorso, che Clary aveva immaginato come una scatola di plastica con sopra una croce rossa, si rivelò essere qualcosa di simile a un vassoio di legno carico di bende piegate, ciotole fumanti di liquidi non identificati ed erbe che diffondevano un profumo aspro e pungente. Gretel appoggiò il vassoio accanto alla branda e fece segno a Clary di sedersi, cosa che lei fece controvoglia.

— Brava ragazza — disse la donna-lupo, intingendo un panno in una delle ciotole e portandolo al volto di Clary. Le lavò via delicatamente il sangue secco. — Cosa ti è successo? — chiese con un'aria contrariata, come se pensasse che Clary si fosse grattugiata la faccia apposta.

— Me lo stavo chiedendo anch'io — disse Luke mentre osservava la scena a braccia conserte.

— Hugo mi ha attaccata. — Clary cercò di non ritrarsi, mentre il liquido le faceva bruciare le ferite.

— Hugo? — Luke sbatté le palpebre.

— Il corvo di Hodge. O almeno credo fosse suo. O forse era di Valentine.

— Hugin — disse Luke sottovoce. — Hugin e Munin erano gli uccelli da caccia di Valentine. I loro nomi significano Pensiero e Memoria.

— Be', dovrebbero significare Attacca e Uccidi — disse Clary. — Hugo mi ha quasi strappato gli occhi.

— È quello che è addestrato a fare. — Luke stava tamburellando con le dita di una mano su un braccio. — Hodge deve averlo preso dopo la Rivolta. Ma è una creatura di Valentine.

— Proprio come Hodge — disse Clary con una smorfia, mentre Gretel le puliva il lungo taglio sul braccio, incrostato di polvere e sangue secco, e iniziava a fasciarla.

— Clary...

— Non voglio più parlare del passato — lo aggredì lei. — Voglio sapere cosa faremo adesso. Ora Valentine ha due ostaggi... e la Coppa. E noi non abbiamo niente.

— Non direi che non abbiamo niente — disse Luke. — Abbiamo un piccolo esercito. L'elemento problematico è che non sappiamo dove sia Valentine.

Clary scosse il capo, qualche ciuffo le ricadde sugli occhi e lei se lo spinse indietro con un gesto impaziente. Dio, quanto era sporca! La cosa che desiderava più di ogni altra (be', quasi più di ogni altra) era una doccia. — Valentine non ha una specie di nascondiglio? Un covo segreto?

— Se lo ha — rispose secco Luke — è stato molto bravo a tenerlo segreto.

Gretel lasciò andare Clary, che mosse il braccio con cautela. Il balsamo verdastro che le aveva spalmato sul taglio aveva ridotto molto il dolore, ma si sentiva ancora il braccio rigido e legnoso. — Aspetta un secondo — mormorò Clary.

— Non ho mai capito perché la gente usi frasi del genere — disse Luke. — Non me ne sto affatto andando.

— Valentine è da qualche parte a New York. Questo lo sanno tutti.

Luke annuì. — Così pare.

— Quando l'ho visto all'Istituto, è uscito da un Portale. Magnus ha detto che ci sono solo due Portali a New York, uno da Dorothea e uno da Renwick. Quello a casa di Dorothea è stato distrutto, e comunque non me lo vedo Valentine a nascondersi lì, per cui...

— Renwick? — Luke sembrava sconcertato. — Nessuno Shadowhunter si chiama Renwick.

— E se Renwick non fosse una persona? — disse Clary. — Se fosse un posto? Tipo un ristorante o un albergo o qualcosa del genere?

Gli occhi di Luke si allargarono all'improvviso. Si voltò verso Gretel, che si stava avvicinando a lui con il kit del pronto soccorso. — Portami l'elenco del telefono — disse.

Lei si bloccò, mostrandogli il vassoio con aria accusatoria. — Ma, signore, le sue ferite...

— Dimenticati delle mie ferite e vai a prendermi l'elenco del telefono — scattò lui. — Siamo in una stazione di polizia, maledizione, ci saranno decine di vecchi elenchi, no?

Con un'espressione di sdegnata esasperazione, Gretel appoggiò il vassoio sul pavimento e uscì dalla stanza a passo di marcia. Luke guardò Clary da sopra gli occhiali, che gli erano un po' scivolati giù per il naso. — Bella pensata.

Lei non rispose. Aveva come un nodo al centro dello stomaco e stava cercando di respirare nonostante quell'ingombrante presenza. L'accenno di un pensiero le solleticò i confini della coscienza: voleva trasformarsi in un'idea chiara e definita, ma lei lo cacciò giù. Non poteva permettersi di usare le sue risorse e le sue energie per qualsiasi cosa oltre a ciò che stava facendo.

Gretel tornò con un elenco del telefono dall'aria umidiccia e le lanciò a Luke. Lui aprì il volume stando in piedi, mentre la donna-lupo medicava il suo fianco ferito con bende e unguenti. — Sull'elenco ci sono sette Renwick — disse dopo un po'. — Nessun ristorante, albergo o altro. — Si spinse sul naso gli occhiali, che scivolarono giù subito dopo. — Non sono Shadowhunters — aggiunse — e mi sembra improbabile che Valentine stabilisca il proprio quartier generale nella casa di un mondano o di un Nascosto. Anche se forse...

— Hai un telefono? — lo interruppe Clary.

— Non qui. — Luke, con ancora in mano l'elenco, rivolse un'occhiata a Gretel. — Puoi andare a prendere il telefono?

Con uno sbuffo disgustato, la donna gettò sul vassoio il pugno di panni insanguinati che aveva in mano e uscì un'altra volta dalla stanza. Luke appoggiò sul tavolo l'elenco telefonico, raccolse la benda arrotolata e iniziò ad avvolgersela attorno al taglio diagonale che gli attraversava il costato. — Scusa — disse a Clary che lo stava fissando. — Lo so che è disgustoso.

— Se troviamo Valentine — chiese la ragazza all'improvviso — possiamo ucciderlo?

Luke lasciò quasi cadere le bende. — Cosa?

Lei giocherellò con un filo che spuntava dalla tasca dei jeans. — Ha ucciso mio fratello e i miei nonni. Non è così?

Luke appoggiò sul tavolo le bende e si abbassò la camicia. — E uccidendolo cosa pensi di fare? Di cancellare tutto quanto?

Gretel tornò prima che Clary potesse dire altro. Aveva un'espressione da martire e portava in mano un vecchio cellulare scassato. Clary si chiese chi pagasse le bollette del telefono. Luke? L'Associazione Americana Licantropi?

— Fammi fare una telefonata — disse allungando una mano.

Luke parve esitante. — Clary...

— Riguarda Renwick. Ci vorrà un secondo.

Lui le consegnò il telefono senza molta convinzione. Lei compose un numero dando le spalle a Luke per avere l'illusione di un po' di privacy.

Simon rispose al terzo squillo. — Pronto?

— Sono io.

La voce del ragazzo salì di un'ottava. — Stai bene?

— Abbastanza. Perché? Hai sentito Jace e gli altri?

— No, è che tu mi chiami solo quando c'è qualcosa che non va. E comunque cosa avrebbe dovuto dirmi Jace? C'è qualcosa che non va? È Alec?

— No — disse Clary. Non voleva mentire e dire a Simon che Alec stava bene. — Non è Alec. Senti, ho bisogno che cerchi una cosa su Google per me.

Simon sbuffò. — Stai scherzando? Non ce l'hanno un computer all'Istituto? No, guarda, non rispondere, è meglio. — Clary sentì il rumore di una porta che si apriva e il miagolio del gatto della madre di Simon che veniva sloggiato dalla sua postazione sopra la tastiera del computer nello studio. Si immaginò Simon che si sedeva, le dita che si muovevano veloci sui tasti. — Cosa ti devo cercare?

Glielo disse. Sentì lo sguardo preoccupato di Luke su di sé mentre parlava. Era lo stesso modo in cui la guardava quando aveva undici anni e le era venuta una febbre da cavallo. Le aveva portato dei cubetti di ghiaccio da succhiare e le aveva letto i suoi libri preferiti, facendo tutte le voci dei personaggi. Clary si chiese perché l'avesse fatto. Non erano parenti. Non erano nulla l'uno per l'altra, soprattutto non nel mondo del Conclave, dove contava solo il sangue.

— Hai ragione — disse Simon distogliendola dai suoi pensieri. — È un posto. O almeno lo era. Adesso è abbandonato.

La mano sudata di Clary scivolò sul cellulare e dovette stringere la presa. — Dimmi tutto.

— «Il più famoso di una lunga serie di manicomi, carceri per debitori e ospedali costruiti su Roosevelt Island nell'Ottocento» — lesse Simon obbediente — «è il Renwick Smallpox Hospital, progettato dall'architetto newyorkese Jacob Renwick per ospitare le vittime in quarantena dell'incontrollabile epidemia di vaiolo che colpì Manhattan. L'eccezionale architettura gotica fu costruita interamente sfruttando il lavoro dei carcerati del vicino penitenziario di Blackwell's Island. Nel corso del Novecento l'ospedale fu abbandonato e cadde in rovina. L'accesso alla struttura, inquietante e priva di tetto, è vietato».

— Va bene, basta così — disse Clary col cuore che batteva all'impazzata. — Direi che ci siamo. Ma ci vive qualcuno, a Roosevelt Island?

— Mica tutti abitano nei quartieri alti, principessa — disse Simon con finto sarcasmo. — Hai bisogno di un passaggio?

— No! — La sua risposta esplosiva sorprese anche lei. — È tutto a posto, non mi serve niente. Volevo solo l'informazione.

— Va bene. — Simon sembrava un po' ferito, pensò Clary, ma si disse che non aveva importanza. Ciò che importava era che restasse a casa, al sicuro.

Interruppe la chiamata e si voltò verso Luke. — C'è un ospedale abbandonato all'estremità meridionale di Roosevelt Island. Si chiama Renwick. Penso che Valentine sia lì.

Luke si spinse di nuovo in su gli occhiali. — Blackwell's Island. Ma certo.

— Cosa c'entra Blackwell's Island? Ti ho detto...

Lui la interruppe con un gesto. — È il vecchio nome di Roosevelt Island. Era di proprietà di un'antica famiglia di Shadowhunters. Avrei dovuto ricordarmene. — Si voltò verso Gretel. — Vai a chiamare Alaric. Abbiamo bisogno di tutti quanti, qui, il prima possibile. — Le sue labbra erano sollevate in un mezzo sorriso che ricordò a Clary il ghigno freddo di Jace durante i combattimenti. — Di' loro di prepararsi per la battaglia.

Uscirono dalla cella e risalirono in strada passando per un labirinto di altre celle e corridoi che alla fine si aprì su quello che in passato era stato l'ingresso di una stazione di polizia. La luce obliqua del tardo pomeriggio gettava strane ombre sulle scrivanie vuote, sugli armadietti chiusi a chiave coi buchi neri delle termiti, sul pavimento crepato con le piastrelle che componevano il motto della polizia di New York: *Fidelis ad mortem*.

— Fedeli fino alla morte — tradusse Luke, seguendo lo sguardo di Clary.

— Lasciami indovinare — disse la ragazza. — All'interno è una stazione di polizia abbandonata, ma dall'esterno i mondani vedono solo un palazzo in attesa di demolizione o un cantiere o...

— In effetti dall'esterno sembra un ristorante cinese — disse Luke. — Solo piatti da asporto, niente servizio ai tavoli.

— Un ristorante cinese? — gli fece eco Clary incredula.

Luke scrollò le spalle. — Be', siamo a Chinatown. Questa una volta era la centrale del Secondo distretto.

— La gente troverà strano che non ci sia un numero di telefono da chiamare per le ordinazioni.

Luke sorrise. — E invece c'è. Solo che non rispondiamo spesso. A volte, se si annoia, qualche lupacchiotto va a fare le consegne.

— Mi stai prendendo in giro.

— Per niente. Le mance tornano utili. — Aprì la porta d'ingresso, lasciando entrare un po' di luce solare.

Ancora incerta se Luke la stesse prendendo in giro o no, Clary lo seguì attraverso Baxter Street fino al punto in cui aveva parcheggiato. L'interno del furgone era piacevolmente familiare. Il vago odore di legno, carta vecchia e sapone, i vecchi dadi di peluche appesi allo specchietto retrovisore che lei gli aveva regalato quando aveva dieci anni perché somigliavano ai dadi appesi allo specchietto del Millennium Falcon in *Star Wars*. Incarti di chewing-gum e bicchieri da caffè usati rotolavano sul pavimento. Clary si issò al posto del passeggero e si lasciò andare contro il poggiatesta con un sospiro. Era più stanca di quanto fosse disposta ad ammettere.

Luke le chiuse la portiera. — Resta lì.

Lei lo guardò parlare con Gretel e Alaric, in piedi sui gradini della vecchia stazione di polizia, in paziente attesa. Clary si divertì a lasciare che i suoi occhi vedessero al di là dell'incantesimo, per poi tornare all'immagine iniziale. Ora era una vecchia stazione di polizia, poi una vetrina male in arnese con un'insegna gialla che diceva CUCINA CINESE LUPO DI GIADA.

Luke stava indicando qualcosa lungo la strada ai suoi due ufficiali. Il suo pickup era il primo automezzo di una fila di furgoni, moto, fuoristrada, con anche un vecchio scuolabus mezzo scassato. La coda di veicoli si estendeva lungo tutto l'isolato, per poi svoltare l'angolo. Un convoglio di licantropi. Clary si chiese come avessero fatto a farsi prestare, rubare o requisire tutti quei mezzi in così poco tempo. Il lato positivo era che non avrebbero dovuto servirsi dei mezzi pubblici.

Luke prese un sacchetto di carta bianca da Gretel e con un cenno del capo indicò il furgone. Mentre incastrava il proprio corpo allampanato dietro il volante, consegnò il sacchetto a Clary. — Tu sei responsabile di questo.

Lei rivolse un'occhiata sospettosa al sacchetto. — Cosa sono? Armi?

Le spalle di Luke vibrarono di una risata muta. — Panini cinesi al vapore — disse mentre partivano. — E caffè.

Clary aprì il sacchetto mentre si dirigevano verso Uptown. Il suo stomaco stava rumoreggiando furiosamente. Divise in due un panino e gustò il ricco sapore salato del maiale e la gommosità dell'impasto bianco. Lo buttò giù con una sorsata di caffè nero dolcissimo e offrì un panino a Luke. — Ne vuoi uno?

— Certo. — Era quasi come ai vecchi tempi, pensò Clary mentre si infilavano in Canal Street, quando prendevano un sacchetto di ravioli al vapore alla rosticceria Golden Carriage e ne mangiavano la metà mentre tornavano a casa passando per il Manhattan Bridge.

— Allora, raccontami di Jace — disse Luke.

Clary si strozzò quasi con il panino. Prese la tazza di caffè e affogò nel liquido caldo il boccone che le era rimasto in gola. — Cosa vuoi sapere?

— Hai idea del perché Valentine possa volerlo?

— So che odiava suo padre — disse lei. — Anche se è morto, magari vuole vendicarsi tramite Jace.

Luke aggrottò le sopracciglia. — Pensavo che Jace fosse uno dei figli dei Lightwood.

— No. — Clary morse il terzo panino. — Di cognome fa Wayland. Suo padre era...

— Michael Wayland?

Clary annuì. — E quando Jace aveva dieci anni, Valentine lo uccise. Uccise Michael, voglio dire.

— È il tipo di cosa che può benissimo aver fatto — disse Luke. Il suo tono era neutro, ma c'era qualcosa nella sua voce che spinse Clary a guardarlo di traverso. Non le credeva?

— Jace l'ha visto morire — aggiunse, come per avvalorare quello che affermava.

— Che cosa orribile — disse Luke. — Povero ragazzo.

Stavano percorrendo il ponte della Cinquantanovesima. Clary guardò in basso e vide il fiume tinto d'oro e di sangue dal sole al tramonto. Da lì poteva scorgere l'estremità meridionale di Roosevelt Island, anche se era solo una macchia indistinta verso nord. — Poteva andargli peggio. I Lightwood si sono presi cura di lui.

— Lo immagino. Sono sempre stati molto vicini a Michael — osservò Luke mentre passava sulla corsia di sinistra. Nello specchietto retrovisore Clary poteva vedere il convoglio di veicoli che li seguivano. — Non mi stupisce che si siano voluti occupare di suo figlio.

— Piuttosto, cosa succede quando sorge la luna? — gli chiese lei. — Vi trasformerete tutti in lupi all'improvviso o cosa?

Luke sorrise. — Non esattamente. Solo i più giovani, quelli che sono appena cambiati, non riescono a controllare le loro trasformazioni. La maggior parte di noi ha imparato a farlo nel corso degli anni. Adesso solo il plenilunio potrebbe costringermi a trasformarmi.

— Quindi quando la luna è piena solo in parte vi sentite tutti un po'... lupi? — chiese Clary.

— Diciamo così.

— Be', se vuoi sporgere la testa fuori dal finestrino, fai pure. — Sorridere le faceva male, ma in un modo buono.

Luke scoppiò a ridere. — Guarda che sono un lupo mannaro, non un labrador.

— Da quanto tempo sei il capo di questo branco? — chiese la ragazza all'improvviso.

Luke esitò. — Da circa una settimana.

Clary si voltò di colpo a guardarlo. — Una settimana?

Lui sospirò. — Sapevo che era stato Valentine a prendere tua madre. Sapevo che da solo contro di lui non avevo molte chance e che non potevo aspettarmi aiuto da parte del Conclave. Ci ho messo un giorno per rintracciare il branco di licantropi più vicino...

— E hai ucciso il capobranco per prendere il suo posto?

— È il modo più veloce che mi sia venuto in mente per mettere insieme un buon numero di alleati in poco tempo — disse Luke senza alcun rimpianto ma anche senza traccia di orgoglio. Clary ripensò a quando lo avevano spiato a casa sua, ai graffi profondi che aveva sulle mani, al suo volto fasciato e al modo in cui sussultava quando muoveva il braccio. — L'ho già fatto una volta. Ero abbastanza sicuro di poterlo rifare. — Scrollò le spalle. — Tua madre era scomparsa. Sapevo di averti spinta a odiarmi. Non avevo niente da perdere.

Clary appoggiò le scarpe da ginnastica verdi al cruscotto. Attraverso il parabrezza crepato, la luna si stava alzando sopra il ponte.

— Be' — disse. — Adesso sì.

L'ospedale all'estremità meridionale di Roosevelt Island era illuminato da riflettori, e il suo profilo spettrale era perfettamente visibile sullo sfondo buio del fiume e delle luci di Manhattan. Luke e Clary tacquero mentre il furgone costeggiava l'isoletta e la via lastricata su cui viaggiavano lasciava il posto alla ghiaia e infine alla terra battuta. La strada seguiva la curva di un'alta staccionata di rete metallica, agghindata con festoni di filo spinato.

Quando il fondo si fece troppo sconnesso per procedere in auto, Luke fermò il furgone e spense le luci. Guardò Clary. — C'è una qualche possibilità che se ti chiedo di aspettare tu mi obbedirai?

Lei scosse il capo. — Non è detto che sarò più al sicuro stando in macchina. Chissà chi hanno messo di pattuglia intorno all'ospedale...

Luke rise piano. — Di pattuglia. Ma sentila. — Saltò giù dal furgone e fece il giro per aiutarla a scendere. Avrebbe potuto farlo da sola, ma era carino che lui la aiutasse come quando era piccola.

I piedi di Clary colpirono la terra battuta sollevando nuvolette di polvere. Il convoglio di auto che li aveva seguiti si stava fermando, creando una sorta di cerchio attorno al furgone di Luke. I fari delle macchine spazzarono il campo visivo della ragazza, dando alla rete metallica una sfumatura bianco-argentata. Dietro la staccionata, l'ospedale era una rovina inondata da luci fredde che ne evidenziavano lo stato di abbandono: le pareti senza tetto che spuntavano dal terreno sconnesso come denti rotti, i parapetti merlati di pietra coperti da un tappeto verde di edera. — È un rudere — sussurrò Clary, con un tremolio di apprensione. — Non vedo come Valentine possa nascondersi qui.

Luke guardò l'ospedale alle sue spalle. — È un incantesimo forte — disse. — Cerca di guardare al di là delle luci.

Alaric stava camminando verso di loro e la brezza gli apriva il giubbotto di jeans, mostrando il suo petto pieno di cicatrici. I licantropi che camminavano alle sue spalle sembravano persone perfettamente normali, pensò Clary. Se li avesse visti tutti in gruppo da qualche parte, avrebbe potuto pensare che si conoscessero in qualche modo: c'era una certa rassomiglianza non fisica, un disincanto nei loro sguardi, un fatalismo nelle loro espressioni. Avrebbe potuto pensare che fossero agricoltori, dato che sembravano tutti più abbronzati, snelli e ossuti dei classici cittadini, o magari li avrebbe scambiati per una banda di motociclisti. Ma di certo non sembravano dei mostri.

Si radunarono intorno al furgone di Luke per una riunione al volo, come una squadra di football. Clary, che si sentì decisamente esclusa, si voltò di nuovo a osservare l'ospedale. Questa volta provò a guardare oltre le luci, o attraverso di esse, come a volte si riesce a fare con un sottile strato di vernice per vedere cosa è stato dipinto sotto. Come al solito, pensare alla pittura la aiutò: le luci parvero dissolversi, e ora vedeva un prato pieno di querce e, più oltre, un'elaborata struttura in stile neogotico che sembrava incombere sugli alberi come il parapetto di una grande nave. Le finestre dei piani più bassi erano buie e chiuse, ma da quelle ad arco del terzo piano si riversava all'esterno la luce, come una serie di fuochi accesi lungo il crinale di una catena montuosa in lontananza. Un massiccio portico di pietra sul fronte dell'edificio nascondeva la porta d'ingresso.

— Lo vedi? — Era Luke, che le era arrivato alle spalle con la grazia silenziosa di… be'… un lupo.

Clary stava ancora fissando davanti a sé. — Sembra più un castello che un ospedale.

Luke la prese per le spalle e la fece girare verso di sé. — Clary, ascoltami. — La sua presa era dolorosamente stretta. — Voglio che tu stia vicino a me. Muoviti quando mi muovo io. Tieniti alla mia manica, se devi farlo. Gli altri ci staranno attorno, ci proteggeranno, ma se esci dal cerchio non potranno difenderti. Ci accompagneranno verso la porta. — Abbassò le mani e le liberò le spalle e, quando si mosse, lei scorse qualcosa di metallico all'interno della sua giacca. Non si era accorta che portasse un'arma, ma ricordò quello che le aveva detto Simon sul contenuto della vecchia borsa di stoffa verde di Luke e pensò che aveva un senso.

— Mi prometti che farai quello che ti dico? — le chiese lui.

— Lo prometto.

La rete metallica era vera, non faceva parte dell'incantesimo. Alaric, ancora in prima fila, la scosse un po', poi sollevò pigramente una mano. Da sotto le unghie gli spuntarono dei lunghi artigli e con essi colpì la recinzione, facendo a fette il metallo. I pezzi di rete caddero a terra in una pila tintinnante, come elementi del meccano.

— Via. — Fece cenno agli altri di passare. Scattarono in avanti come un sol uomo, una grande onda coordinata in movimento. Luke strinse il braccio di Clary e la spinse davanti a sé, chinandosi per seguirla. Una volta superata la rete, guardarono verso l'ospedale, dove alcune figure scure, ammassate sotto il portico, cominciavano a scendere i gradini…

Alaric sollevò la testa e annusò il vento. — L'aria è appesantita dal fetore della morte.

Luke emise una specie di sibilo. — I Dimenticati.

Spinse Clary dietro di sé e lei gli obbedì, inciampando un po' sul terreno sconnesso. Il branco iniziò a muoversi verso lei e Luke. Mentre si avvicinavano, si buttarono carponi, le lingue che si ritraevano dalle fauci a ogni secondo più lunghe, gli arti che si trasformavano in lunghe estremità pelose, gli abiti che cadevano. Una vocetta istintiva in fondo al cervello di Clary le stava urlando: *Lupi! Scappa!* ma lei non le obbedì e restò dov'era, anche se sentiva i sussulti e il tremore dei nervi nelle sue mani.

Il branco li circondò, un anello di lupi rivolto verso l'ospedale. Altri lupi si accostarono al cerchio su entrambi i lati. Era come se lei e Luke fossero il centro di una stella che si irradiava verso l'esterno. Iniziarono a muoversi verso il portico dell'ospedale. Sempre alle spalle di Luke, Clary nemmeno si accorse quando il primo dei Dimenticati li attaccò. Sentì un lupo ululare, come in preda al dolore… L'ululato si fece sempre più forte, fino a trasformarsi in un ringhio. Si udì un rumore sordo e poi un urlo gorgogliante, e un suono come di carta strappata…

La ragazza si ritrovò a chiedersi se i Dimenticati fossero commestibili.

Guardò Luke. Il suo volto era determinato. Ora Clary li poteva vedere, al di là dell'anello dei lupi, illuminati a giorno dai riflettori e dal bagliore di Manhattan: decine di Dimenticati, la pelle pallida come quella di cadaveri al chiaro di luna, ricoperti di rune che sembravano tante ferite. I loro occhi erano vuoti, mentre si scagliavano contro i lupi, che li affrontarono a testa bassa. Gli artigli lacerarono, le zanne scavarono e strapparono. Clary vide uno dei guerrieri Dimenticati, una donna, cadere all'indietro con la gola squarciata e le braccia che ancora si contorcevano. Un altro guerriero colpì un lupo con un moncone di braccio, mentre l'altro moncherino giaceva a terra a un metro di distanza, il sangue che schizzava pulsando. Il sangue nero e torbido come acqua di palude scorreva a fiumi, rendendo viscida l'erba che fece perdere l'equilibrio a Clary. Luke la prese prima che cadesse a terra. — Stammi vicina.

Sono qui, avrebbe voluto dire lei, ma non le uscirono di bocca le parole. Stavano ancora attraversando il prato in direzione dell'ospedale. Procedevano lentissimi. La presa di Luke era salda. Clary non avrebbe saputo dire chi stesse vincendo: i lupi avevano dalla propria parte le dimensioni e la velocità, ma i Dimenticati erano implacabili e sorprendentemente difficili da uccidere. Vide il grande lupo chiazzato, che in forma umana era Alaric, abbattere un avversario strappandogli le gambe di sotto per poi balzargli alla gola. Il Dimenticato continuò a muoversi anche dopo esser stato fatto a pezzi, e la sua ascia aprì un lungo taglio rosso nella pelliccia del lupo.

Clary, distratta dalla battaglia, non notò quasi il Dimenticato che aveva superato il cerchio protettivo finché non se lo trovò di fronte, come se fosse spuntato da sottoterra. L'essere con gli occhi bianchi e i lunghi capelli sudici sollevò un coltello sporco di sangue...

Clary urlò. Luke si voltò di scatto, la spostò di lato, afferrò il polso della creatura e lo girò. La ragazza sentì lo schiocco dell'osso e il coltello cadde nell'erba. La mano del Dimenticato pendeva inerte dal polso, ma il mostro continuò ad avanzare verso di loro senza mostrare di provare alcun dolore. Luke stava urlando qualcosa ad Alaric. Clary cercò di afferrare il pugnale che portava alla cintura, ma la presa di Luke sul suo braccio era troppo forte. Prima che potesse urlargli di lasciarla andare, un lampo di fuoco argentato si precipitò in mezzo a loro. Era Gretel. Atterrò con le zampe anteriori sul petto del Dimenticato e lo buttò a terra. Un uggiolio rabbioso sgorgò dalla gola di Gretel, ma il Dimenticato era molto forte, la gettò da parte come una bambola di pezza e si alzò in piedi...

Qualcosa sollevò Clary da terra. La ragazza urlò: era Alaric, metà umano e metà lupo. Le sue mani artigliate la sorressero delicatamente.

Luke stava gesticolando verso di loro. — Portala via di qui... alla porta — gridò.

— Luke! — Clary si dimenò in braccio ad Alaric.

— Non guardare — disse lui con un ringhio.

La ragazza non lo ascoltò e guardò abbastanza a lungo per vedere Luke avviarsi verso Gretel ed estrarre la spada dal fodero. Troppo tardi. Il Dimenticato raccolse il suo coltello, caduto sull'erba insanguinata, e lo affondò nel dorso di Gretel più e più volte, mentre lei tirava artigliate e lottava. Alla fine crollò e la luce nei suoi occhi d'argento cedette il passo al buio. Luke con un urlo affondò la lama nella gola del Dimenticato...

— Ti ho detto di non guardare — ringhiò Alaric voltandosi, in modo che la vista di Clary fosse ostacolata dal suo corpo massiccio. Stavano correndo su per le scale e il suono dei suoi piedi artigliati sul granito ricordava quello dei gessi su una lavagna.

— Alaric — disse Clary.

— Sì?

— Mi dispiace di averti tirato quel coltello.

Nel petto del licantropo rombò una risata. — Lascia stare. È stato un buon lancio.

Lei provò a guardare al di là delle sue spalle larghe. — Dov'è Luke?

— Sono qui. — Luke stava salendo i gradini mentre infilava la spada nel fodero. La lama era nera e viscida.

Alaric lasciò scivolare giù Clary, che si voltò. Da dove si trovavano non riusciva a vedere Gretel né il Dimenticato che l'aveva uccisa, solo una massa ondeggiante di carne e metallo. Il suo volto era bagnato: stava piangendo.

Luke la guardò incuriosito. — Era solo una Nascosta — disse.

Gli occhi di Clary divennero due tizzoni ardenti. — Non dirlo.

— Capisco. — Si voltò verso Alaric. — Grazie per esserti occupato di lei. Ora noi andiamo...

— Io vengo con voi — disse Alaric. Si era quasi completamente trasformato in uomo, ma gli occhi erano ancora quelli di un lupo e le labbra erano sollevate sopra i lunghi denti. Strinse le mani.

Lo sguardo di Luke era preoccupato. — Alaric, no.

La voce ringhiante di Alaric era piatta. — Tu sei il capobranco. Adesso che Gretel è morta, io sono il tuo secondo. Non sarebbe giusto lasciarti andare da solo.

— Io... — Luke guardò Clary e poi si volse verso il campo di fronte all'ospedale. — Ho bisogno di te qua fuori, Alaric. Mi dispiace. È un ordine.

Gli occhi di Alaric ebbero un lampo risentito, ma si fece da parte.

La porta dell'ospedale era di legno intagliato. Clary conosceva quei disegni: rose di Idris, rune svolazzanti, soli irradianti. Luke tirò un calcio al battente, che cedette col rumore secco di un chiavistello che saltava. Luke spinse avanti Clary mentre la porta si spalancava. — Entra.

Lei gli passò davanti incespicando e si voltò sulla soglia. Colse una visione fugace di Alaric che li guardava coi suoi occhi di lupo che scintillavano. Alle sue spalle, il prato di fronte all'ospedale era disseminato di corpi, la terra era macchiata di sangue, nero e rosso. Quando la porta si chiuse dietro di lei, escludendo la vista sull'esterno, Clary ne fu confortata.

Lei e Luke si fermarono nella semioscurità, in un ingresso di pietra illuminato da un'unica torcia. Dopo il frastuono della battaglia, il silenzio all'interno era come una cappa soffocante. Clary si ritrovò a inspirare freneticamente quell'aria che non odorava più di umidità e di sangue.

Luke le strinse la spalla con una mano. — Tutto bene?

Lei si asciugò le guance. — Non avresti dovuto dirla, quella cosa che Gretel è solo una Nascosta. Io non lo penso.

— Lo so. — Allungò una mano per prendere la torcia dall'anello di metallo cui era fissata. — E mi dispiace. Detestavo l'idea che i Lightwood ti avessero potuto trasformare in una loro copia.

— Be', non l'hanno fatto.

— Sono felice di sentirtelo dire. — Luke non riuscì a staccare la torcia dalla parete. Clary affondò le mani in tasca, prese la pietra runica che Jace le aveva regalato per il suo compleanno e la sollevò. La luce le esplose tra le dita come se avesse rotto un seme di oscurità liberando un raggio prigioniero. Luke lasciò andare la torcia.

— Stregaluce? — chiese.

— Me l'ha regalata Jace. — La sentiva pulsare nella sua mano come il cuore di un uccellino. Si chiese dove fosse Jace, in quell'ammasso pietroso di stanze, se avesse paura, se si stesse chiedendo se l'avrebbe rivista ancora.

— Sono passati anni da quando combattevo al chiaro di stregaluce — disse Luke avviandosi su per le scale. I gradini scricchiolarono sotto i suoi scarponi. — Seguimi.

Il bagliore della stregaluce disegnava le loro ombre, bizzarramente allungate, sulle pareti di granito liscio. Si fermarono su un pianerottolo di pietra che formava un arco. Sopra di loro Clary vide della luce. — Questo è l'aspetto che aveva l'ospedale centinaia di anni fa? — chiese sottovoce.

— Oh, lo scheletro di ciò che Renwick costruì è ancora qui — disse Luke. — Ma immagino che Valentine, Blackwell e gli altri abbiano ristrutturato questo posto per renderlo più rispondente ai loro gusti. Guarda qui. — Strofinò il pavimento con uno scarpone: Clary vide una runa incisa nel granito sotto i loro piedi: un cerchio, al centro del quale si trovava un motto latino: *In hoc signo vinces*.

— Cosa vuol dire?

— "Sotto questo segno vincerai." Era il motto del Circolo.

Clary sollevò lo sguardo verso la luce. — Quindi sono qui.

— Sono qui — confermò Luke, e nel nervosismo del suo tono c'era anche una sorta di impazienza. — Andiamo.

Risalirono la scala a chiocciola, girando in cerchio sotto la luce, e si trovarono all'ingresso di un corridoio lungo e stretto. Il passaggio era illuminato da numerose torce. Clary chiuse la mano sopra la stregaluce, che si spense come una scintilla bagnata.

Lungo il corridoio, a intervalli regolari, si trovavano delle porte, tutte chiuse. La ragazza si chiese se quando l'edificio era un ospedale quello fosse un reparto, o magari delle camere private. Mentre avanzavano, Clary vide delle impronte di scarpe infangate. Qualcuno era stato lì di recente.

La prima porta che provarono si aprì facilmente, ma la stanza era vuota: c'erano solo il parquet lucido e le pareti di pietra illuminate in modo un po' inquietante dalla luce lunare che entrava dalla finestra. Il ruggito smorzato della battaglia penetrava da fuori, ritmico come il rumore dell'oceano. La seconda stanza era piena di armi. Il chiaro di luna scorreva come acqua argentata su file e file di acciaio freddo e sguainato. Luke fischiò piano. — Una bella collezione.

— Pensi che Valentine le usi tutte?

— È improbabile. Credo che siano per il suo esercito. — Luke si voltò.

La terza stanza era una camera da letto. Le tende del letto a baldacchino erano blu, il tappeto persiano aveva un disegno blu, nero e grigio, e i mobili erano bianchi, come quelli della cameretta di un bambino. Un sottile strato di polvere copriva tutto quanto, e le pesanti tende blu nascondevano il cielo notturno.

E sul letto dormiva Jocelyn.

Era sdraiata sulla schiena, una mano appoggiata con noncuranza al petto, i capelli sparsi sul cuscino. Indossava una specie di camicia da notte bianca che Clary non aveva mai visto, e il suo respiro era regolare e tranquillo... Alla luce della luna, Clary vide muoversi le ciglia di sua madre: stava sognando.

La ragazza lanciò un urlo smorzato e schizzò in avanti, ma il braccio di Luke le si strinse attorno al petto come una sbarra di ferro, trattenendola. — Aspetta — disse, la voce tesa per lo sforzo. — Dobbiamo stare attenti.

Clary gli lanciò un'occhiataccia, ma lui stava guardando al di là della ragazza con un'espressione rabbiosa e addolorata. Clary seguì la linea del suo sguardo e vide ciò che non aveva voluto vedere prima. I ceppi stretti attorno ai polsi e alle caviglie di Jocelyn, le estremità delle catene affondate in profondità nel pavimento di pietra ai due lati del letto. Il tavolo accanto al letto era coperto da un bizzarro campionario di tubetti e bottiglie, vasetti di vetro e strumenti a punta di acciaio chirurgico. Un tubetto di gomma usciva da uno dei vasetti di vetro per finire in una vena del polso di Jocelyn...

Clary si liberò dalla stretta di Luke, si lanciò verso il letto e gettò le braccia attorno al corpo inerte di Jocelyn... ma fu come abbracciare un manichino, una bambola costruita male. Jocelyn restò immobile e rigida, il respiro regolare.

Una settimana prima Clary avrebbe pianto, come aveva fatto in quella prima, terribile notte in cui aveva scoperto che sua madre era scomparsa. Avrebbe pianto e urlato. Ma ora non le uscì nemmeno una lacrima, mentre si staccava da sua madre e si raddrizzava stringendosi le braccia al petto. In lei ora non c'erano né terrore né autocommiserazione, solo una rabbia amara e il bisogno di trovare l'uomo che aveva fatto questo, il responsabile di tutto.

— Valentine — disse.

— Certo. — Luke era accanto a lei e stava toccando delicatamente il volto di Jocelyn, sollevandole le palpebre. Gli occhi della donna erano inespressivi come biglie. — Non è drogata — disse Luke. — Un incantesimo, credo.

Clary emise un mezzo sospiro. — Come facciamo a portarla fuori di qui?

— Io non posso toccare i ceppi — disse Luke. — Argento. Tu hai...?

— La stanza delle armi — si ricordò Clary rimettendosi in piedi. — Ho visto un'ascia là dentro. Anzi, più di una. Potremmo tagliare le catene...

— Queste catene non si possono rompere. — La voce che aveva parlato dalla soglia era bassa, pietrosa e familiare. Clary si voltò e vide Blackwell. Stava sogghignando e indossava sempre il mantello color sangue coagulato, il cappuccio abbassato sulle spalle, gli stivali infangati visibili sotto l'orlo. — Graymark — lo salutò. — Che bella sorpresa!

Luke si alzò. — Se sei sorpreso, sei un idiota — disse. — Non sono esattamente arrivato di soppiatto.

Le guance di Blackwell divennero violacee, ma lui non si avvicinò a Luke. — Di nuovo capobranco, vero? — disse con una risata sgradevole. — Non riesci a liberarti dall'abitudine di far fare il lavoro sporco ai Nascosti, eh? Le guardie di Valentine sono occupate a spargere i loro pezzi per tutto il prato e tu sei quassù al sicuro con la tua amichetta. — Rivolse un'occhiata a Clary. — Mi sembra un po' giovane per te, Lucian.

Clary arrossì, furente, e le sue mani si chiusero a pugno, ma la voce di Luke, quando rispose, era educata. — Non le chiamerei esattamente guardie, Blackwell — disse. — Sono Dimenticati. Tormentati esseri ex umani. Se ricordo bene, il Conclave non vede di buon occhio tutta quella faccenda di torturare le persone e usare la magia nera. Non credo che saranno contenti...

— Al diavolo il Conclave! — ringhiò Blackwell. — Non abbiamo bisogno di loro e dei loro atteggiamenti da amichetti dei mezzosangue. E poi i Dimenticati non resteranno Dimenticati ancora per molto. Quando Valentine userà la Coppa su di loro, saranno Shadowhunters come noi... meglio di quelli che il Conclave fa passare per guerrieri al giorno d'oggi. Mammolette amiche dei Nascosti. — Scoprì i denti smussati.

— Se il suo piano con la Coppa era questo — disse Luke — perché non lo ha già fatto? Cosa sta aspettando?

Le sopracciglia di Blackwell si alzarono. — Non lo sapevi? Ha trovato suo...

Una risata di seta li interruppe. Pangborn era comparso accanto a lui, tutto in nero, con una cinghia di cuoio attorno alle spalle. — Basta così, Blackwell. Parli troppo, come sempre. — Mostrò i denti appuntiti a Luke. — Mossa interessante, Graymark. Non pensavo che avessi il fegato per guidare il tuo nuovo branco in una seconda missione suicida.

Un muscolo guizzò nella guancia di Luke. — Jocelyn — disse. — Cosa le ha fatto?

Pangborn ridacchiò allegramente. — Credevo che non te ne importasse nulla.

— Non capisco cosa voglia ancora da lei, a questo punto — proseguì Luke, ignorando la frase di Pangborn. — Ha la Coppa. Lei non gli serve più. Valentine non è mai stato un uomo dedito a omicidi inutili. Gli omicidi *utili*, be', quelli sono tutta un'altra storia, per lui.

Pangborn scrollò le spalle con indifferenza. — Non mi importa nulla di cosa vuole fare con lei. Era sua moglie. Forse la odia. Un buon movente, no?

— Non credo — rispose Luke. — Lasciatela andare e noi ce ne andremo con lei. Richiamerò il branco e vi sarò debitore.

— No! — L'esclamazione rabbiosa di Clary fece spostare gli sguardi di Pangborn e Blackwell su di lei. Entrambi sembravano vagamente increduli, come se la ragazza fosse uno scarafaggio parlante. Clary si voltò verso Luke: — C'è anche Jace... È qui, da qualche parte...

Blackwell ridacchiò. — Jace? Mai sentito nessun Jace — disse. — Bene, potrei chiedere a Pangborn di lasciarla andare, ma preferisco di no. Con me Jocelyn ha sempre fatto la bastarda. Pensava di essere migliore di noi, con la sua bellezza e la sua discendenza. Una bastarda con il pedigree, ecco cos'è. Lo ha sposato solo per mettercelo contro e...

— Ci sei rimasto male perché Valentine non ha sposato te, Blackwell? — fu ciò che rispose Luke, anche se Clary percepì la rabbia gelida nella sua voce.

Blackwell, rosso in viso, fece un passo rabbioso verso il centro della stanza.

E Luke, spostandosi con tanta agilità che Clary quasi non lo vide muoversi, afferrò un bisturi appoggiato sul comodino e lo lanciò. Il bisturi ruotò due volte su se stesso a mezz'aria e affondò nella gola di Blackwell, interrompendo sul nascere la sua ringhiante risposta. Blackwell tossì, gli occhi ribaltati, e cadde in ginocchio portandosi le mani alla gola. Aprì la bocca come per parlare, ma ne uscì solo un sottile rivolo di sangue. Le sue mani scivolarono via dalla gola e lui precipitò a terra come un albero abbattuto. L'impatto fece tremare il pavimento.

— Accidenti — disse Pangborn guardando il corpo caduto del compagno con infastidito disgusto. — Che cosa sgradevole.

Il sangue che usciva dalla gola di Blackwell si stava allargando sul pavimento in una viscosa pozzanghera rossa. Luke prese Clary per le spalle e le sussurrò qualcosa all'orecchio. Clary non capì nulla, sentì soltanto un ronzio insensato dentro la testa. Era l'ennesima morte a cui assisteva in meno di un'ora. Le venne in mente una poesia che aveva letto durante l'ora di inglese, qualcosa a proposito di come dopo la prima morte che vedi nessun'altra conti più. Il poeta non sapeva di cosa stava parlando.

Luke la lasciò andare. — Le chiavi, Pangborn — disse.

Pangborn diede un colpetto a Blackwell con un piede e poi sollevò lo sguardo. Sembrava infastidito. — Sennò cosa fai? Mi tiri una siringa? C'era solo una lama, su quel tavolino. No — aggiunse, allungando una mano dietro le spalle ed estraendo una lunga spada dall'aria molto pericolosa. — Temo che, se vuoi le chiavi, dovrai venire a prendertele. Non che mi importi qualcosa di Jocelyn Morgenstern, sai, ma il fatto è che sono anni che ho una gran voglia di ucciderti...

Pronunciò l'ultima parola assaporandola con deliziata esultanza mentre si faceva avanti. La sua lama lampeggiò, una lancia di luce nella semioscurità. Clary vide Luke allungare una mano verso di lei – una mano stranamente lunga, che terminava con unghie appuntite simili a piccoli pugnali – e si rese conto di due cose: che Luke stava per trasformarsi, e che quella che le aveva sussurrato all'orecchio era una sola parola.

Scappa.

Clary scappò. Zigzagò attorno a Pangborn, che la degnò a malapena di un'occhiata, superò il corpo di Blackwell e fu fuori dalla porta col cuore che martellava prima ancora che la trasformazione di Luke fosse completa. Non si guardò alle spalle, ma sentì un ululato lungo e penetrante, il suono di metallo contro metallo e un rumore di vetri rotti. Forse avevano ribaltato il tavolino, pensò.

Sfrecciò verso la camera delle armi. All'interno afferrò una vecchia ascia con il manico d'acciaio. L'arma rimase attaccata alla parete, per quanto la tirasse. Provò con una spada e poi con una picca e infine con un piccolo pugnale, ma non riuscì a liberare nemmeno quelli. Alla fine, con le unghie rotte e le dita insanguinate per gli sforzi, dovette cedere. In quella stanza era all'opera un incantesimo, e non si trattava di magia runica, ma di qualcosa di selvaggio e bizzarro, qualcosa di nero.

Uscì dalla stanza camminando all'indietro. Su quel piano non c'era nient'altro che potesse aiutarla. E nemmeno al piano di sotto: le porte erano state sprangate. Zoppicò lungo il corridoio – iniziava a sentire il dolore della vera stanchezza nelle gambe e nelle braccia – e si ritrovò sul pianerottolo di una scala. Su o giù? Di sotto, si disse, era tutto senza luce, vuoto. Naturalmente aveva in tasca la stregaluce, ma qualcosa dentro di lei tremava al pensiero di entrare da sola in quegli spazi bui. Al piano di sopra vide il bagliore di altre luci e colse lo sfarfallio di quello che avrebbe potuto essere un movimento.

Andò di sopra. Le gambe le facevano male, e anche i piedi e tutto il resto. Le sue ferite erano state medicate, ma questo non impediva ai tagli di bruciare. Il suo volto era dolorante, dove Hugo le aveva colpito la guancia, e in bocca aveva un sapore metallico e amaro.

Raggiunse l'ultimo pianerottolo. Faceva una curva dolce, come la prua di una nave. Il silenzio era lo stesso che regnava di sotto, e le sue orecchie non coglievano alcun rumore del combattimento che si svolgeva all'esterno. Un altro lungo corridoio si estendeva di fronte a lei, con le stesse porte allineate, ma alcune erano aperte e riversavano altra luce nel corridoio. Clary avanzò: una sorta di istinto la attirava verso l'ultima porta sulla sinistra. Guardò all'interno, con cautela.

All'inizio la stanza le ricordò uno dei diorami storici del Metropolitan Museum of Art. Era come se fosse entrata nel passato: i pannelli di legno sui muri erano lucidissimi, come anche il lungo tavolo da pranzo apparecchiato con delicate stoviglie di porcellana. Elaborati specchi dorati ornavano le pareti, insieme a ritratti a olio dalle cornici massicce. Tutto scintillava alla luce delle torce: i vassoi in tavola, carichi di cibo, i calici a forma di giglio, la tovaglia e i tovaglioli di un biancore accecante. All'estremità opposta della stanza c'erano due grandi finestre drappeggiate con tende di velluto. Jace era in piedi davanti a una delle finestre, tanto immobile che per un istante Clary pensò che fosse una statua, finché non vide la luce che scintillava sui suoi capelli... La mano sinistra di Jace teneva aperta la tenda e nella finestra scura la ragazza scorse i riflessi delle decine di candele che illuminavano la stanza, intrappolati nel vetro come lucciole.

— Jace — disse. Sentì la propria voce come in lontananza e vi percepì lo stupore, la gratitudine, il desiderio, così acuto da fare male.

Lui si voltò, lasciò andare la tenda e Clary vide lo sguardo interrogativo sul suo volto.

— Jace! — disse lei di nuovo correndogli incontro.

Jace la prese al volo e la abbracciò forte. — Clary. — La sua voce era quasi irriconoscibile. — Clary, cosa ci fai qui?

La voce della ragazza era attutita dalla maglietta di lui. — Sono venuta a cercarti…

— Non avresti dovuto… — La sua stretta si allentò all'improvviso e lui fece un passo indietro, tenendola a distanza. — Mio Dio — disse toccandole il volto. — Sei una pazza! Che cosa sciocca da fare… — La sua voce era arrabbiata, ma il suo sguardo e le sue dita, che le spostarono delicatamente i capelli, erano teneri. Non lo aveva mai visto così: c'era in lui una sorta di fragilità, come se toccandolo si potesse rompere. — Ma perché non ti fermi *mai* a pensare? — sussurrò.

— Ho pensato — disse lei. — Ho pensato a te.

Jace chiuse gli occhi per un istante. — Se ti fosse successo qualcosa… — Le sue mani percorsero delicatamente il profilo delle braccia di Clary fino ai polsi, come per assicurarsi che fosse davvero lì. — Come hai fatto a trovarmi?

— Luke — rispose lei con una certa incoerenza. — Sono venuta con Luke. Per salvarti.

Il ragazzo, senza staccare le mani da lei, spostò lo sguardo da Clary alla finestra, con una piccola smorfia che gli piegava l'angolo della bocca. — Quindi quelli sono… sei venuta con il branco dei lupi? — chiese con uno strano tono di voce.

— È il branco di Luke — rispose lei. — È un licantropo e…

— Lo so — la interruppe Jace. — Avrei dovuto arrivarci… I ceppi nella sua cantina… — Guardò verso la porta. — Dov'è?

— Al piano di sotto — disse Clary lentamente. — Ha ucciso Pangborn. Io sono salita a cercarti…

— Li deve richiamare — disse Jace.

Clary lo guardò senza capire. — Cosa?

— Luke. Deve richiamare il suo branco. C'è stato un malinteso.

— Cioè? Ti sei rapito da solo? — Avrebbe voluto suonare scherzosa, ma la sua voce era troppo incerta. — Dai, Jace.

Lo tirò per un polso, ma lui fece resistenza. La stava guardando con un'espressione attenta e Clary notò sbalordita una cosa che prima, in preda all'ondata iniziale di sollievo, non aveva notato.

L'ultima volta che l'aveva visto era stato ferito e picchiato, i suoi abiti erano sporchi di sangue e polvere, i suoi capelli luridi di sangue demoniaco e terra. Ora portava una camicia bianca larga e dei pantaloni scuri, i capelli spazzolati gli ricadevano attorno al viso, dorati e leggeri. Jace si spostò qualche ciocca dagli occhi con una mano affusolata e Clary vide che aveva di nuovo al dito il suo grosso anello d'argento.

— Sono tuoi quei vestiti? — chiese un po' confusa. — E poi… sei tutto bendato… — La sua voce si fece più debole. — Valentine si è proprio preso cura di te, a quanto vedo.

Lui le sorrise con cauto affetto. — Se ti dicessi la verità, diresti che sono pazzo.

Lei sentì il cuore che le batteva rapidissimo nel petto, come il frullo delle ali di un colibrì. — No, non lo farei.

— È stato mio padre a darmi questi vestiti — disse lui.

Il frullo divenne un rapido martellare. — Jace — gli disse. — Tuo padre è morto.

— No. — Il ragazzo scosse il capo. Clary ebbe la sensazione che stesse trattenendo una grande ondata di emozioni: orrore o gioia o entrambe le cose insieme. — Lo credevo, ma non è così. È stato tutto un errore...

A quel punto Clary ricordò quello che aveva detto Luke sulla capacità di Valentine di raccontare bugie affascinanti e coinvolgenti. — È una cosa che ti ha detto Valentine? Perché lui è un bugiardo, Jace, ricorda quello che ha detto Hodge, e se ti ha detto che tuo padre è vivo, è una bugia per farti fare quello che vuole...

— Ho visto mio padre — la interruppe Jace. — Gli ho parlato... e lui mi ha dato questa... — Tirò la stoffa della camicia nuova e pulita per mostrargliela, come se fosse una prova schiacciante. — Mio padre non è morto. Valentine non lo ha ucciso. Hodge mi ha mentito. Per tutti questi anni ho creduto che fosse morto, ma non era così.

Clary si guardò attorno. — Be', se tuo padre è in questo posto, dove si trova? Valentine ha rapito anche lui?

Gli occhi di Jace scintillavano. Il colletto della sua camicia era aperto e Clary vide le piccole cicatrici sottili che gli coprivano le clavicole, come crepe sulla pelle liscia e dorata. — Mio padre...

La porta, che Clary si era chiusa alle spalle, si aprì con un cigolio e un uomo entrò nella stanza.

Era Valentine. Ora Clary poteva vederlo meglio, senza alcuna parete a dividerli. I corti capelli argentati brillavano come un elmetto d'acciaio cromato e la sua bocca era dura. Portava un lungo fodero alla cintura, dal quale spuntava l'elsa di una spada. — Allora — disse appoggiando una mano sull'elsa mentre parlava. — Hai raccolto le tue cose? I nostri Dimenticati non possono trattenere troppo a lungo i licantropi...

Vedendo Clary, si interruppe a metà frase. Lui non era il genere di uomo che si faceva cogliere di sorpresa, ma la ragazza vide un'ombra di stupore nei suoi occhi. — Cosa succede qui? — chiese guardando Jace.

Ma Clary stava già cercando il pugnale infilato nella cintura. Lo afferrò, lo strappò fuori dal fodero e tirò indietro la mano. La rabbia le martellava gli occhi come tamburi di guerra. Avrebbe potuto uccidere quell'uomo. Lo avrebbe ucciso.

Jace le prese il polso. — No.

Clary non riuscì a trattenere la propria incredulità. — Ma Jace...

— Clary — disse lui con voce ferma. — Questo è mio padre.

23
Valentine

— Ho interrotto qualcosa, vedo — disse Valentine con una voce arida come un pomeriggio nel deserto. — Figliolo, ti dispiacerebbe dirmi chi è questa ragazza? Forse una figlia dei Lightwood?

— No — disse Jace. Sembrava stanco e infelice, ma la mano sul polso di Clary non cedette di un millimetro. — È Clary. Clarissa Fray... È una mia amica. È...

Lo sguardo grigio di Valentine fu come acqua ghiacciata su di lei. Le si avvicinò. Clary provò a ritrarsi, ma Jace la trattenne, mentre gli occhi di Valentine la esaminavano dalla cima della testa spettinata alle punte delle scarpe scalcagnate. Si fermarono sul pugnale che stringeva ancora in mano.

Un'espressione indefinibile gli attraversò il volto... in parte divertimento, in parte fastidio. — Dove hai trovato quella lama, signorina?

Clary rispose gelida: — Me l'ha data Jace.

— Ma certo — disse Valentine inespressivo. — Posso vederla?

— No! — Clary fece un passo indietro, come se Valentine potesse lanciarsi su di lei, e sentì che il pugnale le veniva sfilato dalle dita. Ritrasse di colpo la mano. Jace stringeva il pugnale guardandola come per scusarsi. — Jace — sibilò lei, mettendo nel suo nome tutta l'indignazione che provava per quel tradimento.

Per un istante il ragazzo parve vergognarsi di ciò che aveva fatto, ma tutto ciò che disse fu: — Continui a non capire, Clary. — Con una sorta di attenzione riverente che le fece venire la nausea, andò da Valentine e gli consegnò il pugnale. — Eccolo, padre.

Valentine prese il pugnale e lo esaminò. — Questo è un *kindjal*, un pugnale circasso. Questo esemplare faceva parte di una coppia. Ecco, guarda la stella dei Morgenstern incisa nella lama. — Voltò il pugnale per mostrarlo a Jace. — Mi stupisce che i Lightwood non l'abbiano mai notato.

— A loro non l'ho mai fatto vedere — disse Jace. — Mi hanno sempre permesso di avere le mie cose private e non mi hanno mai spiato.

— Certo che no — disse Valentine. Restituì il *kindjal* a Jace. — Credevano che tu fossi il figlio di Michael Wayland.

Jace si infilò nella cintura il pugnale dall'elsa rossa e sollevò lo sguardo. — Lo credevo anch'io — disse sottovoce, e in quel momento Clary capì che non era uno scherzo, che Jace non stava interpretando una parte in attesa di vedere cosa sarebbe successo, ma era veramente convinto che Valentine fosse suo padre.

Il padre che ti picchiava, pensò, *il padre che ha spezzato il collo al tuo primo e unico animale domestico, il padre che ti ha insegnato che l'amore è un veleno che uccide lentamente.*

Ma non disse nulla. Una fredda disperazione si stava diffondendo nelle sue vene. Avrebbe potuto affrontare Jace arrabbiato, ostile, furioso, ma questo nuovo Jace, fragile e illuminato dalla luce del suo miracolo personale, per lei era uno sconosciuto.

Valentine la guardò da sopra la testa dorata di Jace: i suoi occhi erano freddi e divertiti. — Forse sarebbe una buona idea che tu ora ti sedessi, Clary.

La ragazza incrociò le braccia sul petto con un'espressione testarda. — No.

— Come preferisci. — Valentine prese una sedia e si accomodò a capotavola. Dopo un istante anche Jace si sedette accanto a una bottiglia piena per metà di vino. — Ti avverto che stai per ascoltare delle cose che potrebbero farti pentire di non esserti seduta.

— Se succederà — gli disse Clary — te lo farò sapere.

— Molto bene. — Valentine si rilassò sulla sedia, le mani dietro la nuca. Il collo della camicia si aprì leggermente, mostrando le clavicole piene di cicatrici. Cicatrici come quelle di suo figlio, come quelle di ogni Figlio dei Nephilim. «Una vita di cicatrici e morte» aveva detto Hodge. — Clary — cominciò, come assaporando il suono del suo nome. — È un diminutivo di Clarissa? Non è il nome che avrei scelto io.

Le sue labbra si tesero in un sorriso privo di allegria. *Sa che sono sua figlia,* pensò Clary. *Ma non lo dice. Perché non lo dice?*

Per Jace, si rispose. Jace avrebbe pensato... non riusciva a immaginare cosa avrebbe pensato. Valentine li aveva visti abbracciarsi quando era entrato, probabilmente sapeva di avere in mano un'informazione devastante. Da qualche parte, dietro quei gelidi occhi grigi, la sua mente acuta stava funzionando a tutta velocità per decidere quale fosse il modo migliore di usarla.

Clary lanciò un altro sguardo supplichevole a Jace, ma il ragazzo fissava il bicchiere che aveva nella mano sinistra, pieno per metà di vino. Clary notò che il suo petto si alzava e si abbassava rapido al ritmo del suo respiro: era più agitato di quanto volesse dare a vedere.

— Non mi interessa cosa avresti scelto tu — disse Clary.

— Non ne dubito — ribatté Valentine chinandosi in avanti.

— Tu non sei il padre di Jace — disse. — Stai cercando di ingannarci. Il padre di Jace era Michael Wayland. I Lightwood lo sanno. Lo sanno tutti.

— I Lightwood sono stati male informati — disse Valentine. — Tutti credevano... credono... che Jace sia figlio del loro amico Michael. E così anche il Conclave. Nemmeno i Fratelli Silenti sanno chi è in realtà. Anche se presto lo sapranno.

— Ma l'anello dei Wayland...

— Ah, già — disse Valentine guardando la mano di Jace su cui l'anello brillava come le scaglie di un serpente. — L'anello. Curioso, vero, come una M guardata al contrario assomigli a una W? Naturalmente, se ti fossi data la pena di pensarci, probabilmente avresti trovato un po' strano che il simbolo della famiglia Wayland fosse una stella cadente, mentre non è affatto strano che sia il simbolo dei Morgenstern.

Clary lo guardò. — Non so di cosa stai parlando.

— Dimentico sempre quanto sia carente l'istruzione dei mondani — disse Valentine. — Morgenstern significa "stella del mattino". Conosci i versetti «Come mai sei caduto dal cielo, / astro mattutino, figlio dell'aurora? / Come mai sei atterrato, / tu che calpestavi le nazioni?».

Clary fu colta da un brivido. — Stai parlando di Satana.

— O di qualsiasi grande potere perduto — disse Valentine — per il rifiuto di diventare servi. Come è successo nel mio caso. Non ero disposto a servire un governo corrotto. Per questo ho perso la mia famiglia, le mie terre, ho quasi perso la vita...

— La Rivolta è stata colpa *tua*! — scattò Clary. — Sono morte delle persone! Shadowhunters come te!

— Clary — disse Jace chinandosi in avanti e facendo quasi cadere il bicchiere con il gomito. — Ascoltalo, ti dispiace? Non è come pensavi. Hodge ci ha mentito.

— Lo so — disse Clary. — Ci ha tradito. Era una pedina di Valentine.

— No — disse Jace. — È sempre stato lui a volere la Coppa Mortale... È stato lui a mandare i Divoratori da tua madre. Mio padre... Valentine lo ha scoperto solo in seguito ed è venuto a fermarlo... Ha portato qui tua madre per curarla, non per farle del male.

— E tu credi a queste balle? — chiese Clary disgustata. — Non è vero. Hodge lavorava per Valentine. C'erano dentro insieme. Volevano la Coppa. Ci ha ingannati, è vero, però lui era solo un burattino.

— Ma era lui ad avere bisogno della Coppa Mortale — disse Jace — per poter dissolvere la sua maledizione e fuggire, prima che mio padre dicesse al Conclave tutto quello che aveva fatto.

— Non è vero! — si accalorò Clary. — Io c'ero! — Si voltò verso Valentine. — Ero nella stanza quando sei venuto a prendere la Coppa. Hodge mi aveva nascosta... ma ero lì. Ti ho visto. Hai preso la Coppa e hai dissolto la maledizione di Hodge. Non avrebbe potuto farlo da solo. Lo ha detto lui.

— L'ho fatto, è vero — disse Valentine senza scomporsi — ma solo per pietà nei suoi confronti. Mi sembrava così patetico.

— Tu non provi pietà. Tu non provi niente.

— Basta così, Clary! — Era Jace. Lei lo guardò. Le sue guance erano diventate rosse, come se fosse ubriaco, e gli occhi troppo lucidi. — Non parlare così a mio padre.

— *Ma non è tuo padre!*

Jace la guardò come se gli avesse tirato uno schiaffo. — Perché sei così decisa a non crederci?

— Perché ti ama — disse Valentine.

Clary si sentì il sangue defluire dal volto. Guardò Jace senza sapere cosa lui avrebbe potuto dire, ma avendone comunque paura. Si sentiva come sull'orlo di un precipizio, orrido, spaventoso e senza fondo. Le vertigini le stringevano lo stomaco.

— Cosa? — Jace sembrava sorpreso.

Valentine guardava Clary con un'espressione divertita, quasi avesse capito di averla inchiodata come una farfalla in una bacheca. — Ha paura che mi sia approfittato di te — disse. — Che ti abbia fatto il lavaggio del cervello. Ma naturalmente non è così. E se guardassi bene nei tuoi ricordi, Clary, lo sapresti anche tu.

— Clary — disse Jace mentre si alzava in piedi, gli occhi su di lei. La ragazza notò le sue occhiaie nere, la tensione a cui era sottoposto. — Io...

— Siediti — disse Valentine. — Lascia che ci arrivi da sola, Jonathan.

Jace obbedì immediatamente e si rimise a sedere. Attraverso la foschia delle sue vertigini, Clary stava cercando di capire. *Jonathan?* — Credevo che ti chiamassi Jace — disse. — Hai mentito anche su questo?

— No. Jace è un diminutivo.

Clary si sentì avanzare verso il precipizio, così vicina da poter quasi guardare di sotto. — Un diminutivo di cosa?

Lui la fissò come se non capisse perché la facesse tanto lunga su una cosa così insignificante. — Sono le mie iniziali — disse. — J.C.

Il precipizio si aprì. Vide la lunga caduta nelle tenebre. — Jonathan — disse con un filo di voce. — Jonathan Christopher.

Jace sollevò le sopracciglia. — Come...?

— J.C. Le iniziali sulla scatola. Eri tu, non mio padre. La ciocca di capelli... era tua. Sei sempre stato tu.

Jace la guardò incerto, picchiettando con le unghie sullo stelo del bicchiere. — Non so di cosa tu stia parlando.

— Io sì — intervenne Valentine. La sua voce era rasserenante. — Jace, avevo pensato di risparmiartelo. Pensavo che la storia di una madre morta ti avrebbe fatto meno male della storia di una madre che ti ha abbandonato prima che compissi un anno.

Le dita snelle di Jace si strinsero attorno al bicchiere. Clary pensò per un istante che si sarebbe rotto. — Mia mamma è viva?

— Sì — disse Valentine. — È viva e in questo momento sta dormendo in una delle stanze al piano inferiore. Sì — ripeté, interrompendo Jace prima che potesse parlare — Jocelyn Fairchild è tua madre, Jonathan. E Clary... Clary è tua sorella.

Jace ritrasse la mano di colpo. Il bicchiere si rovesciò, versando il suo rosso contenuto sulla tovaglia bianca. Il vino gorgogliò come se fosse stato acido.

— Jonathan! — esclamò Valentine.

Jace era diventato di un colore orribile, una specie di bianco verdastro. — Non è vero — boccheggiò. — C'è stato un errore. Non può essere vero.

Valentine guardò suo figlio negli occhi. — Pensavo che sarebbe stato un motivo per festeggiare — disse con una voce bassa e meditabonda. — Ieri eri orfano, Jonathan. E ora hai un padre, una madre e una sorella che non avevi mai saputo di avere...

— Non è possibile — ripeté Jace. — Clary non è mia sorella. Se lo fosse...

— Cosa succederebbe? — chiese Valentine.

Jace non rispose, ma la sua espressione di orrore nauseato fu sufficiente per Clary. Lei fece il giro del tavolo barcollando un po', si inginocchiò accanto alla sedia di Jace e gli prese la mano. — Jace...

Lui si ritrasse di scatto e affondò le dita nella tovaglia fradicia. — No.

L'odio per Valentine bruciava nella gola di Clary come un pianto trattenuto. Lui aveva taciuto, non aveva detto quello che sapeva, l'aveva resa complice del proprio silenzio, e adesso, dopo avere sganciato loro addosso la verità come un macigno, se ne stava seduto a osservare i risultati con gelido interesse. Come faceva Jace a non vedere quanto fosse odioso?

— Dimmi che non è vero — gemette il ragazzo fissando la tovaglia.

Clary deglutì a fatica. — Non posso.

— Così ora ammetti che ho detto la verità? — domandò Valentine, sorridente.

— No — rispose lei senza guardarlo. — Tu stai raccontando solo menzogne con qualche brandello di verità, ecco tutto.

— Comincio a stancarmi — disse Valentine. — Se vuoi ascoltare la verità, Clarissa, questa è la verità. Tu hai sentito raccontare la Rivolta da Hodge, per cui pensi che io sia malvagio. È così?

Clary non disse nulla. Stava guardando Jace, che sembrava sul punto di vomitare. Valentine proseguì implacabile: — La realtà è molto semplice. La storia che ti ha raccontato era vera in alcune parti e non in altre... «menzogne con qualche brandello di verità», come hai detto tu. Il fatto è che Michael Wayland non è mai stato il padre di Jace. Wayland fu ucciso durante la Rivolta. Io assunsi il suo nome e il suo posto quando fuggii da Idris con mio figlio. Fu abbastanza facile: Wayland non aveva veri rapporti con nessuno, e i suoi amici più intimi, i Lightwood, erano in esilio. Anche lui era in disgrazia per la parte che aveva avuto nella Rivolta, così io mi presi la sua vita e vissi abbastanza tranquillamente con Jace nella tenuta dei Wayland. Leggevo i miei libri, crescevo mio figlio, passavo il tempo. — Fece scorrere un dito sul bordo filigranato di un bicchiere. Era mancino, notò Clary. Come Jace.

— Dopo dieci anni, ricevetti una lettera. Il mittente diceva che conosceva la mia vera identità e che se non fossi stato disposto a fare alcune cose l'avrebbe rivelata. Io non sapevo chi avesse scritto quella lettera, ma non aveva importanza. Non ero disposto a dare al suo autore quello che chiedeva. E poi sapevo che la mia sicurezza era compromessa e sarebbe rimasta tale, a meno che costui non mi credesse morto, immune alle sue minacce. Misi in scena la mia morte per la seconda volta con l'aiuto di Blackwell e Pangborn, e per il bene di Jace feci in modo che lui venisse mandato qui, sotto la protezione dei Lightwood.

— Così per tutti questi anni hai lasciato che Jace ti credesse morto? Che cosa meschina!

— No — disse Jace. Aveva sollevato una mano per coprirsi il volto. Parlò attraverso le dita, con una voce soffocata. — No, Clary.

Valentine guardò suo figlio con un sorriso che lui non poté vedere. — Jonathan doveva credere che io fossi morto. Doveva credere di essere figlio di Michael Wayland, o i Lightwood non l'avrebbero protetto come hanno fatto. Era con Michael che avevano un debito, non con me. È per Michael che gli hanno voluto bene, non per me.

— Forse gliene hanno voluto *per lui* — disse Clary algida.

— Un'ammirevole interpretazione sentimentale — commentò Valentine — per quanto improbabile. Tu non conosci i Lightwood come li conoscevo io. — Sembrò non vedere come Jace sobbalzò o, se lo vide, lo ignorò. — Ma alla fine ha poca importanza — aggiunse. — I Lightwood dovevano essere una protezione per Jace, non una famiglia sostitutiva. Lui ha una famiglia. E ha un padre. Io.

Jace si schiarì la voce e si scostò le mani dal viso. — Mia madre...

— Fuggì dopo la Rivolta — disse Valentine. — Io ero caduto in disgrazia, il Conclave mi avrebbe dato la caccia se avesse pensato che ero ancora vivo. Lei non sopportava di essere associata a me e scappò. — *Il dolore nella sua voce è palpabile e... falso,* pensò amareggiata Clary. *Che schifoso manipolatore!* — Io all'epoca non sapevo che fosse incinta. Di Clary. — Fece un piccolo sorriso mentre sfiorava con un dito il bicchiere. — Ma il sangue non è acqua — disse. — Il fato ci ha riuniti tutti qui. La nostra famiglia, ancora insieme. Possiamo usare il Portale — disse guardando Jace. — Andare a Idris. Tornare alla nostra tenuta...

Jace ebbe un piccolo brivido, ma annuì, senza staccare gli occhi dalle sue mani.

— Staremo insieme — disse Valentine. — Come dovrebbe essere.

Ma che bella idea! pensò Clary. *Soltanto tu, tua moglie in coma, tuo figlio in preda a shock post-traumatico e tua figlia che ti odia con tutta se stessa. Per non parlare del fatto che i tuoi due figli potrebbero essere innamorati. Sì, mi sembra proprio la riunione di famiglia migliore che si possa immaginare.* Ma ad alta voce disse soltanto: — Io non vado da nessuna parte con te, e nemmeno mia madre.

— Ha ragione lui, Clary — disse Jace con la voce roca. Piegò le mani: le punte delle dita erano macchiate di rosso. — È l'unico posto in cui possiamo andare. Lì risolveremo tutto.

— Non puoi parlare seriamente...

Dal piano di sotto arrivò un colpo fortissimo, come se fosse crollata una parete dell'ospedale. *Luke,* pensò Clary balzando in piedi.

Jace, nonostante la sua espressione di orrore nauseato, reagì istintivamente, e stava per alzarsi dalla sedia, la mano che correva alla cintura. — Padre, hanno...

— Hanno sfondato le porte. — Valentine si alzò. Si sentì un rumore di passi. Un momento dopo, la porta della stanza si spalancò e Luke comparve sulla soglia.

Clary riuscì a fatica a non urlare. Era coperto di sangue, i jeans e la camicia scuri e fradici, la metà inferiore del volto come dipinta di rosso. Le sue mani erano coperte fino ai polsi di sangue ancora caldo e fluido. Clary non sapeva se parte di quel sangue fosse suo. Sentì urlare il suo nome, poi attraversò di corsa la stanza, quasi inciampando per la fretta di afferrare la camicia di Luke e restarvi attaccata come non faceva più da quando aveva otto anni.

Per un istante la grande mano di Luke salì ad accarezzarle la nuca, stringendola a sé con un abbraccio. Poi la scostò delicatamente. — Sono coperto di sangue — disse. — Non preoccuparti... non è mio.

— E allora di chi è? — Era la voce di Valentine, e Clary si voltò mentre Luke le appoggiava un braccio protettivo dietro la schiena. Valentine li stava osservando, gli occhi socchiusi e calcolatori. Jace si era alzato in piedi, aveva fatto il giro del tavolo e si era messo dietro il padre con un'espressione esitante. Clary non ricordava di avergli mai visto fare prima di allora nulla di esitante.

— Di Pangborn — disse Luke. La sua mano strinse la spalla di Clary tanto forte da farle male.

Valentine si passò una mano sul volto, come se quella notizia lo addolorasse. — Capisco. Lo hai sgozzato con i denti?

— A dire la verità — disse Luke — l'ho ucciso con questo. — Con la mano libera sollevò il lungo pugnale sottile che Clary gli aveva visto addosso, quello con le pietre blu sull'elsa. — Te lo ricordi?

Valentine lo guardò e Clary lo vide irrigidire la mascella. — Sì — disse, e Clary si chiese se anche lui stesse ripensando alla conversazione che avevano avuto poco prima.

«Questo è un *kindjal*, un pugnale circasso. Questo esemplare in particolare faceva parte di una coppia.»

— Me lo desti diciassette anni fa e mi dicesti di usarlo per togliermi la vita — gli ricordò Luke stringendo in mano quell'arma. Clary notò che la lama era più lunga del *kindjal* dall'elsa rossa alla cintura di Jace. Era una via di mezzo tra un pugnale e una spada, e la sua lama era appuntita come uno spillo. — E io fui sul punto di farlo.

— Ti aspetti che lo neghi? — C'era dolore nella voce di Valentine, il ricordo di un antico lutto. — Ho cercato di salvarti da te stesso, Lucian. Ho fatto un grave errore. Se solo avessi avuto la forza di ucciderti, avresti potuto morire da uomo.

— Come te? — chiese Luke, e in quel momento Clary vide in lui qualcosa del Luke che aveva sempre conosciuto, il Luke che riusciva a capire se lei stava mentendo o fingendo, che quando si comportava in modo arrogante o falso glielo faceva sempre notare. Nell'amarezza della sua voce, sentì l'amore che aveva provato un tempo per Valentine e che si era trasformato in un odio esausto. — Un uomo che incatena la moglie priva di conoscenza a un letto nella speranza di estorcerle delle informazioni con la tortura quando si sarà svegliata? È questo il tuo *coraggio*?

Jace stava fissando suo padre. Clary vide lo spasmo di rabbia che attraversò brevemente i tratti contorti di Valentine, e poi svanì, e il suo volto tornò quello di prima. — Non l'ho torturata — disse. — Ed è incatenata per la sua stessa sicurezza.

— Da cosa? — chiese Luke avanzando nella stanza. — L'unica cosa che la mette in pericolo sei tu. L'unica cosa che l'abbia mai messa in pericolo. Ha passato la sua vita a fuggire da te.

— Io la amavo — disse Valentine. — Non le avrei mai fatto del male. Sei stato tu a metterla contro di me.

Luke scoppiò a ridere. — Non aveva bisogno di me per mettersi contro di te. Ha imparato da sola a odiarti.

— Questa è una menzogna! — ruggì Valentine con uno scoppio di rabbia improvviso mentre estraeva la spada che portava in vita. La lama era piatta e nera, con un disegno di stelle argentate. Puntò la spada al cuore di Luke.

Jace fece un passo verso Valentine. — Padre...

— Jonathan, stai zitto! — urlò Valentine, ma era troppo tardi. Clary vide lo shock sul volto di Luke mentre fissava Jace.

— Jonathan? — sussurrò.

La bocca di Jace si contrasse. — Non chiamarmi così — disse con un'espressione feroce e gli occhi dorati in fiamme. — Se mi chiami così ti uccido.

Luke, ignorando la lama puntata al suo cuore, non staccò gli occhi da Jace. — Tua madre sarebbe fiera di te — disse così piano che anche Clary che gli stava accanto fece fatica a sentirlo.

— Io non ho una madre — gli rispose Jace. Le sue mani tremavano. — La donna che mi ha partorito mi ha abbandonato prima che imparassi a ricordare il suo volto. Non ero niente per lei e lei non è niente per me.

— Non è stata tua madre ad abbandonarti — disse Luke spostando lentamente lo sguardo su Valentine. — Credevo che neppure uno come te potesse abbassarsi a usare come esca la tua carne e il tuo sangue. Ma immagino di essermi sbagliato.

— Basta così. — Il tono di Valentine era quasi languido, ma c'era in lui della ferocia, una minaccia affamata di violenza. — Lascia mia figlia o ti ucciderò immediatamente.

— Io non sono tua figlia — rispose Clary, ma Luke la allontanò da sé con tanta forza che la ragazza quasi cadde.

— Esci di qui. Mettiti al sicuro.

— Io non ti lascio!

— Clary, non sto scherzando. Esci di qui! — Luke stava già sollevando il suo pugnale. — Questa non è la tua battaglia.

Clary si allontanò barcollando e si diresse verso la porta che dava sul pianerottolo. Forse avrebbe potuto chiedere aiuto, cercare Alaric...

E poi Jace fu di fronte a lei a bloccarle la via d'uscita. Aveva dimenticato quanto si muovesse in fretta, morbido come un gatto e veloce come il lampo. — Sei impazzita? — sibilò. — Hanno sfondato la porta d'ingresso. Questo posto è pieno di Dimenticati.

Lei lo spinse via. — Lasciami andare…

Jace la afferrò con una presa d'acciaio. — Perché possano farti a pezzi? Non ci penso neppure.

Un forte rumore metallico risuonò alle spalle di Clary, che si scostò da Jace e vide che Valentine aveva attaccato Luke, il quale aveva risposto al suo colpo con una parata spaccatimpani. Le lame si separarono e i due iniziarono a girare in un vortice di finte e affondi. — Oh, mio Dio — sussurrò Clary. — Si uccideranno.

Gli occhi di Jace divennero quasi neri. — Tu non capisci. È così che si fa… — Si interruppe ed emise un piccolo risucchio quando Luke superò la guardia di Valentine e lo colpì sulla spalla. Il sangue prese a scorrere copioso, macchiandogli la camicia bianca.

Valentine gettò la testa all'indietro e scoppiò a ridere. — Bel colpo — disse. — Non credevo ne fossi ancora capace, Lucian.

Il coltello di Luke impediva a Clary di vedere il suo volto. — Me l'hai insegnata tu, questa mossa.

— Ma è successo anni fa — disse Valentine con una voce che ricordava la seta grezza — e da allora non hai avuto molto bisogno di usare un'arma, giusto? Avevi artigli e zanne a disposizione.

— Li userò per strapparti il cuore.

Valentine scosse il capo. — Lo hai già fatto anni fa — commentò, e nemmeno Clary avrebbe saputo dire se la tristezza nella sua voce fosse vera o finta. — Quando mi hai tradito e abbandonato. — Luke fece un altro affondo, ma Valentine si spostò agilmente. Per essere un uomo tanto grosso, si muoveva con sorprendente leggerezza. — Sei stato tu a mettere mia moglie contro la sua stessa gente. L'hai cercata quando era più debole. Io ero lontano, e lei ha pensato che tu la amassi. È stata una stupida.

Jace era teso come una corda di violino accanto a Clary. Lei lo sentiva come si sentono le scintille rilasciate da un cavo elettrico abbattuto. — È di tua madre che Valentine sta parlando — gli disse.

— Mi ha abbandonato — disse Jace. — Bella madre.

— Pensava che fossi morto. E sai come faccio a saperlo? Perché teneva una scatola in camera sua. Sopra c'erano le tue iniziali, J.C.

— Dunque aveva una scatola. Un sacco di persone hanno delle scatole. Ci tengono dentro le cose. Mi dicono che va molto di moda.

— Dentro c'era una ciocca dei tuoi capelli. Capelli di bambino. E una fotografia, forse due. Le tirava fuori una volta all'anno e piangeva. Piangeva come se avesse il cuore spezzato…

La mano di Jace si strinse a pugno lungo il suo fianco. — Smettila — mormorò tra i denti.

— Di fare cosa? Di dirti la verità? Pensava che fossi morto… Non ti avrebbe mai lasciato se avesse saputo che eri vivo. Tu pensavi che tuo padre fosse morto…

— Io l'ho visto morire! Non l'ho solo… sentito dire, come lei!

— Ha trovato le tue ossa carbonizzate — disse sottovoce Clary. — Tra le rovine di casa sua. Insieme a quelle di suo padre e sua madre.

Finalmente Jace la guardò. Lei vide l'incredulità nei suoi occhi, e attorno a essi la fatica di conservare intatta quell'incredulità. Vide, come attraverso un incantesimo, la fragile struttura della sua fiducia in suo padre che indossava come un'armatura trasparente per proteggersi dalla verità. Da qualche parte, pensò Clary, c'era una crepa in quell'armatura. Da qualche parte, se fosse riuscita a trovare le parole giuste, avrebbe potuto penetrarla.

— È ridicolo — disse lui. — Io non sono morto... non potevano esserci le mie ossa.

— C'erano.

— E allora era un incantesimo.

— Chiedi a tuo padre cosa è successo ai suoi suoceri — disse Clary. Allungò una mano per toccarlo. — Chiedigli se era un incantesimo anche quello...

— Stai zitta! — Jace perse il controllo e si voltò verso di lei, livido. Clary vide Luke spostare lo sguardo su di loro, preoccupato da quel rumore, e in quell'istante di distrazione Valentine si infilò sotto la sua guardia e, con un'unica stoccata, infilò la lama della sua spada nel petto di Luke, appena sotto la clavicola.

Gli occhi di Luke si spalancarono più per lo stupore che per il dolore. Valentine ritrasse la mano e la lama scivolò fuori, macchiata di rosso fino all'elsa. Con una risata secca Valentine affondò di nuovo. Il pugnale di Luke cadde sul pavimento con un rumore sordo e Valentine gli tirò un calcio e lo spedì sotto il tavolo, mentre le ginocchia di Luke cedevano e lui crollava a terra.

Valentine sollevò la spada nera sopra il corpo prono di Luke, pronto a mettere a segno il colpo fatale. Le stelle argentate brillavano lungo la lama, e Clary pensò, come congelata in un momento di orrore: *Come può una cosa così letale essere tanto bella?*

Jace, come se sapesse cosa avrebbe fatto Clary prima ancora di lei, si voltò verso la ragazza. — Clary...

Il momento di stasi era terminato. La ragazza si allontanò da Jace, evitò le sue mani tese verso di lei e corse da Luke. Era a terra e si reggeva su un braccio. Clary gli si gettò addosso, proprio mentre la spada di Valentine iniziava la sua discesa.

Vide gli occhi di Valentine mentre la lama scendeva verso di lei. Sembrarono passare secoli, anche se fu solo una frazione di secondo. Vide che, se avesse voluto, lui avrebbe potuto fermare il colpo. Vide che, se non l'avesse fatto, avrebbe potuto colpirla. Vide che l'avrebbe fatto comunque.

Alzò le mani e chiuse gli occhi...

E ci fu un rumore secco seguito da un sibilo, mentre qualcosa le sfrecciava davanti al volto. Sentì Valentine urlare, e quando sollevò lo sguardo la sua mano era disarmata e sanguinante. Il *kindjal* dall'elsa rossa era a qualche metro di distanza, sul pavimento di pietra, accanto alla spada nera. Clary si voltò sbalordita: Jace era accanto alla porta, il braccio ancora sollevato. Si rese conto che doveva avere lanciato il pugnale con abbastanza forza da sbalzare la spada nera dalla mano del padre.

Abbassò lentamente il braccio. Era pallidissimo. I suoi occhi, spalancati e imploranti, incontrarono quelli di Valentine. — Padre, io...

Valentine si guardò la mano insanguinata e per un istante uno spasmo di rabbia gli attraversò il volto, come una luce che si spegne tremolando. Ma la sua voce, quando parlò, era calma. — Ottimo lancio, Jace.

Jace esitò. — La tua mano... Io volevo solo...

— Non avrei fatto del male a tua sorella — disse Valentine, muovendosi velocemente per recuperare la spada e il *kindjal* dall'elsa rossa, che si infilò nella cintura. — Avrei fermato il colpo. Comunque il tuo attaccamento alla famiglia è encomiabile.

Bugiardo. Ma Clary non aveva tempo per le mistificazioni di Valentine. Si voltò a guardare Luke ed ebbe un attacco di nausea. Era steso sulla schiena, gli occhi semichiusi, il respiro irregolare. Dal buco nella camicia strappata usciva del sangue. — Mi servono delle bende — disse con voce strozzata. — Dei tovaglioli, qualsiasi cosa... Jace, il tuo stilo...

— Fermo, Jonathan — disse Valentine con una voce d'acciaio, e il ragazzo si bloccò, con la mano a metà strada verso la tasca dove teneva lo stilo. — Clarissa — proseguì Valentine con una voce untuosa come acciaio imburrato — quest'uomo è un nemico della nostra famiglia, un nemico del Conclave. Noi siamo Shadowhunters, e questo vuol dire che a volte dobbiamo uccidere. Certamente questo lo capisci.

— Cacciatori di demoni — disse Clary. — Uccisori di demoni. Non assassini. È diverso.

— Lui è un demone, Clarissa — replicò Valentine nello stesso tono morbido. — Un demone con un volto da uomo. Io so quanto possono essere ingannevoli questi mostri. Ricordi? Io stesso l'ho risparmiato una volta.

— Mostri? — gli fece eco Clary. Pensò a Luke, a Luke che la spingeva in altalena quando aveva cinque anni, in alto, sempre più in alto; a Luke durante la cerimonia per il diploma delle medie, con la macchina fotografica che scattava a mitraglia come quella di un padre orgoglioso; a Luke che passava in rassegna tutti gli scatoloni di libri appena arrivavano in negozio per cercare qualcosa che potesse piacerle e tenerglielo da parte; a Luke che la sollevava per cogliere le mele dall'albero accanto alla sua fattoria. A Luke di cui questo uomo sadico, bugiardo e omicida voleva prendere il posto di padre. — Luke non è un mostro — disse con una voce tanto dura da reggere il confronto con quella di Valentine. — E nemmeno un assassino. Tu sì.

— Clary! — esclamò Jace.

Clary lo ignorò. I suoi occhi erano fissi in quelli grigi e freddi di suo padre. — Tu hai ucciso i genitori di tua moglie, non in battaglia ma a sangue freddo — lo accusò. — E scommetto che hai ucciso anche Michael Wayland e suo figlio e hai gettato i loro corpi insieme a quelli dei miei nonni, in modo che mia madre pensasse che tu e Jace foste morti. Hai messo il tuo ciondolo al collo di Michael

Wayland prima di bruciarlo, così che tutti attribuissero a te quelle ossa Dopo tutto il tuo parlare della purezza del sangue del Conclave, non hai pensato per un attimo al loro sangue e alla loro innocenza quando li hai uccisi, vero? Massacrare vecchi e bambini a sangue freddo, questo è mostruoso.

Un altro spasmo di rabbia contorse i lineamenti di Valentine. — Basta così! — ruggì sollevando di nuovo la spada nera, e Clary sentì nella sua voce la verità su chi era suo padre, la rabbia che lo aveva sorretto per tutta la vita. L'odio implacabile. — Jonathan! Porta via tua sorella o per l'Angelo giuro che la ucciderò insieme al mostro che sta proteggendo!

Per un brevissimo istante Jace esitò, poi alzò il capo. — Certo, padre — disse avvicinandosi a Clary. Prima che lei potesse sollevare le mani per allontanarlo, lui l'aveva afferrata brutalmente per un braccio. La rimise in piedi di peso, allontanandola da Luke.

— Jace — sussurrò lei sgomenta.

— No — disse lui. Le sue dita affondarono dolorosamente nel braccio di lei. Odorava di vino e metallo e sudore. — Non parlarmi.

— Ma...

— Ho detto di non parlare. — La scosse, forte.

Lei inciampò, ritrovò l'equilibrio e quando sollevò lo sguardo, vide Valentine che torreggiava trionfante sopra il corpo contorto di Luke. Allungò un piede e fece rotolare Luke sulla schiena con una spinta. Lui emise un suono strozzato.

— Lascialo stare! — urlò Clary cercando di liberarsi dalla presa di Jace. Inutile... era troppo forte.

— Smettila — le sibilò il ragazzo all'orecchio. — Stai solo rendendo le cose più difficili. È meglio che non guardi.

— Come fai tu? — gli rispose. — Chiudere gli occhi e far finta che qualcosa non stia succedendo non serve a niente, Jace, dovresti saperlo bene...

— Clary, basta. — Il suo tono di voce riuscì quasi a zittirla. Sembrava disperato. Valentine stava ridendo. — Se solo mi fosse venuto in mente di portare con me una spada d'argento, avrei potuto finirti come si fa con quelli della tua specie, Lucian.

Luke ringhiò qualcosa che Clary non riuscì a sentire. Sperò fosse un insulto. Provò a divincolarsi. Scivolò e lui la prese al volo, tirandola su con una forza incredibile. La abbracciava, pensò, ma non come aveva sperato una volta, non come aveva sempre immaginato.

— Almeno lasciami alzare — disse Luke. — Concedimi di morire in piedi.

Valentine lo guardò da dietro la lama della spada e scrollò le spalle. — Puoi morire sulla schiena o in ginocchio — disse. — Solo un uomo merita di morire in piedi, e tu non sei un uomo.

— NO! — urlò Clary, mentre Luke, senza guardarla, iniziò a sollevarsi dolorosamente in ginocchio.

— Perché devi rendere le cose così difficili? — chiese Jace con un sussurro teso. — Ti ho detto di non guardare.

Clary ansimava per la fatica e il dolore. — E tu perché devi mentire a te stesso?

— Non sto mentendo! — La sua presa si strinse anche se lei non aveva provato a liberarsi. — Voglio solo quel poco che c'è di buono nella mia vita... mio padre... la mia famiglia... Non posso perdere tutto un'altra volta...

Luke era ormai in ginocchio. Valentine aveva sollevato la spada macchiata di sangue. Gli occhi di Luke erano chiusi e stava mormorando qualcosa: le sue ultime parole, una preghiera, Clary non lo sapeva. Si divincolò tra le braccia di Jace per poterlo guardare in faccia. Le labbra di Jace erano una linea sottile, la sua mascella era tesa, ma i suoi occhi...

La sua fragile armatura si stava spezzando. Serviva solo un'ultima spinta. Clary cercò le parole giuste.

— Tu hai già una famiglia — disse. — La tua famiglia sono le persone che ti vogliono bene. Come i Lightwood... Alec, Isabelle... — La sua voce si incrinò. — La mia famiglia è Luke, e tu stai per farmi assistere alla sua morte come tu hai assistito a quella di tuo padre quando avevi dieci anni? È questo che vuoi, Jace? È questo il tipo di uomo che vuoi essere? Come...

Si interruppe, improvvisamente terrorizzata all'idea di essere andata troppo oltre, di averlo perso.

— Come mio padre — terminò lui.

La sua voce era gelida, distante, piatta come la lama di un coltello.

L'ho perso, pensò Clary disperata.

— Giù — disse lui spingendola con forza. Lei inciampò, cadde a terra, si mise in ginocchio. Da quella posizione vide Valentine sollevare la spada sopra la testa. La luce del candeliere appeso al soffitto esplose sulla lama, scoccandole negli occhi scintillanti punte di freccia. — Luke! — urlò.

La lama calò... sul pavimento. Luke non era più lì. Jace, muovendosi più velocemente di quanto Clary credesse possibile anche per uno Shadowhunter, lo aveva spinto via. E ora stava dritto di fronte a suo padre, sopra l'elsa vibrante della spada, il volto bianco ma lo sguardo fermo.

— Penso che dovresti andartene — disse.

Valentine guardò incredulo suo figlio. — Che cosa hai detto?

Luke si era messo a sedere. La sua camicia era macchiata da altro sangue. Guardò Jace allungare una mano e accarezzare in modo delicato, quasi disinteressato, l'elsa della spada che si era conficcata nel pavimento. — Penso che tu mi abbia sentito, padre.

La voce di Valentine era come una frusta. — Jonathan Morgenstern...

Veloce come un fulmine, Jace afferrò l'elsa della spada, la strappò dal pavimento e la sollevò. La tenne dritta, con tocco leggero, la punta pochi centimetri sotto il mento del padre. — Non è quello il mio nome. Io mi chiamo Jace Wayland.

Gli occhi di Valentine erano ancora fissi in quelli di Jace. Sembrò accorgersi a stento della spada puntata alla sua gola. — Wayland? — ruggì. — In te non scorre il sangue dei Wayland! Michael Wayland non è nessuno per te...

— E neanche tu — disse tranquillamente Jace. Mosse leggermente la spada verso sinistra. — Allontanati da Luke.

Valentine scosse il capo. — Mai. Non prenderò ordini da un ragazzino.

La punta della spada toccò la gola di Valentine. Clary li fissava immobile, in preda a una sorta di orrore affascinato. — Sono un ragazzino molto ben addestrato — disse Jace. — Mi hai insegnato tu stesso la sottile arte di uccidere. Devo muovere solo due dita per tagliarti la gola, lo sai, vero? — I suoi occhi erano d'acciaio. — Immagino di sì.

— Sei abbastanza abile — ammise Valentine. Aveva ancora un tono di superiorità, ma Clary notò che restava perfettamente immobile. — Però non riusciresti a uccidermi. Sei sempre stato un debole.

— Forse lui non ci riuscirebbe. — Era stato Luke a parlare. Era di nuovo in piedi, per quanto pallido e insanguinato. — Ma io sì. E non sono del tutto sicuro che lui potrebbe fermarmi.

Gli occhi febbrili di Valentine si posarono su Luke e poi di nuovo sul figlio. Jace non si era voltato quando Luke aveva parlato, era rimasto immobile come una statua, la spada perfettamente ferma nella mano.

— Hai sentito il mostro minacciarmi, Jonathan — disse Valentine. — E tu ti schieri con questo animale?

— Non ha torto — rispose Jace in tono pacato. — Non sono sicuro che potrei fermarlo se volesse farti del male. I licantropi guariscono così in fretta...

Valentine fece una smorfia. — Così — sputò — sei come tua madre, preferisci questa creatura, questo demone bastardo, al tuo sangue, alla tua famiglia?

Per la prima volta la spada di Jace ebbe un tremito. — Tu mi hai lasciato quando avevo dieci anni — disse con una voce misurata. — Mi hai fatto credere che tu fossi morto e mi hai mandato a vivere con degli estranei. Non mi hai mai detto che avevo una madre e una sorella. Mi hai lasciato solo. — L'ultima parola fu come un urlo.

— L'ho fatto per te... perché fossi al sicuro... — protestò Valentine.

— Se ti fosse importato qualcosa di Jace, se ti fosse importato della tua famiglia, non avresti ucciso i nonni. Tu hai assassinato degli innocenti... — intervenne Clary furiosa.

— Innocenti? — rispose Valentine. — In guerra non esistono innocenti! Si erano schierati con Jocelyn, contro di me! Avrebbero lasciato che lei mi portasse via mio figlio!

Luke sospirò. — Sapevi che ti avrebbe lasciato — disse. — Lo sapevi ancora prima della Rivolta?

— Ma certo che lo sapevo! — sbottò Valentine. Il suo autocontrollo era crollato e Clary vide la rabbia che ribolliva in lui stirare i tendini del suo collo e stringere le sue mani a pugno. — Ho fatto quello che dovevo per proteggere ciò che era mio e alla fine ho dato loro più di quanto meritassero... la pira funebre riservata solo ai più grandi guerrieri del Conclave!

— Li hai bruciati — disse Clary.

— Sì — urlò Valentine. — Li ho bruciati.

Jace emise un suono strozzato. — I miei nonni...

— Non li hai mai conosciuti — disse Valentine. — Non simulare un dolore che non provi.

La punta della spada ora tremava di più. Luke appoggiò una mano sulla spalla di Jace. — Calmati — gli disse.

Jace non lo guardò. Ansimava come se avesse appena corso. Clary vide il sudore scintillare lungo la linea marcata delle sue clavicole e incollargli i capelli alle tempie. Sul dorso delle sue mani erano ben visibili le vene. *Lo ucciderà*, pensò. *Ucciderà Valentine.*

Avanzò velocemente. — Jace… abbiamo bisogno della Coppa. Oppure sai che cosa ne farà.

Jace si leccò le labbra. — La Coppa, padre. Dov'è?

— A Idris — disse Valentine senza scomporsi. — Dove non la troverete mai.

La mano di Jace stava tremando. — Dimmi…

— Dammi la spada, Jonathan. — Era Luke, e la sua voce era calma, addirittura gentile.

Jace, invece, sembrava che parlasse dal fondo di un pozzo. — Cosa?

Clary fece un passo avanti. — Dai la spada a Luke. Dagliela, Jace.

Il ragazzo scosse il capo. — Non posso.

Lei avanzò. Un altro passo ancora e sarebbe stata abbastanza vicina da toccarlo. — Sì, puoi — gli disse dolcemente. — Ti prego.

Lui non la guardò. I suoi occhi erano fissi in quelli di suo padre. Il momento si dilatò e parve interminabile. Alla fine il ragazzo annuì velocemente, senza abbassare la mano. Però permise a Luke di affiancarsi a lui e di mettere la mano sopra la sua, sull'elsa della spada. — Adesso puoi lasciarla, Jonathan — disse Luke. Poi vide il volto di Clary e si corresse. — Jace.

Il ragazzo parve non averlo sentito. Lasciò l'elsa e si allontanò da suo padre. Gli era tornato un po' di colore in viso e ora era leggermente meno pallido. Clary avrebbe voluto toccarlo, gettargli le braccia al collo, ma sapeva che lui non glielo avrebbe consentito.

— Avrei un suggerimento — disse Valentine a Luke con un tono sorprendentemente leggero.

— Fammi indovinare — disse Luke. — È "non uccidetemi", giusto?

Valentine scoppiò a ridere, una risata che non aveva nulla di allegro. — Non mi abbasserei certamente a pregarti.

— Bene. — Luke gli sfiorò il mento con la spada. — Non ti ucciderò, a meno che tu non mi costringa, Valentine. Non voglio ucciderti davanti a tuo figlio. Quello che voglio è la Coppa.

I ruggiti al piano di sotto si erano fatti più forti. Clary sentì quelli che le parvero dei passi nel corridoio che portava alla stanza in cui si trovavano. — Luke…

— Ho sentito — la rassicurò lui.

— La Coppa è a Idris, ve l'ho già detto — disse Valentine guardando al di là di Luke.

Luke stava sudando. — Se è a Idris, hai usato il Portale per arrivarci. Andremo insieme a riprenderla. — Gli occhi di Luke si mossero velocemente. C'era del trambusto in corridoio: urla, oggetti che andavano in pezzi. — Clary, resta con tuo fratello. Dopo che saremo andati via, usate il Portale per andare in un posto sicuro.

— Non ti lascio qui — disse Jace.

— E invece sì. — Qualcosa picchiò contro la porta. Luke alzò la voce. — Valentine, il Portale. Subito.

Valentine allargò le braccia. — Come desideri.

Fece un passo indietro proprio mentre la porta esplodeva verso l'interno e i cardini cadevano a terra. Luke si chinò per evitare di essere schiacciato dalla porta e mentre lo faceva si voltò, la spada ancora in mano.

Sulla porta c'era un lupo, una montagna di pelliccia chiazzata e ringhiante, le spalle ingobbite, le labbra sollevate sopra i denti. Il sangue sgorgava da innumerevoli ferite sparse per il suo corpo.

Jace imprecò sottovoce, una spada angelica già in mano. Clary gli prese il polso. — No... è un amico.

Il ragazzo le lanciò uno sguardo incredulo, ma abbassò l'arma.

— Alaric... — Luke poi urlò qualcosa in una lingua che Clary non capiva: sembrava una candela che si stesse spegnendo nel vento. Alaric ringhiò di nuovo, si acquattò sul pavimento, e per un istante Clary pensò che si sarebbe lanciato addosso a Luke. Poi vide la mano di Valentine che correva alla cintura, il lampo di gioielli rossi, e si rese conto di essersi dimenticata che suo padre aveva ancora il pugnale di Jace.

Sentì una voce urlare il nome di Luke e per un momento pensò che fosse la sua. Poi si accorse che la sua gola era come sigillata ed era stato Jace a urlare.

Luke si voltò con quella che sembrò loro una spaventosa lentezza mentre il coltello lasciava la mano di Valentine e volava verso di lui come una farfalla d'argento, roteando nell'aria. Luke sollevò la spada e qualcosa di enorme e grigio si frappose tra lui e Valentine. Clary sentì l'ululato di Alaric spegnersi all'improvviso, sentì la lama che affondava. Sussultò, e fece per correre in avanti, ma Jace la fermò.

Il lupo cadde ai piedi di Luke, il sangue che gli macchiava tutta la pelliccia. Alaric sfiorò piano con le zampe l'elsa del pugnale che gli spuntava dal petto.

Valentine scoppiò a ridere. Quel suono fu come una luce che si spegneva. — Ed è così che ripaghi la lealtà assoluta che hai comprato tanto a buon mercato, Lucian — disse. — Lasciandoli morire per te. — Stava arretrando, senza staccare gli occhi da Luke.

Questi, bianco in volto, lo guardò e poi guardò Alaric: scosse una volta il capo e cadde in ginocchio, chinandosi sopra il licantropo caduto.

Jace, senza lasciare le spalle di Clary, sussurrò: — Resta qui, hai capito? Resta qui! — E si mise a inseguire Valentine, che stava inspiegabilmente correndo verso il muro. Pensava di lanciarsi dalla finestra? Clary vide il suo riflesso nel grande specchio dalla cornice dorata, e l'espressione sul suo volto, una specie di sollievo beffardo, la riempì di rabbia omicida.

— Col cavolo che resto qui — mormorò mentre si muoveva per seguire Jace. Si fermò solo per raccogliere il *kindjal* dall'elsa blu da sotto il tavolo, dove Valentine l'aveva scalciato. L'arma nella sua mano le dava una sensazione confortante, rassicurante. Clary spinse via una sedia caduta e si avvicinò allo specchio.

Jace aveva estratto la spada angelica e la sua luce si sprigionava verso l'alto, accentuando le sue occhiaie e le sue guance scavate. Valentine si era voltato ed era fermo con le spalle allo specchio. Clary guardò Luke: aveva messo giù la spada e stava estraendo con grande delicatezza il *kindjal* rosso dal petto di Alaric. Clary fu colta dalla nausea e strinse più forte il suo pugnale. — Jace... — disse.

Il ragazzo non si voltò a guardarla, ma la vedeva riflessa nello specchio. — Clary. Ti avevo detto di aspettare.

— È come sua madre — disse Valentine. Aveva una mano dietro la schiena, a tastare il bordo della cornice dorata. — Non le piace obbedire.

Jace non tremava più come prima, ma Clary capiva quanto il suo autocontrollo fosse stato messo alla prova. — Andrò con lui a Idris, Clary, e riporterò indietro la Coppa.

— No, non puoi... — stava per dire Clary, e vide nello specchio la smorfia che comparve sul suo viso.

— Hai un'idea migliore? — le chiese Jace.

— E Luke...

— Lucian — disse Valentine con una voce di seta — sta badando al suo commilitone caduto. Per quanto riguarda la Coppa, e Idris, non sono lontane. Oltre lo specchio, per così dire.

Jace socchiuse gli occhi. — Lo specchio è il Portale?

Le labbra di Valentine si assottigliarono, lasciò cadere la mano e si spostò dallo specchio, mentre l'immagine che esso conteneva vorticava e cambiava come degli acquerelli che scorrono su una tela. Al posto della stanza con il suo legno scuro e le candele, Clary vide dei campi verdi, le foglie color smeraldo degli alberi e un vasto prato che digradava verso una grande casa di pietra, in lontananza. Sentì il ronzio delle api, il fruscio delle foglie e il profumo dei caprifogli portato dal vento.

— Ve lo dicevo che non era lontana. — Valentine era in piedi, al centro di un arco dorato, i capelli mossi dallo stesso vento che agitava le foglie sugli alberi. — È come la ricordavi, Jonathan? È cambiato qualcosa?

Il cuore di Clary le si strinse in petto. Quella era certamente la casa dell'infanzia di Jace, presentata per tentarlo come si potrebbe tentare un bambino con caramelle o giocattoli. Guardò Jace, ma lui non parve nemmeno notarla. Stava fissando il Portale, e quel panorama di campi verdi e la tenuta di campagna. Clary vide il suo volto addolcirsi e la sua bocca aprirsi in un sorriso, come se avesse visto una persona amata.

— Puoi ancora tornare a casa — disse suo padre. La luce della spada angelica proiettava la sua ombra all'indietro, cosicché sembrava muoversi verso il Portale, oscurare i campi luminosi e il prato dietro di essi.

Il sorriso scomparve dal volto di Jace. — Quella non è casa mia — disse. — Adesso la mia casa è da questa parte.

Uno spasmo di rabbia deformò il volto di Valentine, che guardò il figlio. Clary non avrebbe mai dimenticato quello sguardo… le fece provare un desiderio improvviso e struggente di sua madre. Perché, per quanto fosse stata arrabbiata con lei, Jocelyn non l'aveva mai guardata a quel modo. L'aveva sempre guardata con amore.

Se fosse stata in grado di provare per Jace più pena di quella che provava in quel momento, l'avrebbe fatto.

— Molto bene — disse Valentine. Fece un passo veloce dentro il Portale e toccò con un piede il suolo di Idris. Le sue labbra si curvarono in un sorriso. — Ah — disse. — Casa.

Jace barcollò fino al Portale prima di fermarsi, una mano sulla cornice dorata. Una strana esitazione sembrava essersi impadronita di lui, mentre Idris luccicava di fronte a lui come un miraggio nel deserto. Gli sarebbe bastato un passo…

— No, Jace — disse Clary. — Non seguirlo.

— Ma la Coppa… — obiettò Jace. Clary non sapeva dire cosa stesse pensando, ma la lama che lui aveva in mano tremava violentemente. — Ci serve.

— Lascia che la prenda il Conclave! Jace, ti prego. Se attraversi quel Portale potresti non tornare più indietro. Valentine ti ucciderà. Tu non vuoi crederci, ma lo farà.

— Tua sorella ha ragione. — Valentine era fermo in mezzo all'erba verde e ai fiori di campo mossi dal vento, e Clary si rese conto che anche se erano a pochi centimetri di distanza, in realtà si trovavano in due continenti diversi. — Credi davvero di poter vincere questa battaglia? Anche se tu hai una spada angelica e io sono disarmato? Non sono solo più forte di te, ma credo anche che tu non abbia il fegato per uccidermi. E dovrai uccidermi, Jonathan, prima che io ti dia la Coppa.

Jace strinse più forte la spada angelica. — Io posso…

— No, non puoi. — Valentine allungò una mano attraverso il Portale, afferrò il polso di Jace e lo tirò verso di sé, finché la punta della spada angelica non gli toccò il petto. Nel punto in cui erano passati attraverso il Portale, la mano e il polso di Jace scintillarono come se fossero coperti d'acqua. — Fallo, allora — disse Valentine. — Infilami dentro quella lama. Dieci centimetri, o anche di più… — Strattonò la lama in avanti e la punta tagliò il tessuto della sua camicia. Un cerchio rosso come un papavero sbocciò appena sopra il suo cuore. Jace sussultò, si liberò il braccio e barcollò indietro.

— Come pensavo — disse Valentine. — Troppo debole. — E con una velocità sconvolgente tirò un pugno in direzione di Jace. Clary urlò, ma il colpo non prese il ragazzo: colpì la superficie del Portale tra di loro e produsse un suono come di mille oggetti fragili che vanno in pezzi. Minuscole crepe ricoprirono quel vetro-che-non-era-vetro. L'ultima cosa che Clary sentì prima che il Portale si dissolvesse in un diluvio di schegge fu la risata sarcastica di Valentine.

Il vetro si sparse su tutto il pavimento come una pioggia di ghiaccio, una bizzarra e magnifica cascata di schegge d'argento. Clary fece un passo indietro, ma Jace, mentre i vetri gli piovevano tutt'intorno, rimase immobile a fissare la cornice vuota dello specchio.

Clary si era aspettata che imprecasse, che urlasse una maledizione a suo padre, mentre invece aspettò solo che le schegge smettessero di cadere. Quando la pioggia di vetro cessò, si inginocchiò in silenzio e con grande attenzione, fra quel tumulto di cocci, raccolse uno dei pezzi più grossi e se lo rigirò tra le mani.

— No. — Clary gli si inginocchiò accanto e appoggiò sul pavimento il pugnale che stringeva in mano. La presenza dell'arma non le dava più alcun conforto. — Non c'era nient'altro che tu potessi fare.

— Sì, c'era. — Jace stava ancora guardando i pezzi di vetro. Tra i capelli aveva dei minuscoli frammenti di specchio. — Avrei potuto ucciderlo. — Voltò la scheggia verso di lei. — Guarda.

Clary guardò. Nella scheggia di vetro si vedeva ancora un pezzo di Idris... uno scampolo di cielo azzurro, l'ombra delle foglie verdi. Sospirò. — Jace...

— State bene?

Clary sollevò lo sguardo. Era Luke, in piedi sopra di loro. Era disarmato, gli occhi cerchiati da profonde occhiaie. — Abbastanza — disse lei. Alle spalle di Luke vide una figura stesa per terra, in parte coperta dal mantello di Valentine. Una mano artigliata usciva da sotto la stoffa. — Alaric...?

— È morto — disse Luke. Nella sua voce c'era un enorme dolore controllato: anche se conosceva appena Alaric, Clary sapeva che il peso del senso di colpa non lo avrebbe mai più abbandonato. «Ed è così che ripaghi la lealtà assoluta che hai comprato tanto a buon mercato, Lucian. Lasciandoli morire per te.»

— Mio padre è scappato — disse Jace. — Con la Coppa. — La sua voce era spenta. — Gliela abbiamo praticamente consegnata noi. Abbiamo perso.

Luke appoggiò una mano sulla testa del ragazzo e gli spazzolò via il vetro dai capelli. Aveva ancora gli artigli, e le sue dita erano macchiate di sangue, eppure a Jace non parve dare fastidio il contatto con lui, e non si lamentò. — Non abbiamo perso — disse Luke guardando Clary. I suoi occhi azzurri erano fermi. Dicevano: *Tuo fratello ha bisogno di te; stai con lui.*

Clary annuì e Luke li lasciò e andò alla finestra. La aprì e fece entrare nella stanza una brezza che fece oscillare la fiamma delle candele. Clary lo sentì gridare e richiamare i lupi.

Lei si inginocchiò accanto a Jace. — Va tutto bene — gli disse, anche se era evidente che non era così e forse non lo sarebbe mai stato. Poi gli appoggiò una mano sulla spalla. La stoffa della sua camicia era ruvida sotto le sue dita, fradicia di sudore, stranamente confortante. — Abbiamo ritrovato la mamma, abbiamo ritrovato te... abbiamo tutto ciò che conta. Non abbiamo perso. Non abbiamo affatto perso.

— Aveva ragione lui. È per questo che non sono riuscito ad attraversare il Portale — sussurrò Jace. — Non potevo farlo. Non potevo ucciderlo.

— Solo se tu l'avessi fatto — disse Clary — avremmo davvero perso.

Jace non rispose, si limitò a sussurrare qualcosa sottovoce. Lei non distinse bene le parole, ma allungò una mano e gli prese il pezzo di vetro. Nel punto in cui l'aveva tenuto, Jace sanguinava da due taglietti sottili. Lei mise giù la scheggia, gli prese la mano e gli chiuse le dita sopra il palmo ferito. — Senti, Jace — disse con la stessa delicatezza con cui lo stava toccando. — Non lo sai che non bisogna giocare con i vetri rotti?

Lui produsse un suono che assomigliava a una risata soffocata e poi strinse Clary tra le braccia.

Lei avvertì che Luke li stava guardando dalla finestra, ma chiuse gli occhi e affondò il viso nella spalla di Jace. Odorava di sale e sangue, e solo quando la sua bocca si avvicinò all'orecchio di lei, Clary capì cosa steva dicendo, cosa aveva sussurrato prima, ed era la litania più semplice di tutte: il suo nome, solamente il suo nome.

Epilogo

Come reclamò l'ascesa

Il corridoio dell'ospedale era di un bianco accecante. Dopo tanti giorni passati al lume delle torce, delle lampade a gas e della stregaluce, il neon sembrava livido e innaturale. Quando Clary si presentò al bancone, si accorse che l'infermiera che le porgeva il modulo aveva una pelle stranamente giallastra sotto quelle luci potenti. *Forse è un demone*, pensò restituendole il modulo.

— Ultima porta in fondo al corridoio — disse l'infermiera con un sorriso cordiale. *O forse io sto impazzendo*.

— Lo so — disse Clary. — Sono stata qui anche ieri. — E il giorno prima e quello prima ancora. Era metà pomeriggio e il corridoio non era affollato. Un uomo anziano se ne andava in giro in pantofole e vestaglia, trascinandosi dietro una bombola di ossigeno. Due dottori in camice verde tenevano in mano dei bicchierini di plastica pieni di caffè, il vapore che si staccava dalla superficie del liquido per salire nell'aria fredda. All'interno dell'ospedale l'aria condizionata andava al massimo, anche se fuori il tempo aveva finalmente iniziato ad assumere un carattere più autunnale.

Clary raggiunse la porta alla fine del corridoio. Era aperta. Sbirciò dentro. Non voleva svegliare Luke, nel caso stesse dormendo sulla poltrona accanto al letto, come le ultime due volte che era venuta. Invece era alzato e stava parlando con un uomo alto vestito con la tunica color pergamena dei Fratelli Silenti. L'archivista si voltò, quasi avesse percepito l'arrivo di Clary, e la ragazza vide che si trattava di Fratello Geremia.

Clary incrociò le braccia davanti al petto. — Cosa succede?

Luke sembrava esausto, con la barba di tre giorni e gli occhiali spinti sopra la testa. Clary vide la massa di bende che gli avvolgevano ancora il petto sotto la camicia di flanella larga. — Fratello Geremia sta per andare — disse.

Geremia si sollevò il cappuccio e si avvicinò alla porta, ma Clary gli bloccò la strada. — Allora? — lo sfidò. — Avete intenzione di aiutare mia madre?

Geremia le si avvicinò. Clary sentì il freddo che emanava dal suo corpo, come il vapore gelido che si alza da un iceberg. — *Non puoi salvare gli altri finché non salvi te stesso* — disse la voce dentro la sua testa.

— Queste frasette da biscotti della fortuna mi stanno un po' stufando — disse Clary. — Cosa c'è che non va in mia madre? Lo sapete? I Fratelli Silenti possono aiutarla come hanno aiutato Alec?

— *Noi non abbiamo aiutato nessuno* — disse Geremia. — *E non è nostro compito assistere coloro che si sono separati di propria volontà dal Conclave.*

Clary si ritrasse, mentre Geremia le passava davanti e usciva in corridoio. Lo guardò allontanarsi e mescolarsi alla folla senza che nessuno gli rivolgesse una seconda occhiata. Socchiuse gli occhi, e vide l'aura luccicante di magia che lo circondava e si chiese cosa vedessero gli altri in lui. Un paziente? Un dottore che camminava veloce verso le sale operatorie? Un visitatore in lutto?

— Ti ha detto la verità — affermò Luke alle sue spalle. — Non è stato lui a curare Alec. È stato Magnus Bane. E nemmeno lui ha idea di cosa ci sia che non va in tua madre.

— Lo so — disse Clary tornando nella stanza. Si avvicinò piano al letto. Era difficile associare quella figura minuta e bianca attorniata da una selva di tubicini alla donna energica e con i capelli fiammeggianti che era stata sua madre. Naturalmente i suoi capelli erano ancora rossi, ed erano aperti sul cuscino come uno scialle di fili di rame, ma la sua pelle era così pallida che le ricordava la bella addormentata di cera del museo Madame Tussauds, il cui petto si alzava e si abbassava solo grazie a un meccanismo.

Prese la mano sottile di sua madre e la tenne tra le proprie, come aveva fatto il giorno prima e quello prima ancora. Sentiva le pulsazioni, regolari e insistenti. *Lei si vuole svegliare*, pensò Clary. *Lo so che lo vuole.*

— Certo che lo vuole — disse Luke, e Clary si rese conto di avere parlato ad alta voce. — Ha un sacco di motivi per guarire, più ancora di quanti ne possa immaginare.

Clary appoggiò delicatamente la mano di sua madre sul letto. — Vuoi dire Jace.

— Certo che voglio dire Jace — disse Luke. — Sono diciassette anni che piange la sua morte. Se potessi dirle che non è più necessario che lo faccia... — Si interruppe.

— Dicono che a volte le persone in coma sentano quello che gli si dice. — Naturalmente i medici avevano detto anche che quello non era un coma normale: non era stato causato da nessuna ferita, nessuna mancanza di ossigeno, nessuna insufficienza cardiaca o cerebrale. Era come se lei stesse semplicemente dormendo e non potesse essere svegliata.

— Lo so — disse Luke. — Le ho parlato spesso. Quasi ininterrottamente. — Si esibì in un sorriso stanco. — Le ho raccontato di quanto sei stata coraggiosa. Di come sarebbe fiera di te. La sua bambina guerriera.

Clary distolse lo sguardo dalla figura minuta sul letto. Qualcosa di affilato e doloroso le risalì in gola. Lo respinse giù e spostò lo sguardo da Luke alla finestra. Fuori vedeva il muro di mattoni dell'edificio di fronte. Niente bei panorami di alberi e fiumi, qui. — Ho comprato le cose che mi avevi chiesto. Ho preso il burro di arachidi, il latte, i cereali e il pane al negozio dei fratelli Fortunato. — Infilò una mano nella tasca dei jeans. — Ho qui il resto...

— Tienilo — disse Luke. — Puoi usarlo per pagare il taxi per tornare a casa.

— Mi dà un passaggio Simon — disse Clary. Diede un'occhiata all'orologino appeso al suo portachiavi. — Anzi, probabilmente è già qua sotto.

— Bene. Sono contento che passi un po' di tempo con lui. — Luke sembrava sollevato. — I soldi tienili lo stesso e stasera datti alla pazza gioia.

Lei aprì la bocca per dire qualcosa, ma poi la richiuse. Luke, come diceva sua madre, era una roccia sicura nei momenti di tempesta: solido, affidabile e del tutto irremovibile. — Però a un certo punto torna a casa, va bene? Hai bisogno di dormire.

— Dormire? Chi ha bisogno di dormire? — sbuffò Luke, ma Clary vide la stanchezza sul suo volto mentre tornava a sedersi accanto al letto di Jocelyn. Allungò dolcemente una mano per levarle una ciocca di capelli dalla faccia. Clary si voltò con gli occhi gonfi di lacrime.

Il furgone di Eric era parcheggiato accanto al marciapiede quando Clary uscì dall'ospedale. Il cielo sopra di lei era azzurro come una ciotola di porcellana e si scuriva fino a diventare color zaffiro sopra il fiume Hudson, dove il sole stava tramontando. Simon si sporse per aprirle la portiera e lei si arrampicò sul sedile accanto a lui. — Grazie.

— Dove andiamo? A casa? — chiese lui mentre si infilava nel traffico della 1st Avenue.

Clary sospirò. — Non so neanche più dove sia.

Simon la guardò di traverso. — Giornataccia, Fray? — Il suo tono era scherzoso ma gentile. Guardando dietro di lui, Clary poteva vedere ancora le macchie scure sul sedile posteriore, dove Alec, sanguinante, si era steso con la testa appoggiata alle gambe di Isabelle.

— Sì. No. Non lo so. — Sospirò ancora, tirandosi un ricciolo di capelli color rame. — È cambiato tutto. È tutto diverso. A volte vorrei poter tornare a com'era prima.

— Io no — disse Simon stupendola. — Non mi hai detto dove vuoi andare. Dimmi almeno se verso Uptown o Downtown.

— All'Istituto — rispose Clary. — Scusa — aggiunse mentre Simon eseguiva un'inversione a U spaventosamente illegale. Il furgone per protesta sgommò e si inclinò su due ruote. — Dovevo dirtelo prima.

— Uh — disse Simon. — Non ci sei ancora tornata, vero? Dopo...

— No — replicò Clary. — Jace mi ha telefonato e mi ha detto che Alec e Isabelle stanno bene. A quanto pare, i loro genitori stanno tornando di corsa da Idris, adesso che finalmente qualcuno ha veramente detto loro cosa è successo. Saranno qui tra un paio di giorni.

— È stato strano sentire Jace? — chiese Simon facendo attenzione a mantenere un tono di voce neutro. — Voglio dire... dopo che hai scoperto...

La sua voce sfumò.

— Sì? — lo aggredì Clary. — Dopo che ho scoperto cosa? Che è un travestito assassino che molesta i gatti?

— Non c'è da stupirsi se il suo gatto odia tutti quanti.

— Oh, piantala, Simon — disse Clary scocciata. — Lo so cosa vuoi dire. No, non è stato strano. E comunque tra noi non è mai successo niente.

— Niente? — ripeté Simon poco convinto.

— Niente — gli fece eco Clary decisa, guardando fuori dal finestrino in modo che lui non vedesse il suo rossore. Stavano passando davanti a una fila di ristoranti e Clary vide le finestre del Taki's illuminate in attesa del crepuscolo. E da una finestra le sembrò di intravedere la cameriera bionda con cui Jace aveva flirtato, quella con gli occhi tutti blu.

Svoltarono l'angolo proprio mentre il sole spariva dietro il rosone dell'Istituto, inondando la strada di conchiglie di luce che solo loro potevano vedere. Simon parcheggiò di fronte al portone, spense il motore e si mise a giocherellare con le chiavi. — Vuoi che venga con te?

Lei esitò. — No. Questa cosa devo farla da sola.

Clary vide un'espressione delusa attraversare il volto di Simon e poi scomparire velocemente. Simon era cresciuto molto in quelle ultime due settimane, pensò Clary, proprio come lei. Il che era un bene, perché non avrebbe voluto dimenticarle. Simon faceva parte di lei, come il suo talento per il disegno, l'aria polverosa di Brooklyn, la risata di sua madre e il suo sangue di Cacciatrice.

— Va bene — disse lui. — Avrai bisogno di un passaggio, più tardi?

Clary scosse il capo. — Luke mi ha dato i soldi per il taxi. Ma domani ti andrebbe di venire da me? — aggiunse. — Potremmo scaricarci qualche film e fare un po' di popcorn. Ho voglia di starmene un po' spaparanzata sul divano.

Simon annuì. — Non mi sembra male come idea. — Si chinò in avanti e le diede un bacio sullo zigomo. Fu un bacio leggero come una foglia al vento, ma lei sentì un brivido attraversarle le ossa. Lo guardò.

— Sulla tua maglietta c'è scritto THE RAT BASTARDS? — chiese.

Lui annuì abbassando lo sguardo. — È il nuovo nome della band.

— Non preferiresti evitare di pensare ai... sai... ai roditori?

Simon scoppiò a ridere. — A New York? È impossibile.

— Come nome — ammise lei — è meglio degli altri.

— Grande successo di critica.

— Ci puoi scommettere. — Saltò giù dal furgone e si sbatté la portiera alle spalle. Sentì Simon suonare il clacson mentre si avvicinava al portone in mezzo all'erba troppo alta e lo salutò con una mano senza voltarsi.

L'interno della cattedrale era fresco e buio e odorava di pioggia e carta umida. I passi echeggiavano sul pavimento di pietra. Ripensò a Jace nella chiesa di Brooklyn. «Dio forse esiste o forse no, ma in ogni caso ce la dobbiamo cavare da soli.»

In ascensore si diede un'occhiata allo specchio mentre la porta le si chiudeva alle spalle. La maggior parte dei lividi e delle abrasioni era ormai invisibile. Si chiese se Jace l'avesse mai vista tutta linda come quel giorno. Per andare in ospedale si era messa una gonna nera a pieghe, il lucidalabbra rosa e una camicia vintage con il colletto alla marinara. Pensò che dimostrava più o meno otto anni.

Non che avesse molta importanza ciò che Jace pensava del suo aspetto, si disse, né ora né mai. Si chiese se sarebbero mai diventati come Simon e sua sorella: un misto di noia e amorevole fastidio. Non riusciva proprio a immaginarselo.

Sentì i miagolii prima ancora che le porte dell'ascensore si aprissero. — Ehi, Church — disse inginocchiandosi accanto alla palla di pelo grigio che si contorceva per terra. — Dove sono tutti quanti?

Church, che evidentemente voleva farsi accarezzare la pancia, emise un borbottio inquietante. Clary cedette con un sospiro. — Stupido di un gatto — disse strofinandolo con decisione. — Dove...

— Clary! — Era Isabelle, che arrivò in picchiata nell'ingresso con addosso una lunga gonna rossa e i capelli raccolti in cima alla testa con delle mollette gioiello. — Che bello vederti!

Le atterrò addosso con un abbraccio che la fece quasi cadere.

— Isabelle — sussultò Clary. — Anch'io sono contenta di rivederti — aggiunse mentre l'altra la rimetteva dritta.

— Ero così preoccupata per te — disse Isabelle tutta allegra. — Dopo che siete andati in biblioteca con Hodge e io sono rimasta con Alec, ho sentito un'esplosione spaventosa, e quando sono arrivata eravate scomparsi e c'era un caos pazzesco e sangue e robaccia nera dappertutto... — Ebbe un brivido. — Che cos'era quello schifo?

— Una maledizione — rispose Clary sottovoce. — La maledizione di Hodge.

— Tranquilla — disse Isabelle. — Jace mi ha detto tutto di Hodge.

— Ah, sì? — Clary era sorpresa.

— Che si è fatto togliere la maledizione e se n'è andato? Sì, me lo ha detto. È strano che non sia rimasto nemmeno per salutarci — aggiunse Isabelle. — Sono un po' delusa. Credo che avesse paura del Conclave. Prima o poi scommetto che si farà sentire.

Così Jace non aveva detto loro che Hodge li aveva traditi e che aveva cercato di ucciderla. Clary non sapeva cosa pensare al riguardo. Però, se Jace stava cercando di risparmiare a Isabelle un po' di confusione e di dolore, forse non avrebbe dovuto interferire.

— Comunque — proseguì Isabelle — è stato orribile. Non so cosa avremmo fatto se non si fosse presentato Magnus e non avesse guarito Alec a colpi di magia, se così si può dire. Jace ci ha raccontato quello che è successo poi sull'isola. In effetti lo sapevamo anche prima, perché Magnus è stato tutta la notte al telefono. Nel Mondo Invisibile non si parlava d'altro. Sei famosa, sai?

— Io?

— Certo. La figlia di Valentine.

Clary ebbe un brivido. — Quindi immagino sia famoso anche Jace.
— Siete famosi tutti e due — disse Isabelle con lo stesso tono superallegro. — I fratelli famosi.
Clary guardò Isabelle incuriosita. — Non mi aspettavo che saresti stata contenta di vedermi, lo devo ammettere.
L'altra ragazza si portò le mani sui fianchi, offesa. — Perché no?
— Non pensavo di piacerti molto.
Isabelle la guardò per un momento, poi fu come se si sgonfiasse. La sua allegria svanì e lei abbassò lo sguardo sulle punte argentate dei piedi. — Anche io credevo che tu non mi piacessi — ammise. — Ma quando sono andata a cercare te e Jace, ed eravate scomparsi... — La sua voce si ridusse a un sussurro. — Non ero preoccupata solo per lui, lo ero anche per te. C'è qualcosa di così... rassicurante in te. E Jace è molto meglio, quando ci sei tu nei paraggi.
Clary spalancò gli occhi. — Davvero?
— Davvero. È meno intrattabile. Non che diventi più gentile, è solo che ti permette di vedere la sua gentilezza.
— Isabelle... hai detto una cosa bellissima.
Lei scrollò le spalle. — È la verità. Insomma, all'inizio credo che ce l'avessi un po' con te, ma adesso mi rendo conto che era una cosa stupida. Solo perché non ho mai avuto un'amica non vuol dire che non possa imparare ad averne una.
— Anche per me è lo stesso, a dire la verità — disse Clary. — E... Isabelle...
— Sì?
— Non devi sforzarti di essere carina. Mi piaci di più quando sei te stessa.
— Insopportabile, vuoi dire? — E scoppiò a ridere.
Clary stava per dire qualcosa, quando Alec arrivò nell'ingresso dondolandosi su un paio di stampelle. Aveva una gamba fasciata, i jeans arrotolati fino al ginocchio, e un'altra fasciatura alla tempia, sotto i capelli scuri. A parte questo, sembrava in ottima salute per essere una persona che quattro giorni prima era quasi morta. Agitò una stampella in segno di saluto.
— Ciao — lo salutò Clary, stupita di vederlo in piedi. — Come...
— Come sto? Abbastanza bene — disse Alec. — Ancora qualche giorno e non mi serviranno più nemmeno queste — aggiunse indicando una stampella.
Clary era devastata dal senso di colpa. Se non fosse stato per lei, Alec non sarebbe stato ferito a quel modo. — Sono davvero contenta che tu stia bene — disse con assoluta sincerità.
Alec sbatté le palpebre. — Grazie.
— Quindi ti ha rimesso a posto Magnus? — disse Clary. — Ha detto Luke...
— Cavoli se lo ha rimesso a posto! — intervenne Isabelle. — È stato fantastico. È arrivato, ha detto a tutti di uscire dalla stanza e ha chiuso la porta. In corridoio continuavano a esplodere scintille blu e rosse e il pavimento tremava.
— Io non ricordo niente — disse Alec.
— Poi è stato seduto al capezzale di Alec fino al mattino per assicurarsi che al suo risveglio lui stesse bene — aggiunse Isabelle.

— Non ricordo neanche questo — si affrettò a dire il ragazzo.

Le labbra rosse di Isabelle si curvarono in ur sorriso. — Chissà come ha fatto a venirlo a sapere Magnus. Gliel'ho chiesto, ma non me lo ha detto.

Clary pensò al foglietto ripiegato che Hodge aveva gettato nel caminetto dopo che Valentine se n'era andato. Era uno strano uomo, pensò: si era preoccupato di salvare lei e Alec anche mentre stava tradendo tutti e tutto ciò a cui teneva. — Non lo so — disse.

Isabelle scrollò le spalle. — L'avrà sentito da qualche parte. A quanto pare ha degli agganci in un'enorme rete di pettegolezzi. È una tale *ragazzaccia*...

— È il Sommo Stregone di Brooklyn, Isabelle — le ricordò Alec, non senza una nota di divertimento nella voce. Poi si rivolse a Clary. — Jace è nella serra, se vuoi vederlo — disse. — Ti accompagno.

— Davvero? — Clary non ci poteva credere.

— Ma certo. — Alec scrollò le spalle. Sembrava solo vagamente a disagio. — Perché no?

Clary guardò Isabelle, che fece spallucce. Qualsiasi cosa stesse tramando Alec, non ne aveva parlato con sua sorella.

— Andate — disse Isabelle. — Io in ogni caso ho delle cose da fare. — Li liquidò con un cenno della mano. — Sciò.

Si incamminarono insieme lungo il corridoio. Il passo di Alec era veloce, anche con le stampelle. Clary faticava a stargli dietro. — Ho le gambe corte — gli ricordò ansimando.

— Scusa. — Alec rallentò, contrito. — Senti — le disse. — Quelle cose che mi hai detto, quando ti ho urlato addosso, a proposito di Jace...

— Lo so — disse lei con un filo di voce.

— Quando mi hai detto che tu... sai... che io ero... che era perché... — Sembrava avere difficoltà a formulare una frase completa. Ci riprovò. — Quando hai detto che ero...

— Alec, lascia stare.

— Certo, va bene. — Serrò le labbra. — Non ti va di parlarne.

Lei si rese conto di averlo turbato. — Non è quello. È che mi sento così in colpa per quello che ho detto, è stato orribile, non era affatto vero...

— Invece era tutto vero — disse Alec. — Fino all'ultima parola.

— Questo non mi giustifica, comunque — ribatté lei. — Non è obbligatorio dire qualsiasi cosa solo perché è vera. Sono stata cattiva. E quando ho raccontato che Jace mi aveva rivelato che tu non avevi mai ucciso un demone, ho omesso di riferire che mi aveva anche detto che era così perché tu proteggevi sempre lui e Isabelle. Era una cosa bella su di te, quella che mi aveva detto. Jace può essere uno stronzo, ma lui... — *Ti vuole bene*, stava per dire, ma si fermò. Forse era troppo complicato. — ... non mi ha mai detto una parola cattiva su di te, mai, lo giuro — concluse, un po' a corto di fiato.

— Non c'è bisogno che giuri — disse lui. — Lo so già. — Sembrava tranquillo e sicuro di sé come non lo aveva mai sentito prima. Lo guardò, sorpresa. — So anche di non essere stato io a uccidere Abbadon. Ma ho apprezzato comunque che tu me l'abbia fatto credere.

Clary scoppiò in una risata incerta. — Hai apprezzato il fatto che ti abbia mentito?

— L'hai fatto per essere gentile. Significa molto, che tu abbia voluto essere gentile con me, anche dopo il modo in cui ti avevo trattata.

— Credo che Jace si sarebbe arrabbiato parecchio con me, perché avevo mentito, se in quel momento non fosse stato tanto sconvolto — disse Clary. — Anche se meno di quanto si arrabbierebbe se sapesse quel che ti avevo detto prima.

— Ho un'idea — fece Alec con un sorriso. — Non diciamoglielo. Voglio dire, Jace potrà anche decapitare un demone Du'sien a venti metri di distanza con un cavatappi e un elastico, ma a volte penso che non ci capisca molto delle persone.

— Direi di no — sogghignò Clary.

Raggiunsero la base della scala a chiocciola che portava sul tetto. — Io non posso salire. — Alec picchiettò una stampella contro un gradino di metallo.

— Non c'è problema. Conosco la strada.

Lui fece per andarsene, ma poi la guardò un'ultima volta. — Avrei dovuto immaginare che tu fossi la sorella di Jace. Avete tutti e due lo stesso talento artistico.

Clary si fermò sul primo gradino. Era stupita. — Jace sa disegnare?

— No. — Quando Alec sorrise i suoi occhi si accesero come due lampadari blu e Clary capì cosa Magnus trovava di così affascinante in lui. — Scherzavo. Non saprebbe tracciare una linea retta. — Se ne andò ridacchiando e dondolandosi sulle stampelle. Clary lo guardò divertita. Un Alec che faceva battute e prendeva in giro Jace era una cosa a cui poteva decisamente abituarsi, anche se il suo umorismo era un po' surreale.

La serra era esattamente come la ricordava, anche se adesso il cielo sopra il tetto di vetro era color zaffiro. Il profumo pulito e intenso dei fiori le schiarì le idee. Respirando profondamente si fece strada attraverso le foglie e i rami.

Trovò Jace seduto sulla panchina di marmo al centro della serra. Aveva la testa abbassata e sembrava si stesse rigirando qualcosa tra le mani. Sollevò lo sguardo, mentre Clary si abbassava per passare sotto un ramo. Jace nascose subito l'oggetto misterioso. — Clary. — Sembrava sorpreso. — Cosa ci fai qui?

— Sono venuta a trovarti — disse lei. — Volevo vedere come stavi.

— Bene. — Portava dei jeans e una maglietta bianca. Clary vide i lividi non ancora scomparsi del tutto, come ammaccature sulla polpa bianca di una mela. Naturalmente, pensò, le vere ferite erano interne, visibili solo dai suoi occhi.

— Cos'hai in mano? — chiese la ragazza.

Jace aprì le dita. Nel palmo aveva una scheggia d'argento dalla forma irregolare, coi bordi che scintillavano di blu e verde. — Un pezzo del Portale.

Clary si sedette accanto a lui sulla panchina. — Ci si vede qualcosa?

Lui la voltò un poco per lasciare che la luce vi scorresse sopra come acqua. — Pezzi di cielo. Alberi. Un sentiero... Continuo a girarlo per cercare di vedere la casa. Mio padre...

— *Nostro* padre — lo corresse lei. — Perché vorresti vederlo?

— Ho pensato che magari sarei riuscito a vedere cosa stava facendo con la Coppa Mortale — disse lui riluttante. — Dove si trovava.

— Jace... non è più una nostra responsabilità. Non è un nostro problema. Adesso finalmente il Conclave sa cos'è successo, i Lightwood stanno tornando a casa. Lascia che se ne occupino loro.

Jace la guardò. Clary si chiese come potessero essere fratello e sorella e assomigliarsi così poco. Non avrebbe potuto avere almeno le sue ciglia lunghe e scure o i suoi zigomi scolpiti? Non era affatto giusto. Jace disse: — Quando ho guardato attraverso il Portale e ho visto Idris, ho saputo esattamente cosa stava cercando di fare Valentine. Ho capito che voleva vedere se avrei ceduto. E non ha avuto importanza... desideravo tornare a casa più di quanto avrei potuto immaginare.

Clary scosse il capo. — Non capisco cosa ci sia di così eccezionale, a Idris. È solo un posto. Dal modo in cui ne parlate tu e Hodge... — Si interruppe. — Dal modo in cui lui ne parlava, volevo dire.

Jace chiuse di nuovo la mano attorno alla scheggia. — Lì sono stato felice. È stato l'unico posto in cui sia mai stato veramente felice.

Clary strappò un rametto da un cespuglio e iniziò a staccargli le foglie. — Hai avuto pena di Hodge. È per questo che non hai raccontato ad Alec e Isabelle quello che ha fatto veramente.

Jace scrollò le spalle.

— Alla fine lo scopriranno, lo sai, vero? — disse Clary.

— Lo so. Ma non sarò stato io a dirglielo.

— Jace... — La superficie dello stagno era verde di foglie cadute. — Come potevi essere felice lì? So cosa pensavi, ma Valentine è stato un padre terribile. Ha ucciso il tuo falco, ti ha mentito e so che ti picchiava... Non provare nemmeno a fingere che non lo facesse.

Un vago sorriso comparve sul volto di Jace. — Solo un giovedì sì e uno no.

— E allora...

— È stato l'unico periodo in cui io mi sia sentito sicuro di chi fossi. Di quale fosse il mio posto. Sembra stupido, ma... — Sospirò. — Io uccido i demoni perché è la cosa che mi riesce meglio ed è quello che mi è stato insegnato, ma non è quello che sono. E in parte mi riesce bene perché dopo la morte di mio padre io sono stato... libero. Nessuna conseguenza. Nessuno da rimpiangere. Nessuno che contasse nella mia vita per il fatto che aveva contribuito a donarmela. — Il suo volto sembrava scavato nella pietra. — Adesso non mi sento più così.

Il rametto era ormai completamente spoglio e Clary lo gettò per terra. — Perché no?

— Per te — disse lui. — Se non fosse stato per te, avrei seguito mio padre attraverso il Portale. Se non fosse per te, andrei da lui anche adesso.

Clary abbassò lo sguardo sullo stagno. Le bruciava la gola. — Credevo di farti sentire spaesato.

— È passato tanto tempo — disse lui. — Ero spaesato all'idea di sentirmi come se appartenessi a qualsiasi posto. Ma tu mi fai sentire come se ci fosse un posto per me.

Clary sollevò lo sguardo. — Voglio che tu venga con me.

Lui inclinò la testa incuriosito. C'era qualcosa nel modo in cui i capelli dorati gli si arricciavano sopra le orecchie che faceva sentire Clary stranamente e terribilmente triste. — Dove?

— Speravo che volessi venire con me all'ospedale.

— Lo sapevo. — I suoi occhi si strinsero finché non sembrarono i bordi di due monete. — Clary, quella donna...

— È tua madre, Jace.

— Lo so — disse lui. — Ma per me è un'estranea. Ho sempre avuto un solo genitore, e se n'è andato. Peggio che se fosse morto.

— Lo so. E so che non serve a niente dirti quanto è fantastica mia mamma, e che persona affascinante, pazzesca e magnifica è, e quanto saresti fortunato a conoscerla. Non lo sto dicendo per te, lo dico per me. Penso che se sentisse la tua voce...

— Se sentisse la mia voce...?

— Potrebbe svegliarsi. — Lo guardò dritto negli occhi.

Jace resse il suo sguardo, poi sorrise. Fu un sorriso un po' storto e malconcio, ma comunque un vero sorriso. — Ricattatrice. Va bene. Verrò con te. Non serve che mi parli bene di tua madre — aggiunse. — Le so già tutte, le cose belle che la riguardano.

— Davvero?

Jace scrollò le spalle. — Ha cresciuto te, no? — Sollevò lo sguardo verso il soffitto di vetro. — Il sole è quasi tramontato.

Clary si alzò in piedi. — Andiamo all'ospedale. Il taxi lo pago io — aggiunse poi. — Luke mi ha dato un po' di soldi.

— Non sarà necessario. — Il sorriso di Jace si allargò. — Vieni. Ho una cosa da farti vedere.

— Ma dove l'hai presa? — chiese Clary guardando la moto appollaiata sul bordo del tetto della cattedrale. Era di un verde acido luccicante, coi raggi cromati e delle fiamme sgargianti dipinte sul serbatoio.

— Magnus si lamentava che qualcuno l'ha lasciata davanti a casa sua, dopo l'ultima festa — disse Jace. — E io l'ho convinto a darla a me.

— E sei volato fino a quassù?

— Uh uh. Sto diventando abbastanza bravo. — Saltò in sella e le fece cenno di salire dietro di lui. — Vieni, ti faccio vedere.

— Be', almeno questa volta sai già che funziona — disse lei montando a sua volta. — Se precipitiamo nel parcheggio di un supermercato ti uccido, lo sai, vero?

— Non essere ridicola — disse Jace. — Non ci sono supermercati nell'Upper East Side. — La moto si avviò con un rombo che sovrastò la sua risata. Clary strillò e si aggrappò alla sua cintura, mentre la moto schizzava giù dal tetto dell'Istituto e si lanciava in cielo.

Il vento le agitava i capelli mentre salivano, salivano sopra la cattedrale, salivano sopra i tetti dei palazzi e dei grattacieli vicini.

E lì la vide, distesa sotto di lei come un portagioie dimenticato aperto, questa città più affollata e affascinante di quanto avesse mai immaginato: c'era il rettangolo di smeraldo di Central Park, dove le corti delle fate si incontrano nelle notti di mezza estate, c'erano le luci dei locali e dei bar di Downtown, dove i vampiri passano la notte a ballare al Pandemonium, c'erano i vicoli di Chinatown, dove di notte si aggirano i licantropi sulle cui pellicce si riflettono le luci della città, e gli stregoni, magnifici con le loro ali da pipistrello e i loro occhi di gatto. E mentre loro due sfrecciavano sopra il fiume, Clary vide sotto la superficie argentata dell'acqua lampi frenetici di code multicolori e il baluginare di lunghi capelli ornati di perle, e sentì la risata acuta e gorgogliante delle sirene.

Jace si voltò, col vento che gli scompigliava i capelli. — A cosa stai pensando? — le urlò.

— A quanto è tutto diverso laggiù, adesso che posso *vedere*.

— Laggiù è tutto esattamente come prima — disse lui virando verso l'East River. Si stavano di nuovo dirigendo verso il ponte di Brooklyn. — Sei tu che sei diversa.

Le mani di Clary si avvinghiarono alla cintura di Jace mentre scendevano in picchiata verso il fiume. — Jace!

— Tranquilla. — Si stava divertendo come un pazzo. — So quello che faccio. Non ti farò annegare.

Lei strinse gli occhi per ripararsi dal vento. — Vuoi mettere alla prova quel che diceva Alec sul fatto che alcune di queste moto possono andare sott'acqua?

— No. — Riportò verso l'alto il muso della moto, e si allontanarono dalla superficie del fiume. — Credo che sia solo una storia.

— Jace — disse lei. — Tutte le storie sono vere.

Non lo sentì ridere, ma la risata di Jace fece vibrare il suo petto per poi trasmettersi alle dita di lei. Clary si tenne forte, mentre lui virava, puntando il muso in avanti e sfrecciando di fianco al ponte di Brooklyn come un uccello liberato dalla gabbia. Lo stomaco di Clary ebbe un sobbalzo, quando il fiume d'argento sparì di colpo e le guglie del ponte scivolarono via sotto di loro. Ma questa volta Clary tenne gli occhi aperti, per vedere tutto.

QUANDO ARRIVA MEZZANOTTE

La campanella dell'istituto cominciò a rintoccare, il battito intenso e profondo nel cuore della notte.

Jace posò l'arma. Era un piccolo coltello di ottima fattura, con l'impugnatura in osso, che gli aveva regalato Alec quando erano diventati *parabatai*. Non aveva mai smesso di usarlo e il manico si era consumato a furia di stringerlo.

— Mezzanotte — disse. Riusciva a sentire accanto a sé Clary, il suo respiro delicato nell'aria fredda e profumata di foglie della serra. Lui non guardava lei, ma dritto davanti a sé, verso i lucenti boccioli chiusi della pianta di *medianox*, il fiore di mezzanotte. Non sapeva bene perché non volesse guardarla. Ricordò la prima volta che aveva visto quei fiori sbocciare, durante una lezione di orticoltura, seduto su una panca di pietra con Alec da un lato e Izzy dall'altro, le dita di Hodge sullo stelo del fiore (li aveva svegliati quasi a mezzanotte per condividere con loro quella meraviglia, una pianta che normalmente cresceva soltanto a Idris); così come ricordò il suo respiro fermarsi, nella gelida aria di una notte invernale, alla vista di uno spettacolo così affascinante e sorprendente.

Alec e Isabelle avevano dimostrato interesse, ma non erano rimasti incantati come lui da quella bellezza. Isabelle si era annoiata non appena aveva scoperto che il fiore aveva usi unicamente terapeutici e non letali, e Alec, che non era mai stato un nottambulo, si era addormentato con la testa sulla spalla della sorella. E ora, mentre le campane continuavano a suonare, temeva che anche con Clary sarebbe accaduto lo stesso: interesse o persino piacere, ma non autentico incanto. Voleva che, di fronte alla *medianox*, anche lei si sentisse come lui, pur non sapendo spiegarne il motivo.

Un suono sfuggì dalle labbra di Clary, un debole "Oh!". Il fiore stava sbocciando: si dischiudeva come una stella nascente, tutta polline brillante e petali bianco oro. — Sbocciano tutte le notti?

Un'ondata di sollievo lo percorse. Gli occhi verdi di lei brillavano, fissi sullo spettacolo. Non se ne rendeva conto, ma stava piegando le dita come lui l'aveva vista fare ogni volta che desiderava avere una penna o dei pastelli per catturare l'immagine di qualcosa. A volte anche lui avrebbe voluto poter vedere allo stesso modo di Clary: il mondo come un'immagine da fermare sulla tela con la vernice, i gessetti e le tempere. E a volte, quando lei lo guardava come se lo stesse smontando in piccoli pezzi che andavano separati e dipinti, in un'analisi quasi priva di emozione, si ritrovava sul punto di arrossire. Una sensazione così strana che risultava quasi impossibile da riconoscere. Jace Wayland non arrossissiva.

— A mezzanotte. Buon compleanno, Clarissa Fray — disse, mentre la bocca di lei si piegava in un sorriso. — Ho una cosa per te. — Si rovistò in tasca con un pizzico di incertezza, ma lei non doveva essersene accorta. Quando le premette la stregaluce nel palmo della mano, si rese conto di quanto fossero piccole le sue dita sotto le proprie: esili ma forti, callose per via delle ore passate a stringere pastelli e pennelli. Quei calli gli facevano il solletico ai polpastrelli. Si chiedeva se anche a lei, quando toccava la sua pelle, batteva forte il cuore come capitava a lui.

Apparentemente no, perché si ritrasse, con un'espressione che dimostrava soltanto curiosità. — Sai, quando la maggior parte delle ragazze dice che vorrebbe una grossa pietra, non intende proprio, letteralmente, una grossa pietra.

Sorrise senza volerlo, che cosa strana per lui. In genere solo Alec o Isabelle riuscivano a strappargli una risata. Aveva capito che Clary era una ragazza coraggiosa sin dalla prima volta che l'aveva incontrata (entrare in quella stanza disarmata e impreparata, camminando dietro Isabelle, aveva richiesto un fegato che lui non attribuiva ai mondani), ma il fatto che l'avesse fatto ridere lo sorprendeva comunque. — Molto divertente, mia sarcastica amica. Non è una pietra qualsiasi. Tutti gli Shadowhunters hanno una pietra runica di stregaluce: ti illuminerà nei luoghi oscuri di questo e di altri mondi. — Erano le stesse parole che gli aveva detto suo padre nel momento in cui gli aveva consegnato la sua prima stregaluce. *Quali altri mondi?* gli aveva chiesto, ma suo padre si era limitato a sorridere. *Ci sono più mondi a un soffio di distanza da questo che granelli di sabbia su una spiaggia.* Jace si chiedeva se in quei mondi ci fossero altri Jace, e se i loro padri e le loro madri fossero vivi o morti. Si domandava se quelle altre versioni di sé fossero felici o tristi e se si facessero domande su di lui.

Clary gli sorrise e fece una battuta sui regali di compleanno, ma lui sentì che in fondo era commossa. Con cura, si lasciò scivolare in tasca la stregaluce. Il fiore di *medianox* stava già spargendo petali come in una pioggia di stelle, accendendo il viso di lei di una luce tenue. — Quando avevo dodici anni volevo un tatuaggio — gli disse. Una ciocca di capelli rossi le ricadde sugli occhi; Jace doveva frenare la voglia di sporgersi e scostargliela.

— La maggior parte degli Shadowhunters riceve il primo Marchio a dodici anni. Dovevi avercelo nel sangue.

— Forse. Anche se dubito che molti Shadowhunters si facciano tatuare Donatello delle *Tartarughe Ninja* sulla spalla sinistra... — Sorrise, come faceva sempre quando diceva cose che per lui erano totalmente incomprensibili, persa in ricordi piacevoli. Quando succedeva, sentiva una scossa dolorosa che gli percorreva le vene, ma neanche lui capiva di cosa fosse geloso. Della realtà mondana a cui un giorno lei avrebbe potuto fare ritorno, felice di lasciarsi alle spalle lui e il suo universo fatto di demoni e cacciatori, cicatrici e battaglie?

Si schiarì la voce. — Volevi una tartaruga sulla spalla?

Lei annuì, e i capelli tornarono al loro posto. — Volevo coprire una cicatrice lasciata dall'antivaiolosa. — Spostò un po' di lato la spallina della canottiera. — Visto?

E lui vide. Sulla spalla di Clary c'era una specie di marchio, una cicatrice, ma non solo: il rilievo della clavicola, la delicata pioggia di lentiggini come polvere d'oro sulla pelle, la morbida curva della spalla, il battito alla base della gola. Vide la forma della sua bocca, le labbra dischiuse appena. Le ciglia ramate che si abbassavano. E si sentì travolto da un'ondata di desiderio, un desiderio mai provato prima. Gli era già capitato di sentirsi attratto da una ragazza, certo, e anche di soddisfare la sua voglia, ma aveva sempre interpretato quella sensazione come fame, una sorta di benzina che il suo corpo reclamava.

Un desiderio come quello, invece, non l'aveva mai provato, un fuoco puro che bruciava via ogni pensiero. Si affrettò a distogliere lo sguardo. — Si sta facendo tardi — disse. — Dovremmo scendere.

Lei lo osservava, incuriosita, e lui non poteva fare a meno di sentire che quegli occhi verdi riuscivano a leggergli dentro. — Tu e Isabelle siete mai... usciti insieme? — gli chiese Clary a bruciapelo.

Il cuore continuava a batterle forte. Non capiva bene la domanda. — Isabelle? — ripeté, confuso. *Isabelle?* Ma cosa c'entrava ora Isabelle?

— Pensavo... Simon era curioso di saperlo — gli spiegò, e lui detestava il modo in cui pronunciava quel nome. Non aveva mai provato niente di simile, prima d'ora: niente che lo facesse innervosire come lei in quel preciso momento. Ricordava quando l'aveva raggiunta in quel vicolo dietro la caffetteria, il modo in cui avrebbe voluto trascinarla via, lontano da quel ragazzo coi capelli scuri con cui stava sempre, portandola dentro il suo universo di ombre. Anche allora aveva sentito che lei apparteneva al suo stesso mondo, non a quello dei mondani, dove le persone non erano reali, dove tutti gli scorrevano davanti agli occhi come marionette su un palcoscenico. Ma quella ragazza, coi suoi occhi verdi che lo avevano inchiodato come i collezionisti con le farfalle, lei era reale. Al pari di una voce sentita in sogno, ma che sai provenire dal mondo del risveglio, lei era vera, capace di fare breccia nello spazio che lui aveva con tanta cura costruito attorno a sé come un'armatura.

— La risposta è no. Voglio dire, ci sono stati dei momenti in cui io e lei abbiamo preso in considerazione la cosa, ma per me è quasi una sorella. Sarebbe strano.

— Vuoi dire che tu e Isabelle non avete mai...

— Mai — rispose Jace.

— Lei mi odia — riprende Clary.

Nonostante la situazione, Jace per poco non scoppiò a ridere. Come avrebbe potuto capitare a un vero fratello, un po' si divertiva a guardare Izzy quando se la prendeva. — No, non ti odia. È solo che la rendi nervosa perché è sempre stata l'unica ragazza in un gruppo di maschi adoranti e adesso non lo è più.

— Ma è così bella...

— Anche tu — le disse d'istinto, e vide che Clary cambiò espressione. Non riusciva a decifrarla. Non era certo la prima volta che diceva a una ragazza che era bella, ma non riusciva a ricordarsi un solo episodio in cui non fosse tutto ben calcolato. In cui quel complimento fosse uscito spontaneo. In cui avesse provato la sensazione di essere stato in palestra a tirare coltelli e calci e pugni, a combattere le ombre fino a essere insanguinato ed esausto, con la pelle scorticata, come era abituato a fare.

Lei lo guardava e basta, in silenzio. E palestra sia, allora.

— Probabilmente dovremmo scendere di sotto — ripeté lui.

— Va bene. — Dalla sua voce non riusciva a indovinare cosa Clary stesse pensando: era come se la sua bravura nel leggere le persone l'avesse abbandonato, e non capiva perché. Raggi di luna penetravano attraverso i vetri della serra mentre loro uscivano, Clary poco più avanti di lui. Qualcosa si mosse di fronte a loro, una scintilla di luce bianca, e, all'improvviso, lei si fermò e si girò per metà verso di lui, già nel cerchio delle sue braccia, ed era calda, morbida e delicata quando Jace la baciò.

Era sbalordito. Non funzionava così, il suo corpo non faceva mai niente senza il suo permesso. Era un suo strumento al pari del pianoforte, e l'aveva sempre padroneggiato alla perfezione. Ma lei aveva un gusto così dolce, sapeva di mele e di rame, e quel corpo fra le sue braccia stava tremando. Lei era così piccola... Le sua braccia la avvolgevano, per sorreggerla, e lui si sentiva perso. Ora capiva perché, nei film, i baci venivano ripresi così, con la cinepresa che gira in infiniti cerchi: sentì il terreno mancare sotto i piedi e si aggrappò a lei, piccola com'era, come se potesse sostenerlo.

I palmi delle mani scesero sulla schiena di Clary. La sentì respirare contro di sé, un gemito fra un bacio e l'altro. Sentì quelle dita sottili fra i capelli, sulla nuca, che glieli aggrovigliano dolcemente, e gli tornò in mente la prima volta che aveva visto il fiore della mezzanotte: troppo bello per essere davvero di questo mondo.

La folata di vento giunse prima alle orecchie di lui, allenato com'era a sentirla. Si staccò da Clary e vide Hugo, appollaiato nell'incavo di un cipresso nano poco distante. Le teneva ancora le braccia attorno al corpo, quel peso leggero contro il proprio. Teneva gli occhi socchiusi. — Non farti prendere dal panico, ma abbiamo degli spettatori — le sussurrò. — E se l'uccello è qui, Hodge non può essere lontano. Dobbiamo andarcene.

Gli occhi verdi di lei si spalancarono, aveva l'aria divertita. Sentì una punta d'orgoglio, come una piccola fitta. Dopo un bacio del genere, lei non avrebbe dovuto cascare ai suoi piedi? Invece sorrideva. Voleva sapere se Hodge li stava spiando. La rassicurò, ma sentì la risata leggera di lei che viaggiava attraverso le loro mani unite (come era possibile?) mentre insieme scendevano le scale.

E poi capì. Capì perché la gente si teneva per mano. Aveva sempre pensato che fosse questione di possessività, un modo per dire: *Questa è mia proprietà.* Invece era un modo per mantenere il contatto. Un modo di comunicare senza parole. Un modo per dire *Ti voglio con me* e *Non te ne andare.*

La voleva in camera sua. E non in quel senso: nessuna ragazza era mai stata in camera sua in quel senso. Nel suo spazio privato, nel suo santuario. Ma Clary la voleva. Voleva che lo vedesse, che vedesse la sua realtà, non l'immagine che mostrava al mondo. Voleva sdraiarsi a letto con lei e lasciare che si raggomitolasse contro il suo corpo. Voleva stringerla mentre respirava piano nella notte, vederla come nessun altro la vedeva: vulnerabile e addormentata. Vedere ed essere visto da lei.

E così, quando arrivarono alla porta, e lei lo ringraziò per il picnic di compleanno, Jace ancora non le aveva lasciato la mano. — Vai a dormire?

Lei inclinò la testa verso l'alto. — Tu non hai sonno? — gli chiese, entrandogli nei pensieri. Lui sentì un vuoto alla bocca dello stomaco, una tensione nervosa. Voleva tirarla ancora a sé, riversare dentro di lei tutto quello che stava provando: la sua ammirazione, la sua nuova consapevolezza, la devozione, il *bisogno.* — Non sono mai stato più sveglio.

Lei alzò il mento, un movimento rapido e inconscio; lui si chinò, racchiudendole il viso con una mano. Non voleva baciarla lì, troppo in vista, troppe possibilità di essere interrotti, ma non riusciva a fare a meno di sfiorarle la bocca con la propria, dolcemente. Le labbra di lei si dischiusero sotto le sue, lui le si abbandonò contro, non riusciva a fermarsi.

In quel preciso istante Simon spalancò la porta della camera da letto ed uscì in corridoio. Clary si staccò bruscamente, voltando la testa di lato, e Jace sentì il dolore acuto di un cerotto strappato dalla pelle.

Simon stava dicendo qualcosa, un miscuglio di parole furiose, e Jace pensò a tutte le volte che si era trovato in una situazione del genere. A baciare una ragazza in un vicolo dietro un bar, a spingerla contro la parete di un locale, e il suo ragazzo, o lo sfortunato che aveva creduto in una possibilità, li guardava come se qualcuno gli avesse infilato una mano nel petto e ne avesse strappato via il cuore.

Jace si era sempre dispiaciuto ma in maniera distaccata, come se il cuore spezzato appartenesse a un personaggio di una commedia. Ora però, osservando il rivale, capì che non avrebbe più avuto quell'atteggiamento perché il modo in cui Clary stava guardando Simon, con l'attenzione rivolta esclusivamente a lui, con il rammarico dipinto sul viso, gli fece capire che non era Simon il personaggio della commedia a cui si stava spezzando il cuore. Era Jace.

Ringraziamenti

Desidero ringraziare innanzitutto il mio gruppo di scrittura, il Massachusetts All-Stars: Ellen Kushner, Delia Sherman, Kelly Link, Gavin Grant, Holly Black e Sarah Smith. Un grazie va anche a Tom Holt e Peg Kerr per tutto l'incoraggiamento prima ancora che il libro esistesse e a Justine Larbalestier e Eve Sinaiko per avere condiviso con me le loro opinioni in seguito, quando il libro è nato. Ringrazio mia madre e mio padre per la dedizione, l'affetto e l'incrollabile convinzione che alla fine sarei riuscita a tirar fuori qualcosa di leggibile. Grazie anche a Jim Hill e Kate Connor per tutto il sostegno. A Eric per le moto dei vampiri alimentate a energia demoniaca e a Elka che in nero sta meglio delle vedove dei suoi nemici. Grazie al mio fantastico agente, Barry Goldblatt e alla mia talentuosa editor, Karen Wojtyla. Infine, un grazie speciale a Holly per avere vissuto tutto questo libro con me e a Josh, grazie al quale la vita è più bella.

CITTÀ DI CENERE

A mio padre, che non è cattivo.
Be', solo un pochino, forse.

Conosco le tue strade, dolce città,
conosco i demoni e gli angeli che si affollano
e si posano tra i tuoi rami come uccelli.
Ti conosco, fiume, quasi scorressi nel mio cuore.
Sono la tua figlia guerriera.
Ci sono lettere fatte del tuo corpo
come una fontana è fatta d'acqua.
Ci sono lingue
delle quali sei l'abbozzo
e quando le parliamo
la città compare.

ELKA CLOKE, *Questa amara lingua*

Prologo

Fumo e diamanti

La formidabile struttura di vetro e acciaio su Front Street si ergeva dalle fondamenta come un ago scintillante che trafigge il cielo. Il Metropole, la più costosa delle nuove torri di Downtown Manhattan, contava cinquantasette piani. L'ultimo ospitava l'appartamento più lussuoso: l'attico del Metropole, un autentico capolavoro di elegante design bianco e nero. Troppo nuovi per avere già raccolto polvere, i suoi nudi pavimenti di marmo, lucidissimi, riflettevano le stelle del cielo notturno attraverso le enormi finestre a tutta parete. Le vetrate, perfettamente trasparenti, davano l'incredibile illusione che nulla si frapponesse tra l'osservatore e la vista, che faceva venire le vertigini anche a chi non aveva paura dell'altezza.

Molto più in basso, scorreva il nastro d'argento dell'East River – ornato dai braccialetti dei ponti luccicanti e disseminato di barche piccole come cacchine di mosca – che separava la scintillante isola di luce di Manhattan da quella di Brooklyn. Nelle notti chiare, più a sud, si poteva scorgere la Statua della Libertà illuminata. Quella notte, però, c'era nebbia, e Liberty Island era nascosta da un candido banco di foschia.

Malgrado la vista spettacolare, l'uomo in piedi davanti alla finestra non sembrava particolarmente colpito. Quando voltò le spalle alla vetrata e attraversò a grandi passi la stanza facendo echeggiare i tacchi degli stivali sul pavimento di marmo, il suo viso affilato, ascetico, era accigliato. — Non sei *ancora* pronto? — chiese passandosi una mano tra i capelli color del sale. — È quasi un'ora che siamo qui.

Il ragazzo inginocchiato alzò lo sguardo su di lui, agitato e stizzito. — È colpa del marmo. È più solido di quanto pensassi. È difficile disegnarci il pentagramma.

— E allora salta il pentagramma. — Da vicino era più facile vedere che, nonostante i capelli bianchi, l'uomo non era vecchio. Il suo viso era duro e severo, ma senza rughe, gli occhi erano chiari e fermi.

Il ragazzo deglutì a fatica e le nere ali membranacee che gli spuntavano dalle scapole strette (aveva ritagliato due fessure sul dietro del giubbino di jeans per farcele passare) sbatterono nervosamente. — Il pentagramma è parte integrante di qualsiasi rituale per evocare i demoni. Lo sapete, signore, senza di quello...

— ... Non siamo protetti. Lo so, giovane Elias. Ma tu continua. Ho conosciuto stregoni capaci di evocare un demone, farci due chiacchiere e rispedirlo all'inferno nel tempo che ti ci è voluto a disegnare metà di quella stella a cinque punte.

Senza replicare, il ragazzo partì di nuovo all'assalto del marmo, stavolta con rinnovata urgenza. Il sudore gli gocciolava dalla fronte. Si tirò indietro i capelli con una mano dalle dita unite da delicate membrane simili a ragnatele. — Fatto — disse finalmente, sedendosi sui talloni con il respiro affannoso.

— Bene. — L'uomo sembrava soddisfatto. — Cominciamo.

— I miei soldi...

— Te l'ho detto. Avrai i tuoi soldi *dopo* che avrò parlato con Agramon, non prima.

Elias si alzò in piedi e si tolse il giubbino, che continuava a schiacciargli fastidiosamente le ali; una volta liberate, queste si allargarono e si distesero, smuovendo l'aria nella stanza non ventilata. Avevano il colore di una chiazza di petrolio: nere, striate da un cangiante arcobaleno di tinte vorticose. L'uomo distolse lo sguardo dal ragazzo, come disturbato dalla vista delle ali, ma Elias non sembrò farci caso. Cominciò a girare intorno al pentagramma che aveva disegnato, in senso antiorario e cantilenando in una lingua demoniaca simile a un crepitio di fiamme.

All'improvviso, con il rumore che fa l'aria quando fuoriesce da uno pneumatico, il contorno del pentagramma si incendiò. Le dodici, enormi finestre rimandarono i riflessi di dodici stelle a cinque punte in fiamme.

Qualcosa si muoveva all'interno del pentagramma, qualcosa di informe e nero. Ora Elias cantilenava più velocemente, sollevando le mani palmate e tracciando nell'aria delicate figure con le dita che si lasciavano dietro una scia di crepitante fuoco azzurro. Anche se non parlava fluentemente lo ctonio, la lingua degli stregoni, l'uomo decifrò le parole quanto bastava per capire la cantilena ripetuta da Elias: *Agramon, io ti invoco. Lascia gli spazi tra i mondi, io ti invoco.*

L'uomo si infilò una mano in tasca. Le sue dita incontrarono qualcosa di duro, freddo e metallico. Sorrise.

Elias si era fermato. Adesso stava ritto davanti al pentagramma, la voce che si alzava e si abbassava in una nenia regolare. Le fiamme che gli crepitavano intorno come lampi. A un tratto un pennacchio di fumo nero si levò all'interno del pentagramma e salì a spirale, espandendosi e solidificandosi. Due occhi erano sospesi nell'ombra come gioielli impigliati in una ragnatela.

— *Chi mi ha chiamato qui attraverso i mondi?* — chiese Agramon con una voce che ricordava un vetro mentre va in frantumi. — *Chi mi ha invocato?*

Elias aveva smesso di cantilenare. Stava immobile... immobile a parte le ali, che sbattevano adagio. L'aria puzzava di bruciato e corrosione.

— Agramon — disse il ragazzo. — Sono lo stregone Elias. Sono colui che ti ha invocato.

Per un istante regnò il silenzio. Poi il demone rise, ammesso che il fumo possa ridere. Un riso caustico come l'acido. — *Stupido stregone* — ansimò. — *Stupido ragazzo.*

— Sei tu lo stupido, se pensi di potermi minacciare — disse Elias, ma la voce gli tremò, come le ali. — Sei prigioniero di quel pentagramma, Agramon, finché non ti libero.

— *Davvero?* — Il fumo avanzò, ricreandosi di volta in volta. Una spira assunse la forma di una mano umana e accarezzò il bordo del pentagramma ardente che la conteneva. Poi, d'impeto, il fumo superò ribollendo il margine della stella e si riversò al di là come un'onda che apre una breccia in una diga. Le fiamme tremolarono e si estinsero mentre Elias indietreggiava incespicando e lanciando alte grida. Cominciò a cantilenare freneticamente in ctonio incantesimi di contenimento e di bando. Invano. La nera massa di fumo avanzava inesorabile e cominciava a prendere forma: una forma vaga, enorme, orribile, mentre gli occhi scintillanti si trasformavano, si arrotondavano, fino a diventare immensi, grandi come piatti, ed emanavano una luce spaventosa.

L'uomo guardò interessato, ma impassibile, Elias che riprendeva a urlare e si girava per fuggire. Non raggiunse mai la porta. Agramon si spinse in avanti e la sua massa scura si abbatté sullo stregone come un flutto di nero bitume gorgogliante. Per un istante Elias lottò debolmente sotto il suo assalto... poi rimase immobile.

La forma nera arretrò, lasciando lo stregone contorto sul pavimento di marmo.

— Spero proprio — disse l'uomo, che aveva tirato fuori di tasca il freddo oggetto metallico e ci giocherellava pigramente — che tu non gli abbia fatto nulla che lo renda inservibile per i miei scopi. Sai, ho bisogno del suo sangue.

Agramon si girò, un pilastro nero con micidiali occhi di diamante. Esaminarono l'uomo nel suo abito costoso, il viso allungato, indifferente, i Marchi neri che gli coprivano la pelle e l'oggetto scintillante nella sua mano. — *Hai pagato il bambino stregone per invocarmi? E non gli hai detto di che cosa ero capace?*

— Indovinato — rispose l'uomo.

Suo malgrado, Agramon parlò pieno di ammirazione. — *Una mossa astuta.*

L'uomo fece un passo verso di lui. — Io *sono* molto astuto. E ora sono anche il tuo padrone. Possiedo la Coppa Mortale. Devi obbedirmi, o affrontare le conseguenze.

Il demone rimase in silenzio per un istante. Poi scivolò a terra scimmiottando una riverenza... la cosa più simile a un inchino che potesse riuscire a una creatura incorporea. — *Sono al tuo servizio, mio signore...*

Finì la frase educatamente, in tono interrogativo.

L'uomo sorrise. — Puoi chiamarmi Valentine.

Parte prima

UNA STAGIONE ALL'INFERNO

Mi credo all'inferno, dunque ci sono.

ARTHUR RIMBAUD

1

La freccia di Valentine

— Sei ancora arrabbiato?

Alec, appoggiato alla parete dell'ascensore, lanciò uno sguardo truce a Jace.

— Non sono arrabbiato.

— Oh, sì che lo sei, invece. — Jace fece un gesto accusatorio al fratellastro e gridò, il braccio percorso da una fitta. Ogni parte del suo corpo era dolorante, dopo la botta che aveva preso quel pomeriggio per un volo di tre piani concluso sfondando del legno marcio e atterrando su un mucchio di ferraglia. Gli facevano male perfino le falangi delle dita contuse.

Alec, che solo di recente aveva abbandonato le stampelle che aveva dovuto usare dopo uno scontro con Abbadon, non sembrava molto più in forma di Jace. Aveva gli abiti infangati e i capelli che ricadevano in ciocche unte, lisce e intrise di sudore. Un lungo taglio gli deturpava una guancia.

— Non è vero — disse tra i denti. — Solo perché avevi detto che i demoni draghi erano estinti…

— Io avevo detto «perlopiù estinti».

Alec gli puntò un dito contro. — *Perlopiù estinti* — ripeté con voce tremante di rabbia — significa NON ABBASTANZA ESTINTI.

— Capisco — disse Jace. — Vuol dire che farò cambiare la voce nel manuale di demonologia da "quasi estinti" a "non abbastanza estinti per Alec perché lui i mostri li preferisce davvero estinti". Questo ti farà felice?

— Ragazzi, ragazzi — disse Isabelle, che era stata occupata a esaminarsi il viso nella parete a specchio dell'ascensore. — Non litigate. — Distolse lo sguardo dallo specchio con un sorriso allegro. — D'accordo, c'è stata un po' più azione di quanto ci aspettassimo, ma io l'ho trovata uno sballo.

Alec scosse la testa. — Ma come fai a non sporcarti *mai* di fango?

La sorella scrollò le spalle con filosofia. — Ho il cuore puro. Respinge la sporcizia.

Jace sbuffò talmente forte che Isabelle lo guardò irritata. Jace le agitò contro le dita incrostate di fango. Al posto delle unghie aveva delle mezzelune nere. — Sporco dentro e fuori.

Isabelle stava per replicare, quando l'ascensore si fermò con uno stridio di freni. — Sarebbe ora di riparare questo affare — disse aprendo con violenza la porta. Jace la seguì nell'ingresso, impaziente di togliersi armi e armatura e di farsi una doccia calda. Aveva convinto i fratellastri ad accompagnarlo a caccia, sebbene nessuno dei due fosse del tutto a proprio agio a uscire in quel modo, dato che ora non c'era più Hodge a dare istruzioni. Ma Jace aveva cercato l'oblio attraverso il combattimento, lo spietato diversivo dell'uccidere e la distrazione del ferire. E gli altri due, avendolo capito, avevano accolto la proposta e si erano trascinati con lui nei tunnel sporchi e deserti della metropolitana, finché non avevano trovato il demone drago e lo avevano ammazzato. Avevano agito tutti insieme, in perfetta armonia, come sempre. Come una famiglia.

Jace abbassò la cerniera e si tolse la giacca, lanciandola su uno dei ganci fissati al muro. Alec, che gli sedeva accanto sulla panca di legno, si liberò scalciando degli stivali incrostati di melma. Canticchiava sottovoce, stonando, per far capire a Jace che non era poi *così* seccato. Isabelle si sfilava le forcine e lasciava ricadere i suoi lunghi capelli neri. — Ho una fame! — disse. — Vorrei che la mamma fosse qui per cucinarci qualcosa.

— Meglio di no — osservò Jace sfibbiandosi la cintura delle armi. — Starebbe già strepitando per il fango sui tappeti.

— Proprio così — disse una voce gelida, e Jace, le mani ancora sulla cintura, si girò di scatto. Maryse Lightwood era sulla soglia, a braccia conserte. Indossava un rigido vestito da viaggio nero, e aveva i capelli, neri come quelli di Isabelle, raccolti in una spessa treccia che le penzolava a metà della schiena. I suoi occhi, di un azzurro glaciale, scivolarono sui tre come un riflettore antiaereo...

— Mamma! — Isabelle, riacquistando il controllo di sé, corse ad abbracciarla. Alec si alzò e le raggiunse, cercando di nascondere che zoppicava ancora.

Jace rimase dov'era. Quando gli occhi di Maryse l'avevano sfiorato, aveva notato qualcosa che l'aveva inchiodato sul posto. Eppure non aveva detto niente di *così* tremendo, no? Scherzavano in continuazione sulla sua ossessione per i tappeti antichi...

— Dov'è papà? — chiese Isabelle, staccandosi dalla madre. — E Max?

Maryse ebbe un'esitazione quasi impercettibile, poi disse: — Max è nella sua stanza. Quanto a tuo padre, purtroppo è ancora ad Alicante. C'erano alcuni affari che richiedevano la sua presenza.

Alec, generalmente più sensibile della sorella agli umori altrui, era esitante. — C'è qualche problema?

— Potrei rivolgere la stessa domanda a *te*. — Il tono di sua madre era freddo. — Sbaglio, o zoppichi?

— Io...

A mentire Alec era una frana. Isabelle rispose al posto suo, in tono conciliante: — Abbiamo avuto una zuffa con un demone drago nei tunnel della metro. Niente di che.

— E immagino che neanche il Demone Superiore contro cui avete combattuto la scorsa settimana fosse niente di che, vero?

Questo zittì perfino Isabelle. Lanciò un'occhiata a Jace, che ne avrebbe fatto volentieri a meno.

— Non era programmato. — Jace faceva fatica a concentrarsi. Maryse non lo aveva ancora degnato neppure di un ciao, e continuava a guardarlo con occhi che sembravano due pugnali azzurri. Jace sentiva un vuoto alla bocca dello stomaco che cominciava a diffondersi. Maryse non lo aveva mai guardato così, qualsiasi cosa avesse combinato. — È stato un errore...

— Jace! — Max, il più piccolo dei fratelli Lightwood, si infilò tra Maryse e lo stipite della porta e si precipitò nella stanza, schivando la mano della madre protesa verso di lui. — Sei tornato! Siete tornati tutti! — Si mise a girare in tondo, sorridendo ad Alec e a Isabelle con aria trionfante. — Mi *pareva* di aver sentito l'ascensore!

— E a me pareva di averti detto di restare nella tua stanza — disse Maryse.

— Non me lo ricordo — replicò il bambino con una serietà che fece sorridere perfino Alec. Max era piccolo per la sua età, circa sette anni, ma aveva una placida gravità che, unita agli occhiali troppo grandi, gli conferiva un'aria più adulta. Alec allungò la mano e gli arruffò i capelli, ma il fratello continuava a guardare Jace con gli occhi che brillavano. Jace sentì il freddo pugno serrato nello stomaco allentarsi un poco. Max lo aveva sempre venerato come un eroe, ben più di quanto venerasse il fratello maggiore, probabilmente perché Jace accettava molto di più la sua presenza. — Ho sentito che avete combattuto contro un Demone Superiore — disse. — Era bestiale?

— Era... diverso — rispose evasivamente Jace. — E Alicante com'era?

— *Bestiale.* Abbiamo visto delle cose fichissime. C'è un'armeria immensa. E poi mi hanno portato in alcuni dei posti dove fabbricano le armi. Mi hanno anche fatto vedere un nuovo modo di fare le spade angeliche perché durino di più. E poi voglio provare a convincere Hodge a spiegarmi...

Jace non poté trattenersi: i suoi occhi guizzarono immediatamente verso Maryse con espressione incredula. Dunque Max non sapeva di Hodge? Non glielo aveva ancora detto?

Maryse notò il suo sguardo e le sue labbra si fecero sottili come lame di coltello. — Basta, Max. — Prese il figlio più piccolo per il braccio.

Il bambino allungò la testa e alzò su di lei uno sguardo pieno di stupore. — Ma sto parlando con Jace...

— Lo vedo. — Maryse lo spinse delicatamente verso Isabelle. — Alec, Isabelle, portate vostro fratello nella sua stanza. Jace — quando pronunciò quel nome la sua voce lasciò trasparire una certa tensione, come se un acido invisibile le prosciugasse le sillabe in bocca — datti una pulita e raggiungimi in biblioteca appena puoi.

— Non capisco — disse Alec spostando lo sguardo da sua madre a Jace e viceversa. — Che succede?

Jace sentì il sudore freddo cominciare a colargli lungo la schiena. — C'entra mio padre?

Maryse sussultò due volte, come se le parole "mio padre" fossero state due schiaffi distinti. — In biblioteca — disse attraverso i denti serrati. — Discuteremo la faccenda là.

Alec intervenne: — Quello che è successo mentre eravate via non è colpa di Jace. C'eravamo dentro tutti. E Hodge ha detto...

— Anche di Hodge discuteremo più tardi. — Gli occhi di Maryse erano fissi su Max, il tono severo.

— Ma... mamma — protestò Isabelle. — Se hai intenzione di punire Jace, devi punire anche noi. È una questione di giustizia. Abbiamo fatto tutti esattamente le stesse cose.

— No — fece Maryse dopo un silenzio protratto così a lungo da far pensare a Jace che non avrebbe aggiunto nulla. — Non è vero.

— Regola numero uno dei cartoni animati giapponesi — disse Simon. Era seduto con la schiena appoggiata a un mucchio di cuscini ai piedi del suo letto, un sacchetto di patatine in una mano e il telecomando nell'altra. Portava una maglietta nera con la scritta I BLOGGED YOUR MOM e un paio di jeans con un buco su un ginocchio. — Mai avere a che fare con un monaco cieco.

— Lo so — disse Clary prendendo una patatina e intingendola nella ciotola della salsa sul tavolino pieghevole tra loro. — Per qualche ragione sono combattenti molto più abili dei monaci che ci vedono. — Diede un'occhiata allo schermo. — Cosa fanno quei tipi, ballano?

— Macché. Stanno cercando di farsi fuori a vicenda. Questo tizio è nemico mortale dell'altro, ricordi? Gli ha ucciso il padre. Perché dovrebbero ballare?

Clary sgranocchiò la sua patatina e fissò meditabonda lo schermo, dove vortici animati di nuvole rosa e gialle guizzavano tra le figure di due uomini alati che fluttuavano uno attorno all'altro, ognuno stringendo una lancia scintillante. Ogni tanto uno dei due parlava, ma visto che era tutto in giapponese coi sottotitoli cinesi non chiariva granché le cose. — Il tizio con il cappello — disse Clary — era il cattivo?

— No, il tizio con il cappello era il padre. Era l'imperatore mago, e quello era il suo cappello del potere. Il cattivo era il tizio con la mano meccanica parlante.

Squillò il telefono. Simon posò il sacchetto di patatine e fece per rispondere. Clary lo trattenne per il polso. — Fermo. Lascialo suonare.

— Potrebbe essere Luke. Magari chiama dall'ospedale.

— Non è Luke — disse Clary apparendo più sicura di quanto non fosse. — Chiamerebbe il mio cellulare, non casa tua.

Simon la guardò a lungo prima di lasciarsi ricadere sul tappeto accanto a lei. — Se lo dici tu.

— Clary percepì il dubbio nella sua voce, ma anche la tacita assicurazione: *Voglio solo che tu sia felice*. Non era certa di poter essere precisamente *felice* in quel momento, con sua madre in ospedale attaccata a tubi e macchinari ronzanti e Luke accasciato sulla sedia di plastica accanto al letto di lei e ridotto a uno zombi. Ora che era costantemente preoccupata per Jace, alzava la cornetta decine di volte per chiamare l'Istituto e poi la rimetteva giù senza avere composto il numero. Se Jace voleva parlarle, poteva anche *degnarsi* di chiamare.

Forse era stato un errore portarlo a trovare Jocelyn. Era così sicura che, solo sentendo la voce di suo figlio, del suo primogenito, sua madre si sarebbe svegliata! Ma non era andata così. Jace era rimasto accanto al letto impettito e imbarazzato, il viso da angelo dipinto, gli occhi vacui, indifferenti. Alla fine Clary aveva perso la pazienza e gli aveva gridato contro, al che lui aveva gridato contro di lei e poi se n'era andato furibondo. Luke lo aveva guardato allontanarsi con un interesse quasi clinico sul volto esausto. — È la prima volta che vi vedo comportarvi come fratello e sorella.

Clary non aveva risposto nulla. Avrebbe avuto senso dirgli che moriva dalla voglia che Jace *non fosse* suo fratello? Però non potevi strapparti il DNA, per quanto lo desiderassi. Per quanto potesse renderti *felice*.

Ma anche se non riusciva a essere felice, pensò, almeno lì da Simon, nella sua stanza, si sentiva a proprio agio, a casa. Lo conosceva da abbastanza tempo per ricordare quando lui aveva un letto a forma di camion dei pompieri e i Lego impilati in un angolo della stanza. Adesso il letto era un futon con una vivace trapunta a righe che gli aveva regalato la sorella e le pareti erano ricoperte da poster di band come i Rock Solid Panda e gli Stepping Razor. Nell'angolo dove una volta erano sparsi i Lego era stata sistemata una batteria, e nell'altro angolo c'era un computer, lo schermo fermo su un'immagine di *World of Warcraft*. Le era familiare quasi come la cameretta di casa sua... che non esisteva più. Perciò, allo stato attuale, per Clary quella era la cosa più simile a un posto tutto suo.

— Ancora Chibi — disse Simon con aria depressa. I personaggi sullo schermo si erano trasformati nelle loro versioni in miniatura alte due centimetri e mezzo e si inseguivano qua e là brandendo pentole e padelle. — Cambio canale — annunciò afferrando il telecomando. — Sono stufo di questi cartoni giapponesi. Non capisco la trama e nessuno fa mai sesso.

— Ci mancherebbe altro — disse Clary prendendo un'altra patatina. — I cartoni giapponesi sono un sano spettacolo per tutta la famiglia.

— Se sei in vena di spettacoli meno sani, potresti provare i canali porno — osservò Simon.

— Dammi qua! — Clary cercò di strappare il telecomando a Simon, che però, ridacchiando, aveva già cambiato canale.

Ma i suoi sorrisetti si interruppero bruscamente. Clary alzò lo sguardo sorpresa vedendolo fissare il televisore con espressione vacua. Trasmettevano un vecchio film in bianco e nero, *Dracula*. Lo aveva già visto con sua madre. Sullo schermo c'era Bela Lugosi, magro e con il volto cereo, avvolto nel suo noto mantello dal colletto alto, le labbra sollevate sui denti aguzzi. — Non bevo mai... vino — disse col suo spiccato accento ungherese.

— Adoro le ragnatele di plastica — commentò Clary cercando di assumere un tono leggero. — Si vede benissimo che sono finte.

Ma Simon si era alzato in piedi. Lasciò cadere il telecomando sul letto e borbottò: — Torno subito. — Il suo volto aveva il colore del cielo invernale poco prima che piova. Clary lo guardò andare via mordendosi il labbro. Per la prima volta da quando sua madre era stata ricoverata in ospedale si rese conto che neanche Simon era troppo *felice*.

Mentre si asciugava i capelli con una salvietta, Jace osservò corrucciato il proprio riflesso nello specchio con uno sguardo interrogativo. Una runa di Guarigione aveva curato ferite e acciacchi vari, ma non aveva eliminato le ombre sotto gli occhi e neanche le linee dure agli angoli della bocca. Aveva mal di testa e un leggero capogiro. Sapeva di dover mettere qualcosa sotto i denti, ma si era svegliato con la nausea e in ansia per via dei suoi incubi, senza alcuna voglia di mettersi a mangiare, e desiderava soltanto il sollievo dell'attività fisica, di bruciare i propri brutti sogni in fatica e sudore.

Gettando da parte la salvietta, pensò con vivo desiderio al tè nero e dolce che Hodge preparava con i fiori notturni della serra. Quel tè eliminava i morsi della fame e dava una rapida sferzata di energia. Da quando Hodge era morto, Jace aveva provato a bollire in acqua le foglie delle piante per cercare di ottenere lo stesso effetto, ma l'unico risultato era stato un liquido amaro che sapeva di cenere e lo faceva soffocare.

Andò a piedi nudi nella sua stanza e si mise dei jeans e una camicia pulita. Con aria imbronciata, si tirò indietro i capelli biondi ancora umidi. Erano troppo lunghi, gli ricadevano sugli occhi, Maryse lo avrebbe sicuramente rimproverato. Non perdeva mai l'occasione di farlo. Jace non era il loro figlio naturale, ma i Lightwood l'avevano sempre trattato come tale da quando l'avevano adottato, all'età di dieci anni, dopo la morte di suo padre. La morte *presunta*, ricordò Jace a se stesso, mentre la sensazione di vuoto nelle viscere si rifaceva viva: nei giorni precedenti si era sentito come un fuoco fatuo, come se gli avessero strappato le budella con un forcone e le avessero buttate via, mentre un largo sorriso gli rimaneva impresso sul volto. Spesso si chiedeva se qualcosa di ciò che aveva creduto riguardo a se stesso e alla propria vita fosse mai stato vero. Credeva di essere orfano... e non lo era. Credeva di essere figlio unico... e aveva una sorella.

Clary. Il dolore tornò, più forte. Lui lo ricacciò giù. Gli cadde lo sguardo sul frammento di specchio rotto sul cassettone: rifletteva ancora rami verdi e un tratto di cielo blu. Adesso, a Idris, il sole era appena tramontato, e il cielo era scuro come cobalto. Soffocando per la sensazione di vuoto, Jake si infilò in fretta gli stivali e scese di sotto, in biblioteca.

Mentre scendeva rumorosamente i gradini di pietra si chiese che cosa mai volesse dirgli Maryse a quattr'occhi. Gli aveva dato l'impressione di essere sul punto di colpirlo. Non riusciva a ricordare l'ultima volta che lei gli aveva messo le mani addosso. I Lightwood non erano inclini alle punizioni corporali... Tutt'altra storia rispetto all'educazione impartitagli da Valentine, che aveva escogitato ogni genere di dolorosi castighi per renderlo obbediente. La pelle da Cacciatore di Jace si rimarginava sempre, coprendo quasi tutti i segni. Nei giorni e nelle settimane successivi alla morte di suo padre, Jace ricordava di avere esaminato il proprio corpo in cerca di cicatrici, di una qualche traccia che lo legasse fisicamente alla propria memoria.

Raggiunta la biblioteca, bussò e aprì la porta. Maryse era seduta accanto al fuoco nella vecchia poltrona di Hodge. Alla luce che si riversava dalle alte finestre Jace scorse alcune striature di grigio nei suoi capelli. Aveva in mano un bicchiere di vino rosso; sul tavolo accanto a lei c'era una caraffa di vetro molato.

— Maryse — disse Jace.

Lei ebbe un leggero sussulto e rovesciò un po' di vino. — Jace. Non ti ho sentito entrare.

Lui non si mosse. — Ricordi la canzone che cantavi a Isabelle e Alec, quando erano piccoli e avevano paura del buio, per farli addormentare?

Maryse sembrò presa alla sprovvista. — Di cosa stai parlando?

— Ti sentivo attraverso la parete — continuò Jace. — Allora la stanza di Alec era accanto alla mia.

Maryse rimase in silenzio.

— Era in francese — disse Jace. — La canzone.

— Non so perché tu debba ricordare una cosa del genere. — Lo guardò come se l'avesse accusata di qualcosa.

— A me non la cantavi mai.

Ci fu un'esitazione appena percettibile, quindi Maryse disse: — Oh, tu... tu non avevi mai paura del buio.

— Qual è il bambino di dieci anni che non ha mai paura del buio?

Le sopracciglia di Maryse schizzarono in alto. — Siediti, Jonathan. Subito.

Lui attraversò la stanza lentamente, quel tanto che bastava per irritarla, e si lasciò cadere su una delle alte sedie imbottite accanto alla scrivania. — Preferirei che non mi chiamassi così.

— Perché no? È il tuo nome. — Lo guardò con aria assorta. — Da quant'è che lo sai?

— So che cosa?

— Non fare lo stupido, sai bene di cosa parlo. — Maryse si rigirò il bicchiere tra le dita. — Da quanto tempo sai che Valentine è tuo padre?

Jace prese in considerazione e scartò parecchie risposte. Di solito riusciva ad averla vinta con Maryse facendola ridere. Era una delle poche persone al mondo capaci di farla ridere. — Più o meno da quanto lo sai tu.

Maryse scosse lentamente la testa. — Non ci credo.

Jace si raddrizzò sulla poltrona. Le mani appoggiate ai braccioli erano chiuse a pugno. Si accorse di un lieve tremito alle dita e si chiese se l'avesse mai avuto prima. Pensava di no. Le sue mani erano sempre state salde come il suo cuore. — Non mi credi?

Sentì lo scetticismo nella propria voce e internamente sussultò. Certo che non gli credeva. Era chiaro dal momento stesso in cui era arrivata a casa.

— Non ha senso, Jace. Come potevi non sapere chi è tuo padre?

— Lui mi disse di essere Michael Wayland. Vivevamo nella casa di campagna dei Wayland...

— Bella pensata — disse Maryse. — E il tuo nome? Qual è il tuo vero nome?

— Lo sai, il mio vero nome.

— Jonathan Christopher. Sapevo che era il nome del figlio di Valentine. E sapevo che anche Michael aveva un figlio che si chiamava Jonathan. È un nome abbastanza comune tra i Cacciatori... Non ho mai trovato strano che l'avessero entrambi. Quanto al secondo nome del figlio di Michael, non ho mai indagato. Ma adesso non posso fare a meno di pormi delle domande. Qual era il secondo nome del figlio di Michael Wayland? Da quanto tempo Valentine aveva in mente il piano che avrebbe messo in atto? Da quanto tempo sapeva che avrebbe ucciso Jonathan Wayland? — Si interruppe, gli occhi fissi su Jace. — Sai, tu non hai mai assomigliato a Michael. Ma a volte i bambini non assomigliano ai genitori. Non ci avevo mai pensato prima, però adesso in te vedo Valentine. Il modo che hai di guardarmi. Quell'aria di sfida. Non ti importa quello che dico, vero?

Invece gliene importava eccome, pensò Jace. Ma fece in modo che lei non se ne accorgesse. — In caso contrario, farebbe differenza?

Maryse posò il bicchiere sul tavolo lì accanto. Era vuoto. — E rispondi alle domande con altre domande per spiazzarmi, proprio come fa Valentine. Forse avrei dovuto accorgermene.

— Forse un corno! Sono ancora la stessa identica persona che ero negli scorsi sette anni. In me non è cambiato niente. Se non ti ricordavo Valentine prima, non vedo perché dovrei ricordartelo adesso.

Gli occhi di Maryse si posarono su di lui per allontanarsene subito dopo, quasi non sopportasse di guardarlo dritto in faccia. — Sono sicura che quando parlavamo di Michael tu non potevi pensare che parlassimo di tuo padre. Le cose che dicevamo di lui non avrebbero mai potuto riguardare Valentine.

— Dicevate che era una brava persona. — La rabbia gli ribolliva dentro. — Un Cacciatore coraggioso. Un padre affettuoso. Mi pareva che corrispondesse abbastanza alla realtà.

— E le fotografie? Devi pur aver visto delle foto di Michael Wayland ed esserti reso conto che non era l'uomo che chiamavi papà. — Maryse si morse il labbro. — Aiutami a capire, Jace.

— Tutte le foto andarono distrutte durante la Rivolta. È quello che *voi* mi avete raccontato. Ora mi domando se non fu Valentine a farle bruciare, perché nessuno sapesse chi faceva parte del Circolo. Non ho mai posseduto una foto di mio padre — disse Jace, mentre si chiedeva quanto l'amarezza che provava apparisse all'esterno.

Maryse si portò una mano alla tempia e la massaggiò come se avesse mal di testa. — Non posso crederci — disse come parlando tra sé. — È folle.

— E allora non crederci. Credi a *me* — disse Jace sentendo aumentare il tremito alle dita.

Maryse lasciò ricadere la mano. — Pensi che non lo voglia? — chiese. Per un attimo Jace sentì nella sua voce un'eco della Maryse che, quando lui aveva dieci anni e di notte fissava il soffitto a occhi asciutti pensando a suo padre, entrava nella sua stanza, si sedeva accanto al letto e gli faceva compagnia finché, appena prima dell'alba, non si addormentava.

— Non lo sapevo — ripeté Jace. — E quando mi ha chiesto di tornare con lui a Idris ho detto di no. Sono ancora qui. Questo non significa niente?

Maryse si girò verso la caraffa di vetro come se pensasse di versarsi dell'altro vino, poi sembrò scartare quell'idea. — Lo vorrei — disse. — Ma ci sono parecchie ragioni per cui tuo padre potrebbe desiderare che tu rimanga all'Istituto... Quando c'è di mezzo Valentine, non posso fidarmi di nessuno che ne abbia subito l'influenza.

— Anche tu l'hai subita — disse Jace, e se ne pentì subito dopo, vedendo l'espressione che balenò sul volto della donna.

— *Io* l'ho *rinnegato* — replicò Maryse. — E tu? Ne saresti *capace*? — I suoi occhi azzurri avevano lo stesso colore di quelli di Alec, ma Alec non lo aveva mai guardato così. — Dimmi che lo odi, Jace. Dimmi che odi quell'uomo e tutto ciò che rappresenta.

Passò un momento, poi un altro, e Jace, lo sguardo verso terra, si accorse di avere serrato le mani così spasmodicamente che le nocche erano bianche e dure come una lisca di pesce. — Non posso.

Maryse trattenne il respiro. — *Perché no?*

— Perché non puoi fidarti di me? Ho vissuto con te quasi metà della mia vita. Mi conosci bene, no?

— Sembri così sincero, Jonathan. Lo sei sempre sembrato, anche quando da bambino scaricavi la colpa di qualche tua birichinata su Isabelle o Alec. In vita mia ho incontrato una sola persona capace di sembrare sincera quanto te.

Jace sentì un sapore di rame in bocca. — Intendi mio padre.

— C'erano solo due tipi di individui al mondo, per Valentine — disse Maryse. — Quelli che stavano con il Circolo e quelli che gli stavano contro. Questi ultimi erano i nemici, mentre i primi erano armi nel suo arsenale. L'ho visto cercare di trasformare ognuno dei suoi amici, perfino sua moglie, in un'arma utile alla causa... E tu vuoi farmi credere che non ha fatto lo stesso con suo figlio? — Scrollò la testa. — Lo conosco troppo bene per crederlo. — Per la prima volta la donna lo guardò più con tristezza che con rabbia. — Tu sei una freccia scoccata dritta nel cuore del Conclave, Jace. Sei la freccia di Valentine. Che tu lo sappia o meno.

Clary chiuse la porta della stanza sulla TV col volume a palla e andò a cercare Simon. Lo trovò in cucina, chino sul lavello con l'acqua che scorreva. Aveva le mani strette sul piano di scolo.

— Simon? — La cucina era dipinta di un giallo vivace, allegro, le pareti istoriate di disegni a gessetto e a matita fatti da Simon e Rebecca quando erano alle elementari. Rebecca aveva un certo talento artistico, era chiaro, mentre le figure disegnate da Simon sembravano tanti parchimetri con qualche ciuffo di capelli.

Simon non alzò lo sguardo, ma, dall'irrigidirsi dei muscoli delle sue spalle, Clary capì che l'aveva sentita. Si avvicinò al lavello e gli appoggiò delicatamente una mano sulla schiena. Sentì i duri rilievi della spina dorsale attraverso la maglietta leggera e si chiese se fosse dimagrito. A guardarlo non avrebbe saputo dirlo, ma guardare Simon era come guardare in uno specchio... quando si vede qualcuno tutti i santi giorni, non sempre si notano i piccoli cambiamenti del suo aspetto esteriore. — Tutto okay?

Simon chiuse l'acqua con un brusco movimento del polso. — Certo. Sto bene.

Clary gli prese il mento tra due dita e gli girò il viso verso di sé. Nonostante l'aria fresca che entrava dalla finestra della cucina, il ragazzo sudava, i capelli castani appiccicati alla fronte. — Non hai una buona cera. È stato il film?

Nessuna risposta.

— Mi dispiace. Non avrei dovuto ridere, è solo...

— Non ti ricordi? — La voce del ragazzo risuonò roca.

— Io... — Clary si interruppe. A ripensarci, quella notte sembrava un'interminabile nebbia di fughe, sangue e sudore, di ombre balenate nei vani delle porte, di cadute nel vuoto. Rammentò le facce bianche dei vampiri come ritagli di carta contro l'oscurità, e rammentò Jace che la teneva, gridandole con voce roca nell'orecchio. — Non bene. È tutto confuso.

Lo sguardo di Simon guizzò oltre lei e tornò indietro. — Ti sembro diverso? — le chiese.

Clary alzò gli occhi su quelli di lui. Erano del colore del caffè nero... non proprio neri, ma di un marrone intenso con un tocco di grigio o nocciola. Simon sembrava diverso? Forse il modo in cui si comportava, dal giorno in cui aveva ucciso Abbadon, il Demone Superiore, rivelava un po' più di sicurezza in se stesso; ma in lui c'era anche una certa cautela, come se tenesse gli occhi aperti in attesa di qualcosa. Clary aveva notato lo stesso atteggiamento anche in Jace. Forse era solo la consapevolezza di essere mortali. — Sei sempre Simon.

Il ragazzo socchiuse gli occhi come sollevato e, quando abbassò le ciglia, Clary vide quanto era spigoloso il suo zigomo. Era *davvero* dimagrito, pensò, e stava per dirlo, quando lui si chinò e la baciò.

Fu così sorpresa nel sentire la sua bocca sulla propria che si irrigidì e afferrò il bordo del piano di scolo per reggersi. Ma non lo respinse, e Simon, sentendosi incoraggiato, le fece scivolare le mani dietro la testa e la baciò ancora più a fondo, aprendole le labbra con le proprie. Aveva la bocca morbida, più di quella di Jace, e la mano che le cingeva il collo era calda e gentile. Sapeva di sale.

Clary lasciò che gli occhi le si chiudessero e per un istante fluttuò nell'oscurità e nel calore, il tocco delle dita di lui tra i capelli.

Quando lo squillo del telefono penetrò stridulo nel suo stordimento, lei fece un salto all'indietro come se Simon l'avesse spinta via. Si fissarono per un istante in preda alla confusione più totale, come due persone che di punto in bianco si ritrovino trasportate in uno strano paesaggio che non ha nulla di familiare.

Simon fu il primo a distogliere lo sguardo, allungando la mano verso l'apparecchio appeso alla parete accanto al portaspezie. — Pronto? — A sentirlo sembrava normale, ma il suo petto si alzava e si abbassava velocemente. Le porse la cornetta. — È per te.

Clary prese il telefono. Sentiva ancora il cuore martellarle in gola, come il frullare delle ali di un insetto intrappolato sotto la sua pelle. *È Luke che chiama dall'ospedale. È successo qualcosa a mia madre.*

Deglutì. — Luke? Sei tu?

— No. Sono Isabelle.

— Isabelle? — Clary alzò lo sguardo e vide Simon che la osservava, chino sul lavello. Il rossore sulle sue guance era svanito. — Perché mi… voglio dire, che è successo?

La voce dell'altra ragazza ebbe un inciampo, come se stesse piangendo. — Jace è lì?

A quelle parole Clary allontanò la cornetta per fissarla, poi se la riportò all'orecchio. — Jace? No. Perché dovrebbe essere qui?

Per tutta risposta Isabelle emise un sospiro che echeggiò all'altro capo del telefono come un rantolo. — Il fatto è che… è *sparito*.

2
L'Hunter's Moon

Maia non si era mai fidata dei bei ragazzi ed è per questo che detestò Jace Wayland dal primo momento in cui posò gli occhi su di lui.

Suo fratello gemello, Daniel, era nato con la pelle color miele e i grandi occhi scuri della madre, e si era rivelato il tipo di persona che dà fuoco alle ali delle farfalle per guardarle bruciare e morire in volo. Aveva tormentato anche lei, all'inizio con dispetti da poco, pizzicandola dove i lividi non si sarebbero visti, o sostituendole lo shampoo con la candeggina. Maia si era lamentata con i genitori, ma loro non le avevano mai creduto. Nessuno che guardasse Daniel lo faceva: scambiavano la sua bellezza per innocenza e mitezza. Quando in prima superiore le aveva rotto un braccio, lei era scappata da casa, ma i suoi l'avevano riportata indietro. In seconda, Daniel fu investito e ucciso sul colpo da un pirata della strada. In piedi davanti alla sua lapide, accanto ai genitori, Maia si era vergognata del travolgente senso di sollievo che aveva provato. Dio l'avrebbe sicuramente punita, pensò, per il fatto che si era rallegrata per la morte del fratello.

Il che successe l'anno seguente. Maia incontrò Jordan. Capelli neri lunghi, fianchi snelli in jeans consumati, magliette da rocker e ciglia come quelle di una ragazza. Non avrebbe mai pensato di andargli a genio, dato che il suo tipo ideale erano le ragazze ossute, pallide, con occhiali molto fashion. Ma evidentemente le sue forme morbide gli piacevano. Le disse che era bella tra un bacio e l'altro. I primi mesi furono un sogno, gli ultimi un incubo. Divenne possessivo, la controllava. Quando era arrabbiato con lei ringhiava e le assestava manrovesci che lasciavano segni simili a pennellate di fard troppo cariche. Quando provò a mollarlo, lui le diede uno spintone che la mandò lunga distesa nel giardinetto davanti a casa prima che facesse in tempo a correre dentro e a chiudersi con violenza la porta alle spalle.

In seguito, si era lasciata sorprendere a baciare un altro, giusto per fargli entrare in testa che era finita. Non ricordava neanche più il nome del ragazzo. Ricordava però quando era tornata a casa a piedi, quella notte. La pioggia le velava i capelli di goccioline minute, il fango le sporcava le gambe dei jeans, mentre percorreva una scorciatoia attraverso il parco vicino a casa. Ricordava la sagoma scura che era sfrecciata da dietro la giostra di metallo, il corpo di lupo bagnato che l'aveva sbattuta nella melma, il dolore selvaggio delle fauci che si serravano sulla sua gola. Aveva gridato e si era dibattuta, sentendo il sapore del proprio sangue caldo in bocca, mentre il suo cervello urlava: *È impossibile. Impossibile.* Non c'erano lupi, nel New Jersey, non in quel normalissimo quartiere di periferia, non nel ventunesimo secolo.

Alle sue grida, nelle case vicine si erano accese delle luci, le finestre si erano illuminate una dopo l'altra come fiammiferi. Il lupo l'aveva lasciata andare, le fauci lorde di sangue e brandelli di carne.

Ventiquattro punti di sutura dopo, Maia era di nuovo nella sua stanza rosa, con la madre che le girava intorno in preda all'ansia. Il dottore del pronto soccorso aveva detto che il morso sembrava quello di un grosso cane, però Maia sapeva come stavano le cose. Prima che il lupo si girasse per scappare, aveva sentito una voce calda, familiare, sussurrarle all'orecchio: — Adesso sei mia. Sei mia per sempre.

Non aveva più rivisto Jordan... Lui e i suoi genitori avevano impacchettato le loro cose e si erano trasferiti e nessuno dei suoi amici sapeva o ammetteva di sapere dove. Maia non si era sorpresa più di tanto quando, con la successiva luna piena, erano cominciati i dolori: dolori laceranti che le guizzavano su e giù per le gambe facendola cadere a terra, piegandole la spina dorsale come un mago può piegare un cucchiaio. Quando i denti le erano schizzati fuori dalle gengive ed erano finiti rumorosamente sul pavimento come tante caramelle cadute da un pacchetto, era svenuta. O aveva pensato di svenire. Si era svegliata a qualche chilometro da casa, nuda e sporca di sangue, la cicatrice sul braccio che pulsava come un battito cardiaco. Quella notte era saltata sul treno per Manhattan. Non era stata una decisione sofferta. Nel suo quartiere di periferia era già abbastanza problematico essere una mezzosangue. Dio solo sapeva cosa avrebbero fatto a un lupo mannaro.

Non era stato troppo difficile trovare un branco a cui unirsi. Ce n'erano parecchi nella sola Manhattan. Lei era finita nel branco di Downtown, i cui membri dormivano nella vecchia stazione di polizia di Chinatown.

I capibranco cambiavano spesso. Il primo era stato Kito, poi era stata la volta di Véronique e Gabriel, e adesso di Luke. Gabriel le piaceva, ma Luke era meglio. Aveva gentili occhi azzurri e uno sguardo che ispirava fiducia. E poi non era troppo bello, perciò non lo prese subito in antipatia. Maia si trovava abbastanza a suo agio, con il suo branco: le piaceva dormire nella vecchia stazione di polizia, giocare a carte e mangiare cinese nelle notti in cui la luna non era piena, andare a caccia nel parco quando lo era e, il giorno dopo, smaltire i postumi della sbornia della trasformazione all'Hunter's Moon, uno dei migliori bar underground per lupi mannari. Servivano birra in stretti boccali svasati, e nessuno ti chiedeva i documenti per controllare che avessi ventun anni. Essere un licantropo ti faceva crescere in fretta e se ti spuntavano peli e zanne una volta al mese eri autorizzato a bere al Moon, non importava quanti anni avessi da mondano.

Ormai Maia non pensava quasi più alla sua famiglia, ma quando il ragazzo biondo con il giaccone nero entrò impettito nel bar, si irrigidì tutta. Non assomigliava a Daniel, non esattamente... Daniel aveva i capelli neri che si arricciavano sulla nuca e la pelle color miele, mentre questo ragazzo era pallido e biondo. Ma aveva lo stesso corpo snello, lo stesso modo di camminare, come una pantera alla ricerca di una preda, e la stessa totale fiducia nel proprio fascino. La sua mano si serrò intorno allo stelo del bicchiere e lei dovette ricordare a se stessa: *È morto. Daniel è morto.*

All'ingresso del ragazzo, un'ondata di mormorii serpeggiò nel locale, come la schiuma della scia che si apre a poppa di una barca. Il nuovo arrivato si comportava come se non si accorgesse di niente, avvicinò a sé uno sgabello del bar agganciandolo con il piede calzato nello stivale e si sedette appoggiando i gomiti al bancone. Nel silenzio che seguì i mormorii, Maia lo sentì ordinare un whisky. e lo vide tracannare metà bicchiere con uno scatto secco del polso. Il liquore aveva lo stesso colore ambrato dei suoi capelli. Quando posò di nuovo il bicchiere sul bancone, Maia vide i grossi Marchi a spirale sul polso e sul dorso della sua mano.

Bat, il ragazzo seduto accanto a lei (una volta usciva con lui, ma adesso erano solo amici) borbottò sottovoce qualcosa che suonava come "Nephilim".

Dunque è così. Il ragazzo non era affatto un lupo mannaro. Era un Nephilim, un Cacciatore, uno Shadowhunter o, per dirla in altre parole, era nel corpo di polizia segreta del mondo arcano. Facevano osservare la Legge con l'aiuto dell'Alleanza e non si poteva diventare uno di loro: bisognava esserci nati. Era il sangue a renderli quello che erano. Circolavano un sacco di voci assai poco lusinghiere sul loro conto: erano arroganti, orgogliosi, crudeli, guardavano dall'alto in basso e disprezzavano i Nascosti. C'erano poche cose che un licantropo amasse meno di uno Shadowhunter... a parte forse un vampiro.

Si diceva anche che i Cacciatori uccidessero i demoni. Maia rammentava la prima volta che aveva sentito parlare dei demoni. Quando le avevano detto che cosa facevano, le era venuto il mal di testa. Vampiri e lupi mannari erano solo persone malate, questo lo capiva, ma credere a tutte quelle balle su paradiso e inferno, demoni e angeli, quando nessuno poteva dirle con certezza se Dio esisteva o no e dove si andava a finire dopo la morte... No, non aveva senso. Eppure adesso credeva nei demoni (aveva visto fin troppo bene che cosa combinavano, per poterlo negare), anche se avrebbe desiderato non farlo.

— Se ho ben capito — disse il ragazzo appoggiando il gomito sul bancone — qui non servite Silver Bullet. Cos'è, vi ricorda il modo migliore per fare fuori un licantropo? — I suoi occhi brillarono, stretti e scintillanti.

Il barista, Freaky Pete, si limitò a guardare il ragazzo e a scrollare la testa disgustato. Non fosse stato un Cacciatore, immaginò Maia, Pete lo avrebbe scaraventato fuori dal Moon. Invece andò soltanto all'altro capo del bancone e si diede da fare a lucidare i bicchieri.

— In realtà — disse Bat, che proprio non riusciva a evitare di immischiarsi negli affari altrui — non la serviamo perché è una birra veramente schifosa.

Il ragazzo spostò i suoi scintillanti occhi socchiusi su Bat e fece un sorriso entusiastico. Perlopiù la gente non sorrideva entusiasta quando Bat la fissava a quel modo: era alto quasi due metri, con una grossa cicatrice che gli deturpava metà della faccia, nel punto in cui della polvere d'argento gli aveva bruciato la pelle. Non era tra i membri del branco che vivevano nella stazione di polizia dormendo nelle vecchie celle. Aveva un appartamento tutto suo, e perfino un lavoro. Era stato un buon boyfriend per Maia, finché non l'aveva scaricata per una strega dai capelli rossi di nome Eve, che viveva a Yonkers e gestiva una bottega da chiromante fuori dal suo garage.

— E quindi *tu* hai smesso di bere? — chiese il ragazzo, chinandosi tanto vicino a Bat da far sembrare la sua domanda un insulto. — Complimenti, perché sai com'è, il lupo perde il pelo…

— Devi proprio crederti divertente. — A questo punto il resto del branco si avvicinò a loro, pronto a dar manforte a Bat casomai avesse deciso di massacrare quell'odioso marmocchio. — Non è vero?

— Bat — disse Maia, mentre si chiedeva se lei fosse l'unico membro del branco lì nel bar a dubitare che Bat fosse capace di massacrare il ragazzo. Non che dubitasse di lui, ma negli occhi del ragazzo c'era qualcosa… — Lascia stare.

Bat la ignorò. — *Non è vero?*

— Chi sono io per negare l'evidenza? — Lo sguardo dello sconosciuto scivolò su Maia come se lei fosse invisibile, quindi tornò su Bat. — Non credo che tu abbia voglia di dirmi cosa ti è successo alla faccia. Sembra… — A questo punto si chinò in avanti e gli disse qualcosa così piano che Maia non riuscì a sentire. Un istante dopo vide il suo amico sferrare un colpo che avrebbe dovuto frantumare la mandibola del ragazzo. Se questi fosse rimasto dov'era. Ma stava già un buon metro e mezzo più in là, ridendo, mentre il pugno di Bat colpiva il bicchiere che era rimasto sul bancone, facendolo volare attraverso il bar e andare a sbattere contro la parete opposta in una pioggia di frantumi di vetro.

Prima che Maia potesse batter ciglio, Freaky Pete comparve dall'altro lato del bancone, il grosso pugno serrato intorno alla maglietta di Bat. — Basta. Bat, perché non ti fai un giretto e calmi i bollenti spiriti?

Bat si contorse sotto la sua presa. — Fare un *giretto*? Ma hai sentito…?

— Ho sentito. — Pete parlava a bassa voce. — È un Cacciatore. Fila via, moccioso.

Bat imprecò e si allontanò dal barista. Camminò tutto impettito verso l'uscita, le spalle irrigidite dalla rabbia. La porta si chiuse sbattendo dietro di lui.

Il ragazzo aveva smesso di sorridere e guardava Freaky Pete con una sorta di cupo risentimento, come se il barista gli avesse tolto un giocattolo con cui aveva intenzione di giocare. — Non era necessario — disse. — So cavarmela da solo.

Pete lo squadrò. — È del mio bar che mi preoccupo — disse infine. — Faresti bene a filartela da qualche altra parte, Cacciatore, se non vuoi avere guai.

— Ma non ho detto che voglio avere guai. — Il ragazzo si sedette di nuovo sul suo sgabello. — E poi, non ho finito il mio whisky.

Maia diede un'occhiata alla parete zuppa di liquore alle sue spalle. — A me pare di sì.

Per un secondo lo sconosciuto assunse un'espressione vacua, poi nei suoi occhi si accese una curiosa scintilla di divertimento. In quel momento somigliava talmente a Daniel che Maia ebbe voglia di indietreggiare.

Prima che il ragazzo avesse il tempo di replicare, Pete fece scivolare un altro bicchiere pieno di liquido ambrato sul bancone. — Ecco qua — disse. I suoi occhi si spostarono su Maia, che parve scorgervi un lampo di ammonimento.

— Pete... — cominciò lei. Ma non riuscì a finire. La porta del bar si spalancò. Bat comparve sulla soglia. Maia impiegò un momento per rendersi conto che aveva il davanti della maglietta e le maniche zuppi di sangue.

Scivolò via dallo sgabello e corse da lui. — Bat! Sei ferito?

Il viso del suo amico era grigio, la cicatrice argentea spiccava sulla guancia come un fil di ferro contorto. — Un attacco. C'è un cadavere nel vicolo. Un ragazzino morto. Sangue... dappertutto. — Scosse la testa, abbassò lo sguardo. — Questo non è sangue mio. Sto bene.

— Un cadavere? Ma chi...

La risposta di Bat fu inghiottita dal trambusto. I membri del branco abbandonarono i loro posti e corsero verso la porta. Pete uscì da dietro il bancone e si fece strada a spinte attraverso la calca. Solo il Cacciatore rimase dov'era, la testa china sul suo drink.

Attraverso alcune brecce nella folla intorno alla porta, Maia scorse l'asfalto grigio del vicolo chiazzato di sangue. Era ancora fresco ed era colato tra le fessure del selciato come i viticci di una pianta vermiglia. — Ha la gola tagliata — stava dicendo Pete a Bat, che aveva ripreso colore. — Ma come...

— C'era qualcuno nel vicolo. Qualcuno inginocchiato su di lui — disse Bat. Aveva la voce tesa. — Non sembrava una persona... ma un'ombra. Quando mi ha visto, è corsa via. Il ragazzino era ancora vivo. Mi sono chinato su di lui, ma... — Scrollò le spalle. Fu un movimento lieve, ma i muscoli del suo collo spiccarono come spesse radici avvolte intorno a un tronco d'albero. — È morto senza un lamento.

— Vampiri — disse una donna formosa in piedi accanto alla porta. Si chiamava Amabel, parve di ricordare a Maia. — I Figli della Notte. Non può essere altrimenti.

Bat la guardò, poi si girò e attraversò tutto rigido il locale, diretto al bancone. Afferrò il Cacciatore per il bavero del giaccone... o almeno allungò la mano per farlo, ma il ragazzo era già in piedi e si girò con un movimento fluido. — Qual è il tuo problema, lupo mannaro?

La mano di Bat era ancora protesa. — Sei sordo, Nephilim? — urlò. — C'è un ragazzino morto nel vicolo. Uno dei nostri.

— Vuoi dire un licantropo o qualche altra specie di Nascosto? — Lo sconosciuto inarcò le sopracciglia chiare. — Faccio una gran confusione, con voialtri.

Risuonò un ringhio sommesso... Era Freaky Pete, notò Maia con una certa sorpresa. Era rientrato nel bar ed era circondato dal resto del branco, gli occhi fissi sul Cacciatore. — Era solo un marmocchio — disse Pete. — Si chiamava Joseph.

Il nome non le diceva niente, ma Maia vide la mascella di Pete serrarsi e si sentì le farfalle nello stomaco. Il branco adesso era sul sentiero di guerra, e se il Cacciatore aveva un briciolo di buonsenso doveva fare una precipitosa marcia indietro. Ma non ce l'aveva. Se ne stava lì a guardarli con quegli occhi dorati e quel sorriso ironico sul viso. — Un piccolo licantropo? — domandò.

— Era uno del branco — disse Pete. — Aveva solo quindici anni.

— E cosa ti aspetti che io faccia esattamente al riguardo? — chiese il ragazzo.

Pete lo fissava incredulo. — Sei un Nephilim — disse. — Il Conclave ci deve protezione, in casi come questo.

Il ragazzo si guardò intorno nel bar, lentamente e con un'espressione così insolente che il viso di Pete si fece paonazzo.

— Qui non vedo niente da cui dovreste essere protetti — sbuffò. — A parte l'arredamento orribile e qualche problema di muffa. Ma di solito la si può eliminare con la candeggina.

— Fuori dalla porta di questo bar c'è un ragazzo morto — disse Bat, articolando le parole con cura. — Non credi che...?

— Credo che sia un po' troppo tardi perché possa avere bisogno di protezione — disse il ragazzo — se è già morto.

Pete continuava a fissarlo. Gli si erano appuntite le orecchie e, quando parlò, la sua voce risuonò attutita dai canini che si stavano ispessendo. — Devi stare attento, Nephilim. Devi stare molto attento.

Il ragazzo lo guardò con occhi velati. — Dici?

— Dunque non hai intenzione di alzare un dito? — chiese Bat. — È così?

— Ho intenzione di finire il mio drink — disse il ragazzo dando un'occhiata al bicchiere mezzo pieno ancora sul bancone. — Sempre che tu me lo permetta.

— Allora è questo l'atteggiamento del Conclave a una settimana dagli Accordi? — domandò Pete disgustato. — La morte dei Nascosti non significa niente per voi?

Lo sconosciuto sorrise e Maia sentì un formicolio alla spina dorsale. Era tale e quale a Daniel un istante prima di allungare una mano e strappare le ali a una coccinella.

— È proprio tipico di voi Nascosti — disse il ragazzo — aspettare che il Conclave vi tolga le castagne dal fuoco. Come se potessimo essere disturbati solo perché uno stupido marmocchio ha deciso di riempire di sangue il vostro vicolo...

E usò una parola, una parola per indicare i lupi mannari che loro non usavano mai, una parola terribilmente spiacevole, che alludeva a un rapporto indecente tra lupi e donne umane.

Prima che chiunque altro potesse muoversi, Bat si scagliò contro il Cacciatore... che però era sparito. Bat inciampò e si girò di scatto, guardandosi attorno. Il branco sussultò.

Maia rimase a bocca aperta. Il giovane Cacciatore era in piedi sul bancone a gambe larghe. Sembrava davvero un angelo vendicatore pronto ad amministrare la giustizia divina dall'alto, com'era il destino dei suoi simili. Poi allungò una mano e piegò le dita verso di sé, rapidamente, un gesto che Maia conosceva dai campi giochi, e che significava: "Venite a prendermi". Il branco si scagliò contro di lui.

Bat e Amabel si arrampicarono sul bancone; il ragazzo roteò su se stesso così velocemente che lo specchio dietro il bancone rimandò solo un riflesso indistinto. Maia lo vide tirare calci e i due si ritrovarono a terra, gemendo in una pioggia di vetri infranti. Sentì il ragazzo ridere, mentre qualcun altro si protendeva verso l'alto e lo tirava giù. Lo vide sprofondare nella folla con una facilità che suggeriva che lui l'avesse fatto apposta. Poi lo perse di vista, scorse solo un intreccio di braccia e gambe che si agitavano. Eppure le parve di udirlo ridere mentre balenava un bagliore metallico – la lama di un coltello – e trattenne il fiato.

— Basta.

Era la voce di Luke, calma e regolare come un battito cardiaco. Strano come fosse inconfondibile la voce del capobranco. Maia si girò e lo vide all'ingresso del bar, una mano appoggiata al muro. Non sembrava semplicemente stanco, ma *devastato*, come se qualcosa lo lacerasse dall'interno; nonostante ciò, la sua voce era tranquilla, quando ripeté: — Basta. Lasciate stare il ragazzo.

Il branco si ritrasse e Bat rimase solo accanto al Cacciatore, l'espressione di sfida, una mano ancora serrata sul suo giaccone e l'altra chiusa sul manico di un coltello a lama corta. Quanto al ragazzo, aveva il viso sporco di sangue ma non sembrava affatto uno che avesse bisogno di essere salvato; sogghignava con un'aria pericolosa e tagliente quanto i vetri rotti sparsi sul pavimento. — Non è un ragazzo — puntualizzò Bat. — È un Cacciatore.

— Sono benvenuti, qui, i Cacciatori — disse Luke in tono neutro. — Sono nostri alleati.

— Ha detto che non gli importava — replicò Bat furioso — di Joseph…

— Lo so — disse Luke in tono tranquillo. I suoi occhi si spostarono sul ragazzo biondo. — Sei venuto qui apposta per attaccare briga, Jace Wayland?

Il ragazzo sorrise, protendendo il labbro spaccato dal quale gli corse sul mento un rivoletto di sangue. — Luke.

Bat, sorpreso nel sentire pronunciare dal Cacciatore il nome di battesimo del capobranco, mollò la presa. — Non sapevo…

— Non c'è *niente* da sapere — disse Luke, mentre la stanchezza che aveva negli occhi gli si insinuava nella voce.

Freaky Pete attaccò a parlare con un rombo profondo. — Ha detto che al Conclave non importa nulla della morte di un licantropo, anche se si tratta di un ragazzino. Ed è passata appena una settimana dagli Accordi, Luke.

— Jace non parla a nome del Conclave — osservò Luke. — E non c'è nulla che possa fare, anche volendo. Non è così?

Guardò Jace, che era pallidissimo. — Come fai…

— So cosa è successo — disse Luke. — Con Maryse.

Jace si irrigidì e per un istante, sotto l'espressione crudelmente divertita che ricordava quella di Daniel, Maia scorse qualcos'altro, qualcosa di cupo e angoscioso che le rammentò più i propri occhi allo specchio che quelli del fratello. — Chi te l'ha detto? Clary?

— No, non Clary. — Maia non aveva mai sentito Luke pronunciare quel nome in passato, ma dal suo tono era chiaro che si trattava di qualcuno di speciale sia per lui che per il giovane Cacciatore. — Sono il capobranco, Jace. Vengo a sapere le cose. Avanti, adesso. Andiamo a parlare nell'ufficio di Pete.

Jace esitò un istante, quindi scrollò le spalle. — Va bene — acconsentì. — Ma mi sei debitore dello scotch che non ho bevuto.

— Era la mia ultima ipotesi — disse Clary con aria sconfitta, afflosciandosi sui gradini del Metropolitan Museum of Art e guardando sconsolata lungo la Fifth Avenue.

— Era buona. — Simon le si sedette accanto, le lunghe gambe allargate davanti a sé. — Voglio dire, è un tipo che ama le armi e che uccide, era giusto tentare con la più grande collezione di armi in tutta la città. E comunque, sono sempre disponibile per fare una visita anche alla sezione Armi e Armature. Mi fa venire idee per la mia campagna militare.

Clary lo guardò stupita. — Fai ancora i giochi di ruolo con Eric, Kirk e Matt?

— Certo. Perché non dovrei?

— Pensavo che per te il gioco avesse perso il suo fascino, da quando... — *Da quando la nostra vita reale ha cominciato ad assomigliare a una delle tue campagne militari.* Con tanto di buoni, cattivi, magia nera e oggetti incantati da trovare se volevi vincere.

Solo che nel gioco i buoni vincevano sempre, sconfiggevano i cattivi e se ne tornavano a casa con il tesoro, mentre nella vita reale loro avevano perso il tesoro. E a volte Clary non aveva un'idea tanto chiara di chi fossero davvero i buoni e i cattivi.

Guardò Simon e fu assalita da un'ondata di tristezza. Se lui avesse rinunciato a giocare sarebbe stata colpa sua. Com'era stata colpa sua tutto quello che gli era capitato nelle settimane precedenti. Rammentò il viso cereo di Simon davanti al lavello, quella mattina, subito prima che lui la baciasse.

— Simon... — cominciò.

— Adesso ho il ruolo di un chierico mezzo troll che vuole vendicarsi degli orchi che gli hanno ammazzato la famiglia — disse lui in tono allegro. — È fantastico.

Clary rise, e in quel preciso istante il suo cellulare squillò. Lo tirò fuori di tasca e lo aprì. Era Luke. — Non l'abbiamo trovato — gli disse prima che potesse salutarla.

— Voi no. Ma io sì.

Clary si drizzò a sedere. — Stai scherzando. È lì? Posso parlargli? — Vide Simon lanciarle un'occhiata penetrante e abbassò la voce. — Sta bene?

— Più o meno.

— Che vuol dire più o meno?

— Ha attaccato briga con un branco di lupi mannari. Ha un po' di ferite e di contusioni.

Clary socchiuse gli occhi. Perché, oh, perché aveva attaccato briga con un branco di lupi? Che cosa gli era preso? Ma in fondo era tipico di Jace. Avrebbe litigato anche con un camion, se ne avesse sentito l'impulso.

— Credo che dovresti venire qui — disse Luke. — Qualcuno deve parlargli, e io non ho molto successo.

— Dove siete? — chiese Clary.

Glielo disse: in un bar chiamato Hunter's Moon, in Hester Street. Clary si chiese se non fosse camuffato da un incantesimo. Chiuse il telefono e si rivolse a Simon, che la fissava con le sopracciglia inarcate.

— Il figliol prodigo è tornato?

— Più o meno. — Clary si alzò in piedi e si sgranchì le gambe stanche, calcolando mentalmente quanto avrebbero impiegato ad arrivare a Chinatown in metropolitana o se valesse la pena di investire la piccola somma che Luke le aveva dato per prendere un taxi. Meglio di no, decise: se fossero rimasti imbottigliati nel traffico ci avrebbero messo più che in metro.

— ... vengo con te? — sentì che Simon diceva, alzandosi. Era un gradino sotto di lei, perciò erano quasi alla stessa altezza. — Che ne pensi?

Lei aprì la bocca, poi la richiuse di scatto. — Ehm...

Simon assunse un'espressione rassegnata. — Non hai sentito una sola parola di quello che ho detto negli ultimi due minuti, vero?

— No — ammise Clary. — Stavo pensando a Jace. A quanto pare è in pessima forma. Mi dispiace.

Gli occhi bruni di Simon si incupirono. — Se ho ben capito, stai correndo a fasciargli le ferite?

— Luke mi ha chiesto di raggiungerli — disse lei. — Speravo che mi accompagnassi.

Simon diede un calcio al gradino sopra al suo con il piede calzato nello stivale. — Vengo, ma... a che scopo? Luke non può riportarlo all'Istituto senza il tuo aiuto?

— Probabilmente sì. Ma crede che forse Jace vorrà parlare con me, prima.

— Pensavo che magari questa sera avremmo potuto fare qualcosa insieme — disse Simon. — Qualcosa di divertente. Vedere un film. Cenare a Downtown.

Clary lo guardò. In sottofondo, sentiva borbottare l'acqua della fontana del museo. Pensò alla cucina della casa di Simon, alle sue mani umide fra i capelli, ma sembrava tutto così lontano, anche se poteva vederlo, come... si potrebbe ricordare la foto di un incidente senza ricordare l'incidente.

— È mio fratello — disse. — Devo andare.

Simon sembrò troppo stanco per sospirare. — Allora vengo con te.

L'ufficio sul retro dell'Hunter's Moon era in fondo a uno stretto corridoio coperto da uno strato di segatura smossa qua e là da impronte di piedi e macchiata da un liquido scuro che non sembrava birra. Tutto il posto odorava di fumo, di selvaggina e – Clary dovette ammetterlo, anche se non l'avrebbe detto a Luke – di cane bagnato.

— Non ha certo un umore fantastico — annunciò Luke indugiando davanti a una porta chiusa. — L'ho chiuso nell'ufficio di Freaky Pete dopo che aveva quasi ucciso metà del branco a mani nude. Con me non ha voluto parlare, perciò — Luke scrollò le spalle — ho pensato a te. — Spostò lo sguardo dal viso sconcertato di Clary a quello di Simon. — Che c'è?

— Non posso credere che Jace sia venuto *qui* — disse Clary.

— E io non posso credere che tu conosca uno che si chiama Freaky Pete — osservò Simon.

— Conosco un sacco di persone — rispose Luke. — Non che Freaky Pete possa definirsi propriamente una *persona*, ma chi sono io per giudicare?

Spalancò la porta dell'ufficio. Era una stanza spoglia, senza finestre, con le pareti tappezzate di gagliardetti sportivi. C'era una scrivania ingombra di carte, con sopra un piccolo televisore, e dietro, su una sedia dalla pelle talmente logora da sembrare marmo venato, era seduto Jace.

Nell'istante in cui la porta si aprì, Jace afferrò una matita gialla posata sulla scrivania e la lanciò. La matita volò in aria, colpì la parete a un centimetro dalla testa di Luke e vi si conficcò vibrando. Luke sgranò gli occhi.

Il Cacciatore sorrise debolmente. — Scusa, non mi sono reso conto che eri tu.

Clary si sentì stringere il cuore. Non vedeva Jace da alcuni giorni, e in qualche modo lo trovò diverso, non solo per via della faccia insanguinata e delle contusioni, chiaramente recenti... La pelle del viso pareva più tesa, le ossa più sporgenti.

Luke indicò Simon e Clary con un gesto della mano. — Ci sono visite per te.

Gli occhi di Jace si spostarono su di loro. Erano inespressivi, come fossero dipinti. — Purtroppo avevo solo quell'unica matita.

— Jace... — cominciò Luke.

— Non lo voglio qui dentro. — Jace indicò Simon con il mento.

— È veramente ingiusto. — Clary era indignata. Aveva dimenticato che Simon aveva salvato la vita ad Alec e forse a tutti loro?

— Fuori, mondano — disse Jace, indicando la porta.

Simon fece un gesto con la mano. — Non c'è problema. Aspetterò in corridoio. — Uscì evitando di sbattersi la porta alle spalle, anche se Clary era sicura che ne avrebbe avuto una gran voglia.

Si girò verso Jace. — Devi proprio essere così... — cominciò, ma si fermò nel vedere la sua faccia. Sembrava denudata, stranamente vulnerabile.

— Sgradevole? — Jace finì la frase al posto suo. — Sì, ma solo nei giorni in cui mia madre adottiva mi sbatte fuori di casa intimandomi di non rimetterci più piede. Di solito sono straordinariamente cortese. Mettimi alla prova, nel giorno *poi* dell'anno *mai*.

Luke aggrottò le sopracciglia. — I Lightwood non sono tra le persone che amo di più al mondo, ma non posso credere che Maryse abbia fatto una cosa del genere.

Jace sembrò sorpreso. — Li conosci, i Lightwood?

— Maryse e Robert Lightwood erano con me nel Circolo — gli ricordò Luke. — Sono rimasto stupito quando ho saputo che dirigevano l'Istituto qui a Manhattan. A quanto pare, dopo la Rivolta hanno fatto un patto con il Conclave assicurandosi un trattamento indulgente, mentre Hodge... be', sappiamo cosa gli è successo. — Rimase un istante in silenzio. — Maryse ha spiegato perché ti ha... esiliato?

— Secondo lei io sapevo di non essere figlio di Michael Wayland. E mi ha accusato di essere stato per tutto il tempo complice di Valentine... e di averlo aiutato a fuggire con la Coppa Mortale.

— E allora perché saresti qui? — chiese Clary. — Perché non saresti scappato con lui?

— Non l'ha detto, ma temo che pensi che io sia rimasto per fare la spia. Una serpe in seno. Non che abbia usato la parola "seno", ma l'idea era quella.

— Una spia di Valentine? — Luke sembrava costernato.

— Maryse sostiene che Valentine contava sull'affetto che lei e Robert nutrivano per me e che, per questo, potessero bersi qualsiasi cosa dicessi loro. Così ha deciso di risolvere la faccenda smettendo di nutrire affetto per me.

— L'affetto non funziona così. — Luke scrollò la testa. — Non puoi chiuderlo come un rubinetto. Soprattutto se sei un genitore.

— Loro non sono davvero i miei genitori.

— Non è solo il sangue a fare un genitore. Per sette anni i Lightwood sono stati i tuoi genitori a tutti gli effetti. Maryse è solo ferita.

— Ferita? — Jace sembrò incredulo. — *Lei* sarebbe ferita?

— Voleva bene a Valentine, ricorda — disse Luke. — Come tutti noi. Lui l'ha ferita profondamente. E lei ha paura che suo figlio faccia lo stesso. Si preoccupa che tu possa avere mentito. Che la persona che ha creduto tu fossi in tutti questi anni possa essere una maschera, un inganno. Devi rassicurarla.

L'espressione di Jace era un misto di cocciutaggine e stupore. — Maryse è un'adulta! Non dovrebbe avere bisogno di essere rassicurata da me.

— Oh, *avanti*, Jace — disse Clary. — Non puoi aspettarti che tutti si comportino in modo perfetto. Anche gli adulti fanno casino. Torna all'Istituto e parlale in maniera ragionevole. Sii uomo.

— Non voglio essere uomo — ribatté Jace. — Voglio essere un adolescente angosciato che non riesce ad affrontare i suoi demoni interiori e preferisce rifarsi insultando il prossimo.

— Bene — disse Luke. — In tal caso stai facendo un lavoro fantastico.

— Jace — si affrettò a dire Clary prima che cominciassero a litigare sul serio — devi tornare all'Istituto. Pensa ad Alec e Izzy, pensa a che effetto avrà tutto ciò su di loro.

— Maryse escogiterà qualcosa per tranquillizzarli. Magari dirà che sono scappato.

— Non funzionerà — obiettò Clary. — Isabelle sembrava stravolta al telefono.

— Isabelle sembra sempre stravolta — disse Jace, ma aveva l'aria contenta. Si appoggiò allo schienale della sedia. I lividi sulla mascella e sullo zigomo spiccavano sulla pelle come Marchi scuri e informi. — Non tornerò in un posto dove non si ha fiducia in me. Non ho più dieci anni. Sono in grado di badare a me stesso.

Luke non ne sembrava tanto convinto. — Dove andrai? Dove vivrai?

Gli occhi del ragazzo scintillarono. — Ho diciassette anni. Sono quasi un adulto. Qualsiasi Cacciatore adulto ha il diritto di...

— Qualsiasi *adulto*. Ma tu non lo sei. Non puoi ricevere uno stipendio dal Conclave perché sei troppo giovane. E infatti i Lightwood sono obbligati dalla Legge a prendersi cura di te. In caso contrario, l'incarico sarà dato a qualcun altro o...

— O cosa? — Jace saltò su dalla sedia. — Andrò in un orfanotrofio a Idris? Sarò affibbiato a una famiglia che non ho mai visto? Posso rimediare un lavoro nel mondo dei mondani per un anno, vivere come uno di *loro*...

— No, non puoi — disse Clary. — E io dovrei saperlo, Jace, *io* ero una di loro. Sei troppo giovane per avere un vero lavoro. E poi le tue capacità... be', in genere i killer professionisti sono più grandi di te. E sono dei criminali.

— Io non sono un killer.

— Se vivessi nel mondo dei mondani — disse Luke — è quello che saresti.

Jace si irrigidì, le sue labbra si serrarono, e Clary comprese che le parole di Luke avevano colpito nel segno. — Non capite — disse Jace con un'improvvisa disperazione nella voce. — Non posso tornare. Maryse vuole farmi dire che odio Valentine. E io non posso farlo.

Sollevò il mento, la mandibola rigida, gli occhi puntati su Luke come se si aspettasse dall'adulto una reazione beffarda o perfino inorridita. Dopotutto, Luke aveva più motivi di chiunque altro per odiare Valentine.

— Lo so — disse Luke. — Anch'io gli volevo bene, una volta.

Jace espirò, il suo fu quasi un moto di sollievo, e a un tratto Clary pensò: *È per questo che è venuto qui, in questo posto. Non solo per attaccar briga, ma per arrivare a Luke. Perché Luke avrebbe capito.* Non tutto quello che Jace faceva era folle e suicida, rammentò a se stessa. Lo sembrava soltanto.

— Non dovresti essere tenuto a dichiarare che odi tuo padre — disse Luke. — Neppure per rassicurare Maryse. Dovrebbe capirlo.

Clary osservò attentamente Jace cercando di decifrarne il volto. Era come un libro scritto in una lingua straniera studiata da troppo poco tempo. — Ha detto davvero che non voleva che tu tornassi? O hai solo immaginato che l'avesse detto e così te ne sei andato?

— Mi ha detto che avrei fatto meglio a trovare un altro posto dove stare per un po' — rispose Jace. — Non ha detto dove.

— Le hai dato la possibilità di farlo? — chiese Luke. — Senti, Jace, puoi stare con me finché ne hai bisogno. Voglio che tu lo sappia.

Clary si sentì stringere lo stomaco. Il pensiero di Jace nella stessa casa in cui abitava lei, sempre vicino, la riempiva di un misto di esultanza e terrore.

— Grazie — disse Jace. La sua voce era uniforme, ma gli occhi, non c'era stato niente da fare, erano corsi immediatamente a Clary, che vi scorse lo stesso terribile miscuglio di emozioni che provava lei. *Luke,* pensò. *A volte vorrei che non fossi così generoso. O così cieco.*

— Però credo — continuò Luke — che dovresti tornare all'Istituto almeno il tempo necessario per parlare con Maryse e scoprire cosa sta davvero succedendo. Mi sembra che ci sia dell'altro, oltre a quel che ti ha detto. O a quello che tu vuoi sentire.

Jace staccò lo sguardo da Clary. — Va bene — fece in tono brusco. — Ma a una condizione: non voglio andarci da solo.

— Io verrò con te — si affrettò a dire Clary.

— Lo so. — La voce di Jace era sommessa. — E io voglio che tu lo faccia. Ma voglio che venga anche Luke.

Luke sembrò sorpreso. — Jace… vivo qui da quindici anni e non ho mai messo piede all'Istituto. Nemmeno una volta. Non credo che Maryse nutra ancora dell'affetto per me…

— Ti prego — disse Jace, e, malgrado la voce piatta e la calma con cui parlava, Clary poté percepire, come fosse qualcosa di tangibile, l'orgoglio che aveva dovuto soffocare per pronunciare quelle due parole.

— Va bene. — Luke fece un cenno con la testa, il cenno di un capobranco abituato a fare quello che doveva, che gli piacesse o meno. — Vuol dire che verrò con te.

Simon era appoggiato al muro del corridoio fuori dall'ufficio di Pete e cercava di non compiangersi.

La giornata era cominciata bene. Insomma, piuttosto bene. Prima c'era stato quello spiacevole episodio del film *Dracula* in TV che gli aveva fatto venire la nausea, portando a galla tutte le emozioni e i desideri che aveva cercato di reprimere e dimenticare. Poi, in qualche modo, il malessere gli aveva calmato i nervi, e si era ritrovato a baciare Clary come voleva fare da tanti anni. La gente diceva sempre che le cose non sono mai come le abbiamo immaginate. La gente si sbagliava.

E lei aveva *restituito* il bacio…

Ma adesso era là dentro con Jace, e Simon si sentiva annodare e contorcere lo stomaco come se avesse trangugiato una scodella di vermi. Era un senso di nausea a cui si era abituato negli ultimi tempi. Non era sempre stato così, anche dopo che si era reso conto di quello che provava per Clary. Non le aveva mai fatto pressioni, non le aveva mai fatto pesare i propri sentimenti. Era sempre stato certo che un giorno si sarebbe riscossa dai suoi sogni di principi dei cartoni animati ed eroi del kung fu e si sarebbe accorta di ciò che era chiaro come il sole: che loro due appartenevano l'uno all'altra. E se non aveva mostrato interesse per lui, almeno non l'aveva mostrato per nessun altro.

Fino a Jace. Si rivide seduto sui gradini del portico a casa di Luke, intento a guardare Clary che gli spiegava chi era Jace e che cosa faceva, mentre Jace si esaminava le unghie con aria di superiorità. Simon non l'aveva quasi sentita. Era stato troppo occupato a osservare come *guardava* il ragazzo biondo con gli strani tatuaggi e il bel viso spigoloso. Troppo bello, aveva pensato Simon, ma Clary evidentemente non era della stessa opinione: lo guardava come se fosse uno dei suoi eroi dei cartoni animati che avesse preso vita. Non l'aveva mai vista prima guardare qualcuno in quel modo e aveva sempre pensato che, se mai l'avesse fatto, avrebbe guardato lui. Ma non era andata così, e questo faceva più male di quanto avesse mai immaginato.

Scoprire che Jace era il fratello di Clary era stato come trovarsi davanti a un plotone di esecuzione e vedersi offrire la grazia all'ultimo momento. Di colpo il mondo era sembrato nuovamente pieno di possibilità.

Adesso non ne era più così sicuro.

— Ciao. — Una figura stava avanzando lungo il corridoio, una persona non molto alta che procedeva con cautela tra le macchie di sangue. — Stai aspettando di vedere Luke? È là dentro?

— Non esattamente. — Simon si allontanò dalla porta. — Cioè, più o meno. È là dentro con una persona di cui sono amico.

La figura, che nel frattempo lo aveva raggiunto, si fermò e lo fissò. Simon vide che era una ragazza sui sedici anni con la pelle liscia di un bruno chiaro. Aveva capelli castani acconciati in decine di treccine e il viso a forma di cuore. Il corpo era sodo e formoso, con i fianchi larghi e la vita sottile. — Chi, il tizio del bar? Il Cacciatore?

Simon scrollò le spalle.

— Be', mi spiace dirtelo — disse la ragazza — ma il tuo amico è un idiota.

— Non è mio amico — ribatté Simon. — E non potrei essere più d'accordo con te, davvero.

— Ma mi pareva che avessi detto...

— È sua sorella che sto aspettando — precisò Simon. — È la mia migliore amica.

— E adesso è là dentro con lui? — La ragazza indicò la porta con il pollice. Aveva anelli a ogni dito, fascette di bronzo e oro battuto dall'aspetto primitivo. Portava jeans consumati ma puliti e quando girò la testa Simon vide la cicatrice che le correva lungo il collo, poco sopra la scollatura della maglietta. — Be' — disse con aria guardinga — io ne so qualcosa di fratelli idioti. Suppongo che lei non ne abbia colpa.

— Già — fece Simon. — Ma forse è l'unica persona a cui lui darà ascolto.

— Non mi ha dato l'idea del tipo che ascolta — gli disse la ragazza, che lo sorprese a guardarla con la coda dell'occhio. Un'espressione divertita le guizzò sul viso. — Stai osservando la mia cicatrice. È dove sono stata morsa.

— Morsa? Vuoi dire che sei...?

— Una lupa mannara — disse la ragazza. — Come tutti gli altri qui. Tranne te e l'idiota. E la sorella dell'idiota.

— Ma non sei sempre stata una lupa mannara. Voglio dire, non sei nata così.

— Come la maggior parte di noi — spiegò la ragazza. — È questo che ci differenzia dai tuoi amichetti Cacciatori.

— Che cosa?

Lei sorrise di sfuggita. — Il fatto che una volta eravamo umani.

Simon non replicò. Dopo un momento la ragazza allungò la mano. — Sono Maia.

— Simon. — Le strinse la mano. Era asciutta e morbida. Maia alzò lo sguardo su di lui e lo fissò attraverso le ciglia castano chiaro. — Come fai a sapere che Jace è un idiota? — domandò. — O forse dovrei dire, come l'hai scoperto?

Maia ritirò la mano. — Ha fatto a pezzi il bar. Ha pestato il mio amico Bat. Ha perfino messo fuori combattimento alcuni membri del branco.

— Stanno bene? — Simon era allarmato. Jace non gli era sembrato turbato, ma conoscendolo non aveva dubbi che fosse capace di uccidere parecchie persone in una sola mattina e subito dopo andarsi a comprare delle cialde. — Hanno visto un dottore?

— Uno stregone — disse la ragazza. — Quelli come noi non hanno molto a che fare con i dottori mondani.

— I Nascosti?

Maia sollevò le sopracciglia. — Si sono presi la briga di insegnarti il gergo, vero?

Simon si irritò. — Come fai a sapere che non sono uno di loro? O di voi? Un Cacciatore o un Nascosto, o...

La ragazza scosse la testa facendo sobbalzare le trecce. — È che salta agli occhi — disse con una lieve amarezza — la tua *umanità*.

L'intensità nella sua voce lo fece quasi rabbrividire. — Potrei bussare alla porta — suggerì, sentendosi a un tratto impacciato. — Se vuoi parlare con Luke.

Lei scrollò le spalle. — Digli solo che Magnus è arrivato e sta ispezionando la scena nel vicolo. — Simon doveva avere un'aria sorpresa, dato che lei aggiunse: — Magnus Bane. È uno stregone.

Lo so, avrebbe voluto dire Simon, ma non lo fece. Tutta la conversazione era già stata abbastanza strana. — Okay.

Maia si girò per andarsene, ma, fatto un passo, indugiò con una mano sullo stipite della porta. — Pensi che sarà capace di farlo ragionare? — chiese. — Sua sorella?

— Se c'è una persona a cui darà ascolto, è lei.

— Che cosa tenera — osservò Maia. — Che voglia tanto bene a sua sorella.

— Già — disse Simon. — Una vera delizia.

3
L'Inquisitrice

La prima volta che Clary aveva visto l'Istituto, le era sembrato simile a una chiesa in rovina, il tetto sfondato, il nastro giallo della polizia a tenere chiusa la porta. Adesso non doveva sforzarsi di dissipare l'illusione.

Anche dall'altro lato della strada vedeva esattamente cos'era: un'imponente cattedrale gotica le cui guglie trafiggevano il cielo blu come coltelli.

Luke tacque. Dall'espressione del suo viso, era chiaro che dentro di lui aveva luogo una tacita lotta. Mentre salivano i gradini, Jace si infilò una mano nella camicia come d'abitudine, ma quando la tirò fuori era vuota. Rise senza alcuna allegria. — Dimenticavo. Quando me ne sono andato Maryse si è presa le mie chiavi.

— Si capisce. — Luke stava proprio davanti alle porte dell'Istituto. Toccò delicatamente i simboli intagliati nel legno, subito sotto l'architrave. — Queste porte sono identiche a quelle della Sala del Consiglio a Idris. Non avrei mai pensato di rivederle.

Clary si sentì quasi in colpa a interrompere il suo sogno a occhi aperti, ma c'erano delle questioni pratiche di cui occuparsi. — Se non abbiamo la chiave…

— Non dovrebbe essercene bisogno. Un Istituto dovrebbe essere aperto a qualsiasi Nephilim che non intenda fare del male a chi ci abita.

— E se volessero farci del male loro? — borbottò Jace.

L'angolo della bocca di Luke si contrasse. — Non credo che faccia differenza.

— Il Conclave imbroglia sempre le carte a modo suo. — La voce di Jace suonò attutita, il labbro inferiore gli si stava gonfiando, la palpebra sinistra stava diventando viola.

Perché non si guarisce le ferite? si chiese Clary. — Ti ha requisito anche lo stilo?

— Non ho preso niente quando sono andato via — disse Jace. — Non volevo nulla di ciò che avevo avuto dai Lightwood.

Luke lo guardò con una certa preoccupazione. — Ogni Cacciatore deve avere uno stilo.

— Me ne procurerò un altro — disse Jace posando la mano sulla porta dell'Istituto. — In nome del Conclave, io chiedo di avere accesso a questo luogo sacro. E in nome dell'Angelo Raziel, chiedo la tua benedizione sulla mia missione contro...

Le porte si spalancarono. Al di là di esse, Clary vide l'interno della cattedrale, l'oscurità piena di ombre più scure illuminata qua e là da candele collocate in alti candelabri di ferro.

— Be', è comodo — disse Jace. — Le benedizioni sono più facili da ottenere di quanto pensassi. Magari dovrei chiederne una anche sulla mia missione contro quelli che, senza rispettare la tradizione, si vestono di bianco dopo il Labour Day.

— L'Angelo sa qual è la tua missione — osservò Luke. — Non c'è bisogno di pronunciare le parole ad alta voce, Jonathan.

Per un momento Clary pensò di vedere qualcosa balenare sul viso di Jace: incertezza, sorpresa, forse perfino sollievo. Ma tutto ciò che disse fu: — Non chiamarmi così. Non è il mio nome.

Attraversarono la cattedrale, superando i banchi vuoti e la luce proveniente dall'altare. Luke si guardava intorno con aria curiosa e sembrò stupito quando l'ascensore, simile a una dorata gabbia per uccelli, arrivò per portarli di sopra.

— Questa dev'essere un'idea di Maryse — disse mentre ci salivano. — Rispecchia totalmente il suo gusto.

— È qui da quando ci sono io — disse Jace mentre la porta si chiudeva rumorosamente alle loro spalle.

Durante la breve salita, nessuno aprì bocca. Clary giocherellava nervosamente con la frangia della sciarpa. Si sentiva un po' in colpa per aver detto a Simon di andare a casa e aspettare una sua chiamata. Dalla postura delle sue spalle mentre si incamminava a grandi passi per Canal Street, aveva capito che era seccato per essere stato liquidato in modo un po' spiccio. Eppure non riusciva a immaginare che lui – un mondano – fosse presente mentre Luke intercedeva per Jace presso Maryse Lightwood. Avrebbe soltanto reso tutto più imbarazzante.

L'ascensore si fermò e quando ne uscirono trovarono Church ad aspettarli nell'ingresso con un nastro rosso piuttosto malridotto intorno al collo. Jace si chinò e strofinò il dorso della mano sulla testa del gatto. — Dov'è Maryse?

Church emise un suono gutturale, qualcosa a metà tra le fusa e il ringhio, e si avviò lungo il corridoio. Lo seguirono, Jace in silenzio, Luke guardandosi intorno con palese curiosità. — Non avrei mai pensato di vedere l'interno di questo posto.

Clary chiese: — È come lo immaginavi?

— Ho visitato gli Istituti di Londra e Parigi, questo non è diverso. Però è in qualche modo...

— In qualche modo cosa? — Jace era parecchi passi più avanti.

— Più freddo — disse Luke.

Jace non commentò. Avevano raggiunto la biblioteca. Church si accucciò come per segnalare che non aveva intenzione di andare oltre. Attraverso la spessa porta di legno giungevano voci appena udibili, ma Jace la aprì senza bussare ed entrò con passo deciso.

Clary sentì un'esclamazione di sorpresa. Per un istante le si strinse il cuore al pensiero di Hodge, che aveva praticamente vissuto in quella stanza. Hodge, con la sua voce roca, e Hugin, il corvo che era il suo compagno inseparabile... e che, su comando del padrone, le aveva quasi strappato gli occhi.

Ma non era Hodge, naturalmente. Dietro l'enorme scrivania ricavata da un'unica, massiccia lastra di rovere, poggiata sulle schiene di due angeli inginocchiati, sedeva una donna di mezza età con gli stessi capelli, neri come l'inchiostro, di Isabelle, e la corporatura snella e forte di Alec. Indossava un elegante tailleur nero, molto semplice, che contrastava con i numerosi anelli dai vivaci colori che le scintillavano alle dita.

Accanto a lei c'era un'altra figura: uno snello adolescente dalla corporatura esile, con i capelli ricci scuri e la pelle color miele. Quando si girò a guardarli, Clary non poté trattenere un'esclamazione di meraviglia. — Raphael?

Per un momento il ragazzo parve colto alla sprovvista. Poi sorrise, scoprendo i denti bianchissimi e affilati... Non c'era da stupirsi, dato che era un vampiro. — *Dios* — disse, rivolgendosi a Jace. — Che ti è successo, fratello? Sembra che un branco di lupi abbia provato a farti a pezzi.

— O sei un grande indovino — disse Jace — o hai saputo che cosa è successo.

Il sorriso di Raphael si trasformò in un ghigno. — Sai, mi giungono voci.

La donna dietro la scrivania si alzò. — Jace — disse, con la voce piena di ansia. — È successo qualcosa? Perché sei tornato così presto? Pensavo che saresti andato a stare con... — Il suo sguardo lo superò e si posò su Luke e Clary. — E tu chi sei?

— La sorella di Jace — rispose Clary.

Gli occhi di Maryse si soffermarono su di lei. — Già, lo vedo, assomigli a Valentine. — Si girò verso Jace. — Hai portato tua sorella con te? E anche un mondano? Questo posto adesso non è sicuro per nessuno di voi. E tanto meno per un *mondano*...

Con un lieve sorriso, Luke disse: — Io non sono un mondano.

L'espressione di Maryse passò lentamente dallo smarrimento allo shock mentre guardava Luke. Lo guardò *sul serio* per la prima volta. — *Lucian?*

— Ciao, Maryse — disse Luke. — Ne è passato di tempo.

Il viso di Maryse era assolutamente immobile, e in quel momento sembrò all'improvviso molto più vecchia, anche più vecchia di Luke. Si sedette con cautela. — Lucian — ripeté, i palmi delle mani sulla scrivania. — Lucian Graymark.

Raphael, che aveva osservato la scena con lo sguardo vivace e curioso di un uccello, si rivolse a Luke. — Tu sei quello che ha ucciso Gabriel.

Chi era Gabriel? Clary fissò Luke, confusa. Lui scrollò lievemente le spalle. — L'ho fatto, sì, proprio come lui ha ucciso il capobranco che lo aveva preceduto. È così che funziona fra i licantropi.

A quelle parole Maryse alzò lo sguardo. — Il capobranco?

— Se adesso sei tu a comandare il branco, dobbiamo parlare — disse Raphael piegando garbatamente la testa verso di lui, seppure con una certa diffidenza negli occhi. — Anche se non in questo momento, magari.

— Manderò qualcun altro, a discutere — disse Luke. — Sono successe tante di quelle cose, ultimamente. Credo che io non sarei troppo diplomatico.

— Già — fu tutto quello che disse Raphael. Si voltò di nuovo verso Maryse. — Il nostro colloquio può considerarsi concluso?

Maryse faticò a rispondere. — Se dici che i Figli della Notte non c'entrano con queste uccisioni, ti credo sulla parola. Sono tenuta a farlo, a meno che non vengano alla luce altre prove.

Raphael aggrottò la fronte. — Alla luce? È un'espressione che non mi piace. — Poi si girò, e Clary si accorse con un sussulto di vedere *attraverso* il contorno del suo corpo, come se lui fosse una fotografia dai margini sfocati. La sua mano sinistra era trasparente e lasciava intravedere il grande mappamondo di metallo che Hodge teneva sempre accanto alla scrivania. Clary si sentì emettere un lieve verso di sorpresa mentre la trasparenza si diffondeva dalle mani alle braccia... e poi dalle braccia al tronco, e in un baleno Raphael era sparito, come una figura cancellata da un disegno. Maryse fece un sospiro di sollievo.

Clary rimase a bocca aperta. — È *morto*?

— Chi, Raphael? — disse Jace. — Difficile. Quella era solo una sua proiezione. Non può entrare nell'Istituto con il suo corpo materiale.

— Perché no?

— Perché questa è terra consacrata — rispose Maryse. — E lui è un dannato. — I suoi occhi gelidi non persero nulla della loro freddezza quando si spostarono su Luke. — Tu capobranco a Manhattan? — chiese. — Immagino che non dovrei essere affatto sorpresa. A quanto pare, questo è il tuo metodo, no?

Luke ignorò l'amarezza del suo tono. — Raphael è stato qui per parlare del ragazzo ucciso oggi?

— Di quello. E anche di uno stregone morto — disse Maryse. — L'hanno trovato cadavere a Downtown due giorni fa.

— Ma perché Raphael è stato qui?

— Lo stregone era dissanguato — disse la donna. — Sembra che l'assassino del giovane lupo mannaro sia stato interrotto prima di potergli succhiare il sangue, ma ovviamente i sospetti sono caduti sui Figli della Notte. Il vampiro è venuto qui per assicurarmi che i suoi non hanno niente a che vedere con questa storia.

— Gli credi? — chiese Jace.

— Ora non ho intenzione di discutere con te, Jace, di faccende che riguardano il Conclave... soprattutto non davanti a Lucian Graymark.

— Adesso mi chiamo solo Luke — disse quello con aria tranquilla. — Luke Garroway.

Maryse scrollò la testa. — Ti ho riconosciuto a stento. Sembri un mondano.

— L'intenzione è quella, sì.

— Pensavamo tutti che fossi morto.

— *Speravate* — precisò Luke, sempre con aria imperturbabile. — Speravate che fossi morto.

Sembrò che Maryse avesse ingoiato qualcosa di appuntito. — Potreste anche sedervi — disse infine, indicando le sedie davanti alla scrivania. — E adesso — continuò una volta che ebbero preso posto — forse potreste dirmi perché siete qui.

— Jace — disse Luke senza preamboli — vuole un processo davanti al Conclave. E io sono disposto a garantire per lui. Ero a Renwick la notte in cui Valentine si è rivelato. Mi sono battuto con lui e ci siamo quasi uccisi a vicenda. Posso confermare che tutto quello che Jace dice corrisponde al vero.

— Non sono sicura — ribatté Maryse — di quanto valga la *tua* parola.

— Per quanto io sia un licantropo — disse Luke — sono anche un Cacciatore. Sono disposto a sottopormi alla prova della Spada, se sarà necessario.

La prova della Spada? Questo non faceva presagire niente di buono. Clary lanciò un'occhiata a Jace. Esteriormente era calmo, le dita intrecciate in grembo, ma era scosso da un tremito che tradiva la tensione, come se fosse a un pelo dall'esplodere. Jace colse il suo sguardo e disse: — La Spada dell'Anima. Il secondo degli Strumenti Mortali. Viene usata nei processi per stabilire se un Cacciatore mente.

— Tu non sei un Cacciatore — disse Maryse a Luke, come se Jace non avesse parlato. — È da tempo, da molto tempo che non vivi secondo la Legge del Conclave.

— C'è stato un tempo in cui neanche tu la seguivi — replicò Luke. Le guance della donna si fecero paonazze. — Pensavo — continuò Luke — che ormai avessi superato la tua inclinazione a non fidarti mai di nessuno, Maryse.

— Certe cose non si perdono mai — disse lei. La sua voce aveva una dolcezza minacciosa. — Credi che fingersi morto sia stata la menzogna più grande che Valentine ci abbia propinato? Credi che il fascino corrisponda alla sincerità? Io la pensavo così. Mi sbagliavo. — Si alzò e si appoggiò al tavolo con le mani sottili. — Ci disse che si sarebbe sacrificato per il Circolo e che si aspettava che lo facessimo anche noi. E noi lo avremmo fatto, tutti. Io l'ho *quasi* fatto. — I suoi occhi scivolarono su Jace e Clary, quindi si fissarono su quelli di Luke. — Ti ricordi quando ci disse che la Rivolta sarebbe stata poca cosa, una scaramuccia: tutta la potenza del Circolo contro pochi ambasciatori disarmati. Ero talmente sicura di una nostra rapida vittoria che quando andai ad Alicante lasciai Alec a casa nella culla. Chiesi a Jocelyn di guardarmi i bambini, mentre ero via. Lei rifiutò. Ora so perché. Lei *sapeva*... E anche tu. E non ci hai avvertito.

— Provai a mettervi in guardia su Valentine — disse Luke. — Non mi deste ascolto.

— Non parlo di Valentine. Parlo della Rivolta! Quando arrivammo, eravamo in cinquanta contro cinquecento Nascosti...

— Eri pronta a massacrarli quando pensavi che sarebbero stati solo cinque uomini disarmati — disse Luke con calma.

Le mani di Maryse si serrarono sulla scrivania. — Siamo stati *noi* a essere massacrati. Nel bel mezzo della carneficina, ci siamo rivolti fiduciosi a Valentine perché ci guidasse. Ma lui non c'era. A quel punto il Conclave ha fatto circondare la Sala degli Accordi. Pensavamo che Valentine fosse stato ucciso, eravamo pronti a dare le nostre vite in un ultimo, disperato assalto. Poi mi sono ricordata di

Alec... Se fossi morta, cosa sarebbe successo al mio bambino? — La sua voce si ruppe. — Così deposi le armi e mi consegnai al Conclave.

— Hai fatto la cosa giusta, Maryse — disse Luke.

La donna si girò verso di lui, gli occhi fiammeggianti. — Non trattarmi con questa *condiscendenza*, lupo mannaro. Fosse stato per te...

— Non gridargli contro! — Clary intervenne, quasi alzandosi in piedi anche lei. — È solo colpa tua se hai creduto a Valentine...

— E pensi che non lo sappia? — Nella voce di Maryse si era insinuata una sfumatura aspra. — Oh, il Conclave ce lo spiegò bene, quando ci interrogò... Avevano la Spada dell'Anima e sapevano quando mentivamo, ma non riuscirono a farci parlare... Niente riuscì a farci parlare, fino a che...

— Fino a cosa? — Era stato Luke a fare quella domanda. — Io non l'ho mai saputo. Mi sono sempre chiesto cosa vi avessero detto per far sì che gli voltaste le spalle.

— La pura verità — disse Maryse, e apparve improvvisamente stanca. — Che Valentine non era morto là nella Sala. Era fuggito... Ci aveva lasciato a crepare senza di lui. Era morto più tardi, ci dissero, bruciato vivo nella sua casa. L'Inquisitore ci mostrò le sue ossa, i resti carbonizzati dell'amuleto che era solito portare. Naturalmente, era un'altra menzogna... — La sua voce si spense, quindi Maryse riprese il controllo e disse in tono secco: — A quel punto stava comunque andando tutto a pezzi. Alla fine ci parlammo, noi del Circolo. Prima della battaglia, Valentine mi aveva preso da parte e mi aveva detto che, tra tutti i membri del Circolo, ero quella di cui si fidava di più, la sua collaboratrice più stretta. Quando il Conclave ci interrogò, scoprii che aveva detto la stessa cosa a tutti.

— Non c'è niente di peggio di una donna tradita — borbottò Luke, così piano che solo Clary lo sentì.

— Non ha mentito solo al Conclave, ma a tutti noi. Si è servito della nostra lealtà e del nostro affetto. Proprio come ha fatto quando ti ha mandato da noi — disse Maryse guardando dritto in faccia Jace. — E adesso è tornato. E ha la Coppa Mortale. Progetta da anni, senza sosta, tutto il piano. Non posso permettermi di fidarmi di te, Jace. Mi dispiace.

Jace non disse nulla. Il suo viso era privo di espressione, ma, via via che Maryse parlava, si era fatto più pallido, con i recenti lividi che risaltavano sulla mascella e sulla guancia.

— E allora? — fece Luke. — Cosa ti aspetti che faccia? Dove dovrebbe andare?

Gli occhi di Maryse si posarono per un attimo su Clary. — Perché non va da sua sorella? — domandò. — La famiglia...

— È Isabelle, la sorella di Jace — la interruppe Clary. — Alec e Max sono i suoi fratelli. Cosa gli dirai? Ti odieranno per sempre, se sbatti Jace fuori da casa vostra.

Gli occhi di Maryse si posarono su di lei. — E *tu* che ne sai?

— Conosco Alec e Isabelle — rispose Clary. Il pensiero di Valentine si fece vivo, importuno; lo respinse. — Ci vuole qualcosa più del sangue per fare una famiglia. Valentine non è mio padre. È Luke mio padre. Proprio come Alec, Max e Isabelle sono la famiglia di Jace. Se provi a strapparlo dalla vostra famiglia, lascerai una ferita che non si rimarginerà più.

Luke la guardava con una sorta di stupito rispetto. Gli occhi di Maryse ebbero un guizzo di... incertezza?

— Clary — disse piano Jace. — Basta. — Aveva l'aria sconfitta.

Clary si rivolse a Maryse: — E la Spada? — chiese.

Per un istante Maryse la guardò con sincera perplessità. — La Spada?

— La Spada dell'Anima — disse Clary. — Quella di cui vi servite per capire se un Cacciatore mente o meno. Potreste usarla su Jace.

— Questa è una buona idea. — La voce di Jace tradì una scintilla di animazione.

— Hai ragione, Clary, ma non sai cosa comporta una decisione del genere — disse Luke. — L'unica che può usare la spada è l'Inquisitrice.

Jace si drizzò a sedere sulla sedia. — E allora invitatela. Chiamate l'Inquisitrice. Voglio farla finita con questa storia.

— *No* — disse Luke, mentre Maryse non distoglieva gli occhi da Jace.

— L'Inquisitrice — disse lei a malincuore — sta già arrivando...

— Maryse. — La voce di Luke si incrinò. — Dimmi che non l'hai immischiata in questa faccenda!

— Non sono stata io! Pensavi che il Conclave sarebbe rimasto a guardare questa delirante storia di Dimenticati, Portali e finte morti senza intervenire? Dopo quello che ha fatto Hodge? Ora, grazie a Valentine, siamo tutti sotto inchiesta — concluse, notando l'espressione cerea e sbalordita di Jace. — L'Inquisitrice potrebbe mettere Jace in prigione. Potrebbe privarlo dei Marchi. Ho pensato che sarebbe stato meglio...

— ... che Jace se ne andasse prima del suo arrivo — disse Luke. — Non mi stupisce che tu fossi così ansiosa di mandarlo via.

— Chi è l'Inquisitrice? — chiese Clary. La parola evocava immagini dell'Inquisizione spagnola, torture, fruste e ruote. — Che cosa *fa*?

— Indaga sui Cacciatori per conto del Conclave — rispose Luke. — Si assicura che i Nephilim non infrangano la Legge. Dopo la Rivolta ha indagato su tutti i membri del Circolo.

— È stata lei a maledire Hodge? — domandò Jace. — E a mandarvi qui?

— Ha scelto il nostro esilio e la sua punizione. Non ha alcun affetto per noi. E odia tuo padre.

— Non me ne andrò — disse Jace, sempre molto pallido. — Cosa farà se verrà qui e non mi troverà? Penserà che abbiate complottato per nascondermi. Punirà *voi*... te, Alex, Isabelle e Max.

Maryse tacque.

— Maryse, non fare la sciocca — disse Luke. — Se manderai via Jace lei ti biasimerà ancora di più. Tenerlo qui e permettere che sia sottoposto alla prova dalla Spada sarebbe un segno di buona fede.

— Tenere qui Jace... Non dirai sul serio, Luke! — esclamò Clary. Sapeva che ricorrere alla Spada era stata una sua idea, ma cominciava a pentirsi di averla proposta. — Dev'essere una donna orribile.

— Ma se Jace se ne va — obiettò Luke — non potrà più tornare. Non sarà mai più un Cacciatore. Che ci piaccia o no, l'Inquisitrice è il braccio della Legge. Se Jace vuole continuare a far parte del Conclave, deve collaborare con lei. Ha qualcosa dalla sua, qualcosa che i membri del Circolo non avevano dopo la Rivolta.

— E sarebbe? — chiese Maryse.

Luke fece un debole sorriso. — Diversamente da te — rispose — Jace dice la verità.

Maryse respirò a fatica, poi si rivolse a Jace. — In definitiva deve essere una decisione tua — disse. — Se vuoi il processo, puoi rimanere qui fino all'arrivo dell'Inquisitrice.

— Rimango — disse Jace. Nel suo tono c'era una risolutezza priva di rabbia che sorprese Clary. Sembrava che guardasse oltre Maryse con un lieve lampo negli occhi, come se vi si riflettesse il fuoco. In quel momento, Clary non poté fare a meno di pensare che Jace somigliava molto a suo padre.

4

Il cuculo nel nido

— Succo d'arancia, melassa, uova, ma scadute, e qualcosa che assomiglia vagamente all'insalata.

— Insalata? — Clary sbirciò nel frigo da sopra la spalla di Simon. — Non direi, è mozzarella.

Simon rabbrividì e chiuse lo sportello del frigo di Luke con un calcio. — E se ordinassimo una pizza?

— Già fatto — disse Luke entrando in cucina con in mano il cordless. — Una pizza vegetariana grande e tre lattine di coca. E ho chiamato l'ospedale — aggiunse riattaccando. — Le condizioni di Jocelyn sono invariate.

— Ah — fece Clary, e si sedette al tavolo di legno. Di solito Luke era piuttosto ordinato, ma al momento il tavolo era sommerso dalla posta non ancora aperta e da pile di piatti sporchi. Alla spalliera di una sedia era appeso il suo montgomery verde.

Clary sapeva che doveva aiutarlo a mettere in ordine, ma ultimamente non ne aveva proprio la forza. La cucina di Luke era piccola e non brillava per pulizia. E anche come cuoco lui non era granché, come dimostrava il fatto che sul portaspezie appeso sopra il vecchio contatore del gas non c'erano spezie: Luke lo usava per metterci le scatole di tè e di caffè.

Simon le si sedette accanto, mentre Luke toglieva i piatti sporchi dal tavolo e li ammucchiava nel lavello. — Tutto okay? — le chiese sottovoce.

— Sto bene. — Clary riuscì ad abbozzare un sorriso. — Non mi aspettavo che mia madre si svegliasse oggi, Simon. Ho come la sensazione che stia… aspettando qualcosa.

— Sai di che si tratta?

— No. So solo che manca qualcosa. — Alzò gli occhi su Luke, che era occupato a strofinare vigorosamente i piatti nel lavello. — O qualcuno.

Simon la guardò con aria interrogativa. — Sembra che la scena all'Istituto sia stata piuttosto forte, per te.

Clary rabbrividì. — La madre di Alec e Isabelle è spaventosa.

— Come hai detto che si chiama?

— May-ris — disse Clary, copiando la pronuncia di Luke.

— È un vecchio nome da Cacciatore. — Luke si asciugò le mani con uno strofinaccio.

— E Jace ha deciso di rimanere là e affrontare questa Inquisitrice? Non se n'è andato? — chiese Simon.

— È quello che deve fare se vorrà avere una vita da Cacciatore — disse Luke. — Ed essere questo, un Nephilim, significa tutto per lui. Conoscevo altri Cacciatori così, a Idris. Se gli togli questo…

Risuonò il familiare squillo del campanello. Luke gettò lo strofinaccio sul piano di lavoro. — Torno subito.

Appena fu uscito dalla cucina, Simon disse: — È davvero strano pensare a Luke come a uno che una volta era Cacciatore. Più strano ancora che pensarlo come lupo mannaro.

— Davvero? E perché?

Simon fece spallucce. — Ho sentito parlare dei lupi mannari. Bene o male, sono qualcosa di noto. Una volta al mese lui si trasforma in lupo, e con questo? Ma i Cacciatori… Loro sono una specie di setta.

— Non è vero.

— E invece sì. Cacciare è la loro vita. E guardano tutti dall'alto in basso. Ci chiamano mondani. Come se loro non fossero esseri umani. Non fanno amicizia con la gente normale, non frequentano gli stessi posti, non conoscono le stesse barzellette, si credono superiori. — Simon sollevò una lunga gamba magra e attorcigliò il bordo sfrangiato del buco nel ginocchio dei jeans. — Oggi ho conosciuto un altro lupo mannaro.

— Non dirmi che sei stato a gingillarti con Freaky Pete all'Hunter's Moon. — Clary provava una sensazione sgradevole alla bocca dello stomaco, ma non avrebbe saputo dire con precisione da cosa derivasse. Probabilmente dallo stress in generale.

— No. Era una ragazza — disse Simon. — Più o meno della nostra età. Si chiama Maia.

— Maia? — Luke rientrò in cucina con il contenitore quadrato della pizza. Lo depose sul tavolo e Clary allungò la mano per aprirlo. L'odore della pasta della pizza, della salsa di pomodoro e del formaggio le fece ricordare quanta fame aveva. Staccò una fetta senza aspettare che Luke le facesse scivolare un piatto sul tavolo. Luke si sedette con un sorriso, scuotendo la testa.

— Maia fa parte del branco, vero? — chiese Simon, prendendo a sua volta una fetta.

Luke annuì. — Certo. È una brava ragazza. L'ho fatta venire qualche volta a badare alla libreria, mentre ero all'ospedale. Si fa pagare in libri.

Simon lo guardò al di sopra della pizza. — Sei a corto di soldi?

Luke scrollò le spalle. — Non ho mai dato importanza ai soldi, e il branco gestisce i suoi.

Clary disse: — Mia madre ha sempre detto che quando rimanevamo al verde vendeva un po' delle azioni di mio padre. Ma dal momento che il tizio che credevo mio padre non lo era, e dubito che Valentine avesse delle azioni...

— Tua madre vendeva i suoi gioielli, uno alla volta — spiegò Luke. — Valentine le aveva dato alcuni gioielli della sua famiglia, pezzi che appartenevano ai Morgenstern da generazioni. Perfino i più piccoli avevano valutazioni altissime, alle aste. — Sospirò. — Ormai sono spariti... anche se Valentine potrebbe averli recuperati dalle rovine del vostro vecchio appartamento.

— Be', spero che questo le abbia procurato una certa soddisfazione — disse Simon. — Vendere così la roba di Valentine. — Prese un'altra fetta di pizza. Era veramente sorprendente, pensò Clary, quanto cibo erano capaci di ingurgitare gli adolescenti maschi senza mettere su un grammo di peso o sentirsi male.

— Deve essere stato strano per te — disse a Luke — vedere Maryse Lightwood così, dopo tanto tempo.

— Non esattamente strano. Non è tanto diversa da com'era allora... In effetti, è sempre uguale a se stessa, anche se può sembrare assurdo.

Clary non lo trovava assurdo. L'aspetto di Maryse le ricordava la ragazza snella e dai capelli neri della foto che le aveva dato Hodge, quella con il mento sollevato altezzosamente. — Quali sentimenti pensi che nutra per te? — gli chiese. — Pensi davvero che sperassero che tu fossi morto?

Luke sorrise. — Sì, ma forse non perché mi odiano. Solo che per loro sarebbe stato più comodo e meno problematico se fossi morto, non c'è dubbio. Che io sia vivo e per di più a capo del branco di Downtown non è certo qualcosa che potessero augurarsi. Dopotutto, mantenere la pace tra i Nascosti è il loro lavoro... Ed ecco che salto fuori io, che sono legato a loro da una lunga storia e ho mille motivi per volermi vendicare. Temono che io sia una mina vagante.

— E lo sei? — chiese Simon. Avevano finito la pizza, così allungò la mano senza guardare e prese una delle croste mordicchiate da Clary. Sapeva che odiava la crosta. — Una mina vagante, voglio dire.

— Non c'è niente di imprevedibile in me. Sono poco interessante e di mezza età.

— A parte il fatto che una volta al mese ti trasformi in lupo e te ne vai in giro ad ammazzare la gente — osservò Clary.

— Potrebbe andar peggio — disse Luke. — Ci sono uomini della mia età che comprano macchine sportive e vanno a letto con giovani supermodelle.

— Macché mezza età — osservò Simon. — Hai solo trentotto anni.

— Grazie, Simon, lo apprezzo. — Luke aprì il contenitore della pizza e, trovandolo vuoto, lo chiuse con un sospiro. — Anche se ti sei sbafato tutta la pizza.

— Ne ho prese solo cinque fette — protestò Simon, spingendo indietro la sedia in modo da farla stare in equilibrio precario sulle due gambe di dietro.

— Quante fette pensi che ci siano in una pizza, scemo? — chiese Clary.

— Meno di cinque fette non è un pasto. È uno spuntino. — Simon rivolse uno sguardo apprensivo a Luke. — Questo significa che ti trasformerai in lupo e mi mangerai?

— Certo che no. — Luke si alzò per gettare il contenitore della pizza nella pattumiera. — Mi dai l'idea di essere fibroso e difficile da digerire.

— Però sono kosher — osservò Simon allegramente.

— Non mancherò di segnalarti ai licantropi ebrei. — Luke appoggiò la schiena al lavello. — Ma per rispondere alla tua domanda di poco fa, Clary, è stato strano vedere Maryse Lightwood, non tanto per lei stessa, quanto per l'ambiente. L'Istituto mi ha ricordato troppo la Sala degli Accordi a Idris... Potevo sentire intorno a me la forza delle rune del *Libro Grigio*, dopo quindici anni passati a cercare di dimenticarle.

— E ci sei riuscito, a dimenticarle? — chiese Clary.

— Ci sono cose che non si dimenticano mai. Le rune del Libro sono ben più che illustrazioni. Diventano parte di te. Della tua pelle. Non si smette mai di essere Cacciatori. È un dono che hai nel sangue, e non puoi cambiarlo più di quanto tu possa cambiare il tuo gruppo sanguigno.

— Mi chiedevo — disse Clary — se non dovrei avere anch'io dei Marchi.

Simon lasciò cadere la crosta di pizza che stava rosicchiando. — Stai scherzando.

— Per niente. Perché dovrei scherzare su una cosa simile? E perché non dovrei avere i Marchi? Sono una Cacciatrice. Tanto vale che cerchi di procurarmi tutta la protezione possibile.

— Protezione da cosa? — domandò Simon chinandosi in avanti e facendo sbattere rumorosamente le gambe della sedia sul pavimento. — Pensavo che questa faccenda dei Cacciatori fosse finita. Pensavo che tu volessi vivere una vita normale.

Luke parlò in tono moderato. — Non sono sicuro che la vita normale esista davvero.

Clary abbassò lo sguardo sul braccio, dove Jace le aveva tracciato l'unico Marchio che avesse mai ricevuto. C'era ancora il disegno bianco simile a un merletto che aveva lasciato un ricordo più forte di una cicatrice. — Certo, voglio tenermi lontana dalle stranezze. Ma se le stranezze mi corrono dietro? Se non avessi scelta?

— O forse non vuoi tenertene così lontana — borbottò Simon. — Non finché Jace vi è coinvolto, in ogni caso.

Luke si schiarì la voce. — Di solito, prima di ricevere i Marchi, i Nephilim vengono sottoposti a vari livelli di addestramento. Ti consiglierei di non farteli finché non avrai un certo grado di istruzione. Ma se vuoi farli, naturalmente decidi tu. Tuttavia, c'è una cosa che dovresti avere. Una cosa che ogni Cacciatore *deve* avere.

— Un atteggiamento odioso e arrogante? — suggerì Simon, un po' polemico.

— Uno stilo — rispose Luke. — Ogni Cacciatore dovrebbe avere uno stilo.

— E *tu* ne hai uno? — domandò Clary, sorpresa.

Senza rispondere, Luke uscì dalla cucina. Pochi attimi dopo era di nuovo lì, con in mano un fagotto di stoffa nera. Lo posò sul tavolo e lo svolse, rivelando un oggetto scintillante simile a una bacchetta magica di cristallo pallido, opaco. Uno stilo.

— Bello — fece Clary.

— Mi fa piacere che la pensi così — disse Luke — perché voglio che lo tenga tu.

— Io? — Lo guardò stupefatta. — Ma è tuo, no?

Luke scosse la testa. — Era di tua madre. Non voleva tenerlo nell'appartamento, casomai tu l'avessi trovato, così mi chiese di conservarlo per lei.

Clary prese lo stilo. Era freddo al tatto, ma lei sapeva che quando veniva usato si scaldava fino a diventare incandescente. Era uno strano oggetto, non abbastanza lungo per essere un'arma, non abbastanza corto per essere uno strumento da disegno facile da maneggiare. Immaginò che abituarsi a quella cosa fosse solo una questione di tempo.

— Posso tenerlo?

— Certo. È un vecchio modello, si capisce, di quasi vent'anni fa. Da allora li avranno perfezionati. Comunque, è abbastanza affidabile.

Simon la guardò mentre teneva lo stilo come se fosse una bacchetta da direttore d'orchestra, tracciando delicatamente segni invisibili nell'aria. — Mi ricorda quando mio nonno mi regalò le sue vecchie mazze da golf.

Clary si mise a ridere e abbassò la mano. — Già, solo che non le hai mai usate.

— E spero che tu non debba mai usare nemmeno questo — disse Simon, e distolse svelto lo sguardo prima che l'amica potesse replicare.

Il fumo saliva dai Marchi in nere spirali e lui sentì l'odore soffocante della sua pelle che bruciava. Suo padre gli stava sopra con lo stilo, la cui punta risplendeva rossa come quella di un attizzatoio lasciato a lungo nel fuoco. — Chiudi gli occhi, Jonathan — disse il padre. — Il dolore è soltanto ciò che tu gli permetti di essere. — Ma la mano di Jace si piegò involontariamente su se stessa, come se la sua pelle fremesse e si contorcesse per allontanarsi dallo stilo. Sentì il colpo secco quando un osso della mano si spezzò, poi un altro...

Jace aprì gli occhi e sbatté le palpebre nell'oscurità, mentre la voce di suo padre svaniva come fumo al vento. Sentì sulla lingua il sapore metallico del dolore. Si era morso l'interno del labbro. Si mise a sedere, sussultando.

Risuonò un altro colpo secco e Jace abbassò senza volere lo sguardo sulla mano. Non aveva nessun Marchio. Si rese conto che il rumore veniva da fuori. Qualcuno stava bussando alla porta della stanza, anche se con qualche esitazione.

Si buttò giù dal letto, rabbrividendo al contatto dei piedi nudi sul pavimento. Si era addormentato vestito e si guardò la camicia spiegazzata con un'espressione di disgusto. Doveva avere ancora addosso l'odore di lupo. Gli doleva tutto.

Bussarono di nuovo. Jace attraversò la stanza e aprì la porta. Spalancò gli occhi stupito. — Alec?

Alec, le mani nelle tasche dei jeans, fece spallucce imbarazzato. — Scusami, è prestissimo. La mamma mi ha mandato a chiamarti. Vuole vederti in biblioteca.

— Che ore sono?

— Le cinque.

— Che cosa diavolo ci fai alzato a quest'ora?

— Non sono mai andato a letto. — Sembrava che dicesse la verità. Aveva delle ombre scure intorno agli occhi azzurri.

Jace si passò una mano tra i capelli arruffati. — Va bene. Aspetta un secondo, il tempo di cambiarmi la camicia. — Si diresse all'armadio e frugò tra le pile di abiti ordinatamente ripiegati finché non trovò una maglia blu a maniche lunghe. Si sfilò con cautela la camicia che indossava... In alcuni punti era appiccicata alla pelle dal sangue secco.

Alec distolse lo sguardo. — Che ti è successo? — Aveva una strana tensione nella voce.

— Ho attaccato briga con un branco di lupi mannari. — Jace si fece scivolare la maglia blu sopra la testa. Una volta vestito, seguì Alec nel corridoio. — Hai qualcosa sul collo — osservò.

La mano di Alec guizzò alla gola. — Che cosa?

— Sembra il segno di un morso — disse Jace. — Ma che cosa hai fatto là fuori tutta la notte?

— Niente. — Rosso come un peperone, la mano ancora serrata sul collo, Alec si avviò lungo il corridoio, seguito da Jace. — Ho fatto una passeggiata nel parco. Ho cercato di chiarirmi le idee.

— E ti sei imbattuto in un vampiro?

— Cosa? No! Sono caduto.

— Sul *collo*? — Alec fece un verso di insofferenza e Jace stabilì che era decisamente meglio lasciar perdere la questione. — Okay, non importa. E su che cosa avevi bisogno di chiarirti le idee?

— Su di te. Sui miei genitori — disse Alec. — Dopo che te ne sei andato, mamma è venuta a spiegarmi perché era così arrabbiata. E mi ha anche raccontato di Hodge. A proposito, grazie per non avermelo detto.

— Mi dispiace. — Adesso toccò a Jace arrossire. — In un modo o nell'altro, non sono riuscito a farlo.

— Be', non è un buon segno. — Alec si tolse finalmente la mano dal collo e si voltò a guardare Jace con aria accusatoria. — Sembra quasi che tu nasconda qualcosa. Qualcosa sul conto di Valentine.

Jace si fermò di colpo. — Pensi *davvero* che io abbia mentito, quando ho detto di non sapere che Valentine era mio padre?

— No! — Alec sembrò allarmato, sia dalla domanda sia dalla veemenza con cui Jace l'aveva posta. — E non m'importa nemmeno chi è tuo padre. Non m'interessa. Per me sei sempre lo stesso.

— Chiunque io sia? — Le parole vennero fuori gelide, prima che potesse trattenerle.

— Voglio dire che... — il tono di Alec si stava addolcendo — a volte sei un po'... brusco. Tutto quello che ti chiedo è di pensare prima di parlare. Qui nessuno ti è nemico, Jace.

— Be', grazie del consiglio. Ora posso andarci da solo, in biblioteca, so la strada.

— Jace...

Ma Jace si era già allontanato, lasciandosi alle spalle l'angoscia di Alec. Odiava quando gli altri si preoccupavano per lui. Gli dava l'impressione che ci fosse davvero qualcosa di cui preoccuparsi.

La porta della biblioteca era socchiusa. Senza darsi il pensiero di bussare, Jace entrò. Quella era sempre stata una delle sue stanze preferite, all'Istituto. C'era qualcosa di confortante in quell'antiquata mescolanza di legno e guarnizioni di ottone, con i libri rilegati in cuoio e velluto allineati lungo le pareti come vecchi amici in attesa del suo ritorno. Ora, nel momento in cui la porta si spalancò, fu colpito da una folata di aria fredda. Il fuoco che di solito, in autunno e in inverno, ardeva nell'enorme caminetto era ridotto a un mucchio di cenere. Le lampade erano spente. L'unica luce proveniva dalle strette finestre con le persiane e dal lucernario della torre, in alto.

Suo malgrado, Jace pensò a Hodge. Se fosse stato lì, il fuoco avrebbe crepitato e le lampade a gas sarebbero state accese, gettando pozze di luce dorata sul parquet. Quanto a Hodge, sarebbe stato stravaccato in una poltrona accanto al fuoco, con Hugo sulla spalla, un libro appoggiato al suo fianco...

Ma c'era qualcun altro, nella vecchia poltrona di Hodge. Una figura magra, grigia, che si alzò srotolandosi con movimenti sinuosi come il cobra di un incantatore di serpenti e si girò verso di lui con un sorriso gelido.

Era una donna. Indossava un lungo mantello grigio scuro di foggia antiquata che le ricadeva sulla punta degli stivali. Sotto, si intravedeva un aderente tailleur color ardesia con un colletto alla coreana, i cui bordi rigidi premevano sul collo. I capelli, di un biondo pallido e scialbo, erano raccolti all'indietro da pettinini, gli occhi erano dure schegge grigie. Jace poteva sentirli, come un tocco di acqua fredda, mentre si spostavano dai suoi jeans sporchi e schizzati di fango al suo viso tumefatto e ai suoi occhi, dove si arrestarono.

Per un secondo qualcosa di ardente guizzò nel suo sguardo, come il bagliore di una fiamma intrappolata sotto il ghiaccio. Poi scomparve. — Tu sei il ragazzo?

Prima che Jace potesse rispondere, risuonò un'altra voce. Era quella di Maryse, che era entrata nella biblioteca dietro di lui. Jace si chiese perché non l'avesse sentita avvicinarsi e si accorse che aveva delle pantofole al posto delle solite scarpe coi tacchi. — Sì, Inquisitrice — disse. — Questo è Jonathan Morgenstern.

L'Inquisitrice si mosse verso Jace come fumo grigio sospinto dal vento. Si fermò davanti a lui e allungò una mano... bianca e dalle dita lunghe, che gli fece pensare a un ragno albino. — Guardami, ragazzo — disse, e subito dopo quelle dita lunghe erano sotto il suo mento, per fargli alzare la testa. Era incredibilmente forte. — Mi chiamerai Inquisitrice. Non mi chiamerai in nessun altro modo. — Aveva la pelle intorno agli occhi segnata da un intrico di sottili rughe simili a crepe nella vernice secca. Due stretti solchi le correvano dalle estremità della bocca al mento. — Intesi?

Durante gran parte della sua vita, per Jace l'Inquisitrice era stata una figura remota e quasi mitica. La sua identità, e perfino molte delle sue mansioni, erano circondate dal riserbo del Conclave. L'aveva sempre immaginata simile ai Fratelli Silenti, con il loro potere discreto e i loro misteri occulti. Non aveva immaginato qualcuno di così diretto... o di così ostile. I suoi occhi sembravano volerlo tagliare, o voler recidere la sua corazza di sicurezza e ironia, denudandolo fino all'osso.

— Mi chiamo Jace. Non "ragazzo". Jace Wayland.

— Non hai il diritto di portare il nome dei Wayland — ribatté lei. — Tu sei Jonathan Morgenstern. Reclamare il nome dei Wayland fa di te un bugiardo. Proprio come tuo padre.

— Veramente — disse Jace — preferisco pensare di essere un bugiardo in un modo tutto mio.

— Capisco. — Un sorrisetto le incurvò la bocca pallida. Non era un bel sorriso. — Sei insofferente all'autorità, proprio come tuo padre. Come l'angelo di cui entrambi portate il nome. — Le sue dita gli afferrarono il mento con improvvisa ferocia, le unghie affondarono dolorosamente nella carne. — Lucifero fu ricompensato per la sua ribellione quando Dio lo scagliò negli abissi dell'inferno. — Il suo fiato era aspro come l'aceto. — Se sfiderai la *mia* autorità, ti prometto che invidierai il suo destino.

Lasciò Jace e fece un passo indietro. Il ragazzo sentì il lento gocciare del sangue nel punto in cui le unghie gli avevano trafitto il viso. Gli tremavano le mani dalla rabbia, ma si rifiutò di alzarne una per ripulirsi dal sangue.

— Imogen... — cominciò Maryse, ma si corresse. — Inquisitrice Herondale. Lui ha acconsentito a essere sottoposto alla prova dalla Spada. Potrai scoprire se dice la verità.

— Su suo padre? Sì, lo so. — Il rigido colletto dell'Inquisitrice Herondale le affondò nella gola quando lei si girò a guardare la donna. — Sai, Maryse, il Conclave non è contento di te. Tu e Robert siete i guardiani dell'Istituto. Siete fortunati che il vostro stato di servizio nel corso degli anni sia stato piuttosto corretto. Scarsi problemi con i demoni, fino a poco fa, e nei giorni scorsi tutto è rimasto tranquillo. Nessun rapporto, nemmeno da Idris, perciò il Conclave si sente clemente. A volte ci siamo chiesti se abbiate davvero smesso di essere fedeli a Valentine. Sta di fatto che vi ha teso una trappola e voi ci siede caduti. Si sperava che foste più accorti.

— Non c'è stata nessuna trappola — intervenne Jace. — Mio padre sapeva che i Lightwood mi avrebbero allevato se mi avessero creduto il figlio di Michael Wayland. Tutto qui.

L'Inquisitrice lo fissò come se fosse uno scarafaggio parlante. — Sai come fa il cuculo, Jonathan Morgenstern?

Jace si chiese se magari la carica di Inquisitrice – non doveva essere un lavoro facile né piacevole – avesse fatto andare Imogen Herondale un po' fuori di testa. — Il cosa?

— Il cuculo — disse lei. — Vedi, i cuculi sono parassiti. Depongono le uova nei nidi degli altri uccelli. Quando l'uovo si schiude, il piccolo cuculo spinge gli altri uccellini fuori dal nido. I poveri genitori si ammazzano di fatica nel tentativo di trovare abbastanza cibo per sfamare il grosso intruso che ha ucciso i loro piccoli e ne ha preso il posto.

— Grosso? — disse Jace. — Mi hai dato del ciccione?

— È solo un'analogia.

— Io non voglio la tua compassione, Imogen — intervenne Maryse. — Mi rifiuto di credere che il Conclave punirà me o mio marito per aver scelto di allevare il figlio di un amico morto. — Raddrizzò le spalle. — Non abbiamo mai nascosto ciò che stavamo facendo.

— E io non ho mai fatto alcun male a nessuno dei Lightwood — disse Jace. — Ho lavorato duramente, e mi sono addestrato duramente. Di' quello che vuoi su mio padre, ma ha fatto di me un Cacciatore. Il mio posto qui me lo sono guadagnato.

— Non difendere tuo padre al mio cospetto — disse l'Inquisitrice. — Io lo conoscevo. Era, ed è, il più spregevole degli uomini.

— Spregevole? Chi lo dice? E che cosa significa?

Le ciglia incolori le sfiorarono le guance, quando l'Inquisitrice socchiuse gli occhi, lo sguardo indagatore. — Sei *davvero* un tipo arrogante — disse infine. — E anche intollerante. Te l'ha insegnato tuo padre a comportarti in questo modo?

— Non con lui — rispose seccamente Jace.

— Allora lo stai scimmiottando. Valentine era uno degli uomini più arroganti e irrispettosi che io abbia mai conosciuto. Suppongo che ti abbia tirato su a sua immagine e somiglianza.

— Sì — confermò Jace, incapace di trattenersi. — Sono stato addestrato a essere una malvagia mente criminale fin dalla più tenera età. A strappare le ali alle mosche, ad avvelenare le riserve di acqua del pianeta... è questo che facevo all'asilo. Immagino che sia stata una fortuna per tutti che mio padre abbia finto di essere morto prima di arrivare alla parte della mia educazione che riguardava gli stupri e i saccheggi, altrimenti nessuno sarebbe stato al sicuro.

Maryse emise un verso molto simile a un gemito di orrore. — Jace...

Ma l'Inquisitrice la interruppe. — E proprio come tuo padre, non sai controllarti — disse. — I Lightwood ti hanno tenuto nella bambagia e hanno lasciato che le tue qualità peggiori imperversassero. Avrai anche l'aspetto di un angelo, Jonathan Morgenstern, ma io so benissimo cosa sei.

— È solo un ragazzo — disse Maryse. Stava prendendo *le sue difese*? Jace le lanciò un'occhiata fugace, ma lei guardava altrove.

— Una volta anche Valentine era solo un ragazzo. Ora, prima che ci mettiamo a frugare nella tua testa per scoprire la verità, ti suggerisco di raffreddare i tuoi bollenti spiriti. E io so dove puoi farlo nel migliore dei modi.

Jace inarcò un sopracciglio. — Mi stai mandando nella mia stanza?

— Ti sto mandando nelle prigioni della Città Silente. Dopo una notte là dentro ho il sospetto che sarai molto più malleabile.

Maryse rimase senza fiato. — Imogen... non puoi farlo!

— Certo che posso. — I suoi occhi scintillavano come rasoi. — Hai nulla da dirmi, Jonathan?

Jace non poteva far altro che starsene lì a occhi sbarrati. La Città Silente aveva un'infinità di livelli, e lui aveva visto solo i primi due, dove erano conservati gli archivi e dove i Fratelli sedevano in consiglio. Le celle della prigione erano nella parte più bassa della Città, sotto i livelli del cimitero in cui riposavano le spoglie di migliaia di Cacciatori. Le celle erano riservate ai malviventi più pericolosi: vampiri divenuti criminali, stregoni che avevano infranto la Legge dell'Alleanza, Cacciatori che avevano versato il sangue dei propri simili. Jace non era niente di tutto ciò. Come poteva l'Inquisitrice anche solo suggerire di mandarlo là?

— Molto saggio, Jonathan. Vedo che stai già imparando la lezione più importante che la Città Silente dovrà impartirti. — Il sorriso dell'Inquisitrice ricordava quello di un teschio sogghignante. — Tenere la bocca chiusa.

Clary stava aiutando Luke a sparecchiare i resti della cena, quando il campanello suonò di nuovo. Si raddrizzò e il suo sguardo guizzò verso Luke. — Aspetti qualcuno?

Luke aggrottò la fronte, asciugandosi le mani con uno strofinaccio. — No. Restate qui. — Clary lo vide allungarsi per prendere qualcosa da un ripiano mentre usciva dalla cucina. Qualcosa che scintillava.

— Hai visto quel coltello? — Simon fischiò e si alzò da tavola. — Aspetta guai?

— Credo che aspetti sempre guai — disse Clary — di questi tempi. — Fece capolino dalla cucina e vide Luke davanti alla porta d'ingresso aperta. Sentiva la sua voce, ma non distingueva le parole. Però non sembrava turbato.

La mano di Simon sulla sua spalla la tirò indietro. — Vieni via dalla porta. Sei pazza? E se là fuori ci fosse uno di quei demoni?

— Allora Luke probabilmente avrebbe bisogno del nostro aiuto. — Guardò la mano sulla propria spalla sorridendo. — Cos'è, fai l'iperprotettivo adesso? Carino.

— Clary! — Luke la chiamò dall'ingresso. — Vieni qui. Voglio farti conoscere una persona.

Clary diede dei colpetti sulla mano di Simon e la scostò. — Torno subito.

Luke era appoggiato allo stipite della porta con le braccia conserte. Il coltello che aveva in mano era scomparso come per magia. Sui gradini c'era una ragazza, una ragazza con le treccine e una giacca di velluto beige. — Questa è Maia — disse Luke. — Giusto la persona di cui stavo parlando.

La ragazza guardò Clary. Alla luce vivida del portico, i suoi occhi erano di uno strano verde ambrato. — Tu devi essere Clary. Dunque quel ragazzo, quel tipo con i capelli biondi che ha fatto a pezzi l'Hunter's Moon, è tuo fratello?

— Jace — disse seccamente Clary, cui non andava a genio l'atteggiamento invadente della ragazza.

— Maia? — Era Simon, che sopraggiunse alle spalle di Clary con le mani infilate nelle tasche del giubbino di jeans.

— Già. E tu sei Simon, giusto? Con i nomi sono una frana, ma di te mi ricordo. — La ragazza gli sorrise.

— Fantastico — disse Clary. — Adesso siamo tutti amici.

Luke tossì. — Volevo che vi conosceste perché nelle prossime settimane Maia lavorerà in libreria. Se la vedi andare e venire non preoccuparti. Ha una copia delle chiavi.

— E terrò gli occhi bene aperti su qualsiasi stranezza — promise Maia. — Demoni, vampiri, qualunque cosa.

— Grazie — disse Clary. — Adesso mi sento veramente al sicuro.

Maia sbatté gli occhi. — Stai facendo del sarcasmo?

— Siamo tutti un po' tesi — disse Simon. — Per quanto mi riguarda, sono lieto di sapere che qualcuno sarà nei paraggi e terrà d'occhio la mia ragazza quando nessun altro sarà in casa.

Luke aggrottò la fronte, ma rimase zitto. Clary disse: — Simon ha ragione. Scusami se sono stata brusca.

— Non c'è problema. — Maia si mostrò comprensiva. — Ho saputo di tua madre. Mi dispiace.

— Anche a me — disse Clary, quindi si girò e tornò in cucina. Si sedette al tavolo e si prese il viso tra le mani. Un attimo dopo Luke la seguì.

— Mi dispiace — disse. — Immagino che non fossi dell'umore adatto a conoscere nessuno.

Clary lo guardò attraverso le dita allargate. — Dov'è Simon?

— Sta parlando con Maia — rispose Luke, e in effetti Clary sentiva le loro voci, basse come bisbigli, all'altro capo della casa. — Pensavo solo che ti avrebbe fatto bene avere un'amica.

— Ho Simon.

Luke si spinse gli occhiali sul naso. — Sbaglio, o l'ho sentito definirti la sua ragazza?

Clary scoppiò quasi a ridere alla vista della sua espressione confusa. — A quanto pare.

— È una novità o è qualcosa che dovrei sapere e ho dimenticato?

— Neanch'io ne sapevo niente. — Clary si scostò le mani dal viso e le guardò. Pensò alla runa raffigurante un occhio aperto che ornava il dorso della mano destra di tutti i Cacciatori. — La ragazza di qualcuno — disse. — La sorella, la figlia di qualcuno. Tutte cose che non sapevo di essere... E ancora non so bene chi e che cosa sono.

— Non sempre questa è la domanda giusta — osservò Luke. Clary sentì la porta chiudersi sul lato opposto della casa e i passi di Simon che si avvicinavano alla cucina. Quando entrò, portò con sé l'odore della fredda aria notturna.

— Nessun problema se questa notte mi sistemo qui? — chiese. — È un po' tardi per tornare a casa.

— Sai che sei sempre il benvenuto. — Luke diede un'occhiata all'orologio. — Vado a farmi una dormita. Domani devo alzarmi alle cinque per essere in ospedale alle sei.

— Perché alle sei? — chiese Simon dopo che Luke ebbe lasciato la cucina.

— È l'inizio dell'orario di visita — rispose Clary. — Non devi dormire sul divano, Simon, se non ti va.

— Non mi dispiace rimanere a farti compagnia — disse lui scostandosi i capelli dagli occhi con aria irrequieta. — Per niente.

— Lo so. Volevo dire che non devi dormire *sul divano* se non vuoi.

— E allora dove...? — La sua voce si spense, gli occhi dietro le lenti si spalancarono.

— Nel letto matrimoniale — disse lei. — Quello della stanza degli ospiti.

Simon si sfilò le mani dalle tasche. Aveva le guance arrossate. Jace avrebbe cercato di mostrarsi calmo; Simon non ci provò nemmeno. — Sei *sicura*?

— Sono sicura.

Simon le si avvicinò attraverso la cucina e, piegandosi, le diede un bacio delicato e goffo sulla bocca. Sorridendo, lei si alzò in piedi. — Basta cucine. Niente più cucine. — E prendendolo saldamente per i polsi lo trascinò fuori di lì, verso la stanza degli ospiti.

5

I peccati dei figli

L'oscurità delle prigioni nella Città Silente era più profonda di qualsiasi altra oscurità che Jace avesse mai sperimentato. Non riusciva a vedersi la mano davanti al naso, non vedeva il pavimento della cella e neppure il soffitto. Ciò che sapeva di quella cella derivava dall'unica occhiata che le aveva dato alla luce di una torcia, quando era stato portato laggiù da un gruppetto di Fratelli Silenti che gli avevano aperto il cancello a sbarre e lo avevano fatto entrare come un criminale comune.

In fondo, probabilmente, era proprio quello che pensavano fosse.

Sapeva che la cella aveva un pavimento di pietra lastricata, che tre delle pareti erano di roccia sbozzata e la quarta era costituita da fitte sbarre di ferro le cui estremità erano profondamente conficcate nella pietra. Sapeva che in quelle sbarre era incastonata una porta. Sapeva anche che lungo la parete est correva un'asta di metallo, perché i Fratelli Silenti vi avevano attaccato l'anello di un paio di manette, fissando l'altro al suo polso. Poteva fare qualche passo avanti e indietro, sferragliando come il fantasma di Marley nel *Canto di Natale* di Dickens, ma più lontano non poteva andare. Si era già scorticato a sangue il polso destro strattonando nervosamente le manette. Almeno era mancino: un puntino di luce in quelle tenebre impenetrabili. Non che importasse granché, ma era rassicurante avere la mano con cui combatteva un po' più libera.

Cominciò un'altra lenta passeggiata lungo la cella, strisciando le dita sul muro mentre camminava. Era snervante non sapere che ora fosse. A Idris suo padre gli aveva insegnato a capire l'ora dall'angolazione del sole, dalla lunghezza delle ombre, dalla posizione delle stelle nel cielo notturno. Ma lì dentro non c'erano stelle. In effetti, aveva cominciato a chiedersi se l'avrebbe mai rivisto, il cielo.

Jace si fermò. Ma cosa stava dicendo? Certo che avrebbe rivisto il cielo. Il Conclave non lo avrebbe sicuramente *ucciso*. La pena di morte era riservata agli assassini. Eppure quella sensazione di paura, quel frullo sotto la gabbia toracica, inquietante come un'improvvisa fitta di dolore, non lo lasciava. Jace non era incline ad avere attacchi di panico, anzi, Alec diceva che un po' di vigliaccheria costruttiva gli avrebbe fatto bene. La paura non era una cosa che lo avesse mai riguardato granché.

Pensò a Maryse che diceva: «Non avevi mai paura del buio».

Era vero. Questa ansia era insolita, non era affatto da lui. Doveva essere provocata da qualcosa di più della semplice oscurità. Fece un altro, breve respiro. Doveva solo superare la notte. Una notte. Ecco. Avanzò di un altro passo, facendo tintinnare le manette in maniera lugubre.

Un suono lacerò l'aria facendolo fermare di colpo. Era un grido lamentoso, un suono di terrore puro, folle. Parve continuare all'infinito, come una nota suonata da un violino, e diventare sempre più acuto, sottile e stridulo, finché non fu bruscamente interrotto.

Jace imprecò. Gli fischiavano le orecchie e si sentiva in bocca il gusto del terrore come metallo amaro. Chi avrebbe mai pensato che la paura avesse un sapore? Spinse la schiena contro la parete della cella, cercando di calmarsi.

Il grido tornò, questa volta più forte, e poi ce ne fu un altro, e un altro ancora. Qualcosa si schiantò sopra di lui. Jace senza volere si piegò, prima di ricordare che si trovava parecchi livelli sotto terra. Sentì un altro schianto e un'immagine prese forma nella sua mente: le porte del mausoleo spalancate con forza, i cadaveri dei Cacciatori morti da secoli che barcollavano verso la libertà, scheletri tenuti insieme da tendini rinsecchiti che si trascinavano sui pavimenti bianchi della Città Silente con ossute dita scarnificate...

Basta! Ansimando per lo sforzo, Jace si obbligò a scacciare quella visione. I morti non tornavano. E poi erano cadaveri di Nephilim come lui, suoi fratelli e sorelle assassinati. Non aveva niente da temere da loro. E allora perché aveva tanta paura? Serrò le mani a pugno, affondando le unghie nei palmi. Questo panico era indegno di lui. L'avrebbe dominato. Schiacciato. Fece un profondo respiro, riempiendosi i polmoni, e in quello stesso istante risuonò un altro urlo, stavolta fortissimo. Il respiro gli uscì soffocato dal petto, mentre qualcosa si schiantava sonoramente a due passi da lui, e vide un improvviso lampo di luce, un ardente fiore di fuoco che gli trafisse gli occhi.

Fratello Geremia gli apparve vacillando, la mano destra stretta attorno a una torcia ancora accesa, il cappuccio color pergamena scivolato indietro a mostrare lineamenti contorti in una grottesca espressione di terrore. La bocca, in precedenza cucita, era spalancata in un grido muto, con i fili insanguinati dei punti strappati che penzolavano dal labbro superiore. Aveva la tonaca schizzata di sangue, nero alla luce della torcia. Fece alcuni passi in avanti barcollando, le mani protese... Poi, sotto lo sguardo incredulo di Jace, cadde in avanti e piombò a faccia in giù sul pavimento. Jace sentì le ossa che si rompevano, quando il corpo dell'archivista colpì terra e la torcia sfrigolò, rotolando via dalla mano di Geremia verso il canaletto di scolo scavato nel pavimento di pietra poco fuori le sbarre della cella.

Jace si inginocchiò subito, allungandosi quanto glielo consentiva la catena, le dita tese verso la torcia. Non riusciva a toccarla. La luce si stava estinguendo rapidamente, ma al suo bagliore sempre più debole il ragazzo scorse il viso di Geremia rivolto verso di lui con il sangue che continuava a colargli dalla bocca aperta. I denti erano neri moncherini.

Jace si sentiva il petto schiacciato da un peso opprimente. I Fratelli Silenti non aprivano mai bocca, non parlavano mai e neppure ridevano o urlavano. Eppure era quello il grido che aveva sentito, ormai ne era certo... Le urla di uomini che non avevano gridato per mezzo secolo: il suono di un terrore più profondo e potente dell'antica Runa del Silenzio. Ma cos'era successo? E dov'erano gli altri Fratelli?

Jace avrebbe voluto urlare per chiedere aiuto, però il peso continuava a schiacciargli il petto, spingendolo giù, impedendogli di prendere sufficiente aria. Fece un altro scatto in avanti verso la torcia e sentì spezzarsi uno degli ossicini del polso. Il dolore gli guizzò su per il braccio, ma gli diede i due centimetri in più che gli servivano. Afferrò il manico della torcia con la mano destra e si alzò. Mentre la fiamma si rianimava, udì un altro rumore. Un rumore quasi viscoso, uno sgradevole strascicare. Gli si rizzarono i peli sulla nuca. Spinse la torcia in avanti, facendo danzare con mano tremante selvaggi lampi di luce sulle pareti e rischiarando vividamente le ombre.

Non c'era niente.

Invece di provare sollievo, sentì crescere il terrore. Respirava a bocca aperta, affannosamente, ma si sentiva come se fosse sott'acqua. La paura era accresciuta dal fatto che gli era così poco familiare. Che cosa gli stava succedendo? Tutt'a un tratto era diventato un codardo?

Diede un forte strattone alle manette, sperando che il dolore gli schiarisse le idee. Macché. Sentì di nuovo il rumore, quel greve strascicare, adesso più vicino. C'era anche un altro suono, dietro lo strascichio, un sussurro sommesso, costante. Un suono malvagio, come non l'aveva mai sentito. Quasi fuori di sé per l'orrore, indietreggiò vacillando verso la parete e sollevò la torcia con la mano che gli tremava violentemente.

Per un istante, chiara come la luce del sole, vide tutta la stanza: la cella, la porta a sbarre, le lastre di pietra e il corpo morto di Geremia rannicchiato sul pavimento. C'era una porta subito dietro il cadavere. Si stava aprendo lentamente. Qualcosa la varcò a fatica. Qualcosa di grande, scuro e informe. Occhi come ghiaccio ardente, profondamente infossati in pieghe scure, guardarono Jace con un'aria di rabbioso divertimento. Poi la cosa si scagliò in avanti. Una nube di vapore turbinante si alzò davanti agli occhi del ragazzo come un'onda che spazza la superficie del mare. L'ultima cosa che vide fu la fiamma verde e azzurra della torcia che tremolava prima di essere inghiottita dalle tenebre.

Baciare Simon era un piacere. Un piacere dolce, come starsene stesi su un'amaca in un giorno d'estate con un libro e un bicchiere di limonata fresca. Era il genere di cosa che potevi continuare a fare senza sentirti annoiata, apprensiva, turbata o seccata da nient'altro che la sbarra di metallo del divano letto conficcata nella schiena.

— Ahi — fece Clary, cercando invano di strisciare lontano dalla sbarra.

— Ti ho fatto male? — Simon si sollevò sul fianco con aria preoccupata. O forse era perché senza occhiali i suoi occhi sembravano più grandi e scuri.

— No, non tu... è il letto. È uno strumento di tortura.

— Non ci avevo fatto caso — disse Simon con aria cupa agguantando un cuscino che era caduto sul pavimento e infilandolo sotto di loro.

— Immagino. — Clary rise. — Dov'eravamo rimasti?

— Be', il mio viso era più o meno dov'è adesso, ma il tuo era molto più vicino al mio. In ogni caso, è quello che ricordo.

— Che romantico. — Se lo tirò sopra, e lui si tenne in equilibrio sui gomiti. I loro corpi erano perfettamente sovrapposti e Clary sentiva il battito del cuore di Simon attraverso le magliette. Quando lui si chinò a baciarla, le sue ciglia, di solito celate dietro gli occhiali, le sfiorarono la guancia. Clary emise un risolino incerto. — Non ti sembra strano? — sussurrò.

— No. Credo che quando si immagina spesso una cosa, e poi si realizza, sia...

— Ammosciante?

— No, no! — Simon si tirò indietro fissandola con lo sguardo convinto dei miopi. — Non pensarlo neppure. È il contrario di ammosciante. È...

Risatine soffocate le ribollivano in petto. — Okay, forse non è il caso di approfondire...

Simon socchiuse gli occhi, la bocca che si piegava in un sorriso. — Sai, avrei una gran voglia di risponderti per le rime, ma non riesco a pensare ad altro che...

Clary gli sorrise. — Che a fare sesso?

— Smettila. — Lui le prese le mani nelle proprie, le bloccò sul copriletto e la guardò con aria seria. — Che ti amo.

— Così non vuoi fare sesso?

Le lasciò le mani. — Non ho detto questo.

Clary rise e gli spinse il petto con tutte e due le mani. — Fammi alzare.

Simon sembrò allarmato. — Ciò che intendevo dire è che non voglio fare *solo* sesso...

— Non è per questo. Voglio mettermi il pigiama. Non posso farlo sul serio con le calze ancora addosso. — Simon la guardò con tristezza prendere il pigiama dal cassettone e avviarsi in bagno. Mentre chiudeva la porta, gli fece una smorfia. — Torno subito.

Qualunque fosse la risposta, si perse nel fracasso della stanza chiusa. Clary si lavò i denti e poi fece scorrere l'acqua per un pezzo, mentre si fissava nello specchio dell'armadietto dei medicinali. Aveva i capelli arruffati e le guance rosse. Significava che era *radiosa*? si chiese. La gente innamorata era radiosa, no? O forse valeva solo per le donne incinte, non lo ricordava bene, ma certo avrebbe dovuto apparire un po' diversa. Dopotutto, questa era la prima seduta lunga di baci che avesse mai avuto... Ed era stata bella, si disse, tranquilla, piacevole e rilassata.

Naturalmente, aveva baciato Jace la notte del suo compleanno, e quello, di bacio, non era stato affatto tranquillo, piacevole e rilassato. Era stato come dare libero sfogo a una vena ricca di qualcosa di sconosciuto all'interno del suo corpo, qualcosa di più caldo, dolce e amaro del sangue. *Non pensare a Jace*, si disse con espressione feroce. Ma guardandosi allo specchio vide i suoi occhi incupirsi e capì che il corpo ricordava anche se la mente non voleva.

Fece scorrere l'acqua fredda e se la spruzzò in faccia, quindi allungò la mano verso il pigiama. Fantastico, pensò, aveva preso il sotto ma non il sopra. Per quanto Simon potesse apprezzarlo, le sembrava un po' presto per affrontare la nottata in topless. Quando tornò nella stanza scoprì che Simon si era addormentato nel centro del letto, stringendo il cuscino cilindrico come se fosse un essere umano. Soffocò una risata.

— Simon... — sussurrò. – Poi sentì l'acuto bip bip a due toni che segnalava l'arrivo di un messaggio sul cellulare che stava sul comodino; Clary prese il telefono e vide che l'SMS era di Isabelle.

Aprì il telefono e fece scorrere rapidamente il testo sul display. Lo lesse due volte, giusto per essere sicura di non avere le traveggole. Poi corse verso l'armadio per prendere la giacca.

— Jonathan.

La voce aveva parlato nell'oscurità: lenta, cupa, familiare come il suo dolore. Jace sbatté le palpebre e spalancò gli occhi nel buio. Rabbrividì. Era raggomitolato sul gelido pavimento di pietra. Doveva essere svenuto. Sentì una fitta di rabbia contro la propria debolezza, la propria fragilità.

Rotolò su un fianco con il polso straziato che pulsava nell'anello delle manette. — C'è qualcuno?

— Spero proprio che tu riconosca tuo padre, Jonathan. — La voce era risuonata di nuovo e solo ora Jace la riconobbe: il suo tono di ferro vecchio, la sua assenza quasi assoluta di espressione, la sua uniformità. Cercò di mettersi faticosamente in piedi, ma gli stivali slittarono su una pozza non meglio identificata e lui scivolò all'indietro, sbattendo con le spalle contro la parete. La catena sferragliò come un coro di campanelle d'acciaio.

— Sei ferito? — Una luce divampò verso l'alto, accecando Jace. Lui strizzò gli occhi per farne sgorgare lacrime ardenti e vide Valentine in piedi oltre le sbarre, accanto al cadavere di Fratello Geremia. La stregaluce scintillante che teneva in mano proiettava un intenso bagliore biancastro nella stanza. Jace vide le macchie di sangue vecchio sulle pareti... e sangue più recente, una piccola pozza, colato fuori dalla bocca aperta di Geremia. Si sentì stringere e contorcere lo stomaco e pensò all'informe sagoma nera che aveva visto poco prima, con gli occhi come gioielli di fuoco. — Quella cosa — disse con voce strozzata. — Dov'è? Cos'*era*?

— *Sì*, sei ferito. — Valentine si avvicinò alle sbarre. — Chi ha ordinato di chiuderti qui dentro? È stato il Conclave? I Lightwood?

— È stata l'Inquisitrice.

Jace abbassò lo sguardo su di sé. C'era sangue anche sulle gambe dei pantaloni e sulla maglia. Non sapeva se fosse suo. Il sangue gocciolava lentamente da sotto le manette.

Valentine lo guardò con aria pensierosa. Era la prima volta da anni che Jace vedeva suo padre nella vera tenuta da battaglia dei Cacciatori: i robusti abiti di cuoio che proteggevano la pelle da quasi tutti i tipi di veleno demoniaco e al tempo stesso consentivano una grande libertà di movimento; i rinforzi rivestiti di elettro alle braccia e alle gambe, ognuno segnato da varie rune e simboli in bassorilievo. Una larga cinghia gli attraversava il petto e l'elsa della spada scintillava sopra la spalla. Poi Valentine si accovacciò, in modo che i suoi gelidi occhi grigi fossero allo stesso livello di quelli di Jace, che fu sorpreso di non scorgervi segni di rabbia. — L'Inquisitrice e il Conclave sono la stessa cosa. E i Lightwood non avrebbero mai dovuto lasciare che questo accadesse. Io non avrei permesso a nessuno di trattarti così.

Jace spinse di nuovo le spalle contro il muro; si era allontanato dal padre quanto gli consentiva la catena. — Sei venuto quaggiù per uccidermi?

— *Ucciderti*? E perché dovrei volerti uccidere?

— Be', perché hai ucciso Geremia? E non disturbarti a rifilarmi la storiella che ti è capitato di passare di qua dopo che lui era morto spontaneamente. Lo so che sei stato tu.

Per la prima volta Valentine abbassò lo sguardo sul cadavere di Fratello Geremia. — L'ho ucciso io, come anche gli altri Fratelli Silenti. Avevano qualcosa che mi serviva.

— Che cosa? Il senso della decenza?

— Questa — rispose Valentine, e con un rapido movimento sguainò la spada dal fodero che aveva sulla spalla. — Mellartach.

Jace ricacciò indietro il gemito di stupore che gli era salito alla gola. La riconosceva senza ombra di dubbio: la grande e massiccia spada d'argento con l'elsa decorata da due ali aperte era la stessa che aveva visto appesa sopra le Stelle Parlanti, nella Sala del Consiglio dei Fratelli Silenti. — Hai rubato la spada dei Fratelli Silenti?

— Non è mai stata loro — disse Valentine. — Appartiene ai Cacciatori. Questa è la spada con cui l'Angelo cacciò Adamo ed Eva dal paradiso terrestre. «E pose a oriente del giardino dell'Eden i cherubini e una spada fiammeggiante rivolta in tutte le direzioni» — citò, lo sguardo chino sulla lama.

Jace si leccò le labbra secche. — Cosa ne farai?

— Te lo dirò — rispose Valentine — quando potrò fidarmi di te e tu ti fiderai di me.

— *Fidarmi* di te? Dopo che a Renwick te le sei filata attraverso il Portale e l'hai distrutto perché non potessi seguirti? E dopo che hai provato a uccidere Clary?

— Non avrei mai fatto del male a tua sorella — disse Valentine con un lampo negli occhi. — Non più di quanto ne avrei fatto a te.

— Non hai fatto altro che farmi del male! Sono stati i Lightwood a proteggermi!

— Non sono stato io a rinchiuderti qui. Non sono io a minacciarti e a non fidarmi di te. Sono i Lightwood e i loro amici del Conclave. — Valentine rimase un istante in silenzio. — Vederti così... vedere come ti hanno trattato, e il tuo atteggiamento stoico... mi rende fiero di te.

A queste parole Jace guardò stupito in alto, così in fretta che si sentì travolgere da un senso di vertigine. La mano gli pulsava insistentemente. Ricacciò indietro il dolore finché il suo respiro non si calmò. — *Cosa?*

— Ora mi rendo conto di ciò che ho sbagliato, a Renwick — continuò Valentine. — Ti immaginavo come il ragazzino che avevo lasciato a Idris, obbediente a ogni mio desiderio. Invece ho trovato un giovane uomo ostinato, indipendente e coraggioso, e malgrado ciò ti ho trattato come se tu fossi ancora un bambino. Non c'è da meravigliarsi che ti sia ribellato.

— Ribellato? Io... — La gola di Jace si strinse, troncando le parole che avrebbe voluto dire. Il cuore aveva cominciato a martellargli a tempo con le pulsazioni della mano.

Valentine proseguì: — Non ho mai avuto modo di spiegarti il mio passato, di dirti perché ho fatto quello che ho fatto.

— Non c'è niente da spiegare. Hai ucciso i miei nonni. Hai tenuto mia madre prigioniera. Hai ammazzato altri Cacciatori per raggiungere i tuoi scopi. — Ogni parola nella bocca di Jace sapeva di veleno.

— Tu conosci i fatti solo a metà, Jonathan. Quando eri bambino ti ho mentito perché eri troppo piccolo per capire. Adesso sei abbastanza grande per sapere la verità.

— E allora dimmela.

Valentine allungò una mano attraverso le sbarre della cella e la mise su quella di Jace. Al tatto le sue dita risultavano ruvide e callose esattamente come quando Jace aveva dieci anni.

— Voglio fidarmi di te, Jonathan — disse. — Posso?

Jace avrebbe desiderato rispondere, ma le parole non vollero uscire. Aveva l'impressione che gli stessero stringendo lentamente una fascia di ferro intorno al petto, togliendogli il respiro centimetro dopo centimetro. — Vorrei... — sussurrò.

Un rumore risuonò sopra di loro. Un rumore come di una porta di metallo che sbatteva; poi Jace sentì dei passi, dei sussurri che echeggiavano sui muri di pietra della Città. Valentine balzò in piedi chiudendo la mano sulla stregaluce, finché non si ridusse a un pallido bagliore e lui stesso non fu che un'ombra dai fievoli contorni. — Più veloce di quanto pensassi — mormorò, e abbassò lo sguardo su Jonathan attraverso le sbarre.

Jace guardò oltre lui, ma, a parte il debole chiarore della stregaluce, vide soltanto il buio. Pensò alla scura forma turbinante che aveva visto prima e che aveva annientato qualsiasi luce davanti a lui. — Cosa sta arrivando? Che cos'è? — chiese, strisciando in avanti sulle ginocchia.

— Devo andare — disse Valentine. — Ma non abbiamo finito, noi due.

Jace appoggiò le mani sulle sbarre. — Liberami. Qualunque cosa sia, voglio essere in grado di combattere.

— Ora liberarti non sarebbe affatto una gentilezza. — Valentine chiuse completamente la mano sulla stregaluce, che si spense con un tremolio facendo sprofondare la stanza nell'oscurità. Jace si lanciò contro le sbarre della cella, la mano rotta che urlava la sua protesta e il suo dolore.

— No! — gridò. — Padre, *ti prego.*

— Quando vorrai trovarmi — disse Valentine — mi troverai. — E poi ci fu soltanto il rumore dei suoi passi che si allontanavano svelti e il respiro rotto di Jace che si accasciava contro le sbarre.

Sulla metropolitana diretta a Uptown, Clary si rese conto che non riusciva a stare seduta. Andò su e giù per il vagone semivuoto con le cuffie dell'iPod che le pendevano dal collo. Quando l'aveva chiamata, Isabelle non aveva risposto al telefono, e ora un irrazionale senso di ansia le rodeva le viscere.

Pensò a Jace all'Hunter's Moon, coperto di sangue. Coi denti scoperti da un'ira rabbiosa, le era sembrato più simile a un lupo mannaro che a un Cacciatore incaricato di proteggere gli umani e tenere a freno i Nascosti.

Si lanciò su per le scale della metropolitana sulla Novantaseiesima, rallentando solo nell'avvicinarsi all'angolo dove l'Istituto torreggiava come una grande ombra grigia. Faceva molto caldo nelle gallerie della metro. Ora, mentre risaliva il vialetto di cemento crepato che conduceva al portone dell'Istituto, sentiva sulla nuca un sudore freddo.

Allungò la mano verso la grande maniglia di ferro del campanello che pendeva dall'architrave, poi esitò. Dopotutto era una Cacciatrice, no? Aveva tanto diritto di stare nell'Istituto quanto ne avevano i Lightwood. Con un impeto di determinazione afferrò la maniglia della porta, cercando di ricordare le parole pronunciate da Jace. — In nome dell'Angelo...

La porta si spalancò, aprendosi su un'oscurità punteggiata dalle fiammelle di decine di candele. Mentre avanzava fra i banchi, le fiamme tremolarono, come se ridessero di lei. Clary raggiunse l'ascensore e si chiuse rumorosamente la porta di metallo alle spalle, quindi premette con forza il pulsante con il dito tremante. Costrinse i propri nervi a distendersi... Era preoccupata *per* Jace, si chiese, o solo *di* vederlo? Il suo viso nello specchio, incorniciato dal bavero sollevato della giacca, appariva bianco e piccolo, gli occhi grandi e verde scuro, le labbra pallide e mordicchiate. Era tutt'altro che bella, pensò costernata, e respinse quel pensiero. Cosa contava il suo aspetto? A Jace non importava. A Jace non poteva importare.

L'ascensore si fermò sferragliando e Clary spinse la porta. Church la stava aspettando nell'ingresso. La salutò con un miagolio scontento.

— Cosa c'è che non va, Church? — La sua voce risuonò stranamente alta nel locale silenzioso. Si chiese se nell'Istituto ci fosse qualcuno. Magari era sola. Quel pensiero la fece rabbrividire. — C'è nessuno?

Il gatto persiano blu si girò e si avviò lungo il corridoio. Oltrepassarono la sala della musica e la biblioteca, entrambe vuote, poi Church svoltò a un altro angolo e si accovacciò davanti a una porta chiusa. *Bene. Eccoci qui*, sembrava dire la sua espressione.

Prima che Clary potesse bussare, la porta si aprì e sulla soglia comparve Isabelle, a piedi nudi, con un paio di jeans e una morbida maglia viola. Alla vista di Clary sussultò. — Mi era parso di sentire qualcuno in corridoio, ma non pensavo che fossi *tu* — disse. — Che ci fai qui?

Clary la fissò. — Il tuo messaggio. Diceva che l'Inquisitrice ha mandato Jace in *prigione*.

— Clary! — Isabelle guardò da una parte e dall'altra del corridoio, poi si morse il labbro. — Non significava che dovevi precipitarti qui!

Clary era inorridita. — Isabelle! In *prigione*!

— Sì, ma... — Con un sospiro rassegnato, la ragazza si scostò, facendo segno a Clary di entrare nella sua stanza. — Senti, tanto vale che entri. *Sciò* — disse agitando la mano verso Church. — Vai a fare la guardia all'ascensore.

Church le rivolse uno sguardo schifato, si sdraiò a pancia in giù e si addormentò.

— Gatti — mormorò Isabelle, e sbatté la porta.

— Ciao, Clary. — Alec era seduto con i piedi penzoloni sul letto sfatto di Isabelle. — Qual buon vento ti porta fin qui?

Clary si sedette sullo sgabello imbottito davanti al disordinato e caotico tavolino da toilette di Isabelle. — Tua sorella mi ha mandato un messaggio. Mi ha detto cos'è successo a Jace.

I due si scambiarono un'occhiata eloquente. — Oh, avanti, Alec — disse Isabelle. — Ho pensato che dovevo dirglielo, ma non immaginavo che sarebbe venuta qui di corsa!

Clary si sentì lo stomaco sottosopra. — Certo che sono venuta! Sta bene? Perché mai l'Inquisitrice l'ha gettato in prigione?

— Non è esattamente in prigione. È nella Città Silente — disse Alec raddrizzandosi a sedere e tirandosi in grembo uno dei cuscini di Isabelle. Si mise a giocherellare pigramente con la frangia ornata di perline applicata ai bordi.

— Nella Città Silente? E perché?

Alec esitò. — Ci sono delle celle sotto la Città Silente. A volte ci tengono i criminali prima di deportarli a Idris e processarli al cospetto del Consiglio. Gente che ha fatto cose veramente tremende. Assassini, vampiri rinnegati, Cacciatori che infrangono gli Accordi. È là che si trova Jace adesso.

— Rinchiuso con una manica di assassini? — Clary si alzò in piedi, sdegnata. — Ragazzi, che vi succede? Non vi vedo molto turbati.

Alec e Isabelle si scambiarono un'altra occhiata. — È solo per una notte — disse Isabelle. — E non c'è nessun altro con lui, laggiù. Ci siamo informati.

— Ma perché? Che cosa ha fatto Jace?

— Ha risposto male all'Inquisitrice. Per quanto ne so, il motivo è questo — disse Alec.

Isabelle si appollaiò sul bordo del tavolino da toilette. — È incredibile.

— Allora l'Inquisitrice dev'essere pazza — disse Clary.

— Non lo è, in realtà — obiettò Alec. — Se Jace fosse nel vostro esercito mondano, credi che gli permetterebbero di rispondere male ai suoi superiori? Assolutamente no.

— Be', non durante una *guerra*. Ma Jace non è un soldato.

— Ma noi siamo tutti soldati. Jace lo è tanto quanto noi. C'è una gerarchia di comando e l'Inquisitrice è vicina alla cima. Jace è vicino al fondo. Avrebbe dovuto trattarla con più rispetto.

— Se siete d'accordo che stia in prigione, perché mi avete fatto venire qui? Solo per convincermi a darvi ragione? Mi sembra assurdo. Cosa volete che faccia?

— Non abbiamo detto che deve stare in prigione — disse brusca Isabelle. — Solo che non avrebbe dovuto rispondere male a uno dei membri più alti in grado del Conclave. E poi — aggiunse abbassando la voce — pensavo che potresti renderti utile.

— Rendermi utile? E come?

— Come ho già detto — disse Alec — sembra che Jace passi buona parte del suo tempo a cercare di farsi ammazzare. Deve imparare a badare a se stesso, e questo comporta anche collaborare con l'Inquisitrice.

— E pensate che io possa aiutarvi a farglielo fare? — chiese Clary con una sfumatura di incredulità nella voce.

— Non sono sicuro che si possa convincere Jace a fare o non fare una cosa — disse Isabelle. — Ma almeno potresti ricordargli che ha qualcosa per cui vivere.

Alec abbassò lo sguardo sul cuscino che aveva in mano e all'improvviso diede un violento strappo alla frangia. Le perline caddero tintinnando sulla coperta come un piccolo scroscio di pioggia.

Isabelle aggrottò la fronte. — Alec, smettila.

Clary avrebbe voluto dirle che erano loro, e non lei, la famiglia di Jace, che per lui le loro opinioni avevano più peso di quanto non ne avrebbe mai avuto la sua. Ma continuava ad avere nella testa le parole di Jace: «Non ho mai sentito di appartenere a nessun posto. Ma tu mi fai sentire come se ci fosse un posto per me». — Possiamo andare nella Città Silente e incontrarlo?

— Gli dirai di collaborare con l'Inquisitrice? — domandò Alec.

Clary rifletté. — Prima voglio sentire cos'ha da dire.

Alec fece cadere il cuscino con la frangia strappata sul letto e si alzò, con la fronte aggrottata. Prima che potesse aprire bocca, si sentì bussare alla porta. Isabelle si staccò dal tavolino da toilette e andò ad aprire.

Era un ragazzino, con i capelli neri e gli occhi seminascosti dagli occhiali. Indossava dei jeans e una felpa troppo grande, e aveva in mano un libretto. — Max — disse Isabelle alquanto sorpresa — pensavo che dormissi.

— Ero nell'armeria — disse il ragazzino, che era il figlio minore dei Lightwood. — C'erano dei rumori, nella biblioteca. Forse qualcuno sta cercando di contattare l'Istituto. — Spostò lo sguardo su Clary. — Chi è?

— Clary — rispose Alec. — La sorella di Jace.

Max sgranò gli occhi. — Credevo che Jace fosse figlio unico.

— È quello che pensavamo tutti — disse Alec prendendo la maglia che aveva lasciato su una sedia e infilandosela con foga. I capelli gli si sollevarono a raggiera intorno alla testa come un soffice alone scuro, crepitando per l'elettricità statica. Lui se li tirò indietro con un gesto insofferente. — Sarà meglio che vada in biblioteca.

— Vengo anch'io — disse Isabelle, estraendo da un cassetto la sua frusta arrotolata e infilandosene l'impugnatura nella cintura. — Forse è successo qualcosa.

— Dove sono i vostri genitori? — chiese Clary.

— Hanno ricevuto una chiamata qualche ora fa. Un elfo è stato assassinato a Central Park. L'Inquisitrice è andata con loro — spiegò Alec.

— E voi non li avete accompagnati?

— Non ce l'hanno chiesto. — Isabelle si avvolse le due trecce scure sulla testa e infilò un piccolo pugnale di cristallo nella crocchia. — Ti dispiace badare a Max? Torniamo subito.

— Ma... — protestò Clary.

— Torniamo subito. — Isabelle sfrecciò nel corridoio, seguita da Alec. Quando la porta si chiuse alle loro spalle, Clary si sedette sul letto e rivolse uno sguardo ansioso a Max. Non aveva mai passato troppo tempo con i bambini (sua madre non le aveva mai permesso di fare la baby-sitter) e non sapeva bene come parlare con loro o che cosa poteva divertirli, anche se un po' l'aiutava il fatto che quel ragazzino le ricordava Simon alla sua età, con le braccia e le gambe ossute e gli occhiali troppo grandi per il suo viso.

Max la osservò a sua volta, rivolgendole uno sguardo indagatore, non timido, ma pensieroso e controllato. — Quanti anni hai? — chiese infine.

Clary fu colta di sorpresa. — Quanti me ne dai?

— Quattordici.

— Ne ho sedici, ma la gente pensa sempre che ne abbia meno per via della statura.

Max annuì. — Capita anche a me. Ho nove anni, ma me ne danno sempre sette.

— Per me ne dimostri nove — disse Clary. — Che cos'hai, lì? Un libro?

Max tirò fuori la mano da dietro la schiena. Teneva un tascabile largo e piatto, grande all'incirca come una rivista. Aveva una copertina a colori vivaci con una scritta in caratteri *kanji* sotto le parole inglesi. Clary si mise a ridere. — *Naruto* — disse. — Allora ti piacciono i manga. Dove l'hai preso?

— All'aeroporto. Mi piacciono le figure, ma non capisco come si legge.

— Dai qua. — L'aprì, mostrandogli le pagine. — Si legge all'incontrario, da destra a sinistra invece che da sinistra a destra. Anche le pagine vanno girate al contrario, in senso antiorario. Sai cosa significa?

— Certo — disse Max. Per un attimo Clary temette di averlo irritato, ma lui sembrava piuttosto contento quando riprese il libretto e andò all'ultima pagina. — Questo è il numero nove — disse. — Forse prima di leggerlo dovrei procurarmi gli altri otto.

— Buona idea. Magari puoi chiedere a qualcuno di accompagnarti da Midtown Comics o al Pianeta Proibito.

— Pianeta Proibito? — Max sembrava confuso, ma prima che Clary potesse spiegarsi, Isabelle fece irruzione nella stanza respirando affannosamente.

— Qualcuno ha cercato davvero di contattare l'Istituto — disse prima che Clary potesse fare domande. — Uno dei Fratelli Silenti. È successo qualcosa nella Città di Ossa.

— Cosa intendi con *qualcosa*?

— Non lo so. Non avevo mai sentito che i Fratelli Silenti avessero chiesto aiuto prima d'ora. — Isabelle era chiaramente in ansia. Si girò verso il fratello. — Max, vai nella tua stanza e restaci, okay?

Il ragazzino irrigidì la mascella. — Tu e Alec uscite?

— Sì.

— Andate nella Città Silente?

— Max...

— Voglio venire anch'io.

Isabelle fece segno di no. L'elsa del pugnale scintillò come un punto infuocato dietro la sua testa. — Assolutamente no. Sei troppo piccolo.

— Neanche tu hai diciotto anni!

Isabelle si girò verso Clary con un'espressione ansiosa e disperata insieme. — Vieni qui un attimo, ti prego.

Clary si alzò stupita... e Isabelle la agguantò per un braccio e la trascinò fuori dalla stanza, richiudendosi la porta alle spalle.

Si sentì un tonfo quando Max ci si gettò contro.

— Accidenti — fece Isabelle, tenendo la maniglia — puoi prendermi lo stilo, per favore? È nella tasca...

Clary tirò fuori alla svelta lo stilo che Luke le aveva dato qualche ora prima. — Usa il mio.

Con pochi rapidi movimenti, Isabelle intagliò una runa di Chiusura sulla porta. Clary sentiva le proteste di Max dall'altra parte, mentre Isabelle si scostava dalla porta con una smorfia e le restituiva lo stilo. — Non sapevo che avessi uno di questi arnesi.

— Era di mia madre — disse Clary, rimproverandosi subito mentalmente. *È di mia madre. Sì, è di mia madre.*

— Uh. — Isabelle batté sulla porta con il pugno. — Max, c'è qualche barretta di cioccolato nel cassetto, casomai ti venisse fame. Torneremo appena possibile.

Si sentì un altro urlo offeso da dietro la porta; con una scrollata di spalle Isabelle si girò e corse lungo il corridoio, con Clary al fianco.

— Che cosa diceva il messaggio? — chiese quest'ultima. — Solo che c'era un problema?

— Che c'è stato un attacco. Nient'altro.

Alec le aspettava fuori dalla biblioteca. Indossava un'armatura di cuoio nero sopra i vestiti. Le braccia erano protette da lunghi guanti e sulla gola e sui polsi erano impressi alcuni Marchi. Alcune spade angeliche, ognuna col nome di un angelo, scintillavano alla cintura in vita. — Sei pronta? — domandò alla sorella. — Max è sistemato?

— Sta bene. — Allungò le braccia. — Fammi i Marchi.

Mentre tracciava le rune sul dorso delle mani di Isabelle e all'interno dei suoi polsi, Alec lanciò un'occhiata a Clary. — Probabilmente dovresti andartene a casa — le disse. — Meglio che tu non ti faccia trovare qui da sola, quando tornerà l'Inquisitrice.

— Voglio venire con voi — disse Clary. Le parole le erano uscite di bocca prima che potesse fermarle.

Isabelle ritirò una mano e ci soffiò sopra come se raffreddasse una tazza di tè troppo calda. — Sembri Max.

— Max ha nove anni. Io ho la vostra età.

— Ma non hai ricevuto nessun addestramento — ribatté Alec. — Ci sarai solo d'intralcio.

— No. Uno di *voi* è mai stato nella Città Silente? — chiese Clary. — Io sì. So come entrare. So come orientarmi.

Alec si raddrizzò e mise via lo stilo. — Non credo...

Isabelle lo interruppe: — Non ha tutti i torti. Forse dovrebbe venire, se vuole.

Alec sembrò spiazzato. — L'ultima volta che abbiamo affrontato un demone si è rannicchiata a terra e si è messa a strillare. — Vedendo lo sguardo acido di Clary, le lanciò un'occhiata dispiaciuta. — Scusa, ma è la verità.

— Io credo che abbia bisogno di un'occasione per imparare — disse Isabelle. — Sai cosa dice sempre Jace. A volte non devi cercare il pericolo, perché è il pericolo a trovare te.

— Non potete rinchiudermi come avete fatto con Max — aggiunse Clary vedendo la determinazione di Alec indebolirsi. — Non sono una bambina. E so dov'è la Città di Ossa. Posso arrivarci anche senza di voi.

Alec distolse lo sguardo, scuotendo la testa e borbottando qualcosa a proposito delle ragazze. Isabelle allungò una mano verso Clary. — Dammi il tuo stilo. È tempo di farti qualche Marchio.

6

La Città di Cenere

Alla fine Isabelle fece solo due Marchi a Clary, uno sul dorso di ciascuna mano. Il primo raffigurava l'occhio aperto che ornava la mano di ogni Cacciatore. Il secondo assomigliava a due falci incrociate; Isabelle disse che era una runa di Protezione. Entrambe le rune bruciarono, appena lo stilo toccò la pelle, ma il dolore svanì a bordo del taxi nero che portava Clary, Isabelle e Alec a Downtown. Quando raggiunsero la 2nd Avenue e scesero sul marciapiede, Clary si sentiva le mani e le braccia leggere come se indossasse dei braccioli in una piscina.

I tre attraversarono in silenzio l'arco di ferro battuto che conduceva al Cimitero Monumentale. L'ultima volta che Clary era stata in quel giardino si affrettava dietro a Fratello Geremia. Adesso, per la prima volta, notò i nomi scolpiti sui muri: YOUNGBLOOD, FAIRCHILD, THRUSH-CROSS, NIGHTWINE, RAVENSCAR. Accanto, c'erano delle rune. Nella cultura dei Cacciatori, ogni famiglia aveva il proprio simbolo: quello dei Wayland era un martello da fabbro, quello dei Lightwood una torcia, quello di Valentine una stella.

Erba arruffata ricopriva i piedi della statua dell'Angelo in mezzo al giardino. Aveva gli occhi chiusi, le mani sottili strette intorno allo stelo di un calice di pietra che riproduceva la Coppa Mortale. Il viso di marmo era impassibile, rigato di sporcizia.

Clary disse: — L'ultima volta che sono stata qui, Fratello Geremia si è servito di una runa sulla statua per aprire la porta della Città.

— Preferirei non usare una runa dei Fratelli Silenti — disse Alec. Aveva il viso cupo. — Avrebbero dovuto avvertire la nostra presenza prima che arrivassimo qui. Comincio a preoccuparmi. — Sfilò un pugnale dalla cintura e ne passò la lama sul palmo nudo. Il sangue sgorgò dal taglio poco profondo. Chiudendo la mano a pugno sulla coppa di pietra, vi fece gocciolare dentro il sangue. — Sangue di Nephilim — disse. — Dovrebbe funzionare come chiave.

Le palpebre dell'Angelo di pietra si aprirono. Per un istante Clary si aspettò quasi di vedere dei veri occhi fissarla dalle pieghe di pietra, ma vide solo dell'altro granito. Un secondo più tardi, l'erba ai piedi dell'Angelo cominciò a dividersi. Una linea curva nera che ondeggiava come il dorso di un serpente si allontanò zigzagando dalla statua, e la ragazza fece un balzo fulmineo all'indietro mentre un buco oscuro si apriva ai suoi piedi.

Ci guardò dentro. C'era una scala che si perdeva nell'ombra. L'ultima volta che era stata lì, le tenebre erano rischiarate a intervalli da torce che illuminavano i gradini. Adesso regnava l'oscurità più assoluta.

— C'è qualcosa che non va — disse. Né Isabelle né Alec sembravano propensi a discutere. Clary sfilò di tasca la stregaluce che le aveva dato Jace e la sollevò sopra di sé. La luce si irradiò fra le sue dita. — Andiamo.

Alec la precedette. — Vado io per primo, tu vienimi dietro. Isabelle, chiudi la fila.

Mentre scendevano lentamente, gli stivali bagnati di Clary scivolavano sui gradini smussati dal tempo. Ai piedi della scala c'era una breve galleria che si apriva su una vasta sala, una sorta di frutteto di pietra fatto di archi bianchi in cui erano incastonate pietre dure. File di sarcofagi si succedevano fino a sparire nell'oscurità. La stregaluce non era abbastanza potente da illuminare tutta la sala.

Alec guardò cupo tra le file. — Non avrei mai pensato di entrare nella Città Silente — disse. — Neanche da morto.

— Non me ne rattristerei troppo — disse Clary. — Fratello Geremia mi ha detto cosa fanno dei vostri morti. Li bruciano e usano le ceneri per produrre il marmo della Città. — «Il sangue e le ossa degli Shadowhunters sono una potente difesa contro il male. Anche da morti, i membri del Conclave servono la causa.»

— Uhm — fece Isabelle. — È considerato un onore. Dopotutto, anche voi mondani bruciate i vostri morti.

Questo non rende la cosa meno raccapricciante, pensò Clary. L'odore di cenere e fumo ristagnava pesante nell'aria, lo ricordava dall'ultima volta che era stata lì... Ma c'era qualcos'altro, sotto quegli effluvi, un odore più forte, più intenso, come di frutta che sta marcendo.

Aggrottando la fronte, Alec sfilò una delle sue spade angeliche dalla cintura. — *Arathiel* — sussurrò, e il suo scintillio si unì al bagliore della stregaluce di Clary, rivelando ai tre ragazzi la seconda rampa di scale, che scendeva in un'oscurità ancora più fitta.

La stregaluce pulsava nella mano di Clary come una stella morente. Si chiese se si estinguessero mai, le stregaluci, come le torce elettriche esauriscono le batterie. L'idea di essere immersi nel buio pesto in quel luogo raccapricciante la riempiva di un terrore viscerale.

L'odore di frutta marcia si fece più forte quando raggiunsero la fine della scala e si ritrovarono in un'altra lunga galleria, che alla fine si immetteva in un padiglione circondato da guglie di osso intagliato... un padiglione che Clary ricordava molto bene. Il pavimento era intarsiato di stelle d'argento simili a preziosi coriandoli. Al centro del padiglione c'era un tavolo nero. Un liquido scuro formava una pozza sulla sua superficie levigata e gocciolava in rivoletti sul pavimento.

Quando Clary si era trovata davanti al Consiglio dei Fratelli, alla parete dietro il tavolo stava appesa una pesante spada d'argento. Adesso la Spada era sparita e nel punto in cui si trovava la parete era macchiata da uno spruzzo scarlatto.

— È *sangue*? — sussurrò Isabelle. Non sembrava spaventata, solo stupita.

— Così pare. — Gli occhi di Alec esaminarono la stanza. Le ombre erano dense come vernice e sembravano animate. La sua presa sulla spada angelica era salda.

— Cosa può essere successo? — chiese Isabelle. — I Fratelli Silenti... pensavo che fossero *indistruttibili*...

La sua voce si spense quando Clary si girò e la stregaluce nella sua mano colse strane ombre tra le guglie. Una di esse aveva una forma più strana delle altre. Desiderò che la stregaluce ardesse più vivamente, e quella lo fece, proiettando un penetrante lampo di luce.

Conficcato su una delle guglie, come un verme su un amo, c'era il corpo senza vita di un Fratello Silente. Le mani, striate di sangue, penzolavano a pochi centimetri dal pavimento di marmo. Il collo sembrava spezzato. Il sangue si era raccolto in una pozza sotto di lui, coagulato e nero al chiarore della stregaluce.

Isabelle rimase senza fiato. — Alec. Hai visto...?

— Sì. — La voce del ragazzo era cupa. — E ho visto anche di peggio. Ma è di Jace che mi preoccupo.

Isabelle avanzò e toccò il tavolo di basalto nero, sfiorandone la superficie con le dita. — Questo sangue è quasi fresco. Qualunque cosa sia successa è stato non molto tempo fa.

Alec si avvicinò al cadavere impalato del Fratello. Dalla pozza di sangue sul pavimento si dipartivano dei segni sbavati. — Impronte di piedi — disse. Poi, con la mano piegata, fece segno alle ragazze di seguirlo. Loro obbedirono, ma prima Isabelle si fermò un attimo a pulirsi le mani insanguinate sui morbidi schinieri di cuoio.

La pista delle impronte portava dal padiglione a una stretta galleria che scompariva nel buio. Quando Alec si fermò per guardarsi intorno, Clary lo superò impaziente, lasciando che la stregaluce tracciasse un sentiero di luce bianco argentea davanti a loro. In fondo alla galleria vide una serie di porte a due battenti, socchiuse.

Jace. In qualche modo Clary ne avvertiva la presenza, lo sentiva vicino. Partì di corsa, gli stivali che scalpicciavano sonoramente sul pavimento duro. Sentì Isabelle che la chiamava, poi fratello e sorella si misero a correre anche loro, seguendola a ruota. Clary volò attraverso la porta in fondo alla galleria e si ritrovò in un'ampia stanza rivestita di pietra e divisa in due da una serie di sbarre metalliche conficcate nel suolo. Al di là Clary riuscì a distinguere una sagoma accasciata. Poco fuori dalla cella era adagiato scompostamente il corpo afflosciato di un Fratello Silente.

Clary capì immediatamente che era morto. Era il modo in cui era steso, come una bambola a cui avessero girato le articolazioni nel verso sbagliato finché non si erano rotte. Gli abiti color pergamena erano strappati. Il viso devastato, contorto in un'espressione di terrore, era ancora riconoscibile. Era Fratello Geremia.

Clary oltrepassò il corpo e si avvicinò alla porta a sbarre della cella. Apparentemente non c'erano una serratura, né una maniglia.

Alle sue spalle sentì Alec che la chiamava, ma la sua attenzione non era rivolta a lui: era rivolta alla porta. Si rese conto che non c'era nessun mezzo visibile per aprirla; i Fratelli non trattavano ciò che era visibile, ma piuttosto ciò che non lo era. Tenendo la stregaluce in una mano, cercò tastoni con l'altra lo stilo di sua madre.

Al di là delle sbarre si sentì un rumore. Una specie di ansimo, o di sussurro attutito; non era sicura di cosa fosse, ma ne riconobbe la fonte. *Jace*. Colpì con violenza la porta della cella con la punta dello stilo, cercando di pensare alla runa di Apertura mentre questa appariva, nera e frastagliata, sul metallo duro. Al tocco dello stilo, l'elettro sfrigolò. *Apriti*, ordinò alla porta, *apriti, apriti, APRITI!*

Un rumore come di stoffa strappata attraversò la stanza. Clary sentì Isabelle gridare, mentre la porta volava interamente via dai cardini, schiantandosi nella cella come un ponte levatoio che si abbassava. Sentì anche altri rumori, metallo che veniva separato dal metallo, e un sonoro tintinnio simile a una manciata di sassolini gettati a terra. Quando si abbassò per entrare nella cella, la porta caduta le oscillò sotto i piedi.

La stregaluce riempì la piccola stanza, illuminandola a giorno. Clary notò appena le file di manette – tutte di metalli differenti: oro, argento, acciaio, ferro – che si scioglievano dalle sbarre della parete. Aveva lo sguardo fisso sul corpo accasciato nell'angolo; ne scorgeva i capelli chiari, la mano allungata, le manette sciolte gettate a poca distanza. Il suo polso era nudo e insanguinato, con la pelle deturpata da brutti lividi.

Si inginocchiò, mettendo da parte lo stilo, e lo capovolse delicatamente. Era proprio Jace. Aveva un altro livido sulla guancia, e il viso pallidissimo, ma Clary scorse il rapido movimento sotto le palpebre. Una vena della gola pulsava. Era vivo.

Il sollievo la travolse come un'ondata di calore, allentando le strette corde di tensione che l'avevano tenuta insieme fino ad allora. La stregaluce cadde sul pavimento lì accanto, dove continuò a risplendere. Clary accarezzò i capelli di Jace, allontanandoli dalla fronte con una tenerezza che le parve insolita... Non aveva mai avuto fratelli o sorelle, e neppure un cugino. Non aveva mai avuto occasione di fasciare ferite o baciare ginocchia sbucciate o prendersi cura sul serio di qualcuno.

Ma le piaceva sentire questo tipo di tenerezza per Jace, pensò. E non intendeva ritirare la sua mano mentre lui contraeva le palpebre e si lamentava. Era suo fratello, perché non avrebbe dovuto starle a cuore quel che gli succedeva?

Gli occhi di Jace si aprirono. Le pupille erano dilatate. Forse aveva battuto la testa. Il suo sguardo si fissò in quello di Clary con un'espressione inebetita. — *Clary* — disse. — Che cosa ci fai qui?

— Sono venuta a cercarti — rispose lei, perché era la verità.

Uno spasmo attraversò la faccia di Jace. — Sei veramente qui? Non sono... non sono morto, vero?

— No — rispose la ragazza, accarezzandogli una guancia con la mano. — Sei svenuto, tutto qui. E probabilmente hai battuto la testa.

Jace sollevò una mano e coprì quella di Clary posata sulla sua guancia. — Ne valeva la pena — disse a voce così bassa che lei non fu sicura di aver sentito bene.

— Che succede? — Era Alec, che si stava infilando nel vano della porta seguito da Isabelle. Clary ritirò la mano di scatto, poi si maledisse in silenzio. Non stava facendo niente di male.

Jace si mise seduto a fatica. Aveva il viso grigiastro, la maglia macchiata di sangue. Lo sguardo di Alec si fece preoccupato. — Ma stai bene? — domandò inginocchiandosi. — Che cosa è successo? Te lo ricordi?

Jace sollevò la mano ferita. — Una domanda alla volta, Alec. Ho già l'impressione che mi si stia per spaccare la testa.

— Chi ti ha fatto questo? — Isabelle sembrava sconcertata e furiosa allo stesso tempo.

— Nessuno. Me lo sono fatto da solo cercando di togliermi le manette. — Jace abbassò lo sguardo sul polso – sembrava quasi che si fosse strappato la pelle – e sussultò.

— Dammi qui — dissero all'unisono Clary e Alec, allungando una mano verso quella di Jace. I loro occhi si incontrarono, e Clary si fermò. Alec prese il polso del fratellastro e tirò fuori lo stilo. Con pochi movimenti rapidi disegnò un *iratze*, una runa di Guarigione, sulla pelle sanguinante sotto l'anello.

— Grazie — disse Jace, ritirando la mano. La parte ferita del polso stava già cominciando a rimarginarsi. — Fratello Geremia...

— È morto — terminò Clary.

— Lo so. — Rifiutando l'aiuto che gli offriva Alec, Jace si tirò in piedi appoggiandosi alla parete. — È stato assassinato.

— I Fratelli Silenti si sono uccisi a vicenda? — chiese Isabelle. — Non capisco... non capisco perché l'abbiano fatto...

— Non è così — disse Jace. — Qualcuno o qualcosa li ha uccisi. — Uno spasmo di dolore gli contrasse il viso. — La mia testa...

— Forse dovremmo andarcene — disse Clary nervosa. — Prima che chi li ha uccisi...

— ... torni per noi? — domandò Jace. Si guardò la maglia lorda di sangue e la mano contusa. — Credo che non sia più qui. Ma forse lui potrebbe ancora riportarla indietro.

— Chi potrebbe riportare indietro cosa? — chiese Alec, ma Jace non rispose. Da grigio il suo viso era diventato bianco come un cencio. Alec lo afferrò mentre cominciava a scivolare lungo il muro. — Jace...

— Sto bene — protestò lui, ma la sua mano stringeva forte la manica di Alec. — Posso stare in piedi.

— A me sembra che sia il muro a sostenerti. Non è quello che si dice "stare in piedi".

— Mi sto appoggiando — replicò Jace. — E appoggiarsi viene subito prima di stare in piedi.

— Smettetela, voi due — disse Isabelle, togliendo di mezzo una torcia spenta con un calcio. — Dobbiamo uscire di qui. Se là fuori c'è qualcosa di abbastanza malvagio da uccidere i Fratelli Silenti, ci liquiderà in quattro e quattr'otto.

— Izzy ha ragione. Dobbiamo filare. — Clary recuperò la stregaluce e si alzò. — Jace... te la senti di camminare?

— Lo aiuto io. — Alec si mise intorno alle spalle il braccio di Jace, che si appoggiò pesantemente a lui. — Andiamo — disse Alec in tono gentile. — Ti rimetteremo in sesto quando saremo fuori di qui.

Si mossero adagio verso la soglia della cella, dove Jace si fermò e abbassò lo sguardo sulla figura di Fratello Geremia steso tutto storto sul pavimento di pietra. Isabelle si inginocchiò e abbassò il cappuccio di lana marrone per coprirgli la faccia stravolta. Quando si raddrizzò, avevano tutti un'espressione seria e assorta.

— Non ho mai visto un Fratello Silente terrorizzato — disse Alec. — Non pensavo che potessero avere paura.

— Tutti hanno paura. — Il viso di Jace era ancora pallidissimo e, anche se si teneva la mano ferita contro il petto, Clary non pensava che fosse per il dolore fisico. Sembrava lontano, come se si fosse ritirato in se stesso per nascondersi da qualcosa.

Tornarono sui propri passi attraverso i corridoi immersi nel buio e su per gli stretti gradini che conducevano al padiglione delle Stelle Parlanti. Quando lo raggiunsero, Clary avvertì un forte odore di bruciato e di sangue che non aveva sentito prima. Jace, appoggiato ad Alec, si guardò intorno con una sorta di orrore misto a confusione sul volto. Clary vide che osservava la parete opposta, macchiata da uno spesso strato di sangue, e disse: — Jace, non guardare. — Poi si sentì sciocca: era un Cacciatore di demoni, dopotutto, aveva visto di peggio.

Jace scosse la testa. — C'è qualcosa che non quadra...

— Non c'è niente che quadra, in questo posto. — Alec indicò con un cenno del capo la foresta di archi che conduceva fuori dal padiglione. — Quella è la via più veloce per uscire di qui. Andiamo.

Non parlarono granché durante il percorso a ritroso nella Città di Ossa. Ogni ombra sembrava fluttuare, quasi che l'oscurità nascondesse creature che aspettavano solo di balzare addosso a Clary. Isabelle mormorò qualcosa sottovoce. Clary non distinse le parole, ma sembrava un'altra lingua, qualcosa di antico... latino, forse.

Quando raggiunsero le scale che portavano fuori dalla Città, Clary emise un muto sospiro di sollievo. Un tempo la Città di Ossa poteva anche essere stata bella, ma adesso era terrificante. Quando furono all'ultima rampa, la luce le trafisse gli occhi, facendola strillare per la sorpresa. In cima alle scale intravedeva la statua dell'Angelo illuminata in controluce da un chiarore dorato, intenso come quello del giorno. Girò lo sguardo sugli altri; sembravano confusi quanto lei.

— Il sole non dovrebbe essere ancora sorto, no? — mormorò Isabelle. — Quanto tempo siamo rimasti quaggiù?

Alec controllò l'orologio. — Non così a lungo.

Jace borbottò qualcosa, troppo piano perché gli altri potessero sentirlo. Alec allungò l'orecchio. — Cosa hai detto?

— Stregaluce — disse Jace, questa volta più forte.

Isabelle corse su per la scala, con Clary alle calcagna e Alec a breve distanza, impegnato a trascinare Jace su per i gradini. In cima alla scala Isabelle si fermò di botto, come paralizzata. Clary la chiamò, ma lei non si mosse. Un attimo dopo le era accanto e toccò a lei guardarsi intorno stupefatta.

Il giardino era pieno di Cacciatori. Venti, forse trenta, in tenuta nera da caccia, ricoperti di Marchi tracciati a inchiostro, ognuno con una stregaluce sfavillante in mano.

Davanti al gruppo c'era Maryse con l'armatura da Cacciatrice nera e un mantello con il cappuccio abbassato. Alle sue spalle erano schierate dozzine di persone, uomini e donne che Clary non aveva mai visto, ma che avevano i Marchi dei Nephilim sulle braccia e sul viso. Uno di loro, un bell'uomo dalla pelle d'ebano, si girò a guardare Clary e Isabelle, e, accanto a loro, Jace e Alec, che erano emersi dalla scala e se ne stavano lì a occhi socchiusi per la luce inattesa.

— Per l'Angelo — esclamò l'uomo. — Maryse... c'è già qualcuno là in fondo.

Maryse aprì la bocca di scatto in un muto sussulto quando vide Isabelle. Poi la richiuse, le labbra serrate in una sottile linea bianca, come un taglio tracciato col gesso attraverso il viso.

— Lo so, Malik — disse infine. — Sono i miei figli.

7
La Spada Mortale

Un mormorio sbigottito percorse la folla. Chi portava il cappuccio lo tirò indietro e, dall'espressione di Jace, Alec e Isabelle, Clary capì che conoscevano molti dei Cacciatori nel giardino.

— Per l'Angelo. — Lo sguardo incredulo di Maryse scivolò da Alec a Jace, sfiorò appena Clary e tornò a sua figlia. Quando Maryse aveva parlato, Jace si era allontanato da Alec e ora se ne stava un po' discosto dagli altri tre, con le mani in tasca, mentre Isabelle torceva nervosamente la frusta bianco-dorata tra le mani. Alec, intanto, sembrava armeggiare con il cellulare, anche se Clary non riusciva a immaginare chi potesse chiamare. — Alec, Isabelle, cosa ci fate qui? C'è stata una richiesta di soccorso dalla Città Silente…

— L'abbiamo presa noi — disse Alec. Il suo sguardo si muoveva con ansia sulla folla radunata. Clary non poteva certo biasimarlo per il suo nervosismo. Era la più grande schiera di Cacciatori adulti – di Cacciatori in generale – che lei avesse mai visto. Continuava a far scivolare lo sguardo da un viso all'altro, notandone le particolarità. Ma nonostante le differenze di età, razza e aspetto complessivo, davano tutti la stessa impressione di un'enorme forza trattenuta. Lei si sentiva addosso i loro occhi penetranti, che la studiavano, la valutavano. Una di loro, una donna dai capelli argentei ondulati, la fissava con espressione intensa, quasi di sfida. Clary distolse lo sguardo. — Non eravate all'Istituto… e non potevamo contattare nessuno… Così siamo venuti noi.

— Alec…

— Comunque non importa — disse questi. — Sono morti. I Fratelli Silenti. Sono tutti morti. Sono stati assassinati.

Questa volta la folla raccolta non emise alcun suono. Anzi, sembrò immobilizzarsi, come può farlo un branco di leoni che ha individuato una gazzella.

— *Morti?* — ripeté Maryse. — Cosa vuol dire "morti"?

— Credo che sia piuttosto chiaro cosa vuol dire. — Una donna con una lunga veste grigia apparve all'improvviso al fianco di Clary. Alla luce tremolante, vide che aveva un aspetto inquietante, tutto spigoli, con i capelli raccolti all'indietro e occhi come neri buchi scavati nel viso. Aveva una grossa stregaluce attaccata a una lunga catena d'argento avvolta intorno alle dita più ossute che Clary avesse mai visto. — Sono tutti morti? — chiese rivolgendosi ad Alec. — Non avete trovato nessuno vivo nella Città?

Alec scosse la testa. — Per lo meno non li abbiamo visti, Inquisitrice.

Dunque quella era l'Inquisitrice, comprese Clary. Sembrava senz'altro capace di gettare degli adolescenti in una cella sotterranea solo perché non le andava a genio il loro modo di fare.

— Non li avete *visti* — ripeté l'Inquisitrice, gli occhi simili a perline dure, scintillanti. Poi si rivolse a Maryse: — Potrebbero esserci dei superstiti. Direi di mandare i tuoi nella Città per un controllo approfondito.

Le labbra di Maryse si serrarono. Da quel poco che Clary sapeva di lei, capì che alla madre adottiva di Jace non piaceva sentirsi dire cosa doveva fare. — Benissimo.

Si girò verso gli altri Cacciatori. Clary cominciava a rendersi conto che non erano tanti quanti aveva pensato all'inizio. Erano più vicini alla ventina che alla trentina, anche se lo shock della loro apparizione li aveva fatti sembrare una folla brulicante.

Maryse parlò sottovoce a Malik, che annuì. Poi ordinò ai Cacciatori di avviarsi verso l'entrata della Città di Ossa. Mentre tutti scendevano le scale in fila indiana, impugnando le stregaluci, lo splendore nel giardino cominciò ad affievolirsi. L'ultima della fila era la donna dai capelli argentei. A metà delle scale si fermò e si girò per guardarsi indietro. I suoi occhi andarono dritti su Clary. Erano pieni di un desiderio tremendo, come se morisse dalla voglia di dirle qualcosa. Dopo un istante, si calò nuovamente il cappuccio sul viso e scomparve nelle tenebre.

Maryse ruppe il silenzio. — Perché qualcuno dovrebbe voler uccidere i Fratelli Silenti? Non sono guerrieri, non hanno Marchi da battaglia...

— Non essere ingenua, Maryse — disse l'Inquisitrice. — Non è stato un attacco casuale. I Fratelli Silenti non saranno guerrieri, ma sono dei guardiani, e anche molto bravi nel loro lavoro. E non sono facili da uccidere. Qualcuno voleva qualcosa che era custodito nella Città di Ossa e, per averla, era disposto a uccidere. È stata un'azione premeditata.

— Cos'è che ti rende così sicura?

— La chiamata che ci ha fatto accorrere a Central Park. Il giovane elfo morto.

— Non direi che siamo accorsi a vuoto. Il giovane elfo era dissanguato, come gli altri. Questi delitti possono causare problemi seri tra i Figli della Notte e gli altri Nascosti...

— Era un diversivo — disse l'Inquisitrice per chiudere il discorso. — Lui voleva farci allontanare dall'Istituto affinché nessuno potesse rispondere alla chiamata di soccorso dei Fratelli. Ingegnoso, davvero. È stato sempre ingegnoso.

— Lui chi? — Fu Isabelle a parlare, il viso pallidissimo tra le due ali nere di capelli. — Intendi...

Nel sentire le parole pronunciate subito dopo da Jace, Clary ebbe la sensazione di avere preso una scossa, come se avesse toccato un cavo elettrico. — Valentine — disse Jace. — È stato lui a prendere la Spada dell'Anima, o Mortale che dir si voglia. Per questo ha ucciso i Fratelli Silenti.

Un sorriso sottile increspò all'improvviso il viso dell'Inquisitrice, come se Jace avesse detto qualcosa che l'aveva mandata in brodo di giuggiole.

Alec sussultò e si girò a guardare il fratellastro. — *Valentine?* Ma non ci avevi detto che era qui.

— Nessuno me l'ha chiesto.

— Non può avere ucciso i Fratelli. Erano fatti *a pezzi*. Nessun individuo avrebbe potuto fare una cosa simile da solo.

— Probabilmente ha chiesto aiuto ai demoni — disse l'Inquisitrice. — Lo ha già fatto in passato. E grazie alla protezione della Coppa di cui si è impadronito ha potuto convocare alcune creature molto pericolose. Più pericolose dei Divoratori — aggiunse arricciando le labbra, e anche se nel dirlo non guardava Clary, le parole risuonarono in qualche modo come uno schiaffo verbale. La sua debole speranza che l'Inquisitrice non l'avesse notata o riconosciuta svanì. — O dei patetici Dimenticati.

— Questo non lo so. — Jace era pallidissimo, con due chiazze rosse sugli zigomi, come se avesse la febbre. — Ma so che era Valentine. L'ho visto. Quando è sceso nelle celle aveva con sé la Spada e mi ha stuzzicato attraverso le sbarre. Era come un brutto film, con la differenza che lui non si attorcigliava i baffi.

Clary lo guardò preoccupata. Parlava troppo velocemente, pensò, e non sembrava saldo sulle gambe.

L'Inquisitrice non parve accorgersene. — Dunque Valentine ti ha *detto* tutto questo? Ti ha detto di avere ucciso i Fratelli Silenti perché voleva la Spada Mortale?

— Che cos'altro ti ha detto? Dov'era diretto? Cosa progetta di fare con la Coppa e la Spada, i due Strumenti Mortali? — chiese svelta Maryse.

Jace scosse la testa.

L'Inquisitrice gli si avvicinò, la veste che le ondeggiava intorno come fumo fluttuante. Gli occhi e la bocca grigi erano tesi in strette linee orizzontali. — Non ti credo.

Jace si limitò a guardarla. — Non mi aspettavo che lo facessi.

— E dubito che anche il Conclave ti crederà.

Alec disse con veemenza: — Jace non è un bugiardo...

— Usa il cervello, Alexander — replicò l'Inquisitrice, senza staccare gli occhi da Jace. — Metti da parte per un istante la lealtà verso il tuo amico. Che probabilità c'è che Valentine si sia fermato a parlare della Spada dell'Anima davanti alla cella di suo figlio senza dire che cosa intendeva farne e neppure dove stava andando?

— «S'io credesse che mia risposta fosse» — disse Jace in una lingua che Clary non conosceva — «a persona che mai tornasse al mondo...»

— Dante. — L'Inquisitrice sembrò ironicamente divertita. — L'*Inferno*. Tu non sei ancora all'inferno, Jonathan Morgenstern, ma se insisti a mentire al Conclave ti pentirai di non esserci. — Poi tornò a rivolgersi agli altri. — E non vi sembra strano che la Spada dell'Anima sia scomparsa proprio la notte prima del giorno in cui Jonathan Morgestern doveva essere sottoposto alla sua prova… e che sia stato proprio suo padre a prenderla?

A queste parole Jace apparve scioccato e le sue labbra si dischiusero leggermente per la sorpresa, come se questo non gli fosse mai venuto in mente. — Mio padre non ha preso la spada per *me*. L'ha presa per *sé*. Dubito perfino che sappia della prova.

— Però la cosa, in ogni caso, ti fa molto comodo. E anche a lui. Non dovrà preoccuparsi che divulghi i suoi segreti.

— Già — disse Jace — è terrorizzato dall'idea che io spifferi a tutti che, in realtà, il suo sogno è sempre stato quello di fare la ballerina. — L'Inquisitrice si limitò a guardarlo. — Non conosco nessuno dei segreti di mio padre — disse Jace in modo meno brusco. — Non mi ha mai detto niente.

L'Inquisitrice lo guardò con un'aria che sembrava annoiata. — Se tuo padre non ha preso la Spada per proteggerti, allora perché l'ha fatto?

— È uno Strumento Mortale — disse Clary. — È potente. Come la Coppa. Valentine ama il potere.

— La Coppa sarebbe sufficiente — disse l'Inquisitrice. — Può servirsene per fare un esercito. La Spada, invece, viene usata nei processi. Non vedo come potrebbe interessarlo.

— Forse l'ha fatto per destabilizzare il Conclave — suggerì Maryse. — Per minare il nostro morale. Per dimostrare che non c'è nulla che possiamo tenere sotto controllo. — Era un argomento molto persuasivo, pensò Clary, ma la stessa Maryse non ne sembrava molto convinta. — Il fatto è che…

Ma non riuscirono a sentire il resto, perché in quel momento Jace alzò la mano come per fare una domanda, assunse un'espressione spaventata e crollò sull'erba. Alec gli si inginocchiò accanto preoccupato, ma Jace lo allontanò con un cenno della mano. — Lasciami stare. Sto bene.

— Non stai bene. — Clary si avvicinò ad Alec sull'erba e Jace la guardò con occhi dalle pupille grandi e scure, sebbene la notte fosse illuminata dalle stregaluci. Clary gli esaminò il polso nel punto in cui Alec aveva tracciato l'*iratze*. Il Marchio di Guarigione era sparito, non era rimasta neppure una lieve cicatrice. I suoi occhi incontrarono quelli di Alec e lei vi vide riflessa la sua stessa ansia. — C'è qualcosa che non va in lui — disse. — Qualcosa di serio.

— Probabilmente ha bisogno di una runa di Guarigione. — L'Inquisitrice sembrava notevolmente seccata con Jace, che si era ferito in una situazione tanto delicata. — Di un *iratze* o…

— È ciò che abbiamo fatto — disse Alec. — Ma non funziona. Credo che ci sia sotto qualcosa di demoniaco.

— Tipo il *veleno* demoniaco? — Maryse fece per avvicinarsi a Jace, ma l'Inquisitrice la trattenne.

— Sta fingendo — disse inquieta. — Dovrebbe tornare subito nelle celle della Città Silente.

A queste parole Alec si alzò in piedi. — Non puoi dirlo… guardalo! — Fece un cenno verso Jace, che era afflosciato a terra con gli occhi chiusi. — Non può nemmeno alzarsi. Ha bisogno di un dottore, ha bisogno di…

— I Fratelli Silenti sono morti — disse l'Inquisitrice. — Suggerisci un ospedale mondano?

— No. — La voce di Alec era tesa. — Potrebbe andare da Magnus.

Isabelle emise un verso a metà tra uno starnuto e un colpo di tosse. Guardò da un'altra parte, quando l'Inquisitrice fissò Alec con espressione vacua. — Magnus?

— È uno stregone — disse Alec. — A dire il vero, è il Sommo Stregone di Brooklyn.

— Vuoi dire Magnus Bane — intervenne Maryse. — Ha una reputazione…

— Mi ha guarito dopo che avevo combattuto contro un Demone Superiore — la interruppe Alec. — I Fratelli Silenti erano impotenti, mentre Magnus…

— È ridicolo — disse l'Inquisitrice. — Tu vuoi solo aiutare Jace a fuggire.

— Non è abbastanza in forma per fuggire — protestò Isabelle. — Non lo vedi?

— Comunque Magnus glielo impedirebbe — disse Alec lanciando un'occhiata alla sorella per invitarla a stare tranquilla. — Non ha alcun interesse a mettere i bastoni tra le ruote al Conclave.

— E come potrebbe impedirglielo? — La voce dell'Inquisitrice trasudava un sarcasmo acido. — Jonathan è un *Cacciatore*. Non siamo tanto facili da tenere sotto chiave.

— Forse dovresti chiederlo a lui — suggerì Alec.

Sul viso dell'Inquisitrice comparve il sorriso affilato come la lama di un rasoio. — Ma certo. Dov'è?

Alec abbassò lo sguardo sul telefono che teneva in mano, quindi lo riportò sulla sottile figura dell'Inquisitrice. — È qui — disse. Alzò la voce. — Magnus! Magnus, vieni fuori!

Perfino le sopracciglia dell'Inquisitrice si sollevarono quando Magnus varcò a grandi passi il cancello. Il Sommo Stregone indossava pantaloni di pelle neri, una cintura con la fibbia a forma di M ornata di pietre preziose e una giubba militare prussiana color blu cobalto aperta su una camicia bianca di merletto. Sfavillava per i tanti strati di glitter di cui si era cosparso. Posò per un attimo lo sguardo sul viso di Alec con aria divertita, e un pizzico di qualcos'altro, quindi lo spostò su Jace, disteso sull'erba. — È morto? Sembrerebbe.

— No — rispose seccamente Maryse. — Non è morto.

— Avete controllato? Posso dargli un calcio, se volete. — Magnus si mosse verso Jace.

— Fermo! — esclamò brusca l'Inquisitrice con un tono che ricordò a Clary la sua maestra di terza elementare quando le intimava di smettere di scarabocchiare sul banco con il pennarello. — Non è morto, è ferito gravemente — aggiunse quasi con riluttanza. — C'è bisogno delle tue arti mediche. Jonathan deve essere abbastanza in forma per venire interrogato.

— Bene, ma vi costerà caro.

— Pagherò io — disse Maryse.

L'Inquisitrice non batté ciglio. — Benissimo. Ma non può rimanere all'Istituto. Solo perché la Spada è scomparsa non significa che l'interrogatorio non debba avere luogo come stabilito. E nel frattempo il ragazzo deve essere tenuto sotto sorveglianza. C'è il rischio che prenda il volo.

— E perché? — domandò Isabelle. — Parli come se avesse già tentato di scappare dalla Città Silente...

— Be' — disse l'Inquisitrice. — Ora non è più nella sua cella, no?

— Non è giusto! Poteva benissimo evitare di rimanere laggiù circondato da morti!

— Non è giusto? Non è *giusto*? Ti aspetti sul serio che io creda che tu e tuo fratello siate venuti qui per rispondere a una richiesta di soccorso e non perché volevate liberare Jonathan da quella che considerate chiaramente una reclusione inutile? E ti aspetti che io creda che non proverete ancora a liberarlo, se gli verrà permesso di stare all'Istituto? Pensi di potermi prendere in giro come prendi in giro i tuoi genitori, Isabelle Lightwood?

Isabelle divenne paonazza. Magnus intervenne prima che potesse replicare.

— Sentite, non è un problema. Posso tenere Jace a casa mia senza difficoltà.

L'Inquisitrice si rivolse ad Alec. — Il tuo stregone si rende conto che Jace Wayland è un testimone della massima importanza per il Conclave?

— Non è il *mio* stregone. — La parte superiore degli zigomi di Alec si colorò di un rosso intenso.

— Ho già tenuto prigionieri per il Conclave in passato — disse Magnus. La sfumatura scherzosa aveva abbandonato la sua voce. — Potrai facilmente scoprire che ho un curriculum eccellente, in tal senso. Il mio contratto è uno dei migliori.

Era l'immaginazione di Clary o davvero gli occhi di Magnus avevano indugiato su Maryse mentre pronunciava quelle parole? Non ebbe il tempo di chiederselo. L'Inquisitrice fece un verso acuto, che poteva essere sia di divertimento che di disgusto, e disse: — Allora è deciso. Fammi sapere quando sarà abbastanza in forma per parlare, stregone. Ho ancora un sacco di domande da rivolgergli.

— Certo — fece Magnus, ma Clary ebbe l'impressione che non la stesse ascoltando. Lo stregone percorse agilmente il prato e si mise in piedi accanto a Jace; era tanto alto quanto magro, e quando Clary alzò gli occhi per guardarlo, fu sorpresa di vedere quante stelle nascondeva il suo corpo. — Può parlare? — chiese Magnus a Clary, indicando Jace.

Prima che la ragazza potesse rispondere, gli occhi di Jace si aprirono lentamente. Guardò lo stregone con aria inebetita e confusa. — Che ci fai qui?

Magnus gli sorrise, i denti che scintillavano come diamanti appuntiti, e disse: — Salve, compagno di stanza.

Parte seconda

LE PORTE DELL'INFERNO

Dinanzi a me non fuor cose create
se non etterne, e io etterna duro.
Lasciate ogne speranza, voi ch'intrate'.

DANTE, *Inferno*

8

La Corte Seelie

Nel sogno, Clary era tornata bambina e camminava sulla stretta striscia di spiaggia accanto alla passerella di assi di legno, a Coney Island. L'aria era impregnata dell'odore di hot dog e noccioline abbrustolite e delle grida dei bambini. Il mare ondeggiava in lontananza con la sua superficie grigio-azzurra animata dalla luce del sole.

Vedeva se stessa come da lontano, con indosso il pigiama troppo grande. Gli orli dei pantaloni strusciavano sulla spiaggia. La sabbia bagnata le penetrava in modo fastidioso tra le dita dei piedi, e i capelli le ricadevano pesantemente sulla nuca. Non c'erano nuvole e il cielo era azzurro e sereno, eppure Clary rabbrividiva camminando lungo la battigia verso una figura che scorgeva solo vagamente in lontananza.

Mentre si avvicinava, all'improvviso la figura divenne chiara, come se Clary avesse messo a fuoco l'immagine attraverso l'obiettivo di una macchina fotografica. Era sua madre, inginocchiata tra le rovine di un castello di sabbia costruito a metà. Aveva lo stesso vestito bianco che Valentine le aveva fatto indossare a Renwick. In mano aveva un contorto pezzo di legno portato dal mare e schiarito dalla lunga esposizione al sale e al vento.

— Sei venuta ad aiutarmi? — chiese sua madre alzando la testa. Jocelyn aveva i capelli sciolti che svolazzavano liberi al vento, facendola sembrare più giovane di quanto non fosse. — C'è tanto da fare e così poco tempo.

Clary inghiottì a fatica il groppo che aveva in gola. — Mamma… Mi sei mancata, mamma.

Jocelyn sorrise. — Anche tu mi sei mancata, tesoro. Ma non me ne sono andata, sai. Sto solo dormendo.

— E allora come farò a svegliarti? — Clary piangeva, e sua madre guardava il mare con espressione turbata. Il cielo, al tramonto, aveva assunto un color grigio ferro ed erano apparse nuvole nere che sembravano massi.

— Vieni qui — fece Jocelyn, e quando Clary le si avvicinò disse: — Allunga il braccio.

Clary obbedì. Jocelyn le passò il pezzo di legno sulla pelle. Il suo tocco la punse come la bruciatura di uno stilo, lasciando la medesima linea nera. La runa tracciata da Jocelyn ave-

va una forma che Clary non aveva mai visto prima, ma le fece un effetto calmante. — Che cosa fa?

— Dovrebbe proteggerti. — La madre lasciò Clary.

— Da che cosa?

Jocelyn non rispose, limitandosi a far vagare lo sguardo sul mare. Clary si girò e vide che si era ritirato, lasciando nella sua scia cumuli salmastri di rifiuti, mucchi di alghe e pesci che si dibattevano disperatamente. L'acqua si era ammassata in un'enorme onda che si levava come il fianco di una montagna, come una valanga pronta a precipitare. Le grida dei bambini sulla passerella si erano trasformate in urla di terrore. Mentre guardava inorridita, Clary vide che la parete dell'onda era trasparente come un velo e attraverso di essa scorse cose *che si muovevano sott'acqua, grandi cose scure e informi che premevano contro la superficie del mare. Sollevò le mani...*

Si svegliò ansimando, il cuore che le martellava contro il torace. Era nel suo letto, nella stanza degli ospiti di Luke, e la luce pomeridiana filtrava attraverso le tende. Aveva i capelli sudati e appiccicati al collo e il braccio che le bruciava e le doleva. Quando si tirò su a sedere e accese la luce del comodino, notò senza sorprendersi il Marchio nero tracciato sulla pelle.

Quando andò in cucina, vide che Luke le aveva lasciato la colazione: una brioche danese alla crema in una scatola di cartone unta di burro. Aveva lasciato anche un biglietto attaccato al frigorifero. SONO IN OSPEDALE.

Clary mangiò la brioche mentre andava a un appuntamento con Simon, che avrebbe dovuto trovarsi alle cinque all'angolo di Bedford Street, accanto alla fermata della metro F. Ma Simon non c'era. Clary sentì una lieve fitta di ansia, prima di ricordarsi del negozio di dischi usati all'angolo Sesta. Infatti Simon stava frugando tra i CD nel reparto nuovi arrivi. Indossava una giacca di velluto color ruggine con uno strappo nella manica e una maglietta azzurra con la scritta IT'S BIG. Nel vedere Clary, sorrise. — Eric pensa che dovremmo cambiare il nome della nostra band in Mojo Pie — disse a mo' di saluto.

— Adesso qual è? L'ho dimenticato.

— Champagne Enema — rispose Simon scegliendo un CD di Yo La Tengo.

— Cambiatelo — disse Clary. — A proposito, guarda che so cosa significa la scritta sulla tua maglietta.

— Non è vero. — Simon si avviò verso l'ingresso del negozio per pagare il CD. — Tu sei una brava ragazza.

Fuori il vento era freddo e pungente. Clary si tirò la sciarpa a righe sul mento. — Quando non ti ho visto alla fermata della F mi sono preoccupata.

Simon si calcò sulla testa il cappellino di lana facendo una smorfia come se la luce del sole gli ferisse gli occhi. — Scusa, mi sono ricordato che volevo questo CD e ho pensato...

— Non c'è problema. — Clary liquidò il discorso con un gesto della mano. — È colpa mia. In questi giorni mi faccio prendere fin troppo facilmente dal panico.

— Be', dopo quello che hai passato, non posso biasimarti. — Simon aveva un tono contrito. — Non riesco ancora a credere a quello che è successo nella Città Silente. Non posso credere che tu fossi *là*.

— Nemmeno Luke. Si è spaventato a morte.

— Sfido io! — Stavano attraversando McCarren Park. L'erba sotto i loro piedi tendeva al marrone invernale e l'aria era pervasa di luce dorata. I cani sciolti dal guinzaglio correvano tra gli alberi. *La mia vita è in subbuglio e il mondo rimane uguale*, pensò Clary. — Hai parlato con Jace dopo quello che è successo? — chiese Simon, cercando di mantenere un tono di voce naturale.

— No, ma ho chiamato qualche volta Isabelle e Alec. Pare che stia bene.

— Ha chiesto di vederti? È per questo che andiamo là?

— Non ha bisogno di chiederlo. — Clary cercò di non far trapelare l'irritazione dalla voce mentre imboccavano la strada verso casa di Magnus. Era fiancheggiata da bassi magazzini trasformati in loft e studi per persone con inclinazioni artistiche e un bel conto in banca. La maggior parte delle auto parcheggiate lungo il basso marciapiede erano costose.

Mentre si avvicinavano al palazzo di Magnus, Clary vide raddrizzarsi una figura allampanata che fino a quel momento era rimasta seduta nel portico. Alec. Portava una lunga giacca nera fatta del robusto materiale che i Cacciatori amavano usare per le loro tenute. Aveva le mani e la gola segnati dalle rune e, dal leggero scintillio che lo circondava, era chiaro che aveva fatto un incantesimo per poter diventare invisibile.

— Non sapevo che avresti portato il mondano. — I suoi occhi azzurri guizzarono imbarazzati su Simon.

— È questo che mi piace di voi — disse Simon. — Mi fate sempre sentire il benvenuto.

— Oh, avanti, Alec — sbottò Clary — qual è il problema? Come se Simon non fosse già stato qui.

Alec emise un sospiro teatrale, scrollò le spalle e li precedette su per le scale. Aprì la porta dell'appartamento di Magnus con una chiavetta d'argento che subito dopo infilò nel taschino della giacca, come cercando di non farsi vedere dai suoi compagni.

Alla luce del giorno l'appartamento appariva simile a un nightclub vuoto durante l'orario di chiusura: scuro, sporco e inaspettatamente piccolo. Le pareti erano nude, spruzzate di vernice glitter, il parquet su cui una settimana prima avevano ballato le fate era deformato e lustro per l'età.

— Ciao ciao. — Magnus andò loro incontro con passo maestoso. Indossava una vestaglia di seta verde lunga fino a terra, aperta su una maglia a rete argentata e jeans neri. All'orecchio sinistro gli brillava una pietra rossa scintillante. — Alec, mio caro. Clary. E il ragazzo-topo. — Fece un inchino a Simon, che sembrò seccato. — A cosa devo il piacere?

— Siamo venuti a trovare Jace — rispose Clary. — Sta bene?

— Non lo so — disse Magnus. — Di solito se ne sta disteso e immobile sul pavimento.

— Che cosa...? — cominciò a dire Alec, poi si interruppe alle risate di Magnus. — Non è divertente.

— È talmente facile prenderti in giro. Ma sì, il vostro amico sta bene. Be', a parte il fatto che continua a rassettare la casa e a mettere in ordine tutte le mie cose. Così adesso non trovo più niente. È ossessivo.

— A Jace piace che tutto sia in ordine — disse Clary, pensando alla sua stanza monacale all'Istituto.

— Be', a me no. — Magnus guardava con la coda dell'occhio Alec che fissava nel vuoto con aria accigliata. — Jace è là dentro, se volete vederlo. — Indicò una porta in fondo alla stanza.

"Là dentro" si rivelò una stanzetta di media grandezza sorprendentemente accogliente, con le pareti marezzate, tende di velluto tirate alle finestre e alcune poltrone disseminate come grossi iceberg colorati in un mare di ruvida moquette beige. Su un divano rosa shocking era stato allestito un letto improvvisato, con lenzuola e coperte. Le pesanti tende non facevano filtrare la luce; l'unica fonte di illuminazione era uno schermo televisivo tremolante che emanava un intenso splendore pur avendo la spina staccata.

— Che cosa danno? — chiese Magnus.

— *Cosa non mettersi* — risuonò una familiare voce strascicata proveniente da una figura stravaccata su una delle poltrone. Jace si sporse in avanti e per un istante Clary pensò che si sarebbe alzato per salutarli. Invece scrollò la testa verso lo schermo. — Pantaloni cachi a vita alta? Ma chi se li *mette*? — Si girò e lanciò uno sguardo truce a Magnus. — Hai poteri soprannaturali quasi illimitati e li usi solo per guardare le repliche. Che spreco.

— E poi, con MySky puoi ottenere praticamente lo stesso risultato — osservò Simon.

— Il mio metodo è più economico. — Magnus schioccò le dita e la stanza fu improvvisamente inondata di luce. Jace, accasciato nella poltrona, alzò un braccio per coprirsi il viso. — E *questo* potete farlo senza magia?

— Veramente — disse Simon — sì. Se guardassi la pubblicità lo sapresti.

Clary sentì che l'atmosfera nella stanza si stava guastando. — Basta — disse. Guardò Jace, che sbatteva gli occhi, seccato per la luce. — Dobbiamo parlare. Tutti quanti. Su che cosa faremo adesso.

— Io stavo per vedere *Project Runaway* — disse Jace. — Comincia tra poco.

— Neanche per sogno — disse Magnus. Schioccò le dita e la TV si spense, emettendo un piccolo sbuffo di fumo quando l'immagine svanì. — Devi affrontare la realtà.

— Da quando in qua ti interessa risolvere i miei problemi?

— Mi interessa riavere il mio appartamento. Sono stanco delle tue continue pulizie. — Lo stregone schioccò di nuovo le dita con fare minaccioso. — Alzati.

— O sarai il prossimo ad andare in fumo — commentò Simon in solluchero.

— Non c'era bisogno di spiegare il mio gesto — disse Magnus. — Era sottinteso.

— Bene. — Jace si alzò dalla poltrona. Era scalzo e aveva una striscia di pelle di un colore argenteo violaceo intorno al polso, dove le ferite stavano ancora guarendo. Sembrava stanco, ma non più sofferente. — Se volete fare una tavola rotonda, facciamola pure.

— Mi piacciono le tavole rotonde — disse Magnus in tono vivace. — Stanno molto meglio di quelle quadrate.

Nel salotto Magnus fece apparire per magia un enorme tavolo rotondo circondato da cinque sedie di legno dall'alto schienale. — Però... — commentò Clary, sedendosi. Era incredibilmente comoda. — Come si fa a creare qualcosa dal nulla, così?

— Non si può — disse Magnus. — Tutto viene da qualche posto. Queste cose, per esempio, vengono da un negozio di mobili finto antichi sulla Fifth Avenue. Queste invece... — a un tratto sulla tavola comparvero cinque tazze di plastica dai cui coperchi bucati saliva lentamente del fumo — vengono da Dean&DeLuca a Broadway.

— Sa tanto di furto, no? — Simon avvicinò a sé una tazza. — Oh, caffè! — Guardò Magnus. — Ma li hai pagati?

— Certo — rispose Magnus mentre Jace e Alec ridacchiavano. — Faccio apparire per magia dei biglietti da un dollaro nel registratore di cassa.

— Davvero?

— No. — Lo stregone fece saltare il coperchio dal suo caffè. — Ma puoi far finta che l'abbia fatto, se ti fa stare meglio. Dunque, qual è il primo punto all'ordine del giorno?

Clary mise le mani intorno alla sua tazza di caffè. Sarà stato anche rubato, ma era caldo e ricco di caffeina. E poi, poteva sempre passare da Dean&DeLuca e far cadere un dollaro nel vaso delle mance. — Tanto per cominciare, potremmo cercare di capire cosa sta succedendo — disse, soffiando sulla schiuma. — Jace, hai detto che ciò che è accaduto nella Città Silente è stato opera di Valentine?

Jace abbassò lo sguardo sul suo caffè. — Sì.

Alec gli mise una mano sul braccio. — Ma cosa ha fatto? L'hai visto?

— Ero nella cella — rispose Jace con voce spenta. — Ho sentito urlare i Fratelli Silenti. Poi Valentine è sceso di sotto con... con qualcosa. Non so che cosa fosse. Come del fumo con gli occhi scintillanti. Si è avvicinato alle sbarre e mi ha detto...

— Ti ha detto cosa? — La mano di Alec scivolò lungo il braccio di Jace fino alla spalla. Magnus si schiarì la voce. Alec lasciò cadere la mano arrossendo, mentre Simon sogghignò nel suo caffè ancora intatto.

— Mellartach — disse Jace. — Voleva la Spada dell'Anima e ha ucciso i Fratelli Silenti per impadronirsene.

Magnus era accigliato. — Alec, la scorsa notte, quando i Fratelli Silenti vi hanno chiesto aiuto, dov'era il Conclave? Perché nessuno era all'Istituto?

Alec sembrò sorpreso di essere interrogato. — Ieri notte è stato assassinato un Nascosto a Central Park. Un giovane elfo. Il corpo era dissanguato.

— Scommetto che l'Inquisitrice mi accusa anche di questo — disse Jace. — Il mio regno del terrore continua.

Magnus si alzò e andò alla finestra. Scostò la tenda, lasciando entrare abbastanza luce per far stagliare il suo profilo da falco. — Sangue — disse quasi tra sé. — Due notti fa ho fatto un sogno. Ho visto una città con torri di ossa e strade attraversate da fiumi di sangue.

Simon si rivolse a Jace. — Sta sempre alla finestra a borbottare qualcosa sul sangue e cose simili?

— No — disse Jace. — A volte lo fa seduto sul divano.

Alec scoccò loro un'occhiata severa. — Magnus, qual è il problema?

— Il sangue — ripeté lo stregone. — Non può essere una coincidenza. — Sembrava guardare giù in strada. Il tramonto calava velocemente sopra il profilo della città in lontananza: il cielo aveva striature color alluminio e oro rosato. — Questa settimana sono stati uccisi alcuni Nascosti. Uno stregone, trovato in un grattacielo vicino al South Street Seaport, aveva il collo e i polsi tagliati e il corpo dissanguato. E qualche giorno fa, all'Hunter's Moon, è stato fatto fuori un lupo mannaro. Anche in quel caso aveva la gola tagliata.

— Fa pensare ai vampiri — osservò Simon, a un tratto pallidissimo.

— Non credo — disse Jace. — Almeno, Raphael ha sostenuto che non era assolutamente opera dei Figli della Notte. È stato categorico.

— Già, quello è proprio un tipo affidabile — borbottò Simon.

— In questo caso penso che dicesse la verità — osservò Magnus tirando di nuovo la tenda. Il suo viso era spigoloso, in ombra. Mentre tornava al tavolo, Clary vide che teneva in mano un pesante libro rilegato in tessuto verde. Non le parve che lo avesse qualche momento prima. — C'era una forte presenza demoniaca in entrambi i luoghi. Credo che sia qualcun altro il responsabile di queste morti. Non Raphael e la sua tribù, ma Valentine.

Gli occhi di Clary si spostarono su Jace. La sua bocca era una linea sottile, ma lui si limitò a chiedere: — Come fai a dirlo?

— L'Inquisitrice pensava che l'assassinio dell'elfo fosse un diversivo — spiegò svelta Clary. — Per poter depredare la Città Silente senza preoccuparsi del Conclave.

— Ci sono modi più facili per creare diversivi — ribatté Jace — ed è imprudente inimicarsi il Popolo Fatato. Valentine non avrebbe ucciso un membro del clan delle fate se non avesse avuto un buon motivo.

— Ce l'aveva, un buon motivo — disse Magnus. — C'era qualcosa che voleva dal giovane elfo, come pure dallo stregone e dal lupo mannaro.

— E sarebbe? — chiese Alec.

— Il loro sangue — rispose Magnus aprendo il libro verde. Le sottili pagine di pergamena erano ricoperte di lettere che brillavano come fuoco. — Ah, ecco qui. — Alzò lo sguardo, tamburellando sulla pagina con un'unghia aguzza. Alec si chinò per sbirciare. — Tu non sei in grado di leggerlo — lo avvertì Magnus. — È scritto in una lingua demoniaca. Il purgatico.

— Ma riconosco il disegno. È Mellartach. L'ho già visto in qualche libro. — Alec indicò l'illustrazione di una spada d'argento che Clary trovò familiare. Era quella di cui aveva notato l'assenza sulla parete della Città Silente.

— Il Rituale della Trasformazione Infernale — disse Magnus. — Ecco cosa sta cercando di fare Valentine.

— Il cosa di cosa? — chiese Clary aggrottando la fronte.

— Ogni oggetto magico ha un allineamento — spiegò Magnus. — L'allineamento della Spada dell'Anima è angelico... Come le spade che usate voi Cacciatori, ma mille volte di più, perché il suo potere non deriva semplicemente dall'invocazione di un nome angelico. Deriva direttamente dall'Angelo. Quello che Valentine vuole fare è rovesciarne l'allineamento... e farne un oggetto di potere demoniaco anziché angelico.

— Da Legale Buono a Legale Malvagio! — esclamò Simon compiaciuto.

— Sta citando Dungeons & Dragons — spiegò Clary. — Ignoratelo.

— L'uso di Mellartach come Spada dell'Angelo sarebbe limitato — disse Magnus. — Ma se il suo potere demoniaco fosse pari al potere angelico che possedeva prima, be', sarebbe molto più efficace. Il potere sui demoni, tanto per cominciare. Valentine non avrebbe solo la protezione limitata offerta dalla Coppa Mortale, ma anche la facoltà di chiamare a sé i demoni e di costringerli a eseguire i suoi ordini.

— Un esercito di demoni? — disse Alec.

— Questo tizio ha il pallino degli eserciti — osservò Simon.

— Perfino il potere di portarli a Idris, volendo — concluse Magnus.

— Non capisco perché dovrebbe andarci — disse Simon. — Non è là che stanno tutti i Cacciatori di demoni? Annienterebbero i suoi amichetti demoni in men che non si dica, o no?

— I demoni vengono da altre dimensioni — disse Jace. — Non sappiamo quanti siano. Il loro numero potrebbe essere infinito. Le protezioni ne possono respingere molti, ma se arrivano tutti insieme...

Infinito, pensò Clary. Si ricordò il Demone Superiore, Abbadon, e cercò di immaginarne centinaia. O migliaia. Si sentì la pelle fredda e nuda.

— Non ci arrivo — fece Alec. — Cosa ha a che fare il rituale con i Nascosti morti?

— Per eseguire il Rituale della Trasformazione bisogna arroventare la Spada finché non è incandescente, quindi raffreddarla quattro volte, ognuna nel sangue di un giovane Nascosto. Una volta nel sangue di un figlio di Lilith, una nel sangue di un figlio della luna, una nel sangue di un figlio della notte e una nel sangue di un figlio delle fate — spiegò Magnus.

— Oh, mio Dio — disse Clary. — Perciò non ha finito di uccidere? Ne manca ancora uno?

— Due. Con il giovane lupo mannaro non gli è andata bene. È stato interrotto prima di poter prendere tutto il sangue necessario. — Magnus chiuse il libro facendo volare la polvere dalle pagine. — Qualunque sia il fine ultimo di Valentine, è più che a metà dell'opera di Trasformazione della Spada. Probabilmente può già trarne un certo potere. Magari sta chiamando i demoni...

— Ma se lo stesse facendo, dovrebbero esserci rapporti di disordini, un eccesso di attività demoniaca — disse Jace. — E invece l'Inquisitrice ha detto esattamente il contrario... che è tutto tranquillo.

— E così potrebbe essere — disse Magnus — se Valentine stesse chiamando *tutti i demoni*.

I presenti si scambiarono rapide occhiate. Prima che a qualcuno venisse in mente qualcosa da dire, un suono acuto attraversò la stanza facendo trasalire Clary. Il caffè bollente le si versò sul polso, facendola restare senza fiato per il dolore.

— È mia madre — disse Alec controllando il telefono. — Torno subito. — Andò alla finestra a testa china, parlando a voce troppo bassa perché gli altri potessero sentirlo.

— Fa' vedere — disse Simon prendendo la mano di Clary. Sul polso, nel punto in cui il liquido bollente l'aveva bruciata, c'era una chiazza rosso vivo.

— È okay — fece la ragazza. — Niente di grave.

Simon sollevò la mano e baciò la ferita. — Adesso la bua non c'è più.

Clary emise un verso sbigottito. Simon non aveva mai fatto niente di simile, prima. Insomma, era il genere di cose che fanno quelli che stanno insieme, no? Ritraendo il polso, Clary guardò oltre il tavolo e vide Jace che li osservava, gli occhi dorati fiammeggianti. — Sei una Cacciatrice. Sai come trattare le ferite. — Fece scivolare il suo stilo sul tavolo verso di lei. — Usalo.

— No — fece Clary, e glielo rimandò.

Jace sbatté con violenza la mano sullo stilo. — Clary...

— Ha detto che non vuole — disse Simon. — Ah-ah.

— Ah-ah? — Jace assunse un'aria incredula. — Sarebbe *questo* il tuo modo di rispondere per le rime?

Alec chiuse il telefono e si avvicinò al tavolo con un'espressione confusa. — Che succede?

— Sembriamo i personaggi di una soap opera — osservò Magnus. — È tutto molto noioso.

Alec si scostò una ciocca di capelli dagli occhi con un movimento del capo. — Ho detto a mia madre della Trasformazione Infernale.

— Lasciami indovinare — disse Jace. — Non ti ha creduto. Anzi, ha dato a me la colpa di tutto.

Alec aggrottò la fronte. — Non esattamente. Ha detto che avrebbe sollevato la questione davanti al Conclave, ma che in questo momento non ha molta influenza sull'Inquisitrice. Ho l'impressione che lei abbia estromesso la mamma e abbia preso il suo posto. Era piuttosto arrabbiata. — Il cellulare squillò di nuovo. — Scusate. È Isabelle. Un secondo. — Tornò alla finestra col telefono in mano.

Jace lanciò un'occhiata a Magnus. — Credo che tu abbia ragione sul lupo mannaro all'Hunter's Moon. Il tizio che ha trovato il suo corpo ha detto che c'era qualcun altro nel vicolo. Qualcuno che è scappato.

Magnus annuì. — Mi viene da pensare che Valentine sia stato interrotto nel bel mezzo di ciò che stava facendo per prendere il sangue, qualunque cosa fosse. Probabilmente ci proverà di nuovo, con un altro giovane licantropo.

— Devo avvertire Luke — disse Clary, facendo per alzarsi dalla sedia.

— Aspetta. — Alec era tornato, con il telefono in mano e un'espressione strana.

— Che cosa voleva Isabelle? — chiese Jace.

Alec esitò. — Dice che la Regina della Corte Seelie ci ha chiesto udienza.

— Come no — disse Magnus. — E Madonna mi vuole come ballerino per il suo prossimo tour mondiale.

Alec sembrò perplesso. — Chi è Madonna?

— E chi è la Regina della Corte Seelie?

— È la Regina delle Fate — disse Magnus. — Be', quella locale.

Jace si prese la testa tra le mani. — Di' di no a Isabelle.

— Ma lei la trova una buona idea — protestò Alec.

— Allora dille di no *due volte*.

Alec aggrottò la fronte. — Questo cosa dovrebbe significare?

— Oh, soltanto che alcune idee di Isabelle sono la fine del mondo e altre delle fesserie totali. Ricordi quando le è venuto il ghiribizzo di usare le gallerie abbandonate della metro per spostarsi sotto la città? Certi topi giganti...

— Ti prego — fece Simon. — Preferirei che non toccaste questo tasto.

— Stavolta è diverso — disse Alec. — Vuole che andiamo alla Corte Seelie.

— Hai ragione, è diverso — replicò Jace. — Questa è la peggiore idea che abbia *mai* avuto.

— Lei conosce un cavaliere della Corte — spiegò Alec. — Le ha detto che la Regina di Seelie è interessata a incontrarci. Isabelle ha sentito per caso la mia conversazione con la mamma... e ha pensato che se spieghiamo la nostra teoria su Valentine e la Spada dell'Anima alla Regina, la Corte Seelie potrebbe darci manforte. E forse si alleerebbe persino con noi contro di lui.

— È sicuro andarci? — chiese Clary.

— Certo che *non* è sicuro — disse Jace, come se fosse la domanda più stupida che avesse mai sentito.

Lei gli lanciò un'occhiata truce. — Io non so niente della Corte Seelie. Ai vampiri e ai lupi mannari ci arrivo. Ci sono abbastanza film su di loro. Ma le fate sono roba da bambini. A otto anni mi sono travestita da fata per Halloween. Mia madre mi aveva fatto un cappello a forma di ranuncolo.

— Me lo ricordo. — Simon si era appoggiato allo schienale della sedia con le braccia conserte. — Io ero vestito da Transformer. Più precisamente, da Decepticon.

— Possiamo tornare al punto? — chiese Magnus.

— Okay — disse Alec. — Isabelle pensa, e io sono d'accordo con lei, che non sia una buona idea ignorare il Popolo Fatato. Se vogliono parlarci, che male c'è? E poi, se la Corte Seelie stesse dalla nostra parte, il Conclave dovrebbe ascoltare quello che abbiamo da dire.

Jace rise senza alcuna allegria. — Il Popolo Fatato non aiuta gli umani.

— Gli Shadowhunters non sono umani — puntualizzò Clary. — Non esattamente.

— Ai loro occhi non siamo molto meglio — disse Jace.

— Peggio dei vampiri non possono essere — borbottò Simon. — E con loro te la sei cavata bene.

Jace lo guardò come se fosse una muffa trovata sotto il lavello. — *Me la sono cavata bene*? Se ben capisco, con questo intendi dire che abbiamo salvato la pelle?

— Be'...

— Le fate, maschi e femmine — continuò Jace come se Simon non avesse parlato — sono il frutto dell'unione di demoni e angeli, con la bellezza degli angeli e la cattiveria dei demoni. Se invadi il loro territorio, i vampiri possono attaccarti, ma una fata può costringerti a ballare fino a farti morire con le gambe ridotte a moncherini, può indurti con l'inganno a una nuotata di mezzanotte e trascinarti urlante sott'acqua finché non ti esplodono i polmoni, può riempirti gli occhi di polvere fatata finché non te li strappi...

— Jace! — scattò Clary, interrompendolo a metà della tirata. — Sta' zitto. Gesù. Basta.

— Senti, è facile essere più astuti di un lupo mannaro o di un vampiro — disse Jace. — Non sono più furbi di chiunque altro. Ma le fate vivono centinaia di anni e sono astute come serpi. Non possono mentire, ma adorano giocare a dire la verità in maniera creativa. Scopriranno ciò che vuoi più di ogni altra cosa al mondo e te lo offriranno... nascondendoci dentro un'insidia che ti farà rimpiangere di averlo mai desiderato. — Sospirò. — Non sono molto disposte ad aiutare la gente. Piuttosto a farle del male fingendo di aiutarla.

— E non credi che siamo abbastanza in gamba per capire la differenza? — chiese Simon.

— Non credo che tu sia abbastanza in gamba da evitare di farti trasformare in un topo.

Simon gli lanciò un'occhiata assassina. — Non vedo che importanza abbia quello che pensi che dovremmo fare — disse. — Tanto non puoi venire con noi. Non puoi andare da nessuna parte.

Jace si alzò, rovesciando con violenza la sedia. — Non porterai Clary alla Corte Seelie senza di me. E con questo il discorso è chiuso!

Clary lo fissò a bocca aperta. Era paonazzo di rabbia, i denti digrignati, le vene del collo in rilievo. E cercava di evitare il suo sguardo.

— Posso badare io a Clary — suggerì Alec. C'era risentimento nella sua voce... Se fosse perché Jace aveva dubitato delle sue capacità o per un altro motivo, Clary non avrebbe saputo dirlo.

— No, Alec — fece Jace, gli occhi fissi in quelli del fratellastro. — Non puoi.

Alec deglutì. — Noi andiamo — disse con un tono dimesso, quasi scusandosi. — Jace... è una richiesta della Corte Seelie... sarebbe sciocco ignorarla. E poi, probabilmente Isabelle gli ha già detto che ci saremmo andati.

— Non te lo lascerò fare neanche morto, Alec — disse Jace in tono minaccioso. — Ti metterò KO, se sarà necessario.

— Quantunque la prospettiva sia interessante — disse Magnus rimboccandosi le lunghe maniche di seta — ci sarebbe un altro modo.

— E quale? È una direttiva del Conclave. Non posso scantonare come se niente fosse.

— Ma io sì. — Magnus sghignazzò. — Non mettere mai in dubbio le mie capacità di scantonare, Cacciatore, perché possono raggiungere livelli memorabili, epici direi. Sul mio contratto con l'Inquisitrice ho gettato un apposito incantesimo che mi consente di lasciarti andare per breve tempo, se lo desidero, purché un altro Nephilim prenda il tuo posto.

— E dove lo troviamo un altro... Ah — disse Alec in tono mite. — Vuoi dire me?

Le sopracciglia di Jace schizzarono in su. — Oh, non dirmi che adesso non ardi più dal desiderio di andare alla Corte Seelie?

Alec avvampò. — Forse è meglio se ci vai tu. Sei il figlio di Valentine e sono sicuro che la Regina vuole vedere te, non me. E poi, sei un tipo affascinante.

Jace gli lanciò un'occhiata truce.

— Magari non in questo momento — si corresse Alec. — Ma *di solito* lo sei. E le fate sono molto sensibili al fascino.

— Inoltre, se rimani qui, ti lascio guardare tutta la prima serie di *Gilligan's Island* in DVD — suggerì Magnus.

— Nessuno potrebbe rifiutare una proposta del genere — disse Jace. Evitava ancora di guardare Clary.

— Isabelle vi aspetta al parco, al Turtle Pond — disse Alec. — Conosce l'entrata segreta della Corte.

— E un'ultima cosa — aggiunse Magnus dando dei colpetti a Jace con il dito ingioiellato. — Cerca di non farti ammazzare alla Corte Seelie. Se muori, avrò un sacco di spiegazioni da dare.

A quelle parole Jace fece un largo sorriso. Era un sorriso inquietante, più simile al bagliore di una spada sguainata che a un lampo di divertimento. — Sai, ho la sensazione che ti toccherà farlo comunque, che io venga ucciso oppure no.

Fitte formazioni di muschi e altre piante circondavano il margine del Turtle Pond come un bordo di merletto verde. La superficie dell'acqua era immobile, a eccezione delle scie lasciate dalle anatre che vi navigavano o delle increspature provocate dal guizzo argenteo della coda di un pesce.

Un piccolo gazebo di legno si protendeva sull'acqua. Lì era seduta Isabelle, lo sguardo fisso sul lago. Sembrava la principessa di una favola, chiusa in cima a una torre in attesa che qualcuno arrivasse a salvarla.

Non che il tradizionale comportamento delle principesse si addicesse a Isabelle. Con la frusta, gli stivali e i coltelli avrebbe fatto a fette chiunque avesse provato a rinchiuderla in una torre: lei avrebbe costruito un piano inclinato con le macerie e riguadagnato spensieratamente la libertà, mantenendo per tutto il tempo un'acconciatura fantastica. Questo la rendeva una persona difficile da farsi piacere, ma Clary ci stava provando.

— Izzy — disse Jace mentre si avvicinavano al laghetto, e lei saltò su piroettando su se stessa. Aveva un sorriso abbagliante.

— Jace! — Gli si precipitò incontro e lo abbracciò. Quello sì che era il modo in cui dovrebbero comportarsi le sorelle, pensò Clary. Non tutto rigido, strambo e bizzarro, ma lieto e affettuoso. Guardando Isabelle abbracciare Jace, cercò di costringere i propri lineamenti ad assumere un'espressione… lieta e affettuosa.

— Ti senti bene? — le chiese Simon un po' preoccupato. — Hai gli occhi storti.

— Sto bene. — Clary rinunciò al tentativo.

— Sei sicura? Sembravi come… *contorta*.

— Sarà stato qualcosa che ho mangiato.

Isabelle scivolò verso di loro, seguita da Jace. Indossava un paio di stivali, un vestito lungo nero e un soprabito a coda di rondine ancora più lungo, di un morbido velluto verde, il colore del muschio. — Non posso credere che tu ci sia riuscito! — esclamò. — Come avete fatto a convincere Magnus a lasciarlo venire?

— Dandogli Alec in cambio — disse Clary.

Isabelle sembrò leggermente allarmata. — Non *per sempre*?

— No — rispose Jace. — Solo per poche ore. A meno che io non torni più — aggiunse con aria pensierosa. — Nel qual caso forse potrà tenersi Alec. Consideralo un leasing.

Isabelle sembrava dubbiosa. — Mamma e papà non saranno contenti, se lo scopriranno.

— Di sapere che avete liberato un potenziale criminale dando in cambio tuo fratello a uno stregone che sembra un Sonic the Hedgehog versione gay e si veste come l'Accalappiabambini nel film *Chitty Chitty Bang Bang*? — chiese Simon. — No, probabilmente no.

Jace lo guardò con aria pensierosa.

— Hai qualche buona ragione per essere qui? Non sono tanto sicuro che dovremmo portarti alla Corte Seelie. Odiano i mondani.

Simon alzò gli occhi al cielo. — No, per favore, basta.

— No cosa? — domandò Clary.

— Ogni volta che lo irrito, si ritira nella sua casetta sull'albero e mette fuori un cartello con scritto VIETATO L'INGRESSO AI MONDANI. — Simon puntò il dito su Jace. — Permettimi di ricordarti che l'ultima volta che volevi lasciarmi a casa ho salvato la vita a tutti voi.

— Certo — disse Jace. — Una volta…

— Le corti delle fate sono pericolose — intervenne Isabelle. — Neanche la tua abilità con l'arco ti sarà d'aiuto. Non è quel tipo di pericolo.

— So badare a me stesso — ribatté Simon.

Si era levato un vento pungente che agitò le foglie quasi secche sulla ghiaia ai loro piedi, e fece rabbrividire Simon, che si infilò le mani nelle tasche foderate di lana della giacca.

— Non devi venire per forza — disse Clary.

Simon la guardò: un'occhiata ferma, misurata. Clary lo rivide a casa di Luke, quando l'aveva chiamata «la mia ragazza» senza il minimo dubbio o esitazione. Di Simon si poteva dire tutto, tranne che non sapesse cosa voleva. — Sì che devo — replicò.

Jace fece un sommesso verso di insofferenza. — Allora direi che siamo pronti. Non aspettarti nessun trattamento speciale, mondano.

— Considera il lato positivo — disse Simon. — Se esigono un sacrificio umano, puoi sempre offrire me, anche perché non credo che tu abbia i requisiti adatti.

Jace si animò. — Fa sempre piacere quando qualcuno si offre volontario per farsi mettere al muro per primo.

— Avanti — fece Isabelle. — La porta sta per aprirsi.

Clary si guardò intorno. Il sole era calato ed era sorta la luna, uno spicchio bianco latte che proiettava il suo riflesso sul laghetto. In realtà era in ombra da un lato, e faceva pensare a un occhio con la palpebra calata. Il vento notturno scuoteva i rami degli alberi, sbatacchiandoli fra loro con un rumore di ossa cave.

— Dov'è che andiamo? — chiese Clary. — Dov'è la porta?

Il sorriso di Isabelle era come un segreto sussurrato. — Seguimi.

Scese verso il bordo dell'acqua lasciando impronte profonde con gli stivali nel fango molle. Clary la seguì, felice di indossare dei jeans e non la gonna, quando vide Isabelle che si tirava il soprabito e il vestito sopra le ginocchia, lasciando le snelle gambe bianche scoperte al di sopra degli stivali. Aveva la pelle coperta di Marchi come sbaffi di fumo nero.

Simon, dietro di lei, scivolò nel fango e imprecò; Jace si mosse automaticamente per sostenerlo mentre gli altri si voltavano. Simon tirò via il braccio. — Non ho bisogno del tuo aiuto.

— Smettetela! — Isabelle finì con un piede nell'acqua bassa in riva al laghetto. — Tutti e due. Anzi, tutti e tre. Se non restiamo uniti nella Corte Seelie, siamo spacciati.

— Ma io non ho... — cominciò a dire Clary.

— Forse *tu* non hai... ma il modo in cui lasci che si comportino quei due... — Isabelle indicò i ragazzi con un gesto sprezzante della mano.

— Non posso mica dirgli cosa fare!

— Perché no? — domandò l'altra. — Francamente, Clary, se non cominci a usare un pizzico della tua innata superiorità femminile, non so proprio cosa farò con te. — Si girò verso il laghetto, quindi roteò di nuovo su se stessa. — Ah, prima che mi dimentichi — aggiunse in tono severo — per amor dell'Angelo, non mangiate e non bevete niente mentre siamo sottoterra. Nessuno di voi, okay?

— Sottoterra? — chiese Simon con aria preoccupata. — Nessuno aveva parlato di andare sottoterra.

Isabelle sollevò le mani e sguazzò nell'acqua. Il soprabito di velluto verde le si gonfiò intorno come un'enorme ninfea. — Avanti. Abbiamo tempo solo finché la luna rimane immobile.

La luna *cosa*? Clary avanzò nel laghetto scuotendo la testa. L'acqua era bassa e limpida; alla luce delle stelle, scorse nere sagome di pesciolini passarle veloci accanto alle caviglie. Strinse i denti e avanzò a fatica. Faceva un freddo cane.

Alle sue spalle, Jace si mosse nell'acqua con grazia controllata, increspando appena la superficie. Simon, dietro di lui, sguazzava tra un profluvio di imprecazioni. Raggiunto il centro del laghetto, Isabelle si fermò, immersa nell'acqua fino al petto, e allungò la mano verso Clary. — Ferma.

Clary si fermò. Proprio davanti a lei, il riflesso della luna scintillò sull'acqua come un vassoio d'argento. Una parte di lei sapeva che le cose non funzionavano così; via via che ci si avvicinava, la luna doveva ritrarsi. E invece eccola lì, librata sulla superficie dell'acqua come se fosse ancorata sul posto.

— Jace, vai tu per primo — disse Isabelle, facendogli cenno di muoversi.

Jace passò accanto a Clary odorando di cuoio umido e bruciaticcio. Lei lo vide girarsi sorridendo, poi fare un passo indietro nel riflesso della luna… e sparire.

— Fantastico — fece Simon con aria infelice. — Davvero divertente.

Clary si girò a guardarlo. Era immerso nell'acqua solo fino ai fianchi, ma tremava, le mani strette ai gomiti. Gli sorrise e fece un passo indietro, sentendo una sferzata di freddo ancora più intenso, quando avanzò nel riflesso argenteo luccicante. Per un istante vacillò, come se avesse perso l'appoggio sul piolo più alto di una scala… poi cadde all'indietro nell'oscurità mentre la luna la inghiottiva.

Colpì la terra battuta, inciampò e si sentì sostenere per il braccio da una mano. Era Jace. — Attenta — disse, e la lasciò.

Clary era fradicia, rivoli di acqua fredda le scorrevano giù per la schiena, i capelli bagnati e appiccicati al viso. I vestiti zuppi sembravano pesare una tonnellata.

Si trovavano in un corridoio scavato nella terra e illuminato da un muschio che luccicava debolmente. A una delle due estremità, un intrico di tralci penzolanti formava una tenda, e lunghi viticci pelosi pendevano dal soffitto come serpenti morti. Radici d'albero, si rese conto Clary. Erano sottoterra. E laggiù faceva freddo, abbastanza freddo da farle uscire sbuffi di nebbiolina gelida quando espirava.

— Freddo? — Anche Jace era bagnato fradicio, i capelli chiari quasi incolori nei punti in cui erano incollati alle guance e alla fronte. L'acqua gli colava dai jeans e dalla giacca bagnata e rendeva trasparente la camicia bianca che indossava. Attraverso di essa Clary vide le linee scure dei suoi Marchi permanenti e la lieve cicatrice sulla spalla.

Distolse svelta lo sguardo. Le goccioline sulle ciglia le offuscavano la vista come lacrime. — Sto bene.

— Non sembra. — Jace le si avvicinò e perfino attraverso gli abiti bagnati Clary percepì il suo calore che le intiepidiva la pelle intirizzita.

Con la coda dell'occhio scorse un'ombra scura sfrecciarle accanto e colpire il suolo con un tonfo. Era Simon, anche lui gocciolante. Si mise in ginocchio e si guardò freneticamente intorno. — I miei occhiali…

— Li ho io. — Clary era abituata a recuperare gli occhiali di Simon, quando giocava a pallone. Gli finivano spesso sotto i piedi, dove venivano inevitabilmente calpestati. — Eccoli.

Simon se li infilò, grattando via la terra dalle lenti. — Grazie.

Clary sentiva che Jace li fissava, sentiva il suo sguardo come un peso sulle spalle. Si chiese se capitasse lo stesso a Simon, che si stava alzando tutto imbronciato proprio mentre Isabelle piombava dall'alto e atterrava con grazia sui piedi. L'acqua le colava dai lunghi capelli e rendeva ancora più pesante il suo soprabito di velluto, ma lei non sembrava quasi farci caso. — Wow, che sballo!

— È il colmo — fece Jace. — Quest'anno per Natale ti regalerò un dizionario.

— Perché? — domandò Isabelle.

— Così potrai cercarci la parola "sballo". Non sono sicuro che tu sappia cosa significa.

Isabelle spinse in avanti la pesante massa dei capelli zuppi e la strizzò come se fosse un panno da bucato. — Accipicchia, che doccia fredda.

— Sono anch'io abbastanza fradicio, casomai non l'avessi notato. — Jace si guardò intorno. — E adesso? Da che parte si va?

— Da nessuna parte — disse Isabelle. — Aspettiamo qui che ci vengano a prendere.

Clary non fu particolarmente entusiasta della cosa. — Ma come fanno a sapere che siamo qui? C'è un campanello da suonare o qualcosa del genere?

— La Corte sa tutto quello che succede sul suo territorio. La nostra presenza non passerà inosservata.

Simon la guardò sospettoso. — Comunque sia, come fai a sapere tutte queste cose sulle fate e sulla Corte Seelie?

Isabelle, con sorpresa di tutti, arrossì. Un attimo dopo, la tenda di tralci si aprì e una fata maschio la oltrepassò, scostando dal volto i lunghi capelli. Clary aveva visto alcuni membri del Popolo Fatato alla festa di Magnus ed era rimasta colpita sia dalla loro algida bellezza, sia da un che di soprannaturale e sfrenato che li caratterizzava quando ballavano e bevevano. Questo individuo non faceva eccezione: i capelli gli ricadevano in ciocche color blu notte intorno al viso freddo, appuntito, attraente; gli occhi erano verdi come muschio e su uno zigomo c'era una voglia, o un tatuaggio, a forma di foglia. Portava un'armatura bruno-argentea come la corteccia di certi alberi, d'inverno, che quando si muoveva risplendeva di una moltitudine di colori: nero peltro, verde muschio, grigio cenere, azzurro cielo.

Isabelle lanciò un grido e gli si gettò tra le braccia. — Meliorn!

— Ah — fece Simon, calmo e non senza ironia — *ecco* come fa a sapere tante cose.

La fata maschio, Meliorn, abbassò lo sguardo sulla ragazza con aria grave, quindi la staccò da sé e la allontanò con delicatezza. — Non è il momento delle affettuosità. La Regina della Corte Seelie ha chiesto un'udienza con i tre Nephilim del gruppo. Volete seguirmi?

Clary mise una mano sulla spalla di Simon con aria protettiva. — E il nostro amico?

Meliorn rimase impassibile. — I mondani non sono ammessi alla Corte.

— Avrei preferito che me l'avessero detto prima — commentò Simon senza rivolgersi a nessuno in particolare. — Se ho ben capito, mi toccherà aspettare qui finché non cominceranno a spuntarmi dei tralci?

Meliorn rimase soprappensiero. — Potrebbe essere molto spassoso.

— Simon non è un mondano come gli altri. Di lui ci si può fidare — disse Jace con gran sorpresa di tutti, soprattutto di Simon. Clary capiva che il ragazzo era stupito dal fatto che fissava Jace senza fare la minima battuta. — Ha combattuto molte battaglie con noi.

— Vale a dire una — borbottò Simon. — Due, se contiamo quella a cui ho partecipato come topo.

— Non entreremo nella Corte Seelie senza Simon — disse Clary, la mano ancora sulla sua spalla. — È stata la tua Regina a chiederci questa udienza, rammenti? Non siamo venuti qui di nostra iniziativa.

Negli occhi di Meliorn apparve un guizzo divertito. — Come volete. Non sia mai detto che la Corte Seelie non rispetta i desideri dei suoi ospiti. — Ruotò facendo perno su un piede calzato in uno stivale impeccabile e li guidò lungo il corridoio senza voltarsi a controllare se gli andassero dietro. Isabelle gli corse accanto, lasciando che Jace, Clary e Simon li seguissero in silenzio.

— Siete *autorizzati* a uscire con i membri del Popolo Fatato? — chiese infine Clary. — I tuoi… i Lightwood approverebbero che Isabelle e comesichiama…

— Meliorn — intervenne Simon.

— … Meliorn escano insieme?

— Non sono tanto sicuro che *escano* — disse Jace, caricando l'ultima parola di pesante ironia. — Immagino che perlopiù stiano in casa. O, meglio, sottoterra.

— A quanto pare disapprovi. — Simon scostò una radice. Erano passati da un corridoio dalle pareti terrose a uno tutto rivestito di pietre levigate, con solo qualche rara radice che sbucava dal soffitto. Il pavimento era di una sostanza dura lucida, che non era marmo, ma una pietra venata di linee di un materiale scintillante simile a gioielli polverizzati.

— Non esattamente — disse Jace a bassa voce. — Le fate sono note perché si divertono a gingillarsi con i mortali quando capita, ma finiscono sempre per abbandonarli, di solito piuttosto malconci.

Le sue parole fecero correre un brivido per la schiena a Clary. In quell'istante Isabelle rise, e Clary capì perché Jace aveva abbassato il tono: le pareti rimandavano verso di loro la voce di Isabelle amplificata ed echeggiante, come se le sue risate rimbalzassero sulle pietre.

— Sei talmente buffo! — Il tacco dello stivale si incastrò tra due pietre e Isabelle inciampò. Meliorn la afferrò e la raddrizzò senza cambiare espressione.

— Non capisco come facciate voi umani a camminare con scarpe così alte.

— Il mio motto è… — disse Isabelle con un sorriso sensuale — "mai meno di diciotto centimetri".

Meliorn la fissò impassibile.

— Sto parlando dei *tacchi* — precisò lei. — È un gioco di parole, sai? Una battuta su…

— Andiamo — fece il cavaliere delle fate. — La Regina starà diventando impaziente. — Si avviò lungo il corridoio senza degnare Isabelle di una seconda occhiata.

— Dimenticavo — mormorò Isabelle mentre veniva raggiunta dagli altri. — Il Popolo Fatato non ha il senso dell'umorismo.

Simon guardò Jace, aprì la bocca come per chiedergli qualcosa, poi sembrò ripensarci. La richiuse di scatto proprio mentre il corridoio sfociava in un'ampia sala col pavimento di terra battuta e le pareti ornate di alte colonne di pietra avviluppate da tralci e fiori vivaci in un'esplosione di colori. Tra le colonne erano appesi leggeri teli color azzurro cielo. La sala era piena di luce, anche se Clary non vedeva torce, e l'effetto complessivo era quello di un padiglione estivo immerso nel chiarore del sole, piuttosto che di un locale sotterraneo in terra e pietra.

La prima impressione di Clary fu di trovarsi all'esterno, la seconda che la sala fosse piena di gente. Risuonava una strana musica, rotta da note agrodolci, una sorta di equivalente sonoro del miele mescolato al succo di limone, e c'erano fate di entrambi i sessi che danzavano in circolo al suono della musica, i piedi che sembravano sfiorare appena il pavimento. I loro capelli – di colore azzurro, nero, castano, scarlatto, dorato metallico e bianco ghiaccio – ondeggiavano come bandiere.

Ora capiva perché una bella donna veniva definita una fata: maschi e femmine erano magnifici, con i bei volti pallidi, le ali lilla, dorate e azzurre... Come aveva potuto credere a Jace, quando diceva che le avrebbero fatto del male? La musica che all'inizio le aveva colpito i timpani adesso le sembrava solo dolce. Sentì l'impulso di agitare i capelli e di muovere i piedi nella danza. La musica le diceva che, se l'avesse fatto, anche lei sarebbe stata tanto leggera da sfiorare leggiadra il pavimento. Fece un passo avanti...

E fu tirata indietro per un braccio. Jace la fulminò con lo sguardo, gli occhi dorati e lucenti come quelli di un gatto. — Se danzi con loro — disse a bassa voce — danzerai fino a morire.

Clary lo fissò sbattendo gli occhi. Si sentiva come se l'avessero strappata da un sogno, stordita e insonnolita. Quando parlò, farfugliò. — Cooosa?

Jace fece un verso spazientito. Aveva lo stilo in mano. Le afferrò il polso e le tracciò rapidamente un Marchio doloroso sulla pelle, sulla parte interna del braccio. — E adesso guarda.

Clary guardò... e si raggelò. I visi che le erano sembrati così belli lo erano ancora, ma dietro di essi si nascondeva qualcosa di volpino, quasi ferino. Una ragazza con le ali rosa e azzurre fece un cenno, e Clary vide che le sue dita erano fatte di ramoscelli, con germogli di foglie non ancora dischiusi. Aveva gli occhi tutti neri, senza iridi e pupille. Il ragazzo che le ballava accanto aveva la pelle verde veleno e corna attorcigliate che gli spuntavano dalle tempie. Mentre roteava nella danza, gli si aprì la giacca e al posto del petto Clary scorse una gabbia toracica vuota. Tra le costole nude erano intrecciati nastri, forse per dargli un'aria più festosa. Le venne il voltastomaco.

— Vieni. — Jace la spinse e Clary avanzò incespicando. Quando riacquistò l'equilibrio si guardò intorno ansiosa cercando Simon. Era più avanti, e vide che Isabelle lo teneva saldamente. Questa volta non le dispiacque. Dubitava che Simon ce l'avrebbe fatta ad attraversare il salone da solo.

Aggirando il cerchio dei danzatori, andarono verso l'estremità opposta della sala e oltrepassarono una tenda di seta azzurra. Fu un sollievo uscire di lì e percorrere un altro corridoio, questa volta intagliato in un materiale marrone chiaro come il gheriglio di una noce. Isabelle lasciò Simon, che si fermò di colpo. Avvicinandosi, Clary capì perché: Isabelle gli aveva legato una sciarpa sugli occhi. Quando Clary lo raggiunse, stava armeggiando con il nodo. — Lascia fare a me — disse, e il ragazzo rimase immobile mentre lei glielo scioglieva e porgeva di nuovo la sciarpa a Isabelle con un cenno di ringraziamento.

Simon si tirò indietro i capelli. Dove la sciarpa li aveva stretti erano umidi. — Forte quella musica — osservò. — Un po' country un po' rock and roll.

Meliorn, che si era fermato ad aspettarli, aggrottò la fronte. — A te non è piaciuta?

— Mi è piaciuta anche troppo — rispose Clary. — Cos'era, una specie di test? O uno scherzo?

Meliorn fece spallucce. — Sono abituato a vedere gli umani turbati dai nostri incantesimi di fate; per i Nephilim è diverso. Pensavo che avessi delle protezioni.

— Le ha — disse Jace, incrociando lo sguardo verde giada di Meliorn.

Quest'ultimo si limitò ad alzare le spalle e riprese a camminare. Per qualche istante Simon procedette in silenzio accanto a Clary, quindi chiese: — Allora, che cosa mi sono perso? Donne che ballavano nude?

Clary ripensò alle costole scoperte della fata maschio e rabbrividì. — Nulla di particolarmente bello.

— Ci sono vari modi per far partecipare un umano alle feste delle fate — intervenne Isabelle, che era stata a sentire. — Se ti danno un pegno da conservare, che so, una foglia o un fiore, e tu lo tieni durante la notte, al mattino starai bene. Oppure, se sei accompagnata da un membro del Popolo Fatato... — Lanciò un'occhiata a Meliorn, ma quello aveva già raggiunto una cortina frondosa inserita nella parete e si era fermato là.

— Queste sono le stanze della Regina — disse. — È venuta dalla sua Corte settentrionale per occuparsi della morte del giovane elfo. Se dev'esserci una guerra, vuole essere lei a dichiararla.

Da vicino, Clary vide che la cortina era fatta di tralci fittamente intrecciati e disseminati di germogli simili a goccioline d'ambra. Meliorn li scostò e introdusse i quattro nella camera dall'altra parte.

Jace si chinò e passò per primo, seguito da Clary. Varcata la soglia, lei si raddrizzò e si guardò intorno con curiosità.

La stanza era semplice, con le pareti rivestite di stoffa chiara. Fuochi fatui brillavano dentro vasi di vetro. Su un basso divano era adagiata una splendida donna, circondata da quelli che dovevano essere i suoi cortigiani: un eterogeneo assortimento di fate, dai piccoli folletti a creature che avevano l'aspetto di bellissime ragazze umane con i capelli lunghi... a parte gli occhi neri senza pupille.

— Mia Regina — disse Meliorn eseguendo un profondo inchino. — Ti ho portato i Nephilim.

La Regina si raddrizzò. Aveva lunghi capelli rossi che sembravano fluttuarle intorno come foglie d'autunno al vento. Gli occhi erano di un azzurro trasparente come il vetro, lo sguardo tagliente come un rasoio. — Tre di loro sono Nephilim — disse. — L'altro è un mondano.

Meliorn sembrò farsi piccolo piccolo, ma la Regina non lo degnò di un'occhiata. Aveva lo sguardo fisso sui Cacciatori. Clary ne avvertiva il peso, come un tocco. Nonostante la sua leggiadria, non c'era nulla di fragile nella Regina. Era altrettanto luminosa e difficile da guardare di un sole splendente.

— Le nostre scuse, mia signora. — Jace fece un passo avanti, mettendosi tra lei e i suoi compagni. Aveva cambiato tono di voce: ora nel suo modo di parlare c'era una sfumatura nuova, cauta e gentile. — Siamo responsabili del mondano. Gli dobbiamo protezione. Per questo lo teniamo con noi.

La Regina inclinò la testa di lato come un uccello curioso. Adesso tutta la sua attenzione era rivolta a Jace. — Un debito di sangue? — mormorò. — Verso un mondano?

— Mi ha salvato la vita — spiegò Jace.

Clary sentì Simon irrigidirsi al suo fianco per la sorpresa. Desiderò che non la lasciasse trapelare. Le fate non sapevano mentire, aveva detto Jace, e neppure Jace stava mentendo... Simon gli aveva *davvero* salvato la vita. Però non era per quello che l'avevano portato con loro. Clary cominciò a capire cosa intendesse Jace con "dire la verità in maniera creativa". — Ti prego, mia signora. Speravamo che avresti capito, dato che abbiamo saputo che sei gentile quanto bella, e in tal caso, be' — concluse Jace — la tua gentilezza deve essere davvero sconfinata.

La Regina sorrise compiaciuta e si piegò in avanti. I capelli lucenti le ricaddero sul viso, oscurandolo. — Sei affascinante come tuo padre, Jonathan Morgenstern — disse, e fece un gesto verso i cuscini sparsi sul pavimento. — Vieni, siedi accanto a me. Mangia qualcosa. Bevi. Riposati. Si parla meglio con le labbra bagnate.

Per un istante Jace sembrò confuso. Esitò. Meliorn si chinò su di lui e parlò in tono mellifluo. — Sarebbe imprudente rifiutare la generosità della Regina della Corte Seelie.

Gli occhi di Isabelle guizzarono verso di lui. Poi scrollò le spalle. — Sederci soltanto non potrà nuocerci.

Meliorn li condusse verso un mucchio di cuscini di seta, vicino al divano della Regina. Clary si sedette guardinga, aspettandosi quasi di trovarci una grossa radice acuminata pronta a trafiggerle il sedere. Sembrava il genere di cose che la Regina poteva trovare divertente. Ma non successe niente. I cuscini erano morbidissimi. Si accomodò con gli altri intorno a lei.

Una pixie dalla pelle bluastra si avvicinò, reggendo un vassoio con quattro tazze d'argento. Ognuno di loro prese una tazza piena di un liquido ambrato. Vi galleggiavano dei petali rosa.

Simon posò la tazza accanto a sé.

— Non ne vuoi? — chiese la pixie.

— L'ultimo intruglio delle fate che ho bevuto non mi ha fatto molto bene — mormorò il ragazzo.

Clary quasi non lo sentì. La bevanda aveva un profumo che dava alla testa, inebriante, più intenso e delizioso delle rose. Prese un petalo e lo schiacciò tra il pollice e l'indice, facendo sprigionare un profumo ancora più intenso.

Jace la toccò con un gomito. — Non bere neanche una goccia — disse sottovcce.

— Ma...

— Non bere e basta.

Clary posò la tazza, come aveva fatto Simon. Le sue dita erano macchiate di rosa.

— Dunque — disse la Regina. — Meliorn mi ha detto che sostenete di sapere chi ha ucciso il figlio del nostro popolo nel parco, la scorsa notte. Ma francamente mi sembra che qui non ci sia nessun mistero. Un giovane elfo dissanguato... Cos'è, mi portate il nome di un vampiro? Ma tutti i vampiri sono colpevoli di aver infranto la Legge e andrebbero puniti di conseguenza. Malgrado l'apparenza, noi fate non andiamo tanto per il sottile.

— Oh, insomma — disse Isabelle. — Non sono stati i vampiri.

Jace la fulminò con lo sguardo. — Quello che Isabelle intende dire è che siamo quasi certi che l'assassino sia qualcun altro. Che forse sta cercando di gettare i sospetti sui vampiri per restare nell'ombra.

— Ne avete la prova?

Il tono di voce di Jace era calmo, ma la spalla che sfiorava Clary era rigida per la tensione. — La scorsa notte sono stati massacrati anche i Fratelli Silenti, e nessuno di loro è stato dissanguato.

— E questo che cosa ha a che fare con il nostro piccolo? I Nephilim morti sono una tragedia per i Nephilim, non per noi.

Clary sentì una fitta acuta alla mano sinistra. Abbassando lo sguardo, vide la piccola sagoma di un folletto sfrecciare tra i cuscini. Una goccia rossa di sangue le era spuntata sul dito. Se lo mise in bocca con una smorfia. I folletti erano carini, ma avevano un morso doloroso.

— Inoltre, è stata rubata la Spada dell'Anima — disse Jace. — Sai che cos'è Mellartach?

— La spada che fa dire la verità ai Cacciatori — rispose la regina con cupa ironia. — Noi fate non abbiamo bisogno di un oggetto simile.

— È stata rubata da Valentine Morgenstern — disse Jace. — Ha ucciso i Fratelli Silenti per impadronirsene, e noi pensiamo che abbia ucciso anche il vostro ragazzo. Valentine aveva bisogno del sangue di un figlio del Popolo Fatato per mettere in atto la Trasformazione della Spada. Per farne uno strumento utilizzabile.

— E non si fermerà — aggiunse Isabelle. — Ha bisogno di altro sangue.

Le sopracciglia già arcuate della Regina si alzarono ancora di più. — Altro sangue del Popolo Fatato?

— No — rispose Jace, lanciando a Isabelle un'occhiata che Clary non riuscì a decifrare. — Sangue di Nascosto. Gli serve il sangue di un lupo mannaro e di un vampiro…

Gli occhi della Regina brillarono di luce riflessa. — Non mi pare che ci riguardi.

— Ha ucciso uno dei *vostri* — disse Isabelle. — Non vuoi vendicarti?

Lo sguardo della Regina la sfiorò come l'ala di una falena. — Non subito. Noi siamo un popolo paziente, perché abbiamo tutto il tempo del mondo. Valentine Morgenstern è un nostro vecchio nemico… ma abbiamo nemici ancora più vecchi. Siamo disposti ad aspettare e a stare a guardare.

— Sta evocando i demoni — disse Jace. — Sta creando un esercito…

— Demoni — ripeté la Regina in tono lieve, mentre alle sue spalle i cortigiani chiacchieravano. — Dei demoni vi occupate voi, non è vero, Cacciatori? Non è forse per questo che avete autorità su tutti noi? Perché siete quelli che uccidono i demoni, giusto?

— Io non sono qui per darti ordini in nome del Conclave. Siamo venuti su tua richiesta. E pensavamo che, se avessi saputo la verità, ci avresti aiutato.

— È questo che pensavate? — La Regina si sporse in avanti sulla sedia, i lunghi capelli fluttuanti, animati. — Ricorda, Cacciatore, tra noi c'è chi mal sopporta l'autorità del Conclave. Può anche darsi che siamo stanchi di combattere per le vostre guerre.

— Ma non è solo la *nostra* guerra — disse Jace. — Valentine odia i Nascosti più che i demoni. Se ci sconfigge, i prossimi che perseguiterà sarete voi.

Gli occhi della Regina si conficcarono nei suoi.

— E quando lo farà — continuò Jace — rammenta che era stato un Cacciatore ad avvertirti di cosa stava per succedere.

Calò il silenzio. Anche tra la Corte. Tutti avevano gli occhi fissi sulla loro Signora. Alla fine, la Regina si appoggiò ai cuscini e bevve un sorso da un calice d'argento. — Mettermi in guardia da tuo padre — disse. — Ritenevo voi mortali capaci almeno di affetto filiale, ma, a quanto pare, tu non senti la minima devozione nei confronti del tuo genitore.

Jace non disse nulla. Una volta tanto sembrava a corto di parole.

La Regina continuò in tono mellifluo: — O forse questa vostra ostilità è solo una messinscena. L'amore rende bugiardi quelli della tua razza.

— Noi non amiamo nostro padre — disse Clary, mentre Jace manteneva un silenzio inquietante. — Lo odiamo.

— *Davvero?* — La Regina sembrava quasi annoiata.

— Sai come sono i vincoli familiari, Regina — disse Jace, ritrovando la voce. — Si avvinghiano più strettamente dei tralci. E a volte, come i tralci, si avvinghiano tanto da ucciderti.

Le ciglia della Regina tremolarono. — Tradireste vostro padre per il bene del Conclave?

— E se anche fosse, Regina?

La Regina rise, un suono limpido e gelido come il ghiaccio. — Chi avrebbe mai pensato che i piccoli esperimenti di Valentine gli si sarebbero ritorti contro?

Clary guardò Jace, ma dalla sua espressione capì che non aveva idea di cosa intendesse dire la Regina.

Fu Isabelle a parlare. — *Esperimenti*?

La Regina non la guardò neppure. I suoi occhi, di un azzurro luminoso, erano fissi su Jace. — Il Popolo Fatato sa mantenere i segreti. I nostri e quelli degli altri. La prossima volta che lo vedi, Jonathan, chiedi a tuo padre quale sangue scorre nelle tue vene.

— Non mi ero proposto di chiedergli alcunché, la prossima volta che lo vedrò — disse Jace. — Ma se tu lo desideri, lo farò.

Le labbra della Regina si piegarono in un sorriso. — Credo che tu sia un bugiardo. Ma molto affascinante. Abbastanza affascinante perché io ti faccia questo giuramento: rivolgi la domanda a tuo padre e ti prometto tutto l'aiuto che potrò darti, se mai combatterai contro Valentine.

Jace sorrise. — La tua generosità è straordinaria quanto la tua bellezza, Signora.

Clary fece un verso soffocato, ma la Regina sembrò contenta.

— Be', credo che abbiamo finito — aggiunse Jace alzandosi dai cuscini. In precedenza aveva posato la sua bevanda intatta accanto a quella di Isabelle. Tutti lo imitarono. Isabelle stava già parlando con Meliorn in un angolo, accanto alla cortina di tralci. Lui aveva un'aria vagamente insofferente.

— Un momento. — La Regina si alzò. — Uno di voi deve rimanere.

Jace si fermò a metà strada verso la porta e si voltò. — Cosa vuoi dire?

Lei allungò una mano a indicare Clary. — Una volta che il nostro cibo o le nostre bevande oltrepassano le labbra di un mortale, quel mortale è nostro. Lo sai, Cacciatore.

Clary era stordita. — Ma io non ho bevuto niente! — Si girò verso Jace. — Sta mentendo.

— Le fate non mentono — disse lui mentre la confusione e l'ansia crescente si rincorrevano sul suo viso. Si rivolse di nuovo alla Regina. — Temo che ti sbagli, Signora.

— Guardale le dita e dimmi se non le ha leccate per pulirle.

Ora Simon e Isabelle erano tutt'occhi. Clary abbassò lo sguardo sulla propria mano. — Sì, ma dal sangue — disse. — Un folletto mi ha morso il dito... sanguinava... — Ricordò il sapore dolce del sangue mescolato al succo che aveva sul dito. In preda al panico, si mosse verso la cortina di tralci, ma si sentì sospingere di nuovo nella stanza da mani invisibili. Si rivolse a Jace, affranta. — È vero.

Jace era paonazzo. — Immagino che avrei dovuto aspettarmi un simile trucco — disse alla Regina, abbandonando il tono accattivante di poco prima. — Perché lo fai? Cosa vuoi da noi?

La voce della Regina era morbida e suadente. — Forse sono solo curiosa — rispose. — Non mi capita spesso di avere sottomano dei giovani Cacciatori. Come noi, voi fate risalire il vostro lignaggio al cielo; e questo mi intriga molto.

— Ma diversamente da voi — ribatté Jace — in noi nulla ha origine dall'inferno.

— Siete mortali, invecchiate, morite — disse la Regina in tono sprezzante. — Se questo non è l'inferno, dimmi, ti prego, che cos'è?

— Se vuoi soltanto studiare un Cacciatore, non ti servirò granché — intervenne Clary. Le doleva la mano nel punto in cui il folletto l'aveva morsa e cercava di reprimere l'impulso di urlare o di scoppiare in lacrime. — Non so niente dei Cacciatori. E non ho avuto alcun addestramento. Non sono la persona giusta da prendere. — *Di mira*, aggiunse in silenzio.

Per la prima volta la Regina la guardò in faccia. Clary ebbe voglia di farsi piccola piccola. — In verità, Clarissa Morgenstern, tu sei proprio la persona giusta. — I suoi occhi brillarono nel vedere la confusione della ragazza. — Grazie ai cambiamenti che tuo padre ha operato in te, tu non sei come gli altri Cacciatori. I tuoi doni sono differenti.

— I miei *doni*? — Clary era sconcertata.

— Il tuo è il dono delle parole che non possono essere pronunciate — le spiegò la Regina — e quello di tuo fratello è il dono dell'Angelo. Tuo padre se li assicurò quando tuo fratello era un bambino e tu non eri ancora nata.

— Mio padre non mi ha mai dato niente — disse Clary. — Neppure un nome.

Jace sembrava assente, come la sorella. — Voi del Popolo Fatato non mentite — osservò — ma *a voi* si può mentire. Credo che tu sia stata vittima di un inganno o di uno scherzo, mia signora. Non c'è niente di speciale in me o in mia sorella.

— Sei bravo a minimizzare il tuo fascino — disse la Regina con una risata. — Eppure, tu sai che voi non appartenete al novero dei normali ragazzi umani, Jonathan... — Lasciò scivolare lo sguardo da Clary a Jace, poi a Isabelle, che chiuse di scatto la bocca che aveva spalancato, e di nuovo a Jace. — Possibile che non lo sappiate?

— Io so che non lascerò mia sorella qui nella Corte — disse Jace. — E dal momento che non c'è nulla che tu possa imparare da lei o da me, perché non ci fai il favore di liberarla? — *Adesso che ti sei divertita?* dicevano i suoi occhi, sebbene la sua voce fosse garbata anche se fredda.

Il sorriso della Regina era largo e terribile. — E se ti dicessi che potrebbe essere liberata da un bacio?

— Vuoi che Jace *ti baci*? — domandò Clary, perplessa.

La Regina scoppiò in un'allegra risata, subito imitata dai cortigiani. La risata era un miscuglio bizzarro e inumano di schiamazzi e squittii, come gli strilli di un animale che soffre.

— Nonostante il suo fascino — le disse la Regina — quel bacio non ti libererebbe.

I quattro si scambiarono delle occhiate stupite. — Potrei baciare io Meliorn — suggerì Isabelle.

— Non lui. E nessun altro della mia Corte.

Meliorn si allontanò da Isabelle, che guardò i suoi compagni e alzò le mani.
— Okay, non bacerò *nessuno* di voi — disse recisamente.
— Non sarà necessario — disse Simon. — Se non serve che un bacio...
Si mosse verso Clary, che rimase paralizzata dalla sorpresa. Quando la prese per i gomiti, lei dovette reprimere l'impulso di spingerlo via. L'aveva già baciato, ma sarebbe stato imbarazzante farlo in questa situazione, anche se per lei baciarlo fosse stata la cosa più naturale del mondo, il che non era. Eppure era la risposta logica, no? Non poté fare a meno di gettare una rapida occhiata a Jace al di sopra della spalla e lo vide accigliarsi.
— No — disse la Regina con una voce simile a cristallo tintinnante. — Non è neanche questo che voglio.
Isabelle alzò gli occhi al cielo. — Oh, per amor dell'Angelo. Sentite, se non c'è altro modo per uscirne, bacerò io Simon. L'ho già fatto, e non è stato così male.
— Grazie — disse Simon. — È molto lusinghiero.
— Ahimè — fece la Regina della Corte Seelie. La sua espressione era resa maligna da una specie di piacere crudele. Clary si chiese se fosse non tanto il bacio che desiderava, quanto semplicemente il vederli tutti sulle spine per l'imbarazzo. — Temo che non vada bene neanche quello.
— Be', io non ho alcuna intenzione di baciare il mondano — disse Jace. — Piuttosto rimango a marcire quaggiù.
— Per sempre? — chiese Simon. — Per sempre è un tempo terribilmente lungo.
Jace inarcò le sopracciglia. — Lo sapevo. Hai voglia di baciarmi, non è vero?
Simon alzò le mani esasperato. — Certo che no. Ma se...
— Credo sia vero quello che si dice — osservò Jace. — Che non ci sono veri uomini in trincea.
— *Atei,* idiota — replicò Simon furioso. — Non ci sono *atei* in trincea.
— Tutto questo è molto divertente — disse la Regina in tono gelido piegandosi in avanti. — Ma il bacio che libererà la ragazza è quello che lei desidera di più. — Il piacere crudele sul suo volto e nella sua voce si era accentuato, e le sue parole trafissero le orecchie di Clary come aghi. — Solo questo, e niente di più.
Fu come se Simon fosse stato schiaffeggiato dalle sue parole. Clary avrebbe voluto allungare una mano verso di lui, ma rimase immobile dov'era, troppo atterrita per muoversi.
— Perché lo fai? — chiese Jace.
— Ma come, pensavo di farti un favore.
Jace avvampò, ma rimase zitto. Evitò di guardare Clary.
Simon disse: — È assurdo. Sono fratello e sorella.
La regina scrollò delicatamente le spalle. — Non sempre il desiderio è diminuito dal disgusto. E neppure può essere elargito a chi più lo merita. E siccome le mie parole vincolano la mia magia, siate certi che, se non desidera il suo bacio, non sarà libera.
Simon disse qualcosa in tono iroso, ma Clary non lo sentì: le ronzavano le orec-

chie, come se avesse uno sciame di api furiose intrappolato nella testa. Simon si girò con aria furibonda e disse: — Non devi farlo, Clary, è un trucco...

— Non un trucco — lo corresse Jace. — Una prova.

— Be', non so tu, Simon — disse Isabelle con voce tesa — ma *io* vorrei far uscire Clary di qui.

— Vuoi dire che baceresti tuo fratello Alec solo perché te lo chiede la Regina della Corte Seelie? — domandò Simon.

— Certo che lo farei — Isabelle sembrava irritata — se l'alternativa fosse rimanere bloccati per sempre nella Corte. E comunque, che importa? È solo un bacio.

— È vero. — Era Jace. Clary lo vide, ai margini sfocati del suo campo visivo, muoversi verso di lei, metterle una mano sulla spalla e girarle la faccia verso di sé. — È solo un bacio — disse, e malgrado il tono aspro, le sue mani erano inspiegabilmente delicate. Lasciò che la girasse e lo guardò. I suoi occhi erano scurissimi, forse perché laggiù nella Corte c'era così poca luce, forse per qualcos'altro. Vedeva il proprio riflesso in ognuna delle sue pupille dilatate, una minuscola immagine di sé nei suoi occhi. Jace disse: — Puoi chiudere gli occhi e pensare ai numeri primi, se vuoi.

— Non sono mai stata troppo brava in matematica — rispose Clary, ma chiuse le palpebre. Sentiva i vestiti appesantiti dall'acqua freddi e pungenti sulla pelle e l'aria dolciastra e nauseante della caverna, ancora più fredda, e il peso delle mani di Jace – le uniche cose calde – sulle spalle. Poi lui la baciò.

Sentì il tocco delle labbra di Jace, all'inizio leggero, e le sue che si aprivano automaticamente sotto la loro pressione. Quasi contro la sua volontà, si sentì diventare molle e flessuosa e allungarsi verso l'alto per intrecciargli le braccia intorno al collo come un girasole si volta verso la luce. Le braccia di Jace la circondarono, le sue mani si unirono tra i capelli di lei, e il bacio smise di essere delicato e divenne ardente, in un solo istante, come un'esca che divampa in una fiammata. Clary sentì un suono simile a un sospiro correre per la Corte, tutt'intorno a loro, un'ondata di rumore, ma non significava niente, si perdeva nel flusso del suo sangue nelle vene, nel vertiginoso senso di assenza di peso nel suo corpo.

Le mani di Jace si allontanarono dai suoi capelli, le scivolarono lungo la schiena; sentì la pressione dei suoi palmi sulle scapole... Poi il ragazzo si scostò, staccandosi delicatamente, ritraendo le mani dal suo collo e facendo un passo indietro. Per un istante Clary pensò di cadere; le sembrava che le fosse stato strappato qualcosa di fondamentale, un braccio o una gamba, e fissò Jace in preda a una vacua sorpresa... Che cosa provava? Non provava nulla? In tal caso, non pensava di poterlo sopportare.

Jace le restituì lo sguardo, e nello scorgere l'espressione del suo viso Clary rivide i suoi occhi a Renwick, quando aveva guardato il Portale che lo separava dalla sua casa frantumarsi irreparabilmente in mille pezzi. Jace sostenne il suo sguardo per una frazione di secondo, poi lo distolse, coi muscoli della gola che si contraevano. Aveva le mani chiuse a pugno lungo i fianchi. — È stato abbastanza bello? — gridò girando il viso verso la Regina e i cortigiani alle sue spalle. — Ti sei divertita?

La Regina si era portata una mano alla bocca, coprendo a metà un sorriso. — Sì, ci siamo divertiti. Ma non tanto, credo, quanto voi due.

— Suppongo — disse Jace — che le emozioni dei mortali vi divertano perché non ne possedete di vostre.

A quelle parole il sorriso scivolò via dalla bocca della Regina.

— Calma, Jace — disse Isabelle. Si rivolse a Clary: — Puoi andartene adesso? Sei libera?

Clary andò verso l'uscita e non fu sorpresa di non trovarsi la strada sbarrata da alcuna forza ostile. Rimase lì, con le mani fra i tralci, e si girò verso Simon, che la fissava come se non l'avesse mai vista prima.

— Dovremmo andare — disse Clary. — Prima che sia troppo tardi.

— È già troppo tardi — ribatté Simon.

Meliorn li condusse fuori dalla Corte Seelie e li depositò di nuovo nel parco, tutto senza aprire bocca. A Clary parve che la rigidità della sua schiena lasciasse trapelare disapprovazione. Dopo che furono sguazzati fuori dal laghetto, si girò senza neanche salutare Isabelle e scomparve nuovamente nel riflesso vacillante della luna.

Isabelle lo guardò andare via tutta imbronciata. — Quanto è antipatico, certe volte...

Jace fece una specie di risata soffocata e si tirò su il colletto della giacca bagnata. Tremavano tutti. La notte fredda sapeva di terra, piante e modernità... A Clary sembrava quasi di sentire nell'aria odore di ferro. L'anello della città intorno al parco scintillava di luci violente, blu elettrico, verde ghiaccio, rosso vivo, mentre l'acqua del laghetto sciabordava piano contro le rive terrose. Il riflesso della luna si era spostato all'estremità opposta dello specchio d'acqua e tremava come se avesse paura di loro.

— Sarà meglio tornare — Isabelle si avvolse più strettamente nel soprabito ancora bagnato — prima che moriamo congelati.

— Ci vorrà un'eternità per tornare a Brooklyn — disse Clary. — Forse dovremmo prendere un taxi.

— O magari potreste venire all'Istituto — suggerì Isabelle. Vedendo l'espressione di Jace, si affrettò a dire: — Tanto non c'è nessuno... Sono tutti alla Città di Ossa a cercare indizi. Ci vorrà un secondo per fare una capatina, prendere i tuoi vestiti e mettersi qualcosa di asciutto. E poi l'Istituto è pur sempre casa tua, Jace.

— Va bene — replicò il ragazzo, con sorpresa di Isabelle. — Devo comunque recuperare qualcosa nella mia stanza.

Clary esitò. — Non so. Potrei prendere un taxi insieme a Simon. — Forse, se avessero passato un po' di tempo insieme, avrebbe potuto spiegargli che cosa era successo alla Corte Seelie e che non era come pensava.

Jace stava esaminando il suo orologio per vedere che l'acqua non l'avesse danneggiato. Ora la guardò, le sopracciglia sollevate. — È piuttosto difficile, visto che se n'è andato.

— Se n'è *cosa*? — Clary girò sui tacchi. Simon era sparito; c'erano solo loro tre in riva al laghetto. Corse su per un tratto della collina e gridò il suo nome. Lo vide in lontananza che camminava a grandi passi con aria risoluta sul sentiero di cemento che conduceva fuori dal parco, sulla Fifth Avenue. Lo chiamò di nuovo, ma lui non si voltò.

9

E la morte non avrà più dominio

Isabelle aveva detto la verità: l'Istituto era completamente deserto. O meglio, quasi completamente. Al loro arrivo, trovarono Max addormentato sul divano rosso dell'ingresso. Aveva gli occhiali leggermente sbilenchi ed era chiaro che non aveva avuto la minima intenzione di addormentarsi: sul pavimento c'era un libro aperto che doveva essergli caduto, e i piedi nelle scarpe da ginnastica penzolavano dal bordo del divano in maniera piuttosto scomoda.

Il cuore di Clary corse subito a lui. Le ricordava Simon a nove o dieci anni, quando non faceva che sbattere le palpebre ed era tutto occhiali e *orecchie*.

— Max è come un gatto. È capace di dormire ovunque. — Jace allungò la mano, gli tolse gli occhiali e li posò su un basso tavolino intarsiato lì accanto. Aveva un'espressione che Clary non gli aveva mai visto... un'intensa espressione tenera e protettiva che la sorprese.

— Oh, lascia stare la sua roba... la sporcherai solo di fango — disse Isabelle con aria seccata sbottonandosi il soprabito bagnato. Il vestito aderiva al suo busto snello, e l'acqua aveva scurito la spessa cintura di cuoio. Lo scintillio della frusta arrotolata era appena visibile nel punto in cui il manico sporgeva dalla cintura. Era accigliata. — Sento che mi sta venendo il raffreddore. Vado a fare una doccia calda.

Jace la guardò sparire lungo il corridoio con una sorta di ammirazione riluttante. — A volte mi ricorda la poesia «Isabelle, Isabelle non si preoccupava. Isabelle non correva e non gridava...»

— A te viene mai voglia di gridare? — gli chiese Clary.

— Qualche volta. — Jace si tolse la giacca bagnata e la appese al gancio accanto a quello di Isabelle. — Ma quanto alla doccia calda ha ragione. Potrei decisamente farmene una.

— Io non ho niente per cambiarmi — disse Clary, a un tratto desiderosa di qualche momento tutto per sé. Le dita le prudevano dalla voglia di fare il numero di Simon sul cellulare per scoprire se era tutto okay. — Ti aspetto qui.

— Non fare la sciocca. Ti presto una maglietta. — Aveva i pantaloni zuppi e abbassati sul bacino: lasciavano vedere una striscia di pelle chiara tatuata tra la stoffa jeans e il bordo della camicia.

Clary distolse lo sguardo. — Non credo...

— Vieni. — Il tono di Jace era fermo. — Comunque, c'è qualcosa che voglio mostrarti.

Clary controllò di nascosto lo schermo del cellulare mentre seguiva Jace in corridoio verso la sua stanza. Simon non aveva provato a chiamarla. Le sembrò che del ghiaccio le si cristallizzasse nel petto. Fino a due settimane prima, per anni, lei e Simon non avevano mai litigato. Adesso era come se lui ce l'avesse sempre con lei.

La stanza di Jace era esattamente come la ricordava: immacolata e nuda come la cella di un monaco. Non conteneva nulla di rivelatore sul suo occupante: niente manifesti alle pareti, niente libri ammucchiati sul comodino. Perfino il piumino sul letto era di un bianco disadorno.

Jace andò alla cassettiera e tirò fuori una maglia a maniche lunghe blu. La gettò a Clary. — Questa si è ristretta nel lavaggio. Probabilmente ti starà grande, ma... — Fece spallucce. — Vado a farmi la doccia. Chiama se hai bisogno di qualcosa.

Clary annuì, tenendo la maglia come se fosse uno scudo. Sembrò che Jace stesse per dire qualcosa, ma evidentemente ci ripensò; con un'altra alzata di spalle scomparve nel bagno, chiudendo la porta dietro di sé.

La ragazza si lasciò cadere sul letto stringendo al petto la maglia e tirò fuori di tasca il telefono. Fece il numero di Simon. Dopo quattro squilli scattò la segreteria. — Salve, avete chiamato Simon. O sono lontano dal telefono o vi sto evitando. Lasciate un messaggio e...

— Cosa fai?

Jace stava sulla porta aperta del bagno. L'acqua scorreva rumorosamente nella doccia alle sue spalle e la stanza si stava riempiendo di vapore. Era scalzo e a petto nudo, i jeans bagnati bassi sui fianchi rivelavano due profonde rientranze sopra le ossa del bacino, come se qualcuno vi avesse premuto le dita.

Clary chiuse di scatto il telefono e lo lasciò cadere sul letto. — Niente. Controllavo l'ora.

— C'è un orologio accanto al letto — osservò Jace. — Telefonavi al mondano, vero?

— Si chiama *Simon*. — Clary appallottolò la maglia di Jace tra i pugni. — E non devi fare sempre lo stronzo con lui. Ti ha aiutato più di una volta.

Jace aveva le palpebre socchiuse, gli occhi pensierosi. Il bagno era pieno di vapore, che gli arricciava ancor di più i capelli. Disse: — E adesso ti senti in colpa perché è scappato via. Non dovresti darti la pena di chiamarlo. Ti sta evitando.

Clary non si preoccupò di nascondere la rabbia. — E tu lo sai, perché tu e lui siete *amiconi*, no?

— Lo so perché ho visto la sua faccia prima che se ne andasse — disse Jace. — E tu no. Non lo guardavi. Ma io sì.

Clary si scostò i capelli ancora bagnati dagli occhi. Là dove i vestiti aderivano alla pelle si sentiva pizzicare, aveva il sospetto di puzzare come il fondo di uno stagno e non riusciva a togliersi dalla mente l'espressione di Simon quando l'aveva guardata alla Corte Seelie… come se la odiasse. — È colpa tua — disse a un tratto, mentre la rabbia le stringeva il cuore in una morsa. — Non avresti dovuto baciarmi così.

Jace, che era appoggiato alla cornice della porta, si raddrizzò. — E come avrei dovuto baciarti? C'è un altro modo in cui ti piace?

— No. — Le mani le tremavano in grembo. Erano fredde, bianche, raggrinzite dall'acqua. Intrecciò le dita per mettere fine al tremito. — È che non voglio essere baciata da te.

— Mi è sembrato che nessuno dei due avesse voce in capitolo.

— È questo che non capisco! — Clary esplose. — Perché mi ha fatto baciare da te? La Regina, voglio dire. Perché costringerci a fare… quello? Quale piacere può averne tratto?

— Hai sentito che cosa ha detto. Pensava di farmi un favore.

— Non è vero.

— È vero. Quante volte devo dirtelo? Il Popolo Fatato non mente.

Clary pensò a ciò che aveva detto Jace a casa di Magnus. «Scopriranno ciò che vuoi più di ogni altra cosa al mondo e te lo offriranno… nascondendoci dentro un'insidia che ti farà rimpiangere di averlo mai desiderato.» — Allora si sbagliava.

— Non si sbagliava. — Il tono di Jace era amaro. — Ha visto come ti guardavo e come tu guardavi me, e come Simon guardava te, e ci ha suonato come gli strumenti che siamo per lei.

— Io non ti guardo — sussurrò Clary.

— Che cosa?

— Ho detto: io non ti guardo. — Allentò le mani che aveva tenuto agganciate in grembo. Nei punti in cui le dita erano state avvinghiate c'erano dei segni rossi. — O almeno ci provo.

Gli occhi di Jace erano ancora socchiusi, e attraverso le ciglia si intravedeva solo un bagliore d'oro. Clary ricordò la prima volta che l'aveva visto e come le avesse ricordato un leone, dorato e implacabile. — Perché no?

— Tu che pensi? — Le parole le uscirono quasi prive di suono, un semplice sussurro.

— Allora *perché*? — Gli tremava la voce. — Perché tutta la storia con Simon, perché tenermi lontano, non permettermi di starti vicino…

— Perché è *impossibile* — rispose Clary, e nonostante gli sforzi per controllarsi, l'ultima parola suonò come un lamento. — Lo sai come lo so io!

— Perché sei mia sorella? — disse Jace.

Clary annuì senza parlare.

— Già — disse Jace. — Per questo hai deciso che il tuo vecchio amico Simon potrebbe essere un'utile distrazione?

— Non è così. Io voglio bene a Simon.

— Come a Luke. Come a tua madre.

— No. — La voce di Clary era fredda e pungente come un ghiacciolo. — Non dirmi cosa sento.

Un piccolo muscolo si contrasse al lato della bocca di Jace. — Non ti credo.

Clary si alzò. Non poteva incrociare il suo sguardo, perciò si concentrò sulla piccola cicatrice a forma di stella che aveva sulla spalla, ricordo di una vecchia ferita. «Questa vita di cicatrici e morte» aveva detto una volta Hodge. «Tu non ne fai parte.» — Jace, perché mi fai questo?

— Perché mi stai mentendo. E stai mentendo a te stessa. — Gli occhi del ragazzo fiammeggiavano e, anche se aveva le mani infilate in tasca, Clary vedeva che erano chiuse a pugno.

Qualcosa dentro di lei si incrinò e si spezzò e le parole si riversarono fuori. — *Cosa vuoi che ti dica*? La verità? La verità è che voglio bene a Simon come dovrei voler bene a te e vorrei che fosse lui mio fratello, e non tu, ma non posso farci niente, e *neanche tu*! O hai un'idea migliore, visto che sei così dannatamente in gamba?

Jace trattenne il fiato, e Clary si rese conto che lui non si aspettava – mai e poi mai – che lei potesse dire quanto aveva appena detto. Era evidente anche dall'espressione del suo viso.

Clary cercò di recuperare il controllo di sé. — Jace, mi dispiace, non volevo...

— No, non ti dispiace. Non dispiacerti. — Avanzò verso di lei, quasi inciampando nei propri piedi... Jace, che non incespicava mai, non inciampava mai in niente, non faceva mai un movimento sgraziato. Le sue mani si alzarono e le presero il viso; Clary sentì il calore della punta delle sue dita a pochi millimetri dalla pelle; sapeva che avrebbe dovuto scostarsi, ma rimase lì immobile, lo sguardo alzato su di lui. — Tu non capisci — disse Jace. Gli tremava la voce. — Non ho mai provato certi sentimenti per nessuno. Non credevo di esserne capace. Pensavo... Il modo in cui sono cresciuto... mio padre...

— «Amare vuol dire distruggere» — ripeté Clary stordita. — Me lo ricordo.

— Pensavo che quella parte del mio cuore fosse infranta — continuò Jace, e mentre parlava aveva un'espressione come di sorpresa per essersi sentito dire quelle parole, *del mio cuore*. — Per sempre. Ma tu...

— Jace. Basta. — Clary sollevò la mano e la mise su quella di Jace, chiudendogli le dita tra le proprie. — È inutile.

— Non è vero. — C'era una punta di disperazione nella sua voce. — Se tutti e due proviamo la stessa cosa...

— I nostri sentimenti non contano. Non possiamo farci niente. — Sentì la propria voce come se fosse un'estranea a parlare: remota, infelice. — Dove dovremmo andare per stare insieme? Come vivremmo?

— Potremmo tenerlo segreto.

— Lo scoprirebbero. Io non voglio mentire alla mia famiglia, e tu?

La risposta del ragazzo fu amara. — Quale famiglia? I Lightwood mi odiano comunque.

— Non è vero. E non potrei mai dirlo a Luke. E a mia madre, se si sveglia, cosa diremmo? Questo, anche se fosse ciò che vogliamo, farebbe stare male tutti quelli a cui teniamo...

— *Stare male*? — Jace lasciò ricadere le mani dal suo viso come se lo avesse spinto via. Sembrava sbalordito. — Quello che proviamo... quello che provo... ti fa stare male?

Nel vedere la sua espressione, Clary trattenne il fiato. — Forse — disse poi in un sussurro. — Non lo so.

— Allora avresti dovuto dirlo subito.

— Jace...

Ma il ragazzo si era allontanato da lei, l'espressione chiusa e impenetrabile come un muro. Era difficile credere che l'avesse mai guardata in un altro modo. — Mi dispiace di averne parlato, allora. — La sua voce era rigida, formale. — Non ti bacerò più. Puoi contarci.

Il cuore di Clary fece una capriola lenta, inutile, mentre Jace si scostava da lei, prendeva un asciugamano da sopra la cassettiera e si avviava nuovamente verso il bagno. — Ma... Jace, che cosa fai?

— Vado a finire la mia doccia. E se mi hai fatto rimanere senza acqua calda sarò molto seccato. — Entrò in bagno e si chiuse la porta alle spalle con un calcio.

Clary crollò sul letto come una marionetta a cui avessero tagliato i fili e alzò lo sguardo al soffitto. Era inespressivo come la faccia di Jace prima di voltarle le spalle. Rotolando su un fianco, si rese conto di essere stesa sulla maglia blu di lui: aveva il suo odore, un misto di sapone, fumo e sangue dal sapore di rame. Se l'avvolse intorno, come una volta, quando era molto piccola, si avvolgeva intorno alle spalle la sua coperta preferita, poi chiuse gli occhi.

Nel sogno, abbassava lo sguardo sull'acqua scintillante distesa ai suoi piedi come uno specchio sconfinato che rifletteva il cielo notturno. E come uno specchio era solido e duro, e poteva camminarci sopra. Camminò annusando l'aria notturna e l'odore della città che scintillava in lontananza come un castello di fate avvolto dalle luci... e là dove camminava, crepe simili a ragnatele si irradiavano dalle sue orme, e schegge di ghiaccio schizzavano su come spruzzi d'acqua.

Il cielo cominciò a rischiararsi. Era illuminato da punti infuocati simili a capocchie di fiammiferi che cadevano giù, una pioggia di carboni ardenti. Clary si acquattò, alzando le braccia. Uno precipitò proprio davanti a lei, ma quando toccò terra divenne un ragazzo: era Jace, tutto vestito di oro ardente, con i suoi occhi dorati e i capelli dorati, e dalla schiena gli spuntavano ali bianco-dorate più grandi e più fitte di piume di quelle di qualsiasi uccello.

Sorrise come un gatto e indicò un punto dietro di lei, e quando si girò, Clary vide un ragazzo dai capelli neri – Simon? – con lo stesso aspetto di sempre... a parte le ali, che spuntavano anche dalla sua schiena, con piume nere come la notte e con le punte sporche di sangue.

Clary si svegliò boccheggiando, le mani strette sulla maglia di Jace. Era buio nella stanza, l'unica luce proveniva dalla finestrella accanto al letto. Si mise a sedere. Si sentiva la testa pesante e le doleva la nuca. Esaminò lentamente la stanza e sussultò quando vide un punto luminoso come un occhio di gatto nel buio.

Jace sedeva in una poltrona accanto al letto. Portava i jeans e un maglione grigio e aveva i capelli quasi asciutti. Aveva in mano qualcosa che mandava bagliori metallici. Un'arma? Clary non riusciva a immaginare da cosa Jace potesse stare in guardia, lì all'Istituto.

— Hai dormito bene?

Lei annuì. Si sentiva la bocca impastata. — Perché non mi hai svegliato?

— Pensavo che avessi bisogno di riposo. E poi dormivi come un ghiro. Hai perfino sbavato — aggiunse — sulla mia maglia.

La mano di Clary volò alla bocca. — Scusa.

— Non capita spesso di vedere qualcuno che sbava — osservò Jace. — Soprattutto con un abbandono così totale. La bocca spalancata e tutto.

— Oh, stai zitto. — Cercò tastoni sul copriletto finché non individuò il telefono e lo controllò di nuovo, anche se sapeva cosa avrebbe visto. *Nessuna chiamata.* — Sono le tre del mattino — osservò costernata. — Pensi che Simon stia bene?

— Penso che sia un tipo bislacco — disse Jace. — Ma questo ha poco a che fare con l'ora.

Clary si ficcò il telefono nella tasca dei jeans. — Vado a cambiarmi.

Il bagno bianco di Jace non era più grande di quello di Isabelle, ma decisamente più ordinato. Non c'era una grande varietà tra le stanze dell'Istituto, pensò Clary chiudendosi la porta alle spalle, però almeno offrivano privacy. Si sfilò la maglietta bagnata e la appese al portasciugamani, si spruzzò dell'acqua sul viso e si passò un pettine tra i ricci ribelli.

La maglia di Jace le andava decisamente troppo grande, ma era morbida sulla pelle. Si arrotolò le maniche e tornò nella stanza, dove trovò Jace seduto esattamente dov'era prima, lo sguardo accigliato sull'oggetto luminoso che aveva tra le mani. Clary si sporse oltre la spalliera della poltrona. — Che cos'è?

Invece di rispondere, Jace girò l'oggetto per farglielo vedere bene. Era un frammento di specchio frastagliato, ma invece di riflettere il suo viso, aveva un'immagine di erba verde, cielo azzurro e rami d'albero neri e spogli.

— Non sapevo che l'avessi tenuto — osservò Clary. — Il pezzo di Portale.

— Per questo volevo venire qui — disse Jace. — Per prenderlo. — Nella sua voce c'era un misto di desiderio e riluttanza. — Continuo a pensare che magari vedrò mio padre in un riflesso. E capirò cosa sta macchinando.

— Non penso che sia laggiù. Sarà da qualche parte qui in città, non credi?

Jace scrollò la testa. — Magnus l'ha cercato e non è di questo avviso.

— Magnus l'ha cercato? Non lo sapevo. E come...

— Magnus non è diventato Sommo Stregone per niente. Il suo potere si estende in tutta la città e oltre. Può sentire cosa accade fuori, entro certi limiti.

Clary sbuffò. — Avverte interferenze nella Forza?

Jace si girò nella poltrona e la guardò aggrottando la fronte. — Non sto scherzando. Dopo l'uccisione dello stregone ha cominciato a investigare. Quando ero ospite da lui, mi ha chiesto qualcosa di mio padre, per facilitargli la ricerca. Gli ho dato l'anello dei Morgenstern. Ha detto che mi avrebbe fatto sapere se avesse avvertito la presenza di Valentine in città. Ma finora non l'ha fatto.

— Forse voleva solo il tuo anello — disse Clary. — Una cosa è certa: porta un sacco di gioielli.

— Può anche tenerselo. — La mano di Jace si serrò sul frammento di vetro; Clary notò allarmata il sangue che stillava sui bordi frastagliati nei punti che gli penetravano nella pelle. — Per me non ha alcun valore.

— Ehi — disse Clary piegandosi a togliergli il vetro di mano. — Vacci piano. — Fece scivolare il frammento di Portale nella tasca della giacca appesa alla parete. I bordi di vetro erano scuriti dal sangue, i palmi di Jace incisi da linee rosse. — Forse è il caso che ti riportiamo da Magnus — disse il più gentilmente possibile. — Alec è là da un pezzo e...

— Chissà perché, ma dubito che gli dispiaccia — disse Jace, ma poi si alzò piuttosto docilmente e allungò la mano verso lo stilo, che era vicino alla parete. Mentre tracciava una runa di Guarigione sul dorso della mano destra sanguinante, disse: — C'è qualcosa che volevo chiederti.

— Sarebbe?

— Quando mi hai tirato fuori dalla cella, nella Città Silente... come hai fatto? Come hai aperto la porta?

— Oh, mi sono servita di una normale runa di Apertura e...

Fu interrotta da un squillo acuto e stridulo e si portò la mano alla tasca, prima di rendersi conto che quel suono era ben più forte di quello del suo cellulare. Si guardò intorno confusa.

— È il campanello dell'Istituto — disse Jace, afferrando la giacca. — Vieni.

Stavano dirigendosi verso l'ingresso, quando Isabelle si precipitò fuori dalla sua stanza con indosso un accappatoio di cotone, una mascherina per dormire di seta rosa tirata sulla fronte e un'espressione mezzo intontita. — Sono le tre del mattino! — esclamò in un tono che insinuava qualche colpa di Jace, o magari di Clary. — Chi suona il campanello alle tre del mattino?

— Forse è l'Inquisitrice — disse Clary sentendo improvvisamente freddo.

— Lei può entrare senza suonare — osservò Jace. — Come tutti i Cacciatori. L'Istituto è chiuso solo ai mondani e ai Nascosti.

Clary sentì una stretta al cuore. — Simon! Deve essere lui!

— Oh, per l'amor del cielo — fece Isabelle con uno sbadiglio. — Ci sta svegliando a questa ora assurda solo per dimostrarti il suo amore o roba del genere? Non poteva chiamare? Gli uomini mondani sono dei veri idioti.

Raggiunsero l'ingresso, che era vuoto. Max doveva essersene andato a letto da solo.

Isabelle attraversò la stanza a grandi passi e spinse un interruttore sulla parete opposta.

Da qualche parte, all'interno della cattedrale, si sentì un rimbombo.

— Ecco — disse Isabelle. — L'ascensore sta arrivando.

— Non posso credere che Simon non abbia avuto la decenza e il buon senso di ubriacarsi e svenire in qualche canale di scolo — disse Jace. — Devo dire che sono piuttosto deluso del nostro amichetto.

Clary lo sentì a malapena. Una crescente sensazione di paura le rese il sangue lento e denso. Ricordò il suo sogno: gli angeli, il ghiaccio, Simon con le ali insanguinate. Rabbrividì.

Isabelle le rivolse uno sguardo solidale. — Fa *davvero* freddo qui dentro — osservò. Si allungò e prese uno spolverino di velluto blu da uno degli attaccapanni. — Tieni. Mettilo.

Clary si infilò lo spolverino e se lo strinse addosso. Era troppo lungo, ma caldo. Aveva anche un cappuccio bordato di raso che lei non tirò su per poter vedere le porte dell'ascensore che si aprivano...

... si aprirono su una scatola vuota, le cui pareti a specchio riflettevano la sua faccia pallida e allarmata. Senza fermarsi a pensare, Clary ci entrò.

Isabelle la guardò confusa. — Che fai?

— C'è Simon laggiù — disse Clary. — Lo so.

— Ma...

A un tratto, Jace le fu accanto e tenne le porte aperte per Isabelle. — Vieni, Izzy — disse. Con un sospiro teatrale, Isabelle li seguì.

Clary cercò di incrociare il suo sguardo, mentre in tre scendevano in silenzio e Isabelle si sistemava una lunga ciocca di capelli, ma Jace evitò di guardarla. Stava osservandosi con la coda dell'occhio nello specchio dell'ascensore, canticchiando piano come faceva spesso quando era nervoso. Clary ricordò il lieve tremore del suo tocco, quando l'aveva abbracciata alla Corte Seelie. Pensò all'espressione di Simon... e poi a quando era scappato via per allontanarsi da lei, svanendo fra le ombre al margine del parco. Si sentiva un groppo di paura nel petto senza sapere esattamente perché.

Le porte dell'ascensore si aprirono sulla navata centrale della cattedrale, illuminata dalla luce tremolante delle candele. Nella fretta di uscire, Clary superò Jace e percorse velocemente lo stretto corridoio tra i banchi. Inciampò nell'orlo dello spolverino troppo lungo e lo raccolse impaziente, quindi si precipitò verso l'ampio portale d'ingresso. I battenti erano sbarrati all'interno da catenacci di bronzo grossi quanto le sue braccia. Mentre si allungava verso quello più in alto, il campanello risuonò di nuovo nella chiesa. Clary sentì Isabelle sussurrare qualcosa a Jace, poi, mentre faceva leva sul catenaccio tirandolo indietro, si ritrovò sulla mano quella di Jace, che l'aiutò ad aprire le pesanti porte.

L'aria della notte scivolò dentro, facendo oscillare le fiamme delle candele. Sapeva di città: di sale e gas di scarico, di cemento freddo e immondizia, e, al di sotto di quegli odori familiari, un sentore penetrante di rame, come quello di un penny nuovo di zecca.

Dapprima Clary pensò che i gradini fossero deserti. Poi strizzò gli occhi e vide Raphael, i ricci neri scompigliati dalla brezza notturna, la camicia bianca aperta sul collo che lasciava intravedere la cicatrice nell'incavo della gola. Teneva tra le braccia un corpo. Fu tutto quello che Clary scorse mentre lo fissava sconcertata: *un corpo*. Qualcuno morto stecchito, le braccia e le gambe che penzolavano come corde molli, la testa riversa all'indietro, la gola dilaniata. Sentì la mano di Jace stringersi intorno al suo braccio come una morsa, e solo allora guardò più attentamente e vide la nota giacca di velluto con lo strappo nella manica sopra la maglietta blu, macchiata e sporca di sangue. E gridò.

Il grido non produsse alcun suono. Clary si sentì cedere le ginocchia, e sarebbe finita a terra se Jace non l'avesse sorretta. — Non guardare — le disse all'orecchio. — Per l'amor di Dio, non guardare.

Ma lei non poteva *non* guardare il sangue che imbrattava i capelli castani di Simon, la sua gola squarciata, le ferite lungo i polsi penzolanti. Puntini neri le annebbiarono la vista mentre respirava a fatica.

Fu Isabelle ad afferrare uno dei candelabri vuoti accanto alla porta e a rivolgerlo contro Raphael come un'alabarda a tre punte. — Che cos'hai fatto a Simon? — In quel momento, con la voce limpida e imperiosa, era tale e quale alla madre.

— *El no es muerto* — disse Raphael in tono piatto e privo di emozione, e depose Simon a terra, quasi ai piedi di Clary, con una delicatezza sorprendente. Si era dimenticata quanto fosse forte. Era magro e snello, ma aveva la forza mostruosa di un vampiro.

Alla luce delle candele che si riversava dalla porta, Clary vide che la maglietta di Simon era zuppa di sangue.

— Hai detto...

— Non è morto — fece Jace, tenendola più stretta. — Non è morto.

Clary si staccò da lui con un violento strattone e si inginocchiò sul cemento. Non provò alcun disagio a toccare la pelle insanguinata di Simon quando gli infilò le mani sotto la testa, portandosela in grembo. Provava soltanto lo spaventoso orrore infantile che ricordava di aver provato a cinque anni, quando aveva rotto la preziosa lampada Liberty di sua madre. *Non è niente*, disse una voce in un angolino del suo cervello. *Rimetteremo insieme i pezzi*.

— Simon — sussurrò toccandogli il viso. Non aveva più gli occhiali. — Simon, sono io.

— Non può sentirti — disse Raphael. — Sta morendo.

La testa di Clary si alzò di scatto. — Ma hai detto...

— Ho detto che non è morto — precisò Raphael. — Ma tra pochi minuti, forse una decina, il suo cuore cesserà di battere. È già del tutto incosciente.

Le braccia di Clary si strinsero senza volere intorno a Simon. — Dobbiamo portarlo all'ospedale... o chiamare Magnus.

— Non possono aiutarlo — disse ancora Raphael. — Voi non capite.

— No — fece Jace, la voce morbida come seta trapunta di aghi. — Non capiamo. E faresti meglio a spiegarti. Altrimenti devo supporre che tu sia solo un farabutto succhiasangue e strapparti il cuore. Come avrei dovuto fare l'ultima volta che ci siamo visti.

Raphael gli sorrise senza allegria. — Hai giurato di non farmi del male, Cacciatore. L'hai dimenticato?

— Io invece non ho giurato niente — disse Isabelle brandendo il candelabro.

Raphael la ignorò. Continuava a guardare Jace. — Mi sono ricordato di quella notte in cui avete fatto irruzione nell'Hotel Dumort in cerca del vostro amico. Per questo, quando l'ho trovato, l'ho portato qui — indicò Simon con un cenno — invece di lasciare che gli altri gli succhiassero il sangue fino a ucciderlo. Vedete, è entrato nell'hotel senza permesso, e perciò per noi era una preda lecita. Ma sapendo che era dei vostri l'ho tenuto in vita. Non ho alcuna intenzione di iniziare una guerra con i Nephilim.

— È entrato nell'hotel? — domandò Clary incredula. — Simon non può aver fatto una cosa così stupida e folle.

— Eppure l'ha fatto — disse Raphael con un sorriso appena accennato — perché aveva paura di diventare uno di noi e voleva sapere se il processo era reversibile. Ricorderete che mi ha morso quando era diventato un topo e siete venuti a riprenderlo.

— Molto intraprendente da parte sua — osservò Jace. — Lo apprezzo.

— Sarà — disse Raphael. — In ogni caso, quella volta gli è andato un po' del mio sangue in bocca. Come sapete, è così che ci passiamo l'un l'altro i poteri. Attraverso il sangue.

Attraverso il sangue. Clary ricordò improvvisamente quando Simon era scappato davanti al film *Dracula* in TV e quando aveva fatto una smorfia per la luce del sole, al McCarren Park. — Si era convinto che stava diventando uno di voi — disse. — È andato all'hotel per vedere se era vero.

— Già — fece Raphael. — Peccato che, se fosse rimasto tranquillo, col tempo probabilmente gli effetti del mio sangue sarebbero scomparsi. Adesso invece... — Fece un cenno eloquente verso il corpo floscio di Simon.

— Adesso cosa? — chiese Isabelle con una sfumatura aspra nella voce. — Adesso morirà?

— E rinascerà. E sarà un vampiro.

Il candelabro si inclinò in avanti, mentre Isabelle sgranava gli occhi. — Che cosa!?

Jace afferrò l'arma improvvisata prima che colpisse il pavimento. Quando si rivolse a Raphael, i suoi occhi erano inespressivi. — Stai mentendo.

— Aspetta e vedrai — disse Raphael. — Morirà e rinascerà sotto le forme di un Figlio della Notte. È anche per questo che sono venuto. Simon è uno dei miei, adesso. — Non c'era niente nella sua voce, né dolore né piacere, ma Clary non poté fare a meno di chiedersi che gioia nascosta potesse provare per quell'asso nella manica capitato tanto a proposito.

— Non c'è niente da fare? Nessun modo per rendere il processo reversibile? — domandò Isabelle con un filo di panico nella voce. Clary pensò freddamente che era strano come quei due, Jace e Isabelle, che non amavano certo Simon quanto lo amava lei, fossero gli unici a parlare. Ma forse parlavano al posto suo perché lei non riusciva a spiccicare parola.

— Potreste tagliargli la testa e bruciare il suo cuore nel fuoco, ma dubito che ve la sentiate.

— No! — Le braccia di Clary si strinsero intorno a Simon. — Non osare fargli del male.

— Non ne ho alcun bisogno — disse Raphael.

— Non parlavo con te. — Clary non alzò lo sguardo. — Non pensarci nemmeno, Jace. Non pensarci nemmeno.

Calò il silenzio. Clary sentì Isabelle prendere fiato... Quanto a Raphael, naturalmente, non respirava. Jace esitò un istante, quindi disse: — Clary, cosa vorrebbe Simon? È questo che vorrebbe per sé?

Clary sollevò la testa di scatto. Jace aveva lo sguardo abbassato su di lei, il candelabro a tre bracci ancora in mano, e a un tratto, nel quadro mentale di Clary, balenò l'immagine di Jace che teneva giù Simon e gli conficcava le punte del candelabro nel petto, facendo sprizzare il sangue come uno zampillo. — *Stai lontano da noi!* — gridò all'improvviso, così forte che vide in lontananza le figure che camminavano sul viale, davanti alla cattedrale, girarsi e guardarsi alle spalle, come spaventate dal rumore.

Jace divenne bianco fino alla radice dei capelli, così bianco che i suoi occhi spalancati sembravano dischi dorati, inumani e stranamente fuori posto. Disse: — Clary, non penserai...

All'improvviso Simon rantolò, inarcandosi tra le braccia di Clary, che gridò di nuovo e gli si aggrappò, tirandolo a sé. Il ragazzo aveva gli occhi spalancati, ciechi e terrorizzati. Allungò la mano verso l'alto. Clary non sapeva se cercasse di toccarle il viso o di graffiarla, non riconoscendola.

— Sono io — gli disse, spingendogli delicatamente la mano sul petto e intrecciando le proprie dita alle sue. — Simon, sono io. Sono Clary. — Le loro mani erano bagnate del sangue del ragazzo e delle lacrime che erano scivolate dal viso di Clary senza che lei se accorgesse. — Simon, ti amo — disse.

Le mani di Simon si strinsero alle sue. Espirò – un suono aspro, rantolante – e poi non inspirò più.

Ti amo. Ti amo. Ti amo. Mentre Simon si afflosciava tra le sue braccia, a Clary sembrò di sentirsi echeggiare nelle orecchie le ultime parole che gli aveva rivolto. A un tratto Isabelle le fu accanto e le disse qualcosa all'orecchio, ma Clary non poteva udirla. Era sopraffatta da un fragore di acqua che scorreva impetuosa, come una mareggiata in arrivo. Guardò Isabelle, che cercava vanamente di staccarle con delicatezza le mani da quelle di Simon. Si stupì. Non le pareva di tenerlo così saldamente.

Isabelle rinunciò, si alzò e si rivolse furiosa a Raphael. Gridava. A metà della sua tirata, l'udito di Clary riprese a funzionare, come una radio che si è finalmente sintonizzata su una stazione. — ...e *adesso* cosa dovremmo fare? — gridava Isabelle.

— Seppellirlo — rispose Raphael.

Il candelabro in mano a Jace dondolò di nuovo verso l'alto. — Non è divertente.

— E non deve esserlo — disse il vampiro imperterrito. — È così che veniamo creati. Veniamo dissanguati e sepolti. Poi usciamo dalla tomba a furia di scavare. È allora che nasce un vampiro.

Isabelle emise un lieve verso di disgusto. — Non credo che ne sarei capace.

— Alcuni infatti non ci riescono — disse Raphael. — Se non c'è nessuno pronto ad aiutarli a venir fuori, rimangono così, intrappolati sottoterra come topi.

Un suono proruppe dalla gola di Clary. Un singhiozzo crudo come un grido. — Non voglio metterlo sottoterra.

— Allora rimarrà così — fece Raphael, impietoso. — Morto, ma non del tutto. E non si sveglierà mai.

Stavano tutti a fissarla dall'alto. Isabelle e Jace trattenevano il respiro, in attesa della sua risposta. Raphael li guardava senza alcuna curiosità, quasi annoiato.

— Non sei entrato nell'Istituto perché non puoi, giusto? — chiese Clary. — Perché è terra consacrata e tu sei un sacrilego.

— Non è esattamente… — cominciò Jace, ma Raphael lo interruppe con un gesto.

— Devo avvertirvi — disse il giovane vampiro — che non c'è molto tempo. Più aspettiamo a metterlo sottoterra, meno probabilità avrà di uscirne.

Clary abbassò lo sguardo su Simon. Non fosse stato per le lunghe ferite sulla pelle nuda, poteva sembrare che dormisse. — Va bene, seppelliamolo — disse. — Ma voglio che sia fatto in un cimitero ebraico. E voglio essere là, quando si sveglierà.

Gli occhi di Raphael scintillarono. — Non sarà piacevole.

— Non c'è nulla di piacevole, in tutto questo. — Clary irrigidì la mascella. — Sbrighiamoci. Abbiamo solo poche ore prima dell'alba.

10
Un bel posticino appartato

Il cimitero era alla periferia di Queens, dove i condomini cedevano il passo a case vittoriane dall'aspetto lindo dipinte in rosa, bianco o azzurro. Le strade erano larghe e quasi deserte, il viale che portava al cimitero era illuminato da un unico lampione. Grazie agli stili, si introdussero facilmente attraverso il cancello chiuso e trovarono un punto abbastanza nascosto perché Raphael potesse mettersi a scavare. Era in cima a una collinetta riparata dalla strada sottostante da una folta striscia di alberi. Clary, Jace e Isabelle erano protetti da un incantesimo, ma non c'era modo di nascondere Raphael né il corpo di Simon, quindi la copertura fornita dagli alberi capitava a proposito.

Il versante della collinetta che non dava sulla strada era ricoperto da strati di lapidi, sopra molte delle quali era tracciata una stella di Davide. Splendevano bianche e lisce come latte alla luce della luna. In lontananza c'era un laghetto, la superficie ondulata da increspature lucenti. Un buon posto, pensò Clary. Un bel posto per venire e deporre fiori sulla tomba di qualcuno, per sedersi un po' e pensare alla sua vita, a cosa significava per te. Non altrettanto buono per venirci la notte celati dalle tenebre per seppellire un amico in una tomba di terra poco profonda senza neanche il beneficio di una bara o di un servizio funebre.

— Ha sofferto? — chiese Clary a Raphael.

Lui alzò gli occhi dallo scavo, appoggiandosi al manico della pala come il becchino dell'*Amleto*. — Che cosa?

— Simon. Ha sofferto? I vampiri gli hanno fatto male?

— No. Quella per dissanguamento non è poi una morte così brutta — disse piano Raphael con la sua voce musicale. — Il morso ti droga. È piacevole, come addormentarsi.

Clary fu travolta da un'ondata di vertigini e per un istante pensò di svenire.

— Clary. — La voce di Jace la riscosse dal torpore. — Vieni. Non devi stare ad assistere.

Le porse la mano. Guardando oltre lui, Clary vide Isabelle in piedi con la frusta in mano. Avevano avvolto in una coperta il corpo di Simon, che ora giaceva in terra ai suoi piedi, come se Isabelle facesse la guardia al cadavere. *Non al cadavere*, si disse furiosa Clary. *A lui. A Simon.*

— Voglio essere qui quando si sveglia.

— Lo so. Torneremo subito. — Visto che Clary non si muoveva, Jace la prese per il braccio e la trascinò via dalla radura, lungo il fianco dell'altura. Qui, proprio sopra la prima fila di tombe, c'erano dei massi; Jace si sedette su uno di essi, tirando su lo zip della giacca. Faceva molto freddo, là fuori. Per la prima volta in quella stagione Clary vide il proprio fiato quando espirò.

Si sedette sul masso accanto a Jace e fissò il laghetto sottostante. Sentiva i battiti ritmici della vanga di Raphael sul terreno e del terriccio rimosso che cadeva al suolo. Raphael non era umano, lavorava svelto. Non ci avrebbe messo molto a scavare una tomba. E Simon non era tanto grosso; la fossa non avrebbe dovuto essere troppo profonda.

Una fitta di dolore le trafisse l'addome. Si piegò in avanti, le mani allargate sullo stomaco. — Mi sento male.

— Lo so. È per questo che ti ho portato qui. Sembravi sul punto di vomitare sui piedi di Raphael.

Clary fece un lieve verso lamentoso.

— Magari gli avresti cancellato quel sorrisetto dalla faccia — osservò Jace con aria pensierosa. — C'è da considerare anche questo.

— Zitto. — Il dolore si era placato. Clary rovesciò la testa all'indietro guardando la luna, un cerchio scheggiato di una lucentezza argentea che fluttuava in un cielo di stelle. — È colpa mia.

— Non è colpa tua.

— Hai ragione. È colpa *nostra*.

Jace si girò verso di lei. La tensione delle sue spalle rivelava chiaramente che era esasperato. — Come ti viene in mente?

Clary lo guardò in silenzio per un momento. Doveva tagliarsi i capelli. Gli si arricciavano come tralci troppo lunghi, in viticci a spirale bianco-dorati alla luce della luna. Le cicatrici sul viso e sul collo sembravano incise con inchiostro metallico. Era bello, pensò con tristezza, bello, e in lui non c'era niente, non un'espressione, non l'inclinazione degli zigomi o la forma della mascella o la curva delle labbra che rivelasse una sia pur minima somiglianza con lei o con sua madre. A dire il vero non assomigliava neanche a Valentine.

— Cosa c'è? — chiese Jace. — Perché mi guardi così?

Avrebbe voluto gettarsi tra le sue braccia e singhiozzare e al tempo stesso prenderlo a pugni. Invece disse: — Se non fosse per quello che è successo alla Corte delle fate, Simon sarebbe ancora vivo.

Jace abbassò una mano e strappò con furia una zolla di erba dal terreno. Aveva ancora la terra attaccata alle radici. La gettò via. — Siamo stati costretti a fare quello che abbiamo fatto. Non l'abbiamo fatto né per divertirci né per ferirlo. E poi — aggiunse con l'ombra di un sorriso — sei mia sorella.

— Non dirlo così…

— Che cosa, "sorella"? — Jace scrollò la testa. — Quando ero piccolo scoprii che se ripetevi all'infinito e abbastanza velocemente una parola qualsiasi, perdeva ogni significato. Stavo a letto sveglio e mi dicevo di continuo: zucchero, specchio, sussurro, buio. Sorella — disse piano. — Tu sei mia sorella.

— Non importa quante volte lo ripeti, sarà sempre vero.

— E non importa cosa non mi lasci dire, anche quello sarà sempre vero.

— Jace! — Un'altra voce chiamò il suo nome. Era Alec, leggermente ansimante per la corsa. In una mano aveva un sacchetto di plastica nero. Dietro di lui avanzava Magnus, incredibilmente alto, magro e torvo, in un lungo soprabito di pelle che svolazzava al vento come l'ala di un pipistrello. Alec si fermò davanti a Jace e gli porse il sacchetto. — Ho portato il sangue — disse. — Come hai chiesto.

Jace aprì la parte superiore del sacchetto, ci sbirciò dentro e arricciò il naso. — Non sono sicuro di voler sapere dove l'hai preso.

— In una macelleria di Greenpoint — disse Magnus, raggiungendoli. — Dissanguano la carne per renderla *halal*. È sangue animale.

— Il sangue è sangue — disse Jace, e si alzò. Poi abbassò lo sguardo su Clary ed esitò. — Quando Raphael ha detto che non sarebbe stato piacevole, non mentiva. Puoi rimanere qui. Manderò Isabelle quaggiù ad aspettare con te.

Clary inclinò la testa all'indietro per guardarlo. La luce lunare le proiettava l'ombra dei rami sul viso. — Hai mai assistito alla nascita di un vampiro?

— No, ma io…

— Dunque non sai esattamente com'è, no? — Si alzò, e lo spolverino azzurro di Isabelle le ricadde intorno in pieghe fruscianti. — Voglio esserci. *Devo* esserci.

Vedeva solo in parte il viso di Jace nell'ombra, ma le parve che fosse quasi… impressionato. — So quanto sia inutile dirti che c'è qualcosa che non puoi fare. Andiamo.

Jace e Clary tornarono nella radura, precedendo di poco Magnus e Alec, che sembravano immersi in una discussione. Raphael stava pressando un rettangolo di terreno. Il corpo di Simon era sparito. Isabelle era seduta a terra, la frusta arrotolata in un cerchio dorato accanto alle caviglie. Tremava.

— Che freddo — disse Clary, stringendosi nello spolverino. Almeno il velluto era caldo. Cercò di ignorare il fatto che l'orlo era macchiato del sangue di Simon. — È come se durante la notte fosse arrivato l'inverno.

— Rallegrati che non sia davvero inverno — disse Raphael appoggiando la vanga al tronco di un albero vicino. — Il suolo ghiaccia come ferro, in inverno. A volte è impossibile scavare e l'uccellino deve aspettare mesi, morendo di fame sottoterra, prima di poter sbucare fuori.

— È così che li chiamate? Uccellini? — chiese Clary. La parola le sembrava inadatta, in ogni caso troppo familiare. La faceva pensare agli anatroccoli.

— Sì — disse Raphael. — Come i piccoli volatili appena nati o appena usciti dal nido. — A quel punto scorse Magnus, e per una frazione di secondo sembrò sorpreso, quindi cancellò con cura ogni espressione dai propri lineamenti. — Sommo Stregone. Non mi aspettavo di vederti qui.

— Ero curioso — disse Magnus, gli occhi da gatto che scintillavano. — Non ho mai visto nascere un Figlio della Notte.

Raphael gettò un'occhiata a Jace, che se ne stava pigramente appoggiato al tronco di un albero. — Avete amicizie incredibilmente illustri, Cacciatore.

— Stai di nuovo parlando di te? — chiese Jace, spianando la terra smossa con la punta dello stivale. — Mi sembri un po' spocchioso.

— Forse intendeva me — disse Alec. Tutti lo guardarono sorpresi. Alec faceva raramente battute. Sorrise nervoso. — Scusate, è la tensione.

— Non ce n'è bisogno — disse Magnus, allungando una mano verso la spalla di Alec. Questo si mise svelto fuori tiro, e la mano ricadde sul fianco dello stregone.

— Allora, che si fa adesso? — domandò Clary, abbracciandosi per stare più calda. Sembrava che il gelo fosse penetrato in ogni poro della sua pelle. Faceva decisamente troppo freddo per essere fine estate.

Raphael, notando il suo gesto, sorrise impercettibilmente. — Fa sempre freddo quando nasce un vampiro — disse. — L'uccellino trae forza dalle cose vive che lo circondano, prendendo da loro l'energia per nascere.

Clary lo fulminò con uno sguardo pieno di risentimento. — Non mi pare che tu senta freddo.

— Io non sono vivo. — Raphael indietreggiò leggermente dall'orlo della tomba (Clary si costrinse a considerarla una tomba, perché in fondo era ciò che era) e fece cenno agli altri di imitarlo. — Fate spazio. Simon non potrà venire fuori se gli state tutti sopra.

Indietreggiarono alla svelta. Clary si sentì stringere il gomito da Isabelle, e quando si girò vide che l'altra ragazza era bianca come un cencio. — Cosa c'è che non va?

— Tutto — disse Isabelle. — Clary, forse avremmo dovuto lasciarlo andare...

— Lasciarlo morire, vuoi dire. — Clary liberò con forza il braccio dalla sua stretta. — È così che la pensi, si capisce. Pensi che chiunque non sia esattamente come te farebbe comunque meglio a morire.

Il viso di Isabelle era il ritratto dell'infelicità. — Non è...

Un suono attraversò la radura, un suono diverso da tutti quelli che Clary avesse mai sentito fino ad allora... una specie di ritmo martellante che veniva dal profondo della terra, come se a un tratto il battito cardiaco del mondo fosse diventato udibile.

Che succede? pensò. Dopodiché il terreno si gonfiò e si sollevò sotto di lei, facendola cadere in ginocchio. La tomba ondeggiava come la superficie di un mare mosso. Sulla sua superficie comparvero delle increspature. All'improvviso si spalancò, facendo volare zolle di terra. Ne sorse una montagnola simile a un formicaio. In mezzo c'era una mano, le dita aperte, che artigliava la terra.

— *Simon!* — Clary cercò di lanciarsi in avanti, però Raphael la tirò indietro.

— Lasciami andare! — Clary cercò di divincolarsi, ma Raphael aveva una stretta d'acciaio. — Non vedi che ha bisogno di aiuto?

— Dovrebbe farlo da solo — disse il vampiro senza allentare la presa. — È meglio in questo modo.

— È il tuo modo! Non il mio! — Clary si liberò dalla morsa e corse verso la tomba appena scavata proprio mentre essa si sollevava verso l'alto, scagliandola a terra. Una forma ingobbita cercava di uscirne, le dita come artigli sudici conficcati in profondità nel suolo. Le sue braccia nude erano coperte di nere strisce di terra e di sangue. Si liberò con uno strappo dalla tomba che lo risucchiava, strisciò per un paio di metri e crollò al suolo.

— Simon — sussurrò Clary. Perché naturalmente era Simon, Simon, non un *cadavere*. Si alzò a fatica e corse verso di lui, con le scarpe da ginnastica che affondavano nella terra smossa.

— Clary! — gridò Jace. — Cosa stai facendo?

Clary inciampò, la gamba le sprofondò nella terra e le si storse la caviglia. Cadde in ginocchio accanto a Simon, che era disteso immobile come se fosse davvero morto. Aveva i capelli sporchi e aggrovigliati, pieni di grumi di terra, la maglietta strappata sul fianco lasciava intravedere la pelle sporca di sangue. — Simon — disse, e allungò la mano verso la sua spalla. — Simon, stai...

Il corpo del ragazzo si tese sotto le sue dita, ogni muscolo si irrigidì, la pelle dura come il ferro.

— ... bene? — terminò.

Simon girò la testa e Clary vide i suoi occhi. Erano inespressivi, senza vita. Con un grido acuto lui rotolò e le saltò addosso, rapido come un serpente che attacca. La travolse e la sbatté con la schiena a terra. — Simon! — gridò lei, ma lui non sembrò sentirla. Aveva il viso contorto, irriconoscibile, mentre incombeva su di lei, le labbra ritratte, e Clary vide i canini acuminati, le zanne, scintillare alla luce della luna come bianchi chiodi d'osso. In preda a un improvviso terrore gli sferrò un calcio, ma Simon la agguantò per le spalle e la spinse di nuovo giù. Aveva le mani insanguinate, le unghie spezzate, ma era incredibilmente forte, perfino più forte dei suoi muscoli da Cacciatrice. Quando si piegò su di lei, le ossa delle spalle di Clary stridettero dolorosamente...

Poi qualcuno lo tirò e lo scagliò via come se non pesasse più di un sassolino. Clary balzò in piedi senza fiato e incrociò lo sguardo torvo di Raphael. — Te l'avevo detto di stargli lontana — disse lui, e si girò per inginocchiarsi accanto a Simon, che era atterrato poco distante e stava raggomitolato a terra, contorcendosi.

Clary risucchiò l'aria. Sembrò un singhiozzo. — Non mi riconosce.

— Ti riconosce. Ma non gliene importa niente. — Raphael guardò Jace al di sopra della spalla. — Sta morendo di fame. Ha bisogno di sangue.

Jace, che era rimasto pallido e immobile sull'orlo della tomba, avanzò e porse il sacchetto di plastica in silenzio, come un'offerta. Raphael l'afferrò e lo strappò. Ne cadde fuori un certo numero di involucri trasparenti pieni di liquido rosso. Ne afferrò uno borbottando e lo lacerò con le unghie acuminate, schizzandosi di sangue la camicia bianca sporca di terra.

Come avvertendo l'odore del sangue, Simon si raddrizzò ed emise un lamento pietoso. Si contorceva ancora; le mani dalle unghie spezzate erano conficcate a terra e gli occhi rovesciati lasciavano vedere il bianco. Raphael allungò l'involucro pieno di sangue, lasciando cadere qualche goccia di liquido scarlatto sul viso di Simon e rigandogli di rosso la pelle bianca. — Ecco — disse, come cantilenando. — Bevi, piccolo uccellino. Bevi.

E Simon, che era vegetariano da quando aveva dieci anni, che non beveva latte che non fosse biologico, che sveniva alla vista degli aghi... Simon afferrò il sacchetto dalla mano bruna di Raphael e lo strappò coi denti. Ingoiò il liquido in poche sorsate e gettò via l'involucro con un altro lamento; Raphael, che era pronto con il secondo, glielo ficcò in mano. — Non bere troppo velocemente — lo avvertì. — Ti sentirai male. — Simon, naturalmente, lo ignorò; era riuscito ad aprire il secondo sacchetto senza bisogno di aiuto e ne inghiottiva avidamente il contenuto. Il sangue gli scorreva dagli angoli della bocca, lungo la gola, spruzzandogli le mani di grosse gocce vermiglie. Aveva gli occhi chiusi.

Raphael si girò a guardare Clary, che si sentiva fissata anche da Jace e dagli altri, tutti con identiche espressioni di orrore e disgusto. — La prossima volta che si nutrirà — disse calmo Raphael — non sarà così pasticcione.

Pasticcione. Clary distolse lo sguardo e si allontanò incespicando dalla radura. Sentì Jace che la chiamava, ma lo ignorò e, una volta raggiunti gli alberi, cominciò a correre. Era a metà della collinetta, quando il dolore l'assalì. Cadde in ginocchio soffocando, mentre tutto ciò che aveva nello stomaco le tornava su in un fiotto doloroso. Quando si riprese, strisciò per qualche metro ma crollò di nuovo a terra. Sapeva che probabilmente stava sopra una tomba, ma non gliene importava. Posò il viso ardente sulla terra fredda e pensò per la prima volta che, tutto sommato, forse i morti non erano così sfortunati.

11
Fumo e acciaio

L'unità di terapia intensiva del Beth Israel Hospital ricordava sempre a Clary certe foto dell'Antartide che aveva visto: era fredda e trasmetteva un senso di estraneità, e tutto era bianco, grigio o azzurrino. Le pareti della stanza di sua madre erano bianche, i tubi che serpeggiavano intorno alla sua testa e le file di strumenti che ronzavano intorno al letto grigie, la coperta tirata sul petto azzurrina. Il suo viso era bianco. L'unica macchia di colore nella stanza erano i capelli rossi di Jocelyn che fiammeggiavano sulla distesa nivea del cuscino come una bandiera vivace e fuori posto piantata al Polo Sud.

Clary si chiese come facesse Luke a pagare quella stanza privata, da dove venissero i soldi e come se li fosse procurati. Gliel'avrebbe chiesto quando fosse tornato dal brutto baretto del terzo piano, dove era andato a prendere un caffè al distributore automatico. Quel caffè sembrava catrame e ne aveva anche il sapore, ma Luke pareva dipendente da quella roba.

Le gambe metalliche della sedia accanto al letto stridettero sul pavimento quando Clary vi si sedette lentamente, lisciandosi la gonna sulle gambe. Ogni volta che andava a trovare sua madre in ospedale si sentiva nervosa e con la bocca secca, come se stesse per mettersi nei pasticci per qualche motivo. Forse perché le uniche volte che aveva visto il viso di Jocelyn così, spento e inanimato, era quando stava per esplodere per la rabbia.

— Mamma — disse. Allungò il braccio e prese la mano sinistra di Jocelyn. La sua pelle, sempre ruvida e screpolata, macchiata di tintura e trementina, al tatto ricordava la corteccia di un albero. Clary ripiegò le dita intorno a quelle della madre, sentendosi salire un groppo in gola. — Mamma, io... — Si schiarì la voce. — Luke dice che puoi sentirmi. Non so se sia vero o no. In ogni caso, sono venuta perché ho bisogno di parlarti. Va bene se non mi risponderai. Vedi, si tratta di... — Deglutì e guardò verso la finestra, che lasciava apparire una striscia di cielo azzurro sopra il muro di mattoni di fronte all'ospedale. — ... di Simon. Gli è successa una cosa. E la colpa è mia.

Ora che non guardava in faccia sua madre, la storia le uscì di getto, dal principio alla fine: come aveva incontrato Jace e gli altri Cacciatori, la ricerca della Coppa Mortale, il tradimento di Hodge e la battaglia a Renwick, la scoperta che Valentine era padre suo e di Jace. Non tralasciò gli avvenimenti più recenti: la visita notturna alla Città di Ossa, l'odio dell'Inquisitrice per Jace e la donna dai capelli argentei. Quindi raccontò a sua madre della Corte Seelie, del prezzo richiesto dalla Regina e di cosa era successo a Simon. Sentiva le lacrime bruciarle la gola mentre parlava, ma era un sollievo farlo, sfogarsi con qualcuno, anche se quel qualcuno, probabilmente, non poteva sentirla.

— Perciò, tutto sommato — disse alla fine — ho fatto davvero un gran casino. Una volta, ricordo, hai detto che si cresce quando, guardandosi indietro, si cominciano a vedere cose che si vorrebbe poter cambiare. Immagino significhi che adesso sono cresciuta. È solo che… che… — *Pensavo che tu ci saresti stata, quando sarebbe successo.* Si sentì soffocare per le lacrime, proprio mentre qualcuno alle sue spalle si schiariva la voce.

Clary si girò e vide Luke sulla porta con una tazza di plastica in mano. Sotto le luci fluorescenti dell'ospedale notò quanto fosse stanco. Aveva un po' di grigio tra i capelli, e la camicia di flanella azzurra era spiegazzata.

— Da quanto tempo sei lì?

— Non molto — disse Luke. — Ti ho portato del caffè. — Allungò la tazza, ma lei rifiutò con un cenno.

— Odio questa roba. Sa di piedi.

A quelle parole Luke sorrise. — Come fai a sapere di che cosa sanno i piedi?

— Lo so e basta. — Si piegò in avanti e, prima di alzarsi, baciò la guancia fredda di Jocelyn. — Ciao, mamma.

Il pickup blu di Luke si trovava nel parcheggio sotto l'ospedale. Luke parlò soltanto dopo che si furono immessi nella FDR Highway.

— Ho sentito quello che hai detto in ospedale.

— *Mi era parso* che stessi origliando. — Clary parlò senza rabbia. Non c'era niente di quanto aveva detto a sua madre che Luke non potesse sapere.

— Non hai colpa di quello che è successo a Simon.

Clary sentì le parole, ma sembrarono rimbalzarle addosso come se fosse circondata da un muro invisibile. Come il muro che Hodge le aveva costruito attorno quando l'aveva denunciata a Valentine. Era intorpidita, come se fosse imprigionata nel ghiaccio.

— Mi hai sentito, Clary?

— È carino quello che hai detto, ma non è vero. Tutto quello che è successo a Simon è stato colpa mia.

— Perché era arrabbiato con te quando è tornato all'Hotel Dumort? Non è tornato all'albergo *perché* era arrabbiato con te, Clary. Ho già sentito di situazioni del genere. Li chiamano "oscuri", quelli che sono trasformati a metà. Si sarebbe comunque sentito spinto verso l'hotel da un impulso che non poteva controllare.

— Perché aveva dentro di sé il sangue di Raphael. Ma questo non sarebbe mai successo se non fosse stato per me, se non lo avessi portato a quella festa...

— Pensavi che il posto fosse sicuro. Non lo stavi esponendo ad alcun pericolo a cui non esponessi te stessa. Non puoi torturarti così — disse Luke, svoltando per il ponte di Brooklyn. L'acqua scivolava sotto di loro in onde di un grigio argenteo. — È inutile.

Clary sprofondò ancora di più nel sedile, stringendo le dita intorno alle maniche della maglia verde con il cappuccio. I bordi erano consumati e i fili le solleticavano la guancia.

— Senti — continuò Luke. — Da quando lo conosco, c'è sempre stato un posto in cui Simon voleva stare, e si è sempre fatto in quattro per arrivarci e rimanerci.

— Sarebbe?

— Ovunque fossi tu — rispose Luke. — Ricordi quando a dieci anni cadesti da quell'albero, alla fattoria, e ti rompesti il braccio? Ricordi come lui convinse gli infermieri a farlo salire con te sull'ambulanza che ti portò all'ospedale? Scalciò e urlò finché non cedettero.

— Tu ti mettesti a ridere — disse Clary al ricordo — e mia madre ti diede un pugno sulla spalla.

— Era difficile non ridere. Una determinazione come quella, in un ragazzino di dieci anni, è un vero spettacolo. Sembrava un pit bull.

— Sempre che i pit bull portino gli occhiali e siano allergici all'ambrosia.

— Quel genere di lealtà non ha prezzo — disse Luke, più seriamente.

— Lo so. Non farmi sentire peggio.

— Clary, ti sto dicendo che è stato lui a decidere. Quello di cui ti stai incolpando è di *essere quello che sei*. E questo non è colpa di nessuno e di nulla che tu possa cambiare. Gli hai detto la verità e lui si è comportato come meglio credeva. Tutti dobbiamo fare delle scelte e nessuno ha il diritto di negarcele, nemmeno per amore.

— Ma è proprio questo il punto — disse Clary. — Quando ami qualcuno, non hai scelta. — Pensò a come le si era stretto il cuore quando Isabelle l'aveva chiamata per dirle che Jace era scomparso. Era uscita di casa senza esitare, senza pensarci un attimo. — L'amore ti nega ogni scelta.

— Allora è meglio il contrario: l'assenza di amore. — Luke guidò il pickup verso Flatbush Avenue. Clary non ribatté; si limitò a guardare dal finestrino. La zona subito dopo il ponte non era tra le più belle di Brooklyn; la strada era fiancheggiata da brutti palazzi di uffici e da carrozzerie. Di solito Clary detestava quel posto, ma adesso si adattava al suo stato d'animo. — Hai notizie di...? — cominciò Luke, decidendo evidentemente che era ora di cambiare argomento.

— Simon? Sì, lo sai.

— Veramente stavo per dire Jace.

— Oh. — Jace l'aveva chiamata al cellulare parecchie volte e aveva lasciato dei messaggi. Clary non aveva risposto e neppure richiamato. Non parlargli era la sua penitenza per ciò che era successo a Simon. Era la peggiore punizione che potesse infliggersi. — No.

La voce di Luke era prudentemente neutra. — Dovresti farlo. Giusto per vedere se sta bene. Mi sa che sta passando un brutto momento, considerato...

Clary si agitò sul sedile. — Pensavo che avessi chiamato Magnus. Ti ho sentito parlare con lui di Valentine e di tutta la faccenda della Trasformazione della Spada dell'Anima. Sono sicura che lui potrebbe dirti se Jace sta bene o no.

— Magnus può rassicurarmi sulla salute fisica di Jace. Quanto alla sua salute mentale...

— Scordatelo. Non lo chiamerò. — Clary sentì la freddezza nella propria voce e ne fu quasi scioccata. — Adesso devo stare accanto a Simon. Neanche la sua, di salute mentale, va alla grande.

Luke sospirò. — Se ha problemi ad accettare la sua condizione, forse dovrebbe...

— Certo che ha problemi! — Clary lanciò uno sguardo accusatore a Luke, che però era concentrato sul traffico e non se ne accorse. — Nessuno più di te può capire che effetto fa...

— Svegliarsi un giorno e rendersi conto di essere un mostro? — Luke non sembrava amareggiato, solo stanco. — Hai ragione, lo capisco. E se mai vorrà parlarmi, sarò felice di dirgli tutto, al riguardo. Ce la farà, anche se ora è convinto del contrario.

Clary aggrottò la fronte. Il sole stava tramontando proprio dietro di loro, facendo scintillare come oro lo specchietto retrovisore. Le si irritarono gli occhi per la luce intensa. — Non è la stessa cosa. Almeno tu sei cresciuto sapendo che i lupi mannari sono reali. Prima di poter dire a qualcuno che è un vampiro, bisogna innanzitutto convincerlo che i vampiri *esistono*.

Sembrò che Luke stesse per dire qualcosa, poi cambiò idea. — Hai ragione. — Adesso erano a Williamsburg e percorrevano la Kent Avenue semideserta, fiancheggiata da alti magazzini. — Ah, gli ho portato una cosa. È nel vano portaoggetti. Giusto nel caso in cui...

Clary fece scattare l'apertura del vano portaoggetti e aggrottò le sopracciglia. Ne estrasse un opuscolo ripiegato, di quelli impilati negli espositori delle sale d'aspetto degli ospedali. — *Come fare coming out con i propri genitori* — lesse ad alta voce. — LUKE! Non essere ridicolo. Simon non è gay, è un vampiro.

— Lo so, ma l'opuscolo parla di come rivelare ai propri genitori verità difficili su se stessi che forse loro non vogliono affrontare. Magari potrebbe adattare uno dei discorsi o limitarsi a seguire i consigli in generale...

— Luke! — Clary parlò in tono talmente brusco che Luke inchiodò con un gran stridore di freni. Erano proprio davanti a casa sua. Alla loro sinistra l'acqua dell'East River mandava cupi bagliori, il cielo era striato di fuliggine e ombre. Un'altra ombra, più scura, era accovacciata nel portico.

Luke socchiuse gli occhi. Nella forma di lupo, le aveva detto, aveva una vista perfetta, ma in quella umana rimaneva miope. — È...

— Simon. Sì. — Clary ne aveva riconosciuto la sagoma. — Meglio che vada a parlargli.

— Certo. Io ho, ehm, qualche commissione da sbrigare. Delle compere da fare.

— Che compere?

La mandò via con un cenno della mano. — Un po' di spesa. Sarò di ritorno tra mezz'ora. Ma non state fuori. Entrate in casa e chiudetevi a chiave.

— Non c'è bisogno che tu me lo dica.

Clary guardò il pickup allontanarsi veloce, quindi si girò verso la casa. Il cuore le martellava. Aveva parlato alcune volte con Simon al telefono, ma non lo aveva visto da quando lo avevano portato, stordito e macchiato di sangue, a casa di Luke, nella scura alba di quella orribile mattina, per dargli una pulita prima di accompagnarlo a casa. Clary pensava che sarebbe dovuto andare all'Istituto, ma naturalmente era impossibile. Simon non avrebbe più rivisto l'interno di una chiesa o di una sinagoga.

Lo aveva guardato risalire il vialetto verso la porta di casa sua, le spalle ingobbite come se camminasse contro un vento impetuoso. Quando la luce sotto il portico s'era accesa automaticamente, lui era indietreggiato, e Clary aveva capito che Simon l'aveva fatto perché l'aveva scambiata per luce del sole. E aveva cominciato a piangere, sul sedile posteriore del pickup, con le lacrime che le colavano sullo strano Marchio nero sull'avambraccio.

— Clary — le aveva sussurrato Jace, e aveva allungato la mano per prendere la sua, ma lei si era ritratta proprio come Simon si era ritratto dalla luce. Non voleva toccarlo. Non lo avrebbe più toccato. Era la sua penitenza, il prezzo che avrebbe pagato per quello che aveva fatto a Simon.

Adesso, mentre saliva i gradini della casa di Luke, aveva la bocca secca e la gola gonfia per la pressione delle lacrime. Si disse di non piangere. Piangendo l'avrebbe solo fatto sentire peggio.

Simon era seduto all'ombra, nell'angolo del portico, e la guardava. Clary vedeva scintillare i suoi occhi nell'oscurità. Si chiese se anche prima avessero quel tipo di luce; non lo ricordava. — Simon?

Lui si alzò con un unico movimento aggraziato che le mandò un brivido su per la schiena. Se c'era una cosa che Simon non aveva mai avuto era una simile grazia nei movimenti. Ma c'era qualcos'altro in lui, qualcosa di diverso...

— Mi dispiace di averti spaventato. — Parlava con cautela, quasi in tono formale, come se fossero due estranei.

— Va tutto bene, è solo che... Da quant'è che sei qui?

— Da non molto. Posso muovermi solo dopo il tramonto, sai? Ieri ho sporto per caso la mano due centimetri fuori dalla finestra e mi sono quasi carbonizzato le dita. Per fortuna guarisco in fretta.

Clary cercò le chiavi, aprì la porta, la spalancò. Una luce fioca si riversò fuori. — Luke ha detto che dovremmo stare dentro.

— Perché le creature cattive — disse Simon superandola — spuntano solo al buio.

Il salotto era soffuso di una calda luce gialla. Clary chiuse la porta alle loro spalle e diede alcune mandate. Lo spolverino azzurro di Isabelle era ancora appeso a un gancio nell'ingresso. Avrebbe voluto portarlo a un lavasecco per vedere se potevano togliere le macchie di sangue, ma non ne aveva avuto l'occasione. Lo fissò per un momento, per farsi coraggio prima di guardare Simon.

Il ragazzo stava in mezzo alla stanza con le mani ficcate nelle tasche della giacca. Portava dei jeans e una logora maglietta con la scritta I LOVE NEW YORK che era appartenuta al padre. Tutto in lui le era familiare, eppure sembrava un estraneo.

— I tuoi occhiali — disse Clary rendendosi conto solo ora di che cosa le era sembrato strano, nel portico. — Non li porti.

— Hai mai visto un vampiro con gli occhiali?

— Be', no, ma...

— Non ne ho più bisogno. A quanto pare avere una vista perfetta fa parte del gioco. — Si lasciò cadere sul divano e Clary lo raggiunse, sedendosi accanto a lui, ma non troppo. Da vicino vide quanto era pallida e diafana la sua pelle, con il tracciato azzurro delle vene subito sotto la superficie. Senza lenti, i suoi occhi erano grandi e scuri e le ciglia simili a tratti di inchiostro nero. — Naturalmente mi toccherà portarli ancora, in casa, altrimenti mia madre darà di matto. Oppure dovrò dirle che porto le lenti a contatto.

— Dovrai dirglielo e basta — disse Clary con più fermezza di quanta sentisse di avere. — Non puoi nascondere la tua... la tua condizione per sempre.

— Posso provarci. — Simon si passò una mano tra i capelli neri, la bocca contratta. — Clary, cosa devo *fare*? Mia madre continua a portarmi roba da mangiare e io devo buttarla dalla finestra... Non sono uscito per due giorni, ma non so quanto a lungo potrò fingere di avere l'influenza. Alla fine mi porterà dal dottore e allora cosa succederà? Non ho *battito cardiaco*. Le dirà che sono *morto*.

— Oppure ti descriverà come un miracolo medico — disse Clary.

— Non è divertente.

— Lo so, provavo a...

— Continuo a pensare al sangue — disse Simon. — Me lo sogno. Mi sveglio pensandoci. Tra non molto ci scriverò su delle poesie.

— Non hai quelle bottiglie di sangue che ti ha dato Magnus? Non le stai finendo, vero?

— Ce le ho. Sono nel mio minifrigo. Ma ne restano tre. — La sua voce era fievole per la tensione. — E quando rimarrò a secco?

— Non succederà. Te ne procureremo delle altre — disse Clary, mostrandosi più sicura di quanto non fosse. Immaginava che avrebbe sempre potuto rivolgersi al locale fornitore di sangue di agnello di Magnus, un amico, ma tutta la faccenda le dava la nausea. — Senti, Simon, Luke pensa che dovresti dirlo a tua madre. Non puoi nasconderglielo per sempre.

— Posso provarci, dannazione.

— Pensa a Luke — fece Clary in tono disperato. — Puoi ancora fare una vita normale.

— E noi due? Lo vuoi un ragazzo vampiro? — Rise amaramente. — Perché prevedo molti picnic romantici nel nostro futuro. Tu che bevi una piña colada. Io che bevo il sangue di una vergine.

— Consideralo un handicap — lo incalzò Clary. — Devi solo imparare a conviverci. Ci sono un sacco di persone che lo fanno.

— Non sono sicuro di essere una persona. Non più.

— Lo sei per me — disse Clary. — In ogni caso, lo stato umano è sopravvalutato.

— Almeno Jace non potrà più chiamarmi *mondano*. Che cos'hai lì? — chiese Simon, notando l'opuscolo ancora arrotolato nella mano sua sinistra.

— Oh, questo? — Clary lo sollevò. — *Come fare coming out con i propri genitori*.

Simon fece tanto d'occhi. — C'è qualcosa che devi dirmi?

— Non è per me. È per te. — Glielo porse.

— Non devo fare coming out con mia madre — disse Simon. — Già mi crede gay perché non mi interessa lo sport e non ho ancora avuto una sfilza di ragazze. Non che lei sappia, comunque.

— Ma devi confessare di essere un vampiro — osservò Clary. — Luke pensava che magari, sai, potresti servirti di uno dei discorsi suggeriti nell'opuscolo, soltanto usando le parole "morto vivente" al posto di...

— Ho capito, ho capito. — Simon aprì l'opuscolo. — Ecco, farò un po' di pratica con te. — Si schiarì la voce. — "Mamma. Ho qualcosa da dirti. Sono un morto vivente. Ora, so che potresti avere dei preconcetti sui morti viventi. So che potresti non sentirti a tuo agio all'idea che sono un morto vivente. Ma sono qui per dirti che i morti viventi sono esattamente come me e te." — Rimase un attimo in silenzio. — Be', okay, forse più come me che come te.

— SIMON.

— Va bene, va bene. — Continuò: — "La prima cosa che devi capire è che sono la stessa persona di sempre. Essere un morto vivente non è la cosa più importante di me. È solo una parte di quello che sono. La seconda cosa che dovresti sapere è che non è una scelta. Sono nato così." — Simon le lanciò un'occhiata di traverso al di sopra dell'opuscolo. — Pardon, *rinato* così.

Clary sospirò. — Non ci provi *seriamente*.

— Per lo meno posso dire che mi avete seppellito in un cimitero ebraico — disse Simon, mettendo da parte l'opuscolo. — Forse dovrei andare per gradi. Dirlo prima a mia sorella.

— Se vuoi, ti starò vicina. Magari potrò aiutarle a capire.

Alzò lo sguardo su di lei, sorpreso, e Clary vide le crepe nella sua armatura di amara ironia, e la paura che c'era sotto. — Lo faresti?

— Io... — cominciò Clary, ma fu interrotta da un assordante stridore di pneumatici e da un rumore di vetri rotti. Balzò in piedi e corse verso la finestra con Simon a fianco. Tirò la tenda e guardò fuori.

Il pickup di Luke si era fermato sul prato, il motore che continuava a girare, e sul vialetto erano disegnate scure strisce di gomma bruciata. Una delle luci anteriori era accesa, l'altra era fracassata, c'era una macchia scura sulla griglia del radiatore... e una sagoma ingobbita, bianca e immobile sotto le ruote anteriori. La bile salì alla gola di Clary. Luke aveva investito qualcuno? Ma no... Cacciò via impaziente l'incantesimo come se togliesse via dello sporco da una finestra.

La cosa sotto le ruote di Luke non era umana. Era liscia, bianca, quasi larvale, e si contorceva come un verme fissato a un'asse con uno spillo.

La portiera del guidatore si spalancò e ne balzò fuori Luke. Ignorando la creatura bloccata sotto le ruote, si lanciò attraverso il prato verso il portico. Seguendolo con lo sguardo, Clary vide una sagoma scura stesa scompostamente là nell'ombra. Questa era *umana*, piccola, con i capelli chiari raccolti in trecce…

— È la ragazza lupa mannara. Maia. — Simon sembrava stupefatto. — Che cosa è successo?

— Non lo so. — Clary prese lo stilo da uno scaffale. Scesero rumorosamente i gradini e corsero verso le ombre dove Luke era accovacciato con le mani sulle spalle di Maia. La sollevò e la appoggiò delicatamente al fianco del portico. Da vicino, Clary vide che aveva la maglietta strappata sul davanti e una spalla ferita, dalla quale sgorgava lento il sangue.

Simon si fermò di colpo. Clary, andandogli quasi addosso, sussultò per la sorpresa e gli lanciò un'occhiata inquieta, prima di capire. *Il sangue*. Simon ne aveva paura, aveva paura di guardarlo.

— Sta bene — disse Luke, mentre Maia ruotava la testa e gemeva. Le schiaffeggiò piano la guancia, e gli occhi della ragazza tremolarono e si aprirono. — Maia. Maia, puoi sentirmi?

Lei sbatté le palpebre e annuì, stordita. — Luke? — sussurrò. — Che è successo? — Sussultò. — La mia spalla…

— Vieni. Meglio che ti porti in casa. — Luke la sollevò tra le braccia, e Clary ricordò di averlo trovato sempre incredibilmente forte, per essere una persona che lavorava in libreria. Se lo spiegava con tutto quello spostare casse pesanti di qua e di là. Adesso sapeva come stavano le cose. — Clary. Simon. Venite.

Tornarono dentro, dove Luke depose Maia sul malandato divano di velluto grigio. Mandò Simon a prendere di corsa una coperta e Clary in cucina a recuperare un asciugamano bagnato. Quando tornò, Clary trovò Maia appoggiata a uno dei cuscini, accaldata e febbricitante. Parlava svelta e nervosamente con Luke: — Stavo attraversando il prato, quando… ho fiutato qualcosa. Qualcosa di marcio, come immondizia. Mi sono girata e mi ha colpito…

— Che cosa ti ha colpito? — domandò Clary, porgendo l'asciugamano a Luke.

Maia aggrottò la fronte. — Non l'ho visto. Mi ha sbattuta a terra, poi… ho cercato di allontanarlo a calci, ma era troppo veloce…

— Io l'ho visto — disse Luke, la voce piatta. — Mi stavo avvicinando a casa e ti ho scorto mentre attraversavi il prato… E poi l'ho visto, che ti seguiva nell'ombra. Ho provato ad avvertirti gridando dal finestrino, ma non mi hai sentito. Poi ti ha sbattuto a terra.

— *Che cosa* la seguiva? — chiese Clary.

— Un demone Drevak — rispose Luke con voce cupa. — Sono ciechi. Seguono l'odore. Sono salito con la macchina sul prato e l'ho schiacciato.

Clary guardò fuori dalla finestra verso il pickup. La cosa che si contorceva sotto le ruote, incredibilmente, era sparita… Quando morivano, i demoni tornavano sempre nella loro dimensione originaria. — Perché avrebbe attaccato Maia? — Un pensiero le balenò in testa e le fece abbassare la voce: — Pensi che c'entri Valentine? È alla ricerca di sangue di lupo mannaro per il suo incantesimo? L'ultima volta era stato interrotto…

— Non credo — disse Luke con sua grande sorpresa. — I demoni Drevak non succhiano il sangue e non possono certo provocare il tipo di mutilazioni che avete visto nella Città Silente. Perlopiù sono spie e messaggeri. Credo che Maia gli sia semplicemente capitata tra i piedi. — Si chinò a guardare la ragazza, che si lamentava piano, a occhi chiusi. — Te la senti di tirarti su la manica, in modo che possa esaminarti la spalla?

La ragazza si morse il labbro e annuì, quindi allungò una mano per arrotolarsi la manica. Il sangue si era seccato e aveva formato una crosta sul braccio. Clary trattenne il respiro nel vedere che il taglio rosso frastagliato era contornato da quelli che sembravano sottili aghi neri che sporgevano bizzarramente dalla pelle.

Maia abbassò lo sguardo sul braccio in preda a un evidente orrore. — Che cosa sono *questi*?

— I demoni Drevak non hanno denti; in bocca hanno spine velenose — disse Luke. — Alcune si sono spezzate e sono rimaste nella pelle.

Maia aveva cominciato a battere i denti.

— Veleno? Morirò?

— No, se lavoriamo alla svelta — la rassicurò Luke. — Dovrò estrarle, però, e questo ti farà male. Pensi di poterlo sopportare?

Il viso di Maia era contorto in una smorfia di dolore. Riuscì ad annuire. — Basta che… me le togli.

— Togliere cosa? — chiese Simon, entrando nella stanza con una coperta arrotolata. Quando vide il braccio di Maia, lasciò cadere la coperta e fece senza volere un passo indietro. — Che cosa sono quelli?

— La vista del sangue ti fa stare male, mondano? — chiese Maia con un sorrisetto storto. Poi rimase senza fiato. — Oh. Fa male…

— Lo so — disse Luke, avvolgendole delicatamente l'asciugamano intorno alla parte inferiore del braccio. Si sfilò dalla cintura un coltello dalla lama affilata. Maia gli diede un'occhiata e strinse forte gli occhi.

— Fai quello che devi — disse a bassa voce. — Ma… non voglio che gli altri stiano a guardare.

— Capisco. — Luke si rivolse a Simon e Clary. — Andate in cucina, tutti e due. E chiamate l'Istituto. Spiegate che cosa è successo e fate mandare qualcuno. Non possono mandare uno dei Fratelli, perciò sarebbe preferibile qualcuno con una formazione medica, o uno stregone. — Simon e Clary lo fissarono, paralizzati alla vista del coltello e del braccio di Maia che stava diventando lentamente violaceo. — Andate! — disse Luke in tono più brusco, e questa volta i due obbedirono.

12
L'ostilità dei sogni

Simon guardò Clary che si appoggiava al frigorifero mordendosi il labbro, come faceva a volte quando era turbata. Spesso dimenticava quanto fosse piccola, di costituzione esile e fragile, ma in occasioni come questa – occasioni in cui aveva voglia di prenderla tra le braccia – era frenato dal pensiero che stringerla con troppo impeto potesse farle male, soprattutto adesso che non aveva più idea della propria forza.

Jace, lo sapeva, non aveva la stessa sensazione. Simon era stato a fissarlo con un senso di malessere allo stomaco, incapace di distogliere lo sguardo, quando aveva preso Clary tra le braccia e l'aveva baciata con un tale slancio che aveva temuto che uno dei due o entrambi potessero andare in frantumi. L'aveva stretta come se volesse annientarla in se stesso, come se potessero fondersi in un'unica persona.

Naturalmente Clary era forte, più forte di quanto sembrasse. Era una Cacciatrice, con tutto ciò che ne conseguiva. Ma questo non importava; quello che c'era stato tra loro due era ancora flebile come la fiamma tremolante di una candela, delicato come un guscio d'uovo... e lui sapeva che, se fosse andato in pezzi, se in qualche modo l'avesse lasciato rompere e andare distrutto, sarebbe andato in pezzi anche qualcosa dentro di lui, qualcosa che non si sarebbe più potuto aggiustare.

— Simon. — La voce di lei lo riportò con i piedi per terra. — Simon, mi stai ascoltando?

— Che cosa? Sì, naturalmente. — Simon si appoggiò al lavello cercando di mostrarsi attento. Il rubinetto gocciolava, il che per un attimo lo distrasse di nuovo... Appena prima di cadere ogni goccia d'acqua sembrava luccicare, simile a una lacrima e perfetta. La vista dei vampiri era una cosa strana, pensò. La sua attenzione continuava a essere attratta dalle cose più comuni – lo scintillio dell'acqua, l'erba che cresceva tra le fessure dei marciapiedi, la lucentezza iridata della benzina sull'asfalto – come se non le avesse mai viste prima.

— Simon! — ripeté Clary, esasperata. Lui si rese conto che gli stava porgendo qualcosa di rosa e metallico. Il suo nuovo cellulare. — Ho detto che voglio che chiami Jace.

Questo lo fece riscuotere di colpo. — *Io* chiamare Jace? Ma se mi odia.

— Non è vero — disse Clary, anche se Simon lesse nel suo sguardo che ci credeva solo a metà. — In ogni caso, io non intendo parlargli. Ti prego.

— E va bene. — Le prese il telefono di mano e fece scorrere i numeri sullo schermo finché non trovò quello di Jace. — Cosa vuoi che gli dica?

— Digli solo quello che è successo. Saprà cosa fare.

Jace rispose al terzo squillo. Sembrava senza fiato. — Clary — disse, lasciando Simon di stucco prima di realizzare che, ovviamente, il nome della ragazza doveva essere comparso sul cellulare. — Clary, va tutto bene?

Simon esitò. La voce di Jace aveva un tono che non aveva mai sentito prima, una preoccupazione ansiosa priva di sarcasmo o di difesa. Era così che parlava a Clary quando erano soli? Le lanciò un'occhiata; lei lo stava guardando con gli occhi verdi spalancati, mordendosi inconsapevolmente l'unghia dell'indice destro.

— Clary — ripeté Jace. — Pensavo che mi evitassi...

Un lampo di irritazione attraversò Simon. *Sei suo fratello*, avrebbe voluto gridare attraverso il telefono, *tutto qui. Non è tua. Non hai alcun diritto di essere così... così... Col cuore spezzato.* Ecco le parole giuste. Anche se non aveva mai pensato che Jace avesse un cuore che potesse spezzarsi.

— E hai ragione — disse infine, la voce gelida. — Lo sta ancora facendo. Sono Simon.

Ci fu un silenzio così lungo che Simon si chiese se Jace non avesse attaccato.

— Pronto?

— Sono qui. — La voce di Jace era crepitante e gelida come le foglie autunnali, tutta la sua vulnerabilità era sparita. — Se mi stai chiamando solo per fare due chiacchiere, mondano, devi sentirti più solo di quanto pensassi.

— Credimi, se fosse stato per me non ti avrei chiamato. Lo faccio per Clary.

— Sta bene? — La voce di Jace continuava a essere gelida, ma con una nuova sfumatura: foglie autunnali ricoperte di un velo lucente di ghiaccio duro. — Se le è successo qualcosa...

— Non le è successo niente. — Simon si sforzava di non lasciar trapelare la rabbia dalla voce. Il più brevemente possibile riferì a Jace gli avvenimenti della notte e le condizioni di Maia. Jace aspettò che finisse, quindi diede seccamente una serie di brevi istruzioni. Simon stette a sentire inebetito e si sorprese a fare di sì con la testa prima di rendersi conto che Jace non poteva vederlo. Cominciò a parlare e si accorse che tutto taceva, all'altro capo del telefono. Jace aveva attaccato. Senza una parola, chiuse l'apparecchio e lo porse a Clary. — Sta arrivando.

Lei si accasciò contro il lavello. — Adesso?

— Adesso. Insieme a Magnus e Alec.

— Magnus? — fece Clary con aria stupita, e poi: — Oh, ma certo, Jace sta da Magnus. Pensavo che fosse all'Istituto, ma naturalmente non può. Io...

Fu interrotta da un grido acuto dal salotto. Spalancò gli occhi. Simon si sentì rizzare i capelli sulla nuca come filo spinato. — Va tutto bene — disse nel modo più tranquillizzante che poteva. — Luke non farebbe mai del male a Maia.

— Glielo sta facendo. Non ha scelta — disse Clary. Scuoteva la testa. — In questi giorni è sempre così. Non c'è mai scelta. — Maia gridò di nuovo, e Clary si aggrappò al bordo del piano di lavoro come se soffrisse anche lei. — *Odio* tutto questo! — esplose. — Essere sempre spaventata, sempre inseguita, chiedersi sempre chi sarà il prossimo a essere ferito. Quanto mi piacerebbe tornare a com'erano le cose un tempo!

— Ma non puoi. Nessuno di noi può — disse Simon. — Almeno, tu puoi ancora uscire alla luce del giorno.

Clary si girò verso di lui, le labbra socchiuse, gli occhi spalancati e scuri. — Simon, io non volevo...

— Lo so che non volevi. — Simon indietreggiò con l'impressione che gli fosse rimasto incastrato qualcosa in gola. — Vado a vedere come va di là. — Per un istante pensò che forse Clary lo avrebbe seguito, ma lei lasciò che la porta della cucina si richiudesse tra loro senza fiatare.

Nel salotto c'erano tutte le luci accese. Maia era distesa sul divano, grigia in viso, con la coperta tirata sul petto. Si teneva contro il braccio destro un tampone di stoffa inzuppato di sangue. Aveva gli occhi chiusi.

— Dov'è Luke? — domandò Simon, poi sussultò, chiedendosi se il suo tono non fosse troppo brusco, troppo severo. Maia aveva un aspetto orribile, gli occhi infossati in cavità grigie, la bocca serrata per il dolore. Strinse gli occhi e li riaprì, fissandoli su di lui.

— Simon — sussurrò. — Luke è andato a spostare la macchina dal prato. Si preoccupava dei vicini.

Simon guardò verso la finestra. Vide le luci sfiorare con un movimento circolare la casa mentre Luke faceva svoltare l'auto nel vialetto. — E tu come stai? — le chiese. — Ti ha tolto quegli affari dal braccio?

La ragazza annuì fiaccamente. — Sono solo tanto stanca — mormorò attraverso le labbra screpolate. — E... assetata.

— Ti porto un po' d'acqua. — C'erano una caraffa e una pila di bicchieri sulla credenza accanto al tavolo della sala da pranzo. Simon riempì un bicchiere di liquido tiepido e glielo portò. Le mani gli tremavano leggermente, e quando Maia gli prese il bicchiere, un po' d'acqua si versò. La ragazza stava alzando la testa, sul punto di dire qualcosa - *Grazie*, probabilmente - quando le loro dita si sfiorarono e lei si ritrasse così bruscamente che il bicchiere volò via. Colpì il bordo del tavolino da caffè e andò in frantumi, schizzando acqua sul pavimento di legno lucido.

— Maia? Tutto bene?

La ragazza si allontanò da lui, le spalle premute contro la spalliera del divano, le labbra arricciate. I suoi occhi erano diventati di un giallo luminoso. Un profondo ringhio le uscì dalla gola, il suono di un cane braccato.

— Maia? — ripeté Simon, sgomento.

— Vampiro — ringhiò lei.

Simon si sentì spingere la testa all'indietro, come se fosse stato schiaffeggiato. — Maia...

— Pensavo che fossi *umano*. Ma sei un mostro. Una sanguisuga.

— Sono umano... voglio dire, *ero* umano. Mi sono trasformato. Qualche giorno fa. — La mente gli fluttuava; si sentiva stordito e in preda alla nausea. — Proprio come te...

— Non osare neppure paragonarti a me! — Maia si era faticosamente messa a sedere, gli spaventosi occhi gialli ancora fissi su di lui, che lo studiavano con disgusto. — Io sono ancora umana, ancora viva... Tu sei una cosa morta che si nutre di sangue.

— Sangue *animale*...

— Solo perché non puoi procurartene di umano, altrimenti i Cacciatori ti brucerebbero vivo...

— Maia — disse Simon, e nella sua bocca il nome risuonò con un tono tra il furioso e il supplice. Fece un passo verso di lei e la mano della ragazza scattò, le unghie spuntarono come artigli, a un tratto incredibilmente lunghe. Gli graffiarono la guancia e lo fecero barcollare all'indietro e portare una mano al viso. Il sangue gli rigò la guancia e gli colò in bocca. Lui ne sentì il sapore salato e avvertì un brontolio allo stomaco.

Adesso Maia era accovacciata sul bracciolo del divano, le ginocchia sollevate, le dita artigliate che lasciavano profonde impronte nel velluto grigio. Un sordo ringhio le usciva dalla gola e le orecchie lunghe erano appiattite sulla testa. Quando scoprì i denti, avevano i bordi frastagliati e aguzzi... non simili ad aghi sottili, come i suoi, ma canini robusti, dalle punte bianche. Il tampone insanguinato che aveva sul braccio era caduto e, nei punti in cui erano penetrate le spine, Simon vide le punture e lo scintillio del sangue che sgorgava, si versava...

Un acuto dolore al labbro inferiore gli disse che gli erano spuntate le zanne. Una parte di lui voleva lottare con lei, scaraventarla giù, forarle la pelle coi denti e ingoiarne il sangue caldo. Per il resto si sentiva come se stesse urlando. Fece un passo indietro e poi un altro, le mani tese come per tenerla a bada.

Maia si protese per balzare in avanti proprio mentre la porta della cucina si spalancava e Clary faceva irruzione nella stanza. Balzò sul tavolino da caffè, dove atterrò leggera come un gatto. Aveva qualcosa in mano, che quando alzò il braccio balenò di una vivida luce bianco-argentea. Simon vide che era un pugnale dalla curva elegante come un'ala d'uccello, che sfrecciò accanto ai capelli di Maia, a pochi millimetri dal suo viso, e affondò fino all'impugnatura nel velluto grigio. Maia provò ad allontanarsi e rimase senza fiato; la lama aveva attraversato la manica, inchiodandola al divano.

Clary ritrasse il pugnale con uno strattone. Era uno di quelli di Luke. Nel momento in cui aveva socchiuso la porta della cucina e aveva dato un'occhiata a quello che stava succedendo in salotto, si era precipitata verso l'assortimento di armi personali che Luke teneva nel suo ufficio. Maia poteva anche essere indebolita e sofferente, ma le era sembrata abbastanza infuriata da uccidere, e Clary non aveva dubbi sulle sue capacità.

— Cosa diavolo vi prende? — si sentì dire Clary, come da lontano, e l'acciaio della sua voce la stupì. — Lupi mannari, vampiri... Siete tutti e due Nascosti...

— I lupi mannari non fanno del male alla gente o ai loro simili. I vampiri sono assassini. Giusto l'altro giorno, uno di loro ha ucciso un ragazzino all'Hunter's Moon...

— Non è stato un vampiro. — Clary vide Maia impallidire di fronte al tono sicuro della sua voce. — E se la smetteste di darvi la colpa a vicenda di ogni cosa brutta che accade nel Mondo Invisibile, forse i Nephilim comincerebbero a prendervi sul serio e *farebbero* davvero qualcosa per voi. — Si rivolse a Simon. I brutti tagli sulla sua guancia si stavano già rimarginando, ridotti ormai a strie di un rosso argenteo. — Stai bene?

— Sì. — La sua voce era appena percepibile. Clary vide il dolore nei suoi occhi e per un istante lottò contro l'impulso di rivolgere a Maia un'infinità di insulti osceni. — Sto bene.

Clary si girò nuovamente verso la giovane lupa mannara. — Sei fortunata che lui non sia fanatico quanto te, altrimenti andrei a lamentarmi col Conclave e farei pagare un conto molto salato a tutto il branco per il tuo comportamento.

Maia andò su tutte le furie. — Non capisci. I vampiri sono quello che sono perché sono contaminati da energie demoniache...

— Come i licantropi! — esclamò Clary. — Non saprò granché, ma questo lo so.

— Ed è proprio questo il punto. Le energie demoniache ci cambiano, ci rendono diversi... Chiamala malattia o come ti pare, ma i demoni che creano i vampiri e i demoni che creano i lupi mannari derivano da specie che erano in guerra tra loro. Si odiavano, perciò abbiamo nel sangue l'odio reciproco. Non possiamo farne a meno. È per questo che un lupo mannaro e un vampiro non potranno mai essere amici. — Guardò Simon. I suoi occhi brillavano di rabbia e di qualcos'altro. — Tra poco comincerai anche tu a odiarmi. E odierai anche Luke. Non potrai farci niente.

— Odiare Luke? — Simon era color cenere, ma prima che Clary potesse rassicurarlo, la porta di casa si aprì di schianto. Clary si girò a guardare, aspettandosi di vedere Luke, invece non era lui. Era Jace, tutto vestito di nero, con due spade angeliche infilate nella cintura che gli cingeva i fianchi stretti. Alec e Magnus erano subito dietro di lui, Magnus in un lungo mantello scintillante che sembrava decorato con frammenti di vetro frantumato.

Gli occhi dorati di Jace si fissarono immediatamente su Clary con la precisione di un laser. Se la ragazza pensava che potesse apparire contrito, preoccupato o perfino vergognoso, dopo tutto quello che era successo, si sbagliava. Sembrava soltanto arrabbiato. — Che cosa credi di fare? — le domandò con un fastidio esagerato e studiato.

Clary abbassò lo sguardo su di sé. Era ancora appollaiata sul tavolino da caffè con il coltello in mano. Soffocò l'impulso di nasconderlo dietro la schiena. — Abbiamo avuto un incidente. Me ne sono occupata io.

— Ma va'. — La voce di Jace trasudava sarcasmo. — Ma lo sai almeno come si usa un coltello, Clarissa? *Senza* sforacchiare te stessa o qualche spettatore innocente?

— Non ho ferito nessuno — sibilò Clary tra i denti.

— L'ha conficcato nel divano — disse Maia in tono fiacco, gli occhi che le si chiudevano. Aveva le guance ancora arrossate per la febbre e la rabbia, ma per il resto il suo viso era pallido in maniera allarmante.

Simon la guardò preoccupato. — Credo che stia peggiorando.

Magnus si schiarì la voce. Visto che Simon non si muoveva, disse: — Fuori dai piedi, mondano — in un tono di immenso fastidio. Attraversò a grandi passi la stanza verso il divano su cui era stesa Maia gettandosi il mantello dietro le spalle. — Se ho ben capito, sei tu che hai bisogno delle mie cure? — chiese, abbassando lo sguardo su di lei attraverso le ciglia incrostate di glitter.

Maia lo guardò con gli occhi persi nel vuoto.

— Sono Magnus Bane — continuò lui in tono tranquillizzante, allungando le mani ornate di anelli. Scintille azzurre avevano cominciato a danzare tra di esse come una bioluminescenza che balugina nell'acqua. — Sono lo stregone che è qui per curarti. Non ti hanno detto che stavo arrivando?

— So chi sei, ma... — Maia sembrava inebetita. — Sembri così... così... *risplendente*.

Alec fece un verso che assomigliava molto a una risata soffocata da un colpo di tosse, mentre le mani sottili di Magnus intrecciavano una cortina azzurra di magia intorno alla lupa mannara.

Jace non rideva. — Dov'è Luke? — chiese.

— Fuori — rispose Simon. — Stava spostando il pickup dal prato.

Jace e Alec si scambiarono una rapida occhiata.

— Buffo — fece Jace. Ma non sembrava divertito. — Non l'ho visto quando abbiamo salito la scala.

Una sottile spira di panico si dischiuse come una foglia nel petto di Clary. — Hai visto il suo pickup?

— L'ho visto io — disse Alec. — Era nel vialetto. A luci spente.

A queste parole perfino Magnus, che si stava occupando di Maia, alzò lo sguardo. Attraverso la rete di incantesimi che aveva intrecciato intorno a sé e alla ragazza i suoi lineamenti apparivano sfocati e indistinti, come se li guardasse da sott'acqua. — Non mi piace — disse, la voce sorda e lontana. — Non dopo l'attacco di un Drevak. Si spostano in branchi.

La mano di Jace era già protesa verso una delle spade angeliche. — Vado a cercarlo. Alec, tu rimani qui, proteggi la casa.

Clary saltò giù dal tavolino. — Vengo con te.

— No. — Jace si avviò verso la porta di casa, senza guardarsi alle spalle per controllare se lo seguiva.

Clary si lanciò velocissima e si infilò tra lui e la porta. — *Fermo*.

Per un istante pensò che Jace avrebbe continuato ad avanzare anche a costo di passarle *attraverso*, ma lui si fermò a pochi centimetri da lei, così vicino che quando parlò Clary sentì il suo alito sul viso. — Ti sbatterò a terra se sarà necessario, Clarissa.

— Smettila di chiamarmi così.

— Clary — disse allora Jace sottovoce, e il suono del suo nome sulle sue labbra era così intimo che le corse un brivido lungo la schiena. L'oro dei suoi occhi si era fatto duro, metallico. Si chiese per un momento se potesse davvero balzarle addosso, che effetto le avrebbe fatto se l'avesse colpita, l'avesse atterrata o le avesse afferrato i polsi. Per Jace combattere era come per gli altri fare sesso. Il pensiero di lui che la toccava a quel modo le fece salire un flusso ardente di sangue alle guance.

Parlò cercando di nascondere l'esitazione piena d'angoscia nella sua voce. — È mio zio, non il tuo...

Sul viso di Jace balenò un'espressione di ironia selvaggia. — Qualsiasi zio tuo è anche mio, cara sorella... E comunque lui non ha legami di sangue con nessuno dei due.

— Jace...

— E poi non ho il tempo di farti i Marchi — aggiunse, gli occhi dorati che la scrutavano pigri — e tu hai solo quel pugnale. Non sarà di grande aiuto se dobbiamo vedercela coi demoni.

Clary conficcò il pugnale nel muro accanto alla porta e fu premiata dall'espressione di sorpresa sul viso di Jace. — E con questo? Tu hai due spade angeliche; dammene una.

— Oh, per l'amor del... — Era Simon, le mani infilate nelle tasche, gli occhi che ardevano come carboni neri sul viso bianco. — Vado *io*.

Clary disse: — Simon, non...

— Almeno non perdo il mio tempo standomene qui a vedervi flirtare mentre non sappiamo cos'è successo a Luke. — Le fece cenno di spostarsi dalla porta.

Le labbra di Jace si assottigliarono. — Andiamo *tutti*. — Con gran sorpresa di Clary, tirò fuori una spada angelica dalla cintura e gliela porse. — Prendi.

— Come si chiama? — chiese lei, scostandosi dalla porta.

— Nakir.

Clary aveva lasciato la giacca in cucina, e quando mise piede nel portico buio l'aria fredda che soffiava dall'East River le penetrò attraverso la maglietta sottile. — Luke? — chiamò. — *Luke*?

Il pickup era fermo sul vialetto con una delle portiere aperte. La lucina interna era accesa ed emanava un bagliore fioco. Jace aggrottò la fronte. — Le chiavi sono nel cruscotto. L'auto è in folle.

Simon chiuse la porta di casa alle loro spalle. — Come fai a saperlo?

— Lo sento. — Jace guardò Simon meditabondo. — E lo sentiresti anche tu se ci provassi, succhiasangue. — Balzò giù dalla scala e una lieve risatina fluttuò dietro di lui, portata dal vento.

— Mi sa che "mondano" mi piaceva più di "succhiasangue" — borbottò Simon.

— Con Jace non c'è verso di scegliersi un soprannome meno offensivo. — Clary si frugò nella tasca dei jeans finché le sue dita non incontrarono la pietra fredda e liscia. Sollevò la mano con la stregaluce, il cui chiarore le si irradiava tra le dita come quello di un sole in miniatura. — Andiamo.

Jace aveva ragione; il pickup era in folle. Clary, con un tuffo al cuore, sentì l'odore dei gas di scarico. Luke non avrebbe mai lasciato la portiera dell'auto aperta e le chiavi nel cruscotto a quel modo, a meno che non fosse successo qualcosa.

Ora Jace girò intorno al veicolo, accigliato. — Avvicina quella stregaluce. — Si inginocchiò nell'erba, sfiorandola con le dita. Da una tasca interna della giacca estrasse un oggetto che Clary riconobbe: un pezzo di metallo liscio tutto inciso di rune delicate. Un sensore. Jace lo passò sull'erba e quello produsse una serie di sonori rumori secchi, come un contatore Geiger impazzito. — Forti tracce di attività demoniaca.

— Non potrebbero essere state lasciate dal demone che ha attaccato Maia? — chiese Simon.

— I livelli sono troppo alti. Stanotte qui c'è stato più di un demone. — Jace si alzò in piedi, con aria seria. — Forse è meglio che voi due torniate dentro. Mandate Alec qui fuori. Ha già avuto a che fare con questo genere di cose.

— Jace... — Clary divenne nuovamente furibonda. Si interruppe quando qualcosa attirò il suo sguardo. Un movimento guizzante, al di là della strada, lungo l'argine di cemento cosparso di sassi dell'East River. C'era qualcosa in quel movimento: una strana angolatura, qualcosa di troppo rapido, di troppo *allungato* per essere umano...

Clary stese un braccio per indicare. — Guardate! Accanto all'acqua!

Jace seguì il suo sguardo e rimase senza fiato. Un attimo dopo correva seguito dagli altri due sull'asfalto di Kent Street e poi sull'erba stentata che costeggiava la banchina del fiume. La stregaluce oscillava nella mano di Clary mentre correva, illuminando a caso pezzi di riva: una macchia di erbacce, del cemento rotto che sporgeva e la fece quasi inciampare, un mucchio di immondizia e vetri rotti... Poi, quando si furono avvicinati tanto da vedere chiaramente l'acqua che sciabordava, la figura afflosciata di un uomo.

Luke... Clary lo capì all'istante, anche se le due sagome scure curve su di lui le nascondevano il suo viso. Era supino, così vicino all'acqua che per un istante si chiese in preda al panico se le creature piegate su di lui non lo tenessero giù cercando di annegarlo. Poi si ritrassero, sibilando attraverso bocche perfettamente circolari e prive di labbra, e Clary vide la testa di Luke poggiata sulla riva ghiaiosa.

— Demoni Raum — sussurrò Jace.

Simon aveva gli occhi sbarrati. — Sono gli stessi che hanno attaccato Maia?

— No. Questi sono molto peggio. — Jace fece segno a Simon e a Clary di mettersi alle sue spalle. — Voi due, state indietro. — Alzò la spada angelica. — *Israfiel!* — gridò, e ci fu un'improvvisa esplosione di luce quando la lama divampò. Jace balzò in avanti brandendo l'arma contro il più vicino dei demoni. Alla luce della spada angelica, l'orrido aspetto del demone divenne visibile: bianco come uno straccio, un buco nero al posto della bocca, occhi sporgenti, da rospo, e braccia che terminavano con tentacoli al posto delle mani. Di questi si servì per andare all'attacco, agitandoli verso Jace con incredibile rapidità.

Ma Jace fu più svelto. Ci fu un suono sgradevole, una specie di "zac", quando Israfiel tranciò il polso del demone. La sua appendice tentacolata volò in aria, atterrando ai piedi di Clary, dove continuò a contorcersi. Era bianco-grigia, coronata da ventose rosso sangue. All'interno di ogni ventosa c'era un grappolo di minuscoli denti aguzzi come aghi.

Simon ebbe un conato di vomito. Clary fu lì lì per imitarlo. Sferrò un calcio al grumo di tentacoli che si dibatteva, mandandolo a rotolare tra l'erba. Quando alzò lo sguardo, vide che Jace aveva atterrato il demone ferito e che stavano ruzzolando insieme sui sassi lungo il margine del fiume. Il bagliore della spada angelica tracciava eleganti archi luminosi che si infrangevano sull'acqua mentre Jace si dimenava e si contorceva per evitare i restanti tentacoli della creatura... per non parlare del sangue nero che schizzava dal polso reciso. Clary esitò (doveva andare da Luke o correre in aiuto a Jace?) e in quell'attimo di esitazione sentì Simon gridare: — Clary, attenta! — e quando si girò, vide il secondo demone scagliarsi dritto su di lei.

Non ebbe il tempo di sfilare la spada angelica dalla cintura e neppure di ricordare e gridare il suo nome. Allungò le braccia e il demone la colpì, facendola cadere all'indietro. Andò a terra con un grido, battendo dolorosamente la spalla sul terreno irregolare. I tentacoli scivolosi le raschiarono la pelle. Uno le circondò il braccio, stringendolo dolorosamente, l'altro scattò in avanti, avvolgendole la gola.

Clary si portò freneticamente le mani al collo cercando si tirare via dalla trachea quell'arto elastico e sferzante. Le dolevano già i polmoni. Scalciò e si dimenò...

A un tratto la pressione svanì; la creatura si era allontanata da lei. Clary inspirò sibilando e si mise in ginocchio. Il demone era mezzo accovacciato e la fissava coi suoi neri occhi privi di pupille. Si preparava ad attaccare di nuovo? Clary afferrò la spada, esclamò: — *Nakir!* — e una lancia di luce le sprizzò fra le dita. Non aveva mai impugnato una lama angelica prima di allora. L'elsa le tremava e vibrava in mano; sembrava viva. — *NAKIR!*— gridò più forte alzandosi malferma, la lama allungata e puntata contro il demone Raum.

Con sua grande sorpresa, il demone schizzò all'indietro agitando i tentacoli, quasi avesse (ma non era possibile!) *paura* di lei. Clary vide Simon che le correva incontro con in mano quel che sembrava un tubo d'acciaio; dietro di lui, Jace si stava mettendo in ginocchio. Clary non vedeva il demone con cui aveva combattuto; forse l'aveva ucciso. Quanto al secondo demone Raum, aveva la bocca aperta ed emetteva un suono stridulo, afflitto, come un gufo mostruoso. Di colpo si girò e, coi tentacoli che si dibattevano, si precipitò verso la riva e saltò nel fiume. Un fiotto d'acqua nerastra schizzò in alto, poi la creatura scomparve, svanendo sotto la superficie senza lasciare neppure una scia di bollicine a rivelarne la posizione.

Jace le fu accanto proprio mentre scompariva. Era curvo, ansimante, macchiato del sangue nero del demone. — Che cosa... è successo? — domandò respirando a fatica.

— Non lo so — confessò Clary. — Mi è venuto addosso... Ho cercato di respingerlo ma era troppo veloce... E poi di colpo se n'è *andato*. Come se avesse visto qualcosa che lo ha spaventato.

— Stai bene? — Era Simon, che le si fermò davanti con una scivolata, senza ansimare (non respirava più, si disse Clary) ma in preda all'ansia, stringendo in mano un grosso tubo.

— Dove l'hai preso? — domandò Jace.

— L'ho staccato da un palo del telefono. — Nel ricordarlo sembrò sorpreso. — Immagino che si sia capaci di tutto, quando l'adrenalina è alle stelle.

— O quando si ha la forza sacrilega dei dannati — disse Jace.

— Oh, state zitti, tutti e due — fece brusca Clary, guadagnandosi uno sguardo da martire di Simon e un'occhiata beffarda di Jace. Li superò e si diresse in riva al fiume. — O vi siete dimenticati di Luke?

Luke era ancora privo di sensi, ma respirava. Era pallido come era stata pallida Maia, e aveva la manica strappata all'altezza della spalla. Quando Clary staccò con grande cautela dalla pelle la stoffa irrigidita dal sangue, vide che sulla spalla, nel punto in cui era stato afferrato da un tentacolo, aveva una serie di ferite rotonde. Da ognuna colava un miscuglio di sangue e fluido nerastro. Clary trattenne il fiato. — Dobbiamo portarlo dentro.

Quando Simon e Jace trasportarono Luke sui gradini del portico, trovarono Magnus ad aspettarli. Dopo averla curata, lo stregone aveva messo Maia a letto nella stanza di Luke, perciò i ragazzi deposero quest'ultimo sul divano e lo affidarono alle cure di Magnus.

— Si riprenderà? — chiese Clary, gironzolando intorno, mentre Magnus faceva apparire del fuoco azzurro che gli scintillò tra le mani.

— Starà bene. Il veleno di Raum è una faccenda un po' più complicata di una puntura di Drevak, ma posso sistemarla senza problemi. — Magnus le fece segno di allontanarsi. — Sempre che tu ti sposti e mi lasci lavorare.

Controvoglia, Clary si lasciò sprofondare in una poltrona. Jace e Alec erano accanto alla finestra, le teste accostate. Jace gesticolava. Clary immaginò che stesse spiegando ad Alec che cos'era successo con i demoni. Simon, che pareva a disagio, stava appoggiato alla parete accanto alla porta della cucina. Sembrava perso nei suoi pensieri. Non volendo osservare il viso grigio, inerte, e gli occhi infossati di Luke, Clary posò lo sguardo su Simon, valutando per quali aspetti le apparisse familiare e, allo stesso tempo, profondamente estraneo. Senza gli occhiali i suoi occhi sembravano più grandi e più scuri, più neri che castani. La pelle era pallida e liscia come marmo bianco, solcata da vene evidenti in corrispondenza delle tempie e degli zigomi, molto aguzzi. Perfino i capelli sembravano più scuri, in netto contrasto con il bianco della pelle. Si ricordò quando aveva osservato la folla nell'albergo di Raphael, chiedendosi perché non ci fossero vampiri brutti o non attraenti. Forse c'era una regola che vietava di vampirizzare individui fisicamente ripugnanti, aveva pensato, ma adesso si domandava se il vampirismo in sé non avesse proprietà trasformatrici: spianare la pelle macchiata, conferire colore e lucentezza agli occhi e ai capelli. Forse era un vantaggio evolutivo della specie. Un bell'aspetto poteva aiutare i vampiri ad attirare le loro prede.

Si rese conto che anche Simon la fissava, gli occhi scuri spalancati. Riscuotendosi dalle sue fantasticherie, si girò e vide Magnus che si stava alzando in piedi. La luce azzurra era scomparsa. Gli occhi di Luke erano ancora chiusi, ma non aveva più quel brutto colorito grigiastro, e il suo respiro si era fatto profondo e regolare.

— Sta bene! — esclamò Clary, e Alec, Jace e Simon corsero a dare un'occhiata. Simon fece scivolare la mano in quella di Clary, che strinse le proprie dita sulle sue, felice di quell'incoraggiamento.

— È ancora vivo? — chiese Simon, mentre Magnus si lasciava cadere sul bracciolo della poltrona più vicina. Era esausto, teso e bluastro. — Ne sei sicuro?

— Sì, ne sono sicuro — disse Magnus. — Sono il Sommo Stregone di Brooklyn, so quello che faccio. — I suoi occhi si spostarono su Jace, che aveva appena detto qualcosa ad Alec a voce troppo bassa perché gli altri potessero sentire. — Il che mi rammenta — continuò Magnus in tono gelido (Clary non l'aveva mai sentito così gelido prima d'allora) — che non ho ben capito come mai mi chiamate ogni volta che uno di voi ha anche solo un'unghia incarnita da curare. Come Sommo Stregone, il mio tempo è prezioso. C'è un'infinità di stregoni meno importanti che sarebbero felici di lavorare per voi a un prezzo molto più modico.

Clary lo guardò sbalordita. — Vuoi farci *pagare*? Ma Luke è un amico!

Magnus tirò fuori una sottile sigaretta azzurra dalla tasca della camicia. — Non un *mio* amico. Io l'ho incontrato soltanto nei rari casi in cui tua madre se l'è portato dietro, quando veniva a farti curare la memoria. — Passò la mano sulla punta della sigaretta, che si accese con una fiamma multicolore. — Pensavate che vi aiutassi per il mio buon cuore? O si dà il caso che io sia l'unico stregone che conoscete?

Jace era stato a sentire questo discorsetto reprimendo la rabbia, che conferiva uno scintillio dorato ai suoi occhi color ambra. — No — disse. — Ma si dà il caso che tu sia l'unico stregone che conosciamo che sta con un nostro amico.

Per un istante tutti lo fissarono... Alec in preda a puro orrore, Magnus a una rabbia stupita, Clary e Simon alla sorpresa. Fu Alec a parlare per primo, la voce tremante. — Perché dici una cosa del genere?

Jace sembrava confuso. — E cioè?

— Che io sto... che noi... non è *vero* — disse Alec, la voce che saliva e scendeva di parecchie ottave mentre cercava di controllarla.

Jace lo guardò con fermezza. — Non ho detto che sta con *te*, ma è buffo che tu abbia capito esattamente cosa intendevo, non ti pare?

— Non stiamo insieme — ripeté Alec.
— Ah, no? — disse Magnus. — Dunque sei amico di tutti a quel modo, eh?
— *Magnus*. — Alec gli rivolse uno sguardo implorante. Ma a quanto pareva, lo stregone ne aveva abbastanza. Incrociò le braccia sul petto e si mise comodo, osservando la scena che si svolgeva davanti a lui con gli occhi ridotti a fessure.
Alec si girò verso Jace. — Tu non... — cominciò. — Voglio dire, come hai potuto solo pensare...
Jace scuoteva la testa sconcertato. — Quello che non capisco è perché ti dai tanto da fare a tenermi nascosta la tua relazione con Magnus quando non sarei certo contrario se tu me ne *parlassi*.
Se intendeva dire delle parole rassicuranti, non ci era riuscito. Alec diventò di un colore grigio pallido e rimase muto. Jace disse a Magnus: — Aiutami a convincerlo che non m'importa, davvero.
— Oh — disse Magnus con calma — credo che su questo ti creda.
— Allora non...
Il viso di Jace era sinceramente confuso, e per un attimo Clary vide l'espressione dello stregone e capì che era tentato di rispondere. Mossa da un'improvvisa pietà per Alec, tirò via la mano da quella di Simon e disse: — Jace, basta. Lascia perdere.
— Lascia perdere cosa? — chiese Luke. Clary girò su se stessa e vide che stava seduto sul divano, piuttosto in forma, a parte una lieve smorfia di dolore.
— Luke! — Clary si precipitò accanto al divano, pensò di abbracciarlo, vide come si teneva la spalla e rinunciò. — Ti ricordi che cosa è successo?
— Non proprio. — Luke si passò una mano sul viso. — L'ultima cosa che ricordo è di essere andato al pickup. Qualcosa mi ha colpito alla spalla e mi ha tirato da una parte. Ricordo un dolore incredibile... In ogni caso, devo essere svenuto. Poi mi sono ritrovato a sentire cinque persone che urlavano. Di che stavate parlando?
— Di niente — dissero in coro Clary, Simon, Alec, Magnus e Jace, in uno sbalorditivo unisono che probabilmente non si sarebbe più ripetuto.
Sebbene fosse sfinito, le sopracciglia di Luke si sollevarono, ma "Capisco" fu tutto quello che disse.

Visto che Maia stava ancora dormendo nella sua stanza, Luke annunciò che sarebbe stato benone sul divano. Clary propose di cedergli il suo letto, ma lui rifiutò. Rinunciando a insistere, Clary si avviò lungo il corridoio per andare a prendere lenzuola e coperte nell'armadio della biancheria. Stava tirando giù una trapunta da un alto ripiano, quando avvertì una presenza alle sue spalle. Si girò e lasciò cadere la coperta ai suoi piedi in un soffice mucchio.
Era Jace. — Mi spiace di averti spaventata.
— Non c'è problema. — Clary si chinò a raccogliere la coperta.
— In realtà non mi dispiace — disse lui. — È l'emozione più intensa che ti ho visto manifestare da parecchi giorni.

— Sono parecchi giorni che non ti vedo.

— E di chi è la colpa? Io ti ho chiamata. Tu non rispondi al telefono. E non potevo certo venirti a trovare, dato che ero in prigione, casomai l'avessi dimenticato.

— Non una vera prigione. — Clary cercò di sembrare disinvolta mentre si raddrizzava. — C'era Magnus a tenerti compagnia. E *Laguna Beach*.

Jace mandò bruscamente a quel paese l'intero cast di *Laguna Beach*.

Clary sospirò. — Sbaglio o devi andare via con Magnus?

La bocca di Jace si contrasse e Clary scorse qualcosa spezzarsi nei suoi occhi, un lampo di dolore. — Non vedi l'ora di sbarazzarti di me?

— No. — Clary raccolse la coperta e se la strinse addosso, poi, incapace di incrociare lo sguardo di Jace, abbassò gli occhi sulle sue mani. Le belle dita affusolate erano rigate di cicatrici. Sull'indice destro, nel punto in cui aveva portato l'anello dei Morgenstern, era ancora visibile una striscia di pelle più chiara. Il desiderio di toccarlo era talmente intenso che ebbe l'impulso di lasciare la coperta e gridare. — No, voglio dire, no, non è così. Non ti odio, Jace.

— Neanch'io ti odio.

Alzò lo sguardo su di lui, sollevata. — Sono contenta di sentirlo.

— *Vorrei* poterti odiare — disse Jace. La sua voce era disinvolta, la bocca piegata in un sorrisetto noncurante, gli occhi devastati dall'infelicità. — Vorrei odiarti. Ci provo, a odiarti. Sarebbe tutto più facile, se ti odiassi. A volte penso di odiarti con tutto me stesso, poi ti vedo e...

Le mani di Clary si erano intorpidite, tanto forte era la stretta sulla coperta. — E cosa?

— Tu che dici? — Jace scosse la testa. — Perché dovrei dirti quello che provo, quando tu non mi dici mai niente? È come sbattere la testa contro il muro, solo che se sbattessi la testa contro il muro potrei sempre smettere.

Le labbra di Clary tremavano così forte che le riuscì difficile parlare. — Credi che sia facile per me? — domandò. — Credi...?

— Clary? — Era Simon, che era entrato nel corridoio con quella sua nuova grazia silenziosa, spaventandola al punto da farle cadere un'altra volta la coperta. Clary si girò da una parte, ma non abbastanza in fretta da nascondergli la sua espressione, né la lucentezza rivelatrice dei suoi occhi. — Capisco — disse Simon dopo una lunga pausa. — Scusate per l'interruzione. — Scomparve di nuovo in salotto, lasciando Clary a seguirlo con lo sguardo attraverso un velo tremulo di lacrime.

— *Dannazione*. — Se la prese con Jace. — Qual è il tuo problema? — disse con più violenza di quanto non intendesse. — Perché devi rovinare *tutto*? — Lo spinse via alla svelta con la coperta e sfrecciò fuori dalla stanza appresso a Simon.

Lui era già fuori di casa. Clary lo raggiunse, chiudendosi la porta alle spalle. — Simon! Dove vai?

Simon si girò quasi con riluttanza. — A casa. È tardi... e non voglio farmi cogliere qui dal sorgere del sole.

Dal momento che il sole non sarebbe sorto ancora per parecchie ore, a Clary quella parve una debole scusa.

— Sai perfettamente che sei libero di rimanere a dormire qui, durante il giorno, se vuoi evitare tua madre. Puoi andare in camera mia...

— Non mi sembra una buona idea.

— Perché no? Non capisco perché te ne vai.

Lui le sorrise. Era un sorriso triste, che nascondeva qualcos'altro. — Sai qual è la sensazione più brutta che riesco a immaginare?

Clary lo guardò con gli occhi socchiusi. — No.

— Non potermi fidare della persona che amo più di qualsiasi altra al mondo.

Clary gli mise la mano sul braccio. Simon non si ritrasse, ma non reagì neppure al suo tocco. — Vuoi dire...?

— Sì — disse lui, sapendo cosa stava per chiedergli. — Voglio dire di te.

— Ma tu *puoi* fidarti di me.

— Una volta lo pensavo. Ma ho la sensazione che tu preferisca struggerti per qualcuno con cui non potrai mai stare piuttosto che provare a stare con qualcuno con cui potresti.

Era inutile fingere. — Dammi solo un po' di tempo. Ho solo bisogno di un po' di tempo per superare... per superare tutto questo.

— Non vorrai dirmi che mi sbaglio, vero? — chiese Simon. Alla fioca luce, i suoi occhi erano grandissimi e scuri. — Non questa volta.

— Non questa volta. Mi dispiace.

— Non devi. — Simon voltò le spalle a lei e alla sua mano tesa e si avviò verso i gradini del portico. — Almeno è la verità.

Per quello che vale. Clary si ficcò le mani in tasca, guardandolo allontanarsi da lei finché non fu inghiottito dall'oscurità.

Alla fine, Magnus e Jace decisero che non se ne sarebbero andati; Magnus voleva passare qualche altra ora a casa di Luke per assicurarsi che lui e Maia si riprendessero completamente. Dopo pochi minuti di conversazione stentata con un Magnus annoiato, mentre Jace, seduto al pianoforte di Luke e immerso nello studio di alcuni spartiti, la ignorava, Clary decise di andare a letto presto.

Ma il sonno non si decideva ad arrivare. Attraverso le pareti sentiva Jace che suonava delicatamente, però non era quello a tenerla sveglia. Pensava a Simon, che stava andando in una casa che non sentiva più sua, alla disperazione nella voce di Jace mentre le diceva «*Vorrei* odiarti», e a Magnus, che non gli aveva detto la verità, ossia che Alec voleva tenerlo all'oscuro della loro relazione perché era ancora innamorato di lui. Pensò alla soddisfazione che avrebbe procurato a Magnus pronunciare quelle parole ad alta voce, confessare la verità, e al fatto che non le aveva pronunciate, lasciando che Alec continuasse a mentire e a fingere, perché era quello che Alec voleva, e Magnus teneva abbastanza a lui da concederglielo. Forse, tutto sommato, quello che aveva detto la Regina della Corte Seelie era vero: l'amore rende bugiardi.

13
Una schiera di angeli ribelli

Gaspard de la nuit di Ravel è formato da movimenti distinti. Jace era a buon punto del primo, quando si alzò dallo sgabello del piano, andò in cucina, prese il telefono di Luke e fece una chiamata. Poi tornò al piano e a *Gaspard*.

Era a metà del terzo movimento, quando vide una luce scivolare sul prato, davanti alla casa. Un attimo dopo la luce si spense, facendolo ripiombare nel buio, ma a quel punto Jace era già in piedi e prendeva la giacca.

Si chiuse la porta di casa alle spalle senza fare rumore e scese i gradini a due a due. Sul prato, accanto al vialetto, c'era una moto con il motore acceso. Aveva uno strano aspetto: tutt'intorno al telaio si attorcigliavano tubi simili a vene fibrose, e l'unico faro, ora fioco, ricordava un occhio scintillante. In un certo senso, sembrava viva quanto il ragazzo che vi era appoggiato e guardava Jace con occhi curiosi. Portava un giubbotto di cuoio. I capelli scuri gli si arricciavano sul colletto e gli ricadevano sugli occhi socchiusi. Sogghignava, scoprendo i bianchi denti acuminati. Naturalmente, pensò Jace, né il ragazzo né la moto erano *davvero* vivi; andavano entrambi a energia demoniaca, erano alimentati dalla notte.

— Raphael — fece Jace a mo' di saluto.

— Ecco — disse il vampiro — l'ho portata, come mi avevi chiesto.

— Lo vedo.

— Però mi domando perché dovresti volere una cosa come una moto demoniaca. Tanto per cominciare, queste moto hanno la piena approvazione dell'Alleanza, e poi si dice che tu ne abbia già una.

— È vero — ammise Jace, girando intorno alla moto per esaminarla da tutte le angolazioni. — Ma è sul tetto dell'Istituto e al momento non sono in grado di recuperarla.

Raphael ridacchiò piano. — A quanto pare siamo tutt'e due indesiderabili, all'Istituto.

— Voi succhiasangue siete ancora sulla lista nera?

Raphael si piegò di lato e sputò per terra. — Ci accusano di alcuni assassinii

— disse arrabbiato. — Quelli del giovane lupo mannaro, dell'elfo e perfino dello stregone, anche se ho già spiegato loro che non beviamo sangue di stregone: è amaro e può operare strani cambiamenti in chi lo ingerisce.

— L'hai detto a Maryse?

— Maryse. — Gli occhi di Raphael brillarono. — Non ho potuto parlarle, anche se avrei voluto farlo. Adesso tutte le decisioni vengono prese dall'Inquisitrice, tutte le domande e le richieste passano attraverso di lei. È una brutta situazione, amico, brutta.

— A me lo dici? — convenne Jace. — E comunque non siamo amici. Ho acconsentito a non riferire al Conclave cosa è successo a Simon solo perché mi serviva il tuo aiuto. Non perché tu mi piaccia.

Raphael sogghignò, i denti un lampo bianco nel buio. — A me tu piaci. — Inclinò la testa di lato. — È strano — rifletté. — Pensavo che avresti avuto un atteggiamento diverso, ora che sei caduto in disgrazia con il Conclave. Che non sei più il loro figlio prediletto. Pensavo che avresti perso un po' della tua arroganza. Ma sei rimasto esattamente come prima.

— Credo nella coerenza — disse Jace. — Allora, mi lasci prendere la moto o no? Ho solo poche ore, prima del sorgere del sole.

— Se ho ben capito, non mi darai un passaggio a casa? — Raphael si allontanò con grazia dalla moto; mentre si muoveva, Jace notò lo scintillio della catena d'oro che portava al collo.

— No. — Jace salì sulla moto. — Ma puoi dormire qui in cantina, se ti preoccupa il sorgere del sole.

— Mmm. — Raphael sembrò pensieroso. Era qualche centimetro più basso di Jace, e pur sembrando più giovane, aveva occhi molto più vecchi. — Così adesso siamo pari per Simon, Cacciatore?

Jace diede gas alla moto, avviandosi verso il fiume. — Non saremo mai pari, succhiasangue, ma è pur sempre un inizio.

Jace non guidava una moto da quando il tempo era cambiato e fu preso alla sprovvista dal vento gelido che si alzava dal fiume, penetrandogli nella giacca leggera e nel tessuto dei jeans con aghi di gelo. Rabbrividì, felice di essersi almeno messo i guanti di pelle.

Sebbene il sole fosse appena tramontato, il mondo appariva già sbiadito. Il fiume era color acciaio, il cielo grigio tortora, l'orizzonte una spessa linea nera dipinta in lontananza. Le luci tremolavano e scintillavano lungo le campate dei ponti di Williamsburg e Manhattan. L'aria sapeva di neve, sebbene mancassero ancora mesi all'inverno.

L'ultima volta che aveva volato sul fiume, Clary era con lui, le sue braccia lo cingevano e le sue piccole mani erano strette sulla stoffa della sua giacca. Non aveva avuto freddo, allora. Fece una brusca virata e sentì la moto sbandare di lato; pensò di aver visto la propria ombra lanciarsi sull'acqua, follemente inclinata da una parte. Mentre si raddrizzava, la vide: una nave con nere fiancate di metallo, senza insegne e quasi priva di luci, la prua una stretta lama che fendeva l'acqua. Gli ricordò uno squalo, agile, svelto e micidiale.

Frenò e planò giù con cautela, senza far rumore, come una foglia catturata da un'onda. Non gli sembrava di scendere, ma piuttosto aveva l'impressione che la nave si sollevasse per andargli incontro, galleggiando su una corrente montante. Le ruote atterrarono sul ponte, e Jace si fermò in scivolata. Non c'era bisogno di spegnere il motore; saltò giù dalla moto e il suo rombo si ridusse a un ringhio, poi a un fremito, poi al silenzio. Quando lui si girò a guardarla, sembrava quasi che lo fissasse torva, come un cane imbronciato a cui è stato ordinato di rimanere dov'è.

Le sorrise. — Tornerò a prenderti. Prima devo controllare questa barca.

C'era un sacco di cose da controllare. Jace si trovava su un ampio ponte, con l'acqua alla sua sinistra. Tutto era nero: il ponte, il parapetto, perfino i finestrini della cabina lunga e stretta. La barca era più grande di quanto si fosse aspettato: lunga probabilmente quanto un campo da calcio o forse più. Non assomigliava a nessuna imbarcazione che gli fosse capitato di vedere (troppo grande per essere uno yacht, troppo piccola per essere un transatlantico), e poi non aveva mai visto una nave interamente dipinta di nero. Si chiese dove l'avesse pescata suo padre.

Jace iniziò un lento giro intorno al ponte. Ora il cielo era sgombro di nuvole e le stelle splendevano, incredibilmente luminose. Ai suoi lati vedeva la città illuminata, come se si trovasse in un corridoio vuoto fatto di luce. I suoi stivali producevano tonfi sordi sul ponte. A un tratto si chiese se Valentine fosse lì. Jace era stato di rado in un luogo dall'aria tanto abbandonata.

Si fermò un istante a prua e fece vagare lo sguardo sul fiume, che tagliava Manhattan e Long Island come una cicatrice. L'acqua era agitata e si sollevava in alte onde dalle creste argentee. Soffiava un vento forte e costante, il tipo di vento che soffia solo sull'acqua. Allargò le braccia e lasciò che gli afferrasse la giacca e la facesse sventolare come due ali, gli sferzasse il viso con i capelli e gli pungesse gli occhi fino alle lacrime.

Accanto alla tenuta di Idris c'era un lago. Suo padre gli aveva insegnato a navigarci, gli aveva insegnato il linguaggio del vento, dell'acqua e del galleggiamento. «Tutti gli uomini dovrebbero saper navigare» aveva detto. Era una delle rare volte in cui aveva usato quell'espressione, dicendo «tutti gli uomini» anziché «tutti gli Shadowhunters». Probabilmente era un modo per ricordare a Jace che, qualunque cosa fosse diventato, avrebbe sempre fatto parte del genere umano.

Dando le spalle alla prua con gli occhi che gli bruciavano, Jace vide una porta incassata nella parete della cabina, tra due finestrini oscurati. Attraversò alla svelta il ponte e cercò la maniglia. La porta era chiusa a chiave. Con lo stilo incise nel metallo una serie di rune di Apertura e la porta si spalancò, coi cardini che stridevano in segno di protesta e spargevano rosse scaglie di ruggine. Jack si curvò sotto il basso vano della porta e si ritrovò su una scala di metallo fiocamente illuminata. L'aria sapeva di ruggine e abbandono. Fece un altro passo avanti e la porta si richiuse con fragore alle sue spalle con un'eco metallica.

Imprecò, cercando tastoni la pietra runica di stregaluce nella tasca. Sentì i guanti induriti e le dita irrigidite dal gelo. Lì dentro faceva più freddo che sul ponte. L'aria era come ghiaccio. Tirò fuori la mano dalla tasca, tremando, non solo per la temperatura. La nuca gli formicolava, i suoi nervi erano tesi come corde di violino. C'era qualcosa che non andava.

Sollevò la pietra runica, che risplendette facendogli lacrimare ancora di più gli occhi. Attraverso la nebbia vide la snella figura di una ragazza ritta davanti a lui, le mani giunte sul petto, i capelli una macchia di rosso contro il metallo nero tutt'intorno.

La mano gli tremò, spargendo saltellanti dardi di stregaluce, come se una schiera di lucciole si fosse levata in volo dall'oscurità. — *Clary?*

Lei lo fissava, il viso bianco, le labbra tremanti. Le domande gli morirono in gola... Che cosa ci faceva là? Com'era finita sulla nave? Fu afferrato da uno spasmo di terrore, peggiore di qualsiasi paura mai provata per se stesso. C'era qualcosa che non quadrava in lei, in Clary. Jace fece un passo avanti, proprio mentre la ragazza scostava le mani dal petto e le tendeva verso di lui. Erano appiccicose di sangue, che le copriva il vestito bianco come una pettorina rossa.

Clary si piegò in avanti e Jace la afferrò con un braccio. Quando gli cadde addosso con tutto il peso, lui lasciò quasi andare la stregaluce. Sentiva il battito del suo cuore, il tocco dei suoi capelli soffici contro il mento, così familiare. Però aveva un odore diverso. L'odore che Jace associava a Clary, un misto di sapone floreale e cotone pulito, era scomparso; ora lei sapeva solo di sangue e metallo. La testa della ragazza si inclinò all'indietro, i suoi occhi si rovesciarono, scoprendo il bianco. Il battito selvaggio del suo cuore rallentò e si fermò...

— No! — La scrollò, così forte che la testa gli cadde contro il braccio. — Clary! Svegliati! — La scrollò di nuovo, e stavolta le sue ciglia tremolarono; il sollievo lo pervase come un improvviso sudore freddo, poi gli occhi di Clary si aprirono, ma non erano più verdi; erano di un bianco opaco e luccicante, erano bianchi e accecanti come fari su una strada buia, bianchi come il rumore fragoroso nella sua mente. *Ho già visto quegli occhi*, pensò lui, poi l'oscurità lo investì come un'onda, portandosi dietro il silenzio.

C'erano fori e puntini di luce scintillante sullo sfondo oscuro. Jace chiuse gli occhi cercando di calmare il proprio respiro. Si sentiva in bocca un sapore di rame, come di sangue, e capì che era steso su una fredda superficie metallica e che il gelo gli stava penetrando attraverso i vestiti e la pelle. Contò mentalmente all'indietro, a partire da cento, finché il respiro non rallentò. Poi riaprì gli occhi.

Regnava ancora il buio, ma si era tramutato in un familiare cielo notturno disseminato di stelle. Jace era in coperta, steso supino all'ombra del ponte di Brooklyn che incombeva sulla prua come una montagna di pietra e metallo. Gemette e si sollevò sui gomiti... poi si immobilizzò, quando si accorse di un'altra ombra, questa chiaramente umana, china su di lui. — Hai ricevuto una brutta botta in testa — disse la voce che ossessionava i suoi sogni. — Come ti senti?

Jace si mise a sedere e se ne pentì immediatamente non appena sentì lo stomaco sottosopra. Se avesse mangiato qualcosa nelle dieci ore precedenti, di sicuro lo avrebbe vomitato. Stando così le cose, invece, l'acre sapore della bile gli inondò la bocca. — Mi sento da schifo.

Valentine sorrise. Era seduto su un mucchio di scatole vuote appiattite, vestito di tutto punto in abito grigio e cravatta, quasi fosse seduto dietro l'elegante scrivania di mogano nella tenuta dei Wayland, a Idris. — Ho un'altra domanda da rivolgerti: come hai fatto a trovarmi?

— Ho estorto l'informazione con la tortura al tuo demone Raum — rispose Jace. — Sei stato tu a insegnarmi dove hanno il cuore. L'ho minacciato e ha parlato... Be', non sono molto svegli, però è riuscito a dirmi che era venuto da una nave sul fiume. Ho alzato lo sguardo e ho visto l'ombra della tua barca sull'acqua. Mi ha detto che avevi fatto comparire anche quella, ma questo l'avevo già capito.

— Vedo. — Valentine sembrò nascondere un sorriso. — La prossima volta, prima di venire, dovresti almeno annunciarmi la tua visita. Ti eviterà uno spiacevole scontro con le mie guardie.

— Guardie? — Jace si appoggiò al freddo parapetto di metallo e aspirò profonde boccate di aria pulita e fredda. — Vuoi dire i demoni, vero? Hai usato la Spada per convocarli.

— Non lo nego — disse Valentine. — Le bestie di Luke hanno distrutto il mio esercito di Dimenticati e non ho avuto né il tempo né la voglia di crearne un altro. Adesso che ho la Spada Mortale, non ho più bisogno di loro. Ho ben altro.

Jace pensò a Clary insanguinata e morente tra le sue braccia. Si portò una mano alla fronte. Era fredda per il contatto con il parapetto di metallo. — Quella cosa sulla scala — disse. — Non era Clary, vero?

— Clary? — Valentine sembrò moderatamente sorpreso. — È quello che hai visto?

— Sì, perché? — Jace si sforzò di mantenere la voce piatta, indifferente. Era abituato ai segreti, propri o altrui, ma i suoi sentimenti per Clary erano qualcosa che credeva di poter sopportare solo a patto di non stare a pensarci troppo su.

Ma questo era Valentine. Lui considerava ogni cosa attentamente, analizzando in che modo potesse volgerla a proprio vantaggio. In questo gli ricordava la Regina della Corte Seelie: fredda, minacciosa, calcolatrice.

— Quello che hai incontrato sulla scala — disse Valentine — era Agramon, il Demone della Paura. Agramon assume la forma di ciò che più ti terrorizza. Quando ha finito di nutrirsi del tuo terrore, ti uccide, ammesso che a quel punto tu sia ancora vivo. La maggior parte degli uomini e delle donne muoiono prima, di paura. Meriti le mie congratulazioni per avere resistito tanto a lungo.

— Agramon? — Jace era stupefatto. — È un Demone Superiore. Come hai fatto a metterti in contatto con uno *come lui*?

— Ho pagato uno stregone giovane e presuntuoso per invocarlo al posto mio. Pensava che, se il demone fosse rimasto all'interno del pentagramma, avrebbe potuto controllarlo. Sfortunatamente per lui, la sua paura più grande era che, una volta invocato, il demone potesse spezzare le difese del pentagramma e attaccarlo, il che è esattamente quello che è successo quando Agramon si è materializzato.

— Allora è così che è morto — disse Jace.

— Di chi parli?

— Dello stregone — rispose Jace. — Si chiamava Elias, aveva sedici anni. Tu lo sapevi, vero? Il Rituale della Trasformazione Infernale…

Valentine rise. — Ti sei dato da fare, eh? Allora sai anche perché ho mandato quei demoni a casa di Lucian, vero?

— Volevi Maia. Perché è una giovane lupa mannara. Ti serviva il suo sangue.

— Ho mandato i demoni Drevak a spiare cosa succedeva da Lucian con l'ordine di riferirmelo — disse Valentine. — Lucian ne ha ucciso uno, ma l'altro mi ha rivelato la presenza di una piccola licantropa, e allora…

— Hai mandato i demoni Raum a prenderla. — A un tratto Jace si sentì stanchissimo. — Perché Luke le vuole bene e quindi tu volevi ferirlo. — Rimase in silenzio per un istante, poi disse in tono misurato: — Il che è piuttosto meschino, perfino per te.

Per un momento una scintilla di ira accese gli occhi di Valentine, che poi rovesciò la testa e scoppiò a ridere. — Ammiro la tua cocciutaggine. È così simile alla mia. — Quindi si alzò in piedi e gli porse una mano. — Avanti, fai un giro del ponte con me. C'è qualcosa che voglio mostrarti.

Jace voleva respingere la mano tesa, ma, considerato il dolore alla testa, non era sicuro di potersi alzare da solo. Inoltre era meglio non far arrabbiare così presto suo padre; per quanto Valentine potesse apprezzare il suo carattere indipendente, non aveva mai avuto troppa pazienza con i comportamenti ribelli.

La sua mano era fredda e asciutta, la presa stranamente rassicurante. Quando Jace fu in piedi, Valentine lo lasciò ed estrasse di tasca uno stilo. — Lasciami eliminare quelle ferite — disse allungando la mano verso il figlio.

Jace si ritrasse… dopo un attimo di esitazione, che non sfuggì a Valentine. — Non voglio il tuo aiuto.

Valentine mise via lo stilo. — Come preferisci. — Prese a camminare, e Jace, dopo un istante, gli andò dietro, accelerando il passo per raggiungerlo. Conosceva suo padre abbastanza bene per sapere che non si sarebbe mai girato per vedere se lo seguiva, l'avrebbe dato semplicemente per scontato e poi avrebbe cominciato a parlare.

Non si sbagliava. Quando lo raggiunse, Valentine stava già parlando. Aveva le mani mollemente giunte dietro la schiena e si muoveva con una grazia disinvolta, spontanea, insolita in un uomo grosso e dalle spalle larghe. Camminava piegato in avanti, come se avanzasse a grandi falcate contro un vento impetuoso.

— … Se ben ricordo — stava dicendo Valentine — dovresti conoscere bene il *Paradiso perduto* di Milton.

— Me l'avrai fatto leggere dieci o quindici volte — osservò Jace. — È meglio regnare all'inferno che servire in paradiso e via di questo passo.

— *Non serviam* — disse Valentine. — "Non servirò." È ciò che Lucifero scrisse sul proprio vessillo quando si scagliò contro l'autorità insieme alla sua schiera di angeli ribelli.

— Dove vuoi arrivare? A dirmi che stai dalla parte del diavolo?

— Alcuni dicono che anche Milton stesse dalla parte del diavolo. Il suo Satana è una figura certamente più interessante del suo Dio. — Avevano quasi raggiunto la prua della nave. Valentine si fermò e si appoggiò al parapetto.

Jace lo raggiunse. Avevano oltrepassato i ponti sull'East River e puntavano verso il mare aperto, tra Staten Island e Manhattan. Le luci del distretto finanziario di Downtown scintillavano sull'acqua come una stregaluce. Il cielo era cosparso di polvere luccicante, e il fiume nascondeva i propri segreti sotto una liscia coltre nera, qua e là infranta da un balenio argenteo, forse la coda di un pesce... o di una sirena. *La mia città*, pensò Jace giusto per provare, ma quelle parole gli fecero venire in mente Alicante e le sue torri di cristallo, non i grattacieli di Manhattan.

Dopo un momento, Valentine disse: — Perché sei qui, Jonathan? Dopo averti visto nella Città di Ossa, mi sono chiesto se il tuo odio per me fosse davvero implacabile. Avevo quasi rinunciato a te.

Il suo tono era uniforme, come quasi sempre, ma aveva qualcosa di... non di vulnerabile, ma quantomeno pervaso da una sorta di sincera curiosità, come se si fosse reso conto che il figlio era capace di sorprenderlo.

Jace spinse lo sguardo sull'acqua. — La Regina della Corte Seelie voleva che ti facessi una domanda. Mi ha detto di chiederti quale sangue scorre nelle mie vene.

La sorpresa passò sul viso di Valentine come una mano che spiani qualsiasi espressione. — Hai parlato con la Regina?

Jace rimase in silenzio.

— È tipico del Popolo Fatato. Tutto quello che dicono ha più di un significato. Se te lo richiede, dille che nelle tue vene scorre il sangue dell'Angelo.

— È nelle vene di tutti gli Shadowhunters — disse Jace, deluso. Aveva sperato in una risposta migliore. — Non mentiresti alla Regina della Corte Seelie, vero?

Il tono di Valentine fu brusco. — No. E tu non saresti venuto solo per farmi questa ridicola domanda. Qual è la vera ragione per cui sei qui, Jonathan?

— Dovevo parlare con qualcuno. — Non era bravo come suo padre a controllare la voce. Poteva percepirvi il dolore, come una ferita sanguinante appena sotto la superficie. — I Lightwood... per loro sono solo un problema. Ormai anche Luke deve odiarmi. L'Inquisitrice mi vuole morto. Ho fatto qualcosa che ha ferito Alec e non so neanche bene cosa.

— E tua sorella? — chiese Valentine. — Che mi dici di Clarissa?

Perché devi rovinare tutto? — Neanche lei è contenta di me. — Jace esitò. — Ricordo quello che hai detto nella Città di Ossa. Che non hai mai avuto occasione di raccontarmi la verità. Non mi fido di te — aggiunse. — Voglio che tu lo sappia. Ma pensavo di darti l'occasione di spiegarmi *perché*.

— Devi chiedermi più di un perché, Jonathan. — Nella voce di suo padre risuonò una nota che stupì Jace, una fiera umiltà che sembrò temprare l'orgoglio di Valentine come il fuoco può temprare l'acciaio. — Ce ne sono talmente tanti, di *perché*.

— Perché hai ucciso i Fratelli Silenti? Perché hai preso la Spada Mortale? Cosa hai in mente? Perché la Coppa Mortale non ti è bastata? — Jace si bloccò prima di poter fare altre domande. *Perché mi hai lasciato una seconda volta? Perché mi hai detto che non ero più tuo figlio e poi sei venuto a prendermi?*

— Sai quello che voglio. Il Conclave è irrimediabilmente corrotto e va distrutto e rifondato. Idris va liberata dall'influenza delle razze degenerate e la terra privata della minaccia demoniaca.

— Già, a proposito di minaccia demoniaca. — Jace si guardò intorno, quasi si aspettasse di vedere l'ombra nera di Agramon incombere su di lui. — Pensavo che odiassi i demoni. Adesso li usi come servi: i Divoratori, i demoni Drevak, Agramon... sono alle tue *dipendenze*. Guardie, maggiordomo... cuoco personale, per quanto ne so.

Valentine tamburellò sul parapetto. — Non sono amico dei demoni — disse. — Sono un Nephilim, a prescindere dalla mia convinzione che l'Alleanza sia inutile e la Legge fraudolenta. Per essere un patriota, un individuo non deve essere necessariamente d'accordo con il suo governo, no? Un vero patriota può dissentire e dire che ama il suo paese più che la propria posizione nella scala sociale. Sono stato denigrato per la mia scelta, costretto a nascondermi, bandito da Idris. Ma sono, e rimarrò sempre, un Nephilim. Non potrei cambiare il sangue che ho nelle vene neppure se lo volessi... E non voglio.

Io sì. Jace pensò a Clary. Abbassò di nuovo lo sguardo sull'acqua scura, sapendo che non era vero. Rinunciare a cacciare, a uccidere, alla consapevolezza della propria incredibile velocità e delle proprie doti infallibili: impossibile. Era un *guerriero*. Non poteva essere altro.

— E tu? — chiese Valentine. Jace distolse svelto lo sguardo, temendo che il padre potesse leggergli in faccia. Erano stati insieme, loro due soli, per così tanti anni. Una volta conosceva il viso di suo padre meglio del proprio. Valentine era l'unica persona a cui non avrebbe mai saputo nascondere i suoi sentimenti. O quantomeno la prima. A volte aveva l'impressione che anche Clary potesse guardare attraverso di lui come fosse di vetro.

— Neanch'io — disse. — Non posso.

— Sarai per sempre un Cacciatore?

— Sì. In fondo, è quello che hai fatto di me.

— Bene — fece Valentine. — È quello che volevo sentire. — Si appoggiò al parapetto, lo sguardo al cielo stellato. Aveva una spruzzata di grigio nei capelli bianchi; Jace non l'aveva mai notata prima. — Questa è una guerra — disse suo padre. — L'unica questione è: da che parte la combatterai?

— Credevo che fossimo tutti dalla stessa parte. Credevo che fossimo noi contro il mondo demoniaco.

— Magari fosse così. Ma non capisci che, se sentissi che il Conclave ha davvero a cuore ciò che più conviene a questo mondo, se pensassi che sta agendo al meglio... Per l'Angelo, perché dovrei combatterlo? Che ragione avrei?

Il potere, pensò Jace, ma rimase zitto. Non era più sicuro di che cosa dire, e ancor meno di che cosa credere.

— Se il Conclave va avanti così — disse Valentine — i demoni ne vedranno la debolezza e attaccheranno. E il Conclave, distratto dai suoi continui tentativi di accattivarsi le razze degenerate, non sarà più in grado di respingerli. I demoni lo attaccheranno, lo distruggeranno e faranno piazza pulita.

«Le razze degenerate.» Quelle parole gli suonavano sgradevolmente familiari; gli rammentavano l'infanzia, e in maniera non del tutto negativa. Quando pensava a suo padre e a Idris, gli si presentava sempre lo stesso ricordo sfocato di un sole ardente che inondava i prati verdi davanti alla loro tenuta in campagna, e una figura grande, scura e dalle spalle larghe che si chinava per sollevarlo dall'erba e portarlo in casa. Doveva essere molto piccolo allora, e non l'aveva mai dimenticato, non aveva dimenticato come odorava l'erba – verde, brillante, appena tagliata – o come il sole trasformava i capelli di suo padre in un alone soffice, e neppure la sensazione di essere portato in braccio. Di essere al sicuro.

— Luke — disse Jace con una certa difficoltà. — Luke non è un degenerato...

— Lucian è diverso. Una volta era un Cacciatore. — Il tono di Valentine era piatto e definitivo. — Qui non si tratta di singoli Nascosti, Jonathan. Si tratta della sopravvivenza di ogni creatura vivente sulla Terra. L'Angelo ha scelto i Nephilim per una ragione. Siamo i migliori di questo mondo, e siamo destinati a salvarlo. Siamo la cosa più vicina agli dei che esista sulla Terra... E dobbiamo usare il nostro potere per salvarla dalla distruzione, a qualunque costo.

Jace appoggiò i gomiti sul parapetto. Faceva freddo: il vento gelido penetrava attraverso i vestiti, e lui si sentiva le punte delle dita intorpidite. Nella sua mente, però, vedeva colline verdi e acqua azzurra e le pietre color miele della tenuta dei Wayland.

— Nell'Antico Testamento — disse — quando indusse Adamo ed Eva a peccare, Satana disse loro: «Sarete come dei». E per questa ragione furono cacciati dal paradiso terrestre.

Ci fu un breve silenzio, quindi risuonò la risata di Valentine. — Vedi, è per questo che ho bisogno di te, Jonathan. Tu mi impedisci di peccare di orgoglio.

— Ci sono tanti generi di peccato. — Jace si raddrizzò e si girò per affrontarlo. — Non hai risposto alla mia domanda sui demoni, padre. Come puoi giustificare il fatto di invocarli, di *accordarti* con loro? Progetti di mandarli contro il Conclave?

— Certo — rispose Valentine senza esitare, senza riflettere neanche un secondo se fosse saggio rivelare i suoi piani a qualcuno che poteva riferirli ai suoi nemici. Nulla poteva turbare Jace più della consapevolezza di quanto suo padre fosse sicuro del successo. — Il Conclave non cederà alla ragione, ma solo alla forza. Ho provato a formare un esercito di Dimenticati; con la Coppa, potrei creare un esercito di nuovi Shadowhunters, ma impiegherei degli anni. Purtroppo io non ho a disposizione anni. *Noi*, la razza umana, non abbiamo a disposizione anni. Con la Spada posso evocare un esercito di demoni obbedienti. Saranno strumenti al mio servizio, eseguiranno ciecamente i miei ordini. Non avranno scelta. E quando avrò finito, comanderò che si distruggano, e lo faranno. — La sua voce non tradiva alcuna emozione.

Jace stringeva il parapetto con una tale forza che cominciarono a dolergli le dita. — Non puoi trucidare ogni Cacciatore che ti si opponga. È assassinio.

— Non sarà necessario. Quando i membri del Conclave vedranno la potenza schierata contro di loro, si arrenderanno. Non sono dei suicidi. E poi, tra loro c'è chi mi sostiene. — Non c'era arroganza nel suo tono, solo una calma certezza. — Si faranno avanti quando verrà il momento.

— Penso che tu sottovaluti il Conclave. — Jace provò a rendere ferma la propria voce. — Non credo che ti renda conto di quanto ti odiano.

— L'odio non è niente, se va a scapito della sopravvivenza. — La mano di Valentine si spostò sulla cintura, dove l'elsa della Spada luccicava debolmente. — Ma non devi credermi sulla parola. Ti avevo detto che volevo mostrarti una cosa. Eccola.

Sguainò la Spada e la porse a Jace. Jace aveva già visto Mellartach nella Città di Ossa, appesa alla parete del padiglione delle Stelle Parlanti. E aveva scorto l'elsa spuntare dal fodero, sopra la spalla di Valentine, ma non l'aveva mai esaminata da vicino. *La Spada dell'Anima*, la Spada Mortale o Spada dell'Angelo. Era di un argento scuro, pesante, che scintillava di un fioco splendore. La luce sembrava muoversi sopra e attraverso di essa, quasi fosse fatta di acqua. Nell'elsa fioriva una fiammeggiante rosa di luce.

Il ragazzo parlò con la bocca secca. — È bellissima.

— Voglio che la impugni. — Valentine porse la Spada al figlio nel modo in cui gli aveva sempre insegnato, dalla parte dell'elsa. Alla luce delle stelle, la lama sembrò emanare un cupo bagliore.

Jace esitò. — Non...

— Prendila. — Gliela premette in mano.

Nel momento in cui le dita di Jace si chiusero intorno all'impugnatura, una lancia di luce guizzò fuori dall'elsa e si riversò nella lama. Il ragazzo lanciò una rapida occhiata al padre, ma Valentine era impassibile.

Un oscuro dolore si diffuse per il braccio di Jace, su fino al petto. Non che la Spada fosse pesante. È che sembrava volerlo spingere verso il basso, trascinarlo attraverso la nave, attraverso l'acqua verde del mare, persino attraverso la fragile crosta terrestre. Ebbe l'impressione che qualcosa gli strappasse il fiato dai polmoni. Rovesciò la testa in alto e si guardò intorno...

E vide che la notte era cambiata. In cielo era stato gettato un luccicante reticolo di sottili fili dorati e le stelle splendevano attraverso di esso, luminose come capocchie di chiodi piantati nelle tenebre. Jace vide la curva del mondo, mentre questo scivolava via da lui e, per un momento, fu colpito dalla bellezza dello spettacolo. Poi il cielo notturno sembrò infrangersi come un vetro e attraverso i mille frammenti si riversò un'orda di figure scure, gibbose e contorte, deformi e senza volto, lanciando un muto grido che si incise a fuoco nella sua mente.

Un vento gelido lo sferzò, mentre cavalli a sei zampe gli sfrecciavano accanto e i loro zoccoli facevano volare scintille insanguinate dal ponte della nave. Gli esseri che li cavalcavano erano indescrivibili. Sopra la sua testa volteggiavano creature senza occhi e dalle ali coriacee che gridavano e lasciavano colare un umore verde velenoso.

Jace si curvò sul parapetto in preda a incontrollabili conati di vomito, la Spada ancora stretta in pugno. Sotto di lui, l'acqua pullulava di demoni. Vide creature coperte di spine con occhi sanguinolenti grandi come piatti lottare mentre venivano trascinate sott'acqua da ribollenti masse di viscidi tentacoli neri. Una sirena, presa nella morsa di un ragno d'acqua a dieci zampe, urlò disperatamente quando quello le affondò le zanne nella coda che si dibatteva, gli occhi rossi scintillanti come gocce di sangue.

La Spada cadde di mano a Jace e sbatté fragorosamente sul ponte. Di colpo il rumore e lo spettacolo scomparvero e la notte si fece silenziosa. Il ragazzo si aggrappò spasmodicamente al parapetto guardando incredulo il mare sotto di lui. Era vuoto, la superficie increspata dal vento.

— Che *cos'era*? — sussurrò. Si sentiva la gola rasposa, come se l'avessero raschiata con della carta vetrata. Jace guardò furibondo il padre, che si era chinato a recuperare la Spada dell'Angelo dal ponte. — Sono quelli i demoni che hai già evocato?

— No. — Valentine rinfoderò Mellartach. — Quelli sono i demoni che sono stati attirati ai margini del nostro mondo dalla Spada. Ho portato qui la nave perché in questo luogo le protezioni sono deboli. Quello che hai visto è il mio esercito, in attesa al di là delle protezioni… in attesa che io lo chiami a combattere al mio fianco. — Il suo sguardo era serio. — Pensi ancora che il Conclave non capitolerà?

Jace chiuse gli occhi e disse: — Non tutti… non i Lightwood…

— Potresti convincerli tu. Se starai dalla mia parte, giuro che non sarà fatto loro alcun male.

L'oscurità dietro gli occhi di Jace cominciò a tingersi di rosso. Gli erano venute in mente le ceneri della vecchia casa di Valentine, le ossa annerite dei nonni che non aveva mai conosciuto. E vide altri volti. Quello di Alec. Quello di Max. Quello di Clary.

— Li ho già feriti abbastanza — sussurrò. — Non deve accadere nient'altro a nessuno di loro. Niente.

— Certo. Capisco. — E Jace si rese conto, con suo grande stupore, che Valentine capiva *davvero*, che in qualche modo comprendeva quello che nessun altro sembrava capire. — Tu pensi che sia colpa tua, tutto il male che ha colpito i tuoi amici, la tua famiglia.

— *È* colpa mia.

— Hai ragione. È così. — A queste parole Jace alzò lo sguardo nel più assoluto sbigottimento. Nella sorpresa di vedersi dare ragione, lottavano in eguale misura l'orrore e il sollievo.

— Davvero?

— Non l'hai fatto intenzionalmente, chiaro. Ma noi due siamo uguali. Avveleniamo e distruggiamo tutto ciò che amiamo. E c'è una ragione.

— Quale?

Valentine alzò gli occhi al cielo. — Siamo destinati a un fine superiore, io e te. Le distrazioni del mondo sono solo questo, distrazioni appunto. Se permettiamo che ci allontanino dalla nostra strada, veniamo regolarmente puniti.

— E la nostra punizione viene inflitta anche a tutti quelli a cui teniamo? Mi sembra un po' troppo severo, nei *loro* confronti.

— Il destino non è mai giusto. Tu sei stato travolto da una corrente molto più forte di te, Jonathan: opponiti a essa e farai annegare non solo te stesso, ma anche chi cercherà di aiutarti. Fatti trascinare, e sopravviverai.

— Clary...

— Nessun male sarà fatto a tua sorella, se ti unirai a me. Andrò fino ai confini della Terra per proteggerla. La porterò a Idris, dove non potrà accaderle nulla. Te lo prometto.

— Alec. Isabelle. Max...

— Anche i figli dei Lightwood godranno della mia protezione.

Jace sussurrò: — Luke...

Valentine esitò, poi disse: — Tutti i tuoi amici saranno protetti. Perché non riesci a credermi, Jonathan? Questo è l'unico modo in cui puoi salvarli. Te lo giuro.

Jace non riusciva a parlare. Dentro di lui il freddo dell'autunno lottava contro il ricordo dell'estate.

— Hai preso la tua decisione? — chiese Valentine. Jace non lo vedeva, ma percepì il tono definitivo della domanda. Suo padre sembrava impaziente.

Aprì gli occhi. La luce delle stelle fu un'esplosione bianca contro le sue iridi; per un istante non vide nient'altro. E disse: — Sì, padre. Ho preso la mia decisione.

Parte terza

IL GIORNO DELL'IRA

Il giorno dell'ira, di incendi mai spenti,
Veggente e Sibilla annunciano, senti,
che ridurrà in cenere il mondo e i viventi.

ABRAHAM COLES, *Dies Irae*

14

Senza paura

Quando Clary si svegliò, vide la luce riversarsi dalle finestre e sentì un dolore acuto alla guancia sinistra. Rotolando su un fianco, si accorse di essersi addormentata sul blocco da disegno e che un angolo le si era conficcato nella pelle. Aveva anche lasciato cadere la penna sul piumone, e sulla stoffa si spandeva una macchia nera. Si mise a sedere con un gemito, si strofinò la guancia con aria afflitta e andò a farsi una doccia.

Nel bagno c'erano tracce evidenti delle operazioni della notte appena trascorsa: abiti insanguinati ficcati nel cestino dei rifiuti e una macchia di sangue secco nel lavandino. Rabbrividendo, Clary si infilò nella doccia con un flacone di bagnoschiuma al pompelmo, decisa a strofinare via le sensazioni di disagio che persistevano in lei.

Poi, avvolta in uno degli accappatoi di Luke e con un asciugamano intorno ai capelli bagnati, aprì la porta del bagno e trovò Magnus appostato lì davanti, con i capelli cosparsi di glitter schiacciati da un lato e un asciugamano stretto in una mano. — Perché le femmine c'impiegano tanto a fare la doccia? — chiese. — Ragazze mortali, Cacciatrici, stregoni donna… siete tutte uguali. Mi sono fatto vecchio a forza di aspettare qui fuori.

Clary si fece da parte per lasciarlo passare. — Quanti anni hai, a proposito? — chiese incuriosita.

Magnus le fece l'occhiolino. — Ero già nato quando il Mar Morto era solo un lago che si sentiva poco bene.

Clary alzò gli occhi al cielo.

Magnus la scacciò con un gesto. — E adesso muovi il sederino. Devo assolutamente entrare lì dentro. Ho i capelli che sono un *disastro*.

— Non usare tutto il mio bagnoschiuma, mi costa un occhio — gli disse Clary, quindi andò in cucina, dove frugò qua e là in cerca dei filtri e accese la macchina del caffè. Il gorgoglio familiare del percolatore e l'odore del caffè attutirono la sua sensazione di disagio. Finché al mondo c'era il caffè, le cose non potevano andare poi tanto male.

Tornò nella sua camera per vestirsi. Dieci minuti più tardi, in jeans e maglia a righe blu e verdi, era già in salotto e scuoteva Luke per svegliarlo. Lui si mise a sedere con un lamento, i capelli arruffati e la faccia stropicciata dal sonno.

— Come ti senti? — chiese Clary porgendogli una tazza sbreccata piena di caffè fumante.

— Meglio, adesso. — Luke abbassò lo sguardo sulla stoffa lacerata della camicia; i bordi dello strappo erano macchiati di sangue. — Dov'è Maia?

— Dorme nella tua stanza, ricordi? Gliel'hai ceduta. — Clary si appollaiò sul bracciolo del divano.

Luke si strofinò gli occhi pesti. — Non ricordo tanto bene la scorsa notte — ammise. — Ricordo che sono andato al pickup e non molto altro.

— C'erano altri demoni nascosti fuori. Ti hanno assalito. Ce ne siamo occupati io e Jace.

— Altri demoni Drevak?

— No. — Clary rispose di malavoglia. — Jace li ha chiamati Raum.

— Demoni Raum? — Luke si raddrizzò a sedere. — È roba seria. I Drevak sono seccatori pericolosi, ma i Raum…

— Non c'è problema — gli disse Clary. — Ce ne siamo liberati.

— Ve ne siete liberati o è stato Jace? Clary, non voglio che tu…

— Non è come pensi, sul serio. — La ragazza scosse la testa. — Vedi…

— Ma non c'era Magnus? Perché non è venuto con voi? — Luke si interruppe, chiaramente turbato.

— Stavo curando *te*, ecco perché — disse lo stregone entrando nel salotto circondato da un forte odore di pompelmo. Aveva i capelli avvolti in un asciugamano e indossava una tuta di raso azzurra a strisce argentee. — Che fine ha fatto la gratitudine?

— *Certo* che ti sono grato. — Sembrava che Luke fosse arrabbiato e cercasse al tempo stesso di non ridere. — È solo che se fosse successo qualcosa a Clary…

— Se fossi andato con loro, saresti morto — disse Magnus lasciandosi cadere su una poltrona. — E dopo Clary sarebbe stata molto peggio. Lei e Jace se la sono cavata egregiamente da soli, con i demoni, non è vero? — Si girò verso la ragazza.

Lei era sulle spine. — Vedi, è solo che…

— È solo che cosa? — Era Maia, ancora con i vestiti che indossava la notte prima e, sopra, una larga camicia di flanella di Luke. Attraversò la stanza con andatura rigida e si sedette con cautela su una poltrona. — È odore di caffè quello che sento? — chiese speranzosa, arricciando il naso.

Accidenti, pensò Clary, non era giusto che una lupa mannara fosse così carina e tutta curve; avrebbe dovuto essere tozza e irsuta, magari con i peli che le spuntavano dalle orecchie. *Sono acida*, aggiunse tra sé. *Ed è esattamente per questo che non ho amiche e passo tutto il mio tempo con Simon. Dovrei controllarmi.* Si alzò. — Ne vuoi un po'?

— Certo. — Maia annuì. — Latte e zucchero! — gridò, mentre Clary usciva dalla stanza. Ma quando questa tornò dalla cucina con una tazza fumante in mano, la giovane lupa mannara era accigliata. — Non ricordo bene che cosa è successo ieri notte, però se non sbaglio c'è qualcosa che riguarda Simon, qualcosa che mi turba...

— Sfido io, hai tentato di ucciderlo — disse Clary riprendendo il suo posto sul bracciolo del divano. — Sarà per questo.

Maia impallidì, lo sguardo abbassato sul caffè. — Me n'ero dimenticata. Adesso è un vampiro. — Alzò gli occhi su Clary. — Non volevo fargli del male. Era solo...

— Sì? — Clary sollevò le sopracciglia. — Solo cosa?

Il viso di Maia si tinse lentamente di un rosso acceso. Posò il caffè sul tavolo lì accanto.

— Forse dovresti coricarti — le consigliò Magnus. — Io lo trovo di grande aiuto quando sono assalito dalla deprimente consapevolezza di qualcosa di terribile.

A un tratto gli occhi di Maia si riempirono di lacrime. Clary guardò spaventata Magnus, che le parve altrettanto impressionato, e poi Luke. — *Fa' qualcosa* — gli sibilò sottovoce. Magnus sarà anche stato uno stregone capace di guarire ferite mortali con un lampo di fuoco azzurro, ma quanto a trattare ragazze adolescenti in lacrime, tra lui e Luke non c'era storia.

Luke scalciò per liberarsi dalla coperta e alzarsi, ma prima che potesse mettersi in piedi la porta d'ingresso si spalancò rumorosamente ed entrò Jace, seguito da Alec, che teneva una scatola bianca. Magnus si tolse svelto l'asciugamano dalla testa e lo lasciò cadere dietro la poltrona. Senza gel e glitter, i suoi capelli erano scuri e lisci e gli arrivavano poco sopra le spalle.

Come sempre, lo sguardo di Clary corse immediatamente a Jace – era più forte di lei – ma nessuno parve farci caso. Jace era teso, stanco e tirato, gli occhi cerchiati di grigio. La sfiorarono inespressivi e si posarono su Maia, che stava ancora piangendo in silenzio e non doveva averli sentiti entrare. — Tutti di buonumore, a quanto vedo — osservò Jace.

Maia si strofinò gli occhi. — Merda — mormorò. — Detesto piangere davanti ai Cacciatori.

— Allora vai a piangere in un'altra stanza — disse Jace, la voce priva di qualsiasi calore. — Possiamo fare volentieri a meno di sentirti frignare mentre parliamo, o no?

— Jace... — cominciò Luke in tono ammonitore, ma Maia si era già alzata ed era uscita a grandi passi dalla porta della cucina.

Clary si rivolse a Jace: — Parlare? Ma non stavamo parlando.

— Però dobbiamo farlo — disse Jace, lasciandosi cadere sullo sgabello del pianoforte e stendendo le lunghe gambe. — Magnus deve darmi una lavata di capo, vero, Magnus?

— Sì — rispose lo stregone distogliendo gli occhi da Alec giusto il tempo necessario per guardare male Jace. — Dove diavolo sei stato? Pensavo di averti detto chiaro e tondo che dovevi rimanere a casa.

— *Io* pensavo che non avesse scelta — osservò Clary. — Che fosse *costretto* a stare dove stai tu. Sai, per via della magia.

— Di norma è così — disse Magnus inquieto — ma ieri notte, dopo tutto il lavoro che ho avuto, la mia magia si è… esaurita.

— Esaurita?

— Già. — Magnus sembrava più arrabbiato che mai. — Neppure il Sommo Stregone di Brooklyn dispone di risorse inesauribili. Sono un essere umano. Be' — si corresse — semiumano, quantomeno.

— Ma dovevi pur esserti accorto che le tue risorse erano esaurite — disse Luke in tono conciliante — no?

— Sì, e ho fatto giurare a quella carogna di rimanere in casa. — Magnus fulminò Jace con lo sguardo. — Adesso so quanto valgono i tanto decantati giuramenti degli Shadowhunters.

— Dovevi farmi giurare nel modo giusto — commentò Jace imperturbabile. — Solo un giuramento sull'Angelo ha un qualche valore.

— È vero — confermò Alec. Era la prima cosa che diceva da quando aveva messo piede in casa.

— Certo che è vero. — Jace prese la tazza di caffè di Maia e bevve un sorso. Fece una smorfia. — Zucchero.

— In ogni caso, dove sei stato tutta la notte? — chiese Magnus con voce aspra. — Con Alec?

— Non riuscivo a dormire, così sono andato a fare una passeggiata — rispose Jace. — Quando sono tornato, mi sono imbattuto in questa anima in pena che ciondolava nel portico. — Indicò Alec.

Magnus si animò. — Sei stato là tutta la notte? — chiese ad Alec.

— No — rispose questi. — Sono andato a casa e sono tornato. Mi sono cambiato, non vedi?

Guardarono tutti. Alec portava una maglia scura e dei jeans, cioè esattamente quello che indossava il giorno prima. Clary decise di concedergli il beneficio del dubbio. — Che cosa c'è nella scatola? — chiese.

— Ah, sì. — Alec la guardò come se l'avesse dimenticata. — Ci sono delle ciambelle. — Aprì la scatola e la posò sul tavolino da caffè. — Qualcuno ne vuole una?

Si scoprì che una ciambella la volevano tutti. Jace ne prese due. Dopo avere mandato giù quella alla crema e cioccolato che Clary aveva portato per lui, Luke sembrò piuttosto rinfrancato, e si mise a sedere sul divano. — C'è una cosa che non capisco — disse.

— Solo una? Allora sei messo molto meglio di noi — ribatté Jace.

— Non vedendomi rientrare in casa, voi due siete venuti a cercarmi — disse Luke, spostando lo sguardo da Clary a Jace.

— Noi tre — fece Clary. — È venuto anche Simon.

Luke sembrò dispiaciuto. — Bene. Voi tre. C'erano due demoni, ma Clary dice che non ne avete ucciso neanche uno. Allora cosa è successo?

— Io avrei ucciso il mio, ma è scappato — disse Jace. — Altrimenti…

— Ma perché lo avrebbe fatto? — chiese Alec. — Loro erano due, voi tre, si sentivano forse in inferiorità numerica?

— Senza offesa per gli interessati, ma fra i tre l'unico dall'aria pericolosa è Jace — disse Magnus. — Una Cacciatrice non addestrata e un vampiro terrorizzato...

— Forse sono stata io — intervenne Clary. — Forse l'ho fatto scappare per lo spavento.

Magnus socchiuse gli occhi. — Ma ho appena detto...

— Non dico che l'ho fatto scappare perché metto paura — lo interruppe Clary. — Credo che il motivo sia questo. — Sollevò la mano e la girò, in modo da far vedere il Marchio sulla parte interna del braccio.

Calò un'improvvisa calma. Jace la guardò fissa, poi distolse lo sguardo; Alec sgranò gli occhi e Luke sembrò sbalordito. — Non ho mai visto quel Marchio prima d'ora — disse infine. — E voialtri?

— No — fece Magnus. — Ma non mi piace.

— Non sono sicura di cosa sia o di cosa significhi — disse Clary abbassando il braccio. — Ma non viene dal *Libro Grigio*.

— Tutte le rune vengono dal *Libro Grigio*. — La voce di Jace era ferma.

— Non questa. L'ho vista in sogno.

— In *sogno*? — Jace sembrava furioso, come se lo stesse insultando personalmente. — A che gioco stai giocando, Clary?

— Non sto giocando a nessun gioco. Ricordi quando eravamo alla Corte Seelie... — Fu come se l'avesse colpito. Prima che lui potesse aprire bocca, la ragazza continuò: — ... e la Regina ci disse che eravamo *esperimenti*? Che Valentine aveva fatto... anzi *ci* aveva fatto qualcosa per renderci diversi, speciali? Ha detto che il mio era il dono delle parole che non possono essere pronunciate e il tuo il dono dell'Angelo.

— Stupidaggini da fate.

— Le fate non mentono, Jace. Le parole che non possono essere pronunciate... cioè le rune. Ognuna ha un significato diverso, ma sono fatte per essere disegnate, non dette ad alta voce. — Proseguì, ignorando lo sguardo scettico di lui. — Ricordi quando mi chiedesti come avevo fatto a entrare nella tua cella nella Città Silente? Ti risposi che avevo semplicemente usato una normale runa di Apertura...

— Tutto qui? — Alec sembrò sorpreso. — Io arrivai subito dopo di te e sembrava che qualcuno avesse divelto la porta dai cardini.

— E la mia runa non si limitò ad aprire la porta — aggiunse Clary. — Aprì anche tutto quello che c'era nella cella. Spezzò le manette di Jace. — Riprese fiato. — Penso che la Regina volesse dire che posso disegnare rune molto più potenti di quelle normali. E magari crearne di nuove.

Jace scosse il capo. — Nessuno può creare nuove rune...

— Magari lei può, Jace. — Alec sembrava pensieroso. — È vero, nessuno di noi ha mai visto il Marchio che ha sul braccio.

— Alec ha ragione — disse Luke. — Clary, perché non vai a prendere il blocco da disegno?

Lei lo guardò con una certa sorpresa. Gli occhi grigio-azzurri di Luke erano stanchi, un po' infossati, ma avevano la stessa fermezza di quando Clary aveva sei anni e lui le aveva promesso che, se si fosse arrampicata sul castello di tubi nello spazio giochi del Prospect Park, l'avrebbe sempre trovato lì sotto pronto a prenderla, se fosse caduta. E così era successo.

— Okay — disse lei. — Torno subito.

Per arrivare alla stanza degli ospiti Clary doveva passare per la cucina, dove trovò Maia seduta con aria infelice su uno sgabello vicino al piano di lavoro.

— Clary — disse saltando giù dallo sgabello. — Posso parlarti un secondo?

— Sto andando nella mia stanza a prendere una cosa…

— Senti, mi dispiace per quello che è successo con Simon. Ero fuori di me.

— Ah, sì? E che mi dici di tutti quei discorsi sul fatto che i lupi mannari sono destinati a odiare i vampiri?

Maia sbuffò esasperata. — È così, ma… immagino di non dover bruciare le tappe.

— Non spiegarlo a me, spiegalo a Simon.

Maia diventò di nuovo paonazza, le guance di un rosso acceso. — Dubito che voglia parlarmi.

— Non è detto. È piuttosto incline al perdono.

La lupa mannara la guardò più attentamente. — Non per ficcare il naso, ma voi due state insieme?

Clary sentì che adesso toccava a *lei* coprirsi di rossore e ringraziò le sue lentiggini che lo nascondevano almeno un po'. — Perché vuoi saperlo?

Maia fece spallucce. — La prima volta che lo incontrai mi parlò di te come della sua migliore amica, ma la volta dopo ti chiamò "la mia ragazza". Mi chiedevo se sia una cosa a intermittenza.

— Una specie. All'inizio eravamo solo amici. È una lunga storia.

— Capisco. — Il rossore di Maia era svanito e le era ricomparso sul viso il sogghigno da tipa tosta. — Be', sei fortunata, tutto qui. Anche se adesso è un vampiro. Essendo una Cacciatrice, devi essere piuttosto abituata a ogni genere di stramberia, perciò scommetto che la cosa non ti turbi più di tanto.

— Mi turba eccome — disse Clary più bruscamente di quanto volesse. — Io non sono Jace.

Il sogghigno si allargò. — Nessuno lo è. E ho la sensazione che lo sappia anche lui.

— E questo cosa dovrebbe significare?

— Oh, sai, Jace mi ricorda un mio vecchio ragazzo. Ci sono tizi che ti guardano come se volessero fare sesso. Jace ti guarda come se aveste *già* fatto sesso e fosse stato magnifico e adesso foste solo amici… anche se tu vorresti di più. Fa impazzire le ragazze. Capisci cosa intendo?

Sì, pensò Clary. — No — disse.

— Immagino, visto che sei sua sorella. Dovrai credermi sulla parola.
— Ora devo andare. — Clary aveva quasi oltrepassato la porta della cucina, quando le venne in mente qualcosa e si girò. — Che cosa gli è successo?
Maia inarcò un sopracciglio. — Che cosa è successo a chi?
— Al tuo vecchio ragazzo. Quello a cui ti fa pensare Jace.
— Oh. È stato lui a farmi diventare una lupa mannara.

— Ecco, ho preso tutto — disse Clary tornando in salotto con il blocco da disegno in una mano e una scatola di matite Prismacolor nell'altra. Scostò una sedia dal tavolo da pranzo poco usato (Luke mangiava sempre in cucina o nel suo ufficio, perciò il tavolo era sempre coperto di carte e vecchi conti) e si sedette con il blocco davanti a sé. Le sembrava di sostenere un esame alla scuola d'arte, tipo "Disegnate una mela". — Cosa volete che faccia?
— Tu che pensi? — Jace era ancora seduto sullo sgabello del pianoforte, le spalle ingobbite; sembrava non avesse chiuso occhio tutta la notte. Alec era dietro di lui, appoggiato al piano, probabilmente perché era il posto più lontano da Magnus.
— Jace, basta. — Luke stava seduto diritto, ma sembrava che gli costasse un certo sforzo. — Hai detto di essere capace di disegnare nuove rune, Clary?
— Ho detto che lo penso.
— Be', mi piacerebbe che ci provassi.
— Adesso?
Luke fece un lieve sorriso. — A meno che tu non abbia in mente qualcos'altro.
Clary aprì il blocco a una pagina nuova e abbassò lo sguardo. Mai foglio di carta le era sembrato così vuoto. Sentiva che nella stanza non volava una mosca, tutti la guardavano: Magnus con la sua curiosità vecchio stile, moderata, Alec troppo preso dai propri problemi per curarsi dei suoi, Luke con un'espressione speranzosa e Jace con un distacco gelido, spaventoso. Clary ricordò quando le disse che avrebbe voluto odiarla e si chiese se ci sarebbe riuscito, prima o poi.
Abbassò la matita. — Non posso farlo così, a comando, senza un'idea.
— Che genere di idea? — chiese Luke.
— Voglio dire, non so neanche quali rune esistano già. Ho bisogno di sapere un significato, una parola, prima di poter disegnare una runa corrispondente.
— È piuttosto difficile per noi ricordarle tutte... — cominciò Alec, ma Jace, con sorpresa di Clary, lo interruppe.
— Che ne diresti — suggerì con calma — di Antipaura?
— Antipaura? — gli fece eco Clary.
— Ci sono rune che danno coraggio — disse Jace — però non ce n'è mai stata una per eliminare la paura. Ma se tu, come dici, puoi crearne di nuove... — Si guardò intorno, e vide le espressioni stupite di Alec e Luke. — Sentite, mi sono appena ricordato che non ne esiste una così, tutto qui. E mi sembra abbastanza innocua.
Clary guardò Luke, che scrollò le spalle e disse: — Va bene.
Clary prese una matita dalla scatola e ne appoggiò la punta sulla carta. Pensò

a forme, linee, ghirigori, pensò ai segni del *Libro Grigio*, antichi e perfetti, espressioni di un linguaggio troppo impeccabile per essere pronunciato. Una voce sommessa le risuonò in testa: *Chi sei tu per pretendere di parlare il linguaggio del cielo*?

La matita si mosse, anche se Clary era quasi sicura che non fosse opera sua. Scivolò sulla carta, descrivendo un'unica linea. Lei si sentì balzare il cuore in petto. Pensò alla madre seduta con aria sognante davanti alle sue tele, intenta a dare vita alla propria visione del mondo in inchiostro e colori a olio. Pensò: *Chi sono? Sono la figlia di Jocelyn Fray*. La matita si mosse di nuovo, e questa volta Clary rimase senza fiato; si sorprese a sussurrare la parola sottovoce: — Antipaura. Antipaura. — La matita tracciò un occhiello all'incontrario, ma adesso era Clary a guidarla. Quando ebbe finito, la mise giù e osservò per un istante, stupita, il risultato.

Una volta completata, la runa Antipaura risultò essere uno schema di linee disposte a vortici e spirali: una runa ardita e aerodinamica come un'aquila. Clary strappò la pagina e la sollevò, in modo da farla vedere agli altri. — Ecco — disse, e fu ricompensata dall'espressione stupefatta di Luke (dunque prima non le aveva creduto) e dagli occhi di Jace, appena più aperti del solito.

— Fantastico — commentò Alec.

Jace si alzò in piedi e attraversò la stanza, togliendole di mano il foglio di carta. — Ma funziona?

Clary si domandò se lo chiedesse sul serio o facesse solo l'antipatico. — Che vuoi dire?

— Voglio dire, come facciamo a sapere se funziona? Per ora è solo un disegno... non si può togliere la paura a un foglio di carta, non ce l'ha a prescindere. Dobbiamo provarla su uno di noi, prima di essere certi che sia un'autentica runa.

— Non sono sicuro che sia una buona idea — disse Luke.

— È un'idea fantastica. — Jace lasciò cadere il foglio sul tavolo e cominciò a sfilarsi la giacca. — Ho uno stilo di cui possiamo servirci. Chi vuole farmi?

— Che deplorevole scelta di parole — borbottò Magnus.

Luke si alzò. — No. Jace, ti comporti *già* come se non avessi mai sentito la parola "paura". Non vedo come potremo percepire la differenza, se *funziona* su di te.

Alec parve soffocare una risata. Jace si limitò a fare un sorriso teso, poco amichevole. — Certo che ho già sentito la parola "paura". Però preferisco credere che non abbia niente a che fare con me.

— È proprio questo il problema — disse Luke.

— Be', e se la provassi su di te? — chiese Clary, ma Luke scosse la testa.

— Non si possono marcare i Nascosti, Clary, almeno non con effetti concreti. La malattia demoniaca che provoca la licantropia impedisce ai Marchi di fare effetto.

— Allora...

— Provala su di me — disse inaspettatamente Alec. — Potrebbe tornarmi utile, un po' di mancanza di paura. — Si sfilò la giacca, la gettò sullo sgabello del pianoforte e attraversò la stanza per mettersi di fronte a Jace. — Ecco. Fammi il Marchio sul braccio.

Jace lanciò un'occhiata a Clary. — A meno che non preferisca farlo tu…

La ragazza fece di no con la testa. — No, tu sei più bravo di me ad applicare i Marchi.

Jace scrollò le spalle. — Rimboccati la manica, Alec.

Alec obbedì. Sulla parte superiore del braccio aveva già un Marchio permanente, un'elegante spirale di linee intesa a conferirgli un equilibrio perfetto.

Si sporsero tutti in avanti, perfino Magnus, mentre Jace tracciava i contorni della runa Antipaura sul braccio di Alec, poco sotto il Marchio già esistente. Alec sussultò, mentre lo stilo seguiva il suo percorso sulla pelle, bruciandola. Quando ebbe terminato, Jace si infilò di nuovo lo stilo in tasca e rimase un istante ad ammirare la sua opera. — Be', almeno è bello — annunciò. — Che poi funzioni o meno…

Alec toccò il nuovo Marchio con la punta delle dita, quindi alzò gli occhi, e si accorse che tutti i presenti nella stanza lo stavano fissando.

— Allora? — chiese Clary.

— Allora cosa? — Alec si tirò giù la manica, coprendo il Marchio.

— Allora… come *ti senti*? Diverso?

Alec parve riflettere. — Non proprio.

Jace alzò le mani. — Dunque non funziona.

— Non è detto — fece Luke. — Forse ora non c'è nulla in grado di attivarla. Magari qui non c'è niente di cui Alec abbia paura.

Magnus guardò Alec e sollevò le sopracciglia. — Buu — fece.

Jace sogghignò. — Avanti, hai sicuramente una fobia o due. Che cosa ti fa paura?

Alec ci pensò su un momento. — I ragni — rispose.

Clary chiese a Luke: — Hai un ragno da qualche parte?

Luke sembrò esasperato. — Perché dovrei avere un ragno? Ho forse l'aria di qualcuno che colleziona ragni?

— Senza offesa — disse Jace — ma direi proprio di sì.

— Sai — il tono di Alec era acido — forse è un esperimento stupido.

— E il buio? — suggerì Clary. — Potremmo chiuderti in cantina.

— Do la caccia ai demoni — disse Alec con infinita pazienza. — Ovvio che non ho paura del buio.

— Be', avresti potuto averla.

— Ma non ce l'ho.

Lo squillo del campanello impedì a Clary di ribattere. Diede un'occhiata a Luke, stupita. — Simon?

— Impossibile. È giorno.

— Oh, giusto. — Se n'era di nuovo dimenticata. — Vuoi che vada io?

— No. — Luke si alzò emettendo soltanto un breve grugnito di dolore. — Sto bene. Probabilmente è qualcuno che si chiede perché la libreria è chiusa.

Attraversò la stanza e aprì la porta. Gli si irrigidirono le spalle per la sorpresa; Clary sentì il suono aspro e rabbioso di una ben nota voce femminile e, un istante dopo, Isabelle e Maryse Lightwood superarono Luke ed entrarono a grandi passi nella stanza, seguite dalla figura grigia e minacciosa dell'Inquisitrice. Alle loro spalle c'era un uomo alto e robusto, con i capelli scuri, la pelle olivastra e una folta barba nera. Clary lo riconobbe dalla vecchia foto che Hodge le aveva mostrato, anche se era stata scattata molti anni prima: era Robert Lightwood, il padre di Alec e Isabelle.

La testa di Magnus si sollevò di scattò. Jace impallidì, ma non mostrò nessun'altra emozione. E Alec... Alec spostò lo sguardo dalla sorella alla madre e al padre, e poi fissò Magnus, gli occhi azzurro chiaro scuriti da una ferma determinazione. Fece un passo in avanti, mettendosi tra i genitori e tutti gli altri.

Maryse, vedendo il figlio maggiore nel bel mezzo del salotto di Luke, per un attimo non reagì, poi fece tanto d'occhi.. — Alec, cosa *diamine* ci fai qui? Pensavo di averti detto chiaro e tondo che...

— Madre. — Nell'interrompere Maryse, Alec parlò con voce ferma e implacabile, ma non scortese. — Padre. C'è una cosa che devo dirvi. — Rivolse loro un sorriso. — Mi vedo con qualcuno.

Robert Lightwood guardò il figlio con una certa esasperazione. — Alec, non mi pare questo il momento...

— Invece lo è. È importante. Sapete, non mi vedo con una persona qualsiasi. — Le parole sembravano uscire dalla sua bocca come un fiume in piena, mentre i genitori continuavano a osservarlo confusi. Isabelle e Magnus lo fissavano con espressioni quasi altrettanto sbalordite. — Mi vedo con qualcuno che appartiene al Mondo Invisibile. In effetti, si tratta di uno stre...

Le dita di Magnus si mossero svelte come un lampo di luce nella sua direzione. Un lieve luccichio comparve nell'aria intorno ad Alec... che rovesciò gli occhi e cadde a terra come un albero abbattuto.

— Alec! — Maryse si portò le mani alla bocca. Isabelle, che era la più vicina al fratello, si accovacciò accanto a lui. Ma Alec aveva già cominciato a muoversi, le sue palpebre tremolarono e si schiusero. — Co... cosa... Perché sono sul pavimento?

— Bella domanda. — Isabelle guardò il fratello in cagnesco. — Che cosa *significava*?

— Che cosa significava cosa? — Alec si mise a sedere tenendosi la testa. Un'espressione allarmata gli attraversò il viso. — Aspetta... ho detto qualcosa? Prima di svenire, intendo.

Jace sbuffò. — Ti ricordi che ci chiedevamo se quella roba creata da Clary funzionasse o meno? — domandò. — Funziona eccome.

Alec sembrava pietrificato dall'orrore. — Cosa ho detto?

— Hai detto che ti vedevi con qualcuno — gli rispose il padre. — Ma non hai spiegato perché fosse tanto importante.

— Non lo è — disse Alec. — Voglio dire, non mi vedo con nessuno. E non è importante. E non lo sarebbe neanche se mi vedessi con qualcuno, il che non è.

Magnus lo guardò come se fosse un idiota. — Alec è stato in preda al delirio. Un effetto secondario di qualche tossina demoniaca. È stato un po' iellato, ma si riprenderà presto.

— Tossine demoniache? — La voce di Maryse si era fatta stridula. — Nessuno ha riferito di un attacco demoniaco all'Istituto. Che cosa succede qui, Lucian? Questa è casa tua, no? Sai perfettamente che, in caso di attacco demoniaco, devi riferirlo...

— Anche Luke è stato assalito — disse Clary. — È svenuto.

— Molto comodo. A quanto pare, tutti sono stati privi di sensi o in preda al delirio — disse l'Inquisitrice. La sua voce tagliò la stanza, mettendo tutti a tacere. — Nascosto, sai perfettamente che Jonathan Morgenstern non dovrebbe essere in casa tua. Dovrebbe essere rinchiuso sotto la sorveglianza dello stregone.

— Ho un nome, sai — disse Magnus. — Non che questo — aggiunse, apparentemente pentito di averla interrotta — conti qualcosa. Anzi, fa' come se non l'avessi detto.

— Conosco il tuo nome, Magnus Bane — disse l'Inquisitrice. — Hai già mancato una volta al tuo dovere, non avrai un'altra occasione.

— Mancato al mio dovere? — Magnus si accigliò. — Solo perché ho portato il ragazzo qui? Il contratto che ho firmato non faceva cenno al fatto che non potessi portarlo con me a mia discrezione.

— Non è questa la tua mancanza — disse l'Inquisitrice. — Permettergli di vedere suo padre ieri notte, *questa* lo è.

Calò un silenzio stupito. Alec si alzò dal pavimento cercando con gli occhi quelli di Jace... Ma lui evitò il suo sguardo. Il suo viso era una maschera.

— È ridicolo — disse Luke. Clary lo aveva visto raramente così arrabbiato. — Jace non sa neanche dov'è Valentine. Smettetela di perseguitarlo.

— Perseguitare è il mio compito, Nascosto — ribatté l'Inquisitrice. — Il mio lavoro. — Si rivolse a Jace: — Ora di' la verità, ragazzo, e sarà tutto molto più semplice.

Jace assunse un'espressione fiera. — Non ho nulla da dirvi.

— Se sei innocente, perché non ti discolpi? Dicci dove sei stato davvero ieri notte. Parlaci della nave di Valentine.

Clary lo fissò. «Sono andato a fare una passeggiata» aveva detto. Questo però non significava nulla. Magari era andato davvero a fare una passeggiata. Ma lei aveva il cuore e lo stomaco in subbuglio. «Sai qual è la sensazione più brutta che puoi avere?» aveva detto Simon. «Non fidarti della persona che ami più di qualsiasi altra al mondo.»

Visto che Jace taceva, Robert Lightwood parlò con la sua profonda voce di basso: — Imogen? Stai dicendo che Valentine era...

— Su una nave in mezzo all'East River — disse l'Inquisitrice. — Esattamente.

— Ecco perché non sono riuscito a trovarlo — disse Magnus come tra sé e sé. — Tutta quell'acqua ha ostacolato la mia magia.

— Cosa ci faceva Valentine in mezzo al fiume? — chiese Luke, sconcertato.

— Chiedilo a Jonathan — rispose l'Inquisitrice. — Ha preso in prestito una moto dal capoclan dei vampiri della città per volare sull'imbarcazione. Non è così, Jonathan?

Jace rimase in silenzio. Aveva un'espressione indecifrabile. Ma l'Inquisitrice sembrava famelica, quasi che si nutrisse della suspense che regnava nella stanza.

— Infila la mano nella tasca della giacca — disse. — Tira fuori l'oggetto che ti porti dietro dall'ultima volta che hai lasciato l'Istituto.

Lentamente, Jace fece quanto gli era stato chiesto. Mentre sfilava la mano di tasca, Clary riconobbe l'oggetto grigio-azzurro luccicante che reggeva. Il frammento di specchio del Portale.

— Dammelo. — L'Inquisitrice glielo strappò di mano. Jace fece una smorfia: il bordo di vetro lo aveva tagliato, e il sangue gli zampillò sul palmo. Maryse fece un verso sommesso, ma non si mosse. — Sapevo che saresti tornato all'Istituto a prenderlo — disse l'Inquisitrice gongolando. — Sapevo che il tuo sentimentalismo ti avrebbe impedito di lasciarlo lì.

— Ma che cos'è? — Robert Lightwood sembrava sconcertato.

— Un pezzo dello specchio che fungeva da Portale — rispose l'Inquisitrice. — Quando è andato distrutto, ha conservato l'immagine della sua ultima destinazione. — Si rigirò il frammento di vetro tra le lunghe dita da ragno. — In questo caso, la casa di campagna dei Wayland.

Gli occhi di Jace seguirono il movimento dello specchio. Nel frammento che Clary vedeva sembrava intrappolato un pezzo di cielo azzurro. Si chiese se a Idris piovesse mai.

Con un gesto improvviso e violento che contrastava con il suo tono calmo, l'Inquisitrice gettò a terra il pezzo di specchio, che si frantumò all'istante in minuscole schegge. Clary sentì Jace trattenere il fiato, ma il ragazzo non si mosse.

L'Inquisitrice si infilò un paio di guanti grigi e si inginocchiò tra i frammenti, quindi se li fece scorrere tra le dita finché non trovò quello che cercava... Un foglio di carta. Si alzò tenendolo in modo che tutti nella stanza vedessero la spessa runa che vi era tracciata con inchiostro nero. — Ho tracciato su questo foglio una runa spia e l'ho infilato tra lo specchio e il suo supporto. Poi l'ho rimesso nella stanza del ragazzo. Non rimanerci male per non averlo notato — disse a Jace. — Il Conclave ha messo nel sacco teste ben più vecchie e sagge della tua.

— Mi hai spiato — disse Jace, e adesso la sua voce era pervasa di rabbia. — È questo che fa il Conclave, invadere la privacy dei Cacciatori suoi membri?

— Fai attenzione a quello che dici. Non sei l'unico ad avere infranto la Legge. — Lo sguardo gelido dell'Inquisitrice scivolò per la stanza e si posò su Isabelle. — Liberandoti dalla Città Silente, sbarazzandoti del controllo dello stregone. E i tuoi amici hanno fatto altrettanto.

— Jace non è nostro amico — disse Isabelle. — È nostro fratello.

— Fossi in te, starei attenta a quel che dici, Isabelle Lightwood — l'ammonì l'Inquisitrice. — Potresti essere considerata sua complice.

— Complice? — Tra la sorpresa di tutti, era stato Robert Lightwood a parlare. — Isabelle cercava solo di impedirti di distruggere la nostra famiglia. Per l'amor di Dio, Imogen, sono solo ragazzi...

— Ragazzi? — L'Inquisitrice girò il suo sguardo gelido verso Robert. — Proprio come lo eravate voi quando il Circolo tramava per distruggere il Conclave? Proprio come lo era mio figlio quando… — Si bloccò con una specie di rantolo, come riprendendo a forza il controllo di sé.

— Dunque si tratta di Stephen, alla fin fine — disse Luke con una vaga pietà nella voce. — Imogen…

Il viso dell'Inquisitrice era deformato da una smorfia. — Qui non si tratta di Stephen! Si tratta della Legge!

Maryse si torceva le mani, tormentandosi le dita sottili. — E di Jace — aggiunse. — Cosa gli succederà?

— Domani tornerà con me a Idris — rispose l'Inquisitrice. — Vi siete giocati il diritto di saperne di più.

— Come puoi riportarlo in quel posto? — domandò Clary. — *Quando* tornerà?

— Clary, no — disse Jace. Le parole avevano un tono implorante, ma lei non si arrese.

— Qui il problema non è Jace. È Valentine!

— Lascia perdere, Clary! — urlò Jace. — Per il tuo bene, lascia perdere!

Clary non poté fare a meno di scostarsi da lui… Non le aveva mai gridato contro in quel modo, neanche quando l'aveva trascinato nella stanza d'ospedale della madre. Vide la sua espressione mentre prendeva atto del proprio movimento e desiderò poterlo cancellare, in qualche modo.

Prima che potesse dire altro, la mano di Luke si posò sulla sua spalla. Lui le parlò con lo stesso tono grave che aveva la notte in cui le raccontò la storia della sua vita. — Se Jace è andato da suo padre sapendo che razza di padre è Valentine, è perché noi abbiamo tradito lui, non il contrario.

— Risparmiaci i tuoi sofismi, Lucian — disse l'Inquisitrice. — Ti sei rincretinito come un mondano.

— Ha ragione lei. — Alec era seduto sull'orlo del divano, le braccia incrociate e la mascella rigida. — Jace ci ha mentito. Non ci sono scusanti, per questo.

Jace rimase a bocca aperta. Aveva contato sulla lealtà di Alec, e Clary non lo aveva accusato. Perfino Isabelle fissava il fratello sconvolta. — Alec, ma come puoi dire una cosa del genere?

— La Legge è Legge, Izzy — disse Alec senza guardare la sorella. — Non c'è niente da fare.

A quelle parole, Isabelle sbottò in un lamento di rabbia e stupore e corse fuori dalla porta d'ingresso, lasciandosela spalancata alle spalle. Maryse fece per seguirla, ma Robert la trattenne, dicendole qualcosa sottovoce.

Magnus si alzò in piedi. — È giunto il momento che anch'io tolga le tende — annunciò. Clary notò che evitava di guardare Alec. — Mi piacerebbe dire che è stato bello incontrarvi, ma non è così. È stato piuttosto imbarazzante, e francamente la prossima volta che rivedrò anche uno solo di voi sarà sempre troppo presto.

Alec fissò gli occhi a terra, mentre Magnus usciva a grandi falcate dal salotto e poi dalla porta di casa. Che questa volta si chiuse fragorosamente alle sue spalle.

— Fuori due — fece Jace con ironia grave. — Chi sarà il prossimo?

— Adesso basta — disse l'Inquisitrice. — Dammi le mani, Jonathan Morgernstern.

Jace allungò le mani, e l'Inquisitrice estrasse uno stilo da una tasca nascosta e cominciò a tracciargli un Marchio intorno ai polsi. Quando si ritrasse, questi erano incrociati uno sull'altro e tenuti insieme da una specie di anello infuocato.

Clary gridò. — Che cosa fai? Lo ferirai…

— Sto bene, sorellina. — Jace parlò con una certa calma, ma Clary notò che era incapace di guardarla. — Le fiamme non mi bruceranno, se non provo a liberarmi.

— Quanto a te — aggiunse l'Inquisitrice rivolgendosi a Clary, con grande sorpresa della ragazza, dato che fino a quel momento Imogen sembrava quasi non averne notato l'esistenza — sei abbastanza fortunata da essere stata allevata da Jocelyn ed essere sfuggita all'influenza nociva di tuo padre. Malgrado ciò, ti terrò d'occhio.

La presa di Luke si strinse sulla spalla di Clary. — È una minaccia?

— Il Conclave non fa minacce, Lucian Graymark. Il Conclave fa promesse e le mantiene. — L'Inquisitrice sembrava quasi allegra. Era l'unica nella stanza a dare questa impressione. Tutti gli altri avevano un'espressione traumatizzata, a parte Jace, che aveva i denti scoperti in un ringhio di cui Clary dubitava si rendesse conto. Pareva un leone in gabbia.

— Vieni, Jonathan — disse l'Inquisitrice. — Cammina davanti a me. Se fai anche solo una mossa per scappare, ti ficco una lama nella schiena.

Jace dovette armeggiare per aprire la maniglia della porta d'ingresso con le mani legate. Clary strinse i denti per impedirsi di piangere, poi la porta si aprì e Jace sparì insieme all'Inquisitrice. I Lightwood li seguirono in una fila muta, Alec sempre con lo sguardo a terra. La porta si chiuse dietro di loro e per un attimo Clary e Luke rimasero soli nel salotto, in un silenzio incredulo.

15

Il morso del serpente

— Luke — disse Clary nell'istante in cui la porta si fu richiusa alle spalle dei Lightwood. — Cosa facciamo adesso…?

Luke si premeva le mani ai lati della testa, come per impedirle di spaccarsi a metà. — Caffè — dichiarò. — Devo bere un caffè.

— Ma te l'ho già portato.

Luke lasciò ricadere le mani e sospirò. — Devo berne ancora.

Clary lo seguì in cucina, dove Luke se ne versò dell'altro, quindi si sedette al tavolo e si passò le mani tra i capelli. — Va male — disse. — Molto male.

— Credi? — Clary non riusciva a immaginare di bere del caffè in quel momento. Aveva già i nervi tesi come corde di violino. — Che cosa succederà se lo portano a Idris?

— Ci sarà un processo davanti al Conclave. Probabilmente lo giudicheranno colpevole. E verrà punito. È giovane, perciò può darsi che si limiteranno a privarlo dei Marchi, senza maledirlo.

— Che vuol dire?

Luke non incrociò il suo sguardo. — Significa che se gli toglieranno i Marchi, lo destituiranno da Cacciatore e lo cacceranno dal Conclave. Diventerà un mondano.

— Ma in questo modo lo uccideranno. Davvero. Preferirà morire.

— Pensi che non lo sappia? — Luke aveva finito il suo caffè e fissò cupo la tazza prima di metterla giù. — Ma questo, per il Conclave, non farà alcuna differenza. Non potendo mettere le mani su Valentine, puniranno il figlio al suo posto.

— E io? Sono sua figlia.

— Ma non appartieni al loro mondo. Jace sì. Comunque, ti suggerisco di startene nascosta anche tu per un po'. Mi piacerebbe poter andare alla fattoria…

— Non possiamo lasciare Jace nelle loro mani! — Clary era sgomenta. — Io non vado da nessuna parte.

— Certo che no. — Luke liquidò la sua protesta con un gesto. — Ho detto che mi piacerebbe, non che voglio farlo. E poi, si capisce, c'è il problema di che cosa farà Imogen adesso che sa dov'è Valentine. Potremmo ritrovarci nel bel mezzo di una guerra.

— Non mi importa se vuole uccidere Valentine. Si accomodi pure. Voglio solo riavere Jace.

— Potrebbe non essere così facile — disse Luke — considerato che in questo caso ha fatto davvero ciò di cui è accusato.

Clary era indignata. — Cosa? Credi che abbia ucciso i Fratelli Silenti? Credi...

— No. Non credo che abbia ucciso i Fratelli Silenti. Credo che abbia fatto esattamente ciò che Imogen gli ha visto fare: è andato da suo padre.

Rammentando qualcosa, Clary chiese: — Cosa intendevi quando hai detto che siamo stati noi a tradirlo e non viceversa? Vuoi dire che non gliene fai una colpa?

— Sì e no. — Luke aveva un'aria strana. — È stata una stupidaggine. Non bisogna fidarsi di Valentine. Ma dopo che i Lightwood gli hanno voltato le spalle, cosa si aspettavano che facesse? È ancora un ragazzo, ha ancora bisogno dei genitori. Se loro non lo vorranno, andrà a cercare qualcun altro.

— Pensavo che magari... — disse Clary — si sarebbe rivolto a *te*.

Luke parve indicibilmente triste. — Lo pensavo anch'io, Clary. Lo pensavo anch'io.

Maia sentiva i deboli suoni delle voci provenienti dalla cucina. Avevano smesso di gridare in salotto. Era il momento di andarsene. Ripiegò il biglietto che aveva scarabocchiato in fretta, lo lasciò sul letto di Luke e attraversò la stanza diretta alla finestra che aveva precedentemente forzato. Vi si riversava l'aria fredda di quelle prime giornate d'autunno in cui il cielo è incredibilmente azzurro e lontano. L'aria era leggermente impregnata dell'odore di fumo.

Corse al davanzale e guardò giù. Prima della Trasformazione, quello per lei sarebbe stato un salto preoccupante, ma adesso, pronta a saltare, ci pensò appena un istante, per via della spalla ferita.

Atterrò accovacciata sul cemento crepato del cortile, sul retro della casa di Luke. Raddrizzandosi, si voltò a guardare, ma nessuno aprì una porta né le gridò di tornare indietro.

Soffocò un'incontrollabile fitta di delusione. Del resto, quando era *dentro* la casa, non le avevano rivolto molte attenzioni, pensò arrampicandosi sulla recinzione di filo metallico che separava il cortile dal vicolo, dunque perché avrebbero dovuto accorgersi che se ne stava andando? Lei era chiaramente di troppo. Lo era sempre stata. L'unico tra loro che l'aveva trattata come se contasse qualcosa era Simon.

Il pensiero di Simon la fece trasalire, mentre saltava oltre la recinzione e trotterellava lungo il vicolo verso Kent Avenue. Aveva detto a Clary di non ricordare la notte precedente, ma non era vero. Ricordava l'espressione di Simon quando si era ritratta da lui... Come se l'avesse impressa sotto le palpebre. La cosa più strana era che in quel momento le era sembrato ancora umano, più umano di quasi tutti quelli che aveva conosciuto.

Attraversò la strada per non passare di nuovo davanti alla casa di Luke. La strada era quasi deserta, gli abitanti di Brooklyn dormivano fino a tardi, la domenica mattina. Si avviò verso la fermata della metropolitana di Bedford Avenue continuando a pensare a Simon. Aveva un vuoto alla bocca dello stomaco che le doleva, quando pensava a lui. Era la prima persona di cui si era decisa a fidarsi da anni e poi lui le aveva reso impossibile farlo.

Ma se fidarsi di lui è impossibile, perché ora stai andando a trovarlo? risuonò il sussurro nei recessi della sua mente, che le parlava sempre con la voce di Daniel. *Zitto,* gli disse in tono deciso. *Anche se non possiamo essere amici, gli devo almeno delle scuse.*

Qualcuno rise. Il suono rimbalzò sull'alto muro della fabbrica alla sua sinistra. Maia ruotò su se stessa, il cuore stretto per la paura, ma la strada alle sue spalle era deserta. Sul lungofiume c'era una vecchia coi suoi cani, ma Maia dubitava che fosse a portata di voce.

In ogni caso, accelerò il passo. Poteva camminare, e a maggior ragione correre più svelta di buona parte degli umani. Anche nelle sue condizioni attuali, con il braccio che le doleva come se le avessero colpito la spalla con una mazza, non aveva nulla da temere da un rapinatore o da uno stupratore. Una notte, poco dopo il suo arrivo in città, due adolescenti armati di coltello avevano provato a violentarla mentre attraversava Central Park, e solo Bat le aveva impedito di ucciderli entrambi.

E allora perché era in preda al panico?

Si guardò alle spalle. La vecchia non c'era più; Kent Avenue era vuota. Davanti a lei si levava il vecchio zuccherificio abbandonato Domino. Afferrata da un improvviso impulso ad allontanarsi dalla strada, si infilò in un vicolo laterale.

Si ritrovò in uno spazio angusto tra due edifici, pieno di immondizia, bottiglie gettate via, topi che correvano qua e là. I tetti sopra di lei quasi si toccavano, impedendo al sole di penetrare e dandole l'impressione di essersi cacciata in un tunnel. Nei muri di mattoni erano incastrate finestre piccole e sporche, molte delle quali rotte. Attraverso quelle del pianterreno, Maia vide il pavimento della fabbrica abbandonata e file su file di forni, bollitori e tini metallici. L'aria odorava di zucchero bruciato. Si appoggiò a un muro cercando di placare il martellio del cuore.

Era quasi riuscita a calmarsi, quando una voce assurdamente familiare le parlò dall'ombra.

— Maia?

Girò su se stessa. Lui era all'entrata del vicolo, i capelli in controluce formavano un alone luminoso intorno al suo bel viso. Gli occhi scuri orlati di lunghe ciglia la guardavano curiosi. Indossava dei jeans e, nonostante l'aria gelida, una maglietta a maniche corte. Sembrava che avesse ancora quindici anni.

— *Daniel* — sussurrò Maia.

Lui si mosse verso di lei con passi perfettamente silenziosi. — Ne è passato di tempo, sorellina.

Maia aveva voglia di scappare, ma si sentiva le gambe di gelatina. Si premette contro il muro, quasi che lui potesse inghiottirla. — Ma… tu sei *morto*.

— E tu non hai pianto al mio funerale, vero, Maia? Niente lacrime per il tuo fratellone…

— Eri un mostro — mormorò la ragazza. — Hai tentato di uccidermi…

— Non con sufficiente impegno. — C'era qualcosa di lungo e acuminato nella sua mano, qualcosa che scintillava come un fuoco argenteo nell'oscurità. Maia non era sicura di cosa fosse, aveva la vista offuscata dal terrore. Mentre Daniel le veniva incontro, lei scivolò a terra, le gambe ormai incapaci di reggerla.

Daniel le si inginocchiò accanto. Ora Maia vedeva che cosa aveva in mano: un frammento di vetro frastagliato staccato da una delle finestre rotte. Il terrore montò e la investì come un'onda, ma non era la paura dell'arma in mano al ragazzo ad annientarla, bensì il vuoto nei suoi occhi. Per quanto guardasse dentro e attraverso di essi, scorgeva solo tenebre.

— Ricordi — le disse — quando minacciai di tagliarti la lingua prima di lasciarti spifferare la verità sul mio conto a mamma e papà?

Paralizzata dalla paura, Maia poteva soltanto fissarlo. Sentiva già il vetro trafiggerle la pelle, il sapore soffocante del sangue riempirle la bocca, e desiderò di essere morta, già morta: qualsiasi cosa era meglio di quello spavento, di quell'orrore…

— Basta così, Agramon… — Una voce maschile lacerò la nebbia nella sua testa. Non era la voce di Daniel… Era dolce, raffinata, innegabilmente umana… Ma a chi apparteneva?

— *Come desideri, Lord Valentine*. — Daniel espirò, un sommesso sospiro di delusione, poi il suo viso cominciò a cancellarsi e a sgretolarsi. In un attimo era scomparso, e con lui il senso di terrore paralizzante, schiacciante, che aveva minacciato di farla morire soffocata. Maia inalò disperatamente l'aria.

— Bene. Respira. — Di nuovo la voce maschile, ora irritata. — Insomma, Agramon, ancora qualche secondo e sarebbe morta.

Maia alzò lo sguardo.

L'uomo, Valentine, era ritto su di lei, altissimo, tutto vestito di nero, neri anche i guanti e gli stivali dalla spessa suola che portava. Adesso si servì della punta di uno stivale per costringerla ad alzare il mento. Quando parlò, la sua voce era gelida. — Quanti anni hai?

Il viso che la fissava era stretto, spigoloso, privo di qualsiasi colore, gli occhi neri e i capelli talmente bianchi da farlo apparire una fotografia al negativo. Sulla parte sinistra della gola, subito sopra il colletto del soprabito, aveva un segno a spirale.

— Tu saresti Valentine? — sussurrò Maia. — Ma pensavo che tu…

Lo stivale si abbassò sulla sua mano, facendole guizzare una fitta di dolore su per il braccio. Maia gridò.

— Ti ho fatto una domanda — disse Valentine. — Quanti anni hai?

— Quanti *anni* ho? — Il dolore alla mano, mescolato al fetore acre dell'immondizia tutt'intorno, le faceva rivoltare lo stomaco. — Vaffanculo.

Una barra di luce sembrò balzare tra le dita di Valentine: lui gliela calò sul viso così in fretta che la ragazza non ebbe il tempo di scattare all'indietro. Una striscia ardente di dolore le bruciò la guancia; si portò una mano al viso e sentì il sangue renderle le dita scivolose.

— Dunque... — disse Valentine, con la stessa voce chiara e raffinata. — Quanti anni hai?

— Quindici. Ho quindici anni.

Maia intuì, più che vedere, il sorriso dell'uomo. — Perfetto.

Una volta di ritorno all'Istituto, l'Inquisitrice separò Jace dai Lightwood e lo condusse di sopra, nella sala addestramento. Scorgendosi negli alti specchi disposti lungo le pareti, Jace si irrigidì per la sorpresa. Erano giorni che non si guardava, e quella appena passata era stata una nottataccia. Aveva gli occhi contornati da ombre nere, la maglietta macchiata di sangue secco e di sudicio fango dell'East River. Il viso era scavato e teso.

— Ti rimiri? — La voce dell'Inquisitrice penetrò nelle sue fantasie. — Non sarai così carino quando il Conclave avrà finito con te.

— Sembri ossessionata dal mio aspetto. — Jace distolse lo sguardo dallo specchio con un certo sollievo. — E se tutto dipendesse dal fatto che sei attratta da me?

— Non essere disgustoso. — L'Inquisitrice aveva tirato fuori quattro sottili barre metalliche dalla sacca che portava appesa alla cintura. Spade angeliche. — Potresti essere mio figlio.

— Stephen. — Jace ricordò quello che Luke aveva detto poco prima. — È così che si chiama, giusto?

L'Inquisitrice si girò e lo affrontò. Le spade che stringeva vibravano d'ira. — Non pronunciare mai il suo nome.

Per un istante, Jace si chiese se lei avrebbe mai potuto provare a ucciderlo. Non aprì bocca, mentre l'Inquisitrice riprendeva il controllo di sé. Senza guardarlo, indicò un punto con una delle spade. — Mettiti in mezzo alla sala, per favore.

Jace obbedì. Pur cercando di non guardare gli specchi, vedeva il proprio riflesso, e quello dell'Inquisitrice, con la coda dell'occhio: gli specchi si rimandavano le immagini a vicenda, dando vita a un numero infinito di Inquisitrici che minacciavano un numero infinito di Jace.

Il ragazzo abbassò lo sguardo sulle mani legate. Sebbene i polsi e le spalle fossero passati da un lieve dolore a una sofferenza intensa, lacerante, non sussultò quando l'Inquisitrice guardò una delle spade, la chiamò Jophiel e la conficcò nel lucido parquet ai propri piedi. Jace aspettò, ma non accadde nulla.

— Bum? — disse alla fine. — Doveva succedere qualcosa?

— Zitto. — Il tono dell'Inquisitrice era categorico. — E resta dove sei.

Jace obbedì, guardandola con crescente curiosità mentre estraeva dal fianco un'altra spada, la chiamava Harahel e procedeva a infilare anche quella tra le assi del pavimento.

Quando fu la volta della terza spada, Sandalphon, Jace si rese conto di cosa stava facendo. La prima era stata infilata nel pavimento a sud, rispetto a lui, quella dopo a est e la terza a nord. L'Inquisitrice stava segnando i punti cardinali. Cercò di ricordare cosa potesse significare, ma invano. Era chiaramente un rituale del Conclave che esulava da tutto ciò che gli era stato insegnato. Quando l'Inquisitrice prese la quarta spada, Taharial, Jace aveva i palmi sudati e irritati nei punti in cui sfregavano l'uno contro l'altro.

L'Inquisitrice si raddrizzò con aria soddisfatta di sé. — Ecco.

— Ecco cosa? — chiese Jace, ma lei alzò una mano.

— Non ancora, Jonathan. Non ho ancora finito. — Si spostò accanto alla spada più a sud e ci si inginocchiò davanti. Con un rapido movimento tirò fuori uno stilo e tracciò una runa scura sul pavimento, appena sotto la lama. Quando si rialzò, nella stanza echeggiò uno scampanio dolce, penetrante e delicato. La luce si riversò dalle quattro spade angeliche, talmente accecante che Jace distolse il viso e serrò gli occhi. Quando, un attimo dopo, li riaprì, vide che si trovava in una gabbia le cui pareti sembravano intessute di filamenti luminosi. Non erano ferme, ma vibravano simili a cortine di pioggia illuminata.

Ora l'Inquisitrice gli appariva quasi sfocata, dietro la parete scintillante. Quando la chiamò, perfino la sua voce sembrò tremula e sorda, come se parlasse sott'acqua. — Che cos'è questo? Che cosa hai fatto?

Lei rise.

Infuriato, Jace fece un passo avanti e poi un altro; le sue spalle sfiorarono la parete scintillante. Come se avesse toccato un recinto elettrificato, fu attraversato con la violenza di una bastonata da una scossa pulsante che gli tagliò le gambe. Ruzzolò goffamente sul pavimento, incapace di servirsi delle mani per attutire la caduta.

L'Inquisitrice rise di nuovo. — Se provi ad *attraversare* la parete, riceverai altre scosse. Il Conclave chiama questa particolare punizione Configurazione Malachi. Queste pareti non possono essere infrante finché le spade angeliche rimangono dove sono. Io non lo farei — aggiunse quando Jace, in ginocchio, fece un movimento verso la spada più vicina. — Tocca la spada e morirai.

— Ma *tu* puoi toccarle — disse Jace, incapace di tenere l'odio fuori dalla sua voce.

— Posso, ma non voglio farlo.

— Ma... il cibo? L'acqua?

— Tutto a suo tempo, Jonathan.

Jace si alzò. Attraverso la parete tremolante, la vide girarsi come per andarsene.

— Ma le mie mani... — Abbassò lo sguardo sui polsi legati. Il metallo ardente gli penetrava nella carne come un acido. Il sangue sgorgava intorno alle manette di fuoco.

— Avresti dovuto pensarci prima di andare da Valentine.

— Non stai facendo in modo che io tema la vendetta del Consiglio. Peggio di te non potrà essere.

— Oh, non andrai davanti al Consiglio — disse l'Inquisitrice. Nella sua voce c'era una calma imperturbabile che a Jace non piacque affatto.

— Cosa significa che non andrò davanti al Consiglio? Sbaglio o avevi detto che domani mi avresti portato a Idris?

— No. Sto pensando di restituirti a tuo padre.

Per poco lo shock provocato da queste parole non gli tagliò di nuovo le gambe. — *Mio padre?*

— Tuo padre. Sto pensando di scambiarti con gli Strumenti Mortali.

Jace la fissò. — Stai scherzando.

— Neanche per sogno. È più semplice di un processo. Naturalmente sarai bandito dal Conclave — aggiunse, come per un ripensamento. — Ma suppongo che te l'aspettassi.

Jace fece di no con la testa. — Tu non hai capito con chi hai a che fare. Spero che te ne renda conto.

Un'espressione di fastidio balenò sul volto dell'Inquisitrice. — Credevo che avessimo liquidato la questione della tua presunta innocenza, Jonathan.

— Non parlavo di me. Parlavo di mio padre.

Per la prima volta da quando la conosceva, Imogen sembrò confusa. — Non capisco cosa vuoi dire.

— Mio padre non scambierà mai gli Strumenti Mortali con me. — Le parole di Jace erano amare, ma non il tono. Era realistico. — Lascerebbe che tu mi uccidessi davanti a lui pur di non cederti la Spada o la Coppa.

L'Inquisitrice scosse la testa. — Non capisci — disse con una sfumatura di risentimento nella voce. — I figli non capiscono mai l'amore di un genitore... Al mondo non c'è nulla di simile. Nessun amore è così travolgente. Nessun padre, neppure Valentine, sacrificherebbe suo figlio per un pezzo di metallo, per quanto potente esso sia.

— Non lo conosci. Ti riderà in faccia e ti offrirà dei soldi per spedire il mio corpo a Idris.

— Non dire assurdità...

— Hai ragione — disse Jace. — A pensarci bene, probabilmente farà pagare a te le spese di spedizione.

— Vedo che sei sempre il figlio di tuo padre. Tu non vuoi che lui perda gli Strumenti Mortali... Significherebbe una perdita di potere anche per te. Non vuoi vivere la tua vita come il figlio disonorato di un criminale, quindi dirai qualsiasi cosa pur di farmi cambiare idea. Ma non ci riuscirai.

— Senti. — Nonostante il cuore che martellava, Jace cercò di parlare con calma: lei *doveva* credergli. — So che mi odi. So che mi credi un bugiardo come mio padre. Ma ora sto dicendo la verità. Mio padre crede ciecamente in ciò che fa. Tu pensi che lui sia malvagio. Lui invece pensa di essere nel *giusto*. Pensa di compiere l'opera di Dio. Non rinuncerà a tutto questo per me. Se mi stavi seguendo quando sono andato da lui, devi avere sentito cos'ha detto...

— Ti ho *visto* parlare con lui — disse l'Inquisitrice. — Ma non ho *sentito* nulla.

Jace imprecò sottovoce. — Ascolta, sono pronto a giurare su tutto quello che vuoi per dimostrarti che non sto mentendo. Si sta servendo della Spada e della

Coppa per invocare i demoni e controllarli. Più tempo perdi con me, più sarà in grado di creare un suo esercito. Quando ti renderai conto che non accetterà lo scambio, non avrai più alcuna possibilità di sconfiggerlo...

L'Inquisitrice distolse lo sguardo con un lamento di disgusto. — Sono stanca delle tue menzogne.

Vedendola dargli le spalle e avanzare a grandi passi verso la porta, Jace trattenne il fiato incredulo.

— Ti prego! — gridò.

L'Inquisitrice si fermò davanti alla porta e si voltò. Jace distingueva soltanto le ombre spigolose del suo viso, il mento appuntito e le scure cavità delle orbite. I suoi abiti grigi si fondevano con l'oscurità, facendola apparire un teschio fluttuante privo di corpo. — Non credere che restituirti a tuo padre sia quello che *voglio* fare. Valentine merita qualcosa di meglio.

— Cosa merita?

— Di tenere tra le braccia il cadavere di suo figlio. Di vedere suo figlio morto e sapere che non c'è nessuna magia, nessun incantesimo, nessun patto con l'inferno in grado di restituirglielo... — L'Inquisitrice si interruppe. — Dovrebbe *provare* che cosa significa — aggiunse in un sussurro, e spinse la porta, grattando con le mani sul legno. L'uscio si chiuse alle sue spalle con uno scatto, lasciando Jace, i polsi in fiamme, con lo sguardo turbato.

Clary attaccò il telefono con aria accigliata. — Non risponde.

— Chi stai chiamando? — Luke era alla quinta tazza di caffè e Clary cominciava a preoccuparsi per lui. Esisteva sicuramente una cosa come l'avvelenamento da caffeina, no? Non sembrava prossimo a un colpo apoplettico o qualcosa del genere, ma tornando al tavolo, Clary, per ogni evenienza, tolse furtivamente la spina del percolatore. — Simon?

— No. Mi fa strano svegliarlo durante il giorno, anche se ha detto che non lo disturba, purché non veda la luce del sole.

— Allora...

— Chiamavo Isabelle. Per sapere cosa succede a Jace.

— Non risponde?

— No. — Lo stomaco di Clary brontolò. Andò al frigorifero, prese uno yogurt alla pesca e lo mangiò macchinalmente, senza sentirne il sapore. Era a metà vasetto quando si ricordò qualcosa. — Maia. Dovremmo controllare se è okay. — Mise giù lo yogurt. — Vado io.

— No, io sono il suo capobranco. Si fida di me. Posso calmarla, se è sconvolta — disse Luke. — Torno subito.

— Non dirlo — lo pregò Clary. — È una cosa che odio!

Luke fece un sorriso storto e imboccò il corridoio. Nel giro di pochi minuti fu di ritorno con un'espressione inquieta. — È andata.

— Andata? Andata come?

— Voglio dire che se l'è filata alla chetichella. Ha lasciato questo. — Gettò sul tavolo un pezzo di carta ripiegato. Clary lo prese e lesse con la fronte aggrottata le frasi che vi erano scarabocchiate.

Scusa per tutto. Vado a mettere una pezza. Grazie per quello che hai fatto. Maia.

— Vado a mettere una pezza? Che significa?

Luke sospirò. — Speravo che lo sapessi tu.

— Sei preoccupato?

— I demoni Raum sono cani da riporto — disse Luke. — Trovano le persone e le consegnano a chiunque li abbia invocati. Quel demone potrebbe essere ancora sulle sue tracce.

— Oh — fece Clary sottovoce. — Be', suppongo volesse dire che andava da Simon.

Luke sembrò sorpreso. — Sa dove abita?

— Non ne ho idea — ammise Clary. — Per certi versi sembrano intimi. Forse sì. — Si frugò in tasca e tirò fuori il telefono. — Lo chiamo.

— Pensavo che ti facesse uno strano effetto.

— Non quanto tutto il resto che sta succedendo. — Clary fece scorrere la rubrica in cerca del numero di Simon. Il telefono squillò tre volte prima che il ragazzo rispondesse con l'aria intontita.

— Pronto?

— Sono io. — Parlando, Clary voltò le spalle a Luke, più per abitudine che per il desiderio di non fargli sentire la conversazione.

— Sai che adesso vivo di notte — disse Simon con un mugugno. Lei lo sentì rivoltarsi nel letto. — Questo significa che dormo tutto il giorno.

— Sei a casa?

— Sì, dove altro vuoi che sia? — La sua voce si fece più acuta, mentre il sonno svaniva. — Che c'è, Clary, qualcosa non va?

— Maia è scappata. Ha lasciato un biglietto… per dire che forse sarebbe venuta a casa tua.

Simon sembrò perplesso. — Be', non l'ha fatto. O se vuole farlo non è ancora arrivata.

— C'è qualcuno in casa oltre a te?

— No, mia madre è al lavoro e Rebecca a scuola. Perché, pensi davvero che si farà viva qui?

— Be', se lo fa, chiamaci…

Simon la interruppe. — Clary. — Il tono era ansioso. — Aspetta un secondo. Credo che qualcuno stia cercando di entrare con la forza in casa mia.

Nella prigione il tempo passava, e Jace guardava la terribile pioggia argentea che cadeva intorno a lui con un interesse distaccato. Le sue dita avevano cominciato a intorpidirsi, e il ragazzo temeva che fosse un brutto segno, ma non se ne curava più di tanto. Si chiese se i Lightwood sapessero che era lassù o se chiunque fosse entrato nella sala addestramento sarebbe rimasto stupito, nel trovarlo chiuso lì dentro. Ma no, l'Inquisitrice non era così sbadata. Sicuramente aveva detto che la sala era inaccessibile, per poter disporre del prigioniero come le sembrava più opportuno. Pensò di dover essere furioso, o magari impaurito, ma non riusciva a curarsi neanche di questo. Niente sembrava più reale: né il Conclave, né l'Alleanza, né la Legge, e neppure suo padre.

Un sommesso rumore di passi lo avvertì della presenza di qualcun altro nella sala. Jace era steso sulla schiena e fissava il soffitto. Ora si mise a sedere e fece correre lo sguardo nel locale. Al di là della cortina di pioggia lucente scorse una sagoma scura. *Dev'essere l'Inquisitrice,* pensò. Tornata a farsi ancora beffe di lui. Si tenne forte… poi, con un sussulto, vide i capelli scuri e il volto familiare.

Forse, dopotutto, c'era ancora qualcosa di cui si curava. — Alec?

— Sono io. — Alec si inginocchiò dall'altro lato della parete scintillante. Era come guardare qualcuno attraverso l'acqua limpida increspata dalla corrente. Adesso Jace lo vedeva chiaramente, ma di tanto in tanto i suoi tratti sembravano ondeggiare e dissolversi, mentre la pioggia luminosa scintillava tremolando.

Bastava a far venire il mal di mare, pensò Jace.

— Che cos'è questa roba, in nome dell'Angelo? — Alec allungò una mano verso la parete luminosa.

— Fermo. — Jace tese la mano, poi la ritirò in fretta prima di sfiorare la parete. — Potrebbe darti una bella scossa, e anche ucciderti, se proverai ad attraversarla.

Alec ritrasse la mano con un fischio sommesso. — L'Inquisitrice fa sul serio.

— Eh, già. Sono o non sono un pericoloso criminale? Come, non lo sapevi? — Jace sentì il tono acido della propria voce e, mentre Alec indietreggiava, per un istante fu invaso da una gioia meschina.

— Non ti ha chiamato esattamente "criminale"…

— No, sono solo un ragazzo mooolto cattivo. Combino ogni tipo di carognate. Prendo a calci i gattini. Faccio gestacci volgari alle suore.

— Non scherzare, questa è una faccenda seria. — Gli occhi di Alec erano cupi. — Che cosa diavolo pensavi di fare, andando da Valentine? Voglio dire, sul serio, che cosa ti passava per la testa?

A Jace venne in mente un'infinità di battute pungenti, ma scoprì di non volerne fare neanche una. Era troppo stanco. — È mio padre, in fondo.

Alec sembrò contare fino a dieci per conservare la calma. — Jace…

— E se fosse stato il tuo, di padre? Che cosa avresti fatto?

— Il *mio*? Mio padre non farebbe mai le cose che Valentine…

Jace alzò la testa di scatto. — Ma tuo padre *le ha fatte*! Era nel Circolo con il mio! E anche tua madre! I nostri genitori erano uguali. L'unica differenza è che i tuoi sono stati catturati e puniti, il mio no!

Il viso di Alec si irrigidì, ma si limitò a dire: — L'*unica* differenza?

Jace abbassò lo sguardo. Le manette ardenti non erano fatte per essere tenute così a lungo. Sotto, la pelle era punteggiata di gocce di sangue.

— Volevo solo dire — continuò Alec — che non capisco come tu potessi aver voglia di vederlo, non tanto dopo quello che ha fatto *in generale*, ma dopo quello che ha fatto *a te*.

Jace rimase in silenzio.

— Tutti quegli anni — disse Alec. — Ti ha lasciato credere di essere morto. Forse tu non ricordi com'erano le cose, quando avevi dieci anni, ma io sì. Nessuna persona che ti ama può fare… una cosa simile.

Sottili rivoli di sangue scorrevano sulle mani di Jace come uno spago rosso che si dipanava. — Valentine mi ha detto — annunciò con calma — che se lo avessi appoggiato contro il Conclave, *se* lo avessi fatto, si sarebbe assicurato che non venisse fatto del male a nessuno a cui tenevo. Né a te, né a Isabelle, né a Max. E neppure ai tuoi genitori. Ha detto…

— Non sarebbe stato fatto del male a nessuno? — gli fece eco Alec in tono derisorio. — Vuoi dire che non gli avrebbe fatto del male personalmente. Bello.

— Ho visto cosa è capace di fare, Alec. Il tipo di forza demoniaca che può invocare. Se guiderà il suo esercito di demoni contro il Conclave, ci sarà una guerra. E la gente si fa male, in guerra. Muore, in guerra. — Esitò. — Se tu avessi la possibilità di salvare tutti quelli che ami…

— Ma che genere di possibilità è? E che valore può avere la parola di Valentine?

— Se giura sull'Angelo che farà una cosa, la farà.

— *Se* tu lo appoggi contro il Conclave.

Jace annuì.

— Si deve essere incavolato da matti quando hai rifiutato — osservò Alec.

Jace alzò lo sguardo dai polsi sanguinanti e lo fissò. — Che cosa?

— Ho detto…

— Lo so cosa hai detto. Cosa ti fa pensare che io abbia rifiutato?

— Be', l'hai fatto… non è vero?

Molto lentamente, Jace annuì.

— Ti conosco — disse Alec con una sicurezza sconfinata, e si alzò. — Hai raccontato all'Inquisitrice di Valentine e dei suoi piani, vero? E lei se n'è fregata!

— Non direi che se n'è fregata. Diciamo piuttosto che non mi ha creduto. Ha un piano con cui pensa di sconfiggere Valentine. L'unico problema è che il suo piano fa schifo.

Alec annuì. — Su questo mi aggiornerai più tardi. Prima le cose importanti: dobbiamo capire come farti uscire di qui.

— *Che cosa?* — L'incredulità diede delle lievi vertigini a Jace. — Pensavo che volessi farmi filare in prigione senza passare dal Via e incassare i duecento dollari. «La Legge è Legge, Isabelle.» Cos'è, ti divertivi solo a fare lo sputasentenze?

Alec cadde dalle nuvole. — Non puoi aver creduto che dicessi *sul serio*. Volevo solo che l'Inquisitrice si fidasse di me, in modo che ora non stia tutto il tempo a controllarmi come fa con Izzy e Max. Sa che loro sono dalla tua parte.

— E tu? Tu sei dalla mia parte? — Jace sentì il tono rude della propria domanda e fu quasi sopraffatto dall'idea di quanto fosse importante la risposta.

— Io sono con te — disse Jace. — Sempre. Che bisogno hai di chiedermelo? Io rispetto la Legge, ma quello che ti ha fatto l'Inquisitrice non ha niente a che vedere con la Legge. Non so esattamente cosa stia bollendo in pentola, però l'odio che lei nutre per te è personale. Non ha niente a che vedere con il Conclave.

— Io la provoco — disse Jace. — È più forte di me. I burocrati malvagi mi irritano.

Alec scosse la testa. — Non è neanche per questo. È un odio antico. Lo sento.

Jace stava per replicare, quando le campane della cattedrale si misero a suonare. Lì, vicino al tetto, i rintocchi echeggiavano forte. Alzò lo sguardo... quasi aspettandosi di vedere Hugo volteggiare fra le travi di legno in cerchi lenti, pensosi. Al corvo era sempre piaciuto starsene lassù, fra le travi e le arcate di pietra. Un tempo Jace pensava che all'uccello piacesse conficcare gli artigli nel legno morbido; ora si rese conto che le travi gli fornivano un ottimo punto di osservazione.

Un'idea cominciò a prendere forma in un angolino della sua mente, vaga e oscura. Ad alta voce disse soltanto: — Luke ha accennato al fatto che l'Inquisitrice aveva un figlio di nome Stephen. Quando le ho chiesto di lui, è andata in paranoia. Forse questo potrebbe spiegare perché mi odia tanto.

Le campane avevano smesso di suonare. Alec disse: — Forse. Potrei chiedere ai miei genitori, ma dubito che me lo direbbero.

— No, non chiederlo a loro. Chiedilo a Luke.

— Stai dicendo che mi tocca rifare tutta la strada fino a Brooklyn? Senti, uscire di qui sarà quasi impossibile...

— Usa il telefono di Isabelle. Scrivi un SMS a Clary. Dille di chiedere a Luke.

— Okay. — Alec rimase un istante in silenzio. — Vuoi che le dica qualcos'altro da parte tua? A Clary, dico, non a Isabelle.

— No — rispose Jace. — Non ho niente da dirle.

— Simon! — Clary si girò verso Luke stringendo il telefono. — Dice che qualcuno sta cercando di entrare con la forza in casa sua.

— Digli di andarsene da lì.

— Non posso andarmene da qui — ribatté Simon inquieto. — A meno di non voler prendere fuoco.

— È giorno — spiegò Clary a Luke, ma vide che aveva già capito il problema e si stava frugando nelle tasche. Le chiavi della macchina. Le alzò e gliele fece vedere.

— Di' a Simon che stiamo arrivando. E che si chiuda in una stanza finché non siamo lì.

— Hai sentito? Chiuditi in una stanza.

— Ho sentito. — La voce di Simon sembrava tesa; Clary sentì qualcosa che strusciava, poi un tonfo pesante.

— Simon!

— Sto bene. Sto solo ammucchiando roba davanti alla porta.

— Che tipo di roba? — Ora Clary era sotto il portico e tremava nella maglia leggera. Luke, dietro di lei, stava chiudendo la porta a chiave.

— Una scrivania — rispose Simon con una certa soddisfazione. — E il letto.

— Il *letto*? — Clary montò sul pickup accanto a Luke e trafficò per allacciarsi la cintura con una mano sola, mentre Luke lasciava a tutta birra il vialetto e percorreva a razzo Kent Avenue. Allungò la mano e la agganciò al suo posto. — Come hai fatto a sollevare il letto?

— Dimentichi la superforza dei vampiri.

— Chiedigli cosa sente — disse Luke. Sfrecciavano sull'asfalto, il che avrebbe potuto essere fantastico se il lungofiume di Brooklyn fosse stato in condizioni migliori. Ogni volta che prendevano una buca Clary rimaneva senza fiato.

— Che cosa senti? — chiese trattenendo il respiro.

— Ho sentito la porta d'ingresso spalancarsi con un gran fracasso. Devono averla aperta con un calcio. Poi Yossarian è corso come un lampo nella mia stanza e si è nascosto sotto il letto. Quindi c'è sicuramente qualcuno in casa.

— E ora?

— Ora non sento niente.

— Meglio così, no? — Clary si rivolse a Luke. — Dice che ora non sente niente. Forse se ne sono andati.

— Forse. — Luke sembrava dubbioso. Adesso erano sulla strada a scorrimento rapido diretti al quartiere di Simon. — Comunque tienilo al telefono.

— E adesso cosa fai, Simon?

— Niente. Ho spinto tutto quello che c'è nella stanza contro la porta. Ora sto provando a far uscire Yossarian da dietro la bocchetta del riscaldamento.

— Lascialo dov'è.

— Sarà molto difficile spiegare tutto questo a mia madre — disse Simon, dopodiché la comunicazione si interruppe. Ci fu un *clic* e poi nient'altro. CHIAMATA TERMINATA, balenò sul display digitale.

— No. NO! — Clary schiacciò il tasto di richiamata con dita tremanti.

Simon rispose subito. — Scusa. Yossarian mi ha graffiato e m'è caduto il telefono.

Clary si sentì bruciare la gola per il sollievo. — Non c'è problema, basta che tu stia bene e…

Attraverso l'apparecchio risuonò un fragore simile a un'ondata che cancellò la voce di Simon. Clary allontanò il telefono dall'orecchio. Il display segnalava ancora CHIAMATA IN CORSO.

— *Simon!* — gridò nel telefono. — Simon, mi senti?

Il fragore cessò. Si sentì qualcosa andare in frantumi e un urlo acuto, disumano… Poi il rumore di qualcosa di pesante che cadeva a terra.

— Simon? — sussurrò Clary.

Ci fu un *clic*, quindi le risuonò nell'orecchio una voce strascicata e divertita: — Clarissa. Avrei dovuto saperlo che c'eri tu all'altro capo del telefono.

Clary strinse forte gli occhi sentendosi lo stomaco sotto i piedi, come se stesse sulle montagne russe dopo aver affrontato la prima discesa. — Valentine.

— Padre, vorrai dire — disse lui con aria sinceramente seccata. — Deploro l'abitudine moderna di chiamare i propri genitori per nome.

— In realtà i modi con cui vorrei chiamarti sono parecchio più osceni del tuo nome — ribatté Clary brusca. — Dov'è Simon?

— Vuoi dire il ragazzo vampiro? Una compagnia discutibile per una Shadowhunter di buona famiglia, non credi? D'ora in avanti mi aspetto di avere voce in capitolo nella scelta dei tuoi amici.

— *Che cosa hai fatto a Simon?*

— Niente — rispose Valentine divertito. — Per ora.

E attaccò.

Quando Alec tornò nella sala addestramento, Jace era disteso a terra e nel tentativo di scordare il dolore ai polsi sognava file di ragazze che ballavano. Non funzionava.

— Che cosa fai? — chiese Alec, inginocchiandosi quanto più possibile vicino alla parete scintillante della prigione.

Jace provò a ricordarsi che, quando Alec faceva quel tipo di domande, le faceva sul serio, e che una volta la trovava una cosa più simpatica che irritante. Invano.

— Pensavo di starmene un po' steso sul pavimento a contorcermi dal dolore — grugnì. — Mi rilassa.

— Davvero? Oh… fai del sarcasmo, buon segno, no? — disse Alec. — Se puoi sederti, ti consiglio di farlo. Proverò a farti scivolare qualcosa attraverso la parete.

Jace si mise seduto talmente in fretta che gli girò la testa. — Alec, no…

Ma l'altro si era già mosso e spingeva qualcosa verso di lui con tutte e due le mani, come se facesse rotolare una palla verso un bambino. Una piccola sfera rossa attraversò la cortina scintillante e arrivò fino a Jace, andandogli a sbattere delicatamente sul ginocchio.

— Una mela. — La raccolse con qualche difficoltà. — Proprio quel che ci voleva.

— Ho pensato che magari avevi fame.

— E ce l'ho. — Jace diede un morso alla mela; il succo gli colò sulle mani e sfrigolò nelle fiamme azzurre che gli ammanettavano i polsi. — Hai mandato il messaggio a Clary?

— No. Isabelle non vuole farmi entrare nella sua stanza. Lancia oggetti contro la porta e urla. Ha detto che se fossi entrato si sarebbe buttata dalla finestra. E ne sarebbe pure capace.

— Probabile.

— Ho la sensazione — disse Alec con un sorriso — che non mi abbia perdonato di averti tradito, per come la vede lei.

— Brava ragazza — disse Jace riconoscente.

— Ma io *non* ti ho tradito, stupido.

— È il pensiero che conta.

— Bene, perché ti ho portato anche qualcos'altro. Non so se funzionerà, ma vale la pena tentare. — Fece scivolare un piccolo oggetto metallico attraverso la parete. Era un dischetto argenteo grande più o meno quanto un quarto di dollaro. Jace mise da parte la mela e lo raccolse con aria curiosa. — Che cos'è?

— L'ho preso dalla scrivania in biblioteca. In passato ho visto i miei usarlo per distruggere ogni tipo di aggeggio. Credo sia una runa di Sblocco. Vale la pena provare...

Si interruppe, mentre Jace si portava il dischetto ai polsi, tenendolo goffamente tra due dita. Nel momento in cui toccò la striscia di fiamma azzurra, le manette tremolarono e scomparvero.

— Grazie. — Jace si strofinò i polsi, ognuno circondato da una riga di pelle irritata e sanguinante. Ricominciava a sentire la punta delle dita. — Non è una lima nascosta nella torta di compleanno, ma impedirà alle mie mani di staccarsi.

Alec lo guardò. Le linee vacillanti della cortina di pioggia rendevano il suo viso allungato, preoccupato... e forse lo era davvero. — Sai, quando prima ho parlato con Isabelle mi è venuta in mente una cosa. Le ho detto che non poteva buttarsi dalla finestra... e di non provarci, o si sarebbe sfracellata.

Jace annuì. — Mi sembra un buon consiglio da fratello maggiore.

— Ma poi ho cominciato a chiedermi se fosse vero anche nel tuo caso... Voglio dire, ti ho visto fare cose che equivalevano praticamente a volare. Ti ho visto cadere dal terzo piano e atterrare come un gatto, saltare da terra su un tetto e...

— Sentire enumerare le mie imprese è sicuramente gratificante, ma non capisco che cosa intendi dire, Alec.

— Voglio dire che questa prigione ha quattro pareti, non cinque.

Jace lo fissò. — Allora Hodge non mentiva quando diceva che si usa la geometria nella vita di tutti i giorni. Già, hai ragione, Alec, questa gabbia ha quattro pareti. Ora, se l'Inquisitrice ne avesse erette solo due, potrei...

— JACE — sbottò Alec, perdendo la pazienza. — Voglio dire che la gabbia non ha tetto. Non c'è niente tra te e il soffitto.

Jace rovesciò la testa. Le travi sembravano ondeggiare in alto, sopra di lui, perse nell'ombra. — Sei pazzo.

— Può darsi — disse Alec. — O può darsi che io sappia semplicemente di cosa sei capace. — Scrollò le spalle. — Potresti provare, almeno.

Jace fissò Alec... il suo viso aperto, sincero e gli occhi azzurri dallo sguardo fermo. *È pazzo*, pensò. Era vero, nell'ardore della battaglia aveva fatto cose sorprendenti, come tutti loro, del resto. Sangue di Cacciatore, anni di addestramento... ma non poteva fare un salto di nove metri.

Come fai a sapere che non puoi, disse una voce sommessa nella sua testa, *finché non ci provi?*

La voce di Clary. Pensò a lei e alle sue rune, alla Città Silente e alle manette che gli erano saltate via dal polso come se si fossero spezzate sotto un'enorme pressione. Lui e Clary avevano lo stesso sangue. Se Clary poteva fare cose ritenute impossibili...

Si alzò in piedi quasi di malavoglia e si guardò intorno, valutando lentamente la stanza. Vedeva ancora gli alti specchi e la moltitudine di armi appese alle pareti, le lame che scintillavano debolmente attraverso la cortina di fuoco argenteo che lo circondava. Si curvò, recuperò da terra la mela mangiata a metà e la guardò un momento soprappensiero... poi allungò il braccio all'indietro e la lanciò in avanti più forte che poté. La mela volò in aria, colpì una lucente parete argentea ed esplose in una corona di fiamme di un colore azzurro liquido.

Jace sentì Alec restare senza fiato. Dunque l'Inquisitrice non aveva esagerato. Se avesse colpito troppo forte una parete della prigione, sarebbe morto.

Alec si alzò, di colpo tremante. — Jace, non so...

— Zitto, Alec. E non guardarmi così. Non mi è d'aiuto.

Qualunque fosse la risposta di Alec, Jace non la sentì. Stava girando lentamente su se stesso, gli occhi concentrati sul soffitto. Le rune che gli permettevano di vedere alla perfezione da lontano entrarono in azione, mettendo meglio a fuoco le travi: ne scorgeva i bordi scheggiati, i cerchi concentrici e i nodi, le macchie nere dell'età. Ma erano solide. Sostenevano il tetto dell'Istituto da centinaia di anni. Potevano ben sostenere un ragazzo.

Piegò le dita, facendo dei respiri profondi, lenti, controllati, proprio come gli aveva insegnato suo padre. Con gli occhi della mente si vide saltare, librarsi in aria, afferrare una trave con agilità, dondolarsi e montarci sopra. Era leggero, si disse, leggero come una freccia che avanza facilmente nell'aria, veloce e inarrestabile. Sarebbe stato facile, si disse. Facile.

— Sono la freccia di Valentine — sussurrò. — Che lui lo sappia o meno.

E saltò.

16

Il sangue dei Nascosti

Clary pigiò il tasto di richiamata per rifare il numero di Simon, ma il telefono andava direttamente alla casella vocale. Calde lacrime le rigarono le guance mentre gettava il telefono sul cruscotto. — Accidenti…

— Ci siamo quasi — disse Luke. Erano usciti dalla strada a scorrimento veloce e non se n'era neanche accorta. Si fermarono davanti alla casa di Simon, una villetta unifamiliare di legno con la facciata dipinta di un rosso vivace.

Clary scese dall'auto e si mise a correre per il vialetto prima ancora che Luke tirasse il freno a mano. Gridò il suo nome mentre si precipitava su per gli scalini e bussava freneticamente alla porta d'ingresso. — Simon! *Simon!*

— Clary, basta. — Luke la raggiunse nel portico. — I vicini…

— 'Fanculo i vicini. — Armeggiò con il portachiavi che aveva alla cintura, trovò la chiave giusta e la infilò nella serratura. Spalancò la porta e avanzò circospetta nell'ingresso, con Luke alle calcagna. Sbirciarono attraverso la prima porta a sinistra, che dava sulla cucina. Tutto sembrava tale e quale a com'era sempre stato, dal piano di lavoro meticolosamente pulito alle calamite sul frigorifero. C'era il lavello, accanto al quale solo pochi giorni prima aveva baciato Simon. I raggi del sole si riversavano dalle finestre, riempiendo la stanza di pallida luce gialla. Luce capace di ridurre in cenere Simon.

La sua camera era l'ultima in fondo al corridoio. La porta era socchiusa, ma dalla fessura Clary scorse soltanto fitte tenebre.

Si sfilò di tasca lo stilo e lo impugnò saldamente. Sapeva che non era una vera e propria arma, ma sentirlo in mano la rassicurava. Dentro, la stanza era buia, le finestre nascoste da tende nere, l'unica luce proveniva dall'orologio digitale sul comodino. Luke stava allungando un braccio per premere l'interruttore, quando qualcosa – qualcosa che sibilava, sputava e ringhiava come un demone – gli si scagliò addosso dall'oscurità.

Clary urlò, mentre Luke la afferrava per le spalle e la spingeva bruscamente da parte. Inciampò e mancò poco che cadesse; quando si raddrizzò, si girò e vide un Luke dall'aria sbalordita intento a reggere un gatto bianco che miagolava e si dibatteva, il pelo ritto. Sembrava una palla di ovatta con gli artigli.

— Yossarian! — esclamò Clary.

Luke lasciò andare la bestiola. Yossarian gli schizzò immediatamente tra le gambe e scomparve nel corridoio.

— Stupido gatto — disse Clary.

— Non è colpa sua. Io non piaccio ai gatti. — Luke allungò la mano verso l'interruttore e lo premette. Clary rimase senza fiato. La stanza era in un ordine perfetto, non c'era nulla fuori posto, neppure il tappeto era di traverso. Perfino il copriletto era ripiegato ordinatamente.

— È un incantesimo di camuffamento?

— Probabilmente no. Probabilmente è solo un po' di magia. — Luke si mise al centro della stanza guardandosi intorno con aria pensosa. Mentre andava a scostare una delle tende, Clary vide qualcosa luccicare nel tappeto ai suoi piedi.

— Luke, aspetta. — Si inginocchiò per recuperare l'oggetto. Era il cellulare di Simon, piegato e deformato, l'antenna strappata. Lo aprì con il cuore che le martellava. Nonostante la crepa che attraversava lo schermo per il lungo, era ancora visibile un messaggio di testo: ADESSO LI HO TUTTI.

Clary si lasciò cadere sul letto inebetita. Come attraverso una nebbia, sentì Luke toglierle il telefono di mano. Poi lo sentì trattenere il fiato nel leggere il messaggio.

— Che cosa vuol dire "adesso li ho tutti"? — gli chiese.

Luke posò il telefono sulla scrivania e si passò una mano sul viso. — Temo significhi che adesso ha Simon e, c'è da supporre, anche Maia. Significa che ha tutto il necessario per il Rituale della Trasformazione.

Clary lo fissò. — Vuoi dire che Simon non gli serve solo per arrivare a me… e a te?

— Sono sicuro che Valentine lo considera un piacevole effetto secondario. Ma non è il suo fine principale. Il suo fine principale è trasformare la Spada dell'Angelo. E per questo gli serve…

— Il sangue di bambini Nascosti. Ma Maia e Simon non sono bambini. Sono adolescenti.

— Quando è stato creato l'incantesimo per volgere la Spada dell'Anima alle tenebre, la parola "adolescente" non era stata neanche inventata. Nella società dei Cacciatori si è adulti a diciotto anni. Prima, si è considerati bambini. Per gli scopi di Valentine, Maia e Simon sono bambini. Ha già il sangue di un figlio del Popolo Fatato e di un figlio di stregone. Gli servono soltanto un lupo mannaro e un vampiro.

Clary si sentì come se le avessero tolto l'aria dai polmoni. — Allora perché ce ne siamo stati con le mani in mano? Perché non abbiamo pensato di proteggerli in qualche modo?

— Finora Valentine ha fatto quello che gli tornava più comodo. Ha scelto le sue vittime solo perché gli si presentavano su un piatto d'argento. Lo stregone era facile da trovare: Valentine non ha dovuto far altro che assumerlo col pretesto di invocare un demone. Individuare le fate nel parco è abbastanza facile, se sai dove cercare. E l'Hunter's Moon è esattamente il posto dove andare se vuoi trovare un lupo mannaro. Esporsi a questo pericolo e a queste difficoltà supplementari solo per colpire noi quando nulla è cambiato...

— Jace — disse Clary.

— Che c'entra Jace?

— Credo che sia a Jace che vuole farla pagare. La scorsa notte Jace deve avere combinato qualcosa sulla barca, qualcosa che ha fatto incavolare Valentine al punto da abbandonare qualsiasi progetto precedente e idearne uno nuovo.

Luke sembrava confuso. — Cosa ti fa pensare che questo cambiamento di Valentine abbia a che fare con tuo fratello?

— Il fatto — rispose Clary con dolorosa certezza — che solo Jace può far incavolare *a tal punto* qualcuno.

— Isabelle! — Alec tempestò di colpi la porta della sorella. — Isabelle, aprimi, lo so che sei lì dentro.

La porta si socchiuse. Alec provò a sbirciarci dentro, ma dall'altra parte non vide nessuno. — Non vuole parlarti — disse una voce ben nota.

Alec abbassò lo sguardo e vide due occhi grigi che lo fissavano da dietro un paio di occhiali storti. — Max. Avanti, fratellino, fammi entrare.

— Neanch'io voglio parlarti. — Max fece il gesto di spingere la porta per richiuderla, ma Alec, svelto come la frusta di Isabelle, infilò il piede nella fessura.

— Non costringermi a sbatterti a terra, Max.

— Non lo farai. — Il bambino riprese a spingere con tutte le sue forze.

— No, ma potrei andare a chiamare mamma e papà e ho la netta sensazione che Isabelle non voglia assolutamente che io lo faccia, vero, Izzy? — chiese alzando la voce in modo che lei lo sentisse.

— Oh, per l'amor del cielo. — Isabelle era molto irritata. — Va bene, Max, fallo entrare.

Max si scostò, Alec spinse la porta ed entrò, lasciandola semiaperta alle sue spalle. Isabelle era seduta nel vano della finestra accanto al letto, la frusta dorata arrotolata attorno al braccio sinistro. Indossava la tenuta da caccia: gli spessi pantaloni neri e la maglia aderente con il motivo quasi invisibile di rune argentee. Aveva gli stivali affibbiati alle ginocchia e i capelli neri mossi dal vento che entrava dalla finestra aperta. Gli lanciò un'occhiata assassina e per un istante gli apparve tale e quale a Hugo, il corvo nero di Hodge.

— Che diavolo fai? Stai cercando di ucciderti? — chiese Alec attraversando furioso la stanza.

La frusta si allungò sinuosa e si arrotolò intorno alle sue caviglie. Alec si bloccò, sapendo che a Isabelle bastava un semplice scatto del polso per mandarlo a gambe all'aria e farlo atterrare legato come un salame sul pavimento di legno. — Non ti avvicinare di un solo centimetro, Alexander Lightwood — disse nel suo tono più furibondo. — Non mi sento molto comprensiva nei tuoi confronti, in questo momento.

— Isabelle...

— Come hai potuto rivoltarti a quel modo contro Jace? Dopo tutto quello che ha passato? Avete anche giurato di vegliare l'uno sull'altro...

— A patto di non infrangere la Legge — le ricordò.

— La *Legge*! — saltò su Isabelle, disgustata. — C'è una legge più alta del Conclave, Alec. La legge della famiglia. Jace è la tua famiglia.

— La legge della famiglia? Non ne ho mai sentito parlare — disse Alec irritato. Sapeva che doveva difendersi, ma non era facile dimenticarsi di una vita trascorsa a correggere i fratelli minori quando sbagliavano. — Sarà perché l'hai appena inventata?

Isabelle fece schioccare la frusta. Alec si sentì mancare la terra sotto i piedi e si girò per attutire l'impatto della caduta con le mani. Atterrò, rotolò sulla schiena e alzò gli occhi, ritrovandosi Isabelle che incombeva su di lui. Max era al suo fianco. — Cosa ne facciamo, Maxwell? — chiese Isabelle. — Lo lasciamo legato qui finché i nostri genitori non lo trovano?

Alec ne aveva avuto abbastanza. Sfilò una lama dal fodero vicino al polso, la girò e tagliò la frusta che gli avvolgeva le caviglie. Il cavo di elettro si recise di colpo e Alec balzò in piedi, mentre Isabelle ritraeva il braccio con il cavo che le sibilava intorno.

Una risatina sommessa stemperò la tensione. — Va bene, va bene, l'avete torturato abbastanza. Sono qui.

Isabelle sgranò gli occhi. — Jace!

— In persona. — Il ragazzo si infilò nella stanza richiudendosi la porta alle spalle. — Non c'è bisogno che litighiate... — Fece una smorfia, quando Max gli si gettò addosso gridando il suo nome. — Ehi, vacci piano — disse, sciogliendosi dall'abbraccio del ragazzino. — Attualmente non sono al meglio della forma.

— Lo vedo — disse Isabelle, esaminandolo con ansia. Jace aveva i polsi insanguinati, i capelli biondi appiccicati al collo e alla fronte e la faccia e le mani macchiate di sporcizia. — L'Inquisitrice ti ha fatto male?

— Non troppo. — Gli occhi di Jace incrociarono quelli di Alec dall'altra parte della stanza. — Mi ha soltanto rinchiuso nella galleria delle armi. Alec mi ha aiutato a scappare.

La frusta si afflosciò come un fiore tra le mani di Isabelle. — Alec... davvero?

— Sì. — Alec si tolse la polvere del pavimento dai vestiti con voluta ostentazione. Non poté trattenersi dall'aggiungere: — Beccati questa.

— Be', avresti dovuto *dirlo*.

— E tu avresti dovuto fidarti un po' di me...

— Basta, non c'è tempo per bisticciare — disse Jace. — Isabelle, che tipo di armi hai qui dentro? E bende, bende ne hai?

— Bende? — Isabelle mise giù la frusta e tirò fuori il suo stilo da un cassetto. — Posso sistemarti con un *iratze*...

Jace alzò i polsi. — Un *iratze* andrebbe bene per le mie ammaccature, ma non guarirebbe queste. Sono bruciature provocate da rune. — Alla luce viva della stanza di Isabelle avevano un aspetto ancora peggiore... qua e là le cicatrici circolari erano nere e screpolate e ne colava sangue e un fluido chiaro. Jace abbassò le mani, mentre Isabelle impallidiva. — E avrò anche bisogno di armi, prima di...

— Innanzitutto, le bende. Poi le armi. — Isabelle posò la frusta sul cassettone e spinse Jace nel bagno con un cestino pieno di pomate, tamponi di garza e bende. Alec li osservò dalla porta semiaperta; Jace era appoggiato al lavandino, mentre sua sorella adottiva gli puliva i polsi e glieli avvolgeva nella garza bianca. — Okay, adesso togliti la maglietta.

— Lo sapevo che in qualche modo te ne saresti approfittata. — Jace si tolse la giacca e si sfilò la maglietta con una smorfia. La pelle di un colore dorato pallido era tesa sui muscoli duri. Marchi tracciati con inchiostro nero si avvolgevano intorno alle braccia esili. Un mondano avrebbe anche potuto pensare che le cicatrici bianche che gli punteggiavano la pelle, residui di vecchie rune, lo rendessero meno perfetto, ma non Alec. Tutti loro avevano quelle cicatrici: erano segni onorifici, non difetti.

Vedendo Alec che lo guardava dalla porta semiaperta, Jace disse: — Vuoi prendere il telefono?

— È sul cassettone. — Isabelle non alzò lo sguardo. Lei e Jace parlavano a bassa voce, Alec non poteva sentirli, ma immaginava che lo facessero per non spaventare Max.

Alec guardò. — Sul cassettone non c'è.

Isabelle, tracciando un *iratze* sulla schiena di Jace, imprecò seccata. — Oh, accidenti. L'ho lasciato in cucina. Merda. Non voglio andarlo a cercare, rischio di imbattermi nell'Inquisitrice.

— Ci vado io — si offrì Max. — A me non bada, sono troppo piccolo.

— Già. — Isabelle sembrava restia. — A cosa vi serve il telefono, Alec?

— Ci serve e basta — disse Alec impaziente. — Izzy...

— Se devi scrivere a Magnus "6 1 skianto", ti ammazzo.

— Chi è Magnus? — chiese Max.

— Uno stregone — rispose Alec.

— Uno stregone sexy, molto sexy — disse Isabelle a Max, ignorando lo sguardo furibondo del fratello.

— Ma gli stregoni sono cattivi — protestò il bambino con aria perplessa.

— Esatto — fece Isabelle.

— Non capisco — disse Max. — Vabbè, vado a prendere il telefono. Torno subito.

Scivolò fuori dalla porta, mentre Jace si rimetteva giacca e maglietta e tornava nella stanza, dove cominciò a cercare armi tra le pile di cose di Isabelle sparse sul pavimento. Lei lo seguiva, scuotendo la testa. — E adesso qual è il tuo piano? Andiamo via tutti? L'Inquisitrice darà di matto, quando scoprirà che te la sei filata.

— Sì, ma non tanto quanto vedendosi respingere da Valentine. — Jace descrisse a grandi linee il piano dell'Inquisitrice. — Lui non accetterà mai. Questo è l'unico problema.

— L'*unico* problema?! — Isabelle era talmente furiosa che balbettava quasi, cosa che non le accadeva da quando aveva sei anni. — Lei non può farlo! Non può cederti come se niente fosse a uno psicopatico! Sei un membro del Conclave! Sei nostro *fratello*!

— L'Inquisitrice non la pensa così.

— Non m'importa quello che pensa. È una stronza odiosa e *bisogna* fermarla.

— Quando scoprirà che il suo piano è andato a monte, potrebbe anche essere ridotta al silenzio — osservò Jace. — Ma non rimarrò qui per scoprirlo. Voglio andarmene.

— Non sarà così facile — fece Alec. — L'Inquisitrice ha blindato questo posto meglio di un pentagramma. Sai che ci sono delle guardie, di sotto? Ha convocato mezzo Conclave.

— Deve avere un'alta considerazione di me — disse Jace, buttando da parte un mucchio di riviste.

— Forse non si sbaglia. — Isabelle lo guardò pensierosa. — Hai fatto davvero un salto di nove metri per uscire da una Configurazione Malachi? È vero, Alec?

— Sì — confermò il fratello. — Non ho mai visto niente di simile.

— E io non ho mai visto niente di simile a *questo*. — Jace prese da terra un pugnale lungo venticinque centimetri. Sulla punta acuminata era infilzato uno dei reggiseni rosa di Isabelle, che lo tirò via, imbronciata.

— Non è questo il punto. Come hai fatto? Lo sai?

— Ho saltato. — Jace tirò fuori da sotto il letto due dischi rotanti, taglienti come rasoi. Erano coperti di peli grigi di Church. Ci soffiò sopra, spargendoli da tutte le parti. — *Chakram*. Fantastico. Soprattutto se incontrerò dei demoni con gravi allergie ai gatti.

Isabelle lo frustò con il reggiseno. — Non mi stai rispondendo!

— Perché non so che dire, Izzy. — Jace si rimise in piedi. — Forse la Regina della Corte Seelie aveva ragione. Forse ho dei poteri di cui ignoro l'esistenza perché non li ho mai provati. Clary li ha sicuramente.

Isabelle corrugò la fronte. — Davvero?

Alec spalancò improvvisamente gli occhi. — Jace... quella tua moto da vampiro è sempre sul tetto?

— Può darsi. Ma è giorno, perciò è inservibile.

— E poi — osservò Isabelle — in tre non ci stiamo.

Jace si fece scivolare i *chakram* nella cintura insieme al pugnale. Parecchie spade angeliche finirono nelle tasche della giacca. — Non importa. Tanto voi non venite con me.

Isabelle farfugliò. — Che vuol dire che non...? — Fu interrotta da Max, di ritorno tutto affannato, con in mano il malandato cellulare rosa della sorella. — Max, sei un eroe. — Gli prese il telefono, lanciando un'occhiataccia a Jace. — Sono da te tra un minuto. Intanto, chi chiamiamo? Clary?

— La chiamo io... — cominciò Alec.

— No. — Isabelle gli allontanò la mano con un colpetto. — Le sto più simpatica io. — Stava già facendo il numero. Teneva accostato il telefono all'orecchio, con fuori la lingua. — Clary? Sono Isabelle. Io... *Cosa?!* — Il colore le defluì dal viso come se glielo avessero strofinato via, lasciandola terrea e con gli occhi sbarrati. — Com'è possibile? Ma perché...

— Com'è possibile cosa? — In due salti Jace le fu accanto. — Isabelle, cos'è successo? Clary è...

Isabelle allontanò il telefono dall'orecchio, le nocche bianche. — Valentine. Ha rapito Simon e Maia. Li userà per compiere il Rituale.

Con un movimento fluido, Jace allungò il braccio e le strappò il telefono di mano. Se lo portò all'orecchio. — Venite all'Istituto, ma non entrate. Aspettatemi giù. Ci vediamo fuori. — Chiuse di scatto il telefono e lo porse ad Alec. — Chiama Magnus. Digli che ci vediamo a Brooklyn, sul lungofiume. Scelga lui il posto, purché sia deserto. Avremo bisogno del suo aiuto per arrivare alla nave di Valentine.

— Avremo? — Isabelle si rianimò visibilmente.

— Magnus, Luke e io — chiarì Jace. — Voi due rimarrete qui e vi occuperete dell'Inquisitrice. Quando Valentine non le consegnerà quanto pattuito, toccherà a voi convincerla a mandargli contro tutte le forze del Conclave.

— Non capisco — disse Alec. — Tanto per cominciare, come pensi di uscire di qui?

Jace sorrise. — Guarda — disse, e saltò sul davanzale. Isabelle lanciò un urlo. Ma Jace stava già sgusciando fuori dalla finestra. Rimase per un attimo in equilibrio sulla parte esterna del davanzale... e poi scomparve.

Alec corse alla finestra e guardò fuori terrorizzato, ma non c'era niente da vedere: solo il cortile dell'Istituto, molto più sotto, marrone e vuoto, e lo stretto sentiero che conduceva alla porta d'ingresso. Sulla Novantaseiesima non c'erano pedoni vocianti né macchine che avessero accostato alla vista di un corpo che precipitava. Era come se Jace fosse svanito nel nulla.

Fu svegliato dal rumore dell'acqua. Era un rumore ripetitivo, acqua che sciabordava contro qualcosa di solido, in continuazione, come se lui fosse steso in fondo a una piscina che si svuotasse e si riempisse rapidamente. Si sentiva in bocca sapore di metallo e ne percepiva l'odore tutt'intorno. Era consapevole di un dolore persistente, assillante, alla mano sinistra. Con un gemito, Simon aprì gli occhi.

Giaceva su un pavimento metallico, duro e bitorzoluto, di un brutto colore grigio-verde. Le pareti erano dello stesso metallo e colore. C'era un unico oblò, a una parete, in alto, dalla quale entrava un lieve chiarore. Simon era stato disteso con la mano in una pozza di luce e quindi aveva le dita rosse e ricoperte di vesciche. Con un altro gemito, rotolò via dalla luce e si sedette.

E si rese conto di non essere solo. Nonostante la fitta ombra, ci vedeva bene al buio. Dall'altra parte della stanza, le mani legate e incatenate a un grosso tubo del riscaldamento, c'era Maia. Aveva i vestiti strappati e un grosso livido sulla guancia sinistra. Simon vide che da un lato della testa le erano state strappate le trecce e aveva i capelli macchiati di sangue.

Nell'istante in cui si mise a sedere, la ragazza lo fissò e scoppiò in lacrime. — Pensavo — disse tra i singhiozzi — che fossi... morto.

— Ma io *sono* morto — ribatté Simon. Si stava fissando la mano. Mentre la guardava, le vesciche sbiadirono, il dolore diminuì, la pelle riacquistò il consueto pallore.

— Lo so, ma intendevo... morto davvero. — Maia si ripulì la faccia con le mani legate. Simon cercò di muoversi verso di lei, ma qualcosa lo trattenne. Intorno alla caviglia aveva delle manette fissate a una robusta catena conficcata nel pavimento. Evidentemente Valentine non voleva correre rischi.

— Non piangere — disse, ma se ne pentì subito. Non si poteva certo sostenere che la situazione non giustificasse le lacrime. — Sto bene.

— Per ora — fece Maia, strofinandosi con la manica il viso bagnato. — Quell'uomo, quello con i capelli bianchi, si chiama Valentine?

— L'hai visto? — chiese Simon. — Io non ho visto niente. Soltanto la porta di casa che si spalancava e una forma grande e grossa che mi si scagliava contro come un treno merci.

— È *quel* Valentine, vero? Quello di cui parlano tutti. Quello che ha dato il via alla Rivolta.

— È il padre di Jace e Clary — disse Simon. — Questo è quanto so sul suo conto.

— La sua voce mi era familiare. È uguale a quella di Jace. — Per un istante parve rattristata. — Non c'è da stupirsi che sia un tale fico.

Simon non poté che concordare.

— Perciò tu non... — La voce di Maia si spense. Ci riprovò: — Senti, lo so che ti sembrerà strano, ma quando Valentine è venuto a prenderti, c'era forse con lui qualcuno che hai riconosciuto, qualcuno che è morto? Come un fantasma?

Simon scosse la testa, perplesso. — No. Perché?

Maia esitò. — Ho visto mio fratello. Il fantasma di mio fratello. Penso che Valentine mi abbia provocato delle allucinazioni.

— Be', su di me non ha fatto niente del genere. Stavo parlando con Clary al telefono. Ricordo di averlo lasciato cadere quando quella cosa mi è venuta addosso... — Scrollò le spalle. — È tutto.

— Con Clary? — Maia sembrò sfiorata da un filo di speranza. — Allora forse scopriranno dove siamo. Forse verranno a cercarci.

— Forse — ripeté Simon. — Ma dove siamo?

— Su una nave. Ero ancora cosciente, quando Valentine mi ha portato qui. È un grosso affare massiccio di metallo nero. È senza luci e pieno di... *cose*. Una mi è saltata addosso e ho cominciato a gridare. È stato allora che Valentine mi ha afferrato per la testa e me l'ha sbattuta contro la parete. Sono rimasta svenuta per un po'.

— Cose? Che intendi con *cose*?

— Demoni — rispose Maia rabbrividendo. — Qui ne ha per tutti i gusti. Grandi, piccoli, volanti... Eseguono tutti i suoi ordini.

— Ma Valentine è un Cacciatore. E da quello che so, lui *odia* i demoni.

— Be', a quanto pare loro non lo sanno — disse Maia. — Quello che non capisco è che cosa vuole da noi. So che odia i Nascosti, ma questo mi sembra un impegno eccessivo solo per ammazzarne due. — Aveva cominciato a tremare, le mandibole le battevano come i "denti chiacchierini" che si trovano nei negozi di curiosità. — Probabilmente vuole qualcosa dai Cacciatori. Oppure da Luke.

Io lo so cosa vuole, pensò Simon, ma era inutile dirglielo; era già abbastanza sconvolta. Si fece scivolare di dosso la giacca. — Tieni — disse, e gliela gettò attraverso la stanza.

Armeggiando con le manette, Maia riuscì ad avvolgersela goffamente intorno alle spalle. Gli offrì un sorriso debole ma pieno di riconoscenza. — Grazie. Ma tu non hai freddo?

Simon scosse la testa. La bruciatura alla mano era ormai completamente sparita. — Non sento il freddo. Non più.

Lei aprì la bocca, poi la richiuse. Dietro i suoi occhi era in corso una battaglia. — Scusami. Per come ho reagito ieri. — Rimase in silenzio, quasi trattenendo il fiato. — I vampiri mi spaventano a morte — sussurrò infine. — Appena arrivata in città, frequentavo una compagnia... Bat e altri due ragazzi, Steve e Georg. Una volta, in un parco, ci siamo imbattuti in un gruppetto di vampiri che succhiavano sacche di sangue sotto un ponte... Ci fu uno scontro, e la cosa che mi è rimasta più impressa è che uno dei vampiri prese Georg come se niente fosse, lo alzò e lo *squarciò* in due... — La sua voce salì, le mani si sollevarono alla bocca. Tremava. — In due — sussurrò. — Tutte le viscere caddero fuori. E poi tutti cominciarono a mangiarlo.

Simon si sentì assalire da una sorda fitta di disgusto. Fu quasi contento che la storia gli facesse venire la nausea, piuttosto che qualcos'altro. Tipo l'appetito. — Io non farei mai una cosa del genere — disse. — Mi piacciono i lupi mannari. Mi piace Luke...

— Lo so. — La bocca di Maia si contrasse. — È solo che quando ti ho incontrato sembravi così *umano*. Mi ricordavi quello che ero prima.

— Maia — disse Simon. — Tu sei ancora umana.

— No, non lo sono.

— Lo sei nelle cose che contano. Proprio come me.

Maia cercò di sorridere. Simon capiva che lei non gli credeva, ma gli riusciva difficile biasimarla. Neanche lui, del resto, era sicuro di credere a se stesso.

Il cielo si era fatto plumbeo, gravido di nubi gonfie. L'Istituto incombeva nella luce grigia, simile al fianco di una montagna. Il tetto spiovente di ardesia scintillava come argento appannato. A Clary parve di vedere delle figure incappucciate muoversi accanto alla porta d'ingresso, ma non ne era sicura. Era difficile distinguere qualcosa con chiarezza, guardando dai finestrini sudici del pickup, a più di un isolato di distanza.

— Da quant'è che siamo qui? — chiese per la quarta o la quinta volta.

— Da cinque minuti in più rispetto all'ultima volta che me l'hai chiesto — rispose Luke. Era appoggiato allo schienale del sedile, la testa reclinata all'indietro, l'aria sfatta. La barba corta e ispida che gli ricopriva le guance era brizzolata, gli occhi erano cerchiati di nero. *Tutte quelle notti in ospedale, l'attacco del demone, e ora questo,* pensò Clary, a un tratto preoccupata. Capiva perché lui e sua madre si fossero tenuti alla larga tanto a lungo da quella vita. Le sarebbe piaciuto fare altrettanto. — Vuoi entrare?

— No. Jace ha detto di aspettare fuori. — Clary sbirciò di nuovo dal finestrino. Adesso era sicura di vedere delle figure davanti all'ingresso. Quando una si girò, le parve di scorgere un lampo di capelli biondi...

— Guarda. — Ora Luke era seduto ben diritto e apriva svelto il finestrino.

A Clary sembrava tutto come prima. — Vuoi dire la gente all'entrata?

— No. Le guardie erano già lì. Guarda sul tetto. — Glielo indicò.

Clary premette il viso contro il finestrino. Il tetto di ardesia della cattedrale era un tripudio di torrette e guglie, archi e angeli scolpiti. Stava per dire irritata che non notava altro che qualche doccione fatiscente, quando colse un movimento fulmineo. C'era qualcuno sul tetto. Una figura sottile, scura, che si muoveva svelta tra le torrette sfrecciando da una sporgenza all'altra, e ora si buttava a pancia sotto per scendere adagio dal tetto incredibilmente ripido... qualcuno dai capelli chiari che luccicavano come ottone nella luce plumbea...

Jace.

Prima di capire cosa stesse facendo, Clary si ritrovò fuori dal pickup e si precipitò verso la chiesa, mentre Luke le gridava dietro. L'enorme edificio sembrava ondeggiare sopra la sua testa, alto decine di metri come una ripida scogliera di pietra. Ora Jace era sull'orlo del tetto e guardava giù, e Clary pensò: *Non può essere, non lo farebbe, lui non lo farebbe, non Jace.* Poi Jace saltò nel vuoto, tranquillo come se saltasse da una veranda. Clary lanciò un urlo nel vederlo piombare giù come un sasso...

... e poi atterrare leggiadramente in piedi proprio davanti a lei. Lo fissò a bocca aperta mentre si raddrizzava dalla posizione accucciata e le sorrideva. — Se ti dicessi che morivo dalla voglia di fare un salto da te, diresti che la mia battuta è troppo banale?

— Come... come hai... come hai fatto? — sussurrò Clary sentendosi sul punto di vomitare. Vedeva Luke fuori dal pickup, le mani unite dietro la testa e lo sguardo fisso oltre lei. Si girò e scorse le due guardie all'entrata correre verso di loro. Una era Malik, l'altra la donna dai capelli argentei.

— Merda. — Jace la prese per mano e se la trascinò dietro. Corsero verso il pickup e si buttarono dentro accanto a Luke, che diede gas e partì a razzo con la portiera del passeggero ancora aperta. Jace allungò il braccio davanti a Clary e la chiuse con uno strattone. Il veicolo girò intorno ai due Cacciatori... Clary vide che Malik stava per lanciare una specie di coltello. Mirava a una gomma. Sentì Jace imprecare, mentre si frugava nella giacca in cerca di un'arma. Malik sollevò il braccio, facendo scintillare la lama... ma la donna dai capelli argentei lo attaccò alle spalle afferrandogli il braccio. Lui cercò di scrollarsela di dosso, mentre Clary si rigirava senza fiato sul sedile. Poi il pickup sfrecciò intorno all'angolo e scomparve nel traffico di York Avenue, mentre dietro di loro l'Istituto rimpiccioliva sempre più.

Maia era scivolata in un sonno agitato contro il tubo del riscaldamento, la giacca di Simon avvolta intorno alle spalle. Simon guardava la luce che penetrava dall'oblò muoversi per la stanza, cercando invano di calcolare che ora fosse. Di solito la controllava sul cellulare, ma era sparito. Gli era caduto quando Valentine aveva fatto irruzione nella sua stanza.

Comunque adesso aveva preoccupazioni più serie. Aveva la bocca secca e rasposa, la gola dolorante. Aveva una sete che era come tutta la sete e la fame che avesse mai provato, mescolate a formare una sorta di raffinata tortura. E non poteva che peggiorare.

Era di sangue che aveva bisogno. Pensò al sangue nel frigorifero accanto al suo letto, a casa, e le vene gli bruciarono come fili d'argento bollente che correvano sotto la pelle.

— Simon? — Era Maia, che stava sollevando stordita la testa. Era stata appoggiata al tubo bitorzoluto, che le aveva lasciato sulla guancia piccole impronte bianche. Mentre la guardava, il bianco trascolorò in rosa con il riaffluire del sangue alla guancia.

Sangue. Simon si passò la lingua secca sulle labbra. — Sì?

— Quanto ho dormito?

— Tre ore. Forse quattro. Ormai deve essere pomeriggio.

— Oh. Grazie per aver fatto la guardia.

In realtà Simon non l'aveva fatta. Provò un vago senso di vergogna nel dire: — Naturalmente. Non c'è problema.

— Simon...

— Sì?

— Spero tu capisca cosa intendo quando dico che mi spiace di vederti qui e anche che sono contenta.

Simon sentì la faccia creparsi in un sorriso. Il labbro inferiore secco si spaccò e lui avvertì in bocca il sapore del sangue. Gli brontolò lo stomaco. — Grazie.

Maia si chinò verso di lui e la giacca le scivolò dalle spalle. Aveva gli occhi di un grigio ambrato che cambiavano sfumatura quando si muoveva. — Arrivi a toccarmi? — chiese allungando la mano.

Simon allungò il braccio. Lo tese più che poté, facendo tintinnare la catena che gli fissava la caviglia a terra. Maia sorrise quando le punte delle loro dita si sfiorarono...

— Davvero commovente. — Simon ritirò bruscamente la mano, spalancando gli occhi. La voce che aveva parlato dall'ombra era fredda, raffinata e vagamente straniera, ma Simon non seppe identificarla con precisione. Maia lasciò cadere la mano e si girò. Il colorito le defluì dal viso quando fissò l'uomo sulla soglia. Era entrato talmente piano che nessuno dei due l'aveva sentito. — I figli della Luna e della Notte che vanno finalmente d'amore e d'accordo.

— Valentine — mormorò Maia.

Simon rimase in silenzio. Non riusciva a staccargli gli occhi di dosso. Dunque era questo il padre di Clary e Jace. Con il suo baschetto di capelli bianchi e gli ardenti occhi scuri non assomigliava granché a nessuno dei due, sebbene ci fosse qualcosa di Clary nella struttura ossea spigolosa del volto e nella forma degli occhi e qualcosa di Jace nell'insolenza indolente con cui si muoveva. Era un uomo grosso, con le spalle larghe e una corporatura robusta che non assomigliava a quella di nessuno dei suoi figli. Avanzò nella stanza rivestita di metallo verde a passi felpati, come un gatto, sebbene fosse appesantito da quelle che sembravano armi sufficienti a equipaggiare un intero plotone. Intorno al petto aveva spesse cinghie di cuoio nero con fibbie argentate che gli fissavano alla schiena una spada d'argento dalla larga elsa. Un'altra robusta cinghia gli circondava la vita: vi era infilato un assortimento, degno di un macellaio, di coltelli, pugnali e lame scintillanti simili a grandi aghi.

— Alzati — disse a Simon. — Tieni la schiena contro la parete.

Simon alzò il mento. Vide che Maia lo guardava, pallida e spaventata, e si sentì invadere da un violento impulso protettivo. Avrebbe impedito a Valentine di farle del male, fosse stata l'ultima cosa che faceva. — E così tu sei il padre di Clary — disse. — Senza offesa, ma ora capisco perché ti odia.

Il viso di Valentine era impassibile, quasi immobile. Le sue labbra si mossero appena quando disse: — Perché?

— Perché — rispose Simon — sei chiaramente uno psicopatico.

Adesso Valentine sorrideva. Era un sorriso che non muoveva nessun'altra parte del viso, oltre alle labbra, e anche quelle si contrassero solo lievemente. Poi alzò il pugno. Era serrato: per un momento Simon pensò che lo avrebbe colpito. Ma Valentine non gli sferrò un pugno. Invece aprì le dita, rivelando al centro del palmo un mucchietto di una sostanza luccicante simile a glitter. Girandosi verso Maia inclinò la testa e soffiò la polvere verso di lei, nella grottesca parodia di chi lancia un bacio. La polvere le si depositò sopra come uno sciame di api scintillanti.

Maia gridò. Ansimando e dibattendosi selvaggiamente, si muoveva da una parte e dall'altra come se potesse sgusciare via dalla polvere, mentre la sua voce saliva in un grido singhiozzante.

— Che cosa le hai fatto? — urlò Simon balzando in piedi. Corse contro Valentine, ma la catena fissata alla gamba lo trattenne bruscamente. — *Che cosa hai fatto?*

Il sottile sorriso di Valentine si allargò. — Polvere d'argento — rispose. — Brucia i licantropi.

Maia aveva smesso di contorcersi e si era raggomitolata in posizione fetale sul pavimento, piangendo piano. Il sangue le scorreva da brutti graffi rossi sulle mani e sulle braccia. Simon si sentì di nuovo lo stomaco sottosopra e ricadde contro la parete, nauseato da se stesso e da tutto. — Bastardo — disse, mentre

Valentine si spazzolava via pigramente i residui di polvere dalle dita. — È solo una ragazza, non ti avrebbe fatto alcun male, è *incatenata*, per…

Si sentì soffocare, la gola in fiamme.

Valentine rise. — Per l'amor di Dio? — chiese. — È questo che stavi per dire?

Simon tacque. Valentine allungò una mano al di sopra della spalla ed estrasse dal fodero la pesante Spada d'argento. La luce giocò lungo la lama come acqua che scivola lungo una parete d'argento, come un raggio di sole riflesso. Simon distolse il viso con gli occhi che gli bruciavano.

— La Spada dell'Angelo ti brucia, proprio come il nome di Dio ti soffoca — disse Valentine, la voce gelida e tagliente come cristallo. — Dicono che quelli che muoiono trafitti dalla sua punta raggiungano le porte del paradiso. Nel qual caso, morto vivente, ti sto facendo un favore. — Abbassò la lama, in modo da toccare con la punta la gola di Simon. Gli occhi di Valentine avevano il colore dell'acqua sporca e in essi non c'era nulla: nessuna rabbia, nessuna compassione, e neppure odio. Erano vuoti come una tomba appena scavata. — Ultime parole?

Simon sapeva cosa avrebbe dovuto dire. *Shema Israel, Adonai elohenu, Adonai ehad.* Ascolta, Israele, il Signore è il nostro Dio, il Signore è Uno. Cercò di pronunciare le parole, ma aveva la gola in fiamme. — *Clary* — sussurrò invece.

Un'espressione seccata attraversò il viso di Valentine, come se il suono del nome della figlia in bocca a un vampiro lo irritasse. Con un rapido guizzo del polso sollevò la spada e con un unico movimento fluido squarciò la gola a Simon.

17
A oriente dell'Eden

— Ma come hai fatto? — chiese Clary mentre il pickup correva verso Uptown con Luke al volante.

— Nel senso che vuoi sapere come ho fatto a salire sul tetto? — Jace era reclinato sul sedile, gli occhi semichiusi. Aveva vari giri di bende bianche intorno ai polsi e macchie di sangue secco all'attaccatura dei capelli. — Per prima cosa mi sono arrampicato fuori dalla finestra di Isabelle e su per il muro. Ci sono parecchi doccioni ornamentali che forniscono buoni appigli. Fra l'altro, vorrei far notare che la mia moto non è più dove l'ho lasciata. Scommetto che l'Inquisitrice l'ha presa per farsi un giro a Hoboken.

— *Volevo dire* — ribatté Clary — come hai fatto a saltare dal tetto della cattedrale e non morire?

— Non lo so. — Alzando le mani per strofinarsi gli occhi, Jace le sfiorò un braccio. — Tu come hai fatto a creare quella runa?

— Non lo so neanch'io — sussurrò. — La Regina della Corte Seelie aveva ragione, vero? Valentine... Lui ci ha fatto *sul serio* qualcosa. — Lanciò un'occhiata a Luke, che fingeva di essere tutto concentrato a svoltare a sinistra. — Non è vero?

— Ora non è il momento di parlarne — rispose Luke. — Jace, avevi in mente una meta particolare o volevi solo allontanarti dall'Istituto?

— Valentine ha portato Maia e Simon sulla barca per compiere il Rituale. Vorrà eseguirlo al più presto. — Jace tirò una delle bende che aveva al polso. — Devo andare là e fermarlo.

— No — disse bruscamente Luke.

— Okay, *dobbiamo* andare là e fermarlo.

— Jace, non voglio che torni su quella nave. È troppo pericoloso.

— Hai visto che cosa ho appena fatto — disse Jace — e sei preoccupato per me?

— Sì, sono preoccupato per te.

— Non c'è tempo per questo. Una volta uccisi i vostri amici, mio padre riunirà un esercito di demoni che non potete neanche immaginare. *Dopo*, sarà inarrestabile.

— Allora il Conclave...

— L'Inquisitrice non farà nulla — disse Jace. — Ha impedito l'accesso dei Lightwood al Conclave. Non ha voluto chiamare rinforzi, neanche quando le ho detto che cosa ha in mente Valentine. È ossessionata dal suo stupido piano.

— Quale piano? — domandò Clary.

La voce di Jace era amara. — Voleva cedermi a Valentine in cambio degli Strumenti Mortali. Le ho detto che lui non avrebbe mai accettato, ma non mi ha creduto. — Rise, una risata stridula, a scatti. — Isabelle e Alec le diranno che cosa sta succedendo a Simon e Maia. Ma non sono troppo ottimista. Non mi crede, riguardo a Valentine, e non butterà all'aria il suo prezioso piano solo per salvare un paio di Nascosti.

— Comunque non possiamo stare semplicemente ad aspettare loro notizie — disse Clary. — Dobbiamo raggiungere immediatamente la nave. Luke, se tu potessi portarci là...

— Mi dispiace darti questa brutta notizia, ma per arrivare a una barca ci serve un'altra barca — annunciò Luke. — Credo che neanche Jace sia in grado di camminare sulle acque.

In quel momento il telefono di Clary squillò. Era un messaggio di Isabelle. Clary si accigliò. — È un indirizzo. Sul lungofiume.

Jace guardò al di sopra della sua spalla. — È dove dobbiamo incontrare Magnus. — Lesse l'indirizzo a Luke, che eseguì una brusca inversione a U e si diresse a sud. — Magnus ci trasporterà sull'acqua — spiegò Jace. — La nave è protetta da incantesimi difensivi. Io ci sono salito perché mio padre voleva che lo facessi. Ma questa volta avremo bisogno di Magnus per affrontare le protezioni.

— Non mi piace. — Luke tamburellò sul volante. — Dovrei andare io e voi due dovreste rimanere con Magnus.

Gli occhi di Jace balenarono. — No, devo andarci io.

— Perché? — chiese Clary.

— Perché Valentine si serve di un demone della paura — spiegò Jace. — È così che è riuscito a uccidere i Fratelli Silenti. E ad ammazzare lo stregone, il lupo mannaro nel vicolo fuori dall'Hunter's Moon e probabilmente anche il piccolo elfo nel parco. Ed è per questo che i Fratelli avevano quell'espressione sul viso. Quell'espressione terrorizzata. Sono letteralmente morti di paura.

— Ma il sangue...

— Li ha dissanguati dopo. E nel vicolo è stato interrotto da un licantropo. Per questo non ha avuto abbastanza tempo per procurarsi il sangue che gli serviva. Ed è per questo che ha ancora bisogno di Maia. — Jace si passò la mano tra i capelli. — Nessuno può resistere a un demone della paura. Ti entra nella testa e ti distrugge la mente.

— Agramon — disse Luke. Era rimasto in silenzio, lo sguardo fisso sul parabrezza. Aveva il viso grigio e tirato.

— Sì, è così che l'ha chiamato Valentine.

— Non è un demone della paura. È *il* demone della paura. Il Demone del Terrore. Com'è riuscito Valentine a indurre Agramon a eseguire i suoi ordini? Perfino uno stregone avrebbe difficoltà ad assoggettare un Demone Superiore, e *fuori* dal pentagramma poi… — Luke rimase senza fiato. — È così che è morto il giovane stregone, no? Evocando Agramon?

Jace fece di sì con la testa, e gli spiegò come Valentine aveva ingannato Elias. — La Coppa Mortale — terminò — gli permette di controllare Agramon. A quanto pare dà un certo potere sui demoni. Non come la Spada, però.

— Adesso sono ancora meno propenso a lasciarti andare — disse Luke. — È un Demone Superiore, Jace. Ci vorrebbero tanti Cacciatori quanti gli abitanti di questa città per affrontarlo.

— Lo so che è un Demone Superiore. Ma la sua arma è la paura. Se Clary è in grado di tracciarmi una runa Antipaura, posso sconfiggerlo. O almeno provarci.

— No! — protestò Clary. — Non voglio che la tua sicurezza dipenda dalla mia stupida runa. E se non funziona?

— Ha già funzionato — disse Jace mentre uscivano dal ponte e si dirigevano a Brooklyn. Stavano percorrendo la stretta Van Buren Street, tra alte fabbriche in mattoni le cui finestre e porte, serrate da assi e lucchetti, non lasciavano trapelare nulla di quanto si trovava al loro interno. In fondo alla strada, il lungofiume scintillava tra gli edifici.

— E se questa volta mi sbaglio?

Jace girò la testa verso di lei e per un istante i loro occhi si incontrarono. Quelli di Jace avevano il colore dorato della luce del sole in lontananza. — Non succederà.

— Sei sicura che sia questo l'indirizzo? — chiese Luke frenando gradualmente. — Magnus non c'è.

Clary si guardò intorno. Si erano fermati davanti a una grande fabbrica che sembrava essere stata distrutta da un terribile incendio. I muri di mattoni stavano ancora in piedi, ma spuntavano qua e là travature metalliche incurvate e bruciacchiate. In lontananza Clary vedeva il distretto finanziario di Lower Manhattan e la prominenza nera di Governors Island, al largo. — Verrà — disse. — Se ha detto ad Alec che sarebbe venuto, verrà.

Scesero dal pickup. Sebbene la strada fosse fiancheggiata da altre fabbriche, il posto era tranquillo, tanto più che era domenica. Non c'era un'anima, in giro, e neppure i rumori tipici dei quartieri commerciali – camion in manovra, uomini che urlano – che Clary associava alle zone dei magazzini. Al loro posto c'erano silenzio, una gelida brezza che spirava dal fiume e i gridi dei gabbiani. Clary si mise il cappuccio, tirò su lo zip della giacca e rabbrividì.

Luke chiuse la portiera del pickup e la cerniera della sua giacca di flanella. In silenzio, porse a Clary un paio di guanti di lana. Lei se li infilò e mosse le dita. Le stavano così grandi che le sembrava di indossare delle zampe. Si guardò intorno. — Un momento… dov'è Jace?

Luke glielo indicò. Era inginocchiato sulla riva, una sagoma scura dai capelli biondi, unica macchia di colore contro il cielo grigio-azzurro e il fiume scuro.

— Pensi che voglia stare da solo? — gli chiese.

— In questa situazione, stare da soli è un lusso che nessuno di noi può permettersi. Vieni. — Luke si avviò a grandi passi lungo il vialetto d'accesso, seguito da Clary. La fabbrica si spingeva quasi fino all'acqua ed era fiancheggiata da una spiaggia ghiaiosa. Basse onde lambivano i sassi cosparsi di alghe. C'erano delle pietre disposte rozzamente intorno a una buca nera dove una volta aveva bruciato un fuoco. Il posto era disseminato di lattine arrugginite e bottiglie. Jace stava sulla riva, senza giacca. Mentre Clary lo osservava, lanciò in acqua un oggetto piccolo e bianco, che colpì la superficie sollevando qualche schizzo e scomparve.

— Che cosa fai? — gli chiese.

Jace rivolse loro il viso sferzato dai capelli biondi mossi dal vento. — Mando un messaggio.

Oltre la sua spalla, a Clary parve di vedere un viticcio scintillante, come un pezzo di alga animato, emergere dall'acqua grigia del fiume stringendo qualcosa di bianco. Un attimo dopo svanì, e Clary rimase lì a strizzare gli occhi.

— Un messaggio a chi?

Jace aggrottò la fronte. — A nessuno. — Girò le spalle all'acqua e attraversò la spiaggia di ciottoli diretto al punto in cui aveva steso la giacca. Vi erano posate tre lunghe spade. Quando si voltò, Clary vide anche dei dischetti taglienti infilati nella sua cintura.

Jace passò le dita sulle tre lame... erano piatte, tra il bianco e il grigio, in attesa di essere nominate. — Non sono riuscito a passare in armeria, perciò abbiamo solo queste a disposizione. Tanto vale prepararsi come meglio possiamo, mentre aspettiamo Magnus. — Sollevò la prima lama. — *Abrariel.* — Non appena venne nominata, la spada angelica scintillò e cambiò colore. Jace la porse a Luke.

— Io sono già a posto — disse questi, e aprì la giacca per mostrare il *kindjal*, il pugnale a doppio taglio che portava infilato nella cintura.

Jace porse Abrariel a Clary, che prese l'arma in silenzio. La sentiva calda tra le mani, come se al suo interno vibrasse una vita segreta.

— *Camael* — disse Jace alla spada successiva, facendola tremare e risplendere. — *Telantes* — disse alla terza.

— Usate mai il nome Raziel? — chiese Clary mentre Jace si infilava le spade nella cintura e si rimetteva la giacca, alzandosi in piedi.

— Mai — rispose Luke. — Non si fa. — Il suo sguardo scrutava la strada alle spalle di Clary in cerca di Magnus. Lei percepiva la sua ansia, ma prima che potesse dire qualcos'altro, le squillò il telefono. Lo aprì e lo tese a Jace senza dire una parola. Lui lesse il messaggio inarcando le sopracciglia.

— Pare che l'Inquisitrice abbia dato tempo a Valentine fino al tramonto per decidere se tiene di più a me o agli Strumenti Mortali — disse. — Lei e Maryse hanno discusso per ore, per questo non si è ancora accorta che me la sono filata.

Restituì il cellulare a Clary. Le loro dita si sfiorarono, nonostante lo spesso guanto di lana che le ricopriva la pelle, e Clary ritrasse la mano. Vide un'ombra passare sul volto di Jace, che però non disse nulla. Invece si rivolse a Luke e chiese in tono sorprendentemente brusco: — Il figlio dell'Inquisitrice è morto? È per questo che lei è così?

Luke sospirò e si ficcò le mani nelle tasche della giacca. — Come l'hai capito?

— Dal modo in cui reagisce quando qualcuno pronuncia il suo nome. Sono state le sole volte in cui l'ho vista manifestare dei sentimenti umani.

Luke fece un sospiro. Si era spinto su gli occhiali e aveva gli occhi socchiusi per ripararli dal vento pungente che soffiava dal fiume. — L'Inquisitrice è così com'è per molte ragioni. Stephen è solo una di queste.

— Strano — disse Jace. — Non ha l'aria di una a cui piacciano molto i ragazzi.

— Non quelli degli altri — spiegò Luke. — Ma con il suo era diverso. Stephen era un ragazzo d'oro per lei. Anzi, lo era per tutti... per tutti quelli che lo conoscevano. Era una di quelle persone che sono brave in tutto, sempre carino senza essere lezioso, bello senza attirarsi l'antipatia di nessuno. Be', forse noi lo trovavamo un po' antipatico.

— Veniva a scuola con voi? — chiese Clary. — E con mia madre... e Valentine? Per questo lo conosci?

— Gli Herondale avevano il compito di dirigere l'Istituto di Londra, e Stephen andava a scuola là. Lo frequentai soprattutto dopo che ci fummo diplomati, quando si era trasferito di nuovo ad Alicante. E ci fu un periodo in cui lo vedevo molto spesso. — Gli occhi di Luke erano diventati assenti, dello stesso grigio-azzurro del fiume. — Dopo che si era sposato.

— Dunque era nel Circolo? — chiese Clary.

— Non allora — disse Luke. — Entrò nel Circolo dopo che io... be', dopo quello che mi successe. Valentine aveva bisogno di un secondo, nel comando, e scelse Stephen. Imogen, che era fedelissima al Conclave, divenne isterica, supplicò il figlio di ripensarci, ma lui non le diede retta. Non voleva neanche parlarle, né a lei né a suo padre. Era completamente asservito a Valentine. Lo seguiva ovunque come un'ombra. — Luke rimase un istante in silenzio. — Valentine pensava che la moglie di Stephen, Amatis, non fosse adatta a lui, a uno che era destinato a diventare il secondo nel comando del Circolo. Aveva legami familiari... indesiderabili. — Il dolore nella voce di Luke sorprese Clary. Teneva così tanto a quelle persone? — Valentine costrinse Stephen a divorziare da Amatis e a risposarsi... La seconda moglie era una ragazza molto giovane, di diciotto anni, Céline. Anche lei era completamente in balia di Valentine, faceva tutto quello che le diceva, per bizzarro che fosse. Poi Stephen rimase ucciso durante un'incursione del Circolo in un covo di vampiri. Quando lo seppe, Céline si suicidò. Al tempo era incinta di otto mesi. E morì anche il padre di Stephen, di crepacuore. Perciò tutta la famiglia di Imogen scomparve. Non poté neppure seppellire le ceneri della nuora e del nipote nella Città di Ossa, perché Céline s'era suicidata. Fu sepolta presso un incrocio, nei pressi di Alicante. Imogen sopravvisse ma... divenne di ghiaccio. Quando il vecchio Inquisitore fu ucciso durante la Rivolta, le fu offerta la sua carica. Tornò a Idris da Londra... Da quanto ne so, non ha mai più parlato di Stephen. Questo però spiega perché odia tanto Valentine.

— Perché mio padre avvelena tutto quello che tocca? — chiese amaramente Jace.

— Perché tuo padre, indipendentemente da tutte le sue colpe, ha ancora un figlio, e lei no. E perché lei lo incolpa della morte di Stephen.

— E ha ragione — disse Jace. — È stata colpa sua.

— Non proprio — ribatté Luke. — Lui offrì a Stephen la possibilità di scegliere. E lui scelse. Valentine si è macchiato di molte colpe, ma non ha mai costretto nessuno a entrare nel Circolo con il ricatto o la minaccia. Voleva seguaci convinti. La responsabilità delle scelte di Stephen è tutta sua.

— Libero arbitrio — disse Clary.

— Non c'è nulla di libero, in tutto questo — protestò Jace. — Valentine...

— Ti ha offerto una possibilità, no? — domandò Luke. — Quando sei andato da lui. Voleva che tu rimanessi, vero? Che rimanessi e ti unissi a lui?

— Sì. — Jace spinse lo sguardo verso Governors Island. — È così. — Clary vedeva il fiume riflesso nei suoi occhi: erano del colore dell'acciaio, come se l'acqua grigia ne avesse sommerso l'oro.

— E tu hai detto di no — disse Luke.

Jace lanciò un'occhiata di fuoco. — Vorrei che tutti voi la piantaste di indovinarle. Mi fate sentire prevedibile.

Luke distolse lo sguardo come per nascondere un sorriso e per un po' rimase in silenzio. — C'è qualcuno.

In effetti stava arrivando un tipo molto alto con la chioma nera mossa dal vento. — Magnus — disse Clary. — Ma sembra... diverso.

Mentre si avvicinava, Clary vide che i capelli, di solito irrigiditi in una cresta e cosparsi di glitter come una sfera da discoteca, erano pettinati ordinatamente ai lati delle orecchie come fogli di seta nera. I pantaloni di cuoio arcobaleno erano stati rimpiazzati da un sobrio completo nero vecchio stile e da una redingote, sempre nera, con scintillanti bottoni d'argento. I suoi occhi da gatto mandavano bagliori ambrati e verdi. — Sembrate sorpresi di vedermi — disse.

Jace diede un'occhiata all'orologio. — Ci chiedevamo se saresti venuto.

— Ho detto che sarei venuto, perciò l'ho fatto. Mi serviva solo un po' di tempo per prepararmi. Qui non si tratta di fare giochetti col cilindro da prestigiatore, Cacciatore. Ci vorrà della magia seria. — Si rivolse a Luke. — Come va il braccio?

— Bene, grazie. — Luke sapeva essere educato.

— È tuo il pickup parcheggiato accanto alla fabbrica, vero? — Magnus lo indicò. — È terribilmente macho, per un libraio.

— Oh, non saprei — buttò lì Luke. — Con tutto quel trasportare pesanti casse di libri, arrampicarsi sugli scaffali, sistemare volumi in ordine alfabetico...

Magnus si mise a ridere. — Ti dispiace aprirmi il pickup? Voglio dire, potrei farlo da solo — mosse le dita — ma mi sembra scortese.

— Certo — disse Luke facendo spallucce e avviandosi con Magnus verso la fabbrica. Quando Clary accennò a seguirli, però, Jace la prese per un braccio. — Aspetta. Voglio parlarti un secondo.

Clary guardò Magnus e Luke che si avviavano al pickup. Formavano una strana coppia, l'alto stregone con la lunga redingote nera e l'uomo, più basso e tarchiato, in jeans e giacca di flanella, ma erano entrambi Nascosti, entrambi intrappolati nello stesso spazio tra l'universo mondano e il soprannaturale.

— Clary — fece Jace. — Terra chiama Clary. Dove sei?

La ragazza tornò a guardarlo. Ora il sole stava tramontando sull'acqua dietro di lui, lasciandogli il viso in ombra e trasformando i suoi capelli in un alone dorato. — Scusami.

— Non c'è problema. — Le toccò il viso, delicatamente, con il dorso della mano. — A volte sparisci completamente nella tua testa. Mi piacerebbe poterti seguire.

Lo fai, avrebbe voluto dire Clary. *Sei continuamente nella mia testa*. Invece disse: — Cosa volevi?

Jace abbassò la mano. — Voglio che tracci su di me la runa Antipaura. Prima che ritorni Luke.

— Perché prima che ritorni?

— Perché direbbe che è una cattiva idea. Ma è l'unica possibilità che abbiamo di sconfiggere Agramon. Luke non l'ha... incontrato, non sa che effetto fa. Ma io sì.

Clary scrutò il suo viso. — E che effetto ti ha fatto?

Gli occhi di Jace erano indecifrabili. — Vedi tutto quello di cui hai più paura al mondo.

— Non so nemmeno che cos'è.

— Fidati. È meglio così. — Jace abbassò lo sguardo. — Hai lo stilo?

— Sì, ce l'ho. — Clary si sfilò il guanto di lana dalla mano destra e si frugò in tasca. Quando la tirò fuori, tremava leggermente. — Dove vuoi il Marchio?

— Più è vicino al cuore, più è efficace. — Si girò di spalle e si tolse la giacca, lasciandola cadere a terra. Si sollevò la maglietta e scoprì la schiena. — Sulla scapola dovrebbe andare bene.

Clary gli posò una mano sulla schiena per tenersi in equilibrio. La pelle era di un ambrato più chiaro di quella delle mani e del viso, e liscia, dove non era coperta di cicatrici. Lei passò la punta dello stilo sulla scapola e sentì Jace sussultare, i muscoli che si tendevano. — Non premere così forte...

— Scusa. — Allentò la pressione, lasciando fluire la runa dalla mente al braccio e allo stilo. La complessa linea nera che produsse sembrava una bruciatura, una riga di cenere. — Ecco. Ho finito.

Jace si girò abbassandosi di nuovo la maglietta. — Grazie. — Il sole adesso ardeva al di là dell'orizzonte, inondando il cielo di sangue e rose, trasformando il margine del fiume in oro liquido, attutendo la bruttezza dello squallido scenario urbano intorno a loro. — E tu?

— E io cosa?

Jace si avvicinò di un passo. — Rimboccati le maniche. Ti faccio i Marchi.

— Oh, giusto. — Come lui le aveva chiesto, Clary si rimboccò le maniche e gli porse le braccia nude.

Il contatto dello stilo sulla sua pelle fu come il lieve tocco di un ago, che graffiava senza pungere. Clary guardò le linee nere comparire con una specie di rapimento. Il Marchio che aveva ricevuto in sogno era ancora visibile, solo leggermente scolorito ai bordi.

— «Ma il Signore gli disse: "Però chiunque ucciderà Caino subirà la vendetta sette volte!". Il Signore impose a Caino un segno, perché non lo colpisse chiunque l'avesse incontrato.»

Clary si girò, riabbassandosi le maniche. Magnus li stava osservando, la redingote nera che sembrava fluttuargli intorno, mossa dal vento che veniva dal fiume. Un lieve sorriso gli aleggiava sulle labbra.

— Sai citare la Bibbia? — chiese Jace, chinandosi per recuperare la giacca.

— Sono nato in un secolo profondamente religioso, ragazzo mio — disse Magnus. — Ho sempre pensato che quello di Caino sia il primo Marchio documentato. Senza dubbio lo ha protetto.

— Ma non era certo un angelo — obiettò Clary. — Non ha ucciso suo fratello?

— E noi non stiamo pensando di uccidere nostro padre? — disse Jace.

— È diverso — fece Clary, ma non ebbe modo di approfondire *in che cosa* fosse diverso, perché in quel momento il pickup di Luke si fermò sulla spiaggia, schizzando ghiaia.

Luke si sporse dal finestrino. — Okay — disse a Magnus. — Forza, andiamo.

— Andiamo in macchina sulla nave? — domandò Clary, sconcertata. — Pensavo...

— Quale nave? — Magnus ridacchiò, mentre entrava nell'abitacolo accanto a Luke. Indicò dietro di sé con il pollice. — Voi due, salite dietro.

Jace salì e si chinò per aiutare Clary. Appoggiandosi alla ruota di scorta, questa vide che sul pavimento di metallo era stato disegnato un pentagramma nero inscritto in un cerchio. I lati del pentagramma erano decorati con simboli pieni di ghirigori. Non erano esattamente le rune a cui era abituata... Guardarle era come cercare di capire uno che parla una lingua simile ma non uguale alla nostra.

Luke si sporse dal finestrino e si girò verso di loro. — Questa faccenda non mi va a genio — disse, la voce smorzata dal vento. — Clary, tu rimarrai sul pickup con Magnus. Io e Jace saliremo sulla nave. Intesi?

Clary annuì e si strinse in un angolo del pianale. Jace le sedeva accanto, puntellandosi con i piedi. — Sarà interessante.

— Cosa...? — cominciò Clary, ma il pickup si rimise in moto, e le gomme che stridevano sulla ghiaia soffocarono le sue parole. Il veicolo avanzò a scatti nell'acqua bassa, sulla riva, poi si spinse verso il centro del fiume, e Clary fu sbalzata contro il finestrino posteriore dell'abitacolo... Luke voleva forse annegarli tutti quanti? Si girò e vide che l'abitacolo era pieno di fantastiche colonne di luce azzurra che serpeggiavano e si contorcevano. Sembrava che il pickup sobbalzasse su qualcosa di bitorzoluto, come se procedesse sopra un tronco. Poi cominciarono a muoversi più agevolmente, quasi scivolando.

Clary si mise sulle ginocchia e guardò oltre la fiancata, già piuttosto sicura di quanto avrebbe visto.

Si muovevano sull'acqua scura, con le gomme che sfioravano appena la superficie del fiume, diffondendo minuscole increspature insieme alla pioggia di scintille azzurre create da Magnus. A un tratto calò una gran quiete, eccetto per il debole rombo del motore e il verso degli uccelli marini sopra le loro teste. Clary guardò Jace, che sorrideva. — Questo sì che impressionerà *sul serio* Valentine.

— Non lo so — disse Clary. — C'è gente che usa boomerang-pipistrello e scala i muri; noi abbiamo solo un gommone.

— Se la cosa non vi va a genio, Nephilim — la voce di Magnus giunse debolmente dall'abitacolo — siete liberi di verificare se sapete camminare sull'acqua.

— Credo che dovremmo entrare — disse Isabelle, l'orecchio premuto contro la porta della biblioteca. Fece segno ad Alec di avvicinarsi. — Riesci a sentire qualcosa?

Alec si curvò accanto alla sorella, attento a non farsi cadere di mano il cellulare. Magnus aveva detto che avrebbe telefonato, se avesse avuto notizie o fosse successo qualcosa. Finora non si era fatto vivo. — No.

— Già. Ora hanno smesso di urlarsi contro. — Gli occhi scuri di Isabelle brillarono. — Aspettano Valentine.

Alec si allontanò dalla porta e percorse a grandi passi il corridoio fino alla finestra più vicina. Fuori, il cielo aveva il colore del carbone cosparso di cenere rubino. — È il tramonto.

Isabelle allungò la mano verso la maniglia della porta. — Andiamo.

— Isabelle, aspetta...

— Non voglio lasciarle la possibilità di mentirci su quello che dirà Valentine. O su cosa succederà. E poi, voglio vederlo, il padre di Jace. Tu no?

Alec tornò accanto alla porta della biblioteca. — Sì, ma non è una buona idea, perché...

La ragazza abbassò la maniglia. La porta si spalancò. Lanciandogli uno sguardo tagliente al di sopra della spalla, Isabelle si infilò nella stanza; imprecando sottovoce, Alec la seguì.

Sua madre e l'Inquisitrice erano in piedi ai lati opposti dell'enorme scrivania come pugili che si fronteggiano sul ring. Maryse aveva le guance di un rosso acceso e i capelli scompigliati. Isabelle lanciò ad Alec un'occhiata, come per dire: *Forse non dovevamo entrare. Mamma è infuriata.*

D'altra parte, se Maryse sembrava arrabbiata, l'Inquisitrice era decisamente fuori di sé. Quando la porta della biblioteca si aprì, ruotò su se stessa, la bocca contorta in una brutta smorfia. — Cosa ci fate qui voi due? — gridò.

— Imogen — disse Maryse.

— Maryse! — L'Inquisitrice alzò la voce. — Ne ho abbastanza di te e di quei delinquenti dei tuoi figli...

— *Imogen* — ripeté Maryse. C'era qualcosa nella sua voce... un'urgenza... che fece sì che perfino l'Inquisitrice si girasse a guardare.

L'aria accanto al mappamondo di ottone che si reggeva da solo tremolava come acqua. Cominciò a materializzarsi una forma, come fosse pittura nera stesa su una tela bianca, che prese le sembianze di un uomo dalle larghe spalle squadrate. L'immagine ondeggiava troppo perché Alec potesse distinguere qualcosa più del fatto che l'uomo era alto e con folti capelli bianchi tagliati corti.

— Valentine. — Alec ebbe l'impressione che l'Inquisitrice fosse stata presa alla sprovvista, anche se doveva certamente aspettarlo.

Ora l'aria accanto al mappamondo tremolava più forte. Isabelle rimase senza fiato quando un uomo ne uscì come se emergesse da strati di acqua. Il padre di Jace era un individuo formidabile, alto più di un metro e ottanta, con un largo torace e braccia vigorose e robuste solcate da muscoli fibrosi. Il viso era quasi triangolare, e si appuntiva in un mento duro, aguzzo. Avrebbe potuto essere considerato attraente, pensò Alec, ma era incredibilmente diverso da Jace, non aveva lo sguardo dorato del figlio. Sopra la sua spalla sinistra si vedeva l'elsa di una spada... la Spada Mortale. Non aveva bisogno di essere armato, visto che non era materialmente presente, perciò doveva averla indossata per irritare l'Inquisitrice.

— Imogen — disse Valentine, gli occhi scuri che la sfioravano con un'espressione di compiaciuto divertimento. *È Jace sputato, con quell'espressione*, pensò Alec. — E Maryse, la mia Maryse... Quanto tempo.

Maryse, inghiottendo a fatica, disse con una certa difficoltà: — Non sono la *tua* Maryse, Valentine.

— E questi devono essere i tuoi figli — continuò Valentine, come se lei non avesse parlato. I suoi occhi si posarono su Isabelle e Alec. Un lieve brivido attraversò Alec, come se qualcosa gli avesse pizzicato i nervi. Le parole del padre di Jace erano assolutamente normali, perfino garbate, ma in quello sguardo vacuo e predatorio c'era qualcosa che gli faceva venire voglia di mettersi davanti alla sorella e proteggerla dalla vista di Valentine. — Ti assomigliano come due gocce d'acqua.

— Lascia i miei figli fuori da questa faccenda, Valentine — disse Maryse, sforzandosi di mantenere la voce ferma.

— Be', mi sembra un'ingiustizia bella e buona — disse Valentine — considerato che tu non hai lasciato fuori il *mio*, di figlio. — Poi si rivolse all'Inquisitrice. — Ho ricevuto il tuo messaggio. Non è che tu ti sia sforzata granché, no?

L'Inquisitrice era rimasta immobile; adesso socchiuse lentamente gli occhi, come una lucertola. — Spero che i termini della mia offerta fossero sufficientemente chiari.

— Mio figlio in cambio degli Strumenti Mortali. È così, giusto? Altrimenti lo ucciderai.

— *Ucciderlo?* — gli fece eco Isabelle. — MAMMA!

— Isabelle — fece Maryse con aria tesa. — Sta' zitta.

L'Inquisitrice lanciò a Isabelle e Alec un'occhiata assassina attraverso le palpebre socchiuse. — Hai capito perfettamente i termini, Morgenstern.

— Allora la mia risposta è no.

— *No?* — Era come se l'Inquisitrice avesse fatto un passo avanti su un terreno solido e questo le fosse ceduto sotto i piedi. — Non puoi ingannarmi, Valentine. Farò esattamente quanto ho minacciato.

— Oh, non ne dubito, Imogen. Sei sempre stata una donna particolarmente risoluta e spietata. Riconosco queste qualità in te, perché le posseggo anch'io.

— Io non sono affatto come te. Io seguo la Legge...

— La Legge ti ordina di uccidere un ragazzo ancora adolescente solo per punire suo padre? Qui non si tratta della Legge, Imogen. Il fatto è che tu mi odi e mi accusi della morte di tuo figlio, e questa è la tua maniera di ripagarmi. Comunque non cambia niente. Non rinuncerò agli Strumenti Mortali, neppure per Jonathan.

L'Inquisitrice si limitò a fissarlo. — Ma è tuo figlio. Il *tuo bambino*.

— I figli fanno le loro scelte — disse Valentine. — Tu non l'hai mai capito. Ho offerto a Jonathan la salvezza se fosse rimasto con me; lui l'ha rifiutata sdegnosamente ed è tornato da te, e tu ti vendicherai su di lui come gli ho detto che avresti fatto. Sei terribilmente prevedibile, Imogen — concluse.

L'Inquisitrice non sembrò far caso all'insulto. — Il Conclave deciderà di metterlo a morte, se tu non mi darai gli Strumenti Mortali — disse come in preda a un incubo. — Non potrò impedirglielo.

— Ne sono consapevole — disse Valentine. — Ma non posso farci niente. Ho offerto a Jace una possibilità. E lui l'ha rifiutata.

— Bastardo! — gridò all'improvviso Isabelle, e fece per lanciarsi in avanti. Alec le agguantò il braccio e la trascinò indietro, tenendola ferma. — È uno stronzo — sibilò, poi alzò la voce e gridò a Valentine: — Sei uno...

— *Isabelle!* — Alec coprì la bocca della sorella con la mano, mentre Valentine li degnava appena di un sorriso divertito.

— Tu... gli hai offerto... — L'Inquisitrice cominciò a sembrare ad Alec un robot i cui circuiti stessero andando in tilt. — ... e lui ha *rifiutato*? — Scosse la testa. — Ma è la tua spia... la tua arma...

— È questo che pensavi? — chiese Valentine con una sorpresa apparentemente sincera. — Non mi interessa spiare i segreti del Conclave. L'unica cosa che mi interessa è la sua distruzione, e per raggiungere questo scopo ho nel mio arsenale armi molto più potenti che non un ragazzo.

— Ma...

— Credi quello che vuoi — disse Valentine con una scrollata di spalle. — Tu non sei niente, Imogen Herondale. Sei la donna di paglia di un regime il cui potere sarà distrutto fra breve e la cui autorità è finita. Non puoi offrirmi nulla che possa minimamente interessarmi.

— Valentine! — L'Inquisitrice si gettò in avanti, quasi potesse fermarlo, acchiapparlo, ma le sue mani lo attraversarono come se avesse cercato di afferrare l'acqua. Con un'espressione di sommo disgusto, Valentine fece un passo indietro e sparì.

Il cielo era lambito dalle ultime lingue di un fuoco che andava affievolendosi, l'acqua aveva assunto il colore del ferro. Clary si avvolse più strettamente nella giacca e rabbrividì.

— Hai freddo? — Jace era rimasto in fondo al pianale, lo sguardo fisso sulla scia che il pickup si lasciava dietro: due strisce di schiuma bianca che fendevano l'acqua. Adesso si avvicinò a lei e le scivolò accanto, la schiena contro il finestrino posteriore dell'abitacolo, quasi completamente annebbiato dal fumo azzurrino.

— Tu no?

— No. — Jace scosse la testa e si sfilò la giacca, porgendogliela. Clary la indossò, crogiolandosi nella morbidezza della pelle. Era comoda come possono esserlo gli indumenti troppo larghi. — Tu rimarrai sul pickup come ti ha detto Luke, okay?

— Ho scelta?

— Non nel senso letterale, no.

Clary si sfilò un guanto e allungò la mano verso di lui. Jace la prese e la strinse forte. Clary abbassò lo sguardo sulle loro dita intrecciate, le sue così piccole, con le punte squadrate, quelle di lui lunghe e sottili. — Troverai Simon per me. So che lo farai.

— Clary. — Lei vedeva l'acqua riflettersi negli occhi di Jace. — Lui potrebbe... voglio dire, potrebbe essere...

— No. — Il tono di Clary non lasciava adito a dubbi. — Sarà okay. Deve.

Jace espirò. Aveva le iridi increspate di acqua azzurra... come lacrime, pensò Clary, ma non erano lacrime, solo riflessi. — C'è una cosa che voglio chiederti — disse Jace. — Avevo paura di farlo, prima. Ma adesso non temo più niente. — Le posò la mano sulla guancia, il palmo sulla pelle gelata, e Clary scoprì che anche la sua paura era sparita, come se Jace fosse stato in grado di trasmetterle il potere della runa Antipaura con un semplice tocco. Sollevò il mento, le labbra socchiuse in attesa... La bocca di Jace sfiorò lievemente la sua, così lievemente da sembrare il tocco leggero di una piuma, il ricordo di un bacio... e poi il ragazzo si ritrasse, riaprendo gli occhi. Clary vi scorse il muro nero che si levava a nascondere il loro incredibile oro: l'ombra di una nave.

Jace la lasciò con un'esclamazione e balzò in piedi. Clary si tirò su goffamente, sbilanciata dalla giacca pesante. Dai finestrini dell'abitacolo volavano scintille azzurre e, alla loro luce, vide che la fiancata della nave era di metallo nero, che da un lato scendeva una scala stretta e che intorno alla parte superiore correva un parapetto di ferro, su cui erano appollaiate figure simili a grandi uccelli dalla forma sgraziata. Ondate di freddo sembravano diffondersi dall'imbarcazione come aria gelida da un iceberg. Quando Jace le gridò qualcosa, il fiato gli venne fuori in nuvolette bianche, le parole soffocate dall'improvviso rombo dei motori della grande nave.

Lei lo guardò corrugando la fronte. — Che cosa? Che cosa hai detto?

Jace allungò la mano verso Clary e la fece scivolare sotto la giacca, sfiorandole la pelle nuda con la punta delle dita. Clary lanciò un gridolino. Jace le sfilò dalla cintura la spada angelica che le aveva dato prima e gliela premette in mano. — Ho detto — e la lasciò andare — di tirare fuori Abrariel, perché stanno arrivando.

— Chi sta arrivando?

— I demoni. — Indicò in alto. All'inizio Clary non vide nulla. Poi notò gli enormi e goffi uccelli che aveva scorto poco prima. Saltavano giù dal parapetto uno dopo l'altro, cadendo come sassi lungo la fiancata della nave, per poi stabilizzarsi e puntare dritti sul pickup che galleggiava sulle onde. Mentre si avvicinavano, Clary notò che non erano affatto uccelli ma orribili esseri volanti simili a pterodattili, con larghe ali coriacee e teste ossute triangolari. Le bocche erano piene di fitti denti da squalo disposti su varie file, e gli artigli scintillavano come rasoi.

Jace si arrampicò sul tetto dell'abitacolo con in mano Telantes che sfavillava. Quando la prima delle creature volanti li raggiunse, lui fece guizzare la spada. Questa colpì il demone, tagliandogli via la calotta cranica come fosse la parte superiore di un uovo. La creatura crollò di lato con un grido acuto, le ali in preda a spasmi. Quando cadde in mare, l'acqua ribollì.

Il secondo demone colpì il cofano del pickup, scavandovi lunghi solchi con gli artigli. Poi si scagliò contro il parabrezza, riducendo il vetro a una ragnatela. Clary chiamò Luke, ma un'altra creatura scese in picchiata, piombando come una freccia dal cielo color acciaio. Lei si rimboccò la manica della giacca di Jace e distese il braccio per mostrare la runa di Difesa. Il demone cacciò un acuto *skreek* come aveva fatto l'altro, sbattendo le ali all'indietro... Ma ormai si era avvicinato troppo, era a portata di mano. Mentre gli conficcava Abrariel nel petto, Clary vide che non aveva occhi, ma solo due rientranze ai lati del cranio. Il mostro esplose, lasciandosi dietro una scia di fumo nero.

— Brava — fece Jace. Era saltato giù dall'abitacolo per far fuori un'altra delle creature volanti che urlavano come ossessi. Adesso aveva sguainato un pugnale, l'elsa viscida per il sangue nero.

— Che cosa *diavolo* sono questi esseri? — chiese Clary senza fiato, brandendo Abrariel in un ampio arco e trafiggendo il petto di un demone volante, che gracchiò e cercò di colpirla con un'ala. Così da vicino, Clary vide che le ali terminavano in protuberanze ossee affilate come lame. Una di esse raggiunse la manica della giacca di Jace e la tranciò.

— La mia *giacca* — disse Jace infuriato, e diede una pugnalata alla creatura mentre cercava di rialzarsi in volo, trafiggendole il dorso. Il demone strillò e sparì. — *Adoravo* quella giacca.

Clary girò su se stessa, mentre lo stridore lacerante del metallo le feriva le orecchie: due demoni volanti avevano conficcato gli artigli nel tetto dell'abitacolo e lo stavano strappando via dal telaio. L'aria era piena del rumore lacerante del metallo squarciato. Luke saltò sul cofano e mulinò il *kindjal* contro le creature. Una cadde da un fianco del veicolo, scomparendo prima di toccare l'acqua, l'altra guizzò in aria con il tetto dell'abitacolo tra gli artigli e tornò in volo verso la nave con un ululato di trionfo.

Il cielo si stava oscurando. Clary accorse e sbirciò nell'abitacolo. Magnus era accasciato sul sedile, il viso pallido. Non c'era abbastanza luce per capire se era ferito. — Magnus! — gridò. — Ti hanno ferito?

— No. — Lo stregone si mise faticosamente a sedere, poi si accasciò sul sedile. — Sono solo... prosciugato. Gli incantesimi difensivi sulla nave sono forti. Toglierli, allontanarli è... difficile. — La sua voce si spense. — Ma se non lo faccio, chiunque metta piede sulla nave, oltre a Valentine, morirà.

— Forse dovresti venire con noi — disse Luke.

— Non posso agire sugli incantesimi se sono a bordo. Devo farlo da qui. È così che funziona. — Il sorrisetto di Magnus sembrò doloroso. — E poi non sono bravo a combattere. Il mio talento è riposto altrove.

Continuando a sporgersi nell'abitacolo, Clary cominciò a dire: — Ma..: e se abbiamo bisogno...?

— Clary! — gridò Luke. Troppo tardi. Nessuno di loro aveva scorto la creatura volante aggrappata alla fiancata del pickup. Ora si lanciò in alto volando di traverso, gli artigli profondamente conficcati nella schiena della giacca indossata dalla ragazza, una macchia indistinta di ali scure e fetidi denti frastagliati. Con un terribile urlo di trionfo si levò in aria con Clary che penzolava impotente dagli artigli.

— Clary! — gridò di nuovo Luke. Poi corse verso il cassone del pickup e là si fermò, lo sguardo disperatamente rivolto verso l'alto, alla sagoma alata che rimpicciolíva col suo carico ciondolante.

— Non la ucciderà — disse Jace, raggiungendolo. — È venuto a prenderla per portarla da Valentine.

Nel suo tono c'era qualcosa che fece gelare il sangue nelle vene a Luke. Si girò a guardare il ragazzo al suo fianco. — Ma...

Si interruppe. Jace era già saltato giù con un unico movimento fluido. Si tuffò nell'acqua sudicia del fiume e si diresse verso la nave battendo forte i piedi e levando alti schizzi.

Luke si girò verso Magnus, il cui viso pallido era appena visibile attraverso il parabrezza crepato, una macchia bianca nel buio. Luke alzò una mano e gli parve di vederlo annuire in risposta.

Infilato di nuovo il *kindjal* nel fodero, si tuffò nel fiume per seguire Jace.

Alec lasciò Isabelle, aspettandosi che si mettesse a gridare non appena avesse scostato la mano dalla bocca di lei. Non lo fece. Gli rimase accanto e osservò l'Inquisitrice dritta in piedi, un poco ondeggiante, il viso di un bianco-grigio terreo.

— Imogen — disse Maryse. La sua voce non lasciava trapelare alcun sentimento, nessuna traccia di rabbia.

L'Inquisitrice non sembrò sentirla. La sua espressione non cambiò quando si lasciò cadere nella vecchia poltrona di Hodge. — Mio Dio — disse, lo sguardo fisso sulla scrivania. — Che cosa ho fatto?

Maryse lanciò un'occhiata a Isabelle. — Vai a chiamare tuo padre.

Isabelle, spaventata come Alec non l'aveva mai vista, annuì e scivolò fuori dalla biblioteca.

Maryse attraversò la stanza dirigendosi verso l'Inquisitrice e abbassò lo sguardo su di lei. — Che cosa hai fatto, Imogen? Hai consegnato la vittoria a Valentine su un piatto d'argento. Ecco che cosa hai fatto.

— No — sussurrò l'Inquisitrice.

— Sapevi esattamente che cosa aveva in mente Valentine, quando hai imprigionato Jace. Ti sei rifiutata di coinvolgere il Conclave, perché ti avrebbe messo i bastoni tra le ruote. Volevi far soffrire Valentine come lui aveva fatto soffrire te, dimostrargli di avere il potere di uccidere suo figlio come lui aveva ucciso il tuo. Volevi umiliarlo.

— Sì...

— Ma Valentine non sarà mai umiliato. Se solo me l'avessi chiesto, te l'avrei detto. Non hai mai avuto alcuna influenza su di lui. Ha solo finto di prendere in considerazione la tua offerta per essere certo che non avremmo avuto il tempo di chiamare rinforzi da Idris. E adesso è troppo tardi.

L'Inquisitrice alzò gli occhi furibonda. I capelli si erano sciolti dalla crocchia e le pendevano in ciocche flosce intorno al viso. Era l'espressione più umana che Alec le avesse mai visto, ma non ne trasse alcun piacere. Le parole di sua madre lo avevano raggelato: *troppo tardi*. — No, Maryse — disse Imogen. — Possiamo ancora...

— Ancora *cosa?* — La voce di Maryse si incrinò. — Convocare il Conclave? Non abbiamo i giorni, nemmeno le ore che occorrerebbero per riunire tutti. Se vogliamo affrontare Valentine... e Dio sa che non abbiamo scelta...

— Dobbiamo farlo adesso — la interruppe una voce profonda. Alec si girò. Dietro di lui, lo sguardo torvo, cupo, c'era Robert Lightwood.

Alec fissò suo padre. Erano passati anni dall'ultima volta che l'aveva visto in tenuta da caccia; il suo tempo era stato assorbito dalle mansioni amministrative, dalla gestione del Conclave e dai problemi con i Nascosti. Nel vederlo in quei pesanti abiti corazzati scuri, lo spadone fissato sulla schiena da cinghie, Alec si ricordò vagamente di quando era bambino, di quando suo padre era l'uomo più grande, più forte e più terribile che potesse immaginare. Ed era ancora terribile. Non lo vedeva da quando si era messo in quella situazione imbarazzante, a casa di Luke. Ora cercò di incrociare il suo sguardo, ma Robert fissava Maryse. — Il Conclave è pronto — disse. — Le barche aspettano al dock.

L'Inquisitrice si portò nervosamente le mani al viso. — È inutile. Non siamo abbastanza... Non potremo mai...

Robert la ignorò. Invece guardò Maryse. — Dobbiamo sbrigarci — disse, e nel suo tono c'era un rispetto che non c'era quando si era rivolto a Imogen.

— Ma il Conclave... — cominciò l'Inquisitrice — dovrebbe essere informato.

Maryse spinse il telefono sulla scrivania verso di lei, con forza. — Diglielo *tu*. Di' loro che cosa hai fatto. È compito tuo, adesso.

L'Inquisitrice non replicò, si limitò a fissare il telefono portandosi una mano alla bocca.

Prima che Alec potesse cominciare a sentirsi dispiaciuto per lei, la porta si riaprì ed entrò Isabelle in tenuta da Cacciatrice, la lunga frusta color oro e argento in una mano e un *naginata* dalla lama di legno nell'altra. Guardò il fratello con aria accigliata. — Vai a prepararti. Salpiamo subito alla volta della nave di Valentine.

Alec non poté trattenersi: l'angolo della bocca gli si curvò verso l'alto. Isabelle era talmente *determinata*. — È per me? — chiese Alec, indicando il *naginata*.

Isabelle allontanò bruscamente l'arma. — Va' a prendere il tuo!

Certe cose non cambiano mai. Alec si diresse verso la porta, ma fu fermato da una mano sulla spalla. Alzò lo sguardo, sorpreso.

Era suo padre.

Lo guardava dall'alto e, sebbene non sorridesse, aveva un'espressione orgogliosa sul viso segnato, stanco. — Se ti serve una spada, Alexander, la mia *guisarma* è nell'ingresso. Mi farebbe piacere che la usassi.

Alec deglutì e fece sì con la testa, ma prima di poter ringraziare suo padre, sentì Isabelle dire dietro di lui: — Tieni, mamma.

Si girò e vide la sorella che porgeva il *naginata* alla madre, che lo prese e lo fece roteare con destrezza.

— Grazie, Isabelle — fece Maryse, e con un movimento veloce come quelli della figlia abbassò la lama in modo da puntarla direttamente al cuore dell'Inquisitrice.

Imogen Herondale guardò Maryse con gli occhi inespressivi e distrutti di una statua in rovina. — Hai intenzione di uccidermi?

Maryse sibilò: — Non ci penso nemmeno. Abbiamo bisogno di tutti i Cacciatori in città, e subito, perciò anche di te. Alzati, Imogen, e preparati alla battaglia. D'ora in poi, gli ordini qui li darò *io*. — Fece un sorriso sardonico. — E la prima cosa che farai sarà liberare mio figlio da quella maledetta Configurazione Malachi.

È magnifica, pensò Alec con orgoglio, sentendola parlare così, *una vera guerriera Shadowhunter, ardente di giusta furia in ogni sua fibra*.

Gli dispiaceva guastare quel momento... ma tra non molto avrebbero comunque scoperto da soli che Jace se n'era andato. Meglio che qualcuno attenuasse lo shock.

Si schiarì la voce. — In realtà, c'è qualcosa che probabilmente dovreste sapere...

18

Oscurità trasparente

Clary aveva sempre odiato le montagne russe, odiava sentirsi sgusciare via lo stomaco da sotto i piedi quando il vagoncino piombava giù. Essere strappata dal pickup e trascinata in aria come un topo tra le grinfie di un'aquila era dieci volte peggio. Quando i suoi piedi si staccarono dal pickup e il suo corpo si librò in aria, incredibilmente veloce, gridò a squarciagola. Gridò e si dibatté, finché non guardò giù, e vide quanto era già alta sull'acqua, e si rese conto di cosa sarebbe successo se il demone l'avesse lasciata andare.

Si immobilizzò. Sotto di lei, il pickup sembrava cullato dalle onde. La città le ruotava intorno, muri sfocati di luce scintillante. Avrebbe potuto essere bello, se lei non fosse stata così terrorizzata. Il demone virò e si tuffò giù, e di colpo, invece di salire, Clary si ritrovò a scendere. Vide mentalmente la creatura che la lasciava cadere nel vuoto per decine e decine di metri finché non si sfracellava sull'acqua gelida e nera, e chiuse gli occhi... Ma precipitare nelle tenebre cieche era peggio. Li riaprì e vide il ponte nero della nave alzarsi verso di lei come una mano in procinto di scaraventarli fuori dal cielo. Gridò per la seconda volta mentre cadevano verso il ponte... poi attraverso un quadrato scuro ritagliato nella sua superficie. Adesso erano dentro la nave.

La creatura volante rallentò la sua discesa. Stavano calando verso la parte centrale dell'imbarcazione, circondata da ponti di metallo muniti di parapetti. Clary scorse dei macchinari scuri, in apparenza fuori uso, nonché attrezzature e arnesi abbandonati qua e là. Se prima c'erano state delle luci elettriche, adesso non funzionavano più, sebbene quell'area della nave fosse soffusa di un tenue bagliore. Qualunque cosa avesse alimentato la nave in precedenza, ora era tutto diverso. Valentine la alimentava con qualcos'altro. Qualcosa che aveva risucchiato il calore direttamente dall'atmosfera.

Aria gelida sferzò il viso di Clary, mentre il demone raggiungeva il fondo della nave e si infilava in un lungo corridoio scarsamente illuminato. Non le badava granché. Quando svoltò a un angolo, con il ginocchio Clary urtò contro un tubo, e sentì un'onda di dolore su per la gamba. Gridò e sentì il riso sibilante della creatura sopra di sé. Poi il demone la lasciò e Clary si ritrovò a cadere. Si girò in aria, nel tentativo di atterrare sulle mani e sulle ginocchia. Funzionò ... quasi. Quando colpì il pavimento, rimase frastornata dall'impatto e rotolò di lato, stordita.

Era stesa su una superficie metallica dura, in penombra. In passato quella doveva essere stata la stiva, perché le pareti erano lisce e senza porte, e in alto, sopra di lei, c'era un'apertura quadrata, la sola fonte di luce del locale. Le pareva di avere un'unica, grossa contusione al posto del corpo.

— Clary? — Una voce sussurrata. Lei si girò sul fianco con una smorfia. Un'ombra le si inginocchiò accanto. Mentre i suoi occhi si abituavano all'oscurità, vide la piccola figura piegata, i capelli a treccine, gli occhi castani scuri. *Maia.* — Clary, sei tu?

La ragazza si sollevò a sedere, ignorando il dolore acuto alla schiena. — Maia. Maia, oh, mio Dio. — La fissò, poi girò freneticamente lo sguardo nella stanza. Era vuota, a parte loro due.

— Maia, lui dov'è? Dov'è Simon?

Maia si morse il labbro. Aveva i polsi insanguinati, notò Clary, il viso rigato di lacrime secche. — Clary, mi dispiace tanto — disse la lupa mannara con voce sommessa e rauca. — Simon è morto.

Zuppo e mezzo congelato, Jace crollò sul ponte della nave grondando acqua dai capelli e dai vestiti. Alzò lo sguardo al cielo notturno pieno di nuvole, respirando affannosamente. Non era stata un'impresa da poco arrampicarsi sulla traballante scala di ferro, malamente imbullonata alla fiancata della nave, con le mani scivolose e i vestiti fradici che lo tiravano giù.

Non fosse stato per la runa Antipaura, rifletté, probabilmente avrebbe temuto che uno dei demoni volanti potesse ghermirlo dalla scala come fa un uccello che becca un insetto da un rampicante. Fortunatamente, dopo aver catturato Clary, i demoni avevano fatto ritorno alla nave. Jace non poteva immaginare perché, ma aveva rinunciato da un pezzo a capire i motivi delle azioni paterne.

Sopra di lui comparve una testa che si stagliava contro il cielo. Era Luke, che aveva raggiunto la cima della scala. Si inerpicò faticosamente sul parapetto e si lasciò cadere dall'altro lato. Abbassò lo sguardo su Jace. — Tutto a posto?

— Sto bene. — Jace si alzò in piedi. Tremava. Sulla nave faceva freddo, più che in acqua, e lui era senza giacca. L'aveva data a Clary.

Si guardò intorno. — Da qualche parte c'è una porta che conduce all'interno della nave. L'ho vista la volta scorsa. Dobbiamo solo fare il giro del ponte finché non la troviamo.

Luke fece per avviarsi.

— Vado io per primo — aggiunse Jace, superandolo. Luke gli lanciò un'occhiata perplessa, sembrò sul punto di dire qualcosa, infine gli si mise al fianco mentre si avvicinavano alla parte bombata della nave, dove Jace era stato con

Valentine la notte prima. Sentiva lo sciabordio oleoso dell'acqua contro la prua, molto più sotto.

— Tuo padre — disse Luke — cosa ti ha detto quando l'hai visto? Cosa ti ha promesso?

— Oh, sai, il solito. Una fornitura di biglietti per le partite dei Knicks vita natural durante. — Jace parlava in tono disinvolto, ma il ricordo lo trafiggeva più del freddo. — Ha detto che se avessi lasciato il Conclave e fossi tornato a Idris con lui, avrebbe fatto in modo che nessun male venisse fatto né a me né a tutti quelli a cui tengo.

— Pensi... — Luke esitò. — Pensi che farebbe del male a Clary per vendicarsi di te?

Superarono la prua e Jace ebbe una fugace visione della Statua della Libertà in lontananza, risplendente di luce. — No. Penso che l'abbia presa per farci salire sulla nave, così, per avere un asso nella manica. Tutto qui.

— Non sono sicuro che gli serva un oggetto di scambio. — Luke parlò a bassa voce, sguainando il *kindjal*. Jace si girò per seguire il suo sguardo e per un momento non poté fare altro che starsene lì a occhi sbarrati.

Sul lato occidentale della nave c'era un buco nero, una specie di quadrato ritagliato nel metallo dalle cui profondità si riversava una scura nube di mostri. Jace riandò con la mente all'ultima volta che era stato là, con la Spada Mortale in mano, a fissare inorridito il cielo sopra e il mare sotto di lui, che si trasformavano in ribollenti masse di incubi. Solo che adesso ce li aveva di fronte. Una cacofonia di demoni: i Raum bianco sporco che li avevano attaccati a casa di Luke; i demoni Oni, coi loro corpi verdi, le grandi bocche e le corna; i Kuri, neri e furtivi, demoni-ragno con le otto braccia terminanti in chele oltre alle zanne velenose che spuntavano dalle orbite...

Jace non riusciva a contarli tutti. Cercò a tastoni Camael e la sfilò dalla cintura, rischiarando il ponte con il suo sfolgorio bianco. Alla sua vista i demoni sibilarono, ma nessuno di loro indietreggiò. La runa Antipaura sulla scapola di Jace cominciò a bruciare. Si chiese quanti demoni sarebbe riuscito a uccidere prima che si consumasse ardendo.

— Fermo! *Fermo!* — La mano di Luke lo afferrò per la maglietta e lo tirò indietro. — Sono troppi, Jace. Se potessimo tornare alla scala...

— Impossibile. — Jace si liberò dalla stretta e gliela indicò. — Ci bloccano la strada su entrambi i lati.

Era vero. Una falange di demoni Moloch, vomitando fiamme dalle orbite vuote, bloccava loro la ritirata. Dalla bocca di Luke uscì un fiume di imprecazioni rabbiose. — Allora salta in mare. Io li trattengo.

— Salta *tu* — disse Jace. — Io qui sto benone.

Luke rovesciò la testa. Gli si erano appuntite le orecchie e, quando gridò contro Jace, le sue labbra si ritirarono sui canini, divenuti improvvisamente aguzzi. — Tu... — Si interruppe quando un demone Moloch gli saltò addosso con gli artigli sguainati. Jace gli trafisse con noncuranza la schiena mentre gli passava accanto, e quello barcollò addosso a Luke, urlando. Quest'ultimo lo agguantò con le mani artigliate e lo scaraventò al di là del parapetto. — Hai usato la runa Antipaura, vero? — chiese, girandosi verso di lui con occhi che mandavano bagliori ambrati.

Risuonò un tonfo lontano.

— Non ti sbagli — ammise Jace.

— Cristo. Te la sei tracciata da solo?

— No, è stata Clary. — La spada angelica fendette l'aria con un fuoco candido; due demoni Drevak caddero a terra. Ce n'erano altre dozzine là davanti, che barcollavano verso di loro protendendo le mani dalle estremità munite di aghi. — È brava, sai.

— *Ragazzini* — disse Luke, come se fosse la parola più oscena che sapesse, e si gettò sull'orda che si avvicinava.

— Morto? — Clary fissò Maia come se avesse parlato in una lingua sconosciuta. — Non può essere morto.

Maia non disse nulla, si limitò a guardarla con occhi tristi, cupi.

— Lo saprei. — Clary si premette la mano serrata a pugno sul petto. — Lo saprei *qui*.

— Lo pensavo anch'io — disse Maia. — Una volta. Ma non si può sapere. Non si può mai sapere.

Clary si mise faticosamente in piedi. La giacca di Jace le penzolava dalle spalle, il dietro quasi a brandelli. Se la scrollò via con impazienza e la lasciò cadere sul pavimento. Era rovinata da una dozzina di segni di artigli affilati come rasoi. *Jace sarà seccato perché gli ho distrutto la giacca*, pensò. *Dovrei comprargliene una nuova. Dovrei…*

Emise un lungo singulto. — Che cosa… gli è successo?

Maia era ancora inginocchiata sul pavimento. — Valentine ci ha catturati tutti e due. Ci ha incatenati insieme in una stanza. Poi è venuto con un'arma… una spada, lunghissima e luminosa, come se risplendesse. Mi ha gettato addosso della polvere d'argento in modo che non potessi lottare contro di lui e poi… ha tagliato la gola a Simon. — La sua voce divenne un sussurro. — Gli ha aperto i polsi e ha versato il suo sangue in alcune ciotole. Qualcuna delle sue creature demoniache è entrata e lo ha aiutato. Poi ha lasciato Simon steso là, come un giocattolo a cui avesse strappato l'imbottitura e non gli servisse più. Ho urlato… ma sapevo che era morto. Poi uno dei demoni mi ha preso in braccio e mi ha portata quaggiù.

Clary si premette il dorso della mano sulla bocca, lo premette ancora e ancora finché non sentì il sapore salato del sangue. Quel sapore aspro sembrò penetrare attraverso la nebbia che le offuscava il cervello. — Dobbiamo andarcene di qui.

— Senza offesa, ma mi pare chiaro… — Maia si alzò in piedi con una smorfia — che non c'è modo di uscire di qui. Neppure per un Cacciatore. Forse, se tu fossi…

— Se io fossi cosa? — chiese Clary, misurando il quadrato della cella. — Jace? Be', non lo sono. — Diede un calcio alla parete. Ci fu un'eco sorda. Si infilò la mano in tasca e ne estrasse lo stilo. — Ma ho anch'io le mie brave doti.

Spinse la punta dello stilo contro la parete e cominciò a disegnare. Le linee sembravano fluire fuori da lei, nere e bruciacchiate, ardenti come la sua rabbia furiosa. Sbatté ripetutamente lo stilo contro la parete, e le linee nere sgusciarono fuori dalla sua punta come fiamme. Quando si ritrasse, ansimando, vide Maia che la fissava stupefatta.

— Ragazza — disse — che cosa hai *fatto*?

Clary non ne era sicura. Sembrava che avesse gettato un secchio di acido sulla parete. Il metallo tutt'intorno alla runa si era curvato e sciolto come un gelato in una giornata di sole. Fece un passo indietro e stette a guardare circospetta mentre nella parete si apriva un buco grande come un cane di grossa taglia. Al di là Clary vide degli spuntoni d'acciaio e altre viscere metalliche della nave. I bordi del buco sfrigolavano ma avevano smesso di allargarsi. Maia fece un passo avanti, scostando il braccio di Clary.

— Aspetta. — Clary divenne improvvisamente nervosa. — Il metallo fuso... potrebbe produrre, che so, un residuo tossico o qualcosa del genere.

Maia sbuffò. — Vengo dal New Jersey. Sono *nata* tra i residui tossici. — Si avvicinò decisa al buco e ci sbirciò dentro. — C'è una passerella di metallo, dall'altra parte — annunciò. — Senti... io mi ci infilo. — Si girò e fece passare i piedi attraverso il buco, poi le gambe, scivolando lentamente all'indietro. Fece strisciare il corpo dentro il varco con una serie di smorfie, poi si bloccò. — Ahi! Ho le spalle incastrate. Mi dai una spinta? — Allungò le mani.

Clary le prese e spinse. Il viso di Maia divenne bianco, poi rosso... e la lupa mannara si sbloccò di colpo, come un tappo di champagne fatto saltare dalla bottiglia. Ruzzolò dentro con un grido. Ci fu uno schianto e Clary infilò ansiosamente la testa nel buco. — Stai bene?

Maia era stesa su una stretta passerella di metallo, qualche metro più sotto. Si mise supina e si tirò su a sedere con una smorfia. — La mia caviglia... Ma passerà — aggiunse, vedendo la faccia di Clary. — Noi guariamo in fretta, sai.

— Lo so. Okay, ora tocca a me. — Quando Clary si piegò e si preparò a scivolare nel buco appresso a Maia, lo stilo le si conficcò fastidiosamente nello stomaco. Il salto fino alla passerella la spaventava un po', ma non quanto l'idea di aspettare nella stiva che qualcuno, chiunque esso fosse, venisse a prenderle. Si mise a pancia sotto, facendo scivolare i piedi nel buco...

E poi qualcosa l'afferrò per la maglietta e la sollevò. Lo stilo si sfilò dalla cintura e cadde a terra tintinnando. Clary sussultò per la paura e il dolore improvviso, il collo della maglietta le strinse la gola, soffocandola. Un attimo dopo, cadde pesantemente al suolo, urtando le ginocchia sul metallo con un clangore sordo. Senza fiato, rotolò sulla schiena e guardò su, sapendo già cosa avrebbe visto.

Valentine era sopra di lei. In una mano teneva una spada angelica che emanava un'intensa luce bianca. L'altra mano, che le aveva agguantato la maglietta, era chiusa a pugno. Il viso scavato, pallido, era atteggiato a un sogghigno sprezzante. — Sei sempre figlia di tua madre, Clarissa. Che cosa hai combinato, adesso?

Clary si mise dolorosamente in ginocchio. Aveva la bocca piena del sangue salato uscito dal labbro spaccato. La rabbia che la faceva fremere le sbocciò in petto come un fiore velenoso. Quest'uomo, suo padre, aveva ucciso Simon e l'aveva lasciato morto sul pavimento come immondizia. Clary credeva di avere odiato delle persone, nella sua vita. Si era sbagliata. *Questo* era odio.

— La lupa mannara — continuò Valentine aggrottando le sopracciglia — dov'è?

Clary si piegò in avanti e gli sputò la boccata di sangue sulle scarpe.

Con un'acuta esclamazione di disgusto e sorpresa, Valentine fece un passo indietro, sollevando la spada, e per un momento Clary vide la furia incontrollata nei suoi occhi e pensò che l'avrebbe fatto davvero, che l'avrebbe davvero uccisa lì sul posto, accucciata ai suoi piedi, per avergli sputato sulle scarpe.

Lentamente, Valentine abbassò la spada. Senza una parola oltrepassò la figlia e guardò nel buco che aveva aperto nella parete. Lentamente Clary si girò e i suoi occhi scrutarono il pavimento, finché non lo vide. Lo stilo di sua madre. Allungò la mano per prenderlo, trattenendo il fiato...

Valentine si girò e se ne accorse. Con un solo passo attraversò la stanza e allontanò lo stilo con un calcio; l'arnese rotolò sul pavimento metallico e cadde dentro il buco. Clary socchiuse gli occhi... Perdere lo stilo era come perdere di nuovo sua madre.

— I demoni troveranno la tua amica Nascosta — disse Valentine con la sua voce fredda, tranquilla, facendo scivolare nuovamente la spada angelica nel fodero appeso alla vita. — Non può fuggire da nessuna parte. Nessuno di voi può scappare da nessuna parte. E adesso alzati, Clarissa.

Clary si alzò adagio. Aveva tutto il corpo dolorante per i colpi presi. Un momento dopo rimase senza fiato per la sorpresa, quando Valentine l'afferrò per le spalle e la girò, in modo che gli desse la schiena. Fischiò: un suono acuto, aspro, sgradevole. L'aria sopra di lei si agitò, e Clary sentì lo sbattere minaccioso di ali coriacee. Cercò di divincolarsi con un lamento, ma Valentine era troppo forte. Le ali li circondarono entrambi, e poi si ritrovarono a volare insieme, con Valentine che la teneva tra le braccia come se fosse davvero suo padre.

Jace aveva pensato che a quel punto lui e Luke avrebbero dovuto essere bell'e morti. Non era certo che non lo fossero. Il ponte della nave era scivoloso di sangue. Jace era ricoperto di sudiciume. Aveva i capelli flosci e appiccicosi di pus, gli occhi che gli bruciavano per il sangue e il sudore. Un profondo taglio gli solcava la parte superiore del braccio destro, e lui non aveva il tempo di incidere nella pelle una runa di Guarigione. Ogni volta che alzava il braccio, un dolore lancinante gli attraversava il fianco.

Erano riusciti ad appostarsi in una rientranza nella parete metallica della nave e da quel rifugio combattevano contro i demoni che avanzavano oscillando verso di loro. Jace aveva usato tutti e due i suoi *chakram* e non gli rimanevano che l'ultima spada angelica e il pugnale che aveva preso a Isabelle. Non era granché... Non avrebbe potuto affrontare neanche pochi demoni, armato così miseramente, e adesso ne aveva davanti un'orda. Avrebbe dovuto essere spaventato, lo sapeva, ma non provava quasi nulla... solo disgusto per i demoni, che non appartenevano a questo mondo, e rabbia per Valentine, che ce li aveva chiamati. Freddamente, si disse che la mancanza di paura non era una cosa del tutto positiva. Non aveva neanche paura di quanto sangue stava perdendo dal braccio.

Un demone-ragno gli corse incontro stridendo e spruzzando veleno giallo. Jace si scostò, ma non abbastanza alla svelta da impedire che qualche goccia di veleno gli schizzasse la camicia. Il liquido mangiò la stoffa sibilando; Jace sentì la trafittura quando gli bruciò la pelle come una decina di minuscoli aghi surriscaldati.

Il demone-ragno schioccò la lingua soddisfatto e spruzzò un altro getto di veleno. Jace si scansò e il veleno colpì il demone Oni, che gli si stava avvicinando di fianco; questo urlò dal dolore e si scagliò scompostamente verso il demone-ragno con gli artigli sfoderati. Le due creature si avvinghiarono e rotolarono sul ponte.

I demoni intorno balzarono via dal veleno versato, che formava una barriera tra loro e il Cacciatore. Jace approfittò della pausa momentanea per girarsi verso Luke. Era quasi irriconoscibile. Le orecchie gli si erano allungate in punte aguzze, da lupo; le labbra si erano ritirate scoprendo i denti ed erano atteggiate a un rictus fisso, le mani artigliate erano nere di pus demoniaco.

— Dobbiamo raggiungere i parapetti. — La voce di Luke era quasi un ringhio. — E lasciare la nave. Non possiamo ucciderli tutti. Forse Magnus...

— Non credo che ce la stiamo cavando tanto male. — Jace roteò la spada angelica... e fu una cattiva idea: aveva la mano bagnata di sangue e quasi perse la presa sull'elsa. — Tutto sommato.

Luke fece un verso che poteva essere un ringhio o una risata, o una combinazione dei due. Poi qualcosa di grande e informe cadde dal cielo sbattendoli entrambi a terra.

Jace colpì il suolo con violenza e la spada angelica gli volò via di mano. Cadde sul ponte e schizzò sulla superficie di metallo e oltre il bordo della nave, scomparendo. Jace imprecò e si alzò barcollando.

La creatura che era atterrata su di loro era un demone Oni. Era stranamente grosso, per la sua razza... nonché stranamente furbo, visto che aveva pensato bene di arrampicarsi sul tetto e piombare loro addosso dall'alto. Adesso era seduto sopra Luke e lo straziava con le zanne acuminate che gli spuntavano dalla fronte. Luke si difendeva alla meglio con gli artigli, ma era già zuppo di sangue; il suo *kindjal* era sul ponte, a una trentina di centimetri da lui. Luke fece per prenderlo, ma l'Oni gli afferrò una gamba con una mano grande quanto una vanga e se la fece ricadere con forza sul ginocchio come un ramo d'albero. Jace sentì l'osso spezzarsi con uno schianto secco mentre Luke gridava.

Il Cacciatore si tuffò verso il *kindjal*, lo afferrò e si alzò in piedi, lanciandolo con violenza verso la nuca del demone. Vi penetrò con forza sufficiente a decapitare la creatura, che si curvò in avanti, mentre dal moncone del collo gli sgorgava un fiotto di sangue nero. Un momento più tardi era scomparsa. Il *kindjal* ricadde con un tonfo sul ponte accanto a Luke.

Jace corse da lui e si inginocchiò. — La tua gamba...

— È rotta. — Luke si mise seduto a fatica. Aveva il viso contorto dal dolore. — Ma voi guarite presto.

Luke si guardò intorno, l'espressione cupa. L'Oni sarà stato anche morto, ma gli altri demoni avevano imparato la lezione e si stavano affollando sul tetto. Alla luce fioca della luna Jace non avrebbe saputo dire quanti fossero... Decine? Centinaia? Da un certo numero in poi non aveva più importanza.

Luke chiuse la mano intorno all'elsa del *kindjal* e replicò: — Non abbastanza presto.

Jace sfilò il pugnale di Isabelle dalla cintura. Era la sua ultima arma e a un tratto gli parve pateticamente piccola. Fu trafitto da un'acuta emozione... Non era paura, a quella non era ancora arrivato, ma dolore. Vide Alec e Isabelle come se gli stessero di fronte sorridendogli e poi vide Clary con le braccia aperte come per dargli il benvenuto a casa.

Si alzò in piedi mentre le creature piombavano giù dal tetto come un'ondata, una marea d'ombra che oscurò la luna. Si mosse per cercare di coprire Luke, ma invano; i demoni li avevano già circondati. Uno gli si impennò davanti. Era uno scheletro alto circa un metro e ottanta che ghignava con i denti rotti. Dalle ossa marce gli pendevano brandelli di bandiere rituali tibetane dai colori sgargianti. Nella mano ossuta stringeva una spada *katana*, cosa strana, dato che perlopiù i demoni non erano armati. La lama, nella quale erano incise rune demoniache, era più lunga del braccio di Jace, ricurva, acuminata e letale.

Jace lanciò il pugnale. Questo colpì l'ossuta gabbia toracica del demone e vi rimase conficcato. Il mostro sembrò a malapena accorgersene; continuò a muoversi, inesorabile come la morte. L'aria intorno a lui puzzava di morte e cimiteri. Sollevò la *katana* nella mano artigliata...

Un'ombra grigia lacerò l'oscurità davanti a Jace, un'ombra che avanzava con un'andatura turbinante, precisa e micidiale. Il fendente della *katana* produsse il lacerante clangore del metallo sul metallo; la sagoma scura ricacciò la *katana* contro il demone, trafiggendolo al contempo dal basso in alto con l'altra mano, tanto rapidamente che l'occhio di Jace riuscì a seguirla a stento. Il mostro cadde all'indietro e il suo cranio andò in frantumi per poi dissolversi nel nulla. Intorno a sé Jace sentì le grida di demoni che ululavano di dolore e sorpresa. Piroettando su se stesso, vide dozzine di forme – forme *umane* – arrampicarsi sui parapetti, balzare a terra e correre a dare battaglia alla massa di creature che si trascinavano carponi, strisciavano, sibilavano e volavano sul ponte. Portavano spade di luce e indossavano gli abiti scuri, robusti dei...

— *Cacciatori*? — disse Jace, talmente stupito che parlò ad alta voce.

— E chi altri? — Un sorriso balenò nelle tenebre.

— Malik? Sei tu?

Malik piegò la testa. — Scusami per prima. Eseguivo degli ordini.

Jace stava per dire che avergli appena salvato la vita compensava ampiamente il precedente tentativo di impedirgli di lasciare l'Istituto, quando un gruppo di demoni Raum si scagliò contro di loro fendendo l'aria con i tentacoli. Malik ruotò su se stesso e corse ad affrontarli con un grido, la spada angelica che gli ardeva come una stella tra le mani. Jace stava per seguirlo, quando una mano lo afferrò per il braccio e lo tirò da una parte.

Era un Cacciatore tutto vestito di nero, il cappuccio calato a nascondergli la faccia. — Vieni con me.

La mano gli tirava insistentemente la manica.

— Devo raggiungere Luke. È ferito. — Jace ritirò violentemente il braccio. — *Lasciami.*

— Oh, per l'amor dell'Angelo... — La figura lo lasciò e alzò la mano per tirare indietro il cappuccio del lungo mantello, rivelando un viso stretto e bianco e occhi grigi che brillavano come scaglie di diamanti. — Adesso farai quanto ti si dice, Jonathan?

Era l'Inquisitrice.

Nonostante la velocità vorticosa a cui volavano attraverso l'aria, Clary avrebbe preso a calci Valentine, se avesse potuto. Ma lui la teneva come se avesse delle bande di ferro al posto delle braccia. I piedi le penzolavano liberi, eppure, per quanto si divincolasse, non sembrava in grado di combinare niente.

Quando il demone virò e cambiò improvvisamente direzione, Clary lanciò un urlo. Valentine rise. Poi si ritrovarono a sfrecciare in uno stretto tunnel di metallo che portava a una stanza molto più vasta. Invece di lasciarli cadere senza tanti riguardi, il demone volante li depose delicatamente a terra.

Con grande sorpresa di Clary, Valentine la lasciò. Si staccò da lui e si trascinò incespicando in mezzo alla stanza, guardandosi freneticamente intorno. Era uno spazio ampio, che un tempo doveva essere stato la sala macchine. I macchinari erano ancora allineati lungo le pareti, lasciando un ampio spazio centrale. Il pavimento era di spesso metallo scuro, chiazzato qua e là di macchie nere. In mezzo a quello spazio vuoto c'erano quattro bacinelle abbastanza grandi da lavarci un cane. La parte interna delle prime due era macchiata di rosso ruggine scuro. La terza era piena di un liquido rosso cupo. La quarta era vuota.

Dietro alle bacinelle c'era una cassapanca, coperta da una stoffa scura. Avvicinandosi, Clary vide che sulla stoffa era adagiata una spada d'argento che emanava una luce nerastra, una sorta di non-luce: un'oscurità luminosa.

Clary ruotò su stessa e fissò Valentine, che la guardava tranquillamente. — Come hai potuto farlo? — domandò. — Come hai potuto uccidere Simon? Era solo un ragazzo, un... essere umano...

— Non era umano — rispose Valentine con la sua voce melliflua. — Era diventato un mostro. Tu non te ne accorgevi, Clarissa, perché aveva un viso amico.

— Non era un mostro. — Clary si avvicinò un altro po' alla Spada. Era enorme, sicuramente pesante. Si chiese se sarebbe stata in grado di sollevarla… e anche in quel caso, avrebbe saputo brandirla? — Era sempre Simon.

— Non credere che non capisca la tua situazione — disse Valentine. Stava ritto immobile, nell'unico fascio di luce che scendeva dalla botola del soffitto. — Anch'io l'ho vissuta, quando Lucian è stato morso.

— Me l'ha raccontato — gli disse bruscamente. — Gli hai dato un pugnale e gli hai suggerito di uccidersi.

— Quello è stato un errore.

— Almeno lo ammetti…

— Avrei dovuto ucciderlo con le mie mani. Così avrei dimostrato di tenere a lui.

Clary scosse la testa. — Ma non l'hai fatto. Non hai mai tenuto a nessuno, tu. Nemmeno a mia madre. Nemmeno a Jace. Erano solo cose che ti appartenevano.

— Ma non è questo l'amore, Clarissa? Possesso? «Il mio diletto è per me e io per lui» recita il *Cantico dei cantici*.

— No. E non starmi a citare la Bibbia. Non credo che tu possa capirla.

Adesso era molto vicina alla cassapanca, l'elsa della spada a portata di mano. Aveva le dita bagnate di sudore e se le asciugò di nascosto sui jeans. — Le cose non stanno così. Non è che qualcuno, semplicemente, ti appartiene, è che tu gli doni te stesso. Dubito che *tu* abbia mai donato qualcosa a qualcuno. Tranne forse degli incubi.

— Donare te stesso? — Il sorriso sottile non vacillò. — Come tu hai donato te stessa a Jonathan?

La mano di Clary, che si stava sollevando verso la Spada, si chiuse di scatto a pugno. Lei la portò di nuovo al petto. — *Che cosa?*

— Pensi che non abbia visto il modo in cui vi guardate? Il modo in cui pronuncia il tuo nome? Puoi anche credere che io non abbia sentimenti, ma ciò non significa che non sia capace di vederli negli altri.

Il tono di Valentine era gelido, ogni parola una scheggia di ghiaccio che le trafiggeva le orecchie. — Immagino che dobbiamo incolpare solo noi stessi, tua madre e io; tenuti separati così a lungo, non avete mai sviluppato la repulsione reciproca che sarebbe più naturale tra fratelli.

— Non so di cosa parli. — Le battevano i denti.

— Credo di spiegarmi abbastanza bene. — Valentine si era allontanato dalla luce. Nell'oscurità, il suo viso era appena abbozzato. — Ho visto Jonathan dopo che aveva affrontato il demone della paura, sai. Gli è apparso sotto le tue sembianze. Questo mi ha svelato quanto avevo bisogno di sapere. La più grande paura nella vita di Jonathan è l'amore che prova per sua sorella.

— Non faccio quanto mi si dice — disse Jace. — Ma potrei fare quello che vuoi, se me lo chiedi in modo carino.

L'Inquisitrice sembrò voler alzare gli occhi al cielo, ma aveva dimenticato come si faceva. — Devo parlarti.

Jace la fissò. — *Adesso?*

Gli mise una mano sul braccio. — Adesso.

— Sei pazza. — Jace spinse lo sguardo lungo la nave. Sembrava un quadro dell'*Inferno* di Bosch. Le tenebre pullulavano di demoni: si trascinavano, urlavano, emettevano strida e sferravano colpi con gli artigli e con i denti. I Nephilim saettavano di qua e di là, le armi risplendenti nel buio. Jace vedeva già che gli Shadowhunters non erano abbastanza. Neanche lontanamente. — Non se ne parla... siamo nel bel mezzo di una battaglia...

La presa ossuta dell'Inquisitrice era sorprendentemente forte. — *Adesso.* — Lo spinse, costringendolo a fare un passo indietro, troppo stupito per fare qualcos'altro, e poi un altro, finché non si ritrovarono nella rientranza di una parete. Poi lei lo lasciò, si frugò nelle pieghe del mantello scuro e tirò fuori due spade angeliche. Ne sussurrò i nomi, oltre a parecchie parole che Jace non conosceva, e le fece volare sul ponte, una su ciascun lato del ragazzo. Si conficcarono a terra, sprigionando una cortina di luce bianco-azzurra che isolò Jace e l'Inquisitrice dal resto della nave.

— Mi stai imprigionando *di nuovo*? — chiese Jace fissandola incredulo.

— Questa non è una Configurazione Malachi. Puoi uscirne quando vuoi. — Le sue mani sottili si stringevano spasmodicamente. — Jonathan...

— Vuoi dire Jace. — Attraverso la parete di luce bianca non vedeva più la battaglia, ma ne sentiva i rumori, le grida e i lamenti. Se girava la testa scorgeva solo una piccola porzione di mare che scintillava luminosa come la superficie di uno specchio cosparso di diamanti. C'era una dozzina di navi laggiù, gli agili trimarani usati sui laghi di Idris. Barche dei Cacciatori. — Che cosa ci fai qui, Inquisitrice? Perché sei venuta?

— Avevi ragione tu — disse lei. — Su Valentine. Non ha voluto fare lo scambio.

— Ti ha detto di lasciarmi morire. — Jace si sentì a un tratto stordito.

— Appena ha rifiutato, naturalmente, ho convocato il Conclave e l'ho portato qui. Io... io devo delle scuse a te e alla tua famiglia.

— Ricevuto — disse Jace. Odiava le scuse. — Alec e Isabelle? Sono qui? Non saranno puniti per avermi aiutato?

— Sono qui... E no, non saranno puniti. — Continuava a fissarlo con occhi indagatori. — Non capisco Valentine. Che un padre getti via la vita di suo figlio, del suo unico figlio maschio...

— Già — fece Jace. Gli doleva la testa e avrebbe voluto che stesse zitta o che un demone li attaccasse. — È un mistero, è vero.

— A meno che...

Ora la guardò sorpreso. — A meno che cosa?

Gli tamburellò con il dito sulla spalla. — Questa da quando ce l'hai?

Jace abbassò lo sguardo e vide che il veleno del demone-ragno gli aveva bucato la maglietta, lasciandogli a nudo buona parte della spalla. — La maglietta? L'ho presa da Macy's. Ai saldi invernali.

— La *cicatrice*. Questa cicatrice qui, sulla spalla.

— Oh, quella. — Jace si meravigliò dell'intensità del suo sguardo. — Non saprei. Qualcosa che è successo quando ero molto piccolo, ha detto mio padre. Un incidente. Perché?

Il fiato sibilò attraverso i denti dell'Inquisitrice. — Non può essere — mormorò. — *Tu* non puoi essere...

— Non posso essere cosa?

C'era una nota di incertezza nella voce di Imogen. — Per tutti quegli anni, mentre crescevi... hai pensato *veramente* di essere figlio di Michael Wayland...?

Jace fu attraversato da una furia violenta, resa ancora più dolorosa dalla lieve fitta di delusione che l'accompagnava. — Per l'Angelo — disse rabbioso — mi hai trascinato qui nel bel mezzo della battaglia solo per ricominciare a farmi le stesse dannate domande? Non mi hai creduto la prima volta e continui a non credermi adesso. E non mi crederai mai, malgrado tutto quello che è successo, anche se ciò che ti ho detto è la verità. — Puntò il dito verso quello che stava accadendo oltre la parete di luce. — Dovrei essere là fuori a combattere. Perché mi tieni qui? Perché quando sarà tutto finito, sempre che qualcuno di noi sopravviva, tu possa andare al Conclave e dire che non ho voluto lottare al tuo fianco contro mio padre? Bella prova.

L'Inquisitrice era diventata ancora più pallida di quanto Jace ritenesse possibile. — Jonathan, non è quello che...

— *Mi chiamo Jace!* — gridò. L'Inquisitrice indietreggiò, la bocca semiaperta, come sul punto di dire qualcos'altro. Jace non voleva sentirla. Avanzò sbattendola quasi da parte e sferrò un calcio a una delle spade angeliche conficcate nel ponte. Quella si rovesciò e la parete di luce svanì.

Al di là regnava il caos. Sagome scure sfrecciavano da una parte all'altra del ponte, i demoni si arrampicavano sui corpi ammucchiati, l'aria era piena di fumo e di grida. Cercò di distinguere nella mischia qualcuno che conosceva. Dov'era Alec? E Isabelle?

— Jace! — L'Inquisitrice gli corse appresso, il viso teso per la paura. — Jace, non hai un'arma, prendi almeno...

Si interruppe nel vedere un demone spuntare dalle tenebre davanti al ragazzo come un iceberg, a pochi metri dalla prua di una nave. Quella notte Jace non ne aveva ancora visti di simili: aveva il viso raggrinzito e le mani svelte di uno scimmione, ma la lunga coda uncinata di uno scorpione. Gli occhi erano roteanti e gialli. Gli sibilava contro attraverso i denti spezzati e aguzzi come aghi. Prima che Jace potesse scansarsi, la sua coda scattò in avanti con la rapidità di un cobra all'attacco. Vide l'ago sulla punta guizzargli verso il viso...

E per la seconda volta, quella notte, un'ombra passò tra lui e la morte. Sguainando un coltello dalla lunga lama, l'Inquisitrice gli si gettò davanti, appena in tempo perché l'aculeo di scorpione le si conficcasse nel petto.

Lei gridò, ma rimase in piedi. La coda del demone si ritrasse con un guizzo, pronta a colpire ancora... ma il coltello aveva già lasciato la mano dell'Inquisitrice e volava dritto e sicuro. Le rune incise sulla sua lama scintillarono quando recise la gola del demone. Con un sibilo, come aria che fuoriesca da un palloncino bucato, il mostro si piegò su se stesso contorcendo la coda, e sparì.

L'Inquisitrice si accasciò sul ponte. Jace le si inginocchiò accanto e le mise una mano sulla spalla, facendola rotolare sulla schiena. Il sangue le inondava il davanti della camicetta grigia. Aveva il viso flaccido e giallo e per un istante Jace pensò che fosse già morta.

— Inquisitrice? — Non riusciva a chiamarla per nome, neanche adesso.

Imogen strizzò gli occhi e li aprì. Il bianco si stava già appannando. Con grande sforzo gli fece segno di avvicinarsi. Jace si piegò su di lei, abbastanza vicino per sentirsi sussurrare all'orecchio con l'ultimo respiro…

— Che cosa? — disse Jace, sconcertato. — Che cosa significa?

Non ci fu risposta. L'Inquisitrice si era di nuovo afflosciata sul ponte, gli occhi spalancati e fissi, la bocca piegata in quello che sembrava quasi un sorriso.

Jace si sedette sui talloni, stordito e con lo sguardo fisso. Era morta. Morta a causa sua.

Qualcosa lo afferrò per la maglietta e lo sollevò in piedi. Jace si portò una mano alla cintura, rendendosi improvvisamente conto che non aveva più armi, e roteò su se stesso, trovandosi di fronte due familiari occhi azzurri che fissavano i suoi del tutto increduli.

— Sei vivo — disse Alec… Due brevi parole, che però nascondevano un sentimento profondo. Il sollievo sul suo viso era evidente, come la sua stanchezza. Nonostante l'aria gelida, il sudore gli incollava i capelli neri alle guance e alla fronte. Aveva i vestiti e la pelle striati di sangue e un lungo strappo nella manica della giacca corazzata, come se fosse stata squarciata da qualcosa di dentellato e tagliente. Stringeva una *guisarma* insanguinata nella mano destra e il colletto di Jace nell'altra.

— Così pare — ammise Jace. — Ma non lo rimarrò a lungo, se non mi dai un'arma.

Alec diede una rapida occhiata in giro e lo lasciò, quindi si sfilò una spada angelica dalla cintura e gliela porse. — Tieni. Si chiama Samandiriel.

Jace aveva appena preso la spada, quando un demone Drevak di media taglia corse verso di loro emettendo urla imperiose. Jace sollevò Samandiriel, ma Alec aveva già liquidato la creatura con un affondo della sua *guisarma*.

— Bell'arma — disse Jace, ma Alec guardava oltre lui, la grigia figura afflosciata sul ponte.

— È l'Inquisitrice? È…

— È morta — disse Jace.

La mascella di Alec si irrigidì. — Che liberazione. Com'è successo?

Jace stava per rispondere, ma fu interrotto da un grido: — Alec! *Jace!* — Era Isabelle, che correva verso di loro attraverso il fetore e il fumo. Indossava una giacca scura aderente macchiata di sangue giallastro. Aveva i polsi e le caviglie circondati da catene dorate e ornate di rune, e la frusta arrotolata intorno al corpo come un cavo di elettro.

Allargò le braccia. — Jace, pensavamo…

— No. — Il ragazzo indietreggiò, sottraendosi al contatto. — Sono zuppo di sangue, Isabelle. Non farlo.

Un'espressione ferità le attraversò il viso. — Ma ti abbiamo cercato tutti... mamma e papà, loro...

— Isabelle! — gridò Jace, ma era troppo tardi: un massiccio demone-ragno si impennò dietro di lei e schizzò veleno giallo dalle zanne. Quando il liquido la colpì, Isabelle urlò, ma la sua frusta guizzò con velocità abbagliante, tranciando il demone, che cadde con un tonfo sul ponte, tagliato in due metà, e scomparve.

Jace si lanciò verso Isabelle proprio mentre lei si afflosciava in avanti. Quando l'afferrò, cullandola goffamente, la frusta le scivolò di mano. Jace vide quanto veleno l'aveva raggiunta: era schizzato quasi tutto sulla giacca, ma una parte le aveva colpito la gola e, nei punti in cui era andato a segno, la pelle bruciava e sfrigolava. Isabelle gemeva in maniera appena percettibile... lei che non mostrava mai il dolore.

— Dalla a me. — Era Alec, che lasciò cadere l'arma e corse ad assistere la sorella. La prese dalle braccia di Jace e la depose delicatamente sul ponte. Le si inginocchiò accanto, quindi, con lo stilo in mano, alzò lo sguardo su Jace. — Tieni a bada chiunque arrivi mentre la guarisco.

Jace non riusciva a staccare gli occhi da Isabelle. Il sangue le sgorgava dal collo colandole sulla giacca e inzuppandole i capelli. — Dobbiamo portarla via dalla nave — disse con voce roca. — Se resta qui...

— Morirà? — Alec passava la punta dello stilo sulla gola della sorella il più delicatamente possibile. — Moriremo tutti. Sono troppi. Ci stanno massacrando. L'Inquisitrice se l'è meritato, di tirare le cuoia... È tutta colpa sua.

— Un demone Scorpios ha tentato di uccidermi. L'Inquisitrice si è messa in mezzo — disse Jace, chiedendosi perché difendesse una persona che odiava. — Mi ha salvato la vita.

— *Davvero?* — Lo stupore era evidente nella voce di Alec. — Perché?

— Immagino avesse deciso che ne valeva la pena.

— Ma ha sempre... — Alec si interruppe e la sua espressione si fece allarmata. — Jace, dietro di te... Sono in due...

Jace piroettò su se stesso. Due demoni si stavano avvicinando: un Divoratore, col corpo da coccodrillo, i denti seghettati e la coda da scorpione piegata in avanti sopra la schiena, e un Drevak, la pallida pelle biancastra da larva che luccicava alla luce della luna. Jace sentì Alec, alle sue spalle, sussultare inquieto, poi Samandiriel si staccò dalla sua mano, ritagliando una traiettoria argentea nell'aria. Recise la coda del Divoratore, proprio sotto la sacca pendula del veleno, all'estremità del lungo pungiglione.

Il Divoratore urlò. Il Drevak si girò confuso... e si beccò in piena faccia la sacca del veleno, che si spaccò, inondandolo. Il Drevak emise un lungo grido di stupore e si afflosciò, la testa corrosa fino all'osso. Sangue e veleno schizzarono sul ponte mentre svaniva. Il Divoratore, con il sangue che sgorgava dalla coda mozza, si trascinò qualche passo più in là e scomparve a sua volta.

Jace si chinò e prese con cautela Samandiriel. Il ponte di metallo sfrigolava ancora nel punto in cui il veleno del Divoratore lo aveva inondato, formandovi una sventagliata di forellini simile a un merletto.

— Jace. — Alec si era alzato e teneva per un braccio la sorella, pallidissima ma dritta in piedi. — Dobbiamo portare Isabelle via di qui.

— Bene — disse Jace. — Pensaci tu. Io vado a occuparmi di *quello*.

— Di cosa? — chiese Alec, perplesso.

— Di quello — ripeté Jace, e lo indicò. Qualcosa veniva verso di loro tra il fumo e le fiamme, qualcosa di enorme, gibboso e massiccio. Cinque volte e passa le dimensioni di ogni altro demone sulla nave, aveva il corpo corazzato munito di numerosi arti, ognuno dei quali terminava con un artiglio cosparso di aculei. Aveva i piedi da elefante, grossi e piatti, e la testa di una zanzara gigante. Notò Jace avvicinarsi, gli enormi occhi da insetto e la proboscide pendula color rosso sangue.

Alec rimase senza fiato. — Che diavolo è?

Jace ci pensò per un attimo. — Qualcosa di grosso — disse infine. — Molto grosso.

— Jace…

Jace si girò e guardò Alec, e poi Isabelle. Qualcosa dentro di lui gli disse che quella poteva essere l'ultima volta che li vedeva, eppure non aveva paura, non per se stesso. Avrebbe voluto dire qualcosa, magari che li amava, che loro due contavano per lui molto più di mille Strumenti Mortali e del potere che potevano procurare. Ma le parole non vollero venire.

— Alec — si sentì dire. — Porta Isabelle alla scala, adesso, o moriremo tutti.

Alec incrociò il suo sguardo e lo sostenne per un momento. Poi annuì e spinse la sorella che continuava a protestare verso il parapetto. L'aiutò a montarci sopra e a scavalcarlo e, con immenso sollievo, Jace vide la sua testa scura scomparire via via che scendeva la scala. *E adesso tu, Alec*, pensò. *Va'*.

Ma Alec non obbedì. Isabelle, nascosta alla vista, lanciò un grido acuto, mentre il fratello saltava giù dal parapetto e atterrava di nuovo sul ponte della nave. La *guisarma* giaceva nel punto in cui l'aveva lasciata cadere; lui l'afferrò e si mosse per mettersi al fianco di Jace e affrontare il demone che si avvicinava.

Ma non fece molta strada. Mentre si scagliava su Jace, all'improvviso il demone scartò e si lanciò verso Alec con la proboscide che ondeggiava famelica avanti e indietro. Jace piroettò per coprire Alec, ma il ponte di metallo su cui si trovava, deteriorato dal veleno, cedette sotto di lui. Un piede gli rimase incastrato, e il ragazzo cadde pesantemente a terra.

Alec fece appena in tempo a gridare il nome di Jace che il demone gli fu addosso. Lo trafisse con la *guisarma*, ficcandogliela profondamente nella carne. La creatura si rovesciò indietro lanciando un grido stranamente umano, mentre dalla ferita sgorgava un fiotto di sangue nero. Alec indietreggiò, allungando la mano verso un'altra arma, proprio mentre l'artiglio del demone fendeva l'aria, atterrandolo sul ponte. Poi la proboscide lo avviluppò.

Da qualche parte, Isabelle gridava. Jace cercò disperatamente di estrarre il piede dal ponte; alla fine si liberò, ferendosi con i bordi metallici taglienti, e barcollando si rimise in equilibrio.

Sollevò Samandiriel. La luce balenò dalla spada angelica, vivida come una stella cadente. Il demone indietreggiò emettendo un sibilo sommesso. Allentò la presa su Alec e per un istante Jace pensò che lo avrebbe lasciato. Poi all'improvviso il mostro spinse indietro la testa con sorprendente velocità e scaraventò via Alec con una forza immensa. Questi colpì violentemente il ponte viscido di sangue, scivolò... e cadde con un unico grido rauco oltre il bordo della nave.

Isabelle gridava il nome del fratello; le sue grida erano come chiodi che si conficcavano nelle orecchie di Jace. Samandiriel ardeva ancora nella sua mano. La sua luce illuminava il demone che avanzava lentamente, lo sguardo luccicante da insetto predatore, ma lui riusciva a vedere solo Alec: Alec che cadeva oltre la fiancata della nave, Alec che annegava nella nera acqua sottostante. Gli sembrò di sentire in bocca il sapore dell'acqua di mare, o forse era sangue. Il demone gli era quasi addosso; Jace sollevò la mano che reggeva Samandiriel e la lanciò – il demone urlò, un acuto latrato di dolore – Poi il ponte cedette con un fracasso di metallo che si sgretolava, e Jace sprofondò nelle tenebre.

19

Dies Irae

— Ti sbagli — disse Clary, ma senza troppa convinzione. — Non sai niente di me o di Jace. Stai solo provando a…

— A cosa? Sto provando a raggiungerti, Clarissa. A farti capire. — L'unico sentimento che Clary percepiva nella voce di Valentine era un lieve divertimento.

— Ci stai prendendo in giro. Pensi di poterti servire di me per fare del male a Jace, per questo ti stai prendendo gioco di noi. Non sei nemmeno arrabbiato — aggiunse. — Un vero padre lo sarebbe.

— Io *sono* un vero padre. Lo stesso sangue che scorre nelle mie vene scorre anche nelle tue.

— Tu non sei mio padre. Luke lo è — disse Clary stancamente. — Ne abbiamo già parlato…

— Vedi Luke come un padre solo per via della sua relazione con tua madre…

— La loro *relazione*? — Clary rise forte. — Luke e mia madre sono amici.

Per un momento fu certa di vedere un'espressione sorpresa attraversargli il viso. Ma tutto ciò che Valentine disse fu: — Ah, davvero? — E poi: — Pensi sul serio che abbia passato la vita, Lucian, voglio dire, a tacere, a nascondersi, a fuggire, a mantenere lealmente un segreto anche se non lo capiva appieno, solo *per amicizia*? Per l'età che hai, conosci molto poco le persone, Clary, e tanto meno gli uomini.

— Puoi fare tutte le insinuazioni che vuoi su Luke. Non cambierà niente. Ti sbagli sul suo conto, proprio come ti sbagli sul conto di Jace. Devi affibbiare motivazioni indegne a tutto quello che fa la gente perché tu capisci solo questo linguaggio.

— È questo che Lucian sarebbe se amasse tua madre? Indegno? — domandò Valentine. — Che cosa c'è di tanto brutto nell'amore, Clarissa? O nel profondo di te stessa senti che il tuo caro Lucian non è veramente umano né veramente capace di sentimenti come noi li intendiamo…

— Luke è umano come lo sono io — sbottò Clary. — Tu sei solo un fanatico.

— Oh, no — disse Valentine. — Sono tutto fuorché un fanatico. — Le si avvicinò un po' e Clary si spostò davanti alla Spada, coprendogliene la vista. — Mi giudichi così perché guardi me e il mio operato attraverso la lente della tua interpretazione mondana delle cose. I mondani creano distinzioni tra loro, distinzioni che a qualsiasi Cacciatore appaiono ridicole. Le loro distinzioni sono basate sulla razza, la religione, l'identità nazionale e su una dozzina di altri criteri a piacere. Criteri che ai mondani sembrano logici, perché, sebbene non possano vedere, capire o riconoscere i mondi dei demoni, sepolta da qualche parte nei loro ricordi arcaici c'è la consapevolezza che tra coloro che circolano sulla Terra ci sono dei *diversi*. Che non le appartengono, che portano solo rovina e distruzione. Dal momento che i mondani non riescono a vedere la minaccia dei demoni, devono attribuirla ad altri della loro stessa specie. Sovrappongono la faccia del loro nemico a quella del loro vicino, garantendo in tal modo generazioni di infelicità. — Fece un altro passo verso di lei, ma Clary si ritrasse istintivamente; adesso era schiacciata contro la cassapanca. — Io non sono così — continuò Valentine. — Vedo come stanno veramente le cose. I mondani, invece, le vedono come attraverso un vetro, in maniera offuscata, mentre i Cacciatori... noi guardiamo in faccia la realtà. Conosciamo la verità del male e sappiamo che, sebbene circoli tra noi, non è *parte* di noi. A ciò che non appartiene al nostro mondo non deve essere permesso di allignarvi, di crescere come un fiore velenoso e di estinguere ogni vita.

Clary aveva pensato di prendere la Spada e attaccare Valentine, ma le sue parole la colpirono. La sua voce era così dolce, così persuasiva... E inoltre lei non pensava certo che ai demoni si dovesse concedere di stare sulla Terra e di ridurla in cenere, come avevano fatto con tanti altri mondi... Sembrava quasi logico, quello che diceva, ma...

— Luke non è un demone — disse.

— A me sembra, Clarissa — ribatté Valentine — che tu abbia ben poca esperienza di ciò che è o non è un demone. Hai conosciuto alcuni Nascosti che ti sono sembrati abbastanza gentili, ed è attraverso la lente della loro gentilezza che vedi il mondo. Invece i demoni, ai tuoi occhi, sono creature spaventose che saltano fuori dall'ombra per attaccare e distruggere. E creature del genere esistono. Ma ci sono anche demoni incredibilmente astuti e riservati, demoni che circolano tra gli umani senza essere riconosciuti, indisturbati. Eppure io li ho visti compiere cose talmente tremende da far sembrare mammolette i loro colleghi più bestiali. Una volta, a Londra, conobbi un demone che si spacciava per un potente finanziere. Non era mai solo, perciò mi era difficile avvicinarmi abbastanza per ucciderlo, anche se sapevo cos'era. Si faceva portare dai suoi servi animali e bambini... qualsiasi cosa fosse piccola e inerme...

— Smettila. — Clary si tappò le orecchie con le mani. — Non voglio sentire.

Ma la voce di Valentine continuò monotona, inesorabile, attutita ma percepibile. — Li mangiava adagio, nel corso di molti giorni. Aveva i suoi trucchetti, le sue maniere per tenerli in vita, nonostante le peggiori sevizie. Se riesci a immaginare un bambino che cerca di strisciare verso di te con metà del corpo strappata via...

— *Smettila!* — Clary si tolse le mani dalle orecchie. — Ora basta, *basta!*

— I demoni si nutrono di morte, dolore e follia — proseguì Valentine. — Quando io uccido, è perché devo. Tu sei cresciuta in un paradiso falsamente bello, figlia mia, circondato da fragili pareti di vetro. Tua madre ha creato il mondo nel quale voleva vivere e ti ci ha allevata, ma non ti ha mai detto che era un'illusione. E nel frattempo i demoni aspettavano, con le loro armi di sangue e terrore, di infrangere il vetro e liberarti dalla menzogna.

— Sei stato tu a infrangere le pareti — sussurrò Clary. — *Tu* a trascinarmi in tutto questo. Solo tu.

— E il vetro che ti ha tagliato, il dolore che hai sentito, il sangue? Mi accusi anche di quello? Non sono stato io a metterti in prigione.

— Smettila. Smetti di parlare e basta. — La testa di Clary ronzava. Avrebbe voluto gridargli: *Hai rapito mia madre, hai scatenato tutto questo, è colpa tua!* Ma aveva cominciato a capire che cosa intendeva Luke quando diceva che era impossibile discutere con Valentine. In un modo o nell'altro le aveva reso impossibile dissentire da lui senza avere l'impressione di stare dalla parte dei demoni che tagliavano a metà i bambini con un morso. Si chiese come avesse resistito Jace, a vivere tutti quegli anni all'ombra di una personalità così esigente, prevaricatrice. Cominciava a capire da dove veniva l'arroganza di Jace, la sua arroganza unita al sempre vigile controllo delle sue emozioni.

Clary aveva il bordo della cassapanca alle sue spalle conficcato nelle gambe. Sentiva il freddo emanato dalla Spada, le faceva rizzare i capelli sulla nuca. — Cos'è che vuoi da me? — chiese a Valentine.

— Cosa ti fa pensare che io voglia qualcosa da te?

— Altrimenti non staresti qui a parlarmi. Mi avresti dato una botta in testa e adesso aspetteresti il passo successivo… qualunque esso sia.

— Il passo successivo — precisò Valentine — prevede che i tuoi amici Cacciatori ti rintraccino e io dica loro che, se vogliono riaverti viva, dovranno darmi in cambio la lupa mannara. Ho ancora bisogno del suo sangue.

— Non baratteranno mai Maia con me!

— È qui che ti sbagli — ribatté Valentine. — Loro sanno qual è il valore di un Nascosto paragonato a quello di una giovane Cacciatrice. Faranno lo scambio. È il Conclave a imporlo.

— Il Conclave? Vuoi dire che… è previsto dalla Legge?

— Codificato nella sua stessa esistenza — rispose Valentine. — Adesso capisci? Non siamo così differenti, io e il Conclave, io e Jonathan, e perfino io e te, Clarissa. Abbiamo solo lievi divergenze di idee sul metodo. — Sorrise e fece un passo avanti per coprire la distanza che li separava.

Muovendosi più svelta di quanto si sarebbe creduta capace, Clary allungò una mano dietro di sé e afferrò la Spada dell'Anima. Era pesante come si aspettava che fosse, tanto pesante che perse quasi l'equilibrio. Stendendo un braccio per recuperarlo sollevò l'arma e puntò la lama dritta contro Valentine.

La caduta di Jace terminò bruscamente quando lui colpì una dura superficie metallica tanto forte da battere i denti. Tossì, sentendosi il sangue in bocca, e si alzò barcollando, dolorante.

Si trovava su una nuda passerella di metallo di un colore verde smorto. L'interno della nave era cavo, un grande locale echeggiante dalle scure pareti metalliche bombate verso l'esterno. Alzando lo sguardo, Luke vide una piccola chiazza di cielo stellato attraverso il buco fumante nello scafo, molto più in alto.

La pancia della nave era un labirinto di passerelle e scale che sembravano non condurre da nessuna parte e si intrecciavano l'una sull'altra come le spire di un serpente gigantesco. Faceva un freddo glaciale. Jace vedeva il proprio fiato fuoriuscire in nuvolette bianche. C'era pochissima luce. Socchiuse gli occhi nell'ombra, quindi si frugò in tasca per recuperare la pietra runica di stregaluce.

Il suo bagliore bianco illuminò l'oscurità. La passerella era lunga, e all'estremità opposta c'era una scala che conduceva a un livello inferiore. Mentre Jace la percorreva, qualcosa brillò ai suoi piedi.

Si piegò. Era uno stilo. Non poté fare a meno di guardarsi intorno, quasi aspettandosi che qualcuno si materializzasse dall'ombra; come *diavolo* aveva fatto lo stilo di un Cacciatore a finire lì?

Lo raccolse con cautela. Tutti gli stili avevano una specie di aura, l'impronta spettrale della personalità del loro proprietario. Questa provocò a Jace un guizzo di dolorosa consapevolezza. *Clary*.

A un tratto il silenzio fu rotto da una risata sommessa. Jace si girò infilando lo stilo nella cintura. Al bagliore della stregaluce distinse una scura sagoma ritta all'estremità della passerella. La faccia era nascosta nell'oscurità.

— Chi è là? — gridò.

Non ebbe risposta, ma solo la sensazione che qualcuno ridesse di lui. La mano gli andò automaticamente alla cintura, ma quando era caduto aveva perso la spada angelica. Era disarmato.

Che cosa gli aveva sempre insegnato suo padre? Se usata in maniera corretta, qualsiasi cosa può diventare un'arma. Si mosse adagio verso la figura, prendendo nota dei vari dettagli intorno a sé: uno spuntone da afferrare all'occorrenza e dal quale lanciarsi in avanti scalciando, un pezzo di metallo abbandonato da lanciare contro un avversario, trafiggendogli la schiena. Questi pensieri gli attraversarono la testa in una frazione di secondo, l'unica frazione di secondo prima che la figura in fondo alla passerella si girasse, i capelli bianchi che scintillavano al bagliore della stregaluce, e che Jace lo riconoscesse.

Si fermò di colpo. — Padre? Sei tu?

La prima cosa di cui Alec si rese conto fu il freddo glaciale. La seconda, che non riusciva a respirare. Cercò di inalare aria, e il suo corpo fu scosso da uno spasmo. Si raddrizzò a sedere ed espulse l'acqua sporca del fiume dai polmoni in un fiotto amaro che lo fece soffocare e lo lasciò senza fiato.

Finalmente respirò, anche se gli sembrava di avere i polmoni in fiamme. Si guardò intorno ansimando. Era seduto su una piattaforma di metallo ondulato… anzi no, era il cassone di un furgone, di un pickup che galleggiava in mezzo al fiume. I capelli e gli abiti di Alec grondavano acqua fredda. E di fronte a lui era seduto Magnus Bane, con occhi da gatto color ambra che balenavano al buio.

Alec cominciò a battere i denti. — Che cosa… cosa è *successo*?

— Hai provato a bere l'acqua dell'East River — disse Magnus, e fu come se Alec si accorgesse solo allora che i propri vestiti erano zuppi, appiccicati al corpo come una seconda pelle scura. — E io ti ho tirato fuori.

Alec si sentiva scoppiare la testa. Cercò tastoni lo stilo nella cintura, ma era sparito. Provò a passare in rassegna quanto era successo: la nave infestata dai demoni, Isabelle che cadeva e Jace che la afferrava, il lago di sangue sotto i piedi, il demone che li assaliva…

— Isabelle! Si stava calando giù quando sono caduto…

— Sta bene. È riuscita a raggiungere una barca. L'ho vista. — Magnus allungò una mano verso la testa di Alec. — Tu, d'altro canto, potresti avere una commozione cerebrale.

— Devo tornare in battaglia. — Alec gli spinse via la mano. — Tu sei uno stregone: non puoi, che so, trasportarmi *in volo* alla nave o qualcosa del genere? E visto che ci sei, sistemarmi la commozione?

Magnus, la mano ancora protesa, si lasciò ricadere contro la fiancata del pianale. Alla luce delle stelle i suoi occhi erano schegge verdi e dorate, dure e lisce come gioielli.

— Scusa — disse Alec, rendendosi conto dell'impressione che aveva dato, anche se continuava a pensare che Magnus dovesse capire che per lui raggiungere la nave era vitale. — So che non sei obbligato ad aiutarci… È un favore…

— Smettila. Io non ti faccio favori, Alec. Io faccio delle cose per te perché… be', perché pensi che le faccia?

Qualcosa montò alla gola di Alec, bloccando la sua risposta. Era sempre così quando si trovava con Magnus. Era come se ci fosse una bolla di dolore o rammarico che viveva nel suo cuore, e quando voleva dire qualcosa, qualunque cosa, che sembrasse significativo o sincero, la bolla montava e soffocava le sue parole. — Devo tornare alla nave — disse infine.

Magnus sembrava troppo stanco perfino per arrabbiarsi. — Ti aiuterei — disse. — Ma non posso. Eliminare gli incantesimi difensivi dalla nave è stato già abbastanza duro – è una magia molto forte, demoniaca – e come se non bastasse quando sei caduto ho dovuto fare un incantesimo al pickup per non farlo affondare nel momento in cui io avessi perso i sensi. E io perderò i sensi, Alec. È solo questione di tempo. — Si passò una mano sugli occhi. — Non volevo che annegassi. L'incantesimo dovrebbe durare abbastanza da permetterti di riportare il pickup a terra.

— Io… non me n'ero reso conto. — Alec osservò Magnus, che aveva trecento anni ma gli era sempre apparso senza tempo, come se avesse smesso di invecchiare a diciannove. Adesso profondi solchi gli incidevano la pelle intorno agli occhi e alla bocca. I capelli gli pendevano flosci sulla fronte e la schiena era ingobbita non per il solito atteggiamento noncurante, ma per autentica sfinitezza.

Alec stese le mani. Erano pallide alla luce della luna, raggrinzite dall'acqua e disseminate da decine di cicatrici argentee. Magnus abbassò lo sguardo su di esse e poi lo spostò nuovamente su Alec, gli occhi offuscati dalla confusione.

— Prendi le mie mani — disse Alec. — E prendi anche la mia forza. Usane quanta ne vuoi per... per tenerti su.

Magnus non si mosse. — Pensavo che tu dovessi tornare alla nave.

— Devo combattere — precisò Alec. — Ma è quello che fai anche tu, no? Tu partecipi alla battaglia quanto i Cacciatori sulla nave... e so che puoi assorbire un po' della mia forza, ho sentito che gli stregoni lo fanno. Perciò te la offro. Prendila. È tua.

Valentine sorrise. Portava l'armatura nera e guanti rinforzati che luccicavano come carapaci di neri insetti. — Figlio mio.

— Non chiamarmi così — ribatté Jace, e poi, sentendo che cominciavano a tremargli le mani: — Dov'è Clary?

Valentine continuava a sorridere. — Mi ha sfidato. Ho dovuto darle una lezione.

— *Che cosa le hai fatto?*

— Niente. — Valentine si avvicinò a Jace, abbastanza da toccarlo se avesse deciso di stendere la mano. Non lo fece. — Niente da cui non possa riprendersi.

Jace serrò la mano a pugno in modo che il padre non si accorgesse che tremava. — Voglio vederla.

— Davvero? Con tutto quello che sta succedendo? — Valentine alzò lo sguardo come se potesse vedere, attraverso lo scafo della nave, la carneficina che aveva luogo sul ponte. — Pensavo che volessi combattere con gli altri tuoi amici Cacciatori. Purtroppo i loro sforzi sono vani.

— Questo non puoi saperlo.

— Invece lo so. Per ciascuno di loro posso convocare mille demoni. Neanche il migliore dei Nephilim può resistere di fronte a questa differenza numerica. Come nel caso — aggiunse Valentine — della povera Imogen.

— Come lo...

— Vedo tutto quello che succede sulla mia nave. — Gli occhi di Valentine si socchiusero. — Lo sai che è colpa tua se è morta, vero?

Jace rimase senza fiato. Sentiva il cuore che gli martellava come se volesse uscirgli dal petto.

— Se non fosse stato per te, nessuno di loro sarebbe venuto qui. Pensavano di venire a salvarti, sai. Se si fosse trattato solo dei due Nascosti, non si sarebbero mai presi la briga.

Jace se n'era quasi dimenticato. — Simon e Maia...

— Oh, sono morti. Tutti e due. — Il tono di Valentine era indifferente, perfino amabile. — In quanti devono morire, Jace, prima che tu veda la verità?

A Jace sembrava di avere la testa piena di fumo vorticante. Aveva un dolore lancinante alla spalla. — Abbiamo già fatto questo discorso. Ti sbagli, padre. Potrai anche avere ragione sui demoni, potrai anche avere ragione sul Conclave, ma non è questo il modo…

— Volevo dire — riprese Valentine — quando vedrai che sei *esattamente come me*?

Nonostante il freddo, Jace aveva cominciato a sudare. — Cosa?

— Io e te siamo uguali. Come mi hai detto una volta, tu sei quello che io ti ho fatto diventare, e io ti ho fatto a mia immagine e somiglianza. Hai la mia arroganza. Hai il mio coraggio. E hai quella qualità che fa sì che gli altri diano la loro vita per te senza esitare.

Qualcosa risuonava con insistenza nei recessi della mente di Jace. Qualcosa che lui avrebbe dovuto sapere, o aveva dimenticato… La spalla gli *bruciava*… — Non voglio che la gente dia la vita per me — gridò.

— No. Tu vuoi. Ti piace sapere che Alec e Isabelle morirebbero per te. E anche tua sorella. L'Inquisitrice *è morta* per te, non è vero, Jonathan? Eri presente e hai lasciato che lei…

— No!

— Tu sei esattamente come me… Non c'è da stupirsene, non credi? Siamo padre e figlio, perché non dovremmo assomigliarci?

— *No!* — La mano di Jace guizzò e afferrò uno spuntone di metallo contorto, che si ruppe con uno schianto sonoro e gli rimase tra le dita; nel punto in cui si era spezzato, il bordo era seghettato e terribilmente acuminato. — Non sono come te! — gridò, e conficcò lo spuntone dritto nel petto del padre.

Valentine spalancò la bocca. Indietreggiò barcollando con l'estremità dello spuntone che gli sporgeva dal petto. Per un istante Jace non poté fare altro che stare a guardare, pensando: *Mi ero sbagliato… è proprio lui…* Poi Valentine sembrò crollare su se stesso, il corpo che si sgretolava come sabbia. Si trasformò in cenere e si disperse nell'aria gelida, riempiendo l'aria di odore di bruciato.

Jace si mise una mano sulla spalla. Nel punto in cui la runa Antipaura si era consumata bruciando, la pelle era calda al tatto. Fu sopraffatto da un gran senso di debolezza. — Agramon — sussurrò, e cadde in ginocchio sulla passerella.

Jace passò soltanto pochi minuti inginocchiato a terra in attesa che il battito impazzito rallentasse, ma gli parvero un'eternità. Quando finalmente si alzò, aveva le gambe irrigidite dal freddo e la punta delle dita blu. L'aria continuava a puzzare di bruciato, sebbene non ci fosse traccia di Agramon.

Senza mollare il suo spuntone metallico, Jace si diresse verso la scala a pioli in fondo alla passerella. Lo sforzo di scenderla tenendosi con una mano sola gli schiarì le idee. Si lasciò cadere dall'ultimo piolo e si ritrovò su una seconda stretta passerella che correva sul lato di una vasta sala. C'erano decine di altre passerelle, collegate a più livelli alle pareti, e un assortimento di tubi e macchinari. Dai tubi provenivano colpi violenti, e di quando in quando uno di essi emetteva un getto di vapore, sebbene nell'aria permanesse un freddo pungente.

Ti sei messo su proprio un bel posticino, padre, pensò Jace. I disadorni interni industriali della nave mal si accordavano con il Valentine che lui conosceva, meticoloso perfino sul tipo di cristallo di cui dovevano essere fatte le sue caraffe. Jace si guardò attorno. Era un labirinto, laggiù; non c'era verso di capire in quale direzione andare. Si girò per scendere anche la scala successiva, quando notò una macchia rosso scuro sul pavimento di metallo.

Sangue. Ci strofinò sopra la punta dello stivale. Era ancora umido, leggermente appiccicoso. Sangue fresco. Il battito accelerò. Mentre avanzava sulla passerella notò un'altra chiazza di sangue, e poi un'altra un po' più in là, come la pista in briciole di pane delle favole.

Jace seguì le macchie facendo echeggiare sonoramente gli stivali sulla passerella. La disposizione degli schizzi di sangue era particolare, non come se ci fosse stata una lotta, ma piuttosto come se qualcuno fosse stato trasportato lì sanguinante...

Raggiunse una porta. Era fatta di metallo nero, punteggiata qua e là da ammaccature e scheggiature argentee. Intorno al pomello c'era un'impronta insanguinata. Stringendo più forte lo spuntone dentellato, Jace spinse la porta e la aprì.

Un'ondata di aria ancora più fredda lo colpì e lo fece rimanere senza fiato. La stanza era vuota, fatta eccezione per un tubo di metallo che correva lungo una parete e quel che sembrava un fagotto di tela da sacco nell'angolo. Una luce fievole entrava da un oblò, in alto. Mentre Jace avanzava guardingo, la luce colpì il fagotto informe nell'angolo e lui si rese conto che non si trattava di rifiuti, ma di un corpo.

Il suo cuore cominciò a battere violentemente, come una porta aperta durante una tempesta di vento.

Il pavimento metallico era appiccicoso di sangue. Gli stivali se ne staccavano con uno sgradevole risucchio mentre Jace attraversava la stanza e si curvava accanto alla figura gettata nell'angolo. Era un ragazzo dai capelli castani con indosso dei jeans e una maglietta azzurra zuppa di sangue.

Jace prese il corpo per la spalla e lo sollevò. Quello si rovesciò, floscio e molle, gli occhi castani fissi all'insù e incapaci di vedere. A Jace si bloccò il fiato in gola. Era *Simon.* Era bianco come un cencio. Aveva un brutto squarcio alla base della gola ed entrambi i polsi tagliati, solcati da due ferite aperte con i bordi irregolari.

Jace crollò in ginocchio continuando a tenere Simon per la spalla. Pensò disperatamente a Clary, al suo dolore quando lo avrebbe scoperto, al modo in cui aveva stretto le sue mani nelle proprie, a quanta forza c'era in quelle piccole dita. *Trova Simon. So che lo farai.*

E l'aveva fatto. Ma era troppo tardi.

Quando Jace aveva dieci anni, suo padre gli aveva spiegato tutti i modi per uccidere i vampiri. Impalarli. Tagliare loro le teste e incendiarle, come bizzarre lanterne di zucca. Lasciarli bruciare e ridurre in cenere dal sole. Oppure dissanguarli. Avevano bisogno di sangue per vivere, ne erano alimentati, come le auto dalla benzina. Guardando la ferita frastagliata nella gola di Simon, non era difficile capire che cosa aveva fatto Valentine.

Jace allungò la mano per chiudere gli occhi a Simon. Se Clary doveva vederlo morto, meglio che non lo vedesse così. Abbassò la mano verso il collo della maglietta per sollevarlo in modo da coprire lo squarcio.

Simon si mosse. Le sue palpebre tremolarono e si aprirono, gli occhi si rovesciarono mostrando il bianco. Poi lui emise un fievole suono gutturale, le labbra ritratte a mostrare le punte delle zanne da vampiro. Il respiro risuonò nella gola recisa.

La nausea montò in fondo alla gola di Jace, la sua mano si strinse sul collo della maglietta. *Non è morto*. Ma, Dio, il dolore doveva essere incredibile. Non poteva guarirlo, non poteva rigenerarlo, non senza...

Non senza sangue. Jace lasciò la maglietta di Simon e si rimboccò la manica destra con i denti. Utilizzando l'estremità dentellata dello spuntone rotto, si praticò un profondo taglio sul polso nel senso della lunghezza. Il sangue sgorgò sulla superficie della pelle. Jace lasciò cadere lo spuntone, che rotolò tintinnando sul pavimento di metallo, e sentì nell'aria l'odore acuto e metallico del proprio sangue.

Abbassò lo sguardo su Simon, che non si era mosso. Adesso il sangue gli scorreva lungo la mano, il polso gli bruciava. Lo protese sul viso del ragazzo a terra, lasciando che il sangue gli gocciolasse dalle dita e cadesse sulla bocca di Simon. Nessuna reazione. Simon non si muoveva. Jace si avvicinò; adesso era in ginocchio sopra di lui, il fiato che formava sbuffi bianchi nell'aria gelida. Si curvò, premette il polso sanguinante contro la bocca di Simon. — Bevi il mio sangue, idiota — sussurrò. — *Bevilo.*

Per un attimo non successe niente. Poi gli occhi di Simon tremolarono e si schiusero. Jace sentì un'intensa fitta al polso, una specie di strappo, una forte pressione... Poi la mano destra di Simon si alzò di scatto e gli agguantò il braccio subito sopra il gomito. La schiena si inarcò sul pavimento, la pressione sul polso di Jace aumentò mentre le zanne si conficcavano più a fondo. Il dolore gli guizzò su per il braccio. — Okay — disse Jace. — Okay, basta.

Simon aprì gli occhi. Il bianco non si vedeva più, le iridi marrone scuro misero a fuoco Jace. Aveva un po' di colore sulle guance, un rossore intenso, come se avesse la febbre. Le labbra erano leggermente socchiuse, le zanne bianche macchiate di sangue.

— Simon? — fece Jace.

Il vampiro si alzò. Si mosse con incredibile velocità, spingendo di lato Jace e rotolandogli sopra. Questi sbatté la testa sul pavimento di metallo e si sentì ronzare le orecchie mentre i denti di Simon gli affondavano nel collo. Cercò di divincolarsi, ma le braccia dell'altro ragazzo erano come sbarre di ferro e lo inchiodavano a terra, le dita conficcate nelle spalle.

Simon però non gli stava facendo male, non proprio: il dolore inizialmente acuto si ridusse a una sorta di debole bruciatura, gradita come poteva esserlo quella di uno stilo. Un sonnolento senso di pace si insinuò nelle vene di Jace, che sentì i muscoli rilassarsi; le mani, che un attimo prima provavano a spingere via Simon, ora lo stringevano. Percepiva il battito del proprio cuore, lo sentiva rallentare, mentre i colpi si attutivano ed echeggiavano più sommessamente. Un'oscurità scintillante gli scivolò agli angoli degli occhi, bella e strana. Jace chiuse gli occhi...

Il dolore gli trafisse il collo. Lui ansimò e spalancò gli occhi: Simon gli sedeva sopra, fissandolo con sguardo stupito, la mano sulla bocca. Le sue ferite erano scomparse, ma il sangue fresco gli macchiava il davanti della maglietta.

Jace avvertiva di nuovo il dolore delle spalle contuse, del taglio sul polso, della gola trafitta. Non si sentiva più pulsare il cuore, ma sapeva che gli batteva violentemente nel petto.

Simon si tolse la mano dalla bocca. Le zanne erano scomparse. — Avrei potuto ucciderti — confessò. Aveva un tono di supplica nella voce.

— Te l'avrei lasciato fare — disse Jace.

Simon abbassò lo sguardo su di lui, poi emise un verso dal profondo della gola. Rotolò via e atterrò sul pavimento con le ginocchia. Jace scorgeva lo scuro disegno delle sue vene attraverso la pelle sottile della gola, linee ramificate azzurrine e violacee. Vene piene di sangue.

Il mio sangue. Jace si alzò a sedere. Cercò a tastoni lo stilo. Passarselo sul braccio fu come trascinare un tubo di piombo attraverso un campo da calcio. Quando terminò l'*iratze*, appoggiò la testa alla parete dietro di sé respirando affannosamente, mentre il dolore lo abbandonava via via che la runa di Guarigione faceva effetto. *Il mio sangue nelle sue vene.*

— Mi dispiace — disse Simon. — Mi dispiace tanto.

Grazie alla runa, la testa di Jace cominciò a schiarirsi e i colpi violenti nel petto rallentarono. Lui si alzò in piedi, con cautela, aspettandosi un'ondata di vertigini, ma si sentiva solo un po' debole e stanco. Simon era ancora in ginocchio e si guardava le mani. Jace allungò un braccio, lo afferrò per la maglietta e lo sollevò. — Non scusarti — disse, lasciandolo andare. — E adesso muoviamoci. Valentine ha Clary e non ci resta molto tempo.

Nell'attimo in cui le sue dita si chiusero intorno all'elsa di Mellartach, Clary sentì un dardo ardente sfrecciarle su per il braccio. Valentine la guardava con un'espressione di moderato interesse mentre lei rimaneva senza fiato per il dolore e le si intorpidivano le dita. Strinse disperatamente la spada, che però le sfuggì di mano e cadde rumorosamente a terra ai suoi piedi.

Vide a malapena Valentine muoversi. Un attimo dopo se lo ritrovò di fronte con la Spada in pugno. Clary aveva delle fitte alla mano. Abbassò lo sguardo e si accorse che lungo il palmo si stava formando una piaga rossa e bruciante.

— Credevi davvero — disse Valentine con una sfumatura di disgusto nella voce — che ti avrei lasciato avvicinare a un'arma di cui pensavo tu potessi *servirti*? — Scosse la testa. — Non hai capito neanche una parola di quello che ho detto, vero? A quanto pare, dei miei due figli solo uno sembra in grado di capire la verità.

Clary chiuse la mano ferita a pugno, salutando il dolore quasi con gioia. — Se alludi a Jace, anche lui ti odia.

Valentine brandì la Spada, portandone la punta all'altezza della clavicola di Clary. — Ora basta — disse.

La punta della Spada era acuminata; quando Clary respirò le punse la gola e un rivoletto di sangue le colò sul petto. Il tocco di Mellartach sembrò riversarle gelo nelle vene, mandandole frammenti di ghiaccio pungente attraverso le braccia e le gambe, facendole intorpidire le mani.

— Sei stata rovinata dall'educazione che hai ricevuto — disse Valentine. — Tua madre è sempre stata una donna cocciuta. All'inizio era una delle cose che amavo in lei. Pensavo che sarebbe rimasta fedele ai suoi ideali.

Strano, pensò Clary con una sorta di orrore distaccato, come la prima volta che l'aveva visto, a Renwick, suo padre avesse fatto sfoggio del suo notevole carisma a beneficio di Jace. Adesso non se ne curava, e senza la sua patina superficiale di fascino, Valentine sembrava... vuoto. Come una statua cava, gli occhi ritagliati a mostrare solo l'oscurità al suo interno.

— Dimmi, Clarissa... tua madre ti ha mai parlato di me?

— Mi ha detto che mio padre era morto. — *Non dire altro*, si ammonì, ma era sicura che lui le avrebbe letto negli occhi il resto della frase. *E vorrei che avesse detto la verità.*

— E non ti ha mai detto che eri diversa? Speciale?

Clary deglutì e la punta della lama affondò un po' di più. Altro sangue le gocciolò sul petto. — Non mi ha mai detto che ero una Shadowhunter.

— Sai perché — chiese Valentine percorrendo con lo sguardo la Spada fino a lei — tua madre mi ha lasciato?

Le lacrime bruciavano la gola di Clary. Lei emise un suono soffocato. — Vuoi dire che è stato per *una sola* ragione?

— Mi ha detto — continuò Valentine come se lei non avesse parlato — che avevo trasformato il suo primo figlio in un mostro. E che mi lasciava prima che facessi lo stesso con la seconda. Con te. *Ma era troppo tardi.*

Il gelo in gola e negli arti era così intenso che Clary ormai non tremava neanche più. Era come se la Spada la stesse trasformando in ghiaccio. — Non può averlo detto — sussurrò. — Jace non è un mostro. E nemmeno io.

La botola sopra di loro si spalancò, e due sagome scure si lasciarono cadere dall'apertura, atterrando proprio dietro a Valentine. La prima, notò Clary con una viva sensazione di sollievo, era Jace, che fendette l'aria come una freccia scoccata da un arco, sicuro di quale fosse il suo bersaglio. Atterrò con una leggerezza priva di incertezze. In una mano stringeva uno spuntone di acciaio macchiato di sangue, la cui estremità spezzata si era trasformata in una punta micidiale.

La seconda figura atterrò accanto a Jace, se non con la stessa grazia, con la stessa leggerezza. Clary scorse il contorno di un ragazzo snello con i capelli scuri e pensò: *Alec*. Fu solo quando lui si raddrizzò e lei riconobbe il viso familiare che si rese conto di chi era.

Dimenticò la Spada, il freddo, la gola dolorante, dimenticò tutto. — *Simon!*

I loro occhi si incontrarono solo per un attimo, e Clary sperò che potesse leggerle in viso il sollievo assoluto e travolgente. Le lacrime incombenti arrivarono e le rigarono le guance. Non si mosse per asciugarle.

Valentine voltò la testa per guardarsi alle spalle e la sua bocca si curvò nella prima espressione di sorpresa sincera che Clary avesse mai visto sul suo volto. Si girò per affrontare Jace e Simon.

Nell'istante in cui la punta della Spada lasciò la gola di Clary, il gelo defluì da lei, trascinando con sé tutta la sua forza. Si accasciò sulle ginocchia tremando in maniera incontrollabile. Quando alzò le mani per asciugarsi le lacrime dal viso, vide che aveva le punte delle dita bianche per un inizio di congelamento.

Jace la fissò inorridito, quindi guardò il padre. — Che cosa le hai fatto?

— Niente — rispose Valentine, riacquistando il controllo di sé. — Per ora.

Con sorpresa di Clary, Jace impallidì, come se le parole del padre lo avessero colpito.

— Sono io che dovrei chiederti che cosa hai fatto, Jonathan — continuò Valentine e, sebbene parlasse al figlio, teneva gli occhi puntati su Simon. — Perché è ancora vivo? I morti viventi possono rigenerarsi, ma non se non hanno abbastanza sangue in corpo.

— Parli di me? — chiese Simon. Clary fece tanto d'occhi. Simon sembrava *diverso*. Non sembrava un ragazzino che faceva lo strafottente con un adulto, ma qualcuno che sentiva di poter affrontare Valentine Morgenstern da pari a pari. Qualcuno che era *degno* di affrontarlo da pari a pari. — Ah, giusto, mi hai lasciato come morto. Be', diciamo *ancora più* morto.

— Zitto. — Jace gli lanciò un'occhiata assassina; i suoi occhi erano scurissimi. — Lascia che sia io a rispondere. — Si rivolse al padre: — Ho fatto bere a Simon il mio sangue. Per non lasciarlo morire.

Il viso già severo di Valentine assunse dei lineamenti ancora più duri, come se le ossa spingessero attraverso la pelle. — Hai fatto bere il tuo sangue a un vampiro *di tua spontanea volontà*?

Jace sembrò esitare un momento... Lanciò un'occhiata a Simon, che fissava Valentine con un'espressione di intenso odio. Poi rispose con cautela: — Sì.

— Tu non hai idea di che cosa hai fatto, Jonathan — disse Valentine con una voce terribile. — Nessuna idea.

— Ho salvato una vita — ribatté il figlio. — Una vita che tu avevi provato a distruggere. Questo è quello che so.

— Non una vita umana — replicò Valentine. — Hai resuscitato un mostro che non farà che uccidere per nutrirsi ancora. Quelli della sua razza sono sempre affamati...

— Anche adesso ho fame — disse Simon, e sorrise scoprendo le zanne che erano scivolate fuori dalle loro guaine. Scintillarono bianche e appuntite contro il labbro inferiore. — Non mi dispiacerebbe un altro po' di sangue. Il tuo probabilmente mi farebbe strozzare, si capisce, velenoso pezzo di...

Valentine si mise a ridere. — Vorrei proprio vederti provare a farlo, morto vivente. Quando la Spada dell'Anima ti colpirà, morirai bruciato.

Clary vide gli occhi di Jace posarsi sulla Spada e quindi su di lei. Esprimevano una tacita domanda. Disse svelta: — La Spada non è stata trasformata. Non del tutto. Non ha preso il sangue di Maia, perciò non ha terminato la cerimonia...

Valentine si girò verso di lei, la Spada in pugno, e Clary lo vide sorridere. La lama sembrò guizzare nella sua mano, e poi qualcosa la colpì... Fu come essere travolta da un'onda, spinta giù e poi sollevata contro la propria volontà e lanciata in aria. Ruzzolò sul pavimento senza potersi fermare finché non colpì brutalmente la paratia. Si raggomitolò a terra, ansimando per l'affanno e il dolore.

Simon si lanciò di corsa verso di lei. Valentine brandì la Spada dell'Anima, facendo sollevare una cortina di puro fuoco ardente il cui calore lo travolse e lo fece indietreggiare barcollando.

Clary si sforzò di alzarsi sui gomiti. Aveva la bocca piena di sangue. Intorno a lei il mondo vacillava e si chiese se stesse per svenire. Si augurò di rimanere cosciente.

Il fuoco si era ritirato, ma Simon era ancora accovacciato sul pavimento. Valentine lanciò una rapida occhiata a lui e poi a Jace. — Se adesso uccidi il morto vivente, sei ancora in tempo a disfare quello che hai fatto.

— No — sussurrò Jace.

— Basta che usi l'arma che tieni in mano e gliela conficchi nel cuore. — La voce di Valentine era dolce. — Un semplice gesto. Nulla che tu non abbia già fatto.

Jace incrociò gli occhi del padre con sguardo tranquillo. — Ho visto Agramon. Aveva le tue sembianze.

— Hai visto Agramon? — La Spada dell'Anima scintillò mentre Valentine avanzava verso il figlio. — E sei sopravvissuto?

— L'ho ucciso.

— Hai ucciso il Demone della Paura, ma ti rifiuti di uccidere un vampiro, perfino su mio ordine?

Jace rimaneva immobile e fissava Valentine senza espressione. — È un vampiro, è vero. Ma si chiama Simon.

Valentine si fermò davanti al figlio. La Spada dell'Anima ardeva di una violenta luce nera. Per un istante terribile Clary si chiese se intendesse trafiggere Jace sul posto e se Jace intendesse lasciarglielo fare. — Allora devo arguire — disse Valentine — che non hai cambiato idea? Quello che mi hai detto la prima volta che sei venuto qui era la tua ultima parola, o ti penti di avermi disobbedito?

Jace scosse adagio la testa. Una mano stringeva ancora lo spuntone rotto, ma l'altra, la destra, era alla vita e sfilava qualcosa dalla cintura. I suoi occhi, però, non si staccavano da Valentine, e Clary non poteva dire se questo vedesse o meno cosa stava facendo. Sperava di no.

— Sì — disse Jace — mi pento di averti disobbedito.

No! pensò Clary, con un tuffo al cuore. Stava mollando, pensava che fosse l'unico modo per salvare lei e Simon?

Il viso di Valentine si addolcì. — Jonathan...

— Soprattutto — continuò Jace — perché conto di rifarlo. Proprio adesso. — La sua mano si mosse veloce come un lampo di luce e qualcosa sfrecciò in aria verso Clary e cadde a pochi centimetri da lei, tintinnando e rotolando sul metallo. Clary spalancò gli occhi.

Era lo stilo di sua madre.

Valentine scoppiò a ridere. — Uno *stilo*? Jace, è uno scherzo? O hai finalmente...?

Clary non sentì il resto della frase; si issò in piedi ansimando per il dolore che le trafiggeva la testa. Le lacrimavano gli occhi, aveva la vista annebbiata; allungò la mano tremante verso lo stilo... e quando le sue dita lo toccarono, si sentì in testa una voce, chiara come se sua madre fosse lì accanto. *Prendi lo stilo, Clary. Usalo. Sai cosa fare.*

Le sue dita si chiusero spasmodicamente intorno al cilindretto. Lei si mise a sedere, ignorando l'ondata di dolore che le attraversò la testa e le scese lungo la spina dorsale. Era una Cacciatrice, e il dolore era qualcosa con cui doveva convivere. Sentì vagamente Valentine che la chiamava per nome, sentì i suoi passi avvicinarsi... e si gettò contro la paratia, spingendo lo stilo in avanti con tale forza che, quando la sua punta toccò il metallo, le parve di sentire lo sfrigolio di qualcosa che bruciava.

Cominciò a disegnare. Come succedeva sempre quando lo faceva, il mondo si allontanò e rimasero solo lei, lo stilo e il metallo su cui disegnava. Si ricordò di quando era fuori della cella di Jace e sussurrava tra sé e sé: *Apriti, apriti, apriti*, e capì che aveva impiegato tutte le sue forze per creare la runa che ne aveva spezzato i vincoli. E capì anche che la forza che aveva messo in quella runa non equivaleva a un decimo né a un centesimo della forza che stava mettendo in *questa*. Si sentì le mani bruciare e gridò, mentre faceva scorrere lo stilo sulla parete di metallo, lasciandosi dietro una spessa linea simile a una cicatrice. *Apriti.*

Tutta la sua frustrazione, tutta la delusione, tutta la rabbia passarono dalle sue dita allo stilo e alla runa. *Apriti.* Tutto il suo amore, tutto il sollievo nel vedere Simon vivo, tutta la speranza che potessero ancora sopravvivere. *Apriti!*

La mano le cadde in grembo continuando a stringere lo stilo. Per un istante regnò un silenzio assoluto, mentre tutti – Jace, Valentine, perfino Simon – fissavano insieme a lei la runa che ardeva sulla paratia della nave.

Fu Simon a parlare, rivolto a Jace: — Che cosa dice?

Ma fu Valentine a rispondere, senza staccare gli occhi dalla parete. Aveva sul viso un'espressione... Non era affatto l'espressione che Clary si aspettava, ma un'espressione in cui si mescolavano trionfo e orrore, disperazione e gioia. — Dice: *Mene mene tekel upharsin.*

Clary si alzò barcollando. — Non è vero — sussurrò. — Dice: *Apriti.*

Valentine incrociò il suo sguardo. — Clary...

Lo stridore del metallo soffocò le sue parole. La parete su cui Clary aveva disegnato, una parete fatta di lastre di solido acciaio, si flesse e tremò. I bulloni si strapparono dai loro alloggiamenti e la sala fu invasa da getti di acqua.

La ragazza sentì Valentine gridare, ma la sua voce fu soffocata dal rumore assordante del metallo divelto da altro metallo, mentre ogni bullone, ogni vite e ogni ribattino che teneva insieme l'enorme nave cominciava a strapparsi dalla propria sede.

Provò a correre verso Jace e Simon, ma cadde in ginocchio, mentre un'altra ondata di acqua si riversava dalla falla che si allargava sempre di più. Questa volta l'onda la travolse, l'acqua gelida la trascinò sotto. Da qualche parte Jace la chiamò, la voce alta e disperata sopra il cigolio della nave. Clary gridò il suo nome prima di essere risucchiata fuori dalla falla sbrecciata della paratia ed essere trascinata nel fiume.

Si rigirò e scalciò nell'acqua nera. Fu invasa dal terrore, terrore delle tenebre cieche e delle profondità del fiume, dei milioni di tonnellate di liquido che la circondavano e la schiacciavano, togliendole l'aria dai polmoni. Non capiva dove fosse il sopra e dove il sotto e in che direzione nuotare. Non poté più trattenere il fiato. Aspirò una boccata di acqua sporca, il petto che le scoppiava dal dolore, le stelle che le esplodevano dietro gli occhi. Nelle sue orecchie il suono delle acque impetuose fu sostituito da un canto sonoro, dolce, incredibile. *Sto morendo*, pensò meravigliata. Due mani pallide si protesero nell'acqua nera e la attirarono a sé. Lunghi capelli le fluttuarono intorno. *Mamma*, pensò Clary, ma prima che potesse vedere con chiarezza il viso della madre, l'oscurità le chiuse gli occhi.

Quando Clary tornò in sé, c'erano voci che le risuonavano intorno e luci che le colpivano gli occhi. Era stesa supina sul metallo ondulato del pianale posteriore del pickup di Luke. Il cielo grigio-nero galleggiava sopra di lei. Tutt'intorno sentiva l'odore dell'acqua del fiume, mescolato a quello di fumo e sangue. Visi bianchi si libravano sopra di lei come palloncini appesi a fili. Tremolarono, quando sbatté le palpebre, poi divennero distinti.

Luke. E Simon. La guardavano entrambi dall'alto con aria ansiosa. Per un attimo pensò che i capelli di Luke fossero diventati bianchi; poi si rese conto che erano pieni di cenere. In effetti, lo stesso valeva per l'aria, sapeva di cenere, mentre i vestiti e la pelle erano striati di sudiciume nerastro.

Tossì, sentendosi in bocca il sapore di cenere. — Dov'è Jace?

— È... — Gli occhi di Simon cercarono Luke, e Clary si sentì stringere il cuore.

— Sta bene, vero? — domandò. Si mise a sedere con fatica e un dolore acuto le trafisse la testa. — Dov'è? *Dov'è?*

— Ci sono. — Jace apparve nel suo campo visivo, il volto in ombra. Le si inginocchiò accanto. — Mi spiace. Avrei dovuto essere qui, quando ti sei svegliata. È solo che...

Gli si incrinò la voce.

— È solo che cosa? — Lei lo fissò. Illuminati dal chiarore lunare, i suoi capelli apparivano più argentei che dorati, gli occhi privi di colore. Aveva la pelle macchiata di grigio.

— Pensava che fossi morta anche tu — disse Luke alzandosi. Fissava il fiume, qualcosa che Clary non poteva vedere. Il cielo era invaso da turbini di fumo nero e scarlatto, come fosse in fiamme.

— Anch'io? Chi altro...? — Si interruppe, assalita da un dolore che le diede la nausea. Jace vide la sua espressione, si frugò nella tasca e tirò fuori lo stilo.

— Tieniti forte, Clary. — Clary sentì un dolore bruciante all'avambraccio, poi la sua mente cominciò a schiarirsi. Si mise a sedere e vide che si trovava su una tavola bagnata spinta contro la parte posteriore dell'abitacolo del pickup. Il pianale era inondato da qualche centimetro d'acqua melmosa mescolata a volute di cenere, che scendeva dal cielo in una fine pioggia nera.

Si guardò la parte interna del braccio, dove Jace le aveva tracciato un Marchio di Guarigione. La debolezza stava già diminuendo, come se il fratello le avesse iniettato un fiotto di energia nelle vene.

Jace fece scorrere le dita sull'*iratze* che aveva disegnato, poi si ritrasse. La sua mano era fredda e bagnata come la pelle di Clary. Anche il resto era bagnato: i capelli e gli abiti zuppi, appiccicati al corpo.

Clary sentì un sapore acre in bocca, come se avesse leccato il fondo di un portacenere. — Che è successo? C'è stato un incendio?

Jace lanciò un'occhiata a Luke, il quale fissava il fiume nero-grigio palpitante. L'acqua era disseminata di piccole barche, ma della nave non c'era traccia. — Sì — disse. — La nave di Valentine è bruciata fino alla linea di galleggiamento. Non ne è rimasto nulla.

— Dove sono finiti tutti quanti? — Clary spostò lo sguardo su Simon, l'unico a essere asciutto. La sua pelle, solitamente già pallida, aveva una lieve sfumatura verdastra, come se fosse malato o febbricitante. — Dove sono Isabelle e Alec?

— Su una delle barche degli Shadowhunters. Stanno bene.

— E Magnus? — Clary si girò per guardare nell'abitacolo del pickup, ma era vuoto.

— L'hanno chiamato a prendersi cura dei Cacciatori feriti più gravemente — rispose Luke.

— Ma stanno tutti bene? Alec, Isabelle, Maia... Stanno tutti bene, vero? — La voce di Clary risuonò sommessa e fievole alle sue stesse orecchie.

— Isabelle è stata ferita — disse Luke. — E anche Robert Lightwood. Gli ci vorrà un bel po' di tempo per guarire. Molti altri Cacciatori, compresi Malik e Imogen, sono morti. È stata una battaglia terribile, Clary, e non è finita bene per noi. Valentine è sparito. Come la Spada. Il Conclave è a pezzi. Non so...

Si interruppe. Clary lo fissò. C'era qualcosa nella sua voce che la spaventava. — Mi dispiace — disse. — È stata colpa mia. Se non avessi...

— Se non avessi fatto quello che hai fatto, Valentine avrebbe ucciso tutti quelli che erano sulla nave — intervenne Jace con irruenza. — È solo grazie a te che la battaglia non si è trasformata in un massacro totale.

Clary lo fissò. — Vuoi dire quello che ho fatto con la runa?

— Hai mandato in frantumi la nave — disse Luke. — Ogni bullone, ogni ribattino, qualunque cosa la tenesse insieme, si è divelto di schianto. Tutta la nave ha tremato ed è andata in pezzi. Sono andati distrutti anche i serbatoi del carburante. La maggior parte di noi ha avuto a malapena il tempo di saltare in acqua prima che tutto cominciasse a bruciare. Quello che hai fatto... Nessuno aveva mai visto niente del genere.

— Ah — disse Clary sottovoce. — Ci sono stati...? Ho ferito qualcuno?

— Parecchi demoni sono annegati, quando la nave è affondata — rispose Jace. — Ma nessun Cacciatore è rimasto ferito, no.

— Perché sanno nuotare?

— Perché sono stati salvati. Le ondine ci hanno tirati tutti fuori dal fiume.

Clary ripensò alle mani protese nell'acqua, al canto dolce e incredibile che l'aveva avviluppata. Allora non era stata sua madre. — Vuoi dire le fate d'acqua?

— La Regina della Corte Seelie è intervenuta a modo suo — disse Jace. — In effetti ci aveva promesso tutto l'aiuto che era in grado di darci.

— Ma come... — *Come l'ha saputo?* stava per chiedere Clary, ma ripensò agli occhi saggi e astuti della Regina, e a Jace che buttava in acqua il pezzo di carta bianca a Red Hook, e preferì tacere.

— Le barche dei Cacciatori cominciano a muoversi — annunciò Simon, guardando il fiume. — Immagino che abbiano recuperato tutti quelli che hanno potuto.

— Già. — Luke raddrizzò le spalle. — È ora di andare. — Avanzò adagio verso l'abitacolo... Zoppicava, ma per il resto era completamente illeso.

Luke si sedette al posto del guidatore e in un attimo il motore riprese a brontolare. Decollarono sfiorando l'acqua, mentre le gocce sollevate dalle ruote spruzzavano il grigio argenteo del cielo che si andava schiarendo.

— È così strano — osservò Simon. — Continuo ad aspettarmi che il pickup cominci ad affondare.

— Non riesco a credere che tu, con tutto quello che hai e che abbiamo passato, possa trovare strano *questo* — disse Jace, ma nel suo tono non c'era traccia di malizia o irritazione. Sembrava solo molto, molto stanco.

— Cosa accadrà ai Lightwood? — chiese Clary. — Dopo tutto quel che è successo... il Conclave...

Jace scrollò le spalle. — Il Conclave funziona in modi misteriosi. Non so cosa decideranno. Ma saranno molto interessati a *te*. E a quello che sei capace di fare.

Simon fece un verso. All'inizio Clary pensò che fosse di protesta, ma guardandolo meglio si accorse che era più verde che mai. — Che cosa c'è, Simon?

— È il fiume. L'acqua corrente non va d'accordo con noi vampiri. È pura e... noi non lo siamo.

— L'East River è tutto fuorché puro — disse Clary, ma in ogni caso allungò una mano e gli toccò delicatamente il braccio. Simon le sorrise. — Non sei caduto in acqua quando la nave si è distrutta?

— No. C'era un pezzo della nave che galleggiava sul fiume e Jace mi ci ha gettato sopra. Sono rimasto all'asciutto.

Clary guardò Jace al di sopra della spalla. Ora lo vedeva un po' più chiaramente; l'oscurità si stava dissolvendo. — Grazie. Pensi...

Jace sollevò le sopracciglia. — Penso cosa?

— Che Valentine possa essere annegato?

— Non credere mai che il cattivo sia morto prima di averne visto il corpo — disse Simon. — Se vuoi evitare infelicità e agguati a sorpresa.

— Non hai tutti i torti — fece Jace. — Secondo me non è morto. Altrimenti avremmo trovato gli Strumenti Mortali.

— Il Conclave può andare avanti senza? Che Valentine sia morto o meno? — chiese Clary.

— Il Conclave va sempre avanti — disse Jace. Girò il viso verso oriente. — Sta sorgendo il sole.

Simon si irrigidì. Clary lo fissò per un istante, prima in preda allo stupore, poi a un terribile spavento. Si girò per seguire lo sguardo di Jace. Aveva ragione: l'orizzonte orientale era una chiazza rosso sangue che si irradiava da un disco dorato. Vide l'orlo del sole macchiare l'acqua attorno a loro di sfumature ultraterrene verde, scarlatto e oro.

— *No!* — sussurrò.

Jace la guardò stupito, e poi si girò verso Simon che, immobile, fissava il sorgere del sole come un topo in trappola fissa un gatto. Si alzò in fretta e andò verso l'abitacolo del pickup. Parlò a bassa voce. Clary vide Luke girarsi a guardare lei e Simon, poi di nuovo Jace, e scuotere la testa.

Il veicolo balzò in avanti. Luke doveva aver spinto il piede sull'acceleratore. Clary si aggrappò alla fiancata del pianale per mantenersi in equilibrio. Davanti, Jace gridava a Luke che doveva esserci un modo per far andare più veloce quel dannato affare, ma Clary sapeva che non avrebbero mai battuto l'alba in velocità.

— Deve pur esserci qualcosa… — disse a Simon. Non poteva credere di essere passata dal sollievo all'orrore in meno di cinque minuti. — Forse, se ti coprissimo con i nostri vestiti…

Simon continuava a fissare il sole, il viso cereo. — Un mucchio di stracci non servirà a niente. Raphael mi ha spiegato… Ci vogliono dei muri per proteggerci dalla luce del sole. Brucerò attraverso i vestiti.

— Ma deve pur esserci qualcosa…

— Clary. — Ora lo vedeva bene, alla luce grigia che precede l'alba, gli occhi grandi e scuri nel viso bianco. Allungò le mani verso di lei. — Vieni qui.

Lei gli cadde addosso cercando di coprire quanto più possibile il suo corpo con il proprio. Sapeva che era inutile. Quando il sole lo avesse toccato, sarebbe andato in cenere.

Rimasero per un istante perfettamente immobili, abbracciati. Clary sentiva il petto di Simon sollevarsi e abbassarsi… Un'abitudine, rammentò a se stessa, non una necessità. Simon non respirava, no, ma ciò non impediva che potesse ancora morire.

— Non ti lascerò morire — disse.

— Non credo che tu abbia scelta. — Sorrise. — Non pensavo che sarei riuscito a rivedere il sole. A quanto pare mi sbagliavo…

— Simon…

Jace gridò qualcosa. Clary alzò gli occhi. Il cielo era inondato di luce rosa, come fosse tinta versata nell'acqua. Simon si tese sotto di lei. — Ti amo. Non ho mai amato altri che te.

Fili dorati guizzarono attraverso il cielo come venature in un marmo pregiato. L'acqua intorno a loro sfolgorò di luce e Simon si irrigidì, la testa si rovesciò all'indietro, gli occhi aperti si riempirono d'oro, come se dentro di lui stesse montando liquido fuso. Sulla pelle gli comparvero linee nere come crepe in una statua distrutta.

— SIMON! — gridò Clary. Allungò la mano verso di lui, ma a un tratto si sentì tirare indietro: Jace l'aveva afferrata per le spalle. Cercò di divincolarsi, ma lui la tenne più forte; le stava dicendo qualcosa all'orecchio, la ripeteva all'infinito, e solo dopo qualche istante lei cominciò a capirlo: — Clary, guarda. *Guarda.*

— No! — Clary si portò le mani al viso. Sentiva sui palmi il sapore dell'acqua salmastra che ricopriva il fondo del pianale. Era salata, come lacrime. — Non voglio guardare. Non voglio…

— Clary. — Le mani di Jace le strinsero i polsi e allontanarono le sue dal viso. La luce dell'alba le ferì gli occhi. — *Guarda.*

Clary guardò. E sentì il respiro sibilarle stridulo nei polmoni. In fondo al pickup Simon si stava alzando a sedere, in una chiazza di luce, con la bocca aperta e lo sguardo abbassato. Il sole danzava sull'acqua dietro di lui e le punte dei suoi capelli scintillavano come oro. Non si era ridotto in cenere, anzi, sedeva senza alcuna bruciatura nella luce del sole, la pelle bianca del viso, delle braccia e delle mani priva di segni.

Fuori dall'Istituto stava calando la notte. Il rosso pallido del tramonto brillava attraverso le finestre della stanza di Jace, mentre lui guardava le sue cose impilate sul letto. Il mucchio era molto più piccolo di quanto si fosse aspettato. Sette lunghi anni di vita in quel posto e solo questo a testimoniarlo: mezza sacca di vestiti, un mucchietto di libri e qualche arma.

Aveva riflettuto se al momento di partire, quella notte, avrebbe dovuto portarsi dietro o meno le poche cose della tenuta di campagna di Idris che aveva conservato. Magnus gli aveva restituito l'anello d'argento del padre, che però Jace non si sentiva più di portare al dito. Se l'era appeso a una catenina intorno al collo. Alla fine aveva deciso di prendere tutto: non aveva senso lasciare qualcosa di sé in quel posto.

Stava sistemando i vestiti nella sacca, quando bussarono alla porta. Andò ad aprire, aspettandosi di vedere Alec o Isabelle.

Era Maryse. Indossava un severo abito nero e aveva i capelli tirati indietro con cura. Sembrava più vecchia di quanto la ricordasse. Due profonde rughe le andavano dagli angoli della bocca al mento. Solo i suoi occhi avevano colore. — Jace, posso entrare?

— Puoi fare quello che vuoi — disse lui, tornando al letto. — Questa è casa tua. — Agguantò una manciata di magliette e le ficcò nella sacca con più forza di quanto fosse necessario.

— In realtà, è la casa del Conclave — lo corresse Maryse. — Noi ne siamo solo i guardiani.

Jace ficcò i libri nella sacca. — Fa lo stesso.

— Cosa stai facendo? — Se non avesse saputo che era impossibile, Jace avrebbe pensato che le tremava leggermente la voce.

— Le valigie. È quello che fa di solito la gente quando se ne va di casa.

Maryse impallidì. — Non te ne andare. Se vuoi rimanere...

— Non voglio rimanere. Il mio posto non è qui.

— Dove andrai?

— Da Luke — rispose Jace, e la vide indietreggiare. — Per un po'. Poi non lo so. Magari a Idris.

— E pensi che sia quello il tuo posto? — C'era una tristezza dolorosa nella sua voce.

Jace smise per un momento di fare i bagagli e abbassò lo sguardo sulla sacca. — Non lo so quale sia il mio posto.

— Con la tua famiglia. — Incerta, Maryse fece un passo avanti. — Con noi.

— *Voi* mi avete buttato fuori. — Jace sentì l'asprezza della propria voce e provò ad addolcirla. — Mi dispiace — disse voltandosi. — Per tutto quello che è successo. Ma non mi avete voluto prima e non riesco a immaginare che mi vogliate adesso. Per qualche tempo Robert sarà malato; dovrai prenderti cura di lui. Io sarei solo d'intralcio.

— D'intralcio? — Maryse sembrava incredula. — Robert vuole vederti, Jace...

— Ne dubito.

— E Alec? Isabelle, Max... hanno bisogno di te. Se non credi che io ti voglia qui – e in tal caso non posso biasimarti – sappi che loro ti vogliono. Abbiamo passato un brutto momento, Jace. Non ferirli più di quanto non lo siano già.

— Questo non è giusto.

— Non ti biasimo se mi odi. — Le tremava *davvero* la voce. Jace si girò a guardarla sorpreso. — Ma quello che ho fatto, trattarti come ti ho trattato, persino buttarti fuori, era per proteggerti. E perché avevo paura.

— Paura di me?

Maryse annuì.

— Be', questo mi fa sentire molto meglio.

La donna fece un profondo respiro. — Pensavo che mi avresti spezzato il cuore come aveva fatto Valentine. Dopo di lui, tu sei stato la prima cosa che non fosse sangue del mio sangue che ho amato. La prima creatura viva. Ed eri solo un bambino...

— Pensavi che fossi qualcun altro.

— No. Ho sempre saputo chi eri. Fin dalla prima volta che ti vidi scendere dalla nave proveniente da Idris, quando avevi dieci anni... Mi sei entrato nel cuore, proprio come i miei figli quando sono nati. — Maryse scrollò la testa. — Non puoi capire. Non sei mai stato genitore. Non si ama nessuno come si ama un figlio. E niente può renderti più furioso.

— La parte furiosa l'ho notata, eccome — disse Jace dopo un breve silenzio.

— Non mi aspetto che mi perdoni — disse Maryse. — Ma se rimanessi per Isabelle, Alec e Max, te ne sarei grata...

Era la cosa sbagliata da dire. — Non voglio la tua gratitudine — disse Jace, e si girò di nuovo verso la sacca. Non rimaneva più niente da infilarci. Chiuse lo zip.

— *A la claire fontane* — fece Maryse — *m'en allant promener*.

Si girò a guardarla. — Che cosa?

— *Il y a longtemps que je t'aime. Jamais je ne t'oublierai*... È la canzone che cantavo ad Alec e Isabelle. Quella di cui mi hai chiesto.

Ora nella stanza c'era pochissima luce, e nell'oscurità Maryse gli sembrava quasi come quando aveva dieci anni, come se non fosse affatto cambiata, nei sette anni passati. Sembrava severa e preoccupata, ansiosa... e speranzosa. Sembrava l'unica madre che avesse mai avuto.

— Sbagliavi a dire che non te l'ho mai cantata — disse Maryse. — È solo che non mi hai mai sentito.

Jace non disse niente, ma allungò la mano e aprì lo zip della sacca, rovesciando le sue cose sul letto.

Epilogo

— *Clary!* — La madre di Simon era raggiante nel vedere la ragazza sulla soglia di casa. — Sono secoli che non ti fai viva. Cominciavo a preoccuparmi che tu e Simon aveste litigato.

— Oh, no — fece Clary. — È solo che sono stata poco bene, tutto qui. — *A quanto pare, anche quando si hanno rune magiche di Guarigione, non si è invulnerabili.* Quando si era svegliata, la mattina dopo la battaglia, non era rimasta sorpresa nello scoprire di avere un mal di testa atroce e un po' di febbre; aveva pensato di essersi presa un raffreddore (e chi non se lo sarebbe preso dopo essersi congelato per ore e ore di notte, al largo, con i vestiti fradici?), ma a sentire Magnus la cosa più probabile era che si fosse stremata nel creare la runa che aveva distrutto la nave di Valentine.

La madre di Simon fece schioccare la lingua con aria solidale. — Scommetto che era la stessa forma influenzale che Simon ha avuto due settimane fa. Poteva a malapena alzarsi dal letto.

— Ma adesso sta meglio, vero? — domandò Clary. Sapeva che era vero, ma non le dispiaceva sentirselo ripetere.

— Sta bene. Credo che sia nel giardino sul retro. Vai, passa dal cancello. — Sorrise. — Sarà felice di vederti.

Le case a schiera di mattoni rossi nella strada di Simon erano separate da graziose recinzioni in ferro battuto bianco, ognuna con un cancello che conduceva a un giardinetto sul retro. Il cielo era di un azzurro chiaro e l'aria fredda, malgrado il sole. Clary vi percepiva l'odore caratteristico della neve in arrivo.

Si chiuse il cancelletto alle spalle e andò a cercare Simon, che era effettivamente nel giardino sul retro, steso su una sdraio di plastica con un fumetto aperto in grembo. Quando vide Clary mise da parte il libro, si alzò a sedere e sorrise. — Ciao, piccola.

— *Piccola*? — Lei gli si appollaiò accanto sulla sdraio. — Mi stai prendendo in giro, vero?

— Ci stavo provando. Meglio di no?

— No — disse lei in tono deciso, e si chinò a baciarlo sulla bocca. Quando si tirò su, le dita di Simon le indugiarono sui capelli, ma i suoi occhi erano pensierosi.

— Sono contento che tu sia venuta.

— Anch'io. L'avrei fatto prima, ma…

— Sei stata male, lo so. — Clary aveva passato la settimana a mandargli messaggi dal divano di Luke, dov'era stata stesa avvolta in una coperta a guardare le repliche di "CSI". Era confortante passare il tempo in un mondo in cui a ogni mistero si poteva trovare una risposta scientifica.

— Ora sto meglio. — Si guardò intorno e rabbrividì, avvolgendosi più strettamente nel cardigan bianco. — Comunque, che ci fai qui fuori con questo tempo? Non stai congelando?

Simon scosse la testa. — In realtà non sento più né il freddo né il caldo. E poi — la sua bocca si curvò in un sorriso — voglio passare più tempo che posso al sole. Durante il giorno mi viene ancora sonnolenza, ma cerco di resistere.

Clary gli sfiorò la guancia con il dorso della mano. Aveva il viso scaldato dal sole, ma, sotto, la pelle era fredda. — Invece tutto il resto è sempre… sempre uguale?

— Vuoi dire se sono ancora un vampiro? Sì. Pare di sì. Ho ancora voglia di bere sangue, il cuore continua a non battere. Dovrò evitare il dottore, ma visto che i vampiri non si ammalano… — Fece spallucce.

— E hai parlato con Raphael? Continua a non avere idea del perché tu possa stare al sole?

— Nessuna. E mi sembra anche piuttosto seccato. — Simon la guardò socchiudendo gli occhi assonnato, come se fossero le due del mattino invece che del pomeriggio. — Credo che sconvolga le sue idee sul corretto andamento delle cose. Inoltre avrà un bel daffare a cercare di farmi girare di notte, mentre io sono deciso a girare di giorno.

— Avrei detto che sarebbe stato elettrizzato dalla cosa.

— I vampiri non amano i cambiamenti. Sono molto tradizionalisti. — Le sorrise, e Clary pensò: *Rimarrà sempre così. Io avrò cinquanta o sessanta anni, e lui ne dimostrerà sempre sedici*. Non era un pensiero allegro. — Comunque andrà bene per la mia carriera di musicista. Stando ai libri di Anne Rice, i vampiri sono rockstar strepitose.

— Non sono sicura che sia una notizia affidabile.

Simon si stese di nuovo sulla sdraio. — Che cosa lo è? A parte te, si capisce.

— Affidabile? È questo che pensi di me? — chiese Clary con falsa indignazione. — Non è molto romantico.

Un'ombra attraversò il viso di Simon. — Clary…

— Cosa? Che c'è? — Allungò la mano verso quella di lui e la strinse. — Stai usando la voce delle brutte notizie.

Simon distolse lo sguardo. — Non so se sia o no una brutta notizia.

— Tutto può essere l'una o l'altra cosa. Dimmi solo che stai bene.

— Sto bene. Ma… volevo dirti… Credo che non dovremmo vederci più.

Mancò poco che Clary cadesse dalla sdraio. — *Non vuoi più che siamo amici?*

— Clary…

— È per via dei demoni? Perché ti ho fatto trasformare in vampiro? — La sua voce si faceva sempre più acuta. — So che è stata una follia, ma posso tenerti lontano da tutto questo. Posso…

Simon fece una smorfia. — Strilli tanto che cominci a sembrare un delfino, sai? Smettila. Voglio ancora che siamo amici. È dell'*altra* faccenda che non sono tanto sicuro.

— Quale altra faccenda?

Simon cominciò ad arrossire. Clary non sapeva che i vampiri ne fossero *capaci*. Il rossore faceva impressione sulla pelle pallida. — La faccenda del ragazzo-ragazza.

Clary rimase in silenzio a lungo, cercando le parole. Alla fine disse: — Almeno non hai detto "la faccenda dei baci". Avevo paura che la chiamassi così.

Simon abbassò lo sguardo sulle loro mani intrecciate sulla plastica della sdraio. Le dita di Clary erano piccole contro le sue, ma per la prima volta la sua pelle aveva una sfumatura più scura. Le accarezzò distrattamente le nocche con il pollice e disse: — Non l'avrei chiamata così.

— Pensavo fosse quello che volevi — disse Clary. — Mi pareva che tu avessi detto…

Simon la guardò attraverso le ciglia scure. — Che ti amavo? E ti amo. Ma non è così semplice.

— È per via di Maia? — I suoi denti battevano, solo in parte per il freddo. — Perché ti piace?

Simon esitò. — No. Voglio dire, sì, mi piace, ma non come pensi tu. È solo che quando sono con lei… so che effetto fa avere qualcuno a cui *io* piaccio davvero. E non è com'è con te.

— Ma tu non la ami…

— Forse un giorno potrei.

— Forse un giorno anch'io potrei amare *te*.

— Se mai lo farai — disse — vieni a dirmelo. Sai dove trovarmi.

I denti di Clary batterono più forte. — Non posso perderti, Simon. *Non posso.*

— Non accadrà mai. Non ti sto lasciando. Ma preferisco avere quello che abbiamo, reale e autentico e importante, anziché farti fingere qualcosa di diverso. Quando sono con te, voglio sapere che sono con la vera te stessa, con la vera Clary.

La ragazza appoggiò la testa contro la sua, chiudendo gli occhi. Le sembrava sempre Simon, nonostante tutto; aveva ancora il suo odore, come di sapone da bucato. — Forse non so chi sono.

— Ma io sì.

Quando Clary lasciò la casa di Simon, chiudendosi il cancello alle spalle, trovò il pickup nuovo di zecca di Luke in folle, accanto al marciapiede.

— Mi hai accompagnato. Non dovevi anche venirmi a prendere — gli disse, issandosi nell'abitacolo accanto a lui. Era tipico di Luke sostituire il vecchio pickup ormai distrutto con uno nuovo esattamente identico.

— Perdona l'ansia paterna — disse Luke porgendole un caffè in un bicchiere di plastica. Clary ne bevve un sorso: niente latte e un sacco di zucchero, come piaceva a lei. — In questi giorni tendo a stare un po' sulle spine quando non sei nel mio immediato campo visivo.

— Ah, sì? — Clary tenne forte il caffè per impedire che si versasse mentre ballonzolavano sulla strada piena di buche. — Quanto pensi che durerà?

Luke sembrò rifletterci. — Non molto. Cinque, forse sei anni.

— Luke!

— Ho in mente di cominciare a lasciarti uscire con qualcuno verso i trent'anni, se proprio vuoi saperlo.

— Non sembra poi così male. In affetti potrei non essere pronta fino ai trent'anni.

Luke la guardò di traverso. — Tu e Simon...?

Clary agitò la mano libera. — Non chiedermelo.

— Capisco. — Probabilmente era vero. — Vuoi che ti lasci a casa?

— Stai andando in ospedale, giusto? — Lo capiva dalla tensione nervosa che le sue battute nascondevano. — Vengo con te.

Erano sul ponte, ormai, e Clary guardò il fiume stringendo il suo caffè con aria pensierosa. Non si stancava mai di quella vista, lo stretto corso d'acqua nel canyon formato da Manhattan e Brooklyn. Scintillava al sole come un foglio di alluminio. Si chiese perché non avesse mai provato a disegnarlo. Si ricordò che una volta aveva chiesto a sua madre perché non l'avesse mai usata come modella, perché non avesse mai ritratto sua figlia. «Disegnare qualcosa è provare a catturarlo per sempre» aveva detto Jocelyn, seduta sul pavimento con un pennello da cui le colava del blu cadmio sui jeans. «Se ami davvero qualcosa, vedrai che non cercherai di mantenerlo per sempre così com'è. Devi lasciarlo libero di cambiare.»

Ma io odio i cambiamenti. Fece un profondo respiro. — Luke. Valentine mi ha detto una cosa, quando ero sulla nave, una cosa su...

— Mai niente di buono comincia con le parole «Valentine ha detto» — borbottò Luke.

— Può darsi. Ma era su te e mia madre. Ha detto che eri innamorato di lei.

Silenzio. Erano bloccati nel traffico sul ponte. Clary sentì il rumore della linea Q della metropolitana che passava rombando. — *Tu* pensi che sia vero? — domandò infine Luke.

— Be'... — Clary percepiva il nervosismo nell'aria e cercò di scegliere le parole con cura. — Non lo so. Voglio dire, l'aveva già detto prima e l'avevo semplicemente liquidato come rancore o paranoia. Ma poi ho cominciato a pensarci, e be'... è piuttosto strano che tu ci sia sempre stato, che mi abbia fatto da padre, d'estate praticamente vivevamo alla fattoria... e poi né tu né mia madre avete frequentato altre persone. Così ho pensato, forse...

— Hai pensato forse che cosa?

— Forse siete stati insieme tutto questo tempo e non avete voluto dirmelo.

Forse avete creduto che fossi troppo piccola per capirlo. Forse avevate paura che poi avrei cominciato a fare domande su mio padre. Ma non sono più troppo piccola per capirlo. Puoi dirmelo, ora. È questo che sto cercando di farti capire. Che puoi dirmi tutto.

— Forse non tutto. — Ci fu un altro momento di silenzio mentre il pickup avanzava a passo d'uomo nel traffico che procedeva lento. Luke socchiuse gli occhi per il sole tamburellando sul volante. Alla fine disse: — Hai ragione. Sono innamorato di tua madre.

— Fantastico — disse Clary cercando di incoraggiarlo, sebbene l'idea di persone dell'età di sua madre e Luke innamorate le suscitasse un vago raccapriccio.

— Ma — concluse Luke — lei non lo sa.

— Non lo sa? — Clary fece un ampio gesto con il braccio. Fortunatamente, la tazza di caffè era vuota. — Come fa a non saperlo? Non gliel'hai detto?

— A essere sincero — rispose Luke premendo l'acceleratore e facendo balzare in avanti il pickup — no.

— Perché no?

Luke sospirò e si strofinò stancamente il mento coperto di barba corta e ispida. — Perché non sembrava mai il momento giusto.

— Questa è una scusa che non sta in piedi, e tu lo sai.

Luke riuscì a fare un verso a metà tra una risatina e un grugnito seccato. — Può darsi, ma è la verità. La prima volta che capii che cosa provavo per Jocelyn avevo la tua stessa età. Sedici anni. E avevamo appena incontrato Valentine. Per lui non rappresentavo un rivale. Ero perfino un po' contento che, se non era me che Jocelyn voleva, almeno sarebbe stato qualcuno che la meritava veramente. — La sua voce si indurì. — Mi resi conto troppo tardi di quanto mi sbagliavo. Quando scappammo insieme da Idris e lei era incinta di te, mi offrii di sposarla, di prendermi cura di lei. Dissi che non importava chi fosse il padre del nascituro, l'avrei allevato come se fosse stato mio. Jocelyn pensò che lo facessi per pietà. Non riuscii a convincerla che non avrei potuto essere più egoista. Mi disse che non voleva essermi di peso, che sarebbe stato chiedere troppo, a chiunque. Dopo che mi ebbe lasciato a Parigi, tornai a Idris, ma ero inquieto, infelice. Mi mancava sempre quella parte di me, la parte rappresentata da Jocelyn. Sognavo che era chissà dove e aveva bisogno del mio aiuto, che mi invocava e io non potevo sentirla. Alla fine andai a cercarla.

— Ricordo quanto fu contenta — disse Clary a bassa voce — quando la trovasti.

— Lo era e non lo era. Era contenta di vedermi, ma al tempo stesso ai suoi occhi rappresentavo il mondo da cui era fuggita e con cui non voleva avere più niente a che fare. Acconsentì a farmi rimanere solo dopo che promisi di rinunciare a ogni legame con il branco, con il Conclave, con Idris, con tutto il passato. Le avrei anche proposto di trasferirmi con voi due, ma Jocelyn pensava che sarebbe stato troppo difficile nasconderti le mie trasformazioni, e dovetti darle ragione. Comprai la libreria, assunsi un nuovo nome e finsi che Lucian Graymark fosse morto. E lo è stato a tutti gli effetti.

— Hai fatto davvero molto per la mamma. Hai rinunciato a tutta una vita.

— Avrei fatto di più — disse Luke in tono pratico — ma lei fu assolutamente irremovibile sul non voler avere niente a che vedere con il Conclave o con il Mondo Invisibile. E per quanto io possa fingere, rimango sempre un licantropo. Ero un ricordo vivente di tutto questo. E lei era assolutamente certa di non volere che *tu* venissi mai a saperne qualcosa. Sai, non ho mai approvato le visite a Magnus, l'alterazione dei tuoi ricordi o della tua vista, ma è quello che lei voleva, e gliel'ho lasciato fare perché, se avessi provato a impedirglielo, mi avrebbe mandato via. Ed è escluso, categoricamente escluso, che mi avrebbe permesso di sposarla e di farti da padre senza dirti *la verità* sul mio conto. E questo avrebbe rovinato tutto, tutti quei fragili muri che aveva provato tanto faticosamente a erigere tra se stessa e il Mondo Invisibile. Non potevo farle questo. Così sono stato zitto.

— Vuoi dire che non le hai mai detto cosa provavi?

— Tua madre non è stupida, Clary — disse Luke. Sembrava calmo, ma c'era una certa tensione nella sua voce. — Lo sapeva. Mi sono offerto di *sposarla*. Per quanto possano essere stati gentili i suoi dinieghi, di una cosa sono sicuro: sa che cosa provo e non ricambia.

Clary tacque.

— Ma non c'è problema — continuò Luke, cercando di sdrammatizzare. — L'ho accettato tanto tempo fa.

Clary aveva i nervi a fior di pelle per un'improvvisa inquietudine che non attribuiva alla caffeina. Ricacciò indietro i pensieri sulla propria vita. — Le hai offerto di sposarla. Ma le hai detto che lo facevi perché la amavi? Non mi pare.

Luke tacque.

— Credo che avresti dovuto dirle la verità. Credo che ti sbagli sui suoi sentimenti.

— No, Clary. — La voce di Luke era risoluta: *Adesso basta*.

— Ricordo che una volta le chiesi perché non vedesse nessuno — disse Clary, ignorando il suo tono ammonitore. — Rispose che era perché aveva già dato il suo cuore a qualcuno. Credevo che intendesse mio padre, ma adesso... adesso non ne sono più tanto sicura.

Luke sembrava davvero sbalordito. — Ha *detto* questo? — Si controllò e aggiunse: — Probabilmente intendeva Valentine, sai.

— Non credo. — Clary lo sbirciò con la coda dell'occhio. — E poi, non lo trovi terribile? Non dire mai quello che provi veramente?

Questa volta il silenzio si protrasse finché non ebbero superato il ponte e non rombarono per Orchard Street, fiancheggiata da negozi e ristoranti con belle insegne in tortuosi caratteri cinesi rossi e dorati. — Sì, lo trovavo terribile. All'epoca pensavo che quanto avevo con te e tua madre fosse meglio di niente. Ma se non puoi dire la verità alle persone a cui tieni di più, alla fine non riesci a dirla neanche a te stesso.

Nelle orecchie di Clary risuonò un rumore come di acqua che scorreva. Abbassando lo sguardo, vide che aveva schiacciato la tazza di carta vuota che teneva in mano, riducendola a una palla irriconoscibile.

— Portami all'Istituto. Per favore.

Luke la guardò sorpreso. — Pensavo che volessi venire in ospedale.

— Ti raggiungerò quando avrò finito. Prima c'è una cosa che devo fare.

Il pianterreno dell'Istituto era inondato di luce solare e pallidi granelli di polvere. Clary corse lungo lo stretto corridoio tra i banchi, si precipitò verso l'ascensore e spinse il pulsante. — Avanti, *avanti* — borbottò. — Avan...

Le porte dorate si aprirono con un cigolio. Nell'ascensore c'era Jace. Nel vederla spalancò gli occhi.

— ...ti — terminò Clary, lasciando ricadere il braccio. — Oh. Ciao.

Jace la fissò. — Clary?

— Ti sei tagliato i capelli — disse lei senza pensarci. Era vero, le lunghe ciocche bionde non gli ricadevano più sul viso, ma erano tagliate in maniera ordinata e regolare. Lo facevano sembrare più garbato, perfino un po' più grande. Era anche vestito con sobria eleganza: maglione blu scuro e jeans. Qualcosa di argenteo gli brillava al collo, appena sotto il bordo del maglione.

Jace si portò una mano alla testa. — Ah, sì. Me li ha tagliati Maryse. — Bloccò le porte dell'ascensore che stavano per richiudersi. — Avevi bisogno di salire all'Istituto?

Clary fece segno di no. — Volevo solo parlarti.

— Oh. — Jace sembrò un po' sorpreso. Uscì dall'ascensore, lasciandosi richiudere rumorosamente le porte alle spalle. — Stavo giusto facendo un salto da Taki a prendere qualcosa da mangiare. A nessuno va di cucinare...

— Capisco — disse Clary pentendosene subito. Che i Lightwood avessero o no voglia di cucinare non era proprio affar suo.

— Possiamo parlare là — disse Jace. Si avviò verso la porta, quindi si fermò e si girò. In piedi tra due candelabri accesi, la cui luce gli gettava una pallida patina dorata sui capelli e sulla pelle, sembrava il ritratto di un angelo. Clary ebbe una stretta al cuore. — Vieni o no? — chiese Jace in tono brusco e tutt'altro che angelico.

— Ah, giusto. Vengo. — Si affrettò a raggiungerlo.

Mentre erano diretti da Taki, Clary cercò di tenere la conversazione lontana da argomenti legati a lei, a Jace, o a lei e Jace. Gli chiese piuttosto come stavano Isabelle, Max e Alec.

Jace esitò. Stavano attraversando la First Avenue, spazzata da un vento gelido. Il cielo era di un azzurro senza nuvole... insomma, era una perfetta giornata autunnale a New York.

— Già, scusa. — Clary fece una smorfia per la propria stupidità. — Devono sentirsi decisamente giù di corda. Con tutte quelle persone uccise che conoscevano.

— È diverso per noi Shadowhunters — disse Jace. — Siamo guerrieri. Ci aspettiamo la morte in maniera diversa da voi...

Clary non poté trattenere un sospiro. — *Mondani.* È questo che stavi per dire, non è vero?

— Sì — ammise lui. — A volte è difficile anche per me distinguere che cosa sei davvero.

Si erano fermati davanti al locale di Taki, con il tetto concavo al centro e le finestre oscurate. L'*ifrit* di guardia all'entrata li squadrò dall'alto in basso con sospettosi occhi rossi.

— Sono Clary.

Jace abbassò lo sguardo su di lei. Il vento le mandava i capelli sul viso. Allungò la mano e poi la ritrasse, in maniera quasi assente. — Lo so.

Dentro il ristorantino, trovarono un séparé d'angolo e ci si infilarono. Il locale era quasi vuoto: Kaelie, la cameriera pixie, era appoggiata con aria indolente al bancone sbattendo pigramente le ali bianco-azzurre. Una volta lei e Jace stavano assieme. Un paio di lupi mannari occupavano un altro séparé. Mangiavano stinchi di agnello crudi e discutevano su chi avrebbe avuto la meglio in un combattimento: Albus Silente, dei libri di Harry Potter, o Magnus Bane?

— Albus Silente vincerebbe a mani basse — diceva il primo. — Ha l'Anatema che Uccide, e quello è tosto.

Il secondo licantropo fece un'osservazione tagliente. — Ma Silente non esiste.

— Credo che neanche Magnus Bane esista — replicò il primo in tono beffardo. — Tu l'hai mai *incontrato*?

— Che strano — disse Clary scivolando al suo posto. — Li senti?

— No. È da maleducati origliare. — Jace studiava il menu, il che diede a Clary l'opportunità di studiare *lui.* «Non ti guardo mai» gli aveva detto. Ed era vero. O almeno non lo guardava mai come avrebbe voluto, con occhio d'artista, perché si sarebbe persa, distratta ogni volta da un dettaglio: la curva dello zigomo, l'inclinazione delle ciglia, la forma della bocca.

— Mi stai fissando — disse Jace senza alzare gli occhi dal menu. — Perché? C'è qualcosa che non va?

L'arrivo di Kaelie al loro tavolo le evitò di rispondere. Come penna, notò Clary, la cameriera aveva un ramoscello argenteo di betulla. Rivolse a Clary uno sguardo curioso con i suoi occhi blu. — Avete scelto?

Presa alla sprovvista, Clary ordinò delle portate a caso dal menu. Jace chiese patatine fritte dolci e un certo numero di piatti da impacchettare e portare ai Lightwood. Kaelie se ne andò, lasciandosi dietro un lieve odore di fiori.

— Di' ad Alec che mi dispiace per tutto quello che è successo — riprese Clary. — E di' a Max che quando vuole lo porterò al Pianeta Proibito.

— Solo i mondani dicono "mi dispiace" quando quello che intendono veramente è "condivido il tuo dolore" — osservò Jace. — Non hai colpa di nulla, Clary. — A un tratto i suoi occhi ebbero un lampo di odio. — La colpa è di Valentine.

— Se ho capito bene, non ha lasciato...

— Tracce? No. Direi che si è nascosto da qualche parte per finire quello che ha iniziato con la Spada. Dopodiché... — Jace fece spallucce.

— Dopodiché cosa?

— Non lo so. È pazzo. È difficile prevedere le mosse di un pazzo. — Ma evitò i suoi occhi, e Clary capì cosa stava pensando: *Sarà la guerra*. Era quello che voleva Valentine. La guerra contro gli Shadowhunters. E l'avrebbe avuta. Il dubbio era solo *dove* avrebbe sferrato il primo colpo. — In ogni caso, dubito sia di questo che sei venuta a parlarmi, giusto?

— Sì. — Adesso che il momento era giunto, Clary aveva difficoltà a trovare le parole. Si scorse riflessa sulla superficie argentea del portatovagliolo. Cardigan bianco, viso bianco, rossore febbrile sulle guance. In effetti, sembrava che avesse la febbre. Se la sentiva anche un po'. — Sono due giorni che voglio parlarti...

— Ma dai! — La voce di Jace era insolitamente acuta. — Tutte le volte che ti ho chiamato, Luke ha detto che stavi male. Ho immaginato che mi stessi evitando. Di nuovo.

— Non era così. — Le sembrò che tra di loro si aprisse un enorme spazio vuoto, sebbene il séparé non fosse poi così grande e non fossero seduti tanto lontani l'uno dall'altra. — Avevo una gran voglia di parlarti. Ti ho pensato in continuazione.

Jace fece un verso di sorpresa e allungò le mani al di sopra del tavolo. Lei le prese, mentre veniva travolta da un'ondata di sollievo. — Anch'io ti ho pensato.

La stretta sulle sue mani era calda, confortante, e Clary si ricordò di come lo aveva abbracciato a Renwick mentre si dondolava avanti e indietro tenendo in mano il frammento di Portale insanguinato che era tutto ciò che gli rimaneva della sua vecchia vita. — Stavo davvero male. Lo giuro. Sono quasi morta sulla nave, lo sai.

Jace le lasciò la mano, ma la fissava, quasi volesse imprimersi il suo viso nella memoria. — Lo so. Ogni volta che tu stai per morire, sto per morire anch'io.

Le sue parole le fecero sobbalzare il cuore nel petto, come se avesse ingoiato una sorsata di caffeina pura. — Jace. Sono venuta a dirti che...

— Aspetta. Lascia parlare me per primo. — Sollevò le mani come per respingere le parole che stava per pronunciare. — Prima che tu dica qualcosa, volevo scusarmi con te.

— Scusarti? Per cosa?

— Per non averti ascoltato. — Jace si passò tutte e due le mani tra i capelli, e Clary notò una piccola cicatrice, una minuscola linea argentea, sul lato della gola. — Continuavi a dirmi che non potevo avere quello che volevo da te, e io continuavo a farti pressione, a farti pressione e a non darti retta. Volevo soltanto che io e te ce ne infischiassimo di quello che avrebbe detto chiunque altro.

A Clary si seccò di colpo la bocca, ma, prima che potesse dire qualcosa, Kaelie fu di ritorno con le patatine per Jace e alcuni piatti per lei. Abbassò lo sguardo su quello che aveva ordinato: un frappè verde, qualcosa che sembrava un hamburger crudo e un piatto di grilli affogati nel cioccolato. Non che facesse differenza; aveva un tale nodo allo stomaco che non poteva neanche prendere in considerazione l'idea di mangiare. — Jace — disse, appena la cameriera se ne fu andata. — Tu non hai fatto nulla di sbagliato. Tu...

— No. Lasciami finire. — Jace aveva gli occhi abbassati sulle patatine, come se contenessero i segreti dell'universo. — Clary, devo dirlo adesso o... o mai più.

— Le parole gli ruzzolarono fuori a precipizio: — Pensavo di aver perso la mia famiglia. E non intendo Valentine. Intendo i Lightwood. Pensavo che avessero chiuso con me. Pensavo che al mondo non mi rimanesse altri che te. Io... io ero folle per questa perdita e me la sono presa con te. E mi dispiace. Avevi ragione.

— No. Sono stata sciocca. Sono stata crudele con te...

— Avevi tutto il diritto di esserlo. — Jace alzò gli occhi, e a un tratto Clary si rammentò stranamente di quando aveva quattro anni ed era sulla spiaggia e s'era messa a piangere quando il vento si era levato e aveva fatto volar via il castello di sabbia che aveva costruito. Sua madre le aveva detto che se ne aveva voglia poteva farne un altro, ma questo non l'aveva fatta smettere di piangere, perché ciò che aveva creduto eterno, dopotutto, non lo era: era solo fatto di sabbia che si dissolveva al tocco del vento o dell'acqua. — Quello che dicevi era vero. Non viviamo né amiamo nel vuoto. Intorno a noi ci sono persone che ci vogliono bene e che verrebbero ferite, o persino distrutte, se ci concedessimo di sentire tutto quello che vorremmo sentire. Essere così significherebbe... essere come Valentine.

Pronunciò il nome del padre con un tono così definitivo che a Clary sembrò di sentirsi sbattere una porta in faccia.

— D'ora in poi per te sarò solo un fratello — continuò Jace, e intanto la guardava sperando di vederla contenta, il che le fece venire voglia di gridare che le stava mandando in pezzi il cuore. — È quello che volevi, non è vero?

Clary impiegò un bel po' a rispondere, e quando lo fece la sua voce le sembrò un'eco che proveniva da molto lontano. — Sì — disse, e si sentì risuonare le onde nelle orecchie, e gli occhi bruciarle, come per effetto della sabbia o della schiuma salata. — È quello che volevo.

Clary saliva intontita i larghi scalini che conducevano alle ampie porte d'ingresso a vetri del Beth Israel. In un certo senso era contenta di essere là piuttosto che in qualsiasi altro posto. Quello che voleva più di ogni altra cosa al mondo era di gettarsi tra le braccia di sua madre e piangere, anche se non avrebbe potuto spiegarle perché. E dal momento che non poteva farlo, sedere accanto al letto della madre e piangere le sembrava la migliore alternativa che le restava.

Da Taki aveva incassato piuttosto bene. Aveva persino salutato Jace con un abbraccio al momento di andarsene. Non aveva cominciato a piangere finché non era salita sulla metro, e poi si era ritrovata a piangere su tutto quello su cui non aveva ancora pianto, Jace e Simon e Luke e sua madre e perfino Valentine. Aveva singhiozzato abbastanza forte perché l'uomo che le sedeva accanto le offrisse un fazzoletto di carta. E lei gli aveva gridato: «Che cosa hai da guardare, idiota?», perché è così che si fa a New York. Poi si era sentita un po' meglio.

Mentre stava per arrivare in cima alla scala, si rese conto che là c'era una donna. Indossava un lungo mantello scuro sopra un vestito, decisamente non il genere di roba che si vedeva abitualmente a Manhattan. Il mantello era di velluto e aveva un ampio cappuccio che le nascondeva il viso. Guardandosi intorno,

Clary vide che nessun altro, sui gradini o accanto alle porte, sembrava fare caso a quell'apparizione. Un incantesimo, dunque.

Raggiunta la cima della scala, si fermò, lo sguardo sulla donna. Continuava a non scorgerne il viso. Le disse: — Senti, se sei qui per vedere me, dimmi alla svelta che cosa vuoi. Adesso non sono proprio dell'umore giusto per tutta questa magia e questi segreti.

Notò che la gente intorno si fermava a fissare quella ragazza matta che parlava al vuoto. Represse l'impulso di fare la linguaccia.

— Va bene. — La voce era gentile, stranamente familiare. La donna alzò le mani e tirò indietro il cappuccio. Una cascata di capelli grigi le si riversò sulle spalle. Era la donna da cui Clary si era vista fissare nel cortile del Cimitero Monumentale, la stessa donna che li aveva salvati dal coltello di Malik davanti all'Istituto. Da vicino, Clary vide che aveva un tipo di viso tutto spigoli, troppo a punta per essere grazioso, ma gli occhi erano di un bel color nocciola intenso. — Mi chiamo Madeleine. Madeleine Bellefleur.

— E...? — fece Clary. — Che cosa vuoi da me?

La donna esitò. — Conoscevo tua madre Jocelyn. Eravamo amiche, a Idris.

— Non puoi vederla. Niente visite a parte i familiari, finché non si riprenderà.

— Ma non si riprenderà.

A Clary sembrò che l'avesse schiaffeggiata. — *Che cosa?*

— Mi dispiace — disse Madeleine. — Non intendevo turbarti. È solo che io so cosa c'è che non va in Jocelyn e ora non c'è nulla che un ospedale mondano possa fare per lei. Quello che le è successo... se l'è fatto da sola, Clarissa.

— No. Non capisci. Valentine...

— Lo ha fatto prima che Valentine la trovasse. Per questo non ha potuto strapparle alcuna informazione. Lei aveva progettato tutto. Era un segreto, un segreto che ha condiviso solo con un'altra persona, e solo a un'altra persona ha detto come poteva essere annullato l'incantesimo. Quella persona sono io.

— Vuoi dire...?

— Sì — disse Madeleine. — Voglio dire che posso mostrarti come svegliare tua madre.

Ringraziamenti

La stesura di questo libro non sarebbe stata possibile senza il sostegno e l'incoraggiamento del mio gruppo di scrittura: Holly Black, Kelly Link, Ellen Kushner, Delia Sherman, Gavin Grant e Sarah Smith. Non avrei potuto fare a meno neppure dell'NB Team: Justine Larbalestier, Maureen Johnson, Margaret Crocker, Libba Bray, Cecil Castellucci, Jaida Jones, Diana Peterfreund e Marissa Edelman. Un grazie anche a Eve Sinaiko e a Emily Lauer per il loro aiuto (e i commenti spietati) e a Sarah Rees Brennan, per avere amato Simon più di chiunque altro al mondo. La mia gratitudine va a tutto lo staff di Simon&Schuster e Walker Books per aver creduto in questi libri. Un grazie speciale alla mia editor, Karen Wojtyla, per tutti i segni con la matita rossa, a Sarah Payne, per aver permesso modifiche ben oltre la data di scadenza, a Bara MacNeill, per aver tenuto d'occhio il nascondiglio delle armi di Jace, e al mio agente Barry Goldblatt, per avermi detto che facevo la stupida quando era il caso. E anche alla mia famiglia: a mia madre, a mio padre, a Kate Conner, a Jim Hill, a mia zia Naomi e a mia cugina Joyce per il loro incoraggiamento. E a Josh, che non ha ancora compiuto tre anni.

CITTÀ DI VETRO

A mia madre.
Conto solo le ore serene.

Lungo è il cammino
e duro, che dall'inferno
ci spinge alla luce.
JOHN MILTON, *Il Paradiso perduto*

Parte prima

LE SCINTILLE VOLANO IN ALTO

... è l'uomo che genera pene,
come le scintille volano in alto.

Giobbe 5, 7

1
Il Portale

L'ondata di freddo della settimana precedente era passata e il sole brillava allegramente mentre Clary attraversava in fretta il giardino polveroso davanti alla casa di Luke, col cappuccio del giubbotto tirato su per impedire al vento di soffiarle i capelli in faccia. Faceva caldo, ma il vento che veniva dall'East River sapeva essere ancora feroce: portava con sé un lieve odore chimico, mescolato a quello di Brooklyn di asfalto e benzina e a un sentore di zucchero bruciato che veniva da una fabbrica abbandonata, in fondo alla via.

Simon l'aspettava nel portico, buttato su una poltrona sfondata. Aveva il Nintendo DS in bilico sulle ginocchia fasciate dai jeans e con grande impegno lo stava tempestando di colpetti di stilo. — Punto! — esclamò quando Clary salì i gradini. — Sto distruggendo Mario Kart.

Clary si abbassò il cappuccio, scrollò indietro i capelli e si frugò in tasca per cercare le chiavi. — Dov'eri finito? È tutta la mattina che ti chiamo.

Simon si alzò infilando il Nintendo nella borsa a tracolla. — Ero da Eric, per le prove con la band.

Clary smise di armeggiare con la chiave nella toppa (si inceppava sempre) per lanciargli un'occhiata di traverso. — Le prove con la band? Vuoi dire che sei ancora...

— Nella band? Perché non dovrei? — Si avvicinò. — Da' qua, faccio io.

Clary non si mosse, mentre Simon girava la chiave con quel tanto di pressione che serviva a far scattare la vecchia serratura cocciuta. Le mani di Simon sfiorarono le sue: erano fresche, la pelle aveva la temperatura dell'aria. Clary rabbrividì appena. Avevano chiuso il loro tentativo di relazione romantica solo da una settimana, ma lei si sentiva ancora confusa, quando lo vedeva.

— Grazie. — Riprese le chiavi senza guardarlo.

Nel salotto faceva caldo. Clary appese il giubbotto a un gancio nell'ingresso e si diresse verso la camera dove dormiva, seguita da Simon. Aggrottò la fronte:

la sua valigia era aperta sul letto come una conchiglia marina e c'erano vestiti e album da disegno sparsi ovunque.

— Ma non devi restare a Idris solo un paio di giorni? — le chiese Simon, contemplando il disastro con un'aria di lieve sgomento.

— Infatti, ma non riesco a decidere che cosa mettere in valigia. Gonne e veri vestiti praticamente non ne ho. E se non potrò mettermi i pantaloni?

— Perché mai? È un altro paese, non un altro secolo.

— Ma gli Shadowhunters sono così all'antica. E Isabelle mette sempre dei vestiti... — Clary s'interruppe e sospirò. — Lascia stare. Sto solo proiettando sul mio guardaroba tutta l'ansia che ho per mia mamma. Parliamo d'altro. Come sono andate le prove? L'avete trovato, il nome della band?

— Le prove, bene. — Simon si sedette sulla scrivania con le gambe penzoloni. — Stiamo pensando a un nuovo motto. Qualcosa di ironico tipo "Ve le abbiamo suonate e ve le suoneremo ancora".

— Hai detto a Eric e agli altri della band che...

— Che sono un vampiro? No. Non è il genere di cose che si buttano lì in una chiacchierata.

— Forse no, ma loro sono tuoi amici. Dovrebbero saperlo. E poi, penseranno solo che ti faccia più divo del rock, come quel vampiro Lester.

— Lestat — la corresse Simon. — Si chiama Vampire Lestat. Ma lui è finto. Comunque, non mi pare di averti vista correre da tutti i tuoi amici a dire che sei una Cacciatrice, una Shadowhunter.

— Quali amici? Sei tu il mio unico amico. — Si buttò sul letto e guardò Simon. — E a te l'ho detto, no?

— Perché non avevi scelta. — Simon la osservò piegando di lato la testa; la luce sul comodino creava sui suoi occhi riflessi argentati. — Mi mancherai, quando sarai via.

— Anche tu — disse Clary. In realtà era tutta un formicolio di tensione e di aspettativa, e le era difficile concentrarsi. *Sto per andare a Idris!* cantava la sua mente. *Vedrò la patria degli Shadowhunters, la Città di Vetro. Salverò mia madre.*

E sarò con Jace.

Gli occhi di Simon ebbero un guizzo, come se avesse sentito i suoi pensieri, ma il suo tono di voce rimase dolce. — Spiegami di nuovo perché proprio tu devi andare a Idris. Perché non se ne possono occupare Madeleine e Luke?

— L'incantesimo che ha ridotto mia madre in quelle condizioni è stato fatto da uno stregone, Ragnor Fell. Madeleine dice che dobbiamo ritrovarlo per farci dire come invertire l'incantesimo. Ma Ragnor Fell non ha mai visto Madeleine. Però conosceva mia madre e, secondo Madeleine, si fiderà di me perché le assomiglio molto. E Luke non mi può accompagnare: potrebbe venire a Idris, ma a quanto pare non può entrare ad Alicante senza il permesso del Conclave, che non glielo concederebbe. Non dirgli niente, per favore, non è affatto contento di farmi andare senza di lui. Se non conoscesse Madeleine dubito che mi avrebbe lasciata partire.

— Ma ci saranno anche i Lightwood. E Jace. Ti aiuteranno loro. Jace ha detto che ti avrebbe aiutata, no? Insomma, non gli dispiace che tu vada con loro, giusto?

— Certo che mi aiuterà — rispose Clary. — E non gli dispiace per niente. Per lui non c'è problema.

Ma questa, Clary lo sapeva bene, era una bugia.

Clary era andata dritta all'Istituto, dopo aver parlato con Madeleine all'ospedale. Jace era stato il primo al quale aveva rivelato il segreto di sua madre, prima ancora che a Luke. Lui l'aveva ascoltata, immobile, guardandola fisso e facendosi sempre più pallido: sembrava che Clary non gli stesse dicendo come si poteva fare per salvare sua madre, ma gli stesse prosciugando il sangue dalle vene con sadica lentezza.

— Tu non vai da nessuna parte — le disse alla fine. — A costo di legarti e restare seduto sopra di te finché non ti sarà uscito questo grillo dalla testa, tu non andrai a Idris.

Fu come uno schiaffo. Clary pensava che Jace sarebbe stato contento. Aveva fatto tutta la strada dall'ospedale all'Istituto di corsa, per dirglielo, e invece eccolo lì, in piedi sulla soglia, a fissarla cupo con un'aria da funerale. — Voi però ci andate — aveva replicato lei.

— Sì, noi ci andiamo. Ci *dobbiamo* andare. Il Conclave ha richiamato a Idris tutti i suoi membri attivi per tenere un Consiglio generale e decidere cosa fare con Valentine. E dato che noi siamo gli ultimi ad averlo visto...

Clary liquidò il discorso con un gesto della mano. — Quindi, se andate voi, perché non posso venirci anch'io?

Quella domanda così diretta sembrò irritarlo ancora di più. — Perché là non saresti al sicuro.

— Ah, qui invece sono al sicuro, vero? Ho rischiato di morire almeno una decina di volte, nell'ultimo mese, e sempre qui, a New York.

— È perché Valentine si stava concentrando sui due Strumenti Mortali che erano qui. — Jace parlava a denti stretti. — Ora sposterà la sua attenzione su Idris, lo sappiamo tutti...

— Non ne siamo sicuri per niente — intervenne Maryse Lightwood.

Era rimasta nell'ombra del corridoio, dietro la porta, non vista da nessuno dei due. Fece un passo avanti, entrando nella luce dell'ingresso. La luce illuminò le rughe di stanchezza che le segnavano il viso.

Suo marito Robert era stato contaminato dal veleno di un demone, nella battaglia della settimana prima, e da allora aveva avuto bisogno di assistenza continua. Clary poteva solo immaginare quanto Maryse potesse essere stanca.

— E il Conclave vuole incontrare Clarissa. Lo sai anche tu, Jace.

— Al diavolo il Conclave.

— Jace! — lo rimproverò Maryse in tono molto genitoriale, tanto per cambiare. — Modera il linguaggio.

— Il Conclave vuole un sacco di cose — si corresse Jace. — Non può averle tutte.

Maryse gli lanciò un'occhiata, come se sapesse esattamente di cosa stava parlando Jace e non apprezzasse affatto. — Il Conclave ha spesso ragione, Jace. È abbastanza normale che vogliano parlare con Clary, dopo quello che ha passato. Quello che lei potrebbe dire...

— Gli dirò io tutto quello che vorranno sapere — la interruppe Jace.

Maryse sospirò e volse i suoi occhi azzurri a Clary. — Dunque tu vuoi venire a Idris, mi pare di capire.

— Solo per un paio di giorni. Non vi creerò problemi — promise Clary con aria supplichevole, ignorando lo sguardo incandescente di Jace. — Giuro.

— Il punto non è se ci creerai problemi o no; il punto è se vorrai incontrare il Conclave. Loro vogliono parlare con te, ma se tu rifiuterai, dubito che avremmo l'autorizzazione a portarti con noi.

— Non... — iniziò Jace.

— Incontrerò il Conclave — accettò Clary, anche se la sola idea le fece correre un brivido freddo lungo la schiena. Finora, l'unico emissario del Conclave che aveva conosciuto era stata l'Inquisitrice, e non poteva certo dire che fosse stata una piacevole compagnia.

Maryse si sfregò le tempie con la punta delle dita. — Allora siamo a posto. — Lei, però, non sembrava per niente a posto: la sua voce era fragile e tesa come una corda di violino. — Jace, accompagna fuori Clary e poi vieni da me in biblioteca. Devo parlarti.

La donna sparì nell'ombra da cui era apparsa, senza nemmeno una parola di saluto. Clary la guardò allontanarsi, con l'impressione di aver preso una secchiata d'acqua gelida in faccia. Alec e Isabelle erano sinceramente affezionati alla madre, e Clary sapeva che non era una cattiva persona, ma non si poteva certo dire che fosse una donna affettuosa.

La bocca di Jace era una linea dura. — Ma tu guarda cos'hai combinato.

— Io devo andare a Idris, anche se tu non riesci a capire perché — replicò Clary. — Devo farlo per mia madre.

— Maryse ha grande fiducia nel Conclave — commentò Jace. — Lei li crede perfetti, e io non posso dirle che non è vero, perché... — Si interruppe di colpo.

— Perché è una cosa che direbbe Valentine.

Si aspettava un'esplosione di rabbia, invece Jace disse solo: — Nessuno è perfetto. — Pigiò con l'indice il pulsante dell'ascensore. — Nemmeno il Conclave.

Clary incrociò le braccia al petto. — Allora è questo il vero motivo per cui non vuoi che venga con voi? Perché non sarei al sicuro?

Un guizzo di sorpresa balenò sul viso di Jace. — In che senso? Quale altro motivo dovrei avere?

Clary mandò giù un nodo in gola. — Per esempio... — *Per esempio, perché mi hai detto che non provi più niente per me e, sai, è una cosa molto imbarazzante, perché io invece provo ancora qualcosa per te. E scommetto che lo sai.*

— Per esempio perché non voglio che la mia sorellina mi segua dappertutto? — C'era una nota tagliente nella sua voce, mezza di scherno, mezza di qualcos'altro.

L'ascensore arrivò sferragliando. Clary spinse il cancelletto ed entrò, voltandosi a guardare Jace. — Io non voglio andare a Idris perché ci sei tu. Voglio andarci per aiutare mia madre. *Nostra* madre. Io *devo* aiutarla, capisci? Se non lo faccio, potrebbe non svegliarsi mai più. Potresti almeno fare finta che ti importi qualcosa.

Jace le mise le mani sulle spalle. Le punte delle dita le sfiorarono la pelle nuda vicino al colletto, provocandole inutili e irrefrenabili brividi in tutto il corpo. Jace aveva delle ombre scure sotto gli occhi, notò Clary senza volerlo, e le guance scavate. La maglia nera che indossava metteva in risalto le sue ciglia scure e la pelle chiara segnata dai lividi. Era uno studio sui contrasti, un soggetto da dipingere in bianco, nero e grigio, con qualche spruzzo d'oro qua e là, per gli occhi, ad esempio, per una traccia di…

— Lascialo fare a me. — La voce di Jace era morbida, incalzante. — Posso aiutarla io, al posto tuo. Dimmi dove devo andare e a chi chiedere. Farò io quello che ti serve.

— Madeleine ha detto allo stregone che ci andrò io. Lui si aspetta la figlia di Jocelyn, non suo figlio.

Le mani di Jace si strinsero sulle sue spalle. — Allora dille che c'è stato un cambio di programma. Che ci vado io, non tu. *Non tu.*

— Jace…

— Farò qualsiasi cosa — insistette Jace. — Qualsiasi cosa vorrai, se mi prometti di restare qui.

— Non posso.

Jace la lasciò andare, come se Clary lo avesse spinto via. — E perché non puoi?

— Perché — rispose Clary — è mia madre, Jace.

— È anche la mia. — La sua voce era fredda. — Perché Madeleine non ci ha contattati tutt'e due? Perché solo tu?

— Lo sai, il perché.

— Perché per lei — concluse Jace con una voce ancora più fredda — tu sei la figlia di Jocelyn, mentre io sarò sempre il figlio di Valentine.

Jace richiuse con forza la porta dell'ascensore. Per un momento Clary lo guardò da dietro la grata di ferro, che gli ripartiva la faccia in rombi metallici. Da uno dei rombi, uno dei suoi occhi dorati la fissava, acceso nel profondo da una rabbia furiosa.

— Jace… — iniziò Clary.

Ma con un sobbalzo e uno sferragliare di ingranaggi l'ascensore si mise in moto, portandola giù, nel buio silenzio della cattedrale.

— Terra chiama Clary. — Simon le agitò le mani davanti agli occhi. — Sei sveglia?

— Sì, scusa. — Clary, seduta sul letto, raddrizzò la schiena e scrollò la testa per liberarla dalle ragnatele. Era stata quella l'ultima volta in cui aveva visto Jace. Quando più tardi l'aveva chiamato al telefono, lui non aveva risposto, e Clary aveva programmato il viaggio a Idris con i Lightwood usando Alec, riluttante e imbarazzato, come figura di riferimento. Povero Alec, incastrato tra Jace e sua madre, sempre a cercare di fare la cosa giusta. — Hai detto qualcosa?

— Solo che Luke dev'essere rientrato — disse Simon saltando giù dalla scrivania nel momento in cui la porta della camera si apriva. — Infatti.

— Ciao, Simon. — La voce di Luke era calma, forse un po' stanca. Indossava un giubbotto di jeans piuttosto liso, una camicia di flanella e un paio di vecchi pantaloni a coste che avevano visto tempi migliori circa dieci anni prima. Aveva gli occhiali sulla testa, tra i capelli castani che avevano più fili grigi di quanto Clary ricordasse. Aveva sotto il braccio una scatola quadrata, legata con un nastro verde. La porse a Clary. — Ti ho preso qualcosa per il viaggio.

— Non dovevi! — protestò Clary. — Hai già fatto così tanto... — Ripensò ai vestiti che Luke le aveva comprato, quando tutto quello che aveva era stato distrutto. Le aveva persino regalato un telefonino nuovo e matite e colori per i suoi disegni, senza che ci fosse neanche bisogno di chiederli. Ora, quasi tutto ciò che Clary possedeva era dono di Luke. *E non approvi per niente quel che sto per fare.* Quell'ultimo pensiero restò sospeso tra loro, inespresso.

— Lo so, ma l'ho visto e ho pensato a te. — Le porse la scatola.

L'oggetto che conteneva era avvolto in vari strati di carta velina. Clary la strappò e le sue mani si chiusero su un tessuto morbido come il pelo di un gattino. Trasalì: era un cappottino di velluto verde bottiglia, vecchio stile, con una fodera di seta dorata, i bottoni in ottone e un ampio cappuccio. Se l'appoggiò sulle gambe, carezzando con delicatezza il tessuto soffice. — Sembra una cosa che indosserebbe Isabelle — esclamò. — Un mantello da viaggio da vera Cacciatrice.

— Esattamente. Vestita così, sarai più simile a loro — le disse Luke. — Quando sarai a Idris.

Lei lo guardò. — E tu vuoi che somigli a loro?

— Clary, tu *sei* una di loro. — Il suo sorriso era venato di tristezza. — E poi, sai anche tu come trattano i forestieri, da quelle parti. Qualsiasi cosa tu possa fare per inserirti...

Simon fece uno strano verso e Clary lo guardò con aria colpevole: si era quasi dimenticata che fosse lì. Simon diede un'occhiata all'orologio. — Io devo andare.

— Ma sei appena arrivato! — protestò lei. — Pensavo di stare un po' insieme, guardare un film, qualcosa...

— Devi fare le valigie. — Simon le sorrise, luminoso come il sole dopo un temporale. Si sarebbe potuto credere che non avesse il minimo pensiero. — Passo a salutarti più tardi.

— Ma dai! — protestò Clary. — Resta...

— Non posso. — Il suo tono era categorico. — Mi vedo con Maia.

— Ah, fantastico — commentò Clary. Maia, si disse, era simpatica. Era intelligente. Era carina. Era anche un lupo mannaro. Un lupo mannaro con una cotta per Simon. Ma forse era così che doveva essere. Forse era giusto che la nuova amica di Simon fosse una Nascosta. Dopotutto anche lui, adesso, era un Nascosto. In teoria, non avrebbe nemmeno potuto frequentare una Shadowhunter come Clary. — Allora è meglio che tu vada.

— È meglio di sì. — Gli occhi scuri di Simon erano imperscrutabili, e questa era una novità: finora, Clary era sempre stata capace di leggere i suoi pensieri. Si chiese se fosse un effetto collaterale del vampirismo o qualcosa di totalmente diverso. — Ciao — la salutò Simon. Si chinò come per baciarla sulla guancia, spostandole i capelli con la mano, ma si fermò e si ritrasse, con un'espressione incerta. Lei aggrottò la fronte, sorpresa, ma Simon se n'era già andato, passando accanto a Luke, ancora fermo sulla soglia. La porta d'ingresso sbatté in lontananza.

— Si comporta in modo così strano! — esclamò Clary stringendosi al petto il cappotto di velluto, come a cercare rassicurazione. — Secondo te, è per questa faccenda del vampirismo?

— Non credo. — Luke sembrava leggermente divertito. — Diventare Nascosti non cambia ciò che si prova per le cose o per le persone. Dagli tempo: hai appena rotto con lui.

— Non sono stata io. È stato lui a rompere con me.

— Perché tu non eri innamorata. È una situazione complicata, ma mi pare che Simon la stia gestendo con molto tatto. Altri, alla sua età, metterebbero il broncio, o ti aspetterebbero per ore sotto la finestra con uno stereo portatile.

— Luke, lo stereo portatile non ce l'ha più nessuno. Succedeva negli anni Ottanta. — Clary scese dal letto e s'infilò il cappotto. Lo abbottonò fino al collo, godendosi la morbida sensazione del velluto. — Voglio solo che Simon torni alla normalità. — Si guardò allo specchio e fu piacevolmente sorpresa dall'immagine riflessa: il verde le metteva in risalto i capelli rossi e le illuminava gli occhi. Guardò Luke. — Che ne pensi?

Lui era appoggiato allo stipite della porta, con le mani in tasca. Un'ombra passò sul suo viso mentre la guardava. — Tua madre aveva un cappotto così, quando aveva la tua età. — Non aggiunse altro.

Clary chiuse le dita intorno ai polsini, affondandole nel velluto morbido. Sentirgli nominare sua madre, con quella tristezza nella voce, le fece venir voglia di piangere. — Dopo andiamo da lei, vero? Voglio salutarla, prima di partire, e voglio dirle... voglio dirle cos'ho intenzione di fare. Voglio dirle che guarirà.

Luke annuì. — Sì, dopo andiamo in ospedale. E... Clary?

— Sì? — Non avrebbe voluto guardarlo in faccia ma, con suo grande sollievo, quando lo fece vide che la tristezza gli era sparita dagli occhi.

Luke sorrise. — La normalità non è poi questa gran cosa.

Simon guardò il foglietto che aveva in mano, poi la cattedrale, con gli occhi socchiusi per il sole del pomeriggio. L'Istituto si stagliava contro un cielo azzurro e lontano, un blocco di granito traforato da finestre a sesto acuto e circondato da un alto muro di cinta. Le facce grottesche dei gargoyle ghignavano dai cornicioni, come a sfidarlo ad avvicinarsi. L'edificio non somigliava per niente a come gli era apparso la prima volta, dissimulato dietro l'illusorio aspetto di un rudere abbandonato. Con i Nascosti, gli inganni ottici non funzionavano.

Tu qui non c'entri niente. Le parole erano dure, corrosive come l'acido; chissà se era la voce dei gargoyle o della sua mente. *Questa è una chiesa e tu sei un dannato.*

— Basta — mormorò debolmente. — E poi, che m'importa delle chiese, io sono ebreo.

C'era un cancello di ferro battuto, incastonato nel muro di cinta. Simon appoggiò la mano al saliscendi con una mezza idea che gli avrebbe bruciato la pelle, ma non successe niente. A quanto pareva, il cancello in sé non era particolarmente sacro. Simon lo aprì ed entrò. Era quasi a metà del vialetto di pietre crepate dal tempo che conduceva all'ingresso, quando poco lontano sentì delle voci familiari.

Forse non proprio "poco lontano". Aveva quasi dimenticato quanto si era affinato il suo udito, come la vista peraltro, da quando si era trasformato. Le voci sembravano vicine, ma seguendo il vialetto che girava intorno all'Istituto vide che le persone erano a parecchia distanza, in fondo al prato. Qui l'erba era incolta e invadeva i vialetti che si diramavano verso quelli che un tempo erano roseti ordinatamente allineati. C'era persino una panchina di pietra, coperta da un intrico di erbacce. L'Istituto era stato una vera chiesa, prima che gli Shadowhunters se ne impossessassero.

Vide subito Magnus, appoggiato a un muscoso muretto di pietra. Be', era difficile non vedere Magnus: aveva una maglietta bianca decorata a schizzi di colore e pantaloni arcobaleno di pelle. Risaltava come un'orchidea di serra fra gli Shadowhunters tutti in nero: Alec, pallido e visibilmente a disagio, Isabelle, coi lunghi capelli neri raccolti in trecce fissate da nastrini argentati, e, accanto a lei, un ragazzino che doveva essere Max, il fratello più piccolo. Poco lontano c'era la loro madre, Maryse, una versione poco più alta e ossuta della figlia, con gli stessi capelli neri. Con lei c'era una donna che Simon non conosceva. In un primo momento pensò che fosse una vecchia, perché aveva i capelli quasi bianchi, ma quando si voltò a parlare con Maryse fu chiaro che, probabilmente, non arrivava ai quarant'anni.

E poi c'era Jace, un po' isolato, come se non facesse parte del gruppo. Era in tenuta nera da Cacciatore, come gli altri. Quando Simon si vestiva di nero, sembrava pronto per un funerale. Jace, invece, sembrava più duro, più pericoloso. E più biondo. Simon sentì subito la tensione accumularsi nelle spalle e si domandò se mai qualcosa – il tempo o l'oblio – avrebbe potuto diluire il risentimento che nutriva nei suoi confronti e che avrebbe preferito non provare. Ma quel rancore c'era: un macigno che gli pesava sul cuore senza più battito.

C'era qualcosa di strano, in quel gruppo di persone. Proprio allora Jace si voltò verso di lui, come se avesse percepito la sua presenza. Anche a quella distanza, Simon vide la sottile cicatrice bianca sulla sua gola, sopra il colletto. Il risentimento sfumò in qualcosa di diverso. Jace gli fece un lieve cenno con il capo.

— Torno subito — disse a Maryse con un tono di voce che Simon non avrebbe mai usato con sua madre, da adulto ad adulto.

Maryse acconsentì con un gesto distratto. — Non capisco perché ci voglia tanto tempo — stava dicendo a Magnus. — È normale?

— Quello che non è normale è lo sconto che vi sto facendo. — Magnus batté il tacco dello stivale contro il muro. — Di solito mi faccio pagare il doppio.

— È un portale *temporaneo*. Deve portarci solo fino a Idris. Poi dovrai richiuderlo. I patti sono questi. — Si rivolse alla donna al suo fianco. — Tu resterai qui a controllare che lo faccia, Madeleine.

Madeleine. Allora era lei, l'amica di Jocelyn. Ma non c'era tempo di stare a guardare. Jace l'aveva preso per un braccio e lo stava trascinando dietro l'angolo della chiesa, dove gli altri non potevano vederli. Lì le erbacce erano ancor più alte e rigogliose e il sentiero era invaso dai rovi. Jace lo spinse dietro una grande quercia e finalmente mollò la presa, lanciando intorno occhiate sospettose, come a controllare che nessuno li avesse seguiti. — Okay, qui possiamo parlare.

Sicuramente era un angolo tranquillo: il rumore del traffico della York Avenue era attutito dalla mole dell'Istituto. — Sei tu che mi hai chiesto di venire — precisò Simon. — Ho trovato il tuo messaggio sotto la finestra, stamattina, quando mi sono svegliato. Ma tu non usi mai il telefono come la gente normale?

— Non se posso evitarlo, vampiro — rispose Jace. Studiava con aria assorta il volto di Simon, come se stesse leggendo le pagine di un libro. La sua espressione racchiudeva due emozioni contrastanti: un lieve stupore e quello che a Simon sembrò disappunto. — Allora è vero, tu puoi stare alla luce del sole. Nemmeno a mezzogiorno ti scotti la pelle.

— Esatto — disse Simon. — Del resto lo sapevi, no? C'eri anche tu. — Non ci fu bisogno di precisare dove: lesse nel viso di Jace il ricordo del fiume, il pianale del pickup, il sole che sorgeva sull'acqua, Clary che gridava. Un ricordo nitido e preciso, come per Simon.

— Pensavo che fosse una cosa temporanea — disse Jace senza convinzione.

— Se sento che sto per andare a fuoco, ti avverto. — Simon non aveva mai molta pazienza con Jace. — Senti, mi hai chiesto di venire fin qui solo per osservarmi come un microbo su un vetrino da laboratorio? La prossima volta ti mando una foto.

— E io la metto in cornice e me la tengo sul comodino — replicò Jace, ma il suo sarcasmo non veniva dal cuore. — Ti ho fatto venire qui per una ragione. Anche se mi scoccia doverlo ammettere, vampiro, noi due abbiamo qualcosa in comune.

— Capelli strabilianti? — suggerì Simon, ma anche lui non ci stava mettendo il cuore. Qualcosa nell'espressione di Jace lo faceva sentire a disagio.

— Clary — rispose Jace.

Simon fu colto alla sprovvista. — Clary?

— Clary — ripeté Jace. — Hai presente? Piccolina, rossa, brutto carattere.

— Non capisco come Clary possa essere qualcosa che abbiamo in comune — replicò Simon, pur capendolo benissimo. Non era una conversazione che desiderava fare con Jace, né ora né mai. Non c'era forse un codice virile non scritto che impediva discussioni del genere? Discussioni sui sentimenti?

Evidentemente no. — Tutti e due ci teniamo a lei — dichiarò Jace, dandogli un'occhiata misurata. — Clary è importante sia per me sia per te. Giusto?

— Tu mi stai chiedendo se *ci tengo* a Clary? — "Tenerci" era una parola piuttosto inadeguata. Si chiese se Jace si stesse prendendo gioco di lui, il che sarebbe stato insolitamente crudele, persino per Jace. Possibile che l'avesse fatto andare fin lì solo per prenderlo in giro perché con Clary non aveva funzionato, romanticamente parlando? Ad ogni modo Simon coltivava ancora la speranza, una minima speranza, che le cose potessero cambiare, che Jace e Clary cominciassero a provare l'uno per l'altra sentimenti più simili a quelli che solitamente esistono tra fratello e sorella...

Incrociò lo sguardo intenso di Jace e sentì avvizzire anche quella piccola speranza. La sua espressione non era quella che hanno i fratelli quando parlano delle proprie sorelle. D'altra parte, era evidente che Jace non l'aveva fatto andare fin lì per prenderlo in giro: la pena che Simon sapeva di avere scritta in faccia a chiare lettere si rispecchiava identica negli occhi di Jace.

— Non credere che mi piaccia farti domande del genere — scattò Jace. — Ma devo sapere che cosa saresti disposto a fare per Clary. Mentiresti per lei?

— Mentire su cosa? Ma che diavolo sta succedendo? — Solo in quel momento Simon mise a fuoco la stranezza che aveva colto in quella riunione familiare nel prato. — Aspetta un secondo! — esclamò. — Voi state partendo per Idris *adesso*? Clary è convinta che partirete stasera.

— Lo so — disse Jace. — E tu devi dire agli altri che ti manda Clary, per avvisare che lei non viene, che non vuole più andare a Idris. — C'era una sfumatura, nella voce di Jace, che Simon faticò a riconoscere, qualcosa di così imprevedibile, da parte sua, che era difficile da elaborare: Jace lo stava *pregando*. — A te crederanno. Tutti sanno quanto... quanto siete legati voi due.

Simon scosse la testa. — Non ci posso credere. Ti comporti come se volessi farmi fare qualcosa per Clary, mentre in realtà vuoi solo farmi fare qualcosa per te. — Fece per andarsene. — Non se ne parla nemmeno.

Jace lo afferrò per un braccio e lo fece girare verso di sé. — Lo sto facendo per Clary. Sto solo cercando di proteggerla. E pensavo che tu potessi aiutarmi.

Simon guardò con intenzione la mano di Jace che gli stringeva il braccio. — Come posso proteggerla, se non mi dici da cosa?

Jace non mollò la presa. — Non puoi semplicemente fidarti di me?

— Tu non capisci quanto Clary ci tenga ad andare a Idris — replicò Simon. — Se devo impedirglielo, sarà meglio che mi trovi una buona ragione.

Jace espirò lentamente, con riluttanza, e mollò la presa sul braccio di Simon. — Quello che Clary ha fatto sulla nave di Valentine — disse a voce bassa — con quella runa, la runa di Apertura... Be', hai visto anche tu cosa è successo.

— Ha distrutto la nave — concluse Simon. — Ha salvato la vita a tutti.

— Abbassa la voce. — Jace si guardò intorno con ansia.

— Non vorrai dirmi che nessun altro lo sa! — esclamò Simon, incredulo.
— Lo so io. Lo sai tu. Lo sa Luke e lo sa Magnus. Nessun altro.
— E cosa pensano che sia successo? Che la nave sia spontaneamente andata in pezzi al momento giusto?
— Agli altri ho detto che il Rituale della Trasformazione di Valentine aveva funzionato male.
— Tu hai mentito al Conclave? — Simon non sapeva bene se esserne colpito o sgomento.
— Sì, ho mentito al Conclave. Isabelle e Alec sanno che Clary ha una certa abilità nel creare nuove rune, perciò dubito di poterlo nascondere al Conclave o al nuovo Inquisitore. Ma se il Conclave scoprisse ciò che Clary sa fare veramente, se scoprisse che sa potenziare delle rune comuni e dotarle di un'incredibile forza distruttiva, la vorrebbe nel suo esercito, la vorrebbe come sua arma. E Clary non è pronta per questo. Non è stata addestrata per questo… — S'interruppe, vedendo Simon scuotere la testa. — Cosa…
— Tu sei un Nephilim — disse Simon lentamente. — Tu dovresti volere ciò che è meglio per il Conclave, giusto? E se questo significa usare Clary…
— Simon, vuoi davvero consegnarla al Conclave? Vuoi davvero metterla in prima linea contro Valentine e l'esercito di demoni che sta creando?
— No — disse Simon. — No di certo. Ma io non sono uno di voi. Io non devo chiedermi chi viene prima, se Clary o la mia famiglia.
Jace si coprì lentamente di un rossore intenso. — Non è così. Se fossi certo che Clary potrebbe aiutare il Conclave… ma non può. Si farà solo del male.
— Ma anche se ne fossi certo — commentò Simon — tu non permetteresti al Conclave di averla per sé.
— Cosa te lo fa pensare, vampiro?
— Perché nessuno può averla, tranne te — rispose Simon.
La faccia di Jace perse ogni traccia di colore. — Quindi, non vuoi aiutarmi — concluse, incredulo. — Non vuoi aiutare *Clary*.
Simon esitò, ma prima che potesse replicare un rumore spezzò il silenzio: un grido acuto, straziante, terribile nella sua disperazione, reso ancor più spaventoso dal modo secco e improvviso con cui s'interruppe. Jace si voltò di scatto. — Che cos'è?
Altre urla si levarono, insieme a un forte clangore che ferì l'udito di Simon. — È successo qualcosa… gli altri…
Jace era già lontano, correva sul sentiero zigzagando tra le erbacce. Dopo un attimo di esitazione, Simon lo seguì. Aveva dimenticato quanto fosse diventato veloce nella corsa: lo raggiunse in un attimo e insieme svoltarono l'angolo della chiesa, precipitandosi nel prato.
Davanti a loro c'era il caos. Una fitta foschia bianca copriva l'erba e l'aria aveva un odore greve: quello pungente dell'ozono misto a un altro odore, sgradevole e dolciastro. Sagome scure sfrecciavano nella nebbia: Simon le vedeva a tratti, mentre sparivano e riapparivano tra gli spiragli della nebbia. Intravide Isabelle

schioccare la frusta, con le trecce che le volavano intorno al viso. La frusta disegnò un lampo dorato, uno squarcio letale tra la foschia. Stava cercando di arrestare l'avanzata di qualcosa di enorme e incombente: un demone, pensò Simon. Ma erano in pieno giorno! Era impossibile! Avvicinandosi, vide che la creatura era umanoide nella forma, ma ingobbita e contorta, in qualche modo *sbagliata*. Brandiva un'asse di legno e tirava colpi contro Isabelle quasi alla cieca.

Poco più in là, oltre un varco nel muro di pietra, il traffico della York Avenue scorreva placidamente. Al di là dei confini dell'Istituto, il cielo era limpido.

— Dimenticati — sussurrò Jace con il volto acceso, estraendo dalla cintura una spada angelica. — A decine. — Spinse da parte Simon quasi con durezza. — Resta qui, capito? Resta qui.

Simon era come paralizzato. Jace si lanciò nella nebbia. La luce della spada che brandiva illuminava d'argento la foschia in cui correvano sagome scure. Simon, al quale sembrava di guardare attraverso un vetro coperto da uno strato di ghiaccio, cercava disperatamente di capire che cosa stesse succedendo dall'altra parte. Isabelle era svanita. Alec, con un braccio sanguinante, colpì al petto un guerriero Dimenticato che si accartocciò a terra.

Un altro si stagliò alle sue spalle, pronto all'attacco, ma ecco che Jace, con una spada in ciascuna mano, fece un balzo, sollevò le due lame e le calò con un brutale movimento a forbice.

La testa del Dimenticato rotolò giù dal collo, schizzando sangue nero. Lo stomaco di Simon si contorse: il sangue aveva un odore amaro, venefico.

Sentiva gli Shadowhunters chiamarsi tra loro nella foschia, mentre i Dimenticati agivano in assoluto silenzio. Di colpo la nebbia si diradò e Simon vide Magnus appiattito contro il muro dell'Istituto col panico negli occhi. Aveva le mani alzate e dai palmi sprizzavano lampi azzurri. Nella pietra del muro si aprì uno squarcio quadrato, nero, che non era esattamente vuoto e neppure nero: brillava come uno specchio in cui fossero intrappolate delle spire di fuoco. — Il Portale! — gridò. — Passate dal Portale!

Molte cose accaddero simultaneamente. Maryse Lightwood si materializzò nella nebbia, con il piccolo Max in braccio. Si fermò, si girò per gridare qualcosa, poi corse verso il Portale e lo attraversò, svanendo nel muro. Alec la seguì, trascinando Isabelle con sé, la frusta insanguinata serpeggiante sull'erba. Mentre correvano verso il Portale, qualcosa si stagliò nella nebbia alle loro spalle: era un Dimenticato, armato di un coltello a due lame.

Simon ritrovò la forza di agire. Scattò in avanti, gridando il nome di Isabelle, ma inciampò e cadde, piombando a terra con una violenza da togliere il respiro, *se* avesse avuto respiro. Si mise a sedere, girandosi per vedere su che cos'era inciampato.

Era un corpo. Il corpo di una donna, la gola tagliata, gli occhi sbarrati e cerulei della morte. Il sangue le macchiava i capelli bianchi.

Madeleine.

— Simon, muoviti! — Era Jace. Gridava. Simon si girò e lo vide correre verso di lui nella nebbia, le spade angeliche insanguinate tra le mani. Poi alzò gli occhi. Il guerriero Dimenticato che un attimo prima inseguiva Isabelle ora incombeva su di lui, con la faccia sfregiata distorta in un ghigno fisso.

Simon si buttò di lato, mentre il coltello a due lame calava su di lui. Nonostante i riflessi potenziati da vampiro, non fu abbastanza rapido.

Un dolore straziante gli esplose dentro, e tutto divenne nero.

2
Le torri antidemoni di Alicante

Non c'era magia che potesse creare altri parcheggi nelle strade di New York, pensava Clary mentre per la terza volta faceva con Luke il giro dell'isolato. Non c'era un buco dove lasciare il pickup e in almeno metà della strada le auto erano in doppia fila. Alla fine Luke si fermò davanti a un idrante e mise in folle con un sospiro. — Va' avanti tu — le disse. — Digli che sei arrivata. Ti porto io la valigia.

Clary annuì, ma esitò prima di aprire la portiera. L'ansia le chiudeva lo stomaco; desiderò, anche questa volta, che Luke andasse con lei. — Ho sempre pensato che, per andare la prima volta oltreoceano, avrei avuto bisogno di un passaporto.

Luke non sorrise. — So che sei nervosa — le disse. — Ma andrà tutto bene. I Lightwood avranno cura di te.

Te l'ho detto soltanto un milione di volte, pensò Clary. Diede un buffetto alla spalla di Luke e saltò giù dal pickup. — Ci vediamo dopo.

Si avviò lungo il vialetto di pietre crepate dal tempo. Man mano che si avvicinava alle porte della chiesa, si affievolivano i rumori del traffico. Le ci vollero diversi secondi, stavolta, per spogliare l'Istituto dall'illusione ottica che lo nascondeva. Era come se un ulteriore strato di protezione fosse stato aggiunto alla vecchia cattedrale, come un nuovo strato di pittura. Grattarlo via con la mente fu duro, quasi doloroso. Finalmente sparì e Clary riuscì a vedere la chiesa com'era in realtà. Le alte porte di legno brillavano come lucidate di fresco.

C'era uno strano odore nell'aria, come di bruciato e di ozono. Aggrottando la fronte, Clary chiuse la mano intorno alla maniglia. *Il mio nome è Clary Morgenstern, sono una Nephilim e chiedo accesso all'Istituto.*

Le porte si spalancarono e lei entrò. Si guardò intorno, battendo le palpebre: c'era qualcosa di diverso, all'interno della cattedrale, ma non riusciva a capire cosa.

Se ne rese conto nel momento in cui le porte si richiusero alle sue spalle, intrappolandola in una nera oscurità attenuata soltanto dalla flebile luce dell'alto rosone. Non era mai entrata nell'Istituto senza trovare decine di fiammelle accese negli elaborati candelabri che fiancheggiavano la navata, tra i banchi.

Sfilò di tasca la stregaluce e la sollevò. Dalla pietra runica tra le sue dita si irradiarono brillanti raggi luminosi. Clary si avvicinò all'ascensore vicino all'altare spoglio, illuminando gli angoli polverosi della navata.

Premette con impazienza il pulsante di chiamata. Non successe nulla. Dopo mezzo minuto lo premette ancora, e poi ancora. Appoggiò l'orecchio all'ascensore e ascoltò. Non un suono. L'Istituto era buio e muto come una bambola meccanica senza più carica.

Col cuore che batteva forte, Clary corse a ritroso lungo la navata e spalancò i pesanti battenti. Si fermò sui gradini esterni, guardandosi freneticamente intorno. Sopra di lei, il cielo stava diventando color cobalto e l'odore di bruciato impregnava l'aria più di prima. C'era stato un incendio? Gli Shadowhunters avevano abbandonato l'Istituto? Eppure sembrava che non ci fosse nulla di danneggiato.

— Non è stato un incendio. — La voce era morbida, vellutata, familiare. Una sagoma alta si materializzò dall'ombra, i capelli irti in una corona di punte disordinate. Aveva un completo in seta nera, con una luccicante camicia verde smeraldo e anelli dalle gemme sfavillanti alle dita sottili. Oltre agli stravaganti stivali e una generosa quantità di glitter.

— Magnus? — sussurrò Clary.

— So cosa stai pensando — disse lui. — Ma non c'è stato alcun incendio. Questa è puzza di nebbia infernale. È una specie di fumo magico demoniaco che muta gli effetti di certi tipi di magia.

— Nebbia *demoniaca*? Allora c'è stato...

— Un attacco contro l'Istituto. Sì. Nel primo pomeriggio. Dimenticati... Probabilmente qualche decina.

— Jace — sussurrò Clary. — I Lightwood...

— Il fumo infernale ha mutato la mia capacità di combattere efficacemente contro i Dimenticati. E anche quella dei Lightwood. Ho dovuto spedirli tutti a Idris, attraverso il Portale.

— Ma stanno tutti bene?

— Madeleine — rivelò Magnus. — Madeleine è stata uccisa. Mi dispiace, Clary.

Clary si lasciò cadere sui gradini. Non conosceva bene Madeleine, ma quella donna era un tenue legame con sua madre, con la sua *vera* madre, la Cacciatrice dura e combattiva che Clary non aveva mai conosciuto.

— Clary? — Luke stava arrivando dal sentiero nel buio che si infittiva, con la valigia. — Che sta succedendo?

Clary rimase seduta abbracciandosi le ginocchia, mentre Magnus gli spiegava tutto. Sotto il dolore per Madeleine, Clary sentiva un senso di colpevole sollievo. Jace stava bene. I Lightwood stavano bene. Se lo ripeteva tra sé, in silenzio: Jace stava bene.

— I Dimenticati — disse Luke. — Sono stati uccisi tutti?

— Non tutti. — Magnus scosse la testa. — Quando ho fatto sparire i Lightwood, i Dimenticati si sono dispersi: non erano molto interessati a me. E quando ho chiuso il Portale, erano già tutti spariti.

Clary sollevò la testa. — Il Portale è chiuso? Ma... tu puoi ancora mandarmi a Idris, giusto? — gli chiese. — Cioè, posso ancora attraversare il Portale e raggiungere i Lightwood?

Luke e Magnus si scambiarono un'occhiata. Luke posò a terra la valigia.

— Magnus? — La voce di Clary era alta e suonò stridula alle sue stesse orecchie. — Io *devo* andare.

— Il Portale è chiuso, Clary...

— Allora aprine un altro!

— Non è così facile — replicò lo stregone. — Il Conclave sorveglia accuratamente qualsiasi ingresso magico ad Alicante. La capitale è un luogo sacro, per loro. È una specie di Vaticano, o di Città Proibita. Nessun Nascosto può entrare senza il loro permesso, e nessun mondano.

— Ma io sono una Cacciatrice!

— Appena appena — replicò Magnus. — E poi le torri impediscono di aprire Portali diretti sulla città. Per aprire un Portale vicino ad Alicante dovrei avere qualcuno che ti aspetta dall'altra parte. Se cercassi di mandarti di là per conto mio, sarebbe un'aperta violazione della Legge, e io non ho nessuna intenzione di rischiare tanto per te, biscottino, per quanto tu mi possa essere personalmente simpatica.

Clary spostò lo sguardo dalla faccia desolata di Magnus a quella tesa di Luke. — Ma io devo assolutamente arrivare a Idris — ripeté. — Devo aiutare mia madre. Ci dev'essere un altro sistema per andarci, anche senza il Portale.

— L'aeroporto più vicino è in un altro Stato — disse Luke. — E se riuscissimo a passare la frontiera, ed è un grosso "se", resterebbe da fare un viaggio via terra lungo e pericoloso attraverso i territori di ogni sorta di Nascosti. Potremmo impiegarci giorni, per arrivare.

A Clary bruciavano gli occhi. *Non voglio piangere*, si disse. *Non voglio.*

— Clary. — La voce di Luke era dolce. — Ci metteremo in contatto con i Lightwood. Ci assicureremo che trovino tutte le informazioni che servono per procurare l'antidoto a Jocelyn. Possono andare a parlare con Fell...

Ma Clary scuoteva la testa. — Devo essere *io* — replicò. — Madeleine ha detto che Fell non avrebbe parlato con nessun altro.

— Fell? Ragnor Fell? — fece eco Magnus. — Posso provare io a fargli arrivare un messaggio. Dirgli di aspettare Jace.

Un po' di preoccupazione si dissolse dal viso di Luke. — Clary, hai sentito? Con l'aiuto di Magnus...

Ma Clary non voleva sentire niente. Non voleva proprio saperne. Si era convinta di poter salvare sua madre e invece non poteva fare altro che starsene seduta accanto al suo letto d'ospedale, tenerle la mano inanimata e sperare che qualcun altro, da qualche parte, riuscisse a fare quello che lei non poteva più fare.

Scese di corsa i gradini, spingendo via Luke quando questi cercò di fermarla. — Ho bisogno di stare da sola per un po'.

— Clary... — Sentì Luke che la chiamava, ma scappò via, correndo dietro l'angolo della cattedrale. Seguì il sentiero di pietra fino al bivio e prese il viottolo che portava al giardinetto, sul lato orientale dell'Istituto, verso l'odore di bruciato e di cenere, e l'altro odore sottostante, denso e pungente: l'odore della magia demoniaca. C'era ancora foschia nel prato, brandelli di nebbia come batuffoli di nuvole rimasti impigliati qua e là, tra le spine di un roseto o sotto un sasso. Clary vide il luogo della battaglia, con la terra smossa; vide una macchia rosso scuro, vicino a una delle panche in pietra, ma non volle soffermare lo sguardo.

Girò la testa. E si fermò. Là, contro il muro della cattedrale, c'erano gli inconfondibili segni della magia runica: brillavano azzurri sulla pietra grigia, incandescenti, anche se già sbiaditi. Formavano una sagoma squadrata, come un profilo di luce intorno a una porta socchiusa...

Il Portale.

Qualcosa dentro di lei sembrò contorcersi. Ricordò altri simboli, che brillavano pericolosamente sul liscio scafo di una nave. Ricordò le vibrazioni della nave che si spaccava, le acque nere dell'East River che la inondavano. *Sono solo rune,* pensò. *Simboli. Posso disegnarli anch'io. Se mia madre sa intrappolare l'essenza della Coppa Mortale in un pezzo di carta, allora anch'io posso creare un Portale.*

I suoi piedi la portarono davanti al muro della cattedrale, la sua mano cercò in tasca lo stilo. Imponendosi di non tremare, Clary avvicinò lo stilo alla pietra.

Chiuse gli occhi e, nel buio sotto le palpebre, cominciò a disegnare con la mente ricurve linee di luce. Linee che le parlavano di soglie, dell'essere portata dall'aria mulinante, di viaggio, di luoghi lontani. L'insieme delle linee formò una runa, aggraziata come un volo d'uccello. Clary non sapeva se quella runa esistesse già o se l'avesse inventata lei, ma ora esisteva, ed era come se fosse sempre esistita.

Portale.

Cominciò a disegnare, e i segni balzavano via dallo stilo in linee nere di carbone. La pietra sfrigolava, riempiendole il naso di un odore acre di bruciato. Una luce azzurra e incandescente crebbe sotto le palpebre chiuse. Sentì calore sulla faccia, come se si trovasse davanti a un falò. Trattenendo il fiato, abbassò la mano e aprì gli occhi.

La runa che aveva disegnato era un fiore scuro che si apriva sul muro di pietra. Sotto i suoi occhi, le linee della runa sembrarono fondersi e mutare, scorrere dolcemente verso il basso, srotolarsi, trovare una nuova forma. In pochi istanti, la forma della runa era cambiata: adesso era il profilo di una porta luminosa, molto più alta di lei.

Clary non riusciva a staccare lo sguardo da quella porta. Brillava della stessa luce tenebrosa che aveva il Portale dietro la tenda di madame Dorothea. Allungò la mano...

E si ritrasse. Per usare un Portale, ricordò con sgomento, bisognava visualizzare con la mente la propria destinazione, il luogo dove si voleva arrivare. Ma lei non era mai stata a Idris. Le era stato descritto, naturalmente. Un luogo di verdi vallate, di boschi cupi e acque luminose, di laghi e monti; e poi Alicante, la città dalle torri di vetro. Se l'immaginava, ma l'immaginazione non bastava, non con questa magia. Se solo...

Clary trasalì. *Lei aveva visto Idris.* L'aveva vista in un sogno e sapeva, in qualche modo, che quel sogno era reale. Infatti, cosa le aveva detto Jace, nel sogno, parlando di Simon? Che Simon non ci poteva restare, perché «questo posto è per i vivi». E poco tempo dopo Simon era morto...

Rituffò la memoria in quel sogno. Lei ballava in una grande sala ad Alicante. Le pareti erano bianche e oro, e sopra di loro il tetto era trasparente come un diamante. C'era una fontana al centro, una vasca d'argento con la statua di una sirena. E dalle finestre si vedevano delle luci appese agli alberi. E Clary era vestita di verde, proprio come adesso.

Come se fosse ancora nel sogno, protese una mano verso il Portale. Una luce intensa brillò al tocco delle sue dita, un varco che si apriva su un luogo illuminato. I suoi occhi si fissarono su un vortice mulinante e dorato che lentamente iniziò ad addensarsi in forme riconoscibili. Le parve di vedere un profilo di montagne, un pezzo di cielo...

— *Clary!* — Era Luke, che arrivava di corsa dal sentiero. La sua faccia era una maschera di furia e di sgomento. Alle sue spalle veniva Magnus, con gli occhi da gatto che brillavano metallici alla luce incandescente del Portale che inondava il giardino. — Clary, fermati! Le difese della città sono pericolose! Ti farai ammazzare!

Ma nulla ormai poteva fermarla. Oltre il Portale, la luce dorata si faceva più intensa. Clary pensava alle pareti dorate della sala del sogno, alla luce dorata che si rifrangeva ovunque dai vetri intagliati. Luke si sbagliava: non capiva il suo dono, né come funzionava... Che cosa contavano le misure di difesa, quando lei si poteva creare una realtà su misura semplicemente disegnandola? — Devo andare — gridò, facendo un passo avanti e protendendo le mani. — Luke, mi dispiace.

Fece un altro passo avanti... e con un ultimo, rapido balzo, Luke fu al suo fianco e l'afferrò per il polso, proprio quando il Portale parve esplodere intorno a loro. Come un tornado che strappa un albero dalle radici, la forza li sollevò entrambi da terra. Clary colse un'ultima immagine delle auto e dei palazzi di Manhattan che si allontanavano e svanivano vorticando, poi una corrente violenta come una frustata l'afferrò e la scagliò a folle velocità, col polso sempre nella ferrea stretta di Luke, in un turbinante caos dorato.

Simon si svegliò al suono ritmico di uno sciabordare d'acqua. Si mise a sedere, il petto raggelato da un improvviso terrore: l'ultima volta che era stato svegliato dalle onde si era ritrovato prigioniero sulla nave di Valentine, e il dolce rumore liquido lo riportò a quel terribile momento con una tale immediatezza che fu come prendersi una secchiata d'acqua gelida in faccia.

Invece... Un rapido sguardo intorno gli rivelò che stavolta si trovava da tutt'altra parte. Tanto per cominciare, era sotto morbide coperte in un comodo letto di legno, in una stanzetta pulita con le pareti azzurre. La finestra era coperta da una tenda scura, ma la debole luce che filtrava dai bordi era più che sufficiente, per i suoi occhi di vampiro. C'erano un vivace tappeto sul pavimento e un mobile a specchio contro il muro.

C'era anche una poltrona accostata al letto. Simon si tirò su e le coperte gli scivolarono via. Si accorse di due cose: la prima, che indossava ancora i jeans e la maglietta che aveva quando era andato all'Istituto per incontrare Jace; la seconda, che la persona seduta in poltrona stava sonnecchiando, con la testa appoggiata a una mano e i capelli neri sparsi sulle spalle come uno scialle dalle lunghe frange.

— Isabelle? — sussurrò Simon.

La testa di Isabelle saltò su come se fosse scattata una molla, spalancando gli occhi. — Oooh! Sei sveglio! — Si raddrizzò sulla poltrona, scostandosi i capelli dal volto. — Jace sarà così sollevato! Eravamo quasi certi che saresti morto.

— Morto? — ripeté Simon. Aveva la testa che girava e un po' di nausea. — Perché? — Si guardò intorno nella stanza, battendo le palpebre. — Sono all'Istituto? — chiese. Ma mentre formulava la domanda si rese conto che era impossibile. — Insomma... dove siamo?

Un'ombra di disagio passò sul volto di Isabelle. — Vuoi dire che non ti ricordi che cos'è successo nel prato dell'Istituto? — Giocherellò nervosamente con il bordo del merletto che rivestiva la poltrona. — Siamo stati attaccati dai Dimenticati. Erano in tanti e con la nebbia infernale non è stato facile combatterli. Magnus ha aperto il Portale e tutti noi ci stavamo entrando, quando ti abbiamo visto venirci incontro. Poi sei inciampato... sul corpo di Madeleine. E c'era un Dimenticato proprio dietro di te. Evidentemente non l'avevi visto, ma Jace sì. Ha cercato di raggiungervi, ma non ha fatto in tempo. Il Dimenticato ti ha pugnalato. Perdevi molto sangue. Jace ha ucciso il Dimenticato, ti ha preso e ti ha trascinato con sé attraverso il Portale — concluse Isabelle. Parlava così in fretta che le parole si perdevano l'una nell'altra e Simon doveva sforzarsi per afferrarle tutte. — Noi eravamo già dall'altra parte e, lascia che te lo dica, ci ha sorpreso non poco veder arrivare Jace con te che gli sanguinavi addosso. Il Console, poi, non ne è stato per niente contento.

Simon aveva la bocca secca.

— Il Dimenticato mi ha pugnalato? — Gli sembrava impossibile. D'altra parte, era già guarito un'altra volta, dopo che Valentine gli aveva tagliato la gola. Eppure avrebbe dovuto ricordare. Scuotendo la testa, si guardò. — Dove?

— Ti faccio vedere. — Con sorpresa, Simon si ritrovò Isabelle seduta sul letto accanto a lui, con le sue mani fresche appoggiate alla vita. Isabelle gli sollevò la maglietta, scoprendo un tratto di stomaco pallido attraversato da una sottile linea rossa. Era a malapena una cicatrice. — Qui — disse, sfiorandogli la pelle con le dita. — Fa male?

— N-no. — La prima volta che Simon aveva visto Isabelle, l'aveva trovata così straordinaria, così accesa di vitalità ed energia, che aveva sperato di aver finalmente trovato una ragazza tanto splendente da oscurare l'immagine di Clary, che era come stampata all'interno delle sue palpebre. Era stato più o meno all'epoca in cui Isabelle lo aveva fatto trasformare in un ratto, al party di Magnus Bane, ma Simon aveva capito che forse splendeva un po' troppo, per un tipo normale come lui. — Non fa male.

— Ma fa male ai miei occhi — disse dalla porta una voce con un tono di contenuto divertimento. Jace. Era entrato così silenziosamente che nemmeno Simon l'aveva sentito. Jace si chiuse la porta alle spalle e sorrise, mentre Isabelle tirava giù la maglietta a Simon. — Stai molestando il vampiro adesso che è troppo debole per attaccare, Iz? — le chiese. — Sono sicuro che questo comportamento viola almeno uno degli Accordi.

— Gli sto solo mostrando dove è stato pugnalato — protestò Isabelle, ma tornò subito sulla sua poltrona. — Cosa sta succedendo al piano di sotto? — chiese a Jace. — Stanno ancora dando i numeri?

Il sorriso abbandonò il volto di Jace. — Maryse è andata su alla Guardia con Patrick — disse. — Il Conclave è riunito in assemblea e Malachi ha detto che era meglio che Maryse… desse una spiegazione.

Malachi. Patrick. La Guardia. Nomi sconosciuti che giravano nella testa di Simon. — Spiegare cosa?

Isabelle e Jace si scambiarono un'occhiata. — Spiegare *te* — rispose Jace alla fine. — Spiegare perché abbiamo portato un vampiro con noi ad Alicante, cosa che, tra parentesi, è espressamente contro la Legge.

— Ad Alicante? Siamo ad Alicante? — Un'ondata di vacuo terrore travolse Simon, rimpiazzata subito dopo da un forte dolore che gli s'irradiò dal ventre. Si piegò in due, ansimando.

— Simon! — Isabelle allungò la mano, con gli occhi colmi di apprensione. — Tutto a posto?

— Va' via, Isabelle. — Simon, coi pugni stretti contro lo stomaco, guardò Jace e con un tono implorante disse: — Mandala via.

Isabelle si ritrasse con un'espressione ferita. — Bene. Me ne vado. Non c'è bisogno di ripeterlo due volte. — Stizzita, si alzò in piedi e uscì dalla stanza, sbattendosi la porta alle spalle.

Jace guardò Simon con gli occhi ambrati privi di ogni espressione.

— Che succede? Credevo che stessi guarendo.

Simon alzò di scatto una mano per tenere lontano Jace. Un sapore metallico gli bruciava la gola. — Non è per Isabelle — riuscì a dire. — Non sono ferito. Sono solo… affamato. — Sentì le guance in fiamme. — Ho perso sangue e adesso… ho bisogno di reintegrarlo.

— Ma certo! — esclamò Jace, con il tono di chi è appena stato illuminato da un'interessante nozione scientifica.

La sua espressione di lieve preoccupazione si mutò in qualcosa che a Simon parve divertito disprezzo, che fece vibrare in lui una nota di rabbia: se non fosse stato così debole, si sarebbe scagliato addosso a Jace come una furia. Per come stavano le cose, non riuscì a far altro che dire, senza fiato: — Va' al diavolo, Wayland.

— Wayland, dici? — L'aria divertita non lo abbandonò, ma portò le mani al collo e cominciò a tirare giù la zip della giubba.

— No! — Simon si raggomitolò nel letto. — Non m'importa della fame che ho. Non ho nessuna intenzione di bere ancora… il tuo sangue.

La bocca di Jace si piegò in una smorfia. — Credi che te lo lascerei fare di nuovo? — Infilò la mano nella tasca interna e tirò fuori una fiaschetta di vetro. Era piena a metà di un liquido tra il rosso e il marrone. — Ho pensato che potesse servirti — gli disse. — Ho spremuto qualche chilo di carne cruda, in cucina. È il meglio che ho potuto fare.

Simon prese la fiaschetta con mani così tremanti che Jace dovette aiutarlo a svitare il tappo. Il liquido che conteneva era disgustoso: troppo slavato e salato per essere vero sangue, con quel lieve e sgradevole retrogusto di carne vecchia di qualche giorno.

— Urgh — disse Simon, dopo un paio di sorsate. — Sangue morto.

Jace inarcò le sopracciglia. — Ma tutto il sangue è morto, no?

— Più tempo passa dalla morte dell'animale di cui bevo il sangue, peggiore è il suo sapore — spiegò Simon. — Fresco è meglio.

— Ma tu non hai mai bevuto sangue fresco, giusto?

Simon per tutta risposta inarcò le sopracciglia.

— Be', a parte il mio, naturalmente — aggiunse Jace. — Che è sicuramente prelibato.

Simon posò la fiaschetta vuota sul bracciolo della poltrona accanto al letto. — C'è qualcosa di profondamente sbagliato in te — commentò. — Nella tua mente, voglio dire. — Aveva ancora in bocca il sapore di sangue cattivo, ma il dolore era sparito. Si sentiva meglio, più forte, come se il sangue fosse una medicina dall'effetto immediato, una droga che lui doveva assolutamente prendere per vivere. Si chiese se anche gli eroinomani si sentissero così. — Allora, sono a Idris.

— Alicante, per essere precisi — disse Jace. — La capitale, anzi, l'unica città. — Andò alla finestra e aprì le tende. — I Penhallow non ci volevano credere al fatto che il sole non ti avrebbe dato fastidio. E hanno messo questa tenda scura. Ma dovresti dare un'occhiata.

Simon si alzò dal letto e si avvicinò alla finestra, accanto a Jace. E rimase a bocca aperta.

Qualche anno prima sua madre aveva portato lui e sua sorella a fare una vacanza in Toscana: una settimana di sostanziose pastasciutte dal sapore insolito, di pane senza sale, di campagne forti e brune. Sua madre sfrecciava a tutta velocità per le stradine strette e tortuose, con il rischio continuo di far schiantare la loro Fiat sui meravigliosi edifici antichi che in teoria erano venuti a vedere, non a distruggere. Si ricordava una sosta su una collina davanti a un borgo chiamato San Gimignano, una manciata di edifici color ruggine alternati qua e là da alte torri le cui cime svettavano verso il cielo, come a volerlo toccare. Se quello che ora stava vedendo somigliava a qualcosa, era San Gimignano. Ma era un panorama così alieno che, in realtà, era diverso da qualsiasi altra cosa Simon avesse mai visto.

Era affacciato alla finestra di un edificio presumibilmente a più piani. Se alzava lo sguardo, vedeva le grondaie di pietra e il cielo. Di fronte c'era un'altra casa, non altrettanto alta, e in mezzo scorreva un canale stretto e scuro, attraversato da una serie di ponticelli: era quella l'acqua che aveva sentito sciabordare. La casa sembrava costruita a mezza costa su una collina: più a valle, altre case di pietra color miele, affastellate lungo stradine strette, scendevano verso l'abbraccio circolare di un bosco verde, circondato da colline lontane che avevano l'aspetto di lunghe strisce verdi e brune punteggiate da esplosioni di colori autunnali. Alle spalle delle colline, si ergevano frastagliate montagne imbiancate di neve.

Ma nulla di tutto questo era particolarmente strano. Ciò che era strano era che qua e là, apparentemente senza alcun ordine preciso, si stagliavano sulla città alte torri coronate da guglie fatte di un materiale riflettente bianco-argenteo, che sembravano forare il cielo come pugnali luccicanti. Simon ricordò dove aveva già visto quel materiale: le armi simili a vetro che usavano i Cacciatori, le cosiddette spade angeliche.

— Quelle sono le torri antidemoni — spiegò Jace in risposta a una domanda inespressa. — Controllano gli apparati difensivi intorno alla città. Grazie a loro, nessun demone può penetrare ad Alicante.

L'aria che entrava dalla finestra era fredda e pulita, del tipo che non si respira mai a New York: non sapeva di niente, né di sporco, né di fumo, né di metallo, né di altra gente. Era solo aria.

Prima di girarsi verso Jace, Simon ne respirò una boccata profonda e assolutamente inutile: certe abitudini umane erano dure a morire.

— Dimmi che portarmi qui è stato un caso. Dimmi che non faceva parte del tuo piano per impedire a Clary di venire con te.

Jace non lo guardò, ma il suo petto salì e scese una volta, rapidamente, come in una specie di trasalimento nascosto. — No — disse. — Ho creato io un branco di guerrieri Dimenticati, li ho mandati all'assalto dell'Istituto, ho fatto in modo che uccidessero Madeleine e per poco anche il resto di noi, e tutto questo solo per far restare a casa Clary. E, mira e ammira, il mio diabolico piano ha funzionato.

— In effetti ha funzionato — mormorò Simon. — Non è vero?

— Stammi a sentire, vampiro — replicò Jace. — Il piano era tenere Clary lontana da Idris. Portare te a Idris non era previsto. Ti ho trascinato attraverso il Portale perché, se ti avessi lasciato là, sanguinante e mezzo svenuto, i Dimenticati ti avrebbero ammazzato.

— Avresti potuto restare tu con me...

— Ci avrebbero uccisi entrambi. Non sapevo nemmeno quanti fossero. Con la nebbia infernale, neppure io potrei sbaragliare cento Dimenticati.

— E tuttavia — commentò Simon — scommetto che ti fa male doverlo ammettere.

— Sei un idiota — disse Jace senza inflessione nella voce. — Anche secondo gli standard dei Nascosti. Ti ho salvato la vita e per farlo ho infranto la Legge. E non è la prima volta, potrei aggiungere. Potresti almeno mostrare un po' di gratitudine.

— Gratitudine? — Simon strinse i pugni. — Se tu non mi avessi attirato all'Istituto, ora non sarei qui. Io non ero d'accordo con i tuoi piani.

— Sì, invece — replicò Jace. — Quando hai dichiarato che avresti fatto qualsiasi cosa per Clary. Questo è *qualsiasi cosa.*

Prima che Simon potesse ribattere con una rispostaccia, sentirono bussare alla porta. — È permesso? — gridò Isabelle da fuori. — Simon, ti è passato l'attacco da primadonna? Devo parlare con Jace.

— Entra, Izzy. — Jace non staccò gli occhi da Simon. C'era una rabbia elettrica nel suo sguardo, e una specie di sfida che fece venir voglia a Simon di colpirlo con qualcosa di pesante. Tipo un furgone.

Isabelle entrò nella stanza in un turbinio di capelli neri e argentee gonne a balze. Il corsetto color avorio che indossava le lasciava scoperte le spalle e le braccia, inghirlandate di rune nere come l'inchiostro. Simon pensò che per lei fosse un bel cambiamento poter esibire liberamente i suoi Marchi in un luogo dove nessuno li avrebbe trovati strani.

— Alec sta per andare su alla Guardia — annunciò Isabelle senza tanti preamboli. — Ma prima vuole parlare con te di Simon. Puoi scendere?

— Certo. — Jace si avviò verso la porta. Dopo qualche passo, si rese conto che Simon lo stava seguendo e si girò fulminandolo con un'occhiataccia. — Tu resti qui.

— No — disse Simon. — Se dovete parlare di me, voglio esserci anch'io.

Per un momento sembrò che la gelida calma di Jace fosse sul punto di esplodere: diventò rosso in viso, aprì la bocca, lo squadrò con occhi fiammeggianti. Ma con la stessa rapidità la rabbia svanì, soffocata da un evidente sforzo di volontà. Digrignò i denti e sorrise. — Bene — rispose. — Scendi anche tu, vampiro. Così incontrerai tutta l'allegra famigliola.

La prima volta che Clary era passata attraverso un Portale aveva provato la sensazione di volare, senza peso, e di rotolare. Questa volta fu come finire nel cuore di un tornado. Venne aggredita da venti ululanti che le strapparono via la mano dalla stretta di Luke. Cadde turbinando nel centro di un vortice nero e oro.

Qualcosa di piatto e duro e argenteo come la superficie di uno specchio le si parò davanti. Clary vi precipitò contro strillando, con le braccia alzate per coprirsi il viso. Poi colpì la superficie e la penetrò, entrando in un mondo gelido e senz'aria. Affondò in una densa oscurità bluastra, e quando cercò di respirare non entrò aria nei polmoni, ma solo altro freddo agghiacciante...

Di colpo qualcosa le afferrò il cappotto sulla schiena e la tirò verso l'alto. Scalciò debolmente, troppo stremata per liberarsi da quella stretta. Risalì, e l'oscurità blu indaco intorno a lei diventò azzurra, e poi dorata, nel momento in cui raggiunse la superficie dell'acqua - perché era acqua - e respirò una boccata d'aria. O meglio, cercò di farlo, ma soffocò e tossì, e la sua vista si riempì di macchioline nere. Ora veniva trascinata sul pelo dell'acqua, velocemente. Le alghe le si avvinghiavano alle gambe e alle braccia e la tiravano giù... Cercò di girarsi e colse l'immagine terrificante di qualcosa a metà tra un uomo e un lupo, con orecchie a punta come pugnali e zanne bianche e affilate, digrignate. Cercò di gridare, ma dalla bocca le uscì solo acqua.

Un attimo dopo era fuori dell'acqua, gettata sulla terra umida e compatta. Sentì sulle spalle delle mani che la rivoltavano a faccia in giù. Le mani continuarono a batterle sulla schiena finché il suo petto ebbe uno spasmo e dalla bocca le uscì un amaro fiotto d'acqua.

Stava ancora soffocando, quando le mani la rotolarono a faccia in su. E vide che era Luke, un'ombra nera contro l'alto cielo azzurro marezzato di nuvole bianche. La gentilezza che era solita vedere in lui era sparita. Non aveva più forma di lupo, ma era furioso. Con uno strattone la mise a sedere e la scrollò ripetutamente, finché Clary non sussultò e lo allontanò debolmente. — Luke! Basta! Mi stai facendo male...

Le mani di Luke si staccarono dalle sue spalle. Lui le afferrò il mento con una mano, la costrinse ad alzare la testa, la scrutò attentamente. — L'acqua — le disse. — Hai sputato fuori tutta l'acqua?

— Credo di sì — sussurrò lei. La sua voce salì debolissima dalla gola gonfia.

— Dov'è il tuo stilo? — le chiese Luke e, quando la vide esitare, la sua voce si fece più tagliente. — Clary. Lo stilo. Trovalo.

Lei si liberò dalla sua presa e si frugò nelle tasche grondanti con il cuore sempre più pesante: le dita trovavano solo tessuto bagnato. Gli rivolse uno sguardo pieno di afflizione. — Credo che mi sia caduto nel lago. — Tirò su con il naso. — Lo stilo... di mia... di mia madre...

— Gesù, Clary! — Luke si alzò in piedi, unendo distrattamente le mani dietro la testa. Anche lui era zuppo: l'acqua gli colava in grossi rivoli dai jeans e dal pesante giaccone felpato. Gli occhiali che di solito portava sulla punta del naso erano spariti. Abbassò uno sguardo fosco su di lei. — Stai bene? — disse. Non era esattamente una domanda. — Voglio dire, in questo momento, ti senti bene?

Lei annuì. — Luke, cosa c'è che non va? Perché ti serve lo stilo?

Luke non disse niente. Si stava guardando intorno, come se sperasse di racimolare qualche tipo di aiuto da ciò che li circondava. Clary seguì il suo sguardo: erano sull'ampia riva di un lago piuttosto grande. Le acque erano azzurre e luccicanti per i riflessi della luce solare. Si chiese se fosse quella l'origine della luce dorata che aveva visto dal Portale semiaperto. Non c'era niente di sinistro nel lago, ora che Clary era sulla riva e non sottacqua. Era circondato da colline verdi punteggiate d'alberi che cominciavano a diventare color ruggine e oro. Oltre le colline, si ergevano alte montagne dalle vette incappucciate di neve.

Clary rabbrividì. — Luke, quando eravamo in acqua... ti sei trasformato per metà in lupo? Mi pare di aver visto...

— Come lupo so nuotare meglio che come uomo — rispose secco Luke. — E sono più forte. Ho dovuto trascinarti nell'acqua e tu non mi sei stata di grande aiuto.

— Lo so — disse Clary. — Scusa. Non eri... non era previsto che venissi con me.

— Se non fossi venuto, tu saresti già morta — le fece notare Luke. — Magnus te l'aveva detto, Clary. Non puoi usare un Portale per entrare nella Città di Vetro se non c'è qualcuno dall'altra parte che ti aspetta.

— Ha detto che era contro la Legge. Non ha detto che, se avessi provato a farlo, sarei rimbalzata via.

— Ha detto che ci sono delle difese intorno alla città che impediscono di accedervi attraverso un Portale. Non è certo colpa sua se tu hai deciso di giocare con una magia che riesci a malapena a capire. Solo perché hai un potere, non significa che tu sappia come usarlo. — Era arrabbiato.

— Mi dispiace — ripeté Clary con un filo di voce. — È solo che... Dove siamo adesso?

— Al Lago Lyn — rispose Luke. — Credo che il Portale ci abbia portato il più vicino possibile alla città e poi ci abbia scaricato. Siamo nei dintorni di Alicante. — Si guardò intorno scuotendo la testa, metà stupito e metà spossato. — Ce l'hai fatta, Clary. Siamo a Idris.

— Idris? — ripeté Clary. Si alzò, guardando verso il lago con aria stranita. Il lago ricambiò il suo sguardo con un luccichio azzurro e indifferente. — Ma... hai detto che siamo nei dintorni di Alicante. Io non vedo la città da nessuna parte.

— Siamo a diverse miglia di distanza — precisò Luke. — Le vedi, quelle colline laggiù? Dobbiamo attraversarle: la città è dall'altra parte. Se avessimo un'auto potremmo arrivarci in un'ora. Ma siamo a piedi e probabilmente ci vorrà tutto il pomeriggio. — Guardò il cielo, strizzando gli occhi. — Meglio che ci mettiamo in marcia.

Clary si guardò, costernata. L'idea di una giornata di cammino in abiti intrisi d'acqua non era molto gradevole. — Non c'è altro che...?

— Che potremmo fare? — disse Luke finendo la domanda con un'inattesa sfumatura tagliente e rabbiosa nella voce. — Hai qualche suggerimento, Clary, visto che sei stata tu a portarci qui? — Puntò il dito verso la parte opposta del lago. — Da quella parte ci sono le montagne, valicabili a piedi solo in piena estate. Moriremmo congelati. — Si girò e puntò il dito in un'altra direzione. — Da quella parte ci sono miglia e miglia di boschi. Si estendono fino al confine e sono disabitati da esseri umani. Oltre Alicante, ci sono campi e fattorie. Potremmo anche uscire da Idris, ma dovremmo comunque passare attraverso la città. Una città, potrei aggiungere, dove i Nascosti come me difficilmente sono i benvenuti.

Clary lo guardava a bocca aperta.

— Luke, io non sapevo...

— Certo che non lo sapevi. Tu non sai niente di Idris. Non ti interessa niente di Idris. Ti sei arrabbiata perché ti hanno lasciata a casa e hai fatto le bizze come i bambini. E adesso, eccoci qui. Persi, congelati e... — S'interruppe. Il suo volto era carico di tensione. — Andiamo. Mettiamoci in marcia.

Clary seguì Luke lungo la riva del Lago Lyn in silenzio mortificato. Mentre camminavano, il sole le asciugò i capelli e la pelle, ma il cappotto di velluto tratteneva l'acqua come una spugna e le pesava come una cappa di piombo. Clary camminava rapida tra le pietre e il fango, inciampando spesso, cercando di tenere il passo delle lunghe falcate di Luke. Fece qualche tentativo di conversazione, ma lui rimase ostinatamente zitto. Non le era mai capitato, prima d'ora, di far arrabbiare Luke così tanto, di combinare qualcosa di così grave da non poter essere risolto con delle semplici scuse. Questa volta, a quanto pareva, era diverso.

Le scogliere intorno al lago si facevano più alte man mano che Luke e Clary procedevano. Erano butterate da macchie di tenebra simili a schizzi di vernice nera. Guardando più da vicino, Clary si accorse che le macchie erano grotte nella roccia: alcune sembravano scendere molto in profondità, tortuose, buie. Immaginò pipistrelli e altri esseri striscianti nascosti nel buio, e rabbrividì.

Finalmente, uno stretto sentiero che tagliava tra le rocce li portò a un'ampia strada di pietrisco. Il lago si allontanò alle loro spalle, blu indaco nel sole del tardo pomeriggio. La strada si inoltrava in una pianura erbosa che in lontananza si congiungeva a morbide colline. Il cuore di Clary sprofondò: non c'era ancora traccia della città.

Luke fissava le colline con un'espressione di profondo sconforto. — Siamo più lontani di quanto pensassi. È passato così tanto tempo.

— Forse, se trovassimo una strada più grande — suggerì Clary — potremmo fare l'autostop, o trovare un passaggio fino in città, o...

— Clary! Non ci sono automobili a Idris. — Vedendo la sua espressione stupefatta, Luke rise senza molto divertimento. — Le difese mandano in tilt i congegni meccanici ed elettronici. Gran parte della tecnologia qui non funziona: telefonini, computer, cose così. Alicante stessa è illuminata e alimentata principalmente dalla stregaluce.

— Ah — fece Clary con un filo di voce. — Ma, più o meno, quanto siamo lontani dalla città?

— Abbastanza. — Senza guardarla, Luke si passò le mani tra i capelli. — C'è una cosa che dovresti sapere.

Clary si irrigidì. Fino a un attimo prima, voleva solo che Luke le parlasse. Adesso, invece, non lo voleva più. — Non c'è problema...

— Hai notato — proseguì Luke — che non ci sono barche sul Lago Lyn? Né moli? Niente che faccia pensare che il lago sia utilizzato dagli abitanti di Idris?

— Forse perché è troppo lontano.

— Non è troppo lontano. È a un paio d'ore di cammino da Alicante. Il fatto è che il lago... — Luke s'interruppe e sospirò. — Hai mai notato il disegno sul pavimento della biblioteca dell'Istituto, a New York?

Clary batté le palpebre. — Sì, ma non ho mai capito che cosa rappresentasse.

— È un angelo che emerge da un lago tenendo in mano una coppa e una spada. È un motivo ricorrente, nelle decorazioni dei Nephilim. La leggenda dice che l'Angelo Raziel emerse dalle acque del Lago Lyn quando apparve a Jonathan Shadowhunter, il primo dei Nephilim, e gli consegnò gli Strumenti Mortali. Da allora il lago è sempre stato un luogo...

— Sacro? — suggerì Clary.

— Maledetto — rivelò Luke. — L'acqua del lago è in qualche modo tossica per gli Shadowhunters, mentre è innocua per i Nascosti. Il Popolo Fatato lo chiama Specchio dei Sogni. Ne bevono l'acqua perché sostengono che dia visioni di verità. Ma per uno Shadowhunter bere le acque del Lago Lyn è molto pericoloso. Provoca allucinazioni, febbri... e può portare alla pazzia.

Clary sentì un brivido di freddo in tutto il corpo. — Ecco perché hai cercato di farmi sputare tutta l'acqua.

Luke annuì. — E perché volevo che trovassi lo stilo. Con una runa di Guarigione, avremmo potuto ritardare gli effetti dell'acqua. Senza lo stilo, devi arrivare ad Alicante il prima possibile. Ci sono delle medicine, delle erbe, che ti possono aiutare, e io conosco qualcuno che quasi sicuramente le ha.

— I Lightwood?

— No, non i Lightwood. — La voce di Luke era ferma. — Qualcun altro, qualcuno che conosco bene.

— Chi?

Lui scosse la testa. — Preghiamo solo che questa persona non si sia trasferita altrove, in questi quindici anni.

— Ma io credevo che fosse contro la Legge, per un Nascosto, entrare ad Alicante senza permesso.

Il sorriso con cui lui le rispose le ricordò il Luke che l'aveva afferrata al volo quando, da piccola, era caduta dal castello di legno al parco giochi, il Luke che l'aveva sempre protetta. — Certe Leggi sono state fatte per essere infrante.

La casa dei Penhallow aveva qualcosa in comune con l'Istituto, pensò Simon: entrambi davano l'impressione di appartenere a un'altra epoca. Le scale e i corridoi in pietra e legno scuro erano angusti e le finestre, aperte su pittoreschi scorci della città, erano alte e strette. C'era un chiaro influsso asiatico nelle decorazioni: sul pianerottolo del primo piano c'era una parete divisoria *shoji* in carta di riso e sui davanzali delle finestre c'erano alti vasi cinesi dai disegni floreali. C'erano anche molte serigrafie alle pareti, che presumibilmente illustravano scene tratte dalla mitologia degli Shadowhunters, ma con un tocco orientale: rappresentavano soprattutto signori della guerra che brandivano luminose spade angeliche, accanto a multicolori creature simili a draghi e demoni striscianti dagli occhi sporgenti.

— La signora Penhallow, Jia, dirigeva l'Istituto di Pechino. Ora divide il suo tempo tra Alicante e la capitale cinese — spiegò Isabelle a Simon, che si era soffermato a osservare una stampa. — E i Penhallow sono un'antica famiglia. Molto facoltosa.

— Lo vedo — borbottò Simon guardando i lampadari che grondavano gocce di cristallo.

Jace, un gradino dietro di loro, grugnì. — Muovetevi. Non stiamo facendo un tour storico.

Simon soppesò una rispostaccia, ma decise che non ne valeva la pena e affrettò il passo giù per le scale. Alla base si apriva un'ampia stanza che era una curiosa miscela di vecchio e nuovo. Una grande finestra panoramica si affacciava sul canale e una musica era diffusa da uno stereo che Simon non riusciva a vedere.

Non c'erano un televisore né le pile di DVD e CD che Simon associava ai moderni salotti. C'erano invece svariati divani imbottiti, raccolti intorno a un grande caminetto dove scoppiettava un bel fuoco.

Alec era in piedi accanto al caminetto, in tenuta nera da Cacciatore, e stava infilandosi un paio di guanti. Alzò gli occhi quando Simon entrò nella stanza ed esibì il suo solito cipiglio, ma non disse niente.

Seduti sui divani c'erano due ragazzi che Simon non aveva mai visto, un maschio e una femmina. Lei sembrava asiatica, con delicati occhi a mandorla, lucidi capelli neri raccolti indietro e un'espressione maliziosa. Il mento delicato finiva a punta, come il muso di un gatto. Non era esattamente bella, ma si faceva notare.

Il ragazzo accanto a lei, stessi capelli neri, si faceva notare ancora di più. Probabilmente era alto come Jace, ma sembrava più alto, anche da seduto; era snello e muscoloso, con un volto pallido, signorile, inquieto, tutto zigomi e occhi scuri. C'era qualcosa di stranamente familiare in lui, come se Simon l'avesse già incontrato.

Fu la ragazza a parlare per prima. — È lui il vampiro? — Squadrò Simon dalla testa ai piedi, come se gli stesse prendendo le misure. — Non sono mai stata così vicina a un vampiro, prima d'ora... o meglio, a un vampiro che non ho intenzione di uccidere. — Inclinò la testa. — È carino, per essere un Nascosto.

— Perdonala. Ha la faccia d'angelo ma i modi di un demone Moloch — intervenne il ragazzo sorridendo e alzandosi in piedi. Allungò la mano a Simon. — Io sono Sebastian. Sebastian Verlac. E questa è mia cugina, Aline Penhallow. Aline...

— Io non do la mano a un Nascosto! — esclamò Aline rannicchiandosi contro i cuscini del divano. — Non hanno l'anima, i vampiri.

Il sorriso di Sebastian sparì. — Aline...

— È vero. Per questo non possono vedersi allo specchio né stare al sole.

Deliberatamente, Simon fece un passo indietro ed entrò nella chiazza di luce davanti alla finestra.

Sentì il sole caldo sulla schiena e sui capelli.

La sua ombra, lunga e scura, si stampò sul pavimento, arrivando quasi ai piedi di Jace.

Aline trasalì ma non disse nulla.

Fu Sebastian a parlare, guardando Simon con curiosità. — Allora è vero. I Lightwood l'avevano detto, ma non pensavo...

— Che dicessimo la verità? — intervenne Jace, parlando per la prima volta da quando erano scesi. — Non mentiremmo mai su una cosa del genere. Simon è... unico.

— Io l'ho baciato, una volta — dichiarò Isabelle, a nessuno in particolare.

Le sopracciglia di Aline scattarono verso l'alto. — Vi lasciano fare proprio tutto quello che volete a New York, vero? — disse, a metà tra l'orrore e l'invidia. — L'ultima volta che ti ho vista, Izzy, non avresti nemmeno preso in considerazione...

— L'ultima volta che ci siamo visti, Izzy aveva otto anni — intervenne Alec. — Le cose cambiano. Dunque, nostra madre è dovuta uscire di corsa e ora qualcuno di noi deve portarle i suoi appunti e i suoi registri, su alla Guardia. Io sono l'unico che abbia diciotto anni, quindi sono anche l'unico che possa entrare, quando il Conclave è riunito.

— Lo sappiamo — disse Isabelle, lasciandosi cadere su un divano. — Ce l'hai già detto almeno cinque volte.

Alec la ignorò. — Jace, tu hai portato qui il vampiro, quindi tu sei responsabile per lui. Non farlo uscire.

Il vampiro, pensò Simon. Eppure Alec conosceva benissimo il suo nome. In più, Simon gli aveva salvato la vita, una volta. Ma adesso era diventato "il vampiro". Anche per uno come Alec, incline a occasionali e inspiegabili attacchi di ombrosità, un atteggiamento simile era odioso. Forse, pensò Simon, dipendeva dal fatto che erano a Idris. Forse lì Alec sentiva più forte il bisogno di affermare la propria identità di Shadowhunter.

— È per questo che mi hai mandato a chiamare? Per dirmi di non lasciar uscire il vampiro? — Jace scivolò sul divano accanto ad Aline, che sembrò gradire la cosa. — Farai meglio a sbrigarti e a tornare prima che puoi. Dio sa quali gesti depravati potremmo commettere, qui, senza la tua guida.

Alec lo fissò con un'aria di calma superiorità. — Cerca di non farti sfuggire di mano la situazione. Torno tra mezz'ora. — E con queste parole sparì sotto un arco che si apriva su un lungo corridoio. Da qualche parte, in lontananza, una porta si chiuse.

— Non dovresti provocarlo — lo rimproverò Isabelle con un'occhiata severa. — Hanno dato a lui la responsabilità.

Simon non poté evitare di notare che Aline era seduta addosso a Jace, spalla a spalla, benché ci fosse un sacco di posto sul divano. — Avete mai pensato che forse, in una vita precedente, Alec era una vecchia zitella con novanta gatti che urlava contro i bambini dei vicini perché giocavano sul suo prato? Io sì — disse Jace, e Aline ridacchiò. — Solo perché è l'unico che può salire alla Guardia...

— Che cos'è la Guardia? — chiese Simon, stanco di non avere la più pallida idea di cosa stessero dicendo tutti quanti.

Jace alzò lo sguardo su di lui. La sua espressione era impassibile, vagamente ostile. Aveva la mano sopra quella di Aline, appoggiata sulla coscia della ragazza. — Siediti — gli intimò, indicandogli col mento una poltrona. — O preferisci svolazzare in un angolo tipo pipistrello?

Fantastico. Battute sui pipistrelli. Simon, a disagio, si accomodò sulla poltrona.

— La Guardia è la sede ufficiale del Conclave — spiegò Sebastian, che evidentemente aveva avuto compassione di lui. — Lì si fanno le Leggi e lì risiedono il Console e l'Inquisitore. Solo ai Cacciatori adulti è permesso entrarci, quando il Conclave è riunito.

— Il Conclave è riunito? — ripeté Simon ricordando quello che Jace aveva detto poco prima, di sopra. — Non si sarà riunito per me, vero?

Sebastian rise. — No. Per Valentine e per gli Strumenti Mortali. È questo il motivo per cui sono tutti qui, per ragionare su quale sarà la prossima mossa di Valentine.

Jace non disse niente, ma quando sentì nominare Valentine il suo viso si indurì.

— Be', andrà a cercare lo Specchio — commentò Simon. — Il terzo degli Strumenti Mortali, giusto? È qui a Idris? È per questo che sono tutti qui?

Ci fu un breve silenzio, prima che Isabelle rispondesse. — Il fatto è che nessuno sa dove sia lo Specchio. Anzi, nessuno sa *che cosa sia* lo Specchio.

— È uno specchio — disse Simon. — Hai presente? Riflettente, di vetro… ma è solo un'ipotesi…

— Quello che Isabelle intende dire — intervenne Sebastian, con gentilezza — è che nessuno sa nulla dello Specchio. Viene nominato più volte nelle cronache dei Cacciatori, ma senza alcun dettaglio su dove sia o come sia fatto o, cosa ancor più importante, su che funzione abbia.

— Noi sappiamo che Valentine lo vuole — proseguì Isabelle — ma questo non ci è di grande aiuto, dato che nessuno ha la più pallida idea di dove si trovi. Forse lo sapevano i Fratelli Silenti, ma Valentine li ha uccisi tutti. E non ce ne saranno altri per un bel po' di tempo.

— Tutti? — chiese Simon, sorpreso. — Io credevo che avesse ucciso solo quelli di New York.

— La Città di Ossa non è veramente a New York — gli spiegò Isabelle. — È come… Ti ricordi l'accesso alla Corte Seelie, a Central Park? Solo perché l'accesso è là, non significa che la Corte sia necessariamente sotto il parco. Lo stesso vale per la Città di Ossa. Ci sono vari accessi, ma la Città… — Isabelle si interruppe perché Aline la zittì con un gesto secco della mano. Simon guardò lei, poi Jace, poi Sebastian. Avevano tutti la stessa espressione guardinga, come se si fossero appena resi conto di quello che stavano facendo: stavano rivelando i segreti dei Nephilim a un Nascosto. A un vampiro. Non un loro nemico in senso stretto, ma sicuramente uno di cui non ci si poteva fidare.

Aline fu la prima a rompere il silenzio, puntando i begli occhi scuri su Simon. — Allora, come si sta, a essere un vampiro?

— Aline! — Isabelle aveva un'espressione di orrore. — Non puoi andare in giro a chiedere alla gente come si sta a essere un vampiro.

— Non vedo perché no — replicò Aline. — Non è da tanto che è un vampiro, giusto? Quindi si ricorderà com'era prima, quand'era un essere umano. — Si rivolse di nuovo a Simon. — Il sangue ha ancora il sapore del sangue? O adesso ha il sapore di qualcos'altro, tipo l'aranciata o roba del genere? Perché mi pare che il sapore del sangue sia…

— Sa di pollo — dichiarò Simon, tanto per zittirla.

— Davvero? — esclamò Aline stupefatta.

— Ti sta prendendo in giro, Aline — le disse Sebastian. — E fa bene. Ti chiedo scusa per mia cugina, Simon. Quelli di noi che crescono fuori da Idris tendono a dare più confidenza ai Nascosti.

— Ma anche tu sei cresciuto fuori da Idris, no? — chiese Isabelle. — Credevo che i tuoi genitori…

— Isabelle! — l'interruppe Jace. Ma era troppo tardi. Sebastian si rabbuiò.

— I miei genitori sono morti in un covo di demoni vicino a Calais… Non c'è problema, è passato tanto tempo. — Bloccò con un gesto della mano le parole di simpatia di Isabelle. — Sono stato allevato da mia zia, la sorella del padre di Aline, all'Istituto di Parigi.

— Allora parli francese! — Isabelle sospirò. — Quanto mi piacerebbe parlare un'altra lingua! Hodge pensava che ci bastasse sapere il greco e il latino. Ma nessuno parla più in greco o in latino!

— So anche il russo e l'italiano. E un po' di rumeno — rivelò Sebastian con un sorriso di modestia. — Potrei insegnarti qualche frase…

— Il rumeno? Però! — esclamò Jace. — Non è una lingua che conoscono in molti.

— Tu sì? — chiese Sebastian con interesse.

— Non proprio — rispose Jace con un sorriso così disarmante che Simon capì subito che stava mentendo. — Il mio rumeno si riduce a una manciata di frasi utili, tipo *Quei serpenti sono velenosi?* O *Ma lei sembra ancora molto giovane, per essere un poliziotto.*

Sebastian non sorrise. C'era qualcosa di strano nella sua espressione, pensò Simon: era mite, tutto in lui esprimeva calma, eppure sembrava che sotto quella mitezza esteriore si nascondesse qualcosa di radicalmente opposto.

— Mi piace viaggiare — disse Sebastian, tenendo gli occhi fissi su Jace. — Ma è bello essere di nuovo qui, non trovi?

Jace smise di giocherellare con le dita di Aline. — In che senso?

— Voglio dire, non c'è un altro posto al mondo che sia come Idris, anche se noi Nephilim cerchiamo spesso di mettere su casa altrove. Non sei d'accordo?

— Perché me lo domandi, scusa? — Lo sguardo di Jace era gelido.

Sebastian scrollò le spalle. — Be', tu hai vissuto qui da bambino, no? Ed erano anni che non ci tornavi. O ho capito male?

— Non hai capito male — intervenne Isabelle con impazienza. — A Jace piace far finta che non si parli mai di lui, anche se sa benissimo che non è così.

— Se ne parla, eccome. — Nonostante le occhiate torve di Jace, Sebastian non appariva minimamente turbato. Simon sentì una sorta di riluttante simpatia per il giovane Cacciatore dai capelli neri. Era raro trovare qualcuno che non reagisse alle provocazioni di Jace. — In questi giorni, qui a Idris, non si parla d'altro. Di te, degli Strumenti Mortali, di tuo padre, di tua sorella…

— Non doveva venire anche Clarissa con voi? — chiese Aline. — Non vedevo l'ora di conoscerla. Che cos'è successo?

L'espressione di Jace non cambiò, ma staccò la mano da quella di Aline e la strinse a pugno. — Non ha voluto lasciare New York. Sua madre è ancora in ospedale.

Non dice mai "nostra" madre, pensò Simon. *È sempre e soltanto la madre di Clary.*

— Strano — disse Isabelle. — Credevo che ci tenesse molto, a venire.

— Infatti — intervenne Simon. — In realtà…

Ma Jace si era già alzato in piedi, così velocemente che Simon non colse nemmeno il movimento.

— Ora che ci penso, c'è qualcosa di cui vorrei discutere con Simon. In privato. — Gli indicò con la testa la porta a due battenti in fondo alla stanza con gli occhi scintillanti di sfida. — Vieni, vampiro — gli ordinò. Il suo tono lasciò a Simon la precisa sensazione che un rifiuto avrebbe probabilmente condotto a qualche tipo di violenza. — Dobbiamo parlare.

3

Amatis

Era tardo pomeriggio. Luke e Clary si erano lasciati alle spalle il lago e stavano camminando attraverso ampie distese d'erba alta pianeggianti e apparentemente sterminate. Di tanto in tanto, dolci pendii portavano a colline sormontate da pietre nere. lei ormai barcollava, esausta per le continue salite e discese dalle colline, con le scarpe che slittavano sull'erba umida e scivolosa come marmo unto. Quando si lasciarono i campi alle spalle e imboccarono una stradina di terra battuta, lei ormai aveva le mani insanguinate e macchiate d'erba.

Luke camminava davanti a lei a grandi falcate decise. Di tanto in tanto le indicava qualche elemento degno di interesse, con voce cupa, come la guida turistica più depressa del mondo. — Quella che abbiamo appena attraversato è la Pianura di Brocelind — disse. Stavano risalendo un'altura e avevano davanti a sé un'intricata distesa di alberi scuri che si protendeva verso occidente, dove il sole era ormai basso sull'orizzonte. — E questa è la Foresta di Brocelind. Un tempo, gli alberi ricoprivano gran parte delle pianure di questo Paese. Molti sono stati tagliati per fare posto alla città. E per snidare i branchi di lupi e i covi di vampiri che vi si annidavano. La foresta è sempre stata un buon nascondiglio per i Nascosti.

Avanzavano in silenzio lungo la stradina che curvava dolcemente seguendo per diverse miglia il margine della foresta. Gli alberi sembravano risalire l'altura che si levava sopra di loro. Quando l'aggirarono, Clary batté le palpebre: se i suoi occhi non la stavano ingannando, là in fondo c'erano delle *case*! File di casette bianche perfettamente allineate. — Siamo arrivati! — esclamò correndo avanti. Si fermò solo quando si rese conto che Luke non era più accanto a lei.

Si girò e lo vide fermo in mezzo alla strada polverosa. Scuoteva la testa: — No — le disse, raggiungendola. — Quella non è la città.

— Sarà un villaggio, allora. Avevi detto che non c'erano villaggi, qui vicino.

— È un cimitero. È la Città di Ossa di Alicante. Pensavi che l'altra Città di Ossa fosse l'unico nostro luogo di eterno riposo? — Sembrava triste. — Questa è la necropoli dove seppelliamo quelli che muoiono a Idris. Lo vedrai con i tuoi occhi. Dovremo attraversarla, per arrivare ad Alicante.

Era dalla notte in cui Simon era morto che Clary non metteva piede in un cimitero. Il ricordo la fece rabbrividire fino alle ossa, mentre camminava lungo le stradine strette che vi si diramavano come nastri bianchi. Qualcuno si prendeva cura di quel luogo, visto che il marmo brillava come fosse stato lucidato di fresco e l'erba era ben rasata. C'erano mazzi di fiori bianchi qua e là sulle tombe: in un primo momento Clary li scambiò per gigli, ma avevano un profumo speziato e sconosciuto che le fece pensare fossero originari solo di Idris. Ogni tomba somigliava a una casetta: alcune avevano persino un cancelletto in ferro battuto e sulle porte erano incisi nomi di famiglie Shadowhunters. CARTWRIGHT. MERRYWEATHER. HIGHTOWER. BLACKWELL. MIDWINTER. Si fermò davanti a una tomba: HERONDALE.

Si girò verso Luke. — Quello è il nome dell'Inquisitrice.

— È la sua tomba di famiglia. Guarda. — Accanto alla porta, Luke le indicò alcune scritte bianche incise nel marmo grigio. Erano nomi. MARCUS HERONDALE, STEPHEN HERONDALE. Morti entrambi nello stesso anno. Per quanto Clary avesse odiato l'Inquisitrice, si sentì stringere il cuore da un moto di pietà. Perdere il marito e il figlio, e a così poca distanza di tempo... Sotto il nome di Stephen correvano tre parole in latino: AVE ATQUE VALE.

— Che cosa significa? — chiese a Luke.

— Il senso è: "Ti saluto, e addio". È tratta da una poesia di Catullo. A un certo punto è diventata la formula di commiato che i Nephilim usano ai funerali o quando qualcuno muore in battaglia. Ora, però, andiamo. È meglio non soffermarsi troppo su queste cose, Clary. — Luke la prese per una spalla e l'allontanò delicatamente dalla tomba.

Forse Luke aveva ragione, pensò Clary. Forse era meglio non pensare troppo alla morte e al morire, in quel momento. Riprese a camminare tenendo gli occhi bassi. Erano vicini ai cancelli di ferro all'estremità opposta della necropoli, quando Clary notò un mausoleo più piccolo, che sembrava cresciuto come un fungo a cappello all'ombra di una quercia frondosa. Il nome sopra la porta balzò ai suoi occhi come un'insegna al neon.

FAIRCHILD.

— Clary... — Luke cercò di trattenerla, ma lei era già lontana. Con un sospiro, la seguì sotto la quercia. Impietrita, Clary stava leggendo i nomi dei nonni e dei bisnonni che non aveva mai saputo di avere. ALOYSIUS FAIRCHILD. ADELE FAIRCHILD NATA NIGHTSHADE. GRANVILLE FAIRCHILD. E sotto tutti quei nomi: JOCELYN MORGENSTERN, NATA FAIRCHILD.

Un'ondata di gelo la travolse. Vedere inciso sulla pietra quel nome fu come rivivere gli incubi che aveva di tanto in tanto, in cui era al funerale di sua madre e nessuno voleva dirle cos'era successo o com'era morta.

— Ma lei non è morta — sussurrò, guardando Luke.

— Il Conclave non lo sapeva — le spiegò l'uomo con dolcezza.

Clary sussultò. Non sentiva più la voce di Luke, non lo vedeva più, di fronte a sé. Davanti ai suoi occhi c'era un pendio frastagliato su cui le lapidi spuntavano dalla terra come ossa spezzate. Una lapide nera incombeva davanti a lei con lettere irregolari incise sulla superficie: CLARISSA MORGENSTERN, 1991-2007. Sotto quelle parole c'era un disegno infantile che raffigurava a tratti incerti un teschio dalle orbite vuote. Clary gridò e indietreggiò barcollando.

Luke la prese per le spalle. — Che succede, Clary?

Lei puntò il dito. — Lì… guarda…

Ma era sparito tutto. C'erano solo l'erba, verde e uniforme, e i bianchi mausolei, lindi e semplici, in file ordinate.

Si girò e alzò lo sguardo verso Luke. — Ho visto la mia tomba — gli disse. — C'era scritto che sono morta… quest'anno. — Rabbrividì.

Luke era cupo. — È l'acqua del lago — le disse. — Cominci ad avere le allucinazioni. Andiamo. Non ci resta molto tempo.

Jace guidò Simon al piano di sopra, in un breve corridoio con diverse porte, finché non si fermò per aprirne una, a braccio teso, scuro in volto. — Entriamo qui — disse spingendo Simon oltre la soglia. Era una biblioteca, con file e file di scaffali, divani e poltrone. — Qui dovremmo avere un po' di privacy per…

Ma s'interruppe, vedendo qualcuno alzarsi nervosamente da una delle poltrone. Era un ragazzino coi capelli castani e gli occhiali. Aveva una faccia piccola e seria e un volume fra le mani, un manga. Simon conosceva le abitudini di lettura di Clary e lo riconobbe subito.

Jace aggrottò la fronte. — Scusa Max. Ci serve la stanza. Discorsi da grandi.

— Ma Izzy e Alec mi hanno già cacciato via dal salotto, per fare discorsi da grandi! — protestò Max. — E dove devo andare?

Jace scrollò le spalle. — In camera tua? — Il suo pollice scattò verso la porta. — È giunto il momento che anche tu faccia il tuo dovere per la patria, piccoletto. Sparisci.

Con l'aria offesa e il libro stretto al petto, Max marciò verso la porta. Simon ebbe per lui un guizzo di solidarietà: era abbastanza grande per voler capire che cosa gli succedeva intorno, ma era ancora troppo piccolo, e tutti lo mandavano via. Che schifo di vita! Il ragazzino gli lanciò un'occhiata timorosa e guardinga, quando gli passò accanto. *Quello è il vampiro*, dicevano i suoi occhi.

— Andiamo. — Jace fece entrare Simon e chiuse la porta a chiave. La stanza era così poco illuminata da risultare troppo buia persino agli occhi di Simon. C'era odore di polvere. Jace andò ad aprire le tende dalla parte opposta, rivelando un'alta finestra panoramica che dava sul canale. L'acqua lambiva il fianco della casa, poco più in basso, sotto un davanzale di pietra decorato di rune e stelle consunte dalle intemperie.

Jace si voltò verso Simon con lo sguardo torvo. — Che diavolo di problemi hai, vampiro?

— Problemi *io*? Sei tu che mi hai praticamente trascinato via per i capelli.

— Stavi per dire a tutti che Clary non ha mai cambiato idea sul fatto di venire a Idris. Sai cosa succederebbe? Che la contatterebbero e la farebbero venire. E io ti ho già spiegato perché non deve farlo.

Simon scosse la testa. — Non ti capisco. Qualche volta ti comporti come se t'importasse solo di Clary, altre volte invece come…

Jace lo fissò. L'aria era piena di pulviscolo danzante nel sole che creava tra di loro un vibrante sipario di luce. — Come cosa?

— Come se facessi il filo ad Aline — concluse Simon. — Non mi sembrava che t'importasse solo di Clary, poco fa.

— Questi non sono affari tuoi — replicò Jace. — E poi Clary è mia sorella. E tu lo sai.

— C'ero anch'io alla Corte del Popolo Fatato — replicò Simon. — Ricordo bene quello che ha detto la Regina: «Il bacio che libererà la ragazza è quello che lei desidera di più».

— Non dubito che te lo ricordi. Ce l'hai impresso a fuoco nel cervello, vero, vampiro?

Dal fondo della gola di Simon uscì un suono che lui stesso non aveva mai saputo di poter produrre. — Ah no, non ci sto. Non trascinarmi in questa discussione. Non voglio litigare con te per Clary. È ridicolo.

— Allora perché hai tirato fuori il discorso?

— Perché — disse Simon — se vuoi che io menta, non solo a Clary, ma a tutti i tuoi amici Cacciatori, se vuoi che io finga che non è stata una scelta di Clary quella di non venire qui, e se vuoi che io finga di non sapere nulla dei suoi poteri o di quello che è veramente capace di fare, allora anche tu devi fare qualcosa per me.

— Bene — disse Jace. — Che cosa vuoi?

Simon rimase in silenzio per un momento, guardando, alle spalle di Jace, le case di pietra che costeggiavano l'altra sponda del canale scintillante. Oltre i tetti merlati, si vedevano le cime luccicanti delle torri antidemoni. — Devi fare il possibile per convincere Clary che tu non provi niente per lei. E non… non rispondermi che sei suo fratello. Lo so già. Smetti di illuderla, visto che sai benissimo che qualsiasi cosa ci sia tra voi non ha futuro. E non lo dico perché la voglio per me. Lo dico perché sono suo amico e non voglio che soffra.

Jace si guardò le mani a lungo, senza rispondere. Erano mani sottili, le dita e le nocche segnate da calli e il dorso ricamato dalle sottili linee bianche di antichi marchi. Erano le mani di un soldato, non di un adolescente. — L'ho già fatto — disse. — Le ho già detto che m'interessa essere suo fratello e basta.

— Ah. — Simon si era aspettato che Jace si opponesse, che protestasse, non che si arrendesse. Un Jace che si arrendeva era una novità. E ora Simon quasi si vergognava di avergli fatto quella richiesta. *Clary non me l'ha mai detto*, avrebbe voluto dire, ma poi, perché Clary avrebbe dovuto dirglielo? Ora che ci pensava, recentemente Clary si era mostrata insolitamente silenziosa e schiva, ogni volta che si faceva il nome di Jace. — Be', questo risolve tutto, immagino. C'è un'ultima cosa.

— Ah — fece Jace, senza dimostrare grande interesse. — E sarebbe?

— Che cos'ha detto Valentine quando Clary ha disegnato quella runa sulla nave? Sembrava una lingua straniera. *Meme* qualcosa...

— *Mene mene tekel upharsin* — rispose Jace con un accenno di sorriso. — Non lo riconosci? Viene dalla Bibbia, vampiro. Dall'Antico Testamento. Sono libri tuoi, no?

— Solo perché sono ebreo non significa che ho imparato a memoria tutto l'Antico Testamento.

— È la scritta sul muro del palazzo di Baldassar. DIO HA CONTATO I GIORNI DEL TUO REGNO E VI HA POSTO FINE. TU SEI STATO PESATO SULLA BILANCIA E SEI STATO TROVATO MANCANTE. È una profezia del giudizio universale. Sta a significare la fine di un impero.

— Ma questo che cosa c'entra con Valentine?

— Non solo con Valentine — spiegò Jace. — Ma con tutti noi: il Conclave, la Legge... Quello che Clary riesce a fare cambia tutto ciò che loro hanno sempre ritenuto vero. Nessun essere umano dovrebbe essere in grado di creare nuove rune, né di tracciare le rune che disegna Clary. Solo gli angeli hanno questo potere. E dato che Clary può farlo... be', sembra una profezia: le cose stanno cambiando, le Leggi stanno cambiando. Le vecchie procedure potrebbero non essere più quelle giuste. Come la ribellione degli angeli mise fine al mondo così com'era, dividendo il cielo a metà e creando l'inferno, ora questo potrebbe significare la fine dei Nephilim così come esistono attualmente. Questa è la nostra guerra, vampiro, e solo una delle due parti può vincere. Ovviamente, mio padre vuole che sia la sua.

Nonostante l'aria fredda, Clary grondava nei vestiti bagnati. Gocce di sudore le colavano lungo il viso, fin dentro il colletto del cappotto, mentre Luke, tenendole una mano sul braccio, la incitava a camminare in fretta, sotto un cielo che si faceva rapidamente più scuro. Erano in vista di Alicante, adesso. La città era in una valle poco profonda, tagliata in due da un fiume argenteo che sembrava svanire nel centro abitato per poi riemergere dal lato opposto. Un viluppo di edifici color miele dai tetti rossi e un groviglio di ripide stradine scure e serpeggianti risalivano il fianco di una scoscesa collina, in cima alla quale si ergeva un palazzo scuro, svettante, con diversi colonnati e una torre luccicante a ogni punto cardinale. Sparse tra le altre costruzioni c'erano altre torri uguali, alte e sottili, che sembravano fatte di vetro, o di quarzo, ciascuna vibrante di luce. Erano come aghi che foravano il cielo. La luce morente del sole creava vaghi arcobaleni sulle loro superfici. Era una vista meravigliosa, e molto strana.

Non puoi dire di aver visto una città finché non hai visto Alicante dalle torri di vetro.

— Come? — disse Luke. — Cosa hai detto?

Clary non si era resa conto di avere parlato. Imbarazzata, ripeté la frase ad alta voce e Luke la guardò sorpreso. — Dove l'hai sentito?

— Da Hodge — rivelò Clary. — È una cosa che mi ha detto Hodge.

Luke la scrutò più da vicino. — Hai il viso rosso — osservò. — Come ti senti?

Le doleva il collo, aveva il corpo in fiamme, la bocca secca. — Sto bene — disse invece. — Cerchiamo di arrivare, okay?

— Okay. — Luke le indicò un passaggio formato da un arco a sesto acuto posto ai margini della città, dove cominciavano le case. All'ombra dell'arco, uno Shadowhunter in tenuta nera da battaglia faceva la guardia. — Quella è la Porta Settentrionale: è da lì che i Nascosti possono entrare legalmente in città, se hanno le carte in regola. È sorvegliata giorno e notte. Ora, se noi fossimo qui per questioni ufficiali o se avessimo il permesso di essere qui, potremmo passare da quella Porta.

— Ma non ci sono mura, intorno alla città — osservò Clary. — Non mi sembra molto efficace, come misura di controllo.

— Le difese sono invisibili, ma ci sono. Sono controllate dalle torri antidemoni, da mille anni. Te ne accorgerai quando le attraverseremo. — Lanciò un ultimo sguardo preoccupato alla faccia arrossata di Clary. — Sei pronta?

Clary annuì. Si allontanarono dalla Porta lungo il lato orientale della città, dove gli edifici erano più fitti. Facendole cenno di non far rumore, Luke la tirò verso uno stretto passaggio tra due case. Clary chiuse gli occhi, quasi aspettandosi di sbattere la faccia contro un muro invisibile. Ma non fu così. Sentì un'improvvisa pressione, come se si trovasse su un aereo in caduta libera, udì uno schiocco nelle orecchie... Poi la sensazione sparì e la ragazza si ritrovò nel vicolo tra le case. Uguale a un vicolo di New York, a qualsiasi vicolo del mondo, di primo acchito: sapeva di pipì di gatto.

Clary sbirciò dietro l'angolo di uno degli edifici. Una strada più larga saliva su per la collina, costeggiata da case e negozietti. — Non c'è nessuno in giro — osservò, con una certa sorpresa.

Nella luce sempre più fioca, Luke era grigio. — Ci dev'essere un'assemblea, su alla Guardia. È l'unica ragione che può svuotare così le strade.

— È un bene per noi, no?

— È un bene e un male. Le strade sono praticamente deserte, il che è un bene. Ma è più probabile che chiunque si trovi a passare ci noti e parli di noi.

— Credevo avessi detto che sono tutti alla Guardia.

Luke accennò un sorriso. — Non prendermi troppo alla lettera, Clary. Volevo dire gran parte dei cittadini. I bambini, gli adolescenti, tutti coloro che sono esentati dall'assemblea non vanno alla Guardia.

Gli adolescenti. Clary pensò a Jace e, contro la sua volontà, il cuore le fece un balzo.

Luke aggrottò la fronte, come se le avesse letto nel pensiero. — Ora come ora, io sto infrangendo la Legge perché mi trovo ad Alicante senza aver dichiarato la mia presenza al Conclave, alle Porte della città. Se qualcuno mi riconoscesse, saremmo in guai seri. — Guardò la striscia di cielo color ruggine che s'intravedeva tra i tetti. — Dobbiamo allontanarci dalle strade principali.

— Stiamo andando a casa del tuo amico?

— Sì, ma non è precisamente un amico.

— Allora chi...?

— Tu seguimi. — Luke s'infilò in un passaggio tra due case, così angusto che Clary, aprendo le braccia, avrebbe potuto toccare i muri ai due lati. Da lì, si addentrarono in una stradina acciottolata e serpeggiante, fiancheggiata da negozi. Gli edifici erano un incrocio tra un paesaggio gotico visto in un sogno e una favola per bambini. I rivestimenti esterni, in pietra, erano intagliati con ogni sorta di creatura mitica o leggendaria: le teste di mostro andavano per la maggiore, intervallate da cavalli alati, cose che sembravano casette su zampe di gallina, sirene e, naturalmente, angeli. Da ogni angolo sporgevano gargoyle con facce digrignate e contorte. E ovunque c'erano rune: sulle porte, nei motivi astratti incisi nella pietra, appese a sottili catenelle come campanelle cinesi mosse dal vento. Rune di Protezione, rune di Buon Auspicio, persino rune per un Fiorente Commercio. Guardandole, Clary cominciò a sentire un lieve stordimento.

Camminavano in silenzio, restando nell'ombra. La strada acciottolata era deserta, le porte dei negozi chiuse e sbarrate. Passando, la ragazza gettava occhiate furtive nelle vetrine. Era strano vedere in una vetrina costosi cioccolatini riccamente decorati e, in quella accanto, un'altrettanto ricca esposizione di armi dall'aria letale: sciabole, mazze chiodate e un assortimento di spade angeliche di tutte le dimensioni. — Niente armi da fuoco — osservò. La sua voce le sembrò lontanissima.

Luke la guardò battendo le palpebre. — Come?

— Gli Shadowhunters — disse Clary — a quanto pare non usano armi da fuoco.

— Le rune impediscono alla polvere da sparo di funzionare — spiegò Luke. — Nessuno sa perché. Però di tanto in tanto i Nephilim usano il fucile contro i licantropi. Non serve una runa per ucciderci, basta un proiettile d'argento. — La sua voce era cupa. All'improvviso alzò di scatto la testa. Nella luce fioca era facile immaginare le sue orecchie drizzarsi come quelle di un lupo. — Voci. Devono aver finito, su alla Guardia.

Prese Clary per un braccio e la fece allontanare dalla strada. Emersero in una piazzetta con un pozzo al centro; poco più avanti, un ponte in muratura scavalcava uno stretto canale. Nella luce morente, l'acqua sembrava nera. Anche Clary ora sentiva le voci, dalle strade vicine: erano alte, arrabbiate. La ragazza era sempre più stordita: aveva l'impressione che il terreno le si inclinasse sotto i piedi, rischiando di mandarla a gambe all'aria. Si appoggiò al muro del vicolo, cercando di respirare.

— Clary — esclamò Luke. — Clary, va tutto bene?

La voce di Luke le arrivava profonda, strana. Lo guardò e il respiro le morì in gola. Aveva le orecchie lunghe e appuntite, i denti affilati come lame, gli occhi di un giallo acceso...

— Luke — sussurrò. — Che cosa ti sta succedendo?

— Clary. — Luke fece per toccarla, con mani stranamente lunghe, dalle unghie affilate e color ruggine. — Qualcosa non va?

Clary strillò, divincolandosi. Non sapeva perché fosse tanto terrorizzata: aveva già visto Luke trasformarsi, e lui non le aveva mai fatto del male, eppure il terrore dentro di lei era una cosa viva, incontrollabile. Quando Luke la prese per le spalle cercò di scappare da quegli occhi gialli, animaleschi. Lui cercava di calmarla, la pregava di stare zitta, con la sua solita voce, umana. — Clary, ti prego...

— Lasciami! Lasciami!

Ma lui non lo fece. — È l'acqua... Hai le allucinazioni... Clary, cerca di mantenere il controllo. — La portò verso il ponticello, trascinandola. Lei sentiva le lacrime scorrere sulle guance ardenti e portarle un po' di refrigerio. — Non è reale. Cerca di resistere, ti prego — le diceva Luke accompagnandola sul ponte. Clary sentiva l'odore dell'acqua melmosa che scorreva sotto. C'erano delle *cose*, che si muovevano sotto la superficie. Guardò giù e vide emergere dall'acqua un tentacolo nero con la punta spugnosa bordata di denti a spillo. Si ritrasse, incapace persino di gridare. Solo un basso mugolio le salì alla gola.

Luke la prese al volo, quando le cedettero le ginocchia, e se la caricò fra le braccia. Non la portava in braccio da quando aveva cinque o sei anni. — Clary — le disse, ma il resto delle sue parole si confuse in un ruggito senza senso, mentre scendevano dal ponte. Passarono di corsa davanti a una serie di case alte e strette, che le ricordavano le villette a schiera di Brooklyn... o, forse, anche sul suo quartiere aveva le allucinazioni... Tutt'intorno, l'aria sembrava incurvarsi al loro passaggio, le luci delle case fiammeggiavano come torce, il canale vibrava di un maligno bagliore fosforescente. Clary sentiva le ossa dissolversi dentro il corpo.

— Qui. — Luke si fermò di scatto davanti a un'alta casa affacciata su un canale. Prese a calci la porta, gridando. Era di un colore rosso luminoso, quasi eccessivo, con una singola runa al centro, in oro. La runa si sciolse e colò sotto gli occhi di Clary, prendendo la forma di uno spaventoso teschio sogghignante. *Non è reale*, si disse la ragazza, soffocando un grido con un pugno sulla bocca. Morse forte, finché non sentì il sapore del sangue.

Il dolore le schiarì momentaneamente le idee. La porta si spalancò, rivelando una donna con un vestito scuro, la faccia increspata di rabbia e sorpresa. Aveva i capelli lunghi, un'aggrovigliata nuvola tra il grigio e il castano che le sfuggiva da due trecce. I suoi occhi azzurri sembravano familiari. Una pietra runica di stregaluce le brillava in mano. — Chi è? — chiese con forza. — Che cosa volete?

— Amatis — Luke entrò nel cono luminoso della stregaluce, con Clary tra le braccia — sono io.

La donna sbiancò, barcollò e allungò una mano per appoggiarsi allo stipite della porta. — *Lucian?* — Luke cercò di fare un passo avanti, ma la donna gli bloccò la strada. Scuoteva la testa così forte da far volare le trecce. — Come puoi venire qui, Lucian? Come *osi* venire qui?

— Non avevo scelta. — Luke assicurò la presa su Clary, che represse un grido. Tutto il suo corpo era in fiamme, ogni singolo nervo bruciava di dolore.

— Te ne devi andare — gli intimò Amatis. — Se te ne vai immediatamente...

— Non sono qui per me. Sono qui per la ragazza. Sta morendo. — E mentre la donna lo fissava con durezza, Luke aggiunse: — Amatis, ti prego. *È la figlia di Jocelyn.*

Ci fu un lungo silenzio, durante il quale Amatis rimase immobile sulla soglia come una statua. Sembrava impietrita per la sorpresa o per l'orrore, Clary non avrebbe saputo dirlo. La ragazza strinse il pugno, appiccicoso di sangue, ma nemmeno il dolore serviva più a riscuoterla, ormai. Il mondo le si stava sgretolando intorno, sfocato, come un puzzle portato via dalla corrente di un fiume. Riuscì a malapena a sentire Amatis che, facendosi da parte, diceva: — Okay, Lucian, portala dentro.

Quando Simon e Jace rientrarono in salotto, videro che Aline aveva messo del cibo sul tavolino tra i divani. C'erano pane e formaggio, fette di torta, mele e persino una bottiglia di vino, che Max non poteva toccare. Era seduto in un angolo, con una fetta di torta su un piattino e il suo libro aperto sulle ginocchia. Simon lo capiva: anche lui probabilmente provava lo stesso senso di solitudine, nel gruppo che rideva e chiacchierava.

Simon vide Aline sfiorare il polso di Jace mentre si allungava per prendere un quarto di mela. Si irrigidì. *In fondo è quello che vuoi da Jace*, si disse. Eppure in qualche modo non riusciva a liberarsi dalla sensazione che Jace stesse mancando di rispetto a Clary.

Jace incrociò il suo sguardo e sorrise. Pur non essendo un vampiro, riuscì a fargli un sorriso che sembrava tutto denti aguzzi. Simon distolse lo sguardo e diede un'occhiata intorno. Notò che la musica che aveva sentito prima non veniva da uno stereo, ma da un congegno meccanico dall'aria molto complicata.

Pensò di attaccare discorso con Isabelle, ma vide che stava chiacchierando con Sebastian, il cui viso elegante era chino sul suo, tutto concentrato. Jace, una volta, aveva riso della cotta che Simon si era preso per Isabelle, Sebastian invece era senza dubbio in grado di gestirla. Gli Shadowhunters venivano educati a controllare qualsiasi cosa, giusto? E tuttavia l'espressione di Jace, quando aveva detto di voler essere solo un fratello per Clary, lo faceva dubitare.

— Abbiamo finito il vino — annunciò Isabelle, sbattendo la bottiglia sul tavolo. — Vado a prenderne dell'altro. — Con un cenno d'intesa a Sebastian, sparì in cucina.

— Se mi permetti un'osservazione, mi sembri un po' silenzioso. — Aveva parlato Sebastian, appoggiato dietro allo schienale della poltrona di Simon, con un sorriso disarmante. Per avere i capelli così scuri, pensò Simon, Sebastian aveva la pelle chiarissima, come se non uscisse molto alla luce del sole. — Tutto bene?

Simon scrollò le spalle. — Non ci sono molti spiragli, per me, in questa conversazione. A quanto pare, o si parla di politica degli Shadowhunters o di persone che non ho mai sentito nominare, o entrambe le cose.

Il sorriso di Sebastian scomparve. — A volte siamo un circolo molto chiuso, noi Nephilim. È così che succede a chi è escluso dal resto del mondo.

— Forse siete voi stessi a escludervi, non credi? Voi disprezzate la gente comune.

— "Disprezzare" è un po' forte — replicò Sebastian. — Ma tu credi davvero che il mondo degli umani voglia avere qualcosa a che fare con noi? Ogni volta che loro cercano di rassicurarsi negando l'esistenza di vampiri, demoni o altri mostri sotto il letto, noi siamo lì a ricordargli che stanno mentendo a se stessi. — Si girò a guardare Jace. Simon si accorse solo allora che lui li stava fissando in silenzio. — Non sei d'accordo anche tu?

Jace sorrise. — *De ce crezi că vă auscultam conversatia?*

Sebastian incrociò il suo sguardo con un'aria di piacevole interesse. — *M-ai urmărit de când ai ajuns aici* — replicò. — *Nu-mi dau seama dacă nu mă placi ori dacă eşti atât de bănuitor cu toată lumea.* — Si raddrizzò. — Ti ringrazio dell'opportunità che mi dai di praticare il rumeno, ma, se non ti dispiace, ora vado in cucina a vedere perché Isabelle ci sta mettendo tanto. — Sparì dalla porta, lasciando Jace a fissarlo con un'espressione perplessa.

— Qualcosa non va? Alla fine, sa parlare il rumeno o no? — chiese Simon.

— Sì — disse Jace. Gli era apparsa una linea sottile tra le sopracciglia aggrottate. — Lo parla eccome.

Prima che Simon potesse chiedergli spiegazioni, rientrò Alec. Era accigliato, come quando se n'era andato. Il suo sguardo si soffermò su Simon con un'espressione leggermente confusa negli occhi azzurri.

Jace lo guardò. — Già di ritorno?

— Non per molto. — Alec prese una mela dal tavolo con la mano guantata. — Sono venuto a prendere... lui — annunciò, indicando Simon con la mela. — Lo vògliono alla Guardia.

Aline sembrò sorpresa. — Davvero? — chiese, mentre Jace già si stava alzando dal divano, sciogliendo l'intreccio delle loro dita.

— Per quale motivo? — indagò, con una calma sospetta. — Spero che tu sappia quello che fai.

— Certo che lo so — ribatté Alec. — Non sono stupido.

— Suvvia! — intervenne Isabelle. Era ricomparsa sulla porta con Sebastian, che teneva in mano una bottiglia. — Qualche volta sei un po' stupido, lo sai, solo un pochino — ripeté, mentre Alec le scoccava un'occhiata assassina.

— Vogliono rimandare Simon a New York — annunciò Alec. — Dal Portale.

— Ma se è appena arrivato! — protestò Isabelle mettendo il broncio. — Così non è divertente!

— Nessuno pensa che debba essere divertente, Izzy. Simon è capitato qui per errore, quindi il Conclave ritiene che la cosa migliore sia di rispedirlo a casa.

— Fantastico — commentò Simon. — Magari riesco a rientrare prima che mia madre si accorga della mia assenza. Che differenza di fuso orario c'è, tra qui e Manhattan?

— Tu hai una *madre*? — Aline sembrava stupefatta.

Simon decise di ignorarla. — Per me va bene — annunciò, mentre Alec e Jace si scambiavano delle occhiate. — Voglio soltanto sparire da questo posto.

— Tu andrai con lui — disse Jace ad Alec. — E controllerai che vada tutto bene, vero?

Si stavano guardando in un modo che Simon conosceva bene. Era il modo in cui si guardavano lui e Clary, talvolta, scambiandosi occhiate in codice, quando non volevano che i loro genitori sapessero cosa avevano in mente.

— Cosa c'è che non va? — chiese Simon.

Lo scambio di occhiate s'interruppe. Alec distolse lo sguardo, e Jace rivolse a Simon un'espressione blanda e sorridente. — Niente — disse. — Va tutto bene. Congratulazioni, vampiro, ce l'hai fatta: torni a casa.

4
Il Diurno

Era scesa la notte, su Alicante, quando Simon e Alec uscirono dalla casa dei Penhallow e s'incamminarono verso la Guardia. Le strade della città, strette e tortuose, si dipanavano verso la cima della collina come pallidi nastri di pietra alla luce della luna. L'aria era fredda, anche se Simon lo percepiva solo vagamente.

Alec camminava in silenzio a grandi passi, sempre davanti a Simon, come fingendo di essere solo. Nella sua vita precedente, Simon avrebbe dovuto correre per stargli dietro, avrebbe avuto il fiatone; ora scopriva di poter stare al passo di Alec semplicemente accelerando un po'. — Deve essere una bella rogna, per te — gli disse, notando lo sguardo imbronciato e fisso davanti a sé. — Trovarti costretto a farmi da scorta, dico.

Alec scrollò le spalle. — Ho diciotto anni. Sono un adulto, quindi devo essere io il responsabile. Sono l'unico che può entrare e uscire dalla Guardia mentre il Conclave è riunito. E poi, il Console mi conosce.

— Che cos'è un Console?

— È una specie di alto ufficiale del Conclave. È lui che conta i voti del Consiglio, che interpreta la Legge, che consiglia i membri del Conclave e l'Inquisitore. Se dirigi un Istituto, incappi in un problema e non sai come risolverlo, è il Console che chiami.

— Consiglia l'Inquisitore? Ma l'Inquisitrice non è morta?

Alec sbuffò. — È come dire: il presidente non è morto? Sì, l'Inquisitrice è morta, e adesso ce n'è uno nuovo. L'Inquisitore Aldertree.

Simon si girò a guardare l'acqua scura dei canali ai piedi della collina. S'erano lasciati la città alle spalle e stavano percorrendo una stradina stretta tra alberi fitti d'ombre. — Sai che ti dico? In passato, l'Inquisizione non ha funzionato molto bene, con la mia gente. — Alec lo guardò senza capire. — Non fa niente. È solo una battuta fra noi mondani.

— Tu non sei un mondano — gli ricordò Alec. — È per questo che Aline e

Sebastian erano così impazienti di vederti. Be', con Sebastian non si può mai dire: ha sempre l'aria di uno che ha già visto tutto.

Simon parlò senza pensare. — Lui e Isabelle... C'è qualcosa tra di loro?

Questo fece ridere Alec. — Isabelle e *Sebastian*? Difficile. Sebastian è un bravo ragazzo. A Isabelle piace uscire solo con tipi assolutamente inadeguati, che i nostri genitori non potrebbero mai sopportare: mondani, Nascosti, piccoli truffatori...

— Grazie — disse Simon. — Mi fa piacere essere classificato fra i criminali.

— Credo che lo faccia per attirare l'attenzione — disse Alec. — È l'unica ragazza della famiglia, quindi deve continuamente dimostrare di essere una tipa tosta. O almeno, così crede.

— O forse cerca solo di distogliere l'attenzione da te — osservò Simon, quasi distrattamente. — Visto che i tuoi genitori non sanno che sei gay.

Alec si fermò in mezzo alla strada così all'improvviso che Simon per poco non gli finì addosso. — No. Ma evidentemente tutti gli altri lo sanno.

— Tranne Jace — precisò Simon. — Lui non lo sa, vero?

Alec fece un respiro profondo. Era pallido, pensò Simon, o forse era solo la luce della luna che lavava via i colori. I suoi occhi erano neri nel buio. — Non vedo come la cosa ti possa riguardare. A meno che tu non stia cercando di minacciarmi.

— Minacciarti? — Simon fu colto alla sprovvista. — Io non sto...

— Allora perché? — l'interruppe Alec. Nella sua voce c'era una vulnerabilità evidente e improvvisa che stupì Simon. — Perché tiri fuori questa storia?

— Perché — rispose Simon — sembra sempre che tu mi odi. Non ne faccio una questione personale, anche se ti ho salvato la vita. È che dai l'impressione di odiare tutto il mondo. Non abbiamo niente in comune, io e te, ma ti vedo, quando guardi Jace, e vedo me stesso quando guardo Clary. E penso che forse questa è una cosa che abbiamo in comune. E che potrebbe convincerti a detestarmi un po' di meno.

— Quindi non hai intenzione di riferirlo a Jace? Insomma, tu hai detto a Clary quello che sentivi e...

— E non è stata una grande idea — concluse Simon. — Ora mi chiedo di continuo se si può tornare indietro, dopo una cosa simile. Se potremo di nuovo essere amici o se quello che avevamo è andato in frantumi. Non per causa sua, ma mia. Forse, se trovassi qualcun altro...

— Qualcun altro — ripeté Alec. Aveva ripreso a camminare molto in fretta, con gli occhi fissi sulla strada.

Simon accelerò il passo. — Sai cosa voglio dire. Per esempio, secondo me tu piaci molto a Magnus Bane. E Magnus è un bel tipo. O, quantomeno, dà delle feste grandiose. Anche se quella volta mi sono ritrovato topo.

— Grazie per il consiglio. — La voce di Alec era secca. — Ma non credo di piacergli tanto. Mi ha a malapena rivolto la parola, quando è venuto all'Istituto ad aprire il Portale.

— Forse dovresti chiamarlo — gli suggerì Simon, cercando di non pensare troppo a quanto fosse strano ritrovarsi a dare consigli a un Cacciatore di demoni sulla possibilità di mettersi insieme a uno stregone.

— Non posso — disse Alec. — Niente telefoni, a Idris. E comunque, non importa. — Il tono era sbrigativo. — Siamo arrivati. Questa è la Guardia.

Davanti a loro si ergeva un alto muro nel quale si apriva un enorme portone a due battenti, incisi coi segni svolazzanti e spigolosi delle rune. Benché Simon non fosse in grado di leggerli, c'era qualcosa di folgorante nella loro complessità e nel senso di potere che emanavano. Il portone era sorvegliato su entrambi i lati da angeli di pietra dai volti feroci e bellissimi. Ciascuno brandiva una spada incisa di rune e aveva ai piedi una creatura che si contorceva negli spasimi della morte: un incrocio tra un topo, un pipistrello e una lucertola, con pericolosi denti aguzzi. Simon si soffermò a guardarli. Demoni, immaginò... ma avrebbero potuto tranquillamente essere vampiri.

Alec spalancò i battenti e fece cenno a Simon di passare. Una volta entrato, quest'ultimo si guardò intorno confuso. Da quando era diventato un vampiro, la sua capacità di vedere al buio aveva assunto una precisione da laser, ma le decine di torce lungo il percorso che conduceva alla Guardia erano fatte di stregaluce e il loro crudo bagliore bianco gli confondeva i dettagli di ogni cosa. Alec si mise a guidarlo lungo lo stretto sentiero di ciottoli, splendente di luci riflesse, finché qualcuno, sul sentiero, non gli bloccò il passo con il braccio alzato.

— Dunque è lui il vampiro? — La voce che aveva parlato era così profonda da essere quasi un ringhio animale. Simon alzò gli occhi: gli bruciavano per la troppa luce e avrebbero lacrimato, se fosse stato ancora capace di piangere. *Stregaluce*, pensò. *Luce angelica, mi brucia. Immagino che non ci sia da stupirsi.*

L'uomo davanti a loro era molto alto, con la pelle giallastra tesa sugli zigomi pronunciati. Sotto una calotta di capelli neri tagliati corti la fronte era alta, il naso aquilino, romano.

Guardava Simon con l'espressione di un pendolare alla stazione della metropolitana, intento a osservare un ratto che corre sulle rotaie con la vaga speranza che passi un treno e lo spiacchichi.

— Questo è Simon — disse Alec con una lieve incertezza. — Simon, ti presento il Console Malachi Dieudonné. È pronto il Portale, signore?

— Sì — rispose Malachi. La sua voce era dura e aveva un lieve accento straniero. — Ogni cosa è pronta. Vieni, Nascosto. — Fece cenno a Simon di seguirlo. — Prima chiudiamo questa faccenda e meglio è.

Simon fece per seguire l'alto ufficiale, ma Alec lo fermò con la mano sul braccio. — Solo un momento — disse rivolto al Console. — Verrà rimandato direttamente a Manhattan? E là ci sarà qualcuno ad aspettarlo?

— Certamente — confermò Malachi. — Lo stregone Magnus Bane. Poiché è stato lui a consentire al vampiro, poco saggiamente, di arrivare a Idris, ora si è assunto la responsabilità di aspettare il suo ritorno.

— Se Magnus non l'avesse fatto passare attraverso il Portale, Simon sarebbe morto — precisò Alec un po' seccamente.

— Forse — ribatté Malachi. — È quanto dicono anche i tuoi genitori, e il Conclave ha scelto di credere alle loro parole. Contro il mio consiglio. In ogni caso, non si porta un Nascosto nella Città di Vetro così a cuor leggero.

— Non è stato fatto a cuor leggero. — La rabbia si gonfiò nel petto di Simon. — Eravamo stati attaccati...

Malachi rivolse lo sguardo a Simon. — Tu parlerai soltanto quando ti verrà rivolta la parola, Nascosto, non prima.

La mano di Alec si strinse intorno al braccio di Simon. C'era una strana espressione sul suo viso: di esitazione, di sospetto, come se si chiedesse se fosse stata una saggia idea, quella di portare Simon lassù.

— Ma, Console, davvero! — La voce che giunse attraverso il cortile era acuta e sfiatata. Simon vide con una certa sorpresa che apparteneva a un ometto piccolo e tondo che si affrettava verso di loro. Indossava un'ampia cappa grigia sulla tenuta da Cacciatore e la sua pelata riluceva nella stregaluce. — Non c'è alcun bisogno di allarmare il nostro ospite.

— Ospite?! — ripeté Malachi indignato.

L'ometto si fermò davanti ad Alec e Simon e li guardò con un sorriso raggiante. — Siamo così contenti, anzi felici, veramente, che tu abbia deciso di collaborare, accettando di farti rimandare a New York. Ci rende tutto molto, molto più facile. — Fece l'occhiolino a Simon, che lo guardava confuso. Non avrebbe mai pensato di incontrare uno Shadowhunter che fosse felice di vederlo: non da mondano, e certo non adesso che era un vampiro. — Ah, dimenticavo! — L'ometto si batté la mano sulla fronte. — Non mi sono neanche presentato. Io sono l'Inquisitore, il *nuovo* Inquisitore. Inquisitore Aldertree è il mio nome. — Porse la mano a Simon che, nella confusione più totale, gliela strinse. — E tu, ti chiami Simon?

— Sì — rispose lui, ritirando la mano appena possibile. La stretta dell'uomo era sgradevolmente umidiccia e appiccicosa. — Non c'è bisogno di ringraziarmi per la collaborazione. Io voglio solo andare a casa.

— Ne sono certo, ne sono certo! — Sebbene il tono di Aldertree fosse gioviale, qualcosa balenò sul suo viso mentre parlava, un'espressione che Simon non riuscì ad afferrare ma che sparì in un attimo. Poi Aldertree sorrise e gli indicò un sentierino che girava intorno alla Guardia. — Da questa parte, Simon, se non ti dispiace.

Simon si mosse e Alec fece per seguirlo. L'Inquisitore sollevò la mano. — Non abbiamo bisogno di altro da te, Alexander. Ti ringrazio per l'aiuto.

— Ma, Simon... — iniziò Alec.

— Simon starà benone — lo rassicurò l'Inquisitore. — Malachi, per favore accompagna fuori Alexander. E dagli una pietra runica di stregaluce per arrivare fino a casa, se non ne ha portata una con sé. Il sentiero può essere insidioso, di notte.

E con un altro sorriso beato si portò via Simon.

Il mondo si dilatò intorno a Clary in una macchia indistinta ma quasi tangibile, mentre Luke la portava oltre la soglia, in un lungo corridoio, e Amatis faceva loro strada con la stregaluce. In preda al delirio, Clary fissava lo sguardo sul corridoio che si stendeva davanti a lei sempre più lungo, sempre più lungo, come il corridoio di un incubo.

Il mondo si rovesciò su un fianco. Clary si ritrovò distesa su una superficie fredda. C'erano delle mani che lisciavano una coperta sopra di lei e un paio di occhi azzurri che la scrutavano dall'alto. — Sta molto male, Lucian! — disse Amatis con una voce alterata e distorta come quella di una vecchia registrazione. — Cosa le è successo?

— Ha bevuto metà del Lago Lyn. — Il suono della voce di Luke si affievolì e per un momento la visione di Clary si schiarì: era distesa sul pavimento in fredde piastrelle di una cucina e, da qualche parte, Luke stava frugando in un armadietto. La cucina aveva pareti gialle e scrostate e una vecchia stufa di ghisa a una parete; le fiamme che danzavano dietro la grata della stufa le ferivano gli occhi. — Anice, belladonna, elleboro... — Luke si allontanò dall'armadietto con le braccia piene di barattoli di vetro. — Puoi mettere a bollire queste erbe, Amatis? Voglio spostarla più vicino alla stufa. Sta tremando.

Clary cercò di parlare, di dire che non aveva bisogno di essere riscaldata, che stava bruciando, ma i suoni che le uscirono di bocca non erano quelli che aveva in mente. Si sentì mugolare, quando Luke la sollevò, poi avvertì il calore che le scongelava il fianco sinistro... Non si era nemmeno resa conto di avere freddo. I denti le battevano forte e sentì in bocca il sapore del sangue. Il mondo cominciò a tremare intorno a lei come acqua scossa in un bicchiere.

— Il Lago dei Sogni? — La voce di Amatis era piena di incredulità. Clary non riusciva a vederla chiaramente, ma le sembrava che fosse vicino alla stufa, con un lungo cucchiaio di legno in mano. — Che cosa ci facevate là? Jocelyn sa dove...

Il mondo non c'era più, o per lo meno il mondo reale, la cucina coi muri gialli e il fuoco confortante dietro la grata. Vedeva le acque del Lago Lyn che riflettevano il fuoco come la superficie di un vetro lucido. Su quel vetro camminavano angeli: angeli dalle ali bianche, spezzate e insanguinate. E tutti avevano il volto di Jace. E poi altri angeli, con ali di nera tenebra, che avvicinavano le mani al fuoco e ridevano...

— Continua a chiamare suo fratello. — La voce di Amatis sembrava cava, come se filtrasse verso di lei da profondità impossibili. — È con i Lightwood, vero? I Lightwood stanno dai Penhallow, in Princewater Street. Potrei...

— No — ribatté Luke seccamente. — No. È meglio che Jace non sappia nulla di tutto questo.

Stavo chiamando Jace? Perché lo facevo? si chiese Clary. Ma il pensiero ebbe vita breve: tornò il buio, e le allucinazioni s'impossessarono di nuovo della sua mente. Questa volta sognò Alec e Isabelle. Sembravano usciti da una battaglia feroce, avevano la faccia rigata di lacrime e di sporco. E poi non c'erano più. E Clary sognò un uomo senza volto, con delle ali nere che gli crescevano sulla schiena come quelle di un pipistrello. L'uomo sorrideva e dalla bocca gli colava sangue. Pregando che le visioni svanissero, Clary serrò gli occhi.

Passò molto tempo prima che riemergesse verso la superficie, richiamata dalle voci sopra di lei. — Bevi questo — le stava dicendo Luke. — Clary, devi berlo. — E poi c'erano delle mani che le sorreggevano la schiena e c'era un fluido che le colava nella bocca da un fazzoletto zuppo. Era amaro e disgustoso, e Clary tossiva, aveva conati di vomito, ma le mani sulla sua schiena erano ben salde. Mandò giù, oltre il dolore della gola gonfia. — Fatto — disse Luke. — Ora dovrebbe andare meglio.

Clary aprì gli occhi lentamente. In ginocchio accanto a lei c'erano Luke e Amatis, e i loro occhi azzurri, quasi identici, erano colmi della medesima preoccupazione. Guardò alle loro spalle e non vide niente: né angeli, né demoni dalle ali di pipistrello. Solo pareti gialle e un bollitore rosa pallido in bilico sul davanzale di una finestra.

— Morirò? — sussurrò.

Luke fece un sorriso sfinito. — No. Ti ci vorrà un po' per rimetterti in sesto, ma te la caverai.

— Okay. — Era troppo esausta per sentire qualsiasi cosa, anche il sollievo. Era come se le avessero tolto tutte le ossa, lasciandole solo un sacco di pelle vuoto. Guardando Luke tra le ciglia, insonnolita, quasi senza pensare, Clary disse: — Hai gli occhi uguali.

Luke batté le palpebre. — Uguali a cosa?

— Uguali ai suoi — disse Clary, spostando lo sguardo assonnato verso Amatis, che sembrava perplessa. — Lo stesso azzurro.

L'ombra di un sorriso passò sul volto di Luke. — Be', non è poi così strano, tutto sommato. Prima non ho avuto modo di fare le presentazioni. Clary, ti presento Amatis Herondale. Mia sorella.

L'Inquisitore smise di parlare non appena Alec e l'alto ufficiale furono abbastanza lontani. Simon lo seguì lungo lo stretto sentiero illuminato, cercando di non guardare verso le torce di stregaluce. Sentiva la mole possente della Guardia che si innalzava davanti a lui come la fiancata di una nave sull'oceano. Le finestre vivamente illuminate macchiavano il cielo di una luce argentea. C'erano anche finestrelle basse, al livello del suolo. Molte avevano delle inferriate, ed erano buie.

Dopo un po' i due raggiunsero un passaggio ad arco chiuso da una porta di legno, su un lato dell'edificio. Quando Aldertree si avvicinò e aprì il lucchetto, lo stomaco di Simon si strinse. Le persone, lo notava da quando era un vampiro, avevano un odore che mutava con l'umore. L'Inquisitore puzzava di qualcosa di forte e amaro, come il caffè, ma molto più sgradevole. Simon sentì nelle gengive il dolore pungente che precedeva sempre l'apparire dei canini e, passando dalla porta, cercò di stare lontano dall'Inquisitore.

Il corridoio che si apriva oltre la porta era lungo e bianco, quasi un tunnel, e sembrava scavato nella roccia. L'Inquisitore camminava veloce e la sua stregaluce gettava riflessi vivaci contro i muri. Per avere delle gambe così corte si muoveva con notevole rapidità, girando spesso la testa a destra e a sinistra e arricciando il naso come ad annusare l'aria, e Simon dovette affrettare il passo. Entrarono per un portone dai battenti spalancati come ali. Nella grande sala che si apriva dall'altra parte, Simon vide un anfiteatro con file e file di sedie, ciascuna occupata da uno Shadowhunter vestito di nero. Le loro voci rimbalzavano contro le pareti, molte dai toni accesi dall'ira, e Simon colse brandelli di discussione, voci sovrapposte e parole soffocate da altre.

— Non abbiamo alcuna prova di ciò che vuole Valentine. Non ha comunicato i suoi desideri a nessuno.

— Che importa cosa vuole? È un rinnegato e un bugiardo. Credi davvero che qualsiasi tentativo di rabbonirlo possa esserci d'aiuto?

— Sapete che una pattuglia ha trovato il corpo di un giovane lupo mannaro nei dintorni di Brocelind? Dissanguato. Sembra che Valentine abbia completato il Rituale qui a Idris.

— Con due degli Strumenti Mortali in suo possesso, è più potente di qualsiasi Nephilim. Potremmo non avere scelta.

— Mio cugino è morto, su quella nave a New York! Non possiamo fargliela passare liscia, dopo tutto quello che ha fatto! Deve pagarla!

Simon rallentò, curioso di saperne di più, ma l'Inquisitore gli ronzava intorno come una grassa ape molesta. — Andiamo, andiamo! — diceva, agitando la stregaluce davanti a sé. — Non abbiamo tempo da perdere. Devo tornare all'assemblea prima che finisca.

Con riluttanza, Simon si lasciò sospingere lungo il corridoio, con quel «Deve pagarla!» che ancora gli risuonava nelle orecchie. Il ricordo di quella notte sulla nave era freddo e sgradevole. Raggiunsero una porta su cui era intagliata un'unica, semplice runa nera, e l'Inquisitore tirò fuori una chiave e l'aprì, facendo entrare Simon con un ampio gesto della mano.

La stanza era decorata da un unico arazzo, raffigurante un angelo che emergeva dalle acque di un lago con una spada in una mano e una coppa nell'altra.

Simon si distrasse un momento, pensando che aveva già visto sia la Coppa sia la Spada. Solo quando sentì lo scatto di una serratura si rese conto che l'Inquisitore aveva chiuso a chiave la stanza.

Si guardò intorno. Non c'erano mobili, tranne una panca e un tavolino basso. Una campanella d'argento ornamentale era posata sul tavolino. — Il Portale... È qui dentro? — chiese con incertezza.

— Simon, Simon. — Aldertree si sfregò e mani, come pregustando una festa di compleanno o qualche altro piacevole evento. — Hai davvero tanta fretta di andartene? Ci sarebbero un paio di domande che vorrei farti, prima...

— Okay. — Simon scrollò le spalle, a disagio. — Mi può chiedere ciò che vuole, immagino.

— Come sei disponibile! Che bellezza! — Aldertree aveva un sorriso raggiante. — Allora, da quanto tempo, esattamente, sei un vampiro?

— Circa due settimane.

— E com'è successo? Sei stato aggredito per strada? O nel tuo letto, di notte? Sai chi è stato a trasformarti?

— Be', non esattamente.

— Ma, ragazzo mio — esclamò Aldertree — come fai a non sapere una cosa del genere? — Lo sguardo che l'Inquisitore posò sul ragazzo era aperto e curioso. Sembrava così innocuo, pensò Simon. Come quello di un nonno o di un vecchio zio un po' buffo. Quell'odore amaro probabilmente se l'era immaginato.

— Non è stato così semplice, in realtà — rispose Simon. E raccontò delle sue due visite al Dumort, una in forma di topo e l'altra perché spinto da un'urgenza irresistibile. Si era sentito come stretto fra le ganasce di una enorme tenaglia e sospinto esattamente nel punto in cui qualcosa voleva farlo andare. — E così — concluse — nel momento in cui ho varcato la soglia dell'hotel, sono stato attaccato... Non so chi mi ha trasformato. Forse sono stati un po' tutti, in un certo senso.

L'Inquisitore schioccò la lingua con disapprovazione. — Santo cielo, santo cielo. Questo non va per niente bene. È molto fastidioso.

— L'ho pensato anch'io — concordò Simon.

— Il Conclave non ne sarà affatto contento.

— Come? — Simon era sconcertato. — Che cosa può importare al Conclave di come sono diventato un vampiro?

— Be', un conto sarebbe se tu fossi stato aggredito — spiegò Aldertree con voce triste. — Ma tu ci sei andato con le tue gambe e... be', praticamente ti sei consegnato ai vampiri, capisci? Sembra quasi che tu *volessi* diventare uno di loro.

— Certo che no! Non è per questo motivo che sono andato all'hotel!

— Ma certo, ma certo. — La voce di Aldertree ora era melliflua. — Passiamo a un altro argomento, vuoi? — Senza aspettare risposta, proseguì: — Come mai i vampiri ti hanno lasciato sopravvivere e rinascere, giovane Simon? Considerato che avevi violato il loro territorio, la normale procedura sarebbe stata quella di bere il tuo sangue fino a farti morire, poi bruciare il tuo corpo per impedirti di rinascere.

Simon aprì la bocca per raccontare all'Inquisitore che Raphael l'aveva riaccompagnato all'Istituto e che poi Clary, Jace e Isabelle l'avevano portato al cimitero ed erano rimasti ad aspettare che uscisse dalla sua fossa scavando con le mani. Ma esitò. Aveva solo una vaga idea di come funzionava la loro Legge, ma aveva il sospetto che assistere alla rinascita di un vampiro e procurargli il sangue per il suo primo pasto non rientrasse nella normale prassi. — Non lo so. Non ho idea del perché mi abbiano trasformato, invece di uccidermi.

— Ma uno di loro deve averti fatto bere il suo sangue, altrimenti non saresti... be', non saresti quello che sei oggi. Mi stai dicendo che non sai chi sia il vampiro tuo signore?

Il vampiro mio signore? Simon non l'aveva mai pensata in questi termini... Il sangue di Raphael gli era entrato in bocca quasi per un caso. Ed era difficile pensare al ragazzo vampiro come a un sovrano: Raphael sembrava persino più giovane di lui. — Temo di no.

— Santo cielo! — sospirò l'Inquisitore. — Che sfortuna.

— Che cosa è una sfortuna?

— Be', il fatto che tu mi stia mentendo, ragazzo. — Aldertree scosse la testa. — E io che speravo tanto che tu collaborassi. È terribile. Terribile. Non vorresti *ripensarci*, provare a dirmi la verità? Come un favore personale?

— Ma io gliela sto dicendo, la verità!

L'Inquisitore si ammosciò come un fiore senz'acqua. — Che peccato. — Sospirò di nuovo. — Che peccato. — E con queste parole andò alla porta e diede un colpo secco sul legno, ancora scuotendo la testa.

— Che succede? — La voce di Simon era venata di allarme e confusione. — E il Portale?

— Il Portale? — Aldertree ridacchiò. — Non avrai pensato davvero che ti avrei lasciato andare così, vero?

Prima che Simon potesse replicare, la porta si spalancò e riversò nella stanza un manipolo di Shadowhunters in tenuta nera. Mani forti si strinsero intorno alle braccia del ragazzo, bloccandolo. Simon lottò, ma gli calarono un cappuccio in testa. Scalciò alla cieca, un piede colse nel segno e sentì qualcuno imprecare.

Venne spintonato indietro, brutalmente. Una voce infuocata gli ringhiò all'orecchio: — Fallo di nuovo, vampiro, e ti verso l'acqua santa giù per la gola per guardarti morire sputando sangue.

— Basta così! — La vocetta sottile e preoccupata dell'Inquisitore si levò come un palloncino. — Basta con le minacce! Voglio solo dare una piccola lezione al nostro ospite. — Doveva essersi avvicinato, perché Simon sentiva di nuovo quello strano odore amaro, filtrato dal cappuccio. — Simon, Simon — disse Aldertree. — Mi ha fatto tanto piacere conoscerti. Spero proprio che una notte nelle celle della Guardia sortisca l'effetto desiderato e che domani mattina tu sia un po' più propenso a collaborare. Vedo un futuro luminoso, per noi, una volta superato questo piccolo intoppo. — La sua mano si posò sulla spalla del ragazzo. — Portatelo di sotto, Nephilim.

Simon urlò, ma il cappuccio soffocò le sue grida. Gli Shadowhunters lo trascinarono fuori e lo spinsero per una serie infinita di tortuosi e labirintici corridoi. Alla fine, arrivarono a una rampa di scale e lo spintonarono giù a forza. I piedi di Simon scivolarono più volte sui gradini. Non aveva la minima idea di dove si trovasse... Sentiva solo un odore scuro e malsano, come di pietra bagnata, mentre l'aria si faceva più umida e fredda man mano che scendevano.

Alla fine si fermarono. Ci fu un suono raschiante, come di ferro trascinato sulla pietra. Simon fu spinto di nuovo e cadde battendo le mani e le ginocchia su un duro pavimento. Ci fu un colpo forte e metallico, come di una porta che si chiudeva con violenza, e il suono di passi che si allontanavano, con l'eco sempre più fioca degli stivali sulla pietra. Simon si rimise in piedi. Si sfilò il cappuccio dalla testa e lo buttò a terra. La sensazione di soffocamento, di calore e di chiuso svanì. Resistette all'impulso di riempirsi i polmoni d'aria, perché non ne aveva alcun bisogno: era solo un riflesso condizionato, ma il petto gli doleva come se avesse rischiato di morire asfissiato.

Si trovava in una nuda stanzetta di pietra, con una finestrella inferriata in alto, sopra un angusto letto dall'aria scomoda. Dietro una porticina c'era un minuscolo bagno con un lavandino e un gabinetto. Una parete della stanza era interamente fatta di sbarre: grosse sbarre di ferro dal pavimento al soffitto, ben salde nella pietra, con una porta, anch'essa fatta di sbarre, con un pomolo d'ottone sul quale era incisa una grossa runa nera. A dire il vero, tutte le sbarre erano coperte di rune, comprese quelle della finestrella.

Pur sapendo che la porta della cella era certamente chiusa a chiave, Simon non riuscì a resistere alla tentazione: si avvicinò e afferrò il pomolo. Un dolore straziante gli bruciò la mano. Il ragazzo urlò e ritrasse il braccio con gli occhi sbarrati. Sottili spire di fumo si alzavano dal palmo ustionato: un intrico di linee gli si era impresso a fuoco sulla pelle. Sembrava una piccola stella di Davide dentro un cerchio, con rune delicate in ciascuno degli spazi tra le linee.

Era un dolore al calor bianco. Simon chiuse le dita sul palmo e un singulto gli salì alle labbra. — E questo cos'è? — sussurrò, pensando che nessuno potesse sentirlo.

— È il Sigillo di Salomone — rispose una voce. — Dicono che contenga uno dei Veri Nomi di Dio. Respinge i demoni, e anche quelli della tua razza.

Simon si raddrizzò di scatto, quasi dimenticando il dolore alla mano. — Chi sei? Chi ha parlato?

Ci fu silenzio. Poi: — Sono nella cella accanto alla tua, Diurno — disse la voce. Era una voce maschile, adulta, lievemente roca. — Le guardie sono rimaste qui sotto mezza giornata per pensare a come tenerti in gabbia. Quindi, se fossi in te, non perderei tempo a cercare di fuggire. Faresti meglio a conservare le forze, finché non avrai scoperto che cosa vuole da te il Conclave.

— Non possono trattenermi qui — protestò Simon. — Io non appartengo a questo mondo. La mia famiglia si accorgerà che non ci sono… I miei insegnanti…

— Se ne sono occupati loro. Ci sono degli incantesimi abbastanza semplici – li saprebbe fare anche uno stregone principiante – in grado di dare ai tuoi genitori l'illusione che ci sia una ragione perfettamente legittima per la tua assenza. Una gita scolastica, una visita ai nonni… Si può fare. — Non c'era minaccia nella sua voce, né dolore: erano dati di fatto. — Pensi che non abbiano mai fatto sparire un Nascosto?

— Tu chi sei? — La voce di Simon si spezzò. — Sei un Nascosto anche tu? È qui che ci tengono?

Questa volta non ci fu risposta. Simon lo chiamò di nuovo, ma evidentemente il suo vicino di cella aveva deciso di non aver altro da dire. Nulla rispose alle grida di Simon se non il silenzio.

Il dolore alla mano si era smorzato. Guardandola, Simon vide che la pelle non era più ustionata, ma il marchio del sigillo era rimasto impresso sul palmo, come se fosse stato disegnato con l'inchiostro. Si voltò verso le sbarre della cella e si accorse che non tutti i segni erano rune: incise tra una runa e l'altra c'erano stelle di Davide e parole della Torah in ebraico. Le incisioni sembravano appena fatte.

«Le guardie sono rimaste qui mezza giornata per pensare a come tenerti in gabbia» aveva detto la voce.

Ma, per assurdo, non era solo perché Simon era un vampiro, ma anche perché era ebreo. Avevano passato mezza giornata a incidere il sigillo di Salomone sul pomolo della porta, così, se Simon l'avesse toccato, si sarebbe ustionato. C'era voluto del tempo per rivoltare contro di lui i cardini della sua stessa fede.

Per qualche ragione, questo pensiero strappò via ciò che restava della sua forza d'animo. Si lasciò cadere sul letto e si prese la testa tra le mani.

Princewater Street era buia quando Alec tornò dalla Guardia: le finestre delle case erano chiuse da imposte o da tende. Solo qualche lampione disegnava sull'acciottolato un cerchio di stregaluce bianca. La casa dei Penhallow era la più luminosa dell'isolato: alle finestre ardevano candele e la porta d'ingresso, appena socchiusa, lasciava filtrare una striscia di luce gialla che si stampava sul vialetto.

Jace era seduto sul muretto di pietra che delimitava il giardino dei Penhallow. I suoi capelli erano illuminati dalla luce di un vicino lampione. Alzò gli occhi, quando Alec si avvicinò, e rabbrividì un poco: indossava solo una giacca, osservò Alec, ma si era fatto freddo, da quando il sole era tramontato. Il profumo delle ultime rose aleggiava sottile nell'aria fresca.

Alec si sedette pesantemente sul muretto accanto a Jace. — Sei rimasto qui ad aspettarmi per tutto questo tempo?

— Chi l'ha detto che stavo aspettando te?

— È andato tutto bene, se è questo che ti preoccupa. Ho lasciato Simon con l'Inquisitore.

— L'hai *lasciato* con lui? Non sei rimasto per assicurarti che tutto filasse liscio?

— È andato tutto bene — ripeté Alec. — L'Inquisitore ha detto che l'avrebbe portato dentro personalmente e che l'avrebbe rimandato...

— L'Inquisitore ha detto, l'Inquisitore ha detto... — l'interruppe Jace. — Ti ricordo l'ultima volta che abbiamo avuto a che fare con uno di loro. L'Inquisitrice Herondale è andata ben oltre il suo ruolo e, se non fosse morta, il Conclave l'avrebbe sollevata dall'incarico, forse l'avrebbe persino maledetta. Chi mi dice che questo Inquisitore non sia un altro pazzo da legare?

— Mi sembrava uno a posto — si giustificò Alec. — Addirittura simpatico. Con Simon è stato molto cortese. Senti, Jace: è così che lavora il Conclave. Noi non possiamo avere il controllo su tutto ciò che succede. Dobbiamo fidarci di loro, altrimenti sarà il caos.

— Ultimamente, però, hanno combinato un sacco di guai, questo lo devi ammettere.

— Forse — rispose Alec. — Ma se cominci a pensare di saperne più del Conclave, e anche della Legge, diventi come l'Inquisitrice. O come Valentine.

Jace trasalì. Era come se Alec gli avesse tirato un pugno.

Alec si sentì sprofondare. — Scusa — gli disse, tendendogli la mano. — Non volevo offenderti...

Un raggio di intensa luce gialla tagliò il giardino all'improvviso.

Alec alzò gli occhi e vide Isabelle incorniciata nella porta aperta. Era solo una sagoma in controluce, ma dalle mani sui fianchi si capiva che era irritata. — Che diavolo ci fate, voi due, là fuori? Qui ci stavamo tutti chiedendo dove eravate finiti.

Alec tornò a rivolgersi al suo amico. — Jace...

Ma Jace, alzandosi in piedi, ignorò la mano tesa di Alec. — Sarà meglio per te che le tue idee sul Conclave siano giuste — fu tutto quello che disse.

Alec rimase a guardare Jace che rientrava in casa a grandi passi. La voce di Simon gli tornò alla mente. «Ora mi chiedo di continuo se si può tornare indietro, dopo una cosa simile. Se potremo di nuovo essere amici o se quello che avevamo è andato in frantumi. Non per causa sua, ma mia.»

La porta si richiuse, lasciando Alec da solo nel giardino semibuio. Chiuse gli occhi per un momento e gli apparve dietro le palpebre l'immagine di un volto. Non quello di Jace, per una volta. Gli occhi di quel viso erano verdi, con la pupilla a fessura. Occhi da gatto.

Alec riaprì gli occhi, prese dalla borsa a tracolla una penna e strappò un foglio dal bloc-notes a spirale che usava come diario. Vi scrisse poche parole e poi tracciò con lo stilo la runa del Fuoco. La fiamma avvolse il foglio con inaspettata rapidità.

Il ragazzo aprì le dita e il foglio in fiamme si librò a mezz'aria come una lucciola.

Poco dopo rimase soltanto un filo sottile di cenere, che si posò come polvere bianca sul roseto.

5
Un problema di memoria

La luce del pomeriggio svegliò Clary. Un pallido chiarore le bagnava il viso, illuminandole le palpebre di un rosa intenso. La ragazza si agitò inquieta tra le lenzuola e con cautela aprì gli occhi.

La febbre era sparita, come pure la sensazione delle ossa che le si scioglievano dentro. Si tirò su e si guardò intorno incuriosita. La camera in cui si trovava era probabilmente la stanza degli ospiti di Amatis. Era piccola e dipinta di bianco. Sul letto c'era una coperta a quadri di lana dai colori vivaci. Tendine di pizzo velavano le finestre rotonde lasciando entrare cerchi di luce. Clary si mise a sedere lentamente, aspettandosi di essere presa dalle vertigini. Invece non successe nulla. Si sentiva in perfetta forma, persino riposata. Scese dal letto. Qualcuno le aveva infilato un pigiama bianco troppo grande per lei: le maniche le penzolavano comicamente sotto le mani.

Si avvicinò a una delle finestre tonde e sbirciò fuori. Lungo il fianco di una collina sorgevano molte case di pietra color oro antico, ammassate le une sulle altre, con tetti rivestiti da tegole che parevano di bronzo. Questo lato della casa di Amatis non dava sul canale, ma su un angusto giardinetto che, con l'autunno, si stava tingendo di bruno e oro. Un graticcio per rampicanti era appoggiato sul fianco della casa: un'unica rosa tardiva vi restava ancora appesa, coi petali vizzi e anneriti.

La maniglia della porta si mosse e Clary si rimise a letto in tutta fretta. Entrò Amatis, con un vassoio in mano: inarcò le sopracciglia vedendola sveglia, ma non disse nulla.

— Dov'è Luke? — chiese subito Clary, stringendosi al petto la coperta, come in cerca di rassicurazione.

Amatis appoggiò il vassoio sul tavolino accanto al letto. C'erano una tazza con qualcosa di caldo e qualche fetta di pane imburrato. — Dovresti mangiare qualcosa — le disse. — Ti sentirai meglio.

— Sto già bene — disse Clary. — Dov'è Luke?

C'era una poltrona dallo schienale alto, accanto al tavolino. Amatis vi si sedette, incrociò le mani in grembo e osservò la ragazza con calma. Ora, alla luce del giorno, si vedevano meglio le linee che segnavano il volto della donna: sembrava più vecchia di diversi anni rispetto alla madre di Clary, anche se non doveva esserci molta differenza d'età. I suoi capelli castani erano striati di grigio, gli occhi arrossati, come se avesse pianto. — Non è qui.

— "Non è qui" nel senso che è uscito un attimo a prendere sei lattine di coca e dei biscotti o "non è qui" nel senso...

— Se n'è andato stamattina all'alba dopo averti vegliato per tutta la notte. Sulla destinazione, non è stato molto preciso. — Il tono di Amatis era asciutto, e se Clary non si fosse sentita a pezzi avrebbe potuto trovare divertente il fatto che quel modo di parlare la faceva somigliare a Luke. — Quando viveva qui, prima di andarsene da Idris, prima di essere... trasformato, comandava un branco di lupi nella Foresta di Brocelind. Mi ha informtata che voleva tornare da loro, ma non mi ha voluto dire né perché né per quanto tempo. Penso che sarà di ritorno tra qualche giorno.

— Quindi mi ha... mollato qui? E io dovrei restarmene seduta ad aspettare che torni?

— Be', non poteva certo portarti con sé — replicò Amatis. — E non sarà facile per te tornare a casa. Hai infranto la Legge, venendo qui, e il Conclave non ci passerà sopra, né ti farà tornare a casa tanto facilmente.

— Io non voglio tornare a casa. — Clary cercò di mantenere il controllo. — Sono venuta per... per incontrare una persona. Ho una cosa da fare.

— Luke me l'ha detto — commentò Amatis. — Lascia che ti dia un consiglio: troverai Ragnor Fell solo se lui vorrà essere trovato.

— Ma...

— Clarissa. — Amatis la osservava con occhio indagatore. — Ci attendiamo un attacco di Valentine da un momento all'altro. Quasi tutti gli Shadowhunters di Idris sono qui in città, protetti dalle difese. Stare ad Alicante è la cosa più sicura per te.

Clary rimase impietrita. Razionalmente, le parole di Amatis avevano un senso, ma non servivano a placare la voce che, dentro di lei, le gridava di non aspettare. Doveva trovare Ragnor Fell *subito*. Doveva salvare sua madre *subito*, doveva andare *subito*. Ricacciò giù il panico e cercò di parlare come se nulla fosse. — Luke non mi ha mai detto che aveva una sorella.

— No — commentò Amatis. — Non è una cosa che direbbe. Non eravamo più molto... legati.

— Luke ha detto che il tuo cognome è Herondale — osservò Clary. — È lo stesso dell'Inquisitrice, giusto?

— Sì — confermò Amatis, e il suo viso si irrigidì, come se le parole la facessero soffrire. — Era mia suocera.

Clary ripensò a quello che le aveva raccontato Luke, a proposito dell'Inquisitrice. Che aveva un figlio e che questo figlio aveva sposato una donna con "legami familiari indesiderabili". — Tu eri sposata con Stephen Herondale?

Amatis si sorprese. — Conosci il suo nome?

— Sì. Me ne ha parlato Luke. Ma credevo che sua moglie fosse morta. Credevo che fosse per questo che l'Inquisitrice era così... — *orribile*, avrebbe voluto dire, ma sembrava una cosa crudele. — Amareggiata — concluse.

Amatis prese la tazza che aveva portato. La sua mano tremò leggermente nel sollevarla. — Sì, sua moglie è morta. Si è suicidata. Ma era Céline, la sua seconda moglie. Io ero la prima.

— Quindi avete divorziato?

— Qualcosa del genere. — Amatis allungò la tazza a Clary. — Senti, bevi questo. Devi mettere qualcosa nello stomaco.

Distrattamente, Clary prese la tazza e mandò giù una bella sorsata. Il liquido aveva un sapore intenso e salato: non era tè, come aveva pensato, ma brodo. — Okay — disse. — E poi, cos'è successo?

Amatis guardava lontano. — Eravamo nel Circolo, io e Stephen, insieme a tutti gli altri. Quando Luke venne trasformato, Valentine ebbe bisogno di un nuovo comandante in seconda. E scelse Stephen. E quando lo scelse, ritenne inopportuno che la moglie del suo più stretto collaboratore avesse un fratello...

— Lupo mannaro.

— Lui usò un altro termine. — La voce di Amatis era piena di amarezza. — Convinse Stephen ad annullare il nostro matrimonio e a trovarsi un'altra moglie, una che Valentine aveva scelto per lui. Céline era molto giovane e totalmente obbediente.

— È orribile.

Amatis scosse la testa con una risatina. — È stato tanto tempo fa. Stephen fu gentile con me, tutto sommato. Mi lasciò questa casa e tornò a vivere nella tenuta degli Herondale, coi suoi genitori e con Céline. Non lo rividi più. Lasciai il Circolo, naturalmente: non mi avrebbero più voluto. L'unica di loro che continuò a farmi visita fu Jocelyn. Mi tenne informata anche quando decise di andare in cerca di Luke... — Amatis si sistemò i capelli grigi dietro le orecchie. — Seppi di quello che era successo a Stephen nella Rivolta dopo che tutto era finito. E Céline... L'avevo odiata, ma mi dispiacque per lei. Si tagliò le vene, dicono... sangue dappertutto... — Fece un respiro profondo. — Rividi Imogen al funerale di Stephen, quando deposero il suo corpo nel mausoleo degli Herondale. Fece finta di non conoscermi. La nominarono Inquisitrice poco tempo dopo. Il Conclave riteneva che nessun altro avrebbe dato la caccia agli ex membri del Circolo più spietatamente di lei. E avevano ragione. Se avesse potuto lavare via il ricordo di Stephen col loro sangue, l'avrebbe fatto.

Clary pensò agli occhi gelidi dell'Inquisitrice, al suo sguardo duro e penetrante, e cercò di provare pietà per lei. — Secondo me, tutto questo l'ha fatta impazzire — commentò. — Impazzire sul serio. Con me è stata orribile, ma con Jace ha fatto anche peggio. Era come se lo volesse morto.

— È comprensibile — disse Amatis. — Tu somigli molto a tua madre, e tua madre ti ha cresciuto, ma tuo fratello... — Inclinò la testa. — Lui somiglia a Valentine quanto tu somigli a Jocelyn?

— No — rispose Clary. — Jace non somiglia a nessuno. — Un brivido la percorse, al pensiero di Jace. — È qui ad Alicante — disse, pensando ad alta voce. — Se potessi vederlo...

— No. — Amatis parlò con asprezza. — Non puoi uscire da questa casa. Non puoi vedere nessuno. E sicuramente non puoi vedere tuo fratello.

— Non posso uscire da questa casa? — Clary inorridì. — Vuoi dire che sono bloccata qui come una carcerata?

— Solo per un paio di giorni — la riprese Amatis. — E poi, non stai bene. Hai bisogno di cure. L'acqua del lago ti ha quasi uccisa.

— Ma Jace...

— È uno dei Lightwood. Non puoi andare da loro. Se ti vedessero, comunicherebbero subito al Conclave che ti trovi qui. In quel caso, non saresti l'unica a essere nei guai con la Legge. Lo sarebbe anche Luke.

Ma i Lightwood non mi tradirebbero davanti al Conclave. Non lo farebbero...

Le parole le morirono sulle labbra. Non c'era modo di riuscire a convincere Amatis che i Lightwood che lei conosceva quindici anni prima non esistevano più, che Robert e Maryse non erano più due fanatici pronti a giurare cieca fedeltà al Conclave. Quella donna poteva anche essere la sorella di Luke, ma per Clary restava una sconosciuta. Era quasi una sconosciuta anche per Luke. Erano sedici anni che non si vedevano e, in tutto quel tempo, lui non l'aveva nominata una sola volta. Clary si appoggiò ai cuscini, fingendosi stanca. — Hai ragione — disse. — Non mi sento ancora bene. Forse farei meglio a dormire un po'.

— Buona idea. — Amatis si avvicinò e le prese di mano la tazza vuota. — Se vuoi farti la doccia, il bagno è qui di fronte. E ai piedi del letto c'è un baule coi miei vecchi vestiti. A occhio e croce, dovresti avere la stessa taglia che avevo io alla tua età, quindi potrebbero andarti bene. Non come il pigiama — aggiunse con un flebile sorriso che Clary non ricambiò. Era troppo impegnata a combattere l'impulso di picchiare i pugni sul letto per la frustrazione.

Nel momento in cui la porta si chiuse alle spalle di Amatis, Clary sgattaiolò giù dal letto e andò in bagno, sperando che una bella doccia l'aiutasse a schiarirsi le idee. Con sollievo scoprì che, sebbene gli Shadowhunters fossero così antiquati, non disdegnavano i moderni impianti idraulici con acqua corrente calda e fredda. C'era persino del sapone con un intenso profumo di agrumi, che Clary usò per togliersi dai capelli il persistente odore del Lago Lyn. Quando emerse dal bagno, avvolta in due asciugamani, si sentiva molto meglio.

In camera, frugò nel baule di Amatis. I suoi vestiti erano riposti ordinatamente fra strati di carta velina. Trovò delle divise scolastiche: maglioni di lana merino che avevano sul taschino uno stemma formato da quattro C disposte schiena contro schiena, gonne a pieghe, camicette con il colletto a bottoncini e i polsini stretti. C'era anche un vestito bianco avvolto in strati di carta leggera: un abito da sposa, pensò Clary, e lo mise da parte con molta cura. Sotto, c'era un altro vestito: era di raso argenteo, leggero come una garza, con sottili spalline ornate di lustrini. Clary non riusciva a immaginare Amatis con quel vestito, ma... *Questo è il genere di abito che mia madre avrebbe messo per andare a ballare con Valentine.* Non riuscì a trattenere quel pensiero e lasciò scivolare il vestito nel baule. Il tessuto era morbido e fresco tra le dita.

E poi, proprio sul fondo del baule, c'era la tenuta nera da Cacciatrice.

Clary la tirò fuori e se l'appoggiò sulle ginocchia con curiosità. La prima volta che aveva visto Jace e i Lightwood, erano in tenuta da battaglia: giubba e pantaloni aderenti, di un materiale scuro e resistente. Ora, da vicino, constatò che il materiale non era di per sé elastico: era un cuoio sottile, lavorato fino a renderlo flessibile. La giubba aveva lo zip e i pantaloni avevano passanti complicati: le cinture degli Shadowhunters erano grandi e robuste, fatte per appenderci le armi.

Avrebbe dovuto mettersi una camicetta e forse una gonna, pensò Clary. Era questo che probabilmente Amatis aveva in mente per lei. Ma la tenuta da battaglia l'attirava. Era sempre stata curiosa di sapere che effetto facesse...

Qualche minuto dopo, gli asciugamani erano appesi ai piedi del letto e Clary si osservava allo specchio, sorpresa di sé e non poco divertita. La tenuta da Cacciatrice le stava a pennello: era aderente ma non troppo e le avvolgeva le curve delle gambe e del petto. Anzi, creava l'impressione che avesse delle curve, il che era una sorta di novità. Non riusciva a farla sembrare una terribile guerriera (Clary dubitava fortemente che esistesse qualcosa in grado di arrivare a tanto), ma se non altro la faceva sembrare più alta e i capelli, in contrasto col tessuto scuro, apparivano straordinariamente luminosi. In effetti... *somiglio a mia madre,* pensò Clary con un tuffo al cuore.

Ed era vero. Jocelyn aveva sempre avuto una durezza d'acciaio sotto l'apparenza da bambolina. Clary si era spesso chiesta che cosa fosse successo nel passato di sua madre per renderla così: forte e inflessibile, tenace e impavida. «Tuo fratello somiglia a Valentine quanto tu somigli a Jocelyn?» le aveva chiesto Amatis, e Clary avrebbe voluto rispondere che lei non somigliava affatto a sua madre, che sua madre era bellissima e lei invece no. Ma la Jocelyn che Amatis aveva conosciuto era la ragazza che aveva complottato per fermare Valentine, stipulando l'alleanza tra i Nephilim e i Nascosti che aveva spezzato il Circolo e salvato gli Accordi. *Quella Jocelyn* non avrebbe mai accettato di starsene buona buona in casa ad aspettare, mentre il resto del mondo cadeva a pezzi.

Senza fermarsi a pensare, Clary andò alla porta e chiuse il chiavistello. Poi si avvicinò alla finestra e l'aprì. Il graticcio aggrappato al muro esterno era... *come una scala,* si disse Clary. *Proprio come una scala... e le scale sono perfettamente sicure.*

Fece un respiro profondo e scavalcò il davanzale.

Le guardie tornarono a prendere Simon il mattino seguente. Lo scrollarono per svegliarlo da un sonno inquieto e pieno di strani sogni. Questa volta non lo bendarono per salire ai piani superiori, così il ragazzo poté lanciare una rapida occhiata oltre le sbarre della cella accanto alla sua. Ma se aveva sperato di poter vedere il proprietario della voce roca che aveva parlato con lui la sera prima, rimase deluso. L'unica cosa visibile oltre le sbarre era un mucchio di stracci buttati in un angolo.

Le guardie portarono Simon lungo una serie di grigi corridoi: marciavano a passo rapido ed erano pronte a dargli una scrollata se si soffermava a guardare qualcosa troppo a lungo. Alla fine, arrivarono in una stanza riccamente rivestita di carta da parati. Alle pareti c'erano ritratti di uomini e donne in tenuta da battaglia entro cornici decorate da rune. Sotto uno dei ritratti più grandi c'era un divano rosso, sul quale era seduto l'Inquisitore con una specie di coppa d'argento in mano. La offrì a Simon.

— Sangue? — gli chiese. — Sarai affamato ormai.

Inclinò la coppa. La vista del liquido rosso che conteneva colpì il ragazzo con forza, come pure l'odore. Ogni sua vena sembrò tendersi verso quel sangue come i fili di una marionetta mossi da un burattinaio. La sensazione fu sgradevole, quasi dolorosa. — È... umano?

Aldertree ridacchiò. — Ragazzo mio! Non essere ridicolo. È sangue di cervo. Freschissimo.

Simon non disse niente. Il labbro inferiore gli pizzicava, dove i canini erano usciti dal loro alveo. Sentì in bocca il gusto del proprio sangue, che lo riempì di nausea.

La faccia di Aldertree si arricciò come una prugna secca. — Santo cielo. — Si girò verso le guardie. — Ora lasciateci soli — ordinò. Le guardie si allontanarono. Solo il Console, fermo sulla soglia, lanciò a Simon un'occhiata di palese disgusto.

— No, grazie — disse Simon, con la gola secca. — Non voglio il sangue.

— I tuoi canini dicono una cosa diversa, giovane Simon — osservò Aldertree giovialmente. — Tieni. Bevilo. — Protese la coppa verso di lui e l'odore del sangue sembrò diffondersi per tutta la stanza come il profumo delle rose in un giardino.

I canini di Simon si sguainarono come lame, in tutta la loro lunghezza, e affondarono nel labbro. Il dolore fu come uno schiaffo. Il ragazzo si mosse, quasi contro la sua volontà, prese con foga la coppa dalla mano dell'Inquisitore e la scolò in tre sorsi. Poi, rendendosi conto di ciò che aveva fatto, la appoggiò sul bracciolo del divano. La mano gli tremava. *Inquisitore uno, Simon zero*, pensò.

— Spero che la notte in cella non sia stata troppo sgradevole. Quelle celle non sono pensate come camere di tortura, ragazzo, ma piuttosto come spazi di riflessione forzata. La riflessione aiuta a centrare la mente, non ti pare? È essenziale, per schiarirsi le idee. Spero proprio che tu ti sia fatto qualche bel ragionamento là dentro. Sembri un giovanotto riflessivo. Ho portato giù quella coperta personalmente, sai? — disse l'Inquisitore con un cenno del capo. — Non vorrei mai che tu sentissi freddo.

— Sono un vampiro — gli ricordò Simon. — Noi non sentiamo freddo.

— Oh — fece l'Inquisitore con delusione.

— Però ho apprezzato molto le stelle di Davide e il sigillo di Salomone — aggiunse secco Simon. — È sempre bello, quando qualcuno s'interessa alla mia religione.

— Ah sì, ma certo, ma certo! — Aldertree s'illuminò. — Meravigliose, quelle incisioni, vero? Assolutamente affascinanti e, naturalmente, infallibili. Qualsiasi tentativo di toccare la porta della cella ti scioglierebbe la pelle delle mani! — Ridacchiò, chiaramente divertito al pensiero. — Comunque, potresti fare un passo indietro per me, giovanotto? Come favore, come semplice favore, capisci?

Simon fece un passo indietro.

Non successe niente, ma gli occhi gonfi dell'Inquisitore si sgranarono, sulla pelle tesa e lucida della faccia. — Vedo, vedo — disse con un filo di fiato.

— Vede cosa?

— Guarda dove sei, giovane Simon. Guardati intorno.

Simon si guardò intorno. Non era cambiato nulla nella stanza e gli ci volle un momento per capire che cosa intendesse Aldertree: Simon era in una chiazza di sole che entrava di sghembo da un'alta finestra.

Aldertree non stava nella pelle per l'entusiasmo. — Sei sotto la luce diretta del sole e questo non ha alcuna conseguenza su di te. Non ci volevo credere... Voglio dire, mi era stato riferito, naturalmente, ma non avevo mai visto niente di simile prima d'ora.

Simon non disse niente. Non gli sembrava che ci fosse qualcosa da aggiungere.

— La domanda che ti faccio — proseguì Aldertree — è: tu sai perché sei così?

— Forse perché sono più simpatico degli altri vampiri. — Simon si pentì immediatamente di aver parlato. Gli occhi di Aldertree si socchiusero e una vena gli si gonfiò sulla tempia, come un grasso verme. Era chiaro che non gradiva le battute di spirito, a meno che non fossero le sue.

— Molto divertente, molto divertente. Allora ti chiedo: sei sempre stato un Diurno, sin dal momento in cui sei uscito dalla tomba?

— No. — Simon parlò con cautela. — No. All'inizio il sole mi bruciava. Anche un unico raggio di luce mi avrebbe scottato la pelle.

— Appunto. — Aldertree annuì vigorosamente, come a significare che era quello il modo in cui le cose sarebbero dovute andare. — E quando, esattamente, ti sei accorto che potevi stare alla luce del giorno senza soffrire?

— È stato la mattina dopo la grande battaglia sulla nave di Valentine...

— Durante la quale sei stato catturato da Valentine, è giusto? Ti ha catturato e ti ha tenuto prigioniero sulla nave, con l'intenzione di usare il tuo sangue per completare il Rituale della Trasformazione Infernale.

— Mi pare che lei sappia già tutto — disse Simon. — Non le servo a granché.

— Oh, no, niente affatto! — esclamò Aldertree alzando le mani al cielo. Aveva delle mani molto piccole, osservò Simon, così piccole che sembravano un po' fuori luogo, attaccate in fondo a quelle braccia grassocce. — Tu mi puoi essere molto utile, mio caro ragazzo! Per esempio, non posso evitare di chiedermi se, sulla nave, sia successo qualcosa che ti ha *cambiato*. Non ti viene in mente niente?

Ho bevuto il sangue di Jace, pensò Simon, quasi propenso a riferirlo all'Inquisitore solo per dargli fastidio. Ma poi, con un sussulto, si rese conto di quel che aveva fatto: *Ho bevuto il sangue di Jace!* Che fosse stato proprio quello, a cambiarlo? Era possibile? E, possibile o impossibile che fosse, Simon poteva rivelare all'Inquisitore quello che Jace aveva fatto? Proteggere Clary era una cosa, proteggere Jace un'altra. Simon non gli doveva niente.

No, non era del tutto vero: Jace gli aveva offerto il proprio sangue e con quello gli aveva salvato la vita. Un altro Shadowhunter l'avrebbe fatto, per un vampiro? E, supponendo che Jace l'avesse fatto solo per amore di Clary, faceva differenza? Ripensò alle proprie parole: «Avrei potuto ucciderti». E Jace: »Te l'avrei lasciato fare». Chissà in che guai si sarebbe cacciato Jace se il Conclave avesse saputo che aveva salvato la vita di Simon e in quale modo.

— Non ricordo niente di quello che è successo sulla nave — disse Simon. — Credo che Valentine mi abbia drogato.

La faccia di Aldertree si ammosciò. — Questa è una notizia terribile. Terribile. Mi dispiace così tanto sentirtela dire.

— Dispiace anche a me — disse Simon, anche se non era per niente vero.

— Quindi, non c'è proprio niente che ricordi, nessun dettaglio pittoresco...

— Ricordo solo che quando Valentine mi ha aggredito sono svenuto. E quando finalmente mi sono risvegliato... ero sul pickup di Luke, diretto a casa. Non ricordo nient'altro.

— Santo cielo, santo cielo. — Aldertree raccolse le falde del mantello intorno a sé. — Vedo che i Lightwood ti vogliono piuttosto bene. Ma gli altri membri del Conclave non saranno così... comprensivi. Tu sei stato catturato da Valentine, sei uscito da quello scontro con un nuovo e particolarissimo potere che prima non avevi e adesso hai trovato il modo di arrivare nel cuore di Idris. Lo capisci anche tu come le cose possono *sembrare*, viste dall'esterno?

Se il cuore di Simon avesse potuto battere, ora avrebbe battuto all'impazzata. — Lei pensa che io sia una spia di Valentine!

Aldertree lo guardò scandalizzato. — Ragazzo mio, ragazzo mio... Io mi fido di te, naturalmente. Mi fido di te *implicitamente*! Ma il Conclave... Oh, il Conclave... Temo che loro saranno molto sospettosi. Speravamo tanto che tu potessi aiutarci, capisci? E poi... non dovrei dirtelo, ma sento che posso fidarmi di te, caro il mio ragazzo. Sai, il Conclave è in guai molto seri.

— Il Conclave? — Simon era stordito. — Ma cosa ha a che fare questo con...

— Devi sapere — proseguì Aldertree — che il Conclave è spaccato in due: una guerra intestina, diciamo, in tempo di guerra. Sono stati commessi degli errori, dalla precedente Inquisitrice e da altri. Ma non è il caso di soffermarsi su questo. Però, vedi, ora è la stessa autorità del Conclave, del Console e dell'Inquisitore che viene messa in dubbio. Valentine sembra sempre un passo avanti rispetto a noi, come se conoscesse in anticipo i nostri piani. Il Consiglio non vuole ascoltare i miei suggerimenti, né quelli di Malachi, non dopo quello che è successo a New York.

— Credevo che fosse l'Inquisitrice a...

— Fu Malachi a conferirle l'incarico. Naturalmente, non poteva prevedere che lei sarebbe impazzita fino a quel punto...

— Però — osservò Simon un po' acido — il problema è sempre come le cose *sembrano*, viste dall'esterno.

La vena sulla fronte di Aldertree si gonfiò di nuovo. — Bravo — commentò. — Sei perspicace. Le apparenze sono molto importanti, specialmente in politica. Puoi condizionare le masse a tuo piacere, a patto che tu abbia una *buona storia*. — Si protese in avanti con gli occhi inchiodati in quelli di Simon. — Ti voglio raccontare io una storia, che inizia così. Una volta i Lightwood erano nel Circolo. A un certo punto rinnegarono il Circolo, ma ottennero clemenza, a condizione che rimanessero fuori dai confini di Idris, si trasferissero a New York e assumessero la direzione dell'Istituto. Con il loro impeccabile comportamento cominciarono a riacquistare la fiducia del Conclave. Però sapevano che Valentine era ancora vivo: loro sono sempre rimasti suoi fedeli servitori. Hanno accolto suo figlio.

— Ma non sapevano che...

— Zitto — ringhiò l'Inquisitore, e Simon chiuse subito la bocca. — Loro l'hanno aiutato a trovare gli Strumenti Mortali e l'hanno assistito nel Rituale della Trasformazione Infernale. L'Inquisitrice aveva scoperto che cosa stavano complottando, e per questo hanno fatto in modo che restasse uccisa durante la battaglia sulla nave. E adesso i Lightwood sono qui, nel cuore del Conclave, per spiare i nostri piani e rivelarli a Valentine, in modo che lui possa sconfiggerci e piegare tutti i Nephilim alla sua volontà. Per giunta hanno portato anche te, un vampiro che sopporta la luce del sole. Vogliono distrarci dai loro veri piani: riportare il Circolo alla sua gloria iniziale e distruggere la Legge. — L'Inquisitore si protese verso Simon coi suoi occhietti suini che brillavano. — Che ne dici di questa storia, vampiro?

— Dico che è pura follia — rispose Simon. — E ha più buchi di Kent Avenue a Brooklyn, che, per inciso, non viene riasfaltata da anni. Non capisco dove spera di arrivare con questa...

— Sperare? — ripeté Aldertree. — Io non spero, Nascosto. Io *so*, per certo, nel profondo del cuore. So che è mio sacro dovere salvare il Conclave.

— Con una menzogna? — chiese Simon.

— Con una buona storia — lo corresse Aldertree. — Tutti i grandi politici intessono grandi storie per ispirare il loro popolo.

— Non c'è niente che possa ispirare, nell'incolpare i Lightwood di tutto.

— Qualcuno deve essere sacrificato — dichiarò Aldertree. La sua faccia era lucida di sudore. — Se il Consiglio avrà un nemico comune, se avrà una ragione per tornare a fidarsi del Conclave, potrà ricompattarsi. Che cosa vale un'unica famiglia in confronto a tutto questo? Comunque, non credo che possa succedere granché ai ragazzi Lightwood. Loro non verranno incolpati di niente. Be', forse il più grande, ma gli altri...

— Lei non può fare questo! — esclamò Simon. — Nessuno crederà alla sua storia.

— La gente crede a quello che vuole credere — commentò Aldertree. — E il Conclave vuole un capro espiatorio. Io glielo posso dare. Ma per farlo mi servi tu.

— Io? Cosa c'entro io?

— Devi confessare! — La faccia dell'Inquisitore era scarlatta per l'eccitazione. — Devi confessare di essere al servizio dei Lightwood e di essere in combutta con Valentine. Confessa, e io sarò clemente con te. Ti rimanderò tra la tua gente. Te lo giuro. Ma ho bisogno della tua confessione, perché il Conclave possa credere alla mia versione.

— Lei vuole che io dichiari il falso — replicò Simon. Sapeva che stava solo ripetendo quello che l'Inquisitore aveva già detto, ma la sua mente turbinava di pensieri e non riusciva ad afferrarne nemmeno uno. Le facce dei Lightwood gli vorticavano nella testa: Alec, che trasaliva mentre salivano insieme alla Guardia; gli occhi scuri di Isabelle sollevati verso i suoi; Max chino sul suo libro.

E Jace.

Jace era uno di loro, era come se avesse il loro sangue nelle vene.

L'Inquisitore non aveva fatto il suo nome, ma Simon sapeva che anche Jace avrebbe pagato, con tutti gli altri. E se lui avesse sofferto, Clary avrebbe sofferto. Come gli era capitato, pensò Simon, di trovarsi così legato a queste persone? A queste persone che vedevano in lui solo un Nascosto, un mezzosangue nel migliore dei casi?

Sollevò gli occhi verso quelli dell'Inquisitore. Erano di uno strano colore, neri come il carbone: guardarli era come guardare nelle tenebre. — No — disse. — No, non lo farò mai.

— Il sangue che ti ho offerto — disse Aldertree — è tutto quello che avrai, finché non mi darai una risposta diversa. — Non c'era gentilezza nella sua voce, nemmeno falsa. — Ti sorprenderà quanto possa essere feroce la tua sete.

Simon non disse nulla.

— Un'altra notte in cella, allora — concluse l'Inquisitore alzandosi in piedi e prendendo la campanella sul tavolino per chiamare le guardie. — È un posto tranquillo, vero? Ritengo che un'atmosfera calma possa essere di grande aiuto a chi ha problemi di memoria, non trovi?

Clary era convinta di poter ricordare il percorso fatto con Luke, la sera prima, ma non era così. Puntare verso il centro della città le sembrò l'idea migliore per orientarsi ma, una volta ritrovato il cortile di pietra col pozzo, non sapeva più se andare a destra o a sinistra. Optò per la sinistra e finì in un dedalo di stradine serpeggianti, tutte uguali, perdendosi sempre di più a ogni svolta.

Finalmente sbucò in una via più grande, costeggiata da negozi. Passavano numerosi pedoni, ma nessuno la degnava di una seconda occhiata. Alcuni di loro erano in tenuta da battaglia, ma la maggior parte era in borghese. L'aria era fredda e quasi tutti indossavano cappotti lunghi e di foggia antiquata. Il vento era pungente, e Clary pensò con rimpianto al suo bel cappotto di velluto verde, appeso nella stanza degli ospiti di Amatis.

Luke non aveva mentito, quando le aveva detto che gli Shadowhunters erano venuti dai quattro angoli del mondo per il summit. Clary incrociò una donna indiana con un magnifico sari dorato e un paio di lame ricurve appese a una catena alla cintura. Un uomo alto, con la pelle scura e i tratti spigolosi degli Aztechi, guardava la vetrina di un'armeria; aveva i polsi coperti di braccialetti che erano fatti con lo stesso materiale duro e luminoso delle torri antidemoni. Più in là, un uomo con una tunica bianca da nomade consultava una mappa della città. Fu questo a dare a Clary il coraggio di avvicinarsi a una donna imbacuccata in un pesante cappotto di broccato e chiederle la strada per Princewater Street. Se c'era un momento in cui gli abitanti della città non si sarebbero insospettiti davanti a qualcuno che non sapeva dove andare, il momento era quello.

Il suo istinto non la ingannava: senza la minima esitazione, la donna le diede una rapida serie di indicazioni. — E poi a destra, alla fine dell'Oldcastle Canal. Attraversi il ponte di pietra e arrivi a Princewater Street. — Le sorrise. — Cerchi qualcuno in particolare?

— I Penhallow.

— Oh, è la casa blu coi profili dorati. Il retro dà sul canale. È grande. Non puoi sbagliare.

Invece si sbagliò. La casa era grande, ma Clary la oltrepassò, prima di rendersi conto dell'errore e di girarsi per guardarla meglio. Era color indaco, più che blu. Del resto, non tutti erano così attenti ai colori. La maggior parte della gente non sapeva distinguere tra un giallo limone e un giallo zafferano. Come se si somigliassero anche solo vagamente! E poi, i profili della casa non erano dorati: erano color bronzo, un bel bronzo scuro, come se fosse lì da molti anni. Tutto, in quella città, era così antico...

Basta! si rimproverò Clary. Faceva sempre così, quando era nervosa: lasciava vagare la mente a casaccio. Si sfregò le mani sulle gambe dei pantaloni: aveva i palmi umidi e sudati. Al contatto, il tessuto era ruvido e secco, come pelle di serpente.

Salì i gradini dell'ingresso e sollevò il pesante batacchio. Aveva la forma di un paio d'ali d'angelo. Quando lo lasciò cadere, il suono riecheggiò all'interno come quello di un'enorme campana. Un attimo dopo la porta si spalancò e si affacciò Isabelle Lightwood, che subito sgranò gli occhi per la sorpresa.

— *Clary?*

Lei sorrise debolmente. — Ciao, Isabelle.

Isabelle si appoggiò allo stipite della porta, con la faccia desolata. — Oh, *cavoli.*

Di nuovo nella cella, Simon crollò sul letto, ascoltando i passi delle guardie che si allontanavano. Un'altra notte. Un'altra notte in prigione, in attesa che "ricordasse". *Lo capisci anche tu come le cose sembrano, viste dall'esterno*, si disse. Nemmeno nelle sue peggiori paure, nei suoi incubi più spaventosi, gli era mai venuto in mente che qualcuno potesse ritenerlo complice di Valentine. Valentine odiava i Nascosti, lo sapevano tutti. Valentine l'aveva accoltellato, gli aveva prosciugato il sangue e l'aveva lasciato lì a morire. Ma questo, bisognava ammetterlo, l'Inquisitore non lo sapeva.

Sentì un fruscio dall'altra parte del muro. — Mi stavo chiedendo se saresti tornato — disse la stessa voce roca della notte precedente. — Suppongo che tu non abbia dato all'Inquisitore quello che vuole da te…

— Credo di no — rispose Simon, avvicinandosi al muro. Passò le dita sulla pietra, come in cerca di una fessura, di un forellino da cui poter vedere, ma non c'era nulla. — Chi sei?

— È un uomo ostinato, Aldertree — proseguì la voce, come se Simon non avesse parlato. — Continuerà a provarci.

Simon si appoggiò al muro umido. — Allora prevedo che starò qui per un po'.

— Immagino che tu non voglia dirmi che cosa vuole Aldertree da te.

— E perché lo vuoi sapere?

La risatina di risposta suonò come metallo che grattasse la pietra.

— Sono in questa cella da più tempo di te, Diurno, e come vedi non c'è molto con cui tenere la mente occupata. Qualsiasi distrazione può essermi d'aiuto.

Simon s'intrecciò le dita sullo stomaco. Il sangue di cervo gli aveva tolto il pungolo della fame, ma non l'aveva placata. — Continui a chiamarmi in quel modo — disse. — *Diurno.*

— Ho sentito le guardie chiamarti così. Un vampiro che può stare alla luce del sole. Nessuno ha mai visto niente di simile.

— Eppure avete già una parola per definirmi. Comodo.

— È una parola dei Nascosti, non del Conclave. Ci sono leggende che parlano di creature come te. Mi sorprende che tu non le conosca.

— Non è da molto tempo che sono un Nascosto — puntualizzò Simon. — E tu sembri sapere molte cose di me.

— Alle guardie piace chiacchierare — spiegò la voce. — E i Lightwood che appaiono da un Portale con un vampiro moribondo e sanguinante… be', questa è una chiacchiera succulenta. Anche se, devo dire, non mi aspettavo di vederti comparire qui… Non finché non hanno iniziato a prepararti la cella. Mi sorprende che i Lightwood l'abbiano permesso.

— Perché non avrebbero dovuto? — disse Simon amaramente. — Io non sono niente. Sono solo un Nascosto.

— Forse per il Console — ragionò la voce. — Ma per i Lightwood…

— Per i Lightwood, cosa?

Ci fu una breve pausa. — Gli Shadowhunters che vivono fuori da Idris, soprattutto coloro che gestiscono gli Istituti, tendono a essere più tolleranti. Il Conclave, invece, è molto più… conservatore.

— E tu? — chiese Simon. — Sei un Nascosto anche tu?

— Un *Nascosto?* — Simon non ne era certo, ma gli parve di cogliere una punta di astio nella voce dello sconosciuto, come se la domanda l'avesse offeso. — Mi chiamo Samuel. Samuel Blackburn. Io sono un Nephilim. Anni fa ero nel Circolo, con Valentine. Io li ho massacrati, i Nascosti, nella Rivolta. Non sono uno di loro.

— Ah — Simon deglutì. La sua bocca sapeva di sale. Ricordò che i membri del Circolo di Valentine erano stati catturati e puniti dal Conclave. Tutti, tranne quelli come i Lightwood, che erano riusciti a patteggiare o che avevano accettato l'esilio in cambio del perdono. — Sei qui dai tempi della Rivolta?

— No. Dopo la Rivolta sono riuscito a scappare da Idris. Sono rimasto lontano per anni, e poi, stupidamente, pensando che mi avessero dimenticato, sono tornato. Ovviamente, mi hanno catturato appena ho messo piede a Idris. Il Conclave ha i suoi modi per rintracciare i nemici. Mi hanno trascinato davanti all'Inquisitrice e sono stato interrogato per giorni. Alla fine, mi hanno buttato qui dentro. — Samuel sospirò. — In francese, questo tipo di prigione si chiama *oubliette*. Significa "luogo dell'oblio", "dimenticatoio". È qui che si butta l'immondizia che non si vuole ricordare, perché marcisca senza disturbare nessuno con il suo fetore.

— Okay. Io sono un Nascosto, quindi sono immondizia. Ma tu no. Tu sei un Nephilim.

— Sono un Nephilim che era in combutta con Valentine. Per questo non sono migliore di te. Anzi, semmai sono peggiore. Sono un traditore.

— Ma ci sono un sacco di altri Shadowhunters che in passato erano membri del Circolo. I Lightwood, per esempio, e i Penhallow...

— Si sono tutti pentiti e hanno voltato le spalle a Valentine. Io no.

— Tu no? E perché?

— Perché ho più paura di Valentine che del Conclave — rivelò Samuel. — E se tu fossi ragionevole, Diurno, anche tu avresti più paura di lui.

— Ma tu dovresti essere a New York! — esclamò Isabelle. — Jace ci ha detto che avevi cambiato idea, che volevi restare con tua madre!

— Jace ha mentito — disse Clary con voce incolore. — Era *lui* che non mi voleva qui, quindi ha mentito a me sull'ora della partenza e ha mentito a voi dicendovi che avevo cambiato idea. Ti ricordi che una volta mi hai detto che Jace non mente mai? Be', non è vero.

— Di solito non lo fa — disse Isabelle, che era impallidita. — Senti, sei venuta qui per... voglio dire, tutto questo ha qualcosa a che fare con Simon?

— Con *Simon*? No. Simon è al sicuro a New York, grazie a Dio. Anche se la prenderà malissimo, visto che non è nemmeno riuscito a salutarmi. — L'espressione vacua di Isabelle cominciava a darle fastidio. — Dai, Isabelle, fammi entrare, devo vedere Jace.

— Allora... sei venuta qui per conto tuo? Hai avuto il permesso dal Conclave? Ti prego, dimmi che hai avuto il permesso dal Conclave.

— Non esattamente...

— Hai infranto la Legge? — Il tono di voce di Isabelle si alzò, poi crollò, quasi in un sussurro: — Se Jace lo scopre, comincerà a dare i numeri. Clary, tu devi assolutamente tornare a casa.

— No. Io devo stare qui — replicò Clary senza sapere bene da dove le venisse tutta quella testardaggine. — E devo parlare con Jace.

— Ora non è un buon momento. — Isabelle si guardava intorno ansiosa, come sperando di vedere qualcuno a cui chiedere aiuto per allontanare Clary da quella casa. — Per favore, tornatene a New York, per favore.

— Credevo di esserti simpatica, Izzy. — Clary giocò la carta del senso di colpa.

Isabelle si mordicchiò un labbro. Indossava un abito bianco e aveva i capelli raccolti in alto. Sembrava più giovane del solito. Dietro di lei, Clary vide un ingresso dal soffitto alto, con vari dipinti a olio dall'aria antica. — Certo che mi sei simpatica. È solo che Jace... Oddio, ma che cosa ti sei messa addosso? Dove l'hai trovata, quella tenuta da battaglia?

— È una storia lunga.

— *Non puoi* entrare in casa vestita così. Se Jace ti vede...

— Be', e anche se mi vedesse? Isabelle, io sono venuta qui per mia madre... *per mia madre!* Forse Jace non mi vuole qui, ma non può costringermi a restare a casa. Io devo rimanere qui. Mia madre si aspetta che faccia questo per lei. Anche tu lo faresti per tua madre, no?

— Certo che lo farei — rispose Isabelle. — Ma, Clary, Jace ha le sue ragioni...

— Allora gradirei molto conoscerle.

Clary passò sotto il braccio di Isabelle e sgattaiolò nell'ingresso della casa.

— Clary! — gridò Isabelle, lanciandosi all'inseguimento.

Ma la ragazza era già a metà dell'ingresso. Notò, con la parte della mente che non era concentrata a schivare Isabelle, che la casa era simile a quella di Amatis, alta e stretta, ma decisamente più grande e più riccamente arredata. L'ingresso si apriva su una stanza con alte finestre affacciate su un ampio canale. Passavano sull'acqua bianche imbarcazioni, le vele come soffioni portati dal vento.

Un ragazzo dai capelli neri era seduto su un divano, vicino a una delle finestre, immerso nella lettura.

— Sebastian! — chiamò Isabelle. — Non farla salire di sopra!

Il ragazzo alzò gli occhi, sorpreso, e un attimo dopo era di fronte a Clary, a sbarrarle l'accesso alle scale. Lei si fermò di scatto. Non aveva mai visto nessuno muoversi così rapidamente, a parte Jace. Il ragazzo non era per niente trafelato. Anzi, le stava sorridendo.

— Dunque, questa è la famosa Clary. — Il sorriso gli illuminò il volto e la ragazza si sentì mancare il respiro. Per anni aveva disegnato una sua personale *graphic novel*, in continuo sviluppo: era la storia del figlio di un re colpito da una maledizione che faceva morire tutti quelli che amava. In lui, principe misterioso, romantico e tenebroso, aveva riversato tutte le sue fantasie. E ora eccolo lì, davanti ai suoi occhi: la stessa carnagione pallida, gli stessi capelli arruffati, gli occhi così scuri che le pupille sembravano fondersi nell'iride; gli stessi zigomi alti, gli stessi occhi profondi dalle lunghe ciglia. Clary era sicura di non aver mai visto prima quel ragazzo, eppure...

Anche lui, del resto, sembrava confuso. — Forse ci siamo... già incontrati?

Senza parole, Clary scosse la testa.

— Sebastian! — Isabelle era furiosa. I capelli le erano sfuggiti dalle mollette e le ricadevano sulle spalle. — Non fare il carino con lei. Non dovrebbe essere qui. Clary, tornatene a casa.

Con uno sforzo, Clary distolse lo sguardo da Sebastian e lanciò un'occhiataccia a Isabelle. — A casa a New York? E come ci dovrei tornare?

— Come ci sei venuta, qui? — le chiese Sebastian. — Intrufolarsi ad Alicante è una bella impresa.

— Sono venuta attraverso un Portale.

— Un Portale? — Isabelle era stupefatta. — Ma non ci sono più Portali, a New York. Valentine li ha distrutti tutti e due.

— Non ti devo nessuna spiegazione — disse Clary. — Non finché non ne avrò io da te. Tanto per cominciare, dov'è Jace?

— Non c'è — rispose Isabelle, nello stesso momento in cui Sebastian diceva: — È di sopra.

Isabelle lo aggredì. — Sebastian! Chiudi quella bocca!

Il ragazzo era perplesso. — Ma è sua sorella. Non credi che lui vorrebbe vederla?

Isabelle aprì la bocca e poi la richiuse. Clary vedeva che stava valutando le opzioni: era meglio spiegare le complicate relazioni tra Clary e Jace a Sebastian, che era all'oscuro di tutto, o fare una brutta sorpresa a Jace? Alla fine alzò le braccia al cielo in un gesto sconsolato. — E va bene, Clary — disse, con una rabbia nella voce del tutto insolita per lei. — Vai, fai quello che ti pare, senza badare a chi farai soffrire. Tanto tu fai sempre così, no?

Ahi. Clary le lanciò un'occhiata contrariata, poi guardò Sebastian, che si fece silenziosamente da parte. Volò su per le scale, vagamente consapevole delle voci al piano di sotto: era Isabelle che se la prendeva con Sebastian. Isabelle era fatta così: se c'era un ragazzo nei dintorni e una colpa da addossare a qualcuno, l'avrebbe sicuramente caricata su di lui.

La scala portava a un pianerottolo con una finestra a bovindo che dava sulla città. Seduto nella strombatura della finestra, un ragazzino leggeva un libro. Alzò gli occhi su Clary e batté le palpebre, sorpreso. — Io ti conosco.

— Ciao, Max, sono Clary… la sorella di Jace. Ti ricordi?

Max si illuminò. — Mi hai spiegato tu come si legge *Naruto* — esclamò mostrandole il giornalino. — Guarda, ne ho un altro. Questo si chiama…

— Max, adesso non ho tempo. Ti prometto che più tardi guarderò il tuo giornalino. Ora, però, sai dirmi dov'è Jace?

La faccia di Max si rattristò. — In quella stanza — disse, indicando l'ultima porta in fondo al corridoio. — Volevo andarci anch'io, con lui, ma mi ha detto che doveva fare delle cose da grandi. Non fanno che ripetermelo tutti, da quando siamo qui.

— Mi dispiace — disse Clary, ma la sua mente non era già più lì, stava correndo avanti. Che cosa avrebbe detto a Jace? E che cosa le avrebbe detto lui? Avvicinandosi alla porta, pensava: *Sarà meglio tenere un tono conciliante: se comincio a urlare, lui si metterà subito sulla difensiva. Deve capire che io qui sono al mio posto, esattamente come lui. Non ho bisogno di essere protetta come una tazza di porcellana. Anch'io sono forte…*

Spalancò la porta. La stanza sembrava una specie di biblioteca, con le pareti coperte di libri. Era molto luminosa: la luce entrava a fiotti da una grande finestra panoramica. Al centro della stanza c'era Jace. Ma non era solo. Tutt'altro. Con lui c'era una ragazza dai capelli scuri, una ragazza che Clary non aveva mai visto prima. E i due erano avvinghiati in un abbraccio passionale.

6

Sangue cattivo

Clary ebbe un capogiro, come se tutta l'aria fosse stata risucchiata di colpo dalla stanza. Cercò di arretrare, ma inciampò e urtò nella porta con la spalla. La porta si chiuse con un colpo secco e Jace e la ragazza si sciolsero dal loro abbraccio.

Clary era impietrita. La stavano fissando entrambi. Notò che la ragazza aveva i capelli lisci e neri, lunghi fino alle spalle, e che era molto carina. I primi bottoni della camicetta erano aperti e s'intravedeva una spallina di pizzo. Le venne da vomitare.

Le mani della ragazza corsero alla camicetta e i bottoni furono riallacciati rapidamente. Non sembrava contenta. — Scusa — disse, aggrottando la fronte — ma tu chi sei?

Clary non rispose. Stava guardando Jace, che la fissava allibito. La sua pelle aveva perso ogni traccia di colore e faceva risaltare i cerchi scuri intorno agli occhi. Guardava Clary come se le stesse puntando contro un fucile.

— Aline. — La voce di Jace era priva di calore e di colore. — Lei è Clary, mia sorella.

— Ah. *Ah.* — La faccia di Aline si rilassò in un sorriso lievemente imbarazzato. — Scusa! Che razza di modo di incontrarsi! Ciao, io sono Aline.

Si avvicinò a Clary ancora sorridendo, la mano tesa. *Non credo di poterla toccare*, pensò Clary con un profondo senso di disgusto. Guardò Jace, che sembrò leggerle negli occhi. Senza sorridere, prese Aline per le spalle e le sussurrò qualcosa all'orecchio. Aline rimase sorpresa, scrollò le spalle e si diresse alla porta senza aggiungere altro.

Clary restò sola con Jace. Sola con lui che continuava a guardarla come se fosse il suo incubo peggiore diventato realtà.

— Jace — gli disse, facendo un passo verso di lui.

Il ragazzo arretrò, come se Clary fosse coperta da qualche sostanza velenosa. — In nome dell'Angelo, Clary, cosa ci fai qui?

Nonostante tutto, la durezza del suo tono la ferì. — Potresti almeno fingere di essere contento di vedermi. Almeno un pochino.

— Non sono contento di vederti — le rispose. Aveva ripreso un po' di colore, ma le ombre sotto gli occhi erano ancora scure e contrastavano con la pelle chiara. Clary aspettò che aggiungesse qualcos'altro, ma era come se a lui bastasse fissarla con palese orrore. Clary notò che le maniche della maglia nera che indossava gli stavano larghe, come se lui avesse perso peso, e che le unghie erano rosicchiate fino alla carne viva. — Neanche un po'.

— Questo non sei tu — disse Clary. — Odio quando ti comporti così...

— Ah sì, non ti piace? Bene, allora farò meglio a smetterla, okay? In fondo, anche tu mi ascolti sempre.

— Non avevi alcun diritto di fare quello che hai fatto! — sbottò lei, all'improvviso furiosa. — Mentirmi in quel modo. Non avevi alcun diritto.

— Io avevo tutti i diritti! — gridò lui. Non aveva mai gridato con lei, prima, pensò Clary. — Avevo tutti i diritti, stupida, stupida ragazzina. Io sono tuo fratello e...

— E cosa? Sono di tua proprietà? Io non sono di tua proprietà, che tu sia mio fratello o no!

La porta dietro a Clary si spalancò. Era Alec, vestito con una giacca lunga, blu scuro, e i capelli neri scompigliati. Aveva gli stivali infangati e un'espressione incredula sulla faccia solitamente calma. — Ma cosa cavolo succede qui dentro? — esclamò, spostando lo sguardo da Jace a Clary, al colmo dello stupore. — Volete uccidervi?

— Per niente — disse Jace. Come per magia, osservò Clary, ogni sua emozione - la furia, il panico - era stata cancellata. Jace era tornato alla solita gelida calma. — Clary se ne sta andando.

— Bene — disse Alec. — Perché devo parlarti, Jace.

— Nessuno in questa casa dice mai: "Ciao, che bello vederti"? — chiese Clary a nessuno in particolare.

Era molto più facile lavorare sul senso di colpa di Alec che su quello di Isabelle. — È bello vederti, Clary — le disse. — A parte il fatto, naturalmente, che non dovresti essere qui. Isabelle mi ha detto che sei venuta da sola, in qualche modo, e ne sono molto colpito.

— Potresti evitare di incoraggiarla? — intervenne Jace.

— Okay, però adesso ho davvero bisogno di parlarti, Jace. Clary, puoi lasciarci qualche minuto?

— Anch'io ho bisogno di parlare con lui — replicò Clary. — A proposito di nostra madre...

— Non mi va di parlare — disse Jace. — Con nessuno di voi, a dire la verità.

— Invece sì — ribatté Alec. — Ti va eccome.

— Ne dubito — disse Jace. Era tornato a guardare Clary. — Non sei venuta qui da sola, vero? — le disse lentamente, come rendendosi conto che la situazione era ancora peggiore di quel che pensava. — Chi è venuto con te?

Non c'era motivo di mentire. — Luke — disse la ragazza. — Luke è venuto con me.

Jace sbiancò. — Ma Luke è un Nascosto. Tu sai che cosa fa il Conclave ai Nascosti che entrano nella Città di Vetro senza autorizzazione? Che attraversano le difese senza permesso? Venire a Idris è una cosa, ma entrare ad Alicante… L'avete detto a qualcuno?

— No — rispose Clary con un mezzo sussurro. — So cosa stai per dire…

— Che se tu e Luke non tornate a New York immediatamente lo scoprirete da soli?

Per un momento Jace rimase in silenzio, fissando Clary. La disperazione nel suo sguardo la sconvolse. Era lui che minacciava lei, dopotutto, non il contrario.

— Jace — disse Alec interrompendo il silenzio, con una sfumatura di panico nella voce. — Non ti sei chiesto dove sono stato tutto il giorno?

— Hai una giacca nuova — osservò Jace senza guardarlo. — Sarai andato a fare shopping. Anche se mi sfugge perché sei così ansioso di infastidirmi con una cosa del genere.

— Non sono andato a fare shopping — ribatté Alec furioso. — Sono andato…

La porta si aprì di nuovo. In uno svolazzo di bianco, Isabelle si precipitò nella biblioteca.

Guardò Clary e scosse la testa. — Te l'avevo detto che avrebbe dato i numeri — commentò.

— Figurarsi! Ricominci subito con il solito "te l'avevo detto" — ironizzò Jace. — Che classe!

Clary lo guardò inorridita. — Come puoi scherzare? — sussurrò. — Hai appena minacciato Luke. Luke, che ti vuole bene e si fida di te. E solo perché è un *Nascosto*. Che cosa ti sta succedendo?

Isabelle inorridì. — Luke è qui? Oh, Clary…

— Non è qui — precisò Clary. — Se n'è andato stamattina, e non so dove. Ma adesso so perché ha dovuto andarsene. — Quasi non riusciva a sopportare la vista di Jace. — Bene. Avete vinto voi. Non avremmo mai dovuto venire. Non avrei mai dovuto aprire quel Portale.

— *Aprire* quel Portale? — Isabelle era stupefatta. — Clary, solo uno stregone può aprire un Portale. E non ce ne sono molti in giro. L'unico Portale, qui a Idris, è alla Guardia.

— Che è il motivo per cui devo parlarti — sibilò Alec a Jace, che sembrava stare ancora peggio di prima, notò Clary con sorpresa: sembrava sul punto di svenire. — Riguardo all'incarico che ho eseguito ieri sera, la consegna che ho fatto alla Guardia…

— Alec, smettila. *Smettila!* — gridò Jace. La cruda disperazione nella sua voce fece ammutolire Alec, che chiuse la bocca e rimase a fissarlo, con un labbro stretto tra i denti. Ma Jace non lo vedeva nemmeno: stava guardando Clary, con gli occhi duri come il vetro. Poi parlò. — Hai ragione — le disse con voce strozzata, come se tirasse fuori a forza le parole. — Non saresti mai dovuta venire. Ti avevo detto che questo non era un posto sicuro per te, lo so, ma non era vero. La verità è che *io* non ti voglio qui, perché sei impulsiva e avventata e rovinerai tutto. È così che sei. Tu non stai mai attenta, Clary.

— Rovinare… tutto? — Clary riuscì a trovare il fiato solo per un sussurro.

— Oh, Jace — mormorò Isabelle con tristezza, come se quello ferito fosse stato *lui*. Jace non la guardò: i suoi occhi erano fissi su Clary.

— Tu ti butti sempre nelle cose a testa bassa, senza pensare — aggiunse Jace. — E lo sai anche tu, Clary. Non saremmo mai finiti al Dumort, se non fosse stato per te.

— E Simon sarebbe morto! Non conta niente, questo? Sarò forse stata impulsiva, ma…

La voce di Jace si alzò. — *Forse?*

— Non mi sembra che tutte le decisioni che ho preso fossero sbagliate! L'hai detto anche tu, dopo quello che ho fatto sulla nave, che ho salvato la vita a tutti.

Quel poco di colore che restava sul volto di Jace sparì. Con un'improvvisa e incredibile cattiveria, disse: — Zitta, Clary, sta' ZITTA.

— Sulla nave? — Lo sguardo di Alec danzava dall'uno all'altra, sconcertato. — Cos'è successo, sulla nave? Jace…

— Te l'ho detto solo per farti smettere di frignare! — gridò Jace, ignorando Alec, ignorando tutto, tranne Clary. Lei sentì la forza del suo improvviso scatto d'ira come un'onda e rischiò di cadere. — Sei un disastro per tutti noi, Clary! Sei una mondana e lo sarai sempre. Non sarai mai una Cacciatrice. Tu non sai pensare come noi, non sai pensare a ciò che è meglio per tutti. Tu pensi solo a te stessa! Ma ora c'è una guerra in corso, o ci sarà presto, e io non ho né il tempo né la voglia di starti appresso per evitare che tu faccia ammazzare qualcuno di noi!

Clary lo fissava. Non riusciva a pensare a niente da replicare. Jace non le aveva mai parlato così. Non aveva mai immaginato che lui potesse parlarle in quel modo. Per quanto lo avesse fatto arrabbiare, in passato, non le aveva mai parlato come se la odiasse.

— Vattene a casa, Clary — concluse. Sembrava stanchissimo, come se lo sforzo di dirle ciò che veramente pensava di lei l'avesse prosciugato. — Vattene a casa.

Tutti i piani di Clary si dissolsero: le speranze abbozzate di cercare Fell, di salvare sua madre, di ritrovare Luke… Non contavano più niente. Non le veniva nessuna parola da dire. Si avvicinò alla porta. Alec e Isabelle si scostarono per farla passare. Nessuno dei due la guardò: distolsero lo sguardo con un'espressione sconvolta e imbarazzata. Clary sapeva che avrebbe dovuto sentirsi umiliata, oltre che arrabbiata. Ma non era così. Si sentiva solo morta dentro.

Sulla porta, si girò a guardare Jace. Lui la stava ancora fissando. La luce che entrava dalla finestra alle sue spalle gli lasciava in ombra il volto. Clary vedeva solo luminosi frammenti di sole che gli sfioravano i capelli chiari, come fossero schegge di vetro.

— Quando mi hai detto che Valentine era tuo padre, non ci volevo credere — gli disse. — Non solo perché non volevo che fosse vero, ma perché non gli assomigliavi per niente. Non ho mai pensato che tu potessi essere come lui. Invece gli somigli. E molto.

E uscì dalla stanza, chiudendosi la porta alle spalle.

— Vogliono farmi morire di fame — disse Simon.

Era disteso sul pavimento della cella, con la schiena sulla fredda pietra. Da quell'angolazione, vedeva il cielo dalla finestrella. Nei primi giorni dopo la Trasformazione, quando pensava di non poter più rivedere la luce del giorno, si era ritrovato a pensare incessantemente al sole e al cielo, al modo in cui il colore del cielo cambia durante il giorno: il cielo pallido del mattino, l'azzurro intenso del mezzogiorno, l'oscurità blu cobalto del crepuscolo. Era rimasto sveglio nel buio, con un corteo di colori azzurri che gli marciava nella mente. Ora, disteso sulla schiena nella cella sotto la Guardia, si chiese se i colori del cielo gli fossero stati restituiti solo per fargli passare quel poco che restava della sua vita in quel dannato posto, con solo un ritaglio di cielo visibile dall'inferriata dell'unica finestra nella cella.

— Hai sentito cosa ho detto? — Alzò la voce. — L'Inquisitore vuole farmi morire di fame. Niente più sangue.

Ci fu un fruscio, un udibile sospiro, poi Samuel parlò. — Ho sentito, ma non vedo cosa posso farci io. — E aggiunse: — Mi dispiace per te, Diurno, se ti può servire.

— No, non mi serve — ammise Simon. — L'Inquisitore vuole che io menta. Vuole che gli dica che i Lightwood sono in combutta con Valentine. E poi mi manderà a casa. — Rotolò sullo stomaco e le pietre gli punsero la pelle. — Non so perché te lo sto dicendo. Probabilmente non hai neanche idea di quello di cui sto parlando.

Samuel fece un verso a metà tra una risata chioccia e un colpo di tosse. — Lo so benissimo. Conoscevo i Lightwood. Eravamo insieme nel Circolo. I Lightwood, i Wayland, i Pangborn, gli Herondale, i Penhallow. Tutte le migliori famiglie di Alicante.

— E Hodge Starkweather — aggiunse Simon, ripensando al tutore dei Lightwood. — C'era anche lui, giusto?

— Sì — disse Samuel. — Ma la sua famiglia non era fra quelle che godevano di buona fama. Hodge si era mostrato piuttosto promettente, una volta, però temo che non sia mai stato all'altezza delle aspettative. — Tacque. — Aldertree ha sempre odiato i Lightwood, naturalmente, sin da quando eravamo bambini. Lui non era ricco, né intelligente, né bello, e… be', loro non erano molto gentili con lui. Credo che non li abbia mai perdonati.

— Ricco? — disse Simon. — Credevo che tutti i Cacciatori venissero pagati dal Conclave. Come, non so, come nel comunismo, o qualcosa del genere.

— In teoria, tutti i Cacciatori vengono pagati in modo equo e giusto — spiegò Samuel. — Alcuni, come quelli che hanno un'alta posizione al Conclave o che hanno grandi responsabilità – come gestire un Istituto, per esempio – ricevono un salario più alto. Poi ci sono quelli che vivono fuori da Idris e scelgono di fare soldi nel mondo dei mondani: non è proibito, a patto che ne versino una quota al Conclave. Ma... — Samuel esitò — ... tu hai visto la casa dei Penhallow, no? Che te ne pare?

Simon vi tornò con la mente. — Molto stravagante.

— È una delle più belle case di Alicante — disse Samuel. — E ne hanno un'altra, una tenuta in campagna, come quasi tutte le famiglie ricche. Vedi, i Nephilim hanno anche un altro modo di fare soldi. Il "bottino", lo chiamano. Quando un Cacciatore uccide un demone o un Nascosto, tutte le sue cose diventano proprietà del Cacciatore. Quindi, se un ricco stregone infrange la Legge e viene ucciso da un Nephilim...

Simon rabbrividì. — Fammi capire, uccidere i Nascosti è un buon affare?

— Può esserlo — commentò Samuel amaramente. — Se non ti fai troppi scrupoli su chi vai ad ammazzare. Ora capisci perché c'è tanta opposizione verso gli Accordi: vanno a intaccare il portafogli degli Shadowhunters, che ora devono fare molta attenzione, prima di ammazzare un Nascosto. Forse è per questo che io mi unii al Circolo. La mia famiglia non era mai stata ricca. Ed essere guardato dall'alto in basso solo perché non volevo accettare denaro sporco di sangue... — S'interruppe.

— Ma anche il Circolo uccideva i Nascosti — obiettò Simon.

— Perché pensavano che fosse il loro dovere — spiegò Samuel. — Non per avidità. Anche se adesso non riesco a immaginare come ho fatto a dare tanto peso a questa differenza. — La sua voce sembrava esausta. — No, in realtà lo so: dipendeva da Valentine. Aveva qualcosa di speciale. Riusciva a convincerti di qualsiasi cosa. Ho un ricordo, in particolare: ero con Valentine e avevo le mani che grondavano sangue. Guardavo il corpo di una donna morta, e pensavo che ciò che avevo fatto era assolutamente giusto, perché l'aveva detto Valentine.

— Una Nascosta morta?

Samuel, dall'altra parte del muro, fece un respiro spezzato. Poi disse: — Devi capire che avrei fatto qualsiasi cosa mi avesse chiesto. Ciascuno di noi avrebbe fatto qualsiasi cosa per lui. Anche i Lightwood. L'Inquisitore lo sa, ed è questo che sta cercando di sfruttare. Ma tieni presente questo: se cedi e accusi i Lightwood, c'è comunque la possibilità che Aldertree ti uccida, per chiuderti la bocca per sempre. Dipende solo da quanto l'idea di essere misericordioso lo farà sentire potente al momento di decidere.

— Non importa — disse Simon. — Non lo voglio fare. Non voglio tradire i Lightwood.

— Davvero? — Samuel sembrava poco convinto. — C'è una ragione per cui non vuoi? Ci tieni così tanto, ai Lightwood?

— Qualsiasi cosa dicessi su di loro, sarebbe una menzogna.

— Ma è proprio la menzogna che lui vuole sentire. Tu ci vuoi tornare, a casa, non è vero?

Simon fissò il muro, come se in qualche modo potesse attraversarlo con lo sguardo e vedere l'uomo dall'altra parte. — Tu lo faresti? Mentiresti?

Samuel tossì: una tosse rantolante, da malato. Del resto, nelle celle c'era umido e freddo: se per Simon non faceva alcuna differenza, per un normale essere umano doveva essere un problema serio. — Se fossi in te, non cercherei un consiglio morale *da me* — disse Samuel. — Sì, probabilmente io mentirei. Ho sempre messo al primo posto la mia pelle.

— Sono sicuro che non è vero.

— In realtà — ammise Samuel — è proprio vero. Una cosa che imparerai quando sarai più vecchio, Simon, è che quando la gente ti dice qualcosa di molto sgradevole su di sé, generalmente è vero.

Ma io non diventerò più vecchio, pensò Simon. Ad alta voce disse: — È la prima volta che mi chiami Simon. Simon, non Diurno.

— Sì, forse hai ragione.

— E per quanto riguarda i Lightwood... — riprese Simon — non è che mi stiano poi così simpatici. Cioè, Isabelle mi è simpatica e, in un certo modo, anche Alec e Jace. Ma c'è una ragazza di mezzo. E Jace è suo fratello.

Quando Samuel rispose, per la prima volta la sua voce suonò sinceramente divertita. — C'è sempre una ragazza di mezzo.

Nel momento in cui la porta si chiuse alle spalle di Clary, Jace si accasciò contro la parete come se gli avessero tagliato via le gambe. Era grigio in faccia e la sua espressione era un misto di orrore, shock e persino sollievo, come dopo una catastrofe evitata per un pelo.

— Jace — disse Alec avvicinandosi di un passo. — Pensi davvero...

Jace lo interruppe, con un tono di voce molto basso. — Fuori di qui. Uscite. Tutti e due.

— Per lasciarti fare cosa? — intervenne Isabelle. — Rovinarti la vita ancora di più? Che cavolo è successo?

Jace scosse la testa. — L'ho rimandata a casa. Era la cosa migliore per lei.

— Hai fatto molto di più che rimandarla a casa sua. L'hai distrutta. L'hai vista, la sua faccia?

— Ne valeva la pena — rispose Jace. — Tu non puoi capire.

— Per lei, forse — replicò Isabelle. — Spero che ne sarà valsa la pena anche per te.

Jace girò la faccia dall'altra parte. — Voglio restare solo, Isabelle. Ti prego.

Isabelle rivolse un'occhiata sbigottita a suo fratello. Jace non chiedeva mai "per favore". Alec le mise una mano sulla spalla. — Non preoccuparti, Jace — disse con tutta la gentilezza che aveva. — Sono sicuro che se la caverà bene.

Jace sollevò la testa e guardò Alec senza veramente vederlo: sembrava piuttosto fissare il nulla. — No, non se la caverà bene. A proposito, già che ci sei, dimmi quello che eri venuto a dirmi. Sembrava piuttosto importante.

Alec sollevò la mano dalla spalla di Isabelle. — Non volevo parlartene davanti a Clary.

Finalmente gli occhi di Jace misero a fuoco Alec. — Non volevi parlarmi di cosa, davanti a Clary?

Alec esitò. Rare volte aveva visto Jace così sconvolto e poteva solo immaginare che effetto avrebbero avuto su di lui altre brutte sorprese. Ma non c'era modo di nascondergli quella cosa. Jace doveva sapere. — Ieri — iniziò, a bassa voce — quando ho portato Simon alla Guardia, Malachi mi ha detto che Magnus Bane l'avrebbe aspettato dall'altra parte del Portale, a New York. Così ho mandato a Magnus un messaggio col fuoco. Mi ha risposto stamattina: dice che Simon non è arrivato a New York e che lui non aspettava nessuno. Anzi, secondo lui, dopo che è passata Clary, non ci sono state altre attività ai Portali di New York.

— Forse Malachi si è sbagliato — suggerì Isabelle, dopo una rapida occhiata alla faccia color cenere di Jace. — Forse c'era qualcun altro ad aspettare Simon. E Magnus potrebbe sbagliarsi anche sulle attività dei Portali.

Alec scosse la testa. — Stamattina sono salito alla Guardia con la mamma per chiederlo a Malachi di persona. Ma quando l'ho visto, non so perché, mi sono nascosto dietro un angolo. Non riuscivo ad affrontarlo. Poi l'ho sentito parlare con le guardie. L'ho sentito ordinare di portare il vampiro di sopra, perché l'Inquisitore voleva parlargli di nuovo.

— Sei sicuro che parlasse di Simon? — chiese Isabelle, ma non c'era molta convinzione nella sua voce. — Forse...

— Dicevano quanto fosse stato stupido il Nascosto a credere che l'avrebbero semplicemente rispedito a New York senza interrogarlo. Uno di loro diceva che gli sembrava impossibile che qualcuno avesse osato farlo entrare ad Alicante. E Malachi ha replicato: «Be', che vi aspettavate dal figlio di Valentine?»

— Ommioddio! — sussurrò Isabelle. — Jace...

Jace aveva le mani strette a pugno lungo i fianchi.

Gli occhi erano infossati, come se volessero affondare nella scatola cranica.

In altre circostanze, Alec gli avrebbe messo una mano sulla spalla, ma non stavolta: qualcosa in Jace lo trattenne.

— Se non fossi stato io a portarlo qui — disse Jace, con voce bassa e misurata, come se stesse recitando — forse l'avrebbero lasciato tornare a casa. Forse avrebbero pensato che...

— No — l'interruppe Alec. — No, Jace, non è colpa tua. Tu gli hai salvato la vita.

— L'ho salvato per farlo torturare dal Conclave. Bel favore. Quando Clary lo scoprirà... — scosse la testa, senza vedere più nulla — penserà che l'ho portato qui di proposito, che l'ho consegnato io al Conclave, ben sapendo che cosa gli avrebbero fatto.

— Non lo penserà mai, tu non avresti alcun motivo per fare una cosa del genere.

— Forse — replicò Jace, lentamente. — Ma dopo che l'ho trattata in questo modo...

— Nessuno ti penserebbe mai capace di una cosa del genere, Jace — disse Isabelle. — Nessuno che ti conosca. Nessuno che...

Ma Jace non aspettò di scoprire chi altri non lo avrebbe mai pensato. Si girò e si avvicinò alla finestra panoramica che dava sul canale. Rimase lì un momento. La luce che entrava gli profilava d'oro i capelli. Poi agì, così rapido che Alec non ebbe il tempo di intervenire. Quando capì cosa stava per succedere scattò in avanti per impedirlo, ma era già troppo tardi.

Ci fu un gran fragore di vetri infranti e uno spruzzo improvviso di schegge, come una pioggia di stelle in frantumi. Jace si guardò con interesse clinico la mano sinistra e le nocche striate di rosso, mentre grosse gocce di sangue si formavano e cadevano sul pavimento ai suoi piedi.

Isabelle fissò lui, poi lo squarcio nel vetro, con le crepe argentee che si irraggiavano dal centro vuoto come una ragnatela. — Oh, Jace — disse, con una voce dolce che Alec non le aveva mai sentito. — E adesso come diavolo facciamo a spiegarlo ai Penhallow?

In qualche modo Clary riuscì a trovare la via d'uscita. Come, non lo seppe mai. Dopo aver attraversato un groviglio di scale e corridoi, a un tratto si era ritrovata a correre verso la porta d'ingresso e ad attraversarla, per fermarsi sui gradini davanti alla casa dei Penhallow, indecisa se vomitare o meno nei loro cespugli di rose. Erano il posto ideale per vomitarci dentro, e il suo stomaco era in penoso subbuglio. Ma poi le venne in mente di aver mangiato soltanto un po' di minestra: non c'era niente da vomitare, nel suo stomaco.

Così scese i gradini e al cancello girò alla cieca: non riusciva a ricordare da dove fosse arrivata, né come tornare da Amatis, ma non sembrava molto importante: non moriva dalla voglia di rivedere Amatis, né di spiegare a Luke che se ne dovevano andare o Jace li avrebbe denunciati al Conclave.

Forse Jace aveva ragione. Forse lei era davvero impulsiva e avventata. Forse non pensava mai alle conseguenze che le sue azioni potevano avere sulle persone che amava. Il viso di Simon le balzò nella mente in un lampo, nitido come una fotografia, e poi quello di Luke...

Si fermò e si appoggiò a un lampione. La sua forma squadrata, di vetro, ricordava i vecchi lampioni a gas davanti alle facciate in arenaria rossa di Park Slope, a Brooklyn. In qualche modo era rassicurante.

— Clary! — Era una voce giovane, maschile, preoccupata. Immediatamente Clary pensò a Jace e si girò di scatto.

Ma non era Jace. Davanti a lei, un po' ansimante come se l'avesse inseguita di corsa, c'era Sebastian, il ragazzo dai capelli neri che aveva visto nel salotto dei Penhallow.

Clary sentì esplodere le stesse sensazioni che aveva avuto quando l'aveva visto per la prima volta: una sorta di riconoscimento, mescolato a qualcosa che non riusciva a identificare. Non era simpatia o antipatia: era una specie di pulsione verso di lui, come se qualcosa l'attirasse verso quel ragazzo che non conosceva affatto. Forse era semplicemente il suo aspetto. Era bellissimo, bello come Jace, ma se Jace era tutto oro, Sebastian era tutto ombre e pallore. E adesso Clary notò che la somiglianza col suo principe immaginario non era precisa come le era parso in un primo momento. Anche il colorito era diverso. C'era solo qualcosa nei lineamenti del viso, nella postura, nella buia segretezza degli occhi...

— Stai bene? — le chiese Sebastian. Il tono era dolce. — Sei scappata via come… — La voce gli morì in gola, mentre la guardava: Clary era ancora aggrappata al lampione, come per non cadere. — Cos'è successo?

— Ho litigato con Jace — rispose lei, cercando di mantenere ferma la voce. — Lo sai com'è.

— Veramente no — disse lui con un tono quasi di scusa. — Io non ho né fratelli né sorelle.

— Beato te — commentò Clary, e si sorprese per l'amarezza della propria voce.

— Non lo dici sul serio. — Sebastian si avvicinò di un passo. In quel momento il lampione si accese con un tremolio, gettando un fascio di stregaluce bianca intorno a loro. Sebastian alzò gli occhi verso la luce e sorrise. — È un segno.

— Un segno di che?

— Un segno che dovresti permettermi di accompagnarti a casa.

— Non ho idea di dove sia — ammise Clary, rendendosene conto in quel momento. — Sono scappata e sono arrivata qui. Non ricordo neanche da che parte sono venuta.

— Be', da chi stai?

Esitò, prima di rispondere.

— Non lo dirò a nessuno — la rassicurò Sebastian. — Lo giuro sull'Angelo.

Clary lo fissò. Era un giuramento pesante, per un Cacciatore. — Va bene — disse prima di ripensarci. — Sto da Amatis Herondale.

— Ottimo, so dove abita. — Le offrì il braccio. — Andiamo?

Riuscì ad accennare un sorriso. — Sei un po' insistente, lo sai?

Sebastian scrollò le spalle. — Ho una specie di fissazione per le damigelle in difficoltà.

— Non essere sessista.

— Non lo sono. I miei servigi sono a disposizione anche dei gentiluomini. È una fissazione con pari opportunità — disse. E con uno svolazzo le offrì di nuovo il braccio.

Questa volta, Clary accettò l'offerta.

Alec si chiuse alle spalle la porta della stanzetta nel sottotetto e si girò a guardare Jace.

Di solito i suoi occhi avevano il colore del Lago Lyn, un azzurro chiaro e tranquillo, ma tendevano a cambiare coi suoi stati d'animo. In quel momento il colore era quello dell'East River durante un temporale. Anche la sua espressione era tempestosa. — Siediti — ordinò a Jace, indicandogli una seggiola bassa vicino all'abbaino. — Vado a prendere le bende.

Jace obbedì.

La stanza che condivideva con Alec all'ultimo piano di casa Penhallow era piccola, con due lettini stretti appoggiati a due pareti. I loro vestiti erano appesi a una fila di ganci sul muro. C'era un'unica finestra, che lasciava entrare una luce fioca: si stava facendo buio e, di là dal vetro, il cielo era blu indaco.

Alec si inginocchiò, tirò fuori la sacca da sotto il suo letto e l'aprì. Vi frugò rumorosamente dentro, poi si rialzò con una scatola in mano. Jace la riconobbe: era la scatola del pronto soccorso che usavano quando le rune non erano utilizzabili. Conteneva disinfettante, bende, forbici e garze.

— Non vuoi usare una runa di Guarigione? — chiese Jace, più per curiosità che per altro.

— No. Puoi anche... — Alec s'interruppe e buttò la scatola sul letto con una muta imprecazione. Andò al piccolo lavandino a muro e si lavò le mani con tale forza che l'acqua schizzò via in una nuvola di goccioline. Jace lo guardava con distaccata curiosità. La mano ora gli bruciava e il dolore era sordo e feroce.

Alec recuperò la scatola, avvicinò una sedia a Jace e vi si lasciò cadere. — Dammi la mano.

Jace tese la mano. Doveva ammettere che era messa piuttosto male: tutte e quattro le nocche erano spaccate a raggiera. Aveva sangue secco incollato alle dita, come un guanto marrone che si squamava.

Alec fece una smorfia. — Sei un idiota.

— Grazie — rispose Jace. Rimase pazientemente a guardare Alec che, chino sulla sua mano con un paio di pinzette, cercava di stanare un frammento di vetro conficcato nella pelle. — Allora, perché no?

— Perché no, cosa?

— Perché non usi una runa di Guarigione? Questa non è una ferita di demoni.

— Perché... — Alec prese la bottiglia azzurra del disinfettante. — Credo che possa farti bene sentire il dolore. Per una volta, puoi guarire da mondano: in modo lento e orribile. Magari impari qualcosa. — Versò il liquido pungente sui tagli. — Anche se ne dubito.

— Potrei sempre farmela da solo, la runa di Guarigione, lo sai.

Alec iniziò a fasciargli la mano. — Solo se vuoi che riveli ai Penhallow cos'è successo veramente alla loro finestra, invece di fargli credere che è stato un banale incidente. — Fissò la fasciatura con un nodo stretto e Jace fece una smorfia di dolore. — Sai, se avessi immaginato che ti saresti fatto questo non ti avrei detto niente.

— Me l'avresti detto comunque. — Jace inclinò la testa. — Non pensavo che il mio attacco alla finestra panoramica ti turbasse tanto.

— È solo che... — Finito il bendaggio, Alec guardò la mano di Jace, quella che ancora teneva tra le proprie. Era una zampa bianca di bende macchiata di sangue dove le sue dita l'avevano toccata. — Perché ti fai tutto questo? Non solo la finestra, ma anche il modo in cui hai parlato a Clary. Per cosa ti stai punendo? Non riesci a sfuggire ai tuoi sentimenti.

La voce di Jace era piatta. — E quali sarebbero i miei sentimenti?

— Lo vedo, come la guardi. — Gli occhi di Alec erano distanti, osservavano oltre Jace qualcosa che solo lui sembrava vedere. — E non puoi averla. Forse non avevi mai saputo com'è desiderare qualcosa che non si può avere.

Jace lo fissò con lo sguardo fermo. — Che cosa c'è tra te e Magnus Bane?

La testa di Alec si levò di scatto. — Io non... non c'è niente...

— Non sono uno stupido. Dopo aver sentito Malachi, ti sei rivolto subito a Magnus, prima ancora di parlare con me o con Isabelle o con chiunque altro.

— Perché era l'unico che poteva rispondere alla mia domanda, ecco perché. Non c'è niente tra noi — disse Alec. Poi, cogliendo l'espressione di Jace, precisò, con estrema riluttanza: — Non c'è *più* niente. Non c'è più niente tra noi, okay?

— Spero che non sia per causa mia — disse Jace.

Alec sbiancò e si ritrasse, come per parare un colpo. — In che senso?

— So quello che credi di provare per me — disse Jace. — Tu invece non lo sai. Io ti piaccio perché sono una sicurezza per te. Senza rischi. E non ti metterai mai in gioco in una vera relazione perché puoi sempre usare me come buona scusa. — Jace sapeva di essere crudele in quel momento, ma non gliene importava granché. Ferire le persone che amava era bello quasi come ferire se stesso, quando era di quell'umore.

— Capisco — ribatté Alec secco. — Prima Clary, poi la mano, adesso me. Va' al diavolo, Jace.

— Non mi credi? — replicò Jace. — Bene. Forza. Baciami adesso.

Alec lo guardò inorridito.

— Esattamente. Nonostante la mia sbalorditiva bellezza, in realtà io non ti piaccio in quel senso. E se stai sganciando Magnus, non è per colpa mia. È perché hai troppa paura di dire a qualcuno, a chiunque, che lo ami per davvero. L'amore ci rende bugiardi — concluse Jace. — L'ha detto la Regina del Popolo Fatato. Quindi non giudicarmi, se mento sui miei sentimenti. Lo fai anche tu. — Si alzò. — E adesso, voglio che tu lo faccia di nuovo.

Il volto di Alec, ferito, era di pietra. — In che senso?

— Voglio che tu menta per me — incalzò Jace, prendendo la giacca dal chiodo sul muro e infilandosela. — È sera, ormai. Fra poco i Penhallow torneranno dalla Guardia. Devi dire a tutti che non scendo perché non mi sento bene. Che mi sento debole e stordito, ho perso l'equilibrio ed è per questo che la finestra è andata in frantumi.

Alec piegò la testa e squadrò Jace. — D'accordo — disse. — Ma solo se mi dici dove vai.

— Alla Guardia — rispose Jace. — Vado a liberare Simon dalla prigione.

La madre di Clary chiamava "l'ora blu" il periodo tra il crepuscolo e la notte. Diceva che nell'ora blu la luce era più intensa e più particolare e che era il momento migliore per dipingere. Clary non aveva mai capito esattamente cosa intendesse, ma adesso, camminando per Alicante al crepuscolo, comprese. L'ora blu a New York non era realmente blu: era troppo slavata dalle luci delle strade e dalle insegne al neon. Sicuramente Jocelyn pensava a Idris. Lì la luce bagnava di chiazze violette i muri dorati della città, e i lampioni di stregaluce creavano pozze di luce bianca così luminosa che Clary si aspettava di sentirne il calore quando le attraversava. Desiderò che sua madre fosse con lei. Jocelyn avrebbe potuto indicarle i luoghi di Alicante che conosceva meglio, che avevano un posto tra i suoi ricordi.

Ma non ti parlerebbe mai di questi luoghi. Te li ha sempre tenuti nascosti di proposito. E ora potresti non conoscerli mai. Un dolore acuto, a metà tra la rabbia e il rimpianto, le prese il cuore.

— Sei terribilmente silenziosa — osservò Sebastian. Stavano attraversando un canale su un ponte dai fianchi in pietra coperti di rune intagliate.

— Stavo pensando che sarò nei guai, quando rientrerò. Sono dovuta scappare da una finestra per uscire, ormai Amatis si sarà accorta che sono sparita.

Sebastian aggrottò la fronte. — Perché sei scappata di nascosto? Non ti avrebbero permesso di vedere tuo fratello?

— Io non dovrei essere ad Alicante — gli spiegò Clary. — Dovrei essere a casa mia, al sicuro, a guardare la partita dalle linee laterali.

— Ah, questo spiega molte cose.

— Ah sì? — Gli lanciò un'occhiata di traverso, incuriosita. Ombre blu s'impigliavano tra i suoi capelli scuri.

— Tutti sbiancavano, ogni volta che venivi nominata. Immaginavo che ci fosse del sangue cattivo, tra te e tuo fratello.

— Sangue cattivo? Be', si potrebbe dire anche così.

— Jace non ti piace molto?

— Se mi piace Jace? — Clary aveva riflettuto talmente tanto nelle ultime settimane, chiedendosi se amava Jace Wayland, e in che modo lo amava, che non si era mai soffermata a pensare se Jace le piacesse.

— Scusa, in effetti fa parte della tua famiglia, non si tratta di piacersi o meno...

— Certo che mi piace — disse Clary sorprendendosi delle sue stesse parole. — Mi piace. È solo che... mi fa infuriare. Mi dice cosa posso fare, cosa non posso fare...

— Non sembra che funzioni molto — osservò Sebastian.

— In che senso?

— Mi sembra che tu faccia comunque quello che vuoi.

— Credo di sì. — L'osservazione l'aveva stupita, visto che giungeva da un quasi sconosciuto. — Ma a quanto pare si è arrabbiato molto più di quanto mi aspettassi.

— Gli passerà. — Dal tono di voce, Sebastian sembrava non dare troppo peso alla cosa.

Clary lo guardò con curiosità. — E a te Jace sta simpatico?

— Sì. Ma credo di non stargli molto simpatico io. — Sembrava mesto. — Qualsiasi cosa io dica pare dargli fastidio.

Deviarono dalla strada principale in un'ampia piazza acciottolata, circondata da edifici alti e stretti. Al centro c'era una statua di bronzo: era l'Angelo, quello che aveva dato il suo sangue per creare la stirpe degli Shadowhunters. Sul lato nord c'era un'imponente struttura di pietra bianca. Un'ampia gradinata di marmo portava a un loggiato fitto di colonne, dietro il quale si vedeva un portone a due battenti.

Il colpo d'occhio, nella luce della sera, era stupefacente... e stranamente familiare.

Clary si chiese se avesse già visto un'immagine di quel luogo.

Forse sua madre l'aveva dipinto?

— Questa è la piazza dell'Angelo — spiegò Sebastian. — E quella era la Sala dell'Angelo. Gli Accordi furono firmati là dentro, perché ai Nascosti non è consentito accedere alla Guardia. Ora è chiamata Sala degli Accordi. È un luogo d'incontro per tutti: è qui che si fanno le celebrazioni ufficiali, i matrimoni, i balli, cose del genere. È il centro della città. Si dice che tutte le strade portano alla Sala.

— Somiglia un po' a una chiesa... Ma qui non avete chiese, vero?

— Non ce n'è bisogno — spiegò Sebastian. — Ci proteggono le torri antidemoni. Non ci serve altro. È per questo che mi piace venire qui. Mi dà un senso di... pace.

Clary lo guardò, sorpresa. — Quindi tu non vivi qui?

— No. Vivo a Parigi. Sono venuto a trovare Aline, mia cugina. Mia madre e suo padre, zio Patrick, erano fratelli. I genitori di Aline hanno diretto l'Istituto di Pechino per anni. Sono tornati ad Alicante circa dieci anni fa.

— Erano... I Penhallow non facevano parte del Circolo, vero?

La sorpresa balenò sul volto di Sebastian. Rimase in silenzio mentre svoltavano e si lasciavano la piazza alle spalle, addentrandosi in un dedalo di stradine scure. — Perché lo chiedi? — disse alla fine.

— Be'... perché invece i Lightwood erano nel Circolo.

Passarono sotto un lampione e Clary gli lanciò un'occhiata di striscio. Nel cono di luce bianca, con quel lungo cappotto scuro e la camicia bianca, Sebastian sembrava lo schizzo in bianco e nero di un gentiluomo vittoriano. Il modo in cui i capelli neri gli si arricciavano sulla fronte le faceva prudere le mani dalla voglia di ritrarlo a china.

— Devi capire — le disse Sebastian — che una buona metà dei giovani di Idris faceva parte del Circolo, insieme a molti altri che non vivevano a Idris. Mio zio Patrick era nel Circolo, all'inizio, ma ne uscì quando cominciò a capire che Valentine faceva troppo sul serio. I genitori di Aline non presero parte alla Rivolta: mio zio partì per Pechino proprio per allontanarsi da Valentine. Fu là, all'Istituto, che incontrò la madre di Aline. Quando i Lightwood e gli altri membri del Circolo vennero processati per alto tradimento, i Penhallow votarono per la clemenza. Li fecero punire con l'esilio, invece che con la maledizione. Per questo i Lightwood gli sono sempre stati riconoscenti.

— E i tuoi genitori? — chiese Clary. — Erano nel Circolo?

— Non proprio. Mia madre era più giovane di Patrick. Quando lui andò a Pechino, la inviò a Parigi. E a Parigi incontrò mio padre.

— Tua madre è più giovane di Patrick?

— È morta — rivelò Sebastian. — E anche mio padre. Mi ha cresciuto mia zia Elodie.

— Oh — mormorò Clary, sentendosi molto stupida. — Mi dispiace.

— Non me li ricordo neppure — disse Sebastian. — Non proprio. Quando ero piccolo, desideravo tanto avere un fratello o una sorella più grandi, qualcuno che potesse dirmi com'erano i nostri genitori. — La guardò, pensieroso. — Posso chiederti una cosa, Clary? Perché sei venuta a Idris se sapevi che tuo fratello l'avrebbe presa così male?

Prima che Clary potesse dare una risposta, dalla stradina stretta che stavano percorrendo sbucarono in una piazzetta mal illuminata, con un pozzo in disuso al centro bagnato dalla luce della luna. — La piazza del Pozzo — annunciò Sebastian con un'inequivocabile nota di disappunto nella voce. — Siamo arrivati più in fretta di quel che pensavo.

Clary guardò oltre il ponte in muratura che scavalcava il vicino canale: si vedeva in lontananza la casa di Amatis, con tutte le finestre illuminate. Sospirò. — Da qui posso andare da sola, grazie.

— Non vuoi che ti accompagni fino a...

— No, a meno che non voglia passare dei guai anche tu.

— Passerei dei guai? Per essere stato così gentile da accompagnarti fino a casa?

— Nessuno dovrebbe sapere della mia presenza ad Alicante — disse Clary. — Dovrebbe essere un segreto. E tu, senza offesa, sei uno sconosciuto.

— Vorrei non esserlo — disse Sebastian. — Mi piacerebbe conoscerti meglio. — La stava guardando con un misto di divertimento e di timidezza, come se non fosse sicuro di come sarebbero state accolte le sue parole.

— Sebastian — disse Clary, travolta da un'improvvisa stanchezza. — Sono contenta che tu voglia conoscermi meglio. Ma ora non ho proprio le forze per farlo. Mi dispiace.

— Non intendevo...

Ma Clary si stava già allontanando da lui, verso il ponte. A metà strada, si voltò indietro e lo guardò: sotto la luce della luna, coi capelli neri che gli ricadevano sul viso, aveva un'aria stranamente desolata.

— Ragnor Fell — gli disse.

Lui la fissò. — Cosa?

— Mi hai chiesto perché sono venuta qui, anche se non dovevo — spiegò Clary. — Mia madre sta male. Molto male. Forse sta morendo. L'unica cosa che può aiutarla, l'unica *persona* che può aiutarla, è uno stregone chiamato Ragnor Fell. Solo che non ho idea di dove trovarlo.

— Clary...

Lei gli voltò le spalle. — Buonanotte, Sebastian.

Salire dal graticcio fu più difficile che scendere. Clary scivolò innumerevoli volte sulla sua superficie umida e sospirò di sollievo quando finalmente si issò sul davanzale della finestra e rientrò nella camera da letto con un mezzo salto e un mezzo capitombolo.

La sua euforia ebbe vita breve. Non appena gli stivali toccarono il pavimento, una silenziosa esplosione di luce illuminò a giorno la stanza.

Amatis era seduta sul bordo del letto, con la schiena dritta e una pietra di stregaluce in mano. La pietra ardeva di luce violenta, che non aiutava certo ad ammorbidire i tratti duri del suo volto o le pieghe agli angoli della bocca. Fissò Clary in silenzio per che parve un'eternità. Finalmente disse: — Vestita così, sei uguale a Jocelyn.

Clary si rialzò goffamente. — Mi... mi dispiace di essere scappata così.

Amatis chiuse la mano intorno alla stregaluce, spegnendola, e Clary batté le palpebre nella tenebra improvvisa. — Togliti la tenuta da battaglia — le disse Amatis. — Poi scendi in cucina. E non pensare nemmeno di scappare di nuovo dalla finestra — aggiunse. — O la prossima volta che tornerai in questa casa troverai tutte le porte sbarrate.

Clary annuì, mandando giù un groppo in gola.

Amatis si alzò e se ne andò senza aggiungere altro. Clary si sfilò rapidamente la tenuta e si rimise i suoi vestiti, che erano appesi alla spalliera del letto, asciutti. I jeans erano un po' duri, ma fu piacevole rimetterseli con la solita maglietta. Clary scosse i capelli aggrovigliati e scese al piano di sotto.

L'ultima volta che aveva visto il pianterreno della casa era in preda al delirio e alle allucinazioni. Ricordava lunghi corridoi che si protendevano all'infinito e un enorme orologio a pendolo i cui ticchettii risuonavano come il battito di un cuore morente. Ora si ritrovò in un salotto piccolo e senza pretese, arredato con semplici mobili in legno e un tappeto patchwork sul pavimento. Le dimensioni ridotte e i colori vivaci le ricordarono un po' il salotto di casa sua, a Brooklyn. Dal salotto entrò in cucina, dove un fuoco ardeva nel caminetto. La stanza era piena di luce calda e gialla. Trovò Amatis seduta a tavola, sulle spalle uno scialle azzurro che faceva sembrare i suoi capelli più grigi.

— Ciao. — Clary si fermò sulla porta. Non riusciva a capire se Amatis fosse arrabbiata o no.

— Immagino che non ci sia neppure bisogno di chiederti dove sei stata — iniziò Amatis, senza alzare gli occhi dalla tavola. — Sei andata da Jonathan, vero? Dovevo aspettarmelo. Forse, se avessi dei figli miei, avrei saputo riconoscere una bugia. Ma speravo, almeno per questa volta, di non deludere mio fratello così completamente.

— Deludere Luke?

— Sai che cosa accadde, quando mio fratello fu morso? — Amatis guardava fisso davanti a sé. — Quando fu morso da un lupo mannaro – cosa inevitabile, perché Valentine si metteva sempre in situazioni stupidamente rischiose, per sé e per i suoi seguaci, quindi era solo una questione di tempo – venne da me e mi raccontò cosa gli era accaduto e quanto era terrorizzato all'idea di aver contratto la licantropia. E io gli dissi... gli dissi...

— Amatis, non devi...

— Gli dissi di sparire dalla mia casa finché non fosse stato certo di non aver preso la malattia. Arretrai di un passo, per stargli lontano: fu più forte di me. — Le tremava la voce. — Lui vide tutto il mio disgusto, perché ce l'avevo dipinto in faccia. Mi disse che, se avesse preso la malattia, se fosse diventato un lupo mannaro, il suo timore era che Valentine gli avrebbe chiesto di suicidarsi, e io gli dissi che… che *forse sarebbe stata la cosa migliore!*

Clary trasalì. Non poté evitarlo.

Amatis alzò rapidamente gli occhi su di lei. Le si leggeva in volto il profondo disprezzo che aveva di sé. — Lucian era sempre stato così buono, nonostante tutto quello che Valentine cercava di fargli fare. Ogni tanto pensavo che lui e Jocelyn fossero le uniche persone veramente buone che conoscevo. E non riuscivo a sopportare l'idea che diventasse un mostro.

— Ma lui non è così. Non è un mostro.

— Io non lo sapevo! Dopo la Trasformazione, dopo la sua fuga, Jocelyn lavorò molto, e a lungo, per convincermi che Lucian, dentro, era ancora la stessa persona, che era ancora mio fratello. Se non fosse stato per lei, non avrei mai accettato di rivederlo ancora. Così gli permisi di restare qui, prima della Rivolta, e di nascondersi in cantina. Ma sapevo che lui non poteva fidarsi pienamente di me, non dopo che gli avevo voltato le spalle in quel modo. E credo che tuttora non si fidi di me.

— Si è fidato abbastanza da venire da te quando stavo male — osservò Clary. — Si è fidato abbastanza da lasciarmi qui con te…

— Non aveva nessun altro posto dove andare — replicò Amatis. — E guarda come mi sono comportata con te. Non sono nemmeno riuscita a tenerti in casa per un giorno.

Clary trasalì. Era peggio che essere rimproverata. — Non è colpa tua. Sono stata io a mentirti e a scappare di nascosto. Non potevi farci niente.

— Oh, Clary — sospirò Amatis. — Non capisci? C'è sempre qualcosa che si può fare. Sono quelli come me che si convincono del contrario. Io mi sono convinta di non poter fare niente per Lucian. Niente che potessi fare quando Stephen mi abbandonò. E mi rifiuto di presenziare alle assemblee del Conclave perché sono convinta che non c'è niente da fare per influenzare le loro decisioni, anche quando detesto ciò che fanno. Ma poi, quando *scelgo* di fare qualcosa… be', nemmeno allora riesco a fare la cosa giusta. — I suoi occhi brillavano duri nella luce del fuoco. — Va' a letto, Clary — concluse. — D'ora in poi, puoi andare e venire come ti pare. Non cercherò di fermarti. Dopotutto, come hai detto tu, non posso farci nulla.

— Amatis…

— No. — La donna scosse la testa. — Va' a letto. Ti prego. — La sua voce aveva una nota definitiva. Si girò dall'altra parte, come se Clary se ne fosse già andata, e rimase con gli occhi fissi a guardare il muro.

Clary girò sui tacchi e corse di sopra. Chiuse la porta della sua stanza con un calcio e si buttò sul letto. Voleva piangere, ma le lacrime non venivano. *Jace mi odia*, pensò. *Amatis mi odia. Non ho nemmeno salutato Simon. Mia madre sta morendo. E Luke mi ha abbandonata. Sono sola. Non sono mai stata tanto sola. Ed è tutta colpa mia.* Forse era per questo che non riusciva a piangere, pensò, fissando il soffitto a occhi asciutti. Che senso aveva piangere, se non c'era nessuno a confortarti? E quel che era peggio, se non potevi nemmeno confortare te stessa?

7
Dove non osano gli angeli

Da un sogno di sangue e sole, Simon si svegliò all'improvviso al suono di una voce che chiamava il suo nome.

— *Simon.* — La voce era un sussurro sibilante. — Simon, *alzati.*

Simon era già in piedi (qualche volta si sorprendeva ancora per la rapidità con cui riusciva a muoversi). Girò su se stesso nel buio della cella. — Samuel? — sussurrò, fissando nell'ombra. — Samuel, sei tu?

— Girati. — Ora la voce, vagamente familiare, aveva una nota d'irritazione. — Vieni alla finestra. — A quel punto Simon la riconobbe. Guardò tra le inferriate e vide Jace inginocchiato sull'erba, con una pietra di stregaluce in mano. Era accigliato. — Be'? Credevi che fosse un incubo?

— Forse lo credo ancora. — C'era un ronzio nelle sue orecchie. Se avesse avuto un cuore che batteva, avrebbe pensato fosse il sangue che gli scorreva nelle vene, ma era qualcos'altro, qualcosa di più incorporeo e più intimo del sangue.

La stregaluce disegnava un motivo irregolare di luci e ombre sulla faccia pallida di Jace. — Quindi, è qui che ti hanno messo. Non credevo che le usassero ancora, queste celle. — Lanciò un'occhiata di lato. — All'inizio ho beccato la finestra sbagliata. Ho fatto prendere un colpo al tuo amico nella cella accanto. Affascinante, con quella barba e quegli stracci. Mi ricorda un po' i barboni di casa nostra.

Simon capì che cos'era il ronzio nelle orecchie: rabbia. In un angolo remoto della mente era consapevole di avere i denti digrignati, le punte dei canini che gli graffiavano il labbro inferiore. — Mi fa piacere che trovi tutto questo divertente.

— Ma come? Non sei felice di vedermi? — lo stuzzicò Jace. — Devo ammettere che la cosa mi sorprende. Mi hanno sempre detto che la mia presenza illumina ogni stanza. Pensavo che valesse il doppio, per un'umida cella sotterranea.

— Tu sapevi che cosa sarebbe successo, vero? «Ti rispediranno a New York» mi hai detto. «No problem.» Qui invece non ne hanno mai avuto la minima intenzione.

— Non lo sapevo. — Jace incrociò il suo sguardo tra le sbarre: i suoi occhi erano limpidi e fermi. — So che non mi credi, ma ne ero convinto.

— O sei un bugiardo o sei uno stupido...

— Allora sono uno stupido.

— ... o entrambe le cose — concluse Simon. — Io propendo per entrambe.

— Non ho nessuna ragione per mentirti. Non ora. — Lo sguardo di Jace rimase fermo. — E smetti di mostrarmi le zanne. Mi rende nervoso.

— Be' — disse Simon — se vuoi saperlo, è perché sai di sangue.

— È la mia nuova colonia. Eau de Ferité. — Jace sollevò la mano sinistra. Era un guanto di bende bianche, macchiato sulle nocche, dove era filtrato il sangue.

Simon aggrottò la fronte. — Pensavo che quelli della tua razza non avessero ferite. O meglio, che non avessero ferite che durano nel tempo.

— Ho spaccato una finestra — spiegò Jace. — E Alec vuole farmi guarire come un mondano, per darmi una lezione. Ecco, questa è la verità. Sei colpito?

— No. Ho problemi più grossi dei tuoi. L'Inquisitore continua a farmi domande alle quali non posso rispondere. Continua ad accusarmi di aver ricevuto i poteri di Diurno da Valentine. Di essere una spia ai suoi ordini.

L'allarme balenò negli occhi di Jace.

— L'ha detto Aldertree?

— Aldertree mi ha lasciato capire che tutto il Conclave lo pensa.

— Brutta storia. Se decidono che sei una spia, se riescono a convincersi che hai infranto la Legge, allora gli Accordi non verranno applicati. — Jace si guardò rapidamente intorno, poi tornò a concentrarsi su Simon. — Sarà meglio che ti tiriamo fuori di qui.

— E poi? — Simon quasi non credeva alle sue stesse parole. Voleva uscire di lì con tanta intensità che quasi ne sentiva il sapore in bocca, ma non riuscì a fermare le parole che gli rotolavano fuori dai denti. — Dove vorresti nascondermi?

— C'è un Portale, qui alla Guardia. Se riusciamo a trovarlo, ti posso rimandare indietro.

— E tutti sapranno che sei stato tu ad aiutarmi, Jace. Il Conclave non vuole solo me. Anzi, dubito che gli importi molto di un Nascosto. Loro vogliono delle prove contro la tua famiglia, contro i Lightwood. Vogliono dimostrare che i Lightwood sono ancora legati a Valentine, che non hanno mai veramente lasciato il Circolo.

Anche nel buio era possibile vedere il rossore infiammare le guance di Jace. — Ma è assurdo! Loro hanno combattuto *contro* Valentine, sulla nave. E Robert ha rischiato di morire.

— L'Inquisitore vuole far credere che i Lightwood abbiano sacrificato gli altri Nephilim sulla nave per salvare le apparenze e dimostrare di essere contro Valentine. Poi, però, hanno perso la Spada Mortale. Ed è questo che conta per l'Inquisitore. Senti, voi avete cercato di mettere in guardia il Conclave e loro se ne sono fregati. Adesso l'Inquisitore sta cercando qualcuno a cui addossare la colpa di tutto. Se riesce a marchiare voi Lightwood come traditori, nessuno riterrà più il Conclave responsabile di ciò che è successo. E Aldertree potrà attuare tutte le politiche che vorrà, senza incontrare opposizione.

Jace appoggiò la faccia sulle mani, con le lunghe dita che giocherellavano distrattamente con i capelli. — Ma io non posso lasciarti qui. Se Clary lo scopre…

— Avrei dovuto capirlo che era questo che ti preoccupava. — Simon rise con durezza. — E tu non dirglielo. Tanto lei è a New York, grazie a… — S'interruppe, incapace di pronunciare quella parola. — Avevi ragione tu — disse invece. — Sono contento che non sia qui.

Jace sollevò la faccia dalle mani. — Come?

— Il Conclave è folle. Chissà che cosa le farebbero, se sapessero cos'è in grado di fare. Avevi ragione — ripeté Simon. E quando Jace non replicò nulla, aggiunse: — Potresti anche apprezzare il fatto che te l'abbia detto. Non credo che lo ripeterò un'altra volta.

Jace lo fissava senza espressione e Simon, sussultando, rivide l'immagine di Jace sulla nave, insanguinato e morente, sul pavimento di metallo. Alla fine, Jace parlò. — Quindi mi stai dicendo che hai intenzione di restare qui? In prigione? Fino a quando?

— Fino a quando non ci verrà un'idea migliore — disse Simon. — Ma c'è una cosa.

Jace inarcò le sopracciglia. — Cosa?

— Sangue — disse Simon. — L'Inquisitore sta cercando di affamarmi per costringermi a parlare. Mi sento già molto debole. E domani sarò… be', non so come sarò. Ma non voglio cedere. E non voglio bere di nuovo il tuo sangue, né quello di chiunque altro — aggiunse rapidamente, prima che Jace potesse proporglielo. — Il sangue animale andrà benissimo.

— Il sangue te lo posso procurare — disse Jace. Esitò. — Hai detto… hai detto all'Inquisitore che ti ho fatto bere il mio sangue? Che ti ho salvato?

Simon scosse la testa.

Gli occhi di Jace brillarono di luce riflessa. — Come mai?

— Forse perché non volevo cacciarti in altri guai.

— Senti, vampiro — disse Jace. — Proteggi i Lightwood, se puoi, ma non proteggere me.

Simon sollevò la testa. — Perché no?

Per un momento, con Jace che lo guardava tra le sbarre, Simon poté quasi immaginare di esser lui quello libero e Jace il prigioniero. — Forse perché non me lo merito.

Clary fu svegliata da un rumore che sembrava grandine su un tetto di lamiera. Si mise a sedere sul letto e si guardò intorno, intontita. Lo sentì di nuovo: era un crepitio e veniva dalla finestra. Allontanando le coperte con riluttanza, andò a investigare.

Quando spalancò la finestra, entrò una folata d'aria fredda che le penetrò nel pigiama come un coltello. Rabbrividì e si affacciò al davanzale.

C'era qualcuno in giardino. Per un momento, con un tuffo al cuore, Clary vide solo una figura alta e snella coi capelli arruffati. Ma quando la figura alzò lo sguardo, la ragazza vide che i capelli erano neri, non biondi, e per la seconda volta si rese conto di aver sperato che fosse Jace e di essersi ritrovata con Sebastian.

Sebastian aveva una manciata di sassolini in mano. Le sorrise, quando vide la sua testa sbucare, e a gesti le indicò se stesso e il graticcio delle rose. *Scendi!*

Lei scosse la testa e gli indicò la porta principale. *Aspettami alla porta d'ingresso.* Chiuse la finestra e corse di sotto. Era mattina tardi: la luce che si riversava dalle finestre era intensa e dorata, ma la casa era immersa nel silenzio. *Forse Amatis dorme ancora*, pensò Clary.

Andò alla porta, aprì il chiavistello e la spalancò. Sebastian era lì, sul gradino, e di nuovo Clary ebbe quella strana sensazione di riconoscimento, anche se questa volta fu più lieve. Gli sorrise debolmente. — Hai tirato i sassolini contro la finestra — disse. — Credevo che lo facessero solo nei film.

Lui sorrise. — Bel pigiama. Ti ho svegliato?

— Forse.

— Scusa — le disse, pur non sembrando dispiaciuto. — Però forse ti potrebbe tornare utile fare un salto di sopra e vestirti: passeremo la giornata insieme.

— Wow. Sei un tipo piuttosto sicuro di sé — osservò Clary. Del resto, i ragazzi belli come Sebastian probabilmente non avevano motivo per non essere sicuri di sé. Scosse la testa. — Mi spiace, ma non posso. Non posso uscire di casa. Non oggi.

Una ruga di perplessità si disegnò sulla fronte di Sebastian. — Ieri però sei uscita.

— Lo so, ma è stato prima che... — *Prima che Amatis mi facesse sentire piccola come un microbo.* — Oggi non posso. Per favore, non cercare di convincermi, okay?

— Okay. Non cercherò di convincerti. Ma almeno lasciami dire quello che ero venuto a riferirti. Poi, se ancora vorrai che me ne vada, ti prometto che me ne andrò.

— Dimmi.

Sebastian alzò il viso, e Clary si chiese come fosse possibile che degli occhi così scuri brillassero come se fossero dorati. — So dove puoi trovare Ragnor Fell.

Le ci vollero meno di dieci minuti per precipitarsi di sopra, vestirsi al volo, scrivere un biglietto veloce ad Amatis e tornare da Sebastian, che l'aspettava sul ciglio del canale. Lui sorrise quando la vide che gli correva incontro, con il cappotto verde buttato su un braccio.

— Sono qui — disse Clary fermandosi. — Andiamo?

Sebastian insistette per aiutarla a infilarsi il cappotto.

— Credo che nessuno mi abbia mai aiutato a mettere il cappotto, prima d'ora — osservò Clary, liberando i capelli che erano rimasti sotto il colletto. — Be', forse i camerieri. Hai mai fatto il cameriere?

— No, ma sono stato cresciuto da una tata francese — replicò Sebastian. — Il che comporta un percorso formativo ancor più severo.

Clary sorrise, nonostante la tensione.

Sebastian era bravo a farla sorridere, notò con un lieve senso di sorpresa. Quasi *troppo* bravo. — Dove andiamo? — gli chiese, un po' brusca. — La casa di Fell è qui vicino?

— Non proprio, vive fuori città — rispose Sebastian, avviandosi verso il ponte.

Clary gli si affiancò. — Ci vorrà molto, a piedi?

— È troppo lontano per andarci a piedi. Dovremo farci dare un passaggio.

— Un passaggio? E da chi? — Clary si bloccò sui due piedi. — Sebastian, dobbiamo stare attenti. Non possiamo dire al primo che capita dove andiamo e cosa ci faccio qui. Deve restare un segreto.

Il ragazzo la osservò con i suoi occhi scuri e riflessivi. — Giuro sull'Angelo che l'amico che ci darà il passaggio non farà parola con nessuno sulla nostra destinazione.

— Sei sicuro?

— Sicurissimo.

Ragnor Fell, pensava Clary mentre si addentravano nelle strade affollate. *Sto andando da Ragnor Fell.* Un incontrollabile entusiasmo si mescolava alla trepidazione. Madeleine l'aveva dipinto come un uomo potente e temibile. E se non avesse avuto pazienza con lei? E se non avesse avuto tempo? E se lei non fosse riuscita a convincerlo di essere chi diceva di essere? E se lui si fosse dimenticato di sua madre?

Non l'aiutava certo ad allentare la tensione l'impressione di riconoscere Jace o Isabelle in ogni ragazzo biondo o in ogni ragazza coi capelli lunghi e neri che vedeva passare. Ma Isabelle l'avrebbe probabilmente ignorata, pensò mestamente, e di sicuro Jace era dai Penhallow a baciarsi con la sua nuova ragazza.

— Hai paura di essere pedinata? — le chiese Sebastian, mentre svoltavano in una strada laterale che si allontanava dal centro della città, notando che Clary continuava a lanciare occhiate intorno a sé.

— Continuo a vedere gente che mi pare di conoscere — ammise Clary. — Jace o i Lightwood.

— Da quando i Lightwood sono arrivati, credo che Jace non si sia mai allontanato dalla casa dei Penhallow. Il più delle volte si chiude in camera sua. Inoltre, ieri s'è fatto male a una mano.

— S'è fatto male? Come? — Clary, dimenticando di guardare dove stava andando, inciampò in un sasso. La strada che stavano percorrendo, che prima era acciottolata, ora era semplicemente sassosa, e Clary neppure si era accorta del cambiamento. — Ahi!

— Forza, siamo arrivati — annunciò Sebastian fermandosi davanti a un'alta palizzata di legno. Non c'erano più case intorno: si erano lasciati alle spalle il centro abitato in modo piuttosto repentino e ora c'era solo quella recinzione e, sul lato opposto, un pendio pietroso che portava verso la foresta.

C'era un cancello, ma era chiuso da un lucchetto. Sebastian estrasse dalla tasca una pesante chiave di ferro e lo aprì. — Torno fra un attimo con chi ci darà un passaggio. — Si chiuse il cancello alle spalle. Clary spiò tra le fessure delle assi e vide una specie di baracca bassa di legno rosso. Ma sembrava che non ci fossero né porte né finestre.

Il cancello si aprì e Sebastian ricomparve con un sorriso da un orecchio all'altro. Aveva in mano delle briglie ed era docilmente seguito da un grande cavallo bianco e grigio con una macchia a forma di stella sulla fronte.

— Un cavallo? Tu possiedi un cavallo? — Clary era stupefatta. — Chi mai possiede un cavallo?

Sebastian carezzò la groppa dell'animale con affetto. — Molte famiglie di Shadowhunters tengono un cavallo nelle stalle di Alicante. Se hai notato, non ci sono automobili a Idris: non funzionano bene, con tutte queste difese in giro. — Diede un buffetto al cuoio chiaro della sella, decorata da uno stemma raffigurante un serpente d'acqua che usciva da un lago attorcigliandosi su se stesso. Il nome *Verlac* era inciso in caratteri delicati sotto lo stemma. — Su, sali.

Clary arretrò di un passo. — Non sono mai salita su un cavallo.

— Sarò io a condurre Wayfarer — la rassicurò Sebastian. — Tu dovrai solo stare seduta davanti a me.

Il cavallo sbuffò. Aveva dei denti enormi, notò Clary con un certo disagio. Immaginò quei denti affondarle nella gamba e pensò a tutte le sue compagne di scuola che volevano avere un cavallo. Si chiese se fossero pazze.

Sii coraggiosa, si disse. *È quello che farebbe tua madre.*

Fece un bel respiro fondo. — Okay. Andiamo.

La decisione di Clary di essere coraggiosa durò solo fino a quando Sebastian, dopo averla aiutata a salire, saltò elegantemente in sella dietro di lei e affondò i tacchi nei fianchi del cavallo. Wayfarer partì come un proiettile. La forza con cui batteva gli zoccoli sulla strada sassosa si ripercuoteva in scosse sussultorie su tutta la schiena di Clary, che si aggrappò al pezzetto di sella che spuntava davanti a lei, affondandovi le unghie fino a lasciare le impronte nel cuoio.

Man mano che si allontanavano dalla città, la strada diventava più stretta. Ora era fiancheggiata da filari di alberi su entrambi i lati che formavano muri di verde impenetrabili alla vista. Sebastian tirò le redini e il cavallo interruppe il suo galoppo sfrenato. Il cuore della ragazza rallentò con il suo passo. Mentre il panico svaniva, Clary diventò lentamente consapevole della presenza di Sebastian, che, tenendo le redini, formava con le braccia una specie di gabbia intorno a lei, evitandole la sensazione di scivolare giù. D'improvviso fu persino troppo consapevole della sua presenza: non solo della forza vigorosa delle braccia che la sostenevano, ma anche del fatto che lei gli si appoggiava al petto, che, per qualche ragione, sapeva di pepe nero. Non era un odore sgradevole, ma speziato e buono, molto diverso da quello di Jace, che sapeva di sapone e di sole. Non che il sole avesse un odore, in realtà, ma se l'avesse avuto...

Strinse i denti. Era lì con Sebastian, era in procinto di incontrare un potente stregone, e stava mentalmente farneticando sull'odore di Jace. Si costrinse a guardarsi intorno. Le verdi pareti di alberi si stavano diradando e ora si vedevano grandi estensioni di campagna marezzata su entrambi i lati. Era bello, in un modo sobrio ed essenziale: un tappeto verde, interrotto qua e là dalla cicatrice di una strada in pietra grigia o da uno sperone di roccia nera che si levava dall'erba. Ciuffi di delicati fiori bianchi, gli stessi che Clary aveva visto con Luke nella necropoli, costellavano le colline come casuali spruzzate di neve.

— Come hai fatto a scoprire dov'è Ragnor Fell? — chiese Clary, mentre Sebastian portava abilmente il cavallo ad aggirare una buca sulla strada.

— Mia zia Elodie. Ha una buona rete di informatori. Sa tutto quello che succede a Idris, pur non venendo mai qui di persona. Non le piace lasciare l'Istituto.

— E tu? Vieni spesso a Idris?

— Non proprio. L'ultima volta avevo cinque anni. Da allora non avevo più visto i miei zii, perciò sono contento di essere qui, adesso. È un'occasione per rimettersi in pari con tutto quello che è successo. E poi, ho nostalgia di Idris quando non sono qui. Non c'è altro luogo come questo. È qualcosa nella terra. Te ne accorgerai anche tu, e anche tu ne avrai nostalgia, quando non sarai qui.

— So che anche Jace ha nostalgia — disse Clary. — Ma pensavo che fosse perché ha vissuto qui tanti anni. Lui è cresciuto qui.

— Nella tenuta dei Wayland — confermò Sebastian. — Non lontano da dove stiamo andando.

— A quanto pare, tu sai proprio tutto.

— Non *tutto* — precisò Sebastian con una risata che Clary sentì dalla schiena. — Già, Idris esercita la sua magia su tutti: anche su chi, come Jace, ha ogni ragione per odiare questo posto.

— Perché dici questo?

— Be', è stato cresciuto da Valentine, no? E dev'essere stata una cosa abbastanza tremenda.

— Non saprei. — Clary era esitante. — La verità è che Jace ha dei sentimenti contraddittori. Io credo che Valentine sia stato un padre orribile, per certi versi, ma le briciole di amore e gentilezza che gli ha elargito erano tutto l'amore e la gentilezza che Jace conosceva. — Sentì un'onda di tristezza, mentre parlava. — Credo che per molto tempo Jace abbia ricordato Valentine con grande affetto.

— Non riesco a credere che Valentine gli abbia dimostrato amore o gentilezza. Valentine è un mostro.

— Be', sì, ma Jace è suo figlio. Ed era solo un bambino. Io credo che Valentine gli volesse bene, a modo suo.

— No. — La voce di Sebastian era tagliente. — Temo che questo sia impossibile.

Clary fece per girarsi a guardarlo in faccia, ma ci ripensò. Tutti gli Shadowhunters diventavano un po' fanatici, quando c'era di mezzo Valentine (ripensò all'Inquisitrice con un brivido) e forse non si poteva fargliene una colpa. — Probabilmente hai ragione.

— Siamo arrivati — annunciò Sebastian bruscamente scendendo da cavallo: così bruscamente che Clary si chiese se in qualche modo l'avesse offeso. Ma quando Sebastian alzò gli occhi verso di lei, stava sorridendo. — Abbiamo fatto presto — commentò, legando le redini al ramo più basso di un albero. — Più di quel che pensavo.

Le fece cenno di scendere e, dopo un attimo di esitazione, Clary scivolò giù dalla groppa del cavallo e finì tra le sue braccia. Con le gambe molli per la lunga cavalcata, gli si aggrappò e lui la sostenne. — Scusa — mormorò imbarazzata. — Non volevo saltarti addosso.

— Io non mi scuserei. — Il fiato di Sebastian era caldo sul collo di Clary, che rabbrividì. Le mani di lui si soffermarono un momento di troppo sulla sua schiena, prima di lasciarla andare.

Niente di tutto questo aiutava la ragazza a sentirsi più salda sulle gambe. — Grazie — disse, consapevole del proprio rossore. Quanto avrebbe voluto che la sua pelle chiara non ne rivelasse così prontamente il colorito. — È questo il posto? — Si guardò intorno. Si trovavano in una piccola valle tra dolci colline. C'erano vari alberi nodosi disposti intorno a una radura. I loro rami contorti avevano una bellezza scultorea, contro il cielo d'un azzurro metallico. Ma, a parte quello... — Non c'è niente, qui — osservò Clary aggrottando la fronte.

— Clary. *Concentrati.*

— Vuoi dire che c'è un incantesimo? Di solito non ho bisogno di...

— Gli incantesimi a Idris sono più forti che in altri luoghi. È possibile che ti debba sforzare più del solito. — Le mise le mani sulle spalle e la fece girare delicatamente. — Guarda la radura.

Clary applicò in silenzio il trucchetto mentale che le permetteva di grattare via l'illusione ottica da ciò che celava. Immaginò di sfregare della trementina su una tela per cancellare strati di colore e svelare l'immagine sottostante. Ed eccola! Era una casetta in pietra con il tetto spiovente. Dal camino saliva un filo di fumo in graziosi ghirigori. Un sentiero serpeggiante bordato di pietre conduceva all'ingresso. Mentre Clary guardava, il fumo che usciva dal camino smise di salire volteggiando verso l'alto e cominciò a prendere la forma di un tremolante punto di domanda.

Sebastian rise. — Credo che significhi: "Chi è là?"

Clary si strinse nel cappotto. Il vento che soffiava sull'erba bassa non era freddo, ma lei si sentiva lo stesso le ossa gelate. — Tutto questo sembra uscito da una favola.

— Hai freddo? — Sebastian le passò un braccio intorno alle spalle. Immediatamente le volute di fumo smisero di formare punti di domanda e si gonfiarono in un grosso cuore sbilenco. Clary sgusciò via dall'abbraccio di Sebastian, sentendosi imbarazzata e anche un po' in colpa, come se avesse fatto qualcosa di sbagliato. Si affrettò a raggiungere il vialetto, seguita dal ragazzo. Erano a metà strada, quando la porta si spalancò.

Benché Clary fosse stata ossessionata dal pensiero di Ragnor Fell sin da quando Madeleine gliene aveva parlato, non si era mai soffermata a pensare a che aspetto potesse avere. Ma se ci avesse pensato, forse avrebbe immaginato un uomo grosso, con la barba e le spalle larghe, una specie di vichingo.

La persona che si presentò sulla soglia era invece alta e sottile, con una cresta di capelli scuri e appuntiti. Indossava un gilet dorato e un paio di pantaloni di seta tipo pigiama. Osservò Clary con modesto interesse, tirando pigre boccate da una pipa incredibilmente grande. Non assomigliava neanche vagamente a un vichingo, ma Clary lo riconobbe all'istante e senza ombra di dubbio.

Magnus Bane.

— Ma... — Clary, a occhi sgranati, si girò verso Sebastian, che sembrava stupito tanto quanto lei. Fissava Magnus con la bocca socchiusa e l'espressione vuota. Alla fine balbettò: — Se-sei tu... Ragnor Fell, lo stregone?

Magnus si levò la pipa di bocca. — Be', di certo non sono Ragnor Fell il danzatore del ventre.

— Io... — Sebastian sembrava a corto di parole. Clary non sapeva cosa avrebbe trovato, ma Magnus era un bel colpo da assorbire. — Speravamo che ci potessi aiutare. Io sono Sebastian Verlac e lei è Clarissa Morgenstern. Sua madre è Jocelyn Fairchild...

— Non m'importa niente di chi è sua madre — sbottò Magnus. — Non potete venire da me senza appuntamento. Tornate più avanti. Marzo potrebbe andare bene.

— Marzo? — Sebastian inorridì.

— Hai ragione — confermò Magnus. — Troppo piovoso. Che ne dite di giugno?

Sebastian si drizzò sulla schiena. — Forse non capisci l'importanza di...

— Sebastian, lascia stare — disse Clary con disgusto. — Sta solo giocando coi tuoi pensieri. E comunque, lui non ci può aiutare.

Sebastian era ancora più confuso. — Ma... non vedo perché non possa...

— Va bene, basta così! — esclamò Magnus schioccando le dita.

Sebastian si paralizzò, la bocca ancora aperta, la mano mezza tesa.

— Sebastian! — Clary lo toccò, ma era immobile come una statua. Solo il lieve movimento del petto rivelava che era ancora vivo. — Sebastian? — Clary lo chiamò di nuovo, ma invano. Capiva, in qualche modo, che lui non poteva vederla né sentirla. Si girò verso Magnus. — Non posso credere che tu abbia fatto una cosa del genere. Che diavolo ti succede? Quello che stai fumando in quella pipa ti ha sciolto il cervello? Sebastian è dalla nostra parte.

— Io non sto da nessuna parte, carissima Clary — precisò Magnus con uno svolazzo della pipa. — E, per la precisione, è colpa tua se l'ho dovuto congelare per un po'. Stavi giusto per rivelargli che non sono Ragnor Fell.

— Forse perché *tu non sei* Ragnor Fell.

Magnus soffiò una nuvola di fumo dalla bocca e osservò pensosamente Clary attraverso quella cortina. — Vieni — le disse infine. — Voglio farti vedere una cosa.

Le tenne aperta la porta della casetta, invitandola a entrare. Con un ultimo, incredulo sguardo a Sebastian, Clary lo seguì.

L'interno non era illuminato, ma la debole luce del sole che entrava dalle finestre bastò a mostrare a Clary un'ampia stanza fitta di ombre. C'era uno strano odore nell'aria, come di scarti di verdura bruciati. Le scappò un piccolo suono strozzato, quando Magnus sollevò la mano e schioccò di nuovo le dita. Una brillante luce azzurra gli esplose dai polpastrelli.

Clary restò a bocca aperta. La stanza era un disastro: mobili fatti a pezzi, cassetti aperti e svuotati sul pavimento. Pagine strappate da libri svolazzanti come brandelli di cenere. Anche i vetri delle finestre erano in frantumi.

— Ho ricevuto un messaggio da Fell, ieri sera — spiegò Magnus. — Mi chiedeva di vederci qui da lui. Quando sono arrivato... ho trovato questo. Tutto distrutto, e puzzo di demoni ovunque.

— Demoni? Ma i demoni non possono entrare a Idris.

— Non ho mai detto questo. Ti sto solo raccontando i fatti. — Magnus parlava senza alcun tono particolare. — La casa puzzava di qualcosa di origine demoniaca. Il corpo di Ragnor era a terra. Non era ancora morto, quando loro se ne sono andati, ma era morto quando sono arrivato io. — Si voltò verso Clary. — Chi sapeva che lo stavi cercando?

— Madeleine — sussurrò Clary — ma è morta. Sebastian, Jace, Simon. I Lightwood...

— Ah — disse Magnus. — Se lo sanno i Lightwood, è probabile che lo sappia anche il Conclave. E Valentine ha delle spie, al Conclave.

— Oh no, dovevo tenerlo segreto, invece di dirlo a tutti! — esclamò la ragazza inorridita. — È colpa mia. Dovevo avvisarlo...

— Vorrei ricordarti — l'interruppe Magnus — che tu non riuscivi a *trovarlo*. È per questo che hai chiesto in giro. Senti, per Madeleine e per te Fell era semplicemente uno che poteva aiutare tua madre, non uno che poteva attirare l'interesse di Valentine. Ma c'è dell'altro. Valentine non sa come risvegliare tua madre, però sa che quello che ha fatto Jocelyn per entrare in quello stato è collegato a un oggetto che lui vuole avere a tutti i costi. Un particolare libro di incantesimi.

— E tu come fai a saperlo? — gli chiese Clary.

— Perché me l'ha detto Ragnor.

— Ma...

Magnus la zittì con un gesto. — Gli stregoni hanno i loro modi per comunicare tra loro. Hanno i loro linguaggi. — Alzò la mano che sprigionava la fiamma azzurra. — *Logos.*

Apparvero sui muri lettere di fuoco alte una spanna, che sembravano incise in oro liquido nella pietra. Le lettere correvano intorno ai muri, formando parole che Clary non riusciva a leggere. Si girò verso Magnus. — Che cosa c'è scritto?

— L'ha scritto Ragnor quando ha capito che stava morendo, per farlo sapere allo stregone che sarebbe venuto a cercarlo. — Quando Magnus si girò, il bagliore delle lettere ardenti illuminò d'oro i suoi occhi di gatto. — È stato aggredito da servi di Valentine. Volevano da lui il *Libro Bianco*. Il *Libro Bianco* è, con il *Libro Grigio*, una delle opere più famose sulle attività soprannaturali che siano mai state scritte. La ricetta della pozione che ha bevuto Jocelyn e quella dell'antidoto sono contenute in quel testo.

Clary restò a bocca aperta. — E il libro era qui?

— No. Apparteneva a tua madre. Ragnor, a suo tempo, le aveva solo consigliato dove nasconderlo.

— Quindi è…

— È nella tenuta dei Wayland. I Wayland abitavano poco lontano dalla casa di Jocelyn e Valentine: erano i loro vicini più stretti. Ragnor suggerì a tua madre di nascondere il libro a casa loro, dove Valentine non l'avrebbe mai cercato. Nella biblioteca.

— Ma poi Valentine ha vissuto per anni nella tenuta dei Wayland — osservò Clary. — Non credi che l'avrebbe scoperto?

— Era nascosto in un altro libro. Un libro che Valentine difficilmente avrebbe aperto. — Magnus fece un sorriso sghembo. — *Ricette semplici per le casalinghe.* Non si può dire che tua madre non abbia il senso dell'umorismo.

— E tu sei andato alla tenuta dei Wayland a cercare il libro?

Magnus scosse la testa. — Clary, ci sono delle difese intorno alla proprietà che tengono lontano non solo il Conclave, ma chiunque, soprattutto i Nascosti. Forse, se avessi tempo per lavorarci, potrei violarle, ma…

— Quindi, nessuno può entrare nella tenuta? — La disperazione le artigliava il petto. — È impossibile?

— Non ho detto "nessuno" — precisò Magnus. — C'è almeno una persona che quasi certamente potrebbe entrare.

— Vuoi dire Valentine?

— Voglio dire — precisò Magnus — il figlio di Valentine.

Clary scosse la testa. — Jace non mi aiuterà, Magnus. Non mi vuole qui. Anzi, dubito che mi voglia rivolgere ancora la parola.

Lo stregone la guardò meditabondo. — Secondo me non sono molte le cose che Jace non sarebbe disposto a fare per te, se glielo chiedessi.

Clary aprì la bocca, poi la richiuse. Pensò a come Magnus aveva sempre saputo ciò che Alec provava per Jace e ciò che Simon sentiva per lei. Ciò che lei provava per Jace, probabilmente, le si leggeva in faccia anche in quel momento. E Magnus era uno che sapeva leggere molto bene. Clary distolse lo sguardo. — Mettiamo che io riesca a convincere Jace a venire con me alla tenuta dei Wayland per recuperare il libro. Poi cosa succede? Io non so fare incantesimi, né preparare antidoti.

Magnus sbuffò. — Tu credi che ti stia dando tutti questi consigli gratis? Quando avrai messo le mani sul *Libro Bianco*, voglio che lo consegni direttamente a me.

— Il libro? Lo vuoi tu?

— È uno dei più potenti testi di incantesimi al mondo. Certo che lo voglio. E poi, quel volume appartiene di diritto ai Figli di Lilith, non ai Figli di Raziel. È un libro da stregoni e dovrebbe stare nelle mani di uno stregone.

— Ma a me serve! Per guarire mia madre…

— Te ne serve una pagina sola e puoi anche tenertela. Il resto è mio. In cambio, quando mi porterai l'opera, io preparerò l'antidoto e lo somministrerò a Jocelyn. Non puoi dire che non sia un patto equo. — Le tese la mano. — Sigilliamo il patto con una stretta di mano?

Dopo un attimo di esitazione, Clary gli strinse la mano. — Spero di non dovermene pentire.

— Io spero proprio di no — disse Magnus, voltandosi allegramente verso la porta. Sui muri, le lettere di fuoco stavano già svanendo. — Il pentimento è un sentimento inutile, non ti pare?

Fuori, il sole sembrava particolarmente luminoso, dopo l'oscurità nella casetta. Clary si fermò sulla soglia, battendo le palpebre per mettere a fuoco il panorama: le montagne in lontananza, Wayfarer che brucava l'erba soddisfatto, e Sebastian immobile come una statua da giardino, con la mano ancora tesa. Clary si rivolse a Magnus: — Ora potresti scongelarlo, per favore?

Lo stregone sembrava divertito. — Mi sono sorpreso, stamattina, quando ho ricevuto il messaggio di Sebastian. Diceva che stava facendo un favore a te, nientemeno. Come l'hai incontrato?

— È un cugino di certi amici dei Lightwood, o qualcosa del genere. È uno a posto, te l'assicuro.

— A posto?... Be', io direi che è meraviglioso. — Magnus lo contemplò con aria sognante. — Dovresti lasciarmelo qui. Potrei appenderci sopra i cappelli, i vestiti.

— No, non puoi tenerlo.

— Perché no? Piace anche a te? — Gli occhi di Magnus brillarono. — Tu sembri piacergli. L'ho visto, prima: cercava la tua mano come uno scoiattolo che arraffa una nocciolina.

— Perché non parliamo invece della *tua* vita sentimentale? — ribatté Clary. — Che mi dici di te e Alec?

— Alec si rifiuta di riconoscere che c'è qualcosa fra noi. Quindi io mi rifiuto di riconoscere la sua esistenza. Mi ha mandato un messaggio col fuoco, l'altro giorno, chiedendomi un favore. Era indirizzato "allo stregone Bane", come se fossi un perfetto sconosciuto. È ancora fissato con Jace, penso, anche se *quella* cosa non lo porterà da nessuna parte. Problema di cui, scommetto, tu non sai nulla.

— Oh, smettila! — Clary lo guardò con antipatia. — Senti, se non scongeli Sebastian, non riuscirò ad andarmene di qui e tu non avrai il tuo *Libro Bianco*.

— Oh, va bene, va bene. Ma se posso fare una richiesta, non dirgli nulla di quello che ti ho appena detto, anche se è amico dei Lightwood. — Magnus schioccò le dita con petulanza.

Il viso di Sebastian si rianimò, come un video che riparte dopo essere stato messo in pausa. — ... aiutarci — disse. — È una questione di vita o di morte.

— Voi Nephilim credete che tutti i vostri problemi siano questione di vita o di morte — commentò Magnus. — Adesso andatevene. Cominciate ad annoiarmi.

— Ma...

— Andatevene — ripeté Magnus con tono minaccioso. Dai polpastrelli delle lunghe dita si sprigionarono scintille azzurre e all'improvviso l'aria si riempì di un odore acre, come di bruciato.

Gli occhi da gatto di Magnus ardevano. Pur sapendo che era solo una messa in scena, Clary non riuscì a trattenersi e indietreggiò.

— Credo che dovremmo andare, Sebastian — disse.

Gli occhi del ragazzo erano due fessure. — Ma, Clary…

— Andiamo! — ripeté lei. Lo prese per un braccio e lo trascinò verso Wayfarer. Lui la seguì con riluttanza, borbottando a mezza voce. Con un sospiro di sollievo, Clary si lanciò un'occhiata alle spalle. Magnus era in piedi sulla porta, con le braccia conserte. Quando incontrò il suo sguardo, le sorrise e le strizzò l'occhio, luccicante di glitter.

— Mi dispiace, Clary. — Sebastian le teneva una mano sulla spalla e un'altra sulla vita, cercando di aiutarla a salire sull'ampia groppa di Wayfarer. Clary soffocò la vocina interiore che la pregava di non risalire su quel cavallo (né su qualsiasi altro) e si lasciò issare. Buttò una gamba dall'altra parte e si sistemò sulla sella, cercando di convincersi che si stava accomodando su un grosso divano semovente e non su una creatura viva che in qualsiasi momento avrebbe potuto girarsi e darle un morso.

— Ti dispiace per cosa? — gli chiese, mentre anche lui montava in sella dietro di lei. Era quasi fastidiosa la facilità con cui riusciva a farlo, come fosse un passo di danza, ma anche rassicurante. Chiaramente, Sebastian sapeva bene quel che faceva, pensò Clary mentre lui prendeva le redini, con le braccia intorno a lei. Era una buona cosa, pensò, che almeno uno dei due lo sapesse.

— Quel Ragnor Fell. Non mi aspettavo che fosse così poco disponibile ad aiutarci. Ma si sa che gli stregoni sono lunatici. Tu ne hai già conosciuto uno, vero?

— Ho conosciuto Magnus Bane. — Si girò un attimo a guardare, alle spalle di Sebastian, la casetta che svaniva in lontananza. Il fumo sbuffava dal camino disegnando piccole figure danzanti, come dei Magnus ballerini. — È il Sommo Stregone di Brooklyn.

— Somiglia a Fell?

— Sono straordinariamente simili. Quanto a Fell, sapevo che avrebbe potuto rifiutare di aiutarci.

— Ma io ti avevo promesso il mio aiuto. — La voce di Sebastian era sinceramente addolorata. — Be', però c'è un'altra cosa che ti posso mostrare, così la giornata non andrà del tutto sprecata.

— Cosa? — Clary si girò di nuovo per guardarlo. Il sole era alto nel cielo alle loro spalle e donava un profilo d'oro ai fili scuri dei suoi capelli.

Sebastian sorrise. — Vedrai.

Wayfarer correva in direzione opposta alla città di Alicante, tra muri verdi di fronde che sfrecciavano da entrambi i lati, aprendosi di tanto in tanto su panorami incredibilmente belli: laghi cristallini, verdi vallate, montagne grigie, argentei frammenti di fiumi e ruscelli orlati da rive fiorite. Clary si chiese come fosse vivere in un posto come quello. Si sentiva nervosa, come troppo esposta, senza il conforto dei palazzi di New York a chiudere l'orizzonte.

Non che mancassero totalmente gli edifici: ogni tanto spuntava sopra gli alberi il tetto di qualche grande casa di pietra. Erano le tenute di campagna di facoltose famiglie Shadowhunters, le spiegò Sebastian, gridandole nell'orecchio. Ricordavano a Clary i vecchi palazzi che sorgevano sulle rive del fiume Hudson, a nord di Manhattan, dove i ricchi newyorchesi passavano le estati centinaia di anni prima.

La strada di sassi era diventata un sentiero di terra battuta. Clary venne riscossa dalle sue fantasticherie quando arrivarono in cima a una collina e Sebastian fece fermare bruscamente Wayfarer. — Ci siamo — annunciò.

La ragazza vide un ammasso di pietre annerite dal fuoco che un tempo erano state una casa, ora riconoscibile solo da pochi profili. C'era una canna fumaria sventrata che ancora puntava verso il cielo, un pezzo di muro con lo squarcio vuoto di una finestra senza vetri. Le erbacce crescevano tra le rovine, macchie verdi nel nero. — Non capisco — disse Clary. — Perché siamo qui?

— Non hai capito? — chiese Sebastian. — È qui che vivevano tua madre e tuo padre. È qui che è nato tuo fratello. Questa è la tenuta dei Fairchild.

Ancora una volta, Clary risentì nella testa la voce di Hodge. «Valentine appiccò un grande incendio e morì tra le fiamme con la sua famiglia, sua moglie e suo figlio. La terra intorno annerì e si seccò. Nessuno vuole più costruire in quel luogo. Dicono che sia maledetto.»

Senza dire parola, Clary scivolò giù dalla groppa del cavallo. Sentì la voce di Sebastian che la chiamava, ma lei già scendeva lungo la collina, correndo e sdrucciolando. Dove un tempo sorgeva la casa, il terreno diventava pianeggiante: ai piedi di Clary c'erano le pietre annerite e spaccate di quello che era stato il vialetto. Tra le erbacce, vide delle scale che si interrompevano dopo pochi gradini.

— Clary... — Sebastian la raggiunse camminando tra le erbacce, ma lei era quasi inconsapevole della sua presenza. Girò su se stessa, lentamente, osservando ogni cosa: gli alberi bruciati e mezzo morti e quello che un tempo era un prato ombroso sul pendio della collina. In lontananza vedeva il tetto di un'altra tenuta, appena sopra il profilo degli alberi. Lì il sole luccicava sui frammenti delle finestre dell'unica parete rimasta in piedi. Clary si addentrò tra le rovine, su un tappeto di pietre annerite. Vide il tracciato delle stanze, delle porte... persino un armadietto bruciacchiato ma quasi intatto, rovesciato su un fianco, dal quale si erano riversati fuori frantumi di servizi di porcellana, mescolati alla terra nera.

Una volta quella era stata una casa vera, abitata da persone vive e vegete. Sua madre era vissuta lì, si era sposata lì, aveva avuto un bambino. Poi Valentine aveva trasformato tutto in cenere e polvere, aveva fatto credere a Jocelyn che suo figlio fosse morto e l'aveva costretta a nascondere a sua figlia la verità. Un senso di penetrante tristezza invase Clary: più di una vita era stata distrutta, in quel luogo. Si portò una mano al volto e fu quasi sorpresa nel sentirlo umido: stava piangendo, senza nemmeno rendersene conto.

— Clary, mi dispiace. Pensavo che avresti voluto vederlo. — Sebastian le si avvicinò calpestando i detriti e sollevando sbuffi di cenere con gli stivali. Sembrava preoccupato.

Lei lo guardò. — Sì, volevo vederlo. Voglio vederlo. Grazie.

Si era alzato il vento e soffiava ciuffi di capelli neri davanti al volto di Sebastian, che ora le sorrideva mestamente. — Deve essere duro pensare a tutto quel che è successo in questo posto, a Valentine, a tua madre... Tua madre ha avuto un coraggio incredibile.

— Lo so — disse Clary. — Era coraggiosa. È coraggiosa.

Lui le sfiorò il viso.

— Anche tu.

— Sebastian, tu non sai niente di me.

— Non è vero. — Le si avvicinò, prendendole il volto tra le mani. Il suo tocco era gentile, quasi esitante. — Ho sentito un sacco di cose sul tuo conto, Clary. Di come hai affrontato tuo padre per la Coppa Mortale, di come sei entrata in quell'hotel infestato dai vampiri per cercare il tuo amico. Isabelle mi ha raccontato molte storie e poi ho sentito anche molte chiacchiere. E dalla prima volta che ho sentito il tuo nome, ho sempre voluto conoscerti. Sapevo che dovevi essere straordinaria.

Lei rise, turbata. — Spero di non averti deluso troppo.

— No — sussurrò Sebastian, facendole scivolare le dita sotto il mento. — Per niente. — Le sollevò il volto verso il suo. Clary era troppo sorpresa per reagire, anche quando Sebastian si avvicinò e lei si rese conto, un po' in ritardo, di cosa lui stava per fare. Istintivamente chiuse gli occhi, quando le labbra di Sebastian sfiorarono delicatamente le sue, mandandole brividi in tutto il corpo. Crebbe dentro di lei un desiderio potente e improvviso di farsi abbracciare, di farsi baciare, così da poter dimenticare tutto quanto. Sollevò le braccia e le allacciò dietro il collo di Sebastian, un po' per tenersi in piedi, un po' per attirarlo a sé.

I capelli di lui le solleticarono le punte delle dita. Non erano di seta come quelli di Jace, ma erano sottili e soffici, e non avrebbe dovuto pensare a Jace proprio in quel momento. Ricacciò indietro i pensieri, mentre le dita di Sebastian seguivano i contorni del suo viso, del suo mento. Il suo tocco era delicato, nonostante le callosità delle mani. Certo, anche Jace aveva le stesse callosità per le battaglie combattute. Probabilmente, tutti gli Shadowhunters le avevano.

Clary represse il pensiero di Jace, o tentò di farlo, ma invano. Lo vedeva anche con gli occhi chiusi: vedeva gli spigoli e i tratti di quel viso che non era mai riuscita a disegnare bene, per quanto l'immagine fosse impressa a fuoco nella sua mente; vedeva la delicata ossatura delle sue mani, la pelle delle sue spalle segnata dalle cicatrici...

L'intenso desiderio che tanto repentinamente era cresciuto dentro di lei si spense di colpo, come un elastico teso rilasciato all'improvviso. Non sentiva più niente, mentre Sebastian premeva le labbra sulle sue e le faceva scivolare le mani dietro la nuca. Non sentiva più niente, tranne una gelida e violenta sensazione che ci fosse qualcosa di sbagliato. Di terribilmente sbagliato. Era più che il disperato desiderio di qualcuno che non avrebbe mai potuto avere. Era qualcos'altro: un'improvvisa scossa di orrore, come se, dopo aver fatto un fiducioso passo avanti, si fosse all'improvviso ritrovata a precipitare nel vuoto più nero.

Si staccò da Sebastian con una forza tale da farle perdere l'equilibrio. Se non ci fosse stato lui a sostenerla, sarebbe caduta.

— Clary. — Sebastian aveva lo sguardo trasognato, le guance arrossate e accese. — Clary, che succede?

— Niente. — La sua voce risuonò flebile alle sue stesse orecchie. — Niente... è solo che... non avrei dovuto... non sono ancora pronta...

— Siamo stati troppo impulsivi? Possiamo andare più piano... — Il ragazzo le si avvicinò di nuovo, ma Clary, senza riuscire a controllarsi, si sottrasse. Lui sembrò ferito. — Non voglio farti del male, Clary.

— Lo so.

— È successo qualcosa? — La sua mano si avvicinò, le spinse indietro i capelli. Clary ricacciò l'istinto di allontanarlo. — Jace ha...

— *Jace?* — Come faceva Sebastian a sapere che stava pensando a Jace? Da cosa l'aveva capito? Eppure... — Jace è mio fratello. Perché lo nomini adesso? Cosa vorresti dire?

— Pensavo solo... — Sebastian scosse la testa. Il dolore e la confusione si inseguivano sul suo viso. — Pensavo che forse qualcun altro ti aveva ferito.

La sua mano era ancora sulla guancia di Clary. Lei gliela prese e l'allontanò, in modo delicato ma fermo. — No. Niente del genere. È solo che... — Esitò. — Mi sembrava una cosa sbagliata.

— Sbagliata? — L'espressione ferita di Sebastian scomparve, sostituita dall'incredulità. — Clary, noi due abbiamo un legame, lo sai anche tu. Dal primo momento che ti ho vista...

— Sebastian, non...

— ... ho sentito che eri la persona che aspettavo da sempre. E ho visto che anche tu hai provato la stessa cosa. Non dirmi che non è vero.

Ma non era questo che Clary aveva sentito. Per lei era stato come girare l'angolo in una città sconosciuta e trovarsi all'improvviso davanti alla facciata rossa di casa sua. Un riconoscimento sorprendente e non del tutto piacevole. Quasi un: "E questo, come può essere qui?"

— Non è vero — disse.

La rabbia che salì agli occhi di Sebastian, una rabbia improvvisa, cupa, incontrollata, colse Clary di sorpresa. Lui la prese per i polsi, stringendoli fino a farle male. — Tu menti.

Clary cercò di liberarsi. — Sebastian...

— *Tu menti!* — Il nero dei suoi occhi sembrava aver ingoiato le pupille. La sua faccia era come una maschera bianca, dura e rigida.

— Sebastian — ripeté Clary, con tutta la calma che riuscì a trovare. — Mi stai facendo male.

La lasciò andare. Il suo petto si alzava e si abbassava rapidamente. — Scusa — disse. — Scusa, pensavo…

Be', pensavi male, avrebbe voluto dirgli Clary, ma si morse la lingua. Non voleva rivedere ancora quell'espressione sul suo viso. — Dovremmo tornare indietro — disse invece. — Fra poco farà buio.

Sebastian annuì, stordito, scioccato dalla propria esplosione di rabbia almeno quanto Clary. Si avviò verso Wayfarer, che brucava l'erba all'ombra lunga di un albero. Clary esitò un momento, poi lo seguì. Non c'era altro che potesse fare. Si guardò i polsi furtivamente, mentre seguiva i suoi passi: erano segnati di rosso dove le dita di Sebastian l'avevano stretta. Ma, cosa ancora più strana, i polpastrelli erano sporchi di nero, come se fossero macchiati di inchiostro.

Sebastian rimase in silenzio, aiutandola a salire in groppa a Wayfarer. — Scusa se involontariamente ho fatto qualche insinuazione su Jace — le disse alla fine, mentre lei si sistemava sulla sella. — So che non ti farebbe mai del male. So che per te è andato alla Guardia, a cercare il vampiro in prigione.

Fu come se il mondo intero si inceppasse e si fermasse all'improvviso. Clary sentiva il proprio respiro fischiare nelle orecchie, vedeva le sue mani, gelide come quelle di una statua, immobili contro il pomo della sella. — Il vampiro in prigione? — sussurrò.

Sebastian la guardò, sorpreso. — Sì. Simon, il vampiro che hanno portato da New York. Credevo… sì, insomma, ero sicuro che lo sapessi anche tu. Jace non ti ha detto niente?

8

Ancora tra i vivi

Simon si svegliò con la luce del sole che brillava su un oggetto che era stato gettato nella cella attraverso l'inferriata della finestrella. Si alzò in piedi, con i crampi per la fame, e vide che era una fiaschetta di metallo. C'era un foglio arrotolato, legato al collo della fiaschetta. Lo staccò, lo aprì e lesse:

Simon, questo è sangue di mucca, fresco di macelleria. Spero che vada bene. Jace mi ha detto tutto e voglio che tu sappia cosa penso: è una scelta davvero coraggiosa, la tua. Resisti! Noi intanto pensiamo a un modo per tirarti fuori.

XOXOXOXOXOXOXOX Isabelle

Simon sorrise per la sfilza di X e O scritti in fondo alla pagina. Tanti baci e abbracci. Era bello sapere che l'affetto di Isabelle non aveva subito contraccolpi, nelle attuali circostanze. Svitò il tappo e cominciò a bere a grandi sorsate. Ma una sensazione acuta e pungente tra le scapole lo fece girare.

Al centro della stanza, calmo e tranquillo, c'era Raphael, le mani dietro la schiena e le esili spalle bene aperte. Aveva una camicia bianca perfettamente stirata e una giacca scura. Una catenina d'oro gli luccicava intorno al collo.

Simon per poco non si soffocò col sangue che stava bevendo. Mandò giù il sorso, fissando Raphael. — Tu… tu non puoi essere qui.

Il sorriso di Raphael dava l'impressione che i canini fossero fuori, anche se non era così. — Niente panico, Diurno.

— Non ho nessun panico. — Non era vero. Era come se avesse ingoiato qualcosa di tagliente. Non vedeva Raphael dalla notte in cui era uscito scavando con le mani, pesto e insanguinato, da una tomba frettolosamente preparata a Queens. Ricordava Raphael che gli gettava sacche di sangue animale e lui che le strappava con i denti, come una bestia. Non era un ricordo piacevole. Avrebbe preferito non rivedere mai più il ragazzo vampiro. — Il sole è ancora alto. Come fai a essere qui?

— Non sono qui. — La voce di Raphael era morbida come il burro. — Sono una proiezione. — Agitò la mano, facendola passare attraverso il muro di pietra. — Sono come fumo. Non posso farti male. E naturalmente nemmeno tu puoi far del male a me.

— Io non voglio farti un bel niente. — Simon posò la fiaschetta sulla branda. — Ma voglio sapere che ci fai qui.

— Sei sparito da New York di punto in bianco, Diurno. Dovresti sapere che è tuo dovere informare il Signore dei vampiri della tua zona, prima di lasciare la città.

— Il Signore dei vampiri? E saresti tu? Credevo che fosse qualcun altro.

— Camille non è ancora tornata — annunciò Raphael senza alcuna apparente emozione. — Ho io il comando, in sua assenza. Lo sapresti, se ti fossi preso la briga di conoscere le leggi della tua razza.

— La mia partenza da New York non è stata, per così dire, programmata. E, senza offesa, non riesco a pensare a te come a uno della mia razza.

— *Dios!* — Raphael abbassò gli occhi, come a nascondere il divertimento. — Sei proprio testardo.

— Come fai a dirlo?

— Mi pare ovvio, no?

— Voglio dire… — La gola di Simon si serrò. — Quella parola. Tu riesci a dirla. Io invece, non posso pronunciare il nome di… — *Dio.*

Raphael alzò gli occhi di scatto: era proprio divertito. — L'età — spiegò. — La pratica. E la fede. O la perdita della fede. Per certi versi sono la stessa cosa. Lo imparerai anche tu, col tempo, uccellino.

— Non chiamarmi così.

— Ma è quello che sei. Sei un Figlio della Notte. Non è per questo che Valentine ti ha catturato e ha preso il tuo sangue?

— A quanto pare sei piuttosto ben informato — commentò Simon. — Forse potresti dirmelo tu.

Gli occhi di Raphael si socchiusero. — Ho anche sentito dire che hai bevuto il sangue di un Cacciatore, e che questo è ciò che ti ha dato il tuo dono: la facoltà di stare alla luce del sole. È vero?

Simon sentì un formicolio sottopelle. — È assurdo. Se il sangue di un Cacciatore potesse dare ai vampiri la capacità di stare alla luce del sole, lo saprebbero tutti, ormai. Il sangue di Nephilim sarebbe ricercatissimo, un vero tesoro, e non ci sarebbe mai pace tra vampiri e Cacciatori, se fosse vero. È un bene che non sia così.

Un lieve sorriso inarcò gli angoli della bocca di Raphael. — Giusto. A proposito di tesori: ti rendi conto, Diurno, di essere diventato un oggetto prezioso e molto ricercato, vero? Non c'è Nascosto su questa terra che non voglia mettere le mani su di te.

— Te compreso?

— Certo.

— E cosa faresti, se potessi mettere le mani su di me?

Raphael scrollò le esili spalle. — Forse sono il solo a pensare che la facoltà di stare alla luce del sole non sia poi quella gran cosa che gli altri vampiri credono. Noi siamo Figli della Notte per una ragione. Forse io ti considero solo un abominio, proprio come gli uomini considerano me.

— Davvero?

— È possibile. — L'espressione di Raphael era neutra. — Io credo che tu sia un pericolo per tutti noi. Un pericolo per la razza dei vampiri. Ma non resterai in questa cella per sempre, Diurno. Alla fine dovrai uscire e affrontare di nuovo il mondo. Affrontare di nuovo il sottoscritto. Ma ti dico una cosa: io ti giuro che non ti farò alcun male e non cercherò di rintracciarti, se tu in cambio mi giuri che ti nasconderai, dopo che Aldertree ti avrà liberato; se mi giuri che andrai così lontano che nessuno ti potrà mai ritrovare, che non contatterai mai più nessuno di coloro che hai conosciuto nella tua vita mortale. Non posso essere più leale di così.

Ma Simon già scuoteva la testa. — Non posso abbandonare la mia famiglia. Né Clary.

Raphael s'irritò. — Loro non fanno più parte di ciò che sei. Tu, adesso, sei un vampiro.

— Ma non voglio esserlo — ribadì Simon.

— Oh, guardati! — esclamò Raphael. — Non ti ammalerai mai, non morirai mai, sarai giovane e forte per sempre. Non invecchierai mai. Di cosa ti lamenti?

Giovane per sempre, pensò Simon. Sembrava una bella cosa, ma chi voleva veramente avere sedici anni per sempre? Sarebbe stato diverso essere congelati per sempre all'età di venticinque anni… ma sedici?! Restare sempre così dinoccolato, non raggiungere mai una forma finita, nella faccia e nel corpo? Per non parlare poi del fatto che, con quell'aspetto da ragazzino, non sarebbe mai riuscito a entrare in un bar e a ordinare da bere. Mai. Per tutta l'eternità.

— E poi — aggiunse Raphael — non devi nemmeno rinunciare al sole.

Simon non aveva alcun desiderio di tornare sull'argomento. — Ho sentito gli altri che parlavano di te, al Dumort — disse. — So che ogni domenica ti metti una croce al collo e vai a trovare la tua famiglia. Scommetto che non sanno nemmeno che sei diventato un vampiro. Quindi, non venire a dire *a me* di lasciarmi alle spalle tutte le persone che fanno parte della mia vita. Non lo farò mai e non ti voglio mentire dicendoti che lo farò.

Gli occhi di Raphael luccicarono. — Quello che crede la mia famiglia non ha importanza. È quello che credo *io*. Quello che so io. Un vero vampiro sa di essere morto. E accetta la propria morte. Ma tu, tu pensi di essere ancora tra i vivi. È questo che ti rende così pericoloso. Non riesci ad ammettere che non sei più vivo.

Era il crepuscolo, quando Clary si chiuse alle spalle la porta della casa di Amatis e tirò il catenaccio. Vi si appoggiò contro a lungo, nell'ingresso in penombra, con gli occhi socchiusi. Era esausta: sentiva il peso della stanchezza in tutto il corpo, e poi le facevano male le gambe.

— Clary? — La voce insistente di Amatis penetrò nel silenzio. — Sei tu?

Clary rimase dov'era, lasciandosi andare alla deriva nel buio dietro le palpebre chiuse. Quanto desiderava essere a casa sua! Le pareva quasi di sentire il sapore metallico dell'aria nelle strade di Brooklyn, di vedere sua madre seduta alla finestra, con la luce pallida e polverosa che entrava dai vetri aperti illuminando la tela che stava dipingendo. La nostalgia le si avvinghiò dolorosamente alle viscere.

— Clary. — Adesso la voce era molto più vicina. La ragazza aprì gli occhi di scatto. Amatis era davanti a lei, i capelli grigi raccolti severamente dietro la nuca, le mani sui fianchi. — C'è qui tuo fratello. Ti sta aspettando in cucina.

— Jace è qui? — Clary lottò per non far trapelare la rabbia e lo stupore. Non aveva senso mostrare alla sorella di Luke quanto fosse arrabbiata.

Amatis la stava osservando con curiosità. — Non avrei dovuto farlo entrare? Pensavo che volessi vederlo.

— Sì, va bene così — disse Clary, mantenendo un tono neutro con una certa difficoltà. — Sono solo stanca.

— Ah. — Amatis non sembrava convinta. — Be', io sono di sopra, se hai bisogno di me. Vado a stendermi.

Clary non riusciva a immaginare per quale motivo avrebbe potuto aver bisogno di Amatis, ma annuì e si avviò barcollando verso la cucina, che era inondata di luce brillante. Sul tavolo c'erano un cestino di frutta pieno di arance, mele e pere, e una forma di pane rustico con burro e formaggio, e un piatto di... biscotti? Amatis aveva veramente fatto i biscotti?

Seduto al tavolo della cucina c'era Jace. Era proteso in avanti, appoggiato ai gomiti, i capelli dorati arruffati, la camicia un po' aperta sul collo. Clary notò la striscia di marchi neri che gli segnava la clavicola. Aveva un biscotto nella mano bendata. Allora Sebastian aveva ragione: si era fatto male davvero. Non che le importasse molto.

— Bene — disse Jace. — Sei tornata. Cominciavo a pensare che fossi caduta in un canale.

Clary rimase a fissarlo, senza parole. Si chiese se Jace riuscisse a leggere la rabbia che c'era nei suoi occhi. Lui si appoggiò sulla sedia, buttando un braccio dietro lo schienale, con disinvoltura. Se non fosse stato per il rapido pulsare della gola, Clary avrebbe potuto credere vera la sua noncuranza.

— Sembri esausta — aggiunse Jace. — Dove sei stata tutto il giorno?

— Fuori con Sebastian.

— *Sebastian?* — L'espressione di assoluto stupore fu per lei momentaneamente gratificante.

— Ieri sera mi ha accompagnato a casa — proseguì Clary, mentre nella mente le risuonavano le parole di Jace come il battito di un cuore malato: «D'ora in poi per te sarò solo un fratello, solo un fratello». — Finora, è stata l'unica persona di tutta la città a mostrarsi gentile con me. Quindi, sì, sono stata fuori con Sebastian.

— Capisco. — Jace posò il biscotto sul piatto. Il suo volto era senza espressione. — Clary, sono venuto qui per scusarmi. Non avrei dovuto dire le cose che ho detto.

— No. Non avresti dovuto.

— Sono venuto anche per chiederti se vuoi riconsiderare l'ipotesi di tornare a New York.

— Dio! — esclamò Clary. — Di nuovo...

— Qui non sei al sicuro.

— E di cosa ti preoccupi? — chiese Clary, senza colore nella voce. — Che mi buttino in prigione come hanno fatto con Simon?

L'espressione di Jace non cambiò, ma lui si sollevò sulla sedia, come se Clary gli avesse dato uno spintone. — Simon...?

— Sebastian mi ha detto cosa gli è successo — proseguì Clary con lo stesso tono piatto. — Che cosa hai fatto? L'hai portato qui e poi hai lasciato che lo buttassero in carcere. Stai cercando un modo per farti odiare da me?

— E tu credi a Sebastian? — ribatté Jace. — Lo conosci a malapena, Clary.

Lo fissò. — Perché, non è vero?

Jace incrociò il suo sguardo, ma la sua faccia era immobile, come quella di Sebastian quando lei l'aveva respinto. — È vero.

Clary prese un piatto e glielo tirò. Jace si abbassò, facendo girare la sedia, il piatto colpì il muro sopra il lavello e si ruppe in un'esplosione di frammenti. Jace si alzò di scatto dalla sedia quando Clary prese un altro piatto e lo scagliò, tirando a caso: rimbalzò contro il frigorifero, cadde a terra ai piedi di Jace e si spaccò in due parti uguali. — Come hai potuto? Simon si fidava di te. Dov'è adesso? Che cosa gli vogliono fare?

— Niente — rispose Jace. — Sta bene. L'ho visto ieri sera.

— Prima o dopo il nostro incontro? Prima o dopo aver fatto finta che fosse tutto a posto e che stavi benissimo così?

— Tu sei andata via pensando che "stavo benissimo così"? — Jace soffocò per qualcosa che somigliava vagamente a una risata. — Devo essere un attore più bravo di quello che pensavo — concluse con un sorriso storto. Fu come un fiammifero, per la polvere da sparo che era la rabbia di Clary: come osava ridere di lei? Clary fece per prendere il cestino della frutta, ma di colpo non le sembrò abbastanza. Scostò la sedia con un calcio e si scagliò contro di lui.

L'impeto dell'assalto lo colse alla sprovvista. La ragazza gli piombò addosso con tutto il suo peso: Jace barcollò, arretrando, e andò a sbattere contro il piano di lavoro. Clary lo sentì sussultare e alzò un pugno alla cieca, senza nemmeno sapere bene cosa voleva fare.

Ma aveva dimenticato quanto Jace fosse veloce. Il pugno non piombò sulla sua faccia, ma sulla mano aperta. Jace chiuse le dita intorno alle sue, costringendola ad abbassare il braccio. Di colpo Clary si rese conto di quanto fossero vicini: lei gli era appoggiata addosso con tutto il corpo e lo premeva contro il piano di lavoro. — Mollami la mano.

— Se lo faccio, tu mi picchi di nuovo? — La sua voce era roca e bassa, gli occhi ardenti.

— Non credi di meritartelo?

Sentì il petto di Jace alzarsi e abbassarsi contro di lei, in una risata senza divertimento. — Tu credi che abbia pianificato tutto questo? Pensi davvero che farei una cosa del genere?

— Be', Simon non ti sta simpatico, no? Forse non ti è mai stato simpatico.

Jace si lasciò sfuggire un verso roco, incredulo, e le liberò la mano. Quando Clary fece un passo indietro, allungò il braccio destro, a palmo in su. Le ci volle un momento per capire che cosa le stava mostrando: una cicatrice frastagliata sul polso. — Qui — le disse, con la voce tesa come una corda di violino — è dove mi sono tagliato il polso per far bere il mio sangue al tuo amico vampiro. Ho rischiato di morire. Come puoi pensare che adesso io l'abbia abbandonato senza pensarci due volte?

Clary fissò la cicatrice sul polso di Jace: una delle tante, di ogni forma e dimensione, sparse su tutto il suo corpo. — Sebastian mi ha detto che tu hai portato qui Simon e poi Alec l'ha accompagnato alla Guardia. L'ha consegnato al Conclave, non potevi non saperlo.

— L'ho portato qui per caso. Gli avevo chiesto di raggiungermi all'Istituto per parlargli. Di te, tra l'altro. Pensavo che lui potesse convincerti ad abbandonare l'idea di venire a Idris. Se ti può consolare, non l'ha nemmeno preso in considerazione. E mentre era lì, siamo stati attaccati dai Dimenticati. Ho dovuto trascinarlo via con me, attraverso il Portale. Altrimenti l'avrei abbandonato a una morte certa.

— Ma perché consegnarlo al Conclave? Dovevi per forza sapere…

— La ragione per cui l'abbiamo mandato là è perché l'unico Portale di Idris è alla Guardia. Ci avevano detto che volevano rispedirlo a New York.

— E voi ci avete creduto? Dopo quello che è successo con l'Inquisitrice?

— Clary, l'Inquisitrice era un'anomalia. Per te è stata la prima esperienza del Conclave, ma non per me. Il Conclave siamo noi. I Nephilim. Il Conclave rispetta la Legge.

— Peccato che stavolta non l'abbiano fatto.

— No — disse Jace. — Non l'hanno fatto. — La sua voce era molto stanca. — E la cosa peggiore di tutto questo — aggiunse — è ripensare a Valentine che farnetica sul Conclave, su quanto sia corrotto, su quanto abbia bisogno di un bel repulisti. E, per l'Angelo, su questo sono d'accordo con lui!

Clary rimase in silenzio, primo perché non le veniva in mente niente da dire e poi per lo stupore, perché Jace, quasi soprappensiero, si protese e l'attrasse a sé. E lei, contro ogni logica, glielo lasciò fare. Attraverso il tessuto bianco della camicia, Clary vedeva i segni dei marchi, neri e curvilinei, che gli lambivano la pelle come lingue di fuoco. Desiderava appoggiare la testa al suo petto, desiderava sentire le sue braccia intorno a sé, con la stessa intensità con cui aveva cercato l'aria mentre rischiava di annegare nel Lago Lyn.

— Forse ha ragione sul fatto che molte cose dovrebbero essere sistemate — disse Clary alla fine. — Ma non ha ragione sul *modo* in cui dovrebbero essere sistemate. Questo lo capisci, vero?

Jace socchiuse gli occhi. Erano segnati da profonde mezzelune grigie, notò Clary. Tracce di notti insonni. — Non sono più sicuro di capire niente. Hai tutte le ragioni per essere arrabbiata, Clary. Non avrei dovuto fidarmi del Conclave. Volevo credere che l'Inquisitrice fosse un'anomalia e che avesse agito ignorando la loro autorità. Volevo credere che ci fosse ancora qualcosa di buono, nell'essere Cacciatori.

— Jace — sussurrò Clary.

Lui aprì gli occhi e la guardò. Erano così vicini che ogni punto dei loro corpi era in contatto: anche le ginocchia si toccavano e Clary sentiva battere il cuore di Jace. *Allontanati da lui*, ordinò a se stessa, ma le gambe si rifiutarono di obbedire.

— Che c'è? — chiese lui, con voce dolce.

— Io voglio vedere Simon — disse Clary. — Puoi portarmi da lui?

Così all'improvviso come l'aveva presa tra le braccia, Jace la lasciò andare. — No. Tu non dovresti nemmeno essere a Idris. Non puoi andartene in giro per la Guardia a passo di valzer.

— Ma penserà che tutti l'abbiano abbandonato. Penserà...

— Ci sono andato io, da lui — disse Jace. — Volevo liberarlo. Volevo strappare l'inferriata della finestra con le mani. — Il suo tono era molto concreto. — Ma lui non ha voluto.

— Non ha voluto? Ha preferito restare in prigione?

— Mi ha spiegato che l'Inquisitore sta indagando sulla mia famiglia, su di me. Aldertree vuole addossare a noi la colpa di tutto ciò che è successo a New York. Non può arrestare uno di noi ed estorcere una confessione con la tortura, perché il Conclave non lo vedrebbe di buon occhio, ma sta cercando di far dichiarare a Simon che tutti noi siamo in combutta con Valentine. E Simon dice che, se lo faccio evadere, l'Inquisitore capirà che sono stato io, e le cose si metteranno ancora peggio, per i Lightwood.

— È molto nobile da parte sua, non c'è che dire. Ma qual è il piano a lungo termine? Restare in carcere per sempre?

Jace scrollò le spalle. — A questo non abbiamo ancora pensato.

Clary sbuffò per l'esasperazione. — *Maschi* — sbottò. — E va bene. Senti, quello che ti serve è un alibi. Facciamo in modo che tu sia in un posto dove tutti ti vedano e dove ci siano anche i Lightwood, poi ci facciamo aiutare da Magnus a tirar fuori Simon dalla prigione e a riportarlo a New York.

— Odio dirti questo, Clary, ma non c'è speranza che Magnus faccia una cosa del genere. Non importa quanto trovi carino Alec: non si metterà mai contro il Conclave per fare un piacere a noi.

— Potrebbe — disse Clary. — In cambio del *Libro Bianco*.

Jace batté le palpebre. — Il cosa?

Rapidamente, Clary gli raccontò della morte di Ragnor Fell, di Magnus che si era presentato al posto suo, e del libro degli incantesimi. Jace ascoltò con stupita attenzione, finché Clary non ebbe finito di parlare.

— Demoni? — disse. — Magnus ha detto che Fell è stato ucciso dai demoni?

Clary ripensò alle sue parole. — No, ha detto che il posto puzzava di qualcosa di origine demoniaca. E che Fell è stato ucciso dai servi di Valentine. È così che ha detto.

— Certa magia nera lascia un'aura che ha il puzzo dei demoni — osservò Jace. — Se Magnus non è stato più preciso, forse è perché non è affatto contento che ci sia di mezzo un qualche stregone che, praticando la magia nera, ha infranto la Legge. Non è certo la prima volta che Valentine convince uno dei Figli di Lilith a obbedire ai suoi ordini. Ricordi il giovane stregone che uccise a New York?

— Valentine usò il suo sangue per il Rituale. Mi ricordo bene. — Clary rabbrividì. — Jace, Valentine vuole il Libro per le mie stesse ragioni? Per risvegliare mia madre?

— Potrebbe essere. Oppure, potrebbe volerlo semplicemente per il potere che contiene. Sia come sia, è meglio che lo troviamo prima noi.

— Secondo te, è può essere nella tenuta dei Wayland?

— Ne sono sicuro — disse Jace, sorprendendola. — Il libro di *Ricette per casalinghe* o come si chiama... l'ho già visto. Era l'unico libro di cucina di tutta la biblioteca.

Clary era stordita. Quasi non voleva credere che fosse vero. — Jace... se mi porti alla tenuta e troviamo il libro, ti prometto che tornerò a casa con Simon. Fa' questo per me e io ti prometto che andrò a New York e non tornerò più indietro.

— Magnus aveva ragione: ci sono delle difese depistanti sulla tenuta — disse Jace lentamente. — Io ti ci posso portare, ma non è vicino. A piedi, ci vorranno cinque ore.

Clary gli sfilò lo stilo dalla cintura e lo tenne sollevato tra di loro. Riluceva di una pallida luce bianca, non diversa da quella emanata dalle torri di vetro. — E chi ha detto che ci andremo a piedi?

— Ricevi delle strane visite, Diurno — osservò Samuel. — Prima Jonathan Morgenstern e adesso il Signore dei vampiri di New York City. Sono molto colpito.

Jonathan Morgenstern? Ci volle un attimo prima che Simon collegasse quel nome a Jace. Era seduto per terra, al centro della cella, e rigirava pigramente tra le mani la fiaschetta vuota. — Evidentemente sono più importante di quel che pensavo.

— E poi Isabelle Lightwood che ti porta del sangue — continuò Samuel. — Niente male, come servizio a domicilio.

La testa di Simon si alzò di scatto. — Come fai a sapere che è stata Isabelle a portarmelo? Io non ho detto niente.

— L'ho vista dalla finestra. È uguale a sua madre — rispose Samuel. — O meglio, è uguale a com'era sua madre parecchi anni fa. — Ci fu un silenzio impacciato. — Tu lo sai che il sangue è solo una soluzione temporanea, vero? — aggiunse. — Molto presto l'Inquisitore comincerà a chiedersi perché non sei ancora morto di fame. Se ti trova in buona salute, capirà che c'è qualche imbroglio e ti ammazzerà comunque.

Simon alzò gli occhi al soffitto. Le rune incise nella pietra si sovrapponevano le une sulle altre, come i sassi di una spiaggia ghiaiosa. — Immagino che non mi resti altro da fare che fidarmi di Jace, quando dice che troveranno un modo per tirarmi fuori di qui — disse. Quando Samuel non rispose nulla, aggiunse: — Gli chiederò di tirare fuori anche te, te lo prometto. Non ti lascerò qui dentro.

Samuel fece un verso soffocato, come una risata rimasta impigliata nella gola. — Oh, non credo proprio che Jonathan Morgenstern voglia salvare proprio me — commentò. — E poi, morire di fame qui dentro è il minore dei tuoi problemi, Diurno. Molto presto Valentine attaccherà la città, e allora sarà più facile che veniamo uccisi tutti quanti.

Simon batté le palpebre. — Come fai a esserne così sicuro?

— Ero vicino a Valentine, in una certa fase della mia vita. Conoscevo i suoi piani. I suoi obiettivi. Valentine vuole distruggere le difese di Alicante e colpire il Conclave nel cuore del suo potere.

— Ma io credevo che i demoni non potessero superare le difese. Le credevo impenetrabili.

— Così si dice. Ci vuole del sangue di demone per neutralizzare le difese, capisci? E le difese si possono neutralizzare soltanto dall'interno di Alicante. Però, siccome nessun demone può passare attraverso le difese... Be', è un perfetto paradosso, o così dovrebbe essere. Ma Valentine era convinto che avrebbe trovato il modo di aggirare questo ostacolo e che sarebbe riuscito a entrare ad Alicante. E io gli credo. Valentine troverà il modo per abbattere le difese ed entrerà nella città col suo esercito di demoni. E ci ucciderà tutti quanti.

La pacata certezza nella voce di Samuel fece correre un brivido freddo lungo la schiena di Simon. — Sembri terribilmente rassegnato. Non dovresti fare qualcosa? Mettere in guardia il Conclave?

— Li ho già messi in guardia, quando mi hanno interrogato. Gli ho ripetuto mille volte che Valentine ha intenzione di distruggere le difese, ma non mi hanno voluto credere. Il Conclave è convinto che le difese resisteranno per sempre, perché hanno resistito mille anni. Ma è stato così anche per Roma, finché non sono calati i barbari. Tutto ha una fine, prima o poi. — Ridacchiò: una risata amara, rabbiosa. — Considerala una gara a chi ti ammazza per primo, Diurno: se Valentine, o gli altri Nascosti, o il Conclave.

A un certo punto, la mano di Clary fu strappata via da quella di Jace. Quando il tornado la sputò fuori, cadde con violenza e rotolò senza fiato fino a fermarsi.

Si mise lentamente a sedere e si guardò intorno. Era al centro di un tappeto persiano steso sul pavimento di una grande stanza dalle pareti di pietra. I mobili erano coperti da lenzuola bianche che li trasformavano in goffi e sghembi fantasmi. Pesanti tende di velluto coprivano enormi finestre: il velluto era bianco di polvere e il pulviscolo danzava alla luce della luna.

— Clary? — Jace emerse da dietro una grossa sagoma rivestita di bianco, forse un pianoforte a coda. — Stai bene?

— Sì — rispose la ragazza con una piccola smorfia di dolore. Le faceva male un gomito. — A parte il fatto che probabilmente Amatis mi ucciderà, quando torneremo indietro. Visto e considerato che le ho rotto i piatti e ho pure aperto un Portale nella sua cucina.

Jace le allungò una mano. — Per quel che vale — le disse, aiutandola a rialzarsi in piedi — la cosa mi ha molto impressionato.

— Grazie. — Clary si guardò in giro. — Quindi è qui che sei cresciuto? Sembra un posto uscito da una favola.

— Io direi da un film dell'orrore — commentò Jace. — Dio, sono passati anni dall'ultima volta che ho visto questo posto. Una volta non era così...

— Così freddo? — Clary rabbrividì. Si abbottonò il cappotto, ma il freddo era più di un fatto meteorologico: era un freddo *interno*, come se quella casa non avesse mai conosciuto calore, luce o risate.

— No — rispose Jace. — È sempre stata fredda. E *polverosa*. — Prese dalla tasca una pietra di stregaluce e l'accese tra le dita. La luce bianca illuminò il suo viso dal basso, mettendo in rilievo le ombre sotto gli zigomi e le cavità delle tempie. — Questo è lo studio. A noi serve la biblioteca. Vieni.

Jace condusse Clary in un lungo corridoio nel quale erano allineati decine di specchi che riflettevano le loro figure. Clary non si era resa conto in quale stato fosse: il cappotto impolverato, i capelli scarmigliati dal vento. Cercò di lisciarseli con discrezione, ma colse il sorriso di Jace nello specchio successivo. Per qualche ragione, probabilmente una qualche misteriosa magia da Cacciatore che lei non era in grado di comprendere, i capelli di Jace erano perfetti.

Il corridoio era costellato di porte, alcune delle quali aperte: dietro, Clary intravide altre stanze, anch'esse impolverate e in disuso come lo studio. Michael Wayland non aveva parenti, aveva detto Valentine, quindi nessuno aveva ereditato la tenuta dopo la sua morte. Clary credeva che Valentine avesse continuato a vivere lì, ma evidentemente non era così. Tutto, là dentro, parlava di dolore e abbandono. A Renwick, Valentine aveva chiamato quel posto "casa" e l'aveva mostrato a Jace nello specchio-Portale: un ricordo dorato di campi verdi e pietre piene di calore. Ma anche quella, pensò Clary, era una menzogna. Senza dubbio Valentine non viveva lì da anni: forse l'aveva lasciata a marcire, o era venuto solo occasionalmente, passando per i corridoi come un fantasma.

Raggiunsero una porta in fondo al corridoio e Jace l'aprì con una spallata, poi fece un passo indietro per far entrare Clary per prima. Si era immaginata una biblioteca come quella dell'Istituto, e questa stanza non era tanto diversa: le stesse pareti piene di file e file di libri, le stesse scalette su rotelle per raggiungere gli scaffali più alti. Il soffitto, però, era piatto, non a cono, con le travi a vista, e non c'era alcuna scrivania. Tende di velluto verde imbiancate di polvere coprivano le finestre, in cui si alternavano rombi di vetro verdi e azzurri. Alla luce della luna, luccicavano come brina colorata. Oltre i vetri, tutto era nero.

— È la biblioteca? — chiese Clary con un sussurro, non sapendo bene perché parlasse a bassa voce. C'era qualcosa di profondamente immobile, in quella grande casa vuota.

Jace guardava oltre, gli occhi incupiti dai ricordi. — Mi sedevo sempre a quella finestra, a leggere il libro che mio padre mi aveva assegnato: lingue diverse per giorni diversi – francese il sabato, inglese la domenica, ma non ricordo più quale fosse il giorno del latino, se il lunedì o il martedì.

Clary vide in un flash l'immagine di Jace bambino, seduto nella strombatura della finestra con un libro in equilibrio sulle ginocchia, a guardare fuori, verso... verso cosa? C'erano dei giardini? Un panorama? Un alto muro di spine come quello che circondava il castello della Bella Addormentata? Lo vide che leggeva, con la luce che entrava dalla finestra disegnando rombi verdi e azzurri sui suoi capelli chiari e su un faccino più serio di quanto dovrebbe essere quello di un bambino di dieci anni.

— Non me lo ricordo più — ripeté Jace con lo sguardo perso nel buio.

Clary gli toccò la spalla. — Non importa, Jace.

— Immagino di no. — Il ragazzo si riscosse, come risvegliandosi da un sogno, e attraversò la stanza, illuminando il percorso con la stregaluce. Si chinò a esaminare una fila di libri e si raddrizzò con un volume in mano. — *Ricette semplici per le casalinghe*. Eccolo qui.

Clary lo raggiunse di corsa e lo prese dalle sue mani. Era un volume senza pretese, con la copertina blu, ed era impolverato come tutto il resto, in quella casa. Quando lo aprì, una nuvola di polvere si levò dalle pagine come uno sciame di farfalle notturne.

Al centro del ricettario era stato ritagliato un grosso buco quadrato. E nel buco, come una pietra preziosa incastonata in un gioiello, c'era un volume più piccolo, rilegato in cuoio bianco e col titolo in latino impresso in caratteri dorati. Clary riconobbe le parole per "libro" e per "bianco", ma quando lo prese e lo aprì, vide con sorpresa che le pagine erano coperte da una sottile grafia in una lingua che non conosceva.

— Greco — disse Jace, guardando da dietro le spalle di Clary. — Greco antico.

— Lo sai leggere?

— Non con facilità — ammise Jace. — Sono passati anni. Ma Magnus ne sarà capace, immagino. — Jace chiuse il libretto e lo infilò nella tasca del cappotto verde di Clary, poi tornò alla libreria, passando le dita sulle file di volumi e carezzandone il dorso.

— Ci sono dei libri che vuoi portare con te? — gli chiese Clary dolcemente. — Se vuoi...

Jace rise e lasciò cadere la mano. — Avevo il permesso di leggere solo quello che mi veniva assegnato — raccontò. — Alcuni degli scaffali contengono volumi che non potevo nemmeno toccare. — Le indicò una fila di libri, più in alto, rilegati in cuoio bruno. — Una volta, quando avevo circa sei anni, ne lessi uno, solo per capire che cosa ci fosse di tanto proibito. Scoprii che era un diario di mio padre. Appunti su *Mio figlio, Jonathan Christopher*. Mi frustò con la cintura dei pantaloni quando scoprì che l'avevo letto. Tra l'altro, fu in quell'occasione che scoprii di avere un secondo nome.

Un senso improvviso di rancore verso suo padre colpì dolorosamente Clary. — Be', Valentine adesso non è qui.

— Clary... — iniziò Jace, con una nota allarmata nella voce, ma Clary aveva già tirato giù uno dei libri dello scaffale proibito e l'aveva buttato per terra. Cadde con un bel tonfo soddisfacente. — Clary!

— E dai! — Lo fece di nuovo, buttandone per terra un altro, e poi un terzo. La polvere sbuffava dalle pagine quando i volumi finivano sul pavimento. — Prova tu.

Jace la guardò per un momento, poi un mezzo sorriso gli stuzzicò l'angolo della bocca. Alzò il braccio e spazzò via tutti gli altri libri dello scaffale, facendoli crollare rumorosamente. Rise. Ma poi s'interruppe, e sollevò la testa come un gatto che drizza le orecchie per un suono in lontananza. — Hai sentito?

Sentito cosa? Clary stava per fare questa domanda, ma si trattenne. C'era davvero un suono, ora più forte. Un ronzio acuto, un cigolio come di ingranaggi che si rimettono in moto. Il suono sembrava venire da dentro il muro. Clary fece d'istinto un passo indietro. In quel momento, le pietre del muro davanti a loro arretrarono con un gemito rugginoso. Dietro le pietre si aprì un vano. Era una specie di porta grossolanamente scavata nel muro.

E dietro la porta c'erano delle scale, che scendevano nel buio.

9
Questo sangue colpevole

— Non ricordavo nemmeno che esistesse, una cantina — commentò Jace, fissando da sopra le spalle di Clary il varco che si apriva nel muro. Sollevò la stregaluce e il suo bagliore colpì le pareti del passaggio che scendeva giù. Erano nere e scivolose, di una pietra scura e liscia che Clary non riconobbe. I gradini luccicavano come fossero bagnati. Uno strano odore saliva dal fondo: umido e stantio, con una strana sfumatura metallica che la fece rabbrividire.

— Secondo te, che cosa c'è laggiù?

— Non lo so. — Jace si avvicinò alle scale; mise un piede sul primo gradino, saggiandone la tenuta, poi scrollò le spalle, come se avesse già preso la sua decisione. Cominciò a scendere con cautela. A metà strada, si girò verso Clary. — Tu vieni? Se vuoi, aspettami lì.

Lei si guardò intorno nella biblioteca vuota, rabbrividì e si affrettò a raggiungerlo.

Le scale scendevano in spire sempre più strette. Era come se Jace e Clary stessero penetrando dentro un'enorme conchiglia. L'odore si fece più forte quando raggiunsero la base della scala, che dava su una grande stanza quadrata dalle pareti di pietra striate dall'umidità e da altre macchie, più scure. Il pavimento era scarabocchiato di segni: pentacoli e rune, e pietre bianche qua e là.

Jace fece un passo avanti e qualcosa si sbriciolò sotto i suoi piedi. Lui e Clary abbassarono gli occhi simultaneamente. — Ossa — sussurrò Clary. Non pietre bianche, ma ossa, di ogni forma e dimensione, sparse su tutto il pavimento. — Ma che cosa ci faceva, Valentine, qui sotto?

La stregaluce ardeva nella mano di Jace, gettando intorno il suo strano bagliore. — Esperimenti — disse Jace in tono secco, teso. — La Regina della Corte Seelie ha detto…

— Che tipo di ossa sono, queste? — La voce di Clary era stridula. — Sono animali?

— No. — Jace diede un calcio a un mucchio di ossa, sparpagliandole. — Non tutte.

A Clary si strinse il petto. — Forse dovremmo tornare indietro.

Jace, invece, levò più alta la stregaluce, che divampò più intensamente, illuminando l'aria di un aspro e bianco fulgore. Tutti gli angoli della stanza divennero visibili. Tre erano vuoti, ma nel quarto c'era un telo con qualcosa sotto, una figura accasciata...

— Jace — sussurrò Clary. — Cos'è quello?

Lui non rispose. Ora, all'improvviso, c'era una spada angelica nella sua mano libera. Clary non sapeva quando l'avesse sguainata, ma brillava sotto la stregaluce come una lama di ghiaccio.

— Jace, non farlo — gli intimò Clary. Ma lui avanzò, sollevò il telo con la punta della spada e lo strappò via. Il lenzuolo cadde, facendo alzare una nuvola di polvere.

Jace arretrò barcollando e la stregaluce gli cadde di mano. Mentre la vivida luce cadeva, Clary intravide per un attimo il suo viso: una livida maschera di orrore. Clary prese al volo la stregaluce prima che si spegnesse e la levò in alto, ansiosa di vedere cosa avesse tanto sconvolto Jace. Jace, che non si lasciava sconvolgere da nulla.

All'inizio individuò solo la sagoma di un uomo, avvolto in stracci bianchi e sporchi, accovacciato per terra. I polsi e le caviglie erano stretti da catene fissate a grossi ganci di metallo infissi nel pavimento di pietra. *Come può essere vivo?* pensò Clary inorridita, con la gola che le si riempiva di bile. La pietra runica le tremò nella mano e la luce danzò come impazzita sul prigioniero. Clary vide le braccia e le gambe emaciate, marchiate ovunque dai segni di innumerevoli torture. Il volto, ormai quasi un teschio, si girò verso di lei: c'erano vuote cavità nere al posto degli occhi. Poi ci fu un fruscio secco, e Clary vide che quelle che aveva scambiato per stracci erano in realtà *ali*: ali bianche, che si sollevarono dietro la schiena del prigioniero in due semilune candide e pure. L'unica cosa pura in quella stanza immonda.

Clary sussultò, con la gola secca. — Jace... hai visto...

— Ho visto. — La voce di Jace era spezzata come vetro in frantumi.

— Avevi detto che gli angeli non c'erano... che nessuno li aveva mai visti...

Jace stava sussurrando a mezza voce una sequela di spaventate imprecazioni. Avanzò incerto verso la creatura accovacciata sul pavimento, ma poi arretrò di scatto, come se fosse rimbalzato contro un muro invisibile. Clary abbassò lo sguardo e vide che l'Angelo era seduto entro un pentacolo fatto di rune intrecciate tra loro, profondamente incise nella pietra, le quali emanavano una pallida luce fosforescente. — Le rune — sussurrò. — Non possiamo oltrepassarle.

— Ma ci deve pur essere qualcosa... — disse Jace con una voce quasi di pianto. — Qualcosa che possiamo fare.

L'Angelo sollevò la testa. Clary notò con un senso di pietà, terrore e turbamento i riccioli dorati come quelli di Jace, che risplendevano nella luce. I ricci erano appiccicati al cranio, gli occhi cavi, il viso sfregiato da cicatrici. Era come un magnifico dipinto distrutto dai vandali. L'Angelo aprì la bocca e un suono sgorgò dalla sua gola: non parole, ma una penetrante musica dorata, un'unica nota di canto, trattenuta a lungo, a lungo, a lungo, così alta e dolce che il suo suono era come un dolore...

Una fiumana di immagini salì agli occhi di Clary. Aveva ancora in mano la pietra runica, ma la luce non c'era più. E anche lei non era più lì, ma in un altro luogo, dove le immagini del passato le scorrevano davanti in un sogno a occhi aperti: frammenti, colori, suoni.

Si trovava in una cantina spoglia e pulita, e c'era una singola runa, gigantesca, tracciata sul pavimento di pietra. C'era un uomo accanto a essa: aveva un libro aperto in una mano e una torcia fiammeggiante nell'altra. Quando l'uomo alzò la testa, Clary riconobbe Valentine: molto più giovane, il viso bello e senza rughe, gli occhi scuri, limpidi e vivaci. Recitava una cantilena e, alle sue parole, la runa divampò in alte fiamme. Quando le fiamme si spensero, rimase una figura accasciata tra la cenere: un angelo, con le ali spalancate e insanguinate, come un uccello colpito da un fucile e caduto dal cielo.

La scena cambiò. Valentine era in piedi davanti a una finestra, al suo fianco c'era una giovane donna dai vivaci capelli rossi. Un anello d'argento, che Clary riconobbe, brillò al dito di Valentine, mentre cingeva la donna in un abbraccio. Con una fitta di dolore, Clary riconobbe sua madre. Ma era giovane e i tratti del suo viso erano dolci e vulnerabili. Indossava una camicia da notte bianca e aspettava un bambino.

— Gli Accordi — le stava dicendo Valentine con rabbia — sono l'idea peggiore che il Conclave abbia mai avuto. E sono anche quanto di peggio potesse capitare ai Nephilim. Che noi dovessimo essere legati ai Nascosti, legati a quelle creature...

— Valentine — lo interrompeva Jocelyn con un sorriso — ora basta con la politica, per favore. — Poi intrecciava le braccia intorno al collo di Valentine con uno sguardo pieno d'amore. E anche lo sguardo di Valentine era pieno d'amore, ma non solo: dentro c'era anche qualcos'altro, che fece rabbrividire Clary.

Valentine era in ginocchio al centro di un circolo di alberi. Una luna splendente illuminava il pentacolo nero che lui aveva abbozzato sulla terra della radura. I rami degli alberi s'intrecciavano in una fitta rete sopra di lui, e dove si protendevano oltre i bordi del pentacolo le foglie si arricciavano e annerivano. Al centro della stella a cinque punte sedeva una donna dai lunghi capelli luminosi; la sua figura era snella e aggraziata, il viso nascosto nell'ombra, le braccia nude e bianche. La mano sinistra era tesa in avanti e, quando aprì le dita, Clary vide che aveva un lungo taglio sul palmo, da cui un lento rivolo di sangue gocciolava in una coppa d'argento posata sul pentacolo. Il sangue sembrava nero, sotto la luce della luna. O forse lo era davvero.

— Il bimbo che nascerà con questo sangue dentro di sé — diceva la donna, e la sua voce era dolce e bella — avrà un potere più grande dei Demoni Superiori che popolano gli abissi tra i mondi. Sarà più potente degli asmodei, più forte dello *shedu* delle tempeste. Se verrà opportunamente addestrato, non ci sarà nulla che non sarà in grado di fare. Ma ti avverto — aggiunse. — Questo sangue brucerà la sua umanità, come il veleno brucia la vita nel sangue.

— Io ti ringrazio, Signora di Edom — diceva Valentine. Mentre si protendeva per prendere la coppa di sangue, la donna levava il viso. E Clary vide che, pur essendo bellissima, i suoi occhi erano nere cavità dalle quali fuoruscivano tentacoli neri e sinuosi, come antenne che tastassero l'aria. Clary soffocò un grido.

La notte e la foresta svanirono. Ecco Jocelyn, in piedi davanti a qualcuno che Clary non poteva vedere. Non era più incinta e i suoi capelli luminosi erano scarmigliati intorno al viso disperato e sofferente. — Non posso più restare con lui, Ragnor — diceva. — Nemmeno un giorno in più. Ho letto il suo diario. Sai che cosa ha fatto a Jonathan? Credevo che nemmeno Valentine potesse arrivare a tanto. — Le sue spalle tremavano. — Ha usato sangue di demone! Jonathan non è più un bambino! Non è più nemmeno umano! È un mostro...

Jocelyn svanì. Valentine camminava inquieto intorno al cerchio di rune, brandendo una lucente spada angelica. — Perché non parli? — borbottava. — Perché non vuoi darmi ciò che voglio? — Calò la spada e l'Angelo si contorse per il dolore, mentre un fluido dorato colava dalla ferita come liquida luce del sole. — Se non vuoi darmi delle risposte — sibilava Valentine — puoi darmi il tuo sangue. Sarà più utile a me e ai miei di quanto lo sarà a te.

Ora erano nella biblioteca dei Wayland. La luce del sole brillava dai rombi di vetro delle finestre, inondando la stanza di azzurro e di verde. Da un'altra stanza giungevano delle voci: suoni di risate e di chiacchiere, c'era una festa. Jocelyn era in ginocchio vicino a uno scaffale e si guardava furtivamente intorno. Tirava fuori un grosso libro dalla tasca e lo infilava nello scaffale.

Ed era già sparita. La scena successiva si svolgeva in una cantina, la stessa dove Clary si trovava in quel momento. Lo stesso pentacolo grossolanamente inciso sul pavimento e, al centro della stella, l'Angelo. Valentine era lì accanto, di nuovo con un'ardente spada angelica in pugno. Era molto più anziano, adesso. — Ithuriel — diceva. — Ormai siamo vecchi amici, no? Avrei potuto lasciarti sepolto vivo in quelle rovine, invece no, ti ho portato qui con me. Per tutti questi anni ti ho tenuto sempre con me, sperando che un giorno mi avresti detto ciò che volevo, che *dovevo*, sapere. — Si avvicinava, e il fulgore della lama faceva vibrare di luce la barriera runica. — Quando ti ho evocato, sognavo che mi avresti spiegato il perché. Perché Raziel ha creato noi, la sua stirpe di Cacciatori, ma non ci ha dato i poteri che hanno i Nascosti: la velocità dei lupi, l'immortalità del Popolo Fatato, la magia degli stregoni, nemmeno la resistenza dei vampiri. Ci ha lasciati nudi davanti agli eserciti infernali con solo questi segni dipinti sulla pelle. Perché i loro poteri devono essere più grandi dei nostri? Perché non possiamo avere anche noi ciò che loro possiedono? Come può, tutto ciò, essere giusto?

Nella stella che lo teneva prigioniero l'Angelo sedeva muto come una statua di marmo, immobile, le ali ripiegate. I suoi occhi non esprimevano nulla, se non un terribile e silenzioso dolore. La bocca di Valentine si distorse in una smorfia.

— Molto bene. Resta pure nel tuo silenzio. Io avrò comunque la mia occasione. — Valentine sollevava la spada. — Possiedo la Coppa Mortale, Ithuriel, e presto avrò la Spada. Ma senza lo Specchio non posso iniziare l'evocazione. Lo Specchio è tutto ciò che mi serve. Dimmi dov'è. Dimmi dov'è, Ithuriel, e io ti lascerò morire.

La scena si frantumava e, mentre la visione svaniva, Clary colse frammenti di immagini a lei familiari perché ricorrenti nei suoi incubi: angeli dalle ali bianche e angeli dalle ali nere, distese di acqua a specchio, oro e sangue… e Jace, che le voltava le spalle, che le voltava sempre le spalle. Clary tendeva le mani verso di lui. E, per la prima volta, la voce dell'Angelo parlò nella sua testa, con parole che Clary riusciva a comprendere.

Questi non sono i primi sogni che ti mando.

L'immagine di una runa esplose dietro gli occhi di Clary come un fuoco d'artificio: non era una di quelle che aveva già visto. Era una runa forte e semplice come un nodo. Poi sparì in un soffio e, mentre svaniva, il canto dell'Angelo cessò. Clary era di nuovo nel suo corpo, barcollante sulle gambe, nella stanza lercia e fetida. L'Angelo era in silenzio, immobile, le ali ripiegate, un'effigie della sofferenza.

Il respiro le uscì con un singhiozzo. — *Ithuriel.* — Protese le mani verso l'Angelo con il cuore infranto, ben sapendo di non poter oltrepassare le rune. Per anni e anni l'Angelo era stato lì sotto, muto e solo nel buio, incatenato, affamato, ma incapace di morire.

Jace era accanto a lei. Clary capì dalla sua espressione dolente che anche lui aveva visto. Jace abbassò lo sguardo sulla spada angelica che teneva in mano, poi lo spostò sull'Angelo. Il volto cieco era rivolto verso di loro, in una muta supplica.

Jace fece un passo avanti, poi un altro. I suoi occhi erano fissi sull'Angelo, ed era come se ci fosse una sorta di muta comunicazione tra loro, pensò Clary, un dialogo che lei non poteva sentire. Gli occhi di Jace splendevano come dischi d'oro, pieni di luce riflessa.

— *Ithuriel* — sussurrò.

La lama della spada s'infiammò come una torcia. La sua luce era accecante. L'Angelo sollevò il viso, come se quella luce fosse visibile ai suoi occhi ciechi. Protese le mani, facendo risuonare di un rumore aspro le catene che gli legavano i polsi.

Jace si voltò verso la sorella. — Clary — disse. — Le rune.

Le rune. Per un momento lei lo fissò, confusa, ma gli occhi di Jace la spronarono all'azione. Clary gli passò la stregaluce, prese lo stilo dalla tasca, s'inginocchiò accanto alle rune tracciate per terra. Sembravano scavate nella pietra con un oggetto appuntito.

Clary alzò gli occhi verso Jace. La sua espressione la sorprese, il fuoco nei suoi occhi… Erano pieni di fede in lei, di fiducia nelle sue capacità. Con la punta dello stilo Clary tracciò molte linee sul pavimento, trasformando le rune Vincolanti in rune di Liberazione, le rune di Prigionia in rune di Apertura. Prendevano fuoco man mano che Clary le tracciava. Era come se ogni volta che le sfiorava ci passasse sopra la capocchia di un fiammifero.

Quand'ebbe finito, si alzò in piedi. Le rune brillavano davanti a lei. All'improvviso Jace le fu accanto. La pietra di stregaluce non c'era più: l'unica fonte di luce, oltre alle rune, era la spada angelica che Jace aveva nominato per l'Angelo e che gli ardeva in mano. Tese la mano armata, che questa volta attraversò la barriera di rune, come se non esistesse più.

L'Angelo allungò le braccia e prese la spada da Jace. Chiuse gli occhi ciechi e Clary credette per un momento che sorridesse. Girò la spada tra le mani, fino ad appoggiare la punta acuminata appena sotto lo sterno. Clary trasalì e fece un passo avanti, ma Jace le prese un braccio in una stretta d'acciaio e la tirò indietro. In quell'attimo l'Angelo affondò la lama.

La testa gli si rovesciò indietro, le mani abbandonarono l'elsa, lasciandola dove doveva esserci il cuore. Sempre che gli angeli lo avessero, un cuore. Clary questo non lo sapeva. Dalla ferita si sprigionò un fuoco che avvolse la spada. Il corpo dell'Angelo sfavillava nelle fiamme bianche, le catene ai polsi erano incandescenti e scarlatte, come ferro lasciato troppo a lungo nel fuoco. Clary ripensò ai dipinti medievali dei santi consunti nella vampa dell'estasi divina. Poi le ali dell'Angelo si spalancarono, grandi e bianche, prima di prendere fuoco anch'esse e consumarsi tra le fiamme.

Clary non poteva più guardare. Si voltò e nascose il viso nel petto di Jace, che le passò un braccio intorno alle spalle, stringendola forte. — Va tutto bene — le disse tra i capelli. — Va tutto bene. — Ma l'aria era piena di fumo, e la terra sembrava tremare sotto i loro piedi. E solo quando anche Jace barcollò Clary capì che non era un effetto dello shock: la terra si stava muovendo davvero! Si staccò da Jace. Barcollò. Sotto i suoi piedi, le pietre si sfregavano le une con le altre, mentre una pioggia di polvere sottile cadeva dal soffitto. L'Angelo era una colonna di fumo; le rune intorno a lui guizzavano luminose. Clary le fissò, decodificando il loro significato. Poi guardò Jace, terrorizzata: — La casa... Era legata a Ithuriel. Con la morte dell'Angelo...

Non riuscì a finire la frase. Jace l'aveva già presa per mano e stava correndo verso le scale, trascinandola con sé. Le scale vibravano e ondeggiavano, Clary cadde, picchiò dolorosamente un ginocchio su un gradino, ma la stretta di Jace non si allentò. Continuò a correre, ignorando il dolore alla gamba, coi polmoni pieni di polvere soffocante.

Raggiunsero l'ultimo gradino e piombarono nella biblioteca. Alle loro spalle, Clary sentì il boato delle scale che crollavano. Nella libreria, la situazione non era migliore: la stanza si scuoteva con violenza, i libri cadevano dagli scaffali. Una statua si rovesciò a terra e andò in frantumi. Jace lasciò la mano di Clary, prese una sedia e, prima che lei potesse chiedergli cosa avesse intenzione di fare, la scaraventò contro i vetri colorati della finestra.

La sedia volò fuori in una cascata di schegge. Jace si girò e tese la mano a Clary. Alle sue spalle, dall'intelaiatura frastagliata che rimaneva in piedi, la ragazza vedeva una striscia d'erba bagnata dalla luce lunare e una fila di alberi in lontananza, molto più in basso. *Non posso fare un salto così*, pensò. Fece per scuotere la testa quando vide gli occhi di Jace spalancarsi, la sua bocca aprirsi a formulare un avvertimento. Uno dei pesanti busti di marmo allineati sugli scaffali più alti stava cadendole addosso. Clary si spostò di scatto e il busto piombò a terra dove un attimo prima c'era lei, lasciando un'infossatura nel pavimento.

Un attimo dopo, le braccia di Jace la stringevano e la sollevavano di peso. Clary era troppo sorpresa per dibattersi. Jace la portò alla finestra sventrata e la mollò di sotto senza tante cerimonie.

La ragazza piombò sul prato sottostante rotolando giù da una ripida china e acquistando velocità, finché non andò a sbattere contro un dosso con tanta forza da restare senza fiato. Si mise a sedere, scuotendosi via fili d'erba dai capelli. Un attimo dopo, rotolò giù anche Jace e si fermò accanto a lei. Diversamente da lei, però, saltò su come una molla e si accovacciò, guardando la tenuta in cima alla collina.

Anche Clary si girò nella stessa direzione, ma Jace la prese e la spinse giù, nell'avvallamento dietro il dosso. In seguito Clary avrebbe scoperto dei lividi scuri sulle sue braccia, dove Jace l'aveva stretta. Restò senza fiato per la sorpresa, quando lui la sbatté per terra e rotolò sopra di lei, facendole scudo col suo corpo. Ci fu un boato enorme. Come un vulcano in eruzione. Come se la Terra si spaccasse. Una vampa di polvere bianca salì verso il cielo.

Clary sentì un picchiettio secco tutto intorno. Per un momento, disorientata, pensò che avesse iniziato a piovere. Poi capì che erano detriti, terra, vetri rotti: i frantumi della dimora distrutta, scagliati tutto intorno come una grandine di morte.

Jace la schiacciò più forte contro il terreno, appiattendo il corpo sopra il suo. Il battito del suo cuore giungeva alle orecchie di Clary come il rumore del crollo dopo l'esplosione.

Il fragore del crollo svanì lentamente, come il fumo si dissolve nell'aria. Fu rimpiazzato dal chiacchiericcio degli uccelli stupiti. Clary li vedeva, dietro le spalle di Jace, volare curiosi in ampi cerchi contro il cielo nero.

— Jace — gli disse a bassa voce. — Temo di aver perduto lo stilo da qualche parte.

Lui si sollevò un po', puntellandosi sui gomiti, e la guardò. Anche al buio Clary vedeva la propria immagine riflessa nei suoi occhi. Jace aveva il viso rigato di sporco e di terra, il colletto della camicia strappato. — Pazienza. L'importante è che tu non ti sia fatta niente.

— Sto bene. — Senza pensarci, gli passò una mano tra i capelli, leggera. Lo sentì irrigidirsi, vide i suoi occhi incupirsi.

— Avevi dell'erba tra i capelli — gli disse. Aveva la gola secca, l'adrenalina le scorreva nelle vene. Tutto quello che era appena successo – l'Angelo, la rovina della tenuta – sembrava meno reale di ciò che leggeva negli occhi di Jace.

— Non dovresti toccarmi — la ammonì.

La mano di Clary si bloccò dov'era, con il palmo sulla sua guancia. — Perché?

— Lo sai, il perché — replicò Jace. Si scostò, rotolando sulla schiena. — Hai visto anche tu quello che ho visto io, vero? Il passato, l'Angelo, i nostri genitori.

Era la prima volta, pensò Clary, che Jace li chiamava così: i nostri genitori. Si voltò su un fianco, con l'impulso di avvicinarsi a lui, ma non era sicura di poterlo fare. Lui aveva lo sguardo fisso al cielo, cieco. — L'ho visto anch'io.

— Dunque sai ciò che sono. — Le parole gli uscirono in un sussurro angosciato. — Sono in parte demone, Clary. In parte *demone*. Questo l'hai capito, vero? — I suoi occhi affondarono in quelli di Clary come sonde. — Hai visto cosa cercava di fare Valentine. Ha usato sangue di demone: l'ha usato su di me, prima ancora che nascessi. Sono in parte un mostro. Sono in parte ciò che ho cercato con tutte le mie forze di combattere, di distruggere.

Clary allontanò il ricordo della voce di Valentine che diceva: «Mi ha lasciato perché ho trasformato il suo primogenito in un mostro». — Ma anche gli stregoni sono in parte demoni. Come Magnus. E non per questo sono malvagi.

— Però non sono Demoni Superiori. Hai sentito che cosa diceva quella donna demone.

«Brucerà la sua umanità, come il veleno brucia la vita nel sangue.» La voce di Clary tremò. — Non è vero. Non può essere vero. Non ha senso.

— Sì, invece. — C'era una furia disperata sul volto di Jace. Clary vedeva il bagliore della catenella d'argento intorno alla sua gola nuda, sbiancata dalla luce della luna. — Questo spiega *tutto*.

— Vuoi dire che spiega perché sei un Cacciatore così straordinario? Perché sei leale e impavido e onesto e tutto quello che i demoni non sono?

— Spiega — precisò Jace con voce incolore — quello che provo nei tuoi confronti.

— In che senso?

Jace rimase in silenzio a lungo, fissandola nel minuscolo spazio che li separava. Clary riusciva a sentirne il contatto, anche se non la stava toccando: era come se fosse ancora disteso sopra di lei. — Tu sei mia sorella — disse Jace alla fine. — Mia sorella, il mio sangue, la mia famiglia. Dovrei sentire il desiderio di proteggerti. — Rise in silenzio e senza umorismo. — Proteggerti da tutti i ragazzi che vorrebbero fare con te esattamente quello che vorrei fare io.

Clary restò senza fiato. — Avevi detto che d'ora in poi volevi solo essere un fratello per me.

— Ho mentito — ammise Jace. — I demoni mentono, Clary. Sai, ci sono certe ferite che un Cacciatore può ricevere, ferite interne causate dal veleno di un demone: non ti rendi nemmeno conto di cosa c'è che non va, in te, ma dentro stai lentamente sanguinando a morte. Ecco, essere solo un fratello, per te, mi dà la stessa sensazione.

— Ma Aline...

— Dovevo tentare. E ho tentato. — La sua voce era senza vita. — Ma Dio sa che non voglio nessuna, tranne te. Non voglio nemmeno cercare di volere un'altra. — Allungò la mano, fece scorrere lievemente le dita fra i suoi capelli, le sfiorò la guancia. — Adesso, almeno, so il perché.

La voce di Clary era scesa a un sussurro. — Anch'io non voglio nessuno tranne te.

Un trasalimento nel respiro di Jace la confortò un poco. Lentamente, Jace si tirò su sui gomiti. Ora la guardava dall'alto e la sua espressione era cambiata: c'era qualcosa che Clary non aveva mai visto prima, una luce spenta, quasi mortale, nei suoi occhi. Jace fece scorrere le dita dalla guancia alle labbra di Clary e ne tracciò il profilo con un polpastrello. — Forse — suggerì — ora dovresti dirmi di non fare così.

Ma lei non aprì bocca. Non voleva dirgli di smettere. Era stanca di dire di no a Jace, di non permettersi mai di sentire ciò che tutto il suo cuore *voleva* che sentisse. A qualsiasi costo.

Lui si chinò, posò le labbra sulla sua guancia, la sfiorò leggermente. E quel tocco, seppur leggero, le diede una scossa a tutte le terminazioni nervose; una scossa che la fece tremare in tutto il corpo. — Se vuoi che mi fermi, dimmelo adesso — sussurrò Jace. Ma lei continuò a tacere. Lui le sfiorò la tempia con le labbra. — O adesso. — Seguì la linea dello zigomo. — O adesso. — Ora le sue labbra erano su quelle di Clary. — O...

Ma lei l'aveva preso e l'aveva attratto a sé, e le sue parole si persero sulle sue labbra. Jace la baciò con delicatezza, con attenzione, anche se non era la delicatezza che Clary voleva, non ora, non dopo tutto quel tempo. Strinse i pugni sulla sua camicia tirandolo forte verso di sé. Jace gemette piano, in fondo alla gola, poi le sue braccia la avvolsero, la strinsero, e loro due rotolarono insieme sull'erba, avvinghiati l'uno all'altra, protraendo ancora quel bacio. C'erano delle pietre che pungevano la schiena di Clary e la spalla le doleva dove aveva battuto cadendo dalla finestra, ma non le importava niente. Esisteva solo Jace: tutto ciò che Clary sentiva, sperava, respirava, voleva e vedeva, era Jace. Null'altro contava.

Nonostante il cappotto, Clary sentiva il calore di Jace bruciare attraverso i vestiti. Gli strappò la giacca, e poi in qualche modo anche la camicia sparì. Le sue dita esploravano il suo corpo come le labbra di Jace esploravano le sue: pelle morbida su muscoli asciutti, cicatrici come fili sottili. Clary gli toccò la cicatrice a forma di stella: era liscia e piatta, come se fosse parte della sua pelle, non in rilievo come le altre. Clary immaginava che dovessero apparire come imperfezioni, tutte quelle cicatrici, ma non era così che le vedeva lei: a lei raccontavano una storia, incisa sul corpo di Jace, la mappa di una vita di guerra senza fine.

Jace armeggiava con i bottoni del cappotto, le mani tremanti. Clary non le aveva mai viste così malferme. — Faccio io — gli disse, slacciandosi da sola l'ultimo bottone. Mentre si sollevava, qualcosa di freddo e metallico le toccò la clavicola, facendola trasalire per la sorpresa.

— Cosa succede? — Jace si immobilizzò. — Ti ho fatto male?

— No, è stato questo. — Clary toccò la catenina d'argento al collo di Jace. Vi era appeso un cerchietto di metallo argenteo. Era stato quello a rimbalzare su di lei, quando si era sollevata. Ora lo fissò.

Quell'anello, quel cerchietto di metallo segnato dal tempo, con un motivo a stelle... Lei lo conosceva.

Era l'anello dei Morgenstern. Era lo stesso anello che brillava al dito di Valentine nel sogno che l'Angelo aveva mostrato loro. Era appartenuto a lui e lui lo aveva dato a Jace, passandolo, secondo la tradizione, di padre in figlio.

— Mi dispiace — si scusò Jace. Le carezzò la linea della guancia con un dito, con un'intensità sognante nello sguardo. — Avevo dimenticato di avere al collo quella cosa dannata.

Un gelo improvviso invase le vene di Clary. — Jace — disse a bassa voce. — Jace, non farlo.

— Non farlo cosa? Non portare l'anello?

— No, non... non toccarmi. Fermati un secondo.

La sua faccia divenne di pietra. Mille domande avevano spazzato via la sognante confusione dai suoi occhi, ma Jace non disse niente. Si limitò a ritirare la mano.

— Jace — riprese Clary. — Perché? Perché proprio adesso?

Le sue labbra si dischiusero per la sorpresa. Clary vide una linea scura dove si era morso il labbro, o forse dove l'aveva morso lei. — Cosa significa «perché proprio adesso»?

— Tu avevi detto che non c'era niente tra noi. Che se noi... se noi ci fossimo lasciati andare ai sentimenti, avremmo fatto del male a tutte le persone alle quali vogliamo bene.

— Te l'ho detto. Ho mentito. — Gli occhi di Jace si addolcirono. — Tu credi che io non voglia...?

— No — disse Clary. — No, non sono una stupida. So che lo vuoi. Ma quando hai detto che adesso finalmente capisci perché provi questi sentimenti per me, che cosa intendevi dire?

Non che Clary non lo sapesse già, ma doveva chiederglielo, doveva sentirglielo dire.

Jace le afferrò i polsi e avvicinò le sue mani al proprio viso, intrecciando le dita con le sue. — Ricordi quello che ti ho detto dai Penhallow? — le chiese. — Che non pensi mai a quello che fai *prima* di farlo e che è per questo che rovini tutto quello che tocchi?

— No, me l'ero scordato. Grazie per avermelo ricordato.

Jace sembrò non cogliere il sarcasmo nella sua voce. — Non stavo parlando di te, Clary. Stavo parlando di me. Sono *io*, quello che si comporta così. — Spostò appena la testa, e le dita di Clary scivolarono sulla sua guancia. — Almeno adesso so perché. So che cosa c'è di sbagliato in me. E forse... forse è per questo che ho tanto bisogno di te. Perché se Valentine ha fatto di me un mostro, allora immagino che abbia fatto di te una specie di angelo. E Lucifero amava Dio, no? Così almeno dice Milton nel *Paradiso perduto*.

Clary trattenne il fiato. — Io non sono un angelo. E tu non puoi sapere se Valentine abbia usato il sangue di Ithuriel con me. Forse lo voleva solo per sé...

— Ha detto che il sangue era «per me e i miei» — le ricordò Jace a bassa voce.

— E questo spiega perché tu sai fare quello che fai, Clary. La Regina della Corte Seelie ha detto che siamo *entrambi* esperimenti. Non solo io.

— Io non sono un angelo, Jace — ripeté Clary. — Non restituisco i libri in biblioteca. Scarico illegalmente musica da internet. Racconto balle a mia madre. Sono *assolutamente normale*.

— Non per me. — Jace la guardò. Il suo viso era sospeso contro un fondale di stelle. Non c'era nulla, nella sua espressione, della sua solita arroganza. Clary non l'aveva mai visto così indifeso, ma anche questo suo essere indifeso era intriso di un odio verso se stesso profondo come una ferita. — Clary, io…

— Allontanati — gli intimò la ragazza.

— *Cosa?* — Il desiderio nei suoi occhi si sbriciolò in mille pezzi come le schegge dello specchio-Portale a Renwick. Per un momento la sua espressione rimase vuota e attonita. Era quasi impossibile per Clary guardarlo e continuare a dire di no. Anche se non fosse stata innamorata di lui, quella parte di lei che era figlia di sua madre, che amava ogni cosa bella in quanto tale, quella parte di lei l'avrebbe comunque desiderato.

Però, era proprio perché era figlia di sua madre che questo le era impossibile.

— Mi hai sentito — gli disse. — E lasciami le mani. — Le ritrasse con forza, stringendole a pugno perché non tremassero.

Jace non si mosse. Le sue labbra si arricciarono e per un momento Clary vide di nuovo quella luce da predatore nei suoi occhi, ora mescolata alla rabbia. — Immagino che non vorrai dirmi perché.

— Tu pensi di desiderarmi solo perché sei demoniaco e non umano. Vuoi solo qualcos'altro per poterti odiare. Ma io non ti permetterò di usarmi per dimostrare a te stesso quanto poco vali.

— Non ho mai detto che ti sto usando.

— Bene — disse Clary. — Allora dimmi che non sei un mostro. Dimmi che non c'è niente che non va in te. E dimmi che mi vorresti anche se non avessi dentro di te sangue di demone. — *Perché io non ho dentro di me sangue di demone. Eppure ti voglio.*

I loro sguardi si agganciarono, quello di Jace animato da una furia cieca. Per un momento nessuno dei due respirò, poi lui si staccò da lei, imprecando, e si rialzò in piedi. Raccolse la camicia dall'erba, se la infilò, ancora furioso, e si girò a cercare la giacca.

Anche Clary si alzò, barcollando un po'. Il vento pungente le fece venire la pelle d'oca sulle braccia. Le pareva di avere le gambe di cera sciolta. Si abbottonò il cappotto con le dita intorpidite, reprimendo la voglia di scoppiare in lacrime. Piangere non sarebbe servito a niente, adesso.

L'aria era ancora densa di polvere e di cenere, che danzavano sospese; l'erba intorno a loro era cosparsa di detriti: frammenti di mobili, pagine di libri lugubremente portate dal vento, schegge di legno dorato, una mezza rampa di scale, misteriosamente intatta. Clary si girò a guardare Jace: stava tirando calci ai detriti con selvaggia soddisfazione. — Bene — le disse. — Siamo fregati.

Non era quello che si era aspettata di sentire. Batté le palpebre. — Come?

— Ricordi? Hai perso il mio stilo. Non puoi più aprire un Portale, adesso. — Pronunciò quelle parole con un amaro piacere, come se tutto questo gli desse soddisfazione. — Non abbiamo nessun altro mezzo per tornare indietro. Dobbiamo farcela a piedi.

Non sarebbe stata una piacevole camminata nemmeno in circostanze normali. Abituata alle luci della città, Clary non si capacitava di quanto potesse essere buia Idris di notte. Le dense ombre nere che circondavano la strada sembravano brulicare di cose invisibili e, anche con la stregaluce di Jace, Clary non riusciva a vedere a più di un passo davanti a sé. Le mancavano le luci della città, il bagliore diffuso dei lampioni, i rumori del traffico. Ora sentiva solo il ritmico scricchiolio della ghiaia sotto i loro piedi e, di tanto in tanto, il trasalire del proprio respiro, quando inciampava in un sasso.

Dopo un paio d'ore, cominciarono a farle male i piedi. Aveva la bocca secca come una pergamena. L'aria si era fatta molto fredda e Clary rabbrividiva, zoppicando con le mani affondate nelle tasche. Ma persino tutto questo avrebbe potuto essere sopportabile, se solo Jace le avesse rivolto la parola. Non aveva aperto bocca da quando si erano allontanati dalla tenuta, se non per darle secche indicazioni sulla strada da seguire a un bivio o per indicarle di schivare una buca. Ma anche se ci fosse caduta dentro, Clary dubitava che gliene sarebbe importato molto, se non per il fatto che avrebbe rallentato il loro cammino.

Alla fine, il cielo a oriente cominciò a rischiarare. Clary, mezzo addormentata, sollevò lo sguardo sorpresa. — È presto per fare giorno.

Jace la guardò con un filo di disprezzo. — Quella è Alicante. Il sole non si alzerà per almeno tre ore. Sono le luci della città.

Troppo sollevata all'idea di essere quasi a casa per notare l'atteggiamento di Jace, Clary accelerò il passo. Dietro una curva, si ritrovarono a camminare su un ampio sentiero in terra battuta che tagliava il fianco di una collina. Si snodava serpeggiando lungo il pendio e spariva dietro un'altra svolta, in lontananza. Anche se le case della città non erano ancora in vista, l'aria si era fatta più luminosa e il cielo era rischiarato da un bagliore rossastro.

— Dobbiamo essere vicini, ormai — disse Clary. — C'è una scorciatoia per scendere dalla collina?

Jace era accigliato. — C'è qualcosa che non va — disse d'un tratto. E partì quasi di corsa, sollevando sul sentiero nuvole di polvere che rilucevano d'ocra in quella strana luce. Clary si mise a correre per raggiungerlo, ignorando le proteste dei suoi piedi pieni di vesciche. Quando svoltarono alla curva del sentiero, Jace si fermò di botto e Clary gli finì addosso. In altre circostanze avrebbe potuto essere comico. Non questa volta.

La luce rossastra era più forte, adesso, e gettava bagliori scarlatti nel cielo notturno, illuminando a giorno la collina. Nuvole di fumo salivano dalla valle come le piume della coda a ruota di un pavone. Dai neri vapori sbucavano le torri antidemoni di Alicante coi loro involucri cristallini. Attraverso il fumo denso, Clary vide rosseggiare fiamme danzanti sparse per la città come una manciata di luccicanti pietre preziose su una tela nera.

Sembrava impossibile, ma era proprio così: Clary e Jace, sul pendio della collina, stavano sopra Alicante. Ai loro piedi, la città era in fiamme.

Parte seconda

LE STELLE RIFULGONO SINISTRE

ANTONIO:
Non vuoi restare ancora un po'?
E nemmeno che ti accompagni?

SEBASTIANO:
Abbiate pazienza, no.
Le stelle rifulgono sinistre
e il loro maligno influsso
potrebbe turbare anche il vostro destino.
Vi prego, lasciatemi trascinare
da solo i miei tormenti:
ricompenserei male il vostro amore
facendoli ricadere su di voi.

WILLIAM SHAKESPEARE, *La dodicesima notte*

10
Fuoco e spada

— È tardi — disse Isabelle, chiudendo nervosamente la tenda di pizzo che copriva l'alta finestra del salotto. — Dovrebbe essere già di ritorno, ormai.

— Sii ragionevole, Isabelle — intervenne Alec. Il suo tono di superiorità da fratello maggiore sembrava sottintendere sia che Isabelle aveva una certa tendenza all'isteria, sia che lui era perfettamente calmo. Anche la postura (era comodamente sdraiato su una delle morbide poltrone intorno al caminetto come se non avesse alcun pensiero al mondo) sembrava studiata per dimostrare a tutti quanto fosse assolutamente tranquillo. — Jace fa così quando è arrabbiato: se ne va in giro per la città. Ha detto che andava a fare una passeggiata. Tornerà.

Isabelle sospirò. Avrebbe quasi voluto che fossero presenti anche i genitori, ma erano ancora alla Guardia. Qualunque cosa si stesse discutendo alla Guardia, l'assemblea del Consiglio si stava trascinando fino a ore impossibili. — Ma lui conosce New York. Non conosce Alicante…

— Probabilmente la conosce meglio di te. — Aline era seduta sul divano e leggeva un volume rilegato in cuoio rosso scuro. I capelli neri erano raccolti sulla nuca in una treccia alla francese, gli occhi fissi sul libro aperto sulle ginocchia. Isabelle, che non era mai stata una gran lettrice, invidiava sempre agli altri la capacità di perdersi in un libro. C'erano molte cose per cui, un tempo, avrebbe invidiato Aline: la statura piccola e la bellezza delicata, tanto per cominciare, così diversa dalla sua da amazzone: con i tacchi diventava più alta di quasi tutti i ragazzi che incontrava. Solo da poco, tuttavia, aveva capito che le altre ragazze non erano fatte solo per essere invidiate, evitate o detestate. — Ha vissuto qui fino a dieci anni. Voi, invece, ci siete venuti solo un paio di volte.

Isabelle si portò la mano alla gola, aggrottando la fronte. Il ciondolo appeso alla sua catenina aveva avuto una pulsazione improvvisa… In genere questo accadeva solo in presenza di demoni, ma lì, ad Alicante, era impossibile che ce ne fossero. Forse il ciondolo non funzionava più bene. — Io non credo che sia in giro per la città, però. Credo che sia piuttosto ovvio dove è andato — replicò Isabelle.

Alec sollevò gli occhi. — Credi che sia andato da Clary?

— È ancora qui? Pensavo che dovesse tornare a New York. — Aline chiuse il libro. — Dove alloggia la sorella di Jace, a proposito?

Isabelle scrollò le spalle. — Chiedilo a lui — disse rivolgendo lo sguardo su Sebastian.

Sebastian era buttato sul divano di fronte ad Aline. Anche lui aveva un libro in mano e la sua bella testa scura era china sulle pagine. Sollevò gli occhi come se avesse sentito lo sguardo di Isabelle su di sé.

— Parlavate di me? — chiese con la solita calma. Tutto in Sebastian era calmo, pensò Isabelle con un guizzo di fastidio. All'inizio era stata molto colpita dal suo aspetto – gli zigomi scolpiti, gli occhi neri e profondi – ma la sua personalità affabile e benevola adesso la irritava. Non le piacevano i ragazzi che sembravano non perdere mai le staffe per nessun motivo. Nel mondo di Isabelle, rabbia e passione erano divertimento.

— Che cosa stai leggendo? — gli chiese, con più durezza di quello che avrebbe voluto. — È uno dei giornalini di Max?

— Già. — Sebastian, in equilibrio sul bracciolo del divano, riabbassò lo sguardo sul *Rifugio dell'Angelo*. — Mi piace la grafica.

Isabelle esalò un sospiro esasperato. Alec le lanciò un'occhiataccia e chiese: — Sebastian, Jace sa dove sei stato oggi?

— Vuoi dire se sa che ero fuori con Clary? — Sebastian sembrava divertito. — Senti, non è mica un segreto. Gliel'avrei detto, se l'avessi visto.

— Non vedo perché dovrebbe importargliene. — Aline mise da parte il libro, con una punta di tensione nella voce. — Sebastian non ha fatto niente di male. Che problema c'è se ha voluto mostrare a Clarissa qualcosa di Idris, prima che se ne tornasse a casa? Jace dovrebbe essere contento, se sua sorella non resta a casa tutto il tempo ad annoiarsi.

— Sa essere molto... protettivo — spiegò Alec con una lieve esitazione.

Aline aggrottò la fronte. — Dovrebbe farsi un po' da parte. A Clary non fa sicuramente bene essere troppo protetta. La faccia che aveva quando ci ha trovati in biblioteca... Era come se non avesse mai visto nessuno che si baciava in vita sua.

— Ne ha visti, ne ha visti — la rassicurò Isabelle, pensando a come Jace aveva baciato Clary alla Corte Seelie. Non era un episodio che ricordava volentieri: lei non amava crogiolarsi nei propri dispiaceri, figurarsi in quelli degli altri. — Ma non è per quello.

— Allora per cosa? — Sebastian si raddrizzò, scostando dagli occhi un ricciolo di capelli neri. Isabelle intravide qualcosa, una linea rossa sul palmo, come una cicatrice. — Solo perché ce l'ha con me? Io non so proprio che cosa posso aver...

— Quello è mio! — Una vocetta sottile lo interruppe. Era Max, sulla porta del salotto. Indossava un pigiama grigio e i capelli castani erano tutti arruffati, come se si fosse appena svegliato. Fissava il manga posato sul divano accanto a Sebastian.

— Cosa, questo? — Sebastian gli allungò la copia del *Rifugio dell'Angelo*. — Ecco, piccolo, tieni pure.

Max si avvicinò a grandi passi e si riprese il suo manga, guardando torvo Sebastian. — E non chiamarmi piccolo.

Sebastian rise e si alzò. — Vado a prendere del caffè — disse, avviandosi verso la cucina. Si fermò sulla soglia e si girò. — Voi volete qualcosa?

Ci fu un coro di no. Con una scrollata di spalle, Sebastian scomparve in cucina, lasciando che la porta si chiudesse alle sue spalle.

— Max — disse Isabelle con severità. — Non essere maleducato.

— Non mi piace quando mi prendono le mie cose. — Il bambino si strinse al petto il volume a fumetti.

— Cresci, Max. L'aveva solo preso in prestito. — Isabelle gli parlò con più irritazione nella voce di quello che avrebbe voluto: era ancora in pensiero per Jace, lo sapeva, e stava scaricando la tensione sul fratellino. — E comunque, dovresti essere a letto. È tardi.

— C'erano dei rumori sulla collina. Mi hanno svegliato. — Max batté le palpebre. Senza occhiali, tutto per lui diventava una macchia piuttosto indistinta. — Isabelle...?

Il tono interrogativo nella sua voce richiamò l'attenzione della ragazza, che si allontanò dalla finestra. — Che c'è?

— La gente non si arrampica sulle torri antidemoni, vero? Per un motivo qualsiasi?

Aline lo guardò. — Arrampicarsi sulle torri? — Rise. — No, nessuno fa mai una cosa del genere. Primo, perché è assolutamente illegale, e poi, per quale motivo uno ci dovrebbe salire sopra?

Aline, pensò Isabelle, non aveva molta immaginazione. Lei, per esempio, riusciva a pensare a un sacco di motivi per arrampicarsi sulle torri, se non altro per sputare il chewing-gum in testa ai passanti.

Max aveva la fronte aggrottata. — Ma qualcuno l'ha fatto. Io ho visto...

— Qualunque cosa credi di aver visto, probabilmente te la sei sognata — tagliò corto Isabelle.

La faccia di Max s'increspò. Intuendo un potenziale pianto, Alec si alzò e gli tese la mano. — Vieni, Max — disse, non senza affetto. — Torniamo a nanna.

— Dovremmo tutti andare a nanna — commentò Aline alzandosi in piedi. Si avvicinò alla finestra accanto a Isabelle e chiuse bene le tende. — È già quasi mezzanotte. Chissà quando torneranno dal Consiglio. Non ha senso restare...

Il ciondolo al collo di Isabelle pulsò di nuovo, forte, e un attimo dopo la finestra davanti alla quale c'era Aline esplose verso l'interno in mille pezzi. Aline strillò. Mani si protesero dallo squarcio... Non erano mani, in realtà, notò Isabelle con la lucidità dello shock: erano grossi artigli ricoperti di squame, grondanti sangue e un fluido nerastro. Afferrarono Aline e la trascinarono fuori dalla finestra in frantumi prima che riuscisse a gridare di nuovo.

La frusta di Isabelle era sul tavolo accanto al caminetto. Si precipitò a prenderla, schivando Sebastian che arrivava di corsa dalla cucina. — Servono armi! — gli disse bruscamente, mentre lui si guardava intorno, attonito. — *Vai!* — strillò correndo alla finestra.

Vicino al caminetto, Alec teneva stretto Max. Il bambino strillava e si divincolava, cercando di liberarsi dalla presa di suo fratello. Alec lo trascinò verso la porta. *Bene*, pensò Isabelle. *Portalo via di qui.*

L'aria fredda entrava dalla finestra squarciata. Isabelle si tirò su la gonna e con agili calci buttò fuori alcuni pericolanti frammenti di vetro, ringraziando il cielo per le suole spesse dei suoi scarponi. Eliminate le schegge, abbassò la testa e saltò nel varco aperto atterrando con un tonfo secco sul marciapiede di pietra.

A un primo sguardo, il marciapiede le sembrò deserto. Non c'erano lampioni lungo il canale: lì l'illuminazione principale veniva dalle finestre delle case vicine. Isabelle avanzò con cautela, la frusta di elettro avvolta intorno al polso. La possedeva da così tanto tempo, quella frusta (gliel'aveva regalata suo padre per il suo dodicesimo compleanno), che ormai era parte di lei, come fosse un'estensione fluida del suo braccio destro.

Le ombre si facevano più fitte man mano che la ragazza si allontanava dalla casa dei Penhallow, verso Oldcastle Bridge, un ponte che attraversava il canale Princewater con una strana angolazione rispetto al marciapiede. Le ombre alla base del ponte erano dense come uno sciame di mosche nere. Ma poi Isabelle vide qualcosa muoversi nel buio, qualcosa di bianco e veloce.

Scattò, travolgendo una bassa siepe ai margini di un giardino, e saltò sul viottolo che passava sotto il ponte, lungo la sponda del canale. La frusta aveva cominciato a brillare di cruda luce argentea. Nel pallido chiarore vide Aline esanime, riversa sulla riva. Un enorme demone coperto di squame le era sopra e la schiacciava a terra col peso del suo corpo da lucertola, il muso affondato nel suo collo...

Ma non poteva essere un demone! Non c'erano mai stati demoni ad Alicante. Mai. Sotto il suo sguardo attonito, il mostro sollevò la testa e annusò l'aria, come percependo la sua presenza. Era cieco, notò Isabelle: sulla fronte, al posto degli occhi, correva una serie di denti fitti e seghettati come una cerniera. Aveva un'altra bocca, sulla metà inferiore del muso, provvista di zanne da cinghiale, sbavanti. E aveva una coda sottile, che muoveva come una frusta. I lati della coda luccicavano e, avvicinandosi, Isabelle vide che era bordata da file di ossa affilate come lame di rasoio.

Aline trasalì ed emise un gemito, una specie di mugolio sommesso. Isabelle fu travolta dal sollievo: aveva temuto che fosse già morta. Ma il sollievo durò poco. Quando Aline si mosse, Isabelle vide che aveva la camicetta strappata davanti e il petto ferito dagli artigli del demone. Il mostro aveva una zampa agganciata alla cintura dei suoi jeans.

Un'ondata di nausea sommerse Isabelle: il demone non stava cercando di *uccidere* Aline... non ancora. La frusta le si animò in pugno come la spada fiammeggiante di un angelo vendicatore. Si slanciò in avanti, tirando frustate sulla schiena del mostro.

Il demone strillò e rotolò via dal corpo di Aline. Avanzò verso Isabelle, con le due bocche spalancate e gli artigli protesi verso il suo viso. Isabelle arretrò agilmente e gli tirò un'altra frustata, colpendolo in pieno: il muso, il petto, le zampe. Una miriade di lesioni ricoprì la pelle squamata della fiera, facendo colare sangue e pus. Una lunga lingua biforcuta scattò dalla bocca superiore, puntando al viso di Isabelle. C'era qualcosa sulla punta, una specie di pungiglione, che le ricordava quello di uno scorpione. Isabelle fece scattare la frusta, che si arrotolò intorno alla lingua del demone legandola tra spire di elettro. Il demone si mise a urlare, mentre Isabelle stringeva il nodo e tirava. La lingua del demone cadde con un tonfo molle e disgustoso sui mattoni del sentiero.

Isabelle liberò la frusta. Il mostro si voltò e scappò con movimenti rapidi e guizzanti, da serpente. Lei scattò all'inseguimento. Il demone era a metà del sentiero che risaliva dal viottolo lungo il canale, quando un'ombra scura gli si parò di fronte. Qualcosa brillò nel buio e il demone cadde a terra fremendo.

Isabelle si fermò di scatto. C'era Aline, in piedi sopra il demone, con un sottile pugnale in mano. Probabilmente portava l'arma alla cintura. Le rune sulla lama brillavano come lampi accecanti, e la ragazza calò il pugnale, lo affondò cento volte nel corpo fremente del mostro, finché quest'ultimo non cessò di muoversi e si dissolse.

Poi guardò Isabelle. Il suo viso era privo di espressione. Non cercava nemmeno di chiudersi la camicetta, nonostante i bottoni strappati. Le colava sangue dai graffi profondi sul petto.

Isabelle fece un fischio sommesso. — Aline... tutto a posto?

La ragazza lasciò cadere il pugnale. Senza dire una parola, si voltò e corse via, sparendo nel buio sotto il ponte.

Colta alla sprovvista, Isabelle imprecò e si lanciò all'inseguimento. Quanto avrebbe voluto avere indosso indumenti più comodi di quell'abito di velluto! Per fortuna aveva gli scarponi. Non sarebbe mai riuscita a raggiungere Aline, con i tacchi alti.

C'era una scaletta di metallo in fondo al viottolo, all'altezza di Princewater Street. Aline era una macchia indistinta in cima alla scala. Isabelle raccolse l'orlo pesante del vestito e la seguì, pestando fragorosamente sui gradini. Quando arrivò in cima, guardò a destra e a sinistra.

E rimase a bocca aperta. Si trovava all'inizio della grande strada sulla quale si affacciava la casa dei Penhallow. Aline non era più in vista: era scomparsa nella massa brulicante di gente che affollava la strada. Ma non c'erano solo tante persone: c'erano altre *cose* nella strada. Demoni, decine di demoni, forse di più, come il lucertolone dai lunghi artigli che Aline aveva fatto fuori sotto il ponte. C'erano già due o tre corpi a terra. Uno era a pochi passi da Isabelle: un uomo con la cassa toracica sventrata. Dai capelli grigi, Isabelle capì che era un anziano. *Ovvio!* pensò tra sé col cervello che girava a fatica, i pensieri rallentati e intorpiditi dal panico. *Tutti gli adulti sono alla Guardia. Qui in città ci sono solo i bambini, gli anziani, i malati...*

L'aria tinta di rosso era greve per l'odore di bruciato, la notte era squarciata da urla e grida. Le porte delle case erano spalancate: la gente scappava fuori, poi si fermava di scatto, vedendo la strada piena di mostri.

Era impossibile, inimmaginabile.

Mai, nella storia, un demone aveva osato attraversare le difese delle torri antidemoni.

E ora ce n'erano a decine. A centinaia. Forse di più. E si riversavano sulle strade come una venefica marea.

Isabelle si sentiva come intrappolata dietro un muro di vetro: vedeva tutto, ma non riusciva a muovere un muscolo. Scorse, impietrita, un demone che afferrava un bambino in fuga, lo sollevava di peso da terra e gli affondava i denti seghettati nella schiena.

Il piccolo gridò, ma le sue grida si persero nel clamore che squarciava la notte. Il frastuono cresceva sempre di più: gli ululati dei demoni, la gente che chiamava aiuto, il rumore di piedi in fuga, di vetri rotti. Qualcuno, più in là, gridava parole che Isabelle faticava a comprendere. Qualcosa a proposito delle torri antidemoni. Isabelle alzò lo sguardo. Le alte guglie vegliavano sulla città come sempre, ma, invece di riflettere la luce argentea delle stelle o la luce rossa della città in fiamme, erano livide e spente come la pelle di un cadavere. La loro luminescenza era sparita. Isabelle rabbrividì. Per forza le strade erano piene di mostri: in qualche modo, pur essendo pressoché impossibile, le torri antidemoni avevano perso la loro magia. Le difese che avevano protetto Alicante per mille anni erano cadute.

Samuel aveva smesso di parlare da ore, ma Simon era ancora sveglio, gli occhi fissi nel buio.

A un tratto sentì gridare.

Alzò la testa di scatto. Silenzio. Si guardò intorno, inquieto. L'aveva sognato, quel grido? Tese le orecchie, ma anche con il suo nuovo udito più sensibile, non sentì più nulla. Stava per tornare a sdraiarsi, quand'ecco di nuovo le grida. Gli forarono le orecchie come spilli. Sembravano provenire dall'esterno della Guardia.

Si alzò, si mise in piedi sulla branda e guardò fuori dalla finestrella. Vide il prato verde sottostante, vide sullo sfondo le luci della città e un bagliore in lontananza. Socchiuse gli occhi: c'era qualcosa di strano, in quelle luci, qualcosa di... spento. Erano più pallide di come se le ricordava, e c'erano dei punti in movimento qua e là, nel buio, come aghi di fuoco, lungo le strade. Una pallida nuvola si alzava sopra le torri e l'aria era pesante per la puzza di fumo.

— Samuel. — Simon sentì il tono allarmato della propria voce. — C'è qualcosa che non va.

Sentiva porte che sbattevano, passi di corsa, voci roche che gridavano. Premette la faccia contro l'inferriata della finestra: vedeva gambe calzate da stivali che correvano, sentiva i Cacciatori che si chiamavano tra loro, mentre scappavano dalla Guardia e correvano giù, verso la città.

— Le difese sono cadute! Le difese sono cadute!
— Non possiamo abbandonare la Guardia!
— La Guardia non è importante! Ci sono i nostri figli laggiù!
E già le loro voci si affievolivano in lontananza. Simon si staccò dalla finestra, senza fiato. — Samuel! Le difese...
— Lo so. Ho sentito. — La voce di Samuel era forte, oltre il muro. Non sembrava spaventato, ma rassegnato, forse anche soddisfatto per aver avuto ragione. — Valentine ha attaccato mentre il Conclave era riunito in assemblea. Astuto.
— Ma la Guardia è fortificata. Perché non restano qui?
— Li hai sentiti: perché tutti i bambini sono rimasti in città. I bambini, i genitori anziani: non possono abbandonarli.

I Lightwood. Simon pensò a Jace e poi, con terribile nitidezza, al volto di Isabelle, pallido sotto la chioma di capelli scuri, alla sua determinazione in battaglia, alla sfilza un po' fanciullesca di X e di O sul biglietto che gli aveva scritto. — Ma tu l'avevi detto... tu l'avevi detto al Conclave, che cosa sarebbe successo! Perché non ti hanno creduto?

— Perché per loro le difese sono come una religione. Non credere al potere delle difese è come non credere che gli Shadowhunters siano speciali, prescelti, protetti dall'Angelo. Sarebbe come credere che siano dei mondani qualunque.

Simon tornò a guardare fuori della finestrella: il fumo si era infittito, riempiendo l'aria di un pallore grigiastro. Non sentiva più nessuna voce, solo flebili grida in lontananza. — Credo che la città stia bruciando.

— No. — La voce di Samuel era molto bassa. — Io credo che *la Guardia* stia bruciando. Probabilmente fuoco demoniaco. Valentine attaccherebbe la Guardia, se potesse.

— Ma... ma adesso... — Le parole di Simon incespicavano l'una sull'altra. — Adesso verrà qualcuno a tirarci fuori di qui, vero? Il Console, oppure... Aldertree. Non possono lasciarci qui a morire.

— Tu sei un Nascosto — ragionò Samuel. — E io sono un traditore. Cos'altro dovrebbero fare, secondo te?

— Isabelle! *Isabelle!*

Alec la teneva per le spalle e la scuoteva. La ragazza alzò la testa lentamente: il pallido viso di suo fratello ondeggiò contro le tenebre; una sagoma di legno ricurvo gli spuntava da dietro la spalla destra: era il suo arco, assicurato alla schiena da una cinghia. Lo stesso arco che Simon aveva usato per uccidere il Demone Superiore Abbadon. Isabelle non ricordava di averlo visto arrivare: pareva le si fosse materializzato davanti all'improvviso, come un fantasma.

— Alec. — La voce le uscì lenta, incerta. — Alec, smettila. Sto bene.
Si staccò da lui.

— Non mi sembrava che stessi molto bene. — Alec guardò la strada e imprecò a mezza voce. — Dobbiamo toglierci da qui. Dov'è Aline?

Isabelle batté le palpebre. Non c'erano più demoni in vista. Una donna, seduta sui gradini della casa di fronte, singhiozzava e lanciava lamenti acutissimi. Il corpo del vecchio era ancora sulla strada. L'odore dei demoni era dappertutto. — Aline... Uno dei demoni ha cercato di... di... — Trattenne il respiro, si fermò. Lei era Isabelle Lightwood. Lei non diventava isterica, mai. — L'abbiamo ucciso, ma poi Aline è scappata. Ho cercato di inseguirla, ma era troppo veloce. — Isabelle guardò in faccia suo fratello. — Demoni in città. — disse. — Com'è possibile?

— Non lo so. — Alec scosse la testa. — Le difese sono cadute, non c'è altra spiegazione. C'erano quattro o cinque demoni Oni qui sulla strada, quando sono uscito. Uno l'ho preso, acquattato tra i cespugli, e gli altri sono scappati, ma potrebbero tornare. Vieni, andiamo a casa.

La donna sui gradini continuava a singhiozzare. Il suo pianto li seguì mentre correvano verso la casa dei Penhallow. La loro strada non era ancora stata raggiunta dai demoni, ma si sentivano esplosioni, grida, passi di corsa risuonare dall'ombra di altre strade buie. Mentre salivano i gradini d'ingresso, Isabelle si voltò indietro, giusto in tempo per vedere un lungo tentacolo serpeggiante sgusciare dal buio tra due abitazioni e strappare via la donna in lacrime dalla soglia di casa sua. I singhiozzi si tramutarono in grida. Isabelle fece per tornare indietro, ma Alec la trattenne e la spinse dentro, poi la seguì, chiudendo a chiave la porta. La casa era immersa nell'oscurità. — Ho spento le luci perché non volevo attirarne degli altri — spiegò Alec, sospingendo Isabelle nel salotto.

Max era seduto per terra vicino alle scale, le braccia strette intorno alle ginocchia. Sebastian stava inchiodando alla finestra rotta assi di legno che aveva preso dal caminetto. — Fatto — disse, facendo un passo indietro e posando il martello sulla libreria. — Dovrebbe tenere, per un po'.

Isabelle si mise a sedere accanto a Max e gli carezzò i capelli. — Tutto bene?

— No. — Il bambino aveva gli occhi spalancati, spaventati. — Volevo guardare fuori dalla finestra, ma Sebastian mi ha detto di stare giù.

— Sebastian aveva ragione — intervenne Alec. — C'erano dei demoni per la strada.

— E ci sono ancora?

— No, ma ce ne sono altri in giro per la città. Dobbiamo pensare a cosa fare adesso.

Sebastian aggrottò la fronte. — Aline dov'è?

— È scappata — gli spiegò Isabelle. — È stata colpa mia. Avrei dovuto...

— Non è stata colpa tua. Se non ci fossi stata tu sarebbe morta. — Alec parlò con voce secca. — Senti, non abbiamo tempo per i sensi di colpa, adesso. Io vado a cercare Aline. Voglio che voi tre restiate qui. Isabelle, tu bada a Max. Sebastian, tu finisci di mettere la casa in sicurezza.

Isabelle scattò, indignata: — Non voglio che tu vada là fuori da solo! Portami con te.

— Sono io l'adulto, qui. Si fa come dico io. — Il tono di Alec era pacato. — È più che probabile che i nostri genitori tornino dalla Guardia da un momento all'altro. Più siamo, qui in casa, meglio è. È fin troppo facile perdersi, là fuori. Non voglio rischiare, Isabelle. — Spostò lo sguardo su Sebastian. — Lo capite?

Sebastian aveva già tirato fuori lo stilo. — Io comincio a proteggere la casa con i marchi.

— Grazie. — Alec si era già avviato verso la porta. Si girò e guardò Isabelle. Lei incrociò il suo sguardo per una frazione di secondo. Poi Alec uscì.

— Isabelle. — Era Max, con voce sottile, sussurrata. — Ti sanguina il polso.

Isabelle guardò. Non ricordava di essersi ferita al polso, ma Max aveva ragione: il sangue aveva già macchiato la manica della giacca bianca. Si alzò. — Vado a prendere lo stilo. Torno subito, Sebastian, e ti aiuto con le rune.

Lui annuì. — Mi farebbe comodo avere un aiuto. Queste rune non sono la mia specialità.

Isabelle salì di sopra, senza chiedergli quale fosse la sua specialità. Si sentiva stanca fin dentro le ossa, con un estremo bisogno di una runa Energizzante. Avrebbe potuto farsela da sola, se necessario, ma Alec e Jace erano sempre stati più bravi di lei con quel tipo di rune.

In camera, frugò tra le sue cose in cerca dello stilo e di qualche arma in più. Mentre si infilava delle spade angeliche nel bordo degli scarponi, il suo pensiero era rivolto ad Alec, allo sguardo che si erano scambiati quando era uscito. Non era la prima volta che lo guardava partire sapendo che poteva essere l'ultima che lo vedeva. Era una cosa che accettava, che aveva sempre accettato come parte della sua vita. Solo quando aveva conosciuto Clary e Simon si era resa conto che per la maggior parte della gente non era affatto così. Gli altri non vivevano con la morte come compagna, come un freddo respiro sul collo anche nella più comune delle giornate. Lei, come tutti gli Shadowhunters, aveva sempre disprezzato i mondani, ed era convinta che fossero deboli, stupidi, volgari nel loro autocompiacimento. Ora si chiedeva se tutto quel rancore non avesse origine dall'invidia che provava per loro. Doveva essere bello, quando un familiare usciva di casa, non avere costantemente il timore che non tornasse più indietro.

Isabelle era già a metà della scala, con lo stilo in mano, quando percepì qualcosa di strano. Il salotto era vuoto. Max e Sebastian non si vedevano da nessuna parte. C'era un Marchio di Protezione lasciato a metà, su una delle assi di legno che Sebastian aveva inchiodato sulla finestra rotta. Il martello che aveva usato era sparito.

Le si strinse lo stomaco. — Max! — gridò, girando in cerchio. — Sebastian! Dove siete?

Le rispose la voce di Sebastian. — Isabelle. Siamo qui!

Il sollievo la travolse, lasciandola stordita. — Sebastian, non è per niente divertente! — esclamò, marciando verso la cucina. — Credevo che…

La porta della cucina si chiuse alle sue spalle. C'era buio, lì dentro, più ancora che in salotto. Socchiuse gli occhi per cercare Sebastian e Max, ma non vide altro che ombre.

— Sebastian? — Un filo di incertezza s'insinuò nella sua voce. — Sebastian, che ci fate qui? Dov'è Max?

— Isabelle. — Le parve di vedere qualcosa che si muoveva, un'ombra scura contro ombre più chiare. La voce era morbida, gentile, quasi leggiadra. Non si era mai accorta di quanto fosse bella la sua voce. — Isabelle, mi dispiace.

— Sebastian, ti comporti in modo strano. Smettila.

— Mi dispiace che tocchi proprio a te — aggiunse lui. — Sai, tra tutti, eri quella che mi piaceva di più.

— Sebastian...

— Tra tutti — aggiunse, con lo stesso tono basso — pensavo che tu fossi la più simile a me.

E in quel momento Sebastian calò il pugno, stretto intorno al martello.

Alec correva per le strade buie, in fiamme, chiamando Aline senza sosta. Quando lasciò il quartiere di Princewater e si addentrò nel cuore della città, il suo cuore accelerò. Le strade erano come un dipinto di Bosch divenuto realtà: piene di creature macabre e grottesche, scene di improvvisa e spaventosa violenza. Sconosciuti in preda al panico lo spintonavano, come se nemmeno lo vedessero, e scappavano urlando, senza alcuna meta apparente. L'aria puzzava di fumo e di demoni. Alcune delle case erano in fiamme, altre avevano le finestre squarciate. I ciottoli della strada luccicavano di vetri rotti. Avvicinandosi a un edificio, Alec vide che quella che aveva scambiato per una macchia di pittura sbiadita era in realtà una sventagliata di sangue fresco sull'intonaco. Girò su se stesso, guardando in ogni direzione, senza vedere nulla che la potesse giustificare. Poi si allontanò il più velocemente possibile.

Alec aveva dei ricordi di Alicante. Aveva solo due o tre anni, quando la sua famiglia se n'era andata, ma aveva conservato il ricordo delle torri scintillanti, delle strade piene di neve, in inverno, dei festoni di stregaluce che addobbavano i negozi e le case, dell'acqua che saliva sonora nella fontana della sirena, nella Sala degli Accordi. Aveva sempre provato una strana fitta al cuore al pensiero di Alicante: la speranza dolente che, un giorno, la sua famiglia avrebbe potuto ritornare al luogo cui apparteneva. Ora, vedere la città in quello stato era come la morte di ogni gioia. Svoltando in una strada più ampia, una di quelle che portavano alla Sala degli Accordi, Alec vide un branco di demoni Belial passare chini sotto un arco, sibilando e ululando. Trascinavano qualcosa, che guizzava e si contorceva sull'acciottolato. Si lanciò all'inseguimento, ma i demoni erano già scomparsi. Accartocciata alla base di un pilastro c'era una sagoma senza vita, ai cui piedi scorreva un rivolo di sangue. I vetri rotti scricchiolarono sotto gli scarponi, quando Alec si inginocchiò e girò il corpo. Gli bastò un'occhiata al volto contorto e violaceo. Si ritrasse con un brivido, grato che non fosse nessuno di quelli che conosceva.

Un rumore. Alec si rialzò in fretta. Sentì l'odore, prima ancora di vedere l'ombra della creatura ingobbita ed enorme che strisciava verso di lui dal fondo della strada. Un Demone Superiore? Non si fermò a verificare. Scappò verso una delle case più alte, dall'altra parte della strada, e saltò sul davanzale di una finestra sfondata. Qualche minuto dopo si stava issando sul tetto, graffiandosi mani e ginocchia. Si mise in piedi, pulendosi le mani, e osservò Alicante dall'alto.

Le torri antidemoni emanavano una luce fioca e morente sulle vie brulicanti della città: c'erano *cose* che correvano a grandi falcate o strisciavano o si annidavano nell'ombra più fitta tra le case, come scarafaggi in un appartamento buio. L'aria gli portava pianti e strilli e urla, e nomi chiamati a gran voce. Ma c'erano anche gli urli dei demoni, ululati di caos e delizia che ferivano dolorosamente gli orecchi umani. Il fumo si alzava sopra le case di pietra color miele, avviluppando le guglie della Sala degli Accordi. Alec alzò gli occhi verso la Guardia e vide un'onda di Shadowhunters correre giù dalla collina, illuminati dalle stregaluci che tenevano in mano. Il Conclave stava cominciando a combattere.

Alec si spostò verso il bordo del tetto. Lì gli edifici erano addossati gli uni agli altri e le grondaie quasi si toccavano. Fu facile saltare al tetto successivo, e poi a quello accanto. Alec si ritrovò a correre agilmente tra i tetti, saltando oltre il breve spazio vuoto tra le case. Era bello sentire in faccia il vento fresco, che predominava sul puzzo dei demoni.

Stava correndo da qualche minuto, quando si rese conto di due cose. La prima, che stava puntando verso le bianche guglie della Sala degli Accordi. E la seconda, che c'era qualcosa più avanti, in una piazza tra due vicoli, che somigliava a una pioggia di scintille verso l'alto; scintille azzurre, un po' più scure delle fiammelle del gas. Alec aveva già visto scintille come quelle. Si fermò non più di un attimo, poi cominciò a correre.

Il tetto più vicino alla piazza era molto spiovente. Alec vi approdò slittando sulle tegole fissate malamente. In equilibrio precario, guardò giù.

Ai suoi piedi si apriva la piazza del Pozzo. La visuale era parzialmente ostruita da un palo di ferro che si protendeva dalla facciata dell'edificio, sorreggendo un'insegna di legno che dondolava nella brezza. La piazza era gremita di demoni Iblis: avevano forma umana, ma erano fatti di una sostanza simile a spire di fumo nero; i loro occhi erano gialli e ardenti. Erano schierati e avanzavano lentamente verso la figura solitaria di un giovane con un ampio cappotto grigio, costringendolo ad arretrare verso un muro. Alec lo guardò sgranando gli occhi. Tutto, in quel ragazzo, gli era familiare: la linea dritta della schiena, il groviglio di capelli neri, le scintille azzurre che sprizzavano dalle sue dita come lucciole cianotiche.

Magnus. Lo stregone scagliava dardi di fuoco azzurro contro i demoni Iblis che avanzavano contro di lui. Un dardo ne colpì uno al petto: col rumore di una secchiata d'acqua gettata sulle fiamme, il demone sfrigolò e svanì in un'esplosione di lapilli. Gli altri si spostarono a chiudere lo spazio rimasto vuoto (i demoni Iblis non brillavano per intelligenza) e Magnus scagliò un'altra raffica di dardi infuocati. Diversi Iblis caddero, ma ora un altro demone, più astuto degli altri, era fluttuato *intorno* a Magnus e si stava condensando alle sue spalle, pronto a colpire.

Alec non si fermò a pensare. Saltò dal margine del tetto verso il palo di metallo, lo afferrò al volo e vi girò intorno come un acrobata, per rallentare la caduta. Mollò la presa e atterrò agilmente nella piazzetta. Il demone, sorpreso, si voltò: gli occhi gialli erano come fulgide pietre preziose. Alec ebbe solo il tempo di pensare che Jace, al suo posto, avrebbe sicuramente trovato qualcosa di intelligente da dire, poi estrasse la spada angelica dalla cintura e infilzò il demone. Con un urlo, il mostro svanì. La violenza della sua uscita di scena da quella dimensione investì Alec con una pioggia sottile di cenere.

— *Alec?* — Magnus lo guardava incredulo. Aveva liquidato i demoni Iblis che ancora restavano e la piazza adesso era vuota, fatta eccezione per loro due. — Mi hai… mi hai appena salvato la vita?

Alec sapeva che avrebbe dovuto dire qualcosa del tipo: "Ma certo, perché io sono un Cacciatore, ed è quello che facciamo noi Cacciatori." Oppure: "È il mio mestiere." Jace avrebbe detto qualcosa del genere. Jace sapeva sempre qual era la cosa giusta da dire. Ma le parole che uscirono dalla bocca di Alec furono molto diverse e suonarono petulanti alle sue stesse orecchie. — Non mi hai mai richiamato. Io ti ho chiamato un sacco di volte e tu non mi hai mai richiamato.

Magnus guardò Alec come se fosse impazzito. — La tua città è sotto assedio. Le difese sono state abbattute e le strade pullulano di demoni. E tu vuoi sapere perché *non ti ho chiamato*?

Alec strinse le labbra in una linea ostinata. — Io voglio sapere perché tu non mi hai *ri*chiamato.

Magnus alzò le braccia al cielo, in un gesto di palese esasperazione. Alec notò con interesse che quando lo fece gli sfuggirono dalle dita alcune scintille, come lucciole che scappassero da un barattolo di vetro. — Sei un idiota.

— È *per questo* che non mi hai richiamato? Perché sono un idiota?

— No. — Magnus gli si avvicinò. — Non ti ho chiamato perché sono stanco che tu mi cerchi solo quando hai bisogno di qualcosa. Sono stanco di vederti innamorato di qualcun altro. Di uno che, tra parentesi, non ricambierà mai il tuo amore. Non come me.

— Tu mi ami?

— Stupido Nephilim — ribatté Magnus paziente. — Perché mai sarei qui? Perché mai avrei passato queste ultime settimane a rimettere in sesto i tuoi stupidi amici ogni volta che si fanno male? E a tirare fuori te da ogni situazione assurda in cui ti cacciavi? Per non parlare dell'aiuto che vi ho dato per vincere la battaglia contro Valentine. E tutto completamente gratis!

— Non l'avevo mai vista in questo modo — ammise Alec.

— Certo che no. Tu non la vedi mai in nessun modo. — Gli occhi felini di Magnus brillavano di rabbia. — Io ho settecento anni, Alexander. So quando qualcosa non funziona. E tu invece non vuoi nemmeno ammettere coi tuoi genitori che io esisto.

Alec lo fissò. — Tu hai settecento anni?

— Be' — si corresse Magnus — sarebbero ottocento, ma non li dimostro. Comunque, non è questo il punto. Il punto è che…

Alec non poté scoprire quale fosse il punto, perché in quel momento un'altra decina di demoni Iblis invasero la piazza. Restò a bocca aperta. — Dannazione.

Magnus seguì il suo sguardo. I demoni si aprirono a ventaglio formando un semicerchio intorno a loro, gli occhi gialli ardenti. — Bel modo di cambiare discorso, Lightwood.

— Sai che ti dico? — Alec sguainò un'altra spada angelica. — Se usciamo vivi di qui, giuro che ti presento a tutta la famiglia.

Magnus sollevò le mani. Le dita sfavillanti di fiammelle illuminarono il suo sorriso di ardente luce azzurra. — Ci sto.

11
Tutte le schiere infernali

— Valentine — sussurrò Jace. Fissava la città dall'alto della collina, bianco in volto.

Tra gli strati di fumo, a Clary sembrava quasi di vedere il dedalo di stradine gremite di figure in fuga, minuscole formiche che correvano disperatamente in ogni direzione... Ma, guardando meglio, non vide niente oltre alle nubi dense di vapore nero, e c'era un gran puzzo di fuoco e di fumo.

— Credi che sia stato lui? — Il fumo era acre nella gola di Clary. — Sembra un incendio. Magari è scoppiato per caso.

— La Porta Settentrionale è aperta. — Jace le indicò qualcosa che la ragazza riuscì a malapena a distinguere, per la distanza e per il fumo che distorceva le immagini. — Non viene mai lasciata aperta. E le torri antidemoni hanno perso la loro luce. Le difese sono state abbattute, non c'è altra spiegazione. — Sguainò una spada angelica dalla cintura, stringendola così forte che le nocche gli diventarono color avorio. — Devo raggiungerli.

Un nodo di paura serrò la gola a Clary. — Simon...

— Avranno sicuramente evacuato la Guardia. Non ti preoccupare, Clary. Probabilmente se la passa meglio di tutti gli altri. È difficile che i demoni se la prendano con lui. Di solito lasciano in pace i Nascosti.

— Mi dispiace — sussurrò Clary. — I Lightwood... Alec... Isabelle...

— *Jahoel* — pronunciò Jace. La spada angelica sfavillò, brillante come la luce del giorno, nella sua mano sinistra. — Clary, voglio che tu resti qui. Tornerò a prenderti. — La rabbia che allignava nella sua voce da quando avevano lasciato la tenuta dei Wayland era svaporata. Ora Jace era al cento per cento soldato.

Clary scosse la testa. — No. Voglio venire con te.

— Clary... — Jace s'interruppe, irrigidendosi. Un attimo dopo, anche la ragazza sentì: era un battere ritmico, pesante, accompagnato da un altro suono, come il crepitare di un enorme falò. Le ci volle un po' per decostruire il suono nella propria mente, per scomporlo come un brano musicale nelle sue singole note. — Sono...

— *Lupi mannari.* — Jace teneva lo sguardo fisso in un punto oltre le spalle di Clary. Seguendone la direzione, anche Clary li vide: come un torrente che valicava la collina più vicina, come un'ombra che si allargasse, illuminata qua e là da feroci occhi ardenti. Un branco di lupi. Più di un branco: dovevano essere centinaia, forse migliaia. Gli ululati e i latrati erano il suono che lei aveva scambiato per un fuoco crepitante, e il suono cresceva nella notte, aspro e secco.

A Clary si rivoltò lo stomaco. Lei li conosceva, i lupi mannari. Aveva combattuto accanto a loro. Ma quelli non erano i lupi di Luke, non erano lupi che avevano ricevuto l'ordine di proteggerla e di non farle alcun male. Ripensò al terribile potenziale di morte del branco di Luke, quando era scatenato, e d'improvviso ebbe paura. Accanto a lei, Jace imprecò ferocemente. Non c'era tempo nemmeno per prendere altre armi. Si strinse Clary al fianco, cingendola col braccio libero, e con l'altra mano levò alta Jahoel. La luce della lama era accecante. Clary strinse i denti.

E i lupi furono su di loro. Fu come un'onda che si schiantava, un'esplosione assordante, una folata di vento, quando i primi lupi del branco piombarono verso di loro e *balzarono* oltre. Occhi fiammeggianti, fauci spalancate… Jace affondò le dita nel fianco di Clary.

Ma i lupi passarono oltre, di lato ai due ragazzi, lasciando un buon mezzo metro di spazio intorno a loro. Clary girò di scatto la testa, incredula, quando due lupi – uno chiaro e striato, l'altro enorme, color grigio acciaio – atterrarono agilmente alle loro spalle e subito ripresero la corsa, senza nemmeno degnarli di uno sguardo. C'erano lupi tutto intorno, eppure non uno li toccò. Sfrecciavano via, un'onda di ombre, con il manto che rifletteva la luce lunare in bagliori d'argento: sembravano un unico fiume in piena, che piombava su Jace e Clary e poi si apriva intorno a loro come l'acqua intorno a una roccia.

I due ragazzi avrebbero potuto essere due statue, visto l'interesse che suscitavano nei licantropi, i quali sfrecciavano via con le fauci spalancate e gli occhi fissi sulla strada.

Passarono tutti. Jace si girò a guardare gli ultimi che correvano a raggiungere i compagni.

Tornò il silenzio. Restavano solo, in lontananza, i rumori fiochi della città.

Jace lasciò Clary e abbassò Jahoel. — Stai bene?

— Cos'è successo? — sussurrò Clary. — Quei lupi mannari… ci sono passati accanto.

— Stanno correndo verso la città. Verso Alicante. — Jace prese un'altra spada angelica dalla cintura e la porse a Clary. — Ti servirà.

— Allora non mi lasci più qui?

— Non ha senso. Non saresti al sicuro da nessuna parte. Ma… — esitò — starai attenta?

— Starò attenta — promise Clary. — Che si fa, adesso?

Jace guardò Alicante che bruciava ai loro piedi. — Adesso si corre.

Non era mai facile tenere il passo di Jace, e ora che correva così veloce era quasi impossibile. Ma Clary sentiva che in realtà Jace si stava trattenendo, che non filava a tutta velocità per permetterle di stargli dietro, e che questo gli costava molto.

La strada si appianava ai piedi della collina ed entrava in un boschetto di alti alberi frondosi che creavano una specie di tunnel. Quando Clary sbucò dall'altra parte, si ritrovò davanti alla Porta Settentrionale. Oltre l'arco vide una gran confusione di fumo e fiamme guizzanti. Jace era lì ad aspettarla. Brandiva Jahoel in una mano e un'altra spada angelica nell'altra, ma la doppia luce delle lame si perdeva nel fulgore della città in fiamme alle sue spalle.

— Le guardie — ansimò Clary raggiungendolo. — Perché non sono qui?

— Almeno una è tra quegli alberi. — Jace le indicò con il mento la direzione da cui erano venuti. — Fatta a pezzi. No, non guardare. — Jace la osservò. — Non si tiene in questo modo la spada angelica. Fa' così. — Le mostrò come fare. — E devi darle un nome. Cassiel mi pare un buon nome.

— *Cassiel* — ripeté Clary, e la luce della lama sfavillò.

Jace la guardò con grande serietà. — Vorrei avere avuto il tempo di insegnarti a usarla. Ovvio che, a rigor di logica, nessuno con un addestramento scarso come il tuo sarebbe in grado di usare una spada angelica. Prima la cosa mi sorprendeva, ma adesso che sappiamo cos'ha fatto Valentine...

Clary non voleva assolutamente parlare di questo. — O forse temevi che, con un buon addestramento, alla fine sarei diventata più brava di te — scherzò.

L'ombra di un sorriso sfiorò l'angolo delle labbra di Jace. — Qualsiasi cosa succeda, Clary — le disse, guardandola attraverso la luce di Jahoel — resta con me. Hai capito? — La fissò a lungo, pretendendo con lo sguardo una promessa.

Per qualche ragione, alla mente di Clary affiorò il ricordo dei loro baci sull'erba, alla tenuta dei Wayland. Sembrava successo un milione di anni prima. Una cosa capitata a qualcun altro.

— Resterò con te.

— Bene. — Jace la liberò dal vincolo del suo sguardo. — Andiamo.

Passarono sotto la porta della città, fianco a fianco. Non appena furono entrati, di colpo Clary fu consapevole del clamore della battaglia: un muro di suoni fatto di grida umane e ululati disumani, fragore di vetri infranti e crepitio di fuoco. Sentì il sangue pulsare nelle orecchie.

Il cortile dietro la Porta Settentrionale era deserto. C'erano sagome rannicchiate qua e là sull'acciottolato, ma Clary cercò di non guardarle. Si chiese come riuscisse sempre a capire se una persona era morta, anche da lontano, senza bisogno di avvicinarsi. Il corpo di un morto non era come quello di un uomo svenuto: in qualche modo poteva percepire che qualcosa si era staccato da lui, che quella scintilla essenziale non c'era più.

Jace attraversò il cortile in fretta, tirandosi dietro Clary, e questo le fece pensare che lui non amava troppo gli spazi aperti, privi di protezione. Si infilarono in una delle strade che si dipartivano dal cortile. Altre macerie, vetrine fracassate, mercanzie razziate sparse per la strada. C'era un odore nell'aria, un odore greve di rifiuti marci. Clary lo conosceva bene: significava demoni.

— Da questa parte — sibilò Jace. Si infilarono in una strada più stretta. Il piano superiore di una casa sulla strada era in fiamme, ma il fuoco non sembrava essersi propagato alle costruzioni adiacenti. Clary ripensò alle foto dei bombardamenti su Londra nel 1940, quando la distruzione era piovuta dal cielo a casaccio.

Alzò lo sguardo: la fortezza sopra la città era avvolta in un cono di fumo nero.

— La Guardia.

— Te l'ho detto, l'avranno evacuata... — Jace s'interruppe quando dalla stradina sbucarono in una via più ampia. C'erano corpi per terra, molti corpi. Alcuni erano di bambini. Jace corse avanti, seguito da Clary, con passo più esitante. Quando furono più vicini, la ragazza vide che i bambini erano tre, ma nessuno, pensò con colpevole sollievo, aveva l'età di Max. Accanto a loro c'era il cadavere di un uomo anziano, con le braccia spalancate, come se avesse cercato di proteggerli facendo scudo col proprio corpo.

Il viso di Jace era duro. — Clary, girati. Lentamente.

Lei obbedì. Alle sue spalle, vide la vetrina infranta di un negozio che esponeva torte, torri di torte coperte di glassa. Ora le torte erano sparse per terra, tra i vetri rotti, e il sangue sull'acciottolato, mescolato alla glassa, colava in lunghi rivoli rosati. Ma non era quello che aveva messo una nota di allarme nella voce di Jace: qualcosa stava strisciando fuori dalla vetrina, qualcosa di grosso, informe e viscido, con una doppia fila di denti che correvano su tutta la lunghezza del corpo oblungo, impiastricciato di glassa e impolverato di schegge di vetro simili a cristalli di zucchero.

Il demone piombò sulla strada strisciando verso di loro. Qualcosa, nel suo modo di avanzare molle e grondante, riempì di bile la gola di Clary, che arretrò andando quasi a sbattere addosso a Jace.

— È un demone Behemoth — sentenziò Jace fissando la cosa che si avvicinava strisciando. — Mangiano *qualsiasi cosa.*

— Mangiano anche...

— La gente? Sì — disse Jace. — Stai dietro di me.

Clary arretrò di qualche passo per farsi scudo con lui, gli occhi fissi sul Behemoth. C'era qualcosa in quell'essere, più ancora che negli altri demoni, che le provocava una profonda repulsione. Somigliava a una lumaca cieca, con i denti e senza guscio. E poi, il modo in cui strisciava: era come se colasse lentamente. Ma almeno non era veloce. Jace non avrebbe avuto problemi a ucciderlo.

Come spronato dai pensieri di Clary, il ragazzo balzò avanti e affondò la fiammeggiante spada angelica nella schiena del Behemoth, con un rumore di frutta troppo matura spappolata sotto una scarpa. Il demone ebbe un guizzo. Sembrò fremere e dissolversi, ma si ricompose all'improvviso, a diversi passi di distanza.

Jace ritirò Jahoel. — Come temevo — borbottò. — È semi-corporeo. Difficile da uccidere.

— Allora non farlo. — Clary lo tirò per la manica. — Tanto non è veloce. Andiamocene di qui.

Jace si lasciò tirare con riluttanza. Si voltarono per tornare da dov'erano venuti. E il demone era lì, davanti a loro, a bloccare la strada. Sembrava diventato più grande e produceva un suono basso, una specie di brusio di insetti.

— Mi sa che non vuole lasciarci passare — osservò Jace.

— Jace...

Ma lui stava già correndo all'attacco. Tracciò con Jahoel un grande arco nell'aria, con l'intento di decapitare il mostro, ma il demone fremette e si riformò di nuovo, questa volta alle sue spalle. S'impennò, mostrando il ventre ondulato da scarafaggio. Jace ruotò su se stesso e calò di nuovo Jahoel, piantandola al centro della creatura. Un fluido verde, denso come muco, schizzò intorno alla spada.

Jace arretrò di un passo, il viso trasformato in una smorfia di disgusto. Il Behemoth continuava a produrre quello strano brusio. Anche il fluido non la smetteva più di sgorgare dal suo corpo, ma non sembrava fargli male. Ora avanzava deciso verso di loro.

— Jace! — gridò Clary. — La spada...

Jace guardò Jahoel. Il muco del Behemoth aveva coperto la lama, soffocandone la fiamma. Sotto i suoi occhi, la spada angelica sfrigolò e si spense come un fuoco smorzato dalla sabbia. Jace lasciò cadere l'arma con un'imprecazione prima che il muco del demone potesse contagiarlo.

Il Behemoth s'impennò di nuovo, pronto a colpire. Jace arretrò. Quello fu il momento di Clary: si frappose tra lui e il demone, con la spada angelica in pugno. Colpì la creatura sotto la lunga fila di denti e la lama affondò nella massa corporea con un suono umidiccio e disgustoso.

La ragazza fece un balzo indietro, sussultando, quando il demone fu scosso da un altro spasmo. Sembrava che consumasse una certa quantità di energia, per riformarsi subito dopo essere stato ferito. Se fossero riusciti a ferirlo molte volte...

Qualcosa si mosse ai margini del campo visivo di Clary. Un guizzo di grigio e bruno, veloce. Non erano più soli nella strada. Jace si voltò, sgranando gli occhi. — Clary! — gridò. — Dietro di te!

Lei ruotò su se stessa, con Cassiel ben salda e fiammeggiante tra le mani, e in quel momento il lupo si lanciò contro di lei, i denti scoperti in un ringhio feroce, le fauci spalancate.

Jace gridò qualcosa, Clary non capì, ma si buttò di lato, fuori dalla traiettoria dell'animale, che le volò accanto, gli artigli sguainati, il corpo inarcato... e centrò il suo bersaglio, il Behemoth. Lo scaraventò a terra e cominciò a dilaniarlo con i denti.

Il demone gridò, o meglio produsse il suono per lui più vicino a un urlo: un sibilo altissimo, come di aria compressa che sfuggisse da un palloncino forato. Il lupo non gli dava tregua, lo bloccava a terra, affondava il muso nella sua pelle viscida. Il Behemoth fremeva e si dibatteva, nello sforzo disperato di riformarsi guarendo dalle ferite, ma il lupo era implacabile. Con gli artigli affondati nella sua pelle, strappava via a morsi la carne gelatinosa, ignorando gli spruzzi di fluido verde che gli zampillavano intorno. Il Behemoth cominciò un'ultima disperata serie di spasmi convulsivi, divincolandosi e battendo i denti seghettati. Alla fine scomparve, lasciando sull'acciottolato soltanto una pozzanghera fumante di fluido verde.

Il lupo emise una specie di grugnito soddisfatto, poi si girò a guardare Jace e Clary con gli occhi argentei sotto la luce della luna. Jace estrasse un'altra spada angelica dalla cintura e la tenne sollevata, disegnando una linea di fuoco tra loro due e il lupo.

L'animale ringhiò e gli si rizzarono i peli sulla schiena.

Clary fermò il braccio di Jace. — No... non farlo!

— È un *lupo mannaro*, Clary...

— Ha ucciso il demone per noi! Sta dalla nostra parte! — Clary si allontanò da Jace prima che lui riuscisse a fermarla e si avvicinò al lupo lentamente, protendendo le mani a palmo in su. Gli parlò a voce bassa, con calma: — Mi dispiace. Ci dispiace. Sappiamo che non vuoi farci del male. — Si fermò, con le mani ancora tese, mentre il lupo la guardava con occhi inespressivi. — Chi... chi sei? — gli chiese. Si girò verso Jace e lo guardò in cagnesco. — Puoi mettere via quella cosa?

Jace sembrava sul punto di gridarle che non si *metteva via* una spada angelica in presenza di un pericolo. Ma, prima che aprisse bocca, il lupo fece un altro ringhio basso e si sollevò sulle zampe posteriori. Le zampe si allungarono, la spina dorsale si raddrizzò, le mascelle si ritirarono. Pochi secondi dopo, di fronte a loro c'era una ragazza con una tunica bianca macchiata, i capelli legati in una miriade di treccine, una cicatrice sulla gola.

— *Chi sei?!* — La ragazza le fece il verso, con evidente sarcasmo. — Possibile che tu non mi abbia riconosciuto? Non è che tutti i lupi siano esattamente uguali. Ah, *umani!*

Clary tirò un gran sospiro di sollievo. — Maia!

— Proprio io. Pronta a salvarti il fondoschiena, come al solito. — Fece un gran sorriso. Era sporca di sangue e di pus. Sulla pelliccia da lupo non si notava molto, ma ora le striature nere e rosse erano ben visibili sulla pelle scura. La ragazza si mise una mano sullo stomaco. — Uno schifo, comunque. Mi sembra impossibile di essere riuscita a masticare quel demone. Spero di non essere allergica.

— Ma che ci fai qui? — le chiese Clary. — Cioè, non che non siamo contenti di vederti, ma...

— Non lo sapete? — Maia spostò lo sguardo da Jace a Clary, perplessa. — Ci ha portato Luke.

— Luke? — Clary sgranò gli occhi. — Luke è... qui?

Maia annuì.

— Si è messo in contatto con il suo branco, con vari altri branchi, con tutti quelli che gli sono venuti in mente: ci ha detto che dovevamo venire tutti a Idris. Siamo arrivati da un Portale ai confini e siamo venuti da lì. Altri branchi hanno aperto un Portale nella foresta e ci hanno aspettato là. Luke ci ha detto che i Nephilim avrebbero avuto bisogno di aiuto. — La sua voce si spense. — Voi non ne sapevate nulla?

— No — rispose Jace. — E dubito che il Conclave lo sapesse. Non sono molto entusiasti all'idea di farsi aiutare dai Nascosti.

Maia si raddrizzò sulla schiena, gli occhi sfavillanti di rabbia. — Se non fosse stato per noi, vi avrebbero *massacrati* tutti. Non c'era nessuno a proteggere la città quando siamo arrivati.

— Smettila — intimò Clary a Jace, fulminandolo con un'occhiata. — Ti sono davvero grata, davvero, per averci salvato la vita, Maia. E anche Jace, anche se è così testardo che s'infilerebbe una spada angelica in un occhio, piuttosto che ammetterlo. E non dire che lo speri — aggiunse in fretta, vedendo l'espressione della ragazza — perché non ci sarebbe molto d'aiuto. Ora noi dobbiamo assolutamente andare a casa dei Lightwood; poi, io devo trovare Luke...

— I Lightwood? Credo che siano nella Sala degli Accordi. Stiamo portando tutti lì. Ho visto Alec — disse Maia — e anche lo stregone, quello con i capelli a spunzoni. Magnus.

— Se c'è Alec, ci devono essere anche gli altri. — Il sollievo sul viso di Jace fece venir voglia a Clary di mettergli una mano sulla spalla. Ma non lo fece. — Buona idea, portare tutti alla Sala degli Accordi: è protetta. — Jace infilò la spada angelica nella cintura. — Forza, andiamo!

Clary riconobbe l'interno della Sala degli Accordi nel momento stesso in cui vi mise piede: era il posto che aveva sognato, il posto dove aveva danzato con Simon e poi con Jace.

È qui che volevo arrivare attraverso il Portale, pensò, osservando le pareti bianche e il soffitto con l'enorme lucernario di vetro da cui si vedeva il cielo notturno. La sala, pur essendo molto ampia, sembrava più piccola e più spenta rispetto al sogno. La fontana con la sirena c'era ancora, al centro: zampillava, ma era come corrosa, e i gradini che salivano alla vasca erano affollati di persone, molte delle quali vistosamente bendate. C'erano Shadowhunters dappertutto, gente che camminava in fretta, fermandosi ogni tanto a studiare il viso di altre persone nella speranza di ritrovare un amico o un parente. Il pavimento era lercio, sporco di sangue e di fango.

Ma ciò che colpì Clary più di ogni altra cosa fu il silenzio. Fosse stato il momento successivo a un disastro nella società dei mondani ci sarebbe stata gente che gridava, che strillava, che chiamava altra gente. Invece la sala era quasi completamente priva di suoni. Le persone stavano sedute in silenzio, chi con la testa fra le mani, chi con lo sguardo fisso nel vuoto. I bambini si stringevano ai genitori, ma nessuno piangeva.

Clary notò anche qualcos'altro: un gruppo di persone piuttosto trasandate, in piedi vicino alla fontana, riunite in cerchio. Erano in qualche modo separate dal resto della folla e quando Maia li vide e sorrise, Clary capì perché.

— Il mio branco! — esclamò Maia. Corse da loro, fermandosi solo un attimo per girarsi verso Clary. — Sono sicura che Luke è qui, da qualche parte — le disse, poi svanì dentro il gruppo, che si richiuse intorno a lei. Clary si chiese, per un momento, che cosa sarebbe successo se avesse seguito Maia nel gruppo. L'avrebbero accolta con piacere, perché era amica di Luke, o l'avrebbero guardata con sospetto, perché era una Cacciatrice?

— Non farlo — la mise in guardia Jace, come leggendole nel pensiero. — Non è una buona…

Ma in quel momento sentirono gridare: — *Jace!* — Alec si stava facendo largo a gomitate tra la folla, col fiato corto. I capelli scuri erano arruffati e c'era del sangue sui suoi vestiti, però gli occhi erano accesi da un misto di sollievo e rabbia. Prese Jace per il bavero della giacca. — Si può sapere che diavolo ti è successo?

Jace sembrò offeso. — Come sarebbe, cosa mi è successo?

Alec lo scrollò, poco delicatamente. — Hai detto che andavi a fare una *passeggiata*! Che razza di passeggiata dura sei ore?

— Una passeggiata lunga? — suggerì Jace.

— Potrei ucciderti — disse Alec mollando la presa. — E ci sto pensando seriamente.

— Sarebbe un po' un controsenso, no? — disse Jace. Si guardò intorno. — Ma dove sono tutti? Isabelle, e…

— Isabelle e Max sono dai Penhallow, con Sebastian — lo aggiornò Alec. — Mamma e papà stanno andando a prenderli. E Aline è qui, con i suoi genitori, ma non vuole parlare. Se l'è vista brutta con un demone Rezkor, vicino a un canale. Ma Izzy l'ha salvata.

— E Simon? — chiese Clary con ansia. — Hai visto Simon? Dovrebbe essere sceso dalla Guardia con gli altri.

Alec scosse la testa. — No, non l'ho visto. Ma non ho visto nemmeno l'Inquisitore, e neanche il Console. Probabilmente sarà con uno di loro. Forse si sono fermati da qualche altra parte o… — Alec non finì la frase. Un mormorio spazzò la sala. Clary vide il gruppo di licantropi alzare la testa, subito allertati, come un branco di cani da caccia che fiutassero la selvaggina. Si girò.

E vide Luke, sfinito e sporco di sangue, entrare dalle porte della Sala degli Accordi.

Clary corse da lui, dimenticando quanto si era arrabbiata quando lui l'aveva abbandonata a casa di Amatis, dimenticando quanto fosse furioso con lei perché l'aveva trascinato fin lì, dimenticando tutto, tranne la gioia di rivederlo. Luke si sorprese vedendosela piombare addosso, poi sorrise, spalancò le braccia e la sollevò stringendola forte, come faceva quando era piccola. Lui sapeva di sangue, di flanella e di fumo. Per un momento Clary chiuse gli occhi, ripensando a come Alec aveva aggredito Jace quando l'aveva visto entrare nella sala. Perché è così che si fa con la propria famiglia, quando si è stati in pensiero per qualcuno: lo si prende di petto, gli si sta addosso, gli si dice quanto ci ha fatto imbestialire, ed è giusto così, perché, per quanto ci si possa arrabbiare, lui è pur sempre parte di noi. E quello che Clary aveva detto a Valentine era vero. Luke era la sua famiglia.

Luke la rimise a terra con una piccola smorfia di dolore. — Piano — le disse. — Un demone mi ha beccato alla spalla, giù al Merryweather Bridge. — Le mise le mani sulle spalle, studiandole il volto. — Ma tu stai bene, vero?

— Be', questa sì che è una scena toccante! — commentò una voce gelida.

Clary si girò, con la mano di Luke ancora sulla spalla. Un uomo alto, avvolto in un mantello blu che gli volteggiava intorno ai piedi, si stava avvicinando a loro. La faccia, sotto il cappuccio del mantello, era quella di una statua scolpita: zigomi alti, tratti aquilini, palpebre pesanti. — Lucian — disse l'uomo senza guardare Clary. — Dovevo aspettarmelo che ci fossi tu dietro questa… questa invasione

— *Invasione?* — ripeté Luke. E, di colpo, tutto il branco di licantropi fece corpo alle sue spalle. L'avevano raggiunto così rapidi e silenziosi che era come se si fossero materializzati dal nulla. — Non siamo noi quelli che hanno invaso la tua città, Console. È stato Valentine. Noi stiamo cercando di aiutarvi.

— Il Conclave non ha bisogno di aiuto — replicò il Console. — Non da quelli come voi. State infrangendo la Legge con la vostra sola presenza nella Città di Vetro, difese o non difese. Sono sicuro che ne siete consapevoli.

— Mi pare chiaro, invece, che il Conclave ha bisogno di aiuto. Se non fossimo arrivati noi, molti altri dei vostri sarebbero morti. — Luke si guardò intorno: diversi gruppi di Shadowhunters si erano avvicinati, curiosi di vedere cosa stesse succedendo. Alcuni di loro incrociarono il suo sguardo con franchezza, altri abbassarono gli occhi, come vergognandosi. Ma nessuno, pensò Clary con un improvviso impeto di sorpresa, sembrava arrabbiato. — L'ho fatto per dimostrare una cosa, Malachi.

La voce del Console era gelida. — E che cosa volevi dimostrare?

— Che voi avete bisogno di noi. Per sconfiggere Valentine, avete bisogno del nostro aiuto. Non solo dei licantropi, ma di tutti i Nascosti.

— E che cosa mai potrebbero fare i Nascosti, sentiamo, contro Valentine? — chiese Malachi sprezzante. — Lucian, lo sai bene anche tu. Eri uno di noi, una volta. Abbiamo sempre affrontato tutti i pericoli da soli, e da soli abbiamo protetto il mondo dal male. E ora affronteremo Valentine con le nostre forze. I Nascosti farebbero meglio a starsene fuori dai piedi. Noi siamo Nephilim. Noi combattiamo da soli le nostre battaglie.

— Questo non è del tutto vero — obiettò una voce vellutata. Era Magnus Bane, con un lungo cappotto scintillante, una varietà di anelli alle orecchie e un'espressione furba. Chissà da dove era sbucato, pensò Clary. — Voi Nephilim siete ricorsi all'aiuto degli stregoni in più di un'occasione, in passato, e avete pagato profumatamente il servizio.

Malachi si accigliò. — Non ricordo che il Conclave ti abbia invitato nella Città di Vetro, Magnus Bane.

— Nessuno mi ha invitato, infatti — confermò Magnus. — Le vostre difese sono cadute.

— Ma davvero? — La voce del Console grondava sarcasmo. — Non me n'ero accorto.

Lo stregone finse preoccupazione. — Ma è terribile! Qualcuno avrebbe dovuto dirtelo! — Guardò Luke. — Digli che le difese sono cadute.

Il licantropo era esasperato. — Malachi, per l'amor del cielo, i Nascosti sono forti. Sono tanti. Te lo ripeto: vi possiamo aiutare.

La voce del Console si alzò. — E io te lo ripeto: non ci serve il vostro aiuto!

— Magnus... — Clary gli si avvicinò e gli parlò in un sussurro. Si era radunata una piccola folla per assistere allo scontro tra Luke e il Console: la ragazza era sicura che nessuno badasse a lei. — Devo parlarti, adesso, mentre gli altri sono troppo impegnati a bisticciare.

Magnus le lanciò un'occhiata interrogativa, poi annuì e la trascinò con sé, tagliando la folla come un apriscatole. Nessuno dei presenti, Cacciatori o lupi mannari che fossero, sembrava voler intralciare il passo a uno stregone di un metro e ottanta di altezza, con gli occhi da gatto e un sorriso da folle. Magnus la spinse in un angolo più tranquillo. — Che c'è?

— Ho il libro. — Clary si sfilò il libro dalla tasca del cappotto malconcio, lasciando delle ditate sporche sulla copertina color avorio. — Sono stata alla tenuta dei Wayland. Era nella biblioteca, come avevi detto tu. E... — Le mancò la voce, pensando all'Angelo prigioniero. — Non importa. — Gli offrì il *Libro Bianco*. — Tieni. Prendilo.

Magnus prese il libro dalle sue mani con le lunghe dita. Sfogliò le pagine, sgranando gli occhi. — È meglio di quello che avevo sentito dire — annunciò gongolando. — Non vedo l'ora di mettermi a provare questi incantesimi.

— Magnus! — La voce tagliente di Clary lo riportò sulla terra. — Prima mia madre. Me l'hai promesso.

— E io mantengo le mie promesse. — Lo stregone annuì gravemente, ma c'era qualcosa, nei suoi occhi, di cui Clary non si fidava completamente.

— C'è dell'altro — aggiunse la ragazza pensando a Simon. — Prima che tu vada...

— Clary! — Alle sue spalle risuonò una voce forte, ansimante. Lei si girò, sorpresa, e si ritrovò Sebastian al fianco. Era in tenuta da battaglia. Gli stava molto bene, pensò Clary, come se fosse nato per indossarla. E se tutti gli altri erano insanguinati e malconci, lui non aveva nemmeno un livido, tranne due graffi sulla guancia sinistra, come di artigli. — Ero preoccupato per te. Sono andato a casa di Amatis venendo qui, ma non c'eri. E lei mi ha detto che non ti vedeva da...

— Be', sto bene. — Clary spostò lo sguardo da Sebastian a Magnus, che teneva il *Libro Bianco* stretto al petto. Le sopracciglia ben disegnate di Sebastian si inarcarono. — E tu? — gli chiese. — La guancia... — Clary gli toccò le ferite. I graffi stillavano ancora un po' di sangue.

Sebastian alzò le spalle, allontanandole gentilmente la mano. — Una demonessa mi ha aggredito, vicino alla casa dei Penhallow. Ma sto bene. Qui che succede?

— Niente. Stavo parlando con Ma... Ragnor... — Clary si corresse in fretta, rendendosi conto con orrore che Sebastian non aveva idea di chi fosse Magnus.

— Maragnor? — Sebastian inarcò le sopracciglia. — Ah, okay. — Guardò con curiosità il *Libro Bianco*. Clary avrebbe preferito che lo stregone lo mettesse via. Così come lo teneva, il titolo dorato era perfettamente visibile. — Quello cos'è?

Magnus lo studiò per un momento, valutandolo coi suoi occhi da gatto. — Un libro di incantesimi — disse alla fine. — Niente che possa interessare a un Cacciatore.

— A dire la verità, mia zia colleziona libri di incantesimi. Posso vedere? — Sebastian allungò la mano ma, prima che Magnus potesse rifiutare, Clary si sentì chiamare di nuovo, e un attimo dopo Jace e Alec calarono su di loro, palesemente poco entusiasti di vedere Sebastian.

— Mi pareva di averti detto di restare con Max e Isabelle! — lo aggredì Alec. — Li hai lasciati da soli?

Lentamente, gli occhi di Sebastian si spostarono da Magnus ad Alec. — I tuoi genitori sono tornati, esattamente come avevi previsto. — La sua voce era gelida. — Mi hanno mandato avanti per farvi sapere che stanno tutti bene, compresi Izzy e Max. Sono per strada.

— Bene — ribatté Jace, in tono carico di sarcasmo. — Grazie mille per averci comunicato la notizia nell'attimo stesso in cui sei arrivato.

— Non ho visto nessuno di voi due, nell'attimo in cui sono arrivato — replicò Sebastian. — Ho visto Clary.

— Perché stavi cercando lei.

— Perché avevo bisogno di parlare con lei. Da solo. — Sebastian incrociò lo sguardo di Clary con un'intensità che la fece esitare. Avrebbe voluto dirgli di non guardarla così, in presenza di Jace, ma sarebbe stata un'osservazione irragionevole. E poi, forse Sebastian aveva davvero qualcosa di importante da dirle. — Clary?

Lei annuì. — Va bene. Un secondo solo — gli disse. Vide un mutamento repentino nell'espressione di Jace: non si accigliò, ma il suo viso diventò perfettamente immobile. — Torno subito — aggiunse, ma Jace non guardava lei. Stava guardando Sebastian.

Sebastian la prese per un polso e la trascinò via dagli altri, portandola dove la folla era più fitta. Lei si voltò indietro: i ragazzi la stavano seguendo con lo sguardo, persino Magnus. Clary lo vide scuotere la testa una volta, in modo appena percettibile.

Clary piantò i piedi. — Sebastian. Fermati. Cosa c'è? Che cos'hai da dirmi?

Lui si girò verso di lei, senza lasciarle il polso. — Pensavo che avremmo potuto andare fuori — le disse. — Per parlare in privato.

— No. Io voglio restare qui — replicò Clary, e sentì la propria voce tremare appena, come se non ne fosse sicura. Invece era sicura. Si liberò il polso con uno strattone. — Ma che ti prende?

— Quel libro — le disse Sebastian. — Quello che Fell aveva in mano, il *Libro Bianco*. Tu sai dove l'ha trovato?

— Era di questo che volevi parlarmi?

— È un libro di incantesimi straordinariamente potenti — le spiegò. — Un libro che... be', in molti lo stanno cercando da tanto tempo.

Clary sbuffò, esasperata. — E va bene, Sebastian. A questo punto te lo devo proprio dire — sbottò. — Quello non è Ragnor Fell. È Magnus Bane.

— Quello è Magnus Bane? — Sebastian si girò di scatto a guardarlo, poi tornò a fissare Clary con uno sguardo accusatorio. — E tu l'hai sempre saputo, vero? Tu conoscevi già Magnus Bane.

— Sì. Mi dispiace. Mi ha chiesto lui di non dirtelo. Ed è l'unico che può fare qualcosa per salvare mia madre. Per questo gli ho dato il *Libro Bianco*. C'è un incantesimo, là dentro, che la potrebbe aiutare.

Qualcosa brillò in fondo agli occhi di Sebastian, e Clary ebbe la stessa sensazione che aveva provato dopo che lui l'aveva baciata: un'improvvisa e dolorosa consapevolezza che ci fosse qualcosa di profondamente sbagliato, come se avesse fatto un passo avanti aspettandosi di trovare la terraferma sotto i piedi e invece fosse precipitata nel vuoto. La mano di Sebastian scattò e le afferrò il polso. — *Tu* hai dato il libro, il *Libro Bianco*, a uno *stregone*? A un immondo Nascosto?

Clary si immobilizzò. — Non posso credere che tu abbia detto una cosa del genere. — Abbassò lo sguardo sulla mano di Sebastian stretta intorno al suo polso. — Magnus è mio amico.

Sebastian allentò appena la stretta. — Mi dispiace — si scusò. — Non avrei dovuto dirlo. È solo che... Quanto lo conosci, Magnus Bane?

— Più di quanto conosco te — rispose Clary con freddezza. Lanciò un'occhiata verso l'angolo in cui aveva lasciato Magnus con Jace e Alec e trasalì per la sorpresa: lo stregone non c'era più. Jace e Alec erano da soli, con gli occhi puntati su lei e Sebastian. Clary percepiva la disapprovazione di Jace, come il calore che viene da un forno aperto.

Sebastian seguì il suo sguardo e i suoi occhi s'incupirono. — Lo conosci abbastanza da sapere dov'è andato adesso con il tuo libro?

— Non è più mio. L'ho dato a lui — ribatté Clary. Aveva una sensazione di freddo allo stomaco, al pensiero di quell'ombra negli occhi di Magnus. — E non vedo come la cosa ti possa riguardare, tra l'altro. Senti, apprezzo molto che tu mi abbia aiutato a trovare Ragnor Fell, ieri, ma adesso mi stai facendo paura. Voglio tornare dai miei amici.

Clary fece per girarsi, ma Sebastian la bloccò. — Ti chiedo scusa. Non avrei dovuto dire quello che ho detto. È solo che... ci sono cose che tu non sai.

— Allora dimmele.

— Vieni fuori con me. Ti dirò tutto. — Il suo tono era ansioso, preoccupato. — Clary, ti prego.

Lei scosse la testa. — Io devo restare qui. Devo aspettare Simon. — In parte era vero e in parte era una scusa. — Alec mi ha detto che porteranno qui anche i prigionieri.

Sebastian stava scuotendo la testa. — Clary, nessuno te l'ha detto? I prigionieri sono stati abbandonati alla Guardia. L'ho sentito dire a Malachi. Quando la città è stata attaccata hanno evacuato la Guardia, ma non hanno portato fuori i prigionieri. Malachi ha detto che, tanto, erano comunque in combutta con Valentine e che era troppo rischioso farli uscire.

La testa di Clary sembrava piena di nebbia: si sentiva stordita, con un filo di nausea. — Non può essere vero.

— È vero — ripeté Sebastian. — Te lo giuro. — La sua mano si strinse di nuovo intorno al suo polso. Clary vacillò. — Ti ci porto io, alla Guardia. Ti posso aiutare a tirarlo fuori. Ma devi promettermi che…

— Lei non deve prometterti proprio niente — intervenne Jace. — Lasciala andare, Sebastian.

Il ragazzo, colto alla sprovvista, allentò la presa. Clary ritrasse la mano e si girò verso Jace e Alec, che la guardavano con aria seria. La mano di Jace era appoggiata sull'elsa della spada angelica che aveva alla cintura.

— Clary può fare quello che vuole — precisò Sebastian. Non sembrava arrabbiato, ma aveva una strana fissità sul volto, che in qualche modo era anche peggio. — E in questo momento Clary vuole venire con me a salvare il suo amico. L'amico che *voi* avete fatto mettere in prigione.

Alec sbiancò a quelle parole, ma Jace si limitò a scuotere la testa. — Tu non mi piaci per niente — concluse, pensoso. — So che piaci a tutti quanti, Sebastian, ma a me no. Forse è perché ti sforzi così tanto di piacere a tutti. Forse sono solo un bastian contrario. Ma tu non mi piaci, e non mi piace come tenevi mia sorella. Se Clary vuole andare alla Guardia a cercare Simon, bene. Ci andrà con noi. Non con te.

La fissità sul volto di Sebastian non cambiò. — Io credo che debba essere una scelta sua — incalzò. — Non ti pare?

Entrambi guardarono Clary. Lei si girò verso Luke, che ancora discuteva con Malachi.

— Voglio andare con mio fratello — disse.

Qualcosa guizzò in fondo agli occhi di Sebastian, un lampo che sparì troppo in fretta perché la ragazza potesse riconoscerlo. Ma sentì un brivido sulla nuca, come se l'avesse toccata una mano gelata. — Ovvio — disse Sebastian, facendosi da parte.

Fu Alec a muoversi per primo, incitando Jace a fare lo stesso. Non erano ancora arrivati alle porte della sala, quando Clary si accorse che il polso le faceva male, le bruciava come per una scottatura. Lo guardò, aspettandosi di vedere un segno rosso dove Sebastian l'aveva stretta, ma non c'era niente. Solo una traccia di sangue sulla manica, dove aveva toccato i graffi sulla guancia di Sebastian. Clary aggrottò la fronte, tirò giù la manica sul polso che bruciava, e si affrettò a raggiungere gli altri.

12
De Profundis

Le mani di Simon erano nere di sangue.

Aveva cercato di svellere le sbarre della finestrella e della cella, ma il contatto prolungato gli incideva marchi a fuoco sul palmo delle mani. Alla fine era crollato a terra, esausto e stordito, ed era rimasto a guardarsi le ferite sulle mani che guarivano rapidamente, le lesioni che si chiudevano, e la pelle annerita che si sfogliava, come in un video in avanzamento veloce.

Dall'altra parte del muro, Samuel stava pregando. — «Se ci piomberà addosso una sciagura, una spada punitrice, una peste o una carestia, noi ci presenteremo a te in questo tempio, poiché il tuo nome è in questo tempio, e grideremo a te dalla nostra sciagura e tu ci ascolterai e ci aiuterai.»

Simon non poteva pregare. Aveva già provato, in passato, ma il nome di Dio gli bruciava la bocca e gli stringeva la gola. Si chiese perché riuscisse a pensare alle parole, ma non a pronunciarle. E perché poteva stare in pieno sole senza morire, ma non dire le sue ultime preghiere.

Il fumo aveva iniziato ad aleggiare nel corridoio come un fantasma deciso a raggiungerli. Sentiva l'odore di bruciato e il crepitio del fuoco che si espandeva, ma era stranamente distaccato, lontano da tutto. Era strano essere diventato un vampiro, ricevendo in dono quella che si sarebbe potuta definire una vita eterna, per poi morire comunque a sedici anni.

— Simon! — La voce era fioca, ma il suo udito la colse sopra il crepitio delle fiamme divoratrici. Il fumo nel corridoio aveva preannunciato l'arrivo del calore, adesso che era arrivato e premeva contro di lui come un muro. — Simon!

La voce di Clary. L'avrebbe riconosciuta ovunque. Si chiese se fosse la sua mente a evocarla, una memoria sensoriale di ciò che aveva amato di più in vita, per aiutarlo ad affrontare l'agonia prima della morte.

— Ehi, pezzo di cretino! Sono qui! Alla finestra!

Simon balzò in piedi. Difficile che la sua mente evocasse una cosa del genere! Nel fumo sempre più fitto, vide qualcosa di bianco muoversi contro l'inferriata della finestra. Si avvicinò e le macchie bianche diventarono mani aggrappate all'inferriata. Saltò sulla branda, urlando sopra il rumore del fuoco. — Clary?

— Oh, grazie al cielo. — Una delle mani si allungò verso l'interno e gli strinse una spalla. — Ora ti tiriamo fuori di qui.

— E come? — chiese Simon. Sentì uno scalpiccio. Le mani di Clary svanirono, rimpiazzate da altre: più grandi, indubbiamente maschili, dalle nocche scorticate e dalle dita sottili da pianista.

— Aspetta. — La voce di Jace era calma, sicura, come se stesse chiacchierando a una festa invece che in una prigione che stava andando a fuoco. — Forse è meglio se stai indietro.

Sorpreso, Simon si spostò. Le mani di Jace si strinsero sull'inferriata e le nocche diventarono bianche in modo preoccupante. Ci fu un gemito, uno schianto, e il riquadro di sbarre si divelse di colpo dalla pietra e piombò fragorosamente sul pavimento della cella, accanto alla branda. Una nuvola di soffocante polvere bianca si riversò all'interno.

Il viso di Jace comparve nel riquadro vuoto della finestrella. — Simon. Vieni fuori. — Gli tese le mani.

Simon si allungò e le afferrò. Si sentì tirar su di peso, poi si aggrappò ai bordi della finestrella, si issò e sgusciò fuori dall'angusto riquadro come un serpente che uscisse dalla tana. Un attimo dopo era riverso sull'erba umida, con un cerchio di facce preoccupate sopra di sé. Jace, Clary, Alec. Tutti chini su di lui.

— Sei messo proprio male, vampiro — commentò Jace. — Che cosa ti è successo alle mani?

Simon si mise a sedere. Le ferite erano guarite, ma la pelle era ancora nera dove aveva stretto le sbarre. Però non riuscì a rispondere, perché Clary lo strinse in un abbraccio improvviso e feroce.

— Simon — sussurrò. — Non ci posso credere. Non sapevo nemmeno che tu fossi qui. Fino a ieri sera credevo che fossi a New York.

— Be' — rispose Simon — se è per questo nemmeno io sapevo che tu fossi qui. — Lanciò un'occhiataccia a Jace, alle spalle di Clary. — Anzi, mi pareva che mi avessero chiaramente detto il contrario.

— Io non ho mai detto il contrario — precisò Jace. — È solo che non ti ho corretto quando sei, diciamo, caduto in errore. In ogni caso, ti ho appena salvato da una morte sul rogo, quindi immagino che tu non abbia alcun diritto di prendertela con me. — Una morte sul rogo. Simon si staccò da Clary e si guardò intorno. Erano in un giardino quadrato, circondato su due lati dalle mura della fortezza e sugli altri due da un bosco fitto. Alcuni degli alberi erano stati tagliati per creare il sentiero sassoso che scendeva dalla collina fino in città: era costeggiato da torce di stregaluce, ma solo alcune erano accese ed emettevano una luminosità fioca e discontinua. Simon alzò lo sguardo verso la Guardia. Vista da quell'angolatura, era difficile credere che ci fosse un incendio: il fumo nero macchiava il cielo sopra di loro e le luci di alcune finestre erano innaturalmente splendenti, ma i muri di pietra nascondevano bene il proprio segreto.

— Samuel!— esclamò. — Dobbiamo tirar fuori anche Samuel.

Clary lo guardò, sconcertata. — Chi?

— Non ero l'unico, là dentro. C'era anche Samuel. Era nella cella accanto alla mia.

— Il mucchio di stracci che ho visto dalla finestrella? — ricordò Jace.

— Sì. È un po' strano, ma è una brava persona. Non possiamo abbandonarlo. — Simon si rialzò in piedi. — Samuel? Samuel!

Non ci fu risposta. Simon corse all'inferriata della finestrella bassa accanto a quella dalla quale era appena sgusciato. Dalle sbarre si vedevano solo volute di fumo. — Samuel! Ci sei?

Qualcosa si mosse nel fumo, qualcosa di scuro e ingobbito. La voce di Samuel, arrochita dal fumo, si levò aspra. — Lasciatemi stare! Andate via!

— Samuel! Morirai, lì dentro! — Simon strattonò l'inferriata. Non successe nulla.

— No. Lasciatemi stare! Voglio restare qui!

Simon si guardò intorno disperato. Un attimo dopo Jace era accanto a lui. — Spostati — gli intimò. Quando Simon si fece da parte, Jace sferrò un calcio potente. L'inferriata fu divelta con violenza e precipitò nella cella. Samuel lanciò un grido roco.

— Samuel! Stai bene? — Davanti agli occhi di Simon prese forma l'immagine del vecchio con la testa ferita dall'inferriata.

La voce di Samuel diventò un grido acuto. — ANDATE VIA!

Simon guardò Jace. — Credo che dica sul serio.

Jace scosse la testa bionda, esasperato. — Dovevi proprio fare amicizia con un carcerato demente, eh? Non ti bastava contare le pietre o addestrare un topo, come fanno tutti i prigionieri? — Senza aspettare risposta, Jace si abbassò e si calò dalla finestrella.

— Jace! — esclamò Clary, accorrendo con Alec. Ma lui si era già lasciato cadere all'interno della cella. Clary lanciò a Simon un'occhiata furente. — Perché gliel'hai permesso?

— Be', mica poteva lasciarlo lì a morire — commentò Alec inaspettatamente, pur con una certa ansia nella voce. — È di Jace che stiamo parlando, dopotutto.

S'interruppe, vedendo apparire due mani nel fumo. Alec ne afferrò una, Simon l'altra, e insieme issarono Samuel come un sacco di patate e lo depositarono sul prato. Un attimo dopo, Simon e Clary presero le mani di Jace e tirarono fuori anche lui, che però non era un peso morto e imprecò quando gli fecero sbattere la testa contro la cornice della finestrella. Jace si liberò e si arrangiò da solo a strisciare sull'erba, dove crollò sulla schiena. — Ahi — disse, guardando il cielo. — Credo di essermi stirato qualcosa. — Si mise a sedere e guardò Samuel. — Lui sta bene?

Samuel era seduto sull'erba, ingobbito, con le mani sulla faccia. Dondolava avanti e indietro, muto.

— Non molto, credo — disse Alec. Si avvicinò a toccare la spalla del vecchio, che si scostò di scatto, quasi rovesciandosi sull'erba. — Lasciami stare — disse con voce spezzata. — Ti prego, Alec. Lasciami stare.

Alec si immobilizzò. — Cos'hai detto?

— Ha detto di lasciarlo stare — disse Simon, ma Alec non stava guardando lui, sembrava addirittura che non l'avesse nemmeno sentito. Stava guardando Jace che, improvvisamente molto pallido, si stava rialzando in piedi.

— Samuel — disse Alec. Il suo tono era stranamente duro. — Togliti le mani dalla faccia.

— No. — Il vecchio abbassò il mento. Le spalle erano scosse da un tremito. — No. Ti prego. No.

— Alec! — protestò Simon. — Ma non vedi che non sta bene?

Clary gli tirò la manica. — Simon, qui c'è qualcosa che non quadra.

Gli occhi di Clary erano fissi su Jace (il che succedeva spesso) quando lui si avvicinò alla figura accovacciata a terra. Le dita di Jace sanguinavano, perché si erano scorticate contro il bordo della finestrella, e quando le avvicinò ai capelli dell'uomo per scostarglieli dagli occhi, lasciarono una traccia di sangue sulla sua guancia. L'uomo sembrò non accorgersene nemmeno. Jace aveva gli occhi sbarrati e la bocca era una linea secca, furiosa. — Shadowhunter — disse in tono tagliente — mostraci il tuo volto.

Samuel esitò, poi lasciò cadere le mani. Simon non lo aveva mai visto in faccia e non aveva mai pensato a quanto potesse essere vecchio e scarno. Il volto era coperto da un fitto cespuglio di barba grigia, gli occhi acquosi erano infossati nelle orbite scure, le guance solcate da rughe. Ma, nonostante tutto, gli era stranamente familiare.

Le labbra di Alec si mossero, ma non ne uscì alcun suono. Fu Jace a parlare.

— *Hodge* — disse.

— Hodge? — ripeté Simon, confuso. — Ma non può essere. Hodge era… e Samuel… non può…

— Be', evidentemente è nello stile di Hodge — commentò Alec con amarezza — farti credere di essere ciò che non è.

— Ma diceva… — cominciò Simon. Clary gli strinse un braccio e il ragazzo lasciò morire le parole sulle labbra. Bastava l'espressione di Hodge: non era senso di colpa, in realtà, e nemmeno l'orrore di essere stato smascherato, ma un dolore terribile, più profondo.

— Jace — disse Hodge a voce bassissima. — Alec… Mi dispiace tanto.

Jace allora si mosse. In un lampo fu davanti a Hodge con un coltello in mano, la punta affilata alla sua gola. Il bagliore dell'incendio guizzò sulla lama. — Io non voglio le tue scuse. Voglio un motivo per non ucciderti qui, all'istante.

— Jace! — Alec si allarmò. — Jace, aspetta.

Ci fu un boato improvviso e il tetto della Guardia esplose in alte lingue di fuoco rossastre. Il calore vibrava nell'aria e illuminava la notte.

Clary vide ogni filo d'erba del prato, ogni segno sul viso sporco e affilato di Hodge.

— No — disse Jace. Il vuoto della sua espressione era come una maschera e ne evocò un'altra nella mente di Clary: Valentine. — Tu sapevi cosa mi aveva fatto mio padre, vero? Tu conoscevi tutti i suoi sporchi segreti.

Alec spostava lo sguardo dall'uno all'altro, senza capire. — Ma di cosa stai parlando? Che sta succedendo?

La faccia di Hodge si increspò. — Jonathan...

— Tu l'hai sempre saputo e non hai mai detto niente. Tutti quegli anni all'Istituto, e non hai mai detto niente.

La bocca di Hodge si piegò. — Non... non ne ero sicuro — sussurrò. — Quando non vedi più un bambino da quando era in fasce... Non ero sicuro di chi fossi, men che meno di *che cosa* fossi.

— Jace? — Alec spostava lo sguardo dal suo migliore amico al suo tutore, gli occhi azzurri sgomenti, ma nessuno dei due prestava attenzione a nient'altro. Hodge sembrava un uomo intrappolato in una morsa che gli si stringeva intorno: le mani si torcevano, come per un dolore, gli occhi guizzavano.

Clary ripensò all'uomo elegantemente vestito nella biblioteca foderata di libri che le aveva offerto del tè e dato consigli amichevoli. Sembravano passati mille anni.

— Non ti credo — ribatté Jace. — Tu sapevi che Valentine non era morto. Sicuramente lui te l'aveva detto.

— Lui non mi ha mai detto niente — dichiarò Hodge, senza fiato. — Quando i Lightwood mi informarono che avrebbero accolto nella loro casa il figlio di Michael Wayland, non avevo notizie di Valentine dai tempi della Rivolta. Credevo che mi avesse dimenticato. Avevo persino pregato che fosse morto. Poi, la notte prima del tuo arrivo, Hugo mi portò un messaggio di Valentine. «Il ragazzo è mio figlio.» Solo questo diceva. — Hodge prese fiato. — Non sapevo se credergli o meno. Pensavo che avrei capito. Credevo che l'avrei capito solo guardandoti. Ma non c'era nulla, *nulla*, a darmi la certezza. E pensai che fosse un espediente di Valentine. Ma che tipo di espediente? Per ottenere cosa? Tu eri all'oscuro di tutto, questo era chiaro. Gli scopi di Valentine...

— *Tu avresti dovuto dirmi che cos'ero* — sbuffò Jace d'un fiato, come se un pugno gli avesse tirato fuori le parole. — Avrei potuto fare qualcosa. Magari uccidermi.

Hodge sollevò la testa e guardò Jace dietro la cortina dei capelli sporchi e incollati al cranio. — Non ne ero sicuro — ripeté, quasi parlando a se stesso. — E ai tempi in cui mi interrogavo, pensavo che forse l'educazione che avresti ricevuto potesse contare più del sangue, pensavo che ti si potesse insegnare a...

— A fare cosa? A non essere un mostro? — La voce di Jace tremava, ma il coltello nella sua mano era ben saldo. — Tu dovresti saperlo. Lui ha fatto di te un codardo, un verme, non è vero? E tu non eri un bambino inerme, quando l'ha fatto. Avresti potuto combattere, ribellarti.

Hodge abbassò gli occhi. — Ho cercato di fare del mio meglio, con te. — disse. Ma anche alle orecchie di Clary quelle parole suonarono deboli.

— Finché Valentine non è tornato — concluse Jace. — E allora hai fatto tutto quello che ti ha chiesto: mi hai consegnato a lui, come se io fossi un cane di sua proprietà che ti aveva affidato per qualche anno.

— E poi te ne sei andato — intervenne Alec. — Ci hai abbandonato tutti. Ma davvero credevi di poterti nascondere qui, ad Alicante?

— Non sono venuto qui per nascondermi — disse Hodge. La sua voce era priva di vita. — Sono venuto qui per fermare Valentine.

— Non ti aspetterai che ti crediamo! — La voce di Alec era rabbiosa, ora. — Tu sei sempre stato dalla parte di Valentine. Avresti potuto scegliere mille volte di voltargli le spalle.

— Non avrei mai potuto farlo! — sbottò Hodge, alzando la voce. — Ai tuoi genitori fu data la possibilità di ricostruirsi una nuova vita. A me no! Sono rimasto intrappolato nell'Istituto per quindici anni...

— L'Istituto era casa nostra! — replicò Alec. — Era davvero così terribile vivere con noi, far parte della nostra famiglia?

— Non era per voi. — La voce di Hodge era stremata. — Io volevo bene a voi bambini. Ma eravate dei *bambini*. E non esiste posto da cui sia vietato uscire che possa essere considerato una *casa*. Mi capitava di passare intere settimane senza parlare con un adulto. Nessuno Shadowhunter si fidava di me. Nemmeno i vostri genitori mi accettavano fino in fondo: mi tolleravano perché non avevano altra scelta. Non ho mai potuto sposarmi. Non ho mai potuto avere figli. Una vita mia. E sapevo che, alla fine, voi bambini sareste cresciuti e ve ne sareste andati, e a quel punto non avrei più avuto nemmeno voi. Vivevo nel terrore che quello potesse essere considerato *vivere*.

— Non puoi pretendere che proviamo pena per te — osservò Jace. — Non dopo quello che hai fatto. E di che diavolo avevi paura, se passavi tutta la vita in biblioteca? Degli acari della polvere? Eravamo noi, quelli che uscivano a combattere contro i demoni!

— Aveva paura di Valentine — disse Simon. — Non capisci?

Jace gli lanciò un'occhiata velenosa. — Zitto tu, vampiro. Questa faccenda non ti riguarda.

— Non proprio di Valentine — precisò Hodge, guardando Simon forse per la prima volta da quando era stato trascinato fuori dalla cella. C'era qualcosa, in quello sguardo, che sorprese Clary: quasi una sfumatura di affetto, perso in una profonda stanchezza. — Piuttosto, della mia debolezza verso Valentine. Sapevo che un giorno sarebbe tornato. Sapevo che avrebbe tentato ancora di arrivare al potere, di controllare il Conclave. E sapevo che cosa poteva offrirmi. La libertà dalla mia maledizione. Una vita. Un posto nel mondo. Avrei potuto essere di nuovo un Cacciatore, nel suo mondo. Non avrei mai più potuto esserlo, in questo. — C'era un chiaro desiderio, nella sua voce, doloroso da sentire. — E sapevo che sarei stato troppo debole per rifiutare, se me l'avesse offerto.

— E guarda che fine hai fatto — sibilò Jace. — Marcire nelle celle della Guardia. Ne è valsa la pena, tradirci?

— Sai già la risposta. — Hodge sembrava esausto. — Valentine mi ha liberato dalla maledizione. Aveva giurato che l'avrebbe fatto e l'ha fatto. Pensavo che mi avrebbe riportato nel Circolo, o in quel che ne restava. Inveve quello non l'ha fatto. Nemmeno lui mi voleva. Ho capito che non ci sarebbe stato un posto per me in questo suo nuovo mondo. E ho capito che avevo venduto tutto ciò che avevo per una bugia. — Si guardò le mani sporche, chiuse a pugno. — Mi restava solo una cosa: un'unica possibilità per non fare della mia vita uno spreco totale. Quando ho saputo che Valentine aveva ucciso i Fratelli Silenti e che aveva la Spada Mortale, ho capito che si sarebbe messo alla ricerca dello Specchio Mortale. Sapevo che gli servivano tutti e tre gli Strumenti. E sapevo che lo Specchio Mortale è qui a Idris.

— Un momento! — Alec lo interruppe con un gesto della mano. — Lo Specchio Mortale? Vuoi dire che tu sai dove si trova? E chi ce l'ha?

— Non ce l'ha nessuno — disse Hodge. — Nessuno può possedere lo Specchio Mortale. Nessun Nephilim, nessun Nascosto.

— Sei davvero impazzito, in quella cella — commentò Jace, indicando con il mento le finestre bruciate delle prigioni. — È così?

— Jace. — Clary guardava ansiosamente verso la Guardia, il tetto coronato da un intrico spinoso di fiamme rosse e oro. — L'incendio si sta estendendo. Dobbiamo andarcene di qui. Possiamo continuare a parlare in città.

— Sono rimasto rinchiuso nell'Istituto per quindici anni — proseguì Hodge, come se Clary non avesse aperto bocca. — Non ho mai potuto mettere piede fuori di là. Ho passato la vita in biblioteca, cercando un modo per cancellare la maledizione che il Conclave aveva scagliato su di me. Ho scoperto che solo uno Strumento Mortale avrebbe potuto annullarla. Ho letto libri su libri che raccontavano la mitologia dell'Angelo: come fosse emerso dalle acque del lago portando con sé gli Strumenti Mortali, come li avesse consegnati a Jonathan Shadowhunter, il primo Nephilim, e come gli Strumenti Mortali fossero tre: la Coppa, la Spada, lo Specchio.

— La sappiamo già, questa storia — l'interruppe Jace esasperato. — Ce l'hai insegnata tu.

— Tu credi di sapere tutto, ma non è così. Studiando e ristudiando le diverse versioni degli antichi miti, continuavo a incontrare la stessa illustrazione, la stessa immagine, quella che conosciamo tutti: l'Angelo che sorge dalle acque del lago con la Spada in una mano e la Coppa nell'altra. E non riuscivo a capire perché lo Specchio non venisse mai raffigurato. Poi, finalmente, ho capito. Lo Specchio è il lago. Il lago è lo Specchio. Sono la stessa cosa.

Lentamente Jace abbassò il coltello. — Il Lago Lyn?

Clary ripensò al lago come a uno specchio che le veniva incontro, all'acqua che si frantumava all'impatto. — Io sono caduta nel lago, quando sono arrivata qui. In effetti c'è qualcosa di strano. Luke dice che ha strani poteri e che il Popolo Fatato lo chiama lo Specchio dei Sogni.

— Appunto — confermò Hodge animandosi. — E ho capito che il Conclave non ne era a conoscenza, che questa informazione si era persa nel tempo. Nemmeno Valentine lo sapeva.

Venne interrotto da un boato fragoroso: una delle torri della Guardia stava crollando. Un fuoco d'artificio di scintille rosse e luccicanti esplose nel cielo.

— Jace — disse Alec, sollevando la testa allarmato. — Jace, dobbiamo andarcene di qui. — Poi si rivolse a Hodge e lo tirò su per un braccio. — Alzati. Puoi dire al Conclave quello che hai detto a noi.

Hodge si rialzò in piedi tremando. *Chissà come deve essere,* pensò Clary con una fitta di involontaria pietà, *vivere tutta la vita nella vergogna, non solo per quello che hai fatto, ma anche per quello che stai facendo e per quello che sai che saresti pronto a rifare.* Hodge aveva rinunciato molto tempo prima a cercare di vivere una vita migliore o diversa: desiderava solo poter smettere di avere paura e, per questo, era sempre vissuto nella paura.

— Vieni. — Alec, stringendo il braccio di Hodge, lo sospinse avanti. Ma Jace si parò davanti a loro, bloccandoli.

— Se Valentine arriva allo Specchio Mortale — disse — che cosa succederà?

— Jace — intervenne Alec, senza lasciare Hodge. — Non ora.

— Se Hodge lo dirà al Conclave, noi non lo sapremo — disse Jace. — Ci considerano ancora bambini. Ma lui *deve farcelo sapere.* — Si rivolse al suo vecchio tutore: — Hai detto che hai capito di dover fermare Valentine. Per impedirgli di fare cosa? Che potere gli può dare lo Specchio?

Hodge scosse la testa. — Non posso...

— Niente bugie. — Il coltello brillava nella mano di Jace, stretta sull'impugnatura. — Perché per ogni bugia che dirai, potrei tagliarti un dito. O forse due.

Hodge si ritrasse, gli occhi colmi di vera paura. Alec sembrava impressionato. — Jace. No. È quello che farebbe tuo padre. Non è da te.

— Alec — replicò Jace. Non lo guardava, ma il suo tono era come il tocco di una mano gelida. — Tu non puoi saperlo, come sono e cosa è da me.

Gli occhi di Alec incrociarono quelli di Clary. *Alec non capisce perché Jace si comporta così,* pensò la ragazza. *Lui non sa.* E fece un passo avanti. — Jace, Alec ha ragione: portiamo Hodge alla Sala degli Accordi, dove potrà dichiarare davanti al Conclave ciò che ha appena detto a noi.

— Se avesse voluto dirlo al Conclave l'avrebbe già fatto — replicò Jace seccamente, senza guardarla. — Se non l'ha ancora fatto, significa che ha qualcosa in mente.

— Non ci si può fidare del Conclave! — protestò Hodge disperatamente. — Ci sono spie, uomini di Valentine, nel Conclave. Non potevo rivelare *a loro* dov'è lo Specchio. Se Valentine trovasse lo Specchio, sarebbe...

Hodge non finì mai la frase. Un punto argenteo scintillò nella luce della luna, un piccolo bagliore nel buio. Alec gridò. Hodge sgranò gli occhi e barcollò, portandosi le mani al petto. Quando cadde riverso, Clary vide perché: dal torace spuntava il manico di un pugnale, come una freccia vibrante al centro del bersaglio.

Alec fece un balzo avanti, sorresse il vecchio mentre cadeva e lo adagiò delicatamente sul prato. Alec alzò gli occhi, con un senso di impotenza, il volto schizzato del sangue di Hodge. — Jace, perché...

— Non sono stato io... — Jace era sbiancato, e Clary vide che aveva ancora in mano il suo pugnale e lo stringeva con forza. — Io...

Simon si girò di scatto e Clary con lui, scrutando nel buio. L'incendio illuminava l'erba di un infernale riflesso rossastro, ma c'era buio pesto tra gli alberi sulla collina. Poi qualcosa emerse dalle tenebre, una figura avvolta nell'ombra, con una capigliatura scura e disordinata che tutti riconobbero. Si avvicinò al gruppo, mentre la luce dell'incendio gli illuminava il viso e si rifletteva negli occhi scuri e ardenti.

— *Sebastian?* — esclamò Clary.

Jace spostò lo sguardo allucinato da Hodge a Sebastian, che si era fermato ai margini del prato, incerto. Jace era stupefatto. — Tu? Sei stato tu?

— Ho dovuto farlo — rispose Sebastian. — Vi avrebbe uccisi.

— *E con cosa?* — La voce di Jace si alzò. Ora gridava. — Non aveva nessuna arma...

— Jace — intervenne Alec, interrompendolo. — Vieni qui. Aiutami con Hodge.

— Vi avrebbe uccisi — ripeté Sebastian. — Lui... lui vi avrebbe...

Ma Jace si era inginocchiato accanto ad Alec, rinfoderando il coltello. Alec teneva Hodge tra le braccia e aveva la camicia insanguinata. — Prendimi lo stilo dalla tasca — disse a Jace. — Proviamo con un *iratze*...

Clary, immobilizzata dall'orrore, sentì Simon muoversi. Si girò verso di lui e rimase sconvolta: era bianco come uno straccio. Solo sugli zigomi aveva un rossore febbrile. Gli vide le vene sotto la pelle, come rami delicati di corallo. — Il sangue — sussurrò Simon, senza guardarla. — Devo allontanarmi dal sangue.

Clary tentò di prenderlo per una manica, ma lui si scostò di scatto, strappando il braccio dalla presa.

— No, Clary, per favore. Lasciami andare. Me la caverò. E tornerò. Devo solo... — Clary fece per riprenderlo, ma Simon corse via velocissimo e svanì nel buio tra gli alberi.

— Hodge... — La voce di Alec rivelava panico. — Hodge, sta' fermo...

Ma Hodge lottava debolmente, cercando di allontanarsi da Alec e dallo stilo nella mano di Jace. — No. — Il suo volto aveva il colore del gesso, ormai. I suoi occhi si spostarono rapidi da Jace a Sebastian, che era ancora fermo nell'ombra. — Jonathan...

— Jace — disse il ragazzo con un sussurro. — Chiamami Jace.

Lo sguardo di Hodge tornò a posarsi su di lui. Clary non riuscì a decifrarne l'espressione. Era implorante, sì, ma c'era di più: era colma di paura, o di qualcosa di simile, e di urgenza. Sollevò una mano per dire qualcosa a Jace. — Non tu — sussurrò. Dalla bocca, con le parole, uscì sangue.

Un'espressione ferita attraversò il volto di Jace. — Alec, fallo tu l'*iratze*. Credo non voglia che io lo tocchi.

La mano di Hodge si tese come un artiglio, si strinse sulla manica di Jace. Il suo respiro era ormai un rantolo. — Tu non sei... mai...

E morì. Clary vide il momento esatto in cui la vita lo abbandonò. Non fu una cosa istantanea e muta, come nei film: la sua voce soffocò in un gorgoglio, i suoi occhi si rovesciarono indietro e il corpo si fece molle e pesante, con un braccio piegato in modo innaturale.

Alec gli chiuse gli occhi con la punta delle dita. — *Vale,* Hodge Starkweather.

— Non se lo merita. — La voce di Sebastian era tagliente. — Non era uno Shadowhunter. Era un traditore. Non si merita le parole di addio.

La testa di Alec si alzò di scatto. Depose Hodge sul prato e si alzò in piedi, gli occhi azzurri freddi come il ghiaccio. Il sangue gli macchiava i vestiti. — Tu non sai niente di lui. Tu hai ucciso un uomo disarmato, un Nephilim. Tu sei un assassino.

Le labbra di Sebastian si arricciarono. — Credi che non sappia chi era? — Indicò Hodge. — Starkweather era nel Circolo. Ha tradito il Conclave e per questo è stato maledetto. Doveva morire per quello che ha fatto, ma il Conclave è stato clemente. E a cosa è servito? Ci ha traditi di nuovo, vendendo la Coppa Mortale a Valentine per essere liberato dalla sua maledizione. Una maledizione che meritava. — Si fermò, col fiato grosso. — Io non avrei dovuto farlo, ma voi non potete dire che non se lo meritava.

— Come fai a sapere tante cose di Hodge? — gli chiese Clary. — E che cosa ci fai qui? Avevi detto che saresti rimasto nella Sala degli Accordi.

Sebastian esitò. — Ci stavate mettendo troppo tempo — disse alla fine. — Ero preoccupato. Ho pensato che forse avevate bisogno del mio aiuto.

— E così hai deciso di aiutarci *uccidendo la persona con cui stavamo parlando*? — sbottò Clary. — Solo perché pensavi che avesse un passato poco limpido... Chi... *Chi* farebbe mai una cosa del genere? Non ha nessun senso.

— Non ha senso perché sta mentendo — intervenne Jace. Scrutava Sebastian con uno sguardo freddo e critico. — E anche piuttosto male. Credevo che sapessi cavartela meglio, Verlac.

Sebastian sostenne il suo sguardo. — Non capisco che cosa vuoi dire, Morgenstern.

— Vuole dire — intervenne Alec, facendo un passo avanti — che se davvero ritieni che quello che hai fatto sia giustificato, non avrai problemi a venire con noi alla Sala degli Accordi per spiegare le tue ragioni davanti al Consiglio. Giusto?

Ci fu un attimo di esitazione, poi Sebastian fece un sorriso. Quello stesso sorriso che aveva tanto affascinato Clary: ma ora c'era qualcosa di vagamente stonato, come un quadro appeso un po' storto. — Certo. — Si avvicinò lentamente, quasi passeggiando, come se non avesse alcuna preoccupazione al mondo. Come se non avesse appena commesso un omicidio. — Certo — ripeté. — È strano che vi turbi tanto il fatto che io ho ucciso un uomo, quando Jace aveva intenzione di tagliargli le dita a uno a uno.

Alec strinse le labbra. — Non l'avrebbe mai fatto.

— *Tu...* — Jace guardò Sebastian con disgusto. — Tu non hai idea di quello che stai dicendo.

— O forse — aggiunse Sebastian — forse in realtà sei solo arrabbiato perché ho baciato tua sorella. Perché lei mi desiderava.

— Non è vero! — esclamò Clary, ma nessuno dei due la stava guardando. — Non è vero che ti desideravo.

— Ha questo vezzo, lo sai, no? Questo suo modo di trasalire quando la baci, come se fosse sorpresa. — Sebastian era fermo davanti a Jace e sorrideva come un angelo. — È una cosa molto tenera, l'avrai notato anche tu.

Jace sembrava sul punto di vomitare. — Mia sorella...

— *Tua sorella* — ripeté Sebastian. — È tua sorella? Ah, sì, perché voi due non vi comportate affatto da fratelli. Credete che gli altri non si accorgano di come vi guardate? Credete di riuscire a nascondere i vostri sentimenti? Credete che gli altri non la giudichino una cosa disgustosa e innaturale? Perché invece è proprio così.

— Adesso basta. — Jace aveva uno sguardo assassino.

— Perché fai così? — intervenne Clary. — Sebastian, perché dici queste cose?

— Perché finalmente posso dirle — rispose Sebastian. — Tu non hai idea di come sia stato, restare con voi in questi giorni, fingere di non trovarvi insopportabili, che la sola vista di voi due non mi desse il voltastomaco. Tu — disse rivolto a Jace — ogni secondo che non passi a sbavare dietro a tua sorella, non fai che lamentarti perché tuo padre non ti voleva bene. Be', come dargli torto? E tu, stupida cagna — disse a Clary — hai regalato un libro dal valore incalcolabile a uno stregone bastardo. Ce l'hai almeno un neurone in quella testa? E tu... — L'ultimo attacco di Sebastian fu per Alec. — Credo che tutti sappiamo qual è il tuo problema. Non dovrebbero far entrare nel Conclave quelli come te. Mi fai schifo.

Alec impallidì, ma sembrava più allibito che altro. Clary non poteva dargli torto: era difficile guardare Sebastian, il suo sorriso angelico, e immaginare che potesse dire cose del genere. — *Fingere* di sopportarci? — ripeté Clary. — Perché avresti dovuto? A meno che tu... A meno che tu non ci stessi spiando! — concluse, scoprendo la verità nel momento stesso in cui la pronunciava. — A meno che tu non fossi una spia di Valentine.

Il bel viso di Sebastian si distorse, le labbra carnose si strinsero, gli occhi dal taglio allungato ed elegante diventarono due fessure. — Finalmente ci siamo arrivati! — esclamò. — Sul serio, ci sono nell'universo dimensioni demoniache immerse nel buio più assoluto che hanno più luce dei vostri cervelli.

— Forse non saremo così brillanti — osservò Jace — ma almeno siamo vivi.

Sebastian lo guardò con disgusto. — *Io* sono vivo — precisò.

— Non per molto — replicò Jace. La luce della luna luccicò sulla lama del suo coltello e il ragazzo si avventò su Sebastian con una rapidità di movimento impossibile da seguire a occhio nudo, inarrivabile per qualunque essere umano.

Fino a quel momento.

Sebastian scartò di lato, evitò il colpo e bloccò la mano di Jace. Il coltello cadde a terra. Sebastian prese l'avversario per la giacca, da dietro, lo sollevò di peso e lo scaraventò contro il muro della Guardia. Jace volò, si schiantò contro il muro con una violenza da spaccare le ossa e crollò a terra.

— Jace! — gridò Clary. La vista le si annebbiò. Si scagliò contro Sebastian per strozzarlo con le sue mani. Lui si spostò di lato e fece un gesto noncurante con la mano, come se la ragazza fosse un insetto da scacciare. La centrò in pieno, sulla tempia, e la fece volare a terra. Clary rotolò sull'erba, con una rossa foschia di dolore negli occhi.

Alec aveva impugnato l'arco: era teso, la freccia incoccata. Le sue mani non tremarono quando la puntò su Sebastian. — Fermo dove sei — gli intimò. — E metti le mani dietro la schiena.

Sebastian rise. — Tu non mi colpiresti mai — commentò. Si avvicinò ad Alec con passo tranquillo e spensierato, come se stesse salendo le scale di casa.

Gli occhi di Alec si socchiusero. Le mani si mossero con grazia. Tese l'arco e scoccò la freccia, che volò verso Sebastian...

E mancò il bersaglio. In qualche modo, Sebastian si era chinato o spostato, Clary non avrebbe saputo dirlo, e la freccia gli era passata sopra, andando a conficcarsi nel tronco di un albero. Alec ebbe solo il tempo di sorprendersi, che Sebastian gli fu subito addosso. Gli strappò l'arco e lo spezzò. Il rumore del legno che si spaccava fece rabbrividire Clary come se fosse rumore di ossa rotte. La ragazza cercò di mettersi a sedere, ignorando il dolore lancinante alla testa. Jace era a pochi passi da lei, assolutamente immobile. Clary cercò di alzarsi, ma le gambe non sembravano funzionare nel modo giusto.

Sebastian gettò a terra le due metà dell'arco e puntò su Alec, che già brandiva una sfavillante spada angelica. La spazzò via come se niente fosse e prese Alec per la gola, quasi sollevandolo da terra. Stringeva senza pietà, con cattiveria, sorridendo alla vista del ragazzo che soffocava e si dibatteva. — Lightwood — sibilò. — Oggi ho già sistemato uno dei tuoi. Non mi aspettavo di essere così fortunato da avere una seconda occasione.

Di colpo Sebastian fu trascinato all'indietro, come sollevato da un burattinaio. Liberato dalla sua presa, Alec si accasciò a terra, tenendosi la gola con le mani. Clary sentiva i suoi rantoli disperati, ma i suoi occhi erano fissi su Sebastian. Un'ombra scura gli si era avvinghiata alla schiena e gli stava aggrappata come una sanguisuga. Sebastian si portò le mani alla gola, soffocando e rantolando. Girò su se stesso, cercando di colpire la cosa che gli stringeva il collo. Girandosi, la luce della luna lo illuminò e Clary capì di cosa si trattava.

Era Simon: le braccia avvinghiate intorno al collo di Sebastian, gli incisivi bianchi e lucidi come aculei d'osso. Era la prima volta che Clary lo vedeva nelle sue sembianze di vampiro, dalla notte in cui era uscito dalla tomba ed era rinato. Ora lo fissava stupefatta e inorridita, ma incapace di distogliere lo sguardo. I denti di Simon erano digrignati, i canini completamente estrusi, affilati come pugnali. Li affondò nel braccio di Sebastian, aprendogli un lungo strappo rosso nella pelle.

Sebastian gridò e si buttò a terra di schiena. Rotolò, con Simon avvinghiato a lui. I due graffiavano, strappavano e ringhiavano come cani da combattimento. Sanguinando da varie ferite, Sebastian finalmente riuscì a rialzarsi in piedi e assestò due calci potenti in petto a Simon, che si piegò su se stesso, stringendosi lo stomaco. — Piccola zecca immonda — ringhiò Sebastian caricando il piede per un altro calcio.

— Se fossi in te, io non lo farei — disse una voce bassa.

La testa di Clary si alzò di scatto e un'altra esplosione di dolore le annebbiò la vista. Accanto a Sebastian c'era Jace. Aveva la faccia insanguinata, un occhio gonfio e quasi chiuso, ma brandiva una sfavillante spada angelica e la mano con cui la teneva era fermissima. — Non ho mai ucciso un essere umano con una di queste — disse Jace. — Ma sono pronto a provare.

La faccia di Sebastian si contorse. Lanciò un'ultima occhiata a Simon, poi alzò la testa e sputò. Le parole che pronunciò erano in una lingua che Clary non riconobbe. Poi, con la stessa terrificante rapidità con cui si era mosso per attaccare Jace, svanì nel buio.

— No! — gridò Clary. Cercò di rialzarsi in piedi, ma il dolore era come una lama che le spaccava il cervello. Si accasciò sull'erba umida, e Jace fu subito da lei, pallido e ansioso. Lei lo guardò, con la vista appannata: doveva per forza avere la vista appannata, pensò, o non avrebbe visto quel biancore intorno a Jace, quasi una sorta di luce...

Sentì la voce di Simon, poi quella di Alec. Passarono qualcosa a Jace: uno stilo. Avvertì un bruciore sul braccio e un attimo dopo il dolore cominciò ad attenuarsi e le si schiarirono i pensieri. Cercò di mettere a fuoco le tre facce chine su di lei. — La testa...

— Hai una commozione cerebrale — le disse Jace. — L'*iratze* dovrebbe servire a qualcosa, ma è meglio se ti portiamo da un medico del Conclave. Le ferite alla testa possono essere insidiose. — Jace restituì lo stilo ad Alec. — Pensi di riuscire a stare in piedi?

Clary annuì, ma si sbagliava. Una scossa di dolore le attraversò il corpo e un paio di mani l'aiutarono a rimettersi in piedi: Simon. Clary gli si appoggiò con gratitudine, aspettando di riprendere l'equilibrio. Si sentiva ancora incerta, sempre sul punto di cadere.

Jace era accigliato. — Non avresti dovuto attaccare Sebastian in quel modo. Non eri nemmeno armata. Che cosa pensavi?

— Quello che stavamo pensando tutti noi. — Alec, inaspettatamente, parlò in difesa di Clary. — Che ti aveva appena lanciato in aria come una palla di gomma, Jace. Non ho mai visto nessuno avere la meglio su di te in quel modo.

— È che... mi ha colto di sorpresa — ammise Jace con una certa riluttanza. — Deve aver fatto un addestramento speciale. Non me l'aspettavo.

— Sì, be'... — Simon si toccò la gabbia toracica con una smorfia di dolore. — A me deve aver sfondato un paio di costole. Ma non c'è problema — aggiunse subito, rispondendo allo sguardo preoccupato di Clary. — Stanno già guarendo. Però Sebastian è decisamente forte. Fortissimo. — Guardò Jace. — Secondo te, da quanto tempo era nascosto nell'ombra?

Jace era cupo. Guardò verso gli alberi, nella direzione in cui Sebastian era fuggito. — Be', il Conclave lo prenderà. E probabilmente lo punirà con una maledizione. Sarebbe bello che fosse la stessa maledizione toccata a Hodge. Sarebbe una forma di giustizia poetica.

Simon si voltò e sputò nei cespugli. Si pulì la bocca con il dorso della mano, con una smorfia di disgusto. — Il suo sangue fa schifo: sembra veleno.

— Immagino che possiamo aggiungere anche questo, alla lista delle sue attrattive — commentò Jace. — Chissà cos'altro aveva in mente di fare stanotte.

— Dobbiamo tornare alla Sala degli Accordi. — Il volto di Alec era teso. Clary ricordò che Sebastian gli aveva detto qualcosa a proposito degli altri Lightwood. — Clary, riesci a camminare?

Lei si staccò da Simon. — Sì, ce la faccio. E Hodge? Non possiamo abbandonarlo qui.

— Dobbiamo farlo — disse Alec. — Ci sarà tempo per tornare a riprenderlo, se sopravviveremo a questa notte.

S'incamminarono verso la città. Jace si trattenne un attimo, si tolse la giacca e la distese sul volto immobile di Hodge, rivolto verso l'alto. Clary avrebbe voluto andare da lui, magari mettergli una mano sulla spalla, ma qualcosa nei suoi modi le disse che era meglio lasciar perdere. Nemmeno Alec gli si avvicinò, né gli propose una runa di Guarigione, benché Jace zoppicasse, mentre scendevano dalla collina per un sentiero tortuoso con le armi sguainate, pronti alla battaglia.

Il cielo era illuminato di rosso dalla Guardia, che alle loro spalle continuava a bruciare. Ma non videro demoni. La testa di Clary, in quella calma assoluta, in quella luce inquietante, pulsava forte: le pareva di essere dentro un sogno. Un'estrema stanchezza la stringeva come una morsa. Portare un piede davanti all'altro era come sollevare un blocco di cemento e sbatterlo giù e poi ricominciare. Sentiva Jace e Alec che parlavano, più avanti sul sentiero, eppure le loro voci risuonavano deboli e indistinte, sebbene fossero vicini.

Alec parlava con dolcezza, con un tono quasi implorante: — Jace, quello che hai detto prima, a Hodge... non puoi pensarlo davvero. Essere il figlio di Valentine non fa di te un mostro. Qualsiasi cosa Valentine ti abbia fatto quando eri piccolo, qualsiasi cosa ti abbia insegnato, devi capire che non è stata colpa tua.

— Non voglio parlarne, Alec, né ora né mai. Non chiedermelo più. — Il tono di Jace era quasi un verso animale e Alec ammutolì. Clary poteva percepire il suo dolore quasi fisicamente. *Che notte,* pensò. *Una notte così piena di sofferenza per tutti!*

Cercò di non pensare a Hodge, all'espressione pietosa e implorante che aveva poco prima di morire. Non le era mai piaciuto, ma non meritava quello che Sebastian gli aveva fatto. Nessuno se lo sarebbe meritato. Pensò a Sebastian, al modo in cui si era mosso, veloce come un lampo. Non aveva mai visto nessuno, tranne Jace, muoversi così rapidamente. Voleva capire: che cos'era successo a Sebastian? Com'era riuscito, un cugino dei Penhallow, a prendere una strada così sbagliata? E come mai nessuno se n'era mai accorto? Aveva pensato che Sebastian volesse aiutarla a salvare sua madre, invece voleva solo mettere le mani sul *Libro Bianco* per consegnarlo a Valentine. Magnus si era sbagliato: non era stato per colpa dei Lightwood se Valentine aveva saputo di Ragnor Fell, ma perché lei ne aveva parlato con Sebastian. Come aveva potuto essere così stupida?

Inorridita da quei pensieri, notò appena che il sentiero sfociava in un viale e che il viale conduceva nel cuore della città. Le strade erano deserte, le case immerse nel buio, molti dei lampioni di stregaluce erano infranti, i vetri sparsi sull'acciottolato. Voci riecheggiavano in lontananza e bagliori di torce apparivano qua e là fra le ombre delle case, ma...

— C'è un silenzio terribile — osservò Alec, guardandosi intorno sorpreso. — E...

— Non c'è più la puzza dei demoni. — Jace aggrottò la fronte. — Strano. Forza. Andiamo alla Sala degli Accordi.

Clary si aspettava un altro attacco, ma non videro un solo demone per le strade. Nessun demone vivo, per lo meno. In un vicolo stretto c'era però un gruppo di tre o quattro Shadowhunters che facevano cerchio intorno a qualcosa che pulsava e guizzava. A turno, infilzavano la cosa con lunghi pali appuntiti. Con un brivido, Clary distolse lo sguardo.

La Sala degli Accordi era illuminata come un falò: la stregaluce si riversava all'esterno dalle porte e dalle finestre. Salirono in fretta la scalinata. Ogni tanto Clary inciampava e doveva fermarsi per riprendere l'equilibrio. Il senso di stordimento era sempre più forte. Tutto il mondo sembrava ondeggiare intorno a lei, come se fosse un enorme mappamondo rotante. Sopra di lei, le stelle erano macchioline bianche nel cielo. — Dovresti sdraiarti — le disse Simon. Poi, quando Clary non rispose, la chiamò: — Clary?

Con uno sforzo enorme, la ragazza si costrinse a sorridergli. — Va tutto bene.

Jace, fermo davanti all'ingresso, si girò a guardarla, in silenzio. Nel bagliore vivido della stregaluce, il sangue sul suo viso e l'occhio gonfio erano orribili segni neri.

Un rumore sordo proveniva dalla Sala degli Accordi, il basso mormorio di centinaia di voci. A Clary sembrava il battito di un enorme cuore. La luce delle torce nelle staffe, unita al bagliore delle pietre di stregaluce portate ovunque, le bruciava gli occhi e le confondeva la vista: vedeva solo ombre vaghe, adesso, ombre e macchie di colore. Bianco, oro, poi il cielo notturno sopra di loro, che diventava di un blu più chiaro. Ma che ora era?

— Non li vedo. — Alec scrutava la sala cercando i suoi familiari. La sua voce le arrivò come se lui fosse stato lontano mille miglia, o sott'acqua. — Dovrebbero essere qui, ormai.

Lo stordimento di Clary peggiorava. Si appoggiò con la mano a una colonna per non cadere. Una mano le sfiorò la schiena: Simon. Stava dicendo qualcosa a Jace e sembrava in ansia. La sua voce si smarrì in decine di altre voci, che crescevano e calavano intorno a Clary come le onde che s'infrangono sulla riva.

— Mai visto niente di simile. A un certo punto, i demoni se ne sono andati: hanno girato i tacchi e sono svaniti.

— L'alba, probabilmente. Hanno paura dell'alba, e ormai non è lontana.

— No, c'era dell'altro.

— Ammettilo, non vuoi credere che torneranno anche domani notte, o dopodomani.

— Non dirlo: non c'è ragione. Le difese verranno riattivate.

— E Valentine le abbatterà di nuovo.

— Forse è quello che ci meritiamo. Forse Valentine aveva ragione. Forse, alleandoci con i Nascosti, abbiamo perso la protezione dell'Angelo.

— Taci, e porta un po' di rispetto: stanno contando i morti proprio nella piazza dell'Angelo.

— Eccoli là! — esclamò Alec. — In fondo, vicino al podio. Sembra che... — Gli si spense la voce in gola e un attimo dopo era già sparito, facendosi largo tra la folla. Clary socchiuse gli occhi per mettere a fuoco, ma vedeva solo macchie indistinte.

Sentì Jace trasalire e poi, senza una parola, anche lui si mise a spintonare la folla, seguendo Alec. Clary si staccò dalla colonna per seguirli, ma inciampò. Simon la afferrò al volo.

— Devi sdraiarti, Clary — le disse.

— No — sussurrò lei. — Voglio vedere cos'è successo.

S'interruppe. Simon guardava in fondo alla sala, oltre Clary, oltre Jace, e sembrava profondamente turbato. Puntellandosi alla colonna, Clary si sollevò in punta di piedi, sforzandosi di vedere qualcosa al di là della folla.

Eccoli, i Lightwood: Maryse, con le braccia intorno a Isabelle che singhiozzava, e Robert Lightwood, seduto per terra, con qualcosa... no, *qualcuno*, tra le braccia. Clary pensò alla prima volta che aveva visto Max, all'Istituto, addormentato su un divano, gli occhiali di traverso e una mano penzoloni. «Riesce a dormire dappertutto» aveva commentato Jace. Anche adesso sembrava quasi che dormisse in braccio a suo padre, ma Clary capì che non stava dormendo.

Alec era in ginocchio e teneva una mano di Max. Jace invece era rimasto immobile. Aveva un'aria terribilmente smarrita, come se non avesse idea di dove fosse, né di cosa ci facesse lì. Tutto quello che Clary avrebbe voluto fare era correre da lui e abbracciarlo, ma l'espressione di Simon le disse di no, come pure le dissero di no il ricordo della tenuta di campagna e delle braccia di Jace intorno a lei. Clary era l'ultima persona sulla faccia della Terra che in quel momento avrebbe potuto dargli un po' di consolazione.

— Clary — disse Simon, ma lei lo spinse via, nonostante lo stordimento e il dolore alla testa. Corse verso le porte della sala e le spalancò, si precipitò fuori sulla scalinata e si fermò lì, respirando boccate d'aria fredda. In lontananza, l'orizzonte era striato di rosso e le stelle si stavano spegnendo nel cielo che si schiariva. La notte era passata. Era giunta l'alba.

13

Dove c'è dolore

Con le gambe avvoltolate nelle lenzuola, Clary si svegliò di soprassalto da un incubo pieno di angeli sanguinanti. C'era un buio pesto e claustrofobico, nella camera degli ospiti di Amatis. Era come essere chiusi in una bara. Allungò un braccio e tirò le tende. La luce del giorno si riversò nella stanza. Aggrottò la fronte e le richiuse subito.

Gli Shadowhunters bruciavano i loro morti. Dalla notte dell'attacco, il cielo a ovest della città era costantemente macchiato da enormi volute di fumo. Vederlo dalla finestra diede a Clary un senso di nausea, così preferì tenere tirate le tende. Nel buio della stanza chiuse gli occhi, cercando di ricostruire il sogno. C'erano degli angeli, e l'immagine della runa che Ithuriel le aveva mostrato continuava a brillare dietro le sue palpebre come un semaforo lampeggiante. Era una runa semplice come un nodo, ma, per quando si concentrasse, Clary non riusciva a leggerla, né a capirne il significato. Sapeva solo che in qualche modo era incompleta, come se chi l'aveva creata non l'avesse finita.

«*Questi non sono i primi sogni che ti mando*» le aveva detto Ithuriel. Clary pensò agli altri sogni: Simon con le mani marchiate a fuoco col simbolo della croce; Jace con le ali; laghi di ghiaccio che s'infrangevano, brillanti come specchi. Era stato l'Angelo a mandarle anche quelli?

Con un sospiro, si mise a sedere. I suoi sogni erano brutti, ma le immagini che le passavano per la mente ora che era sveglia non erano molto meglio. Isabelle, che piangeva sommessamente, seduta per terra nella Sala degli Accordi, e si tirava i capelli corvini intrecciati tra le dita con tanta forza da far temere a Clary che se li strappasse via. Maryse che se la prendeva con Jia Penhallow gridandole che era stato il ragazzo che avevano accolto nella loro casa, il loro cugino, a fare tutto questo, e se il ragazzo era un alleato così stretto di Valentine, cosa avevano da dire, di sé, i Penhallow? Alec che cercava di calmare sua madre e chiedeva a Jace di aiutarlo; e lui che invece restava immobile, mentre il sole sorgeva su Alicante e faceva entrare la sua luce dal soffitto dalla sala. — È l'alba — aveva detto Luke, stanco come Clary non l'aveva mai visto. — È ora di portare dentro i morti. — E aveva mandato in giro delle pattuglie a raccogliere i cadaveri dei Cacciatori e dei licantropi che giacevano per le strade, dando ordine di raccoglierli nella piazza davanti alla Sala degli Accordi; la stessa che Clary aveva attraversato insieme a Sebastian, notando che l'edificio somigliava a una chiesa. Le era sembrato un bel posto, allora, con le fioriere e i negozi dai colori vivaci. Ora, invece, era piena di cadaveri.

Compreso quello di Max. Pensare al bambino che con tanta serietà aveva parlato con lei dei manga le fece stringere il cuore. Gli aveva promesso che l'avrebbe portato al Pianeta Proibito, la sua fumetteria preferita, ma ora non avrebbe più potuto farlo. *Gli avrei comprato dei fumetti,* pensò. *Tutti i fumetti che voleva.* Non che facesse differenza.

Non pensarci. Clary scalciò via le lenzuola e si alzò. Dopo una rapida doccia s'infilò i jeans e la maglia che aveva su il giorno in cui era arrivata da New York. Vi premette il viso, prima di infilarsela, nella speranza di cogliere un sentore di Brooklyn o l'odore di bucato; qualcosa che le ricordasse casa sua. Ma era stata lavata e ora sapeva di sapone al limone. Con un altro sospiro, Clary scese le scale.

La casa era vuota, fatta eccezione per Simon, seduto sul divano nel salotto. Le finestre aperte alle sue spalle lasciavano entrare molta luce. Simon era diventato come un gatto, pensò Clary: sempre alla ricerca di una macchia di sole dove acciambellarsi. Ma per quanto sole prendesse, la sua pelle restava sempre bianca come l'avorio.

Clary prese una mela dal cestino sul tavolo e sprofondò sul divano accanto a lui, raccogliendo le gambe sotto di sé. — Hai dormito?

— Un po'. — La guardò. — Dovrei essere io a chiederlo a te. Sei tu quella con le occhiaie. Altri incubi?

Clary scrollò le spalle. — Il solito. Morte, distruzione, angeli cattivi.

— Come nella vita reale, allora.

— Già, ma almeno quando mi sveglio è tutto finito. — Diede un morso alla mela. — Fammi indovinare. Luke e Amatis sono alla Sala degli Accordi per un'altra assemblea.

— Esatto. Credo sia l'assemblea in cui si riuniscono per decidere quali altre assemblee organizzare. — Simon giocherellava pigramente con la frangia del cuscino. — Notizie da Magnus?

— No. — Clary stava cercando di non pensare che erano passati già tre giorni dall'ultima volta che aveva visto Magnus e da allora non si era più fatto vivo. Né al fatto che niente poteva impedire allo stregone di prendere il *Libro Bianco* e sparire nel nulla senza farsi più vedere. Si chiese come aveva potuto pensare di fidarsi di uno che usava tutto quell'eyeliner.

Sfiorò il polso di Simon. — E tu, che intenzioni hai? Vuoi restare ancora qui? — Clary avrebbe preferito che lui tornasse a casa, dopo la battaglia: a casa, al sicuro. Il ragazzo, invece, si era stranamente opposto. Quale che fosse la ragione, voleva restare. Clary sperava che non fosse perché si sentiva in dovere di prendersi cura di lei. Avrebbe voluto dirglielo chiaro e tondo, che non aveva bisogno della sua protezione, ma non l'aveva fatto, perché una parte di lei non sopportava l'idea di vederlo andare via. Così Simon era rimasto e Clary ne era segretamente, colpevolmente, contenta. — Ti fanno avere... ehm... quello che ti serve?

— Vuoi dire il sangue? Sì. Maia me ne porta tutti i giorni, in bottiglia. Ma non chiedermi dove se lo procura. — La prima mattina che Simon si era svegliato a casa di Amatis, un sorridente licantropo si era presentato alla porta di casa con un gatto vivo per lui. — Sangue! — aveva annunciato. — Per te. Freschissimo! — Simon l'aveva ringraziato, aveva aspettato che si allontanasse, poi aveva liberato il gatto.

— Be', da una parte o dall'altra dovrai pur procurarti del sangue — aveva detto Luke con aria divertita.

— A casa ho un gatto — aveva risposto Simon. — Non se ne parla nemmeno.

— Lo dirò a Maia — aveva promesso Luke. E da quella volta il sangue arrivava con discrezione dentro bottiglie da latte. Clary non aveva idea di come Maia avesse organizzato la cosa e, come Simon, preferiva non saperlo. Non vedeva Maia dalla notte della battaglia. I licantropi si erano accampati da qualche parte nella vicina foresta e solo Luke era rimasto in città.

— Che c'è? — Simon appoggiò indietro la testa, guardando Clary attraverso le ciglia socchiuse. — Hai la faccia di una che vuole chiedere qualcosa.

C'erano parecchie cose che Clary avrebbe voluto chiedergli, ma decise di optare per una delle più semplici. — Hodge — disse, esitando. — Quando eri nella cella... davvero non l'avevi riconosciuto?

— Non lo vedevo. Potevo solo sentire la sua voce, e c'era un muro in mezzo. Abbiamo parlato... tanto.

— E ti piaceva? Cioè, ti era simpatico?

— Simpatico? Non saprei. Tormentato, triste, intelligente, per brevi momenti anche compassionevole. Sì, mi piaceva. Secondo me, gli ricordavo se stesso da giovane, in un certo senso...

— Non dirlo nemmeno! — Clary si raddrizzò sulla schiena e per poco non le cadde la mela. — Tu non assomigli nemmeno lontanamente a Hodge.

— Non ritieni che io sia tormentato e intelligente?

— Hodge stava con i cattivi. Tu no. — Clary parlava con decisione. — E non c'è altro da dire.

Simon sospirò. — La gente non nasce buona o cattiva. Forse nasce con delle inclinazioni verso l'una o l'altra parte, ma è il modo in cui ciascuno vive la propria vita che conta. E le persone che si incontrano. Valentine era amico di Hodge, e non credo che Hodge abbia incontrato nella vita persone che l'abbiano spronato a diventare migliore. Se io avessi avuto una vita come la sua, non so come sarei diventato. Ma per me è stato diverso. Io ho la mia famiglia. E ho te.

Clary gli sorrise, ma le parole di Simon ebbero un'eco dolorosa dentro di lei. «La gente non nasce buona o cattiva.» Anche lei aveva sempre pensato che fosse così, ma nelle immagini che l'Angelo le aveva mostrato aveva visto sua madre definire il proprio figlio un bambino malvagio, un mostro. Avrebbe voluto dirlo a Simon, raccontargli quello che l'Angelo le aveva mostrato, però non poteva, senza riferirgli anche cosa avevano scoperto di Jace. Ma quello era il segreto di Jace e doveva essere lui a rivelarlo. Simon le aveva chiesto cosa intendesse dire Jace, quando aveva parlato con Hodge definendosi un mostro, ma lei aveva risposto che era difficile capire Jace anche nei momenti migliori. Non era sicura che Simon le avesse creduto, comunque non ne aveva più riparlato.

In quel momento qualcuno bussò alla porta, evitandole così di dover dare una risposta. Aggrottando la fronte, Clary posò il torsolo della mela sul tavolo. — Vado io.

La porta aperta lasciò entrare una folata d'aria fresca e frizzante. Sulla soglia c'era Aline Penhallow, con una giacca di seta rosa scuro che ben si abbinava al colore degli occhi arrossati. — Devo parlarti — annunciò senza tanti preamboli.

Sorpresa, Clary riuscì solo ad annuire e tenne la porta aperta. — Okay. Vieni pure.

— Grazie. — Aline le passò accanto bruscamente ed entrò in salotto. Si bloccò non appena vide Simon seduto sul divano, e schiuse le labbra, attonita. — Ma lui non è...?

— Il vampiro? — Simon fece un gran sorriso. La forma lievemente affilata ma decisamente non umana degli incisivi si intravedeva contro il labbro inferiore, quando sorrideva così. Clary avrebbe preferito che non lo facesse.

Aline si girò verso Clary. — Posso parlarti da sola?

— No — disse Clary, sedendosi sul divano accanto a Simon. — Qualunque cosa tu abbia da dire, puoi dirla a tutti e due.

Aline si mordicchiò il labbro. — E va bene. Senti, c'è una cosa che voglio far sapere ad Alec, Jace e Isabelle, ma non ho idea di dove trovarli.

Clary sospirò. — Si sono dati da fare e si sono sistemati in una casa vuota. La famiglia che ci abitava si è trasferita in campagna.

Aline annuì. Molte persone avevano abbandonato Alicante dopo l'attacco. Molti, più di quanti Clary avrebbe immaginato, erano rimasti, ma parecchi avevano fatto le valigie ed erano partiti, abbandonando la loro casa.

— Stanno bene, se è questo che vuoi sapere. Senti, non li ho più visti nemmeno io, dopo la battaglia. Potrei fargli avere un messaggio tramite Luke, se vuoi.

— Non saprei. — Aline continuava a mordicchiarsi il labbro. — I miei genitori hanno dovuto dire alla zia di Sebastian, a Parigi, che cosa ha fatto suo nipote. Era sconvolta.

— Come è normale che sia, scoprendo che il proprio nipote è un criminale efferato — commentò Simon.

Aline gli scoccò un'occhiataccia. — La zia continuava a ripetere che non era affatto da lui, che doveva per forza esserci un errore. E così mi ha mandato delle foto. — Aline tirò fuori dalla tasca diverse fotografie un po' spiegazzate e le passò a Clary. — Guarda.

Gli scatti mostravano un ragazzo allegro dai capelli scuri, a modo suo bello, anche se di una bellezza non convenzionale, con un sorriso sghembo e il naso un po' troppo grande. Era il tipo di ragazzo con cui doveva essere divertente passare del tempo. Ma non somigliava affatto a Sebastian. — *Questo* è tuo cugino?

— Questo è Sebastian Verlac. Il che significa...

— Che il ragazzo che si faceva chiamare Sebastian è qualcun altro? — Clary riguardò le foto con crescente agitazione.

— Pensavo... — Aline si stava di nuovo mordicchiando il labbro. — Pensavo che se i Lightwood sapessero che Sebastian, o chiunque fosse quel ragazzo, non è veramente mio cugino, forse potrebbero perdonarmi. Perdonar*ci*.

— Sono sicura che lo faranno. — Clary cercò di mettere nella voce tutta la gentilezza che aveva. — Ma c'è qualcosa di più grosso in ballo. Il Conclave deve sapere che Sebastian non è solo un ragazzino finito sulla cattiva strada, ma che è stato Valentine a spedirlo qui, per farci spiare.

— Era così convincente! — disse Aline. — Sapeva cose che solo la mia famiglia conosceva. Sapeva cose della nostra infanzia...

— A questo punto dobbiamo chiederci — intervenne Simon — che cosa può essere capitato al vero Sebastian. A quanto pare, è partito da Parigi diretto a Idris, ma qui non è mai arrivato. Cosa gli sarà successo lungo la strada?

Fu Clary a rispondere. — Valentine. Deve aver pianificato tutto: sapeva dov'era Sebastian e come intercettarlo. E se l'ha fatto con Sebastian...

— Potrebbe averlo fatto anche con altri — concluse Aline. — Dovresti dirlo al Conclave. Dillo a Lucian Graymark. — Colse l'espressione sorpresa di Clary. — La gente lo ascolta. L'hanno detto i miei genitori.

— Forse dovresti venire con noi alla Sala degli Accordi — propose Simon — e dirglielo tu stessa.

Aline scosse la testa. — Non posso affrontare i Lightwood. Soprattutto Isabelle. Lei mi ha salvato la vita e io... io sono scappata. Non riuscivo a fermarmi. Correvo e basta.

— Eri sotto shock. Non è colpa tua.

Aline non sembrava convinta. — E adesso suo fratello... — S'interruppe, mordendosi ancora il labbro. — Comunque, senti, c'è anche un'altra cosa che volevo dirti da tempo, Clary.

— A me? — Clary era perplessa.

— Sì. — Aline fece un profondo respiro. — Senti, quando sei entrata in biblioteca e hai visto me e Jace, be', non era niente di importante. Sono stata *io* a baciarlo. È stato... un esperimento. E non ha funzionato granché.

Clary si sentì avvampare. *Perché mi sta dicendo questo?* — Senti, non c'è problema. Sono affari di Jace, non miei.

— Be', sembravi piuttosto sconvolta, quel giorno. — Un accenno di sorriso aleggiò agli angoli della bocca di Aline. — E io credo di sapere il perché.

Clary mandò giù il gusto acido che le era salito in bocca. — Ah sì?

— Tuo fratello è un dongiovanni. Lo sanno tutti. È uscito con un sacco di ragazze. E tu temevi che, se avesse fatto il cretino con me, sarebbe finito nei guai.

Dopotutto, le nostre famiglie sono, o *erano*, amiche. Ma non preoccuparti. Non è il mio tipo.

— Credo di non aver mai sentito nessuna ragazza dire una cosa simile — commentò Simon. — Credevo che Jace fosse il tipo di ragazzo che è... il tipo di tutte.

— Anch'io lo pensavo — disse Aline lentamente. — Ed è per questo che l'ho baciato. Sto cercando di capire se esiste un ragazzo che sia il *mio* tipo.

È stata lei a baciare Jace, pensava intanto Clary. *Non lui a baciare lei. È stata lei a baciare lui.* Incrociò lo sguardo di Simon alle spalle di Aline. Sembrava divertito.

— Be'? E alla fine che cos'hai deciso?

Aline scrollò le spalle. — Non ne sono ancora sicura. Però, dai, almeno adesso non devi più preoccuparti per Jace!

Magari. — Io mi preoccupo sempre per Jace.

Lo spazio nella Sala degli Accordi era stato rapidamente riorganizzato, dopo la notte della battaglia. Con la Guardia fuori uso, ora la sala fungeva da Camera del Consiglio, da centro di raccolta per chi cercava familiari che mancavano all'appello e da ufficio informazioni. La fontana centrale era asciutta. File di panche erano state disposte rivolte verso il podio sul fondo. Alcuni Nephilim erano seduti sulle panche in quella che aveva tutta l'aria di essere un'assemblea del Consiglio. Nei corridoi tra una panca e l'altra e sotto le arcate ai lati della grande sala si aggiravano ansiosamente decine di altri Shadowhunters. La Sala degli Accordi non sembrava più un posto dove poter danzare. C'era una strana atmosfera nell'aria, un misto di tensione e di attesa.

Sebbene l'assemblea fosse in corso al centro, ovunque si sentivano mormorii di altre conversazioni. Attraversando la sala con Simon, Clary ne colse qualche frammento: le torri antidemoni erano di nuovo in funzione; le difese erano attive, ma più deboli di prima; le difese erano attive, più forti di prima; erano stati avvistati alcuni demoni sulle colline a sud della città; le case di campagna venivano abbandonate; molte famiglie avevano lasciato la città; alcuni avevano lasciato anche il Conclave.

Sul podio rialzato, davanti alle mappe di Idris appese al muro, c'era il Console, truce come una guardia del corpo, accanto a un ometto grassoccio vestito di grigio. L'ometto parlava e gesticolava con foga, ma nessuno sembrava prestargli attenzione.

— Oh, cavoli, quello è l'Inquisitore — mormorò Simon all'orecchio di Clary, indicandoglielo. — Aldertree.

— E là c'è Luke — disse Clary, individuandolo nella folla. Era vicino alla fontana asciutta e parlava con un uomo dall'aspetto malconcio, con una benda che gli copriva metà faccia. Clary si guardò intorno in cerca di Amatis e finalmente la vide, seduta in silenzio sull'orlo di una panca, il più lontano possibile dagli altri Shadowhunters. Quando Amatis la vide, sembrò sorpresa e fece per alzarsi.

Anche Luke vide Clary. Aggrottò la fronte, disse qualcosa all'uomo bendato, congedandosi, e poi, sempre più accigliato, si avvicinò a Clary e Simon, vicino a una delle colonne. — Che cosa ci fate qui? Sapete che il Conclave non permette ai ragazzini di partecipare alle assemblee. Quanto a te — aggiunse, squadrando Simon — non è una grande idea mostrare la tua bella faccia all'Inquisitore, anche se in realtà non c'è niente che lui possa fare. — Un sorriso gli increspò l'angolo della bocca. — Non senza mettere a rischio qualsivoglia alleanza che il Conclave possa stipulare con i Nascosti in futuro.

— Esatto. — Simon mandò un saluto all'Inquisitore agitando le dita della mano, ma Aldertree lo ignorò.

— Simon, smettila. Siamo qui per un motivo preciso. — Clary mise in mano a Luke le foto di Sebastian. — Questo è Sebastian Verlac. Il *vero* Sebastian Verlac.

Luke si rabbuiò. Sfogliò le foto senza dire una parola, mentre Clary gli riferiva la storia che aveva raccontato Aline. Nel frattempo Simon, un po' a disagio, mandava occhiate di fuoco in direzione di Aldertree, che cercava di ignorarlo.

— Ma il vero Sebastian assomiglia in qualche modo alla sua versione contraffatta? — chiese Luke alla fine.

— Non proprio — spiegò Clary. — Il falso Sebastian era più alto. E probabilmente era biondo, perché di sicuro si tingeva i capelli. Nessuno ha dei capelli così neri. — *E il colore mi è rimasto sulle dita, quando li ho toccati*, pensò, ma tenne per sé questo pensiero. — Comunque, Aline vuole mostrare queste foto a te e ai Lightwood. Pensa che, se sapessero che lui non è davvero parente dei Penhallow, allora...

— Aline non ha parlato di queste ai suoi genitori, vero? — chiese Luke indicando le foto.

— Non ancora, credo — rispose Clary. — Penso che sia venuta direttamente da me. Mi ha chiesto di dirlo a te. Dice che la gente ti ascolta.

— Alcuni forse. — Luke si girò a guardare l'uomo con la faccia bendata. — Stavo giusto parlando con Patrick Penhallow. Valentine era un suo buon amico, ai tempi, ed è possibile che lui abbia tenuto d'occhio la famiglia Penhallow, in tutti questi anni. — Restituì le foto a Clary. — Sfortunatamente, oggi i Lightwood non parteciperanno al Consiglio. Questa mattina c'è stato il funerale di Max. Con ogni probabilità sono ancora al cimitero. — Vedendo la faccia di Clary, aggiunse: — È stata una cerimonia privata, Clary. Solo per la famiglia.

Ma io sono *famiglia, per Jace*, protestò una vocina dentro la sua testa. Un'altra voce, però, una voce più forte, la sorprese con la sua amarezza. *Lui ti ha detto che averti tra i piedi è come morire di morte lenta per dissanguamento. Credi davvero che abbia bisogno anche di questo, al funerale di Max?*

— Allora glielo potrai dire stasera — disse Clary. — Insomma, mi pare che sia una bella notizia. Chiunque fosse Sebastian, non è un parente dei loro amici.

— Sarebbe una notizia ancora più bella se sapessimo chi è — borbottò Luke. — O quali altre spie ha Valentine nel Conclave. Diverse persone devono essere coinvolte nell'abbattimento delle difese. È un'operazione che si può fare solo dall'interno della città.

— Hodge diceva che Valentine aveva trovato un sistema — disse Simon. —

Diceva che serviva sangue di demone per abbattere le difese, ma che non c'era modo di portare del sangue di demone dentro la città. Invece Valentine ha trovato il sistema per farlo.

— Qualcuno ha dipinto una runa con sangue di demone sulla cima di una delle torri — disse Luke con un sospiro. — Quindi, è evidente che Hodge aveva ragione. Il Conclave, sfortunatamente, ha sempre avuto troppa fiducia nelle difese, ma anche per il rompicapo più complesso c'è una soluzione.

— A me sembra quel tipo di complessità che nei giochi da tavolo ti lascia con un pugno di mosche — osservò Simon. — Proprio quando proteggi la tua fortezza con un Incantesimo di Invincibilità Totale, ecco che arriva qualcuno e trova il modo di distruggere tutto.

— Simon! — esclamò Clary. — Sta' zitto!

— Non è molto lontano dalla verità — puntualizzò Luke. — L'unica cosa che non sappiamo è come hanno fatto a portare sangue di demone in città senza far scattare le difese. — Scrollò le spalle. — Ma è il minore dei nostri problemi, in questo momento. Le difese sono state riattivate, anche se sappiamo che non sono infallibili. Valentine potrebbe tornare in qualsiasi momento, con un esercito ancora più grande. E dubito che riusciremmo a respingerlo. Non ci sono abbastanza Nephilim, e quei pochi sono decisamente demoralizzati.

— Ma... e i Nascosti? — chiese Clary. — Tu hai detto al Console che il Conclave deve combattere insieme ai Nascosti.

— Io posso dirlo a Malachi e ad Aldertree fino allo sfinimento, ma non significa che loro mi vogliano ascoltare — rispose Luke stancamente. — L'unico motivo per cui mi lasciano restare qui è perché il Conclave mi ha eletto consigliere. E l'ha fatto solo perché parecchi di loro sono stati salvati dal mio branco. Ma ciò non significa che vogliano altri Nascosti a Idris.

Qualcuno lanciò un grido stridulo.

Amatis era in piedi, con una mano sulla bocca e gli occhi fissi sull'ingresso della Sala degli Accordi. C'era un uomo sulla porta, incorniciato dalla luce del sole. Era solo una sagoma in controluce. Poi fece un passo avanti ed entrò nella sala, e Clary poté vederlo in faccia.

Valentine.

Chissà perché, la prima cosa che Clary notò fu che era perfettamente sbarbato. E questo lo faceva sembrare più giovane, più simile al ragazzo dei ricordi che Ithuriel le aveva mostrato.

Invece della tenuta da battaglia, indossava un elegante gessato e la cravatta. Era disarmato. Avrebbe potuto essere un uomo qualsiasi in una strada di Manhattan. Avrebbe potuto essere il padre di chiunque.

Valentine non guardò verso Clary, non diede nemmeno segno di averla vista. Teneva gli occhi fissi su Luke, mentre percorreva lo stretto corridoio tra le file di panche.

Come può pensare di entrare qui dentro disarmato? si chiese Clary. Ma la sua domanda trovò subito una risposta: in quel momento l'Inquisitore Aldertree fece un verso da orso ferito, si divincolò da Malachi che stava cercando di trattenerlo, scese barcollando i gradini del podio e si scagliò contro Valentine.

Passò attraverso il suo corpo come un coltello attraverso un foglio di carta. Valentine si girò a osservare Aldertree con un'occhiata di blando interesse: l'Inquisitore perse l'equilibrio, sbatté contro una colonna e crollò scompostamente a terra. Il Console lo raggiunse, si chinò e l'aiutò a rimettersi in piedi con un'espressione di malcelato disgusto. Clary si chiese se fosse per Valentine o per Aldertree, che aveva fatto una figura così grottesca.

Un altro lieve mormorio aleggiò nella sala. L'Inquisitore squittiva e si agitava come un topo in trappola, mentre Malachi lo teneva saldamente per le braccia. Valentine riprese ad avanzare senza degnarli più di uno sguardo. I capannelli di Cacciatori intorno alle panche arretrarono come le onde del Mar Rosso davanti a Mosè, creando un passaggio libero al centro della sala. Clary rabbrividì, quando Valentine si avvicinò a loro. *È solo una proiezione*, si disse. *Non è qui per davvero. Non può farti del male.*

Accanto a lei, Simon rabbrividì e Clary gli prese la mano. In quel momento Valentine si fermò alla base del podio e si girò verso di lei. I suoi occhi la squadrarono da capo a piedi, come prendendole le misure, poi scavalcarono Simon e si fermarono su Luke.

— Lucian — disse.

Luke ricambiò il suo sguardo con occhi fermi e franchi, senza dire nulla. Era la prima volta che si ritrovavano nella stessa stanza dopo Renwick, pensò Clary, e in quell'occasione Luke era coperto di sangue e mezzo morto per le ferite. Era più facile, adesso, cogliere le differenze e le somiglianze tra i due uomini: Luke, con la sua stazzonata camicia di flanella e i jeans, e Valentine, col suo bellissimo completo dall'aria costosa; Luke, con la barba di un giorno e del grigio tra i capelli, e Valentine, che sembrava ancora un venticinquenne, solo più freddo, più duro, come se il passare degli anni lo stesse lentamente trasformando in pietra.

— Ho sentito che il Conclave ti ha accolto nel Consiglio — esordì Valentine. — Solo un Conclave indebolito dalla corruzione e dalla ruffianeria può lasciarsi infiltrare da bastardi e degenerati. — La sua voce era placida, quasi allegra, tanto che era difficile percepire il veleno delle sue parole, o credere che le pensasse davvero. Lo sguardo di Valentine si spostò su Clary. — Clarissa. Sei venuta con il vampiro, vedo. Quando le cose si saranno un po' sistemate, sarà il caso di ridiscutere le tue scelte in fatto di animali domestici.

Dalla gola di Simon salì un ringhio basso. Clary gli strinse la mano con forza, così forte che un tempo gli avrebbe fatto male. Ora, invece, Simon non sembrava sentire niente. — No — gli sussurrò. — Non reagire.

Valentine aveva già distolto l'attenzione da loro. Salì sul podio e si voltò per guardare la folla. — Quante facce familiari — osservò. — Patrick. Malachi. Amatis.

Amatis era ancora in piedi, immobile, con gli occhi sfavillanti di rancore.

L'Inquisitore si stava ancora dibattendo nella stretta di Malachi. Lo sguardo di Valentine guizzò su di lui, non senza un certo divertimento. — Anche tu,

Aldertree. Mi dicono che sei stato indirettamente responsabile della morte del mio vecchio amico Hodge Starkweather. Un vero peccato.

Luke ritrovò la voce. — Quindi lo ammetti — disse. — Sei stato tu ad abbattere le difese. Sei stato tu a mandare i demoni.

— Li ho mandati io — confermò Valentine. — E posso mandarne molti altri. Di sicuro il Conclave se l'aspettava, per quanto stupidi possano essere i suoi membri. *Tu* te l'aspettavi, non è vero, Lucian?

Gli occhi azzurri di Luke erano molto seri. — Sì, me l'aspettavo, ti conosco bene, Valentine. Ma dimmi: sei venuto a contrattare o a vantarti?

— Né l'una né l'altra cosa. — Valentine osservò la folla muta. — Non ho nessun bisogno di contrattare — disse. Nonostante il tono calmo, la sua voce sembrava amplificata. — E nessun bisogno di vantarmi. Non mi dà alcun *piacere* causare la morte di altri Shadowhunters: siamo già abbastanza pochi, in un mondo che ha un disperato bisogno di noi. Ma è così che piace al Conclave, no? È solo una delle vostre tante regole senza senso, quelle che usate per gettare nella polvere i vostri Cacciatori. Ho fatto ciò che ho fatto perché ho dovuto. Perché era l'unico modo per farmi ascoltare dal Conclave. Quegli Shadowhunters non sono morti per causa mia: sono morti perché il Conclave non mi ha mai dato ascolto. — Incrociò gli occhi di Aldertree in mezzo alla folla: la faccia dell'Inquisitore era bianca e contratta. — Molti di voi, un tempo, erano nel mio Circolo — disse Valentine lentamente. — È a voi che ora mi rivolgo, e a coloro che sapevano del Circolo ma ne rimasero fuori. Vi ricordate ciò che predissi quindici anni fa? Che se non avessimo agito contro gli Accordi, la città di Alicante, la nostra preziosa capitale, sarebbe stata invasa da orde sbavanti di bastardi mezzosangue, di razze degenerate che avrebbero calpestato tutto ciò che a noi era più caro? E, come avevo predetto, tutto ciò si è avverato. La Guardia è bruciata fino alle fondamenta, il Portale è stato distrutto, le nostre strade sono state invase da mostri. Feccia semiumana, che pretende di governarci. Quindi, amici miei, nemici miei, fratelli miei nell'Angelo, io vi chiedo: mi credete, ora? — La sua voce si alzò e diventò un grido. — MI CREDETE, ORA?

Il suo sguardo percorse tutta la sala, come se si aspettasse una risposta. Ma non ci fu alcuna risposta: solo un mare di volti fissi su di lui.

— Valentine. — La voce di Luke, per quanto bassa, ruppe il silenzio. — Non vedi ciò che hai fatto? Gli Accordi che tu temevi tanto non hanno reso i Nascosti uguali ai Nephilim. Non hanno assicurato ai mezzi-umani un posto nel Consiglio. Tutto l'antico rancore è rimasto. Avresti dovuto contare su questo, ma non l'hai fatto, non hai voluto. E ora tu stesso ci hai fornito l'unico motivo che potrebbe unirci tutti. — I suoi occhi penetrarono in quelli di Valentine. — Un nemico comune.

Un rossore animò il pallido viso di Valentine. — Io non sono un nemico. Non dei Nephilim. *Tu* sei un nemico. *Tu* sei quello che cerca di attirarli in una guerra senza speranza. Credi che i demoni che avete visto siano gli unici che possiedo? Sono solo una piccola parte di quelli che posso radunare.

— Anche noi siamo molti di più — replicò Luke. — Molti più Nephilim e molti più Nascosti.

— *Nascosti* — ripeté Valentine con disprezzo. — Scapperanno al primo segnale di vero pericolo. I Nephilim sono nati per essere guerrieri, per proteggere questo mondo, ma il mondo odia tutti quelli della vostra specie. C'è una ragione, se l'argento puro vi brucia e se la luce del giorno brucia i Figli della Notte.

— Non brucia me — intervenne Simon, con voce forte e chiara, nonostante la stretta della mano di Clary. — Guardami, sono qui, in piena luce...

Ma Valentine rise. — Ti ho visto soffocare nel pronunciare il nome di Dio, vampiro. Se riesci a stare alla luce del sole — sorrise — è solo perché sei un'anomalia. Uno scherzo della natura. Ma pur sempre un mostro.

Un mostro. Clary ripensò a Valentine sulla nave, a quello che le aveva detto allora: «Tua madre mi ha detto che avevo trasformato il suo primo figlio in un mostro. Mi ha lasciato prima che potessi fare lo stesso anche con il secondo.»

Jace. Il pensiero di Jace le provocò un forte dolore. *Proprio lui parla di mostri, dopo quello che ha fatto...*

— L'unico mostro, qui — intervenne Clary contro se stessa e contro la sua decisione di restare in silenzio — sei tu. Ho visto Ithuriel — continuò, quando Valentine si girò a guardarla, sorpreso. — So tutto...

— Ne dubito — replicò Valentine. — Se sapessi tutto, terresti la bocca chiusa. Per il bene di tuo fratello, se non per il tuo.

Non permetterti nemmeno di nominare Jace in mia presenza! avrebbe voluto gridare, ma un'altra voce si levò a interromperla: una voce femminile, fredda, impavida, amara, del tutto inaspettata.

— E che mi dici di *mio* fratello? — Amatis si fermò ai piedi del podio, fissando Valentine. Luke trasalì, sorpreso, e la guardò scuotendo la testa, ma lei lo ignorò.

Valentine aggrottò la fronte. — Che cosa c'entra Lucian? — Clary intuì che la domanda di Amatis lo aveva turbato, o forse era solo la presenza di Amatis, che chiedeva di sapere, che lo affrontava. Lui l'aveva cancellata anni prima, giudicandola una donna debole che non l'avrebbe mai sfidato. A Valentine non piacevano le sorprese.

— Tu mi hai convinta che lui non fosse più mio fratello — disse Amatis. — Tu mi hai portato via Stephen. Tu hai distrutto la mia famiglia. Dici di non essere un nemico dei Nephilim, ma ci hai messi tutti gli uni contro gli altri, famiglia contro famiglia, distruggendo le nostre vite senza nessun rimorso. Tu dici di odiare il Conclave, ma sei *tu* che lo hai reso ciò che è adesso: meschino e paranoico. Una volta ci fidavamo gli uni degli altri, noi Nephilim. Sei stato *tu* a cambiare le cose. E io non ti perdonerò mai per questo. — Le tremò la voce. — Né per avermi indotto a trattare Lucian come se non fosse più mio fratello. Nemmeno per questo ti perdonerò mai. Né perdonerò me stessa per averti dato ascolto.

— Amatis... — Luke avanzò di un passo, quando sua sorella alzò una mano per fermarlo. Aveva gli occhi lucidi di lacrime, ma la schiena era dritta, la voce ferma e risoluta.

— C'è stato un tempo in cui *tutti noi* eravamo pronti ad ascoltarti, Valentine — proseguì. — E tutti noi ci portiamo quel peso sulla coscienza. Ora non più. *Non più.* Quel tempo è passato. C'è qualcuno qui che non è d'accordo con me?

Clary alzò di scatto la testa e guardò l'assemblea di Shadowhunters: le apparivano come lo schizzo di una folla, macchie indistinte al posto dei volti. Vide Patrick Penhallow con la mascella serrata e l'Inquisitore che tremava come un fragile alberello nel vento. E Malachi, la cui faccia scura e scolpita era impenetrabile.

Nessuno parlò.

Se Clary si era aspettata che Valentine si arrabbiasse davanti alla mancata reazione dei Nephilim che voleva governare, fu delusa.

A parte il guizzo di un muscolo della mascella, Valentine rimase privo di qualsiasi espressione. Come se si fosse atteso esattamente questo. Come se l'avesse previsto nel suo piano.

— Molto bene — disse. — Se non volete ascoltare la ragione, dovrete ascoltare la forza. Vi ho già dimostrato che posso abbattere le difese intorno alla città. Vedo che le avete ripristinate, ma non servirà a nulla. Posso rifarlo quando voglio. O acconsentirete alle mie richieste, o affronterete tutti i demoni che la Spada Mortale potrà radunare. Ordinerò loro di non risparmiare nessuno di voi, uomini, donne, bambini. La scelta è vostra.

Un mormorio spazzò la sala. Luke fissava Valentine. — Tu distruggeresti deliberatamente la tua stessa gente?

— Talvolta le piante malate devono essere eliminate, per salvare il giardino — replicò lui. — E se *tutte* le piante sono malate… — Si rivolse alla folla inorridita. — Io possiedo la Coppa Mortale. Se sarò costretto a farlo, darò inizio a un nuovo mondo di Shadowhunters, creati ed educati da me. Ma posso darvi questa scelta. Se il Conclave trasferirà a me tutti i poteri del Consiglio e accetterà la mia sovranità assoluta e il mio governo, io fermerò la mia mano. Tutti gli Shadowhunters dovranno giurare obbedienza e accettare una runa permanente di Fedeltà che li legherà a me. Queste sono le mie condizioni.

Ci fu silenzio. Amatis si era portata le mani alla bocca. Tutta la sala sembrava ondeggiare sotto gli occhi di Clary, come una massa indistinta e turbinante. *Non possono arrendersi a lui,* si disse. *Non possono.* Ma che scelta avevano? Che scelta poteva avere, ciascuno di loro? *Sono stati intrappolati da Valentine,* pensò in una specie di torpore. *Così come io e Jace siamo intrappolati da ciò che lui ci ha fatto. Siamo incatenati a lui dal nostro stesso sangue.*

Fu solo un momento, anche se a Clary parve un'ora. Poi una vocetta sottile tagliò il silenzio: la voce alta e squittente dell'Inquisitore. — Sovranità e governo? — strillò. — Il *tuo* governo?

— Aldertree… — Il Console cercò di trattenerlo, ma l'Inquisitore fu più veloce. Si divincolò e corse sul podio. Ripeteva qualcosa, sempre le stesse parole, come un guaito, come se avesse perso completamente la ragione, e aveva gli occhi strabuzzati come un invasato. Spinse via Amatis, salì barcollando i gradini e affrontò Valentine. — Io sono l'Inquisitore, capisci? L'*Inquisitore*! — gridò. — Io sono parte del Conclave! Del *Consiglio*! *Io* faccio la Legge, non tu! *Io* governo, non tu! *Io* non ti permetterò di farlo! Arrampicatore, feccia, amante dei demoni...

Con un'espressione molto vicina alla noia, Valentine allungò una mano, quasi come per toccare l'Inquisitore sulla spalla. Ma Valentine non poteva toccare niente: era solo una proiezione. Eppure la mano di Valentine *entrò* nella pelle, nelle ossa, nelle carni dell'Inquisitore, e svanì nel suo torace.

Ci fu un attimo, solo un attimo, in cui tutta la Sala degli Accordi sembrò fissare a bocca aperta la mano sinistra di Valentine affondata fino al polso, contro ogni logica e ragionevolezza, nel petto di Aldertree.

Poi Valentine torse il polso con forza, di scatto, verso sinistra, come se volesse girare il pomolo arrugginito di una porta.

L'Inquisitore lanciò un unico grido e cadde come una pietra.

Valentine ritirò la mano. Era bagnata di sangue, che come un guanto scarlatto colava verso il gomito, macchiando il tessuto prezioso della sua giacca. Abbassò la mano e scrutò la folla inorridita. Alla fine i suoi occhi si posarono su Luke. Parlò lentamente. — Vi darò tempo fino a domani a mezzanotte per valutare le mie condizioni. A mezzanotte porterò il mio esercito, tutte le forze del mio esercito, alla Pianura di Brocelind. Se non avrò ancora ricevuto un messaggio di resa dal Conclave, marcerò col mio esercito su Alicante, e questa volta nulla resterà in vita. Avete abbastanza tempo per esaminare la mia offerta. Usatelo saggiamente.

E con questo, svanì.

14

Nella foresta buia

— Be', questa poi! — disse Jace senza guardare Clary. Non l'aveva mai guardata, da quando lei e Simon erano arrivati sui gradini della casa che ora era occupata dai Lightwood. Era appoggiato a una delle alte finestre del salotto e guardava fuori, verso il cielo che stava rapidamente scurendo. — Uno va al funerale del fratellino e si perde tutto il divertimento!

— Jace — disse Alec con voce stanca. — Smettila.

Alec era buttato su una delle poltrone imbottite in salotto, l'unico posto dove ci si poteva sedere. La casa aveva quell'atmosfera strana e aliena che hanno le case degli sconosciuti: era arredata con tessuti floreali, leziosi, in colori tenui, e tutto era leggermente liso o rovinato dall'uso. C'era una boccia di vetro piena di cioccolatini sul tavolino vicino ad Alec. Clary, che moriva di fame, ne aveva mangiati un paio, scoprendo che erano secchi e friabili. *Chissà che tipo di persone vivevano qui*, pensò. *Il tipo di persone che scappano quando le cose si fanno difficili*, si rispose da sola, acida. Si meritavano che la loro casa venisse occupata.

— Smettila *cosa*? — chiese Jace. C'era abbastanza buio fuori, ormai, perché si vedesse il suo viso riflesso nel vetro. I suoi occhi sembravano neri. Indossava gli abiti da lutto degli Shadowhunters: loro non si vestivano di nero ai funerali, perché il nero era il colore delle tenute da battaglia. Il colore della morte era il bianco. La giacca bianca che Jace indossava aveva delle rune scarlatte ricamate su colletto e polsi. Diversamente dalle rune di Guerra, che parlavano di aggressione e di protezione, quelle parlavano un linguaggio più delicato, di guarigione e dolore. Jace aveva anche braccialetti di ferro battuto su cui erano incise altre rune simili. Alec era vestito nello stesso modo, tutto in bianco, con le stesse rune d'oro brunito tracciate sul tessuto. Per contrasto, i suoi capelli sembravano ancora più neri.

Tutto in bianco, Jace sembrava un angelo, pensò Clary. Anche se della schiera dei vendicatori.

— Tu non ce l'hai con Clary né con Simon — disse Alec. — Almeno — aggiunse aggrottando leggermente la fronte — non con Simon.

Clary si aspettava una risposta cattiva, ma Jace disse solo: — Clary lo sa, che non ce l'ho con lei.

Con i gomiti appoggiati allo schienale del divano, Simon alzò gli occhi al cielo, ma si limitò a dire: — Quello che non riesco a capire è come abbia fatto Valentine a uccidere l'Inquisitore. Ero convinto che le proiezioni non avessero alcun potere sulle cose materiali.

— Non dovrebbero — disse Alec. — Sono solo illusioni. Aria colorata, per così dire.

— Be', non in questo caso. Valentine ha infilato una mano dentro l'Inquisitore, poi l'ha girata... — Clary rabbrividì. — C'era un sacco di sangue.

— Un bel regalo per te, no? — disse Jace a Simon.

Simon lo ignorò. — C'è mai stato un Inquisitore che non abbia fatto una morte orribile? — si chiese a voce alta. — Sembrano i batteristi degli Spinal Tap.

Alec si passò una mano sulla faccia. — I miei genitori non ne sanno ancora niente — disse. — E francamente io non ho nessuna voglia di dirglielo.

— Sono di sopra? — chiese Clary.

Alec scosse la testa. — Sono ancora alla necropoli. Alla tomba di Max. Ci hanno mandati qui perché volevano restare là da soli per un po'.

— E Isabelle? — chiese Simon. — Lei dov'è?

L'umorismo, per così dire, abbandonò Jace. — Non vuole uscire dalla sua stanza. È convinta che quello che è successo a Max sia colpa sua. Non è nemmeno venuta al funerale.

— Avete provato a parlarle? — chiese Simon.

— No — disse Jace. — L'abbiamo presa a pugni in faccia, ma forse non funziona, tu che dici?

— Sempre meglio chiedere. — Il tono di Simon era mite.

— Le diremo di questa storia, che Sebastian non è veramente Sebastian — disse Alec. — Magari la farà sentire un po' meglio. È convinta che avrebbe dovuto capire che c'era qualcosa di strano, in Sebastian, ma se era una spia... — Alec scrollò le spalle. — Nessuno di noi aveva notato niente di strano in lui. Nemmeno i Penhallow.

— Io, veramente, avevo notato che era una persona detestabile — precisò Jace.

— Sì, ma solo perché... — Alec sprofondò nella poltrona. Era esausto. La sua pelle aveva un colorito grigiastro, contro il bianco immacolato dei vestiti. — Va be', non importa. Quando Isabelle scoprirà che cosa minaccia di fare Valentine, nulla potrà tirarla su di morale.

— Secondo voi lo farebbe davvero? — chiese Clary. — Manderebbe davvero un esercito di demoni contro i Nephilim? Insomma, è pur sempre uno Shadowhunter, no? Non può distruggere tutta la sua gente.

— Non ha avuto scrupoli nemmeno per i suoi figli — ribatté Jace incrociando lo sguardo di Clary. Rimasero con gli occhi negli occhi. — Che cosa ti fa pensare che potrebbe farsene per la sua gente?

Alec guardò l'uno e l'altra. Dalla sua espressione, Clary capì che Jace non

gli aveva detto ancora niente di Ithuriel. Sembrava perplesso e molto triste.
— Jace...

— Questo spiega una cosa — proseguì Jace senza guardare Alec. — Magnus ha usato una runa di Localizzazione su qualcosa che Sebastian ha lasciato in camera sua, per cercare di rintracciarlo, ma non è riuscito a leggere niente. Zero assoluto.

— Che cosa significa?

— Che erano cose di Sebastian Verlac. Probabilmente il finto Sebastian gliele ha rubate. E se Magnus non trova nessuna informazione in queste cose, significa che il vero Sebastian...

— Probabilmente è morto — finì Alec. — E il Sebastian che conosciamo noi è troppo furbo per lasciare in giro qualcosa che possa servire a rintracciarlo. Voglio dire, per trovare una persona non basta un oggetto qualsiasi. Ci vuole un oggetto strettamente legato a quella persona, come un cimelio di famiglia, uno stilo, una spazzola con qualche capello, cose del genere.

— Il che è una bella sfortuna — commentò Jace. — Se potessimo seguirlo, probabilmente ci condurrebbe dritti da Valentine. Sono sicuro che è corso dal suo padrone con un rapporto completo. Gli avrà anche riferito la stramba teoria di Hodge, quella del lago-Specchio.

— Forse non è così stramba — commentò Alec. — Il Conclave ha messo sentinelle a presidiare tutti i sentieri che conducono al lago e ha attivato delle difese che avvertiranno se qualcuno usa un Portale per arrivarci.

— Fantastico. Sono sicuro che adesso possiamo stare tutti più tranquilli. — Jace si appoggiò con la schiena al muro.

— Quello che non capisco — disse Simon — è perché Sebastian sia rimasto qui. Dopo quello che ha fatto a Izzy e a Max, non poteva più continuare la messinscena. Se anche era convinto di aver ucciso Izzy, invece di averla solo tramortita, come poteva pensare di farla franca, con loro due morti e lui che stava benissimo? Impossibile. E quindi, perché restare qui dopo la battaglia? Perché venire alla Guardia a prendere *me*? Non credo che gli importasse molto se ne uscivo vivo o morto.

— Ora sei troppo duro con lui — commentò Jace. — Sono sicuro che ti avrebbe preferito morto.

— A dire la verità — intervenne Clary — io credo che sia rimasto per me.

Lo sguardo di Jace si alzò di scatto sul suo, con un bagliore dorato. — Per te? Forse sperava in un altro incontro passionale?

Clary si sentì arrossire. — No. E il nostro incontro non è stato passionale. Comunque, non è questo il punto. Quando è entrato nella Sala degli Accordi ha cercato di portarmi fuori, per parlare a quattr'occhi. Voleva qualcosa da me, ma non so che cosa.

— O forse, più semplicemente, voleva te — commentò Jace. Vedendo la faccia di Clary, aggiunse: — Non in quel senso. Voglio dire che forse voleva portarti da Valentine.

— A Valentine non importa niente di me — disse Clary. — Gli è sempre importato solo di te.

Qualcosa guizzò in fondo agli occhi di Jace. — Gli importava di me...? Alla faccia... — La sua espressione era spaventosamente fosca. — Dopo quello che è successo sulla nave, è a te che è interessato. E ciò significa che devi stare attenta. Molto attenta. Anzi, non ti farebbe male restare in casa, nei prossimi giorni. Potresti chiuderti nella tua stanza, come Isabelle.

— Non ci penso nemmeno.

— Certo che no — commentò Jace. — Perché tu vivi per tormentarmi, vero?

— Non tutto quello che succede, Jace, riguarda *te* personalmente — replicò Clary furiosa.

— Forse non tutto — disse Jace. — Ma, devi ammetterlo, la maggior parte sì.

Clary represse l'istinto di urlare.

Simon si schiarì la voce. — A proposito di Isabelle, che non era proprio l'argomento della nostra discussione. Forse però sarebbe meglio discuterne subito, prima che si scateni una lite. Penso che dovrei parlare con lei.

— Tu? — esclamò Alec. E poi, lievemente imbarazzato dal proprio sconcerto, aggiunse rapidamente: — È solo che... non vuole uscire dalla sua stanza nemmeno per la sua famiglia. Perché dovrebbe uscire per te?

— Forse proprio perché io *non sono* la sua famiglia — replicò Simon. Era in piedi, con le mani nelle tasche, le spalle ben aperte. Prima, quando era seduta accanto a lui, Clary aveva notato che c'era ancora una sottile linea bianca intorno alla sua gola, dove Valentine l'aveva tagliato, e c'erano cicatrici anche sui polsi, sempre in corrispondenza dei tagli. L'incontro col mondo degli Shadowhunters l'aveva cambiato, non solo in superficie o nel sangue: il cambiamento era più profondo. Simon aveva la schiena dritta, la testa alta; si prendeva tutto quello che Jace e Alec gli buttavano addosso e non sembrava curarsene. Il Simon che una volta avrebbe avuto paura di loro, o che si sarebbe sentito a disagio con loro, non c'era più.

Clary sentì un'improvvisa fitta al cuore e trasalì, quando capì cosa provava: aveva *nostalgia* di Simon, del Simon di una volta.

— Voglio fare un tentativo, per capire se Isabelle vuole parlare con me — annunciò Simon. — Non farà male a nessuno.

— Ma è quasi buio — obiettò Clary. — Abbiamo promesso a Luke e ad Amatis di tornare prima del tramonto.

— Ti accompagno io — si offrì Jace. — Simon può cavarsela da solo a trovare la strada di casa al buio. Non è vero?

— Certo che se la può cavare! — esclamò Alec, come se fosse ansioso di riparare al precedente insulto. — È un *vampiro*, e poi... — aggiunse. — Ah, era una battuta, come non detto.

Simon sorrise. Clary aprì la bocca per protestare, ma subito la chiuse. In parte perché sarebbe stato irragionevole, e lo sapeva, in parte perché c'era un'espressione negli occhi di Jace, mentre guardava Simon, che la fece ammutolire per la sorpresa: era divertimento, pensò Clary, mescolato a un po' di gratitudine e forse persino, incredibilmente, a un briciolo di rispetto.

Non ci voleva molto per arrivare a piedi dalla nuova casa dei Lightwood a quella di Amatis. Clary avrebbe voluto che fosse più lontana. Non riusciva a scrollarsi di dosso il pensiero che ogni momento trascorso con Jace fosse in qualche modo prezioso e limitato, che si stessero avvicinando a qualche invisibile ultimatum che li avrebbe separati per sempre.

Lo guardò di sottecchi. Teneva lo sguardo fisso avanti, come se Clary non ci fosse nemmeno. Il suo profilo si stagliava nitido contro la stregaluce che illuminava le strade. I capelli gli si arricciavano sulle guance, senza riuscire a nascondere la cicatrice bianca sulla tempia, dove c'era stato un marchio. La catenina a cui era appeso l'anello dei Morgenstern gli luccicava intorno alla gola. La mano sinistra non era più fasciata, ma le nocche erano ancora scorticate. Quindi stava davvero guarendo come un mondano, come aveva detto Alec.

Clary rabbrividì. Jace la guardò. — Hai freddo?

— Stavo pensando — rispose lei. — Mi sorprende che Valentine abbia ucciso l'Inquisitore e non Luke. L'Inquisitore è uno Shadowhunter, mentre Luke è... Luke è un Nascosto. In più, Valentine lo odia.

— Ma in un certo senso lo rispetta, anche se è un Nascosto — osservò Jace. Clary ricordò lo sguardo che Jace aveva rivolto a Simon poco prima. Odiava pensare che Jace e Valentine fossero in qualche modo simili, anche in una cosa così futile come uno sguardo. — Luke sta cercando di far cambiare il Conclave, di introdurre un modo nuovo di pensare. È esattamente quello che ha fatto Valentine a suo tempo, anche se i suoi scopi erano... be', non erano gli stessi. Luke è un iconoclasta. Vuole il cambiamento. Per Valentine, l'Inquisitore rappresentava il Conclave vecchio e retrogrado che lui detesta.

— E una volta erano amici — aggiunse Clary. — Luke e Valentine.

— «Il marchio di ciò che un tempo è stato»* — disse Jace. E Clary capì, dal tono vagamente ironico, che stava citando il verso di una poesia. — Purtroppo, di solito odi più profondamente proprio le persone che un tempo hai amato. Immagino che Valentine abbia in mente qualcosa di speciale per Luke, alla fine di tutto. Una volta che prenderà il potere.

— Ma lui non prenderà il potere! — replicò Clary. Quando Jace non disse nulla, alzò il tono della voce. — Lui non vincerà! Non può vincere. Non vuole veramente la guerra, non contro i Cacciatori e i Nascosti *insieme*...

— Che cosa ti fa pensare che i Cacciatori combatteranno insieme ai Nascosti? — le chiese Jace, sempre senza guardarla in faccia. Stavano camminando sulla strada lungo il canale e Jace fissava l'acqua, con la mascella serrata. — Solo perché lo dice Luke? Luke è un idealista.

— E questa sarebbe una brutta cosa?

— Non è una brutta cosa. È solo che io non sono affatto un idealista — ribatté

* S.T. Coleridge, *Christabel*.

Jace. Clary provò una fitta gelida al cuore, sentendo il vuoto nella sua voce. *Disperazione, rabbia, odio. Queste sono qualità dei demoni. Jace sta recitando il ruolo che pensa di dover interpretare.*

Erano arrivati davanti alla casa di Amatis. Clary si fermò sui gradini e si voltò verso di lui. — Forse — gli disse. — Ma non sei nemmeno come *lui*.

Jace trasalì appena, per quelle parole, o forse fu solo per la fermezza nel tono di Clary. Si girò e la guardò, per la prima volta da quando erano usciti dalla casa dei Lightwood. — Clary... — iniziò Jace, ma s'interruppe, trattenendo il respiro. — Hai del sangue sulla manica. Sei ferita?

Le si avvicinò, prendendole il polso. Clary abbassò lo sguardo e vide con sorpresa che aveva ragione: c'era una macchia irregolare, color rosso scarlatto, sulla manica destra del cappotto. La cosa strana era che il rosso era ancora vivido. Il sangue secco diventava più scuro, no? Clary aggrottò la fronte. — Non è mio, questo sangue.

Jace si rilassò un po' e allentò la presa. — È dell'Inquisitore?

Clary scosse la testa. — Credo che sia di Sebastian.

— Il sangue di *Sebastian*?

— Sì... quando è arrivato nella Sala degli Accordi, l'altra sera, se ti ricordi aveva il viso sporco di sangue. Credo che sia stata Isabelle a graffiarlo. Comunque, gli ho toccato la faccia e mi sono macchiata. — Guardò la macchia più da vicino. — Credevo che Amatis mi avesse lavato il cappotto, ma evidentemente non l'ha fatto.

Si aspettava che Jace le lasciasse il polso, invece lui la trattenne ancora un po', esaminando il sangue, poi le lasciò il braccio, apparentemente soddisfatto. — Grazie.

Clary lo guardò per un lungo momento, poi scosse la testa. — Non hai nessuna intenzione di dirmi cos'hai in mente, vero?

— Nessunissima.

Clary buttò in alto le braccia, esasperata. — Io vado. Ci vediamo.

Si girò e salì i gradini d'ingresso. Non seppe mai che, nel momento stesso in cui gli voltò le spalle, il sorriso svanì dalla faccia di Jace, il quale rimase a lungo nell'oscurità a guardare la porta che si era chiusa alle spalle di Clary, rigirando un filo tra le dita.

— Isabelle — chiamò Simon. Gli ci erano voluti un paio di tentativi per trovare la sua stanza, ma i continui «Vai via!» provenienti da dietro la porta l'avevano convinto di aver individuato quella giusta. — Isabelle, fammi entrare.

Ci fu un tonfo soffocato e la porta vibrò leggermente, come se Isabelle vi avesse scagliato qualcosa contro, forse una scarpa. — Non voglio parlare né con te né con Clary. Non voglio parlare con nessuno. Lasciami in pace, Simon.

— Clary non c'è — disse Simon. — E io non me ne vado finché non mi parli.

— Alec! — strillò Isabelle. — Jace! Fatelo andare via!

Simon aspettò. Dal piano di sotto non arrivò alcun rumore. O Alec si era allontanato, oppure stava facendo finta di niente. — Non ci sono nemmeno loro, Isabelle. Ci sono solo io.

Silenzio. Finalmente Isabelle parlò di nuovo. Questa volta la sua voce arrivò da molto più vicino, come se fosse proprio dietro la porta. — Sei da solo?

— Sono da solo — confermò Simon.

La porta si socchiuse. Isabelle era lì, in sottoveste nera, i capelli sciolti e aggrovigliati sulle spalle. Simon non l'aveva mai vista così: a piedi nudi, coi capelli in disordine, senza trucco. — Puoi entrare.

Simon le passò accanto.

Dalla luce che filtrava dalla porta vide, come avrebbe detto sua madre, che in quella stanza era passato un tornado. C'erano vestiti sparsi per terra a mucchi, una sacca da viaggio aperta sul pavimento, come se fosse esplosa. La lucente frusta di Isabelle era appesa a un angolo del letto, un reggiseno di pizzo bianco a un altro. Le tende erano chiuse, le lampade spente.

Isabelle si lasciò cadere sul bordo del letto e guardò Simon con amaro divertimento. — Un vampiro che arrossisce. Chi l'avrebbe mai detto... — Alzò il mento. — Allora? Io ti ho fatto entrare: adesso dimmi che cosa vuoi.

Nonostante lo sguardo rabbioso, Simon pensò che Isabelle sembrava più giovane, con quegli occhioni grandi e neri che spiccavano nella faccia pallida e tirata. Vide le sottili cicatrici bianche che percorrevano la pelle chiara, sulle braccia nude, la schiena, le clavicole, persino le gambe. *Se Clary resterà una Cacciatrice,* pensò Simon, *un giorno sarà anche lei così, tutta cicatrici.* Il pensiero non lo turbò come forse sarebbe successo in passato. C'era qualcosa di speciale, nel modo in cui Isabelle esibiva le proprie cicatrici.

Aveva qualcosa tra le mani, qualcosa che rigirava tra le dita, un piccolo oggetto che nella penombra emanava qualche pallido bagliore. Simon pensò per un momento che fosse un gioiello.

— Quello che è successo a Max — le disse — non è stata colpa tua.

Lei non lo guardò. Continuò a fissare l'oggetto che aveva in mano. — Sai cos'è questo? — gli chiese, mostrandoglielo. Era un soldatino intagliato nel legno. Uno Shadowhunter giocattolo, con tanto di tenuta da battaglia dipinta di nero. Il bagliore d'argento che Simon aveva notato era il colore della piccola spada, ma era molto consunto. — Era di Jace — spiegò Isabelle senza aspettare la risposta. — Era l'unico giocattolo che aveva quando arrivò da Idris. Forse una volta faceva parte di un esercito. Secondo me se l'era fatto lui, ma non ne parlava mai. Lo portava sempre con sé, ce l'aveva sempre in tasca, quand'era piccolo. Poi un giorno ho visto Max con il soldatino in mano. Jace doveva avere più o meno tredici anni, allora. Era diventato troppo grande, per giocarci, e così l'aveva regalato a Max. Comunque, Max lo teneva in mano, quando l'hanno trovato. Era come se ci si fosse aggrappato, quando Sebastian... quando Sebastian... — S'interruppe. Lo sforzo che stava facendo per non piangere era visibile: la bocca era una smorfia sghemba e come fuori asse. — Avrei dovuto essere là a proteggerlo perché si potesse aggrappare a me, non a uno stupido giocattolo di legno. — Lo scagliò sul letto, con gli occhi lucidi.

— Avevi perso i sensi — protestò Simon. — Hai rischiato di morire, Izzy. Non c'era niente che tu potessi fare.

Isabelle scosse la testa e i capelli aggrovigliati le danzarono sulle spalle. Era feroce e selvaggia. — E tu che ne sai? — gli chiese. — Tu sai che Max era venuto da noi, la notte in cui è morto, per dirci che aveva visto qualcuno arrampicarsi sulle torri antidemoni? E io gli avevo detto che era stato un sogno e l'avevo mandato via. E invece aveva ragione. Scommetto che era quel bastardo di Sebastian che si stava arrampicando sulle torri per neutralizzare le difese. E Sebastian l'ha ucciso perché non dicesse a nessuno che cosa aveva visto. Se solo l'avessi ascoltato... Se solo mi fossi presa un secondo per ascoltarlo, non sarebbe mai successo.

— Non potevi saperlo — replicò Simon. — E per quel che riguarda Sebastian... non era il cugino dei Penhallow. Ha preso in giro tutti.

Isabelle non sembrò sorpresa.

— Lo so. Ho sentito quando lo raccontavi ad Alec e a Jace. Stavo ascoltando dalle scale.

— Stavi origliando?

Isabelle scrollò le spalle. — Fino alla parte in cui dicevi che volevi parlare con me. Allora sono tornata qui. Non mi andava di vederti. — Lo guardò di traverso. — Devo rendertene atto, però, tu non molli mai.

— Senti, Isabelle. — Simon fece un passo avanti. Diventò stranamente, improvvisamente consapevole di quanto fosse poco vestita, per cui evitò di metterle una mano sulla spalla o di fare qualsiasi altro gesto per tranquillizzarla. — Quando mio padre morì, sapevo che non era colpa mia, ma continuavo a pensare a tutte le cose che avrei dovuto fare o dire prima che morisse.

— Sì, be', ma questa *è* colpa mia — replicò Isabelle. — E quello che *io* avrei dovuto fare era ascoltare. E quello che ancora posso fare è ritrovare quel bastardo che ha fatto questo e ucciderlo.

— Non sono sicuro che servirebbe...

— Come fai a dirlo? — gli chiese Isabelle. — Hai trovato il responsabile della morte di tuo padre e l'hai ucciso?

— Mio padre ha avuto un attacco di cuore — spiegò Simon. — Quindi, no.

— Quindi non sai di cosa stai parlando, giusto? — Isabelle sollevò il mento e lo guardò dritto in faccia. — Vieni qui.

— Cosa?

Gli fece cenno di avvicinarsi con l'indice, imperiosamente. — Vieni *qui*, Simon.

Con riluttanza, il ragazzo avanzò. Quando fu abbastanza vicino, Isabelle lo prese per la camicia e lo tirò giù verso di sé. I loro volti erano a pochi centimetri di distanza: Simon notò che la pelle sotto gli occhi di Isabelle era ancora umida e lucida per le lacrime recenti. — Sai di cosa ho veramente bisogno in questo momento? — gli disse, scandendo bene le parole.

— Uhm — fece Simon. — No...

— Di distrazione — rispose Isabelle. E con un mezzo giro del busto lo tirò di peso accanto a sé.

Simon cadde sul letto di schiena, in mezzo a un mucchio di vestiti buttati alla rinfusa. — Isabelle — protestò debolmente. — Pensi davvero che questo possa farti sentire meglio?

— Fidati — ribatté lei, mettendogli una mano sul petto, sul suo cuore immobile. — Mi sento già meglio.

Clary era distesa nel letto, sveglia, con gli occhi fissi su un raggio di luna che disegnava il suo percorso sul soffitto. Aveva i nervi ancora troppo tesi per gli eventi della giornata e non riusciva a dormire. Non l'aiutava il fatto che Simon non fosse rientrato per la cena, né dopo cena. Alla fine aveva espresso le sue preoccupazioni a Luke, che si era infilato il cappotto e aveva fatto un salto dai Lightwood. Era tornato visibilmente divertito. — Simon sta bene, Clary — le aveva detto. — Va' pure a letto. — E poi era uscito di nuovo, con Amatis, per un'altra delle loro interminabili riunioni nella Sala degli Accordi. Chissà, si chiese Clary, se qualcuno aveva lavato via il sangue dell'Inquisitore.

Non avendo nient'altro da fare, lei era andata a letto, ma il sonno continuava ostinatamente a sfuggirle. Continuava a rivedere Valentine che strappava il cuore ad Aldertree. E il modo in cui si era rivolto a lei e le aveva detto: «Se sapessi tutto, terresti la bocca chiusa. Per il bene di tuo fratello, se non per il tuo». Come se non bastasse, i segreti che aveva appreso da Ithuriel le pesavano sul petto come un macigno. E sotto tutte quelle ansie c'era la paura, costante come il battito del cuore, che sua madre morisse. Dov'era Magnus?

Ci fu un fruscio vicino alle tende e un'improvvisa ondata di luce lunare si riversò nella stanza. Clary balzò a sedere sul letto, cercando subito la spada angelica che teneva sul comodino.

— Va tutto bene. — Una mano si posò sulle sue; una mano sottile, segnata da cicatrici, familiare. — Sono io.

Clary trasalì e lui ritrasse la mano. — Jace! — esclamò. — Che ci fai, qui? Cos'è successo?

Per un momento lui non rispose e Clary si girò per guardarlo, raccogliendo le lenzuola intorno a sé. Si sentì arrossire, per il disagio di indossare solo i pantaloni del pigiama e una canottiera leggera. Ma poi vide la sua espressione e l'imbarazzo svanì.

— Jace? — sussurrò. Lui era accanto al letto, e indossava ancora gli abiti da lutto. E non c'era niente di leggero, sarcastico o distaccato nel modo in cui la stava guardando. Era pallidissimo e i suoi occhi sembravano spiritati, quasi neri per la tensione. — Stai bene?

— Non lo so — rispose il ragazzo con il tono confuso di chi si è appena risvegliato da un sogno. — Non volevo venire qui. Ho girato per tutta la notte, non riuscivo a dormire… e continuavo a ritrovarmi qui. Da te.

Clary si raddrizzò sul letto e lasciò cadere le lenzuola intorno ai fianchi. — Perché non riuscivi a dormire? È successo qualcosa? — gli chiese, sentendosi subito molto stupida. Che cosa *non era* successo?

Jace, tuttavia, sembrò a malapena aver sentito la domanda. — Dovevo vederti — disse, più a se stesso che a lei. — So che non è giusto. Ma dovevo farlo.

— Be', siediti, allora — lo invitò Clary, spostando le gambe per fagli posto sul bordo del letto. — Perché così mi fai paura. Sei sicuro che non sia successo niente?

— Non ho detto questo. — Jace si sedette, rivolto verso di lei. Era così vicino che Clary avrebbe potuto piegarsi in avanti e dargli un bacio.

Le si strinse il petto. — Ci sono brutte novità? È tutto... stanno tutti...

— Non brutte — disse Jace. — E neanche novità. Anzi, il contrario di novità. È una cosa che ho sempre saputo e... probabilmente la sai anche tu. Dio sa se non ho nascosto tutto per bene. — I suoi occhi scrutavano il volto di Clary, come se volesse mandarlo a memoria. — Quello che è successo — le disse, esitando — è che ho capito una cosa.

— Jace — sussurrò Clary. Non sapeva di preciso perché, ma aveva paura di quello che lui stava per dire. — Jace, non devi...

— Volevo andare... in un posto — proseguì lui — ma continuavo a sentirmi trascinato qui. Non riuscivo a smettere di camminare, non riuscivo a smettere di pensare. Alla prima volta che ti ho visto e a come, da quella volta, non sono più riuscito a dimenticarti. Ho cercato, ma non ci sono riuscito. Ho fatto in modo che Hodge mi mandasse a prenderti per portarti all'Istituto. E anche allora, in quello stupido caffè, quando ti ho visto sul divanetto con Simon, sentivo che c'era qualcosa di sbagliato: dovevo esserci *io* con te, su quel divanetto. Dovevo essere *io* quello che ti faceva ridere così. Non riuscivo a liberarmi da quella sensazione. Che dovevo essere io. E più ti conoscevo, più lo sentivo. Non mi era mai successo prima. Prima succedeva che desideravo una ragazza e poi la conoscevo e poi non la desideravo più. Ma con te la sensazione era sempre più forte, fino alla notte in cui sei arrivata a Renwick e ho capito.

«E poi scoprire il motivo per cui mi sentivo così, come se tu fossi una parte di me che avevo perduto e di cui non sapevo nemmeno di sentire la mancanza, finché non ti ho rivisto. Scoprire che era perché tu eri *mia sorella* mi parve davvero una specie di scherzo cosmico. Come se Dio mi stesse sputando in testa. Non so nemmeno io per cosa, forse per aver pensato che potevo averti, e meritare una cosa bella come te, ed essere felice. Non riuscivo a immaginare cosa potessi aver fatto per essere punito in questo modo.

— Se tu sei stato punito — disse Clary — sono stata punita anch'io. Perché tutte le cose che tu sentivi le sentivo anch'io. Ma non possiamo... Dobbiamo smettere di sentirci così, perché è la nostra unica possibilità.

Le mani di Jace erano strette ai suoi fianchi. — La nostra unica possibilità per cosa?

— Per poter continuare a vederci. Perché altrimenti non potremo più stare vicini, nemmeno nella stessa stanza. E io non potrei sopportarlo. Preferisco averti nella mia vita anche solo come un fratello, piuttosto che non averti affatto.

— E io dovrei starmene seduto a guardare mentre tu esci con altri ragazzi e t'innamori di qualcun altro e ti sposi...? — Gli si indurì la voce. — Nel frattempo, guardando te, morirei un po' ogni giorno.

— No. Per allora non te ne importerà più nulla — replicò Clary. Ma si chiese, mentre parlava, se *lei* avrebbe potuto sopportare l'idea di un Jace a cui non importava. Non aveva mai pensato così in là nel tempo. Quando cercò di immaginare se stessa guardare Jace che si innamorava di un'altra e la sposava, non riuscì nemmeno a figurarselo, non vide niente se non un tunnel nero e vuoto, davanti a lei, che si allungava all'infinito. — Ti prego. Se non diciamo niente... se fingiamo...

— È impossibile fingere — disse Jace con assoluta chiarezza. — Io ti amo e ti amerò fino alla morte e, se c'è una vita dopo la morte, ti amerò anche allora.

Clary trattenne il respiro. Le aveva pronunciate. Le parole da cui non si tornava indietro. Cercò disperatamente qualcosa da dire, ma non le venne niente.

— E so che pensi che io voglia stare con te solo per... per dimostrare a me stesso che razza di mostro sono — aggiunse Jace. — E forse sono davvero un mostro. Non lo so. Ma quello che so è che, se c'è sangue di demone in me, c'è anche sangue umano. E non potrei amarti come ti amo, se non fossi almeno un po' umano. Perché i demoni *vogliono*. Ma non amano. Io invece...

Jace si alzò, mosso da una sorta di furia improvvisa, e si avvicinò alla finestra. Sembrava smarrito come lo era stato nella Sala degli Accordi, davanti al corpo di Max.

— Jace? — Quando lui non rispose Clary, allarmata, si alzò, lo raggiunse e gli posò una mano sulla spalla. Jace continuò a guardare fuori dalla finestra. I loro riflessi nel vetro erano quasi trasparenti, i fantasmi di un ragazzo alto e di una ragazza più piccola, con la mano stretta ansiosamente sulla manica di lui. — Che cosa succede?

— Non avrei dovuto parlarti così — ribatté Jace. — Mi dispiace. Probabilmente è troppo da assorbire tutto insieme. Sembravi... sconvolta. — La tensione che si percepiva nella sua voce era come elettricità.

— Lo ero — confermò Clary. — Ho passato questi ultimi giorni a chiedermi se mi odiavi. E quando ti ho visto stasera ero quasi sicura di sì.

— Odiarti? — le fece eco Jace, stupefatto. Le sfiorò il viso con delicatezza, solo con la punta delle dita. — Ti ho detto che non riuscivo a dormire. Domani a mezzanotte, o saremo in guerra o saremo servi di Valentine. Questa potrebbe essere l'ultima notte della nostra vita, sicuramente l'ultima notte normale, anche se solo vagamente. L'ultima notte in cui andremo a dormire e ci sveglieremo come sempre. E tutto quello che riesco a pensare è che voglio passarla con te.

Il cuore di Clary fece una capriola. — Jace...

— Non in quel senso — precisò subito lui. — Non ti toccherò nemmeno con un dito, se non vuoi. So che è sbagliato... Dio, è tutto così sbagliato... Ma voglio solo sdraiarmi con te e svegliarmi con te, una volta sola, una volta sola nella vita. — C'era disperazione nella sua voce. — Solo questa notte. Nel grande schema della vita, quanto può contare una notte?

Pensa a come ci sentiremo domattina. Pensa a quanto sarà più difficile fingere che non c'importi niente l'uno dell'altra davanti a tutti, dopo che avremo passato la notte insieme, anche se sarà solo per dormire. Sarà come assaggiare una droga: ci farà solo desiderare di averne ancora.

Ma era per questo che Jace le aveva detto tutto ciò, capì Clary. Perché non era così, non per lui: non c'era niente che potesse peggiorare ancora le cose, come non c'era niente che potesse migliorarle. Quello che sentiva Jace era definitivo come una condanna all'ergastolo. E lei? Poteva forse dire che era molto diverso, per lei? E anche se sperava che potesse essere diverso, anche se sperava di potersi un giorno convincere, con il tempo o con la ragione, o per progressivo logoramento, di non provare più quei sentimenti, non importava. Non c'era niente che avesse mai desiderato nella vita più di quella notte insieme a Jace.

— Allora chiudi le tende, prima di venire a letto — gli disse. — Non riesco a dormire con tutta questa luce nella stanza.

L'espressione che pervase il viso di Jace era di pura incredulità. Non si era aspettato di ricevere un sì, si rese conto Clary con sorpresa. Un attimo dopo Jace la prese e la strinse in un abbraccio, affondando il volto nei suoi capelli ancora arruffati dal sonno. — Clary...

— Vieni a letto — gli disse lei dolcemente. — È tardi. — Si staccò da lui e tornò verso il letto, vi sgattaiolò dentro e tirò su le lenzuola fino alla vita. Viste così le cose, Clary riusciva quasi a immaginare che fossero diverse, che fossero già passati molti anni, che loro due fossero insieme da tanto tempo e avessero ripetuto mille volte gesti come quelli, che ogni notte appartenesse a loro. Appoggiò il mento alle mani e lo guardò: Jace chiuse le tende, poi si tolse la giacca bianca e l'appese allo schienale della sedia. Sotto aveva una maglietta grigio chiaro e i marchi scuri che s'intrecciavano sulle braccia nude brillarono, mentre si sganciava la cintura e l'appoggiava a terra con tutte le armi. Si slacciò gli stivali e se li sfilò avvicinandosi al letto. Si distese con cautela accanto a Clary. Sdraiato sulla schiena, girò la testa verso di lei. Dai bordi delle tende filtrava nella stanza un filo di luce, appena sufficiente perché lei distinguesse il profilo del suo viso e il bagliore dei suoi occhi.

— Buona notte, Clary — le disse.

Jace teneva le braccia lungo i fianchi, le mani aperte. Sembrava quasi che non respirasse. Del resto, anche Clary non era sicura di respirare. Fece scivolare una mano sulle lenzuola fino a sfiorare le sue dita, così leggermente che, se accanto a lei ci fosse stato un altro, forse non se ne sarebbe neanche accorta. Ma ora le terminazioni nervose delle dita fremettero dolcemente, come se la sua mano fosse sopra una fiamma. Sentì Jace entrare in tensione, poi rilassarsi. Aveva chiuso gli occhi, e le ciglia proiettavano belle ombre sulla linea degli zigomi. La bocca si curvò in un sorriso, come se percepisse lo sguardo di Clary. La ragazza immaginò come sarebbe stato Jace la mattina dopo, al risveglio, coi capelli arruffati e gli occhi pieni di sonno. Nonostante tutto, il pensiero le diede una scossa di felicità.

Intrecciò le dita alle sue. — Buonanotte — gli sussurrò. Tenendolo per mano, come i bambini delle favole, Clary si addormentò al suo fianco, nel buio.

15
Tutto crolla

Luke aveva passato gran parte della notte a guardare la luna, che attraversava il tetto trasparente della Sala degli Accordi come una moneta d'argento che rotolasse sulla superficie di un tavolo di cristallo. Quando era quasi piena, come quella notte, anche se era in forma umana Luke sentiva acuirsi il senso della vista e dell'olfatto. In quel momento, per esempio, percepiva nella stanza il sudore del dubbio e, sotto, quello più pungente della paura. Percepiva l'inquieta preoccupazione del suo branco, nella Foresta di Brocelind: i lupi aspettavano notizie da lui, camminando incessantemente nel buio tra gli alberi.

— Lucian! — La voce di Amatis al suo orecchio era bassa ma penetrante. — *Lucian!*

Strappato dai suoi sogni a occhi aperti, Luke si sforzò di mettere a fuoco la scena davanti a sé con gli occhi esausti. Era un gruppetto disomogeneo, quello che aveva almeno accettato di ascoltare il suo piano, formato da meno persone di quanto avesse sperato. Molti li conosceva dalla sua vecchia vita a Idris – i Penhallow, i Lightwood, i Ravenscar – e altrettanti li aveva conosciuti da poco, come i Monteverde, che gestivano l'Istituto di Lisbona e parlavano un misto di portoghese e inglese, o Nasreen Chaudhury, severa direttrice dell'Istituto di Mumbai. Il suo sari verde scuro era decorato da un complesso motivo di rune d'argento così luminose che, d'istinto, Luke si ritrasse passandole accanto.

— Insomma, Lucian! — stava dicendo Maryse Lightwood. Il volto piccolo e bianco era segnato dallo sfinimento e dal dolore. Luke non si aspettava che lei e suo marito venissero, invece avevano accettato non appena lui glielo aveva proposto. Immaginava di dover essere grato per la loro presenza, anche se il dolore portava Maryse a essere più aspra del solito. — Sei tu che ci hai voluti tutti qui. Il meno che puoi fare è prestarci attenzione.

— Lo sta facendo. — Amatis era seduta con le gambe raccolte sotto di sé, come una ragazzina, ma la sua espressione era ferma. — Non è colpa di Lucian se continuiamo a girare intorno alle stesse cose da un'ora.

— E continueremo a girarci intorno finché non avremo trovato una soluzione — disse Patrick Penhallow, con una punta di tensione nella voce.

— Con tutto il rispetto, Patrick — intervenne Nasreen con il suo accento smozzicato — ma potrebbe *non esserci* una soluzione. La cosa migliore in cui possiamo sperare è un piano.

— Un piano che non comporti né la schiavitù di massa né... — cominciò Jia, la moglie di Patrick, ma si interruppe, mordendosi il labbro. Era una bella donna, snella, molto somigliante a sua figlia Aline. Luke ricordava quando Patrick era scappato all'Istituto di Pechino e l'aveva sposata. Era stato una specie di scandalo, perché Patrick avrebbe dovuto sposare una ragazza che i suoi genitori avevano scelto per lui, a Idris. Ma a lui non era mai piaciuto fare quello che gli ordinavano gli altri, qualità di cui ora Luke gli era grato.

— Né un'alleanza con i Nascosti? — concluse Luke per lei. — Temo che non ci sia modo di evitarlo.

— Non è questo il problema e lo sai — intervenne Maryse. — È la questione dei seggi al Consiglio. Il Conclave non accetterà mai. *Ben quattro seggi...*

— Non quattro — la corresse Luke. — Uno per il Popolo Fatato, uno per i Figli della Luna e uno per i Figli di Lilith.

— Le fate, i licantropi, gli stregoni — disse a voce bassa il *senhor* Monteverde, inarcando le sopracciglia. — E i vampiri?

— Non mi hanno ancora promesso niente — ammise Luke. — E anch'io non ho promesso niente a loro. Non muoiono dalla voglia di entrare a far parte del Consiglio: non sono molto amanti della mia razza, né delle assemblee e delle regole. Ma la porta è aperta anche per loro, se dovessero cambiare idea.

— Malachi e i suoi non accetteranno mai. E senza il loro appoggio, non avremo abbastanza voti in Consiglio — mormorò Patrick. — E poi, senza i vampiri che possibilità abbiamo?

— Delle buone possibilità — ribatté secca Amatis, che sembrava credere nel piano di Luke più di lui. — Ci sono molti Nascosti pronti a combattere con noi e sono molto potenti. Basta pensare agli stregoni.

Scuotendo la testa, la *senhora* Monteverde si rivolse al marito. — Questo piano è una follia. Non funzionerà mai. I Nascosti non sono affidabili.

— Ha funzionato, durante la Rivolta — osservò Luke.

La portoghese arricciò le labbra. — Solo perché Valentine aveva degli idioti nel suo esercito — disse. — E come facciamo a sapere che i vecchi membri del Circolo non si rimetteranno con lui, quando li chiamerà a combattere al suo fianco?

— Attenta a quello che dici, *senhora* — esclamò Robert Lightwood. Era la prima volta che apriva bocca da più di un'ora. Era rimasto fermo quasi tutta la sera, impietrito dal dolore. Il suo volto era solcato da rughe profonde che tre giorni prima non c'erano, Luke era pronto a giurarci. Il suo tormento era evidente nelle spalle contratte e nei pugni chiusi. Luke non poteva certo criticarlo per questo. Robert non gli era mai piaciuto molto, ma c'era qualcosa di profondamente toccante nel vedere un uomo così grande e grosso annientato dal dolore. — Se credi che potrei unirmi a Valentine dopo la morte di Max... È stato lui a far *assassinare* il mio bambino...

— Robert — mormorò Maryse, posandogli una mano sul braccio.

— Se non ci uniamo a lui — replicò il *senhor* Monteverde — *tutti* i nostri figli potrebbero morire.

— Se lo pensi davvero, perché sei qui? — Amatis si alzò in piedi. — Mi pareva che fossimo d'accordo.

Anche a me. Luke aveva mal di testa. Era sempre così, con loro, pensò: due passi avanti e uno indietro. Erano tremendi come le guerre tra i Nascosti. Se solo si fossero visti! Forse sarebbe stato meglio per tutti risolvere i problemi con un corpo a corpo, come faceva il suo branco.

Un movimento fulmineo alle porte della Sala degli Accordi attirò la sua attenzione. Fu un attimo e, se non fosse stato per la luce della luna piena, forse non l'avrebbe colto e non avrebbe riconosciuto la figura che stava passando rapidamente davanti alle porte. Si chiese per un momento se fosse frutto della sua immaginazione. Qualche volta, quando era molto stanco, gli pareva di vedere Jocelyn nel guizzo di un'ombra, in un gioco di luce su un muro.

Ma questa volta non era Jocelyn. Luke si alzò in piedi. — Mi prendo cinque minuti. Ho bisogno di un po' d'aria fresca. Torno subito. — Sentì lo sguardo di tutti seguirlo mentre si avvicinava alle porte: di tutti, anche quello di Amatis. Il *senhor* Monteverde sussurrò qualcosa a sua moglie in portoghese. Luke colse *lobo*, "lupo", nel flusso di parole. *Penseranno che vado fuori per correre in cerchio e ululare alla luna.*

Fuori, l'aria era fresca e pulita, il cielo grigio ardesia. L'alba arrossava il cielo a est e dava un riflesso rosa pallido ai gradini di marmo bianco che scendevano dalla porta della Sala degli Accordi. Jace lo stava aspettando a metà scalinata. Gli abiti bianchi da lutto che indossava colpirono Luke come uno schiaffo in pieno viso: il ricordo di tutte le perdite che avevano subito e di quelle che avrebbero dovuto subire.

Luke si fermò diversi gradini più in su. — Che ci fai qui, Jonathan?

Jace non disse niente, e Luke si rimproverò mentalmente per la sua sbadataggine: a Jace non piaceva essere chiamato Jonathan e di solito reagiva con una risposta piccata. Questa volta, però, non sembrò curarsene. Il volto che levò verso Luke era cupo come quello di tutti gli adulti riuniti nella sala. Anche se gli mancava ancora un anno per diventare adulto secondo la Legge del Conclave, nella sua breve vita Jace aveva già visto cose peggiori di quelle che la maggior parte degli adulti avrebbe potuto solo immaginare.

— Cercavi i tuoi genitori?

— Vuoi dire i Lightwood? — Jace scosse la testa. — No. Non voglio parlare con loro. Stavo cercando te.

— È per Clary? — Luke scese la scalinata e si fermò un gradino sopra quello di Jace. — Sta bene?

— Sta bene. — Nominare Clary mise in tensione Jace e questo creò tensione anche in Luke. Ma Jace non avrebbe mai detto che Clary stava bene, se non fosse stato vero.

— Allora cosa c'è?

Jace guardò verso le porte della sala. — Come sta andando, là dentro? Progressi?

— Non esattamente — ammise Luke. — Anche se non vogliono arrendersi a Valentine, l'idea di avere dei Nascosti in Consiglio piace ancora meno. E senza la promessa di un seggio, la mia gente non combatterà.

Gli occhi di Jace brillarono. — Per il Conclave sarà una proposta inaccettabile.

— Non devono esserne felici. Devono solo preferirla all'idea di un suicidio in massa.

— Non riusciranno mai a mettersi d'accordo — osservò Jace. — Se fossi in te, gli darei una scadenza. Il Conclave lavora meglio, se ha delle scadenze da rispettare.

Luke non poté trattenere un sorriso. — Tutti i Nascosti che riuscirò a radunare si raccoglieranno alla Porta Settentrionale all'imbrunire. Se il Conclave avrà accettato di combattere con loro, entreranno in città. Altrimenti se ne andranno. Non ho potuto dare più tempo di così. Dopo, ci resterà solo il tempo di arrivare a Brocelind per mezzanotte.

Jace fischiò. — Molto teatrale. Speri che la vista di tutti quei Nascosti ispiri il Conclave, o che li spaventi?

— Forse un po' tutte e due le cose. Molti membri del Conclave sono associati agli Istituti, come voi: sono già abituati alla vista dei Nascosti. Sono i nativi di Idris che mi preoccupano. La vista dei Nascosti alle porte della loro città potrebbe gettarli nel panico. D'altro canto, non sarà un male che ricordino quanto sono vulnerabili.

Lo sguardo di Jace corse alle rovine della Guardia, una nera cicatrice sulla collina sopra la città. — Non credo che ci sia bisogno di altri promemoria. — Tornò a guardare Luke, con gli occhi limpidi molto seri. — Voglio dirti una cosa e voglio che sia confidenziale.

Luke non poté nascondere la sorpresa. — Perché a me? Perché non ai Lightwood?

— Perché sei tu il capo qui, adesso. E lo sai.

Luke esitò. Qualcosa nel volto bianco e stanco di Jace suscitava la sua solidarietà, pur nell'infinita stanchezza: solidarietà e desiderio di dimostrare a quel ragazzo, che per tutta la vita era stato tradito e maltrattato dagli adulti, che non tutti gli adulti erano uguali, che ce n'erano alcuni di cui si poteva fidare. — Va bene.

— E anche perché — aggiunse Jace — sono sicuro che saprai come spiegarlo a Clary.

— Spiegarle *cosa*?

— Perché ho dovuto farlo. — Gli occhi di Jace erano grandi, nella luce del sole nascente: lo facevano sembrare molto più giovane. — Vado a cercare Sebastian, Luke. So come trovarlo e voglio seguirlo finché non mi porterà da Valentine.

Luke espirò di colpo, sorpreso.

— *Tu sai come trovarlo?*

— Magnus mi ha insegnato a usare un incantesimo di Localizzazione, quando ero da lui a Brooklyn. Usammo l'anello di mio padre, per rintracciarlo, ma quella volta non funzionò. Però...

— Tu non sei uno stregone, non sei in grado di fare gli incantesimi di Localizzazione.

— Ci sono delle rune, come quelle che ha usato l'Inquisitrice per scoprire che ero andato da Valentine sulla nave. Ma, per farle funzionare, mi serve qualcosa che appartiene a Sebastian.

— Ne avevamo già discusso coi Penhallow. Sebastian non ha lasciato niente. La sua stanza è stata svuotata di tutto, probabilmente proprio per questa ragione.

— Io ho trovato qualcosa — rivelò Jace. — Un filo intriso del suo sangue. Non è molto, ma è abbastanza. Ho provato e ha funzionato.

— Non puoi correre dietro a Valentine da solo, Jace. Non te lo posso permettere.

— Non puoi impedirmelo. A meno che tu non voglia combattere con me qui, su questi gradini. Ma non vincerai. E lo sai quanto me. — C'era una strana nota nella sua voce, un misto di certezza e disprezzo di sé.

— Senti, per quanto tu possa essere determinato a fare la parte dell'eroe solitario...

— Io non sono un eroe — ribatté Jace. La sua voce era chiara e uniforme, come se stesse ribadendo la più semplice delle verità.

— Pensa alle conseguenze che avrebbe sui Lightwood, anche se non ti succedesse niente. Pensa a Clary...

— Credi che non ci abbia pensato, a Clary? Credi che non abbia pensato alla mia famiglia? Perché credi che stia facendo tutto questo?

— Pensi che abbia dimenticato com'è avere diciassette anni? — replicò Luke. — Essere convinto di avere il potere di salvare il mondo... e non solo il potere, ma anche la responsabilità...

— Guardami — disse Jace. — Guardami e dimmi che sono un diciassettenne qualunque.

Luke sospirò. — Non c'è niente di qualunque in te.

— E adesso dimmi che è impossibile. Dimmi che quello che sto proponendo non è fattibile. — Luke non disse nulla e Jace proseguì: — Senti, il tuo è un buon piano, pur con tutti i suoi limiti. Portare qui i Nascosti e combattere contro Valentine fino alle porte di Alicante. È sempre meglio che restare fermi e permettergli di calpestarci. Ma Valentine se lo aspetterà. Non lo coglierete di sorpresa. Io... io invece potrei coglierlo di sorpresa. Potrebbe non sospettare che Sebastian è pedinato. Se non altro, è una possibilità in più. E noi dobbiamo sfruttare tutte le possibilità che abbiamo.

— Potrebbe essere vero — ammise Luke. — Ma è volere troppo da una persona sola. Anche da uno come te.

— Ma non capisci? Solo *io* posso — esclamò Jace con un filo di disperazione nella voce. — Anche se Valentine capisse che lo sto seguendo, potrebbe farmi avvicinare abbastanza per...

— Abbastanza per cosa?

— Per ucciderlo — rispose Jace. — Che altro?

Luke guardò il ragazzo in piedi sulle scale, un gradino più in basso del suo. Avrebbe voluto essergli più vicino, vedere in lui Jocelyn come la vedeva in Clary. Ma Jace era sempre e solo se stesso: chiuso, isolato, separato. — Lo faresti? — gli chiese. — Avresti la forza di uccidere tuo padre?

— Sì — rispose Jace, con una voce lontana come un'eco. — E adesso viene la parte in cui mi dici che non posso ucciderlo perché, dopotutto, è pur sempre mio padre, e il parricidio è un crimine imperdonabile?

— No. Adesso viene la parte in cui ti dico che devi essere molto sicuro di esserne capace — disse Luke, e con sorpresa si rese conto che una parte di lui aveva già accettato l'idea che Jace facesse ciò che aveva detto. E Luke lo avrebbe lasciato fare. — Perché non puoi fare tutto questo, tagliare tutti i legami che hai qui e andare a caccia di Valentine da solo, per poi fermarti all'ultimo ostacolo.

— Lo so — disse Jace. — E ne sono capace. — Distolse lo sguardo da Luke e lo spostò sulla piazza che la mattina precedente era una distesa di corpi. — È stato mio padre a fare di me ciò che sono. E io lo odio per questo. Ma se posso ucciderlo, è stato lui a fare in modo che fosse così.

Luke scosse la testa. — Nonostante il modo in cui sei stato cresciuto, Jace, tu ti sei ribellato. Valentine non ti ha corrotto.

— No. Non ce n'è stato bisogno. — Alzò gli occhi al cielo, striato di grigio e di azzurro: gli uccelli avevano iniziato il loro canto mattutino tra gli alberi che coronavano la piazza. — È meglio che vada.

— C'è qualcosa che posso riferire per te ai Lightwood?

— No, non dirgli niente. Se la prenderebbero con te, se scoprissero che sei al corrente delle mie intenzioni e che mi hai lasciato andare. Ho scritto dei biglietti — aggiunse. — Capiranno.

— Allora perché...

— Perché ti ho detto tutto questo? Perché voglio che tu lo sappia. Voglio che te ne ricordi, mentre fai i tuoi piani di battaglia. Ci sono anch'io, là fuori, a cercare Valentine. Se lo troverò, ti manderò un messaggio. — Fece un rapido sorriso. — Considerami un piano di riserva.

Luke prese la mano del ragazzo. — Se tuo padre non fosse ciò che è, sarebbe orgoglioso di te.

Jace sembrò sorpreso, arrossì repentinamente e ritrasse la mano. — Se tu sapessi... — iniziò. Si morse il labbro. — Non importa. Buona fortuna a te, Lucian Graymark. *Ave atque vale*.

— Speriamo che non sia un vero addio — mormorò Luke. Il sole ora saliva velocemente nel cielo e, quando Jace sollevò la testa, aggrottando la fronte per l'improvvisa intensità della luce, qualcosa nella sua espressione colpì Luke: qualcosa, in quel misto di vulnerabilità e caparbio orgoglio. — Mi ricordi una persona — gli disse senza pensare. — Una persona che conoscevo anni fa.

— Lo so — disse Jace con una smorfia amara sulle labbra. — Ti ricordo Valentine.

— No — replicò Luke con voce assorta. Ma quando Jace si voltò, la somiglianza svanì, scacciando i fantasmi del ricordo. — No... non stavo pensando a Valentine.

Nel momento stesso in cui Clary si svegliò, prima ancora di aprire gli occhi, capì subito che Jace non c'era più. La sua mano, ancora tesa sul letto, era vuota: non c'erano più altre dita che ricambiavano la pressione delle sue. Si mise lentamente a sedere, con una stretta al petto.

Jace doveva aver chiuso le tende prima di andarsene, perché le finestre erano aperte e brillanti fasci di luce filtravano tra le fessure del tessuto e rigavano il letto. Clary si chiese perché la luce non l'avesse svegliata. Dalla posizione del sole, doveva essere già pomeriggio. Si sentiva la testa pesante, intontita, gli occhi appannati. Forse era perché quella notte non aveva avuto incubi, per la prima volta da tanto tempo, e il corpo stava recuperando il sonno perso.

Solo quando si alzò notò sul comodino un foglietto ripiegato. Lo prese con un sorriso che le aleggiava sulle labbra: Jace le aveva lasciato un biglietto! Quando qualcosa di pesante scivolò da sotto la carta e cadde a terra, fu così sorpresa che fece un salto indietro, pensando che fosse qualcosa di vivo.

Poi vide sul pavimento una spira di metallo luminoso. Capì cos'era prima ancora di chinarsi a raccoglierlo: la catenina con l'anello d'argento che Jace portava al collo. L'anello della sua famiglia. Rare volte lo aveva visto senza. E un'improvvisa sensazione di paura la travolse.

Aprì il biglietto e lesse attentamente le prime righe: *Nonostante tutto, non sopporto il pensiero che questo anello vada perso per sempre, come non sopporto il pensiero di lasciare te per sempre. E se per una cosa non ho scelta, almeno per l'altra posso scegliere.*

Il resto della lettera sembrò sciogliersi in un'accozzaglia di parole prive di senso. Clary dovette rileggerla molte volte, per capirci qualcosa. Quando finalmente comprese, rimase immobile, lo sguardo fisso sul foglio che fremeva al tremore della sua mano. Ora capiva perché Jace le aveva detto quelle cose e perché non importava se era una sola notte. Puoi dire qualsiasi cosa a qualcuno che pensi di non rivedere mai più.

Non le rimase alcun ricordo, in seguito, di come o quando avesse deciso cosa fare, né di aver cercato qualcosa da indossare. In un modo o nell'altro si trovò a correre giù per le scale, con la tenuta da Cacciatrice, la lettera in mano e la catenina con l'anello frettolosamente infilata al collo.

Il salotto era deserto, il fuoco nel caminetto era spento e restava solo cenere grigia, ma dalla cucina venivano luce e rumore: un chiacchiericcio di voci e il profumo di qualcosa che cuoceva sul fuoco. *Pancakes* per colazione? pensò Clary sorpresa. Non avrebbe mai pensato che Amatis fosse capace di farli.

E aveva ragione. Quando entrò in cucina, Clary sgranò gli occhi: c'era Isabelle ai fornelli, i lucidi capelli scuri raccolti in un nodo sulla nuca, un grembiule legato in vita e un cucchiaio in mano. Simon era seduto sul tavolo alle sue spalle, i piedi appoggiati a una sedia. E Amatis, invece di dirgli di togliere i piedi dai suoi mobili, era appoggiata al ripiano della cucina con un'aria sommamente divertita.

Isabelle agitò il cucchiaio in segno di saluto. — Buongiorno — disse a Clary. — Vuoi fare colazione? Anche se credo che sia più l'ora di pranzo.

Senza parole, Clary guardò Amatis, che strinse le spalle. — Sono capitati qui e hanno voluto preparare la colazione — disse. — Tanto io non sono una brava cuoca.

Clary ripensò all'orrenda zuppa di Isabelle all'Istituto e represse un brivido. — Dov'è Luke?

— Nella Foresta di Brocelind con il branco — disse Amatis. — Va tutto bene, Clary? Sembri un po'...

— Spiritata — concluse Simon per lei. — Va tutto bene?

Per un momento, Clary non riuscì a pensare a una risposta. «Sono capitati qui» aveva detto Amatis. Il che significava che Simon aveva passato la notte con Isabelle. Lo fissò. Non sembrava diverso dal solito.

— Sto bene — disse. Quello non era certo il momento di preoccuparsi per la vita sentimentale di Simon. — Devo parlare con Isabelle.

— Parla — la incoraggiò Isabelle, muovendo una massa informe sul fondo della padella che, temeva Clary, doveva essere un *pancake*. — Ti ascolto.

— *Da sole* — precisò Clary.

Isabelle si accigliò. — Non puoi aspettare? Ho quasi finito.

— No — rispose Clary, e qualcosa nel suo tono di voce mise subito in allerta Simon. — Non posso aspettare.

Simon scivolò giù dalla tavola. — Bene. Allora vi lasciamo un po' di privacy — annunciò. Poi, rivolto ad Amatis, disse: — Forse potresti mostrarmi quelle foto di Luke da piccolo.

Amatis lanciò un'occhiata preoccupata a Clary, ma seguì Simon nell'altra stanza. — Immagino di sì...

Isabelle scosse la testa, quando la porta si chiuse alle loro spalle. Qualcosa le luccicava sulla nuca: un coltello sottile, elegante, infilzato come fermacapelli. Nonostante il quadretto domestico, Isabelle restava pur sempre una Cacciatrice. — Senti — disse a Clary. — Se è per Simon...

— Non è per Simon. È per Jace. — Le mise in mano il biglietto. — Leggi questo.

Con un sospiro, Isabelle spense il fuoco, prese il biglietto e si sedette a leggerlo. Clary scelse una mela dal cestino sul tavolo e si sedette, mentre Isabelle, di fronte a lei, leggeva in silenzio. Clary mordicchiava la buccia della mela: non riusciva a pensare all'idea di mangiare, né la mela, né altro, mai più.

Isabelle alzò gli occhi dal biglietto, con le sopracciglia inarcate. — Sembra un po'... personale. Sei sicura che dovrei leggerlo?

Probabilmente no. Clary riusciva a malapena a ricordare le parole della lettera; in qualsiasi altra situazione, non l'avrebbe mai mostrata a Isabelle, ma il panico per Jace superava ogni altro timore. — Tu leggila.

Isabelle tornò a concentrarsi sul biglietto. Quand'ebbe finito, lo posò sul tavolo. — Temevo che potesse fare una cosa del genere.

— Capisci? Ma non può essere partito da molto e non può essere lontano. — Le parole di Clary inciampavano le une sulle altre. — Dobbiamo inseguirlo e… — S'interruppe, perché la sua mente aveva finalmente elaborato quello che Isabelle aveva appena detto. — Temevi che potesse fare una cosa del genere? In che senso?

— Esattamente in quel senso. — Isabelle si spinse dietro l'orecchio una ciocca di capelli. — Da quando Sebastian è sparito, tutti discutono su come trovarlo. Ho messo a soqquadro la sua stanza, dai Penhallow, cercando una qualsiasi cosa utile per rintracciarlo… ma non c'era niente. Avrei dovuto sapere che, se Jace avesse trovato qualcosa di utile per trovare Sebastian, sarebbe partito come una freccia. — Si mordicchiò il labbro. — Avrei preferito che portasse Alec con sé. Mio fratello non ne sarà contento.

— Quindi pensi che Alec vorrà andarlo a cercare? — chiese Clary, con rinnovata speranza.

— Clary. — Isabelle sembrava un filo esasperata. — Come facciamo ad andarlo a cercare? Come facciamo a farci anche solo una vaga idea di dove possa essere andato?

— Ma ci deve pur essere un modo…

— Potremmo provare a localizzarlo, ma Jace avrà sicuramente trovato un modo per bloccare la Localizzazione, proprio come Sebastian.

Una gelida rabbia ribollì nel petto di Clary. — Ma tu *vuoi* trovarlo oppure no? T'importa qualcosa, che sia partito per quella che è praticamente una missione suicida? Non può affrontare Valentine da solo!

— Probabilmente no — riconobbe Isabelle. — Ma sono sicura che Jace ha le sue ragioni per…

— Per cosa? Per voler morire?

— *Clary*. — Gli occhi di Isabelle si accesero di un'improvvisa fiamma di rabbia. — Tu pensi che noi qui siamo *al sicuro*? Siamo tutti in attesa della nostra fine: o morti o schiavi. Ce lo vedi, Jace, a fare una cosa del genere? A restare qui seduto ad aspettare che succeda qualcosa di terribile? Ce lo vedi…?

— Quello che vedo è che Jace è tuo fratello tanto quanto Max — replicò Clary. — E di quello che è capitato a lui, t'importava.

Se ne pentì nel momento stesso in cui lo disse: la faccia di Isabelle sbiancò, come se le parole di Clary avessero prosciugato tutto il colore dalla sua pelle. — Max — rispose Isabelle, con furia controllata — era un *bambino*, non un guerriero. Aveva *nove anni*. Jace è un Cacciatore, un soldato. Se combattiamo contro Valentine, credi che Alec non sarà nella battaglia? Credi che noi tutti non siamo pronti, in qualsiasi momento, a morire, se dobbiamo farlo, se la causa è abbastanza importante? Valentine è il padre di Jace; Jace probabilmente ha più possibilità di tutti noi di avvicinarsi a lui, di fare ciò che deve fare.

— Valentine ucciderà Jace, se dovrà — disse Clary. — Non lo risparmierà.

— Lo so.

— Ma se anche dovesse morire, conta solo che Jace esca di scena dopo essersi coperto di gloria. Non ne sentirai la mancanza?

— Sentirò la sua mancanza ogni singolo giorno — replicò Isabelle. — Per il resto della mia vita, che, ammettiamolo, se Jace fallisce, durerà più o meno un'altra settimana. — Scosse la testa. — Tu non capisci, Clary. Tu non capisci com'è vivere sempre in guerra, crescere fra battaglie e sacrifici di ogni genere. E lo so che non è colpa tua, ma di come sei stata cresciuta.

Clary alzò le mani. — Capisco eccome. So che non ti sto simpatica, Isabelle, perché ai tuoi occhi sono solo una mondana.

— Tu credi che sia per questo se… — Isabelle s'interruppe. I suoi occhi brillavano non solo di rabbia, ma anche, vide Clary con sorpresa, di lacrime. — Dio, non capisci proprio niente, vero? Tu conosci Jace, da quanto? Da un mese? Io lo conosco da sette anni. E da quando lo conosco non l'ho mai visto innamorarsi, non l'ho mai visto nemmeno trovare una persona che gli piacesse. Usciva con le ragazze, certo. Le ragazze si innamoravano sempre di lui, ma a lui non importava mai niente. Credo che fosse per questo che Alec pensava… — Isabelle si fermò un momento, perfettamente immobile. *Sta cercando di non piangere*, pensò Clary meravigliata. Isabelle, che non piangeva mai… — Anche mia madre… Insomma, qual è l'adolescente che non si prende mai una cotta per nessuno? Era sempre come se fosse un po' assente, quando c'erano di mezzo altre persone. Io pensavo che la storia con suo padre avesse provocato danni permanenti in lui, che non riuscisse più ad amare nessuno. Se solo avessi saputo che cosa era veramente successo… Ma anche così, probabilmente avrei pensato la stessa cosa, no? Insomma, chi non avrebbe subito danni da una cosa del genere?

«E poi abbiamo incontrato te, ed è stato come se Jace si risvegliasse. Tu non te ne accorgevi, perché non l'avevi mai visto diverso da così. Ma io lo vedevo. Hodge lo vedeva. Alec lo vedeva. Perché credi che Alec ti odiasse tanto? Jace era cambiato dal momento in cui ti aveva incontrato. Tu pensavi che fosse sorprendente il fatto di poterci vedere, e lo era, ma quello che era davvero sorprendente per me era che Jace *vedesse te*. Non faceva altro che parlare di te, tornando all'Istituto; poi ha convinto Hodge a mandarlo a cercarti; e quando ti ci ha riportato, non voleva più che te ne andassi. Ogni volta che entravi nella stanza, lui ti guardava. Ed era anche geloso di Simon. Non sono sicura che se ne rendesse conto, ma era così. Io lo capivo. Geloso di un mondano. E poi, dopo quello che è successo a Simon alla festa, è stato pronto ad andare con te all'Hotel Dumort, a infrangere la Legge del Conclave. E tutto per salvare un mondano che non gli stava nemmeno simpatico. L'ha fatto per te. Perché, se fosse successo qualcosa a Simon, *tu* avresti sofferto. Tu sei stata la prima persona estranea alla sua famiglia della cui felicità si sia mai preoccupato. Perché *ti amava*.»

A Clary sfuggì un singhiozzo soffocato. — Ma tutto questo è stato prima che…

— Prima che scoprisse che eri sua sorella. Lo so. E non ti biasimo, per questo. Tu non potevi saperlo. E immagino che non potessi evitare nemmeno di partire in quarta e metterti subito con Simon come se non te ne fosse mai importato niente di lui. Pensavo che Jace, dopo aver scoperto che eri sua sorella, avrebbe lasciato perdere, avrebbe superato la cosa. Ma non è successo, non c'è riuscito.

Non so che cosa gli abbia fatto Valentine, quando era bambino. Non so se sia per questo che è diventato così, o se semplicemente è fatto così, ma non gli passerà mai, Clary. Non ce la fa. E io ho cominciato a detestare la tua presenza. E a detestare che Jace si trovasse in tua presenza. È come una ferita da veleno di demone: devi lasciarla stare e aspettare che guarisca. Ogni volta che togli la benda, non fai altro che riaprire la ferita. Ogni volta che Jace ti vede, è come strappare la benda dalla stessa ferita.

— Lo so — sussurrò Clary. — Come credi che sia per me?

— Non lo so. Io non riesco a leggere i tuoi sentimenti. Tu non sei mia sorella. Io non ti odio, Clary. Anzi, addirittura mi piaci. Se fosse possibile, non vorrei nessun'altra, per Jace. Ma spero che tu mi possa capire quando dico che, se per miracolo usciremo vivi da questa storia, spero tanto che la mia famiglia si trasferisca in un posto molto lontano da qui, in modo da non doverti rivedere mai più.

Le lacrime bruciavano negli occhi di Clary. Era strano: lei e Isabelle sedute a quel tavolo, a piangere per Jace, per ragioni che erano al contempo molto diverse ma anche stranamente simili. — Perché mi dici tutto questo?

— Perché mi stai accusando di non voler proteggere Jace. Invece io voglio proteggerlo. Perché, secondo te, mi sono arrabbiata tanto, quando ti sei presentata dai Penhallow? Tu ti comporti come se non fossi parte di tutto questo, del nostro mondo. Resti sempre ai margini. Invece ne sei parte, eccome. Anzi, ne sei al centro. Non puoi fingere per sempre di essere solo una comparsa, Clary, non se sei la figlia di Valentine. Non se Jace sta facendo quello che sta facendo anche per colpa tua.

— Anche *per colpa mia*?

— Perché credi che sia così smanioso di rischiare la vita? Perché credi che non gli importi niente di morire?

Le parole di Isabelle penetrarono nelle orecchie di Clary come aghi affilati. *Lo so io, il perché,* pensò. *È perché crede di essere un demone, crede di non essere veramente umano. Ecco perché... Ma non posso dirtelo, non posso dirti l'unica cosa che potrebbe farti capire.*

— Ha sempre pensato che ci fosse qualcosa di strano in lui — continuò Isabelle. — E adesso, per colpa tua, crede di essere dannato per sempre. Ho sentito che lo diceva ad Alec. Perché uno non dovrebbe rischiare la vita, se non vuole più vivere? Perché non dovrebbe rischiare la vita, se non sarà mai felice, per quanti sforzi possa fare?

— Isabelle, basta così. — La porta si era aperta, quasi senza rumore, e sulla soglia c'era Simon. Clary aveva quasi dimenticato quanto si fosse potenziato il suo senso dell'udito. — Non è colpa di Clary.

Un rossore si accese sul volto di Isabelle. — Resta fuori da questa storia, Simon. Tu non sai che cosa sta succedendo.

Simon entrò in cucina, chiudendosi la porta alle spalle. — Ho sentito quasi tutto quello che avete detto — annunciò senza tanti giri di parole. — Nonostante il muro. Tu hai detto che non sai che cosa prova Clary perché non la conosci da abbastanza tempo. Be', io sì. Se credi che Jace sia l'unico a soffrire, ti sbagli.

Silenzio. La durezza dell'espressione di Isabelle si stava attenuando. Come in lontananza, a Clary sembrò di sentir bussare alla porta: Luke, probabilmente; o Maia, con altro sangue per Simon.

— Non se n'è andato per colpa mia — disse Clary e il suo cuore cominciò a battere forte. *Posso rivelare il segreto di Jace, ora che se n'è andato? Posso rivelare la vera ragione per cui se n'è andato? La vera ragione per cui non gli importa niente di morire?* Le parole cominciarono a sgorgarle da dentro, quasi contro la sua volontà. — Quando io e Jace siamo stati alla tenuta di campagna dei Wayland, quando siamo andati a cercare il *Libro Bianco*...

Ma s'interruppe, perché la porta della cucina si spalancò.

C'era Amatis sulla porta, con la più strana delle espressioni.

Per un momento Clary pensò che fosse spaventata e il cuore le balzò in petto. Ma non era paura, quella sul volto di Amatis, non esattamente. Aveva la stessa espressione di quando Clary e Luke si erano presentati alla sua porta. Era come se avesse visto un fantasma. — Clary — disse lentamente. — C'è qualcuno, qui, che vuole vederti...

Prima che finisse, quel qualcuno la spinse da parte ed entrò in cucina. Non appena Amatis si spostò, Clary vide l'intrusa: una donna snella, vestita di nero. La prima cosa che notò fu la tenuta da Cacciatrice, e in un primo momento non la riconobbe. Poi i suoi occhi si posarono sul volto della donna, e Clary si sentì cadere lo stomaco, com'era successo quando con Jace era volata giù dal tetto del Dumort sulla moto demoniaca: una caduta di dieci piani.

La Cacciatrice era sua madre.

Parte terza

LA STRADA PER IL PARADISO

Oh sì, lo so: fu facile la strada per il paradiso.
Trovammo il piccolo regno della nostra passione,
Aperto a tutti coloro che calcano la strada degli amanti.
In selvaggia e segreta felicità cademmo;
E strepitavano nei nostri sensi demoni e dei.

SIEGFRIED SASSOON, *L'amante imperfetto*

16
Articoli di fede

Dalla sera in cui era tornata a casa e aveva scoperto che sua madre era sparita, Clary si era immaginata talmente tante volte di rivederla sana e salva, che i suoi sogni avevano assunto l'aspetto di una foto sgualcita a furia di essere presa in mano e guardata. Ora tutte quelle immagini le salirono agli occhi, occhi increduli e sgranati: immagini in cui sua madre, guarita e felice, l'abbracciava e le diceva quanto aveva sentito la sua mancanza, promettendole che da quel momento in poi sarebbe andato tutto bene.

La madre della sua immaginazione somigliava ben poco alla donna che aveva davanti. Clary ricordava una Jocelyn delicata e artistica, un po' bohemienne, con quelle salopette macchiate di colore, i capelli rossi raccolti in due codini o avvolti in uno scomposto chignon e fermati da una matita. Questa Jocelyn era lustra e affilata come un coltello, i capelli severamente raccolti sulla nuca, non un ricciolo fuori posto; il nero rigoroso della tenuta da battaglia la faceva sembrare più pallida e più dura. E anche la sua espressione non era quella che Clary aveva immaginato: invece del puro piacere, c'era qualcosa di più simile all'orrore, nel modo in cui guardava la figlia con gli occhi verdi sgranati. — Clary — disse con un filo di voce. — *I tuoi vestiti.*

Clary si guardò. Aveva indosso la tenuta nera di Amatis, esattamente quello da cui sua madre, per tutta la vita, aveva cercato di tenerla lontana. Clary mandò giù il nodo che le bloccava la gola e si alzò, aggrappandosi al bordo del tavolo con entrambe le mani. Vedeva le nocche sbiancate, ma le mani sembravano in qualche modo staccate dal resto del corpo, come se appartenessero a qualcun altro.

Jocelyn fece un passo verso di lei, tendendo le braccia. — Clary…

E Clary si ritrovò ad arretrare così rapidamente che sbatté l'osso sacro contro il ripiano della cucina. Ma quasi non si accorse della fitta di dolore. Aveva gli occhi fissi su sua madre. Anche Simon, che era letteralmente rimasto a bocca aperta. E anche Amatis, sbalordita.

Isabelle si alzò, mettendosi tra Clary e sua madre. La mano scivolò sotto il grembiule e Clary ebbe la sensazione che stesse per estrarre la sottile frusta di elettro. — Che succede qui? — chiese Isabelle. — Tu chi sei?

La voce forte di Isabelle vacillò appena, quando colse l'espressione sul volto di Jocelyn: la donna la stava fissando con una mano sul cuore.

— *Maryse!* — La sua voce era appena un sussurro.

Isabelle si stupì. — Come fai a conoscere il nome di mia madre?

Un rossore salì repentino sul viso di Jocelyn. — Ma certo. Tu sei la figlia di Maryse. È solo che… le somigli così tanto! — Abbassò lentamente la mano. — Io sono Jocelyn Fr… Fairchild. Sono la madre di Clary.

Isabelle tirò fuori la mano da sotto il grembiule e si girò verso Clary con gli occhi pieni di confusione. — Ma eri all'ospedale… a New York…

— *Ero* — confermò Jocelyn con voce più ferma. — Ma grazie a mia figlia, adesso sto bene. E vorrei stare un momento da sola con lei.

— Non sono sicura — intervenne Amatis — che *lei* voglia stare un momento da sola con te. — Le mise una mano sulla spalla. — Deve essere stato uno shock, per Clary.

Jocelyn scrollò via la mano di Amatis e si avvicinò a sua figlia, tendendole le braccia. — Clary…

Finalmente la ragazza ritrovò la voce. Una voce fredda, di ghiaccio, così arrabbiata che sorprese anche lei. — Come ci sei arrivata fin qui, Jocelyn?

Sua madre si fermò di botto, con un'espressione incerta sul viso. — Attraverso un Portale. Sono arrivata appena fuori città, con Magnus Bane. Ieri è venuto da me in ospedale. Mi ha portato l'antidoto. Mi ha raccontato tutto quello che hai fatto per me. E da quando mi sono svegliata, ho desiderato solo rivederti. — Le si spense la voce. — Clary, c'è qualcosa che non va?

— Perché non mi hai mai detto che avevo un fratello? — sbottò Clary. Non era questo che avrebbe dovuto dire, non era nemmeno quello che aveva in mente di dire. Ma ormai era fatta.

Jocelyn abbassò le mani. — Credevo che fosse morto. Credevo che saperlo ti avrebbe solo fatto del male.

— Lascia che ti dica una cosa, mamma — disse Clary. — Sapere è meglio di non sapere. Sempre.

— Mi dispiace… — iniziò Jocelyn.

— *Ti dispiace?* — La voce di Clary si era alzata. Era come se qualcosa dentro di lei si fosse strappato e ora tutto sgorgasse fuori, tutta l'amarezza, tutta la rabbia repressa. — Potresti spiegarmi perché non mi hai mai detto che ero una Shadowhunter? O che mio padre era ancora vivo? Oh, e che mi dici del piccolo particolare di aver pagato Magnus per rubarmi i ricordi?

— Stavo solo cercando di proteggerti…

— Be', hai fatto un *pessimo* lavoro! — Clary stava gridando. — Cosa ti aspettavi che mi succedesse, quando tu sei sparita? Se non fosse stato per Jace e gli altri, ora sarei morta. Non mi hai mai insegnato come proteggermi. Non mi hai mai detto quanto fossero pericolose le cose, nella realtà. Che cosa pensavi? Che se io non vedevo le brutte cose, loro non avrebbero visto me? — Le bruciavano gli occhi. — Tu sapevi che Valentine non era morto. L'hai detto a Luke.

— Per questo ho dovuto nasconderti — spiegò Jocelyn. — Non potevo rischiare che scoprisse dov'eri. Non potevo permettergli di toccarti perché...

— Perché ha trasformato il tuo primo figlio in un mostro — disse Clary — e non volevi che facesse lo stesso con me?

Sconvolta e ammutolita, Jocelyn riuscì solo a fissare sua figlia. — Sì — disse alla fine. — Sì, ma non è solo questo, Clary...

— Tu mi hai rubato tutti i ricordi — ribadì Clary. — Me li hai portati via. Mi hai portato via ciò che sono.

— Non era ciò che sei! — gridò Jocelyn. — Non volevo che *quello* fosse ciò che sei...

— Non importa quello che volevi tu! — gridò Clary. — È quello che sono io! Tu mi hai portato via tutto. *E non era roba tua!*

Jocelyn era grigia come la cenere. Gli occhi di Clary si riempirono di lacrime. Non sopportava di vedere sua madre così, ferita, eppure era proprio lei che la stava ferendo. E sapeva che, se avesse aperto di nuovo la bocca, altre terribili parole ne sarebbero uscite, ancor più crudeli, ancor più feroci. Si chiuse la bocca con le mani e scappò via, respingendo sua madre, e la mano tesa di Simon. Voleva solo andare via. Alla cieca, spalancò la porta d'ingresso e piombò in strada. Alle sue spalle qualcuno chiamò il suo nome, ma lei non si girò.

Stava già correndo.

Jace si sorprese, scoprendo che Sebastian aveva lasciato il cavallo dei Verlac nelle stalle, invece di usarlo per la fuga, la notte in cui era sparito. Forse aveva temuto che Wayfarer potesse in qualche modo essere localizzato.

Provò soddisfazione nel sellare lo stallone e nel montare in sella per condurlo fuori dalla città. Se Sebastian avesse voluto Wayfarer, non l'avrebbe certo lasciato lì. E poi, il cavallo non era veramente suo. Comunque, Jace adorava i cavalli. Aveva dieci anni l'ultima volta che ne aveva cavalcato uno, ma il ricordo, notò con piacere, riaffiorò rapidamente.

C'erano volute sei ore di cammino dalla tenuta di campagna dei Wayland fino ad Alicante. Ma ne bastarono appena due per tornare indietro al galoppo. Quando si fermarono, su un'altura che si affacciava sulla casa e sui giardini, sia Jace sia il cavallo erano coperti da un velo di sudore.

Le difese depistanti che nascondevano la tenuta erano state distrutte insieme alle fondamenta della casa. Ormai dell'edificio, un tempo così elegante, restava soltanto un mucchio di pietre fumanti. I giardini bruciacchiati conservavano ancora i ricordi di quando Jace bambino aveva vissuto lì. C'erano i roseti, ora spogliati dei boccioli e invasi dalle erbacce; le panchine di pietra vicino agli stagni svuotati; e la cavità nel terreno dove Jace aveva abbracciato Clary, la notte in cui la dimora era crollata. Tra gli alberi si vedeva il bagliore azzurro del lago.

Un'onda di amarezza travolse Jace, che infilò una mano in tasca e tirò fuori uno stilo: l'aveva preso in prestito dalla stanza di Alec prima di partire, in sostituzione di quello che Clary aveva perso. Alec non avrebbe avuto difficoltà a procurarsene un altro. Poi prese il filo che aveva strappato dalla manica del cappotto di Clary, macchiato di sangue a un capo. Lo tenne sul palmo e chiuse forte il pugno, tanto da far sbiancare le nocche. Con lo stilo tracciò una runa sul dorso della mano. Il pizzicore era più familiare che doloroso. Guardò la runa penetrare nella pelle come una pietra nell'acqua, e chiuse gli occhi.

Invece dell'interno delle palpebre, Jace vide una valle. Era su un'altura e la vedeva dall'alto. Sapeva esattamente dove si trovava, come se stesse osservando una mappa che ne indicava la posizione. Anche l'Inquisitrice aveva saputo localizzare esattamente la nave di Valentine sull'East River, ricordò Jace. *Ecco come faceva a saperlo*, pensò. Ogni dettaglio era nitido, ogni filo d'erba, la spruzzata di foglie secche ai suoi piedi... ma non c'era alcun suono. Il silenzio che dominava la scena era inquietante.

La valle era a ferro di cavallo, con un'estremità più stretta dell'altra. L'argenteo nastro d'acqua di un torrente la percorreva al centro e spariva tra le rocce, all'estremità più stretta. Accanto al ruscello c'era una casa di pietra grigia con un filo di fumo bianco che usciva sbuffando dal comignolo squadrato. Era una scena stranamente pastorale, serena, sotto l'azzurro sguardo del cielo. Mentre Jace osservava, una figura snella entrò in scena. Sebastian. Ora che non doveva più preoccuparsi di fingere, la sua arroganza era palese nella camminata, nella postura delle spalle, nel lieve ghigno sul viso. Sebastian si inginocchiò sulla riva del ruscello e vi immerse le mani, gettandosi dell'acqua sul viso e sui capelli.

Jace aprì gli occhi. Sotto di lui, Wayfarer brucava l'erba soddisfatto. Il ragazzo rimise in tasca lo stilo e il filo e, con un'ultima occhiata alle rovine della casa in cui era cresciuto, prese le redini e affondò i talloni nei fianchi del cavallo.

Clary era distesa sull'erba in cima alla collina della Guardia e guardava imbronciata la città di Alicante. La vista da lassù era spettacolare, doveva ammetterlo. Si vedevano i tetti della città, con le eleganti incisioni e i galletti segnavento decorati da rune, e lo sguardo si spingeva oltre le guglie della Sala degli Accordi, verso qualcosa che luccicava in lontananza, come il bordo di una moneta d'argento. Il Lago Lyn? Le rovine nere della Guardia incombevano alle sue spalle, e le torri antidemoni brillavano come cristalli. Clary ebbe persino la sensazione di poter vedere le difese, vibranti di luce come una rete invisibile intessuta intorno ai confini della città.

Si guardò le mani. Aveva strappato diverse manciate d'erba negli ultimi impeti di rabbia e le sue dita erano impiastricciate di terra e di sangue, dove un'unghia si era rotta. Sbollita la rabbia, le restava ora un profondo senso di vuoto. Non si era mai resa conto di quanto rancore provasse nei confronti di sua madre. Solo quando Jocelyn aveva varcato la soglia della cucina e Clary aveva potuto accantonare tutta l'angoscia che aveva provato quando la sua vita era in pericolo, solo allora aveva capito che cosa covava sotto. Ora che era più calma, si chiese se una parte di lei avesse voluto punire Jocelyn per quello che era successo a Jace. Se non gli fossero state raccontate tante bugie – se a entrambi non avessero raccontato tante bugie – forse il trauma di scoprire cosa gli aveva fatto Valentine prima ancora che lui nascesse non avrebbe indotto Jace a compiere un gesto che Clary non poteva evitare di sentire come un suicidio.

— Ti dispiace se mi siedo con te?

Clary sobbalzò per la sorpresa, rotolò su un fianco e guardò su. C'era Simon in piedi accanto a lei, con le mani in tasca. Qualcuno, forse Isabelle, gli aveva dato una giacca scura del materiale nero e resistente che gli Shadowhunters usavano per le loro tenute da battaglia. Un vampiro in tenuta da Cacciatore, pensò Clary, chissà se era una specie di primato. — Non ti ho sentito arrivare — gli disse. — Evidentemente non sono un granché, come Cacciatrice.

Simon scrollò le spalle. — Be', in tua difesa potrei dire che mi muovo con la grazia silenziosa di una pantera.

Nonostante tutto, Clary sorrise. Si mise a sedere, pulendosi le mani dalla terra. — Dai, vieni. Il tristezza-party è aperto a tutti.

Sedendosi accanto a lei, Simon guardò il panorama della città e fischiò. — Bella vista.

— Vero. — Clary lo guardò di sottecchi. — Come hai fatto a trovarmi?

— Be', mi ci sono volute un paio d'ore. — Sorrise, con un sorriso un po' sghembo. — Poi mi sono ricordato che quando noi due litigavamo, in prima elementare, tu salivi sempre sul tetto di casa mia a sbollire la rabbia e mia madre doveva venirti a prendere.

— E allora?

— Ti conosco — disse Simon. — Quando ti arrabbi, cerchi un posto in alto.

Le porse un fagotto: era il suo cappotto verde, ben ripiegato. Clary lo prese e se lo infilò. Il povero cappotto già mostrava chiari segni di usura. C'era persino un buchetto nel gomito, abbastanza grande da infilarci un dito.

— Grazie, Simon. — Si strinse le ginocchia al petto e riportò lo sguardo sulla città. Il sole era basso nel cielo e le torri avevano cominciato a brillare di un pallido colore rosato. — Ti ha mandato lei?

Simon scosse la testa. — È stato Luke, a dir la verità. E mi ha detto solo di chiederti se pensi di tornare prima del tramonto. Stanno succedendo cose importanti.

— Che tipo di cose?

— Luke ha dato tempo al Conclave fino al tramonto per decidere se attribuire ai Nascosti dei seggi nel Consiglio. Tutti i Nascosti si riuniranno alla Porta Settentrionale al tramonto. Se il Conclave accetta, potranno entrare ad Alicante. Altrimenti…

— Verranno mandati via — concluse Clary. — E il Conclave si consegnerà nelle mani di Valentine.

— Esatto.

— Accetteranno — disse Clary. — *Devono* accettare. — Si strinse le ginocchia. — Non sceglierebbero mai Valentine. Nessuno lo farebbe.

— Sono contento che il tuo idealismo non sia stato scalfito — commentò Simon.

Sebbene il tono fosse lieve, Clary sentì nella voce dell'amico quella di Jace, quando diceva di non essere idealista. Rabbrividì, nonostante il cappotto.

— Simon? — disse. — Ho una domanda stupida.

— E sarebbe?

— Hai dormito con Isabelle?

Simon fece un verso come se soffocasse. Clary si girò lentamente.

— Tutto bene? — gli chiese.

— Credo di sì — rispose Simon, recuperando con uno sforzo evidente un po' di contegno. — Parli seriamente?

— Be', sei stato fuori tutta la notte…

Simon rimase in silenzio per un lungo momento. Alla fine disse: — Non sono sicuro che siano affari tuoi. In ogni caso, no.

— Bene — disse Clary, dopo una pausa assennata. — Immagino che non avresti approfittato di lei, in un momento così doloroso.

Simon ridacchiò. — Se mai incontrerai l'uomo che riesce ad approfittare di Isabelle, fammelo sapere, perché vorrei stringergli la mano. O scappare a gambe levate, non so bene quale delle due.

— Quindi non stai uscendo con Isabelle.

— Clary — disse Simon. — Perché mi chiedi di Isabelle? Non vuoi parlare di tua madre? O di Jace? Izzy mi ha detto che se n'è andato. So come devi sentirti.

— No — mormorò Clary. — Non credo che tu lo sappia.

— Non sei l'unica persona al mondo che si sia sentita abbandonata. — C'era una punta di impazienza nella sua voce. — Probabilmente… Insomma, non ti ho mai visto così arrabbiata. E con tua madre, poi! Credevo che ti mancasse.

— Certo che mi mancava! — esclamò Clary, rendendosi conto mentre parlava dell'effetto che la scena in cucina doveva aver avuto sugli altri. Soprattutto su sua madre. Scacciò via il pensiero. — È che ero così concentrata su come fare a salvarla da Valentine e poi guarirla, che non mi sono mai fermata a pensare a quanto fossi arrabbiata per le bugie che mi aveva raccontato in tutti questi anni: per avermi tenuto nascosto tutto questo, per avermi nascosto la verità. Per non avermi mai detto chi sono veramente.

— Ma non è questo che hai detto, quando è entrata in cucina — osservò Simon a bassa voce. — Le hai chiesto: «Perché non mi hai mai detto che avevo un fratello?»

— Lo so. — Clary strappò un filo d'erba, stropicciandolo tra le dita. — Probabilmente pensavo che, se avessi saputo la verità, avrei conosciuto Jace in un altro modo. Non mi sarei innamorata di lui.

Simon rimase per un momento in silenzio. — Credo di non avertelo mai sentito dire prima d'ora.

— Che lo amo? — Clary rise, ma la risata suonò triste alle sue stesse orecchie. — È inutile fingere il contrario, a questo punto. Forse non è importante. Probabilmente non lo rivedrò più comunque.

— Tornerà.

— Forse.

— Tornerà — ripeté Simon. — Per te.

— Non lo so. — Clary scosse la testa. Stava facendo freddo, ora che il sole era sceso a toccare la linea dell'orizzonte. Clary socchiuse gli occhi e si protese in avanti, guardando lontano. — Simon, guarda!

Oltre le difese, alla Porta Settentrionale della città, centinaia di figure scure si stavano radunando, alcune in gruppi, altre più isolate: erano i Nascosti che Luke aveva chiamato in aiuto della città, in paziente attesa di un messaggio dal Conclave per entrare ad Alicante.

Un brivido percorse la schiena di Clary. Si trovava in bilico, non solo sulla cima della collina, a guardare la città da uno strapiombo, ma anche sull'orlo di una crisi, di un evento che avrebbe cambiato tutto il mondo degli Shadowhunters.

— Sono venuti — disse Simon quasi a se stesso. — Chissà se questo significa che il Conclave ha deciso.

— Lo spero. — Il filo d'erba che Clary stava tormentando era ormai un grumo verde informe; Clary lo buttò e ne strappò un altro. — Non so che cosa farò, se decideranno di arrendersi a Valentine. Forse potrei creare un Portale e trasportare tutti in un posto dove Valentine non possa mai trovarci. Un'isola deserta, o qualcosa del genere.

— Okay, anch'io adesso ho una domanda stupida — disse Simon. — Tu sai creare nuove rune, giusto? Perché non crei una runa che distrugga tutti i demoni del mondo? O che uccida Valentine?

— Non è così che funziona — spiegò Clary. — Io posso creare solo le rune che visualizzo. L'immagine mi entra in testa, come un dipinto. Se cerco di visualizzare "uccidi Valentine" o "governa il mondo", o cose del genere, non vedo niente. Solo bianco.

— Ma secondo te, da dove ti vengono le immagini delle rune?

— Non lo so — ammise Clary. — Tutte le rune che gli Shadowhunters conoscono vengono dal *Libro Grigio*. È per questo che possono essere usate solo sui Nephilim: sono state create a questo scopo. Ma ci sono anche altre rune, più antiche. Me l'ha detto Magnus. Come il Marchio di Caino: è un Marchio di Protezione, ma non viene dal *Libro Grigio*. Quindi, quando penso a queste rune, come la runa del Coraggio, non so se sia qualcosa che sto inventando io o qualcosa che sto *ricordando*: rune più antiche degli Shadowhunters, rune antiche quanto gli angeli. — Clary ripensò alla runa che Ithuriel le aveva mostrato, semplice come un nodo. Era arrivata dalla sua mente o da quella dell'Angelo? O era qualcosa che esisteva da sempre, come il mare o il cielo? Quel pensiero la fece rabbrividire.

— Hai freddo? — le chiese Simon.

— Sì... tu no?

— Non ho più freddo, io. — Le mise un braccio intorno alle spalle, sfregandole la schiena in piccoli movimenti circolari. Ridacchiò con tristezza. — Non serve a molto, immagino, visto che non ho più il calore del sangue.

— No — disse Clary. — Cioè, sì, serve. Resta così. — Lo guardò. Simon fissava la Porta Settentrionale, intorno alla quale si affollavano lentamente le nere figure dei Nascosti, quasi immobili. La luce rossa delle torri antidemoni si rifletteva nei suoi occhi: sembrava una foto in primo piano scattata con il flash. Clary vedeva le sottili venature azzurre sotto la sua pelle, là dove era più sottile: sulle tempie, alla base della clavicola. Ne sapeva abbastanza di vampiri da capire che era passato un po' di tempo, dall'ultima volta che si era nutrito. — Hai fame?

Stavolta fu lui a guardare verso di lei. — Paura che ti morda?

— Sai che sei il benvenuto e che puoi bere il mio sangue ogni volta che vuoi.

Un brivido, non di freddo, percorse Simon, che la strinse più forte a sé. — Non lo farei mai — disse. Poi, con più leggerezza, aggiunse: — E poi, ho già bevuto il sangue di Jace... Ho già succhiato abbastanza dai miei amici.

Clary pensò alla cicatrice argentea sulla gola del fratello. Lentamente, con la mente ancora piena di quell'immagine, chiese: — Credi sia per quello che...?

— Cosa?

— Che il sole non ti fa male. Voglio dire, prima il sole ti scottava, vero? Prima della notte sulla nave.

Lui annuì, riluttante.

— E cos'altro è cambiato? O è solo che hai bevuto il suo sangue?

— Vuoi dire, perché lui è un Nephilim? No, è qualcos'altro. Tu e Jace... non siete proprio normali, giusto? Intendo dire, normali Shadowhunters. C'è qualcosa di speciale, in voi due. Come ha detto la Regina del Popolo Fatato, eravate degli esperimenti. — Simon sorrise allo sguardo stupefatto di Clary. — Non sono stupido. Riesco a mettere insieme queste cose. Tu con il tuo potere di creare le rune, e Jace, be'... nessuno riuscirebbe a essere così insopportabile senza qualche tipo di aiuto sovrannaturale.

— Lo detesti davvero così tanto?

— Io non detesto Jace — protestò Simon. — Cioè, l'ho odiato all'inizio, questo sì. Sembrava così arrogante, così sicuro di sé... E tu pendevi dalle sue labbra...

— Non è vero.

— Lasciami finire, Clary. — C'era una sfumatura di affanno nella voce di Simon (ammesso che uno che non respirava mai potesse essere affannato). Era come se stesse correndo verso un obiettivo. — Vedevo benissimo quanto ti piaceva e pensavo che lui ti stesse usando, che per lui fossi solo una stupida ragazzina mondana da impressionare coi suoi giochetti di prestigio. All'inizio mi dicevo che tu non ci saresti mai cascata e poi mi dicevo che, se anche ci fossi cascata, Jace prima o poi si sarebbe stancato di te e tu saresti tornata da me. Non sono orgoglioso di questo, ma quando sei disperato sei pronto a credere qualsiasi cosa, immagino. E poi, quando è venuto fuori che è tuo fratello, mi è sembrata una grazia dal cielo... e ne sono stato contento. Ero contento anche di vedere quanto soffrisse Jace. Questo fino alla notte alla Corte Seelie, quando l'hai baciato. Allora ho visto...

— Visto cosa? — chiese Clary, incapace di sopportare la sua pausa.

— Il modo in cui ti guardava. Allora ho capito. Lui non ti aveva mai usato. Lui ti amava, e questo amore lo stava uccidendo.

— È per questo che sei andato al Dumort? — sussurrò Clary. Era una cosa che avrebbe sempre voluto sapere, ma che non era mai riuscita a chiedergli.

— Per via di te e di Jace? No, davvero. Da quella prima notte all'hotel, ho sempre avuto il desiderio di tornare. Me lo sognavo. E mi svegliavo che ero fuori dal letto e mi stavo vestendo, oppure ero già per strada e sapevo che volevo tornare là. Era difficile di notte e diventava più difficile quanto più mi avvicinavo all'hotel. Non mi è mai venuto in mente che fosse qualcosa di soprannaturale: credevo che fosse una specie di stress post-traumatico. Quella notte ero esausto e affamato, ed eravamo vicini all'hotel, ed era tardi... Quasi non ricordo che cosa è successo. Ricordo solo di essermi allontanato dal parco e poi... più nulla.

— Ma se tu non fossi stato arrabbiato con me... se non ti avessimo fatto arrabbiare...

— Non è che tu avessi molta scelta — osservò Simon. — E non è che io non lo sapessi. Puoi sommergere la verità per un po', ma poi risale di nuovo in superficie. L'errore che ho fatto è stato quello di non dirti che cosa mi stava succedendo, di non metterti a parte dei miei sogni. Però non mi pento di essere uscito con te. Sono contento che ci abbiamo provato. E ti voglio bene per averci voluto provare, anche se non poteva funzionare.

— Volevo tanto che funzionasse! — commentò Clary a bassa voce. — Non avrei mai voluto farti del male.

— Io non cambierei niente di quello che è successo — disse Simon. — Non potrei mai smettere di volerti bene. Per nessun motivo al mondo. Sai che cosa mi ha detto Raphael? Che non ero capace di essere un buon vampiro, che i vampiri accettano di essere morti. Ma finché ricorderò com'era amarti, avrò sempre la sensazione di essere vivo.

— Simon...

— Guarda! — L'interruppe con un gesto, sgranando gli occhi scuri. — Laggiù. Il sole era un lumicino rosso all'orizzonte: guizzò un'ultima volta e scomparve, sprofondando dietro l'orlo scuro del mondo. Le torri antidemoni di Alicante sfavillarono, improvvisamente vive e incandescenti. Alla luce delle torri, si vedeva la massa scura dei Nascosti brulicare inquieta intorno alla Porta Settentrionale. — Che sta succedendo? — sussurrò Clary. — Il sole è tramontato: perché la porta non si apre?

Simon era immobile. — Il Conclave — disse. — Devono aver rifiutato la proposta di Luke.

— Ma non è possibile! — La voce di Clary si alzò, tagliente. — Questo significa...

— Che si arrenderanno a Valentine.

— Ma non possono farlo! — esclamò di nuovo Clary. Sotto i suoi occhi, le figure di uno dei gruppi che aspettavano vicino alle difese si voltarono e si avviarono in direzione opposta alla città, sfilando come formiche in fuga da un formicaio distrutto.

La faccia di Simon era cerea nella luce morente. — Immagino che ci odino davvero tanto. Al punto da preferire Valentine.

— Non è odio — rifletté Clary. — È paura. Anche Valentine aveva paura. — Lo disse senza pensarci e si rese conto solo dicendolo che era proprio vero. — Aveva paura ed era invidioso.

Simon le lanciò un'occhiata, sorpreso. — Invidioso?

Ma Clary era tornata al sogno che Ithuriel le aveva mostrato e la voce di Valentine le echeggiava nelle orecchie. «... sognavo che mi avresti spiegato perché. Perché Raziel ha creato noi, la sua stirpe di Cacciatori, ma non ci ha dato i poteri che hanno i Nascosti: la velocità dei lupi, l'immortalità del Popolo Fatato, la magia degli stregoni, nemmeno la resistenza dei vampiri. Ci ha lasciati nudi davanti agli eserciti infernali con solo questi segni dipinti sulla pelle. Perché i loro poteri devono essere più grandi dei nostri? Perché non possiamo avere anche noi ciò che loro possiedono?»

Clary socchiuse le labbra, fissando, senza vedere nulla, la città ai suoi piedi. Era vagamente consapevole che Simon la stava chiamando, ma la sua mente girava a mille. L'Angelo avrebbe potuto mostrarle qualsiasi cosa, pensò, ma se aveva scelto di mostrarle quelle scene, quei ricordi, una ragione doveva esserci. Ripensò a Valentine che gridava: «Che noi dovessimo essere legati ai Nascosti, legati a quelle creature!»

E la runa. La runa che aveva sognato. Quella semplice come un nodo.

«Perché non possiamo avere anche noi ciò che essi possiedono?»

— È Vincolante — esclamò ad alta voce. — È una runa Vincolante! Unisce il simile al diverso.

— Cosa? — Simon la guardò, confuso.

Clary si rialzò in piedi, spazzolandosi via la terra. — Devo andare da loro. Dove sono?

— Dove sono chi? Clary...

— Il *Conclave*. Dove sono riuniti? Dov'è Luke?

Simon si alzò in piedi. — Nella Sala degli Accordi. Clary...

Ma lei stava già correndo verso il sentiero serpeggiante che portava in città. Imprecando sottovoce, Simon la seguì.

«Dicono che tutte le strade portano alla Sala degli Accordi.» Le parole di Sebastian risuonavano nella testa di Clary, mentre sfrecciava a tutta velocità per le strette vie di Alicante. Sperava che fosse vero, perché altrimenti si sarebbe sicuramente persa. Le vie prendevano pieghe inaspettate, non erano come le care strade di Manhattan, dritte e a reticolo. A Manhattan sapevi sempre dove ti trovavi. Ogni cosa era chiaramente numerata e ordinata. Quello, invece, era un labirinto.

Attraversò un minuscolo cortile e imboccò uno degli stretti sentieri che costeggiavano i canali, sapendo che, se avesse seguito l'acqua, alla fine sarebbe arrivata alla piazza dell'Angelo. Con sua sorpresa, il sentiero la portò alla casa di Amatis e, da lì, Clary seguì ansimando e correndo una strada più ampia e più familiare che portava alla piazza. Ed ecco ergersi davanti a lei, ampia e bianca, la Sala degli Accordi, con la statua dell'Angelo al centro della piazza. E accanto alla statua c'era Simon, con le braccia conserte. Era nero.

— Avresti potuto aspettarmi — la apostrofò.

Clary si piegò in due, con le mani sulle ginocchia, per riprendere fiato. — Non... non puoi dire così... visto che sei arrivato... prima di me.

— Velocità da vampiro — annunciò Simon con una certa soddisfazione. — Quando torneremo a casa, mi darò alle gare di atletica.

— Non sarebbe... leale. — Con un ultimo respiro profondo, Clary si raddrizzò e si scostò dagli occhi i capelli sudati. — Vieni. Entriamo.

La sala era piena di Shadowhunters: erano più di quanti Clary ne avesse mai visti riuniti in uno stesso posto, più ancora della notte dell'attacco di Valentine. Le loro voci erano un boato come di valanga. La maggior parte delle persone era divisa in gruppetti litigiosi che vociavano senza trovare un accordo; il podio era deserto e le mappe di Idris pendevano tristi e dimenticate sul muro dietro di esso.

Clary si guardò intorno, cercando Luke. Le ci volle un momento per trovarlo: era appoggiato a una colonna con gli occhi semichiusi. Aveva un aspetto orribile: mezzo morto, le spalle accasciate. Dietro di lui c'era Amatis, che gli batteva una mano sulla spalla con aria preoccupata. Clary si guardò intorno, ma non vide Jocelyn da nessuna parte.

Ebbe un attimo di esitazione. Poi pensò a Jace, che era andato a caccia di Valentine, e ci era andato da solo pur sapendo che rischiava di farsi ammazzare. Jace sapeva di essere parte di tutto questo, e anche lei ne era parte: da sempre, anche quando non ne sapeva niente. L'adrenalina le correva ancora nelle vene, acuiva la sua percezione, rendeva tutto nitidissimo. Quasi troppo. Strinse la mano di Simon. — Augurami buona fortuna — gli disse. Poi i piedi la portarono verso i gradini del podio, quasi senza una sua precisa volontà, e dopo eccola sul podio, rivolta verso la folla.

Non sapeva bene che cosa aspettarsi. Esclamazioni di sorpresa? Un mare di facce ammutolite e in attesa? Quasi nessuno la notò. Solo Luke alzò gli occhi, come se ne avesse percepito la presenza, e subito raggelò, con uno sguardo di assoluto stupore sul volto. E c'era qualcuno che si faceva largo tra la folla, un uomo alto e spigoloso, proteso verso di lei come la prua di un veliero. Il Console Malachi. Le stava facendo grandi cenni perché scendesse dal podio, scuoteva la testa e gridava parole che Clary non poteva sentire. Altri Shadowhunters adesso si stavano girando verso di lei, mentre Malachi fendeva la folla.

Ora Clary aveva ciò che voleva: tutti gli occhi erano inchiodati su di lei. Sentiva dei sussurri tra la folla: «È lei. È la figlia di Valentine.»

— Avete ragione — esclamò, spingendo la voce più lontano e più forte che poteva. — Io sono la figlia di Valentine. Fino a un paio di settimane fa non avevo idea che lui fosse mio padre. Non sapevo nemmeno che esistesse, fino a un paio di settimane fa. So che molti di voi non ci crederanno, ma non importa. Pensate pure ciò che volete. Mi basta sappiate che io so cose di Valentine a voi ignote, cose che potrebbero aiutarvi a vincere questa battaglia contro di lui. *Se mi lascerete dire di che cosa si tratta.*

— Ridicolo. — Malachi era ai piedi del podio. — Tutto questo è ridicolo. Sei solo una ragazzina...

— È la figlia di Jocelyn Fairchild. — Era stato Patrick Penhallow, a parlare. Si era fatto largo tra la folla e ora aveva una mano alzata. — Malachi, lascia parlare la ragazza.

La folla mormorava. — Lei — disse Clary al Console. — Lei e l'Inquisitore avete buttato in prigione il mio amico Simon.

Malachi fece un ghigno di derisione. — Il tuo amico vampiro?

— Mi ha detto che gli avete chiesto che cosa era successo sulla nave di Valentine, quella notte sull'East River. Pensavate che Valentine avesse fatto qualcosa, qualche sorta di magia nera. Be', non è così. Se volete sapere che cosa ha distrutto quella nave, la risposta è: sono stata io. Io l'ho distrutta!

La risata incredula di Malachi trovò eco in varie altre persone nella folla.

Luke la stava guardando, scuotendo la testa, ma Clary continuò, imperterrita.

— Ho usato una runa — proseguì. — Una runa così potente che ha fatto esplodere tutta la nave. *Io* posso creare nuove rune. Non solo quelle del *Libro Grigio*, ma altre rune, che nessuno ha mai visto prima... rune potentissime...

— Adesso basta — ruggì Malachi. — Tutto questo è ridicolo. Nessuno può creare nuove rune. È assolutamente impossibile. — Si rivolse alla folla. — Come suo padre, la ragazza non è altro che una bugiarda.

— Non sta mentendo. — La voce veniva dal fondo della sala. Era limpida, forte e determinata. La folla si girò e Clary vide chi aveva parlato: Alec. Con Isabelle da un lato e Magnus dall'altro. Insieme a loro c'erano anche Simon e Maryse Lightwood. Formavano un piccolo nucleo molto determinato, vicino alle porte d'ingresso. — Io l'ho vista creare una runa. L'ha usata su di me. E ha funzionato.

— Tu menti — esclamò il Console, ma il dubbio si era insinuato nei suoi occhi. — Per proteggere la tua amica.

— È vero, Malachi — intervenne Maryse, secca. — Perché mio figlio dovrebbe mentire su una cosa del genere, quando la verità si può scoprire così facilmente? Date alla ragazza uno stilo e chiedetele di creare una runa.

Un mormorio di consenso attraversò la sala. Patrick Penhallow fece un passo avanti e porse il suo stilo a Clary. Lei lo prese con gratitudine e si girò di nuovo verso la folla.

D'improvviso aveva la gola secca. L'adrenalina era ancora alta, ma non bastava a tenere a bada il panico da palcoscenico. Che cosa avrebbe dovuto fare, adesso? Che tipo di runa poteva creare, per convincere tutta quella gente che stava dicendo la verità? Che cosa avrebbe potuto *mostrare* loro la verità?

Passò lo sguardo sulla folla e vide Simon che la guardava, attraverso lo spazio vuoto che li separava. La guardava nello stesso modo in cui Jace l'aveva guardata alla tenuta dei Wayland. Era questo, pensò, l'unico filo che univa quei due ragazzi che amava tanto, l'unico punto che avevano in comune: entrambi credevano in lei, perfino quando lei non credeva in se stessa.

Con gli occhi fissi su Simon e pensando a Jace, Clary abbassò lo stilo e mosse la punta bruciante all'interno del polso, dove passavano le vene. Non abbassò gli occhi, disegnò alla cieca, confidando in se stessa e nello stilo: insieme avrebbero creato la runa che le serviva. La disegnò con tratto leggero – le sarebbe servita solo per un momento – ma senza la minima esitazione. E quando ebbe finito, alzò la testa e aprì gli occhi.

La prima cosa che vide fu Malachi. Era sbiancato e stava arretrando con un'espressione di orrore sul volto. Disse qualcosa, una parola in una lingua che lei non conosceva. Poi, dietro di lui, Clary vide Luke, che la fissava a bocca aperta.

— Jocelyn? — sussurrò.

Clary scosse la testa, appena un cenno, e guardò la folla. Era un'onda indistinta di facce, alcune nitide, altre sfocate. Alcune sorridevano, altre si guardavano intorno sorprese, alcune si giravano verso la persona che avevano a fianco. Alcune avevano un'espressone di orrore o di stupore, le mani sulla bocca. Clary vide Alec lanciare un'occhiata a Magnus e poi a lei, incredulo, vide Simon che la guardava confuso, infine vide Amatis che correva verso di lei, spingendo da parte la mole di Patrick Penhallow, e si fermava sotto il podio. — Stephen! — sussurrò, guardando Clary con una sorta di attonito stupore. — *Stephen!*

— Oh — esclamò Clary. — Oh, Amatis, no... — E poi sentì la magia della runa scivolare via da lei come una veste leggera e invisibile. La luce che animava il viso di Amatis si spense e la donna arretrò dal podio, con un'espressione a metà tra l'avvilimento e lo stupore.

Clary guardò tra la folla. Erano tutti in assoluto silenzio e tutte le facce erano rivolte verso di lei. — So che cosa avete appena visto — disse. — Sapete che questo tipo di magia va ben oltre l'illusione o l'incantesimo. E l'ho fatta con una runa, una sola runa, una runa che *ho creato io*. Ci sono dei motivi per cui ho questa abilità, e so che potrebbero non piacervi o che potreste non crederci, ma nemmeno questo importa. Ciò che importa è che io posso aiutarvi a vincere questa battaglia contro Valentine. Se me lo permetterete.

— Non ci sarà nessuna battaglia contro Valentine — intervenne Malachi. Non la guardava negli occhi. — Il Conclave ha deciso. Accetteremo le condizioni poste da Valentine e domani mattina deporremo le armi.

— Ma non potete farlo! — esclamò Clary, con una sfumatura di disperazione nella voce. — Pensate davvero che andrà tutto bene solo perché vi sarete arresi? Pensate che Valentine vi lascerà vivere come avete fatto finora? Pensate che si limiterà a uccidere i demoni e i Nascosti? — Percorse la sala con lo sguardo. — La maggior parte di voi non vede Valentine da quindici anni. Forse avete dimenticato chi è veramente. Ma io lo so. L'ho sentito parlare dei suoi piani. Voi credete di poter continuare a vivere la vostra solita vita sotto il dominio di Valentine, ma non sarà così. Lui vi controllerà completamente perché potrà sempre minacciare di distruggervi con gli Strumenti Mortali. Comincerà con i Nascosti, naturalmente. Ma poi passerà al Conclave. Ucciderà loro per primi, perché li considera deboli e corrotti. Poi passerà a tutti coloro che hanno un Nascosto in famiglia: magari un fratello lupo mannaro — e i suoi occhi si posarono su Amatis — o una figlia adolescente e un po' ribelle che ogni tanto si vede con un cavaliere del Popolo Fatato — e i suoi occhi si soffermarono sui Lightwood. — O chiunque abbia semplicemente fatto amicizia con un Nascosto. E poi andrà in cerca di chi abbia chiesto i servigi di uno stregone. Quanti di voi sarebbero?

— È assurdo — ribatté seccamente Malachi. — Valentine non ha alcun interesse a uccidere i Nephilim.

— Però pensa che chi ha dei legami con i Nascosti non sia degno di essere chiamato Nephilim — replicò Clary. — Sentite, la vostra guerra non è contro Valentine. È contro i demoni. Tenere lontani i demoni da questo mondo: è questo il vostro mandato, un mandato che avete ricevuto dal cielo. E un mandato dal cielo non è una cosa che si possa ignorare. Anche i Nascosti odiano i demoni. Anche loro li distruggono. Se Valentine potrà fare a modo suo, impiegherà tanto tempo a cercare di assassinare tutti i Nascosti e tutti i Cacciatori che si siano mai associati ai Nascosti che dimenticherà i demoni. E anche voi li dimenticherete, perché sarete troppo presi dalla paura di Valentine. Allora i demoni invaderanno il mondo. E questa sarà la fine.

— Capisco dove vuoi arrivare — disse Malachi a denti stretti. — Ma noi non combatteremo a fianco dei Nascosti per una battaglia che non potremo mai vincere.

— Invece potete vincere! — esclamò Clary. — Potete vincere. — Aveva la gola secca, la testa le doleva, le facce della gente sembravano fondersi in un ammasso informe, punteggiato qua e là da bianche esplosioni di luce. *Non puoi fermarti adesso. Devi andare avanti. Ci devi provare.* — Mio padre odia i Nascosti perché è invidioso di loro! — Le parole ora si accavallavano le une sulle altre. — Invidioso e timoroso di tutte le cose che i Nascosti sono in grado di fare e lui no. Non sopporta che, per certi versi, i Nascosti siano più potenti dei Nephilim, e scommetto che non è il solo qui dentro. È facile avere paura di ciò che non è possibile condividere. — Riprese fiato. — Ma se... se invece fosse possibile condividerlo? Se io fossi in grado di creare una runa in grado di legare ciascuno di voi, ciascun Cacciatore, a un Nascosto che combatte al vostro fianco? Se voi poteste *condividere i vostri poteri*? Allora potreste guarire in fretta come un vampiro, potreste essere forti come un lupo mannaro o veloci come un cavaliere del Popolo Fatato. Ed essi, in cambio, potrebbero condividere il vostro addestramento, le vostre abilità nel combattimento. Potreste diventare un esercito invincibile... se vi lascerete marchiare da me e se combatterete a fianco dei Nascosti. Perché, se non combatterete al loro fianco, le rune non funzioneranno. — Tacque. Poi riprese. — Vi prego — concluse, ma la parola le uscì dalla gola riarsa quasi impercettibile. — Vi prego, lasciatevi fare il Marchio.

Le sue parole caddero in un risonante silenzio. Il mondo era come una macchia indistinta. Clary si rese conto di aver pronunciato l'ultima metà del suo discorso con gli occhi fissi al soffitto della sala, e che le piccole esplosioni di luce che aveva visto erano le stelle che spuntavano nel cielo notturno, una dopo l'altra. Il silenzio persisteva. Le mani di Clary, lungo i fianchi, si strinsero lentamente a pugno. E poi, lentamente, molto lentamente, la ragazza abbassò gli occhi e incrociò gli sguardi della folla che la fissava.

17
Il racconto della Cacciatrice

Ora Clary era sul gradino più alto della Sala degli Accordi e guardava la piazza dell'Angelo. La luna era già sorta e spuntava dietro i tetti delle case, e le torri antidemoni ne riflettevano la luce argentea. Il buio nascondeva bene le ferite e le cicatrici della città, che sembrava pacifica e tranquilla, sotto il cielo notturno… finché non si volgeva lo sguardo alla collina della Guardia e alle rovine della fortezza. Le guardie pattugliavano la piazza, comparendo nei cerchi luminosi dei lampioni di stregaluce e scomparendo nel buio. Si sforzavano di ignorare la presenza di Clary.

Qualche gradino più in basso, Simon camminava avanti e indietro, con passi perfettamente silenziosi e le mani in tasca. Quando, alla fine della scala, si voltava per tornare indietro verso Clary, la luce della luna si riverberava sulla pelle chiara come su una superficie riflettente.

— Smettila di andare su e giù — protestò Clary. — Mi rendi più nervosa.

— Scusa.

— Mi sembra di essere qui fuori da sempre. — Clary, pur tendendo le orecchie, non riusciva a sentire niente, tranne il sordo mormorio di molte voci che filtrava dalle porte chiuse della Sala degli Accordi. — Tu riesci a sentire quello che dicono?

Simon socchiuse gli occhi e parve concentrarsi. — Qualcosa — disse dopo un breve silenzio.

— Quanto vorrei essere là dentro! — esclamò Clary, picchiando con rabbia i tacchi sui gradini. Luke le aveva chiesto di aspettare fuori, mentre il Conclave deliberava. Avrebbe voluto mandare Amatis con lei, ma Simon aveva insistito per andarci lui, sostenendo che era meglio se Amatis fosse restata dentro a difendere Clary. — Vorrei partecipare all'assemblea.

— No — replicò Simon. — Non è vero.

Clary sapeva perché Luke le aveva chiesto di aspettare fuori. Non era difficile immaginare che cosa stessero dicendo di lei là dentro. *Una bugiarda. Una fana-*

tica. Una povera sciocca. Una pazza. Una stupida. Un mostro. La figlia di Valentine. Forse era molto meglio stare fuori, ma la tensione dell'attesa era quasi un dolore fisico.

— Magari potrei arrampicarmi su una di quelle — buttò lì Simon, indicandole con lo sguardo le massicce colonne bianche che sostenevano il tetto spiovente della sala. Erano decorate da intrecci di rune incise nella pietra, ma per il resto non avevano punti d'appiglio visibili. — Per scaricare un po' di tensione.

— Ma dai! — esclamò Clary. — Sei un vampiro, mica Spiderman.

Per tutta risposta, Simon salì agilmente i gradini e si avvicinò alla colonna. La osservò pensoso per un momento, poi vi appoggiò le mani e cominciò ad arrampicarsi. Clary lo guardò a bocca aperta, mentre con i piedi e la punta delle dita trovava appigli impossibili sulla pietra leggermente incisa. — Tu *sei* Spiderman! — esclamò.

Simon, appollaiato a metà della colonna, guardò giù. — E allora, tu sei Mary Jane. Anche lei ha i capelli rossi — replicò. Poi guardò la città, aggrottando la fronte. — Speravo di vedere la Porta Settentrionale da qui, ma non sono abbastanza in alto.

Clary sapeva perché Simon voleva vedere la Porta. Erano stati mandati dei messaggeri a chiedere ai Nascosti di aspettare ancora, mentre il Conclave deliberava. E Clary poteva solo sperare che avessero accettato. E se avevano accettato, cosa stava succedendo, là fuori? Clary s'immaginò la folla che aspettava, che gironzolava, che s'interrogava...

Le doppie porte della Sala degli Accordi si socchiusero. Una figura snella ne scivolò fuori, le richiuse e si girò verso Clary. Era nell'ombra, e solo quando fece un passo avanti, avvicinandosi alla stregaluce che illuminava i gradini, Clary vide la vampa di capelli rossi e riconobbe sua madre.

Jocelyn guardò in su, divertita. — Be', ciao, Simon. Mi fa piacere vedere che ti stai... adattando.

Simon lasciò la presa sulla colonna e si lasciò cadere, atterrando con grazia. Sembrava lievemente imbarazzato. — Salve, signora Fray.

— Non so quanto abbia senso chiamarmi così, adesso — obiettò la madre di Clary. — Forse dovresti semplicemente chiamarmi Jocelyn. — Esitò. — Sai, per quanto strana sia questa... situazione, è bello vederti qui con Clary. Non riesco nemmeno a ricordare un momento in cui non siate stati insieme.

Ora Simon era decisamente imbarazzato. — Anche per me è bello rivederla.

— Grazie, Simon. — Jocelyn guardò sua figlia. — Clary, ti andrebbe di parlare un po' con me? Noi due sole?

Clary rimase immobile a lungo, fissando sua madre. Era difficile non vederla come un'estranea. Aveva la gola stretta, quasi troppo stretta per parlare. Guardò Simon, che era chiaramente in attesa di un suo segnale per andarsene o restare. Sospirò. — Okay.

Simon alzò i pollici in segno di incoraggiamento, poi svanì oltre le porte della sala. Clary si girò e si mise a fissare la piazza, osservando le guardie di pattuglia. Jocelyn andò a sedersi vicino a lei. Una parte di Clary avrebbe desiderato appoggiarsi a lei, appoggiarle la testa sulla spalla, magari chiudere gli occhi e fingere che andasse tutto bene. L'altra parte sapeva che non avrebbe fatto nessuna differenza: non poteva tenere gli occhi chiusi per sempre.

— Clary — disse Jocelyn alla fine, molto piano. — Mi dispiace tanto.

La ragazza si guardava le mani. Si rese conto di stringere ancora in una mano lo stilo di Patrick Penhallow. Sperò avesse capito che lei non glielo aveva rubato.

— Non avrei mai pensato di rivedere questo posto — aggiunse Jocelyn. Clary le lanciò un'occhiata furtiva: sua madre stava guardando la città e le torri antidemoni che gettavano la loro pallida luce biancastra sui tetti. — Qualche volta sognavo Alicante. Ho anche pensato di dipingerla, di dipingere i miei ricordi, ma non potevo. Se tu avessi visto quei quadri avresti potuto fare delle domande, avresti potuto chiederti come avevano fatto quelle immagini a entrarmi nella mente. Ero così spaventata all'idea che tu potessi scoprire da dove venivo veramente. Chi ero veramente.

— E ora l'ho scoperto.

— E ora l'hai scoperto. — La voce di Jocelyn era piena di nostalgia. — E hai tutte le ragioni per odiarmi.

— Io non ti odio, mamma — ribatté Clary. — È solo che...

— Non ti fidi di me — concluse per lei Jocelyn. — Non posso darti torto. Avrei dovuto dirti la verità. — Sfiorò Clary sulla spalla, e sembrò prendere coraggio, quando lei non si ritrasse. — Posso solo dirti che l'ho fatto per proteggerti, ma so come possano sembrare queste parole alle tue orecchie. Poco fa c'ero anch'io, nella Sala degli Accordi. Ti ho sentita.

— Ah, c'eri anche tu? — Clary era stupita. — Non ti ho vista.

— Ero nascosta in fondo alla sala. Luke mi aveva chiesto di non venire all'assemblea, mi aveva detto che la mia presenza avrebbe sconvolto i presenti e avrebbe rischiato di rovinare tutto. Probabilmente aveva ragione, ma io volevo assolutamente esserci. Così sono sgattaiolata dentro quando l'assemblea era già iniziata e mi sono nascosta nell'ombra. Ma c'ero. E volevo dirti che...

— Che ho fatto una figura da stupida? — chiese Clary amaramente. — Lo so già.

— No. Volevo dirti che sono orgogliosa di te.

Clary si girò con tutto il corpo per guardare sua madre. — Davvero?

Jocelyn annuì. — Certo. Il modo in cui hai affrontato tutto il Conclave. Il modo in cui hai mostrato loro che cosa sei in grado di fare. Quando ti hanno guardato, hanno visto la persona che amavano di più al mondo, vero?

— Sì — confermò Clary. — Come hai fatto a capirlo?

— Perché li ho sentiti pronunciare tanti nomi diversi — disse piano Jocelyn. — Ma io continuavo a vedere te.

— Oh. — Clary si guardò i piedi. — Be', non sono sicura che mi abbiano creduto, sulle rune. Cioè, lo spero, ma...

— Posso vederla? — chiese Jocelyn.

— Vedere cosa?

— La runa. Quella che hai creato per unire i Cacciatori e i Nascosti. — Esitò. — Ma se non me la puoi mostrare...

— No, non c'è problema. — Con lo stilo, Clary tracciò sul marmo del gradino le linee della runa che l'Angelo le aveva mostrato e, mentre le disegnava, le linee si accendevano di calda luce dorata. Era una runa potente, una mappa di linee ricurve sovrapposte a una matrice di linee rette. Semplice e complessa allo stesso tempo. Ora Clary sapeva perché le era sembrata incompleta, quando l'aveva visualizzata in passato: per essere efficace, aveva bisogno di un'altra runa abbinata. Una gemella. Una compagna. — Alleanza — disse Clary, sollevando lo stilo. — È così che la voglio chiamare.

Jocelyn guardò in silenzio la runa che ardeva e poi si spegneva, lasciando sulla pietra sottili linee nere. — Quando ero più giovane ho lottato con tutte le mie forze per unire i Nascosti e i Cacciatori, per proteggere gli Accordi. Credevo di inseguire un sogno, qualcosa che gran parte dei Cacciatori non poteva nemmeno immaginare. E tu, adesso, l'hai reso concreto e letterale, e *reale*. — Batté le palpebre con forza. — Ho capito una cosa, vedendoti nella Sala degli Accordi. Sai, in tutti questi anni ho cercato di proteggerti nascondendoti. Per questo non mi piaceva che tu andassi al Pandemonium. Sapevo che era un posto dove i Nascosti e i mondani si mescolavano. E questo implicava che ci fossero anche dei Cacciatori. Pensavo che ad attirarti là fosse qualcosa che avevi nel sangue, qualcosa che riconosceva il mondo delle ombre. Pensavo che saresti stata al sicuro solo se ti avessi tenuto nascosto quel mondo. Non ho mai pensato che avrei potuto proteggerti aiutandoti a essere forte e a combattere. — La sua voce era piena di tristezza. — Ma tu sei diventata forte comunque. Abbastanza forte perché io adesso possa dirti la verità, se vuoi ancora sentirla.

— Non lo so. — Clary pensò alle immagini che l'Angelo le aveva mostrato, a quanto fossero terribili. — Ero arrabbiata con te perché mi hai mentito, è vero, ma ora non sono sicura di voler scoprire altre cose orribili.

— Ne ho parlato con Luke. Lui pensa che dovresti sentire ciò che ho da dirti. Tutta la storia. Tutta, fino in fondo. Cose che non ho mai detto a nessuno, nemmeno a lui. Non posso garantirti che tutta la verità sarà gradevole. Ma sarà la verità.

Dura lex, sed lex. Scoprire la verità: lo doveva a Jace come lo doveva a se stessa. Clary strinse più forte lo stilo, fino a far sbiancare le nocche. — Voglio sapere tutto.

— Tutto... — Jocelyn fece un respiro fondo. — Non so nemmeno da dove iniziare.

— Che ne dici di cominciare spiegandomi come hai fatto a sposare Valentine? Come hai potuto sposare un uomo come quello, fare di lui mio padre... È un *mostro*.

— No. È un uomo. Non è un uomo buono. Ma se vuoi sapere perché l'ho sposato, è perché lo amavo.

— Non è possibile — disse Clary. — Nessuno potrebbe amarlo.

— Avevo la tua età quando m'innamorai di lui — raccontò Jocelyn. — Pensavo che fosse perfetto: brillante, intelligente, meraviglioso, divertente, affascinante... Lo so, mi guardi come se avessi perso la ragione. Tu conosci Valentine solo com'è adesso. Non puoi immaginare com'era allora. Quando eravamo a scuola insieme, *tutte* erano innamorate di lui. Sembrava brillare di luce propria, in un certo senso. Era come se ci fosse una parte dell'universo, una parte speciale e illuminata di luce viva, alla quale solo lui aveva accesso. E, se eravamo fortunate, forse poteva condividerla con noi, anche solo un poco. Tutte le ragazze lo adoravano e io credevo di non avere la minima possibilità. Non c'era niente di speciale, in me. Non ero neanche molto conosciuta in giro. Luke era uno dei miei amici più cari e passavo gran parte del mio tempo con lui. Eppure, in qualche modo, Valentine scelse me.

Che schifo, avrebbe voluto dire Clary, ma si trattenne: forse per la nostalgia mista al rammarico che sentiva nella voce di sua madre. O forse per quello che sua madre aveva detto di Valentine, che era come se emanasse luce propria: Clary aveva pensato la stessa cosa di Jace, sentendosi poi molto stupida. Ma forse tutti gli innamorati si sentono così.

— Okay — disse. — Ho capito. Ma avevi sedici anni. Non significa che dovevi per forza sposarlo.

— Ne avevo diciotto quando ci sposammo. E lui diciannove — annunciò Jocelyn in tono molto pratico.

— Oh, mio Dio! — esclamò Clary, inorridita. — Tu mi uccideresti se decidessi di sposarmi a diciotto anni.

— Vero — disse Jocelyn. — Ma gli Shadowhunters tendono a sposarsi prima dei mondani. La loro... la *nostra* vita è più breve: molti di noi muoiono di morte violenta. Per questo tendiamo ad anticipare le cose, rispetto ai mondani. Comunque, ero giovane per sposarmi. Ma la mia famiglia era felice per me, anche Luke lo era. Tutti pensavano che Valentine fosse un ragazzo meraviglioso. Ed era solo un ragazzo, capisci? L'unica persona che mi disse che non avrei dovuto sposarlo fu Madeleine. Eravamo amiche, a scuola, ma quando le annunciai che mi ero fidanzata, mi disse che Valentine era egoista e odioso, che il suo fascino mascherava una terribile amoralità. Io pensai che fosse gelosa.

— E lo era?

— No — rispose Jocelyn. — Diceva la verità, solo che io non volevo sentirla. — Si guardò le mani.

— Ma ti sei pentita — disse Clary. — Dopo averlo sposato, ti sei pentita di averlo fatto, vero?

— Clary — sospirò Jocelyn. Sembrava stanca. — Noi eravamo felici. Almeno per i primi anni. Vivevamo nella tenuta di campagna dei miei genitori, dov'ero cresciuta io. Valentine non voleva stare in città e voleva che anche il resto del Circolo evitasse Alicante e gli occhi curiosi del Conclave. I Wayland vivevano in una tenuta a un paio di miglia dalla nostra e ce n'erano anche altri, poco lontano: i Lightwood, i Penhallow. Era come essere al centro del mondo, con tutto quel movimento che ci girava intorno, tutta quella passione. E in tutto questo, io ero sempre al fianco di Valentine. Non mi faceva mai sentire di troppo o irrilevante. No, ero un anello fondamentale del Circolo. Ci teneva, alla mia opinione, ed ero una dei pochi. Mi diceva sempre che, senza di me, non avrebbe potuto fare niente di tutto quello che stava facendo. Senza di me, lui non sarebbe stato niente.

— Davvero? — Clary non riusciva a immaginare un Valentine che diceva cose simili, cose che lo facessero sembrare… vulnerabile.

— Certo, ma non era vero. Valentine non sarebbe mai stato un *niente*. Era nato per essere un leader, per essere il centro di una rivoluzione. Continuavano ad arrivare nuovi adepti: attratti dalla sua passione, dalla genialità delle sue idee. Di rado parlava dei Nascosti, in quei primi giorni. Tutto girava intorno all'idea di riformare il Conclave, di cambiare leggi che erano antiche, rigide e sbagliate. Valentine diceva che dovevano esserci più Cacciatori per combattere contro i demoni, e più Istituti; diceva che ci dovevamo preoccupare meno di nasconderci e più di proteggere il mondo dalle stirpi demoniache. Che dovevamo camminare nel mondo con orgoglio. Era seducente, la sua visione: un mondo pieno di Shadowhunters in cui i demoni scappavano spaventati, in cui i mondani, invece di non credere neppure alla nostra esistenza, ci ringraziavano per ciò che facevamo per loro. Eravamo giovani: pensavamo che i ringraziamenti fossero importanti. Non sapevamo. — Jocelyn fece un respiro profondo, come se fosse sul punto di tuffarsi sott'acqua. — Poi scoprii di essere incinta.

Clary sentì un pizzicore freddo sulla nuca e all'improvviso – non avrebbe saputo dire il perché – non era più sicura di volere tutta la verità da sua madre, non era più sicura di voler sentire, di nuovo, come Valentine aveva trasformato Jace in un mostro. — Mamma…

Jocelyn scosse la testa, senza vedere nulla. — Mi hai chiesto perché non ti ho mai detto che avevi un fratello. Ora te lo spiegherò. — Prese fiato, a fatica. — Ero così felice, quando lo scoprii. E Valentine… aveva sempre voluto essere padre. Addestrare suo figlio a essere un guerriero, come suo padre aveva addestrato lui. «O nostra figlia» aggiungevo io. E lui sorrideva e diceva che una figlia poteva essere un bravo guerriero tanto quanto un maschio, e che lui sarebbe stato felice in ogni caso. Mi pareva che fosse tutto perfetto.

«Poi Luke venne morso da un lupo mannaro. Dicono che ci sia una possibilità su due che il morso trasmetta la licantropia. Secondo me, siamo più nell'ordine di tre possibilità su quattro. Raramente ho visto qualcuno scampare il contagio, e Luke non fece eccezione. Alla prima luna piena, si trasformò. E la mattina dopo era sulla porta di casa nostra, coperto di sangue, i vestiti ridotti a brandelli. Io avrei voluto consolarlo, ma Valentine mi spinse via. «Jocelyn!» esclamò. «Il bambino!» Come se Luke potesse aggredirmi e strapparmi via il bambino dalla pancia. Era *Luke*! Ma Valentine mi spinse via e trascinò Luke nel bosco. Quando tornò indietro, dopo parecchio tempo, era solo. Gli corsi incontro, ma mi disse che Luke si era ucciso per la disperazione di essere diventato un licantropo. Che era… morto.

Il dolore nella voce di Jocelyn era una ferita aperta. Ancora adesso, pensò

Clary, pur sapendo che Luke non era morto. Ma anche Clary ricordava intensamente la propria disperazione quando, sui gradini dell'Istituto, aveva stretto tra le braccia Simon morente. Ci sono dei sentimenti che non si possono scordare.

— Invece Valentine aveva dato un coltello a Luke — intervenne Clary con un filo di voce. — Gli aveva detto di uccidersi. E poi aveva convinto il marito di Amatis a divorziare da lei, solo perché il fratello di Amatis era diventato un lupo mannaro.

— Questo non lo sapevo — mormorò Jocelyn. — Dopo la presunta morte di Luke, per me fu come cadere in un pozzo nero. Passai mesi interi chiusa in camera mia, a dormire tutto il giorno, a mangiare solo per il bambino. I mondani la chiamerebbero depressione, ma gli Shadowhunters non hanno parole di questo tipo. Valentine era convinto che fosse una gravidanza difficile. Diceva a tutti che ero malata. E, in effetti, lo ero. Avevo perso il sonno. Continuavo a pensare di sentire strani rumori, grida nella notte. Valentine mi faceva bere dei decotti per dormire, ma mi davano gli incubi. Sogni terribili, in cui Valentine mi schiacciava a terra e mi piantava un coltello nel cuore, o in cui bevevo veleno e soffocavo. La mattina dopo ero esausta e dormivo tutto il giorno. Non avevo idea di che cosa stesse succedendo fuori, non sapevo che mio marito aveva costretto Stephen a divorziare da Amatis e a sposare Céline. Ero come stordita. E poi... — Jocelyn si strinse le mani in grembo. Tremavano. — E poi nacque il bambino.

Ci fu un silenzio così lungo che Clary si chiese se sua madre avrebbe ripreso il racconto. I suoi occhi fissavano le torri antidemoni senza vederle, le sue dita picchiettavano nervosamente contro un ginocchio, come a disegnare un tatuaggio.

Alla fine, riprese: — Mia madre era con me, quando nacque il bambino. Tu non l'hai mai conosciuta, tua nonna. Era una donna molto dolce. Ti sarebbe piaciuta, credo. Mi mise in braccio mio figlio, e la prima sensazione che provai era che stava perfettamente nel mio abbraccio, che la coperta che lo avvolgeva era morbida, che era piccolo e delicato, con un ciuffetto di capelli chiari in cima alla testa. Ma dopo... il bambino aprì gli occhi.

La voce di Jocelyn era piatta, quasi senza tono, e tuttavia Clary si scoprì a tremare, a temere quello che sua madre stava per dire. *Non dire più niente*, avrebbe voluto urlarle. *Non dirmelo.* Ma Jocelyn proseguì, e le parole le sgorgavano dalle labbra come gelido veleno.

— Fui pervasa dall'orrore. Era come se mi avessero immersa nell'acido. La pelle sembrava bruciare e staccarsi dalle ossa. Fui brava a non mollare per terra il bambino e a non mettermi a urlare. Dicono che una madre riconosca il proprio figlio per istinto. Immagino che sia vero anche il contrario. Ogni nervo del mio corpo gridava che quello *non era* il mio bambino, che era un essere orribile e innaturale, disumano come un parassita. Come faceva, mia madre, a non accorgersene? Ma lei mi sorrideva, come se fosse tutto a posto.

«"Si chiama Jonathan" disse una voce dalla porta. Alzai gli occhi e vidi Valentine che contemplava compiaciuto la scena. Il bambino aprì di nuovo gli occhi, come riconoscendo il suono del suo nome. Erano neri, neri come la notte, buchi cupi e senza fondo scavati nel cranio. Non c'era niente di umano, in quegli occhi.

Ci fu un lungo silenzio. Clary era impietrita, fissava sua madre a bocca aperta, piena di orrore. *È di Jace che sta parlando*, pensava. *Di Jace appena nato. Come è possibile avere simili sentimenti per un bambino appena nato?*

— Mamma — sussurrò. — Forse... forse eri in stato di shock, o qualcosa del genere. O forse eri malata...

— È quello che mi disse anche Valentine — rispose Jocelyn senza mostrare emozioni. — Che ero malata. Valentine adorava Jonathan. Non riusciva a capire che cosa non andasse in me. E io sapevo che aveva ragione. Ero un mostro, una madre che non poteva sopportare la vista del proprio figlio. Pensai addirittura di uccidermi. E forse l'avrei fatto... Ma poi ricevetti un messaggio, un messaggio col fuoco, da Ragnor Fell. Era uno stregone che era sempre stato vicino alla mia famiglia: era lui che chiamavamo, quando ci serviva un incantesimo di Guarigione, o cose del genere. Ragnor Fell aveva scoperto che Luke era diventato il capo di un branco di lupi mannari nella Foresta di Brocelind, vicino al confine orientale. Bruciai il biglietto non appena l'ebbi letto. Sapevo che Valentine non avrebbe mai dovuto saperlo. Ma solo quando andai dove il branco si era insediato e *vidi* Luke seppi per certo che Valentine mi aveva mentito, a proposito del suo suicidio. Allora cominciai a odiarlo veramente.

— Ma Luke mi ha detto che, ancora prima della sua Trasformazione, tu sapevi che in Valentine c'era qualcosa che non andava, sapevi che stava facendo cose terribili.

Per un momento Jocelyn non rispose. — Sai, Luke non avrebbe mai dovuto essere morso. Non doveva accadere. Era un normale giro di pattuglia nei boschi. E lui era là fuori con Valentine. Non sarebbe mai dovuto accadere.

— Mamma...

— Luke mi ha ricordato che io, prima della sua Trasformazione, gli confidai che avevo paura di Valentine; gli dissi che sentivo delle grida dietro i muri della tenuta, che sospettavo, che temevo qualcosa. E Luke, il fiducioso Luke, il giorno dopo chiese spiegazioni a Valentine. Quella notte stessa Valentine lo portò a caccia e Luke venne morso. Credo che Valentine mi abbia fatto dimenticare ciò che avevo visto, ciò che mi aveva tanto spaventato, qualsiasi cosa fosse. Mi fece credere che fossero solo brutti sogni. E credo che, quella notte, abbia fatto in modo che Luke venisse morso. Credo che volesse toglierselo di torno, in modo che nessuno potesse ricordarmi quanto avevo paura di mio marito. Ma io tutto questo non lo capii, non subito almeno. Io e Luke ci vedemmo brevemente quella prima volta. Avrei tanto voluto dirgli di Jonathan, ma non potevo, non potevo. Jonathan era mio figlio. Eppure, vedere Luke, semplicemente vederlo, mi rese più forte. Tornai a casa dicendomi che avrei fatto un altro tentativo con Jonathan, che avrei imparato ad amarlo. Che mi sarei fatta amare da lui.

«Quella notte fui svegliata dal pianto di un neonato. Mi sedetti di scatto sul letto, da sola nella mia stanza. Valentine era fuori, a una riunione del Circolo, e io non avevo nessuno con cui condividere il mio stupore. Vedi, Jonathan non piangeva mai. Non faceva mai alcun rumore. Il suo silenzio era una delle cose che più m'inquietavano di lui. Mi precipitai in camera sua, ma lui dormiva tranquillo, in silenzio. Eppure, io *lo sentivo* quel pianto di bambino, ne ero sicura. Corsi giù dalle scale, seguendo il suono. Sembrava provenire dalla cantina vuota, ma la porta era chiusa a chiave. Quella cantina non veniva mai usata. Io però c'ero cresciuta, in quella casa, e sapevo dove mio padre nascondeva la chiave.

Jocelyn non guardava Clary, mentre raccontava: sembrava persa nella storia, nei ricordi.

— Non ti ho mai raccontato la storia della moglie di Barbablù quando eri piccola, vero? Barbablù aveva detto a sua moglie di non guardare mai nella stanza chiusa a chiave, ma lei ci volle guardare, e trovò i resti di tutte le mogli che lui aveva ucciso prima di lei, esposte come farfalle in una teca di vetro. Io non avevo idea, quando aprii la porta, di cosa ci avrei trovato dentro. Se dovessi rifarlo, riuscirei a convincermi ad aprire la porta? A usare la stregaluce per scendere nel buio? Non lo so, Clary, proprio non lo so.

«L'odore… oh, l'odore che c'era laggiù: come di sangue e morte e putrefazione. Valentine aveva scavato una stanza sotterranea, dove prima c'era la cantina. Non era un bambino che avevo sentito piangere. C'erano delle celle, laggiù, con dentro delle *cose* imprigionate. Demoni, legati con catene di elettro, che si contorcevano e si accasciavano e gorgogliavano nelle celle. Ma c'era di più, molto di più… Corpi di Nascosti, in differenti stadi di agonia o di morte. C'erano lupi mannari col corpo mezzo dissolto dalla polvere d'argento. Vampiri tenuti a testa in giù nell'acqua benedetta, finché la pelle non gli si staccava dalle ossa. Esseri fatati, dalla pelle martoriata con aghi di ferro.

«Ancora adesso non penso a lui come a un torturatore. Non nel vero senso della parola. Era come se perseguisse un qualche obiettivo scientifico. C'erano dei quaderni di appunti accanto a ogni cella, che registravano meticolosamente i suoi esperimenti, e quanto tempo c'era voluto perché una certa creatura morisse. C'era un vampiro al quale aveva bruciato più volte la pelle, per vedere se c'era un punto oltre il quale la povera creatura non sarebbe più riuscita a rigenerarsi. Era difficile leggere senza sentire l'urgenza di vomitare, o di svenire. In qualche modo, non mi successe né l'una né l'altra cosa.

«C'era una pagina dedicata agli esperimenti che aveva condotto su se stesso. Aveva letto da qualche parte che il sangue di demone poteva agire da amplificatore dei poteri con cui tutti gli Shadowhunters nascono. Aveva provato a iniettarsi del sangue di demone, ma senza risultato. Non era successo niente: aveva solo avuto una forte nausea. Alla fine era arrivato alla conclusione di essere troppo vecchio perché il sangue potesse avere effetto su di lui; aveva capito che, per essere efficace, il sangue doveva essere somministrato a un bambino, preferibilmente prima ancora della nascita.

«Sulla pagina accanto a quella in cui descriveva questa sua deduzione aveva scritto una serie di appunti sotto un titolo che riconobbi: il mio nome. *Jocelyn Morgenstern*. Giravo le pagine con le dita tremanti e le parole mi si incidevano a fuoco nella mente. *Stasera Jocelyn ha di nuovo bevuto l'intruglio. Non ci sono cambiamenti visibili in lei, ma è il bambino che m'interessa... Con infusioni regolari di sangue di demone, come quelle che le sto somministrando, il bambino potrebbe nascere in grado di fare qualsiasi cosa... Ieri sera ho sentito il cuore del bambino, più forte di un qualsiasi cuore umano, un suono possente, come quello di una campana che batte l'inizio di una nuova generazione di Shadowhunters: il sangue di angeli e di demoni mescolato insieme, a produrre poteri oltre ogni immaginazione... Il potere dei Nascosti non sarà più il più grande della Terra...*

«C'era altro, molto altro. Giravo le pagine freneticamente, con le mani che tremavano e la mente che correva al passato, rivedeva i decotti che Valentine mi dava da bere tutte le sere, gli incubi in cui venivo soffocata, accoltellata, avvelenata. Ma Valentine non aveva avvelenato me: aveva avvelenato Jonathan. Jonathan. L'aveva trasformato in una sorta di mezzo demone. E fu allora, Clary... fu allora che capii che cos'era veramente Valentine.»

Clary lasciò uscire il respiro che aveva trattenuto senza rendersene conto. Era orribile, troppo orribile, eppure tutto corrispondeva perfettamente alla visione che Ithuriel le aveva mandato. Non sapeva per chi provare più pietà, se per sua madre o per Jonathan. Jonathan... Ora non riusciva a pensare a lui come a Jace, non con sua madre lì, non con la sua storia così fresca nella mente. Condannato a non essere più umano, da un padre che aveva più a cuore la morte dei Nascosti che la felicità della sua famiglia.

— Però... non fu allora che te ne andasti, vero? — chiese Clary con un filo di voce. — Sei rimasta...

— Per due ragioni — spiegò Jocelyn. — Una era la Rivolta. Quello che scoprii nella cantina quella notte fu come uno schiaffo in pieno viso. Mi risvegliò dalla mia pena e mi fece finalmente aprire gli occhi su quello che stava succedendo intorno a me. Quando finalmente capii che cosa stava progettando mio marito, cioè un massacro generale di tutti i Nascosti, capii anche che dovevo impedirglielo. Cominciai a incontrare Luke in segreto. Non potevo dirgli che cosa aveva fatto Valentine a me e a nostro figlio. Sapevo che questo l'avrebbe fatto infuriare, che non sarebbe riuscito a frenarsi e avrebbe dato la caccia a Valentine per ucciderlo; si sarebbe fatto ammazzare. E non potevo rivelare a nessun altro ciò che era stato fatto a Jonathan. Nonostante tutto, era pur sempre il mio bambino. Però raccontai a Luke degli orrori nella cantina, della mia convinzione che Valentine stesse perdendo il lume della ragione, che stesse diventando sempre più folle. Insieme, organizzammo un'azione per contrastare la Rivolta. Sentivo che dovevo farlo, Clary. Era una sorta di espiazione, l'unico modo per espiare il peccato di essere entrata nel Circolo, di aver dato fiducia a Valentine. Di averlo amato.

— E lui non ne sapeva niente? Voglio dire, non si accorse di quello che stavi facendo?

Jocelyn scosse la testa. — Quando una persona ti ama, si fida di te. E poi, a casa cercavo di fingere che fosse tutto normale. Mi comportavo come se la mia iniziale repulsione alla vista di Jonathan fosse sparita. Lo portavo a casa di Maryse Lightwood, lo facevo giocare con suo figlio Alec. Qualche volta veniva anche Céline Herondale. Era incinta, a quel tempo. «Tuo marito è così gentile» mi diceva. «Si preoccupa tanto per me e per Stephen. Mi dà delle pozioni e dei decotti per la salute del bambino: sono straordinari.»

— Oh — esclamò Clary. — Oh, mio Dio!

— È quello che pensai anch'io — disse cupamente Jocelyn. — Avrei voluto dirle di non fidarsi di Valentine e di non prendere niente di quello che le dava, ma non potevo. Suo marito era il più intimo amico di Valentine e lei mi avrebbe tradito dicendoglielo immediatamente. Tenni la bocca chiusa. E poi...

— Si uccise — disse Clary, ricordando la sua storia. — Ma... fu per quello che le aveva fatto Valentine?

Jocelyn scosse la testa.

— Onestamente, credo di no. Stephen venne ucciso in un raid e lei, quando seppe la notizia, si tagliò le vene. Era incinta di otto mesi. Morì dissanguata... — Jocelyn riprese dopo una pausa. — Fu Hodge a trovare il corpo. Valentine sembrò davvero stravolto dalla loro morte. Sparì per un giorno intero e tornò a casa barcollando, con gli occhi arrossati. Eppure, per certi versi, fui quasi contenta di questa sua distrazione. Almeno significava che non prestava attenzione a quello che *io* stavo facendo. Di giorno in giorno avevo più paura che Valentine scoprisse la cospirazione e cercasse di strapparmi la verità con la tortura. Chi c'era nella nostra alleanza segreta? Quanto e come ero riuscita a mandare all'aria il suo piano? Mi chiedevo come e se avrei saputo resistere alla tortura. Temevo di non farcela. Alla fine mi decisi a prendere dei provvedimenti per assicurarmi che non succedesse. Andai da Ragnor Fell con tutte le mie paure, e lui mi preparò una pozione...

— La pozione del *Libro Bianco* — intervenne Clary, capendo. — Ecco perché la volevi. E l'antidoto... Ma come ha fatto il libro a finire nella biblioteca dei Wayland?

— Ce lo nascosi io, una sera durante una festa — raccontò Jocelyn con l'ombra di un sorriso. — Non volevo dire niente a Luke, perché sapevo che si sarebbe opposto all'idea della pozione, e tutti quelli che conoscevo erano nel Circolo. Mandai un messaggio a Ragnor, ma stava partendo da Idris e non poteva dirmi quando sarebbe tornato. Mi disse che avrei sempre potuto raggiungerlo con un messaggio. Ma chi l'avrebbe inviato? Alla fine, pensai che c'era un'unica persona alla quale avrei potuto dirlo, una persona che odiava Valentine e che non mi avrebbe mai tradito. Mandai una lettera a Madeleine, spiegandole che cosa avevo progettato e che l'unico modo per farmi riprendere conoscenza era trovare Ragnor Fell. Non ebbi mai una risposta da lei, ma sperai che avesse letto la lettera e avesse capito. Era tutto quello a cui mi potevo aggrappare.

— Due ragioni — le ricordò Clary. — Hai detto che erano due le ragioni che ti avevano fatto restare. Una era la Rivolta. E l'altra?

Gli occhi verdi di Jocelyn erano stanchi, ma grandi e luminosi. — Clary — disse. — Non indovini? La seconda ragione era che aspettavo un altro bambino. Te.

— Oh — disse Clary con un filo di voce. Ricordò le parole di Luke: «Portava dentro di sé un altro bambino e lo sapeva da settimane». — Ma proprio per questo, non ti venne voglia di scappare?

— Sì — disse Jocelyn. — Ma sapevo che non potevo. Se fossi scappata, Valentine avrebbe rovesciato il cielo e la terra pur di riportarmi indietro. Mi avrebbe seguito fino in capo al mondo, perché io gli appartenevo e non mi avrebbe mai lasciata andare. Se fossi stata da sola sarei scappata, avrei corso il rischio, ma non potevo permettere che prendesse anche te. — Si scostò i capelli dal viso stanco. — C'era solo un modo per essere sicura che non lo facesse mai. Ed era che morisse.

Clary guardò sua madre con sorpresa. Jocelyn era ancora stanca, ma il suo volto brillava di luce feroce.

— Pensavo che sarebbe morto durante la Rivolta — proseguì. — Io non avrei mai potuto ucciderlo con le mie mani. Non ci sarei mai riuscita. Ma non pensavo che potesse sopravvivere alla battaglia. E più tardi, quando la casa bruciò, volli credere che fosse morto. Mi ripetei mille volte che lui e Jonathan erano bruciati nell'incendio, ma sapevo che… — La sua voce si spense. — Fu per questo che feci ciò che feci. Pensai che l'unico modo per proteggerti fosse di portarti via i ricordi e trasformarti il più possibile in una mondana. Di nasconderti nella società dei mondani. Sono stata una stupida, solo ora me ne rendo conto. Ho sbagliato. E mi dispiace, Clary. Spero tanto che tu mi possa perdonare… se non ora, almeno in futuro.

— Mamma. — Clary si schiarì la voce. Erano almeno dieci minuti che le veniva da piangere. — Va tutto bene. È solo che… c'è una cosa che non capisco. — Strinse le dita intorno al tessuto del cappotto. — Sapevo già, almeno in parte, ciò che Valentine aveva fatto a Jace… cioè, a Jonathan. Ma da come descrivi Jonathan, è come se fosse un mostro. E, mamma, Jace non è così. Non è minimamente così. Se lo conoscessi… se solo potessi incontrarlo…

— Clary. — Jocelyn le strinse una mano tra le sue. — C'è dell'altro che ti devo raccontare. Non c'è più niente che ti abbia tenuto nascosto, o su cui ti abbia mentito. Ma ci sono cose che non sapevo neanch'io e che ho scoperto da poco. E potrebbero essere difficili da sentire.

Peggio di quello che mi hai già detto? pensò Clary. Si mordicchiò un labbro e annuì. — Dimmi tutto. Preferisco sapere.

— Quando madame Dorothea mi disse che Valentine era stato visto in città, capii che era lì per me, per la Coppa. Volevo fuggire, ma non riuscivo a trovare un modo di spiegarti il perché. Non ti biasimo per essere scappata via in quel modo, quella sera, Clary. Ero contenta che tu non fossi in casa, quando tuo padre… quando Valentine e i suoi demoni fecero irruzione nel nostro appartamento. Ebbi appena il tempo di bere la pozione, mentre loro spaccavano la porta dell'ingresso. — La voce era tesa, si fermò. — Speravo che Valentine mi credesse morta e mi lasciasse lì, ma non fu così. Mi portò con sé a Renwick. Provò a risvegliarmi in tutti i modi, ma nessuno dei suoi metodi funzionò. Ero in una sorta di stato sognante: ero consapevole della sua presenza, ma non potevo muovermi né reagire. Dubito che lui pensasse che potevo sentirlo o capirlo. E tuttavia, mentre dormivo, lui si sedeva accanto al letto e mi parlava.

— Ti parlava? E di che?

— Del nostro passato. Del nostro matrimonio. Di quanto mi avesse amato e di come io l'avessi tradito. Del fatto che da allora non aveva più amato nessuno. Credo che fosse sincero, a modo suo. Ero io la sola persona con cui Valentine parlava dei dubbi che aveva, dei sensi di colpa che provava. E dopo la mia fuga, non c'era stato nessun altro. Era come se non riuscisse a fermarsi, come se avesse bisogno di parlare con me, pur sapendo che non avrebbe dovuto. Forse aveva semplicemente bisogno di parlare con qualcuno. Parlare non di quello che aveva fatto a quei poveretti, trasformandoli in Dimenticati, o di quello che aveva in mente di fare al Conclave. No. Lui voleva parlare di Jonathan.

— Di Jonathan?

Jocelyn strinse le labbra. — Voleva dirmi che gli dispiaceva per quello che aveva fatto a Jonathan prima che nascesse, perché sapeva che questo mi aveva quasi distrutto. Sapeva che, a causa di Jonathan, avevo rischiato il suicidio. Non sapeva, però, che ero disperata anche per quello che avevo scoperto su di *lui*. In qualche modo, si era procurato del sangue d'angelo. È una sostanza quasi leggendaria, per gli Shadowhunters. Si dice che chi lo beve ne ricavi una forza incredibile. Valentine l'aveva provato su di sé e aveva scoperto che non solo aumentava la sua forza, ma gli dava anche un senso di euforia e di gioia ogni volta che se lo iniettava. Così prese del sangue d'angelo, lo seccò, lo ridusse in polvere e lo mescolò al mio cibo, sperando che mi guarisse dalla mia disperazione.

Lo so io, dove ha preso il sangue d'angelo, si disse Clary, ripensando a Ithuriel con profonda tristezza. — E credi che abbia funzionato?

— Mi chiedo se sia per quello che, improvvisamente, trovai la forza e la concentrazione per andare avanti, per aiutare Luke a mandare a monte la Rivolta. Sarebbe una bella ironia della sorte se fosse così, pensando al motivo per cui Valentine l'aveva fatto. Ma ciò che Valentine non sapeva era che, mentre lui faceva questo, io aspettavo già te. Quindi, se su di me può avere avuto un effetto leggero, su di te il sangue d'angelo ebbe un effetto molto più grande. Credo che sia per questo che hai il dono di creare nuove rune.

— E forse — disse Clary — questo spiega anche perché tu sei capace, per esempio, di imprigionare l'immagine della Coppa Mortale nella carta di un mazzo di tarocchi. E perché Valentine ha potuto togliere la maledizione di Hodge…

— Valentine ha fatto esperimenti su di sé per anni, in mille modi diversi — disse Jocelyn. — È quanto di più vicino a uno stregone possa essere uno Shadowhunter. Ma niente di quello che fa a se stesso potrà avere gli effetti profondi che ha avuto su di te o su Jonathan, perché voi eravate piccolissimi. Credo che nessun altro abbia mai fatto ciò che ha fatto lui, non certo a un bambino prima della nascita.

— Quindi è vero che io e Jace… Jonathan… siamo degli esperimenti.

— Tu in modo non intenzionale. Ma con Jonathan, Valentine aveva voluto creare una specie di superguerriero, più forte, più veloce, più bravo di tutti gli altri Shadowhunters. A Renwick, Valentine mi disse che Jonathan era davvero tutto questo, ma era anche crudele, amorale e stranamente vuoto. Jonathan era abbastanza fedele a Valentine, ma Valentine si era reso conto che, nel tentativo di creare un bambino superiore agli altri, aveva creato un figlio che non l'avrebbe mai amato veramente.

Clary ripensò a Jace, a come le era apparso a Renwick, al modo in cui aveva stretto tra le mani quel frammento del Portale, così forte da sanguinare. — No — protestò. — No e ancora no. Jace non è così. Lui vuole bene a Valentine. Non dovrebbe, ma è così. E non è vuoto. È tutto il contrario di quello che mi stai dicendo.

Jocelyn si torceva le mani in grembo. Erano percorse da sottili cicatrici bianche: le stesse che tutti gli Shadowhunters avevano, la traccia di marchi svaniti. Ma Clary non aveva mai visto veramente le cicatrici di sua madre: la magia di Magnus gliele aveva fatte sempre dimenticare. Ce n'era una, all'interno del polso, che aveva la forma di una stella...

Quando sua madre parlò di nuovo, ogni altro pensiero svanì dalla mente di Clary.

— Non è di Jace — disse Jocelyn — che stavo parlando.

— Ma... — Tutto sembrava succedere al rallentatore, come nei sogni. *Forse è un sogno*, pensò Clary. *Forse mia madre non si è mai svegliata e tutto questo è solo un sogno.* — Jace è il figlio di Valentine. Chi altri potrebbe essere?

Jocelyn guardò sua figlia dritto negli occhi. — Come ti ho detto, la notte in cui Céline Herondale morì era all'ottavo mese di gravidanza. Valentine le aveva dato polveri e pozioni: stava sperimentando su di lei ciò che aveva provato su se stesso con il sangue dell'Angelo, sperando che il figlio di Stephen potesse diventare forte e potente come Jonathan, ma senza le qualità peggiori di Jonathan. Non poteva sopportare l'idea che il suo esperimento andasse in fumo. Per questo, con l'aiuto di Hodge, fece nascere il bambino di Céline, che era morta da pochissimo tempo...

Clary la guardò inorridita. — No, non è possibile.

Jocelyn proseguì, come se Clary non avesse parlato: — Valentine prese il bambino e ordinò a Hodge di portarlo nella casa della sua infanzia, in una valle non lontana dal Lago Lyn. Per questo quella notte Valentine non rientrò. Hodge si prese cura del bambino fino alla Rivolta. Poi Valentine, che si fingeva Michael Wayland, lo trasferì alla tenuta dei Wayland e lo allevò come figlio di Michael Wayland.

— Quindi Jace... — sussurrò Clary. — Jace *non è* mio fratello?

Sentì sua madre stringerle la mano, una stretta piena di solidarietà. — No, Clary. Non è tuo fratello.

A Clary si annebbiò la vista. Sentiva il cuore battere in colpi singoli, separati l'uno dall'altro. *Mia madre è dispiaciuta per me*, pensò. *Lei crede che questa sia una brutta notizia.* Le tremavano le mani. — Allora di chi erano le ossa che furono rinvenute sul luogo dell'incendio? Luke dice che c'erano le ossa di un bambino...

Jocelyn scosse la testa. — Quelle erano le ossa di Michael Wayland e di suo figlio. Valentine li uccise entrambi e bruciò i loro corpi. Voleva far credere al Conclave di essere morto, insieme al figlio.

— Allora Jonathan...

— È vivo — disse Jocelyn con un dolore improvviso sul volto. — Me lo disse Valentine, a Renwick. Valentine aveva allevato Jace nella tenuta dei Wayland e Jonathan nella casa vicino al lago. In qualche modo riuscì a dividere il proprio tempo tra i due, spostandosi da una casa all'altra, qualche volta lasciandone uno, o entrambi, da soli per molto tempo. Sembra che Jace non abbia mai saputo dell'esistenza di Jonathan, ma forse Jonathan potrebbe sapere di Jace. Non si sono mai incontrati, pur vivendo a poche miglia di distanza.

— E quindi Jace non ha sangue di demone dentro di sé? Non è... maledetto?

— Maledetto? — Jocelyn si sorprese. — No, non c'è traccia di sangue di demone in lui. Clary, Valentine ha fatto esperimenti su Jace bambino con lo stesso sangue che ha usato per me e per te. Sangue di *angelo*. Jace non è maledetto. Anzi, al contrario. Tutti gli Shadowhunters hanno un po' di sangue dell'Angelo in sé. Voi due ne avete un po' di più, tutto qui.

La mente di Clary girava a tutta velocità. Cercava di immaginare Valentine che allevava contemporaneamente due bambini, uno in parte demone, l'altro in parte angelo. Uno figlio dell'ombra, l'altro figlio della luce. Amandoli entrambi, forse, ammesso che Valentine fosse capace di amare. Jace non aveva mai saputo di Jonathan, ma lui che cosa sapeva di Jace, della sua parte complementare, del suo opposto? Ne aveva detestato anche solo il pensiero? Aveva desiderato conoscerlo? Era stato indifferente? Entrambi erano stati così soli. E uno dei due era suo fratello, il suo vero fratello, di sangue. — Credi che sia ancora uguale? Jonathan, voglio dire. Tu credi che possa essere diventato... migliore?

— Credo di no — disse Jocelyn dolcemente.

— Ma come fai a esserne così sicura? — Clary si girò di scatto verso sua madre con una rabbia improvvisa. — Voglio dire: forse è cambiato. Sono passati anni. Forse...

— Valentine mi disse di aver passato anni a insegnare a Jonathan a presentarsi bene, persino a essere affascinante. Voleva farlo diventare una spia. E non puoi essere una spia se spaventi tutti quelli che incontri. Jonathan aveva imparato anche a creare delle blande illusioni per convincere gli altri di essere una persona gradevole e affidabile. — Jocelyn sospirò. — Ti sto dicendo questo perché sei stata ingannata anche tu, ma non è colpa tua. Clary, tu hai conosciuto Jonathan. Solo che non ti ha rivelato il suo vero nome, perché stava fingendo di essere qualcun altro. Sebastian Verlac.

Clary fissò sua madre. *Ma è il cugino dei Penhallow*, insisteva a dire una parte della sua mente. Invece Sebastian, naturalmente, non era mai stato chi sosteneva di essere: tutto quello che aveva detto era una bugia. Pensò a come si era sentita la prima volta che l'aveva visto: era come se avesse riconosciuto qualcuno che conosceva da tutta la vita, qualcuno di intimamente familiare quanto se stessa. Non si era mai sentita così, con Jace. — Sebastian è mio fratello?

Il bel viso di Jocelyn era teso, la mani intrecciate. Le punte delle dita erano bianche, come per una pressione eccessiva. — Ho parlato a lungo con Luke oggi, di tutto quello che è successo ad Alicante da quando sei qui. Mi ha detto delle torri antidemoni, del suo sospetto che fosse stato Sebastian a distruggere le difese, pur non avendo idea di come avesse fatto. È stato allora che ho capito chi era veramente Sebastian.

— Cioè hai capito che aveva mentito sulla sua identità. E che era una spia di Valentine. È così?

— L'una e l'altra cosa, sì — disse Jocelyn. — Ma in realtà l'ho capito solo quando Luke mi ha raccontato che tu gli avevi detto che Sebastian si tingeva i capelli. E potrei sbagliarmi, ma un ragazzo poco più grande di te, coi capelli chiari e gli occhi scuri, apparentemente senza genitori, assolutamente fedele a Valentine... Non poteva essere altri che Jonathan. E c'è dell'altro. Valentine aveva sempre cercato di trovare un modo per abbattere le difese, era sempre stato sicuro che ci fosse un modo per farlo. Facendo esperimenti su Jonathan con il sangue di un demone, diceva che lo scopo era renderlo più forte e migliore come guerriero, ma c'era di più...

Clary la fissava. — Cosa intendi?

— Era il suo sistema per abbattere le difese — rivelò Jocelyn. — Non puoi portare un demone ad Alicante, ma c'è bisogno di sangue di demone per abbattere le difese. E Jonathan ha in sé sangue di demone: è nelle sue vene. Tuttavia, essendo uno Shadowhunter, ha automaticamente accesso alla città ogni volta che vuole, per qualsiasi motivo. Jonathan ha usato il suo sangue per abbattere le difese, ne sono sicura.

Clary ripensò a Sebastian, accanto a lei sull'erba vicino alle rovine della tenuta dei Fairchild, col vento che gli scompigliava i capelli. Ripensò al modo in cui le aveva stretto il polso, affondandole le unghie nella pelle. Al modo in cui aveva detto che era impossibile che Valentine volesse bene a Jace. Clary aveva pensato che lo dicesse perché odiava Valentine. Ma non era così, e lo capiva solo adesso. Sebastian era... geloso.

Ripensò al tenebroso principe dei suoi disegni, quello che somigliava tanto a Sebastian. Aveva pensato che fosse pura coincidenza, uno scherzo dell'immaginazione, ma ora si chiedeva se non fosse il loro legame di sangue che l'aveva spinta a dare il volto di suo fratello all'eroe infelice della sua storia.

Cercò di visualizzare il suo principe, ma l'immagine sembrava sbriciolarsi e dissolversi davanti ai suoi occhi come cenere portata dal vento.

Ora vedeva solo Sebastian, e la luce rossastra della città in fiamme riflessa nei suoi occhi.

— Jace! — esclamò. — Qualcuno deve dirglielo. Deve dirgli la verità. — I suoi pensieri rotolavano gli uni sugli altri alla rinfusa. Se Jace avesse saputo, se avesse saputo di non avere sangue di demone, forse non sarebbe andato a cercare Valentine. Se avesse saputo di non essere il fratello di Clary...

— Ma io pensavo — disse Jocelyn con un misto di comprensione e di stupore — che nessuno sapesse dov'è…

Prima che Clary potesse rispondere, le doppie porte della Sala degli Accordi si spalancarono, riversando la luce tra le colonne del porticato e sui gradini sottostanti. Il rombo sordo delle voci, non più attutito, esplose mentre Luke usciva. Era esausto, ma aleggiava una leggerezza intorno a lui che prima non c'era. Sembrava quasi sollevato.

Jocelyn si alzò in piedi. — Luke. Cosa succede?

Luke fece qualche passo verso di loro, poi si fermò tra le porte e la scalinata. — Jocelyn — disse — scusate se vi interrompo.

— Non c'è problema, Luke. — Pur nello stordimento, Clary pensò: *Ma perché continuano a chiamarsi per nome in questo modo?* C'era una sorta di imbarazzo tra loro, adesso, un imbarazzo che prima non c'era. — Qualcosa non va?

Luke scosse la testa.

— No. Una volta tanto, qualcosa va per il verso giusto. — Sorrise a Clary, e non c'era nessun imbarazzo in quel suo sorriso: si vedeva che era contento di lei, e anche orgoglioso. — Ce l'hai fatta, Clary! — annunciò. — Il Conclave ha accettato di ricevere il Marchio da te. Non ci sarà nessuna resa.

18

Ave atque vale

La valle era più bella nella realtà che nella visione di Jace. Forse era per la luce della luna che inargentava il fiume sul fondo della verde insenatura. Betulle bianche e pioppi ne costellavano i lati, e le loro foglie fremevano nell'aria fresca. Faceva piuttosto freddo sull'altura, dove non c'era riparo dal vento.

Era senza dubbio quella la valle dove Jace aveva visto Sebastian. Finalmente si stava avvicinando. Dopo aver legato Wayfarer a un albero, Jace prese il filo insanguinato dalla tasca e ripeté il rituale della localizzazione, per essere più sicuro.

Chiuse gli occhi, aspettandosi di vedere Sebastian, magari molto vicino, magari ancora nella valle…

Ma vide solo il buio.

Il cuore cominciò a battergli forte.

Riprovò, spostando il filo nella mano sinistra e disegnando goffamente la runa con la meno agile mano destra. Fece un respiro profondo, prima di chiudere gli occhi.

Anche stavolta, niente. Solo un nero tremolante e pieno di ombre. Rimase fermo per un minuto intero, stringendo i denti, col vento che gli penetrava nella giacca e lo faceva rabbrividire. Alla fine aprì gli occhi, imprecando, poi, con un moto di rabbia disperata, aprì anche il pugno. Il vento raccolse il filo e lo portò via, così rapidamente che Jace non sarebbe mai riuscito a recuperarlo, nemmeno se si fosse pentito all'istante del proprio gesto.

La mente galoppava. Era chiaro che la runa di Localizzazione non funzionava più. Forse Sebastian si era accorto di essere seguito e aveva fatto qualcosa per rompere l'incantesimo. Ma cosa si poteva fare, per bloccare una localizzazione? Forse aveva trovato un grande specchio d'acqua. L'acqua disturbava la magia.

Non che questo gli fosse di grande aiuto. Non poteva certo fare il giro di tutti i laghi di Idris, per controllare se tra le onde c'era Sebastian. Eppure, c'era andato così vicino… così vicino. Jace aveva visto quella valle, e Sebastian in quella valle. E la casa era lì, appena visibile, rannicchiata accanto a un gruppo di alberi.

Valeva comunque la pena scendere a dare un'occhiata, per vedere se c'era qualcosa che potesse suggerirgli la posizione di Sebastian, o di Valentine.

Con un senso di rassegnazione, Jace usò lo stilo per marchiarsi con un certo numero di rune di battaglia, ad azione e a scomparsa immediata: una per dargli il silenzio, una per la velocità, una per camminare con passo sicuro. Poi, sentendo sulla pelle il bruciore familiare, si rimise lo stilo in tasca, diede a Wayfarer una rapida pacca sul collo e si avviò verso il fondovalle.

I fianchi dell'infossamento erano ingannevolmente ripidi e resi insidiosi da tratti pietrosi. Jace alternava momenti in cui scendeva cautamente passo dopo passo, ad altri in cui scivolava sul ghiaione, in modo più rapido ma pericoloso. Quando giunse in fondo, aveva le mani insanguinate per le numerose cadute sulle pietre. Se le lavò nell'acqua chiara e rapida del torrente, così fredda da gelargli la pelle.

Quando si raddrizzò e si guardò intorno, si rese conto che stava osservando la valle da un'angolazione diversa rispetto a quella della visione. Vide il boschetto di alberi contorti dalle fronde intrecciate, racchiuso tra i due pendii; e vide la casetta. Le finestre erano scure e dal camino non usciva fumo. Jace sentì al contempo sollievo e delusione. Sarebbe stato più facile perquisire la casa, se non c'era nessuno.

Avvicinandosi si chiese che cosa gli fosse parso strano e inquietante, di quella casa, nella visione. Da vicino sembrava una normale casa di campagna di Idris, fatta di pietra bianca e grigia. Gli scuri erano stati dipinti di un azzurro intenso, ma sembrava che nessuno li ridipingesse più da anni. Erano sbiaditi e scorticati.

Jace si avvicinò a una finestra, salì sul davanzale e sbirciò all'interno dai vetri appannati. Vide una stanza grande e un po' polverosa, con uno strano tavolo da lavoro addossato a una parete. Gli strumenti sul tavolo non sembravano affatto quelli che potrebbero servire a un artigiano. Erano piuttosto quelli di uno stregone: fasci di pergamene macchiate; candele nere; recipienti di rame con tracce di liquido scuro essiccato lungo i bordi; un ricco assortimento di coltelli, alcuni sottili come punteruoli, altri con grandi lame squadrate. C'era un pentacolo, disegnato per terra con il gesso. Aveva profili incerti e ciascuna punta era decorata da una runa diversa. A Jace si strinse lo stomaco: le rune erano simili a quelle incise ai piedi di Ithuriel. Era stato Valentine? Erano quelle *le sue cose*? Quello era il suo nascondiglio, rimasto sempre sconosciuto a Jace?

Scivolò giù dal davanzale, atterrando su una macchia d'erba secca. In quel momento, un'ombra passò sulla faccia della luna. Non c'erano uccelli in quella valle, pensò Jace. Alzò gli occhi appena in tempo per vedere un corvo volare in cerchio nel cielo notturno. S'immobilizzò, poi si nascose rapidamente nell'ombra di un albero e lo spiò attraverso i rami. Quando il corvo si abbassò, Jace seppe che il suo primo istinto era stato giusto. Non era un corvo qualsiasi: era Hugo, il corvo che un tempo era appartenuto a Hodge. A volte Hodge lo usava per portare messaggi fuori dall'Istituto. Da allora, Jace aveva scoperto che in origine Hugo era appartenuto a suo padre.

Il ragazzo si appiattì contro il tronco dell'albero. Il cuore gli batteva forte per l'eccitazione. Se Hugo era lì, poteva solo significare che aveva un messaggio, e questa volta il messaggio non poteva essere per Hodge. Era per Valentine. *Doveva* essere per Valentine. Se solo Jace fosse riuscito a seguirlo...

Appollaiatosi su un davanzale, Hugo sbirciò dentro la finestra. Quando capì che la casa era vuota, si levò in volo con un gracchio irritato e svolazzò verso il torrente.

Jace uscì dall'ombra e si lanciò all'inseguimento.

— Quindi, tecnicamente — ragionò Simon — Jace non è tuo parente, ma tu hai comunque baciato *tuo fratello*.

— Simon! — Clary inorridì. — SMETTILA! — Si girò per vedere se qualcuno li stesse ascoltando, ma fortunatamente nessuno prestava loro attenzione. Era seduta su un'alta seggiola, sul podio nella Sala degli Accordi, e Simon era al suo fianco. Sua madre era vicina al podio e parlava con Amatis.

Intorno a loro, la sala era immersa nel caos, mentre i Nascosti che arrivavano dalla Porta Settentrionale vi si riversavano e si assiepavano lungo le pareti. Clary riconobbe vari elementi del branco di Luke, tra cui Maia, che le fece un gran sorriso. C'erano esseri fatati, pallidi e freddi e belli come ghiaccioli; c'erano stregoni con ali di pipistrello e piedi caprini, persino uno con un palco di corna da cervo, e dalle loro dita sfuggivano scintille azzurre. I Cacciatori si aggiravano nervosamente in mezzo a loro.

Stringendo lo stilo con entrambe le mani, Clary si guardò intorno con aria ansiosa. Dov'era Luke? Sembrava svanito nella folla. Lo individuò dopo un momento, intento a parlare con Malachi che scuoteva vigorosamente il capo. C'era anche Amatis con loro, e lanciava a Malachi occhiate di fuoco.

— Non farmi pentire di averti raccontato queste cose, Simon — disse Clary guardandolo torvo. Aveva fatto del suo meglio per dargli una versione ridotta della storia di Jocelyn, perlopiù sussurrando sottovoce, mentre lui la aiutava a farsi largo tra la folla fino al podio. Era strano, per Clary, essere lassù e guardare la sala come se fosse la regina di tutto ciò che i suoi occhi vedevano. Ma una regina non sarebbe mai stata così in preda al panico. — E poi, non baciava per niente bene.

— O forse ti faceva schifo perché era... come dire... *tuo fratello!* — Simon sembrava più divertito del dovuto.

— E non dirlo dove mia madre può sentirti o ti ammazzo — gli intimò Clary con un'altra occhiataccia. — Già mi sento che sto per svenire o per vomitare. Non peggiorare le cose!

Jocelyn, avvicinandosi a loro giusto in tempo per sentire le ultime parole di Clary (ma, fortunatamente, non l'argomento di discussione tra lei e Simon), le posò una mano rassicurante sulla spalla. — Non essere nervosa, bimba. Prima sei stata fantastica. Hai bisogno di qualcosa? Una coperta, dell'acqua calda...

— Non ho freddo — rispose Clary paziente. — E non devo fare il bagno. Sto bene. Voglio solo che Luke venga qui e mi spieghi che cosa sta succedendo.

Jocelyn agitò una mano per richiamare l'attenzione di Luke, formulando con le labbra delle parole che Clary non riuscì a decifrare. — Mamma — sibilò. — Lascia stare. — Troppo tardi. Luke alzò gli occhi, e con lui diversi altri Cacciatori. Gran parte di loro distolsero lo sguardo con altrettanta rapidità, ma Clary colse l'ammirazione nei loro occhi. Era strano pensare che sua madre fosse una specie di donna leggendaria, lì. Praticamente tutti nella sala conoscevano il suo nome e avevano una propria opinione su di lei, buona o cattiva che fosse. Chissà come faceva sua madre a non farsi condizionare, si chiese Clary. Non sembrava affatto turbata: anzi, semmai perfettamente padrona di sé. Sicura e pericolosa.

Un attimo dopo Luke li raggiunse sul podio, con Amatis al fianco. Era ancora visibilmente stanco, ma era vigile e persino un po' emozionato. — Aspettate ancora un secondo — disse. — Stanno arrivando tutti.

— Malachi — intervenne Jocelyn, senza guardarlo direttamente negli occhi — ti stava dando dei problemi?

Luke fece un gesto come per allontanare il pensiero. — Lui ritiene che dovremmo mandare un messaggio a Valentine per rifiutare le sue condizioni. Io dico che non dovremmo scoprire le nostre carte e lasciare che Valentine si presenti con il suo esercito nella Pianura di Brocelind aspettandosi una resa. Malachi, invece, ritiene che sia poco sportivo. Quando gli ho detto che la guerra non è una partita di cricket, mi ha risposto che se uno solo dei Nascosti sfuggirà al nostro controllo, lui entrerà in azione e porrà fine a tutta questa storia. Non so esattamente cosa pensa che possa succedere... Forse ha paura che i Nascosti non riescano a restare senza combattere nemmeno per cinque minuti.

— È esattamente quello che pensa — commentò Amatis. — Malachi è così. Probabilmente, teme che comincerete a mangiarvi tra di voi.

— Amatis! — la rimproverò Luke. — Qualcuno potrebbe sentirti! — Si girò, e in quel momento due persone salirono i gradini del podio alle sue spalle. Uno era un cavaliere del Popolo Fatato: era alto e snello e aveva i capelli lunghi e scuri che gli ricadevano fitti su entrambi i lati del viso allungato. Indossava un'armatura bianca, a tunica, fatta di minuscoli dischi di solido metallo sovrapposti come le squame di un pesce. Gli occhi erano verdi come le foglie.

L'altra persona era Magnus Bane. Non sorrise a Clary, quando si fermò vicino a Luke. Indossava un lungo cappotto scuro, abbottonato fino alla gola, e i capelli neri erano lisciati all'indietro.

— Sembri così *normale*! — esclamò Clary fissandolo.

Magnus sorrise debolmente. — Ho sentito che avevi una runa da mostrarci — fu tutto quello che disse.

Clary guardò Luke, che annuì. — Oh, certo. Mi serve solo qualcosa su cui scrivere, un pezzo di carta.

— *Te l'avevo chiesto*, se ti serviva qualcosa! — protestò Jocelyn sottovoce, com'era tipico della mamma che Clary ricordava.

— Ho io della carta — intervenne Simon. Pescò un foglio dalla tasca dei jeans e lo passò a Clary. Era il volantino spiegazzato di un concerto della sua band, alla Knitting Factory, in luglio. Clary scosse la testa e lo girò sul retro. Quando la punta dello stilo avuto in prestito toccò la carta, si produssero piccole scintille, e Clary temette per un momento che il volantino potesse bruciare. Ma le scintille si spensero. La ragazza si mise a disegnare, facendo del suo meglio per escludere tutto il resto: il rumoreggiare della gente e la sensazione di tutti gli sguardi fissi su di lei.

La runa era uguale a quella che aveva già disegnato: un motivo di linee ricurve che s'intrecciavano tra loro, protese sulla pagina come in attesa di un completamento. Tolse la polvere dal foglio e lo mostrò, sentendosi assurdamente come a scuola, quando doveva esporre una ricerca alla classe. — Questa è la runa — disse. — Richiede una seconda runa che la completi, per avere effetto. Una... compagna.

— Un Nascosto e un Cacciatore. Le due metà che formano l'alleanza devono essere marchiate — spiegò Luke. Riprodusse la runa sul fondo del foglietto, lo strappò a metà e lo passò ad Amatis. — Comincia a far circolare la runa — le disse. — Spiega ai Nephilim come funziona.

Con un cenno del capo, Amatis scese i gradini e svanì nella folla. Il cavaliere del Popolo Fatato la seguì con lo sguardo, scuotendo la testa. — Ho sempre saputo che solo i Nephilim possono sopportare i Marchi dell'Angelo — disse, con una certa diffidenza. — E che noialtri, se dovessimo riceverne uno, potremmo impazzire, o persino morire.

— Questo non è uno dei Marchi dell'Angelo — gli spiegò Clary. — Non proviene dal *Libro Grigio*. È sicuro, te lo garantisco.

Il cavaliere non sembrava molto convinto.

Con un sospiro, Magnus tirò su la manica e allungò il braccio a Clary. — Dai, forza!

— Non posso — disse la ragazza. — Il Cacciatore che ti farà il marchio sarà il tuo compagno in battaglia. E io non posso combattere.

— Lo spero! — esclamò Magnus. Poi guardò Luke e Jocelyn, che erano vicini, e disse: — Voi due. Forza, mostrate al cavaliere come funziona.

Jocelyn batté le palpebre, sorpresa. — Come?

— Presumo — replicò Magnus — che voi due sarete compagni in battaglia, dato che praticamente è come se foste sposati.

Un acceso rossore salì al volto di Jocelyn, che evitò accuratamente di guardare Luke. — Non ho uno stilo...

— Prendi il mio — si offrì Clary, porgendoglielo. — Forza, fagli vedere.

Jocelyn si girò verso Luke, che sembrava preso completamente alla sprovvista. Luke allungò la mano prima che lei gliela potesse chiedere e Jocelyn gli marchiò il palmo con rapida precisione. Ma dovette tenergli fermo il polso, perché gli tremava la mano. Gli occhi di Luke erano posati su Jocelyn che tracciava la runa. Clary ripensò alla loro conversazione, a quando Luke le aveva parlato dei suoi sentimenti per Jocelyn, e sentì una fitta di tristezza. Chissà se sua madre si rendeva conto che Luke l'amava e chissà che cosa avrebbe detto, se l'avesse saputo.

— Ecco fatto. — Jocelyn allontanò lo stilo. — Finito.

Luke alzò la mano a palmo in su e mostrò al principe del Popolo Fatato il vorticoso marchio nero al centro. — Soddisfatto, Meliorn?

— *Meliorn*? — esclamò Clary. — Io ti conosco, vero? Uscivi con Isabelle Lightwood.

Meliorn era quasi privo di espressione, ma Clary avrebbe giurato che fosse un tantino a disagio. Luke scosse la testa. — Clary, Meliorn è un principe della Corte Seelie. È molto improbabile che...

— *Certo* che usciva con Isabelle! — intervenne Simon. — E lei l'ha pure piantato. O almeno così diceva che avrebbe fatto. Una bella botta, amico.

Meliorn lo guardò battendo le palpebre. — Tu... — disse con disgusto — tu sei stato scelto a rappresentare i Figli della Notte?

Simon scosse la testa. — No, io sono qui per lei — rispose, indicandogli Clary.

— I Figli della Notte — spiegò Luke, dopo una breve esitazione — non partecipano, Meliorn. Ho comunicato questa informazione alla tua sovrana. Hanno scelto di... andare per la loro strada.

I tratti delicati del viso di Meliorn si contrassero. — Se l'avessi saputo prima! — esclamò, accigliato. — I Figli della Notte sono un popolo saggio e accorto, e qualsiasi piano provochi la loro ira, suscita anche il mio sospetto.

— Non ho parlato di ira — iniziò Luke, con un misto di calma deliberata e lieve esasperazione. Solo chi lo conosceva bene avrebbe potuto capire che era irritato, pensò Clary, che notò anche uno spostamento dell'attenzione di Luke: ora stava guardando verso la folla. Seguendo il suo sguardo, Clary vide una figura familiare farsi strada tra la gente: era Isabelle, coi suoi neri capelli ondeggianti, la frusta avvolta intorno al polso come una serie di braccialetti dorati.

Clary prese Simon per il polso. — I Lightwood. Ho appena visto Isabelle.

Lui scrutò nella folla, aggrottando la fronte. — Non avevo capito che li stessi cercando.

— Ti prego, vai tu a parlarle — gli sussurrò Clary. Si guardava intorno con circospezione, ma nessuno li stava osservando. Luke stava facendo cenni a qualcuno nella folla; nel frattempo, Jocelyn disse qualcosa a Meliorn, che pareva piuttosto allarmato. — Io devo restare qui, ma, per favore, devi dire a Isabelle e ad Alec quello che mia madre mi ha rivelato. Su Jace e su chi è veramente. E su Sebastian. Devono sapere. Digli di venire a parlare con me non appena possono. Ti prego, Simon.

— Va bene. — Simon liberò il polso dalla stretta di Clary e le sfiorò la guancia con fare rassicurante. — Torno presto.

Scese i gradini e svanì tra la gente. Quando Clary si voltò, vide che Magnus la stava guardando, la bocca piegata in un sorriso storto. — Non c'è problema — stava dicendo in risposta a una domanda di Luke. — Conosco bene la Pianura di Brocelind. Aprirò il Portale nella piazza. Ma un Portale così grande non durerà a lungo, quindi bisognerà attraversarlo in fretta.

Luke annuì e si girò a dire qualcosa a Jocelyn. Clary si piegò verso Magnus e a bassa voce gli disse: — Comunque, grazie. Per tutto quello che hai fatto per mia madre.

Il sorriso storto di Magnus si allargò. — Credevi che non l'avrei fatto, vero?

— Ho dubitato — ammise Clary. — Soprattutto perché, quando ci siamo incontrati a casa di Ragnor Fell, non mi hai nemmeno detto che Jace aveva portato Simon ad Alicante attraverso il Portale. Pensavi che non fosse una notizia abbastanza interessante per me?

— Che fosse *troppo* interessante per te — rispose Magnus. — Che avresti mollato tutto per correre alla Guardia. E io invece volevo che tu cercassi il *Libro Bianco*.

— Sei senza cuore — disse Clary con rabbia. — Comunque ti sbagli, io non avrei...

— Non avresti fatto ciò che chiunque avrebbe fatto? Ciò che io stesso avrei fatto, per una persona a cui tenevo? Non ti sto criticando, Clary. E se non te l'ho detto, non è stato perché pensavo che fossi troppo debole. Non te l'ho detto perché sei umana, e io conosco i modi d'agire degli uomini. Sono nato tanto tempo fa.

— Come se tu non facessi mai niente di stupido perché provi dei sentimenti — commentò Clary. — A proposito, dov'è Alec? Perché non sei ancora andato a sceglierlo come compagno?

Magnus sembrò ritrarsi. — Non mi permetterei mai di avvicinarlo davanti ai suoi genitori, lo sai.

Clary appoggiò il mento sulla mano. — Fare la cosa giusta perché si vuol bene a qualcuno a volte è una bella grana.

— Hai proprio ragione — disse Magnus.

Il corvo volava in cerchi lenti e pigri, sopra le cime degli alberi, puntando verso la parete occidentale della valle. La luna era alta e Jace riusciva a seguirlo senza bisogno della stregaluce, mantenendosi al riparo degli alberi.

La valle saliva ripida, a formare una parete di roccia grigia. Il corvo sembrava seguire la curva del torrente, che piegava verso ovest e scompariva in una stretta fenditura. Jace rischiò più volte di storcersi una caviglia sulla roccia umida. Avrebbe tanto voluto imprecare ad alta voce, ma Hugo l'avrebbe sicuramente sentito. Continuò a camminare scomodamente piegato in due, cercando di non rompersi una gamba.

Aveva la camicia zuppa di sudore, quando raggiunse il margine della valle.

Per un momento pensò di aver perso di vista Hugo, ed ebbe un tuffo al cuore.

Poi, invece, vide la sagoma nera del corvo scendere di quota e sparire nella buia fenditura che si apriva nella roccia. Jace si mise a correre.

Fu un sollievo poter correre invece di camminare tutto ingobbito. Quando fu più vicino, vide che all'interno della fenditura si apriva una cavità più grande e più buia: una grotta.

Tirò fuori in fretta la pietra di stregaluce e s'infilò nella fenditura seguendo il corvo.

Solo un lieve chiarore filtrava dalla bocca della grotta e, dopo pochi passi, anche quello venne inghiottito da un'opprimente oscurità. Jace sollevò la stregaluce e fece filtrare il chiarore tra le dita.

In un primo momento credette di essere di nuovo all'aperto e di vedere le stelle sopra di sé, in tutta la loro gloria sfavillante. Da nessun'altra parte al mondo le stelle brillavano come a Idris. Ma quelle non erano stelle: la stregaluce aveva illuminato decine di luccicanti depositi di mica nella roccia intorno a lui.

Jace capì di trovarsi in uno spazio scavato nella parete di roccia: l'imbocco della grotta era alle sue spalle e davanti a sé aveva due tunnel bui. Ripensò alle storie che gli raccontava suo padre, di eroi che si smarrivano nei labirinti e che usavano una fune o un filo per ritrovare la strada. Lui, però, non aveva né fune né filo. Si avvicinò ai tunnel e rimase in silenzio a lungo, in ascolto. Sentì un gocciolio d'acqua, lieve e molto lontano: l'acqua del torrente, un fruscio come di ali e... delle voci.

Fece un balzo indietro. Le voci venivano dal tunnel di sinistra, ne era sicuro. Passò il pollice sulla stregaluce per attenuarne l'intensità fino a ottenere un lieve bagliore, appena sufficiente per illuminare i suoi passi. Poi, si tuffò nel buio.

— Dici sul serio, Simon? È proprio vero? È fantastico! È meraviglioso! — Isabelle prese la mano di suo fratello. — Alec, hai sentito che cosa ha detto Simon? Jace *non è* figlio di Valentine. Non lo è mai stato!

— E allora di chi è figlio? — chiese Alec. Ma Simon aveva l'impressione che stesse ascoltando solo in parte. Sembrava cercare qualcuno con lo sguardo.

I suoi genitori erano poco distanti e li guardavano con aria accigliata.

Simon aveva temuto di dover spiegare tutta la storia anche a loro, invece gli avevano gentilmente concesso qualche minuto da solo con Isabelle e Alec.

— Chi se ne importa! — Isabelle gettò le braccia in alto, tutta contenta. Poi si rannuvolò. — In realtà, è una bella domanda. Chi era suo padre? Che fosse davvero Michael Wayland?

Simon scosse la testa. — Stephen Herondale.

— Quindi Jace è il nipote dell'Inquisitrice — osservò Alec. — Ecco perché l'ha... — Ma s'interruppe, fissando in lontananza.

— Ecco perché cosa? — lo spronò Isabelle. — Alec, non ti distrarre. O almeno dicci cosa stai cercando.

— Non cosa — precisò Alec. — Chi. Magnus. Volevo chiedergli di essere mio compagno in battaglia. Ma non ho idea di dove sia. Tu l'hai visto? — chiese a Simon.

Simon scosse la testa. — Era sul podio con Clary, ma... — storse il collo per vedere meglio — ora non c'è più. Probabilmente è in giro tra la folla.

— Davvero? Davvero vuoi chiedergli di essere tuo compagno in battaglia? — chiese Isabelle allibita. — È come un ballo delle debuttanti, questa storia, solo che qui ci si ammazza.

— Appunto, proprio come in un ballo delle debuttanti — scherzò Simon.

— Forse chiederò a te di essere mio compagno in battaglia, Simon — annunciò Isabelle, inarcando delicatamente un sopracciglio.

Alec aggrottò la fronte. Come tutti gli Shadowhunters presenti nella stanza, era bardato di tutto punto, con la sua tenuta nera e una quantità di armi appese alla cintura. Aveva anche un arco sulla schiena, e Simon fu contento di vedere che aveva trovato un ricambio per quello spezzato da Sebastian. — Isabelle, tu non hai bisogno di nessun compagno, perché non combatti. Sei troppo giovane. E se solo ti frulla l'idea, ti ammazzo io personalmente. — La testa di Alec scattò. — Un momento... quello è Magnus?

Isabelle, seguendo il suo sguardo, ridacchiò. — Alec, quello è un lupo mannaro. Una *femmina*, per di più. Anzi, è... come si chiama, May?

— Maia — la corresse Simon.

Maia era a poca distanza da loro: indossava un paio di pantaloni di pelle marrone e una maglietta nera aderente con su scritto QUELLO CHE NON MI AMMAZZA... FARÀ MEGLIO A METTERSI A CORRERE. Aveva i capelli a treccine, trattenuti indietro da una cordicella. Si girò, come percependo il loro sguardo su di lei, e sorrise.

Simon ricambiò il sorriso. Isabelle la guardò in cagnesco. Simon smise subito di sorridere. Quando, esattamente, la sua vita si era fatta così complicata?

Alec si illuminò. — Ecco Magnus! — esclamò. E si allontanò senza nemmeno voltarsi indietro, aprendosi un varco tra la folla verso l'alto stregone. La sorpresa di Magnus, quando Alec si avvicinò, era visibile anche a distanza.

— In un certo senso è dolce — commentò Isabelle guardandoli. — Più o meno...

— Perché più o meno?

— Perché — spiegò Isabelle — Alec sta cercando di farsi prendere sul serio da Magnus, ma non ha mai detto ai nostri genitori di lui, e nemmeno del fatto che gli piacciono... voglio dire...

— Gli stregoni? — concluse Simon.

— Molto divertente. — Isabelle gli lanciò un'occhiataccia. — Sai perfettamente cosa intendo. Quello che sta succedendo è...

— Che cosa sta succedendo, esattamente? — chiese Maia, avvicinandosi. — Questa cosa dei compagni non l'ho capita bene. Come dovrebbe funzionare?

— Così. — Simon le indicò Alec e Magnus, che si erano messi un po' in disparte, in un angolo. Alec stava disegnando una runa sulla mano di Magnus, il viso concentrato, i capelli scuri davanti agli occhi.

— Quindi, tutti dobbiamo fare quella roba? — chiese Maia. — Farci disegnare la mano, voglio dire.

— Solo se hai intenzione di combattere — precisò Isabelle, guardando gelida la ragazza. — Ma non mi sembri maggiorenne.

Maia le fece un sorriso tirato. — Io non sono una Cacciatrice. I licantropi sono considerati adulti a sedici anni.

— Be', in questo caso dovrai farti disegnare la mano — concluse Isabelle. — Da un Cacciatore. Quindi, sarà meglio che te ne cerchi uno.

— Ma... — Maia, che ancora osservava Alec e Magnus, s'interruppe e inarcò le sopracciglia. Simon si girò per vedere cosa stesse guardando e... rimase a bocca aperta.

Alec aveva abbracciato Magnus e lo stava baciando. Magnus sembrava in stato di shock ed era impietrito. Diversi gruppi di persone, Cacciatori e Nascosti, li fissavano mormorando. Simon lanciò un'occhiata di lato e vide i Lightwood che osservavano la scena con gli occhi sgranati. Maryse si copriva la bocca con la mano.

Maia era perplessa. — Aspetta un secondo — esclamò. — Anche quello fa parte del rituale?

Per la sesta volta Clary scrutò la folla in cerca di Simon. Ma non riuscì a trovarlo. La stanza era una massa in movimento di Shadowhunters e Nascosti, che dalle porte spalancate fluivano verso i gradini esterni. Ovunque si vedevano bagliori di stilo, dove Shadowhunters e Nascosti si incontravano e si marchiavano a vicenda. Clary vide Maryse Lightwood tendere la mano a una fata alta, dalla pelle verde, pallida e regale come lei. Patrick Penhallow stava solennemente scambiandosi i marchi con uno stregone i cui capelli luccicavano di scintille azzurre. Dalle porte della Sala degli Accordi, Clary vedeva il bagliore luminoso del Portale nella piazza. La stellata che si intravedeva attraverso il soffitto di vetro dava un'aria surreale a tutta la scena.

— Stupefacente, vero? — commentò Luke. Era sul bordo del podio e guardava la sala. — Cacciatori e Nascosti che stanno insieme nella stessa stanza. Che lavorano insieme. — Sembrava profondamente impressionato. Clary riusciva a pensare soltanto a Jace, perché avrebbe voluto che fosse lì anche lui, a vedere che cosa stava succedendo. Per quanto ci provasse, non riusciva ad accantonare la paura che provava per lui. L'idea che potesse affrontare Valentine, che potesse rischiare la vita perché pensava di essere maledetto, che potesse addirittura morire senza mai sapere che non era vero…

— Clary — la chiamò Jocelyn, con un filo di divertimento nella voce. — Hai sentito che cosa ti ho detto?

— Sì — disse Clary. — È sbalorditivo, lo so.

Jocelyn le posò una mano sulla sua. — Non è questo che stavo dicendo. Io e Luke saremo sul campo di battaglia. Tu invece resterai qui con Isabelle e gli altri bambini.

— Io non sono una bambina.

— Lo so, ma sei comunque troppo giovane per combattere. E anche se non fossi così giovane, non sei mai stata addestrata.

— Non voglio restarmene qui seduta senza fare niente.

— Niente? — esclamò Jocelyn. — Clary, nulla di tutto questo starebbe succedendo, se non fosse stato per te. Non avremmo nemmeno avuto la possibilità di combattere, se non fosse stato per te. Sono così fiera di te! Volevo solo dirti che io e Luke andiamo via, ma torneremo. Andrà tutto bene.

Clary guardò in faccia sua madre, negli occhi verdi così simili ai suoi. — Mamma — disse — smettila di raccontarmi storie.

Jocelyn trasalì e si alzò, ritirando la mano. Ma non poté aggiungere altro, perché Clary venne distratta da un viso familiare nella folla. Una figura snella e scura si stava muovendo con determinazione verso di loro, passando nella sala affollata con tranquillità e sorprendente facilità, quasi passando *attraverso* la gente, come fumo tra i paletti di uno steccato.

Ed era proprio così. Clary lo capì quando la figura si avvicinò al podio. Era Raphael, in camicia bianca e pantaloni neri, gli stessi che portava la prima volta che l'aveva visto. Aveva dimenticato quanto fosse esile. Sembrava avere a malapena quattordici anni, mentre saliva i gradini con quel suo viso sottile e l'espressione calma, angelica. Faceva pensare a una voce bianca che andava verso il coro di una chiesa.

— Raphael. — La voce di Luke esprimeva sorpresa e sollievo allo stesso tempo. — Non credevo che saresti venuto. I Figli della Notte hanno riconsiderato l'idea di unirsi a noi nella battaglia contro Valentine? C'è ancora un seggio nel Consiglio per voi, se vorrete accettarlo. — Gli tese la mano.

I begli occhi limpidi di Raphael lo osservarono senza espressione. — Non posso stringerti la mano, licantropo. — All'espressione risentita di Luke, Raphael sorrise quel tanto che bastava per scoprire le punte dei bianchi canini. — Sono una proiezione — rivelò, sollevando una mano in modo che tutti potessero vedere che vi filtrava la luce. — Non posso toccare niente.

— Ma... — Luke lanciò uno sguardo verso la luce della luna che entrava dal tetto. — Perché...? — Abbassò la mano. — Be', sono contento che tu sia qui. Sotto qualunque forma.

Raphael scosse la testa. Per un momento i suoi occhi si posarono su Clary – uno sguardo che non le piacque per niente – e poi si spostarono su Jocelyn e il suo sorriso si aprì. — Tu sei la moglie di Valentine. Altri della mia specie, che combatterono con voi all'epoca della Rivolta, mi hanno parlato di te. Devo ammettere che non avrei mai pensato di incontrarti di persona.

Jocelyn chinò la testa. — Molti Figli della Notte combatterono coraggiosamente, quella volta. La tua presenza qui sta a indicare che potremo di nuovo combattere fianco a fianco?

Era strano, pensò Clary, sentire sua madre parlare con quel tono controllato e formale, che tuttavia sembrava venirle molto naturale. Almeno quanto lo era per lei sedersi per terra con una vecchia tuta e un pennello tra le dita imbrattate di colore.

— Spero di sì — disse Raphael, e il suo sguardo sfiorò di nuovo Clary come la carezza di una mano gelida. — Abbiamo un'unica richiesta, una semplice, piccola, richiesta. Se ci verrà accordata, i Figli della Notte di molti paesi saranno lieti di entrare in battaglia al vostro fianco.

— Il seggio del Consiglio — disse Luke. — Ma certo. Può essere formalizzato: i documenti possono essere redatti nel giro di un'ora.

— Non il seggio del Consiglio — replicò Raphael. — Un'altra cosa.

— Un'altra cosa? — ripeté Luke senza capire. — E che cosa? Ti assicuro che se è in nostro potere...

— Oh, certo che lo è. — Il sorriso di Raphael era smagliante. — Anzi, si trova qui in questo preciso momento, mentre parliamo. — Si girò e indicò con grazia la folla. — È il ragazzo Simon che vogliamo — rivelò. — Il Diurno.

Il tunnel era lungo e tortuoso e si riavvolgeva continuamente su se stesso. Era come strisciare nelle viscere di un mostro enorme. C'era odore di roccia umida e cenere, più qualcos'altro, qualcosa di umido e strano che ricordava vagamente l'odore della Città di Ossa.

Finalmente la galleria si aprì in una grande grotta circolare. Dall'alta volta di pietra scabra si protendevano verso il basso enormi stalattiti splendenti come gemme. Il fondo era liscio, come se fosse stato lucidato, e qua e là si alternavano intarsi di simboli arcani. Una serie di grezze stalagmiti circondava la grotta. Proprio al centro, una massiccia stalagmite di quarzo svettava come un'enorme zanna, ornata qua e là da un motivo rossastro. Jace notò che le pareti della stalagmite erano trasparenti e che il motivo rossastro era l'effetto di qualcosa che si muoveva vorticando al suo interno, come fumo colorato in una provetta.

In alto, filtrava luce da un foro circolare nella volta di pietra, una sorta di lucernario naturale. La grotta era sicuramente frutto di un progetto, non del caso: era evidente dagli intricati motivi che ne decoravano il pavimento. Ma *chi* aveva voluto scavare una grotta del genere? E perché?

Un gracchiare acuto echeggiò nello spazio sotterraneo, facendo vibrare i nervi di Jace, che si nascose dietro una voluminosa stalagmite, spegnendo la stregaluce proprio mentre in fondo due figure emergevano dalle ombre e si avvicinavano, conversando. Fu solo quando raggiunsero il centro della grotta e la luce lì investì che Jace li riconobbe.

Sebastian.

E Valentine.

Sperando di evitare la folla, Simon fece il giro lungo per tornare al podio, passando dietro le file di colonne che costeggiavano i lati della sala. Teneva la testa bassa, perso nei suoi pensieri. Sembrava strano che Alec, solo di un paio di anni maggiore di Isabelle, stesse per partire per la guerra, mentre tutti gli altri dovevano restare lì. E Isabelle sembrava accettare la cosa con calma. Niente pianti, niente isterismi. Era come se se lo fosse aspettata. E forse era proprio così. Forse tutti se l'aspettavano.

Era ormai vicino ai gradini della pedana quando alzò gli occhi e vide Raphael, con la solita espressione imperturbabile, di fronte a Luke che, al contrario, sembrava agitato, scuoteva la testa con le mani alzate come per protesta; Jocelyn, accanto a lui, sembrava indignata. Simon non vedeva la faccia di Clary, perché gli dava le spalle, ma la conosceva abbastanza bene da percepirne la tensione dalla semplice postura del busto.

Non volendo farsi vedere da Raphael, Simon si nascose dietro una colonna e origliò. Nonostante il chiacchiericcio della folla, riuscì a distinguere la voce alterata di Luke.

— È fuori discussione — stava dicendo. — Mi sembra impossibile che tu osi chiedere una cosa simile.

— E a me sembra impossibile che tu possa rifiutare. — La voce di Raphael era fredda e limpida, la voce ancora acuta di un ragazzino. — È una cosa così piccola!

— Non è *una cosa* — intervenne Clary, arrabbiata. — È Simon. È *una persona.*

— È un vampiro — precisò Raphael. — Cosa che sembri continuamente dimenticare.

— E tu, non sei forse un vampiro anche tu? — chiese Jocelyn, con il tono gelido che usava tutte le volte che Clary e Simon si erano cacciati nei guai. — Stai forse dicendo che *la tua* vita non ha valore?

Simon si appiattì contro la colonna. Che stava succedendo?

— La mia vita ha un grande valore — rispose Raphael, — essendo, a differenza della vostra, eterna. Non c'è fine a ciò che potrei realizzare, mentre c'è una fine molto netta per voi. Ma non è questo il punto. Lui è un vampiro, è uno dei miei, e io vi sto chiedendo di riaverlo.

— Tu non lo puoi *riavere* — ribatté Clary. — Non è mai stato tuo, tanto per cominciare. Non avevi il minimo interesse per lui, finché non hai scoperto che può stare alla luce del sole.

— Forse — ribatté Raphael. — Ma non per la ragione che pensi tu. — Inclinò la testa. Gli occhi scuri, luminosi e morbidi, guizzavano come quelli di un passero. — Nessun vampiro dovrebbe avere il potere che ha lui — disse. — Così come nessun Cacciatore dovrebbe avere i poteri che avete tu e tuo fratello. Per anni ci è stato detto che *noi* siamo sbagliati e innaturali. Ma questo... *questo* è davvero innaturale.

— Raphael. — Il tono di Luke era minaccioso. — Non so che cosa speravi di ottenere. Ma non hai nessuna possibilità: noi non ti permetteremo mai di far del male a Simon.

— Invece permetterete a Valentine e al suo esercito di demoni di far del male a tutta questa gente, i vostri alleati. — Raphael abbracciò tutta la sala con un ampio gesto della mano. — Lascerete che rischino la vita a loro discrezione, ma non darete a Simon la possibilità di fare la stessa scelta. Perché forse la sua scelta sarebbe diversa dalla vostra. — Abbassò il braccio. — In caso di rifiuto, noi non combatteremo con voi, lo sapete. I Figli della Notte non prenderanno parte a questa giornata.

— E allora non fatelo — sbottò Luke. — Non comprerò la vostra collaborazione con una vita innocente. Io non sono Valentine.

Raphael si girò verso Jocelyn. — E tu, Cacciatrice? Lascerai decidere a un lupo mannaro ciò che è meglio per la tua gente?

Jocelyn guardava Raphael come se fosse uno scarafaggio scoperto a zampettare sul pavimento pulito della cucina. Scandendo bene le parole disse: — Se solo tocchi Simon con un dito, vampiro, io ti farò a pezzetti piccolissimi e ti darò in pasto al mio gatto. Hai capito?

Raphael strinse le labbra. — Molto bene — concluse. — Quando starai morendo nella Pianura di Brocelind, forse ti chiederai se una vita ne valeva davvero così tante.

Svanì. Luke si girò verso Clary, ma Simon non li stava più guardando: stava fissando le proprie mani. Pensava che avrebbero tremato, ma erano immobili come quelle di un cadavere. Molto lentamente, le chiuse a pugno.

Valentine aveva l'aspetto di sempre: un uomo massiccio con la tenuta da Shadowhunter modificata, le ampie spalle muscolose in contrasto con il volto levigato, dai tratti eleganti. Portava a tracolla la Spada Mortale e una sacca rigonfia. Aveva un'ampia cintura a cui erano agganciate numerose armi: grossi coltelli da caccia, pugnali dalla lama sottile, coltellacci per scuoiare. Guardandolo da dietro la roccia, Jace provò la sensazione che ora aveva ogni volta che pensava a suo padre: un persistente affetto filiale, profondamente intaccato da desolazione, delusione, sfiducia.

Era strano vedere suo padre con Sebastian. E Sebastian ora sembrava… diverso. Indossava anche lui la tenuta da Shadowhunter, con una lunga spada dall'elsa d'argento alla cintura. Ma non fu quello a colpire Jace. Furono i capelli: una cascata di riccioli, non più neri, ma chiari e luminosi, come oro bianco. Gli stavano molto meglio dei capelli neri, in verità: la sua pelle non sembrava più così sorprendentemente pallida. Probabilmente se li era tinti per assomigliare al vero Sebastian Verlac, ma era quello il suo vero aspetto. Un'onda di rancore aspra e impetuosa travolse Jace, che però si controllò e rimase nascosto, anziché scagliarsi contro Sebastian e stringergli le mani intorno alla gola.

Hugo gracchiò di nuovo e scese di quota per posarsi sulla spalla di Valentine. Una strana fitta di dolore trafisse Jace, alla vista del corvo in quella posizione che per il ragazzo era così familiare, dopo tutti gli anni vissuti con Hodge. Hugo aveva praticamente vissuto sulla spalla di Hodge e vederlo su quella di Valentine appariva ai suoi occhi alieno, addirittura ingiusto, nonostante tutto quello che Hodge aveva fatto.

Valentine carezzò le lucide piume del corvo, annuendo come se stesse conversando con lui. Sebastian li osservava, con le chiare sopracciglia inarcate. — Novità da Alicante? — chiese, mentre Hugo si staccava dalla spalla di Valentine e volava in alto, sfiorando con le ali le punte gemmee delle stalattiti.

— Niente di abbastanza definito, per ora — rispose Valentine. Il suono della voce di suo padre, calma e impassibile come sempre, trapassò Jace come una freccia: le mani gli tremarono involontariamente e le premette forte contro i fianchi, grato alla mole della stalagmite che lo nascondeva. — Una cosa è certa. Il Conclave si sta alleando con l'esercito di Nascosti di Lucian.

Sebastian aggrottò la fronte. — Ma Malachi aveva detto…

— Malachi ha fallito. — La mascella di Valentine era contratta.

Con sorpresa di Jace, Sebastian si avvicinò e gli posò una mano sul braccio. C'era qualcosa, in quel gesto, qualcosa di intimo e sicuro, che fece rivoltare lo stomaco a Jace, come se l'avesse invaso un esercito di vermi. Nessuno toccava Valentine così. Nemmeno lui avrebbe osato toccare suo padre in quel modo.

— Sei turbato? — gli chiese Sebastian, e la stessa sfumatura c'era anche nella sua voce, la stessa grottesca e peculiare certezza di familiarità.

— Il Conclave è molto peggio di quel che pensavo. Sapevo che i Lightwood erano corrotti oltre ogni speranza, e anche che quel tipo di corruzione è contagioso. È per questo che ho cercato di tenerli lontani da Idris. Ma gli altri... farsi riempire così la testa con il veleno di Lucian, che non è nemmeno un Nephilim! — Il disgusto di Valentine era palese, eppure non si allontanò da Sebastian, notò Jace con crescente incredulità, non fece nulla per scostargli la mano dalla propria spalla. — Sono deluso. Credevo che avrebbero visto dove stava la ragione. Avrei preferito che le cose non finissero in questo modo.

Sebastian sembrava divertito. — Non sono d'accordo. Pensa a tutti loro, pronti a darci battaglia, pronti a correre incontro alla gloria... Pensa a quando scopriranno che tutto questo non ha alcun senso, che il loro gesto è futile. Pensa a che facce faranno. — La bocca si stiracchiò in un sorriso cattivo.

— Jonathan — sospirò Valentine. — Questa è un'orribile necessità. Non c'è niente di cui essere contenti.

Jonathan? Jace si aggrappò alla roccia, le mani improvvisamente scivolose. Perché Valentine chiamava Sebastian con il suo nome? Era un errore? Ma Sebastian non sembrava affatto sorpreso.

— Non è meglio, se mi diverto a fare quello che faccio? — replicò Sebastian. — Ad Alicante mi sono divertito un sacco. I Lightwood sono stati una compagnia migliore di quello che mi avevi fatto credere, soprattutto quella Isabelle. La mia uscita di scena è stata senza dubbio spettacolare. E per quel che riguarda Clary...

Al nome di Clary, il cuore di Jace ebbe un guizzo improvviso e doloroso.

— Non era affatto come credevo — disse Sebastian in tono petulante. — Non mi assomigliava per niente.

— Non c'è nessuno al mondo che ti assomigli, Jonathan. E poi Clary è sempre stata uguale a sua madre.

— Non vuole ammettere ciò che desidera veramente — disse Sebastian. — Non ancora. Ma ci arriverà.

Valentine inarcò un sopracciglio. — In che senso, ci arriverà?

Sebastian sorrise, e il suo sorriso riempì Jace di una rabbia quasi incontrollabile. Si morse forte un labbro, fino ad assaggiarne il sangue. — Be' — proseguì — dalla nostra parte. Non vedo l'ora. Imbrogliarla è stata la cosa più divertente che abbia fatto in vita mia.

— Non era previsto che ti divertissi tanto. Era previsto che tu scoprissi cosa stava cercando. E quando lei l'ha trovato, senza il tuo contributo potrei aggiungere, tu gliel'hai lasciato consegnare nelle mani di uno stregone. E non sei nemmeno riuscito a portarla con te quando te ne sei andato, nonostante il pericolo che Clary costituisce per noi. Non è stato esattamente un trionfo il tuo, Jonathan.

— Ci ho provato, a portarla via. Ma gli altri non la perdevano d'occhio un momento. E non potevo certo rapirla dalla Sala degli Accordi. — Sebastian sembrava imbronciato. — E poi, te l'ho detto, Clary non ha idea di come usare il suo potere per creare le rune. È troppo ingenua per costituire un pericolo per noi.

— Qualunque cosa il Conclave abbia in mente di fare, al centro c'è Clary — replicò Valentine. — È questo che ci ha detto Hugin. L'ha vista sul podio nella Sala degli Accordi. Se riesce a mostrare al Conclave i suoi poteri...

Jace sentì un lampo di paura per Clary, mescolato a una strana sorta di orgoglio: era ovvio che Clary fosse al centro di tutto. La sua Clary era così.

— Quindi, alla fine, combatteranno — disse Sebastian. — Che è quello che vogliamo, giusto? Clary non conta. È la battaglia che conta.

— Tu la sottovaluti, temo — osservò Valentine a bassa voce.

— L'ho osservata — replicò Sebastian. — Se il suo potere fosse così illimitato come pensi tu, avrebbe potuto usarlo per tirar fuori di prigione il suo amichetto vampiro... o per salvare quell'idiota di Hodge mentre stava morendo...

— Un potere non deve essere illimitato per essere letale — commentò Valentine. — E per quanto riguarda Hodge, forse dovresti avere un po' più di rispetto, visto che sei stato tu a ucciderlo.

— Stava per dire ai ragazzi dell'Angelo. Ho dovuto farlo.

— Hai *voluto* farlo. Fai sempre così. — Valentine prese dalla tasca un paio di pesanti guanti di pelle e se li infilò lentamente. — Forse glielo avrebbe detto. O forse no. In tutti gli anni in cui si è preso cura di Jace, all'Istituto, si sarà chiesto che cosa stava allevando. Hodge era uno dei pochi che sapevano che c'era più di un bambino. Ma io ero sicuro che non mi avrebbe tradito: era troppo codardo per farlo. — Piegò le dita nei guanti, aggrottando la fronte.

Più di un bambino? Ma di che cosa stava parlando, Valentine?

Sebastian liquidò Hodge con un gesto della mano. — Chi se ne importa di cosa pensava? È morto e tanti saluti. — I suoi occhi brillarono cupi. — Adesso vai al lago?

— Sì. Ti è chiaro ciò che deve essere fatto? — Valentine indicò con il mento la spada alla cintura di Sebastian. — Usa quella. Non è la Spada Mortale, ma ha qualità sufficientemente demoniache per questo scopo.

— Non posso venire al lago con te? — La voce di Sebastian aveva preso un tono quasi piagnucoloso. — Non possiamo liberare l'esercito adesso?

— Non è ancora mezzanotte. Ho detto che avrei aspettato fino a mezzanotte. Potrebbero ancora cambiare idea.

— Non lo faranno...

— Ho dato la mia parola. E la manterrò. — Il tono di Valentine era categorico. — Se non senti nulla da Malachi entro mezzanotte, libera l'esercito. — Vedendo l'esitazione di Sebastian, Valentine ebbe un moto di impazienza. — Devi fare quello che ho detto, Jonathan. Non posso aspettare qui fino a mezzanotte. Mi ci vorrà un'ora per arrivare al lago attraverso i tunnel e non voglio che la battaglia si trascini a lungo. Le generazioni future dovranno sapere con quale rapidità il Conclave è stato sconfitto e quanto schiacciante è stata la nostra vittoria.

— È solo che mi spiace perdermi il rituale dell'Evocazione. Vorrei esserci, quando lo farai. — Lo sguardo di Sebastian sembrava malinconico, ma c'era sotto qualcosa di calcolato, qualcosa di irriverente, avido, pianificatore, e stranamente, deliberatamente... *freddo*. Non che Valentine sembrasse curarsene.

Con sconcerto, Jace vide Valentine toccare la guancia a Sebastian: un rapido, ma esplicito gesto d'affetto. Poi gli voltò le spalle e si diresse verso il fondo della grotta, dove si addensavano grumi d'ombra. Lì si fermò, una sagoma chiara contro il buio. — Jonathan — chiamò. Jace, senza potersi controllare, alzò gli occhi al richiamo. — Un giorno anche tu contemplerai il volto dell'Angelo. Dopotutto, tu erediterai gli Strumenti Mortali, quando io me ne sarò andato. Forse anche tu, un giorno, evocherai Raziel.

— Sarebbe bello — disse Sebastian. E rimase perfettamente immobile, mentre Valentine, con un ultimo cenno del capo, scompariva nel buio. La voce di Sebastian divenne un mezzo sussurro. — Sarebbe proprio bello — ringhiò. — Proprio bello, sputare su quella faccia da bastardo. — Si girò di scatto, il volto una maschera bianca nella luce fioca. — Puoi uscire, Jace — sibilò. — Lo so che sei lì.

Jace s'immobilizzò, ma solo per un secondo. Il suo corpo reagì prima della mente e lo fece scattare in piedi. Corse all'imbocco del tunnel, con l'unico pensiero di arrivare all'uscita, di mandare in qualche modo un messaggio a Luke.

Ma l'entrata della galleria era bloccata: da Sebastian. Aveva un'espressione fredda e gongolante e teneva le braccia aperte, con le dita che quasi toccavano le pareti del tunnel. — Jace — disse. — Non avrai davvero pensato di essere più veloce di me, vero?

Jace si fermò di scatto. Il cuore gli batteva in petto a ritmo irregolare, come un metronomo rotto, ma parlò con voce ferma. — Visto che sono migliore di te in qualsiasi altro aspetto possibile e immaginabile, era ragionevole pensarlo.

Sebastian si limitò a sorridere. — Sentivo il tuo cuore battere — disse a bassa voce — mentre ci spiavi. Ti ha dato fastidio?

— Che sembrassi il fidanzato di mio padre? — Jace scrollò le spalle. — Sei un po' giovane per lui, onestamente.

— *Cosa?* — Per la prima volta da quando Jace lo conosceva, Sebastian apparve allibito. Jace si gustò l'effetto solo per un momento, perché Sebastian riacquistò subito il controllo di sé. Ma una scintilla scura nei suoi occhi rivelava che non l'aveva perdonato per avergli fatto perdere la calma. — A volte mi chiedevo di te — riprese Sebastian, con lo stesso tono morbido. — A volte mi è sembrato che ci fosse qualcosa in te, dietro quei tuoi occhi gialli, un barlume di intelligenza, diversamente dal resto della tua insulsa famiglia adottiva. Invece sei stupido come gli altri, nonostante un decennio di ottima educazione.

— Che ne sai tu della mia educazione?

— Più di quello che pensi. — Sebastian abbassò le mani. — L'uomo che ha cresciuto te ha cresciuto anche me. Solo che di me non si è stancato, dopo i primi dieci anni.

— In che senso? — La voce di Jace uscì in un sussurro. Poi, fissando il volto immobile e senza sorriso di Sebastian, gli sembrò di vederlo per la prima volta: i capelli bianchi, gli occhi nero antracite, le linee dure del viso, come fosse cesellato nella pietra... E rivide con gli occhi della mente il volto di suo padre come l'Angelo glielo aveva mostrato, giovane e brillante, attento e famelico... e *capì*.

— Tu — disse. — Valentine è tuo padre. Tu sei mio *fratello*.

Ma Sebastian non era più davanti a lui: all'improvviso gli fu dietro, con le braccia strette intorno alle spalle, come se volesse abbracciarlo. Solo che le mani erano chiuse a pugno. — *Ave atque vale*, fratellino — ringhiò. E strinse le braccia di scatto, togliendogli il respiro.

Clary era esausta. Un mal di testa sordo, martellante, conseguenza della creazione della runa dell'Alleanza, le si era insediato nel lobo frontale del cervello. Era come se qualcuno stesse cercando di abbattere una porta a calci, ma dalla parte sbagliata.

— Stai bene? — Jocelyn le posò una mano sulla spalla. — Non hai un bell'aspetto.

Clary girò la testa e vide la sottile runa nera che decorava il dorso della mano di sua madre, gemella di quella sul palmo di Luke. Le si strinse lo stomaco. Riusciva a gestire l'idea che entro un paio d'ore sua madre avrebbe probabilmente affrontato un esercito di demoni solo ricacciandola indietro, con la pura forza della volontà, ogni volta che riaffiorava.

— Chissà dov'è Simon. — Clary si alzò in piedi. — Vado a cercarlo.

— Là in mezzo? — Jocelyn osservò la folla con preoccupazione. Si stava assottigliando adesso, notò Clary, perché coloro che avevano il Marchio uscivano sulla piazza. Sulla porta c'era Malachi, la bronzea faccia impassibile, che indicava a Nascosti e a Cacciatori dove andare.

— Me la caverò. — Clary passò davanti a sua madre e a Luke, puntando verso i gradini del podio. — Torno subito.

La gente si girava a guardarla, mentre scendeva i gradini e s'infilava nella folla.

Clary sentiva i loro occhi addosso, il *peso* dei loro sguardi. Perlustrò la folla, cercando i Lightwood o Simon, ma non vide nessuno che conosceva. Era difficile individuare qualcuno là in mezzo, data la sua statura. Con un sospiro, scivolò verso il lato occidentale della sala, dove la folla era meno fitta.

Nel momento in cui raggiunse la linea del colonnato, una mano scattò e la trascinò dietro una colonna. Clary ebbe solo il tempo di sussultare e, un attimo dopo, si ritrovò nel buio, con la schiena contro il marmo freddo della colonna. Le mani di Simon le stringevano le braccia. — Non gridare, okay? Sono io — le disse.

— Non essere ridicolo, certo che non grido. — Clary si guardò intorno, chiedendosi che cosa stesse succedendo: vedeva alcuni frammenti della sala, tra una colonna e l'altra. — Che cos'è questa sceneggiata alla James Bond? Ti stavo cercando.

— Lo so. E io ti stavo aspettando. Voglio parlarti in un posto dove nessun altro possa sentirci. — Si inumidì nervosamente le labbra. — Ho sentito quello che ha detto Raphael. So cosa vuole.

— Oh, Simon. — Le spalle di Clary si incurvarono. — Senti, non è successo niente. Luke l'ha mandato via.

— Forse non avrebbe dovuto — replicò Simon. — Forse avrebbe dovuto dare a Raphael ciò che voleva.

Clary lo guardò sgranando gli occhi. — Cioè... *te*? Non dire assurdità. È assolutamente impensabile.

— È pensabile, invece. — Le strinse più forte le braccia. — Io voglio farlo. Io voglio che Luke dica a Raphael che facciamo lo scambio. O glielo dirò io stesso.

— Ho capito cos'hai in mente — protestò Clary. — E ti rispetto e ti ammiro per questo, ma non devi, Simon, non devi proprio. Quello che Raphael chiede è sbagliato, e nessuno ti giudicherà per non esserti sacrificato in una guerra che non è nemmeno la tua.

— Ma è così! — esclamò Simon. — Quello che Raphael ha detto è vero. Io *sono* un vampiro e tu continui a dimenticarlo. O forse *vuoi* dimenticarlo. Però io sono un Nascosto e tu sei una Cacciatrice, e questa guerra è la nostra guerra.

— Ma tu non sei come loro...

— Sono uno di loro. — Parlò molto piano, con grande pacatezza, , come per essere assolutamente sicuro che Clary capisse ogni sua parola. — E lo sarò sempre. Se i Nascosti combatteranno questa guerra con gli Shadowhunters senza l'aiuto della gente di Raphael, non ci sarà alcun seggio al Consiglio, per i Figli della Notte. Quindi loro non faranno parte del mondo che Luke sta cercando di creare, un mondo dove Cacciatori e Nascosti lavorano insieme. I vampiri ne verranno esclusi. Diventeranno i nemici degli Shadowhunters. Diventeranno i *vostri* nemici.

— Io non potrei mai essere tua nemica.

— Io ne morirei — disse Simon semplicemente. — Ma non potrò evitare che accada se resterò nelle retrovie facendo finta di non essere parte di tutto questo. Non ti sto chiedendo il permesso. Clary. Sto chiedendo il tuo aiuto. Se però non me lo darai, chiederò a Maia di portarmi all'accampamento dei vampiri e mi consegnerò a Raphael. Lo capisci?

Clary lo fissò. Le stringeva le braccia così forte che sentiva pulsare il sangue nelle mani. Si passò la lingua sulle labbra secche; aveva la bocca amara. — Cosa posso fare — sussurrò — per aiutarti?

Quando Simon glielo disse, Clary lo guardò incredula. Poi, prima ancora che lui finisse di parlare, scosse forte la testa, coi capelli che le volavano davanti alla faccia. — No — esclamò. — È un'idea folle, Simon. Non è un dono, è una *punizione*...

— Forse non per me — replicò Simon. Scrutò la folla, e Clary vide Maia che li guardava, palesemente incuriosita. Era chiaro che aspettava Simon. *Troppo in fretta*, pensò Clary. *Sta succedendo tutto troppo in fretta.*

— È sempre meglio dell'alternativa, Clary.

— No...

— Potrebbe non farmi alcun male. Voglio dire, io sono *già* stato punito, no? Già ora non posso più entrare in una chiesa, o in una sinagoga, non posso pronunciare... nomi sacri, non posso invecchiare... Sono già stato tagliato fuori dalla vita normale. Forse questo non cambierà niente.

— Ma potrebbe.

Simon le lasciò le braccia, fece scivolare la sua mano sul fianco di lei e le prese lo stilo di Patrick dalla cintura. Glielo porse. — Clary — le disse. — Fallo per me. Ti prego.

Clary prese lo stilo con le dita intorpidite e lo sollevò. Toccò la pelle di Simon sulla fronte, tra gli occhi. «Il primo Marchio» aveva detto Magnus. Il primo in assoluto. Clary lo pensò, e lo stilo iniziò a muoversi come un ballerino quando parte la musica. Linee nere si disegnarono sulla fronte di Simon: era come lo sbocciare di un fiore in una pellicola fatta scorrere più veloce. Quand'ebbe finito, la mano destra le bruciava e le pizzicava, ma quando fece un passo indietro per contemplare il suo operato seppe che aveva tracciato una runa perfetta, strana e antica, qualcosa che risaliva alle origini della storia. Brillava come una stella sopra gli occhi di Simon. Lui si sfiorò la fronte con le dita, con un'espressione confusa e stordita.

— Lo sento — le disse. — Come una bruciatura.

— Non so cosa succederà — sussurrò lei. — Non so quali effetti a lungo termine potrà avere.

Con un mezzo sorriso un po' storto, Simon le sfiorò la guancia. — Speriamo di avere modo di scoprirlo.

19
Jace e Jonathan

Maia rimase muta per quasi tutta la strada fino alla foresta. Teneva la testa bassa e solo di tanto in tanto si guardava intorno, col naso arricciato per la concentrazione. Simon si chiese se stesse trovando la strada *a fiuto*. Pur essendo un po' strano, era un talento utile, pensò. Si accorse, inoltre, che non doveva affrettarsi per tenere il suo passo, per quanto fosse rapida. Anche quando raggiunsero il sentiero battuto che portava alla foresta e Maia iniziò a correre, rapida e silenziosa, Simon non ebbe alcun problema a tenere il suo ritmo. Era un aspetto dell'essere un vampiro che, poteva dirlo in tutta onestà, gli riusciva molto gradito.

Ma il piacere finì presto. Il bosco s'infittì. Simon e Maia correvano tra gli alberi, su un terreno venato da spesse radici e coperto da foglie cadute. I rami sopra le loro teste creavano trine e intrecci contro il cielo stellato. Emersero in una radura cosparsa di massi che luccicavano come denti bianchi e squadrati. C'erano mucchi di foglie qua e là, come se qualcuno avesse lavorato con un rastrello gigante.

— Raphael! — Maia, con le mani intorno alla bocca, gridò così forte da spaventare gli uccelli sui rami degli alberi. — Raphael! Fatti vedere!

Silenzio. Poi le ombre frusciarono. Si sentì un rumore come di pioggia su un tetto metallico. I mucchi di foglie esplosero come cicloni in miniatura. Maia tossì e si riparò la faccia con le mani per proteggere gli occhi.

Con la stessa rapidità con cui si era alzato, quello strano vento si acquietò. E Raphael era lì, a pochi passi da Simon, circondato da un gruppo di vampiri pallidi e immobili come gli alberi alla luce della luna. La loro espressione era fredda, di cruda ostilità. Simon riconobbe alcuni di loro, già visti all'Hotel Dumort: la minuta Lily e il biondo Jacob dagli occhi socchiusi come lame di coltello. Invece molti altri gli erano del tutto sconosciuti.

Raphael fece un passo avanti. La sua pelle era giallastra, gli occhi cerchiati di ombre scure, ma quando vide Simon sorrise.

— Diurno — sibilò. — Sei venuto.

— Sono venuto — confermò Simon. — Sono qui. Quindi... è fatta.

— È ben lungi dall'essere *fatta*, Diurno. — Raphael guardò Maia. — Ragazza, torna dal tuo capobranco e ringrazialo per aver cambiato idea. Digli che i Figli della Notte combatteranno a fianco della sua gente sulla Pianura di Brocelind.

L'espressione di Maia era tesa. — Luke non ha cambiato...

Ma Simon la interruppe in fretta. — Va bene così, Maia. Vai.

Gli occhi di Maia erano tristi e luminosi. — Simon, pensaci. Non è una cosa che *devi* fare.

— Sì, invece. — Il suo tono era fermo. — Maia, ti ringrazio molto per avermi accompagnato qui. Ora vai.

— Simon...

Lui abbassò la voce. — Se non vai via, ci ammazzeranno entrambi, e tutto questo non sarà servito a niente. Vai. Per favore.

Lei annuì e si voltò, trasformandosi: un attimo prima era un'esile ragazza con le treccine decorate da perline, un attimo dopo era a terra a quattro zampe, lupo agile e silenzioso. Sfrecciò via nella radura e svanì tra le ombre.

Simon si voltò, e per poco non cacciò un urlo: era faccia a faccia con Raphael, a pochi centimetri da lui. Vista da vicino, la sua pelle rivelava le venature scure della fame. Simon ripensò a quella notte all'Hotel Dumort: i volti che apparivano dalle ombre, le fuggevoli risate, l'odore del sangue, e rabbrividì.

Raphael prese Simon per le spalle: la stretta delle sue mani ingannevolmente esili era ferrea. — Gira la testa — gli intimò — e guarda le stelle: così sarà più facile.

— Allora hai davvero intenzione di uccidermi — osservò Simon. Con sorpresa, non sentiva paura, non era nemmeno particolarmente agitato: tutto sembrava rallentato e perfettamente nitido. Fu simultaneamente consapevole di ogni foglia sopra di lui, di ogni sassolino per terra, di ogni paio d'occhi puntati su di lui.

— Che cosa credevi? — gli chiese Raphael, con un po' di tristezza. — Non è una cosa personale, te l'assicuro. Come dicevo, sei troppo pericoloso per poter continuare a esistere così come sei. Se avessi saputo cosa saresti diventato...

— Non mi avresti mai lasciato uscire da quella tomba, lo so — terminò Simon per lui.

Raphael incrociò il suo sguardo. — Tutti, per sopravvivere, fanno ciò che devono fare. In questo senso, anche noi siamo un po' come gli esseri umani. — I suoi denti affilati sgusciarono dalle gengive come delicati rasoi. — Sta' fermo. Sarà una cosa rapida. — Si avvicinò.

— Aspetta — esclamò Simon. E quando Raphael si ritrasse, accigliato, lo ripeté, con più forza: — Devo farti vedere una cosa.

Raphael fece un basso suono sibilante. — Se vuoi tergiversare, trova qualcosa di meglio, Diurno.

— È quello che sto facendo. C'è una cosa che dovresti vedere. — Simon si scostò i capelli dalla fronte. Gli sembrò un gesto un po' sciocco, quasi teatrale, ma quando lo fece rivide il volto pallido e disperato di Clary che lo fissava, con lo stilo in mano, e pensò: *Be', lo faccio per lei. Almeno ci provo.*

L'effetto su Raphael fu sorprendente e istantaneo. Fece un balzo indietro, come se Simon avesse brandito un crocifisso, e sgranò gli occhi. — Diurno, chi ti ha fatto questo?

Simon si limitò a fissarlo. Non sapeva bene quale reazione aspettarsi, ma di sicuro non quella.

— Clary — disse Raphael, rispondendosi da solo. — Naturalmente. Solo un potere come il suo può fare una cosa del genere: un vampiro marchiato e con un Marchio come questo…

— Un Marchio di che tipo? — chiese Jacob, l'esile ragazzo biondo alle spalle di Raphael. Anche gli altri vampiri li stavano fissando, con espressioni di confusione e crescente paura. Qualsiasi cosa spaventasse Raphael, pensò Simon, di sicuro spaventava anche loro.

— Questo Marchio — spiegò Raphael senza togliere gli occhi di dosso a Simon — non è una delle rune del *Libro Grigio*. È un Marchio ancora più vecchio del *Libro*. Uno dei più antichi, disegnato dalla mano stessa del Creatore. — Fece per toccare la fronte di Simon, ma sembrò non trovare il coraggio: la mano restò sospesa per un attimo, poi gli ricadde lungo il fianco. — Ho sentito parlare di Marchi come questo, ma io non ne avevo mai visto uno. E questo…

Simon citò: — «"Chiunque ucciderà Caino subirà la vendetta sette volte." E il Signore impose a Caino un segno, perché non lo colpisse chiunque l'avesse incontrato.» Puoi cercare di uccidermi, Raphael, ma non te lo consiglio.

— Il Marchio di Caino? — esclamò Jacob, incredulo. — Quello è il Marchio di Caino?

— Uccidilo — sibilò una ragazza dai capelli rossi, vicino a Jacob. Parlava con un forte accento straniero, forse russo, pensò Simon, ma non ne era sicuro. — Uccidilo lo stesso.

L'espressione di Raphael era un misto di furia e incredulità. — Non lo farò. Qualsiasi male gli verrà fatto ricadrà su chi l'ha compiuto, moltiplicato per sette volte. È questa la natura del Marchio. Naturalmente, se qualcuno di voi vuole correre il rischio si accomodi pure.

Nessuno parlò, nessuno si mosse.

— Me l'immaginavo — commentò Raphael. I suoi occhi scrutarono Simon. — Come la regina cattiva della favola, Lucian Graymark mi ha mandato una mela avvelenata. Immagino *sperasse* che io ti uccidessi, per godere della punizione che mi avrebbe colpito.

— No — si affrettò a dire Simon. — No, Luke non sa nulla del Marchio, ha agito in buona fede. Devi rendergliene atto.

— Quindi sei stato tu a *scegliere*? — Per la prima volta c'era qualcosa di diverso dal disprezzo, pensò Simon, nel modo in cui Raphael lo guardava. — Questa non è una semplice runa di Protezione, Diurno. Tu sai quale fu la punizione di Caino? — Parlava a bassa voce, come a voler condividere un segreto. — «Ora sii maledetto lungi da quel suolo… Ramingo e fuggiasco sarai sulla terra.»

— Allora — disse Simon — andrò ramingo, se così dovrà essere. Farò quello che dovrò fare.

— Tutto questo… — rifletté Raphael — … tutto questo per i Nephilim.

— Non solo per i Nephilim — precisò Simon. — Lo sto facendo anche per te. Anche se tu non vuoi. — Alzò la voce, in modo che anche i vampiri silenziosi che li circondavano potessero sentirlo. — Tu temevi che, se altri vampiri avessero saputo che cosa mi era successo, avrebbero pensato che il sangue di uno Shadowhunter potesse dargli la capacità di stare alla luce del sole. Ma non è per questo che io ho questo potere. È per qualcosa che ha fatto Valentine. Un esperimento. Lui l'ha fatto, non Jace. E non è replicabile. Non accadrà di nuovo.

— Credo che stia dicendo la verità — commentò Jacob, sorprendendo Simon. — So per certo di uno o due Figli della Notte che hanno assaggiato sangue di Shadowhunter, in passato. Nessuno di loro ha mai sviluppato una gran passione per la luce del sole.

— Dunque, una cosa era rifiutarsi di aiutare gli Shadowhunters *prima* — riprese Simon, voltandosi verso Raphael. — Ma adesso che mi hanno mandato da voi… — Lasciò in sospeso il resto della frase.

— Non cercare di ricattarmi, Diurno — disse Raphael. — Quando i Figli della Notte fanno un patto, lo onorano sempre, per quanto possa costargli. — Fece un lieve sorriso, e i denti aguzzi luccicarono nel buio. — C'è solo una cosa. Un ultimo gesto che ti chiedo, per dimostrare che hai davvero agito in buona fede. — L'accento che pose sulle ultime due parole era carico di gelo.

— E cioè?

— Noi non saremo i soli vampiri a combattere la battaglia di Lucian Graymark — disse Raphael. — Ci sarai anche tu.

Jace aprì gli occhi in un gorgo d'argento. La bocca era piena di liquido amaro. Tossì, chiedendosi per un attimo se stesse affogando… Ma era sulla terraferma. Seduto contro una stalagmite, le mani legate dietro la schiena. Tossì di nuovo e la bocca gli si riempì di un liquido caldo. Non stava affogando: stava soffocando nel suo stesso sangue.

— Sveglio, fratellino? — Sebastian era inginocchiato davanti a lui, con una fune in mano e un sorriso come un coltello sguainato. — Bene. Per un momento ho temuto di averti ucciso troppo in fretta.

Jace girò la testa di lato e sputò una boccata di sangue. Gli sembrava che la sua testa contenesse un palloncino gonfio che premeva contro il cranio. Il gorgo d'argento che sentiva sopra di sé rallentò e si fermò: Jace mise a fuoco le stelle luminose che apparivano dal foro sulla volta della grotta. — Stai aspettando un'occasione speciale per uccidermi? Natale è vicino.

Sebastian gli lanciò un'occhiata pensosa.

— Hai la lingua veloce. Questo non l'hai imparato da Valentine. Che cosa hai imparato da lui? Non mi pare che ti abbia insegnato molto, delle tecniche di combattimento. — Gli si avvicinò. — Tu sai che cosa mi regalò, quando compii nove anni? Una bella lezione. Mi insegnò che nella schiena di un uomo c'è un punto dove, se ci affondi una lama, puoi bucargli il cuore e spezzargli la spina dorsale in un colpo solo. E *tu*, invece, che cosa hai ricevuto quando hai compiuto nove anni, angioletto? Un biscottino?

Nove anni? Jace deglutì.

— Allora dimmi, in quale buco ti teneva, mentre crescevo? Non ricordo di averti mai visto in giro per la tenuta.

— Sono cresciuto in questa valle. — Sebastian gli indicò con il capo l'uscita della grotta. — Nemmeno io ricordo di averti mai visto in giro, ora che ci penso. Però sapevo della tua esistenza. Scommetto che tu, invece, non sapevi della mia.

Jace scosse la testa. — Valentine non era molto incline a sbandierare la tua esistenza. E posso immaginare perché.

Gli occhi di Sebastian sfavillarono. Era facile, ora, notare la somiglianza con Valentine: la stessa insolita combinazione di capelli chiarissimi e occhi neri, la stessa ossatura elegante che, in un altro viso, meno scolpito, sarebbe risultata femminea. — Sapevo tutto di te — disse Sebastian. — Tu, invece, non sai niente di me, vero? — Si alzò in piedi. — Ti ho tenuto vivo per farti vedere questo, fratellino. Perciò, guarda bene. — Con un movimento così veloce da essere quasi impercettibile, Sebastian sguainò la spada che portava alla cintura. Aveva l'elsa d'argento e, come la Spada Mortale, brillava di una cupa luce nera. Un motivo di stelle era inciso sulla superficie della lama e, quando Sebastian la roteò, rifletté la luce delle stelle vere, ardendo come fuoco.

Jace trattenne il fiato. Sebastian voleva ucciderlo? No, l'avrebbe già fatto mentre era svenuto, se fosse stata quella la sua intenzione. Lo vide spostarsi al centro della grotta, brandendo la spada con facilità, benché sembrasse molto pesante. La mente di Jace vorticava di pensieri. Com'era possibile che Valentine avesse un altro figlio? Chi era sua madre? Una donna del Circolo? Ed era più giovane o più vecchio di lui?

Sebastian raggiunse l'enorme stalagmite dalle sfumature rossastre, al centro della grotta. Sembrava pulsare, e il fumo al suo interno iniziò a vorticare più rapidamente. Sebastian socchiuse gli occhi e sollevò la spada. Disse qualcosa – una parola in un'aspra lingua demoniaca – e calò la lama, con velocità e con forza, in un arco tagliente.

La punta della stalagmite si staccò. L'interno era cavo, ricolmo di una massa di fumo rosso e nero, che salì vorticando come gas da un palloncino forato. Ci fu un boato, una sorta di pressione esplosiva. Jace sentì uno schiocco nelle orecchie. All'improvviso gli riuscì difficile respirare. Avrebbe voluto allargare il colletto della camicia, ma non poteva muovere le mani: erano legate troppo saldamente dietro di lui.

Sebastian era mezzo nascosto dietro la colonna rossa e nera che si riversava dalla stalagmite salendo in rapide spire. — Guarda! — esclamò. Il suo volto era infervorato, gli occhi accesi, i capelli bianchi sferzati dal vento ascendente. Jace si chiese se suo padre fosse stato così, da giovane: terribile, eppure in qualche modo affascinante. — Guarda e ammira l'esercito di Valentine!

La sua voce venne soffocata dal fragore. Era un suono simile a quello di un'onda di marea che si frange sulla riva, un enorme cavallone carico di pesanti detriti, delle ossa frantumate di intere città, l'avanzata di un potere grandioso e malvagio. Un'enorme colonna di nero guizzante, impetuoso, contorto, si riversò fuori dalla stalagmite spaccata, incanalandosi verso lo squarcio sulla volta della grotta, salendo e uscendo da esso. *Demoni.* Salirono gridando, urlando, ringhiando: una massa ribollente di artigli e unghioni, zanne e occhi ardenti. Jace ripensò alla nave di Valentine, si rivide riverso sul ponte, mentre intorno a lui il cielo e la terra e il mare diventavano un incubo terribile. Ma questo era ancora peggio. Era come se la terra si fosse squarciata e ne fosse uscito l'inferno. I demoni portavano con sé il puzzo di mille cadaveri in putrefazione. Le mani di Jace si torsero, si torsero finché le funi non gli tagliarono i polsi facendolo sanguinare. Un sapore amaro gli salì in gola, e il ragazzo soffocò nel sangue e nella bile, mentre l'ultimo dei demoni saliva e svaniva sopra di lui, in una nera inondazione di orrore che spense tutte le stelle.

Forse aveva perso i sensi per qualche minuto, pensò Jace. Di certo, c'era stato un momento di buio nel quale gli urli e gli ululati erano svaniti e lui aveva avuto l'impressione di essere sospeso nello spazio, inchiodato tra terra e cielo, con un senso di distacco che era in qualche modo... rasserenante.

Finì troppo presto. All'improvviso, tornò con violenza nel suo corpo, i polsi doloranti, le spalle tese all'indietro, il puzzo dei demoni così denso nell'aria che lo costrinse a vomitare. Sentì una risatina secca e alzò gli occhi, ricacciando giù l'acido che aveva in bocca. Sebastian era inginocchiato sopra di lui, con le gambe a cavalcioni delle sue, gli occhi sfavillanti. — Va tutto bene, fratellino — disse. — Sono andati via.

Gli occhi di Jace lacrimavano, la gola era lacera e in fiamme. La voce gli uscì come un gracchio. — Lui aveva detto a mezzanotte. Valentine aveva detto di liberare i demoni a mezzanotte. Non può essere già mezzanotte.

— È sempre meglio chiedere perdono che chiedere il permesso, in questo tipo di situazione. — Sebastian guardò il cielo vuoto. — Impiegheranno cinque minuti per raggiungere la Pianura di Brocelind, da qui, un bel po' meno di quanto impiegherà mio padre per raggiungere il lago. Io voglio vedere versato un po' di sangue Nephilim. Voglio vederli contorcersi e morire sul campo di battaglia. Meritano la vergogna, prima dell'oblio.

— Pensi davvero che i Nephilim abbiano così poche possibilità contro i demoni? Non è che siano impreparati...

Sebastian liquidò la domanda con un gesto secco della mano. — Credevo che ci stessi ascoltando, poco fa. Non hai capito il piano? Non sai che cosa ha intenzione di fare mio padre?

Jace non disse niente.

— È stato gentile, da parte tua — proseguì Sebastian — condurmi da Hodge la notte scorsa. Se lui non ci avesse rivelato che lo Specchio che cercavamo era il Lago Lyn, non sono sicuro che questa notte avrebbe avuto compimento. Colui che detiene i primi due Strumenti Mortali e si erge davanti allo Specchio Mortale, può evocare l'Angelo Raziel dallo Specchio, come fece Jonathan Shadowhunter mille anni fa. E una volta evocato l'Angelo, si ha il diritto di chiedergli una cosa. Un compito. Un... favore.

— Un favore? — Jace si sentì raggelare. — E Valentine chiederà la sconfitta degli Shadowhunters a Brocelind?

Sebastian si alzò. — Sarebbe uno spreco. No. Chiederà che tutti gli Shadowhunters che non hanno bevuto alla Coppa Mortale – cioè tutti coloro che non sono suoi seguaci – siano spogliati dei loro poteri. Non saranno più Nephilim. Di conseguenza, coi Marchi che portano sulla pelle... — Sebastian sorrise — diventeranno Dimenticati, facile preda dei demoni. E i Nascosti che non saranno scappati verranno facilmente sterminati.

Le orecchie di Jace risuonavano di un tintinnio aspro. Si sentiva stordito. — Nemmeno Valentine... — disse. — Nemmeno Valentine farebbe una cosa del genere.

— Ma per favore! — sbottò Sebastian. — Credi davvero che mio padre non porterà fino in fondo il piano che ha elaborato?

— *Nostro* padre — lo corresse Jace.

Sebastian lo guardò dall'alto. I capelli erano come una bianca aureola; sembrava il classico angelo ribelle scacciato dal Paradiso insieme a Lucifero. — Scusa — disse con un certo divertimento — ma stai *pregando*?

— No. Parlavo di Valentine. È nostro padre. Non *tuo* padre. *Nostro*.

Per un momento Sebastian non mostrò alcuna emozione, poi le labbra si stirarono agli angoli e sorrise. — Angioletto, sei proprio uno sciocco, lo sai? Proprio come diceva sempre mio padre.

— Perché continui a chiamarmi così? — volle sapere Jace. — Perché continui a blaterare di angeli?

— Dio! — esclamò Sebastian. — Non sai proprio *niente*, allora? Mio padre non ti ha mai detto niente che non fosse una bugia?

Jace scosse la testa. Aveva continuato a tendere le corde che gli legavano i polsi, ma ogni volta che tirava i nodi sembravano stringersi di più. Sentiva il sangue pulsare in tutte le dita. — Come fai sapere che non mentiva *a te*?

— Perché io sono sangue del suo sangue. Sono come lui. Quando lui non ci sarà più, sarò io a guidare il Conclave.

— Non mi vanterei di essere come lui, se fossi in te.

— Anche questo. — La voce di Sebastian era priva di emozioni. — Io non fingo di essere diverso da ciò che sono. Non mi comporto come se fossi scandalizzato perché mio padre fa ciò che deve fare per salvare la sua gente, anche se loro non voglio essere salvati (o, se vuoi sapere la mia opinione, non *meritano* di essere salvati). Chi preferiresti avere come figlio: un ragazzo che sia orgoglioso di averti come padre o uno che davanti a suo padre si rintana in un angolo per la paura e la vergogna?

— Io non ho paura di Valentine — puntualizzò Jace.

— Non è di lui che devi aver paura — replicò Sebastian. — Ma di me.

C'era qualcosa nella sua voce che indusse Jace a smettere di lottare con le corde e ad alzare gli occhi verso di lui. Sebastian brandiva ancora la spada dalla lucente lama nera. Era un oggetto bellissimo, pensò Jace, anche quando l'altro abbassò la punta e gliela appoggiò sulla clavicola, sfiorandogli il pomo d'Adamo.

Jace si sforzò di mantenere ferma la voce. — E adesso cosa vuoi fare? Vuoi uccidermi mentre sono legato? Il pensiero di batterti con me ti spaventa tanto?

Nulla, nemmeno il fremito di una emozione, attraversò il viso pallido di Sebastian. — Tu non rappresenti una minaccia per me. Sei una scocciatura. Un fastidio.

— Allora perché non mi sleghi le mani?

Sebastian, perfettamente immobile, lo fissava. Sembrava una statua, pensò Jace, la statua di un principe morto da secoli, morto giovane e corrotto dal vizio. Ed era questa la differenza tra Sebastian e Valentine: pur condividendo lo stesso aspetto gelido e marmoreo, Sebastian aveva intorno a sé un'aura come di guasto, qualcosa di corroso dall'interno.

— Non sono uno sciocco e non ci casco. Ti ho lasciato vivo solo per farti vedere i demoni. Ora, quando morirai e ritornerai dai tuoi angelici antenati, potrai riferire che non c'è più posto per loro, in questo mondo. Hanno abbandonato il Conclave e il Conclave non ha più bisogno di loro. Abbiamo Valentine, adesso.

— E tu vorresti uccidermi per farmi portare un messaggio *a Dio* a nome tuo? — Jace scosse la testa, e la punta della lama gli graffiò la gola. — Sei più pazzo di quel che pensavo.

Sebastian si limitò a sorridere e spinse un po' di più la lama. Quando Jace deglutì, sentì la punta della spada intaccare la trachea. — Se hai delle preghiere, fratellino, dille adesso.

— Non ho nessuna preghiera — replicò Jace. — Ho un messaggio, però. Per nostro padre. Glielo darai?

— Certo — disse Sebastian con voce di velluto. Ma c'era qualcosa nel modo in cui lo disse, un guizzo di esitazione prima di parlare, che confermava i sospetti di Jace.

— Tu menti — gli disse. — Tu non gli darai il messaggio, perché non gli dirai mai cosa hai fatto. Lui non ti ha mai chiesto di uccidermi. E non sarà contento quando lo scoprirà.

— Assurdo. Tu non sei niente per lui.

— Tu pensi che lui non scoprirà mai cosa mi è successo, se mi uccidi qui e ora. Potresti dirgli che sono morto in battaglia, oppure sarà lui a dedurre cos'è successo. Ma ti sbagli se pensi che non lo saprà mai. Valentine sa sempre tutto.

— Tu non sai di cosa parli — replicò Sebastian, ma i suoi tratti si erano fatti più tesi.

Jace continuò a parlare, sfruttando al massimo quel piccolo vantaggio. — Non puoi nascondere quello che stai facendo. C'è un testimone.

— *Un testimone?* — Sebastian sembrò quasi sorpreso e per Jace fu una piccola vittoria. — Che cosa stai dicendo?

— Il corvo — gli ricordò Jace. — Ti sta osservando nell'ombra. Dirà tutto a Valentine.

— Hugin? — Gli occhi di Sebastian si alzarono di scatto e, anche se il corvo non si vedeva da nessuna parte, il suo sguardo, quando tornò a posarsi su Jace, era pieno di dubbi.

— Se Valentine scopre che mi hai ucciso mentre ero legato e inerme, ne sarà disgustato — proseguì Jace. Sentiva la propria voce imitare le cadenze che usava suo padre, quando voleva qualcosa: una voce dolce e persuasiva. — Ti considererà un vigliacco. Non ti perdonerà mai.

Sebastian non disse niente. Fissava Jace dall'alto, con un fremito nelle labbra, e il rancore gli ribolliva negli occhi come un veleno.

— Slegami — disse Jace a bassa voce. — Slegami e combatti con me. È l'unico modo.

Le labbra di Sebastian guizzarono di nuovo, e stavolta Jace ebbe paura di essersi spinto troppo oltre. Sebastian sollevò la spada e la luce della luna esplose dalla lama in mille schegge d'argento come le stelle, d'argento come il colore dei suoi capelli. Digrignò i denti... e il sibilante respiro della spada tagliò l'aria della notte con un grido, quando Sebastian la calò in un arco fulmineo.

Clary era seduta sui gradini del podio, nella Sala degli Accordi, con lo stilo in mano. Non si era mai sentita tanto sola. La sala era deserta. Aveva cercato Isabelle dappertutto, dopo che l'esercito intero aveva attraversato il Portale, ma non era riuscita a trovarla. Aline le aveva detto che probabilmente era tornata a casa dei Penhallow, dove lei e alcuni suoi coetanei avrebbero dovuto badare a una quindicina di bambini sotto l'età del combattimento. Aveva cercato di convincere Clary ad andare con loro, ma lei aveva rifiutato. Se non trovava Isabelle, preferiva restare da sola, piuttosto che con dei quasi estranei. O almeno, così credeva. Ma ora, nella Sala degli Accordi, il silenzio e il vuoto diventavano sempre più opprimenti. Tuttavia, Clary non si mosse da lì. Stava cercando con tutte le forze di non pensare a Jace, di non pensare a Simon, di non pensare a sua madre, né a Luke, né ad Alec... e l'unico modo per non pensare era restare immobile a fissare un unico riquadro di marmo del pavimento, contandone le fessure, all'infinito. Erano sei. *Uno due tre. Quattro cinque sei.* Finiva la conta e ricominciava di nuovo, dall'inizio. *Uno due...*

Il cielo sopra di lei esplose.

O almeno così le parve, dal fragore. Clary sollevò la testa di scatto e guardò su, oltre il soffitto trasparente della sala. Il cielo, che era stato buio fino a un attimo prima, ora era una massa turbolenta di fiamme e oscurità, rischiarata da un'orrenda luce arancione. Contro quella luce si muovevano delle *cose*: cose orrende che lei non voleva vedere, cose per cui fu grata all'oscurità che ne nascondeva la vista. Le sporadiche immagini che si intravedevano erano già abbastanza terribili.

Il soffitto trasparente fremette e s'inarcò al passaggio dell'esercito dei demoni, come deformato da un tremendo calore. Alla fine ci fu un suono che somigliava a uno sparo e un'enorme crepa si disegnò sul vetro diramandosi in una ragnatela di linee. Clary si abbassò e si coprì la testa con le mani, quando i vetri cominciarono a piovere intorno a lei come lacrime.

Erano quasi giunti sul campo di battaglia, quando sentirono quel suono che squarciò la notte. Un attimo prima, i boschi erano muti e bui. L'attimo dopo, il cielo s'illuminò di un infernale bagliore rossastro. Simon barcollò e rischiò di cadere. Si aggrappò a un albero per riprendere l'equilibrio e guardò su, incapace di credere ai propri occhi. Intorno a lui, anche gli altri vampiri fissavano il cielo, le facce bianche come fiori notturni rivolti verso la luce della luna, mentre uno dopo l'altro quegli incubi attraversavano il cielo.

— Continui a svenire — protestò Sebastian. — È estremamente fastidioso.

Jace aprì gli occhi e sentì un dolore lancinante alla testa. Alzò una mano per toccarsi la faccia e... si accorse di non avere più le mani legate dietro la schiena. Un pezzo di fune gli penzolava ancora dal polso. La mano che ritirò dal viso era nera: nera di sangue, alla luce della luna.

Si guardò intorno. Non si trovavano più nella grotta: Jace era disteso sulla terra morbida ed erbosa della valle, non lontano dalla casetta di pietra. Sentiva scrosciare l'acqua del torrente, chiaramente vicino. In alto, i rami intrecciati degli alberi nascondevano in parte la luce lunare, ma la notte era comunque luminosa.

— Alzati — gli disse Sebastian. — Hai cinque secondi, prima che ti uccida lì dove sei.

Jace si alzò con tutta la lentezza che pensava potesse essergli concessa. Era ancora un po' stordito. Cercando l'equilibrio, affondò i tacchi degli stivali nella terra morbida, per avere più stabilità. — Perché mi hai portato qui?

— Per due ragioni — disse Sebastian. — La prima, mi piaceva l'idea di metterti subito al tappeto. La seconda, non sarebbe stata una buona idea per nessuno di noi insanguinare il pavimento della grotta. E io ho tutta l'intenzione di versare molto del tuo sangue.

Jace tastò la cintura, e il cuore gli sprofondò. O gli erano cadute le armi mentre Sebastian lo trascinava nei tunnel o, più probabilmente, Sebastian gliele aveva buttate via. Gli restava solo un pugnale. Dalla lama corta, troppo corta. Inutile contro una spada.

— Non è un granché come arma, quella. — Sebastian ghignò, bianco nell'oscurità abbagliata dalla luna.

— Non posso combattere con questo — disse Jace, cercando di sembrare nervoso e spaventato.

— Ma che peccato! — Sebastian gli si avvicinò con un ghigno. Teneva la spada come un bastone da passeggio, ostentando un'assoluta mancanza di preoccupazione e tamburellando sull'elsa con le dita. Se aveva una possibilità, pensò Jace, probabilmente era questa. Caricò il braccio e tirò un pugno in faccia a Sebastian con tutta la forza che aveva.

Sentì scricchiolare le ossa sotto le nocche. Il pugno mandò Sebastian a gambe all'aria. Cadde all'indietro e la spada gli sfuggì di mano. Jace la prese al volo e si lanciò all'attacco. Un attimo dopo era sopra Sebastian, con la spada puntata.

Il naso di Sebastian sanguinava, e il sangue tracciava un rivolo scarlatto sul suo viso. Si scostò il colletto, scoprendo la gola chiara. — Forza. Fallo! — lo incitò. — Uccidimi subito.

Jace esitò. Non voleva esitare, ma era così: una fastidiosa riluttanza a uccidere una persona inerme e atterrata. Ricordò Valentine che lo provocava, a Renwick, che lo sfidava a ucciderlo. E lui non c'era riuscito. Ma Sebastian era un assassino. Aveva ucciso Max e Hodge.

Sollevò la spada.

E Sebastian balzò in piedi, più veloce di un lampo. Sembrò quasi volare. Eseguì un'elegante capriola all'indietro e atterrò con grazia sull'erba, praticamente sul posto. Nel movimento, sferrò un calcio contro la mano di Jace. La spada gli sfuggì di mano e volò in alto roteando. Sebastian la prese al volo, ridendo, e fece un affondo con la lama, puntando al cuore di Jace. Questi fece un balzo indietro e la lama tagliò l'aria proprio davanti a lui, squarciandogli la camicia sul petto. Jace sentì un dolore pungente e il sangue sgorgare da una ferita superficiale.

Sebastian ghignava, avanzando verso Jace, che arretrò, armeggiando con la cintura per sfilare l'inadeguato pugnale. Si guardò intorno, disperatamente, in cerca di qualcos'altro da usare come arma: un bastone, qualsiasi cosa. Ma non c'era niente intorno, solo l'erba, il torrente che scorreva veloce e gli alberi che allargavano i robusti rami sopra di loro, formando una rete di verde. All'improvviso ricordò la Configurazione Malachi in cui l'Inquisitrice l'aveva intrappolato: Sebastian non era l'unico in grado di saltare.

Sebastian fece un nuovo affondo, ma Jace non c'era più: aveva spiccato un grande balzo in verticale. Il ramo più basso era a circa sei metri di altezza: lo afferrò a due mani e con uno slancio vi si issò sopra. Dal ramo, vide Sebastian ruotare su se stesso e poi guardare in alto. Jace scagliò il pugnale e Sebastian gridò. Con il fiato corto, si raddrizzò...

Un attimo dopo anche Sebastian era sul ramo. La faccia era arrossata di rabbia, il braccio con la spada perdeva sangue copiosamente. La spada gli era caduta sull'erba, ma questo serviva soltanto a metterli alla pari, pensò Jace, visto che anche il suo pugnale era andato. Con una certa soddisfazione, Jace notò che per la prima volta Sebastian appariva *arrabbiato*: arrabbiato e sorpreso, come se il cagnolino che lui pensava ben addomesticato l'avesse morso.

— Divertente — sibilò Sebastian. — Ma adesso basta.

Si scagliò contro Jace, lo afferrò per la vita e lo buttò giù dal ramo. Caddero, avvinghiati, picchiandosi, e si schiantarono a terra così forte che Jace vide letteralmente le stelle. Agguantò il braccio ferito di Sebastian e vi affondò le dita. L'altro urlò e reagì tirandogli un manrovescio in pieno viso. La bocca di Jace si riempì di sangue: tossì e sputò, mentre rotolavano nella terra prendendosi a pugni.

Di colpo Jace sentì una sferzata di gelo: erano rotolati giù dalla riva del ruscello ed erano finiti nell'acqua. Sebastian restò senza fiato e Jace colse l'occasione per prenderlo alla gola a due mani e stringere. Sentendosi soffocare, Sebastian afferrò il polso destro di Jace e lo tirò indietro con tanta forza da spezzarne le ossa. Jace si sentì urlare, come da lontano, e Sebastian approfittò del vantaggio, torcendo senza pietà il polso rotto finché Jace non mollò la presa e cadde nell'acqua gelida e fangosa. Tutto il braccio era un urlo di agonia.

Mezzo inginocchiato sul petto di Jace, un ginocchio affondato nelle costole, Sebastian ghignava. I suoi occhi rilucevano, bianchi e neri, nel viso che era una maschera di terra e fango. Qualcosa luccicava nella sua mano destra: il pugnale di Jace.

Doveva averlo trovato per terra. La punta era sul cuore dell'avvversario.

— E ci ritroviamo esattamente dove eravamo cinque minuti fa — commentò Sebastian. — Hai avuto la tua possibilità, Wayland. Hai da dire le tue ultime parole?

Jace lo fissò, la bocca piena di sangue, il sudore che gli bruciava negli occhi. Provava solo un senso di vuoto e di totale sfinimento. Era davvero così che sarebbe morto? — Wayland? Sai benissimo che non è il mio nome.

— Né più né meno che il cognome Morgenstern — commentò Sebastian. Si abbassò, facendo pressione sul pugnale. La punta forò la pelle di Jace, il suo corpo vibrò per una fitta di dolore lancinante. La faccia di Sebastian era a pochi centimetri dalla sua, la voce un sussurro sibilante. — Credevi *davvero* di essere figlio di Valentine? Credevi davvero che una cosa patetica e lamentosa come te fosse degna di essere un Morgenstern, di essere *mio fratello*? — Buttò indietro i capelli bianchi: erano appesantiti dal sudore e dall'acqua del torrente. — Tu sei un *changeling*, un figlio scambiato. Mio padre ha squartato un cadavere per tirarti fuori e trasformarti in uno dei suoi esperimenti. Ha cercato di allevarti come un figlio, ma eri troppo debole per essergli utile. Non saresti mai diventato un guerriero. Non eri niente. Inutile. Così ti ha sbolognato ai Lightwood, sperando che potessi tornargli utile in seguito, come specchietto per le allodole. O come esca. *Non ti ha mai voluto bene.*

Jace batté le palpebre sugli occhi che bruciavano. — Allora tu…

— Io sono il figlio di Valentine. Jonathan Christopher Morgenstern. Tu non hai mai avuto alcun diritto di portare questo nome. Tu sei un fantasma. Un falso. — I suoi occhi erano neri e luccicanti, come il carapace di due insetti morti. E d'improvviso Jace sentì, come in sogno, la voce di sua madre – anche se non era sua madre – che diceva: «Jonathan non è più un bambino. Non è più nemmeno umano: è un mostro».

— Allora sei tu! — esclamò Jace, soffocando nel sangue. — Sei tu che hai sangue di demone. Non io!

— Esatto. — Il pugnale affondò di un altro millimetro nelle carni di Jace. Sebastian stava ancora ghignando, ma era un sorriso fisso, da teschio. — Tu sei il bambino angelico. Ho dovuto sentire di tutto sul tuo conto. Tu, con la tua bella faccina d'angelo e i tuoi modi gentili e i tuoi delicati, delicatissimi sentimenti. Non riuscivi nemmeno a vedere un uccello morire senza metterti a piangere. Per forza Valentine si vergognava di te.

— No. — Jace dimenticò il sangue che gli riempiva la bocca, dimenticò il dolore. — È di te che si vergogna. Tu credi che non ti abbia voluto portare con sé al lago perché gli servivi qui per liberare i demoni a mezzanotte? Come se non sapesse che non saresti riuscito ad aspettare. Non ti ha portato con sé perché si vergogna a presentarsi al cospetto dell'Angelo e mostrargli che cosa ha fatto. Mostrargli la *cosa* che ha creato. Mostrargli *te*. — Jace guardò in faccia Sebastian: sentiva una terribile, trionfante pietà brillare negli occhi. — Valentine sa benissimo che non c'è niente di umano in te. Forse ti vuole bene, ma allo stesso tempo ti odia...

— Sta' zitto! — Sebastian spinse giù il pugnale, rigirandolo. Jace gridò inarcando la schiena, e il dolore gli esplose come un lampo dentro gli occhi. *Sto per morire*, pensò. *Sto morendo. È finita.* Si chiese se il suo cuore fosse già stato trafitto. Non riusciva più a muoversi, non riusciva più a respirare. Era come una farfalla infilzata con uno spillo e inchiodata a un quadro. Cercò di parlare, cercò di pronunciare un nome, ma nulla uscì dalla sua bocca. Solo sangue.

E tuttavia Sebastian sembrò leggergli negli occhi. — *Clary*. Me n'ero quasi dimenticato. Tu sei innamorato di lei, vero? La vergogna per i tuoi indegni impulsi incestuosi deve averti quasi ucciso. Che peccato non aver saputo prima che non è tua sorella. Avresti potuto passare il resto della vita con lei, se solo non fossi così stupido. — Si abbassò ancora, affondando di più il pugnale, con la lama che grattava contro l'osso. Parlò all'orecchio di Jace, con una voce bassa come un sussurro. — Anche lei ti amava — gli disse. — Ricordatelo, mentre muori.

L'oscurità invase il campo visivo di Jace, come un barattolo di colore rovesciato su una fotografia che ne cancella le immagini. All'improvviso non ci fu più dolore. Jace non sentì più niente, nemmeno il peso di Sebastian sopra di sé. Era come galleggiare. La faccia di Sebastian scivolò via da lui, bianca contro il buio, il pugnale in mano, sollevato. Qualcosa di dorato luccicò al suo polso, come un braccialetto. Ma non era un braccialetto, perché si muoveva. Sebastian si guardò la mano, sorpreso, allentò la presa e il pugnale gli cadde sulla terra fangosa con un piccolo tonfo.

Poi anche la mano, staccata dal polso, cadde a terra accanto a esso.

Jace fissò meravigliato la mano tagliata di Sebastian che rimbalzava e si fermava contro un paio di alti stivali neri. Gli stivali avvolgevano un paio di gambe eleganti, che salivano a un busto esile e a un volto ben noto, circondato da una cascata di capelli neri. Jace sollevò lo sguardo e vide Isabelle, la frusta grondante sangue, gli occhi inchiodati su Sebastian, che fissava il moncherino a bocca aperta, del tutto incredulo.

Isabelle fece un sorriso cupo. — Questo era per Max, bastardo.

— *Carogna!* — sibilò Sebastian. Balzò in piedi nel momento stesso in cui la frusta di Isabelle calò su di lui con fulminea rapidità. Sebastian si tuffò di lato e sparì. Ci fu un fruscio: doveva essersi dileguato tra gli alberi, pensò Jace, ma gli faceva troppo male girare la testa per guardare.

— Jace! — Isabelle si inginocchiò accanto a lui, con lo stilo nella mano sinistra. I suoi occhi brillavano di lacrime: doveva essere piuttosto malconcio, pensò Jace, per far piangere Isabelle.

— Isabelle — cercò di dire. Voleva dirle di andarsene, di scappare, perché, per quanto fosse spettacolare e coraggiosa e piena di talento – e lei era tutte queste cose – non poteva competere con Sebastian. Non c'era da sperare che lui si facesse fermare da una inezia come una mano tagliata. Ma tutto quello che uscì dalla bocca di Jace fu una sorta di gorgoglio.

— Non parlare. — Sentì la punta dello stilo bruciare sulla pelle del petto. — Te la caverai. — Isabelle gli fece un sorriso tremulo. — Ti starai chiedendo che diavolo ci faccio qui. Non so quanto sai già, non so che cosa ti abbia rivelato Sebastian, ma tu non sei figlio di Valentine. — L'*iratze* era quasi finito: Jace già sentiva il dolore affievolirsi. Annuì appena, cercando di dirle: *Lo so*. — Comunque, non avevo intenzione di venirti a cercare, dopo che sei scappato, perché nel tuo biglietto avevi scritto di non farlo, e questo l'avevo capito. Ma non potevo lasciarti morire convinto di avere dentro di te sangue di demone, né senza dirti che non c'è niente che non va in te, anche se, onestamente, non capisco come ti sia venuta in mente una cosa del genere... — La mano le tremò. Isabelle si immobilizzò, non volendo rovinare la runa. — E bisognava che tu sapessi che Clary non è tua sorella — riprese, più dolcemente. — Perché... perché sì. Così ho chiesto a Magnus di aiutarmi a rintracciarti. Ho usato il soldatino di legno che avevi regalato a Max. Non credo che Magnus l'avrebbe fatto, in circostanze normali, ma diciamo che era di umore insolitamente buono, e forse gli ho anche detto che Alec voleva che lo facesse... cosa *tecnicamente* non proprio vera, ma ci vorrà un po' di tempo prima che venga a saperlo. E quando ho scoperto dov'eri, be'... Magnus aveva già aperto un Portale e io sono molto brava a sgattaiolare via di nascosto...

Isabelle gridò. Jace cercò di allungare un braccio verso di lei, ma era troppo lontana, sollevata, scagliata via. La frusta le sfuggì di mano. Si mise sulle ginocchia, ma Sebastian era già di fronte a lei. I suoi occhi ardevano di rabbia e aveva un cencio insanguinato intorno al moncherino. Isabelle si tuffò verso la frusta, ma Sebastian si mosse più rapidamente. Ruotò su se stesso e le sferrò un calcio violento. Lo stivale la colpì sulla cassa toracica. Jace ebbe l'impressione di *sentire* le costole di Isabelle che si rompevano, mentre lei volava a gambe all'aria, cadendo malamente su un fianco. La sentì gridare di dolore – Isabelle, che non mostrava mai la propria sofferenza – quando Sebastian la colpì con un altro calcio. Poi Sebastian raccolse la frusta e la brandì.

Jace rotolò su un fianco. L'*iratze* quasi completato era servito, ma il dolore al petto era ancora forte. Con un certo distacco, Jace era anche consapevole che sputare sangue probabilmente significava avere un polmone perforato. Non era sicuro di quanta autonomia gli restasse. Minuti, probabilmente. Raccattò il pugnale lasciato cadere da Sebastian, accanto ai raccapriccianti resti della sua mano. Barcollando, si rimise in piedi. L'odore del sangue era fortissimo. Pensò alla visione di Magnus, al mondo trasformato in sangue, e la sua mano scivolosa si strinse sull'impugnatura del pugnale.

Fece un passo avanti. Poi un altro. Ogni passo era come spostare i piedi nel cemento fresco. Isabelle strillava insulti a Sebastian, che la frustava e rideva. Le sue grida attiravano Jace come un pesce preso all'amo, ma a ogni passo le sentiva più flebili. Il mondo gli girava intorno come una giostra del luna park.

Ancora un passo, si disse Jace. *Ancora uno.* Sebastian gli voltava le spalle, era concentrato su Isabelle. Probabilmente pensava che Jace fosse già morto. E ci mancava poco. *Un passo,* si disse. Ma non ci riuscì, non riusciva più a muoversi, non riusciva più a costringersi a trascinare i piedi, nemmeno per un altro passo. L'oscurità stava invadendo i margini del suo campo visivo, un'oscurità più profonda di quella del sonno, un nero che avrebbe cancellato ogni cosa Jace avesse visto, che l'avrebbe portato a un riposo assoluto. Pacificante. Pensò all'improvviso a Clary: Clary come l'aveva vista l'ultima volta, addormentata, coi capelli sul cuscino e le mani sotto la guancia. Aveva pensato allora che mai in vita sua aveva visto qualcosa di più pacifico. Ma naturalmente lei stava solo dormendo, come chiunque altro potrebbe dormire. Non era stata la pace di Clary a sorprenderlo, ma la propria. La pace che sentiva quando era con lei era qualcosa che non aveva mai conosciuto prima.

Il dolore gli sferzò la schiena. Si rese conto con sorpresa che in qualche modo, senza una sua precisa volontà, le sue gambe avevano fatto quell'ultimo passo cruciale. Sebastian aveva il braccio indietro, la frusta in mano. Isabelle era riversa sull'erba, accartocciata su se stessa. Non gridava più, non si muoveva più.

— Piccola bastarda — stava dicendo Sebastian. — Avrei dovuto spaccarti la faccia con quel martello quando potevo farlo.

Jace levò il pugnale e lo affondò nella schiena.

Sebastian barcollò in avanti e la frusta gli cadde di mano. Si girò lentamente e guardò Jace. Lui pensò, con un lontano senso di orrore, che forse Sebastian non era veramente umano, che forse, dopotutto, era impossibile ucciderlo. La faccia era vuota, ogni ostilità sparita, come il fuoco nero era sparito dai suoi occhi. Non somigliava più a Valentine, adesso. Era... spaventato.

Aprì la bocca, come per dirgli qualcosa, ma le ginocchia gli cedettero. Crollò al suolo e con la forza dell'impatto rotolò lungo la sponda del fiume e finì nell'acqua. Si fermò sulla schiena, gli occhi spalancati verso un cielo che non potevano più vedere. L'acqua scorreva intorno a lui, striata del suo sangue.

«Mi insegnò che nella schiena di un uomo c'è un punto dove, se ci affondi una lama, puoi bucargli il cuore e spezzargli la spina dorsale in un colpo solo, aveva detto Sebastian. A quanto pare abbiamo ricevuto lo stesso regalo di compleanno quell'anno, pensò Jace. Vero, fratellone?»

— Jace! — Era Isabelle. Aveva la faccia insanguinata e stava cercando di mettersi a sedere. — *Jace!*

Jace cercò di voltarsi verso di lei, cercò di dire qualcosa, ma non aveva più le parole. Cadde lentamente sulle ginocchia. Un peso immenso gli schiacciava le spalle, e la terra lo stava chiamando a sé: giù, giù, giù. A malapena riconobbe la voce di Isabelle che gridava il suo nome, mentre il buio lo portava via.

Simon era un veterano di molte battaglie. Purché si contassero anche quelle di Dungeons & Dragons. Il suo amico Eric era l'appassionato di storia militare, mentre Simon era quello che organizzava le campagne belliche, con decine di minuscoli soldati che avanzavano allineati su un paesaggio pianeggiante disegnato sui rotoli di carta da disegno.

Lui le battaglie le aveva sempre pensate così. Oppure come nei film, con due gruppi di uomini che si muovevano gli uni contro gli altri su una vasta pianura. Linee rette e schieramenti ordinati.

Ma lì non era così.

Lì regnava il caos. Era una mischia di urla e di azione, e lo scenario non era una vasta pianura, ma un ammasso di fango e di sangue in un impasto denso e instabile. Simon aveva immaginato che i Figli della Notte si sarebbero incamminati verso il campo di battaglia e che qualche comandante li avrebbe accolti; aveva immaginato di vedere la battaglia da lontano, di vedere i due eserciti scontrarsi. Invece non ci furono accoglienze, né eserciti schierati. La battaglia gli piombò addosso dalle tenebre, come se, da una stradina deserta, avesse girato l'angolo e si fosse trovato in mezzo a una rissa a Times Square. D'improvviso, ci furono ammassi di persone intorno a lui, mani che l'afferravano, che lo spingevano via... E i vampiri si tuffarono nella mischia in ordine sparso, senza voltarsi indietro nemmeno una volta.

E c'erano demoni, demoni dappertutto. Simon non avrebbe mai immaginato le urla, i fischi, i grugniti... E, peggio ancora, il suono degli strappi, delle lacerazioni, della famelica soddisfazione. Desiderò poter spegnere il suo udito di vampiro, ma non poteva: i suoni erano come coltelli conficcati nei padiglioni auricolari.

Inciampò su un corpo riverso nel fango, si girò per vedere se poteva essere d'aiuto e si accorse che lo Shadowhunter ai suoi piedi dal petto in su non esisteva più. Le sue ossa bianche luccicavano contro la terra scura e, nonostante la sua natura vampiresca, Simon ne fu nauseato. *Devo essere l'unico vampiro al mondo che si sente male alla vista del sangue*, pensò. Poi qualcosa lo colpì forte alle spalle e lui cadde, scivolando da un pendio fangoso in una fossa.

Non era l'unico corpo, in quella fossa. Rotolò sulla schiena e in quell'attimo il demone gli balzò addosso. Era come l'immagine della Morte in un'incisione medievale: uno scheletro vivente con la falce insanguinata stretta nella mano ossuta. Simon rotolò su un fianco e la lama calò a pochi centimetri dalla sua faccia. Lo scheletro emise una sorta di fischio pieno di delusione e levò di nuovo la falce.

Ma venne colpito su un fianco da un nodoso bastone. Lo scheletro esplose come una *piñata* di cartapesta piena di ossa invece che di dolci. Le ossa rotolarono con un suono di nacchere, poi sparirono nel buio.

Uno Shadowhunter si avvicinò a Simon. Era uno che Simon non aveva mai visto: alto, barbuto e imbrattato di sangue. Si passò una mano sporca sulla fronte, guardandolo. La mano lasciò una striatura scura sulla pelle. — Stai bene?

Stordito, Simon annuì e fece per alzarsi in piedi — Grazie.

Lo sconosciuto si chinò e gli porse una mano per tirarlo su. Simon accettò... e si trovò a volare fuori dalla fossa. Atterrò in piedi sull'orlo, scivolando sul fango umido. Lo sconosciuto gli fece un sorriso imbarazzato. — Scusa. Forza di Nascosto: il mio compagno è un lupo mannaro. Non ci sono ancora abituato. — Poi guardò meglio Simon. — Tu sei un vampiro, vero?

— Come fai a saperlo?

L'uomo sorrise. Era un sorriso stanco, ma non c'era nulla di ostile. — I denti. Vi escono, quando combattete. Lo so perché... — S'interruppe. Simon avrebbe potuto completare la frase per lui: *Lo so perché ne ho uccisi parecchi, di voi.* — E comunque... grazie. Per aver accettato di combattere con noi.

— Io... — Simon stava per dire che, in senso stretto, non aveva ancora combattuto, né contribuito in alcun modo alla battaglia, in realtà. Si voltò per dirglielo, ma riuscì a pronunciare una sola parola, prima che qualcosa di enorme, con grandi artigli e ali sfilacciate, piombasse giù dal cielo e affondasse gli unghioni nella schiena dello Shadowhunter.

L'uomo non ebbe nemmeno il tempo di gridare. La testa scattò verso l'alto, come per la sorpresa, come per chiedersi che cosa lo avesse afferrato, e poi sparì, trascinato via nel cielo nero e vuoto in un turbinio di zanne e ali. La sua mazza cadde a terra ai piedi di Simon.

Simon rimase immobile. Tutto questo, dal momento in cui era piombato nella fossa, era accaduto in meno di un minuto. Si girò, stordito, guardandosi intorno: lame mulinanti nel buio, laceranti artigli di demoni, punti di luce che correvano qua e là nell'oscurità come lucciole nella boscaglia... Poi capì di cosa si trattava: i bagliori delle spade angeliche.

Non vedeva i Lightwood, né i Penhallow, né Luke... nessuno di quelli che conosceva. Lui non era uno Shadowhunter. Eppure quell'uomo lo aveva ringraziato per aver deciso di combattere con loro. Quello che Simon aveva detto a Clary era vero: quella era anche la *sua* battaglia e lì c'era bisogno anche di lui. Non del Simon mondano, che era gentile e un po' imbranato e non sopportava la vista del sangue, ma del Simon vampiro, una creatura che lui stesso conosceva a malapena.

«Un vero vampiro sa di essere morto» gli aveva detto Raphael. Ma Simon non si sentiva affatto morto. Anzi, non si era mai sentito così vivo. Si girò e si trovò davanti a un demone che incombeva su di lui: era una specie di lucertola squamata, con denti da roditore. Gli piombò addosso con gli artigli neri protesi.

Simon saltò.

Colpì il fianco imponente della cosa, vi si aggrappò, affondò le unghie.

Le squame cedettero sotto la sua presa.

Il Marchio sulla fronte pulsò, quando affondò i denti nel collo del demone.

Aveva un sapore davvero schifoso.

Quando tutti i vetri furono caduti, rimase un ampio squarcio nel soffitto, largo qualche metro, come se vi fosse precipitato un meteorite. Vi entrava aria gelida. Tremando, Clary si rialzò in piedi, spolverandosi i frammenti di vetro dai vestiti.

La stregaluce che aveva illuminato la sala si era spenta. Ora c'era buio all'interno, un buio denso di ombre e di polvere. La lieve illuminazione del Portale che ormai stava svanendo nella piazza era appena visibile dalle porte aperte della sala.

Probabilmente non era più sicuro restare lì dentro, pensò Clary. Era meglio tornare dai Penhallow e stare con Aline. Fece per attraversare la sala e uscire, quando sentì risuonare dei passi sul pavimento di marmo. Con il cuore in gola, si girò e vide Malachi – una lunga, esile ombra nella semioscurità – diretto a grandi passi verso il podio.

Ma che cosa ci faceva, lì?

Non avrebbe dovuto essere con gli altri Shadowhunters sul campo di battaglia?

Mentre Malachi si avvicinava al podio, Clary notò qualcosa che le fece portare le mani alla bocca per soffocare un'esclamazione di sorpresa. C'era una sagoma scura e ingobbita appollaiata sulla spalla del Console. Un volatile. Un corvo, per la precisione.

Hugo.

Clary si nascose dietro una colonna, mentre Malachi saliva i gradini del podio. C'era qualcosa di inequivocabilmente furtivo nel suo modo di guardarsi intorno. Apparentemente rassicurato, credendosi solo e inosservato, estrasse da una tasca qualcosa di piccolo e luccicante e se lo infilò al dito. Un anello? Malachi lo fece girare intorno al dito e Clary ricordò Hodge nella biblioteca dell'Istituto, che sfilava l'anello dal dito di Jace.

L'aria davanti a Malachi vibrò lievemente, come per un intenso calore. Una voce parlò da quel punto: aveva un che di familiare, fredda, raffinata, ora venata da una lievissima irritazione.

— Che cosa c'è, Malachi? Non ho tempo per le chiacchiere, ora.

— Valentine, mio signore — esordì Malachi. La sua solita ostilità era stata sostituita da un tono viscidamente ossequioso. — Hugin è venuto da me neanche un attimo fa, portando delle notizie. Ho immaginato che tu fossi già allo Specchio, e che per questo Hugin avesse cercato me. Ho pensato che avresti voluto essere informato.

Il tono di Valentine era tagliente. — Molto bene. Che notizie ci sono?

— Si tratta di tuo figlio, mio signore. L'*altro* tuo figlio. Hugin l'ha seguito nella valle della grotta. Potrebbe persino averti seguito attraverso i tunnel fino al lago.

Clary si aggrappò alla colonna. Le nocche erano bianche. Stavano parlando di Jace.

Valentine grugnì. — Ha incontrato suo fratello?

— Hugin dice che stavano combattendo quando lui è partito.

Clary si sentì rovesciare lo stomaco. Jace che combatteva con Sebastian? Pensò a come Sebastian aveva sollevato Jace alla Guardia, a come lo aveva scaraventato via, quasi non pesasse niente. Un'ondata di panico la travolse, così intensa che per un momento le ronzarono le orecchie. Quando la stanza tornò a fuoco, Clary si rese conto di essersi persa la risposta di Valentine a Malachi.

— Sono quelli abbastanza grandi da essere marchiati, ma non abbastanza grandi per combattere, che mi preoccupano — stava dicendo Malachi. — Loro non hanno votato nel Consiglio. Sembra ingiusto punirli allo stesso modo in cui dovranno essere puniti coloro che stanno combattendo.

— Ci ho pensato. — La voce di Valentine era cupa e profonda. — Poiché gli adolescenti ricevono Marchi più leggeri, impiegheranno più tempo a trasformarsi in Dimenticati. Parecchi giorni, a dir poco. Ma sono sicuro che si tratta di un processo reversibile.

— Mentre chi di noi ha bevuto dalla Coppa Mortale rimarrà del tutto illeso, non è così?

— Ho da fare, Malachi — disse Valentine. — Ti ho già detto che sarai al sicuro. Ho dedicato tutta la mia vita a questo progetto. Abbi fiducia.

Malachi chinò la testa. — Io ho grande fiducia, mio signore. L'ho sempre avuta, per molti anni, in silenzio, servendoti sempre.

— E verrai ricompensato — replicò Valentine.

Malachi alzò gli occhi. — Mio signore…

Ma l'aria non vibrava più. Valentine se n'era andato. Malachi aggrottò la fronte, poi scese i gradini del podio e si avviò a grandi passi verso la porta. Clary si appiattì contro la colonna, sperando disperatamente di non essere vista. Il cuore le batteva all'impazzata. Che cos'era successo? Cos'era quella storia dei Dimenticati? La risposta sfavillava in un angolo della sua mente, ma sembrava troppo orribile da contemplare. Nemmeno Valentine avrebbe potuto…

Qualcosa, nero e vorticoso, le volò in faccia. Clary ebbe appena il tempo di alzare le braccia per proteggersi gli occhi, che subito qualcosa le graffiò il dorso delle mani. Sentì un gracchiare feroce, ali che sbattevano contro i suoi polsi alzati.

— Hugin! Basta! — Era la voce secca di Malachi. — *Hugin!* — Ci fu un altro gracchio e poi un tonfo. Poi, silenzio. Clary abbassò le braccia e vide il corvo immobile ai piedi del Console: stordito o morto, non avrebbe saputo dire. Con un ringhio, Malachi levò di mezzo il corvo con un calcio feroce e si avvicinò a Clary, furente. Le afferrò un polso sanguinante e la tirò su in piedi. — Stupida ragazza. Da quanto tempo stai origliando?

— Abbastanza da sapere che sei uno del Circolo — ribatté Clary, torcendo il polso nella sua stretta. Ma lui non la lasciò andare. — Tu sei dalla parte di Valentine.

— C'è solo *una* parte. — La voce di Malachi era un sibilo. — Il Conclave è stupido, fuori strada, pronto a compiacere mostri e mezzi uomini. Io voglio solo renderlo puro, farlo tornare alla sua gloria originaria. Un obiettivo che tutti gli Shadowhunters dovrebbero condividere, a rigor di logica. E invece no: danno ascolto agli sciocchi e agli amanti dei demoni, come il tuo Lucian Graymark. E adesso avete mandato il fior fiore dei Nephilim a morire in questa ridicola battaglia… Un gesto vuoto, che non porterà a niente. Valentine ha già iniziato il Rituale: fra poco l'Angelo sorgerà dalle acque del lago e tutti i Nephilim diventeranno Dimenticati. Tutti, tranne i pochi che sono sotto la protezione di Valentine.

— Ma è uno sterminio! Valentine vuole sterminare gli Shadowhunters!

— Non è uno sterminio — rispose il Console. La sua voce era intrisa di fanatica passione. — È pulizia. Valentine creerà un nuovo mondo di Shadowhunters, un mondo purgato da ogni debolezza e corruzione.

— La debolezza e la corruzione non sono nel *mondo*! — ribatté Clary. — Sono nelle *persone*. E sarà sempre così. Il mondo ha bisogno di gente buona per controbilanciare la debolezza e la corruzione. E voi volete ucciderli tutti.

Malachi la guardò un momento, onestamente sorpreso, come stupito dalla forza del suo pensiero. — Belle parole, per una ragazzina che è pronta a tradire suo padre. — Malachi la avvicinò a sé con uno strattone, tirandola brutalmente per il polso sanguinante. — Chissà cosa penserebbe Valentine, se ti insegnassi...

Ma Clary non scoprì mai che cosa volesse insegnarle Malachi. Una sagoma scura sfrecciò tra di loro, le ali aperte e gli artigli sguainati.

Il corvo colpì Malachi con un artiglio, scavandogli un solco sanguinante sulla faccia. Con un grido, il Console lasciò Clary e alzò le braccia, ma Hugo era già tornato indietro e si accaniva su di lui a colpi di becco e di artigli. Malachi arretrò barcollando e agitando le braccia. Urtò contro lo spigolo di una panca con violenza, facendola rovesciare. Sbilanciato, cadde con un grido soffocato... che s'interruppe bruscamente.

Clary corse da lui. Malachi giaceva accartocciato sul pavimento di marmo e una pozza di sangue già si allargava intorno a lui. Era caduto su un cumulo di vetri del soffitto infranto, e una scheggia appuntita gli si era conficcata in gola. Hugo si librava ancora nell'aria, volando in cerchio sopra il suo corpo. Lanciò un gracchio trionfante: evidentemente non aveva apprezzato i calci e i pugni del Console. *Malachi avrebbe dovuto pensarci due volte, prima di aggredire una delle creature di Valentine*, pensò con amarezza Clary, fissando il suo corpo. Il corvo non era disposto a perdonare più di quanto lo fosse il suo padrone.

Ma non c'era tempo per pensare a Malachi. Alec aveva detto che c'erano delle difese intorno al lago e che, se qualcuno vi fosse arrivato da un Portale, sarebbe scattato un allarme. Valentine era probabilmente già allo Specchio: non c'era tempo da perdere. Clary indietreggiò con cautela per allontanarsi dal corvo, poi si voltò e corse verso l'ingresso della sala, verso il bagliore del Portale che si apriva nella piazza.

20
Pesato sulla bilancia

L'acqua la colpì in faccia come un pugno. Clary affondò annaspando in una gelida oscurità: il suo primo pensiero fu che il Portale si fosse irreparabilmente dissolto mentre lei si trovava imprigionata in un luogo di mezzo, nero e vorticoso, dove sarebbe soffocata e morta. Jace le aveva detto che poteva succedere, la prima volta che lei aveva usato un Portale.

Il suo secondo pensiero fu di essere già morta.

Probabilmente perse conoscenza solo per qualche secondo, anche se a lei sembrò la fine di tutto. Quando tornò in sé accadde di colpo, e la sensazione fu quella di essere passata attraverso una lastra di ghiaccio che si era improvvisamente spezzata. Un attimo prima era priva di conoscenza, e un attimo dopo era cosciente: era distesa sulla schiena sulla terra umida e fredda e fissava un cielo pieno di stelle, simili a una manciata di frammenti d'argento gettati su una superficie scura. Aveva la bocca piena di liquido salmastro. Voltò la testa di lato e tossì, sputò, rantolò, finché non riuscì a respirare di nuovo.

Quando il suo stomaco non ebbe più spasmi, Clary rotolò su un fianco. Aveva i polsi legati insieme da una sottile fascia di luce e si sentiva le gambe pesanti, strane, tutte formicolanti. Forse erano rimaste schiacciate sotto il peso del corpo, pensò, o forse quello era un effetto collaterale del semiannegamento. La nuca le bruciava come se l'avesse punta una vespa. Con uno sforzo, sollevò il busto e si mise a sedere, con le gambe tese in avanti, in una posizione alquanto insolita. Si guardò intorno.

Si trovava sulla riva del Lago Lyn, in un punto in cui l'acqua cedeva il posto a una sabbia sottile. Una parete nera di roccia si ergeva alle sue spalle: la ricordava da quando era arrivata lì con Luke. Anche la sabbia era scura, luccicante di mica. Qua e là sulla sabbia c'erano torce di stregaluce che riempivano l'aria di un bagliore argenteo, disegnando un ricamo di riflessi luminosi sulla superficie dell'acqua.

Vicino alla riva del lago, a un passo da lei, c'era un tavolo basso fatto di pietre piatte impilate l'una sull'altra. Era stato chiaramente costruito in fretta: anche se gli spazi tra una pietra e l'altra erano stati sigillati con sabbia umida, diverse pietre erano storte e fuori squadra. Sul piano c'era un oggetto che fece trasalire Clary: la Coppa Mortale. E sopra la Coppa, appoggiata di traverso, c'era la Spada Mortale, una lingua di nera fiamma nella stregaluce. Tutto intorno all'altare c'erano rune disegnate nella sabbia. Clary le osservò, ma erano confuse, senza senso.

Un'ombra passò veloce sulla sabbia: l'ombra lunga e nera di un uomo, resa vaga e ondeggiante dalla luce guizzante delle torce. Quando Clary sollevò la testa, l'uomo le era già accanto.

Valentine.

Lo shock fu tale che la ragazza quasi non lo percepì: non sentì nulla, quando alzò gli occhi verso suo padre. Il suo volto si stagliava contro il cielo nero, come una luna: bianco, austero, scavato dagli occhi neri come crateri di meteoriti. Sulla camicia si intrecciavano varie cinture, alle quali erano fissate molte armi: gli spuntavano da dietro la schiena come le spine di un porcospino. Sembrava incredibilmente grande, enorme, la statua terrificante di un dio guerriero, un dio della distruzione.

— Clarissa — le disse. — Hai corso un grosso rischio, facendoti trasportare qui da un Portale. Sei stata fortunata, perché ti ho visto apparire nell'acqua all'improvviso. Eri svenuta. Se non fosse stato per me, saresti annegata. — Un muscolo di fianco alla bocca guizzò lievemente. — E non mi preoccuperei troppo per le difese innalzate dal Conclave intorno al lago. Le ho neutralizzate nel momento in cui sono arrivato. Nessuno sa che sei qui.

Non ti credo! Clary aprì la bocca per sputargli in faccia queste parole, ma non ne uscì alcun suono. Era come in quegli incubi in cui si cerca di urlare e urlare e non succede niente. Solo uno sbuffo d'aria secca uscì dalle sue labbra, il singulto di una persona che cerca di gridare con la gola tagliata.

Valentine scosse la testa. — Non sforzarti di parlare. Ho usato una runa di Quiete, come quelle che usano i Fratelli Silenti. Ce l'hai sulla nuca. In più hai una runa Vincolante sui polsi e una runa Invalidante sulle gambe. Non proverei ad alzarmi in piedi, se fossi in te: le gambe non ti reggerebbero e ti faresti solo male.

Clary lo guardò in cagnesco, cercando di fulminarlo con gli occhi, di tagliarlo con il suo rancore. Ma Valentine non se ne accorse nemmeno. — Poteva andarti peggio, sai? Quando ti ho tirato a riva, il veleno del lago aveva già iniziato ad agire. Ti ho curata io, tra parentesi. Non che mi aspetti un ringraziamento da te... — Accennò un sorriso. — Io e te non abbiamo mai fatto una conversazione, vero? Non una vera conversazione. Forse ti starai chiedendo perché non ho mai dimostrato un interesse paterno per te. Mi dispiace se questo ti ha ferito.

Ora lo sguardo di Clary passò dall'odio all'incredulità. Come avrebbero potuto fare una conversazione, se lei non poteva dire una parola? Cercò di far uscire questo pensiero, ma nulla salì dalla sua gola, se non un filo di fiato.

Valentine si avvicinò all'altare e posò la mano sulla Spada Mortale. L'arma emise un bagliore nero, una specie di luce al contrario, come se succhiasse la luce dall'aria intorno. — Non sapevo che tua madre fosse incinta di te, quando mi lasciò. — Le stava parlando, pensò Clary, come non aveva mai fatto prima. Il tono era calmo, quasi stesse facendo una chiacchierata, ma non era così. — Sapevo che c'era qualcosa che non andava. Lei credeva di riuscire a nascondermi la sua infelicità. Presi del sangue di Ithuriel, lo seccai, lo polverizzai, glielo mescolai al cibo, pensando che questo potesse guarirla dalla sua infelicità. Se avessi saputo che era incinta, non l'avrei fatto. Avevo già deciso di non fare più esperimenti su un bambino del mio stesso sangue.

Stai mentendo, avrebbe voluto gridargli Clary. Ma non ne era sicura. Valentine continuava a usare un tono strano, diverso. Forse perché stava dicendo la verità.

— Quando fuggì da Idris, la cercai per anni — raccontò. — E non solo perché aveva la Coppa Mortale, ma perché l'amavo. Se solo fossi riuscito a parlarle, pensavo che avrei potuto farla ragionare. Quello che feci, quella notte ad Alicante, lo feci in un attacco di rabbia, per distruggerla, distruggere tutto della nostra vita insieme. Ma poi... — Scosse la testa, girandosi a guardare il lago. — Quando finalmente la rintracciai, sentii dire che aveva avuto una figlia. Immaginai che tu fossi figlia di Lucian. Lui l'aveva sempre amata, aveva sempre voluto portarmela via, e pensai che alla fine tua madre avesse ceduto, accettando di avere un figlio da un immondo Nascosto. — La sua voce si fece più tesa. — Quando la trovai, nel vostro appartamento a New York, era ancora abbastanza cosciente. Mi accusò di aver fatto del suo primo figlio un mostro. Mi disse che mi aveva lasciato prima che potessi fare lo stesso anche con il secondo. Poi mi si accasciò tra le braccia. Anni di ricerche, e guarda cosa ricevevo da lei. Pochi secondi in cui mi guardò con l'odio di tutta una vita. In quel momento ho capito una cosa.

Sollevò Mellartach. Clary ricordò quanto fosse pesante la Spada, quando ancora il Rituale non era stato completato. E quando la lama si sollevò, vide gonfiarsi i muscoli del braccio di Valentine, sodi e tesi come funi serpeggianti sotto la pelle.

— Ho capito — proseguì Valentine — che la ragione per cui mi lasciò fu di proteggere te. Jonathan lo odiava, ma per te... avrebbe fatto qualsiasi cosa, pur di proteggerti. Di proteggerti da me. Arrivò persino a vivere tra i mondani, e so quanto dev'esserle costato. Le sarà pesato moltissimo non poterti trasmettere tutte le nostre tradizioni. Tu sei la metà di ciò che avresti potuto essere. Hai un enorme talento con le rune, che però è stato sciupato dalla tua educazione mondana.

Abbassò la Spada. La punta ora era vicina alla faccia di Clary, la quale, con la coda dell'occhio, la vedeva aleggiare ai margini del suo campo visivo come una falena d'argento.

— Ho capito allora che, per causa tua, Jocelyn non sarebbe mai tornata da me. Tu sei l'unica cosa al mondo che lei abbia mai amato più di me. Per colpa tua lei mi odia. E per questo io odio te. Non sopporto neppure di vederti.

Clary distolse lo sguardo. Se Valentine voleva ucciderla, lei non voleva veder arrivare la morte.

— Clarissa — disse Valentine. — Guardami.

No. Clary fissava il lago. Lontano, sull'acqua, vedeva un pallido bagliore rossastro, come un fuoco soffocato dalla cenere. Sapeva che erano le luci della battaglia. Anche sua madre era là, con Luke. Forse era giusto che fossero insieme, anche se lei non era con loro.

Terrò gli occhi fissi su quella luce, pensò. *Continuerò a fissarla, qualunque cosa accada. Sarà l'ultima cosa che vedrò.*

— Clarissa — ripeté Valentine. — Tu sei uguale a lei, lo sai? Uguale a Jocelyn.

Clary sentì un dolore acuto contro la guancia. Era la lama della Spada. Valentine gliela stava premendo contro la pelle, cercando di costringerla a girare la testa verso di lui.

— Ora evocherò l'Angelo — disse. — E voglio che tu assista.

Clary aveva un gusto amaro in bocca. *So perché sei così ossessionato da mia madre. Lei era l'unica cosa sulla quale pensavi di avere un controllo assoluto e invece ti si è rivoltata contro e ti ha morso. Tu credevi di possederla e invece non era così. Per questo la vorresti qui, ora, perché sia testimone della tua vittoria. Per questo ti accontenterai di me.*

La lama morse più a fondo la guancia. Valentine disse: — Guardami, Clary.

Lei obbedì. Non avrebbe voluto farlo, ma il dolore era troppo forte: la testa le girò di scatto verso di lui, quasi contro la sua volontà. Il sangue le scendeva sulla guancia in grosse gocce che macchiavano la sabbia. Un dolore nauseante la prese quando sollevò la testa per guardare suo padre.

Lui stava osservando la lama di Mellartach. Anch'essa era macchiata del sangue di Clary. Quando tornò a guardarla, c'era una strana luce nei suoi occhi. — È necessario del sangue per completare questa cerimonia — le spiegò Valentine. — Intendevo usare il mio, ma quando ho visto te nel lago, ho capito che era il modo di Raziel per dirmi di usare quello di mia figlia. Per questo ho purificato il tuo sangue dal veleno del lago. Ora sei pura e pronta. Quindi grazie, Clarissa, per il tuo sangue.

In qualche modo, pensò Clary, era sincero nella sua gratitudine. Valentine aveva perso da tempo la capacità di distinguere tra costrizione e collaborazione, tra paura e disponibilità, tra affetto e tormento. E quando capì questo, Clary provò una sorta di torpore: che senso aveva odiare Valentine perché era un mostro, se lui nemmeno se ne rendeva conto?

— E ora — disse Valentine — me ne serve un altro po'. — E Clary pensò: *Un altro po' di cosa?* Valentine sollevò la Spada e la luce delle stelle scintillò riflessa dalla lama. Clary pensò: *Ma certo. Non è solo sangue che vuole, ma morte.* La Spada aveva bevuto abbastanza sangue, ormai: probabilmente ci aveva preso gusto, come Valentine. Gli occhi di Clary seguirono la luce nera di Mellartach che calava su di lei...

... e volava via. Sfuggita alla presa di Valentine, la Spada roteò nel buio. Valentine sgranò gli occhi. Il suo sguardo si abbassò sulla mano sanguinante, poi si sollevò e vide, nello stesso momento in cui lo vide Clary, chi gli aveva strappato di mano la Spada Mortale.

Jace. Brandiva nella mano sinistra una spada dall'aria familiare e si ergeva su un cumulo di sabbia, a un passo da Valentine. Clary capì, dall'espressione di Valentine, che non l'aveva sentito arrivare. Come lei, del resto.

Quando lo vide, il suo cuore si fermò. Aveva sangue secco incrostato sul lato della faccia e un segno rosso vivo sulla gola. I suoi occhi brillavano come specchi e sembravano neri, nella stregaluce, neri come quelli di Sebastian. — Clary — disse Jace, senza togliere gli occhi di dosso a Valentine. — Clary, stai bene?

Jace! Clary si sforzò di pronunciare il suo nome, ma nulla riusciva a superare il blocco che aveva in gola. Si sentiva soffocare.

— Non può risponderti — gli disse Valentine. — Non può parlare.

Gli occhi di Jace balenarono. — Che cosa le hai fatto? — Puntò la spada contro Valentine, che fece un passo indietro. L'espressione era attenta, ma non spaventata. C'era un calcolo, nei suoi occhi, che a Clary non piaceva affatto. Clary sapeva che avrebbe dovuto provare un senso di trionfo, ma non era così. Anzi, si sentiva più nel panico di prima. Prima aveva capito che Valentine stava per ucciderla, e l'aveva accettato. Ma ora c'era Jace, e la sua paura si era amplificata per accogliere anche lui. E lui aveva un'aria così… *distrutta!* La tenuta da battaglia era strappata: sul braccio, dove si vedevano le linee bianche delle cicatrici che si intersecavano sulla pelle, e sul petto, dove c'era un *iratze* che stava svanendo, all'altezza del cuore, senza aver ancora cancellato la profonda ferita sottostante. Jace era sporco di terra, come se si fosse rotolato in un campo appena arato. Ma era la sua espressione a spaventarla di più. Era così… fosca.

— È solo una runa di Quiete. Non le farà alcun male. — Gli occhi di Valentine erano fissi su Jace. Erano famelici, pensò Clary, come se si abbeverasse della sua presenza. — Immagino — disse Valentine — che tu non sia venuto qui per assistermi nel Rituale, vero? Per essere benedetto dall'Angelo accanto a me.

L'espressione di Jace non cambiò. I suoi occhi erano fissi sul padre adottivo e non c'era niente di buono dentro: nessun brandello residuo di affetto o di amore o di ricordo. Non c'era nemmeno rancore. Solo disprezzo, pensò Clary. Un gelido disprezzo. — So che cos'hai in mente di fare — gli disse Jace. — So perché vuoi evocare l'Angelo. E io non te lo permetterò. Ho già mandato Isabelle a dare l'allarme all'esercito.

— Gli allarmi non serviranno a niente. Questo non è il tipo di pericolo dal quale si possa scappare. — Lo sguardo di Valentine si posò rapidamente sulla spada di Jace. — Mettila giù. Possiamo parlare. — Poi s'interruppe. — Quella non è la tua spada. È una spada dei Morgenstern.

Jace sorrise: un sorriso dolce e cupo. — Era di Jonathan. Ora è morto.

Valentine lo fissava attonito. — Vuoi dire che…

— L'ho raccolta da terra, dove l'aveva lasciata cadere — proseguì Jace senza alcuna emozione — dopo averlo ucciso.

Valentine sembrava completamente spiazzato. — *Tu* hai ucciso Jonathan? Com'è possibile?

— Lui avrebbe ucciso me — rispose Jace. — Non avevo altra scelta.

— Non volevo dire questo. — Valentine scosse la testa: sembrava ancora stordito, come un pugile colpito troppo forte, un attimo prima di crollare al tappeto. — Ho allevato io Jonathan. L'ho addestrato personalmente. Non c'erano guerrieri migliori di lui.

— Evidentemente — commentò Jace — uno c'era.

— Ma... — La voce di Valentine si spezzò. Era la prima volta che Clary sentiva un'incrinatura, nella facciata liscia e imperturbabile di quella voce. — Ma era tuo fratello.

— No. Non era mio fratello. — Jace fece un passo avanti, spostando appena la spada verso il cuore di Valentine. — Che cos'è successo al mio vero padre? Isabelle dice che è morto in un raid, ma è la verità? O l'hai ucciso tu, come hai ucciso mia madre?

Valentine era sempre più sgomento. Clary percepì che stava lottando per recuperare il controllo... o forse contro il dolore? O era solo paura di morire? — Io non ho ucciso tua madre. Si è tolta la vita da sé. Io ti ho strappato dal suo corpo morto. Se non l'avessi fatto, saresti morto con lei.

— Ma *perché*? Perché l'hai fatto? Non avevi bisogno di un figlio: ne avevi già uno! — Jace, nella luce della luna, aveva un'aria letale, letale e aliena, sconosciuta agli occhi di Clary. La mano che teneva la spada alla gola di Valentine era fermissima. — Dimmi la verità — gli intimò. — Basta bugie sul fatto che siamo fatti della stessa carne e dello stesso sangue. Sono i genitori, che mentono ai figli, ma tu... tu non sei mio padre. E io voglio la verità.

— Non era di un figlio che avevo bisogno — confessò Valentine — ma di un soldato. Credevo che Jonathan potesse essere quel soldato, ma la sua natura demoniaca era troppo forte. Lui era troppo feroce, troppo impulsivo, la sua intelligenza non era abbastanza sottile. Già allora, appena uscito dalla prima infanzia, temevo che non avrebbe mai avuto la pazienza e la sensibilità per seguirmi, per governare il Conclave seguendo i miei passi. Così provai di nuovo con te. E con te ebbi il problema opposto. Tu eri troppo delicato. Troppo empatico. Sentivi il dolore degli altri come se fosse tuo, non riuscivi nemmeno a sopportare la morte dei tuoi animali domestici. Capiscimi, figliolo: io ti amavo per questo. Ma ciò che più amavo di te ti rendeva inutile ai miei scopi.

— Quindi pensavi che fossi debole e inutile — commentò Jace. — Allora immagino che resterai molto sorpreso, quando questo tuo figlio debole e inutile ti taglierà la gola.

— È una scena che abbiamo già visto. — La voce di Valentine era ferma, ma a Clary parve di vedere il sudore brillargli sulle tempie e intorno alla gola. — Non lo faresti mai. Non hai voluto farlo a Renwick e non vuoi farlo adesso.

— Ti sbagli. — Jace parlò in tono misurato. — Mi pento ogni giorno di non averti ucciso quella volta, di averti lasciato scappare. Mio fratello Max è morto perché io non ti ho ucciso quel giorno. Decine, forse centinaia di persone sono morte perché io ho fermato la mia mano. Ora conosco il tuo piano. So che speri di massacrare ogni Shadowhunter di Idris. E mi chiedo: quante persone dovranno morire, prima che io faccia ciò che avrei dovuto fare sull'isola di Blackwell? No — concluse Jace. — Io *non voglio* ucciderti. *Ma lo farò.*

— Non farlo — lo supplicò Valentine. — Ti prego. Non voglio...

— Morire? Nessuno vuole morire, padre. — La punta della spada di Jace scivolò più in basso, e poi ancora più in basso, fino a fermarsi sul cuore di Valentine. Il viso di Jace era calmo, il volto era quello di un angelo che somministra la giustizia divina. — Hai qualcosa da dire prima di morire?

— Jonathan...

Il sangue macchiò la camicia di Valentine dov'era appoggiata la punta della spada. Con gli occhi della mente Clary rivide Jace a Renwick, la mano che gli tremava, che non voleva ferire suo padre. E Valentine che lo provocava. «Infilami dentro quella lama. Dieci centimetri, o anche di più...» Ora non era così. La mano di Jace era ferma. E Valentine aveva paura.

— *Ultime parole* — sibilò Jace. — Ne hai?

Valentine alzò la testa. I suoi occhi neri, mentre osservava il ragazzo, erano gravi. — Mi dispiace. Mi dispiace tanto. — Tese una mano, come per avvicinarla a Jace, come per toccarlo: la mano si girò a palmo in su, le dita si aprirono... e ci fu un bagliore argenteo. Qualcosa volò davanti a Clary nell'oscurità, come un proiettile sparato da un fucile. Clary sentì lo spostamento d'aria sulla guancia e un attimo dopo la cosa era nella mano di Valentine: una lunga lingua di fuoco argenteo che emanò un bagliore oscuro quando Valentine la brandì e la calò con forza.

Era la Spada Mortale. Lasciò un ricamo di luce nera nell'aria, quando Valentine l'affondò nel cuore di Jace.

Jace sgranò gli occhi, con un'espressione di incredula confusione sul volto. Abbassò lo sguardo al petto, dal quale Mellartach spuntava in modo grottesco: era una vista più bizzarra che orribile, come un oggetto apparso di colpo in un incubo, senza alcun senso logico. Valentine ritrasse la mano, strappando la Spada dal petto di Jace, come avrebbe potuto sfilare un pugnale dal fodero. Come se fosse stata la lama a sorreggerlo, Jace si piegò sulle ginocchia. La sua spada gli scivolò di mano e cadde sulla terra umida. Lui la guardò, perplesso, come se non avesse idea del perché l'avesse tenuta in pugno, né del perché l'avesse lasciata cadere. Aprì la bocca come per fare quella domanda, e il sangue traboccò, macchiando quello che rimaneva della sua camicia stracciata.

Tutto il resto accadde lentissimamente agli occhi di Clary, come se il tempo si fosse dilatato. Vide Valentine inginocchiarsi a terra e prendere Jace tra le braccia, come se fosse un bambino, leggero da sorreggere. Lo strinse a sé, lo cullò, chinò il capo e lo appoggiò alla spalla del ragazzo. Clary pensò per un momento che stesse piangendo, ma quando Valentine sollevò il capo, i suoi occhi erano asciutti. — Mio figlio — sussurrò. — Il mio ragazzo.

Il terribile rallentamento del tempo si avvinse intorno a Clary come un cappio, mentre Valentine stringeva Jace al petto e gli scostava dalla fronte i capelli insanguinati. Lo sorresse finché non morì e la luce si spense nei suoi occhi.

Poi ne distese delicatamente il corpo sulla sabbia, gli incrociò le mani sul petto, come a nascondere la ferita aperta e sanguinante. — *Ave*… — iniziò. Voleva forse pronunciare per Jace le parole di addio degli Shadowhunters, ma gli si spezzò la voce. Allora si girò bruscamente e si avvicinò all'altare.

Clary non riusciva a muoversi. A malapena riusciva a respirare. Sentiva battere il cuore, sentiva il fiato grattare nella gola riarsa. Con la coda dell'occhio vedeva Valentine in piedi sulla riva del lago: il sangue gocciolava dalla lama di Mellartach nella Coppa Mortale. Recitava parole che Clary non capiva. Ma non le importava capire. Tutto quanto sarebbe finito molto presto, e lei ne era quasi contenta. Si chiese se avesse abbastanza energia per trascinarsi vicino a Jace, se potesse riuscire a distendersi accanto a lui in attesa che tutto finisse. Lo vedeva sulla sabbia smossa e insanguinata, inerte, gli occhi chiusi, il viso immobile. Se non fosse stato per lo squarcio sul petto, Clary avrebbe potuto pensare che era addormentato.

Ma non era così. Jace era uno Shadowhunter, era morto in battaglia; meritava l'ultimo saluto. *Ave atque vale.* Le labbra di Clary sillabarono le parole, che però uscirono in muti sbuffi di fiato. Ma a metà della frase s'interruppe, trattenendo il fiato. Che cosa avrebbe dovuto dire? *Ave atque vale, Jace Wayland?* Quel nome non gli apparteneva veramente. Jace non aveva mai avuto un nome, pensò Clary con strazio, gli era stato dato il nome di un bambino morto, perché all'epoca questo tornava utile agli scopi di Valentine. E c'è tanto potere, in un nome.

Clary girò di scatto la testa e fissò l'altare. Le rune tutt'intorno cominciavano a brillare. Erano rune di Evocazione, rune di Nominazione, rune Vincolanti. Non diverse dalle rune che avevano tenuto Ithuriel prigioniero, nella cantina sotterranea dei Wayland. Ora, contro la propria volontà, Clary pensò a come Jace l'aveva guardata allora, alla luce di fiducia nei suoi occhi, alla fede che aveva in lei. Jace l'aveva sempre ritenuta una ragazza forte. E glielo aveva dimostrato in ogni sua azione, in ogni sguardo e in ogni carezza. Anche Simon aveva fiducia in lei. Tuttavia, quando l'aveva stretta tra le braccia l'aveva fatto come se Clary fosse fragile, come se fosse fatta di delicatissimo cristallo. Jace, invece, l'aveva stretta tra le braccia con tutta la forza che aveva, senza mai chiedersi se lei fosse in grado di sopportare quella pressione: sapeva che era forte quanto lui.

Intanto Valentine stava immergendo la Spada insanguinata nelle acque del lago, recitando parole veloci, a voce bassa. La superficie si stava increspando, come se una gigantesca mano la stesse sfiorando con le dita.

Clary chiuse gli occhi. Ripensando a come Jace l'aveva guardata, la notte in cui aveva liberato Ithuriel, non poteva non immaginare come l'avrebbe guardata in quel momento, se l'avesse vista cercare di avvicinarsi a lui per morire insieme sulla sabbia. Non ne sarebbe stato commosso, non l'avrebbe ritenuto un bel gesto. Si sarebbe arrabbiato, vedendola arrendersi. Sarebbe stato profondamente… deluso.

Clary si sdraiò per terra e si mise a strisciare lentamente sulla sabbia, trascinandosi dietro le gambe morte, spingendosi con le ginocchia e le mani legate.

Il nastro di luce intorno ai polsi bruciava e pungeva. Le si strappò la camicia: la sabbia le grattava la pelle nuda del petto, ma Clary se ne accorse appena. Era faticoso trascinarsi così, e il sudore le colava lungo la schiena, tra le scapole. Quando finalmente raggiunge il cerchio di rune, ansimava così forte che temette che Valentine potesse sentirla.

Ma lui non si girò nemmeno. Aveva la Coppa Mortale in una mano e la Spada nell'altra. Sollevò la mano destra e la portò indietro, pronunciò diverse parole che sembravano greco e scagliò nel lago la Coppa, che brillò come una stella cadente precipitando verso l'acqua, poi svanì sotto la superficie con un tonfo lieve.

Il cerchio di rune emanava un lieve calore, come un fuoco coperto dalla cenere. Clary dovette contorcersi e lottare per arrivare con la mano allo stilo che portava alla cintura. Il dolore ai polsi fu lancinante, quando le sue dita vi si chiusero intorno. Lo sfilò con un soffocato singulto di sollievo.

Non poteva separare i polsi, per cui impugnò goffamente lo stilo a due mani e si tirò su, facendo leva sui gomiti. Osservò le rune. Ne sentiva il calore sul viso: erano luminose come se fossero di stregaluce. Valentine teneva la Spada Mortale sospesa a mezz'aria ed era pronto a scagliarla nel lago. Stava recitando le ultime parole dell'incantesimo di Evocazione. Con un ultimo impeto di forza, Clary posò la punta dello stilo nella sabbia: non cancellò le rune che Valentine aveva disegnato, ma tracciò altri segni sopra di esse, scrivendo una nuova runa sopra quella che simboleggiava il nome di Valentine. Era una runa così piccola, pensò, un cambiamento così minimo. Nulla in confronto all'immensa potenza della runa dell'Alleanza, nulla in confronto al Marchio di Caino.

Ma era il massimo che aveva la forza di fare. Esausta, rotolò su un fianco, e proprio in quel momento Valentine portò indietro il braccio e scagliò nel lago la Spada Mortale.

Mellartach roteò nell'aria: una macchia nera e argentea che penetrò nel lago, nero e argenteo, senza rumore. Un pennacchio si levò dal punto in cui la Spada era affondata, una fioritura d'acqua color platino. Il pennacchio salì sempre più in alto, come un geyser d'argento fuso, come uno scroscio di pioggia a rovescio. Ci fu un gran fragore, un suono di ghiaccio spezzato, di un ghiacciaio infranto. Poi il lago sembrò deflagrare e l'acqua esplose verso il cielo come una grandinata al contrario.

E con la grandine l'Angelo sorse dalle acque del lago. Clary non sapeva che cosa aspettarsi: qualcosa di simile a Ithuriel, forse, ma Ithuriel era stato consumato da anni di prigionia e tormenti. Questo era un Angelo nel pieno della sua gloria. Quando sorse dalle acque, i suoi occhi iniziarono ad ardere. E fu come guardare nel sole.

Le mani di Valentine erano cadute lungo i fianchi. Guardava l'Angelo con espressione rapita, come un uomo che veda il suo sogno più grande diventare realtà. — *Raziel* — sussurrò.

L'Angelo continuò a salire, come se il lago sprofondasse sotto i suoi piedi, rivelando una grandiosa colonna di marmo al centro. Prima emerse dalle acque la testa, con i capelli grondanti, come catene d'argento e d'oro. Poi emersero le spalle, bianche come la pietra, e il torso nudo. E Clary vide che l'Angelo aveva il corpo coperto di rune, proprio come i Nephilim, ma le sue erano dorate e vive, si muovevano sulla sua pelle candida come scintille che schizzano dalle fiamme di un fuoco. In qualche modo, l'Angelo appariva al contempo enorme e non più grande di un uomo: gli occhi di Clary dolevano nel tentativo di contemplarlo nella sua interezza e tuttavia non potevano vedere che lui. Levandosi dalle acque, le ali dell'Angelo s'aprirono sulla schiena e si distesero ampie sopra il lago: anch'esse d'oro e piumate, con un occhio vigile e dorato incastonato in ogni piuma.

Era meraviglioso e terrificante. Clary avrebbe voluto distogliere lo sguardo, ma non lo fece. Voleva vedere tutto. Voleva vedere anche per Jace, perché lui non poteva.

È come in tutte le raffigurazioni, pensò Clary. L'Angelo che sorgeva dalle acque del lago, la Spada in una mano e la Coppa nell'altra, entrambe grondanti d'acqua. Ma Raziel era perfettamente asciutto, le ali nemmeno inumidite. I suoi piedi, candidi e nudi, posavano sulla superficie del lago creando sulle acque piccole increspature. Il suo volto, bellissimo e non umano, si rivolse verso Valentine.

Poi, l'Angelo parlò.

La sua voce fu come un pianto e un grido e una musica nello stesso tempo. Non conteneva parole, tuttavia era perfettamente comprensibile. La forza del suo fiato rischiò di rovesciare Valentine, che affondò i tacchi degli stivali nella sabbia e chinò la testa, come se stesse camminando contro un vento fortissimo. Clary sentì il fiato dell'Angelo passare su di lei: un vento incandescente come l'aria di una fornace, profumato di spezie misteriose e sconosciute.

Sono passati mille anni da quando fui chiamato in questo luogo, disse Raziel. *Fu Jonathan Shadowhunter a evocare la mia presenza, allora. Mi pregò di mescolare il mio sangue con il sangue dei mortali in una Coppa per creare una razza di guerrieri che avrebbero liberato questa terra dai demoni. Feci ciò che mi chiese e gli dissi che non avrei fatto di più. Perché dunque mi hai chiamato, Nephilim?*

La voce di Valentine era intensa. — Mille anni sono passati, o Glorioso, ma i demoni sono ancora qui.

E questo che cosa può valere per me? Mille anni per un angelo passano in un battito di ciglia.

— I Nephilim che tu hai creato erano una razza potente di uomini. Per molti anni hanno combattuto valorosamente per liberare questa terra dalla macchia dei demoni. Ma hanno fallito, a causa della debolezza e della corruzione che si sono diffuse nei loro ranghi. Io intendo riportarli alla loro gloria primigenia.

Gloria? L'Angelo sembrò vagamente incuriosito, come se la parola risuonasse strana al suo orecchio. *La gloria appartiene a Dio soltanto.*

Valentine non vacillò. — Il Conclave, così come lo crearono i primi Nephilim, non esiste più. Essi si sono alleati con i Nascosti, non umani macchiati dai demoni, che infestano questo mondo come le pulci sulla carogna di un ratto. È mia intenzione purificare questo mondo, distruggere tutti i Nascosti insieme a tutti i demoni.

I demoni non possiedono anima. Ma le creature di cui tu parli, i Figli della Luna, della Notte, di Lilith, e il Popolo Fatato, sono tutti dotati di anima. A quanto pare le tue regole su cosa costituisca o non costituisca un essere umano sono più severe delle nostre. Clary avrebbe giurato che la voce dell'Angelo avesse assunto un tono più secco. *Intendi sfidare il cielo come la Stella del Mattino di cui porti il nome, Shadowhunter?*

— Non sfidare il cielo. No, mio signore Raziel. Bensì allearmi con il cielo.

In una guerra che hai voluto tu? Noi siamo il cielo, Shadowhunter. Noi non combattiamo nelle vostre battaglie mondane.

Quando Valentine tornò a parlare, sembrava quasi ferito. — Mio signore, Raziel. Di certo non avresti permesso un rituale con il quale potevi essere evocato se non fosse stata tua intenzione essere evocato. Noi Nephilim siamo tuoi figli. Abbiamo bisogno della tua guida.

Guida? Ora l'Angelo sembrava divertito. *Non mi pare che tu mi abbia chiamato per questo. Piuttosto, per la tua fama personale.*

— Fama? — ripeté Valentine con voce roca. — Io ho dato tutto per questa causa. Mia moglie. I miei figli. Non ho risparmiato nemmeno i miei figli. Ho dato tutto ciò che ho per questo... Tutto.

L'Angelo rimase fermo sull'acqua, osservando Valentine con quei suoi strani occhi non umani. Le sue ali si muovevano lente e pigre, come il passaggio delle nuvole nel cielo. Alla fine disse: *Dio chiese ad Abramo di sacrificare suo figlio su un altare molto simile a questo, per vedere chi Abramo amasse di più, se Isacco o Dio stesso. Ma nessuno ti ha mai chiesto di sacrificare tuo figlio, Valentine.*

Valentine abbassò lo sguardo sull'altare ai suoi piedi, macchiato del sangue di Jace, e poi tornò a guardare l'Angelo. — Se dovrò, io ti costringerò a farlo. Ma preferirei avere la tua collaborazione spontanea.

Quando Jonathan Shadowhunter mi chiamò, disse l'Angelo, *io gli diedi il mio aiuto perché vedevo che il suo sogno di un mondo libero dai demoni era sincero. Egli immaginava un paradiso su questa terra. Ma tu sogni soltanto la tua gloria e non ami il cielo. Mio fratello Ithuriel ne è la conferma.*

Valentine sbiancò. — Ma...

Credevi che non lo sapessi? L'Angelo sorrise. Fu il sorriso più terribile che Clary avesse mai visto. *È vero che il signore del cerchio che tu hai disegnato può impormi un'unica azione. Ma non sei tu, il signore di quel cerchio.*

Valentine sgranò gli occhi. — Mio signore, Raziel... non c'è nessun altro...

Sì, invece, replicò l'Angelo. *C'è tua figlia.*

Valentine si girò di scatto. Clary, mezza svenuta sulla sabbia, con un tormento straziante ai polsi e alle braccia, ricambiò con sfida il suo sguardo. Per un momento i loro occhi si incrociarono... e Valentine la guardò. La guardò per davvero, e Clary si rese conto che, per la prima volta, suo padre la guardava in faccia e la *vedeva*. La prima e unica volta.

— Clarissa — le disse. — Che cosa hai fatto?

Clary allungò la mano e con un dito tracciò dei segni sulla sabbia. Non disegnò rune, ma parole: quelle che lui stesso aveva pronunciato quando aveva visto ciò che sua figlia era in grado di fare, quando aveva disegnato la runa che aveva distrutto la sua nave.

Mene mene tekel upharsin.

Valentine sgranò gli occhi, proprio come Jace aveva sgranato i suoi prima di morire. Bianco come un cencio, si girò lentamente verso l'Angelo, sollevando le mani in un gesto di supplica. — Mio signore, Raziel...

L'Angelo aprì la bocca e sputò. O almeno così parve a Clary. Le sembrò di vederlo sputare, e dalla bocca dell'Angelo vide uscire un fulmine di fuoco bianco, come una freccia ardente, che volò dritta e sicura sopra le acque del lago e andò a conficcarsi nel petto di Valentine. Ma forse "conficcarsi" non era la parola giusta: gli squarciò il petto, come un sasso scagliato contro un foglio di carta velina, e lasciò un foro fumante grande come un pugno. Per un attimo Clary, guardando in su, poté vedere attraverso il petto di suo padre il lago e la luce infuocata dell'Angelo.

Poi il momento passò. Come un albero abbattuto, Valentine si schiantò a terra e lì rimase, immobile, la bocca aperta in un grido muto, gli occhi ciechi spalancati per sempre in un'espressione di incredulo tradimento.

Questa è la giustizia del cielo. Confido che tu non sia sgomenta.

Clary alzò gli occhi. L'Angelo si librò sopra di lei come una torre di fiamme bianche, oscurando il cielo. La sua voce era uno scontro di montagne.

Tu puoi obbligarmi a compiere un'azione, Clarissa Morgenstern. Che cosa vuoi da me?

Clary aprì la bocca, ma non ne uscì alcun suono.

Ah, sì, disse l'Angelo, e ora c'era gentilezza nella sua voce. *La runa.* I molti occhi delle sue ali batterono le palpebre. Qualcosa sfiorò Clary: qualcosa di morbido, più delicato della seta o di qualsiasi altro tessuto, più dolce di un sussurro o del tocco di una piuma. Era come Clary immaginava che fossero le nuvole, se le nuvole avessero avuto la trama di un tessuto. Un lieve profumo arrivò con il tocco, gradevole, inebriante e dolce.

Il dolore svanì dai suoi polsi. Non più legate insieme, le mani le ricaddero lungo i fianchi. Sparì anche il pizzicore dietro la nuca, come pure la pesantezza delle gambe. Clary si mise in ginocchio. Più di qualsiasi altra cosa, voleva strisciare sulla sabbia insanguinata verso il corpo di Jace, trascinarsi fino a lui e sdraiarsi al suo fianco e stringerlo in un abbraccio, anche se Jace non c'era più. Ma la voce dell'Angelo la avvinceva, e Clary rimase dov'era, fissando la sua luce brillante e dorata.

La battaglia nella Pianura di Brocelind sta volgendo al termine. Il potere di Morgenstern sopra i suoi demoni è svanito con la sua morte. Molti demoni già stanno fuggendo e gli altri verranno presto distrutti. In questo stesso momento alcuni Nephilim stanno cavalcando verso le rive di questo lago. Se hai una richiesta, Shadowhunter, esprimila adesso. L'Angelo tacque. *E ricorda che hai un'unica opportunità. Scegli con saggezza il tuo desiderio.*

Clary esitò un momento, un lunghissimo momento. Avrebbe potuto chiedere qualsiasi cosa, pensò frastornata, qualsiasi cosa: la fine di ogni sofferenza, o della fame nel mondo, o delle malattie, oppure la pace sulla terra. Forse, però, quelle cose non potevano essere concesse da un angelo, altrimenti sarebbero già state concesse. Forse erano gli uomini che dovevano trovarle, da soli.

C'era solo una cosa che Clary avrebbe potuto chiedere, alla fine: un'unica scelta vera.

Sollevò gli occhi verso l'Angelo.

— Jace — disse.

L'espressione dell'Angelo non mutò. Clary non poté capire se la sua richiesta fosse buona o cattiva, agli occhi dell'Angelo, o se, pensò con un improvviso moto di panico, lui volesse esaudirla.

Chiudi gli occhi, Clarissa Morgenstern, le disse l'Angelo.

Clary obbedì. Non si dice di no a un Angelo, indipendentemente da quello che ha in mente di fare. Col cuore che batteva, Clary rimase a librarsi nel buio dietro le palpebre chiuse, cercando risolutamente di non pensare a Jace. Ma il suo volto le apparve ugualmente, contro lo schermo vuoto delle palpebre: non le sorrideva, ma guardava di lato, e Clary vedeva la cicatrice sulla tempia, la piega irregolare all'angolo della bocca, la linea d'argento sulla gola, dove Simon l'aveva morso: tutti i segni e le imperfezioni che distinguevano la persona che Clary amava di più al mondo. *Jace.* Una luce brillante illuminò di scarlatto il suo campo visivo e Clary cadde riversa sulla sabbia. Stava per svenire? Stava per morire? Ma lei non voleva morire, non adesso che aveva visto il volto di Jace così nitido davanti ai suoi occhi. Le sembrò quasi di sentirne la voce che pronunciava il suo nome, come l'aveva sussurrato a Renwick, tante e tante volte. *Clary. Clary. Clary.*

— Clary — ripeté Jace. — Apri gli occhi.

Clary li aprì.

Era distesa sulla sabbia, nei suoi vestiti strappati, bagnati e insanguinati. Come prima. Ma, diversamente da prima, l'Angelo era sparito, e con lui la bianca luce accecante che aveva illuminato a giorno la notte. Clary ora vedeva il cielo notturno, le bianche stelle che come frammenti di specchio brillavano nel nero. E, chino su di lei, la luce dei suoi occhi più brillante di qualsiasi altra stella, c'era Jace.

Gli occhi di Clary si abbeverarono alla sua vista, alla vista di ogni parte di lui: i capelli arruffati, la faccia sporca e insanguinata, gli occhi luminosi dietro gli strati di sporcizia; e le ferite visibili attraverso gli strappi nelle maniche, lo strappo aperto e zuppo di sangue della camicia, dal quale traspariva la pelle nuda. Ma non c'era alcun segno, alcuna ferita, a mostrare dov'era penetrata la Spada. Clary vide le vene pulsare nella sua gola e per poco non gli buttò le braccia al collo, perché questo significava che il suo cuore batteva ancora e che…

— Sei vivo — sussurrò Clary. — Vivo per davvero.

Con lenta meraviglia, Jace le sfiorò il volto. — Ero nel buio — le disse a bassa voce. — Non c'erano che ombre, io stesso ero un'ombra, e sapevo che ero morto e tutto era finito, tutto quanto. Poi ho sentito la tua voce. Ti ho sentito pronunciare il mio nome, ed è stato questo a riportarmi indietro.

— Non sono stata io. — Clary aveva la gola stretta. — È stato l'Angelo a riportarti indietro.

— Perché tu glielo hai chiesto. — In silenzio, Jace percorse il profilo di Clary con le dita, come per accertarsi che fosse vera. — Potevi avere qualunque altra cosa al mondo, ma hai voluto me.

Lei gli sorrise. Sporco com'era, coperto di sangue e di terra, Jace era la cosa più bella che avesse mai visto. — Ma io non voglio nient'altro al mondo.

A queste parole, la luce negli occhi di Jace, già brillante, divampò così intensamente che Clary quasi non riuscì a reggere il suo sguardo.

Ripensò all'Angelo che ardeva come mille torce e pensò che Jace aveva in sé un po' di quello stesso sangue incandescente, di quel fuoco che ora brillava attraverso i suoi occhi come una luce dalla fessura di una porta.

Io ti amo avrebbe voluto dirgli. E anche: *Lo rifarei di nuovo. Chiederei sempre di avere te*. Ma non furono queste le parole che disse.

— Tu non sei mio fratello — gli disse invece, quasi senza fiato, come se, essendosi resa conto di non averglielo ancora detto, ora non riuscisse a dirglielo abbastanza in fretta. — Tu lo sai, vero?

Lievemente, dietro lo sporco e il sangue, Jace sorrise. — Sì — le disse. — Lo so.

Epilogo

Nel cielo, tra le stelle

Ti amavo,
perciò ho sospinto queste fiumane d'uomini
tra le mie mani
e ho scritto la mia volontà nel cielo,
tra le stelle.

THOMAS E. LAWRENCE, *I sette pilastri della saggezza*

Il fumo saliva in una lenta spirale, tracciando delicati fili neri nell'aria limpida. Jace, solo, sulla collina che si affacciava sul cimitero, sedeva coi gomiti sulle ginocchia e guardava le volute levarsi verso il cielo. Non mancò di cogliere l'ironia della cosa: quelli, dopotutto, erano i resti di suo padre.

Dal punto in cui era seduto vedeva il catafalco, oscurato dalla cortina fumosa e dalle fiamme, e il piccolo gruppo che assisteva alla cerimonia. Riconobbe i capelli rossi di Jocelyn, e Luke, accanto a lei, che le teneva una mano sulla schiena. Jocelyn aveva la testa girata di lato, per non vedere la pira che ardeva.

Jace avrebbe potuto far parte del gruppo, se avesse voluto. Aveva passato gli ultimi due giorni in ospedale e l'avevano dimesso solo quella mattina, proprio per permettergli di partecipare al funerale di Valentine. Si era incamminato verso la pira, una catasta di legna privata della corteccia, bianca come ossa, ma, arrivato a metà strada, si era accorto di non poter proseguire oltre. Si era girato e si era incamminato su per la collina, lontano dalla processione funebre. Luke lo aveva chiamato, ma Jace non si era nemmeno voltato.

Era rimasto seduto a guardare la gente che si raccoglieva intorno al catafalco, aveva visto Patrick Penhallow negli abiti bianchi del lutto dare fuoco alla legna. Era la seconda volta, quella settimana, che Jace vedeva bruciare un corpo, ma quello di Max era piccolo da spezzare il cuore, mentre Valentine era un uomo massiccio, anche ora che era disteso sulla schiena, con le braccia incrociate sul petto e una spada angelica stretta nel pugno. Aveva gli occhi bendati da una fascia di seta bianca, come da tradizione. L'avevano trattato bene, pensò Jace, nonostante tutto.

Sebastian non era stato sepolto. Una squadra di Shadowhunters era tornata nella valle, ma non aveva trovato il corpo: portato via dalla corrente del fiume, avevano detto a Jace, anche se lui aveva i suoi dubbi.

Aveva cercato Clary tra le persone intorno al catafalco, ma non c'era. Erano passati quasi due giorni dall'ultima volta che l'aveva vista, al Lago Lyn, e ne sentiva la mancanza con un senso di vuoto quasi fisico. Non era stata colpa di Clary, se non si erano più visti. La notte della battaglia si era preoccupata per lui, perché temeva che fosse troppo debole per sopportare il trasporto dal lago ad Alicante attraverso il Portale, e alla fine aveva avuto ragione. Quando i primi Shadowhunters li avevano raggiunti, Jace stava scivolando in uno stato di stordimento e incoscienza. Si era risvegliato il giorno dopo nell'ospedale della città. Accanto a lui c'era Magnus Bane, che lo osservava dall'alto con una strana espressione: poteva essere di grande preoccupazione o di pura curiosità. Era difficile capire, con Magnus. Lo stregone gli aveva spiegato che l'Angelo l'aveva guarito nel corpo, ma il suo spirito e la sua mente erano così sfiniti che solo un lungo riposo li avrebbe potuti sanare. In ogni caso, ora Jace si sentiva meglio. Giusto in tempo per il funerale.

Si era alzato il vento, che soffiava il fumo della pira lontano da lui. Sullo sfondo si vedevano le torri luccicanti di Alicante, tornate alla gloria primigenia. Jace non sapeva bene che cosa sperava di ottenere, restando lì seduto a guardare il corpo di suo padre che bruciava, né sapeva che cosa avrebbe detto, se fosse stato laggiù, con coloro che pronunciavano le ultime parole di saluto per Valentine. *Tu non sei mai stato veramente mio padre* avrebbe potuto dire. Oppure: *Tu sei stato l'unico padre che io abbia mai avuto.* Entrambe le affermazioni erano ugualmente vere, per quanto contraddittorie.

Quando aveva riaperto gli occhi, al lago, sapendo in qualche modo di essere stato morto e di non esserlo più, l'unico suo pensiero era stato per Clary, riversa a poca distanza da lui sulla sabbia insanguinata, con gli occhi chiusi. Si era precipitato da lei, in preda al panico, pensando che potesse essere ferita, forse persino morta... E quando Clary aveva riaperto gli occhi, l'unico suo pensiero era stato che era viva. Solo dopo che erano arrivati gli altri, che l'avevano aiutato a rialzarsi, che avevano commentato la scena con stupore, Jace aveva visto il corpo di Valentine accartocciato vicino alla riva del lago, ed era stato come un pugno nello stomaco. Sapeva che era morto, e lui stesso l'avrebbe ucciso, eppure la vista del suo cadavere era stata dolorosa. Clary aveva guardato Jace con la tristezza negli occhi, e lui aveva capito che sebbene odiasse Valentine e non avesse alcuna ragione per non odiarlo, capiva il senso di perdita di Jace.

Jace socchiuse gli occhi e un'ondata di immagini gli invase l'interno delle palpebre: Valentine che lo sollevava dall'erba e lo stringeva in un grande abbraccio, Valentine che lo teneva fermo sulla prua di una barca in mezzo a un lago, mostrandogli come restare in equilibrio, insieme ad altre, più cupe memorie: la mano di Valentine che lo colpiva sulla faccia, un falco morto, l'Angelo in catene nella cantina dei Wayland.

— Jace.

Alzò lo sguardo. C'era Luke accanto a lui, una sagoma nera che si stagliava contro il sole. Indossava i suoi soliti jeans e la camicia di flanella: nessuna concessione al bianco del lutto. — È finita — gli disse Luke. — La cerimonia. È stata breve.

— Già. — Jace affondò le dita nel terreno, accogliendo con piacere il contatto doloroso con la terra. — Qualcuno ha detto qualcosa?

— Le solite parole. — Luke si sedette accanto a lui con una lieve smorfia di dolore. Jace non gli aveva chiesto niente della battaglia: non voleva sapere. Sapeva che era finita molto più rapidamente di quanto ci si aspettasse: dopo la morte di Valentine, i demoni erano fuggiti nella notte come una densa foschia dissolta dal calore del sole. Ma questo non significava che non ci fossero state vittime. Valentine non era stato l'unico a essere sepolto ad Alicante, in quei due giorni.

— E Clary non ha... voglio dire, non è...

— ... venuta al funerale? No, non ha voluto. — Jace sentì lo sguardo obliquo di Luke su di sé. — Tu non l'hai più vista, dal...

— No, dal lago non l'ho più vista — disse Jace. — Mi hanno fatto uscire adesso dall'ospedale perché dovevo venire qui.

— Non era una cosa che *dovevi* fare — commentò Luke.

— Volevo farlo — ammise Jace. — Non so come potrei essere giudicato.

— I funerali sono per i vivi, Jace, non per i morti. Valentine era tuo padre, più che il padre di Clary, anche se tu non avevi il suo stesso sangue. Sei tu quello che deve prendere commiato da lui. Sei tu quello che ne sentirà la mancanza.

— Non credevo di potermi permettere di sentire la sua mancanza.

— Tu non hai mai conosciuto Stephen Herondale — gli fece notare Luke. — E quando arrivasti da Robert Lightwood eri già quasi un ragazzo. Valentine è stato tuo padre per tutta la tua infanzia. *Dovresti* sentire la sua mancanza.

— Continuo a pensare a Hodge — disse Jace. — Su alla Guardia. Continuavo a chiedergli perché non mi avesse mai detto chi ero (allora credevo di essere in parte demone) e lui continuava a ripetere che era perché non lo sapeva. Pensavo che mentisse, ma ora so che non era così. Era una delle pochissime persone che sapevano la faccenda di un neonato Herondale sopravvissuto. Quando mi presentai all'Istituto, Hodge non aveva idea di quale dei due figli di Valentine io fossi, se quello vero o quello adottivo. Avrei potuto essere entrambi. Il demone o l'Angelo. E penso che lui non l'abbia mai saputo, almeno finché non ha visto Jonathan alla Guardia. Per questo, Hodge ha cercato comunque di fare del suo meglio con me, in tutti quegli anni, fino al ritorno di Valentine. Ci vuole qualcosa di simile alla fede, per questo, non ti pare?

— Sì — disse Luke. — Lo penso anch'io.

— Secondo Hodge, l'educazione poteva fare la differenza, a prescindere dal sangue. Io continuo a pensare questo: se fossi rimasto con Valentine, se lui non mi avesse mandato dai Lightwood, sarei diventato come Jonathan? È così che sarei adesso?

— È importante? — chiese Luke. — Tu sei ciò che sei ora. E se vuoi saperlo, io credo che Valentine ti abbia mandato dai Lightwood perché pensava che fosse l'opportunità migliore per te. Forse aveva anche altri motivi, ma non dimenticare che ti ha mandato da una famiglia che poi ti ha amato e cresciuto con amore. Potrebbe essere una delle poche cose buone che Valentine ha fatto per qualcuno. — Gli diede una pacca sulle spalle, un gesto così paterno che quasi fece sorridere Jace. — Non me ne dimenticherei, se fossi in te.

Clary, in piedi davanti alla finestra di Isabelle, guardava il fumo chiazzare il cielo sopra Alicante, come ditate su un vetro pulito. Quel giorno bruciavano il corpo di Valentine, lo sapeva: bruciavano suo padre, nella necropoli appena fuori le porte della città.

— Sai della festa di stasera, vero? — Clary si girò e vide Isabelle, alle sue spalle, che teneva in mano due vestiti, uno blu e uno grigio acciaio, e se li appoggiava alternativamente al corpo. — Quale mi metto?

Per Isabelle, pensò Clary, i vestiti sarebbero sempre stati una buona terapia. — Quello blu.

Isabelle appoggiò gli abiti sul letto. — E tu, cosa ti metti? Ci vai, vero?

Clary pensò al vestito argentato, lieve come una garza, in fondo al baule di Amatis. Ma lei non glielo avrebbe mai lasciato indossare.

— Non so — rispose. — Probabilmente i jeans e il cappotto verde.

— Che noia — esclamò Isabelle. Lanciò un'occhiata ad Aline, che leggeva seduta su una sedia vicino al letto. — Non è una noia?

— Io credo che dovresti lasciarle mettere quello che le va. — Aline non alzò nemmeno gli occhi dal libro. — E poi, non è che si debba fare bella per qualcuno.

— Si deve fare bella per Jace! — esclamò Isabelle, come se fosse ovvio. — Certo che deve!

Aline alzò gli occhi battendo le palpebre, confusa, poi sorrise. — Oh, giusto! Me ne dimentico sempre. Dev'essere strano, vero, sapere che non è tuo fratello?

— No — disse Clary con fermezza. — Era strano pensare che fosse mio fratello. Così... sembra più giusto. — Tornò a guardare verso la finestra. — Comunque non l'ho ancora rivisto, da quando siamo tornati ad Alicante.

— Che strano — commentò Aline.

— Non è strano — spiegò Isabelle, lanciandole un'occhiata significativa, che Aline non sembrò cogliere. — È stato in ospedale. L'hanno dimesso solo oggi.

— E non è venuto subito da te? — Aline chiese a Clary.

— Non poteva — rispose Clary. — Aveva il funerale di Valentine. Non poteva mancare.

— Forse — disse Aline allegramente. — O forse non è più così interessato a te. Voglio dire, ora che non è proibito. Certe persone vogliono solo quello che non possono avere.

— Non Jace — ribatté Isabelle rapidamente. — Lui non è così.

Aline si alzò lasciando il libro sul letto. — Devo andare a vestirmi. Ci vediamo stasera? — E con queste parole uscì dalla stanza canticchiando tra sé.

Isabelle, seguendola con lo sguardo, scosse la testa. — Secondo te, fa così perché non le sei simpatica? — chiese a Clary. — O perché è gelosa? Sembrava molto interessata a Jace.

Clary accennò un sorrisetto divertito. — No, Jace non le interessa. Credo sia una di quelle persone che dicono tutto quello che pensano nel momento stesso in cui lo pensano. E chissà, magari ha ragione.

Isabelle si sfilò il fermaglio dai capelli, lasciandoli ricadere sulle spalle. Si avvicinò a Clary, alla finestra. Il cielo era limpido, adesso, dietro le torri antidemoni: il fumo si era dissolto. — E tu? Credi che abbia ragione lei?

— Non lo so. Devo chiedere a Jace. Immagino che lo vedrò stasera alla festa. La Celebrazione della Vittoria, o come si chiama. — Guardò Isabelle. — Tu sai come sarà?

— Ci sarà una parata. Probabilmente anche i fuochi d'artificio. Musica, balli, giochi, cose del genere. Come una grande festa in piazza a New York. — Guardò fuori dalla finestra, con occhi pieni di nostalgia. — A Max sarebbe tanto piaciuta...

Clary le carezzò i capelli, come li avrebbe accarezzati a sua sorella, se ne avesse avuto una. — Lo so.

Jace dovette bussare due volte alla porta della vecchia casa sul canale, prima di sentire dei passi rapidi che andavano ad aprire. Il cuore gli balzò nel petto, ma si acquietò subito quando la porta si aprì e apparve sulla soglia Amatis Herondale, con aria sorpresa. A quanto pareva, si stava preparando per la festa: indossava un lungo vestito color tortora e orecchini chiari che facevano risaltare i fili grigi dei suoi capelli sale e pepe. — Sì?

— Clary... — iniziò Jace, incerto su cosa dire di preciso. Dov'era finita tutta la sua eloquenza? L'aveva sempre avuta, anche quando aveva perso tutto il resto, ma ora si sentiva come se l'avessero aperto in due e tutte le battute facili e intelligenti gli fossero scappate fuori, lasciandolo svuotato. — Mi chiedevo se Clary fosse qui. Speravo di poterle parlare.

Amatis scosse la testa. La sorpresa aveva abbandonato la sua espressione e ora lo stava guardando con intenzione, tanto da renderlo nervoso. — Non è qui. Credo che sia con i Lightwood.

— Ah. — La delusione fu così forte che stupì anche lui. — Chiedo scusa per il disturbo.

— Nessun disturbo. Anzi, sono contenta che tu sia qui — ribatté pronta Amatis. — Volevo parlarti di una cosa. Entra. Torno subito.

Jace entrò nell'ingresso mentre Amatis spariva in fondo al corridoio. Si chiese che cosa diavolo avesse da dirgli. Forse Clary aveva deciso che non voleva aver più nulla a che fare con lui e aveva scelto Amatis per dargli il suo messaggio.

La donna tornò in un attimo. Non aveva in mano niente che somigliasse a un biglietto, notò Jace con grande sollievo. Teneva invece tra le mani una piccola scatola di metallo. Era un oggetto di fattura delicata, cesellato con un motivo di uccelli in volo. — Jace — gli disse. — Luke mi ha detto che sei figlio di... che Stephen Herondale era tuo padre. Mi ha raccontato quello che è successo.

Jace annuì, ed era tutto quello che si sentiva di poter fare. Le notizie filtravano lentamente e Jace preferiva così: sperava di poter essere di nuovo a New York prima che tutti a Idris scoprissero la verità e si girassero a guardarlo ovunque andasse.

— Sai che io ero sposata con Stephen, prima di Céline... tua madre — proseguì Amatis con la voce tesa, come se le facesse male pronunciare quelle parole.

Jace la fissò: voleva parlargli di sua madre? Ce l'aveva con lui perché le aveva riportato a galla brutti ricordi di una donna morta prima ancora che lui nascesse? — Di tutte le persone che oggi sono ancora tra noi, io sono probabilmente quella che conosceva meglio tuo padre.

— Sì — disse Jace, desiderando di essere altrove. — Sono sicuro che è così.

— So che probabilmente avrai per Stephen dei sentimenti molto contrastanti — proseguì Amatis sorprendendolo, perché era vero. — Tu non l'hai mai conosciuto, non è stato lui il padre che ti ha cresciuto. Ma gli assomigli molto. Tranne gli occhi: quelli sono di tua madre. E forse sono pazza a disturbarti per questo. Forse non vuoi sapere nulla di Stephen. Ma era comunque tuo padre, e se ti avesse conosciuto... — Gli spinse la scatola tra le mani, di scatto, quasi facendogli fare un salto indietro. — Queste sono alcune cose sue, che ho conservato negli anni. Lettere che ha scritto, fotografie, un albero genealogico. La sua pietra di stregaluce. Magari adesso non hai domande, ma un giorno forse ne avrai. E se succederà, se avrai delle domande, avrai con te almeno questo. — Amatis rimase quasi immobile, mentre gli offriva la scatoletta, come fosse un preziosissimo tesoro. Jace la prese dalle sue mani senza una parola: era pesante e il metallo era freddo contro la pelle.

— Grazie — le disse. Non riuscì a fare di meglio. Esitò, poi aggiunse: — C'è una cosa, una cosa che mi stavo chiedendo.

— Sì?

— Se Stephen era mio padre, allora l'Inquisitrice Imogen era mia nonna.

— Imogen era... — Amatis cercò le parole — ... era una donna molto difficile. Ma era tua nonna, sì.

— Mi ha salvato la vita — le disse Jace. — Voglio dire, per un sacco di tempo si è comportata come se odiasse tutto di me. Ma poi ha visto questo. — Spostò il colletto della camicia e mostrò ad Amatis la cicatrice bianca a forma di stella che aveva sulla spalla. — Che cosa poteva significare questa cicatrice, per lei?

Amatis lo fissava con gli occhi sgranati. — Tu non ricordi come te la sei fatta, quella cicatrice, vero?

Jace scosse la testa. — Valentine mi diceva che era una vecchia ferita, di quando ero troppo piccolo per ricordare. Ma adesso... non credo che sia vero.

— Non è una cicatrice. È una voglia. C'è una vecchia leggenda di famiglia, a questo riguardo: uno dei primi Herondale che diventarono Shadowhunters venne visitato in sogno da un angelo. L'Angelo lo toccò sulla spalla, e quando Herondale si svegliò si ritrovò con un segno come il tuo. E tutti i suoi discendenti hanno lo stesso segno. — Amatis scrollò le spalle. — Non so se questa storia sia vera, ma tutti gli Herondale hanno questo marchio. Anche tuo padre ce l'aveva. Qui. — Si toccò il braccio destro, vicino alla spalla. — Pare significhi che hai avuto un contatto con un angelo. Che in qualche modo sei benedetto. Vedendolo, Imogen avrà capito chi sei veramente.

Jace fissava Amatis, ma non la vedeva: stava rivedendo quella notte sulla nave, il ponte nero e umido, e l'Inquisitrice che spirava ai suoi piedi. — Mi ha detto qualcosa — ricordò. — Mentre moriva. Mi ha detto: «Tuo padre sarebbe fiero di te». Credevo che la sua fosse una crudeltà. Credevo che si riferisse a Valentine.

Amatis scosse la testa. — Era di Stephen, che stava parlando — disse piano. — E aveva ragione. Sarebbe stato fiero di te.

Clary spinse la porta d'ingresso di Amatis ed entrò, pensando a quanto quella casa le fosse diventata familiare. Non doveva più sforzarsi di ricordare la strada per arrivare là, né il modo per aprire la porta quando il pomolo s'inceppava. Persino il luccichio del sole sul canale le era familiare, come pure la vista di Alicante dalla finestra. Riusciva quasi a immaginarsi come avrebbe potuto essere vivere lì, come avrebbe potuto essere se Idris fosse diventata la sua patria. Si chiese di che cosa avrebbe cominciato presto a sentire la mancanza. Il takeaway cinese? I film? Il negozio di fumetti?

Stava per salire le scale, quando sentì la voce di sua madre dal salotto: era tagliente e un po' agitata. Che motivo poteva avere, Jocelyn, per essere così inquieta? Ora era tutto a posto, no? Senza pensarci, Clary si appoggiò alla parete vicina al salotto e si mise a origliare.

— In che senso, rimani? — stava dicendo Jocelyn. — Vuoi dire che non tornerai più a New York?

— Mi hanno chiesto di restare ad Alicante per rappresentare i licantropi nel Consiglio — disse Luke. — Ho risposto che gli avrei fatto sapere stasera.

— Ma non potrebbe farlo qualcun altro? Uno dei capibranco di Idris?

— Io sono l'unico capobranco a essere stato uno Shadowhunter. È per questo che vogliono me. — Sospirò. — Sono stato io a dare inizio tutto questo, Jocelyn. Dovrei restare e portare a termine l'opera.

Ci fu un breve silenzio. — Se è questo che senti, allora devi restare — disse alla fine Jocelyn, ma la sua voce sembrava piuttosto incerta.

— Dovrò vendere la libreria, sistemare i miei affari. — La voce di Luke era burbera. — Non è che mi trasferirò di punto in bianco.

— Posso occuparmene io, dopo tutto quello che hai fatto. — Jocelyn sembrava non avere abbastanza energia per mantenere un tono vivace. La sua voce sfumò in un silenzio che si prolungò a lungo, tanto che Clary pensò di fare un colpo di tosse ed entrare nel salotto per rivelare la sua presenza.

Un attimo dopo fu contenta di non averlo fatto. — Senti — iniziò a dire Luke. — Volevo dirtelo da tanto tempo, ma non l'ho mai fatto. Sapevo che non sarebbe servito a niente, anche dicendolo, per via di quello che sono. Tu non hai mai voluto che tutto questo entrasse nella vita di Clary. Ma ora che Clary sa, immagino che non faccia più molta differenza. E posso anche dirtelo. Io ti amo, Jocelyn. Sono vent'anni che ti amo. — Tacque. Clary si sforzò di sentire la risposta di sua madre, ma non ci fu alcuna risposta. Alla fine Luke parlò di nuovo, con la voce grave. — Devo tornare al Consiglio per dire che resterò. Non riprenderò più l'argomento. Ma mi sento meglio per avertelo detto, dopo tutto questo tempo, e mi basta.

Clary si appiattì contro il muro, mentre Luke, a testa bassa, usciva a grandi passi dal salotto. Le passò accanto apparentemente senza vederla e spalancò la porta d'ingresso. Rimase sulla soglia un momento, accecato dalla luce del sole che si rifletteva sull'acqua del canale. E subito dopo sparì. La porta si chiuse alle sue spalle con un tonfo.

Clary rimase dov'era, la schiena contro il muro. Era terribilmente triste per Luke e terribilmente triste anche per sua madre. Dunque, Jocelyn non amava veramente Luke, e forse non avrebbe mai potuto amarlo. Era esattamente la stessa situazione di Clary e Simon, solo che Clary non vedeva alcuna possibilità che Luke e sua madre potessero riaggiustare le cose tra loro. Non se Luke decideva di restare a Idris. Le lacrime le punsero gli occhi. Stava per entrare nel salotto, quando sentì aprirsi la porta della cucina e udì un'altra voce, stanca e un po' rassegnata. Amatis.

— Scusami, ho sentito tutto, involontariamente. Ma sono contenta che Lucian resti qui — disse Amatis. — Non solo perché sarà vicino a me, ma perché in questo modo avrà una possibilità di dimenticare te.

La voce di Jocelyn era sulle difensive. — Amatis…

— Jocelyn — continuò Amatis — se tu non lo ami, dovresti lasciarlo perdere.

Jocelyn rimase in silenzio. Clary desiderò di poter vedere la sua espressione. Era triste? Arrabbiata? Rassegnata?

Amatis trasalì. — A meno che… Tu lo ami?

— Amatis, non posso…

— Tu lo ami! Tu *lo ami*! — Ci fu un suono secco, come se Amatis avesse battuto le mani. — Lo sapevo che lo amavi! L'ho sempre saputo!

— Non importa. — La voce di Jocelyn era stanca. — Non sarebbe corretto nei confronti di Luke.

— Non voglio nemmeno sentirlo. — Ci fu un fruscio, poi un suono di protesta di Jocelyn. Clary si chiese se Amatis avesse preso sua madre per le spalle. — Se lo ami, adesso glielo vai a dire. Adesso, subito, prima che arrivi al Consiglio.

— Ma loro vogliono lui come membro del Consiglio! E lui vuole…

— L'unica cosa che Lucian vuole — disse Amatis con fermezza — sei tu. Tu e Clary. È tutto quello che ha sempre voluto. Ora, vai!

Prima che Clary potesse allontanarsi, Jocelyn si precipitò nel corridoio. Corse alla porta e… vide Clary, appiattita contro il muro. Si fermò, con la bocca aperta per la sorpresa.

— Clary! — Cercò di dare un tono vivace alla sua voce, ma fallì miseramente. — Non sapevo che fossi qui.

Clary si staccò dal muro, afferrò il pomolo della porta e la spalancò. La luce brillante del sole invase l'ingresso. Jocelyn si fermò nella luce feroce, battendo le palpebre, con gli occhi fissi sulla figlia.

— Se non rincorri subito Luke — disse Clary, scandendo bene le parole — io ti uccido con le mie mani.

Per un momento Jocelyn sembrò attonita. Poi sorrise. — Be', se la metti in questi termini…

Un attimo dopo era fuori e correva lungo il sentiero di fianco al canale che portava verso la Sala degli Accordi. Clary richiuse la porta alle sue spalle e vi si appoggiò contro.

Amatis, uscendo dal salotto, si precipitò al davanzale della finestra, guardando ansiosamente dai vetri. — Pensi che riuscirà a raggiungerlo prima che arrivi alla Sala degli Accordi?

— Mia mamma ha passato la vita a rincorrermi dappertutto — commentò Clary. — È velocissima.

Amatis la guardò e sorrise. — Oh, adesso mi viene in mente! — disse. — È passato Jace. Ti cercava. Credo che speri di incontrarti stasera alla festa.

— Ah, davvero? — disse Clary pensierosa. *Poteva anche chiedere. Chi non risica non rosica.* — Amatis — disse.

La sorella di Luke si staccò dalla finestra, guardandola con curiosità.

— Sì?

— Quel tuo vestito argentato, nel baule — disse Clary. — Potrei prenderlo in prestito?

Le strade si stavano già riempiendo di gente, mentre Clary ripercorreva la città verso la casa dei Lightwood. Era il tramonto e le luci iniziavano ad accendersi, illuminando l'aria di un pallido bagliore. Cestini di fiori bianchi dall'aria familiare erano stati appesi ai muri delle case e profumavano l'aria di aromi speziati. Rune d'oro scuro ardevano sulle porte delle case: parlavano di vittoria e di letizia.

C'erano molti Shadowhunters per le strade. Nessuno di loro, adesso, indossava la tenuta da battaglia: avevano gli abiti delle grandi occasioni, in una gran varietà di fogge, dalle più moderne a quelle quasi da rievocazione storica. Era una notte insolitamente calda ed erano in pochi a portare il cappotto. Molte delle donne indossavano quelli che a Clary sembravano abiti da sera, con la gonna lunga e ampia che spazzava la strada. Quando svoltò nella strada dei Lightwood, una figura esile e scura attraversò la strada davanti a lei: era Raphael, mano nella mano con una donna alta dai capelli scuri, con un vestito rosso da mezza sera. Raphael si girò e le sorrise, e il suo sorriso le diede un brivido leggero. Era proprio vero, pensò, che a volte c'era qualcosa di alieno nei Nascosti, qualcosa di alieno e spaventoso. Ma, forse, non tutto quello che faceva paura era necessariamente pericoloso.

Anche se qualche dubbio su Raphael le restava.

La porta d'ingresso dei Lightwood era aperta e diversi membri della famiglia erano già fuori sul marciapiede. C'erano Maryse e Robert Lightwood, che chiacchieravano con altri due adulti. Quando si girarono, Clary vide con leggera sorpresa che erano i Penhallow, i genitori di Aline. Maryse le sorrise. Era molto elegante, con un completo di seta blu scuro; i capelli, legati sulla nuca con un grosso nastro d'argento, le lasciavano scoperto il volto severo. Assomigliava molto a Isabelle, tanto che a Clary venne voglia di metterle una mano sulla spalla, perché Maryse era ancora visibilmente triste, anche quando sorrideva.

Sta pensando a Max, proprio come Isabelle, rifletté Clary. *Sta pensando a quanto gli sarebbe piaciuta questa festa.*

— Clary! — Isabelle scese di corsa i gradini dell'ingresso, coi capelli neri al vento. Non indossava nessuno dei due vestiti che aveva mostrato a Clary poco prima, ma un incredibile abito di raso dorato che le fasciava il corpo come i petali chiusi di un fiore. Ai piedi portava dei sandali dai tacchi altissimi. Clary ripensò a un commento di Isabelle su quanto le piacevano i tacchi alti e rise tra sé. — Clary, sei *fantastica*!

— Grazie. — Clary lisciò con un po' di imbarazzo il diafano tessuto del suo vestito argentato. Era probabilmente la cosa più femminile che avesse mai indossato. Le lasciava le spalle scoperte e ogni volta che sentiva i capelli solleticarle la pelle nuda del collo, doveva soffocare l'istinto di cercare un cardigan o una felpa con il cappuccio in cui avvolgersi. — Anche tu.

Isabelle si chinò per sussurrarle all'orecchio: — Jace non è qui.

Clary si tirò indietro. — E allora dove...?

— Alec dice che potrebbe essere nella piazza, dove si faranno i fuochi d'artificio. Mi dispiace: non so proprio che cosa gli passi per la testa.

Clary scrollò le spalle cercando di nascondere la delusione. — Non c'è problema.

Alec e Aline corsero fuori di casa dopo Isabelle, Aline con un vestito rosso acceso che faceva sembrare ancora più neri i suoi capelli e Alec vestito come al solito, con un paio di pantaloni e una maglia entrambi scuri. Quantomeno, pensò Clary, la maglia non sembrava avere dei buchi. Alec le sorrise e Clary pensò, con sorpresa, che in effetti qualcosa di diverso ce l'aveva: sembrava in qualche modo più leggero, come se si fosse tolto un grosso peso dalle spalle.

— Non sono mai stata a una festa a cui partecipassero anche dei Nascosti — annunciò Aline, guardando nervosamente verso la strada dove passava una giovane fata dai lunghi capelli intrecciati di fiori (no, pensò Clary, i suoi capelli *erano* fiori, collegati da delicati viticci verdi): la fata staccò dei boccioli bianchi da un cestino appeso a un muro, li osservò pensierosa, poi se li mangiò.

— Sarà bellissimo — la rassicurò Isabelle. — È gente che sa come divertirsi. — Fece un cenno di saluto ai suoi genitori e s'incamminò con gli altri verso la piazza. Clary combatteva ancora con l'istinto di coprirsi il busto incrociando le braccia sul petto. Il vestito le svolazzava attorno ai piedi come spire di fumo portate dal vento. Ripensò al fumo che poco prima si era levato sulla città di Alicante e rabbrividì.

— Ehi! — esclamò Isabelle. Clary alzò gli occhi e vide avvicinarsi Simon e Maia. Clary non aveva visto Simon per gran parte della giornata: era andato alla Sala degli Accordi per assistere all'assemblea preliminare del Consiglio, perché, diceva, era curioso di vedere chi avrebbero scelto per il seggio riservato ai vampiri. Clary non riusciva proprio a figurarsi Maia con indosso qualcosa di femminile, e infatti aveva un paio di pantaloni mimetici a vita bassa e una maglietta nera, su cui era scritto SCEGLI UN'ARMA e, sotto c'erano dei dadi. Era una maglietta di un gioco di ruolo a squadre, pensò Clary. Si chiese se Maia partecipasse veramente ai giochi di ruolo o se avesse messo quella maglietta per fare colpo su Simon. In questo caso, aveva scelto bene. — State andando verso la piazza dell'Angelo?

Maia e Simon risposero di sì e tutti insieme si avviarono verso la Sala degli Accordi, in allegra compagnia. Simon restò indietro per affiancarsi a Clary e camminarono insieme in silenzio. Era bello stargli vicino: lui era stata la prima persona che Clary aveva voluto rivedere, una volta tornata ad Alicante. L'aveva stretto in un abbraccio fortissimo, contenta che fosse vivo, poi gli aveva toccato il Marchio sulla fronte.

— Ti ha salvato? — gli aveva chiesto, desiderando con tutte le forze di sentirsi dire che ciò che aveva fatto era stato utile.

— Mi ha salvato — fu tutto ciò che Simon le rispose.

— Vorrei potertelo togliere — gli aveva detto. — Vorrei sapere che cosa potrebbe succederti, a causa del Marchio.

Lui le aveva preso il polso e le aveva scostato dolcemente la mano. — Aspettiamo — le aveva detto. — Stiamo a vedere.

Ora lo osservò attentamente, ma il Marchio non sembrava avere su di lui alcun effetto visibile. Simon era esattamente come al solito. Era Simon. Solo che adesso si pettinava i capelli in modo un po' diverso, per coprire il Marchio. Ma se uno non sapeva cosa c'era sotto, non l'avrebbe mai immaginato.

— Com'è andata l'assemblea? — gli chiese Clary, dandogli un'occhiata da capo a piedi per vedere se si fosse messo qualcosa di carino per la festa. No, ma non poteva criticarlo: i jeans e la maglietta che indossava costituivano il suo intero guardaroba, lì ad Alicante. — Chi hanno scelto?

— Non Raphael — rispose Simon, con un tono che sembrava contento della cosa. — Un altro vampiro. Con un nome pretenzioso. Ombra della Notte o qualcosa del genere.

— Sai, mi hanno chiesto se voglio disegnare il simbolo del Nuovo Consiglio — disse Clary. — È un onore. Ho accettato. Ci sarà la runa del Consiglio circondata dai simboli delle quattro famiglie dei Nascosti. Una luna per i licantropi. E stavo pensando a un quadrifoglio per il Popolo Fatato. Un libro di magia per gli stregoni. Ma non mi viene in mente niente per i vampiri.

— Che ne dici di un dente? — suggerì Simon. — Magari grondante sangue. — E scoprì i suoi canini.

— Grazie — replicò Clary. — Mi sei stato di grande aiuto.

— Sono contento che l'abbiano chiesto a te — commentò Simon, più serio. — Te lo meriti, questo onore. Ti meriti una medaglia, in realtà, per tutto quello che hai fatto. La runa dell'Alleanza e tutto il resto.

Clary scrollò la testa. — Non so. Alla fine di tutto, la battaglia non è durata nemmeno dieci minuti. Non so quanto io sia davvero stata utile.

— Io c'ero, in quella battaglia, Clary — le ricordò Simon. — Sarà anche durata solo dieci minuti, ma sono stati i peggiori dieci minuti della mia vita. E non voglio entrare nei dettagli. Ti dico solo che in quei dieci minuti ci sarebbero stati molti più morti, se non fosse stato per te. E poi, la battaglia è stato solo un aspetto. Se tu non avessi fatto ciò che hai fatto, ora non ci sarebbe alcun Nuovo Consiglio. Ci sarebbero ancora Shadowhunters e Nascosti che si odiano, invece di Shadowhunters e Nascosti che vanno a fare festa tutti insieme.

Clary sentì un groppo salirle in gola e guardò dritto avanti, imponendosi di non piangere. — Grazie, Simon. — Ebbe un attimo di esitazione, così rapido che nessuno che non fosse stato Simon se ne sarebbe accorto. Ma lui se ne accorse.

— Cosa c'è che non va? — domandò.

— Mi chiedo che cosa faremo quando torneremo a casa — ammise. — Voglio dire, so che Magnus si è occupato di tua madre, così lei non è diventata matta per questa tua sparizione, ma... la scuola... Abbiamo perso una montagna di roba. E non so nemmeno...

— Tu non tornerai a New York — le disse Simon a bassa voce. — Credi che non lo sappia? Tu adesso sei una Cacciatrice. Finirai la scuola all'Istituto.

— E tu? Tu sei un vampiro. Hai intenzione di tornare a scuola come se niente fosse?

— Sì — rispose Simon, sorprendendola. — Sì. Voglio una vita normale, per quanto possibile. Voglio finire la scuola e poi andare al college e tutto il resto.

Lei gli strinse la mano. — Se è questo che vuoi, è giusto che tu lo abbia. — Lo guardò e gli sorrise. — Certo è che sconvolgerai tutti quanti, quando ti ripresenterai a scuola.

— Sconvolgerò tutti quanti? E perché?

— Perché sei molto più sexy di quando te ne sei andato. — Clary scrollò le spalle. — Dico sul serio. Sarà una cosa da vampiri.

Simon sembrava sconcertato. — Sono più... *sexy*?

— Certo! Voglio dire, guarda quelle due. Ti stanno mangiando con gli occhi! — Gli indicò Maia e Isabelle che camminavano insieme, qualche passo avanti a loro, con le teste vicine.

Simon guardò le ragazze e Clary avrebbe giurato che stesse arrossendo. — Davvero? Ogni tanto si mettono a confabulare tra loro e mi guardano... Non so proprio che cos'abbiano da dire.

— Certo che no. — Clary sorrise. — Poverino, hai due belle ragazze che si contendono il tuo cuore... Dura, la vita.

— Fantastico. Dimmi tu, allora, chi dovrei scegliere.

— Assolutamente no. È affar tuo. — Clary abbassò di nuovo la voce. — Senti, puoi uscire con chi ti pare e avrai sempre il mio totale appoggio. Sarò tutta un appoggio. Appoggio è il mio secondo nome.

— Ah, allora è per questo che non mi hai mai rivelato il tuo secondo nome. Me l'immaginavo, che fosse qualcosa di imbarazzante.

Clary ignorò la battuta. — Però promettimi una cosa, okay? So come fanno le ragazze. Non sopportano che il loro fidanzato abbia un amico del cuore femmina, lo so. Devi promettermi che non mi taglierai fuori dalla tua vita completamente. Che ogni tanto potremo ancora vederci.

— Ogni tanto? — Simon scosse la testa. — Clary, tu sei pazza.

Le si strinse il cuore. — Vuoi dire...

— Voglio dire che non uscirò mai con una ragazza che cercherà di tagliarti fuori dalla mia vita. Non c'è nemmeno da discutere. Vuoi un po' di tutta questa meraviglia? — E Simon indicò se stesso. — Bene, la mia migliore amica è compresa nel pacchetto. Non ti taglierei mai fuori dalla mia vita, Clary, non più di quanto potrei tagliarmi la mano destra e regalarla per San Valentino.

— Che schifo — disse Clary. — Devi proprio?

Lui le fece un gran sorriso. — Devo proprio.

La piazza dell'Angelo era quasi irriconoscibile. La Sala degli Accordi brillava di bianco nel fondo, in parte nascosta dall'intricato boschetto di alberi cresciuti al centro. Erano chiaramente frutto di un incantesimo, ma avrebbero anche potuto essere alberi veri e trapiantati, pensò Clary, ricordando l'abilità di Magnus nel trasportare mobili e tazze di caffè da un lato all'altro di Manhattan in un batter d'occhio. Gli alberi salivano quasi alla stessa altezza delle torri antidemoni, con nastri avvolti intorno ai tronchi argentei e luci colorate incastonate nella selva frusciante dei rami. La piazza profumava di fiori bianchi, di fumo, di foglie. Tutto intorno, erano stati disposti tavoli e lunghe panche, e gruppi di Shadowhunters e di Nascosti vi si affollavano, ridendo e bevendo e chiacchierando.

E tuttavia, nonostante le risate, c'era un pizzico di mestizia mescolato all'aria di festa, un dolore che conviveva con la gioia.

I negozi che si affacciavano sulla piazza avevano le porte spalancate e la luce si riversava sui marciapiedi. I festanti passavano a frotte, portando piatti di cibo e calici dal lungo stelo colmi di vino o di altre bevande dai colori vivaci. Simon vide un kelpie passargli accanto con un bicchiere di liquido azzurro in mano e inarcò un sopracciglio.

— Non è come alla festa di Magnus — lo rassicurò Isabelle. — Tutto quello che c'è da bere qui dovrebbe essere sicuro.

— *Dovrebbe?* — Aline sembrava preoccupata.

Alec guardava la foresta in miniatura, e le luci colorate si riflettevano nelle iridi azzurre dei suoi occhi. C'era Magnus, all'ombra di un albero, che parlava con una ragazza vestita di bianco e con una nuvola di capelli castano chiaro. La ragazza si girò, quando Magnus li guardò, e Clary incrociò il suo sguardo per un momento, annullando la distanza che le separava. C'era qualcosa di familiare, in lei, ma Clary non riuscì a capire che cosa.

Magnus la salutò per raggiungerli e la ragazza scivolò tra le ombre degli alberi e sparì. Lo stregone era vestito come un gentiluomo inglese di epoca vittoriana, con una lunga redingote nera su un gilet di seta viola. Un fazzolettino ricamato con le iniziali M.B. spuntava dal taschino del gilet.

— Bel gilet — commentò Alec con un sorriso.

— Ne vorresti uno uguale? — chiese subito Magnus. — Del colore che preferisci, naturalmente.

— In realtà, i vestiti non mi interessano granché — ammise il ragazzo.

— Ed è una cosa che adoro di te — annunciò Magnus. — Ma ti adorerei lo stesso anche se tu avessi un bel vestito griffato. Che dici? Dolce? Zegna? Armani?

Alec farfugliò qualcosa e Isabelle rise. Lo stregone colse l'occasione per avvicinarsi a Clary e sussurrarle all'orecchio: — I gradini della Sala degli Accordi. Vai.

Clary avrebbe voluto chiedergli che cosa voleva dire, ma Magnus era già tornato a parlare con Alec e gli altri. E poi, aveva la netta sensazione di saperlo già. Allontanandosi, diede una stretta al polso di Simon; lui si girò e le sorrise, prima di tornare alla sua conversazione con Maia.

Clary passò tra le piante della foresta magica per attraversare la piazza, entrando nelle loro ombre. Gli alberi arrivavano fino ai piedi della scalinata che portava alla Sala degli Accordi ed era forse per questo che i gradini erano quasi deserti. Anche se non del tutto. Clary alzò lo sguardo verso le porte della sala e riconobbe subito un profilo scuro e familiare, all'ombra di un pilastro. Il suo cuore accelerò.

Era Jace.

Clary dovette tirarsi su la gonna per salire la scalinata senza il rischio di pestare un orlo e strappare il tessuto delicato. Rimpianse di non avere indosso i suoi soliti vestiti, quando si avvicinò a Jace che, seduto con la schiena appoggiata a una colonna e lo sguardo rivolto alla piazza, indossava i suoi abiti più mondani: jeans, maglietta bianca e giacca scura. E forse per la prima volta da quando lo aveva incontrato, pensò Clary, non sembrava armato.

All'improvviso si sentì esageratamente elegante. Si fermò a poca distanza da lui, incerta su che cosa dire.

Come sentendo la sua presenza, Jace alzò gli occhi. Teneva qualcosa in bilico sulle ginocchia, notò Clary: una scatoletta d'argento. Sembrava molto stanco. Aveva ombre scure sotto gli occhi, e i capelli d'oro chiaro erano in disordine. Sgranò gli occhi. — Clary?

— Chi credevi che fosse?

Non le sorrise. — Non sei come al solito.

— È il vestito. — Si lisciò le pieghe, a disagio. — Di solito non mi metto delle cose così... carine.

— Sei bellissima — le disse. Clary ricordò la prima volta in cui Jace le aveva detto che era bella, nella serra dell'Istituto. Non gliel'aveva detto come fosse un complimento, ma come fosse un dato assodato, come il fatto che aveva i capelli rossi e le piaceva disegnare. — Ma mi sembri... distante. Come se non potessi toccarti.

Clary allora gli si avvicinò e si sedette accanto a lui sul gradino più alto. La pietra era fredda e il freddo filtrava facilmente dal tessuto lieve. Gli tese una mano: aveva un tremito lieve, ma visibile. — Toccami pure — gli disse. — Se ti va.

Lui le prese la mano e se l'appoggiò alla guancia. Poi gliela rimise in grembo. Clary rabbrividì, ripensando alle parole di Aline, nella camera da letto di Isabelle. «Forse non è più così interessato, ora che non è proibito». Jace aveva detto *a lei* che sembrava distante, ma l'espressione nei suoi occhi era remota come una galassia lontana.

— Che cosa c'è lì? — gli chiese.

Jace aveva ancora stretta in mano la scatoletta d'argento. Era un oggetto dall'aria costosa, delicatamente inciso con un motivo di uccelli in volo.

— Sono passato da Amatis, qualche ora fa. Ti cercavo — le disse. — Ma tu non c'eri. Così ho parlato con lei. E mi ha dato questa. — Le mostrò la scatola. — Apparteneva a mio padre.

Per un momento lei lo guardò senza capire. *A Valentine?* pensò. Poi, con un sussulto: *No, non è questo che intende dire.* — Ma certo... Amatis è stata sposata con Stephen Herondale.

— Stavo guardando quello che c'è dentro — le raccontò Jace. — Ho letto le lettere, le pagine di diario. Pensavo che in questo modo avrei potuto sentire qualche sorta di legame con lui. Qualcosa che saltasse fuori dalle pagine a dire *Sì, questo è tuo padre.* Ma non sento niente. Sono solo fogli di carta. Chiunque avrebbe potuto scrivere queste cose.

— Jace — gli disse Clary dolcemente.

— E c'è un'altra cosa — aggiunse lui. — Io non ho più un nome, vero? Non sono Jonathan Christopher: era qualcun altro. Ma è il nome a cui sono abituato.

— Chi ha inventato il soprannome Jace? L'hai inventato tu?

Jace scosse la testa. — No. Valentine mi ha sempre chiamato Jonathan. E mi chiamavano così quando arrivai all'Istituto. Non avrei mai dovuto credere che il mio nome fosse Jonathan Christopher. Successe per sbaglio: avevo trovato il nome sul diario di mio padre, ma non era di me che parlava. Non erano miei i progressi che stava annotando. Erano quelli di Seb... erano quelli di Jonathan. La prima volta che dissi a Maryse che il mio secondo nome era Christopher, lei si convinse di ricordare male, disse che Christopher poteva essere il secondo nome del figlio di Michael. Erano passati dieci anni, dopotutto. Ma fu allora che cominciò a chiamarmi Jace: era come se volesse darmi un nome nuovo, qualcosa che appartenesse a lei, alla mia vita a New York. E a me piaceva. Jonathan non mi è mai piaciuto. — Rigirò la scatoletta tra le mani. — Mi chiedo se Maryse avesse saputo che così si chiamava il figlio di Valentine, o se avesse immaginato, pur non volendo riconoscerlo. Lei mi voleva bene... e non voleva credere una cosa del genere.

— Ed è per questo che era così sconvolta, quando ha scoperto che tu *eri* il figlio di Valentine — rifletté Clary. — Perché era convinta che avrebbe dovuto capirlo. E, in un certo senso, l'aveva capito. Ma nessuno vuole credere a certe cose, riguardo alle persone che ama. E, Jace, su di te Maryse aveva ragione. Aveva ragione su sei veramente. E tu ce l'hai, un nome. Il tuo nome è Jace. Non è stato Valentine a darti questo nome. È stata Maryse. L'unica cosa che rende importante un nome, che lo rende tuo, è il fatto che ti sia dato da qualcuno a cui vuoi bene.

— Jace... — replicò lui. — Jace Herondale?

— Ma fammi il piacere! — esclamò Clary. — Tu sei Jace *Lightwood*. E lo sai.

Jace alzò gli occhi e la guardò. Le lunghe ciglia li mettevano in ombra, scurendone l'oro. Adesso era un po' meno lontano, pensò Clary, anche se forse era solo una sua impressione.

— Forse sei una persona diversa da quella che credevi di essere — proseguì Clary, sperando contro ogni speranza che lui capisse ciò che voleva dire. — Ma nessuno diventa una persona completamente diversa nell'arco di una notte. Scoprire che Stephen era il tuo padre biologico non può automaticamente fartelo amare. E non devi per forza amarlo. Valentine non era il tuo vero padre, ma non perché tu non hai il suo sangue nelle vene. Non era il tuo vero padre perché non si è comportato da padre con te. Non si è preso cura di te. Sono sempre stati i Lightwood a prendersi cura di te. Sono loro la tua *famiglia*. Come mia mamma e Luke sono la mia. — Gli toccò la spalla, poi ritrasse la mano. — Mi dispiace. Sono qui che ti faccio la predica, mentre tu probabilmente sei venuto qui per startene in pace, per conto tuo.

— Hai ragione — disse Jace.

Clary si sentì mancare il fiato. — Va bene. Allora, io vado. — Si alzò, dimenticandosi di sollevare il vestito, e per poco non inciampò nell'orlo.

— Clary! — Jace posò la piccola scatola e si alzò in fretta. — Clary, aspetta. Non era questo che intendevo. Non volevo dire che preferisco stare da solo. Volevo dire che hai ragione su Valentine... sui Lightwood...

Lei si girò. Era per metà nascosto nell'ombra, e le luci allegre e colorate della festa gli disegnavano strani motivi sulla pelle. Clary ripensò alla prima volta che lo aveva visto: le aveva ricordato un leone, magnifico e mortale. Ora, invece, le sembrava diverso. Quell'armatura dura e protettiva che usava sempre era sparita: ora portava le sue ferite con orgoglio. Non aveva neppure usato lo stilo per cancellare gli ematomi dalla faccia, dalla mascella, dal collo. Ma agli occhi di Clary era sempre bellissimo, anche più di prima, perché adesso le sembrava più umano. Umano e reale.

— Sai — gli confidò — Aline diceva che forse non saresti stato più interessato a me, ora che non è più proibito. Ora che, volendo, tu potresti stare con me. — Rabbrividì nel vestito leggero, stringendosi i gomiti con le mani. — È vero? Non sei più... interessato?

— *Interessato*? Come se tu fossi... un libro, o una notizia? No, non sono per niente interessato. Sono... — S'interruppe, cercando la parola giusta, come uno cerca un interruttore nel buio. — Ti ricordi quello che ti ho detto tempo fa? Sul fatto che averti come sorella sembrava una specie di scherzo cosmico? Per me e per entrambi?

— Mi ricordo.

— Non ci ho mai creduto — disse Jace. — Voglio dire, ci credevo solo in un certo modo. Ho lasciato che questa idea mi portasse alla disperazione, ma non l'ho mai *sentita* veramente. Non ho mai sentito che tu eri mia sorella. I sentimenti che provavo per te non erano quelli che si dovrebbero avere per una sorella, ma non per questo non ti sentivo parte di me. Quello l'ho sempre sentito. — Vedendo l'espressione perplessa di Clary, Jace ebbe un moto d'impazienza. — Non lo sto dicendo nel modo giusto. Clary, ho odiato ogni secondo in cui ho creduto che tu fossi mia sorella. Ho odiato ogni momento in cui ho creduto che quello che sentivo per te implicasse qualcosa di profondamente sbagliato in me. Ma...

— Ma cosa? — Il cuore di Clary batteva così forte che la stordiva.

— Ho visto il compiacimento di Valentine per quello che io provavo per te. Per quello che tu provavi per me. Ha usato i nostri sentimenti come un'arma contro di noi. E per questo l'ho odiato. Più che per qualsiasi altra cosa mi abbia fatto, è per questo che l'ho odiato e che mi sono rivoltato contro di lui. E forse è proprio di questo che avevo bisogno. Perché ci sono state delle volte in cui non sapevo se volevo seguirlo oppure no. È stata una scelta difficile, più di quanto mi piaccia ammettere. — La sua voce era tesa.

— Una volta ti ho chiesto se avevo scelta — gli ricordò Clary. — E tu mi hai risposto che abbiamo sempre una scelta. Tu hai scelto di stare contro Valentine. Alla fine è stata questa la scelta che hai fatto, non importa quanto sia stata dura. L'importante è che tu l'abbia fatta.

— Lo so. Sto solo dicendo che penso di averla fatta, almeno in parte, per te. Da quando ti ho incontrata, tutto quello che ho fatto è stato in parte anche per te. Non posso staccarmi da te, Clary: né il mio cuore, né il mio sangue, né la mia mente, né nessun'altra parte di me. Non posso e non voglio.

— Non vuoi? — sussurrò Clary.

Jace fece un passo avanti. Il suo sguardo era fisso sul viso di lei, come se non riuscisse a separarsene. — Ho sempre pensato che l'amore ci rendesse stupidi. Che ci rendesse deboli. Pessimi Cacciatori. *Amare è distruggere*. Ci credevo.

Clary si mordicchiava il labbro, ma nemmeno lei riusciva a distogliere gli occhi dai suoi.

— Una volta pensavo che essere un buon guerriero significasse non voler bene a niente e a nessuno — disse Jace. — A me stesso, in particolare. Correvo tutti i rischi che potevo. Mi buttavo in bocca ai demoni. Credo di aver fatto venire un complesso ad Alec sulle sue capacità di guerriero solo perché lui ci teneva a restare vivo. — Jace fece un sorriso incerto. — E poi ho incontrato te. Tu eri una mondana. Eri debole. Non eri una Cacciatrice. Non avevi mai fatto l'addestramento. Ma ho visto quanto amavi tua madre, quanto amavi Simon... Ho visto che eri pronta ad andare all'inferno per salvarli. E sei entrata nell'hotel dei vampiri. Altri Shadowhunters, con anni di esperienza alle spalle, non ci avrebbero nemmeno provato. L'amore non ti rendeva più debole: ti rendeva più forte di chiunque io avessi mai conosciuto. E mi sono reso conto di essere io quello debole.

— *No!* — Clary era sbalordita. — Tu non sei debole!

— Forse non più. — Fece un altro passo avanti. Adesso era abbastanza vicino da poterla toccare. — Valentine non voleva credere che avessi ucciso Jonathan — le disse. — Non voleva crederci perché, dei due, io ero quello debole, e Jonathan quello meglio addestrato. Giustamente, avrebbe dovuto essere lui a uccidere me. E c'è mancato poco. Ma io pensavo a te e ti vedevo là con me, con estrema chiarezza, come se mi fossi davanti agli occhi, come se mi stessi guardando. E sapevo che volevo vivere, lo volevo più di ogni altra cosa. Se non altro, per poter rivedere il tuo viso un'altra volta.

Clary avrebbe voluto muoversi, avvicinarsi a lui, toccarlo, ma non ci riusciva. Le braccia, lungo i fianchi, sembravano congelate. Il volto di Jace era vicino al suo, così vicino che Clary si vedeva riflessa nelle sue pupille.

— E adesso ti sto guardando — le disse Jace. — E tu mi chiedi se ti voglio ancora, come se io potessi smettere di amarti. Come se potessi essere disposto ad abbandonare la cosa che più di ogni altra mi rende forte. Non ho mai osato dare tanto di me a nessuno, prima d'ora. Poche briciole ai Lightwood, a Isabelle e ad Alec, e mi ci sono voluti anni... Ma, Clary, dalla prima volta che ti ho vista, io ti sono appartenuto completamente. Ed è ancora così. Se tu mi vuoi.

Per un altro mezzo secondo Clary rimase immobile. Poi lo afferrò per la giacca e lo attrasse a sé. E le braccia di Jace si chiusero intorno a lei, quasi sollevandola. E poi la baciò... o lei baciò lui, non era ben sicura, ma non era importante. Le labbra di Jace sulle sue erano elettricità pura. La mani di Clary si aggrapparono alle sue braccia, stringendolo più forte a sé. Sentire il cuore di Jace battere attraverso la maglietta le diede uno stordimento di gioia. Il cuore di nessun altro batteva come quello di Jace.

Lui la lasciò andare e Clary si ritrovò senza fiato. Si era dimenticata di respirare. Lui le prese il volto tra le mani, seguendo con le dita la linea dei suoi zigomi. Ora c'era di nuovo luce nei suoi occhi, vivida come era stata al lago, con in più un pizzico di malizia. — Ecco fatto — disse Jace. — Non è stato poi così male, no? considerando che non era proibito...

— Mi è capitato di peggio — rispose lei con una risata tremante.

— Sai — le disse, chinandosi a sfiorare le sue labbra con un bacio lieve — se è la mancanza del *proibito* che ti preoccupa, puoi sempre proibirmi di fare certe cose.

— Che tipo di cose?

Clary lo sentì sorridere sulle sue labbra. — Cose come questa.

Qualche tempo dopo, scesero insieme la scalinata della Sala degli Accordi e tornarono nella piazza, dove la gente aveva iniziato a radunarsi in attesa dei fuochi d'artificio. Isabelle e gli altri avevano trovato un tavolo in un angolo e vi si erano assiepati, su panche e sedie. Quando Jace e Clary si avvicinarono al gruppo, lei fece per sfilare la mano da quella di Jace... ma poi si fermò. Ora potevano tenersi per mano, se volevano. Non c'era niente di male. Il pensiero quasi le tolse il fiato.

— Siete qui! — esclamò Isabelle danzando verso di loro con un'espressione deliziata. Allungò a Clary il bicchiere con una bevanda fucsia che teneva in mano. — Assaggiane un po'.

Clary lo guardò con sospetto. — Mi trasformerà in un roditore?

— Dov'è finita la tua fiducia? Credo che sia succo di fragola — disse Isabelle. — Comunque, è buonissimo. Jace? — Offrì il bicchiere anche a lui.

— Io sono un maschio — le ricordò Jace. — E i maschi non bevono bibite rosa. Vattene, donna, e portami qualcosa di marrone.

— Marrone? — Isabelle fece una smorfia.

— Il marrone è un colore da uomini — dichiarò Jace, tirando un ricciolo dei capelli di Isabelle con la mano libera. — Infatti, guarda, Alec ce l'ha addosso.

Alec si guardò la maglia con aria funerea. — Una volta era nera — rivelò. — Ma poi è sbiadita.

— Potresti abbellirla con una bandana di lustrini — suggerì Magnus, offrendogli qualcosa di celeste e luccicante. — Era solo un'idea.

— Resisti alla tentazione, Alec. — Simon era seduto su un muretto basso accanto a Maia, che però sembrava impegnatissima a parlare con Aline. — Sembreresti Olivia Newton John in *Xanadu*.

— C'è di peggio — protestò Magnus.

Simon scese dal muretto e si avvicinò a Clary e Jace. Con le mani nelle tasche posteriori dei jeans, li osservò pensieroso per un lungo momento. Alla fine parlò.

— Mi sembri felice — disse a Clary. Poi spostò lo sguardo su Jace. — E buon per te che lo sia.

Jace inarcò un sopracciglio. — Adesso viene la parte in cui mi dici che se la faccio soffrire tu mi uccidi con le tue mani?

— No — disse Simon. — Se fai soffrire Clary, lei è perfettamente in grado di ucciderti da sola. Se possibile con un'ampia varietà di armi.

Jace sembrò compiaciuto all'idea.

— Senti — gli disse Simon. — Volevo solo dirti che non c'è problema, se non ti sto simpatico. Mi basta che Clary sia felice e sarò contento anch'io. — Gli tese la mano e Jace sfilò la propria da quella di Clary e gliela strinse, con un'espressione divertita.

— Guarda che tu non mi stai antipatico — gli disse. — Anzi, proprio perché mi stai simpatico, voglio darti un paio di consigli.

— Qualche consiglio? — Simon lo guardò con sospetto.

— Vedo che stai sfruttando con un certo successo questa storia del vampiro — gli disse Jace, indicando Isabelle e Maia con un cenno del capo. — È il tuo momento di gloria. Un sacco di ragazze vanno pazze per questa faccenda del non-morto dal cuore tenero. Ma se fossi in te, lascerei perdere l'altra storia del musicista. Il vampiro-rock è un'idea già sfruttata, e poi non puoi essere un granché.

Simon sospirò. — Immagino che tu non voglia contemplare la possibilità di rivalutare la parte che non ti stava simpatica.

— Basta così, voi due — intervenne Clary. — Non potete scambiarvi scemenze per sempre, no?

— Tecnicamente — disse Simon — io potrei.

Jace emise una specie di grugnito poco elegante. Con un attimo di ritardo, Clary si rese conto che stava cercando di non ridere, riuscendoci solo a metà.

Simon sorrise. — Ti ho beccato.

— Ottimo — commentò Clary. — È un momento magnifico.

Si guardò intorno in cerca di Isabelle, che probabilmente sarebbe stata contenta almeno quanto lei che Simon e Jace andassero d'accordo, pur se in un modo tutto loro.

Invece vide qualcun altro.

Ai margini della foresta magica, dove le ombre si fondevano con la luce, c'era un'esile figura femminile con un abito verde foglia e i lunghi capelli scarlatti trattenuti da un diadema d'oro.

La Regina del Popolo Fatato. Stava guardando proprio Clary, e quando i loro sguardi s'incrociarono, la Regina sollevò un'esile mano e le fece un cenno. *Vieni.*

Senza sapere se di propria volontà o per la strana attrazione che esercitava il Popolo Fatato, Clary biascicò una scusa, si allontanò dagli altri e si diresse verso il bosco, procedendo lentamente tra i festanti scatenati. Avvicinandosi alla Regina, notò la preponderanza di fate nei paraggi, che formavano un cerchio attorno alla loro Signora. Anche se voleva sembrare sola, non era venuta senza la sua corte.

La Regina sollevò imperiosamente una mano. — Fermati lì — le ordinò. — Non ti avvicinare di più.

Clary si fermò a qualche passo di distanza. — Mia signora — esordì, ricordando il tono formale con cui Jace le si era rivolto alla Corte Seelie. — Perché mi hai chiamato?

— Vorrei un favore da te — annunciò la Regina senza tanti preamboli. — Che, naturalmente, sarà ricambiato.

— Un favore *da me*? — ripeté Clary meravigliata. — Ma... se non ti sono nemmeno simpatica...

La Regina si toccò le labbra, pensierosa, con un dito diafano. — Il Popolo Fatato, diversamente dagli umani, non si preoccupa troppo delle simpatie. Di amore, forse. E di odio. Entrambi sono sentimenti utili. Ma la *simpatia*... — Scrollò elegantemente le spalle. — Il Consiglio non ha ancora scelto chi di noi salirà al seggio che ci spetta — le disse. — So che Lucian Graymark è come un padre per te. E che darebbe ascolto alle tue richieste. Vorrei che tu gli chiedessi di scegliere il cavaliere Meliorn per questo incarico.

Clary ripensò alla Sala degli Accordi, a Meliorn che diceva di non voler partecipare alla battaglia, a meno che non combattessero anche i Figli della Notte. — Non credo che a Luke stia molto simpatico.

— E di nuovo — osservò la Regina — parli di *simpatia*.

— Quando ti ho visto la prima volta, alla Corte Seelie — disse Clary — tu hai chiamato me e Jace fratello e sorella. Ma sapevi che non eravamo veramente fratelli, vero?

La Regina sorrise. — Lo stesso sangue scorre nelle vostre vene — rispose. — Il sangue dell'Angelo. E tutti coloro che hanno nelle vene il sangue dell'Angelo sono fratelli e sorelle, nel profondo.

Clary rabbrividì.

— Avresti potuto dirci la verità.

— Vi ho detto la verità come la vedevo io. Tutti diciamo la verità come la vediamo, no? Ti sei mai soffermata a pensare a quali non-verità ci potrebbero essere nella storia che tua madre ti ha raccontato, visto che il suo racconto era funzionale al suo scopo? Credi davvero di conoscere tutti i singoli segreti del tuo passato?

Clary esitò. Senza sapere il perché, risentì all'improvviso la voce di madame Dorothea nella testa. «Ti innamorerai della persona sbagliata» aveva detto a Jace. Clary era arrivata alla conclusione che Dorothea si riferisse a tutti i guai in cui si sarebbero cacciati a causa dell'affetto di Jace per lei. E tuttavia c'erano dei buchi nella sua memoria, lo sapeva: anche adesso, c'erano fatti e cose che non le erano più tornati alla mente. Segreti le cui verità non avrebbe mai conosciuto. Ci aveva rinunciato, ritenendoli persi per sempre, o irrilevanti, ma forse...

No. Strinse le mani lungo i fianchi. Il veleno della Regina era sottile ma potente. C'era qualcuno al mondo che poteva onestamente affermare di conoscere tutti i segreti che lo riguardavano? E non c'erano forse dei segreti che era meglio non svelare?

Scosse la testa. — Ciò che tu hai fatto alla Corte Seelie... — Esitò. — Forse non hai mentito, ma non sei stata cortese. — Fece per andarsene. — E io ne ho avuto abbastanza, di scortesie.

— Davvero rifiuteresti un favore dalla Regina della Corte Seelie? — le chiese la Regina. — Non a tutti i mortali viene data una simile opportunità.

— Non ho bisogno di alcun favore da te — rispose Clary. — Ho tutto ciò che voglio.

Girò le spalle alla Regina e se ne andò.

Quando ritornò al gruppo che aveva lasciato, scoprì che si erano uniti a loro anche Robert e Maryse Lightwood, i quali, notò Clary con sorpresa, si stavano scambiando strette di mano con Magnus Bane. Magnus aveva nascosto la bandana di lustrini ed era un modello di decoro. Maryse teneva una mano sul braccio di Alec. Il resto dei loro amici erano seduti insieme sul muretto. Clary fece per unirsi a loro, quando si sentì battere sulla spalla.

— Clary! — Era sua madre. Le sorrideva e... Luke era al suo fianco, e le teneva la mano. Jocelyn non si era vestita a festa: aveva addosso un paio di jeans e una maglietta larga, che per lo meno non era macchiata di colore. Ma dal modo in cui Luke la guardava, nessuno avrebbe potuto dire che fosse meno che perfetta. — Finalmente ti ho trovato.

Clary sorrise a Luke. — Allora, non ti trasferisci più a Idris. Ho capito bene?

— No — rispose Luke. Non l'aveva mai visto così felice. — Qui la pizza è terribile.

Jocelyn rise e si allontanò per parlare con Amatis, che stava ammirando una bolla di vetro librata nell'aria, colma di fumo dai colori cangianti. Clary guardò Luke. — Avevi davvero pensato di lasciare New York, o l'hai detto solo per costringerla a darsi una mossa?

— Clary! — esclamò Luke. — Mi stupisce che tu possa pensare una cosa del genere! — Le fece un gran sorriso, poi tornò improvvisamente serio. — Per te va bene, vero? So che questo significa un grosso cambiamento, nella tua vita. Volevo capire se tu e tua madre vorreste trasferirvi da me, dato che il vostro appartamento al momento è inagibile...

Clary sbuffò. — Un grosso cambiamento? La mia vita è già cambiata *totalmente*. Diverse volte.

Luke guardò verso Jace che, seduto sul muretto, li stava osservando. Jace fece un cenno del capo verso di loro, con gli angoli della bocca piegati in su, in un sorriso divertito. — Credo proprio di sì — commentò Luke.

— I cambiamenti sono una buona cosa — disse Clary.

Luke sollevò la mano: la runa dell'Alleanza era svanita, come per tutti gli altri, ma sulla pelle c'era ancora una bianca traccia rivelatrice, una cicatrice che non sarebbe mai completamente scomparsa. Guardò pensoso la runa. — È vero.

— Clary! — gridò Isabelle dal muretto. — I fuochi d'artificio!

La ragazza diede un buffetto a Luke sulla spalla e corse dai suoi amici. Erano seduti tutti in fila sul muretto: Jace, Isabelle, Simon, Maia e Aline. Clary si fermò accanto a Jace. — Non vedo nessun fuoco d'artificio — disse, fingendosi arrabbiata con Isabelle.

— Porta pazienza, cicala — le disse Maia. — Ricordati che le cose buone arrivano a chi le sa aspettare.

— Ah, è questo il proverbio! E io che ho sempre creduto che fosse «Le buone cose arrivano a chi le sa mangiare!» — disse Simon. — Ecco perché sono sempre stato un po' confuso, nella vita.

— *Confuso* è un eufemismo — commentò Jace, ma si vedeva che stava ascoltando solo a metà. Allungò un braccio e attrasse Clary a sé, quasi senza pensarci, come se fosse un riflesso condizionato. Lei gli si appoggiò alla spalla, guardando verso il cielo. Nulla lo illuminava, tranne le torri antidemoni, che rilucevano nel buio di un morbido bianco argenteo.

— Dove sei stata? — le chiese sottovoce.

— La Regina del Popolo Fatato mi ha chiesto un favore — disse Clary. — Ed era disposta a contraccambiarlo. — Percepì la tensione di Jace. — Rilassati. Le ho detto di no.

— Non sono molte le persone che rifiuterebbero un favore dalla Regina del Popolo Fatato.

— Le ho detto che non mi serve alcun favore — spiegò Clary. — Le ho detto che ho già tutto quello che desidero.

Jace rise piano e scivolò con la mano lungo il braccio di Clary, verso la spalla; le sue dita giocherellarono pigramente con la catenina che Clary portava al collo. Lei abbassò gli occhi sul bagliore d'argento che risaltava sul suo vestito: portava l'anello dei Morgenstern da quando Jace glielo aveva lasciato, e ogni tanto si era chiesta perché. Voleva davvero qualcosa che le ricordasse Valentine? E, d'altra parte, era giusto dimenticare?

Non si può cancellare ogni cosa che provochi un ricordo doloroso. Clary non voleva dimenticare Max o Madeleine, né Hodge o l'Inquisitrice. E nemmeno

Sebastian. Ogni ricordo è prezioso, anche quelli brutti. Valentine aveva voluto dimenticare: dimenticare che il mondo doveva cambiare e che gli Shadowhunters dovevano cambiare con esso; dimenticare che i Nascosti avevano un'anima e che tutte le anime erano importanti nel tessuto del mondo. Valentine aveva voluto pensare soltanto a ciò che rendeva gli Shadowhunters diversi dai Nascosti. Ma ciò che aveva causato la sua rovina era che gli uni e gli altri erano uguali.

— Clary. Guarda — disse Jace, interrompendo le sue fantasticherie. Le cinse le spalle con un braccio. E lei alzò la testa: la gente stava applaudendo alla vista del primo razzo che saliva in cielo.

Clary guardò i fuochi d'artificio che esplodevano in una pioggia di scintille. Cadendo, uno dopo l'altro, in scie di fuoco dorato, dipingevano di colori le nuvole, come angeli caduti dal cielo.

LA LETTERA DI JACE A CLARY

Clary,

nonostante tutto, non sopporto il pensiero che questo anello vada perso per sempre, come non sopporto il pensiero di lasciare te, per sempre. E se per una cosa non ho scelta, almeno per l'altra posso decidere. Ti lascio il nostro anello di famiglia, perché hai diritto quanto me a possederlo.

Mentre scrivo questa lettera, guardo sorgere il sole. Tu stai dormendo, i sogni si agitano dietro le tue palpebre inquiete. Vorrei sapere cosa pensi. Vorrei scivolare nella tua testa e vedere il mondo come fai tu. Vorrei poter vedere me stesso come fai tu. Ma forse non ho il coraggio. Forse se mi vedessi avrei la sensazione ancora più forte di portare avanti una sorta di grande bugia, e non potrei sopportarlo.

Io ti appartengo. Potresti farmi qualsiasi cosa e ti lascerei fare. Potresti chiedermi qualunque cosa e mi farei in quattro nel tentativo di renderti felice. Il mio cuore mi dice che questo è il sentimento più puro e più grande che io abbia mai provato. La mia mente però conosce la differenza tra il volere ciò che non si può avere e il volere ciò che non si dovrebbe volere. E io non dovrei volere te.

Ho passato la notte a guardarti dormire, ho osservato la luce della luna andare e venire gettando ombre in bianco e nero sul tuo viso. Non ho mai visto nulla di più bello. Penso alla vita che avremmo potuto avere se le cose fossero state diverse. Una vita in cui questa notte non sarebbe stata un evento isolato, separato da tutto il resto, ma una delle nostre tante notti. Le cose però non sono diverse, e io non posso guardarti senza avere la sensazione di averti indotto ad amarmi con l'inganno.

La verità che nessuno vuole dire ad alta voce è che io sono l'unico ad avere una possibilità contro Valentine. Io posso avvicinarlo come nessun altro. Posso fingere di volermi unire a lui e mi crederà finché nell'ultimo istante metterò termine a tutto questo, in un modo o nell'altro. Ho qualcosa che appartiene a Sebastian; posso seguirlo fino al nascondiglio di mio padre. Ed è ciò che ho intenzione di fare. Ecco perché questa notte ti ho mentito. Ho detto di volere una sola notte con te. Ma io voglio passare con te tutte le mie notti. Ed è per questo che ora devo scappare di nascosto dalla tua finestra, come un vigliacco. Perché se dovessi confessarti la verità in faccia, non riuscirei a decidermi ad andare. Non ti biasimo se mi odi, vorrei che lo facessi.

Finché potrò sognare, sognerò di te.

-Jace

Ringraziamenti

Quando alla fine ci si guarda indietro, non si può evitare di pensare a che lavoro di gruppo sia un libro e a quanto velocemente tutto affonderebbe come il *Titanic* se mancasse l'aiuto degli amici. Perciò voglio ringraziare l'NB Team e i Massachusetts All Stars; Elka, Emily e Clio per le ore spese ad aiutarmi a progettare; Holly Black per le ore passate a leggere e rileggere pazientemente le stesse scene. Grazie a Libba Bray per averci procurato bagel e un divano su cui scrivere, a Robin Wasserman per avermi distratto con *Gossip Girl*, a Maureen Johnson per avermi guardato in una maniera spaventosa mentre stavo provando a lavorare, a Justine Larbalestier e Scott Westerfeld per avermi costretto ad alzarmi dal divano e andare da qualche parte a scrivere. Grazie anche a Ioana per avermi aiutato con il mio (inesistente) romeno. Non finirò mai di ringraziare il mio agente, Barry Goldblatt, il mio editor, Karen Wojtyla. Grazie alla squadra di Simon e Schuster e alla Walker Books per aver sostenuto questa serie, e a Sarah Payne per avere consentito cambiamenti molto oltre la deadline. E ovviamente grazie alla mia famiglia, mia madre, mio padre, Jim e Kate, il clan Eson e a Josh, certo, che crede ancora che Simon sia basato su di lui (e forse ha ragione).